কিশোর উপন্যাস সমগ্র

১

কিশোর উপন্যাস সমগ্র

১

শীর্ষেন্দু মুখোপাধ্যায়

আনন্দ

প্রথম সংস্করণ জানুয়ারি ২০০৯
চতুর্থ মুদ্রণ আগস্ট ২০১১

অলংকরণ দেবাশীষ দেব, সুব্রত গঙ্গোপাধ্যায়, মদন সরকার,
সুব্রত চৌধুরী, অশোক বৈরাগী, ওঙ্কারনাথ ভট্টাচার্য, অমিতাভ চন্দ্র

ISBN 978-81-7756-812-7

আনন্দ পাবলিশার্স প্রাইভেট লিমিটেডের পক্ষে ৪৫ বেনিয়াটোলা লেন
কলকাতা ৭০০ ০০৯ থেকে সুবীরকুমার মিত্র কর্তৃক প্রকাশিত এবং
স্বপ্না প্রিন্টিং ওয়ার্কস প্রাইভেট লিমিটেড
৫২ রাজা রামমোহন রায় সরণি, কলকাতা ৭০০০০৯
থেকে মুদ্রিত।

KISHORE UPANYAS SAMAGRA: Volume I
[Anthology]
by
Shirshendu Mukhopadhyay

Published by Ananda Publishers Private Limited
45, Beniatola Lane, Calcutta-700009

"রা-স্বা"

পরম প্রেমময় শ্রীশ্রীঠাকুর অনুকূলচন্দ্রের
পাদপদ্মে বিনম্র প্রণামপূর্বক
নিবেদন

সূচি

মনোজদের অদ্ভুত বাড়ি
১
গোঁসাইবাগানের ভূত
৯৯
হেতমগড়ের গুপ্তধন
১৬৩
নৃসিংহ রহস্য
২২৩
বক্সার রতন
২৭৯
ভুতুড়ে ঘড়ি
৩৩৫
গৌরের কবচ
৩৯৭
হিরের আংটি
৪৬৩
পাগলা-সাহেবের কবর
৫১৭
হারানো কাকাতুয়া
৫৯১
গ্রন্থ-পরিচয়
৭২৭

কিছু কথা

মজা হল, আমি কাউকে ডেকে এনে খাতির করে বসাই না, তারা সব গন্ধে গন্ধে আপনি আসে। এই ভূতপ্রেত, বিটকেল আর খিটকেলে লোক, উজবুক আর ভবঘুরে, বোকা আর চালাক, নানা সাইজের দারোগাবাবু, এমনকী রাজাগজা অবধি এসে আমার লেখার পাতায় গ্যাঁট হয়ে বসে যায়। আর নিশুত রাতে তাদের সঙ্গেই আমার তুমুল আড্ডা জমে ওঠে। আমার যে বুড়ো মাস্টারমশাই উবু হয়ে বসে ছেলেবেলায় আঁক কষাতেন তিনিও দেখছি হাজির হয়ে গেছেন। আর আকাশের অনেক তফাতে গ্রহান্তরের মানুষজনও সাঁ সাঁ করে নেমে পড়েন। আসেন কাপালিক, মাথা পাগলা লোক, পেটুক, হাড়কৃপণ, আনমনা ভুলো মনের মানুষ। চোর-ডাকাতের কথা তো বলাই হয়নি, আর চোরও কি একরকম? হরেক চোর, হরেক ঘটনা, ডাকাতদের সঙ্গেও আমার ভারী খাতির। খারাপ লোকদেরও তো ফেলতে পারি না। তা তারাও কাঁচুমাচু মুখে এসে জুটে যায়। খেলোয়াড়, মুষ্টিযোদ্ধা, সাঁতারু, ক্রিকেট বা ফুটবলের মাঠ কাকে বা কোনটাকে বাদ দেওয়া যায় তাই তো ভেবে উঠতে পারলাম না আজও।

সে বেশ অনেক আগেকার কথা। বাবার বদলির চাকরি ছিল, আজ এখানে কাল সেখানে। কিছু দিন পরপর বাবা বদলি হতেন, আর আমরাও তাঁর সঙ্গে সঙ্গে রওনা দিতাম। বিহার, উত্তরবঙ্গ, আসাম, পূর্ববঙ্গ। তখন উত্তরবঙ্গ আর আসামে যে গহিন সব জঙ্গল ছিল তা ভয়াবহ। আর কী নির্জন সব জায়গা! সন্ধের পর ঘরে বসে ভয়ে কাঁটা হয়ে থাকতাম। কিন্তু ওই ঘাটে অঘাটে ঘুরতে ঘুরতে কত মানুষের সঙ্গে চেনা হল তা বলবার নয়। কত ভূতভুতুড়ে রেলবাংলোয় থাকতে হত, আর কত সব মজার ঘটনা ঘটত তখন। ভীষণ দুষ্টু ছিলাম বলে খুব বদনাম ছিল আমার। ইস্কুলে কী মারটাই তখন মারতেন মাস্টারমশাইরা, তবে সেইসব মার যেন আজ তাঁদের আশীর্বাদ হয়ে আমার সর্বাঙ্গে ঝরে পড়ে।

আগে আমি শুধু বড়দের জন্যই লিখতাম। গেরামভারী সব লেখা। তারপর তখনকার আনন্দমেলার সম্পাদক নীরেন্দ্রনাথ চক্রবর্তী এসে আমাকে ধরলেন, ছোটদের জন্য একটা গল্প লিখে দে তো। শুনে ঘাবড়ে গেলাম। ছোটদের জন্য লেখা! পারব কি? তার কিছুদিন আগে আনন্দবাজারের পাতায় যে একপাতার আনন্দমেলা

বেরোয় তার তখনকার সম্পাদক, আমার বন্ধু শক্তি চট্টোপাধ্যায় আমাকে দিয়ে একটা একরত্তি গল্প লিখিয়ে নিয়েছিল, সেটা এক চোরের গল্প, নীরেনদার ফরমাশে এবার যে গল্পটা লিখে ফেললাম সেটার নাম "বিধু দারোগা", আর তার কিছুদিন পরেই ধারাবাহিকভাবে "মনোজদের অদ্ভুত বাড়ি" উপন্যাস, তারপর পুজো সংখ্যায় "গোঁসাইবাগানের ভূত"। ওই সত্তর দশকের মাঝামাঝি থেকে শুরু করে, প্রথমে একটু অনিয়মিত এবং পরে নিয়মিতভাবে প্রতি পুজো সংখ্যাতেই একটি করে উপন্যাস লিখে আসতে হয়েছে।

এইসব উপন্যাস এতকাল ছুটকো ছাটকা পাওয়া যাচ্ছিল। তা ছুটকোগুলোও রইল। সেইসঙ্গে প্রথম কয়েকটা উপন্যাসকে বেঁধে এক মলাটে পুরে দেওয়া গেল। এতে একটা সুবিধে, বেশি হাঁটকাতে হয় না। পরের খণ্ডে আরও কয়েকটা। তার পরের খণ্ডে আরও।

আমার গল্পে পাগল, ভূত আর ভবঘুরেরা ঘুরে ফিরেই আসে, তারা তেমন ভয়ংকর নয়, আর আমি তাদের বেশ পছন্দই করি। যাদের জন্য লেখা তাদের কেমন লাগে কে জানে। দুনিয়ার সব মানুষকে বন্ধু করে নেওয়া একটু শক্ত বটে, কিন্তু বইয়ের ভিতরকার মানুষগুলোর সঙ্গে ভাব হতে দেরি হয় না, যদি তাদের পছন্দ হয়। এমনকী ভূতেদেরও। এর অনেকগুলো উপন্যাসেই কয়েকজন ভূত আছে। তাদের ভয় পাওয়াটাই শক্ত, কিন্তু আমি নিজে যেসব ভূতের পাল্লায় পড়েছি তারা তত সুবিধের ভূত নয়, বন্ধু তো নয়ই।

শুনতে পাই, আজকালকার ছোট ছেলেমেয়েরা নাকি বাংলা বইটই তেমন পড়তে চায় না। কারও পড়ার চাপ, কারও বা ইংরিজি মিডিয়ামে পড়তে গিয়ে বাংলাটা তেমন শেখা হয়নি, কারও বা ধারণা বাংলা সাহিত্য তেমন উঁচু মানের নয়। বঙ্কিম, বিদ্যাসাগর, রবীন্দ্রনাথ হয়ে আজ পর্যন্ত বাংলা শিশুসাহিত্যের সম্ভার কিন্তু মোটেই ফেলনা নয়। বরং এত উঁচুদরের উপভোগ্য সাহিত্য বিদেশেও খুব বেশি লেখা হয়নি। ছেলেবেলা থেকেই আমি সাহিত্যের পাগল পড়ুয়া ছিলাম আর তাই জানি। মাতৃভাষা না-জানাটা বা সাহিত্য না-পড়াটা মানুষের মেধার সর্বাঙ্গীণ বিকাশের পক্ষেও সহায়ক নয়। যে যাই বলুক আমি বাপু সাহিত্যের ভীষণ ভক্ত, আজও বাচ্চাদের বই বা বড়দের বই নির্বিচারে পড়ে ফেলি।

এই খণ্ডে মোট দশটি উপন্যাস আছে। কোনওটায় শুধু মজা, কোনওটায় ভূত, কোনওটায় কল্পবিজ্ঞান, আবার কোনওটায় এই তিনেরই মিশেল। সব মিলিয়ে মিশিয়ে নানা অদ্ভুতুড়ে ব্যাপার স্যাপার। দেখা যাক খুদে পাঠকদের কেমন লাগে।

কলকাতা   গ্রন্থকার

১৬ ডিসেম্বর ২০০৮

মনোজদের অদ্ভুত বাড়ি

ফোটোটা কী করে যে মনোজদের বাসায় এল, তা কেউ জানে না। ফোটোটা কার, তাও কেউ বলতে পারে না। মনোজদের বাড়িতে অনেকের ফোটোর মধ্যে এই ফোটোটাও বরাবর আছে। অথচ কেউ ঠিক করে বলতে পারে না যে, এটা কোত্থেকে কবে এসেছিল, ফোটোর ছেলেটাই বা কে!

ফোটোটা একটা ছেলের। তার বয়স হবে আট নয় বা দশ। একটা বাংলো-বাড়ির সামনে বারান্দার সিঁড়িতে সে বসে আছে। সামনের বাগান থেকে বারান্দায় উঠতে মোট তিন ধাপ সিঁড়ি। ঠিক মাঝের ধাপে ছেলেটা বসে আছে, নীচের সিঁড়িতে পা, ওপরের সিঁড়িতে কনুই রেখে সে একটু পিছনে হেলে বসে আছে। তার পায়ে বুটজুতো আর মোজা, সাদা হাফপ্যান্ট, গায়ে ফুলহাতা সোয়েটার, আর সোয়েটারের গলার কাছে সাদা শার্টের কলার বেরিয়ে আছে। ছেলেটা দেখতে ভীষণ সুন্দর! বড় বড় চোখ, লম্বাটে মুখ, চোখা পাতলা নাক, গালগুলো ভরাট, কিন্তু লুচির মতো ফোলা ফোলা নয়। তার চুলে ডানদিকে সিঁথি, আর কপালটার অনেকখানি ঢেকে চুলগুলো পাট করা। ছেলেটা অল্প একটু হাসিমুখে চেয়ে আছে। সেই হাসি আর তাকানো এত জীবন্ত যে, যে-কোনও সময়ে ছেলেটা যেন কথা বলে উঠবে। ছবিটার মধ্যে আরও দুটো অদ্ভুত ব্যাপার আছে। ছেলেটার পিছনে যে বারান্দা, তাতে টেরছা হয়ে রোদ পড়েছে। বারান্দার পিছনে দরজা, দরজায় একটা গোলাপ ফুলের ছাপওলা পর্দা ঝুলছে। সামনে রোদ, কিন্তু পর্দাটা ছায়ায়, তাই পর্দার গায়ে গোলাপের ছাপ একটু অস্পষ্ট। আর সেই পর্দাটা একটুখানি সরিয়ে একটা মুখ উঁকি মেরে আছে। মুখটা খুবই অস্পষ্ট। শুধু সেই মুখে একটু হাসি বোঝা যায়। যেন কেউ হাসিমুখে ছেলেটার ছবি-তোলানো দেখছে। কিন্তু সেই মুখটা ছেলের না মেয়ের, তা বোঝা যায় না। আরও একটা মজার ব্যাপার হল, ছেলেটার বাঁদিকে একটা কাচের গেলাসে তিন পোয়া ভর্তি দুধ রয়েছে। দুধ কিনা তা ঠিক করে বলা যায় না, তবে সাদামতো তরলটা দুধ ছাড়া আর কীই বা হবে। আর সেই প্রায় পৌনে এক গেলাস দুধে মুখ ডুবিয়ে দুধটা খেয়ে নিচ্ছে একটা বেশ বড়সড় মোটা বেড়াল। বেড়ালটার লেজও খুব মোটা। বোঝা যায়,

ছেলেটা দুধ খাচ্ছিল, সেই সময়ে ফোটো তোলাতে গিয়ে গেলাসটা পাশে রেখেছিল, আর তখন ছেলেটাকে অন্যমনস্ক দেখে বেড়ালটা চুপিচুপি এসে চুরি করে দুধ খেয়ে নিচ্ছে। ছেলেটা টের পায়নি। ছবিটার মধ্যে আরও কিছু কিছু জিনিস লক্ষ করা যায়। যেমন, বারান্দার নীচে বাগানের একটু অংশ ছবিতে দেখা যাচ্ছে, বাগানে অনেক গাঁদা, ক্রিসেনথিমাম, পপি ফুল ফুটেছে। বাংলো-বাড়িটার টিনের চাল। বারান্দার ওপরে টিনের চালটার একটু ঢালু অংশ দেখা যায়। বারান্দার থাম বেয়ে একটা লতানে গাছ উঠেছে চালে।

মনোজ যে কতবার ছবিটা দেখেছে তার হিসেব নেই। ছবিটা দেখতে তার বড় ভাল লাগে। কেন ভাল লাগে তাও সে জানে না। যদি কখনও তার মন খারাপ হয়, বা কখনও কারও সঙ্গে ঝগড়া হয়, বা মায়ের ওপর অভিমান হয়, তখন সে এসে একা ঘরে ছবিটা বের করে চেয়ে বসে থাকে। ছবি থেকে ছেলেটাও তার দিকে হাসিমুখে চেয়ে থাকে। তখন মনোজের মনের মধ্যে কী যেন হয়, সে ভাবে— এই তো আমার সবচেয়ে ভাল বন্ধু। তখন তার মন ভাল হয়ে যায়। মনোজ খুব ছেলেবেলা থেকেই তাদের বাড়িতে ছবিটা দেখে এসেছে। আর ছবিটা বেশ পুরনো, একটু হলদে হলদে পুরনো ছাপও পড়ে গেছে তাতে। অর্থাৎ ছবিটা অনেক আগে তোলা হয়েছিল, এবং ছবির ছেলেটা নিশ্চয়ই এখন আর ছোট নেই। সে হয়তো অনেক বড় হয়ে এখন মনোজের কাকা বা বাবার মতো বড় মানুষ হয়ে গেছে। তবু ছবির ছেলেটাকে মনোজ বন্ধু বলেই ভাবে। ভাবতে ভাল লাগে। এই ছবিটার কোনও ঠিকানা নেই, কোথায় কবে তোলা হয়েছিল কেউ জানে না। তাই বাড়ির লোকেরা এই ছবিটা দেখলেই বেশ বিব্রত হত। বলত, এ ছবিটা যে কার কিছুতেই বোঝা যাচ্ছে না। আমাদের কেউ নয় নিশ্চয়ই। মনোজ তাই একটু বড় হয়ে ছবিটা অন্যান্য ছবি থেকে আলাদা করে নিয়ে এসে তার গল্পের বইয়ের তাকে একটা ছোটদের রামায়ণ-বইয়ের পাতার ভাঁজে যত্ন করে রেখে দিয়েছে। নিজের কাছেই রাখা ভাল, নইলে কে কবে বাজে ছবি ভেবে ফেলে-টেলে দেবে।

মনোজদের বাড়িতে অনেক লোক। ঠাকুমা, বাবার এক বুড়ি পিসি, মা, বাবা, দুই কাকা, দিদি, দাদা, দুটো ডলপুতুলের মতো ছোট ভাইবোন। এ ছাড়া বাড়িতে থাকে একটা নিরাশ্রয় বুড়ো লোক, তার বাড়ি বিহারে। একটা বাচ্চা চাকর, একটা রান্নার ঠাকুর, এক বুড়ি ঝি। তা ছাড়া বিস্তর বাইরের লোকজনের রোজ আসা-যাওয়া তো আছেই। যেমন পুরুতমশাই সতীশ ভরদ্বাজ, মাস্টারমশাই দুঃখহরণবাবু, দিদির গানের মাস্টারমশাই গণেশ ঘোষাল, এমনি আরও কত কে!

উবু হয়ে না-বসলে দুঃখহরণবাবু পড়াতে পারেন না। যদি কেউ তাঁকে আসন-পিঁড়ি

করে বসিয়ে দেয়, বা চেয়ারে পা ঝুলিয়ে বসতে বলে, তা হলেই দুঃখহরণবাবুর বড় বিপদ। তখন তিনি অঙ্ক ভুল করেন, ইতিহাসের সঙ্গে ভূগোল গুলিয়ে ফেলেন, ইংরেজি ট্রানস্লেশন করতে হিমসিম খান। যেই উবু হয়ে বসলেন, অমনি তাঁর আঙুল দিয়ে পেনসিল বেয়ে হড়হড় করে অঙ্ক, ট্রানস্লেশন, জ্যামিতি সব নেমে আসতে থাকে, মুখে খই ফোটে ইতিহাস আর ভূগোলের।

সকালবেলাতেই দুঃখহরণবাবুর বিপদ। সেই সময়টায় মনোজের বাবা রাখোহরিবাবু পড়ার ঘরে এসে বসে গম্ভীরভাবে খবরের কাগজ পড়েন। রাখোবাবু ভীষণ রাশভারী লোক, বাড়ির কুকুরটা বেড়ালটা পর্যন্ত তাঁকে ভয় খায়, বাড়ির লোকজনের তো কথাই নেই। কিন্তু সকালবেলাতে রাখোবাবু যে মনোজদের পড়ার ঘরে এসে বসেন তার একটা কারণ আছে। এ বাড়িতে একজন মানুষ আছেন, যিনি রাখোবাবুকে মোটেই ভয় পান না, বরং উলটে রাখোবাবুই তাঁর ভয়ে অস্থির। তিনি রাখোবাবুর পিসিমা আদ্যাশক্তি দেব্যা। বাবার পিসিকে ঠাকুমা ঠাকুরঝি বলে ডাকেন, সেই থেকে মনোজরা সবাই তাঁকে 'ঠাকুরঝি' ডাকে। তিনি খুব অল্প বয়সে বিধবা হয়েছিলেন, সেই থেকে উপোস-টুপোস করে করে বুড়ো বয়সে ভীষণ তেজস্বিনী হয়ে গেছেন। কারও তোয়াক্কা করেন না। তাঁর আবার ভয়ংকর শুচিবাই। সকালে কাঁচা গোবর জলে গুলে সেই জল সারা বাড়িতে ছিটিয়ে দেন। মনোজদের পড়ার ঘরটা বাড়ির বাইরে, বাগানের ধারে। একটেরে ছোট্ট একটু ঘর, তাতে এক ধারে পড়ার টেবিল চেয়ার, অন্য ধারে তক্তপোশের ওপর দুঃখহরণবাবুর বিছানাপত্র। এই ঘর অবধি ঠাকুরঝি আসতে পারেন না, খোঁড়া পায়ে বাগান পেরোতে কষ্ট হয়। তাই এ ঘরটা গোবরজলের হাত থেকে বেঁচে যায়। রাখোবাবু তাই গোবরের গন্ধ এড়িয়ে নিশ্চিন্তে শ্বাস নেওয়ার জন্য এই ঘরে এসে ঘণ্টাখানেক কাটিয়ে যান, ততক্ষণে ঘরদোরের জল শুকিয়ে যায়।

রাখোবাবু কড়া ধাতের লোক, আদবকায়দার নড়চড় দেখলে খুব রাগ করেন। তাই সে সময়টায় দুঃখহরণবাবুকে পা ঝুলিয়ে বসে থাকতে হয়। আর ওই এক ঘণ্টায় দুঃখহরণবাবু রাজ্যের ভুলভাল করতে থাকেন। একদিন তিনি ওই অবস্থায় ট্রানস্লেশন করতে গিয়ে 'তখন হলঘর ভরিয়ে গিয়াছে' এই বাক্যটার ইংরেজি করলেন 'বাই দেন দি হল রুম ওয়াজ ফুলফিলড'। এই ইংরেজি শুনে বাবা তাঁর ইংরেজি খবরের কাগজ থেকে মুখ তুলে বিরক্ত হয়ে তাকালেন। ছেলেমেয়ের সামনে মাস্টামশাইয়ের ভুল ধরলে, তাঁর প্রতি শ্রদ্ধা কমে যেতে পারে, সেই জন্য বললেন, "দুঃখবাবু, ইংরিজিটা ঠিকই আছে, তবে একটু কানে কেমন যেন লাগছে। আর একবার অন্যভাবে করুন।" কিন্তু দুঃখহরণবাবু পা ঝুলিয়ে বসে আছেন যে, তার ওপর রাশভারী রাখোবাবুর কথা

শুনে আরও ঘাবড়ে গিয়ে খুব শক্ত ইংরেজিতে বললেন, "দি হল'স ফুলফিলমেন্ট ওয়াজ অ্যাচিভড বাই দেন।" শুনে রাখোবাবু আর মুখ তুললেন না। দুঃখহরণবাবুও গোলমালটা বুঝতে পারছেন, কিন্তু উবু হয়ে না-বসলে তাঁর মুড আসে না। তাই তিনি ঠ্যাং দুটো জোর নাচাতে নাচাতে মুখে 'হুঁ হুঁ' করে একটা শব্দ করে যেতে লাগলেন। দাদা সরোজ, দিদি পুতুল, আর মনোজ চুপিসারে হাসাহাসি করছে।

শীতকাল। বাগানে খুব ফুল ফুটেছে। সামনের দিকটায় মস্ত মস্ত গাঁদা ফুটে আছে, সেগুলো এত বড় যে দুহাতে মুঠো করেও বেড় পাওয়া যায় না। মোরগ ফুল, পপি, গোলাপ তো আছেই। ফটফটে রোদে প্রজাপতি আর ফড়িং উড়ছে অনেক, পোকামাকড় টি টি করে ঘুরে বেড়াচ্ছে। বাগানের অন্য ধারে পালং খেত, ফুলকপি, ওলকপি, ধনেপাতা, বেগুন লাগানো হয়েছে। সেই সবজি খেতে দেহাতি বুড়ো মানুষ রামখিলাওন খুরপি হাতে ঘুরঘুর করছে। যদিও একটা ঠিকে মালি এসে বাগানের কাজ করে যায় রোজ, তবু রামখিলাওন কাজ দেখানোর জন্য বাগানে সব সময়ে কিছু খোঁড়াখুঁড়ি করবেই। চোখে ভাল দেখতে পায় না, অনেক সময়ে গাছের গোড়ার মাটি খুঁড়ে আলগা করতে গিয়ে শেকড়-বাকড় উপড়ে ফেলে। আগাছা তুলতে গিয়ে ফুলগাছ তুলে ফেলে দিয়ে আসে। বকুনি খেলে খুব গম্ভীরভাবে থাকে, যেন এসব বকাবকি তার তেমন গায়ে লাগে না। গতবার ঠাকুমার চশমা পালটানো হল, আর রামখিলাওন ঠাকুমার পুরনো চশমাটা চেয়ে নিল। সেই চশমাটা এখন সব সময়ে চোখে পরে থাকে। তাতে যে সে ভাল দেখতে পায় তা নয়। কিন্তু এমন ভাব দেখায় যে খুব ভাল দেখছে। চশমা পরে ইজ্জতও বেড়ে গেছে তার। বাজারের কাছে দেশওয়ালি ভাইদের কাছে চশমা পরে যাওয়ায় সেখানে তার খাতিরও নাকি বেড়ে গেছে। বাড়ির চাকর রঘু তাকে 'রামু' বলে ডাকলে বা তুই-তোকারি করলে সে ভারী চটে যায়। রঘু তাই তাকে আজকাল 'রামুবাবু' বলে ডেকে আপনি-আজ্ঞে করে। কিন্তু সন্ধে হলেই রঘু নানা কায়দা করে রোজ রামুকে ভূতের ভয় দেখাবেই।

আজ দুঃখহরণবাবুর ভুলভাল কিছু বেশি হচ্ছে। দাদা সরোজকে ইতিহাস বোঝাতে গিয়ে তিনি বারবার ওয়ার্ড মিনিং বোঝাতে লাগলেন, ইতিহাস বইতে দুটো ব্যাখ্যাও দাগিয়ে দিলেন। পুতুলকে সুদ-কষা বোঝাতে গিয়ে তিনি হুঁশিয়ার করে দিয়ে বললেন, "মুখস্থ যেন ভুল না হয়, আর দাঁড়ি কমা সেমিকোলন সম্পর্কে সাবধানে থাকবে।" মনোজের ভূগোল-বই খুলেও তিনি গোলযোগ করে ফেললেন, পশ্চিমবঙ্গের কোন কোন জেলায় ধান ও পাট জন্মায় তা বলতে গিয়ে তিনি বারবার

'নর' শব্দের রূপ এনে ফেলছিলেন। তাই শুনে রাখোবাবু বিরক্ত হয়ে উঠে পড়লেন। ঘরে গোবরের গন্ধ, পড়ার ঘরে ভুলভাল পড়ানো, কোথায় আর যাবেন! তাই বাগানে পায়চারি করতে করতে দেখেন, রামু একমুঠো দুব্বো ঘাস, কয়েকটা কড়াইশুঁটি আর একটা গাজর বাগান থেকে তুলে নিয়ে যাচ্ছে।

রাখোবাবু জিজ্ঞেস করলেন, "ওসব কোথায় নিচ্ছিস রে রামু? দেখি, কী তুলেছিস?"

রামু একগাল হেসে হাতের জিনিসগুলো দেখিয়ে বলল, "বুড়ি মা পাঠালেন কিছু ধনেপাতা, কাঁচা লঙ্কা আর একটা মুলো তুলে আনতে।"

রাখোবাবু রেগে অস্থির। বললেন, "স্টুপিড, কবে থেকে বলছি হাসপাতাল থেকে চোখের ছানি কাটিয়ে আয়। কিছুতেই শুনবি না? কোন আক্কেলে তুই লঙ্কা বলে কড়াইশুঁটি, মুলো মনে করে গাজর আর ধনেপাতার বদলে গুচ্ছের ঘাস তুললি। আজই চল তোকে হাসপাতালে নিয়ে যাব, চোখ কাটিয়ে আসবি।"

শুনে রামু ভীষণ গম্ভীর হয়ে গেল। রাখোবাবু রাগারাগি করতে করতে ভিতর-বাড়িতে চলে গেলেন। পড়ার ঘরে দুঃখবাবু চেয়ারের ওপর টপ করে উবু হয়ে বসতেই তাঁর চেহারা পালটে গেল। মুহূর্তের মধ্যে তিনি ধান ও পাটের জেলা ঝরঝরে মুখস্থ বলতে লাগলেন, সুদকষা জল করে দিলেন, ইতিহাসের সন-তারিখ সুদ্ধু আকবরের খুড়তুতো ভাইয়ের নাম পর্যন্ত তাঁর মনে পড়ে গেল।

ঠাকুমা বামাসুন্দরী ডালের বড়ি দিচ্ছিলেন রোদে বসে। একটা কাক তাঁকে অনেকক্ষণ ধরে জ্বালাতন করছে। কাকটার সাহসেরও বলিহারি! এ বাড়িতে ঠাকুরঝি জেগে থাকতে বেড়াল কুকুর কাকপক্ষী ঢুকতে বড় একটা সাহস পায় না। কে কোথাকার এঁটোকাঁটা আঁস্তাকুড় টেনে আনে ঘরে, সেই ভয়ে ঠাকুরঝি লাঠিটি হাতে সারা বাড়ি খোঁড়া পায়ে ডিং মেরে মেরে ঘুরে বেড়ান। কত কুকুর, বেড়াল, কাকপক্ষী যে তাঁর হাতে রামঠ্যাঙ্গা খেয়েছে, তার ইয়ত্তা নেই। ইদানীং তিনি শুধু লাঠির ওপর ভরসা না-রেখে পেয়ারা গাছের ডাল কাটিয়ে একটা গুলতি বানিয়ে নিয়েছেন। গুলতির যে চামড়ার অংশটুকুতে গুডুল ভরতে হয়, সে জায়গাটায় চামড়ার বদলে কয়েক পাল্লা ন্যাকড়ার পট্টি লাগিয়ে নিয়েছেন, চামড়া ছুঁতে পারেন না। গুলতি ছুড়ে ছুড়ে ঠাকুরঝির হাতের টিপও হয়েছে চমৎকার। সট সট করে গুডুল ছোড়েন, ঠিক গিয়ে বেড়ালের লেজের লোম খসিয়ে দেয়, কাকপক্ষীর ডানার পালক ঝরে যায়, কুকুরের ঠ্যাং খোঁড়া হয়। এ বাড়িতে আদ্যাশক্তি আছেন জেনেও কাকটা ঘুরঘুর করছে। তেল-মাখানো কাঁসার থালা, টিনের টুকরো রোদে পেতে দিয়েছেন বামাসুন্দরী, ডাল ফেটাচ্ছেন। ডাল ফেটানোতে তাঁর জুড়ি নেই। বারো মাস ডাল ফেটিয়ে তাঁর ডান হাতে বেশ জোর হয়েছে। পাঞ্জা কষলে মেজকাকা ব্যায়ামবীর

হারাধনও ঠাকুমাকে হারাতে বেগ পাবেন। তা ঠাকুমা ডাল ফেটাচ্ছেন। কাকটা ঘুরঘুর করছে। ডালে কালোজিরে মেশাবেন বলে কালোজিরের পুরিয়াটা পাশেই রেখেছেন। কাকটা এক ছোঁ দিয়ে নিয়ে গেল।

ঠাকুমা চেঁচালেন, "ও ঠাকুরঝি!"

কিন্তু ঠাকুরঝি তখন কোথায়! কেউ সাড়া দিল না।

ঠাকুমা বকবক করতে করতে উঠলেন। কাকটা পেঁপে গাছে উঠে বসে ছিল। কী খেয়ালে হুউশ করে উড়ে এসে ঠাকুমার খোঁপায় একটা ছোঁ মারল। তাতে ঘোমটা খসে গেল। ঠাকুমা ফের চেঁচালেন, "ও ঠাকুরঝি! কাকটার ভাবসাব মোটেই ভাল দেখছি না। গুলতিটা নিয়ে এসো!"

পুরুতমশাই সতীশ ভরদ্বাজ ঘোষালবাড়ির নারায়ণ পুজো সেরে ফিরছেন। এ সময়টায় মনোজদের বাড়িতে বসে তিনি খানিক খবরের কাগজ পড়ে যান, যাওয়ার সময়ে গৃহদেবতার ভোগটাও নিবেদন করে যান। এক কাপ চা, দুটো বিস্কুট আর পাঁচটা পয়সা তাঁর রোজগার বরাদ্দ। তিনি উঠোনে ঢুকে দেখেন, বামাসুন্দরী ডালের বাটি ফেলে বারান্দায় উঠে গিয়ে চেঁচামেচি করছেন, কাকটা ফেটানো ডালে নেচে বেড়াচ্ছে, সব ছয়ছত্রখান। বামাসুন্দরী তাঁকে দেখে প্রায় কেঁদে ফেললেন, "দেখেছেন ঠাকুরমশাই, দজ্জাল কাকের কাণ্ডটা?"

সতীশ ভরদ্বাজ বড় খাইয়ে মানুষ। বেশ লম্বা-চওড়া চেহারা, বড় ভুঁড়ি, বয়স সত্তরের কাছাকাছি। এ বয়সেও জোয়ানমদ্দরা মাছ বা রসগোল্লার কম্পিটিশনে তাঁর ধারেকাছে ঘেঁষতে পারে না। পাতে পড়তে-না-পড়তে তুলে ফেলেন। লোকে বলে তাঁর নাকি দুটো পোষা ভুত আছে, খাওয়ার সময়ে আবডাল থেকে তারাই সব তুলে খেয়ে ফেলে। নইলে ঠাকুরমশাই কি আর ওই অত চারটে মানুষের সমান খাবার খেতে পারেন? তবে সতীশ ভরদ্বাজ যে ভুত পোষেন, এ-বিষয়ে সন্দেহ নেই। প্রায় সময়েই দেখা যায়, খবরের কাগজ পড়তে পড়তে হঠাৎ তিনি 'উঁ' বলে যেন কার নিঃশব্দ ডাকে সাড়া দেন, ঘাড় ঘুরিয়ে হঠাৎ যেন কার সঙ্গে ফিসফিস করে খানিক কথা বলে নেন, আবার কখনও হঠাৎ রাস্তাঘাটে চেঁচিয়ে 'হাঁদু', 'ভুঁদু' বলে কাদের ডাকাডাকি করেন। এইসব কারণে সবাই তাঁকে খানিকটা ভয় খায়।

কাকের কাণ্ড দেখে সতীশ ভরদ্বাজ দাঁড়িয়ে গেছেন।

কিছুক্ষণ দেখে-টেখে একটা শ্বাস ফেলে খড়মের শব্দ তুলে বারান্দায় উঠে এলেন।

তাঁর জন্য রোদে গদিওলা মোড়া পেতে রাখা আছে, তাইতে বসে বললেন, "কাক! এ বাড়িতে মা আদ্যাশক্তি থাকতে কাক আসবে কোত্থেকে! তেমন সাহসী কাকই বা কই?"

ঠাকুমা কাঁদো-কাঁদো হয়ে বলেন, "ওই দেখুন লক্ষ্মীছাড়া এক বাটি মাসকলাই-বাটা নষ্ট করল। কত কষ্ট করে ফেটিয়েছি।"

"ও কাক নয় মা।" সতীশ ভরদ্বাজ গম্ভীর হয়ে বলেন।

"তবে কী?"

সতীশ ভরদ্বাজ আবার একটা শ্বাস ছাড়েন।

রঘু এসে খবরের কাগজ দিয়ে গেল। সতীশ ভরদ্বাজ কাগজ খুলে আইন-আদালতের খবর পড়তে পড়তে বললেন, "চল্লিশ বছর আগে জয়দেবপুরে একবার এই রকম কাকের পাল্লায় পড়েছিল মোক্ষদা ঠাকুমা। দেখতে অবিকল দাঁড়কাক, কিন্তু তার হাবভাব আর দুষ্টুবুদ্ধিতে ঠাকুমা অস্থির। রোজ এসে সব লণ্ডভণ্ড কাণ্ড করে যায়। তীর-ধনুক, ঢিল-পাটকেল, কাকতাড়ুয়া কোনও কিছুকে গ্রাহ্য করে না। সবশেষে জ্বালাতন হয়ে ডেকে পাঠাল আমাকে। গিয়েই বুঝলাম কাকের রূপ ধরে এ কোনও আত্মা-টাত্মা এসেছে। বললাম, এ কাক তো তাড়ালে যাবে না ঠাকুমা, নারায়ণ-পুজো দাও, আর শান্তি-স্বস্ত্যয়ন করাও। সেই করতেই কাকটা যে পালাল, আর এল না। এ কাকটাকে দেখুন না, যেন ঠিক কাক। কিন্তু কাকের মতো ব্যবহার কি? একটু লক্ষ করলেই দেখবেন, এ-পাখিটা কাকের চেয়েও কালো, ওর লাফানোটাও কাকের মতো নয়। এসব কীসের লক্ষণ সে আমি জানি। বাড়িতে একটা অমঙ্গল না হয়!"

ঠাকুমা হতবাক হয়ে দাঁড়িয়ে রইলেন। মুখে কথা নেই।

আর এ সময়ে গোয়ালঘরের দিক থেকে শোরগোল উঠল, রঘু আর বুড়ি ঝি কিরমিরিয়া চিৎকার করে বলছে, "ঠাকুরঝি পড়ে গেছে, ঠাকুরঝি পড়ে গেছে।"

তা এরকম শোরগোল প্রায়ই ওঠে। ঠাকুরঝি সাত দিনে সাতবার আছাড় খান। লোকে বলে, ওইটাই তাঁর নেশা। তাঁর হবি। যেখানে কেউ কোনওদিন পড়ে যায় না এমন শুকনো সমতল জায়গাতেও ঠাকুরঝি তাঁর বরাদ্দ আছাড়টা খেয়ে নেন। শোনা যায়, দেশের বাড়িতে সেই ঢাকা জেলার গ্রামে থাকতেও তিনি প্রায়ই ঘরের পাটাতনে মই বেয়ে পুরনো তেঁতুল কি আমচুর পাড়তে উঠে আছাড় খেতেন, পুকুরঘাটে পড়তেন, উঠোনে হড়কাতেন, এমন কী খোঁটায় বাঁধা গোরু পর্যন্ত তাঁকে দেখলে দৌড়ে এসে দড়ির প্যাঁচ মেরে ফেলে দিত। অত সব আছাড় খেয়ে খেয়েই তাঁর পা একটু খোঁড়া, হাতও একটু বাঁকা, গ্রামদেশে তো হাড় জোড়া দেওয়ার ডাক্তার ছিল না,

গ্রামের হাতুড়ে ডাক্তার পট্টি বেঁধে ছেড়ে দিত। ভাঙা হাড় বাঁকা হয়ে জোড়া লেগে যেত।

ঠাকুরঝি আছাড় খেয়েছেন শুনে পড়া ভণ্ডুল হয়ে গেল। মনোজ, সরোজ, পুতুল তিন ভাই-বোন যথাক্রমে ভূগোল, অঙ্ক, ইতিহাস ফেলে দৌড়ে উঠে এল। দুঃখবাবু উবু হয়ে বসে মন দিয়ে অঙ্ক কষছিলেন। অনেকক্ষণ বাদে টের পেলেন যে, সামনে ছাত্রছাত্রীরা কেউ নেই।

ভারী বিরক্ত হয়ে তিনি তখন গানের মাস্টারমশাই গণেশ ঘোষালের ঘরে গেলেন দুটো গল্প করতে। গিয়ে দেখেন, সেখানেও এক গোলমাল।

গণেশবাবু আত্মহত্যা করবেন বলে চালের বিমের সঙ্গে একটা মোটা দড়ির ফাঁস ঝুলিয়ে দড়িটা টেনেটুনে দেখছেন।

দুঃখবাবু বললেন, "এ কী?"

দৃশ্য দেখে দুঃখহরণবাবু চমকে উঠলেন না। মাসের মধ্যে দু-তিনবার গণেশ ঘোষাল আত্মহত্যার চেষ্টা করে থাকেন।

দুঃখবাবু দড়িটা দেখে বললেন, "ভাল বাঁধা হয়নি।"

গণেশবাবু ফাঁসটা ধরে একটু ঝুল খেয়ে বলেন, "না, দিব্যি শক্ত হয়েছে।"

দুঃখবাবু মাথা নেড়ে বলেন, "দড়িটাও বেশ পুরনো, মাঝখানে ফেঁসো বেরিয়ে আছে। ফাঁস গলায় দিয়ে ঝুলবার সময়ে যদি দড়ি ছিঁড়ে যায় তো পড়ে গিয়ে হাত-পা ভাঙবে।"

গণেশবাবু তাচ্ছিল্যের সঙ্গে বললেন, "ভাঙে ভাঙুক। ভারী তো তুচ্ছ হাত-পা। মরতে গেলে হাত-পায়ের চিন্তা করলে চলে না মশাই।"

দুঃখবাবু ভেবে চিন্তে বলেন, "সে অবশ্য ঠিক। দড়িটা কি গোয়াল থেকে আনলেন নাকি?"

গণেশবাবু মাথা নেড়ে বলেন, "হ্যাঁ। গোরুর গলা থেকে খুলে এনেছি। বদমাশ গোরুটা ঢুসিয়ে দিতে এসেছিল, কোনওক্রমে বেরিয়ে এসে দরজার ঝাঁপটা টেনে দিয়েছিলাম ভাগ্যিস।"

দুঃখবাবু চেয়ারে পা তুলে বসে বললেন, "এই সকালবেলাতেই মরতে চাইছেন কেন? সকালবেলাটা সুইসাইড করার পক্ষে ভাল না। হুটহাট লোকজন এসে পড়তে পারে। এ-সব গভীর রাতে করতে হয়, যখন কেউ এসে বাঁচাতে পারবে না।"

"হুঁ।" বলে গণেশবাবু দুঃখবাবুর দিকে একটু কটমট করে চেয়ে থেকে বললেন, "গভীর রাত পর্যন্ত আমি জেগে থাকতে পারি না। এত ঘুম পায় যে, মরা-টরার কথা মনেই থাকে না।"

"আজকে কী হয়েছিল যে, মরতে যাচ্ছেন?"

গণেশবাবু মুখখানা ভার করে চোখ ছলছলিয়ে বললেন, "আবার কী! সেই সুরে ভুল। সকালে বসে হংসধ্বনি রাগটার ওপর একটু ঘষামাজা করছিলাম, পরপর দুবার তালে লয়ে ভুল হয়ে গেল। কালু মিশিরের শিষ্য আমি, আমার ভুল হওয়ার মানে তো পৃথিবীতে প্রলয় হয়ে যাওয়া। গুরুজি তো আজ প্রায় ত্রিশ বছর হল দেহরক্ষা করেছেন, তবু যখন সকালে রেওয়াজ করতে বসি তখন যেদিন ঠিকঠাক সুরে-লয়ে-তালে গাই সেদিন নির্ঘাত শুনতে পাই অনেক দূর থেকে যেন মৃদু একটা তবলায় ঠেকা দেওয়ার শব্দ আসছে। গায়ে কাঁটা দেয় মশাই, পরিষ্কার বুঝতে পারি স্বর্গে বসে গুরুজি আমার গান শুনছেন, আর তবলার ঠেকা দিয়ে দিয়ে সম আর ফাঁক দেখিয়ে দিচ্ছেন। কখনও কখনও তারিফ করে 'কেয়াবাত' বলে চেঁচিয়ে ওঠেন।"

"ওরে বাবা", দুঃখবাবু বলে ওঠেন। অবশ্য কথাটা তিনি গণেশবাবুর গুরুজির কথা শুনে বলেননি, আসলে তাঁকে এ সময়ে কুটুস করে একটা ছারপোকা কামড়েছিল। তিনি উবু হয়ে বসেই চেয়ারে ছারপোকা খুঁজতে লাগলেন।

গণেশবাবু চোখ মুছে বলেন, "জীবন তুচ্ছ, তালেই যদি ভুল হল, লয়ই যদি গোল পাকাল, তা হলে বেঁচে থেকে লাভ কী?"

ছারপোকা খুঁজতে খুঁজতে দুঃখবাবু বলেন, "কাজটা ভাল করেননি।"

"না না, বেশ করছি। আপনি আমাকে বাধা দেবেন না। মরে গুরুজির কাছে যাব, তিনি আমাকে মুখোমুখি পেয়ে পায়ের নাগরাটা দিয়ে আচ্ছাসে জুতোপেটা করবেন, তবে আমার শান্তি। এ-কাজে আমাকে বাধা দেবেন না দুঃখবাবু।"

দুঃখবাবু বিরক্ত হয়ে বলেন, "কে বাধা দিচ্ছে! মরতে হয় মরুন, তা বলে গোয়াল থেকে দড়িটা আনা আপনার ঠিক হয়নি। একটু আগেই গোয়ালঘর থেকে চেঁচামেচি আসছিল, বোধহয় আদ্যাশক্তি দেবী গোয়ালে গোবর আনতে গিয়েছিলেন, সেই সময়ে ছাড়া গোরুটা তাঁকে বুঝি খুব ঢুঁসিয়ে দিয়েছে। ও গোরুটা রামু ছাড়া কাউকে মানে না! এখন যদি সকলে গোরুটা কে ছাড়ল তা খুঁজে দেখতে গিয়ে আপনার ঘরে এসে চোরাই দড়িটা পায় তো বড় লজ্জার কথা।"

গণেশবাবুর মুখটা শুকিয়ে গেল, বললেন, "তাই তো!"

"সব কিছুই ভেবেচিন্তে করতে হয়। গলায় দড়ি দেওয়ারও একটা ক্যালকুলেশন আছে। হুঁ-হুঁ! পটেশ্বর ওঝা রেললাইনে গলা দিতে গিয়েছিল তার বউয়ের সঙ্গে রাগারাগি করে। রাতে গিয়ে লাইনে গলা দিয়ে পড়ে রইল, কিন্তু গাড়ি আর আসে না। পটেশ্বরকে খাতির করতে গাড়ি তো আর আগেভাগে এসে পড়তে পারে না, তারও টাইম আছে। তা পটেশ্বর অপেক্ষা করতে করতে কখন লাইনে মাথা রেখে ঘুমিয়ে

পড়েছে। ভোরবেলা গাড়ি এল, কিন্তু অনেক দূর থেকেই ড্রাইভার সাহেব রেললাইনে মানুষ শুয়ে আছে দেখে গাড়ি থামিয়ে ইঞ্জিনের কু দিল। সেই কু শুনে ঘুম ভাঙতেই পটেশ্বর গা ঝাড়া দিয়ে উঠে বসে ভাবল, যাক বাবা, মরা-টরা হয়ে গেছে। ব্যথা-ট্যথাও খুব একটা পেতে হয়নি। এই ভেবে সে ঘাড়ে হাত দিতে ঘাড়খানা আস্ত দেখে আরও খুশি হয়ে গেল। ভাবল, মরার পর বোধহয় কাটা ঘাড় ফের জোড়া লেগে যায়। এই সময়ে ড্রাইভারসাহেব নেমে এসে পটেশ্বরকে এই মার কি সেই মার। বলে— রেললাইনটা তোমার মামদোগিরির জায়গা? সেই মার খেয়ে পটেশ্বর পনেরো দিন হাসপাতালে ছিল। ক্যালকুলেশনের ভুলে তার মরাও হল না, বরং মার খেয়ে হাসপাতালে পড়ে থাকতে হল। তাই বলছিলাম।"

আদ্যাশক্তি দেবী আছাড় খেয়েছেন শুনলে কেউ আজকাল আর অবাক হয় না। কেউ যদি কাউকে গিয়ে বলে, জানো, আদ্যাশক্তি দেবী আছাড় খেয়েছেন? তা হলে যাকে বলা হয় সে একটু অবাক হয়ে বলবে, হ্যাঁ, সে আর বলার কী? উনি তো প্রায়ই তা খেয়ে থাকেন। ওটাই ওঁর অভ্যাস, নেশা।

তবু কেউ যদি আছাড় খায়ই, সে আদ্যাশক্তি দেবীই হোন বা আর যে কেউ হোক, নিয়ম হল লোকজন গিয়ে তাকে ধরাধরি করে তুলবে। গোয়ালঘরের চেঁচামেচি শুনে তাই সবাই দৌড়ে গেল।

গিয়ে দেখে, গোয়ালঘরের এক কোণে যেখানে মনোজের কাকা বৈজ্ঞানিক এবং ব্যায়ামবীর হারাধন গোবর গ্যাস তৈরি করার জন্য বিশাল এক গর্তে গোবরের তাল জমিয়ে রেখে পচাচ্ছিল সেখানে আদ্যাশক্তি দেবীর অর্ধেক ডুবে আছে। তিনি নিঃশব্দে চেঁচাচ্ছেন। অর্থাৎ তাঁর মুখ নড়ছে, কিন্তু শব্দ বেরোচ্ছে না।

রাখোবাবু গম্ভীর মুখে বললেন, "এ নিশ্চয়ই হারিকেনের কাজ।"

বুড়ি ঝি কিরমিরিয়ার অভ্যাস হল, বাড়িতে কোনওরকম ঘটনা ঘটলেই সে বিলাপ করে কাঁদতে বসবে। রাখোবাবু যদি মনোজকে বকেন তো কিরমিরিয়া কাঁদতে বসে। পুতুলের ড্রইং-এর খাতা হারালেও কারও কিছু নয়, কিরমিরিয়া বিলাপ করতে বসল— ও বাবাগো, খোঁকির খাতাটা কোথায় গেল গো? খোঁকির এখন কী হবে গো! ইস্কুলের দিদিমণি এখন খোঁকিকে বকবে গো! সারাদিন তার বিলাপের জ্বালায় সবাই অস্থির। এখন বাড়িতে যাই ঘটুক, কিরমিরিয়াকে কেউ খবর দেয় না।

প্রায় দুদিন কিরমিরিয়া বিলাপ করেনি। বিলাপ না করলে তার পেট ফেঁপে যায়, খিদে নষ্ট হয়ে মুখে অরুচি হয়। রোগাও হয়ে যায় সে। দুদিন বাদে আজ জবর ঘটনা দেখে কিরমিরিয়া গিয়ে গোবরে অর্ধেক ডুবে-থাকা আদ্যাশক্তি দেবীর মুখের সামনে উবু হয়ে বসে মনের সুখে কেঁদেকেটে বিলাপ করতে লাগল, "ও ঠাকুরঝি গো, এত

জায়গা থাকতে তুমি কেন গোবরে গিয়ে পড়লে গো! উঠোনে পড়লে না, পুকুরে পড়লে না, ছাদ থেকে পড়লে না, গোবরে গিয়ে পড়লে গো! এখন তোমারই বা কী হবে, গোবরেরই বা কী হবে গো?"

খবর পেয়ে পাড়ার লোকজনও সব এসে জুটেছে। তাদের মধ্যে একজন হচ্ছে শ্রুতিধর ঘোষ। শ্রুতিবাবুর এক অভ্যাস, কিছু দেখলে বা শুনলে তাঁর আর-একটা কিছু মনে পড়ে যায়। কিন্তু ঠিক মনে পড়ে বলেও বলা যায় না। কী যেন একটা মনে আসি আসি করে, কিন্তু আসে না। যেমন একবার দুঃখবাবুর পেটের ব্যথা হওয়ায় তিনি এসে বললেন, "পেটের ব্যথার তিনটে খুব ভাল ওষুধ আমি জানি।"

"কী বলুন তো!" দুঃখবাবু খুব উৎসাহের সঙ্গে বলেন।

তখন অনেকক্ষণ চিন্তা করে শ্রুতিবাবু বললেন, "একটা হল গিয়ে ইয়ে, মানে ওই আর কী!"

রাখোবাবু পাশেই ছিলেন, বললেন, "আর দুটো?"

শ্রুতিবাবু আবার চিন্তা করে বললেন, "আর-একটা যেন কী! আর তৃতীয় ওষুধটার নাম ভুলে গেছি।"

তবু সবসময়েই শ্রুতিবাবুর কী যেন মনে-পড়ি-পড়ি করে, এই যেন এক্ষুনি মনে পড়ে যাবে, প্রায় এসে গেছে মাথায়।

সেই শ্রুতিবাবু আদ্যাশক্তির অবস্থা দেখে বললেন, "গোবরে... গোবরে... কী যেন?"

তার ভাইপো ফচকে ফটিক বলল, "গোবরে পদ্মফুল?"

"না, না। গোবরে আর একটা কী যেন!"

"গুবরে পোকা।"

"দূর ফাজিল।" শ্রুতিবাবু রেগে যান। তারপর রাখোবাবুর দিকে চেয়ে বলেন, "ব্যাপারটা কী হল মশাই? গোবরে পিসিমা কেন?"

রাখোবাবু খুব ভেবেচিন্তে বলেন, "আমরাও তাই ভেবে মরছি। তবে মনে হয় এটা হারিকেনের কাজ।"

"হারিকেন!" বলতে গিয়েই শ্রুতিবাবুর আবার কী যেন মনে আসি আসি করে। ভাবতে ভাবতে বলেন, "হারি, হারি! হারি আপ কী-একটা কথা আছে না? তার মানে বলতে চাইছেন, হারি মানে তাড়াহুড়ো করতে গিয়ে পিসিমার এই দশা! এখন প্রশ্ন হল কেন, কেন এই হারি! হারি কেন? তাই না?"

রাখোবাবু বিরক্ত হয়ে বলেন, "মোটেই না। আমাদের বদমাশ গোরুটার নাম হারিকেন। হারিকেন হচ্ছে একরকমের সামুদ্রিক ঝড়। ও বাচ্চা ছেলেও জানে।

আমাদের গোরুটা ঝড়ের মতো দৌড়য়, গুঁতোয়, বেড়া ভাঙে, গাছ ওপড়ায় বলে ওর ওই নাম রাখা হয়েছে। মনে হচ্ছে সেই গোরুটাই পিসিমাকে গুঁতিয়ে নিয়ে গোবরে ফেলেছে। কিন্তু গোরুটা তো বেশ ভাল করে বাঁধা ছিল, একটু বাদে তাকে মাঠে নিয়ে গিয়ে রঘু খোঁটা পুঁতে দিয়ে আসবে কথা ছিল। সেটা ছাড়া পেল কীভাবে?"

এক গাল হেসে শ্রুতিবাবু বললেন, "ওই হল। হারিকেনের গুঁতোর ভয়ে হারি করতে গিয়ে তাড়াতাড়ি পিসিমা গোবরে পড়েছেন। কিন্তু গোবর নিয়ে কী একটা কথা আছে, কিছুতেই মনে পড়ছে না।"

এই বলে শ্রুতিবাবু ভাবেন।

ফটিক বলে, "ষাঁড়ের গোবর।"

"দূর।"

"মাথায় গোবর।" ফটিক ফের বলে।

শ্রুতিবাবু তার দিকে কটমট করে তাকান।

ফটিক ফচকে হেসে বলে, "পালোয়ান গোবরবাবু?"

কিরমিরিয়া একটু কান্না থামিয়ে কথাবার্তা শুনে নিয়ে ফের ডুকরে ওঠে, "ও বাবা গো, হারিকেনটাই বা কোথায় গেল গো! সে যে এখনও ভাল করে সকালের জাবনা খায়নি গো! সে যে না খেয়ে খেয়ে ল্যাজে গোবরে হয়ে যাবে গো!"

"ওই!" শ্রুতিবাবু চেঁচিয়ে উঠে বললেন, "ওই মনে পড়েছে। ল্যাজে গোবরে! হেঃ হেঃ, এ যে দেখছি পিসিমার একেবারে ল্যাজে গোবরে অবস্থা!"

আদ্যাশক্তি দেবী বুক সমান গোবরের গর্তের মধ্যে পোঁতা। ঘন গোবরের টালের ভিতর থেকে নিজে নিজে বেরিয়ে আসবেন সে সাধ্য নেই। ঘন মধুর মধ্যে পড়লে মাছি যেমন আটকে যায়, তাঁর অনেকটা সেই দশা। অনেকক্ষণ চেঁচামেচি করায় গলা বসে গেছে, বাক্য বেরোচ্ছে না। তিনি দুহাত বাড়িয়ে সবাইকে বলতে চাইছেন, "ওরে তোরা আমাকে টেনে তোল।"

কিন্তু সে কথায় কেউ কান দিচ্ছে না।

দুঃখবাবু আর গণেশবাবু এসে গোয়ালঘরে ঢুকে চুপচাপ দাঁড়িয়ে রয়েছেন। গণেশবাবুর চাদরের তলায় গোরুর দড়িটা লুকোনো আছে, কিন্তু সেটা বের করতে সাহস হচ্ছে না।

মনোজ দুঃখবাবুকে জিজ্ঞেস করল, "মাস্টারমশাই গোবরের ইংরিজি কী?"

"কাউডাংগ।"

"আর পিসিমা হল আন্ট, না?"

"হ্যাঁ।"

"তা হলে গোবরে পিসিমা কেন, এর ইংরিজি হবে হোয়াই আন্ট ইজ ইন কাউডাংগ, না মাস্টারমশাই?"

"হুঁ।"

"ল্যাজে গোবরের ইংরিজি কী হবে মাস্টারমশাই?"

দুঃখবাবু বলতে পারলেন না। সন্তর্পণে একবার রাখোবাবুর দিকে তাকালেন। রাখোবাবু ভ্রূ কুঁচকে দুঃখবাবুর দিকেই চেয়ে ছিলেন। বললেন, "এরকম ছোটখাটো সব ঘটনার ভিতর দিয়ে শেখালে ছেলেদের শিক্ষা ভাল হয়। ল্যাজে গোবরের ইংরিজিটা ওকে শিখিয়ে দিন দুঃখবাবু।"

দুঃখবাবু দুঃখের সঙ্গে মাথা চুলকোলেন। বললেন, "টেইল ইন কাউডাংগ। অ্যান্ড কাউডাংগ ইন টেইল।"

সারা উঠোনে ডালবাটা ছত্রখান হয়ে ছিল। এখানে সেখানে ডালবাটায় কাকের পায়ের ছাপ। এতক্ষণ সারা উঠোনে হুটোপাটা করে কাকটা পেঁপে গাছে বসে ঠোঁট দিয়ে তার গা পরিষ্কার করছিল।

বামাসুন্দরী হাতজোড় করে কাকটাকে প্রণাম করে বললেন, "যাই, ঠাকুরঝি আজ আবার কী কাণ্ড বাধালে দেখে আসি। আছাড় খেতে পারেও বটে মানুষটা, আমাদের এত বয়স হল, এখনও তো অত আছাড় খেতে পারি না।"

সতীশ ভরদ্বাজ গম্ভীরভাবে বারান্দার চেয়ারে বসে পুজোর চাল-কলার পেতলের রেকাবিখানা টেবিলের ওপর রেখে খবরের কাগজটা পড়ছিলেন। তারপর শব্দ করে খবরের কাগজ পড়তে লাগলেন, "জিনিসপত্রের দাম ক্রমশই বৃদ্ধি পাইতেছে। এইরূপ বৃদ্ধি পাইলে গরিব মনুষ্যেরা কী করিয়া প্রাণধারণ করিবে, কাহার কাছে হাত পাতিবে? হ্যাঁ, ঠিকই তো, ইয়ার্কি পেয়েছ নাকি? ইহারা কী করিয়া ইয়ে করিবে?"

ঠাকুরমশাই একটু অন্যরকম করে কাগজ পড়েন। বেশ বসে জোরে জোরে খবর পড়ছেন, পড়তে পড়তে উত্তেজিত হয়ে তার ভিতরেই নানারকম মন্তব্য করতে থাকেন। শুনলে মনে হয় যেন ওসব কথাও কাগজে ছাপা আছে।

যেমন তিনি এখন পড়ছেন, "কালিচরণ সাধুকে পুলিশ দায়রায় সোপর্দ করিয়াছে। সে নাকি পঞ্চবর্ষীয়া এক বালিকার কান হইতে দুল ছিনাইয়া লইয়া... ইস, ছিঃ ছিঃ— বালিকাটির কান কাটিয়া প্রবল রক্তপাত হইতে থাকে... চামারটাকে জুতোপেটা করতে হয়।... দুই দলের খেলায় কেহই গোল করিতে পারে নাই— তা পারবে কেন, অপদার্থ সব। সিমলায় প্রচণ্ড তুষারপাত... উঃ হুঁঃ হুঁঃ হুঁঃ, বরফ বড় ঠান্ডা রে বাপ!

মুরগিহাটায় জোড়া খুন... ছুরিকাঘাতে... বাবারে, ছুরি যখন কচ করে শরীরে ঢোকে তখন না জানি কেমন লাগে!"

ঠিক এ সময়ে ঝপাত করে কাকটা নেমে এল বারান্দার রেলিঙে। বসে ডাকল, "কা?"

ঠাকুরমশাই কাগজটা নামিয়ে ডবল পাওয়ারের চশমার ওপরের অংশটা দিয়ে কাকটাকে দেখে বললেন, "কা তব কান্তা কস্তে পুত্রঃ? তোমার স্ত্রীই বা কোথায় ছেলেপুলেই বা কোথায়? পশুপাখির আত্মীয়স্বজন থাকে না। বড় হতভাগ্য হে তোমরা।" বলে খবরের কাগজটা ফের তুলে নিয়ে পড়তে লাগলেন "বর্ধমানে বড় কাকের উৎপাত বাড়িয়াছে। এই কাকগুলি কিছু অন্যরকম। সাধারণ কাক নয়। গৃহস্থের বাড়িতে ঢুকিয়া ইহারা দিনে ডাকাতি করিতেছে..."

কাকটা ডাকল, "ক্বঃ।"

ঠাকুরমশাই ফের কাকটার দিকে চেয়ে বললেন, "কস্তং? কে তুমি? কোত্থেকে আসছ? বর্ধমান নয় তো? তোমার ভাবসাব ভাল ঠেকছে না হে! গচ্ছ, গচ্ছ।"

কাকটা একটু কাসির শব্দ করে বলল, "ক্যায়াও?"

"ঝোলালে। ক্যায়াওটা আবার কী?"

কাকটা এক লাফে টেবিলের ওপর চলে এল। তারপর চোখের সামনে, হাতের নাগালে বসে টাউ টাউ করে চালকলা খেতে লাগল।

ঠাকুরমশাই তেড়ে গিয়ে বললেন, "হুশ।"

কাকটাও চাল ঠুকরে দিতে এসে বলল, "কবয়ঃ।"

সতীশ ভরদ্বাজ পিছিয়ে এলেন।

"কবয়ঃ?" ঠাকুরমশাই বললেন, "এ তো বিশুদ্ধ সংস্কৃত!"

"কয়।" কাকটা বলল।

ঠাকুরমশাইয়ের হাত থেকে কাগজটা খসে পড়ে গেল। হঠাৎ তিনি বুঝতে পারলেন, এতক্ষণ ধরে যা হচ্ছে তা খুব সাধারণ ঘটনা নয়। বামাসুন্দরীকে ভয় খাওয়ানোর জন্য যা বানিয়ে বলেছিলেন তাই বুঝি সত্যি হল! তিনি হঠাৎ হাউমাউ করে দৌড়ে গিয়ে উঠোনের ওপাশে বৈজ্ঞানিক হারাধনের ল্যাবরেটরিতে ঢুকে টেবিলের ওপর হুমড়ি খেয়ে পড়লেন। সেখানে একটা উপুড় করা গামলার মতো কী-এক যন্ত্র, সেটা ছোঁয়ামাত্র ঠাকুরমশাইয়ের গা কাঁটা দিয়ে উঠল, মাথার চুল এমন কী টিকিটা পর্যন্ত দাঁড়িয়ে গেল। শরীরে একটা শিরশির ভাব।

টেবিলের ওপাশ থেকে হারাধন গম্ভীরভাবে বলল, "সাকসেসফুল।"

"কী বাবা, কী সাকসেসফুল?"

“স্ট্যাটিক ইলেকট্রিসিটি। এতক্ষণ এটা নিয়ে এক্সপেরিমেন্ট করছিলাম।”

মনোজের মেজকাকা ভজহরি বাজার করার ব্যাপারে খুব পাকা লোক। সবাই বলে, ভজবাবুর মতো বাজাডু দুনিয়ায় দুটো নেই। বাজারের যত ব্যাপারী আর দোকানদার বাজাডু ভজহরিকে দেখলেই ভয় পায়। যে তে-এঁটে সবজিওলা সকাল থেকে ফুলকপির দর দেড় টাকার এক পয়সা নীচে নামায়নি, সে পর্যন্ত বাজাডু ভজবাবুকে দেখলে নার্ভাস হয়ে নিজে থেকেই ‘পাঁচসিকে’ বলে ফেলে। যে-সব দোকানদার গোলমেলে দাঁড়িপাল্লা বা বাটখারা দিয়ে ওজন করে, তারা ভজবাজাডুর গন্ধ পেলেই সব সরিয়ে ফেলে ভালমানুষ সাজে। অবশ্য ভজবাবু কখনও দোকানদারের দাঁড়িপাল্লা বা বাটখারায় মেপে জিনিস কেনেন না, তাঁর সঙ্গে সবসময়ে নিজস্ব দাঁড়িপাল্লা এবং বাটখারা থাকে। রান্নার ঠাকুর গুঁফো মিশির আর চাকর রঘু সেসব বাজারে বয়ে নিয়ে যায়।

ভজবাবুর বাজার করার কায়দা একটু অন্যরকম। সে কায়দাটা এমনই অদ্ভুত যে অন্য খদ্দেররা নিজেদের বাজার করা বন্ধ রেখে ভজবাজাডুর বাজার করা হাঁ করে দেখে।

যেমন আজ টমেটোওলা ভজবাবুকে দেখে খুব বিনয়ী হাসি হেসে এক গালের পান অন্য গালে নিয়ে আড়াই টাকার টমেটোর দাম ন'সিকে চেয়ে বলল, “আপনি বলেই চার আনা ছেড়ে দিলাম।”

ভজবাবু নির্নিমেষলোচনে টমেটোওলার দিকে খানিকক্ষণ চেয়ে রইলেন। পাড়ার থিয়েটারে কেপুবাবু সিরাজদ্দৌলা সেজে মহম্মদী বেগ-এর হাতে ছোরা খেয়ে যেমনভাবে চেয়েছিলেন (সে দৃশ্যে যে হাততালি পড়েছিল তা দু'মাইল দূর থেকে শোনা যায়) ঠিক তেমনি চোখের দৃষ্টি ভজবাবুর। সেই চোখ দেখে টমেটোওলার রক্ত জল হয়ে যেতে লাগল। মিনমিন করে সে আরও দুআনা ছেড়ে বলল, “ঠিক আছে ভজবাবু, না হয় দু আনা কম দেবেন।”

ভজবাবু সে কথার উত্তর দিলেন না। তাঁর থমথমে মুখচোখ ক্রমে লাল হয়ে উঠেছিল। চোখ দুটো স্থির, নাকের পাটা কাঁপছে। এক পাশে বেগুন দর করতে করতে, অন্য পাশে পালং শাক থলিতে ভরতে ভরতে দুজন-চারজন করে লোক এগিয়ে এসে আশেপাশে দাঁড়িয়ে গেল। ভজবাবুর পার্ট দেখবে।

ভজবাবুর ঠোঁট কেঁপে উঠল, ফিসফিস করে প্রথমে বললেন, “মহাপাপ!”

কথা শোনার জন্য দু-চারজন কান এগিয়ে আনল।

ভজবাবু এবার আর-একটু জোরে বলে উঠলেন, “মহাপাপ!”

সেই গম্ভীর ধ্বনি শুনে টমেটোওলার মুখ শুকিয়ে গেল।

পরক্ষণেই ভজবাবু হঠাৎ দুহাত লাফিয়ে উঠে বিকট হুংকার ছাড়লেন, "মহাপাপ! মহাপাপ! মহাপাপ!"

যারা কান এগিয়ে এনেছিল, তারা এই বিকট শব্দে কান চেপে ধরে পাঁচ হাত করে পিছিয়ে গেল।

ভজবাবু লাফাচ্ছেন আর হুংকার দিচ্ছেন, "মহাপাপ! পৃথিবী রসাতলে যাবে।" তারপর টমেটোওলার দিকে আঙুল তুলে চেঁচাতে লাগলেন, "তুইও রসাতলে যাবি। এখনও সময় আছে, বল ঠিক করে।"

টমেটোওলা নিথর হয়ে বসে রইল খানিকক্ষণ। তারপর হঠাৎ চোখ মুছে ধরা গলায় বলল, "সাত সিকে। দিন বাবু, আপনার দাঁড়িপাল্লা দিন।"

ভজবাবু সব জায়গায় এক কায়দা খাটান না। তা হলে আর বাজাডু হিসেবে তাঁর অত নাম-ডাক কীসের?

টমেটোওলাকে কাঁদিয়ে তিনি পালং শাক বেচতে-আসা একটা ছোটমেয়ের ঝুড়ির সামনে এসে দাঁড়ালেন। মেয়েটার বয়স দশ বছর হবে। পান-খাওয়া রাঙা ঠোঁট চেপে খুব গম্ভীরমুখে নাকে নোলক দুলিয়ে বসে ছিল।

ভজবাবু তার সামনে উবু হয়ে বসে মুখের দিকে চেয়ে ভারী মোলায়েম হেসে ছড়া কাটার মতো সুর করে বলতে লাগলেন, "ও খুকি, তুমি পান খেয়েস? বাঃ বাঃ, পান খেয়েস! নাকে নোলক মুখে পান, জয় জয় বলো জয় ভগবান।"

মেয়েটা ভয় পেয়ে খুব সন্দেহের চোখে ভজবাবুকে দেখতে থাকে।

ভজবাবু মাথা নেড়ে নেড়ে বলেন, "খুকি নোলক পরেসে, খুকি পান খেয়েসে। খুকি নোলক পরেসে, খুকি পান খেয়েসে। পালং শাক কত করে গো খুকি?"

মেয়েটা মুখ-ঝামটা দিয়ে বলল, "টাকা টাকা।"

ভজবাবু মুখখানা ভার করে বললেন, "পান খাওয়ার কথায় রাগ করলে খুকুসোনা? এমাঃ, রাগ করলে! পালং কখনও এক টাকা হয়?"

মেয়েটা কাঁদো কাঁদো হয়ে বলে, "বাবা বলে গেছে, এক টাকার কমে কাউকে বেচবি না।"

ভজবাবুর দুচোখ বেয়ে টপটপ করে জল পড়তে লাগল। হাপুস চোখে কেঁদে ভজবাবু বললেন, "ও খুকি, তুই আমার ওপর রাগ করলি শেষে! পান খাওয়ার কথা বললাম বলে রাগ করলি?"

কান্নাকাটি দেখে ছোট মেয়েটা ঘাবড়ে গিয়ে দিশেহারার মতো বলে ফেলে, "তা আমি কী করব? বাবা বলে গেল যে!"

ভজবাবু চোখ মুছে ধরা-গলায় বলেন, "তুই বুঝি বাপের সব কথা শুনিস খুকি?

চুরি করে তেঁতুল খাস না? নতুন জামার জন্য বায়না করিস না? কাজের সময়ে পালিয়ে খেলতে যাস না?”

মেয়েটা ফিরিক করে হেসে বলল, “আচ্ছা, বারো আনা করে দাও।”

মেছোবাজারে কানাই মাছওলা বড় ভয়ংকর লোক। সবাই জানে, কানাই দিনে মাছ বেচে, রাতে ডাকাতি করে। গুলিপাকানো বিশাল চেহারা তার, চোখ দুখানা সবসময়ে গাঁজাখোরের মতো লাল, খদ্দেরদের সঙ্গে ধমক-ধামক দিয়ে কথা বলে। আধমন একমন ওজনের বড় বড় মাছ হেলাফেলায় তুলে ভচাং ভচাং করে কেটে ফেলে লহমায়। বুকের পাটা না থাকলে কেউ কানাইয়ের সঙ্গে দরাদরি করতে যায় না।

কানাইয়ের দোকানে আজ মস্ত মস্ত কইমাছ। দূর থেকে ভজবাজাড়ুকে দেখেই কানাই তড়িঘড়ি কইমাছগুলোকে গামছা-চাপা দিয়ে রাখল। পনেরো টাকা দর দিয়ে রেখেছে, ভজবাবু দেখলেই দশ টাকায় নামিয়ে ফেলবে। তার চেয়ে চেপে রাখা ভাল।

কিন্তু কইমাছ চাপা কি সোজা! তারা লাফায়, হাঁটে, ছোটে। গামছায় চাপা কইমাছেরা গামছাটা ছেঁড়ার জোগাড় করে তুলল।

ভজবাবু এসে গম্ভীরমুখে বললেন, “গামছাটা কত দিয়ে কিনেছিলি?”

কানাই মাথা চুলকে বলে, “কত আর! তিন টাকা বোধহয়।”

ভজবাবু তেমনি গম্ভীর মুখে বলেন, “মাছের দামের সঙ্গে গামছার দামটা যোগ করে বল কইমাছের দর কত।”

কানাই মুখখানা কাঁচুমাচু করে বলল, “ও মাছ বিক্রি হয়ে গেছে, তাই ঢেকে রেখেছি।”

“কে কিনেছে?”

কানাই অন্যদিকে চেয়ে বলল, “দারোগাবাবু।”

এসব চালাকি ভজবাবু জানেন, তাই একটুও না ঘাবড়ে বললেন, “আমি তো থানার কাছ দিয়েই যাব। মাছগুলো দিয়ে দে বরং, পৌঁছে দিয়ে যাবোখন। দারোগাবাবু আবার নিশিকান্তপুরের ডাকাতির ব্যাপারে আমার পরামর্শ চেয়েছিলেন।”

কানাইয়ের মুখের চেহারা পালটে যায়। পনেরো টাকার মাছ সে তখন বারো টাকায় ছাড়তে রাজি। নিশিকান্তপুরের ডাকাতিটা নিয়ে হইচই করছে পুলিশ।

ওর মুখের চেহারা দেখে ভজবাবু বুঝতে পারলেন যে, কানাইকে এবার বাগে পাওয়া গেছে। জজ যখন আসামির ফাঁসির হুকুম দেয়, তখন যেমন গম্ভীর-করুণ মুখের ভাব করে, ঠিক তেমনি মুখ করে ভজবাবু কানাইয়ের দিকে চেয়ে আছেন। তা দেখে কানাইয়ের বুক কেঁপে ওঠে। সে ভয়ে ভয়ে বলে, “দারোগাবাবু বোধহয় মাছের কথা ভুলেই গেছেন। আপনি যখন বলছেন—”

ভজবাবুর ইঙ্গিতে রঘু দাঁড়িপাল্লা আর গুঁফো মিশির বাটখারা বের করে ফেলেছে। ঠিক এ-সময়ে একটা বাধা পড়ল।

হয়েছে কী, গোয়েন্দা বরদাচরণ আর তার অ্যাসিস্ট্যান্ট ভাগ্নে চাক্কুও বাজারে এসেছে। সবাই জানে, ভজবাবু বাজারে এলে সব জিনিস শস্তা হয়ে যায়। তাই ভজবাবুর পিছু পিছু বাজার করার জন্যে অনেকেই তক্কে তক্কে থাকে। যেই ভজবাবু আড়াই টাকার মাল সাত সিকেতে কিনে নেন অমনি অন্য বাজাড়ুরা সেই দোকানিকে ছেঁকে ধরে সব মাল সাত সিকে দিয়ে চিলু-চিলু করে কিনে নেয়। বরদাচরণও সেই দলের।

বরদাচরণ কইমাছ বড় ভালবাসেন। এ বছর এখন পর্যন্ত কইমাছ খাওয়ার ভাগ্য তাঁর হয়নি। আজই প্রথম কানাই-মাছওলা কইমাছ নিয়ে বসেছে। অথচ বরদাবাবুর কিছু করারও নেই, কারণ বাজাড়ু ভজহরি মাছগুলিকে প্রায় গ্রেফতার করে ফেলেছেন। তাই গোয়েন্দা বরদাচরণের মুখটা খুবই বিষণ্ণ হয়ে গেল।

ভাগ্নে চাক্কু ব্যাপারটা লক্ষ করে খানিক ভেবে নিয়ে মামার কানে কানে কী যেন একটু বুদ্ধি দিল। তখন মুখখানা উজ্জ্বল হয়ে উঠল বরদাচরণের।

তিনি কাঁচুমাচু মুখ করে ভজবাবুর কাছে গিয়ে খুব কুণ্ঠিত গলায় বললেন, "ভজহরিবাবু, একটু কথা ছিল।"

বাজার করার সময়ে ভজবাবু তৃতীয় পক্ষের সঙ্গে কথা বলতে ভালবাসেন না। ওস্তাদ কালোয়াত যেমন গানের সময়ে কেবল তবলচি বা তানপুরোওলা ছাড়া জগতের আর সব ভুলে যায়, ভজবাবুও বাজার করার সময়ে দোকানদার ছাড়া আর কাউকে মনে রাখতে চান না। বাজার করাটাও একটা আর্ট, আর আর্টের সময়ে কে ভ্যাজাল পছন্দ করে?

বিরক্ত ভজবাবু বলেন, "কথার আর সময় ছিল না? কইমাছগুলো তুলছি, ঠিক এই সময়েই যত কথা!"

বরদাচরণ গম্ভীর হয়ে বললেন, "রাগ করবেন না ভজবাবু। আপনার বাড়িতে একটা অ্যাকসিডেন্ট হয়েছে।"

"অ্যাকসিডেন্ট!" ভজবাবুর হাত থেকে একটা মাছ লাফিয়ে পালিয়ে গেল। সেটাকে সাঁ করে ধরে ট্যাঁকে গুঁজে ফেলল কানাই। যা বাঁচানো যায়।

বরদাচরণ বিষণ্ণমুখে বললেন, "খুব খারাপ ধরনের অ্যাকসিডেন্ট। বাজারে আসবার পথে আপনার বাড়ির পাশ দিয়ে যখন আসছি তখন শুনি, ভিতরবাড়িতে তুমুল চেঁচামেচি হচ্ছে। বহু লোক ভিড় করেছে। আপনি একটু তাড়াতাড়ি চলে যান।"

ভজবাবু আর কইমাছের দিকে ফিরেও চাইলেন না। 'সর্বনাশ' বলে চেঁচিয়ে উঠে বাড়িমুখো ছুটতে লাগলেন।

ভজবাবু বাড়ির কাছাকাছি যখন এসে পড়েছেন তখন শ্রুতিধর ঘোষ আর ফচকে-ফটিকের সঙ্গে রাস্তায় দেখা। শ্রুতিবাবু একগাল হেসে ভজবাবুকে বললেন, "পড়ে গেছেন।"

হন্তদন্ত ভজবাবু আঁতকে উঠে বললেন, "মরে যায়নি তো?"

শ্রুতিবাবু একটু চিন্তা করে বললেন, "না বোধহয়।"

তখন ভজবাবুর মাথায় আর-একটা প্রশ্ন এল, উদ্বিগ্ন হয়ে বললেন, "কে পড়েছে বলুন তো!"

"পিসিমা।"

খুব হতাশ হয়ে ভজবাবু বললেন, "ওঃ! তাই বলুন।"

শ্রুতিবাবু খুব হেসে-টেসে বললেন, "গণেশবাবু গোরুর দড়ি চুরি করেছিলেন ফাঁসি যাওয়ার জন্য। ধরা পড়ে খুব নাকাল হচ্ছেন রাখোবাবুর কাছে। রাখোবাবু বলেছেন, এবার থেকে যেন গণেশবাবু ফাঁসি যাওয়ার জন্য নিয়মিত বাজার থেকে নতুন দড়ি আনিয়ে নেন।"

ভজবাবু বললেন, "আর কিছু হয়েছে?"

শ্রুতিবাবু একটু চিন্তা করে বললেন, "হয়েছে। কিন্তু কী যেন! ফটিক, কী যেন... ইলেকট্রিক দিয়ে কী যেন হল...!"

ফটিক বলল, "পুরুতমশাই শক খেয়ে অজ্ঞান হয়ে পড়েছেন।"

"হ্যাঁ হ্যাঁ।" শ্রুতিবাবু লাফিয়ে উঠে বললেন, "আর, দুঃখবাবুকে মনোজ ঠাকুরঝির ইংরিজি জিজ্ঞেস করেছিল, দুঃখবাবু পারেননি।"

"আর কিছু?"

"আরও চান?" শ্রুতিবাবু ভারী অবাক হয়ে বলেন।

ফটিক বলে, "আরও একটা আছে।"

"কী যেন?" শ্রুতিবাবু বলেন।

"সেই যে কাকটার কথা।" ফটিক মনে করিয়ে দিল।

"হ্যাঁ হ্যাঁ, একটা কাক।"

ভজবাবু আর দাঁড়ান না, দৌড়ে বাড়ির দিকে এগোতে থাকেন।

এদিকে ততক্ষণে ঠাকুরঝিকে গোবর থেকে তুলে স্নান করানো হয়েছে। সতীশ ভরদ্বাজ জ্ঞান হয়ে উঠে বসে গরম দুধ খাচ্ছেন। দুঃখবাবু তাঁর ঘরে বসে ডিকশনারি খুলে প্রাণপণ খুঁজে 'ঠাকুরঝি' শব্দের ইংরিজি খুঁজে পাচ্ছেন না। সরোজ একবার সিস্টার-ইন-ল বলায় ভারী রেগে গিয়েছিলেন তার ওপর। গণেশবাবু নিজের ঘরে শুয়ে কড়িকাঠের দিকে চেয়ে আছেন। রামু চশমা-চোখে হারিকেনকে খুঁজতে

বেরিয়েছিল, খুব ঠাহর করে দেখে সে মাঠ থেকে হরশঙ্কর গয়লার একটা মোষকে ধরে এনে চুপিসাড়ে গোয়ালে বেঁধে রেখে এখন কদমগাছের তলায় বসে কাঁচা মুলো দিয়ে মুড়ি খাচ্ছে। রাখোবাবুর অফিস যাওয়ার সময় হয়েছে, কিন্তু হঠাৎ খেয়াল করে দেখেন, স্নানের আগে যখন গেঞ্জি ছেড়েছেন তখন সেই গেঞ্জির সঙ্গে গলার পৈতে খুলে গেছে। কিরমিরিয়া গেঞ্জি কেচে শুকোতে দেওয়ার সময়ে বাজে সুতো ভেবে সেটা কোথায় গুটলি পাকিয়ে ফেলে দিয়েছিল, বজ্জাত সেই কাকটা পৈতে মুখে নিয়ে পেঁপে গাছে গিয়ে বসে ছিল। এখন দেখা যাচ্ছে, পৈতেটা কাকের গলায় ঝুলছে। তাই দেখে মনোজের ঠাকুমা রেকাবিতে নৈবেদ্য সাজিয়ে পেঁপেতলায় রেখে প্রণাম করছেন। গলায় পৈতে না থাকায় রাখোবাবু কথা বলতে পারছেন না, কিন্তু বারান্দায় দাঁড়িয়ে নিঃশব্দে মুখ নেড়ে ভয়ংকর রাগারাগি করছেন, আর হাত-পা ছুড়ছেন। মুখের নানারকম ভঙ্গিতে কখনও 'গাধা' কখনও 'গোরু', কখনও 'বোকা' শব্দগুলি বুঝিয়ে দেওয়ার চেষ্টা করছেন তিনি।

বাবা কখন কী বলছে তাই নিয়ে মনোজ, সরোজ আর পুতুল উঠোনের এক কোণে দাঁড়িয়ে বাজি ধরছে। যেমন, একবার রাখোবাবু মুখটা অ্যা-এর মতো করে আবার উ-এর মতো করায় সরোজ বলল, "এখন বাবা ঘেউ করল।"

পুতুল বলে, "দূর! ও তো কুকুরের ডাক। বাবা বলল, ধ্যাততেরি।"

"মোটেই না।" মনোজ বলে, "বাবা ওভাবে ঢেকুর তোলে।"

রাখোবাবু আ করে একটা ই করলেন।

মনোজ বলল, "পাজি।"

পুতুল বলে, "উহুঁ। 'হায় এ কী' বলল বাবা।"

সরোজ বলল, "না। বাবা আমাদের বাড়ি থেকে বেরোতে বলছে।"

ব্যায়ামবীর এবং বৈজ্ঞানিক হারাধন ভূতে বিশ্বাস করে না। বাড়িতে নানারকম চেঁচামেচি শুনে ল্যাবরেটরি থেকে বেরিয়ে এসে সব ব্যাপারটা ভাল করে বোঝবার চেষ্টা করছিল। কিরমিরিয়া গিয়ে তার পা ধরে কাঁদতে বসল, "ও হারাদাদাবাবু গো, বাড়িতে এসব কী হল গো? একটা কাকভূত এসে বড়দাদাবাবুর পৈতে নিয়ে গেল গো। বড়দাদাবাবু কথা বলতে পারবে গো?"

হারাধন কাকটার দিকে চেয়ে বলল, "কাকভূত! কাকভূত! কথাটা চেনা-চেনা ঠেকছে! অনেকটা চাগম কিংবা লামড়োর মতো!"

এখন হয়েছে কী, হারাধন শুধু ব্যায়ামবীর নয়। সে ব্যায়াম জানে, কুস্তি, বকসিং, জুডো, কারাটে জানে। আবার বৈজ্ঞানিক হিসাবেও রসায়ন, পদার্থবিদ্যা, জীববিদ্যা, বলবিদ্যা এবং উদ্ভিদবিদ্যা ইত্যাদি সব কাজের কাজি। তার গবেষণাগারের পিছনে

উদ্ভিদবিদ্যার নানারকম পরীক্ষা চালানোর একটা আলাদা বাগান আছে। সেখানে অনেকগুলো কিম্ভূত গাছ রয়েছে। তার মধ্যে একটা আছে চাগম গাছ, আর একটা লামড়ো। অর্ধেক ধান আর অর্ধেক গমের বীজকে বৈজ্ঞানিক উপায়ে জুড়ে দিয়ে একটা সংকর বীজ তৈরি করে সে তার নাম দিয়েছে চাগম। অর্ধেক লাউবিচির সঙ্গে অর্ধেক কুমড়োবিচি জুড়ে হয়েছে লামড়ো গাছের বীজ। চাগম আর লামড়ো দুটো বীজ থেকেই গাছ বেরিয়েছে বটে, তবে তাতে এখনও কোনও ফসল ধরেনি। চাগম বা লামড়ো কেমন হয় তা জানবার জন্য শহরসুদ্ধু লোক অধীর আগ্রহে অপেক্ষা করছে।

হারাধনের পা ধরে কিরমিরিয়া বিলাপ করছে, "বাড়িতে কাকভূত থাকলে আমি মরে যাব গো। ও হারাদাদাবাবু, আমি মরে গেলে তোমার চাগম দিয়ে লামড়োর ঘণ্ট কে চেখে দেখবে গো?"

হারাধন গম্ভীরভাবে কিরমিরিয়ার হাত থেকে পা ছাড়িয়ে নিয়ে নিজের বাগানের দিকে চলে যেতে যেতে বলল, "ওটা কাকভূত নয় রে কিরমিরিয়া। ওটা হয় কাক, না হয় তো ভূত।"

সতীশ ভরদ্বাজ একটু সুস্থ হয়ে বসে রাখোবাবুর জন্য নতুন পৈতে গ্রন্থি দিচ্ছিলেন। শেষ গ্রন্থিটা দিতে দিতে গম্ভীর গলায় বললেন, "ভূত।"

রাখোবাবু সতীশ ভরদ্বাজের হাত থেকে পৈতেটা কেড়ে নিয়ে গলায় পরেই বললেন, "কাক।"

সতীশ ভরদ্বাজ মাথা নেড়ে বললেন, "ভূত। ওকে আমি বিশুদ্ধ সংস্কৃত বলতে শুনেছি নিজের কানে।"

রাখোবাবু বললেন, "কাক। নোংরা, বজ্জাত, পাজি, ছুঁচো একটা কাক। নিজের চোখে দেখেছি।"

সতীশ ভরদ্বাজ বললেন, "ভুল দেখেছেন।"

রাখোবাবু বললেন, "ভুল শুনেছেন।"

সতীশ ভরদ্বাজ বললেন, "না।"

রাখোবাবু বললেন, "আমারও ওই এক কথা। না।"

সতীশ ভরদ্বাজ বললেন, "ওটা যে ভূত নয় তা প্রমাণ করতে পারেন?"

"করছি।" বলে রাখোবাবু পেল্লায় চেঁচিয়ে ডাকলেন, "মনোজ।"

মনোজ গুটিগুটি এগিয়ে বলল, "কী?"

"তোর গুলতিটা নিয়ে আয় তো। কয়েকটা বেশ ভারী দেখে পাথরও আনিস। কাকটার উচিত-শিক্ষা হওয়া উচিত।"

মনোজ দৌড়ে তার গুলতি আর কয়েকটা পাথর নিয়ে এল। রাখোবাবু বড়সড় একটা পাথর গুলতিতে ভরে টিপ করতে লাগলেন। মনোজের ঠাকুমা যে নৈবেদ্য রেখে গেছেন কাকটা উঠোনে নেমে এসে তা খাচ্ছিল। মনোজ, সরোজ আর পুতুল বাবার হাতের টিপ দেখবে বলে দম বন্ধ করে আছে।

সরোজ বলল, "বাবা ঠিক লাগাবে।"

মনোজ বলল, "পারবে না।"

পুতুল বলল, "তিন বারে পারবে।"

ঠিক এই সময়ে পেঁপে গাছের পিছনের দেয়াল টপকে একটা টুপিওলা মুখ উঁকি মারল।

সরোজ-মনোজ একসঙ্গে চেঁচিয়ে বলল, "চাক্কুদা!"

রাখোবাবু কাকটাকে টিপ করতে করতে বিরক্ত হয়ে বললেন, "কাজের সময়ে বড় বিরক্ত করিস তোরা। আর এ কাকটাও অসম্ভব বজ্জাত। কিছুতেই এক জায়গায় স্থির হয়ে বসছে না।"

চাক্কু খুব ভাল ফুটবল ক্রিকেট খেলে, জুডো জানে, বকসিং করে। ব্যায়াম আর প্যাঁচ শিখতে সে রোজ লুকিয়ে লুকিয়ে ব্যায়ামবীর হারাধনের কাছে আসে। তাকে যে লুকিয়ে আসতে হয় তার কারণ চাক্কুর মামা গোয়েন্দা বরদাচরণের সঙ্গে মনোজের কাকা হারাধনের একেবারেই সদ্ভাব নেই। হারাধন আর বরদাচরণ কেউ কাউকে দেখতে পারেন না।

হারাধনের নাম শুনলে বরদাচরণ বলেন, "বৈজ্ঞানিক? হুঁ!"

আশ্চর্য এই, বরদাচরণের নাম শুনলে হারাধনও অবিকল একই সুরে বলেন, "গোয়েন্দা! হুঁ!"

বরদাচরণও কুস্তি, বকসিং, জুডো ইত্যাদি নাকি ভালই জানেন। তবে এসব ব্যাপারে বরদা আর হারার মধ্যে কে শ্রেষ্ঠ, তার কোনও মীমাংসা হয়নি।

চাক্কু দেয়ালের ওপর মুখ তুলে বাড়ির ভিতরটা ভাল করে দেখে নিয়ে মুখে আঙুল পুরে দুটো অদ্ভুত শিস দিল। শিসের শব্দ হতে-না-হতেই দেওয়ালের ওপর বরদাচরণের মুখখানা ভেসে উঠল এবার। তিনিও বাড়ির ভিতরটা দেখতে লাগলেন।

সরোজ-মনোজ ফের চেঁচাল, "গোয়েন্দাকাকু!"

রাখোবাবু চাক্কু বা বরদাচরণকে লক্ষই করেননি। তিনি অতি নিবিষ্ট মনে গুলতির তাকের মধ্যে কাকটাকে আনবার চেষ্টা করছেন। কিন্তু নচ্ছার কাকটা কিছুতেই স্থির থাকছে না, কেবল লাফিয়ে লাফিয়ে বেড়াচ্ছে। সরোজ-মনোজের চেঁচামেচি শুনে বিরক্ত রাখোবাবু বললেন, "আঃ, একটু চুপ করবি তোরা? কনসেনট্রেশন নষ্ট করে

দিলে লোকে কী করে জরুরি কাজ করবে? যতক্ষণ কাকটার গায়ে না লাগছে ততক্ষণ আমি অফিস যাব না বলে মনে মনে প্রতিজ্ঞা করেছি।"

কাকমারা ভুলে গিয়ে সরোজ মনোজ পুতুল তখন হাঁ করে দেখছে, গোয়েন্দা বরদাচরণ আর চাক্কু দেওয়ালের ওপর উঠে দাঁড়িয়েছে।

দুজনের দেওয়াল টপকানো দেখে অবশ্য অবাক হওয়ার কিছু নেই। সাধারণত গোয়েন্দা বরদাচরণ কখনও সদরদরজা দিয়ে ঢোকেন না। তাতে নাকি গোয়েন্দার বৈশিষ্ট্য নষ্ট হয়ে যায়, লোকে গোয়েন্দা বলে খাতির করে না। গোয়েন্দাদের আচার-আচরণে একটা রহস্যময়তা না থাকলে লোকে সেই গোয়েন্দাকে মানবেই বা কেন? গোয়েন্দারা কখনও সহজ পথে চলবেন না, সহজ পথে ভাববেন না, সহজ চোখে চাইবেন না। সব সময়ে এমন আচরণ করবেন যাতে লোকে চমকে, আঁতকে, ভয় খেয়ে বা ভিরমি খেয়ে যায়। তাই গোয়েন্দা বরদাচরণ বেশির ভাগ বাড়িতেই দেয়াল টপকে, জানালার শিক বেঁকিয়ে ঢোকেন। শোনা যায়, এক বাড়িতে নাকি সিঁধ কেটেও ঢুকেছিলেন।

তবে চেনাজানা লোকের বাড়ি না-হলে তিনি এতটা করেন না।

যাই হোক, বরদাচরণ দেয়ালের ওপর উঠে গলা থেকে ঝোলানো একটা বাইনোকুলার তুলে চোখে লাগিয়ে চারদিক দেখছিলেন। তাঁর সেই দেখা আবার দেখছিল সরোজ, মনোজ-পুতুল, সতীশ ভরদ্বাজ। আর ঠিক সেই সময়ে স্নানের ঘর থেকে বেরিয়ে ঠাকুরঝি ভেজা পায়ে আর একবার পড়ি-পড়ি করেও সামলে গিয়ে দাঁড়িয়ে চাক্কু আর বরদাচরণকে দেখতে পেলেন।

রাখোবাবু কাকটার ব্যবহারে বিরক্ত হয়ে চেঁচিয়ে বললেন, "কেউ কি নেই যে কাকটাকে এক জায়গায় একটু ধরে রাখবে স্থির করে?"

কাকটার খাওয়া হয়ে-গেছে। এবার সে একটা উড়াল দিয়ে ফের পেঁপে গাছটায় বসল। রাখোবাবু বললেন, "এই বার! এই বার!"

বলতে বলতে পেঁপে গাছের দিকে কাকটাকে টিপ করতে গিয়ে তিনি দেয়ালের ওপর মামা-ভাগ্নের মূর্তি দেখে চমকে প্রচণ্ড চেঁচিয়ে বললেন, "কে রে? অ্যাঁ? কার এই সাহস যে দেয়ালে উঠেছিস?"

তাক করা গুলতি দেখে, আর সেই গর্জন শুনে তৎক্ষণাৎ চাক্কু পচাং করে দেয়ালের ওপিঠে লাফিয়ে পড়ল। বরদাচরণ তা পারলেন না। চাক্কু ছেলেমানুষ, সে হালকা শরীরে যত লাফ-ঝাঁপ করতে পারে, বরদাচরণ তা পারেন না। এ বয়সে লাফ-টাফ দিলে হাত-পা ভাঙতে পারে। তবে তিনি বাইনোকুলারটা ফেলে দুটো হাত ওপর দিকে তুলে বলে উঠলেন, "সারেন্ডার! গুলতি ছুড়বেন না। আমি বরদাচরণ।"

"ও বরদাবাবু।" বলে রাখোবাবু গুলতি নামিয়ে নিলেন। বললেন, "কী খবর?"

"খবর খুব সাংঘাতিক, আমি একটা তদন্তে এসেছি।"

"তদন্ত! কীসের তদন্ত মশাই?"

"বলছি।" বলে বরদাচরণ দেয়াল থেকে নামবার উপায় খুঁজতে থাকেন। দেয়ালটা মস্ত উঁচু, চাক্কু লাফ দিলেও বরদাচরণ তা করতে ভরসা পান না। তাই খুব সাবধানে দেওয়ালের ওপর দিয়ে হেঁটে পেঁপে গাছটার কাছ-বরাবর যেতে থাকেন। ইচ্ছে, পেঁপে গাছ বেয়ে নেমে আসবেন।

সতীশ ভরদ্বাজ বলে ওঠেন, "উহুঁ, উহুঁ, বড় নরম গাছ ভেঙে যাবে। গাছে আবার কাকভূতও বসে আছে।"

রাখোবাবু বললেন, "ভূত নয়। কাক।"

সতীশ ভরদ্বাজ বললেন, "ভূত।"

"কাক।"

"ভূত।"

"কাক।"

"ভূত।"

কিন্তু মীমাংসা হল না বলে দুজনেই দুজনের দিকে খানিক কটমট করে চেয়ে রইলেন।

ওদিকে, বরদাচরণ কাকটার কথা জানতেন না, পেঁপে গাছের সহনশীলতা সম্পর্কেও তাঁর জ্ঞান নেই। যেই পেঁপে গাছের ডগাটা ধরতে গেছেন অমনি ভুতুড়ে কাকটা বলে উঠল, "খাওরখার!"

"উঁ।" সতীশ ভরদ্বাজ বলেন, "শুনলেন তো! পরিষ্কার বলল— খবরদার।"

রাখোবাবু বলেন, "ওটা কাকের ডাক।"

বরদাচরণ কাকটাকে বললেন, "হুশ! হুশ?"

কাক বলল, "ক্যা?"

বরদা বললেন, "চোপরাও কেলেভূত। পালা! যাঃ, যাঃ!"

কাক বলল, "কটর, কটর।"

সতীশ ভরদ্বাজ বললেন, "শুনুন। বলছে, কেটে পড়, কেটে পড়।"

বরদাচরণ তখন ট্যাঁক থেকে রিভলবার বার করে ফেলেছেন। কাকটাকে শাসিয়ে বললেন, "দেব খুলি উড়িয়ে? যা বলছি!"

কাকটু হুড়ুশ করে উঠে বরদাচরণের মাথায় একটা রাম-ঠোক্কর মারল। বরদাচরণ পেঁপে গাছের ডগাসুদ্ধু ভেঙে নিয়ে হড়াস করে উঠোনে পড়লেন। সেই শব্দে বাড়িময় দৌড়োদৌড়ি চেঁচামেচি পড়ে গেল।

বামাসুন্দরী এসে বরদাচরণকে হাত ধরে তুলে বললেন, "কেন বাবা বরদা, সামনে সদর-দরজা থাকতেও দেয়াল টপকাতে গেলে?"

বরদাচরণ নিজের কোমর হাত দিয়ে মালিশ করতে করতে ব্যথার মধ্যেও বললেন, "তাতে কী মাসিমা, গোয়েন্দাদের কত রিস্ক নিতে হয়! এ তো দেয়াল থেকে পড়া দেখলেন, সিমলায় একবার পাহাড় থেকে পড়তে হয়েছিল। চলন্ত ট্রেন বা মোটর থেকেও কতবার লাফ দিয়েছি। গোয়েন্দাদের ব্যথা লাগে না।"

কাকটা আবার দেয়ালে বসেছে, গলায় পৈতে। বামাসুন্দরী তাঁকে আর-একবার নমস্কার করে ঘরে চলে গেলেন। রাখোবাবুও গুলতিটা নামিয়ে নিয়ে বললেন, "না, এ কাকটা খুবই ডেঞ্জারাস দেখছি! গুলতি মারলে হয়তো আবার রিভেঞ্জ নিতে তেড়ে আসবে।"

"তবে?" বলে সতীশ ভরদ্বাজ খুব সবজান্তা হাসি হাসলেন। বললেন, "সাক্ষাৎ ব্রাহ্মণভূত।"

বরদাচরণের পিস্তলটা ছিটকে পড়েছিল জবা গাছের গোড়ায়। সরোজ সেটাকে কুড়িয়ে সুট করে মনোজের হাতে চালান দিল। মনোজ জামার তলায় লুকিয়ে নিয়ে পুতুলের হাতে পাচার করল। পুতুল সেটা নিয়ে নিজের পুতুলের বাক্সে ন্যাকড়া চাপা দিয়ে লুকিয়ে রেখে ভালমানুষের মতো মুখ করে ঘর থেকে বেরিয়ে এল।

বরদাচরণের অবশ্য পিস্তলটার কথা খেয়াল হল না। পড়ে গিয়ে তাঁর ঘিলু নড়ে গেছে, মাথা ঝিমঝিম করছে। নিতান্ত গোয়েন্দাদের অজ্ঞান হতে নেই বলে তিনি অজ্ঞান হননি। কিন্তু খুঁড়িয়ে খুঁড়িয়ে এসে তিনি বারান্দায় রাখোবাবুর মুখোমুখি বসে বললেন, "ব্যাপারটা খুবই জরুরি এবং গোপনীয়। আমি একটা পুরনো ফোটোগ্রাফের সন্ধানে আপনার বাসায় এসেছি। একটা ছোট ছেলের ফোটোগ্রাফ।"

বরদাচরণের পড়ে যাওয়ার শব্দে দুঃখবাবু আর গণেশ ঘোষালও ছুটে এসেছিলেন। তেমন কিছু হয়নি দেখে তাঁরা হতাশ হলেন।

নিজেদের ঘরের দিকে যেতে যেতে গণেশবাবু বললেন, "আচ্ছা দুঃখবাবু, মোষের কি গোবর হয়?"

দুঃখহরণবাবু চিন্তিত হয়ে বললেন, "মোষের গোবর? কী জানি, ঠিক বলতে পারছি না। ষাঁড়ের গোবর বলে একটা কথা আছে বটে, কিন্তু মোষের গোবর কখনও শুনিনি। তবু চলুন, ডিকশনারিটা একবার ঘেঁটে দেখি।"

গণেশবাবু বললেন, "ডিকশনারি দেখতে হবে না। আমি আজ জানতে পেরেছি, মোষেরও গোবর হয়।"

"কী করে জানলেন?"

গণেশবাবু বললেন, "আমার বাক্সের চাবি পৈতেয় বাঁধা থাকে। সকাল থেকে সেটা খুঁজে পাচ্ছি না। কোথায় হারাল তা খুঁজতে খুঁজতে শেষে গোয়ালে গিয়ে হাজির হয়েছিলাম। কী দেখলাম জানেন?"

"কী?"

"দেখি কী, গোয়ালঘরে একটা বিশাল চেহারার মোষ বাঁধা। মোষটা এক কাঁড়ি নেদে রেখেছে। আদ্যাশক্তি দেবী তো খুব গোবর ভালবাসেন, দেখলাম তিনি একটা পেতলের গামলায় সেই নাদি দুহাত ভরে ভরে তুলছেন আর আপনমনে এক গাল হেসে হেসে খুব আহ্লাদের সঙ্গে বলছেন— আহা, আজ একেবারে গোবরে-গোবরে ভাসাভাসি কাণ্ড। কত গোবর! জন্মে এত গোবর দেখিনি বাবা! গোবর দেখলে চোখ জুড়িয়ে যায়, বুকটা ঠান্ডা হয়।"

"বটে?"

"তবে আর বলছি কী! পরিষ্কার দেখলাম মোষ। চোখ কচলে, নিজের গায়ে চিমটি কেটে দেখেছি, আমার দেখার ভুল নয়। হাতির মতো বিশাল, বিটকেল মোষ। আদ্যাশক্তি দেবী তার নাদি তুলতে তুলতে পরিষ্কার বললেন, 'গোবর।' তাই ভাবছি, মোষের গোবর হয় কি না! এখন মনে হচ্ছে, হয়।"

দুঃখহরণবাবু বললেন, "কিন্তু আমি অন্য কথা ভাবছি। গোয়ালঘরে মোষটা এল কী ভাবে?"

গণেশবাবু বললেন, "আমি কিন্তু তা ভাবছি না। আজ এক আশ্চর্য জ্ঞান লাভ করে আমার মাথাটা ভরে গেছে। মোষেরও যে গোবর হয়, এ একটা নতুন আবিষ্কার। সেই গোবরের চিন্তায় আমার মাথা ভর্তি।"

দুঃখবাবু মাথা নেড়ে বলেন, "তা জানি। কিন্তু অন্য দিকটাও একটু খেয়াল করবেন। মোষটা হঠাৎ এল কোত্থেকে? আর মোষটা গোয়ালে আসার পরেই হঠাৎ গোয়েন্দা বরদাচরণ এসে হাজির হল কেন? বিশেষত, গোরু চুরির মামলার তদন্তে বরদাচরণের খুব নামডাক। এখানে যতগুলো গোরু চুরির ঘটনা ঘটেছে, তার সব ক'টাই বরদাচরণ নিষ্পত্তি করেছে। তা হলে—"

"তা হলে কি আপনি বলতে চান, মোষটা চুরি করে আনা হয়েছে?"

দুঃখহরণবাবু বললেন, "তাই তো মনে হচ্ছে। তবে ওর ভিতর আরও কোনও রহস্য থাকা অসম্ভব নয়।"

রাখোবাবু গুলতিটা হাতের কাছে টেবিলের ওপর রেখে দিলেন। বদমাশ কাকটা দেওয়ালে বসে সব দিক নজর রাখছে। কখন গুলতিটার আবার দরকার হবে বলা যায়

না, তারপর রাখোবাবু বরদাচরণের দিকে তাকিয়ে বললেন, "কীসের ফোটোগ্রাফের কথা বলছিলেন যেন?"

বরদাচরণ গলাটা নিচু করে বললেন, "অত জোরে কথা বলবেন না। চারদিকে শত্রুপক্ষ কান পেতে আছে।"

রাখোবাবু অবাক হয়ে বললেন, "ফোটোগ্রাফ, শত্রুপক্ষ, এসব কী বলছেন বরদাবাবু?"

বরদাচরণ খুব বুদ্ধিমানের মতো একটু রহস্যময় হাসি হেসে বললেন, "ওই ফোটোগ্রাফটার সন্ধানে বহু গুপ্তচর ঘুরে বেড়াচ্ছে।"

রাখোবাবু বললেন, "কেন, সেই ফোটোগ্রাফে কী আছে?"

"উহুঁ, অত জোরে কথা বলবেন না।" বরদাচরণ সাবধান করে দেন। চারদিকে সতর্ক চোখে চেয়ে দেখে গলা নামিয়ে বলেন, "হরিণগড়ের নাম শুনেছেন তো?"

রাখোবাবু মাথা নেড়ে বলেন, "তা আর শুনিনি। সেখানকার রাজবাড়ি দেখতে গেছি কয়েকবার।"

বরদাচরণ বললেন, "হ্যাঁ, এই ফোটোগ্রাফটার সঙ্গে সেই রাজবাড়ির একটা গভীর যোগাযোগ আছে।"

রাখোবাবু আগ্রহের সঙ্গে বললেন, "কী যোগাযোগ বলুন তো!"

বরদাচরণ আবার সতর্ক করে দিয়ে বলেন, "আস্তে। সবাই শুনতে পাবে যে! ব্যাপারটা হল, হরিণগড়ের রাজা গোবিন্দনারায়ণের একমাত্র ছেলে কন্দর্পনারায়ণ খুব অল্প বয়সে হারিয়ে যায়। সন্দেহ করা হয়, কন্দর্পনারায়ণকে কোনও দুষ্ট লোক চুরি করে নিয়ে যায়। সে প্রায় দশ বছর আগেকার কথা। সেই থেকে আজ পর্যন্ত কন্দর্পনারায়ণের খোঁজে হাজারটা লোক লাগানো হয়েছে, পুলিশ থেকে তো প্রাণপণ চেষ্টা করা হয়েছেই। কিন্তু ছেলেটার খোঁজ পাওয়া একটু কঠিন হয়েছে, কারণ, কন্দর্পনারায়ণের যে-সব ফোটোগ্রাফ তোলা হয়েছিল সেগুলো রাজবাড়ির কয়েকটা অ্যালবামে লাগানো ছিল। কন্দর্পনারায়ণের সঙ্গে সঙ্গে সেই সব অ্যালবামও উধাও। যারা কন্দর্পনারায়ণকে চুরি করেছে তারা খুবই চালাক লোক। তারা জানে, ছবি না-থাকলে কন্দর্পনারায়ণের খোঁজ করা খুবই মুশকিল হবে। কেননা কন্দর্পনারায়ণকে তো আর সবাই দেখেনি। রাজবাড়িতে বা অন্য কোথাও যুবরাজ কন্দর্পনারায়ণের কোনও ছবিই নেই। ফলে যারা হারানো রাজকুমারের খোঁজ করছে তারা যাকে-তাকে রাজকুমার ভেবে ধরে ধরে রাজবাড়িতে নিয়ে এসেছে এতকাল। এ পর্যন্ত প্রায় কয়েক হাজার ছেলেকে এইভাবে রাজবাড়িতে হাজির করা হয়েছে। তাতে খুব গণ্ডগোল হয়। যে-সব ছেলেদের ধরে আনা হয়েছিল তাদের বাপ-মাও এই নিয়ে খুব হইচই করে।

এদিকে রাজা গোবিন্দনারায়ণ, রানি অম্বিকা এবং রাজার মা মহারানি হেমময়ী রাজকুমারের জন্য পাগলের মতো হয়ে গেছেন। গত দশ বছর ধরে তাঁরা ভাল করে খান না বা ঘুমোন না। কিন্তু একটা ব্যাপার সম্বন্ধে আমরা নিশ্চিন্ত।"

পুরুতমশাই খুব মনোযোগ দিয়ে পিছনে বসে শুনছিলেন। আর থাকতে না-পেরে হঠাৎ বলে উঠলেন, "কী ব্যাপার সেটা?"

হঠাৎ পিছন থেকে সতীশ ভরদ্বাজের গলা শুনে বরদাচরণ চমকে লাফিয়ে উঠে বললেন, "কে? কে? কে আপনি?"

বলতে বলতে বরদাচরণ অভ্যাসবশে পিস্তলের জন্য কোমরে হাত দিলেন।

রাখোবাবু বললেন, "ভয় পাবেন না বরদাবাবু, উনি আমাদের পুরুতমশাই। এতক্ষণ তো এখানেই বসে ছিলেন। দেখেননি?"

বরদাচরণ অবাক হয়ে বলেন, "না তো! উনি এখানেই ছিলেন?"

সতীশ ভরদ্বাজ রেগে গিয়ে বলেন, "হ্যাঁ বাপু, আগাগোড়া এখানে বসে আছি। তোমাকে পাঁচিলে উঠতে দেখলাম, কাকের তাড়া খেয়ে গাছের ডগা ভেঙে পড়তে দেখলাম। চারদিক লক্ষ করো না, কেমন গোয়েন্দা হে তুমি?"

বরদাচরণ পিস্তলের জন্য কোমরে হাত দিয়ে খুব অবাক। পিস্তলটা নেই। স্তম্ভিত হয়ে তিনি বলে উঠলেন, "এ কী! আমার পিস্তল?"

সতীশ ভরদ্বাজ ভয়ে আঁতকে উঠে বললেন, "পিস্তল খুঁজছ কেন বাপ? না, না, আমি তোমাকে অপমান করার জন্য কিছু বলিনি। তুমি বড় ভাল গোয়েন্দা।"

বরদাচরণ বিরক্ত হয়ে বলেন, "আমি যে ভাল গোয়েন্দা সে আমি জানি। কিন্তু আমার পিস্তলটা কোথায় গেল?"

সতীশ ভরদ্বাজ বললেন, "বন্দুক পিস্তল বড় ভাল জিনিস নয় বাবা। গেছে তো যাক, ও নিয়ে তুমি আর ভেবো না, ওসব কাছে রাখলেই মানুষের মনে জিঘাংসা আসে।"

রাখোবাবুর আবছা মনে পড়ল, বরদাচরণের হাতে তিনি যেন পিস্তলটা একবার দেখেছিলেন। কিন্তু সে কথা চেপে গিয়ে বললেন, "আজ বোধহয় পিস্তলটা ভুলে এসেছেন।"

বরদাচরণ মাথা নেড়ে বলেন, "বলেন কী, পিস্তল আমার হাতের আঙুলের মতো অচ্ছেদ্য। পিস্তল ছাড়া কখনও বেরোই না। চারদিকে আমার অনেক শত্রু।"

"মানুষ মাত্রেই ভুল হয়," রাখোবাবু বলেন।

বরদাচরণ কিছুক্ষণ গুম হয়ে বসে থেকে বলেন, "এমন বিরাট ভুল জীবনে কখনও করিনি। যাকগে, কন্দর্পনারায়ণের কথায় আসি, কী যেন বলছিলাম?"

পিছন থেকে সতীশ ভরদ্বাজ বলে উঠলেন, "তুমি বলছিলে, একটা ব্যাপার সম্বন্ধে আমরা নিশ্চিন্ত।"

বরদাচরণ কটমট করে সতীশ ভরদ্বাজের দিকে তাকিয়ে কঠিনস্বরে বললেন, "আপনি আড়ি পেতে আমার সব কথা শুনেছেন। কিন্তু খুব সাবধান এসব কথা যেন পাঁচ-কান না হয়।"

সতীশ ভরদ্বাজ মাথা নেড়ে বললেন, "ঘুণাক্ষরেও না, ঘুণাক্ষরেও না। গল্পটা বড় ভাল ফেঁদেছ। বলো তো শুনি।"

"গল্প নয়।" বলে বরদাচরণ আর-একবার পুরুতমশাইয়ের দিকে সন্দেহের চোখে তাকিয়ে ফের রাখোবাবুকে বললেন, "হ্যাঁ, একটা ব্যাপার সম্বন্ধে আমরা নিশ্চিন্ত। সেটা হল, কন্দর্পনারায়ণকে চুরি করা হলেও খুন করা হয়নি। কন্দর্পনারায়ণ যেখানেই থাক, সে বেঁচেই আছে। কারণ, সে চুরি যাওয়ার পর থেকে প্রতি বছর গোবিন্দনারায়ণের নামে একটা করে চিঠি আসে। চিঠিগুলো লেখে কন্দর্পনারায়ণ নিজেই। কিংবা ছেলে-চোরেরা তাকে দিয়ে চিঠি লেখায়। তাতে শুধু একটা কথাই লেখা থাকে— বাবা, আমার জন্য চিন্তা কোরো না। আমি ভাল আছি। ব্যস, আর কিছু থাকে না। সাধারণত জানুয়ারি মাসেই চিঠি আসে। আর, চিঠিগুলো আসে কখনও দিল্লি থেকে, কখনও বোম্বে থেকে, কখনও এলাহাবাদ থেকে। চিঠিগুলোতে কন্দর্পনারায়ণের হাতের ছাপ থাকে। কাজেই সন্দেহ নেই যে, সেগুলো তারই লেখা।"

বারান্দায় রেলিঙের ফাঁক দিয়ে তিনটে মুখ ঢুকিয়ে খুব মনোযোগ দিয়ে সরোজ, মনোজ আর পুতুল গল্প শুনছিল। কিন্তু ইস্কুলের সময় হয়ে যাওয়ায় মেজকাকা ভজহরি এসে তাদের ডেকে নিয়ে গেলেন।

বরদাচরণ বললেন, "প্রতি বছর যে-সব জায়গা থেকে চিঠি আসে সেসব জায়গায় লোক পাঠানো হয়, পুলিশকেও জানানো হয়। কিন্তু কন্দর্পনারায়ণের চেহারা কেমন সেটা না-জানলে তাকে খুঁজে বের করা তো সম্ভব নয়। তাই এখন কন্দর্পনারায়ণের একটা ছবি খুঁজে বের করার জন্য রাজা গোবিন্দনারায়ণ আমাকে কাজে লাগিয়েছেন। রাজবাড়ির অ্যালবাম ছাড়াও কন্দর্পনারায়ণের আরও দু-একটা ছবি থাকতে পারে কোথাও। সেই আশায় গোবিন্দনারায়ণ আমার সাহায্য চেয়েছেন। তাই আমি বিভিন্ন জায়গায় হানা দিয়ে ছোট ছেলের ছবি খুঁজে বেড়াচ্ছি। যদি কারও কাছে এমন কোনও ছোট ছেলের ছবি থেকে থাকে, যাকে কেউ চিনতে পারছে না তা হলে সেই ছবি রাজবাড়িতে নিয়ে গিয়ে হাজির করার হুকুম রয়েছে।"

রাখোবাবু বলে উঠলেন, "সে তো ঠগ বাছতে গাঁ উজাড়।" বলেই ফের মাথা নেড়ে

রাখোবাবু বলেন, "না না ঠগ বাছতে গাঁ উজাড় কথাটা এখানে খাটে না, এটা হল গিয়ে ডোমবনে বাঁশকানা।"

সতীশ ভরদ্বাজ বলে ওঠেন, "ডোমবনে বাঁশকানা আবার কী? বলুন, বাঁশবনে ডোমকানা।"

"ওই হল।" লজ্জা পেয়ে রাখোবাবু বলেন, "সারা তল্লাট জুড়ে বাচ্চা ছেলের ছবি খুঁজে বেড়ানো তো বিরাট ব্যাপার।"

বরদাচরণ বলেন, "ডিউটি ইজ ডিউটি। গোবিন্দনারায়ণ আমাকে এ কাজের জন্য মাসে পাঁচশো টাকা করে দিচ্ছেন। তা ছাড়া, ছবি যার কাছে পাওয়া যাবে তাকে নগদ এক হাজার টাকা পুরস্কার দেওয়া হবে। অবশ্য যদি সেটা রাজকুমার কন্দর্পনারায়ণের আসল ছবি হয়।"

রাখোবাবু খুব হেসে বললেন, "হাসালেন বরদাবাবু। হরিণগড়ের রাজাদের আর্থিক অবস্থা আমি জানি। বছর দুই আগেও গিয়ে দেখে এসেছি, রাজমাতা হেমময়ী দরবার-ঘরের বাইরের দেওয়ালে ঘুঁটে দিচ্ছেন। আরও কী দেখেছি জানেন? দেখেছি, রাজা গোবিন্দনারায়ণ শশা খাচ্ছেন। আর রানি অম্বিকা বাগানের জঙ্গল থেকে কচুর শাক তুলছেন। এক হাজার টাকা পুরস্কার। হুঁঃ।"

এই বলে রাখোবাবু উঠে যাচ্ছিলেন।

বরদাচরণ বললেন, "সবটা শুনুন রাখোবাবু, তারপর না হয় তুচ্ছ-তাচ্ছিল্য করবেন।'

সতীশ ভরদ্বাজও বললেন, 'হ্যাঁ, হ্যাঁ। সবটা শোনা উচিত।"

রাখোবাবু মুখটা বিকৃত করে বললেন, "আপনি কী বলতে চান বরদাবাবু যে রাজার মা ঘুঁটে দেয়, যার রানি কচুর শাক তোলে এবং যে রাজা নিজে শশা খায় সে পাঁচশো টাকায় গোয়েন্দা ভাড়া করবে আর একটা ছবির জন্য হাজার টাকা পুরস্কার দেবে, এটা বিশ্বাসযোগ্য?"

বরদাচরণ অত্যন্ত উদ্বিগ্ন হয়ে বলেন, "শুনুন রাখোবাবু। রাজার মা যে ঘুঁটে দেন সেটা অভাবে নয়। সময় কাটানোর জন্যই তিনি ঘুঁটে দেন। রানি অম্বিকা কচুর শাক তুলছিলেন বটে, কিন্তু তার মানে এ নয় যে তাঁদের অন্য তরকারি জোটে না। আসলে গোবিন্দনারায়ণের কচুর শাকের ওপর খুব রাগ। কিন্তু রানি নিজে কচু শাক ভালবাসেন বলে চুপি চুপি নিজেই তুলে নিয়ে গোপনে রান্না করে খান। আর শশা? হাঃ হাঃ। গোবিন্দনারায়ণের ডায়াবেটিস হওয়ার পর থেকে ডাক্তার তাঁকে কেবল শশা খেয়েই থাকতে বলেছেন যে! শশার মধ্যে চিনির ভাগ খুবই কম। আর এ তো সবাই জানে গোবিন্দনারায়ণের রাজত্ব এখন না-থাকলেও রাজবাড়ির হাজারটা সুড়ঙ্গ

দিয়ে মাটির তলায় যেসব চোর-কুঠুরিতে যাওয়া যায় সেখানে লক্ষ লক্ষ টাকার হিরে জহরত আর মোহর রয়েছে! অবিশ্বাস করবেন না রাখোবাবু, আমি এরকম একটা চোর-কুঠুরিতে নিজে একবার ঢুকেছিলাম।"

সতীশ ভরদ্বাজ বলে উঠলেন, "সত্যি বলছ বাবা বরদাচরণ?"

"আমি মিথ্যে বলি না," বরদাচরণ গম্ভীরভাবে বলেন।

সতীশ ভরদ্বাজ বলেন, "তা হলে একবার আমার বাড়ি যাও তো। মনে পড়ছে, আমার বাড়ির কুলুঙ্গিতে একটা ছোট্ট ন্যাংটো ছেলের হামা-দেওয়া ছবি আছে। আমার ব্রাহ্মণী আবার সেটাকে গোপালের ছবি ভেবে পুজো-টুজো করেন। একবার দেখো তো সেই ছবিটাই নাকি!"

ঠাকুরমশাইয়ের কথায় কেউ কান দিল না।

বরদাচরণ বললেন, "রাখোবাবু, গত বছর আপনার বাড়ির সামনের বাগান থেকে সরস্বতী পুজোর আগের দিন রাত্রে অনেক ফুল ও ফল চুরি যায়, খবর পেয়ে এসে আমি তদন্ত করে বের করি যে, সেসব ফুল ও ফল চব্বিশ পল্লীর ছেলেরা তাদের পুজোর জন্য চুরি করেছিল। মনে আছে?"

রাখোবাবু রেগে গিয়ে বলেন, "তাতে মাথা কিনেছিলেন, আর কি! ধরে লাভটা কী হয়েছিল? তারা তো সেসব ফুল-ফল আমার গাছে এসে আবার লাগিয়ে দিয়ে যায়নি!"

বরদাচরণ গম্ভীরভাবেই বললেন, "এবং ওরা চুরি কেন করেছিল তাও আমি বের করেছিলাম। আপনি সেবার ওদের চাঁদা দেননি।"

রাখোবাবু রেগে গিয়ে বলেন, "কেন দেব? চব্বিশ পল্লীর পুজো আপনার পাড়ায় হয়। বেপাড়ার পুজোর চাঁদা দেব কেন? আর এও বলে রাখছি, সে চুরির পেছনে আপনার হতচ্ছাড়া ভাগনে ওই চাক্কুও ছিল।"

বরদাচরণ বললেন, "শুনুন রাখোবাবু, উত্তেজিত হবেন না। আমি সেই চুরির ব্যাপার আলোচনা করতে আসিনি।"

"তা হলে কী জন্য এসেছেন?"

"যখন আমি এ বাড়িতে সেই চুরির ব্যাপারে তদন্ত করছিলাম তখন হঠাৎ আমার খুব জলতেষ্টা পায়। আমি পুতুলের কাছে এক গ্লাস জল চাই। পুতুল তখন এই বারান্দায় বসে একটা ছবির অ্যালবাম খুলে তার এক বন্ধুর সঙ্গে বসে ফোটোগুলো দেখছিল। সে অ্যালবাম রেখে জল আনতে গেল, তখন আমি আনমনে অ্যালবামটা তুলে ছবিগুলো দেখছিলাম। তার মধ্যে একটা খুব সুন্দর চেহারার ছেলের ছবি ছিল। ছেলেটা একটা বাংলো-বাড়ির সামনের সিঁড়িতে বসে আছে, তার পাশে একটা কাচের

গ্লাসে দুধ রয়েছে। দুধটা একটা বেড়াল খেয়ে নিচ্ছে... মনে পড়ছে আপনার? পুতুল জল নিয়ে এলে আমি তাকে ওই ছবিটা কার তা জিজ্ঞেস করায় সে বলতে পারল না। আমি তখন মনোজ, সরোজ এবং ভজবাবুকেও জিজ্ঞেস করি। তারা কেউ কিছু বলতে পারেনি। কিন্তু ছেলেটা দেখতে এত সুন্দর এবং ছবিটা এত রহস্যময় যে আমি ব্যাপারটা ভুলতে পারিনি। আজ ছবিটার কথা মনে পড়ে গেল। কিছু যদি মনে না করেন তো আপনাদের ছবির অ্যালবামটা একটু আনুন, আমার খুব সন্দেহ হচ্ছে ওই ছবিটাই কুমার কন্দর্পনারায়ণের।"

রাখোবাবু একটু হাঁ করে থেকে বলে উঠলেন, "তাই তো বরদাবাবু! তাই তো!" বলেই হঠাৎ উঠে চেঁচাতে লাগলেন, "রামু, রঘু, কিরমিরিয়া জলদি অ্যালবাম আন। জলদি।"

ডাক শুনে কিরমিরিয়া রান্নাঘর থেকে বেরিয়ে এসে ডুকরে কেঁদে উঠল, "ও দাদাবাবু গো, আমি কিছু জানি না গো! আমি কিছু করিনি গো!"

রঘু 'জলদি' শুনতে 'জল' শুনে এক গ্লাস জল নিয়ে পড়িমরি করে দৌড়ে এল। আর রামু তাড়াতাড়ি বাড়ির পিছনে গিয়ে লুকোল।

যাই হোক, অনেক চেঁচামেচি, খোঁজাখুঁজির পর অ্যালবামটা পাওয়া গেল।

হাঁফাতে হাঁফাতে রাখোবাবু অ্যালবাম এনে পাতা খুলে ছবিটা খুঁজতে লাগলেন। খুঁজতে খুঁজতে একটা পাতায় দেখা গেল ছবিটা যে-চারটে স্টিকারে লাগানো ছিল তা লাগানোই আছে, কিন্তু ছবিটা নেই।

রাখোবাবু হতাশ হয়ে বসে বললেন, "সর্বনাশ!"

বরদাচরণ অ্যালবামটা তুলে নিয়ে দেখলেন। মুখখানা অসম্ভব গম্ভীর হয়ে গেল। হঠাৎ আস্তে করে বললেন, "রাখোবাবু, এখন আমার আর কিছুমাত্র সন্দেহ নেই যে এ ছবিটাই ছিল কন্দর্পনারায়ণের ছবি।"

সতীশ ভরদ্বাজ বলে ওঠেন, "আমার ঘরে যে বালগোপালের ছবিটা আছে, বুঝলে বাবা বরদা, সেটাও—"

বরদাচরণ সতীশ ভরদ্বাজকে পাত্তা না-দিয়ে বললেন, "অ্যালবাম থেকে ছবিটা চুরি যাওয়াতেই ব্যাপারটা দিনের আলোর মতো স্পষ্ট বোঝা যাচ্ছে। অ্যালবামটা আমি নিয়ে যাচ্ছি রাখোবাবু, ফিঙ্গারপ্রিন্টগুলো দেখতে হবে। আর বাড়ির সবাইকে জিজ্ঞাসাবাদও করা দরকার।"

রাখোবাবু উদভ্রান্তের মতো চেঁচাতে লাগলেন, "সবাই এসো এদিকে। চলে এসো। এর একটা বিহিত হওয়া দরকার। কড়কড়ে হাজারটা টাকা ফসকে গেল, ইয়ার্কি পেয়েছ নাকি? কোথায় গেল সরোজ, মনোজ, পুতুল?"

রঘু ভয়ে ভয়ে বলে, "খোকাখুকিরা ইস্কুলে গেছে।"

"ডেকে আন ইস্কুল থেকে।"

হারাধন তার ল্যাবরেটরির দরজা খুলে বেরিয়ে এসে গম্ভীরভাবে বলে, "কী হয়েছে বলো তো। ওই বরদা ক্লাউনটা কোনও গোলমাল করছে নাকি?"

বরদাচরণ গম্ভীরভাবে বলেন, "ক্লাউন কে তা আয়না দিয়ে নিজের মুখ দেখলেই টের পাবে হারাধন। আমি জরুরি কাজে এসেছি, ইয়ার্কি কোরো না।"

"হুঁ! জরুরি কাজ! কার বেড়াল চুরি গেল, কার বাগান থেকে কে লাউ নিয়ে গেল, কার গোরু হারাল, এসব খুঁজে বেড়ানোই যার কাজ তার আবার ডাঁট কত!"

বরদাচরণ বলেন, "তবু ভাল, লাউয়ের সঙ্গে কুমড়ো মেশানোর চেষ্টা করে লোক হাসাইনি।"

রাখোবাবু দুজনের মাঝখানে দাঁড়িয়ে বললেন, "সবাই চুপ করো। শোনো সবাই, আমি মাত্র চব্বিশ ঘণ্টা সময় দিচ্ছি বাড়ির লোককে। এর মধ্যে চুরি-যাওয়া ছবিটা খুঁজে বের করতেই হবে।"

ইস্কুলে ইন্টারক্লাস ক্রিকেট লিগ চলছে। সেই নিয়ে এবার চারদিকে খুব উত্তেজনা। এমনিতে এক ক্লাসের সঙ্গে অন্য ক্লাসের খেলায় আর উত্তেজনার কী থাকবে?

আসলে হয়েছে কি, এবার ক্লাস নাইনে দুটি নতুন ছেলে এসে ভর্তি হয়েছে। তারা যমজ ভাই, হুবহু একরকম দেখতে। তারা পোশাক করে একই রকম, টেরি কাটে মাথার একই ধারে, এমনকী দুজনেরই বাঁ গালে তিল। তফাত শুধু নামে, একজনের নাম সমীর, অন্যজনের নাম তিমির। দুই ভাই-ই দুর্দান্ত ক্রিকেট খেলোয়াড়। তবে খেলাতে দুই ভাইয়ের কিছু তফাত আছে। সমীর সাংঘাতিক জোরে বল করে, তার বল চোখে ভাল করে ঠাহর হয় না। অন্যজন তিমির বেদম ব্যাট করে, প্রায় ম্যাচেই সেঞ্চুরি করেও নট আউট থেকে যায়।

দুই যমজ ভাইয়ের দৌলতে ক্লাস নাইন এবার দুরন্ত টিম। স্কুলের চ্যাম্পিয়ন তো তারা হবেই জানা কথা। শোনা যাচ্ছে এবার সমীর আর তিমিরকে জেলা একাদশেও নেওয়া হবে। যেদিন ক্লাস নাইনের খেলা থাকে সেদিন মাঠের চারধারে বহু লোক জমে যায় সমীর-তিমিরের বলের হলকা আর ব্যাটের ভেলকি দেখতে।

নাম-ডাক হওয়াতে দুই ভাইয়েরই কিছু ডাঁট হয়েছে। এমনিতেই তারা বড়লোকের ছেলে। তাদের বাবা সিভিল সার্জেন। দুটো সবুজ রঙের রেসিং সাইকেলে চেপে তারা ইস্কুলে আসে। টকাটক ইংরেজিতে নিজেদের মধ্যে কথা বলে। কাউকে বড় একটা গ্রাহ্য করে না। ইস্কুলের মাস্টারমশাইরা পর্যন্ত তাদের একটু সমঝে চলেন।

ওদিকে ক্লাস এইটও বেশ ভাল টিম। যদিও তাদের সমীর বা তিমিরের মতো

বোলার বা ব্যাটসম্যান নেই তবু গেম টিচার তারক গুহ বলেন, "আমার মনে হয়, ক্লাস এইট একটা আপসেট করতে পারে।"

এইট-এর ক্যাপটেন মনোজ। বলতে কী, ক্লাস সেভেন-এ পড়ার সময়ে সে প্রথম ক্রিকেটের হাতে-খড়ি করে। ব্যাট খারাপ করে না, বলও খুব জোরে করতে পারে। এইট-এ উঠে ইন্টারক্লাস লিগে এ পর্যন্ত সব ক'টা ম্যাচ তারা জিতেছে। প্রত্যেকটাতেই মনোজের রান ভাল, উইকেটও খারাপ নেয়নি।

তারক গুহ প্রবীণ লোক। একসময়ে নাকি কলকাতায় ভাল টিমে ক্রিকেট খেলতেন। কোচ হিসেবে তাঁর তুলনা নেই, সবাই বলে। মফস্বলের স্কুলে সামান্য বেতনের গেম টিচারের চাকরি করেন বলে তেমন পাত্তা দেয় না কেউ। রোগা, কোলকুঁজো, বুড়ো শকুনের মতো চেহারা তারকবাবুর। গায়ের রং ব্ল্যাকবোর্ডের মতো কালো। পান খেয়ে খেয়ে দাঁতগুলো সব খয়েরি হয়ে গেছে। গায়ে সব সময়ে বেঢপ বড় সাইজের সাদা ফুলহাতা জামা, পরনে সাদা জিনের প্যান্ট, কোমরে কখনও দড়ি কখনও মোটা চামড়ার বেল্ট বাঁধা, পায়ে কেডস। এ ছাড়া তারকবাবুকে অন্য পোশাকে দেখা যায় না। জামাকাপড় সব সময়ে ময়লা। নাকে নস্যি দেন বলে খোনা সর্দির গলায় কথা বলেন। তাঁর ল্যাকপ্যাকে হাত-পা, চেহারা আর পোশাক দেখে কিছুতেই ভাবা যায় না যে এ লোক খেলার কিছু জানে।

তারকবাবুকে সমীর-তিমিরও পাত্তা দেয় না। বরং তারকবাবুই সেধে যেচে ওদের কাছে গিয়ে নেট প্র্যাকটিসের সময় নানারকম উপদেশ দেন। ওরা হাসে। সমীর একদিন মুখের ওপরেই বলে দিল, "আপনি তো স্যার কখনও ফাস্ট বল চোখেই দেখেননি ভাল করে, ইনসুইং-এর গ্রিপ আপনার কাছে কী শিখব! আমি কলকাতায় ফাদকারের কাছে বোলিং শিখেছি।"

সেই থেকে তারকবাবুর ওদের ওপর খুব রাগ। ভাল খেলো সে তো ঠিক আছে, তা বলে প্রশিক্ষককে সম্মান দেবে না?

সেই থেকে তারকবাবু হন্যে হয়ে অন্য ক্লাসের ছেলেদের মধ্যে সত্যিকারের ক্রিকেট-প্রতিভা খুঁজে বেড়িয়েছেন।

এইভাবেই একদিন মনোজকে তাঁর নজরে পড়ে। এইট-এর সঙ্গে টেন-এর খেলা ছিল। মনোজ বারো রানের মাথায় একটা হুক মারতে গিয়ে ক্যাচ তোলে। আউট হয়ে মাঠ থেকে বেরিয়ে আসবার সময়ে তারকবাবু ধরলেন। বললেন, "ছোকরা, তোমার বয়সি কোনও ছেলে যে লেট কাট মারতে পারে তা আমার ধারণা ছিল না। কোত্থেকে শিখলে?"

মনোজ আমতা আমতা করে বলল, "ক্রিকেটের বইয়ের ছবি দেখে স্যার।"

"বাঃ! বাঃ!"

ভারী খুশি হলেন তারকবাবু, তাঁর কোটরগত চোখ জ্বলজ্বল করতে লাগল। বললেন, "সত্যিকারের প্লেয়ার হতে চাও? তবে আমি তোমাকে প্লেয়ার বানাব, কিন্তু একটু কষ্ট করতে হবে বাবা।"

মনোজ রাজি হয়ে গেল।

সেই থেকে তারকবাবু গোপনে মনোজকে তালিম দেন। মাঝে মাঝে বলেন, "তোমার বডি তো খুব ফিট। দমও অনেক। ফাস্ট বোলিং তোমার হবেই।"

সারা স্কুলে মোট পাঁচটা টিম। ফাইভ, সিক্স, সেভেন মিলিয়ে একটা টিম, আর চারটে উঁচু ক্লাসের।

ক্লাস নাইন ক্লাস এইট ছাড়া বাকি সবাইকে হারিয়ে দিল। ক্লাস এইটও নাইন ছাড়া বাকি সবাইকে হারাল; দু ক্লাসের পয়েন্ট সমান। এই দুই ক্লাসের খেলায় যে জিতবে সে-ই চ্যাম্পিয়ন।

সবাই জানে নাইন জিতবে। ইলেভেন-এর বড় ছেলেদের সঙ্গে খেলাতেও নাইন নয় উইকেটে জিতেছিল। সমীর নটা উইকেট পায় মাত্র নয় রানে। তিমির নিরানব্বই করেছিল একা। কাজেই বোঝা যাচ্ছে ক্লাস নাইন কী সাংঘাতিক টিম।

আজ ফাইনাল খেলা। ফার্স্ট পিরিয়ডের পর স্কুল ছুটি হয়ে গেল। খেলার মাঠের চারিদিকে দারুণ ভিড় আর ধাক্কাধাক্কি। মাঝের মাঝখানে তিনটে করে ছটা স্টাম্প গাড়া হয়ে গেছে। স্বয়ং সিভিল সার্জেন, ডি এস পি আর মুনসেফ খেলা দেখতে এসেছেন। তাঁদের জন্য আলাদা চেয়ারের ওপর ছোট ত্রিপল টাঙানো হয়েছে। ক্রেট বোঝাই লেমোনেড এসেছে মাঠে। চানাচুর, ঝালমুড়ি, ফুচকা আর আইসক্রিমের গাড়ি জড়ো হয়েছে। বেশ মেলা মেলা ভাব।

তারকবাবু প্রচণ্ড উত্তেজনায় ছোটাছুটি করছেন।

এইট-এর ক্যাপটেন মনোজ আর নাইন-এর ক্যাপটেন সমীর মাঠে নেমে টস করল।

টসে জিতে গেল মনোজ। বিনা দ্বিধায় বলল, "ব্যাট।"

সমীর একটু কাঁধ ঝাঁকাল মাত্র।

ওয়ান ডাউনে মনোজ নামবে। ওপেনিং ব্যাটসম্যান দুজন মাঠে রওনা হয়ে যেতেই তারক স্যার এসে বললেন, "মনোজ প্যাড-আপ করো। এক্ষুনি উইকেট পড়বে।"

মনোজ প্যাড বাঁধতে বাঁধতে বলল, "একঘণ্টা টিকতে পারলে হয়।"

তারক স্যার নিজে প্রচণ্ড উত্তেজিত। তবু বললেন, "উত্তেজিত হয়ো না মনোজ। আমি জানি সমীরের সুইং নেই। কিন্তু অসম্ভব জোরে বল আসে বলে আনাড়িরা

খেলতে পারে না, লাগার ভয়ে আউট হয়ে চলে আসে। তুমি ঘাবড়াবে না।”

স্যারের কথাই ঠিক। মাঠে নামতে না-নামতে ওপেনিং ব্যাট গদাইচরণ সমীরের দ্বিতীয় বলে বোলড হয়ে ফিরে এল।

মনোজ যখন নামছে তখন ক্লাস এইট-এর ছেলেরা খুব হাততালি দিল। সমীর দূর থেকে বলটা লোফালুফি করতে করতে একটু তাচ্ছিল্যের হাসি হাসল। তারকবাবু মনোজের পাশাপাশি হাঁটতে হাঁটতে মাঠের মধ্যে খানিকদূর এলেন, বার বার বললেন, “সোজা বল, খেলতে অসুবিধা নেই। প্রথম থেকেই একটু মেরে খেললে দেখবে ও কাবু হয়ে গেছে।”

যদিও মনোজ খুব সাহসী ছেলে তবু এখন তার হাত-পা একটু ঝিম ঝিম করছিল! হাঁটুর জোরটা যেন কমে গেছে, হাতে ব্যাটটা বেশ ভারী ভারী লাগছে।

গার্ড নিয়ে দাঁড়িয়ে চারদিকে ফিলডারদের অবস্থান দেখতে একটু সময় নিল মনোজ। ভয় করছে। বেশ কয়েকবার বুকটা দুরদুর করে ওঠে।

সমীর ওভারের তৃতীয় বলটা দিতে প্রায় স্ক্রিনের কাছাকাছি চলে গেছে। অত দূর থেকে দৌড়ে এসে বল করলে সে বল যে কী মারাত্মক জোরের বল হবে তা ভাবতেই মনোজের পেটটা গুলিয়ে উঠল।

চারদিকের মাঠ স্তব্ধ। সমীর জেট প্লেনের মতো দৌড়ে আসছে। এসে বাঁই করে হাত ঘোরাল।

বলটা একবার দেখতেও পেল না মনোজ। একটা আবছা লাল ফিতের মতো কী যেন সড়াক করে পিচের ওপর দিয়ে বেরিয়ে গেল। বেকুবের মতো মনোজ দাঁড়িয়ে থাকে। স্লিপের ফিলডাররা হাসছে।

আবার সমীর দৌড়ে আসে। বল করে। আবার সেই লাল ফিতের মতো লম্বাটে একটা ছায়া দেখতে পায় মনোজ। কিন্তু এমন সাংঘাতিক তার গতি যে ব্যাটটা তুলবারও সময় হয় না।

মনোজের ভাগ্য ভাল যে, দুটো বলই ছিল বাইরের।

সে আবার ব্যাট আঁকড়ে কুঁজো হয়ে দাঁড়ায়। কিন্তু হাত পা ঝিম ঝিম করে, চোখে অন্ধকার অন্ধকার লাগে। স্ক্রিনের কাছ থেকে সমীর ক্ষ্যাপা ষাঁড়ের মতো দৌড়ে আসছে।

মনোজের একবার দৌড়ে পালিয়ে যাওয়ার ইচ্ছে হল। অনেক কষ্টে সে ইচ্ছে দমন করে প্রাণপণে চোখ দুটো বিস্ফারিত করে সমীরের বল করার কায়দাটা দেখতে লাগল।

সমীরের হাত যখন ঘোরে তখন ঠিক সিলিং ফ্যানের মতো ঘূর্ণ্যমান চক্রের মতো দেখায়।

এবার লাল ফিতেটা বাইরে দিয়ে গেল না। সোজা চলে এল মনোজের দিকে। গুড লেংথে পড়ে মিডলস্টাম্পে।

মনোজ ব্যাট তোলেনি, হাঁকড়ায়নি, কিচ্ছু করেনি। বলটা এসে আপনা থেকেই ব্যাটটাকে একটা ঘুষি মেরে অফ-এর দিকে গড়িয়ে গেল।

একটা বল আটকেছে মনোজ, তাইতেই হাততালি পড়ল চারদিকে।

সমীর শেষ বলটা করতে আসছে। একইরকম গতিবেগ। তবে এখন মনোজের অতটা ভয় করছে না।

এ বলটাও সোজা এল। একটু শর্ট পিচ পড়ে কোমর সমান উঁচু হয়ে লেগ-এর দিকে বেরিয়ে যাচ্ছিল। মনোজ ব্যাটটা দিয়ে খুব তাড়াতাড়ি ভেগে-যাওয়া বলটা জোর চাপড়ে দেয়। সেই চাপড়ানিতে বলটা আরও দ্বিগ্বিদিক জ্ঞানশূন্য হয়ে একলাফে বাউন্ডারি ডিঙিয়ে আরও পঞ্চাশ গজ দূরে গিয়ে পড়ল। ছক্কা।

হাততালির তুমুল শব্দে কানে তালা লাগবার জোগাড়।

পরের ওভারে বল করল সরোজ। এইট-এর ওপেনিং ব্যাট ষষ্ঠীব্রত সে ওভারটা খুটখাট করে কাটিয়ে দিল। রান হল না।

পরের ওভারে আবার সমীর বল করতে আসে, মনোজ ব্যাট করবে।

চারিদিক থেকে চিৎকার ওঠে, "মনোজ আর একটা ছক্কা চাই।"

আগের ওভারে একটা ছক্কার মার খেয়ে সমীরের শরীরে আগুন লেগে গেছে। সে তিনগুণ জোরে দৌড়ে এসে যে বলখানা দিল তা অ্যাটম বোমের মতো। কিন্তু মনোজের বুকের দুরদুরুনিটা এখন নেই। হাত-পাও বেশ বশে এসে গেছে। চোখেও কিছু খারাপ দেখছে না।

অফ স্টাম্পের ওপর বলটা ছিল। মনোজ পা বাড়িয়ে ব্যাটখানা পিছনে তুলে বলটার ঠিক ব্রহ্মতালুতে ব্যাটখানা দিয়ে চাপড়াল। বলটা মাটিতে একটা ঠোকর খেয়ে স্লিপের মাঝখান দিয়ে সে কি পড়ি মরি দৌড়, যেন পালাতে পারলে বাঁচে।

বাউন্ডারি। হাততালি। চিৎকার।

পরের বল মিডল স্টাম্পে, গুড লেংথ। সাধারণত ব্যাটসম্যান এ বল আটকায়। মনোজের এখন আর আটকানোর কথা মাথায় আসছে না। মার না পড়লে সমীরের ধার ভোঁতা হবে না। পিচে পড়ে বলটা ওঠার মুখে, মনোজ এগিয়ে সেটাকে অন ড্রাইভ করল। সমীরের জোরালো বল সে মার সইতে পারল না, বন্দুকের গুলির মতো মাঠের বাইরে বেরিয়ে গেল।

লাইনের ধারে লোকেরা ভীষণ চেঁচাচ্ছে, ছেলেরা লাফাচ্ছে, স্বয়ং তারকবাবু নিয়ম ভেঙে দু-দুবার মাঠের মধ্যে ছুটে এসেছিলেন, তাঁকে হেডস্যার এসে ধরে নিয়ে গেলেন।

মনোজ এখন আর অন্য কিছু দেখছেও না, শুনছেও না। তার সমস্ত মন চোখ এখন বল্লের দিকে। একের পর এক বল আসে আর মনোজ এগিয়ে পিছিয়ে, শরীর বাঁকিয়ে নানা কায়দায় কেবল পেটায়। তার মারমূর্তি দেখে সমীরের বল একদম ঝুল হয়ে গেল। দশ ওভারের পর হাঁফাতে হাঁফাতে তার জিভ বেরিয়ে গেছে, মনোজ তখন আশি ছাড়িয়ে গেছে। টোটাল বিরানব্বই। এর মধ্যে শুধু ষষ্ঠীব্রত আউট হয়েছে। আর কোনও ঘটনা ঘটেনি।

মফস্বলের স্কুলের খেলায় লাঞ্চ বা টি হয় না। একনাগাড়ে খেলা চলে। এক ইনিংসের খেলা একদিনেই শেষ হয়ে যায়। দ্বিতীয় ইনিংস বলে কিছু নেই।

কিন্তু ব্যাপার-স্যাপার দেখে মনে হচ্ছিল, ক্লাস এইট-এর ব্যাটের দাপট আজকে কমবে না। এক ইনিংসও আজ শেষ হবে না।

মনোজ সমীরকে তিন-তিনটে চার মেরে নব্বুইয়ের কোঠায় ঢুকে গেল। স্কোরাররা তাল রাখতে পারছে না রানের গতির সঙ্গে।

ওদিকে দর্শকদের মধ্যে একজন কালো চশমা পরা গম্ভীর মানুষ এসে দাঁড়িয়ে আছেন। তাঁর গলায় দূরবীন, কাঁধে ক্যামেরা ঝুলছে। কোমরে পিস্তলের খাপ আছে বটে কিন্তু তাতে পিস্তল নেই। বরদাচরণ মনোজ আর সরোজকে জেরা করতে এসেছেন।

কিন্তু খেলা ভাঙার লক্ষণ দেখা যাচ্ছে না বলে তিনি খুবই বিরক্ত, বার বার ঘড়ি দেখছেন। একবার ধৈর্য হারিয়ে বলেই ফেললেন, "দূর ছাই, ছেলেটা কি আউট হবে না নাকি!"

পাশেই তারকবাবু ঘাসের ওপর বসে জুলজুলে চোখে মনোজের খেলা দেখছেন। বরদাচরণের কথা শুনে তড়াক করে লাফিয়ে উঠে বললেন, "কী! কী বললেন মশাই?"

ল্যাকপ্যাকে রোগা হলেও তারকবাবুকে তখন হুবহু খুনির মতো দেখাচ্ছিল।

তারকবাবু খেঁকিয়ে উঠে বললেন, "ইয়ার্কি পেয়েছেন মশাই? ক্রিকেটের মতো সিরিয়াস ব্যাপার নিয়ে ইয়ার্কি? কোন আক্কেলে আপনি ওই অলক্ষুণে কথা বললেন?"

চেঁচামেচিতে মুহূর্তের মধ্যে বরদাচরণের চারধারে ভিড় জমে গেল। স্বয়ং ডি এস পি এগিয়ে এসে বললেন, "আরে! এ যে দেখছি সেই কমিক্যাল গোয়েন্দা ভদ্রলোক! কী করেছেন উনি?"

তারকবাবু আগুন হয়ে বললেন, "ইনি চাইছেন মনোজ আউট হয়ে যাক।" বরদাচরণের কাঁদো কাঁদো অবস্থা। লোকজন চারদিক থেকে আওয়াজ দিচ্ছে।

একজন সিটি দিল, অন্যজন বলে উঠল, "ওরে দ্যাখ গোয়েন্দাচরণের পিস্তলের খাপ ফাঁকা!"

আর একজন এসে বরদাচরণের দূরবীনটা তুলে দূরের জিনিস দেখতে লাগল। সানগ্লাসটা খুলে নিল একজন।

চাক্কু মামার দুরবস্থা দেখছিল দূর থেকে। সে আরও একটা জিনিস লক্ষ করে রেখেছে। সে লক্ষ করেছে ক্রিকেট মাঠের বাইরে ঘাসজমিতে মনোজদের কুখ্যাত দুষ্টু গোরু হারিকেন চরে বেড়াচ্ছে।

চাক্কু কাউকে কিছু না-বলে নিঃশব্দে হারিকেনের দিকে এগিয়ে গেল।

এদিকে মনোজের নিরানব্বই। সমীর সরে গেছে অনেক আগে। একটা আনাড়ি ছেলে বল করতে আসছে। একটা রান অনায়াসে হবে।

ঠিক সেই মুহূর্তে চারদিক থেকে তুমুল চিৎকার উঠল। বোলার ছেলেটা তার দৌড়ের মাঝপথে হঠাৎ বাঁদিকে ঘুরে প্রাণপণে মাঠের বাইরে ছুট লাগাল। আম্পায়ার অঙ্ক স্যার একটা স্টাম্প উপড়ে বাগিয়ে ধরে তারপর কী ভেবে স্টাম্পটা হাতে করেই দৌড়তে থাকেন।

হতভম্ব মনোজ প্রথমটায় কিছু বুঝতে পারেনি। তারপরই দেখতে পেল, তাদের গোরু হারিকেন বাঁ ধারে লাইনের পাশে প্রায় আট-দশজনকে গুঁতিয়ে মাটিতে ফেলে দিয়েছে, তারপর মাঠে ঢুকে দুজন ফিল্ডারকে ধরাশায়ী করে এখন পিচের দিকে ছুটে আসছে। তার মুখে ফেনা, চোখ লাল, ফোঁস ফোঁস শ্বাস ছেড়ে বাঘের গলায় 'হাম্বা' ডাক ছাড়ছে।

তার সেই মূর্তি দেখে মুহূর্তে মাঠ ফাঁকা। ডি এস পি, সিভিল সার্জেন, হেডস্যার কে কোথায় গেলেন কে জানে! চারদিকে জড়ামড়ি করে কিছু ছেলে আর লোক পড়ে গেছে মাঠে। হারিকেন মনোজকে চেনে, কাজেই সে মনোজের দিকে দৃকপাত না-করে সোজা মাঠের লাইনের ধারে দর্শকদের দিকে ছুটে গেল।

বরদাচরণ পিস্তলের খাপে হাত বাড়িয়ে বড় হতাশ হলেন। তাই তো! হারিকেন আর কাউকে না-ধরে কী করে যেন বরদাচরণকেই টারগেট বানিয়ে তেড়ে গেল।

অসমসাহসী বরদাচরণ পালানোর চেষ্টা করেও পারলেন না। দেওয়াল থেকে পড়ে হাঁটুতে চোট। সুতরাং তাঁকে দাঁড়িয়ে থাকতে হল। হারিকেন তেড়ে এসে ঢুঁ মারতেই বরদাচরণ বাঁ পাশে সরে গেলেন। আবার ঢুঁ মারতেই বরদাচরণ বাঁ পাশে সরে গেলেন। আবার ঢুঁ। বরদা আবার ডান পাশে সরলেন।

দারুণ জমে গেল খেলা। বরদাচরণ ভারসাস হারিকেন। ক্রিকেটের কথা ভুলে লোকজন বুলফাইট দেখতে আবার ভিড় জমিয়ে ফেলল।

ভিড়ের ভিতর থেকে একটা লোক তার গায়ের লাল র‍্যাপারটা খুলে বরদাচরণের দিকে ছুড়ে দিয়ে বলল, "বরদাবাবু, আমাদের আসল বুল ফাইট দেখিয়ে দিন।"

হারিকেনের তৃতীয় ঢুঁটা এড়াতে গিয়ে বরদাচরণ মাটিতে পড়ে গিয়েছিলেন। হারিকেন আবার ফিরে আসছে। বরদাচরণ করেন কী? তাড়াতাড়ি লাল র‍্যাপারটা নিয়ে উঠে দাঁড়িয়ে বুল ফাইটারের মতোই হারিকেনকে দেখিয়ে সেটা নাড়তে লাগলেন। হারিকেন দৌড়ে এল। বরদাচরণ খুব দক্ষতার সঙ্গে সরে গেলেন। কিন্তু হারিকেন বোকা ষাঁড় নয়, সে হল ত্যাঁদড়া গোরু। বরদাচরণের ওপর তার রাগ কেন তা অবশ্য বোঝা গেল না। কিন্তু লাল র‍্যাপার নিয়ে বরদাচরণকে ইয়ার্কি করতে দেখে, তার রাগ চড়ে গেল কয়েক ডিগ্রি। চারদিকে লোকজন "শাবাশ! বাহবা! হুররে! লেগে যা, ঘুরে ফিরে।" বলে চেঁচাচ্ছে। তাই শুনে আরও খেপে গেল হারিকেন। কিন্তু এবার আর সে তাড়াহুড়ো করল না। খুব ভাল করে বরদাচরণকে লক্ষ করে দেখে নিল। তারপর হাঁটি হাঁটি পা পা করে এগিয়ে এসে আচমকা ধেয়ে এসে তার চার নম্বর ঢুঁ লাগাল।

সেই ঢুঁতে হাতি পর্যন্ত টলে যায় তো মানুষ কোন ছার! বরদাচরণ সেই গুঁতো এড়াতে পারলেন না, তিন হাত শূন্যে ছিটকে উঠে চার হাত দূরে গিয়ে পড়ে চেঁচাতে লাগলেন, "পুলিশ, দমকল, বাবারে!"

হারিকেন অবশ্য আর বরদাচরণের দিকে দৃকপাত করল না। সে চমৎকার লাল আলোয়ানটা দেখে মুগ্ধ হয়ে খুব হাসি হাসি মুখ করে সেটা মুখে নিয়ে চিবোতে লাগল। যার আলোয়ান, সে ডুকরে উঠে বলতে লাগল, "গেল বার ষাট টাকায় কিনেছিলাম গো! গোরুর পেটে আস্ত ষাটটা টাকা ওই চলে গেল!"

কারও সাহস হল না হারিকেনের মুখ থেকে আলোয়ানটা কেড়ে আনবে।

অসমসাহসী গোয়েন্দা বরদাচরণ অনেকটা পথ হামাগুড়ি দিয়ে হেঁটে গিয়ে ইস্কুলের বারান্দায় উঠে বসে কোঁকাতে লাগলেন। আজকের দিনটা তাঁর ভাল যাচ্ছে না। একটা ভুতুড়ে কাকের তাড়া খেয়ে দেওয়াল থেকে পড়েছেন। পিস্তল হারিয়েছেন। ত্যাঁদড় গোরুর পাল্লায় পড়ে একেবারে বেহাল হয়েছেন। কিন্তু গুরুতর আহত হয়েও তিনি তাঁর কর্তব্যকর্ম বিস্মৃত হননি। সামান্য একটু দম নিয়েই তিনি হামাগুড়ি দিয়ে চারদিকে ঘুরে সরোজ আর মনোজকে খুঁজতে লাগলেন। তার দৃঢ় ধারণা, কুমার কন্দর্পনারায়ণের দুর্লভ ছবিটার হদিশ ওদের কাছে পাওয়া যাবে।

কিন্তু সরোজ আর মনোজ তখন ইস্কুলের ত্রিসীমানায় নেই। তাদের গোরু হারিকেন আজকের ম্যাচ খেলা নষ্ট করেছে, একজনের আস্ত লাল আলোয়ান চিবিয়ে খেয়েছে, বরদাচরণের ক'খানা হাড় ভেঙেছে তা কে জানে! হারিকেন ছাড়া পেলে শহরে

তুলকালাম সব কাণ্ড হয়। আর লোকে এসে তাদের গালমন্দ করে, ক্ষতিপূরণ চায়, কয়েকবার পুলিশের কাছেও নালিশ হয়েছে। তাই আজ হারিকেনের কাণ্ড দেখে দুই ভাই কোন ফাঁকে সটকে পড়েছে।

এদিকে বরদাচরণকে হামাগুড়ি দিয়ে ঘুরে বেড়াতে দেখে আবার লোকে ভিড় করে এল। হেডস্যার, ডি এস পি, সিভিল সার্জেন, ছাত্র আর মাস্টারমশাইরা তাঁকে ঘিরে ধরে বোঝাতে লাগলেন, আপনি আহত হয়েছেন বরদাবাবু, এবার একটু বিশ্রাম নিন। ফার্স্ট এইড দেওয়া হবে।

বরদাচরণ বললেন, "ডিউটি ইজ ডিউটি। আমি সরোজ আর মনোজকে এক্ষুনি জেরা করতে চাই। খুব জরুরি দরকার।"

ছেলেরা খবর দিল, ওদের কোথাও খুঁজে পাওয়া যাচ্ছে না। হারিকেন ওদেরই গোরু কিনা। তাই ওরা লজ্জায় চলে গেছে।

ইতিমধ্যে ডি এস পি থানায় খবর পাঠিয়েছেন, যেন সশস্ত্র পুলিশবাহিনী এসে বদমাশ গোরুটাকে গ্রেফতার করে নিয়ে যায়। আলোয়ানওয়ালা লোকটা এসে ক্ষতিপূরণের জন্য ঘ্যানর ঘ্যানর করছে। সমীর আর তিমির বলে বেড়াচ্ছে, হেরে যাওয়ার ভয়ে ক্লাস এইট গোরুটাকে মাঠের মধ্যে তাড়া করে এনেছিল। তাই শুনে তারকবাবু খেঁকিয়ে উঠে বললেন, "ওই গোরুটার জন্যই তোমরা এ যাত্রা বেঁচে গেলে। ক্রিকেট খেলার অ-আ-ক-খ-ই এখনও তোমাদের রপ্ত হয়নি।"

ইস্কুলে যখন এইসব কাণ্ড চলছে তখন মনোজদের বাড়ির অবস্থা খুব থমথমে। রাখোবাবু সবাইকে চব্বিশ ঘণ্টা সময় দিয়েছেন, তার মধ্যে হারানো ছবিটা খুঁজে বের করতেই হবে। রাখোবাবু এই কথা ঘোষণা করেই হাতঘড়িটা হাতে পরে নিয়ে মাঝে মাঝে সময় দেখছেন আর বলছেন, "এই তিন ঘণ্টা হয়ে গেল... এই চার ঘণ্টা দশ মিনিট... প্রায় পাঁচ ঘণ্টা... আর মাত্র উনিশ ঘণ্টা আছে কিন্তু।"

বাড়িসুদ্ধ লোক ঘরদোর তোলপাড় করে ছবি খুঁজতে লেগেছে। সতীশ ভরদ্বাজ দুপুরবেলা বাড়ি যাওয়ার সময় বলে গেছেন, "আমার হাঁদু ভুঁদু থাকলে একলহমায় ছবি-কে-ছবি এমনকী কন্দর্পনারায়ণকেও খুঁজে বের করে কাঁধে বয়ে এনে ফেলত। কিন্তু কী করব, তারা দুমাসের ছুটি নিয়ে দেশে গেছে। নইলে কোনও হাঙ্গামা ছিল না।"

হাঁদু-ভুঁদু হল সতীশ ভরদ্বাজের পোষা ভূত। সবাই তাদের কথা জানে। কেউ অবশ্য তাদের কখনও দেখেনি, কিন্তু সবাই ভয় খায় তাদের।

বৈজ্ঞানিক হারাধন আকাশ থেকে বিদ্যুৎ শক্তি উৎপাদনের একটা নতুন গবেষণায় খুব ব্যস্ত। তামার তার দিয়ে গোটা কুড়ি ঢাউস গ্যাস-বেলুন আধ মাইল উঁচুতে তুলে

দেওয়া হবে। সেখানে কোনও একটা স্তরে প্রচুর বিদ্যুতের একটা বলয় রয়েছে। তামার তার বেয়ে সেই বিদ্যুৎ ধরে এনে নানা কাজে লাগানো যাবে বলে হারাধন দৃঢ়ভাবে বিশ্বাস করে। কিন্তু আধ মাইল লম্বা কুড়িটা তামার তার জোগাড় করা চাট্টিখানি কথা নয়। তার ওপর তারগুলো এমন জট পাকিয়ে যায় যে, জট ছাড়াতে গলদঘর্ম।

হারাধন বিরক্ত হয়ে উঠোনে পায়চারি করছিল। সতীশ ভরদ্বাজের কথা শুনে বলল, "হাঁদু-ভুঁদুর ছুটি ক্যানসেল করে একটা টেলিগ্রাম করে দিন না ঠাকুরমশাই।"

সতীশ ভরদ্বাজ হারাধনকে দেখতে পারেন না। দু পাতা বিজ্ঞান পড়ে এরা ঘোর নাস্তিক হয়ে গেছে। কিছু মানে না। ভরদ্বাজ ঠাকুরমশাই রেগে গিয়ে বললেন, "টেলিগ্রাম করব, ইয়ার্কি পেয়েছ নাকি? তাদের দেশ তো আর শহর গঞ্জে নয় যে, টেলিগ্রাম যাবে। তারা থাকে প্রেতলোকের গহীন রাজ্যে। সেখানে আলো নেই, অন্ধকার নেই, কেবল ঘোর সন্ধেবেলার মতো আবছা এক জায়গা। চারদিকে ছমছম করছে অদ্ভুত গাছপালা, পাহাড় হ্রদ। মড়ার মাথা চারদিকে ছড়ানো, হ্রদে জলের বদলে রক্ত, পাহাড় হচ্ছে হাড়গোড় দিয়ে তৈরি। বাদুড়, শকুন আর পেঁচা ছাড়া কোনও পাখি নেই। সেখানকার গাছে ফুল ফুটলে পচা নর্দমার গন্ধ ছাড়ে। সেখানে আকাশের রং ঘোর কালো, চাঁদ তারা সূর্য কিচ্ছু নেই। সেখানকার রাজার প্রাসাদ তৈরি হয়েছে মাথার খুলি দিয়ে। গায়ে গায়ে পিশাচ, শাঁকচুন্নি, মামদো, ব্রহ্মদৈত্য, খোক্কস সব সেখানে বসবাস করে। আমি কতবার গিয়েছি।"

হারাধন হেসে ফেলে বলে, "জায়গাটা বেশ ভাল মনে হচ্ছে ঠাকুরমশাই। একবার আমাকে নিয়ে চলুন না।"

সতীশ ভরদ্বাজ সেকথার জবাব দেননি। শুধু বলেছেন, "আসুক হাঁদু-ভুঁদু, বিশ্বাস না-হয় তাদের মুখেই শুনে নিয়ো।"

এই বলে ঠাকুরমশাই চলে গেলেন।

বিকেলের দিকে গোরু দোয়াতে গিয়ে রামু মহাবিপদে পড়ল। চোখে ভাল ঠাহর হয় না তার, কিন্তু তা বলে একেবারে কানাও তো সে নয়। হাতিয়ে-টাতিয়ে, নিরীখ-পরখ করে সব জিনিসেরই একটা আন্দাজ পায়। আজ যেন সে গোয়ালে ঢুকে হারিকেনের গায়ে হাত দিয়েই বুঝতে পারল, গোরুটা আর আগের মতো নেই। দিব্যি বড়সড় হয়ে উঠেছে, গায়ে খোঁচা খোঁচা লোম, আর ভারী ঠান্ডা স্বভাব, দুধ দোয়ানোর সময় রোজ যেমন দাপাদাপি করে, বালতি উলটে ফেলে দেয় বা পায়ের চাঁট ছোড়ে, আজ তেমন কিছু করল না। দুধও দিল এক কাঁড়ি। বালতি ভরে প্রায় উপচে পড়ে আর কী! খুব আনন্দ হল রামুর। কিন্তু বালতি-ভরা দুধ নিয়ে সে যখন হাসি হাসি মুখ

করে গোয়াল থেকে বেরোতে যাচ্ছে তখন দোরগোড়ায় একটা মুশকো মতো লোকের সঙ্গে ধাক্কা খেল।

"কৌন হ্যায় রে?" বলে রামু চোখ পাকিয়ে তাকায়।

মুশকো লোকটা দরজা জুড়ে দাঁড়িয়ে ফোঁসফোঁস করে নিশ্বাস ফেলছে। এমন ব্যাদড়া লোক যে, রামুর পথও ছাড়ছে না।

ভয় পেয়ে রামু চেঁচাল, "কৌন চোট্টা হ্যায় রে! এখনও সন্ঝা হয়নি, এরই মধ্যে গোরু চোরাতে এসেছিস?"

এই বলে রামু বালতিটা রেখে হঠাৎ দুহাতে লোকটাকে জাপটে ধরে চেঁচাতে থাকে, "এ মিশিরজি, এ রঘু, জলদি আও। গোরু চোর ধরেছি।"

মুশকো লোকটা পেল্লায় জোয়ান। এক ঝটকায় রামুর হাত ছাড়িয়ে উলটে তার ঘাড়টা চেপে ধরে বলল, "চোর আমি না তুই? আমার ভঁইসটাকে সারা দু পহর ঢুঁড়ে বেড়াচ্ছি, আর তুই চোট্টা আমার দুধেল ভঁইস ধরে এনে গোহালে বেঁধে রেখেছিস!"

রামু তখন বুঝতে পারল, এ লোকটা হল হরশঙ্কর গয়লা। এ-তল্লাটে হরশঙ্কর হচ্ছে সবচেয়ে বড় পালোয়ান। বজরঙ্গবলী মন্দিরের সামনের আখড়ায় একটা কুস্তির দঙ্গল আছে। সেখানে ফি বছর কুস্তির প্রতিযোগিতায় হরশঙ্কর অন্য সব জোয়ানদের ধরে ধরে ধোবিপাট প্যাঁচ মেরে আছাড় দেয়। ধোপা কাপড় কাচবার সময় যেমন করে আছাড় মারে, তাই হল ধোবিপাট, হরশঙ্করকে সবাই খুব সমঝে চলে।

রামুর চেঁচানি শুনে মিশির আর রঘু দুই লাঠি নিয়ে ধেয়ে এসেছিল, কিন্তু হরশঙ্করকে দেখে লাঠি ফেলে দিয়ে হাতজোড় করে 'রাম রাম' বলে খাতির দেখাতে লাগল।

হরশঙ্কর কাউকে গ্রাহ্য করল না, রামুকে কাঁধে ফেলে আর মোষটাকে খোঁটা থেকে দড়িসুদ্ধ খুলে এক হাতে দড়ি ধরে রওনা দিল। যাওয়ার সময় বলে গেল, "রামু চোট্টাকে আজ পুলিশে দেব।"

রামু হরশঙ্করের কাঁধে ঝুলতে ঝুলতে কেঁদে কেঁদে বলতে লাগল, "এ রঘু, এ মিশিরজি, আমার যদি ফাঁসি হয় তো আমার মুলুকমে একটা খত দিয়ে দিয়ো, পুলিশলোগ কি আমাকে পেটাবে নাকি রে বাপ? আমি কখুনো মারধোর খাইনি, কীরকম লাগবে কে জানে? ও হরশঙ্করভাই, অত জোরসে হাঁটছ কেন, আমার যে ঝাঁকুনি লাগছে!"

হরশঙ্কর কী করত বলা মুশকিল। কিন্তু গোয়াল থেকে বেরিয়ে যেই সে পাছদুয়ার দিয়ে বারমুখো রওনা দিয়েছিল—

সন্ধে হলেই ভজবাবু টর্চ নিয়ে সারা বাড়ি ঘুরে বেড়ান। বাড়িটা বেশ বড়ই বলতে হবে। উঠোনের চারদিক ঘিরে অনেকগুলো ঘর। তা ছাড়া বাইরের দিকে বাগানের

দুধারে পড়া, গান শেখা এবং বৈঠকখানার জন্য আলাদা আলাদা ঘর আছে। এত বড় বাড়ির আনাচ-কানাচও তো কিছু কম নেই। সন্ধের অন্ধকারে কোন চোর ছ্যাচোড় বাড়ি ঢুকে ঘাপটি মেরে বসে থাকবে কে জানে! তারপর মাঝরাতে সবাই ঘুমোলে মালপত্র নিয়ে ভাগারাম দেবে। সেই ভয়ে ভজবাবু সন্ধে হলেই টর্চ হাতে সারা বাড়ি ঘুরে ঘুরে দেখেন কেউ কোথাও লুকিয়ে আছে কিনা, ছাদ, সিঁড়ি, খাটের তলা, পাটাতন সব জায়গা।

আজও ভজবাবু ঘুরে বেড়াতে বেড়াতে পিছনের দিকে একটা বাজে জিনিস রাখবার কুঠুরির সামনে এসেই শুনতে পেলেন ঘরটার ভিতরে খুটুর-মুটুর শব্দ হচ্ছে।

ভজবাবু খুব সাহসী লোক নন। শব্দ শুনেই ভড়কে গিয়ে কাঁপাগলায় জিজ্ঞেস করলেন, "ভিতরে কে-এ-এ?"

কোনও জবাব নেই। খুটুর-মুটুর শব্দ হতেই লাগল।

ভজবাবুর ঘরের ভিতরে ঢুকতে তেমন সাহস হল না। যদি চোর হয়ে থাকে তো বেশ সাহসী চোরই হবে। ভজবাবুর সাড়া পেয়েও ঘাবড়ায়নি। এসব চোর বড় সাংঘাতিক হয়।

ভজবাবু ভিতর-বাড়িতে চলে এলেন। দেখেন কিরমিরিয়া উঠোনে চাল ছড়াচ্ছে, আর সেই ভুতুড়ে কাকটা মহানন্দে নেচে নেচে চাল খাচ্ছে।

ভজবাবু বললেন, "কিরমিরিয়া, একটু সঙ্গে আয় তো! চোর-কুঠুরিতে একটা চোর ঢুকে বসে আছে বলে মনে হচ্ছে।"

শুনেই কিরমিরিয়ার হাত থেকে চালের বাটিটা পড়ে গেল ঠুং করে। সে পরিত্রাহি চেঁচাতে লাগল, "ও বাবাগো, বাড়িতে চোর ঢুকল গো! এখন চোরকে কে ধরবে গো! চোর যে আমাদের মেরে ফেলবে গো!"

"চোপরও!" ভজবাবু এক পেল্লায় ধমক দিলেন।

সেই ধমকে কিরমিরিয়ার দাঁতকপাটি লাগবার জোগাড়। সে উঠোনে উবু হয়ে বসে মুখ বন্ধ করে গোঁ গোঁ শব্দ করতে থাকে।

ভজবাবু রেগে গিয়ে বললেন, "যা, আজই তোকে চাকরি থেকে বরখাস্ত করলাম।"

সেই শুনে কিরমিরিয়া চোখ মুছতে মুছতে উঠল। বিড়বিড় করে বলতে লাগল, "আজ আমাকে চোর মারবে গো। মেরে ফেললে আর কী করে বেঁচে থাকব গো! ও ভজবাবু গো, আমি মরে গেলে কে তোমাদের বাসন মাজবে, কাপড় কাচবে, ঘর মুছবে, ঘুঁটে দেবে গো!"

কিরমিরিয়াকে সঙ্গে নিয়ে আর একটা দা হাতে করে ভজবাবু চোর-কুঠুরির সামনে

এসে বন্ধ দরজায় কান পেতে শুনলেন, ভিতরে এখনও সেই শব্দ।

ভজবাবু বাইরে থেকে হুংকার ছাড়লেন, "কে আছিস ভেতরে? শোন ব্যাটা, ভাল চাস তো এক মিনিটের মধ্যে বেরিয়ে চলে যা। তা হলে কিছু বলব না। আর যদি বেশি ট্যাণ্ডাই-ম্যাণ্ডাই করিস তো রক্ষে নেই কিন্তু।"

কিরমিরিয়া কেঁদে উঠে বলল, "ও চোর-দাদাবাবু গো, ভজদাদাবাবুকে আর আমাকে মেরো না গো। ভালয় ভালয় চলে যাও গো।"

কিন্তু কুঠুরির ভিতরে চোরের তেমন গা নেই। শব্দটা হতেই লাগল।

ভজবাবু আর কী করেন! যদি চোর তাড়া করে, তবে দৌড়তে হবে বলে কাছাটা এঁটে নিয়ে এক হাতে টর্চ অন্য হাতে দা-টা বাগিয়ে ধরে দড়াম করে দরজাটা খুলে ফেলেই তিন হাত পিছিয়ে সরে দাঁড়ালেন। না, তাতেও চোরটা বেরল না। ভজবাবু শাসালেন, "বেরিয়ে আয় বলছি। বেরোলি?"

কোনও জবাব নেই।

ভজবাবু তখন পা টিপে টিপে ঘরের চৌকাঠে গিয়ে ভিতরে টর্চের আলো ফেলেই বললেন, "দূর! এ যে দেখছি বেড়ালটা। যাঃ যাঃ।"

খুব সাহসের সঙ্গে ভজবাবু ভিতরে ঢুকলেন। বেড়ালটা তাড়া খেয়ে পালাল। ভজবাবু চারদিকে টর্চ ফেলে ফেলে দেখলেন, হতচ্ছাড়া বেড়াল ঘরটাকে যাচ্ছেতাই রকমের বেগোছ করেছে। একধারে পুতুলের পুতুল খেলার বাক্স-টাক্স সব হাঁটকে মাটকে একশেষ। ভজবাবু নিচু হয়ে পুতুলের বাক্সটা গুছিয়ে রাখতে যাচ্ছিলেন। তারপরই হঠাৎ "বাবা গো" বলে চেঁচালেন।

সেই চিৎকারে বাইরে কিরমিরিয়া আরও জোরে চেঁচাল।

ভজবাবু স্তম্ভিতমুখে একটা পিস্তল হাতে করে নিয়ে বেরিয়ে এসে বললেন, "কিরমিরিয়া, চুপ কর। ব্যাপারটা খুব সিরিয়াস। এসব চোর-টোরের কাণ্ড নয়। কোনও ডাকাত বাড়িতে ঢুকেছে। এই দ্যাখ ডাকাতের পিস্তল। অস্ত্রটা এই ঘরে লুকিয়ে রেখে ডাকাতটা নিশ্চয়ই কোথাও ঘাপটি মেরে আছে। লোকজন সব ডাক এক্ষুনি।"

"বাবা গো, ডাকাত গো," বলতে বলতে কিরমিরিয়া দৌড়াল। ভজবাবু টর্চ আর পিস্তল হাতে পাছ-দুয়ারের দিকে তফাতে গিয়ে দাঁড়ালেন। ঘন ঘন গায়ত্রীমন্ত্র জপ করছেন আর চারদিকে নজর রাখছেন।

ঠিক এই সময়ে কাঁধে রামু আর হাতে মোষের দড়ি ধরে হরশঙ্কর গোয়ালা গোয়াল-ঘর থেকে বেরিয়ে পাছ-দুয়ারের দিকে আসছিল। রামু দুহাত জড়ো করে ঝুলতে ঝুলতে বলছে, "জয় বাবা রামজি, আমার তো কাল ফাঁসি হয়ে যাবে।"

দৃশ্যটা দেখে ভজবাবু হাঁ। আজকাল চোর ডাকাতের যে কী পরিমাণ সাহস বেড়েছে। এই ভর সন্ধেবেলা গেরস্তর ঘরে ঢুকে গোরু মানুষ সব ধরে ধরে নিয়ে যাচ্ছে। ডাকাতটার চেহারা যেমন পেল্লায়, তেমনি হাবভাবও রাজা জমিদারের মতো। দৌড়ে পালাবি, তা নয়, কেমন গদাই লস্করের মতো চলছে দেখ।

ডাকাতটার এই সাহস দেখে ভজবাবু খুব রেগে গেলেন। বেয়াদপির একটা শেষ থাকা দরকার। তিনি একেবারে মুখোমুখি দাঁড়িয়ে মুখে টর্চ ফেলে পিস্তলটা বাগিয়ে ধরে বললেন, "তুই কে রে পাজি? ভর সন্ধেবেলা মানুষ গোরু চুরি করছিস, তোর আক্কেলটা কীরকম? চুরি করবার এই নাকি সময় তোদের? চক্ষুলজ্জা বলে জিনিস নেই?"

হরশঙ্কর মস্ত বড় পালোয়ান বটে, কিন্তু পিস্তল দেখে তার রক্ত জল হয়ে গেল। সে রামুকে ধমাস করে মাটিতে ফেলে দিল, মোষের দড়িও ছেড়ে দিল। দুহাত জোড় করে বলল, "গোড় লাগি ভজবাবু, এই রামু বদমাশটা আমার ভঁইসটাকে চুরি করেছিল, তাই ভাবলাম, যাই গিয়ে ভঁইসটাকে নিয়ে আসি।"

ভজবাবু উত্তেজনায় হরশঙ্করকে প্রথমে চিনতে পারেননি, এখন চিনতে পেরে পিস্তলটা আরও ভালভাবে বাগিয়ে ধরে বললেন, "ও, তুই সেই পাজি হরশঙ্কর, না? দুধে জল মেশাস!"

হরশঙ্কর কাঁদো কাঁদো হয়ে বলে, "আর কখনও মিশাব না। হুজুর, মাফি মাঙে।"

হুম! ভজবাবু একটু ভাবলেন। তারপর বললেন, "সবই তো বুঝলাম। কিন্তু পিস্তলটা এল কোত্থেকে! আর ডাকাতটাই বা গেল কোথায়?'

পিস্তলের গুণ দেখে ভজবাবু অবাক। এত বড় পালোয়ান হরশঙ্কর গোয়ালা পিস্তলের সামনে কেমন নেতিয়ে পড়ল। হাঁটু গেড়ে বসে হাতজোড় করে বলল, "বড়বাবু, জান বাঁচিয়ে দিন। কান পাকড়াচ্ছি, আর দুধে জল দিব না। আপনাদের কোঠিতেও কখনও ঘুষব না।"

ভজবাবু গম্ভীর হয়ে বললেন, "ঠিক আছে, মোষ নিয়ে চলে যা। আর যদি কখনও..."

"রাম, রাম। আউর কখনও হোবে না।" বলে হরশঙ্কর তার মোষ নিয়ে চলে গেল।

ভজবাবু পিস্তলের দিকে চেয়ে দাঁড়িয়ে রইলেন। তাঁর মুখে অদ্ভুত একটা হাসি। সত্যিই পিস্তলের মতো জিনিস হয় না। এই পিস্তল নিয়ে বাজারে গেলে দোকানিরা একঝটকায় দাম কমিয়ে প্রায় জিরোতে নামিয়ে ফেলবে। পিস্তলটাকে এক হাতে ধরে অন্য হাতে সেটার গায়ে হাত বোলাতে বোলাতে ভজবাবু আপনমনে বললেন, "তাই তো বলি, একটা পিস্তল ছিল না-বলেই এতকাল কেউ আমাকে গ্রাহ্য করছিল না।"

ভাবতে ভাবতে ভজবাবুর রক্ত গরম হয়ে গেল। তাঁর মনে হতে লাগল, এই

পিস্তলের জোরে তিনি যা খুশি করতে পারেন। যত বড় বদমাশ বা গুণ্ডা হোক সবাই পিস্তলের সামনে হরশঙ্করের মতোই ভেজানো ন্যাতা হয়ে নেতিয়ে পড়বে।

ভজবাবুর খুব ইচ্ছে হল, পিস্তলের শক্তিটা একটু ভাল করে পরখ করেন। তাই কাউকে কিছু না বলে র‍্যাপারের তলায় পিস্তলটা লুকিয়ে নিয়ে ভজবাবু বাড়ি থেকে বেরিয়ে পড়লেন। এবার সবাইকে তিনি বুঝিয়ে দেবেন কত ধানে কত চাল।

কিরমিরিয়ার চেঁচামেচি শুনে বাড়ির লোকজন দৌড়ে এসেছিল। কিন্তু তারা এসে ভজবাবুকে খুঁজে পেল না।

হরিণগড়ের রাজা গোবিন্দনারায়ণ সন্ধেবেলা আহ্নিক সেরে জলযোগ করছেন। মস্ত বড় এক শ্বেতপাথরের টেবিলের ওপর রুপোর থালায় ডাঁই করে কাটা শশা দেওয়া হয়েছে। গোবিন্দনারায়ণ সোনার চামচ দিয়ে শশা মুখে তুলে কচমচ করে চিবোচ্ছেন। মুখে একটা তৃপ্তির ভাব।

টেবিলের অন্য ধারে গোবিন্দনারায়ণের ভাগনে কৌস্তভনারায়ণ বসে মামার শশা খাওয়া দেখছে। গোবিন্দনারায়ণের মতো শশাখোর লোক কৌস্তভ আর দেখেনি। একটা মানুষ একা যে কত শশা খেতে পারে, তা হরিণগড়ে এসে রাজা গোবিন্দনারায়ণকে না-দেখলে বোঝা যায় না।

কৌস্তভ অবশ্য মামার শশা খাওয়া দেখতেই যে এসে বসে থাকে তা নয়। তার অন্য মতলব আছে। মামার নিরুদ্দেশ ছেলে কন্দর্পনারায়ণ যদি আর ফিরে না আসে, তবে মামার বিষয়সম্পত্তি সব সেই পাবে। সেই আশায় কৌস্তভ প্রায়ই আনাগোনা করে। চারদিকে ঘুরঘুর করে মামার বিষয়সম্পত্তি কত তা বুঝবার চেষ্টা করে।

পঁয়তাল্লিশটা শশার টুকরো খাওয়ার পর গোবিন্দনারায়ণ একটা পেল্লায় ঢেকুর তুলে একটু দম নেওয়ার জন্য চামচটা রাখলেন। পেটের মধ্যে জায়গা করার জন্য উঠে একটু পায়চারি করতে লাগলেন।

কৌস্তভ সুযোগ বুঝে খুব সতর্ক গলায় জিজ্ঞেস করল, "মামাবাবু, কন্দর্পর কোনও খবর পেলেন?"

গোবিন্দনারায়ণ তাঁর ভাগনেটিকে বিশেষ পছন্দ করেন না। ভাগনে কৌস্তভ বলে নয়, আসলে তিনি কোনও আত্মীয়স্বজনকেই ভাল চোখে দেখেন না। তার কারণ, আত্মীয়স্বজন এলেই তাদের সঙ্গে নানারকম লৌকিকতা করতে হয়। ভাল-মন্দ খাওয়াও রে, ধারকর্জ দাও রে, গরিব বলে সাহায্য করো রে, পালা-পার্বণে জামাকাপড় দাও রে।

রাজা গোবিন্দনারায়ণ বড় কৃপণ মানুষ। তিনি নিজে কখনও প্রাণে ধরে ভাল-মন্দ খান না, কাউকে খাওয়াতে ভালবাসেন না। রাজা হয়েও তিনি ছেঁড়া জামাকাপড় সেলাই করে পরেন। বাবুগিরি তিনি দুচক্ষে দেখতে পারেন না। তাঁর সবচেয়ে প্রিয় শখ হল অবসর সময়ে আপনমনে টাকা গোনা। রাজবাড়ির গুপ্ত কুঠুরিতে লোহার সিন্দুক থেকে টাকা বের করে ঘণ্টার পর ঘণ্টা গোনেন। শোনা যায়, এক টাকার নোটে আর খুচরো পয়সায় দশ বিশ হাজার টাকা কয়েক ঘণ্টায় গুনে ফেলতে পারেন। কিন্তু সে সব টাকা কেবল গোনার জন্যই।

ভাগনে কৌস্তভের দোষ হল সে সবসময়ে এক পেট খিদে নিয়ে মামাবাড়িতে আসে। এসেই মামি বা দিদিমার কাছে গিয়ে বলে, "ওঃ, যা একখানা খিদে পেয়েছে না, দশটা চাষার ভাত একাই খেতে পারি এখন।"

তা পারেও কৌস্তভ। চেহারাটা রোগা রোগা হলেও খেতে বসলে তাজ্জব কাণ্ড ঘটিয়ে ফেলে। একবার আশিটা কই মাছ খেয়েছিল, অন্যবার বাহাত্তরটা রাজভোগ। সেসব ভাবলে কৌস্তভকে দেখে গোবিন্দনারায়ণের খুশি হওয়ার কথা নয়।

প্রশ্ন শুনে গোবিন্দনারায়ণ বললেন, "না। অন্ধকার হয়ে এল কস্তু, বাড়ি যাবি না?"

কৌস্তভ ঘড়ি দেখে বলল, "রাত আর কই হল! শীতের বেলা বলে আলো চলে গেছে। এই তো পৌনে ছটা মাত্র। তা মামাবাবু, কন্দর্পকে খোঁজার জন্য আপনি নাকি গোয়েন্দা লাগিয়েছেন?"

"সে আমি লাগাইনি। গুচ্ছের টাকার শ্রাদ্ধ। গোয়েন্দা লাগিয়েছে তোর মামি। মর্কট গোয়েন্দাটা নাকি পাঁচশো টাকা করে নেবে ফি মাসে। শুনে ভিরমি খাওয়ার জোগাড়। আমি স্রেফ বলে দিয়েছি, আগে খুঁজে বের করো, তারপর টাকাপয়সার কথা হবে। কস্তু, আজ বড় ঠান্ডা পড়বে রে, এই বেলা না-হয় দুর্গা দুর্গা বলে বেরিয়ে পড়।"

কৌস্তভ বিরক্ত হয়ে বলে, "বেরোতে বললেই কি বেরোনো যায়! আজ মামিকে বলেছি গাওয়া ঘিয়ের লুচি খাব। মামি রাজি হয়েছে।"

গোবিন্দনারায়ণ আঁতকে উঠে বললেন, "ও বাবা রে!"

কৌস্তভ তাড়াতাড়ি উঠে বলল, "কী হল মামাবাবু, কিছু কামড়াল নাকি?"

"না বাবা, কামড়ায়নি। গাওয়া ঘি কত করে দর যাচ্ছে বল তো!"

"ওঃ। কত আর হবে! বেশি নয়।"

"তোদের আর কী! যার যাচ্ছে তার যাচ্ছে। তা যা, বরং তোর মামির কাছেই গিয়ে বোস গে।"

এই বলে গোবিন্দনারায়ণ দীর্ঘশ্বাস ছেড়ে আবার শশার থালার সামনে বসলেন। কৌস্তভ বিরক্ত হয়ে উঠে গেল। কিন্তু রাজা গোবিন্দনারায়ণের আর শশা খেতে ইচ্ছে

করল না। 'গাওয়া ঘিয়ের লুচি' বাক্যটা তাঁর মনের মধ্যে মশার মতো পন্-ন্ পন্-ন্ করে উড়তে থাকে, আর মাঝে মাঝে কুটুস করে কামড়ায়। বড্ড অস্বস্তি।

মন খারাপ হলে গোবিন্দনারায়ণ সোজা মাটির নীচের চোর-কুঠুরিতে গিয়ে সিন্দুক খুলে টাকা গুনতে বসে যান। মন যদি অল্প খারাপ হয় তবে হাজার পাঁচ-সাত নোট গুনলেই আস্তে আস্তে মনটা ভাল হয়ে ওঠে। বেশি মন খারাপ হলে কখনও দশ বিশ ত্রিশ হাজারও গুনতে হয়। আজকে 'গাওয়া ঘিয়ের লুচি' কথাটা ভুলবার জন্য কত হাজার গুনতে হবে তা গোবিন্দনারায়ণ বুঝতে পারছিলেন না।

মনে হচ্ছে, আজ পঞ্চাশ-ষাট হাজার নোট গুনতে হবে। সেই সঙ্গে ফাউ হিসেবে হাজার দুই টাকার খুচরো পয়সাও গুনলে কেমন হয়? পঞ্চাশ হাজার নোটে 'গাওয়া ঘি' কথাটা ভুলতে পারলেও 'লুচি' কথাটা মন থেকে তুলতে ওই দু হাজার টাকার খুচরো দরকার হতে পারে।

সে যাই হোক, রাজা গোবিন্দনারায়ণ চাবির থোলো হাতে অন্দরমহলের ঘরে ঢুকে দরজা বন্ধ করলেন। তারপর মেহগিনির পালঙ্কের নীচে হামাগুড়ি দিয়ে গিয়ে মেঝের একটা জায়গা থেকে চৌকো একটা কাঠের পাটাতন সরালেন। গর্ত নেমে গেছে। সরু সিঁড়ি। একটা টর্চ নিয়ে গোবিন্দনারায়ণ সিঁড়ি বেয়ে সুড়ঙ্গপথে নামতে লাগলেন। হাত দশেক নামলে একটা সরু গলি। গলির গায়ে দুধারে মোট চারটে ঘর। বড় বড় মজবুত তালা ঝুলছে ঘরগুলোর লোহার দরজায়। প্রথম বাঁ হাতি ঘরটার তালা খুলে গোবিন্দনারায়ণ ঢুকে পড়ে আলো জ্বাললেন।

ছোট্ট ঘরটায় গোটা চারেক সিন্দুক রয়েছে। একটাতে একশো টাকার নোট, অন্যগুলোয় কোনওটাতে পাঁচ কোনওটাতে এক আর কোনওটায় কেবল খুচরো পয়সা।

রাজা গোবিন্দনারায়ণ আজ সব ক'টা সিন্দুকই খুলে ফেললেন। বাণ্ডিল বাণ্ডিল নোট হাসতে লাগল।

লোকে কাশ্মীর যায়, দার্জিলিং যায়, কন্যাকুমারিকায় গিয়ে বেড়ায়। কোথাও সূর্যোদয় দেখে, কোথাও সমুদ্র বা পাহাড় দেখে মুগ্ধ হয়, বা তীর্থে গিয়ে পুণ্য করে আসে। তেমনি এই চোর-কুঠুরিতে এলে গোবিন্দনারায়ণেরও কাশ্মীর, কুলুভ্যালি, দার্জিলিং বা কন্যাকুমারিকা দেখা হয়ে যায়। চোর-কুঠুরির মতো এমন সুন্দর জায়গা দুনিয়ায় দ্বিতীয়টা নেই।

গোবিন্দনারায়ণ তাড়াহুড়ো করলেন না। মেঝেয় একটা কাঁঠাল কাঠের পিঁড়ি পেতে বসে ধীরেসুস্থে সব সিন্দুক থেকেই বাণ্ডিল বাণ্ডিল টাকা নামিয়ে মেঝেতে সাজালেন। গাওয়া ঘি থেকে শুরু করে লুচি পর্যন্ত পুরো বাক্যটা মন থেকে তুলে ফেলতে কত টাকা লাগবে তা আগেভাগে বলা মুশকিল।

দীর্ঘ দিন ধরে বার বার গোনবার-ফলে নোটগুলো ভারী নেতিয়ে পড়েছে। ময়লাও হয়েছে বড় কম নয়। তা ছাড়া অনেক নোট এত পাতলা হয়ে গেছে যে একটু নাড়াচাড়া করলেই ছিঁড়ে যাবে। খুচরো পয়সাগুলোও আঙুলের ঘষা খেয়ে তেলতেলে হয়ে পড়েছে। এখন আর তাদের গায়ে লেখা অক্ষর ভাল করে বোঝাই যায় না।

গোবিন্দনারায়ণ খুব সাবধানে একটা বাণ্ডিল খুলে খুব আলতো আঙুলে টাকা গুনতে শুরু করলেন— এক...দুই...তিন...চার...

গুনতে গুনতে পাঁচশো ছশো পেরিয়ে হাজার ধরো ধরো হয়ে গেল। গোবিন্দনারায়ণ চোর-কুঠুরির বন্ধ বাতাসে ঘেমে উঠছেন। একটু শ্বাসকষ্টও হচ্ছে। তবু বুঝতে পারছেন তাঁর মন থেকে 'গাওয়া' কথাটা প্রায় লোপাট হয়ে গেছে। এত তাড়াতাড়ি ফল পেয়ে তিনি আরও তাড়াতাড়ি টাকা গুনতে লাগলেন। বাহ্যজ্ঞান প্রায় নেই।

ঠিক এক হাজার তিনশো ছাপ্পান্নটা নোটের সময়ে একটা গলার স্বর খুব কাছ থেকে বলে উঠল, "ইস! টাকাগুলো যে একদম অচল!"

রাজা গোবিন্দনারায়ণ বীরপুরুষের বংশধর। তাঁর ঊর্ধ্বতন চতুর্থ পুরুষ মহারাজ দর্পনারায়ণ ইংরেজদের সঙ্গে লড়াই করেছেন। তাঁর ছেলে সম্পদনারায়ণ মস্ত শিকারি ছিলেন। গোবিন্দনারায়ণের দাদু চন্দ্রনারায়ণ ঠ্যাঙাড়েদের ঠেঙিয়ে বিলেত থেকে কী একটা খেতাব পান। আর বাবা হংসনারায়ণ তেমন কিছু না-করলেও একবার একটা চোরকে জাপটে ধরে ফেলেছিলেন বলে কথিত আছে। এই সব বীরের রক্ত গায়ে না-থাকলে চোর-কুঠুরিতে দ্বিতীয় মানুষের স্বর শুনে গোবিন্দনারায়ণ ঠিক মূর্ছা যেতেন। গেলেন না। তবে হঠাৎ ডুকরে উঠে বললেন, "ওরে বাবা রে, মেরে ফেললে রে! কে কোথায় আছিস! এসে আমাকে ধরে তোল।"

ভয়ে গোবিন্দনারায়ণ ঘাড় ঘোরাতে পারছেন না। না, আসলে তিনি তেমন ভয় পাননি, ঘাড়টাই ভয় পেয়ে শক্ত হয়ে গেছে। চোখদুটোও ভয় পেয়ে ঢাকনা ফেলে বসে আছে, খুলতে চাইছে না। আর হাত পাগুলো বেয়াদপের মতো থরথর করে কাঁপছে।

গলার স্বরটা একটু কাছে এগিয়ে এসে বলল, "মহারাজ, ভয় পেলেন নাকি? ভয়ের কিছু নেই। আমি গোয়েন্দা বরদাচরণ।"

মুহূর্তে ঘাড় ঢিলে হয়ে গেল, চোখের পাতা খুলে গেল, আর গোবিন্দনারায়ণের বীরের রক্ত টগবগ করে উঠল। তিনি ধমক দিয়ে বললেন, "তুমি এখানে এলে কেমন করে, হ্যাঁ?"

বরদাচরণ খুবই তাচ্ছিল্যের হাসি হেসে বললেন, "এ আর কী দেখলেন? একবার একটা আঙুলের ছাপ খুঁজতে আলিপুরের টাঁকশালে ঢুকে গিয়েছিলাম সকলের চোখকে ফাঁকি দিয়ে। গোয়েন্দাদের সব বিদ্যে থাকা চাই।"

স্তম্ভিত গোবিন্দনারায়ণ বরদাচরণের দিকে চেয়ে বললেন, "শোনো বাপু, এই চোর-কুঠুরিতে তুমি ঢুকেছ, তার মানে তুমি রাস্তা জানো। এরপর যদি আমার এখান থেকে একটা টাকাও হারায়, তবে তোমাকে পুলিশে দেব। মনে থাকে যেন।"

"সে আর বলতে!" বলে বরদাচরণ একটু অমায়িক হেসে বললেন, "কিন্তু আপনার অত সতর্কতার প্রয়োজন কী মহারাজ? ও টাকাগুলো তো সবই মান্ধাতার আমলের। ওর তো কোনও দামই নেই।"

গোবিন্দনারায়ণ একটা শশার ঢেকুর তুলে বললেন, "বলো কি? চলবে না মানে? টাকা চলে না, এ কখনও হয়?"

বরদাচরণ গম্ভীর হয়ে বললেন, "ওসব মান্ধাতার আমলের টাকা কবে তামাদি হয়ে গেছে। মহারাজ, আপনি কি কোনও খবর রাখেন না? সময় থাকতে যদি ব্যাঙ্কে জমা দিয়ে দিতেন তা হলে সুদও পেতেন, টাকাটাও নষ্ট হত না।"

গোবিন্দনারায়ণ হাঁ করে খানিকক্ষণ চোর-কুঠুরির দেওয়ালের দিকে চেয়ে থেকে কী যেন ভাবলেন। হঠাৎ মনে হল, তাই তো! এতকাল ধরে টাকা গুনে আসছেন গোনার নেশায়, কিন্তু কখনও তো মনে পড়েনি যে, দিন কাল পালটে গেছে, টাকাও পালটেছে।

ভাবতে ভাবতে হঠাৎ এতক্ষণ ধরে টাকা গুনে যে জিনিসটা ভুলে গিয়েছিলেন সেই জিনিসটা মাথার মধ্যে ফিরে এল। গাওয়া ঘিয়ের লুচি। গোবিন্দনারায়ণ নিজের মাথাটা দুহাতে চেপে ধরে ডুকরে উঠলেন, "গাওয়া ঘিয়ের লুচি! গাওয়া ঘিয়ের লুচি!"

বরদাচরণ কিছু বুঝতে পারলেন না। কিন্তু ভাবলেন, টাকার শোকে রাজামশাই নিশ্চয়ই পাগল হয়ে গেছেন। আর একথা কে না জানে যে, পাগলরা অনেক সময় লোককে ধরে কামড়ায়। এই ভেবে ররদাচরণ দুই লাফে চোর-কুঠুরির চৌকাঠের বাইরে গিয়ে দাঁড়ালেন।

সন্ধেবেলা মনোজ চুপিসারে রামায়ণ বইটা খুলে ছবিটা বের করল। ভারী চমৎকার ছবি। যখনই মনোজ ছবিটার দিকে তাকায় তখনই মনে হয় ছবির ছেলেটা যেন এক্ষুনি বলে উঠবে— বন্ধু, কেমন আছ?

ছবিটা আজ মনোজ অনেকক্ষণ দেখল। এই কুমার কন্দর্পনারায়ণ? বিশ্বাস করতে

ইচ্ছে হয় না। মনোজ শুনেছে, রাজা গোবিন্দনারায়ণ অসম্ভব কিপটে লোক। রাজবাড়ির বুড়ো দারোয়ানের সঙ্গে ইস্কুলের বেয়ারা সুখলালের খাতির আছে। দুজনের বাড়ি এক গাঁয়ে। বুড়ো দারোয়ান নাকি সুখলালকে একবার বলেছিল, রাজা ভীষণ কৃপণ বলে রানি অম্বিকা নিজেই তাঁর এক ভাইয়ের কাছে কুমার কন্দর্পকে পাঠিয়ে দিয়েছিলেন। বাপের কাছে থাকলে নাকি কন্দর্প মানুষ হত না। কন্দর্পর মামা মস্ত বড় চাকরি করে, নানা জায়গায় ঘুরে বেড়ায়। সেই মামার আবার ছেলেপুলে নেই। কন্দর্প সেই মামার কাছে মহাসুখে আছে। কিন্তু মনোজের কিছুতেই বিশ্বাস হয় না যে, কৃপণ গোবিন্দনারায়ণের এত সুন্দর একটা ছেলে থাকতে পারে। ছবিটা যারই হোক মনোজ এই ছবিটা কিছুতেই হাতছাড়া করতে পারবে না। তার যত ছেলে-বন্ধু আছে তাদের চেয়েও এই ছবির বন্ধুটা তার বেশি প্রিয়।

মনোজ রামায়ণ বইটা অন্য সব বইয়ের পিছনে সাবধানে লুকিয়ে রেখে দিল।

তাদের বাড়ির অবস্থাটা এই ভর সন্ধেবেলা খুবই থমথমে। রাখোবাবু ঘড়ি হাতে দিয়ে উঠোনে পায়চারি করতে করতে ঘন ঘন টাইম দেখছেন আর মাঝে মাঝে হাঁক ছেড়ে সবাইকে সময় জানাচ্ছেন। বাড়ির লোকেরা সবাই ছবি খুঁজে খুঁজে হয়রান। এখন আর কেউ রাখোবাবুর হাঁকডাকে গ্রাহ্য করছে না।

মনোজের ছোট ভাইবোন দুটো কিরমিরিয়ার কাছে বসে গল্প শুনছে। গণেশ ঘোষালের কাছে বসে গলা সাধছে পুতুল। ঠাকুমা আর ঠাকুরঝি ঠাকুরঘরে বসে জপের মালা টপকাচ্ছে। মা রান্নাঘর থেকে চেঁচিয়ে বাবাকে উদ্দেশ করে বলছে, "ওই একজনের চেঁচামেচিতে বাড়ি অতিষ্ঠ হয়ে গেল। হাতে ঘড়ি বেঁধে ঘড়িবাবু হয়ে চৌকিদারের মতো চেঁচাচ্ছেন তখন থেকে।" ইত্যাদি। রঘু আর রামু হ্যারিকেন হাতে হারিকেনকে খুঁজতে বেরিয়েছে। ভজবাবুকে কোথাও পাওয়া যাচ্ছে না। পাড়ার থিয়েটারে ভজবাবুই মধ্যমণি, তাঁর খোঁজে ছেলেরা বার বার আসছে। কিন্তু ভজবাবু ফিরছেন না। সবাই কিছু চিন্তিত।

কিন্তু ভজবাবুর এখন আর ফেরার উপায় নেই। র‍্যাপারের তলায় পিস্তল নিয়ে সেই যে বেরিয়েছিলেন, তারপর সাংঘাতিক সাংঘাতিক সব কাণ্ড হয়ে গেছে শহরে।

উত্তর দিকের শহরতলিটা একটু নির্জন, গা-ছমছম করা জায়গা। এদিকে অনেক গাছ-গাছালি, মাঠঘাট আর ডোবা আছে। ঠ্যাঙাড়ে ডাকাতদের আস্তানা ছিল এক সময়। এখনও গুণ্ডা-বদমাস-ডাকাতরা এই অঞ্চলটাতেই রাজত্ব করে। শহরের ভদ্রলোকেরা সন্ধের পর বড় একটা এদিকে আসে না।

কানাই মাছওলার বাড়িও এই উত্তর দিকের শহরতলিতেই। বড় রাস্তা থেকে একটা হাঁটা পথ ঘন বাঁশঝোপের ভিতর দিয়ে নেমে গেছে। সেই রাস্তার দুধারে

কচুবন, ভাঁটবন আর বেঁটে কুলগাছের ঝোপে ভরা। খানিক এগোলে একটা মান্ধাতার আমলের ভাঙা কালীমন্দির চোখে পড়বে। দ্বাদশ শিবের মন্দিরও আছে বটে, তবে তার বেশির ভাগই তক্ষক, চামচিকে আর সাপখোপের বাসা, গোটা চারেক মন্দির ভেঙে স্তূপ হয়ে আছে। তবে কালীমন্দিরের কালী খুব জাগ্রত। লোকে বলে ডাকাতে কালীবাড়ি।

কথাটা মিথ্যে নয়। কানাই মাছওলা আর তার জনা বিশেক সাঙাৎ রোজ সন্ধেবেলা মন্দিরের চাতালে বসে গাঁজা কিংবা কারণবারি খেয়ে নেশা করে। শুঁটকোমতো এক পুরুতমশাই সন্ধেবেলা এসে ধূপধুনো দিয়ে আরতি করেন ভয়ে ভয়ে, আর বাইরে কানাই আর সাঙাৎরা 'জয় মা জয় মা' বলে বিকট সুরে হাল্লা-চিল্লা করে।

কানাই বৈকালি বাজারে গিয়ে মাছ বেচতে বসবার আগে কালী-প্রণাম সেরে যায়। লোকে বলে, কানাই রাত-দুপুরে ডাকাতি করতে বেরোয়। তা কথাটা নেহাত মিথ্যে নয়। তবে কিনা, কানাইকে এখনও কেউ হাতে-নাতে ধরে ফেলতে পারেনি।

আজকের আরতি খুব জমে উঠেছে। রোগা পুরুতমশাই নেচে নেচে আরতি করে ঘেমে উঠেছেন। কিন্তু বাইরে যণ্ডারা প্রচণ্ড হুমকি দিয়ে বলছে, "ঘুরে ফিরে। আবার হোক। চালিয়ে যাও।"

পুরুতমশাই আর করেন কী! ওরা থামতে না-বললে তো আর থামতে পারেন না। বেয়াদপি করলে খাঁড়ার কোপে গলা নামিয়ে দেয় যদি! এদের খপ্পরে পড়ে যাওয়ার পর থেকে পুরুতমশাইয়ের জীবনে আর শান্তি নেই। শহরের উত্তর দিকটা নিরিবিলি দেখে কী কুক্ষণে এদিকে একখানা কুঁড়েঘর তুলে থাকতে এলেন। তারপর একদিন মাঝরাতে ডাকাতরা তাঁর গলায় সড়কি ধরল এসে, বলল, "ভাল চাও তো আমাদের কালীর পুজো করবে চলো।"

সেই থেকে আজ পাঁচ বছর একটানা কালীপুজো করতে হচ্ছে। পয়সা কড়ি পান না যে, তা নয়। ডাকাতরা মতলব হলে দেয় থোয় ভালই। কিন্তু তার বদলে অনেক নাচন-কোঁদন দেখাতে হয়। ঝাড়া ঘন্টা দুই আরতি না-করলে ডাকাতদের মন ওঠে না। পায়ে বাত হোক, জ্বর জ্বারি, আমাশা, বায়ু, পিত্ত, কফ— কিছু মানে না ব্যাটারা। কেবল বলে— ঘুরে ফিরে। জোরসে চালাও। আবার হোক।

পুরুতমশাইয়ের জীবনটাই অন্ধকার হয়ে গেছে। তার ওপর ডাকাতদের সংস্পর্শ দোষে কবে যে পুলিশ ধরে নিয়ে হাজতবাস করায়। নানা দুশ্চিন্তায় পুরুতমশাই আজকাল খেতে পারেন না, ঘুমোতে পারেন না। দিন দিন রোগা হয়ে যাচ্ছেন। মনে মনে কেবল মা কালীর কাছে মানত করেন— জোড়া পাঁঠা দেব মা, এদের হাত থেকে উদ্ধার করো।

আজকের পুজোর আয়োজনটা খুব জাঁকালো রকমের। যেদিন এরকম পুজো হয়, সেদিনই পুরুতঠাকুর বুঝতে পারেন যে, আজ কোথাও কোনও গেরস্তর কপাল পুড়েছে। সাধারণত ডাকাতি করার রাতেই বড় করে পুজো দেওয়া হয়।

একজোড়া পাঁঠা আজ বলি হয়েছে। বলির পর পাঁঠার রক্ত আঁজলা করে নিয়ে ডাকাতরা কপালে আর গায়ে মেখেছে মহা উল্লাসে। মুড়ো দুটি মায়ের ভোগে উৎসর্গ করে এখন একটা মুশকো মতো লোক পাঁঠা দুটোকে একটা আম গাছের ডালে ঠ্যাং বেঁধে ছাল ছাড়িয়ে নাড়িভুড়ি বের করছে পেট থেকে।

মন্দিরের চাতালে বসে কানাই একটার পর একটা হেঁসো বালি দিয়ে ঘষে ধার তুলছে। তার চোখ দুটো টকটকে লাল। পানের রসে ঠোঁট দুটোও রক্ত-শোষার মতো দেখাচ্ছিল।

অন্য সব ডাকাতরা মদ-গাঁজা খেয়ে পেল্লায় হাঁকডাক ছাড়ছে।

এইসব দেখে পুরুতমশাইয়ের ঠ্যাং দুটো থরথর করে কাঁপে। বুকে ধড়াস-ধড়াস শব্দ। গলা শুকিয়ে কাঠ।

এই ডাকাতের দলে একটা ছেলে আছে যে একটু অন্য রকমের। তাকে দেখতে ডাকাতের মতো নয় মোটেই। ভারী সুন্দর ফুটফুটে চেহারা তার। লম্বা হলেও খুব একটা জোয়ান নয় সে। মুখখানা মিষ্টি, চোখ দুটো ঢুলুঢুলু। গায়ের রং এক সময়ে টকটকে ফরসা ছিল, কিন্তু এখন অযত্নে রংটা জ্বলে গেছে। দেখে মনে হয়, এ বোধহয় ভদ্রঘরের ছেলে।

কিন্তু পুরুতমশাই শুনেছেন, ডাকাত দলের বুড়ো সর্দারকে হটিয়ে একদিন নাকি একেই নতুন সর্দার বানানো হবে। ছেলেটা মদ গাঁজা খায় না, চেঁচামেচিও করে না। বেশির ভাগ সময়ে চুপচাপ বসে থাকে। তবে ছোকরা নাকি ভারী এলেমদার। বন্দুক পিস্তলের হাত খুব পরিষ্কার, বর্শার টিপ একেবারে অব্যর্থ, তা ছাড়া দুর্জয় তার সাহস।

পুরুতমশাই ঘণ্টা নেড়ে আরতি করতে করতেই শুনতে পেলেন, একজন ডাকাত বলছে, "ওরে, আজ রাজবাড়ি লুট হবে, তোরা বেশি মদ গাঁজা খাসনি। খেলে মাথা ঠিক রাখতে পারবি না।"

শুনে পুরুতমশাইয়ের হাত থেকে ঘণ্টাটা টঙাস করে পড়ে গেল।

ওদিকে একটা বাঁশঝোপের আড়ালে দাঁড়িয়ে ডাকাতদের দৃশ্যটা লক্ষ করছিলেন আর-একজনও। তাঁর গায়ে র‍্যাপার, পরনে ধুতি। দেখলে খুব নিরীহ মানুষ বলে মনে হয়। আসলে মানুষটা নিরীহই। কিন্তু আজ তাঁর ডান হাতে একটা পিস্তল। আর চোখ দুটোও অসম্ভব জ্বলজ্বল করছে।

এ লোকটা আর কেউ নয়, স্বয়ং ভজহরি বাজাড়ু।

ভজবাবুকে যাঁরা রোজ বাজারে হাটে দেখেন, তাঁরা এই ভজবাবুকে দেখলে কিন্তু চিনতেই পারবেন না। তার মানে এ নয় যে, বেঁটেখাটো ভজবাবু হঠাৎ ছ ফুট লম্বা হয়ে গেছেন, কিংবা তাঁর থলথলে চেহারাটা হঠাৎ মাসকুলার হয়ে গেছে। সে সব না হলেও, ভজবাবুর চেহারায় এখন এমন একটা বেপরোয়া ভাব, এমন হিংস্র আর কঠিন মুখচোখ যে, লোকে দেখলেই তিন হাত পিছিয়ে পালানোর পথ খুঁজবে।

আজ বিকেলে পিস্তলটা হাতে পাওয়ার পর থেকেই ভজবাবুর এই পরিবর্তন। আপনমনে মাঝে মাঝে হাসছেন আর বিড়বিড় করে বলছেন, "এতদিন পিস্তল ছিল না বলেই কেউ আমাকে পাত্তা দিত না তেমন! আজ সব ব্যাটাকে টিট করে ছাড়ব। আজ আর কারও রক্ষে নেই।"

ভজবাবু ছেলেবেলায় যে ইস্কুলে পড়তেন তার হেডস্যার ছিলেন গোলোকবিহারী চক্রবর্তী। অমন কড়া ধাতের মানুষ হয় না। এক-একখানা থাবড়া খেলে মনে হত, বুঝি গাছ থেকে পিঠে তাল পড়ল। তাঁর ভয়ে ছেলেরা ছবি হয়ে থাকত, কারও শ্বাস পর্যন্ত জোরে বইত না। ভজবাবুর ছেলেবেলাটা এই হেডস্যারের শাসনে কেটেছে। কিন্তু সেখানেই শেষ নয়, ইস্কুল ছাড়বার পরেও ভজবাবু গোলোকবিহারীর ভয় আজও কাটিয়ে উঠতে পারেননি। গোলোকবিহারীর বয়স এখন অষ্টাশি, কিন্তু পেল্লায় সটান চেহারা তাঁর। চোখে ঈগল পাখির মতো দৃষ্টি, গলায় বাঘের আওয়াজ, হাতির মতো মাটি কাঁপিয়ে রাস্তায় হাঁটেন, দেখা হলেই পিলে চমকে দিয়ে গাঁক করে বলেন, "এই যে ভজু, বল তো সাইকোলজি বানান কী?"

বলতে না পারলে তাচ্ছিল্যের হাসি হেসে বলেন, "তোকে গাধা বললে গাধাদের অপমান করা হয়।"

গোলোকবাবুর এই অসহ্য মাস্টারি ভজবাবু বহুকাল সহ্য করেছেন। এই বুড়ো বয়সেও ভজবাবুকে রাস্তায়-ঘাটে বাজারে সর্বত্র ওই গোলোকবাবু এইভাবে অপমান করে বেড়ান। তাই পারতপক্ষে গোলোকবাবুর মুখোমুখি পড়ে যেতে চান না ভজবাবু।

আজ পিস্তল হাতে পেয়েই প্রথম তাঁর গোলোকবাবুর কথা মনে পড়ল। ওই লোকটাকে টিট করতে না-পারলে জীবনে শান্তি, সুখ, স্বাস্থ্য কিচ্ছু নেই।

র‍্যাপারের মধ্যে পিস্তল লুকিয়ে নিয়ে ভজবাবু তাই সোজা আজ বিকেলে গিয়েছিলেন গোলোকবাবুর কদমতলার বাড়িতে।

গোলোক স্যার তাঁর বাইরের ঘরে বিশাল চৌকির ওপর কম্বলমুড়ি দিয়ে বসা। সামনে খোলা একখানা পাঁচসেরি এনসাইক্লোপিডিয়া। বিনা চশমায় খুদে খুদে অক্ষর দিব্যি পড়ে যাচ্ছেন এই অষ্টাশি বছর বয়সেও।

ভজবাবু দরজার চৌকাঠে দাঁড়াতেই তিনি মুখ তুলে দেখে বললেন, "ভজু নাকি রে?"

সেই কণ্ঠস্বরে হাতে পিস্তল থাকা সত্ত্বেও ভজবাবুর বুকটা কেঁপে গেল। বললেন, "আজ্ঞে।"

অভ্যাসবশে কম্বলের ভিতর থেকে হেডস্যার একজোড়া পা বার করে দিয়ে বললেন, "পেন্নাম তাড়াতাড়ি সেরে নে, ঠান্ডায় জমে যাচ্ছি।"

শহর ভরে গোলোকবাবুর ছাত্র। বুড়ো ধুড়ো, ছেলে, ছোকরা মিলে বিশাল ছাত্রের ব্যাটেলিয়ান। সারাদিন তাদের সঙ্গে গোলোকবাবুর দেখা হচ্ছে আর টপাটপ প্রণাম পাচ্ছেন। প্রণাম পাওয়ার এই অভ্যাসবশেই পা বের করে ফেলেছেন তিনি।

কিন্তু আজ প্রণাম করতে আসেননি ভজবাবু। তাঁর উদ্দেশ্য গোলোকবাবুর যেখানে-সেখানে মাস্টারি করার অভ্যাসটাকে বন্ধ করে দেওয়া। কিন্তু র‍্যাপারের তলায় পিস্তলটা হাতের চেটোয় ঘেমে উঠল ভয়ে। গোলোকবাবু তাকিয়ে আছেন চোখে চোখে।

ডান হাত থেকে পিস্তলটা বাঁ হাতে চালান করে প্রণামটা সেরে নেবেন বলে ভেবেছিলেন ভজবাবু। কিন্তু একটা মুশকিল হল র‍্যাপারের তলায় হাত-চালাচালি করতে গিয়ে দেখেন মাঝখানে র‍্যাপারের একটা পল্লা এসে যাচ্ছে। পিস্তলটা হাত বদল করা যাচ্ছে না। অথচ প্রণামে দেরি করাও চলে না। গোলোকবাবুর পায়ে ঠান্ডা লাগছে।

অগত্যা ভজবাবু ডান হাতেই পিস্তলটা ধরে রেখে বাঁ হাতে গোলোকবাবুর পায়ের ধুলো নিলেন।

গোলোকবাবু একগাল হেসে বললেন, "আমি বরাবর লোককে বলি ভজু গর্দভটার ডান-বাঁ জ্ঞান নেই, তা এখন দেখছি বয়স হওয়ার সঙ্গে সঙ্গে আমার সব কটা ফোরকাস্ট তোর জীবনে মিলে যাচ্ছে। বলি, তুই সব্যসাচী হলি কবে থেকে যে, বাঁ হাতে পায়ের ধুলো নিচ্ছিস?"

ভজুবাবু মাথা চুলকে বললেন, "ডান হাতে ব্যথা স্যার।"

"ব্যথা? কেন, ঢিল ছুড়তে গিয়েছিলি নাকি?"

"আজ্ঞে না।"

"বল দেখি, সব্যসাচী মানে কী?"

"যার দুই হাত সমানে চলে।" টপ করে বলে দিলেন ভজবাবু। আর বলে তাঁর খুব আনন্দ হল। গোলোকবাবুর বিদঘুটে সব প্রশ্নের মধ্যে খুব অল্পেরই ঠিক জবাব দিতে পেরেছেন তিনি।

"বটে?" গোলোকবাবু খুব মিষ্টি করে হেসে বললেন, "এবার তা হলে বল, সবসাচীর ইংরাজিটা কী হবে?"

ভজবাবুর একগালে মাছি। হাতের পিস্তলটার কথা আর মনেও পড়ল না। ভয়ে পেটের ভিতরে গোঁতলান দিচ্ছে।

"স্টুপিড।" বলে গর্জন করে উঠলেন গোলোকবাবু। ধপাস করে বইটা বন্ধ করে বললেন, "বুড়ো হতে চললি, এখনও এইসব রপ্ত হল না? গোলোক মাস্টারের ছাত্র বলে সমাজে কী করে পরিচয় দিস তোরা, অ্যাঁ? কত জুয়েল ছেলে এই হাত দিয়ে বেরিয়েছে জানিস? ওঠবোস কর। কর ওঠবোস।"

ভজবাবুর হাঁ আরও দু ইঞ্চি বেড়ে আলজিভ দেখা যেতে লাগল। নিজের কানকে বিশ্বাস করতে পারছেন না। গোলোক স্যার তাঁকে ওঠবোস করতে বলছেন! অ্যাঁ!

"ওঠবোস করব স্যার?" অতিকষ্টে জিজ্ঞেস করেন ভজবাবু।

"তা নয় তো কি ডন-বৈঠক করতে বলেছি। দশবার ওঠবোস করে তারপর ছুটি পাবি। শুরু করে দে।"

"হাঁটুতে বাত যে স্যার।"

"বাত সেরে যাবে।"

"হাড়ে মটমট শব্দ হয়।"

"হোক শব্দ, তাতে তোর শব্দরূপ ধাতস্থ হবে।"

"আমার যে পঞ্চান্ন বছর প্রায় বয়স হল স্যার।"

"শিক্ষার আবার বয়স কী রে উল্লুক? কর ওঠবোস। বাঁ হাতে পেন্নাম করা তোমার বের করছি। কর ওঠবোস!" গোলোকবাবু একটা হুংকার ছাড়লেন।

সেই হুংকারে ভজবাবু কুঁকড়ে যেন ক্লাস সিক্স-এর ভজু হয়ে গেলেন। তারপর বাতব্যাধি ভুলে, বয়স উপেক্ষা করে, হাড়ের মটমট শব্দ তুচ্ছ করে দশবার তাঁকে ওঠবোস করতে হয়েছে।

শাস্তির দৃশ্যটা খুব আয়েস করে দেখলেন গোলোকবাবু। শুধু তিনিই নন, ভজবাবু ওঠবোস শুরু করার মুখে গোলোক স্যারের দুই নাতি আর এক নাতনিও এসে দরজায় দাঁড়াল। তাদের সে কী মুখচাপা দিয়ে হাসি!

দশবার ওঠবোস করার পর ভজবাবু যখন হ্যা-হ্যা করে হাঁফাচ্ছেন তখন গোলোকবাবু বললেন, "যা। আর কক্ষনও যেন ডান-বাঁ ভুল না হয় দেখিস।"

সেই অপমানের পর বেরিয়ে এসেই ভজবাবুর চেহারাটা একদম পালটে গেল। ভর সন্ধেবেলা দশবার ওঠবোস! হাতে পিস্তল থাকতেও!

ভাবতে ভাবতে ভজবাবুর চেহারা হয়ে গেল খ্যাপা খুনির মতো। সারা দুনিয়াকে

তখন তাঁর দাঁতে-নখে ছিঁড়ে ফেলতে ইচ্ছে করছে। মাথাটা এত তেতে গেছে যে, মনে হচ্ছিল এক্ষুনি মাথার ব্রহ্মতালুতে আগ্নেয়গিরির গহ্বরের মতো ছ্যাঁদা হয়ে মাথার ঘিলু তপ্ত লাভার মতো ছিটকে বেরিয়ে পড়বে।

রাস্তার কল থেকে খানিক ঠান্ডা জল মাথায় দিয়ে ভজবাবু আবার রওনা দিলেন। সব পাজি বদমাশকে আজ ঠান্ডা করতে হবে।

চৌরাস্তার মোড়ে একজন কনস্টেবল একজন রিকশাওলার কাছ থেকে পয়সা নিচ্ছিল। প্রায়ই নেয়। রিকশাওলার গাড়িতে বাতি ছিল না, তাই ধরা পড়ে কাঁচুমাচু মুখে একটা সিকি ঘুষ দিচ্ছিল।

ঠিক এই সময়ে ভজবাবু পিস্তল বাগিয়ে ঘটনাস্থলে হাজির।

বিকট একটা হুংকার দিয়ে কনস্টেবলটাকে বললেন, "সিকি ফিরিয়ে দে।"

পিস্তল দেখে সিপাইটার চোখ লুচির মতো গোল হয়ে গেল, আর রিকশাওলাটা 'বাবারে' বলে গাড়ি ফেলে দৌড়।

"দে বলছি ফিরিয়ে।" ভজবাবু ধমকালেন।

কিন্তু সিপাই সিকিটা ফিরিয়ে দেবে কাকে! রিকশাওলাটা হাওয়া দিয়েছে যে। অগত্যা ভয়ে ভয়ে ভজবাবুর দিকেই সিকিটা ছুড়ে দিয়ে জোড়হাতে বলল, "জান বাঁচিয়ে দিন ভজবাবু। আর কখনও—"

ভজবাবু নির্দয়। খুনির গলায় বললেন, "ওঠবোস কর। দশবার।"

লোকটা খানিক গাঁইগুঁই করল বটে, কিন্তু শেষে রাজি হয়ে চৌরাস্তার ধারে সরে এসে একটু অন্ধকারে দশবার বৈঠকি দিল।

সিপাইটাকে ওঠবোস করিয়ে গায়ের ঝাল খানিকটা মিটল ভজবাবুর। ভারী খুশি হয়ে উঠলেন পিস্তলের গুণ প্রত্যক্ষ করে।

আবার র‍্যাপারের তলায় অস্ত্রটা লুকিয়ে নিয়ে সোজা চলে এলেন ইউরোপিয়ান ক্লাবে।

ক্লাবে অবশ্য এখন ইউরোপিয়ান আর কেউ নেই। বিলিয়ার্ড টেবিলের ওপরকার দামি কাপড়টা কে বা কারা ব্লেড দিয়ে কেটে তুলে নিয়েছে। টেবিল টেনিসের টেবিলের ওপর এখন দারোয়ানের মেয়ে আর জামাই শোয়। আর বল নাচের ঘরে টেবিল-চেয়ার পেতে কয়েকজন অফিসারগোছের লোক পয়সা দিয়ে তাস-টাস খেলে।

জুয়াখেলা দুচক্ষে দেখতে পারেন না ভজবাবু। বহুকাল ধরে তাঁর ইচ্ছে, এই জুয়ার চক্রটা ভাঙতে হবে।

ঘরে ঢুকেই ভজবাবু পিস্তলটা বাগিয়ে ধরে বললেন, "হাত-টাত তুলে ফেলো হে। দেরি কোরো না।"

জুয়াড়িরা খেলায় মজে আছে। ভাল করে শুনতেও পেল না, কিংবা শুনলেও গ্রাহ্য করল না।

"কই হে!" বলে ভজবাবু এবার যে হুমকি ছাড়লেন তা অবিকল গোলোকবাবুর গলার মতো শোনাল।

এইবার চার-পাঁচজন জুয়াড়ি মুখ তুলে তাকিয়ে থ।

"এই যে ভজ বাজাডু!"

"হাতে পিস্তল যে! ও ভজবাবু, হল কী আপনার?..."

ভজবাবু সেসব কথায় কান দিলেন না। তবে লোকগুলো যাতে ব্যাপারটাকে হালকাভাবে না নেয় তার জন্য হঠাৎ পিস্তলের নলটা ছাদের দিকে তাক করে গুড়ুম করে একটা গুলি ছুড়লেন।

সেই শব্দে, নাকি গুলি লেগে কে জানে, ঘরের আলোর ডুমটা ফটাস করে ভেঙে ঘর অন্ধকার হয়ে গেল। আর সেই অন্ধকারে চার-পাঁচটা জুয়াড়ি প্রাণপণে চেঁচাতে লাগল, "গুলি! গুলি! গেলাম! মলাম!"

ভজবাবু অন্ধকারে আপনমনে একটু হেসে বেরিয়ে এলেন।

পিস্তলের মজা এখনও শেষ হয়নি। এই তো সবে শুরু। ভাবলেন ভজবাবু। তারপর জোর কদমে আর-একদিকে হাঁটতে লাগলেন।

চোট্টা গোবিন্দ ভাল লোক নয়। সে সুদে টাকা খাটায় লোকের গয়না জমি বন্ধক রেখে টাকা ধার দেয়। এইসব করে সে এখন বিশাল বড়লোক। আসল নাম গোবিন্দচন্দ্র বণিক। কিন্তু সুদখোর আর অর্থলোভী বলে তার নামই হয়ে গেছে চোট্টা গোবিন্দ।

যারা টাকা ধার দিয়ে সুদ খায় বা বন্ধকি কারবার করে, তাদের বড় একটা ভাল হয় না। এই যেমন চোট্টা গোবিন্দরও ভাল কিছু হয়নি। তার ছেলেপুলেরা কেউ মানুষ হয়নি। দুটো ছেলেই বখে গিয়ে বাড়ি থেকে চুরি করে পালায়। তারপর একজন খুন করে জেলে গেছে, অন্যজন পাগল হয়ে পাগলাগারদে আছে। একটিই মেয়ের বিয়ে দিয়েছিল সাধ করে। কিন্তু সে-মেয়ের শ্বশুরবাড়ি থেকে বলে দিয়েছে, ওরকম সুদখোর বাপের সঙ্গে সম্পর্ক রাখা চলবে না। তাই মেয়েও বাপের কাছে আসে না।

পুলিশ চৌকির কাছেই চোট্টা গোবিন্দর বাড়ি। ছোট আর পুরনো হলেও বাড়িটা খুব মজবুত। জানালায় মোটা মোটা গরাদ, লোহার পাত মারা পুরু কাঠের দরজা আর তাতে আবার সব সময়ে তালা লাগানো থাকে। ঘরে বিশাল বিশাল কয়েকটা সিন্দুকে কয়েকশো ভরি বন্ধকি গয়না আর জমিজমার দলিল, কোম্পানির কাগজপত্র রাখা থাকে।

কৃপণ চোট্টা গোবিন্দর পয়সা থাকলে কী হয়, কখনও ভাল খাবে পরবে না। বুড়ো শকুনের মতো বাজারে ঘুরে ঘুরে যত সব শস্তার পচা-বাসি তরিতরকারি কিনবে। বাজারের ভাল জিনিসটার প্রতি যার চোখ নেই, তাকে ভজবাবু মোটেই ভাল চোখে দেখেন না। তার ওপর আবার লোকটা সুদখোর।

চোট্টা গোবিন্দর একটা স্বভাব হচ্ছে সব কাজ করার আগে পাঁজি দেখে নেবে। তিথি-নক্ষত্রের যোগ না দেখে সে কখনও কোনও কাজ করে না। এমনকি, দিন খারাপ থাকলে বন্ধক নেওয়া পর্যন্ত বন্ধ রাখে।

হঠাৎ চোট্টা গোবিন্দর কথা মনে পড়তেই ভজবাবুর শরীরের রক্ত টগবগ করে ফুটতে লাগল। হ্যাঁ, এ লোকটা মানুষের সমাজে এক বিদঘুটে কলঙ্ক, পৃথিবীর এক কুটিল শত্রু। এই নরাধমকে কিছু উত্তম শিক্ষা দেওয়া দরকার।

ভজবাবু এসে চোট্টা গোবিন্দর দরজায় কড়া নাড়লেন।

চোট্টা গোবিন্দ সাবধানি লোক। সন্ধের পর হুট বলতে সদর দরজা খোলে না। অনেক জিজ্ঞাসাবাদ করে সন্তুষ্ট হলে দরজা খোলে, নয়তো পরদিন আসতে বলে বিদায় দেয় লোককে। নিতান্ত কেউ দায়ে ঠেকলে জানালা দিয়ে গয়না টাকার লেনদেন হয়। তাও আবার তিথি-নক্ষত্র ভাল থাকলে।

কিন্তু ভজবাবুর কপালটা আজ নিতান্তই ভাল। যে সময়টায় তিনি কড়া নাড়ছিলেন, ঠিক সে সময়েই দরজার ভিতর থেকে হুড়কো খোলার শব্দ হল। কপাটের পাল্লা খুলে শার্দূল চৌধুরী বেরিয়ে আসছিল।

শার্দূল নামকরা শিকারি। তার যে কত বন্দুক পিস্তল ছিল তার লেখাজোখা নেই। সাতটা তেজি ঘোড়া ছিল, পাঁচটা গ্রে-হাউন্ড ব্লাড-হাউন্ড কুকুর, বাড়িতে বাগান, পুকুর, দারোয়ান ছিল। তা ছাড়া শার্দূলের চেহারাটাও ছিল পাহাড়ের মতো বিশাল; আর মনটা ছিল আকাশের মতো উদার। মুঠো মুঠো টাকা যেমন ওড়াত তেমনি বিলিয়ে দিত।

তবে একটা কারণে শার্দূলকে ভজবাবু দেখতে পারেন না। শার্দূল বাজারে গিয়ে কখনও দরদাম করে না। দোকানদাররা যা দাম চায় তাই হাসিমুখে দিয়ে দেয় আর রাশি রাশি তরিতরকারি, মাছ, ডিম, মাংস কিনে ফেলে। শার্দূল যেদিন বাজারে যায় সেদিন দোকানদারদের পোয়াবারো, আর ভজবাবুর কপালে দুঃখ। সেদিন ভজবাবু যে-দোকানদারের কাছেই গিয়ে 'বাবা, বাছা' বলে দু' পয়সা কমানোর চেষ্টা করেন সেই দোকানদারই তাঁকে না-চেনার ভান করে, পাত্তাই দিতে চায় না। কানাই মাছওলা একবার তো বলেই ফেলল, "বাজাড়ুদের মধ্যে ভদ্রলোক দেখলাম একমাত্র ওই শার্দূলবাবুকেই। আর তো সব ছ্যাঁচড়া।"

সেই থেকে ভজবাবুর রাগ।

শার্দূল চৌধুরীর অবশ্য আর সেই বাঘ-সিংহী মারার দিন নেই। অমিতব্যয়ের ফলে তাঁর পয়সাকড়ি সব চলে গেছে, বাড়ি বিক্রি হয়ে গেছে। বন্দুক, ঘোড়া, কুকুর সবই বেহাত। শার্দূলের সে চেহারাও আর নেই। রোগাটে লম্বা মানুষটাকে দেখলে মনে হয় বুঝি শার্দূলের বাবা। অত বুড়ো দেখায়।

শার্দূল ভজবাবুকে দেখে চোখ নাচিয়ে বলল, "কী খবর হে ভজু শিকারি?"

ভজবাবু জন্মেও কিছু শিকার করেননি। তবে কিনা ভাল বাজার করেন বলে শার্দূল তাঁকে মুনাফা-শিকারি বলে ডাকে। সংক্ষেপে শিকারি।

ভজবাবুর র‍্যাপারের তলায় তৈরি পিস্তল। কিন্তু যখন-তখন সেটা ব্যবহার করতে তো আর পারেন না। সতর্কতার একান্ত প্রয়োজন। তাই ভালমানুষের মতো বললেন, "ভিতরে চলুন শার্দূলবাবু, আপনার সঙ্গে কথা আছে।"

শার্দূল ব্যস্ত হয়ে বলে, "কথা বলার সময় নেই। বাড়িতে আজ জলসা বসিয়েছি, লখনউ থেকে এক বড় ওস্তাদ এসেছে। তাকে মুজরো দিতে হবে বলে একটা সোনার পকেটঘড়ি বাঁধা দিয়ে গেলাম। জোর খানাপিনাও হবে।"

ভজবাবু দাঁত কিড়মিড় করলেন। অমিতব্যয়ী আর কাকে বলে। এই লোকটার এই দেদার টাকা খরচ করে ফুর্তি করা আর বাজারের দোকানদারদের আশকারা দেওয়া আজ বের করতে হবে। ভজবাবু গম্ভীর হয়ে বললেন, "কথাটা একান্তই জরুরি। বেশি সময়ও লাগবে না।"

এই বলে শার্দূলকে একরকম ঠেলে দরজার ভিতরে এনে ভজবাবু দরজাটা দড়াম করে বন্ধ করে পিস্তল বের করে বললেন, "হ্যান্ডস আপ।"

শার্দূল বলে উঠল, "উঁ-হুঁ-হুঁ, আজ থিয়েটার দেখার সময় নেই। ওস্তাদজি বসে আছেন! তোমাদের পূর্বপল্লি কি এবার গোয়েন্দা-নাটক করছে নাকি?"

ভজবাবু হাসলেন, তারপর বিনাবাক্যে পিস্তলের মুখটা অন্যদিকে ঘুরিয়ে ঘোড়া টিপে দিলেন।

প্রচণ্ড শব্দ, আগুনের ঝলক আর ধোঁয়ার ভিতরে দাঁড়িয়ে ভজবাবুর নিজেকে পৃথিবীর সবচেয়ে বড় বীর বলে মনে হল।

পিস্তলের শব্দে শার্দূল তিন হাত ছিটকে গেল। চোট্টা গোবিন্দ সিন্দুকের চাবি ট্যাঁকে গুঁজতে যাচ্ছিল, ঝনাত করে চাবির গোছাটা পড়ে গেল মেঝেয়।

ভজবাবু বললেন, "হ্যান্ডস আপ।"

এবার আর শার্দূল ও চোট্টা গোবিন্দর হাত ওপরে তুলতে বেশি দেরি হল না। তবে কিনা চোট্টা গোবিন্দ ইংরিজি জানে না, 'হ্যান্ডস আপ' কথাটার মানে বুঝতে পারেনি

বলে তার কিছু দেরি হয়েছিল। শার্দূল চৌধুরী কথাটার মানে বলে দিল তাকে; তখন সে তড়িঘড়ি হাত তুলে বলল, "বাবা ভজু, দোহাই তোমার। পাঁজিটা একটু দেখতে দাও।"

ভজবাবু হেসে বললেন, "পাঁজি দেখবেন? না পাজি দেখতে চান? পাজি দেখতে চাইলে একটা আয়না নিয়ে নিজের মুখখানা দেখুন, সবচেয়ে বড় পাজিকে দেখতে পাবেন।"

চোট্টা গোবিন্দ কাকুতি-মিনতি করে বলতে থাকে, "লক্ষ্মী ছেলে ভজু, অমন করে না, ছিঃ! আটটা কত মিনিটে যেন অমৃতযোগ আছে। যদি মারতেই হয় তবে সময়টা একটু দেখে মেরো বাপ। নইলে কোন নরকে গিয়ে পচব।"

"হাঃ হাঃ," হাসলেন ভজবাবু, তারপর ডাকলেন, "শার্দূল চৌধুরী!"

ভজবাবুর গলায় ডাকটা বাঘের ডাকের মতো শোনাল। শব্দে কেঁপে ওঠে শার্দূল। আর ভজবাবু অবাক হয়ে নিজের গলায় হাত রেখে ভাবেন, এও কি পিস্তলের গুণ? নইলে এরকম বাঘের আওয়াজ আমার গলায় এল কোত্থেকে?

ভজবাবু পিস্তলটার গায়ে আদরে একবার হাত বুলিয়ে নিয়ে বললেন, "শুনুন শার্দূলবাবু আর গোবিন্দবাবু, আপনাদের পাপের প্রায়শ্চিত্ত করতে হবে। গোবিন্দবাবু, আপনি সুদখোর, বন্ধকি মহাজন, মানবতার শত্রু, পৃথিবীর পঙ্কিলতম জঘন্যতম কী যেন! কী যেন! থাকগে। আর শার্দূলবাবু, আপনি আড্ডাবাজ, ফুর্তিবাজ, বেহিসেবি। দরিদ্রের রক্ত শোষণ করে, পৃথিবীর সম্পদ লুণ্ঠন করে, বাজারে গিয়ে নিজের ধনসম্পদের অপপ্রয়োগের দ্বারা মূল্যমানকে জঘন্যতম ঊর্ধ্বে তুলে দিয়ে যে অহমিকার ধ্বজা—এত কথারই বা কাজ কী! ওঠবোস করুন। দশবার।"

শার্দূল খুব মন দিয়ে ভজবাবুর কথা শুনছিল, ভজবাবু থেমে যেতেই চোট্টা গোবিন্দর দিকে চেয়ে বলে উঠল, "পার্ট ভুলে গেছে?"

ভজবাবু ভয়ংকর রেগে গিয়ে বললেন, "ভুলিনি! আরও শুনতে চান? আপনাদের লজ্জা হয় না শুনতে? ওঠবোস করুন, ওঠবোস।"

শার্দূল ওঠবোস করতে থাকে।

চোট্টা গোবিন্দ প্রায় কেঁদে ফেলে বলে উঠল, "আটটা পনেরো মিনিট ঊনচল্লিশ সেকেন্ড গতে অমৃতযোগ লাগবে। বাবা ভজু, ততক্ষণ বসে না হয় বিশ্রাম করো। বসে বসে গালাগাল করো খানিক শুনি। বেশ বলছিলে বাবা।"

ভজবাবু রেগে গিয়ে বললেন, "কথা কানে যাচ্ছে না নাকি? ওঠবোস করতে বলছি যে!"

"ওঠবোস!" চোট্টা গোবিন্দ ভারী বিমর্ষ গলায় বলে, "ওঠবোস করব সেই ভাগ্য

কি আমার আছে বাপ! দু হাঁটুতে বাত। একবার বসলে আর উঠতে পারি না, ধরে তুলতে হয়। দশবার ওঠবোস করতে একটা বেলা চলে যাবে। তাও যদি তোমরা ধরাধরি করে করাও।"

ওদিকে শার্দূল শেষবার ওঠবোস করে দাঁড়িয়ে হাসিমুখে বলল, "দশ। এবার ছুটি তো ভজু?"

ভজবাবু মাথা নেড়ে বলেন, "ছুটির দেরি আছে। গোবিন্দবাবু, আপনার কাছে তামা-তুলসী-গঙ্গাজল থাকে বলে শুনেছি। সেসব বের করুন।"

চোট্টা গোবিন্দ মাথা নেড়ে বলে, "থাকে বাবা। যারা ধারকর্জ করতে আসে তাদের তামা-তুলসী-গঙ্গাজল ছুঁইয়ে শপথ করিয়ে নিই যাতে সুদ ঠিকমতো দেয়, মামলা-মোকদ্দমা না করে শাপশাপান্ত না দেয়।"

পিস্তল নাচিয়ে ভজবাবু বললেন, "সেসব বের করুন। আজ আপনাদের শপথ করিয়ে নেব।"

কাঠের আলমারি খুলে চোট্টা গোবিন্দ তাম্রপাত্রে গঙ্গাজল আর তুলসী-পাতা বের করে হাতে নিয়ে দাঁড়াল। ভজবাবুর পিস্তলের ইশারায় শার্দূল চৌধুরীও তাম্রপাত্রটি ছুঁয়ে দাঁড়াল।

ভজবাবু বললেন, "এবার বলুন, আর কখনও টাকা ধার দিয়া সুদ লইব না, বন্ধকের কারবার করিব না, মানুষের সর্বনাশ করিয়া ধনী হইব না—"

চোট্টা গোবিন্দ বলতে থাকে, সঙ্গে সঙ্গে শার্দূলও বলে, "আর কখনও টাকা ধার দিয়া সুদ লইব না, বন্ধকের কারবার—"

ভজবাবু বিরক্ত হয়ে শার্দূলকে বলেন, "আহা, ওকথা আপনার বলবার নয়। আপনার শপথবাক্য আলাদা।"

এরপর ভজবাবু শার্দূলকে দিয়ে শপথ করাতে থাকেন, "আর কখনও বেহিসাবি খরচ করিব না, ফুর্তি করিয়া টাকা উড়াইব না, আর বাজার করিতে গিয়া দরাদরি না করিয়া জিনিস কিনিব না—"

এবার শার্দূলের সঙ্গে সেসব কথা চোট্টা গোবিন্দও বলতে থাকে, "আর কখনও বেহিসাবি খরচ করিব না, ফুর্তি করিয়া টাকা উড়াইব না, আর বাজার করিতে গিয়া—"

ভজবাবু চোট্টা গোবিন্দকে ধমক দিলেন, "ওসব আপনাকে কে বলতে বলেছে? আপনি বরং সুদের কারবার ছেড়ে এবার থেকে ফুর্তি করেই টাকা ওড়াবেন। আপনার সেইটেই দরকার।"

"তাই করব বাবা। তবে বুড়ো বয়সে কিছু মনে থাকে না। যা সব শপথ করালে তা মনে থাকলে হয়।"

ভজবাবু একটু তৃপ্তির হাসি হেসে বেরিয়ে এলেন। এবার যাবেন বাজারে। কানাই মাছওলাকে টিট করতে না পারলে সুখ নেই।

কিন্তু বৈকালী বাজারে আজ কানাই বসেনি। মেছুনি অনঙ্গবালা ভজবাবুকে চুপি চুপি বলল, "আসবে কী করে বাবু, আজ যে কানাইয়ের কালীপুজো।"

"কালীপুজো! কালীপুজো তো কবে হয়ে গেছে।"

অনঙ্গবালা পান-খাওয়া মুখে একটু হেসে বলে, "সে পুজো নয় বাবু। আপনাকে বলেই বলছি, আজকের পুজো হচ্ছে ডাকাতি করার পুজো।"

"বটে!" ভজবাবুর মুখখানা অসুরের মুখের মতো হয়ে গেল। বাজার থেকে বেরিয়ে তিনি সোজা শহরের উত্তরদিকে যাওয়ার রাস্তায় পড়লেন। বেগে হাঁটছেন আর আপনমনে মাঝে মাঝে বলছেন, "বটে! বটে! বটে! বটে!"

বাঁশঝোপের আড়াল থেকে ভজ বাজাড়ু সবই দেখলেন, শুনলেন। তারপর আপনমনে বলে উঠলেন "বটে!"

আলোয়ানের তলা থেকে পিস্তলটা বের করে একটু আদর করলেন অস্ত্রটাকে। পিস্তল থাকলে আর কোনও ভয় নেই। পিস্তলের সামনে সব ডাকাত, বদমাশ, চোর, গুণ্ডা ঠান্ডা।

ওদিকে ডাকাতরা খুব চিল্লামিল্লি করছে। তাদের আনন্দ আর ধরে না। পুজো হয়ে গেছে। বলির পাঁঠা কাটাকুটি করে মস্ত কড়াইতে কাঠের জ্বালে রান্না চেপে গেছে। গোটা পঁচিশ মশাল জ্বলছে চারধারে। চারদিকটা আলোয় আলো।

এদিকে মাংসের গন্ধে ভজবাবুর হঠাৎ মনে পড়ে গেল, আজ সেই দুপুরের পর এ পর্যন্ত তাঁর কিছুই খাওয়া হয়নি। বড্ড খিদে পেয়ে গেছে। তার ওপর বাঁশঝাড় থেকে হাজার হাজার মশা পিন পিন করে উড়ে এসে ছেঁকে ধরেছে তাঁকে।

ইচ্ছে ছিল ডাকাতদের ওপর আরও কিছুক্ষণ নজর রাখবেন। ওরা যখন ডাকাতিতে বেরোবে ঠিক তখন গিয়ে যমের মতো পিস্তল হাতে মুখোমুখি হবেন। কিন্তু খিদে আর মশার জ্বালায় ভজবাবু বসে থাকতে পারলেন না। আহাম্মক মশাগুলো তো পিস্তলের মর্ম বোঝে না যে ভয় পাবে। তাই ভজবাবু ভাবলেন তাড়াতাড়ি ডাকাতগুলোকে শিক্ষা দিয়ে বাড়ি ফিরে গিয়ে পেট ভরে ভাত খাবেন। সারাদিন ভারী ধকল গেছে।

এই ভেবে ভজবাবু ব্যাপারটা ভাল করে জড়িয়ে নিয়ে পিস্তল বাগিয়ে ধরে বাঘের গলায় 'খবরদার! খবরদার!' বলে চেঁচাতে চেঁচাতে চার-পাঁচ লাফ দিয়ে কালীবাড়ির চাতালে পড়লেন। তারপরই গুডুম করে একটা গুলি আকাশে ছুড়ে বললেন, "হ্যান্ডস আপ। সবাই হাত তোলো।"

ভজবাবুর সেই চেঁচানি আর গুলির শব্দে ডাকাতদের মধ্যে প্রথমটায় এক প্রচণ্ড আতঙ্ক দেখা দিল। ভড়কে গিয়ে সবাই এদিকে সেদিকে পাঁই-পাঁই করে পালাতে লাগল। একটা মোটা ডাকাত মাংসের ঝোল হাতায় তুলে নুন-ঝাল পরীক্ষা করছিল সে তাড়াহুড়োয় পালাতে গিয়ে সেই ফুটন্ত ঝোল হাতা থেকে মুখে ঢেলে গরমে জ্ঞানশূন্য হয়ে দৌড়তে গিয়ে ফুটন্ত মাংসের কড়াইয়ের মধ্যে একটা পা ডুবিয়ে দিল। তারপর 'বাবা রে গেছি রে' বলে লেংচে লেংচে খানিক দূরে গিয়ে পড়ল।

কানাই দায়ে ধার দিচ্ছিল, আচমকা ভজবাবুর মূর্তি আর পিস্তলের শব্দে সে মনে করল, পুলিশ এসেছে। সে হাঁটু গেড়ে বসে খুব অভিমানের সুরে হাতজোড় করে বলতে লাগল, "এসব কি ঠিক হচ্ছে পুলিশ সাহেবদের? আজ সকালেই দু সের বড় বড় কইমাছ দারোগাবাবুদের বাড়িতে পৌঁছে দিয়ে এসেছি, তবু এই মন্দিরে এসে জুলুম কেন? নিরালায় বসে কয়েকজন ভক্ত মায়ের পুজো করছে, তার মধ্যে এসে এই হুজ্জতের কোনও মানে হয়?"

কিন্তু ভজবাবুর কানে সেসব কথা যাচ্ছে না। ডাকাতদের পালাতে দেখে তাঁর সাহস দ্বিগুণ বেড়ে গেল। সোল্লাসে লাফাতে লাফাতে বলতে লাগলেন, "সব ব্যাটাকে মেরে ফেলব। খুন করব। তারপর ফাঁসিতে ঝোলাব। আজ তোদেরই একদিন কি আমারই একদিন।"

তারপর হঠাৎ কানাইকে দেখতে পেয়ে ভজবাবু এক লাফে তার সামনে এসে নাকের ডগায় পিস্তলের নল ঠেকিয়ে বললেন, "কানাই!"

ভজবাবুকে দেখে কানাই অবাক। পিস্তল দেখে আরও অবাক। কাঁপা গলায় বললে, "আজ্ঞে!"

"এবার?" ভজবাবু একগাল হেসে বললেন।

কানাই কাঁপা গলায় বলে, "রোজ তো আপনাকে নিজের ক্ষতি করে কম দামে মাছ দিই ভজবাবু!"

"আজ সকালে যে বড় কইমাছগুলো লুকিয়েছিলি!"

"পরে তো বের করে দিচ্ছিলাম ভজবাবু, কেবল গোয়েন্দাচরণ এসে—"

"চোপ," বলে ভজবাবু এক ধমক দিয়ে বললেন, "বেশি কথা বলতে হবে না। দশবার ওঠবোস কর। তাড়াতাড়ি।"

কানাই খুব বাধ্য ছেলের মতো ওঠবোস করতে যাচ্ছিল। কিন্তু তার আর দরকার হল না। কোথা থেকে একটা মাছ ধরার জাল উড়ে এসে ভজবাবুকে আপাদমস্তক মুড়ে ফেলল। হ্যাঁচকা টান খেয়ে ভজবাবু চাতালে গড়াগড়ি।

মাছের জালের দড়িটা হাতে নিয়ে ডাকাতের মেজ সর্দার সেই সুন্দরপানা ছেলেটা

চেঁচিয়ে বলল, "ওরে, তোরা সবাই আয় রে। লোকটাকে ধরেছি। আজ বড় করে পুজো হবে ফের। আর সেই পুজোতে নরবলি হবে।"

সেই শুনে ভজবাবু মূর্ছা গেলেন। যতক্ষণ হাতে পিস্তল ছিল ততক্ষণ ভজবাবু আর ভজবাবু ছিলেন না, মহাবীর হয়ে গিয়েছিলেন। যেই পিস্তলটা হাত থেকে ছিটকে গেল অমনি তিনি রোজকার ভিতু, নিরীহ, গোবেচারা ভজহরি হয়ে গেছেন।

মূর্ছা যখন ভাঙল তখন দৃশ্য দেখে ভজবাবুর আবার মূর্ছা যাওয়ার উপক্রম। দেখেন ডাকাতরা আবার সব জমায়েত হয়েছে। চারদিকে মহা উল্লাস চলছে। তিনি টের পেলেন তাঁর হাত পিছমোড়া করে বাঁধা, গলাটা হাড়িকাঠে আটকানো। ঢাক আর কাঁসিতে কারা যেন বলির বাজনা বাজাচ্ছে। কানাই মাছওলা বলছে, "এই ছ্যাচড়া বাজাভুটার জন্য আর মাছ বেচে সুখ ছিল না। আজ এটাকে নিকেশ করতেই হবে।"

রোগা পুরুতমশাই এসে ভয়ে কাঁপতে কাঁপতে ভজবাবুর কপালে একটা সিঁদুরের তিলক এঁকে দিলেন। ডাকাতরা চেঁচাল, "জয় মা জয় মা!"

বেশ রাত হয়েছে।

মনোজদের বাড়ির অবস্থা বেশ থমথমে। হারানো ছবিটা পাওয়া যায়নি বলে রাখোবাবু প্রচণ্ড রেগে গিয়েছিলেন বটে, কিন্তু সন্ধেবেলার পর যেসব খবর এসেছে তাতে তাঁর রাগ জল হয়ে প্রচণ্ড ভয় ঢুকে গেছে।

প্রথমেই থানা থেকে একদল সেপাই নিয়ে দারোগা নিশিকান্ত এসে হাজির। নিশিকান্ত ভারী কড়া দারোগা, একবার তাঁর দুই ছেলে মারপিট করে একজন অন্যজনের মাথা ফাটিয়েছিল বলে তাদের দুদিন করে হাজতবাস করিয়েছিলেন। আর একবার তাঁর স্ত্রী রাগ করে বাপের বাড়ি যাওয়ায় স্ত্রীর নামে ওয়ারেন্ট বের করেন। শুধু অন্যের বেলাতেই নয়, নিজের বেলাতেও তিনি সমান কড়া। যদি চোর ডাকাত ধরতে না পারেন, কোনও অপরাধের যদি কিনারা না হয় তবে তিনি নিজে নাকে খত দেন, উপোস করেন, কখনও বা সেপাইকে ডেকে বলেন, "আমাকে দশ ঘা বেত মার তো!" ভারী কালীভক্ত লোক। যদি কেউ নিশি দারোগাকে কালীর গান শোনায় তবে তাঁর ভর হয়। চিতপাত হয়ে পড়ে গোঁ-গোঁ করে মুখে গ্যাঁজলা তোলেন।

নিশি দারোগাকে সবাই তাই সমঝে চলে।

সন্ধেবেলা এসেই তিনি বাইরে থেকে হাঁক ছাড়লেন, "ভজবাবু, আমরা বাড়ি ঘিরে ফেলেছি, পালাবার চেষ্টা করবেন না বা গুলি ছুড়বেন না। যদি গুলি ছোড়েন তবে আমরাও ছুড়ব। যদি পালান তো আমরাও পালাব— থুড়ি আমরা আপনাকে

ধাওয়া করে ধরে ফেলব। কোনও চালাকি করার চেষ্টা করবেন না।”

এমনিতে নিশিকান্ত যতই কড়া হোক না কেন, লোকে বলে ভারী ভিতু লোক। ঘুষ নেন না বটে তবে ঘুষিও চালান না। গুলি-টুলি চালাতেও তাঁর অনিচ্ছে ভীষণ। চোর-ডাকাতদের পিছু নেওয়া বা বিপজ্জনক লোককে গিয়ে ধরা-টরার কাজেও তিনি নেই।

তবু তাঁর হাঁক-ডাক শুনে বাড়ির লোক সব হন্তদন্ত হয়ে বেরোল।

দুঃখবাবু মনোজ, সরোজ আর পুতুলকে পড়াচ্ছিলেন। গণেশবাবু একমনে একটা তান ধরেছেন। পুলিশের বুটের আওয়াজ আর গলার দাপট শুনে দুঃখবাবু তাড়াতাড়ি উঠে সরোজ, মনোজ আর পুতুলকে বললেন, “চলো ভিতরবাড়িতে যাই। এখানটায় গরম হচ্ছে।”

গণেশবাবুরও সুরটা কেটে গেল। বাড়িতে পুলিশ এসেছে টের পেয়ে তিনি তানপুরাটা বগলে নিয়ে তাড়াতাড়ি বেরিয়ে পড়লেন। ইচ্ছে, পালিয়ে যান। কিন্তু বেরোতেই বাগানের ফটক থেকে একেবারে মুখের ওপর একটা টর্চের আলো এসে পড়ল। সেই আলোতে একটা রাইফেলের নল বা পুলিশের লাঠি যাহোক একটা বস্তুও দেখা গেল। নিশি দারোগা হুংকার ছাড়লেন, “বন্দুক ফেলে দিয়ে হাত তুলুন।”

গণেশবাবু চিঁচিঁ করে বললেন, “বন্দুক নয়, তানপুরা।”

“তানপুরাই ফেলুন।”

এ সময়ে রাখোবাবু বেরিয়ে এসে বললেন, “এসব কী। কী হয়েছে নিশিবাবু?”

নিশিকান্ত অত্যন্ত গম্ভীরমুখে বললেন, “আপনার ভাই ভজহরিবাবুর নামে ওয়ারেন্ট আছে।”

“ওয়ারেন্ট মানে? কীসের ওয়ারেন্ট?”

এই শীতেও নিশিকান্ত কপালের ঘাম মুছে বললেন, “একজন মার্ডারারকে ঘরে লুকিয়ে রেখে আর ভান করবেন না রাখোবাবু। দয়া করে ওঁর পিস্তলটা কেড়ে নিয়ে হাত দুটো ভাল করে বেঁধে আমাদের কাছে এনে দিন।”

“কার পিস্তল? কে মার্ডারার? কাকে বাঁধব?”

নিশিকান্ত খুব বিজ্ঞের হাসি হেসে বললেন, “সবই তো জানেন রাখোবাবু, কেন অভিনয় করছেন? ভজবাবু যে এত বড় মার্ডারার তা যদি আগে জানতাম! ছদ্মবেশে এত বড় খুনি এতদিন ঘুরে বেড়াচ্ছিল কেউ টেরই পায়নি। কত দারোগাই তো এ শহরে এর আগে এসেছে, কেউ ধরতেও পারেনি। কিন্তু এবার ভজবাবুর খেলা শেষ। আমার হাতেই আজ এত বড় রহস্যের কিনারা হয়ে যাবে। কই, নিয়ে আসুন তাকে! সাবধান, যখন আনবেন তখন যেন পিস্তলটা হাতে না থাকে!”

রাখোবাবু আকাশ থেকে পড়ে বললেন, “ভজু মার্ডারার?”

পিছন থেকে আদ্যাশক্তি বলে উঠলেন, "এ দারোগাটাকে পেত্নিতে পেয়েছে।"

ঠাকুমা কেঁদে উঠে বললেন, "বন্দুক পিস্তল দূরে থাক বাবা, আমার ভজু দা দিয়ে বাঁশ পর্যন্ত কাটে না, পাছে বাঁশ ব্যথা পায়।"

কিরমিরিয়া দারোগা পুলিশ দেখে বিলাপ করে কাঁদছিল, "ওগো, আমাকে ধরে নিয়ে যেয়ো না গো। আমি কালই মুলুকমে চলে যাব গো। ভজবাবু কেন পিস্তল দিয়ে খুন করল গো!"

"চুপ কর তো কিরমিরিয়া!" বলে রাখোবাবু ধমক দিলেন।

গণেশবাবু তানপুরাসুদ্ধু হাত ওপরে তুলে দাঁড়িয়েছিলেন, হঠাৎ বলে উঠলেন, "হাত দুটো কি নামাব দারোগাবাবু?"

দুঃখবাবু পড়ার ঘরের দরজায় খিল এঁটে জানালা দিয়ে দৃশ্যটা দেখেছেন। তাঁর পাশে সরোজ, মনোজ, পুতুল।

সরোজ বলল, "পিস্তল?"

মনোজ বলল, "পিস্তল।"

পুতুল বলল, "পুতুলের বাক্সে ছিল।"

দুঃখবাবু ধমক দিয়ে বললেন, "আঃ, গোল কোরো না। ইম্পর্ট্যান্ট কথা হচ্ছে সব, শুনতে দাও।"

গোলযোগ শুনে পাড়ার লোকও এসে জড়ো হয়েছে কম নয়। তবে তারা একটু দূরে দূরে।

নিশিকান্ত গম্ভীর গলায় বললেন, "শুনুন রাখোবাবু, আসল অপরাধীকে কোনওদিন বাইরে থেকে চেনা যায় না। আমাদের ক্রিমিনোলজিতে দেখবেন, বেশিরভাগ অপরাধীই দেখতে এবং আচরণে অতি নিরীহ। আর এদের অপরাধ-প্রবণতা অনেক নিকট আত্মীয়স্বজনও টের পায় না। কাজেই ভজবাবুকে আপনারা যত নির্দোষ ভেবে এসেছেন ততটা মোটেই নয়। এ শহরের অন্তত দশ বারোজন লোক ভজবাবুর শিকার হয়েছেন। প্রত্যেকেই অল্পের জন্য বেঁচে যান। এমনকী, আমার একটা সেপাইকে পর্যন্ত তিনি দশবার ওঠবোস করিয়েছেন। আর কী করেননি শুনি! হরশঙ্কর গয়লাকে প্রায় মেরে ফেলেছিলেন, সে হাতে পায়ে ধরে বেঁচে যায়। ইউরোপিয়ান ক্লাবে গিয়ে গুলি ছুড়েছেন, গোবিন্দবাবু আর শার্দূলবাবুকে আধমরা করেছেন, বাজারেও গিয়েছিলেন কাকে যেন তাক করতে। সবাই এসে থানায় রিপোর্ট করেছে। আমরা ইয়ার্কি করতে আসিনি রাখোবাবু। বাড়ি ঘেরাও করা হয়েছে, ভজবাবুকে বের করে দিন।"

রামু এতক্ষণ বারান্দায় শুয়ে ঘুমোচ্ছিল। চেঁচামেচি শুনে উঠে এসে বলল,

"ভজবাবু? ভজবাবু তো সেই সন্ধ্যাবেলা পিস্তল নিয়ে বেরিয়ে গেলেন। বললেন কী, আজ সব গুণ্ডা বদমাশ আর খারাপ লোককে টিট করে আসবেন।"

রাখোবাবু ধমক দিয়ে বললেন, "তা সেটা এতক্ষণ বলিসনি কেন?"

রামু কাঁচুমাচু হয়ে বলে, "বলার ইচ্ছা ছিল, কিন্তু হরশঙ্কর পাহলোয়ান আমাকে এমন ঘিস্‌সা দিল কি আমার তবিয়ত খারাপ হয়ে গেল।"

দারোগাবাবু গম্ভীর হয়ে বললেন, "রাখোবাবু, এ লোকটার নামই কি রামু?"

"হ্যাঁ।"

"তা হলে এর নামেও একটা মোষ চুরির নালিশ আছে। এ আজ হরশঙ্করের একটা দুধেল মোষ চুরি করে এনে আপনাদের গোয়ালে বেঁধে রেখেছিল।"

এই বলে দারোগাবাবু তাঁর সিপাইদের দিকে ফিরে বললেন, "লোকটাকে আগে সার্চ করে দেখো আর্মস আছে কিঁনা। তারপর অ্যারেস্ট করো।"

শুনে রামু সটান মাটিতে শুয়ে চেঁচাতে থাকে, "হনুমানজিকে কিরিয়া হো পুলিশ সাহেব, চোরি আমি কভি করি না।"

নিশিকান্ত সে কান্নায় কর্ণপাত করলেন না। রাখোবাবুর দিকে চেয়ে বললেন, "ভজবাবু বাড়িতে নেই বলছেন?"

রাখোহরিবাবু গম্ভীর হয়ে বললেন, "কথায় বিশ্বাস না হয় খুঁজে দেখতে পারেন।"

"সে তো দেখতেই হবে। তবে আমার ভয় হচ্ছে, এখনও যদি না ফিরে থাকেন তবে এর মধ্যে নিশ্চয়ই অন্য কোথাও আরও কয়েকজনকে খুন করেছেন বা করছেন ভজবাবু।"

ঠাকুমা ডুকরে উঠে বলেন, "না না, সে যে মশা মারতে মায়া করে।"

ঠাকুরঝি পরিষ্কার গলায় বললেন, "দ্যাখো বাবা দারোগা, সার্চ করার সময় জুতো পরে ঘরে ঢুকতে পারবে না বলে দিচ্ছি। তোমার সেপাইদেরও জুতো খুলতে বলো। এই রাতে গোবরছড়া দিয়ে মরব নাকি, সে হবে না।"

এদিকে তখন ডাকাতে কালীবাড়িতে ভজবাবু হাড়িকাঠে পড়ে আছেন। একটা জোয়ান ডাকাত রামদা হাতে দাঁড়িয়ে। বাজনাদাররা বলির বাজনা বাজাচ্ছে। দৃশ্যটা সহ্য করতে পারছেন না ভজবাবু। কয়েকবার অজ্ঞান হয়ে যাওয়ার চেষ্টা করলেন। কিন্তু ইচ্ছে করে যে অজ্ঞান হওয়া যায় না সেটা বুঝে মা কালীকে ডাকতে লাগলেন। একমনে বলতে লাগলেন, "আমাকে অজ্ঞান করে দাও মা।"

একটা ঝাঁকড়া চুলওলা ডাকাত আর একটার কানে গোঁজা বিড়ি নিয়ে খেয়ে ফেলেছে বলে দুজনে খুব ঝগড়া হচ্ছিল। পা-পোড়া মোটা ডাকাতটা পরিত্রাহি

চেঁচাচ্ছে। ডাকাতের মেজ সর্দার সেই সুন্দরমতো ছেলেটা ভজবাবুর পিস্তল নিয়ে আমোদ করার জন্যই গোটা দুই দুমদাম গুলি ছুড়ল আকাশের দিকে।

ভজবাবুর বড় তেষ্টা পেয়েছে। গলা শুকিয়ে কাঠ। বুকটা চড়চড় করছে। প্রাণপণে বললেন, "জল!"

বিড়ি-চোর ডাকাতটা সবচেয়ে কাছে। সে ভজবাবুর দিকে মুখ ফিরিয়ে বলল, "চোপ! যার বলি হবে তার আবার অত কথা কী? আর ক' মুহূর্ত পরেই সব খিদে তেষ্টা মিটে যাবে।"

ওপাশ থেকে কানাই জিজ্ঞেস করল, "কী বলছে রে বাজাড়ুটা?"

"জল চায়।"

কানাইয়ের মায়া হল, বলল, "দে না একটু।"

খাঁড়া হাতে লোকটা খাঁড়া নামিয়ে বলল, "ওরে, তোদের আর কতক্ষণ লাগবে। বলি দিবি বলে ফেলে রেখেছিস লোকটাকে তো দেরি করছিস কেন? লোকটার এভাবে পড়ে থাকতে কষ্ট হচ্ছে না?"

বিড়ি-চোর ডাকাতটি ঘটি করে জল আনছিল, সুন্দর মতো ছেলেটা চোখের ইঙ্গিতে তাকে নিষেধ করে এক গ্লাস শরবত নিয়ে গিয়ে কাছে বসে ভজবাবুকে বলল, "হাঁ করুন।"

ভজবাবু চোখ বুজে রেখে হাঁ করলেন। ডাকাতটা তাঁর মুখে খানিকটা শরবত ঢালতেই শিউরে উঠে বিষম খেলেন ভজবাবু, খানিকটা পেটে গেল, খানিকটা ফেলে দিয়ে বললেন, "এ কী রে বাবা, এ তো জল নয়।"

"জলের চেয়ে দামি জিনিস। আর একটু খান। আজকের দিনে খেতে হয়। আমরা সবাই খাচ্ছি তো।"

তেষ্টায় বুক কাঠ, না খেয়ে করেন কী ভজবাবু! আবার হাঁ করে আর একটু মুখে নিয়ে চুকচুক করে খেলেন। এবার অতটা খারাপ লাগল না। আবার খেলেন। আবার।

কিছুক্ষণ পরে চোখে ঘোর-ঘোর দেখতে লাগলেন। শরবতের মধ্যে কী ছিল কে জানে, ভজবাবুর মাথাটা কেমন যেন অন্যরকম হয়ে যেতে লাগল। ভয়ডর কেটে গিয়ে ঠান্ডা শরীরটা গরম হয়ে উঠতে লাগল। খুব একটা তেজ এল মনের মধ্যে। হাড়িকাঠে গলা দিয়েও হঠাৎ হুংকার ছাড়লেন, "সব ব্যাটাকে দেখে নেব! সব ব্যাটাকে দেখে নেব!"

সেই হুংকার শুনে রোগা আর ভিতু ডাকাতরা একটু দূরে সরে বসল। মেজ সর্দার ভজবাবুর মাথায় হাত বুলিয়ে দিয়ে বলল, "এই তো চাই। এ না হলে বাপের ব্যাটা! তা ভজবাবু, আজ চলুন না আমাদের সঙ্গে ডাকাতি করতে, দেখি কেমন সাহস আপনার?"

ভজবাবু একটা ফুঃ করে বললেন, "এ আর কী-কথা! এক্ষুনি চলো। কার বাড়ি লুঠ করবে?"

"রাজবাড়ি।"

"আরে দূর দূর। রাজবাড়িতে আছে কী? আছে একটা ঘুঁটের পাহাড় আর নটে শাকের জঙ্গল। রাজাদের কি আর সেই দিন আছে! লুটবে তো চলো একটা ব্যাঙ্ক লুট করি।"

"না। আমরা আজ রাজবাড়ি লুট করব ঠিক করেছি। সেখানে মাটির নীচে অনেক টাকা আছে। ভয় পাবেন না তো ভজবাবু?"

ভজবাবু হাড়িকাঠে শুয়ে থেকেই খুব হোঃ হোঃ করে হেসে বললেন, "ভজহরি কখনও ভয় কাকে বলে জানে না। হাড়িকাঠের খিলটা খুলে আমার হাতে একটা পিস্তল দাও, তোমাদের দেখিয়ে দিচ্ছি।"

মেজো সর্দার বলল, "আমরা পিস্তল বন্দুক রাখি না। বড় সর্দারের একটা বন্দুক আছে, কিন্তু তার আজ বড় আমাশা হয়েছে বলে সে যাচ্ছে না। আর আপনার এ পিস্তলেও আর গুলি নেই।"

"ছ্যাঃ ছ্যাঃ কেমন ডাকাত হে তোমরা যে পিস্তল-বন্দুক রাখো না। ঠিক আছে, দারোগাবাবুকে বলে আমি তোমাদের পিস্তলের বন্দোবস্ত করে দেব। আমাকে আজকের মতো একটা রাম দা-ই দাও, কী আর করা!"

মেজ সর্দার হাড়িকাঠের খিল খুলে দিতেই ভজবাবু লাফিয়ে উঠে দাঁড়ালেন। চেঁচিয়ে বললেন, "অ্যাটেনশন।"

সেই চেঁচানিতে ডাকাতরা আবার ভয় খেয়ে চমকে উঠল। মেজ সর্দার হেসে বলল, "তোরা সব সোজা হয়ে দাঁড়া। আজ ভজবাবুই আমাদের সর্দার।"

ভজুবাবুও মাথা নেড়ে বললেন, "আলবাত আমি সর্দার। এই কানাই, রামদা দে একটা।"

কানাই ভয়ে ভয়ে একটানা রামদা এগিয়ে দিতেই ভজবাবু সেটা হাতে নিয়ে তিন-চারটে লাফ মেরে বাঁই-বাঁই করে ঘোরালেন চারদিকে। তারপর একগাল হেসে বললেন, "দেখলে তো সবাই!"

সবাই তারিফ করে বলল, "বাঃ! বহুত খুব!"

ভজবাবু গম্ভীর হয়ে বললেন, "এক বাটি মাংস নিয়ে আয়।"

বিড়ি-চোর এক বাটি ভর্তি মাংস নিয়ে এল। ভজবাবু রামদা পাশে নিয়ে বসে বললেন, "তোরাও বসে যা। রাতে অনেক কাজ আছে।"

আদ্যাসুন্দরী দেবী এক হাতে লাঠি আর এক হাতে গুলতি নিয়ে উঠোনে ঢুকবার

দরজা আটকে দাঁড়িয়ে রক্ত-জল-করা গলায় হেঁকে বললেন, "দ্যাখো বাবা দারোগা, ভাল চাও তো বাড়িতে ঢুকবার আগে তোমার সেপাইদের জুতো খুলতে বলো, আর তুমিও খোলো। জুতো পরে যে ঢুকবে, তার আমি রক্ষে রাখব না।"

নিশি দারোগা গম্ভীর হয়ে বললেন, "ডিউটির সময়ে আমাদের জুতো খুলবার আইন নেই পিসিমা, আমাদের কাছে ব্যাঘাত সৃষ্টি করবেন না। মারাত্মক খুনিকে ধরতে এসেছি আমরা, ইয়ার্কির সময় নেই।"

আদ্যাসুন্দরীদেবী জীবনে কাউকে ভয় করেননি। গত বছরও গ্রীষ্মকালে একটা চোর জানালা দিয়ে গেঞ্জি চুরি করার চেষ্টা করেছিল বলে আদ্যাশক্তি হাত বাড়িয়ে তার কান মলে দেন। তা ছাড়া গুলতিতে তাঁর হাতের টিপের কথাও সবাই জানে। ব্রত-পার্বণে আম্রপল্লব বা বেলপাতা দরকার হলে তিনি নিজেই গাছে গুলতি মেরে মেরে আমপাতা বেলপাতা পেড়ে আনেন। কাজেই আদ্যাশক্তি দেবীকে যারা জানে, তারা চট করে এ বাড়িতে ঢোকে না, একটু চিন্তা করে ঢোকে।

কিন্তু নিশি দারোগা করেন কী? চাকরি বাঁচাতে তাঁকে তো বাড়িতে ঢুকতেই হবে, তা ছাড়া এত লোকের চোখের সামনে যদি তাঁকে বা সেপাইদের জুতো খুলতে হয়, তবে সেটা পুলিশের পক্ষে বেইজ্জতির ব্যাপার।

কিন্তু আদ্যাশক্তি দেবীর এক কথা। "খুনি ধরতে বারণ করছে কে? কিন্তু জুতো পায়ে বাড়িতে ঢুকতে পারবে না। রাজ্যের নোংরা আবর্জনা মাড়িয়ে এসেছ বাবা, রাত-বিরেতে কে গোবর গুলে ছড়া দেবে!"

দারোগাবাবু মিনমিন করে বললেন, "আইন নেই, পিসিমা। আমরা ছাপোষা মানুষ, কেন আমাদের লাঠিসোটা দেখাচ্ছেন?"

"দেখাচ্ছি কী! যে ঢুকবে জুতো নিয়ে, তার কপালে লাঠির ঘা আছে আজকে।"

কিন্তু সেপাইরা তো আর ঘাসজল খায় না। তারাও নানারকম লোক চরিয়েছে। মেলা ফন্দি-ফিকির জানে।

হঠাৎ হল কী, সেপাইরা সব ছত্রভঙ্গ হয়ে গেল। তারপর অন্ধকারে এধার সেধার দিয়ে টপাটপ সব লাফিয়ে লাফিয়ে দেওয়াল ডিঙোতে শুরু করে দিল। বুট-সমেত সেপাইরা ঝুপঝাপ করে ভিতরের উঠোনে পড়ছে। আদ্যাশক্তি দেবী মহা খাপ্পা হয়ে ছোটাছুটি করে হাতের কাছে যাকে পাচ্ছেন তাকেই ফটাফট লাঠি লাগাচ্ছেন। কিন্তু একা তিনি কতজনের সঙ্গে পেরে উঠবেন? ওদিকে দরজা ছাড়া পেয়ে আরও সেপাই ঢুকে পড়েছে উঠোনে। আদ্যাশক্তি দেবী চেঁচাচ্ছেন, "ডাকাত! ডাকাত! ওরা তোরা পুলিশে খবর দে!"

নিশি দারোগা কপালের ঘাম মুছে রাখোবাবুকে বললেন, "ওরে বাবা, জীবনে

এরকম সিচুয়েশন ফেস করিনি। তা আপনাদেরও বোধহয় এ বাড়িতে একটু ভয়ে ভয়েই থাকতে হয়, তাই না? ওরকম ডেঞ্জারাস পিসিমা আর মার্ডারার ভাই বাড়িতে থাকলে তো মহা বিপদের কথা মশাই।"

রাখোবাবু খুব গম্ভীর হয়ে বললেন, "কোথাও কিছু-একটা গণ্ডগোল হচ্ছে নিশিবাবু।"

"সে তো হচ্ছেই।" নিশি দারোগা গম্ভীর হয়ে বলেন, "খুব গণ্ডগোল হচ্ছে। আমি যতই শান্তি চাই, ততই অশান্তি এসে কপালে জোটে। আপনারা কিছুতেই আমাকে দু দণ্ড চুপচাপ বসে মায়ের নাম করতে দিচ্ছেন না।"

গণেশবাবু এখনও তানপুরা ওপরে তুলে দাঁড়িয়ে আছেন। এবার একটু সাহস পেয়ে বললেন, "দারোগাবাবু, তানপুরাটা কি নামাব?"

দারোগাবাবু অবাক হয়ে বলেন, "তানপুরা নামাবেন, তা আমাকে জিজ্ঞেস করছেন কেন? তানপুরা নামাতে তো পুলিশের পারমিশন লাগে না! তবে এটা গান-বাজনার সময় নয় বটে। তা তানপুরা তুলল কে?"

গণেশবাবু বললেন, "আপনি আমাকে হাত তুলতে বললেন যে!"

"তানপুরা তুলতে বলিনি তো!"

"হাতে তানপুরা ছিল যে!"

দারোগাবাবু একগাল হেসে বললেন, "তাই বলুন, হাতে তানপুরা ছিল। তা তানপুরা নিয়ে যাচ্ছিলেন কোথায়?"

গণেশবাবু যে পালাবার তালে ছিলেন, তা আর বললেন না, একটু অপ্রস্তুতভাবে বললেন, "কোথাও বিশেষ নয়। এই একটু বেড়াতে যাচ্ছিলাম আর কী।"

দারোগাবাবু ভারী অবাক হয়ে বলেন, "লোকে ছাতা বা লাঠি হাতে বেড়াতে বেরোয় বটে, কিন্তু তানপুরা নিয়ে কাউকে বেড়াতে শুনিনি তো!"

এইসব কথা যখন হচ্ছে তখন হঠাৎ ভিতর-বাড়ি থেকে সেপাইদের আর্ত চিৎকার শোনা গেল। ঝপাঝপ দেয়াল ডিঙিয়ে সেপাইরা এপাশে পড়ে পালাচ্ছে।

দেখে নিশি দারোগাও 'বাবা রে বাবা' বলে চেঁচাতে লাগলেন। রাখোবাবু তাঁর গায়ে হাত বুলিয়ে দিয়ে বললেন, "আপনার কিছু হয়নি। ও নিশিবাবু, আপনি চেঁচাচ্ছেন কেন? আপনার কিছু হয়নি।"

হয়েছে কী, বাইরে যখন এতসব কাণ্ড চলছে তখন বৈজ্ঞানিক হারাধন তার গবেষণাগারে গবেষণার কাজে মগ্ন হয়েছিল। চারদিকের এত হইচই তার কানেও যায়নি।

ওদিকে মনোজ, সরোজ আর পুতুল যখন দেখল, ঠাকুরঝির সঙ্গে পুলিশদের মহা

হাঙ্গামা বেধেছে, আর পুলিশ জোর করে ঘরে ঢুকছে তখন তিনজন আর থাকতে পারল না।

মনোজ বলল, "ছোটকাকা।"

সরোজ বলল, "ঠিক বলেছিস! ছোটকাকা ছাড়া উপায় নেই।"

পুতুল বলল, "ছোটকাকা ঠিক শিক্ষা দিয়ে দেবে।"

বলতে বলতে তিনজন দৌড়ে গিয়ে দরজার খিল খুলতে লাগল। দুঃখবাবু হাঁ-হাঁ করে ছুটে এসে বল্ললেন, "করো কী, করো কী! ফাঁক পেলেই পুলিশ ঢুকে পড়বে।"

কিন্তু কে শোনে কার কথা! দরজা খুলে দুদ্দাড় তিন ভাই-বোনে বেরিয়ে পড়ল। অন্ধকারে বাগান পেরিয়ে তারা সোজা গিয়ে হাজির হল ছোটকাকার ল্যাবরেটরিতে।

হারাধনের ল্যাবরেটরি দেখলে তাক লেগে যায়। সেখানে কী নেই? বাগানের দিক থেকে ঢুকলে প্রথমেই পড়বে বিরাট একটা উদ্ভিদ-ঘর। কাচের শার্সি দেওয়া এই ঘরটায় নানান ধরনের টবে কিম্ভূত সব গাছপালা। তাতে চাগম (চাল+গম), লামড়ো (লাউ+কুমড়ো) ইত্যাদি গাছও আছে। এ ঘর পেরোলে একটা অন্ধকার-মতো ঘর। চামসে গন্ধে সেখানে টেকা দায়। এ ঘরে অসংখ্য খাঁচায় রাজ্যের পাখি রাখা আছে। পাখিদের মধ্যে কাক, শালিখ, পায়রা থেকে শুরু করে ধনেশ, চিল, শকুনের মতো বিচিত্র সব নমুনা আছে। আর-একটা ঘরে বানর, গিনিপিগ, ব্যাঙ, খরগোশ, সাদা ইঁদুর। তার পাশের ঘরের নানান ঝাঁপিতে সাপ, বিছে, কীট-পতঙ্গ। এ ছাড়া একটা রসায়নাগার, একটা পদার্থবিদ্যার ঘর আর একটা টেলিস্কোপ-ঘরও আছে।

মনোজ, সরোজ, পুতুল আলাদা হয়ে তিনজনে তিন ঘরে হারাধনকে খুঁজতে থাকে।

পুতুলই ছোটকাকাকে খুঁজে পেল পাখির ঘরে। সেখানে বৈজ্ঞানিক হারাধন একটা কাকের খাঁচার সামনে বসে একমনে একটা প্যাডে কী লিখছে।

পুতুল হাঁফাতে হাঁফাতে ছুটে গিয়ে বলে, "ছোটকাকা, পুলিশ! মেজকাকাকে ধরতে এসেছে। কী ভীষণ কাণ্ড দেখবে চলো।"

বৈজ্ঞানিক হারাধন এত চিন্তাকুল যে, প্রথমটায় পুতুলকে চিনতেই পারেনি। অনেকক্ষণ বাদে চিনতে পেরে বলল, "কী বলছিস?"

পুতুল তখন খাঁচাটার মধ্যে রাখা কাকটাকে একমনে দেখছে। কাকটার গলায় এখনও পৈতে জড়ানো, পায়ে একটা ঝুমঝুমির মতো কী যেন বাঁধা। খুবই চেনা কাক।

পুতুল অবাক হয়ে বলল, "আরে! এই কাকটাই তো সকালে আমাদের বাড়িতে কুরুক্ষেত্র করেছে। এটার জন্যই কতসব কাণ্ড হয়ে গেল! তুমি কাকটাকে ধরলে ছোটকাকা?"

হারাধন বিরক্ত হয়ে বলে, "ধরব কেন? এটা তো আমারই কাক। সকালে ছেড়ে দিয়েছিলাম এক্সপেরিমেন্টের জন্য। তারপর বিকেল হতেই আবার নিজে থেকে এসে খাঁচায় ঢুকেছে।"

"তোমার কাক! তোমার কাক এত বদমাশ কেন বলো তো!"

হারাধন একটু বিজ্ঞের হাসি হেসে বলে, "বদমাশ হবে কেন? একটু তেজি আর কী! অন্য চার-পাঁচটা সাধারণ কাকের মতো নয়। তা সে ওর দোষ নয়, আমিই নানারকম ওষুধ আর ইলেকট্রিক চার্জ দিয়ে দিয়ে এটাকে ওরকম বানিয়েছি। এ আর কী দেখছিস! চারটে যা হনুমান বানিয়েছি না, তারা একেবারে ডাকাত। ছেড়ে দিলে লঙ্কাকাণ্ড করে আসবে।"

পুতুল হারাধনের হাত ধরে টানতে টানতে বলল, "হনুমানের কথা পরে। আগে চলো। পুলিশের সঙ্গে ঠাকুরঝির মারামারি হচ্ছে যে!"

"বলিস কী!" বলে হারাধন লাফিয়ে ওঠে।

"শুধু তাই বুঝি! পুলিশ আবার মেজকাকুকে ধরে নিয়ে যেতে এসেছে। যা বিচ্ছিরি কাণ্ড না, আমার ভীষণ কান্না পাচ্ছে।"

হারাধন দুই লাফে ল্যাবরেটরি পার হয়ে উঠোনের দিকে দরজা খুলে দেখে, বাস্তবিক সারা উঠোন জুড়ে তাণ্ডব শুরু হয়েছে। পাঁচিল টপকে টপকে সব সিপাইরা উঠোনে নামছে আর ঠাকুরঝি প্রকাণ্ড লাঠি নিয়ে তাদের তাড়া করছে। কিন্তু তারা কাবাডি খেলোয়াড়ের মতো ঠাকুরঝির লাঠির নাগাল এড়িয়ে দৌড়ে লাফিয়ে ঘুরে বেড়াচ্ছে চারদিকে। ঠাকুরঝি চেঁচাচ্ছেন, "ডাকাত! ডাকাত! ওরে তোরা কেন পুলিশকে খবর দিচ্ছিস না?"

ঠিক এই সময়ে অন্ধকারে সতীশ ভরদ্বাজ মশাইও উঠোনে ঢুকে পড়েছেন। তিনি বললেন, "উঁহু, এরা ডাকাত নয়, এরা হল পুলিশ। আপনি বরং ডাকাতদের ডাকুন, নইলে এ পুলিশদের ধরবে কে?"

আদ্যাশক্তির তখন হুঁশ হল। তিনি একটা রোগা পুলিশের ঠ্যাঙে পটাং করে লাঠির ঘা বসিয়ে নতুন করে চেঁচাতে লাগলেন, "ওগো, তোমরা কে কোথায় আছ, শিগগির ডাকাতদের খবর দাও। আমাদের বাড়িতে পুলিশ পড়েছে।"

তখন চারদিকে আরও কয়েকজন চেঁচাল, "ওরে, শিগগির ডাকাতদের খবর দে, এ বাড়িতে পুলিশ ঢুকেছে।"

হারাধন দৃশ্যটা দু মিনিট দাঁড়িয়ে দেখল। তার দু'ধারে পুতুল, সরোজ, মনোজ। তারপর ধীরে ধীরে ভাইপো-ভাইঝিদের হাত ধরে ঘরে টেনে এনে দরজা বন্ধ করে দিয়ে বলল, "শোন, এখন আমি যে ব্যবস্থা করব তা কিন্তু ঘুণাক্ষরেও কাউকে বলবি

না। আমার সন্দেহ হচ্ছে পুলিশের ছদ্মবেশে অন্য কোনও রাষ্ট্রের চর আমার ফরমুলা চুরি করতে এসেছে। এদের শিক্ষা দেওয়া দরকার।”

বলে হারাধন গটগট করে গিয়ে তার জীবজন্তুর ঘরে ঢুকল। সঙ্গে সরোজ, মনোজ আর পুতুল। ঘরের একেবারে কোণের দিকে চারটে বিশাল খাঁচা। সেগুলোর চারদিকে চটের পরদা ফেলা। হারাধন গিয়ে খাঁচার পরদা তুলে দিল। ভিতরের দৃশ্য দেখে সরোজ মনোজ আর পুতুলের চোখ ছানাবড়া। তারা তাড়াতাড়ি ছোটকাকার গা ঘেঁষে দাঁড়াল।

খাঁচার ভিতরে চারটে বিশাল চেহারার হনুমান। এত বড় হনুমান যে থাকতে পারে, তা তিন ভাইবোনের জানাই ছিল না। সরোজ প্রথমটায় বলে উঠল, “গোরিলা।”

“বনমানুষ!” পুতুল বলে ওঠে।

মনোজ বলল, “না, হনুমান। তবে বড্ড বড়।”

হারাধন খাঁচার দরজার তালা খুলতে খুলতে বলল, “এ হচ্ছে গোরিমান।”

“তার মানে?” সরোজ জিজ্ঞেস করে।

মনোজ ছোটকাকার ব্যাপার-স্যাপার ভালই জানে, সে তাই বলে উঠল, “খানিকটা গোরিলা, খানিকটা হনুমান, না ছোটকাকা?”

“হুঁ। তবে ওষুধ দেওয়া হনুমান, আর পিটুইটারি গ্ল্যান্ডের কারসাজি। তোরা দৌড়ে গিয়ে বাড়ির লোকজনকে সব ঘরে ঢুকে যেতে বল। আমি হনুমান ছেড়ে দিচ্ছি। তারপর লঙ্কাকাণ্ড কাকে বলে তা সবাই টের পাবে।”

সরোজ, মনোজ আর পুতুল দৌড়ে গিয়ে ঠাকুরঝি, ঠাকুমা, মা, কিরমিরিয়া সবাইকে ধরে নিয়ে ঘরে ঢুকিয়ে দিতে লাগল। আর সেই সময়ে আধো অন্ধকারে অতিকায় চারটে বিভীষিকা বিভীষণ-লাফ দিয়ে উঠোনে নেমে এসে পিলে চমকানো ডাক ছাড়ল “গাপ! ধর! গাপ! ধর।”

সে ডাক শুনলে রক্ত জল হয়ে যায়, সে চেহারা দেখলে ভিরমি খেতে হয়। কিন্তু তার চেয়েও বড় কথা হল, তারা এক একটা পুলিশকে নেংটি ইঁদুরের মতো এক এক হাতে তুলে যখন এধার ওধার ছুড়ে ফেলছিল, তখন তাদের এলেম দেখে সবাই তাজ্জব।

প্রথমটায় পুলিশরা ব্যাপারটা বুঝতে পারেনি। একজন আবার একটা হনুমানকে জড়িয়ে ধরে চেঁচিয়েও উঠেছিল, “এইবার খুনিকে ধরেছি!” তারপরই সে হঠাৎ তারস্বরে বলতে লাগল, “না না, এর যে লেজ রয়েছে! ও বড়বাবু, খুনির কি লেজ আছে নাকি?”

তারপরই দেখা গেল হনুমানকে জড়িয়ে ধরেছিল যে পুলিশটা, সে শূন্যপথে উড়ে

পাঁচিলের ওধারে পড়ল। একজন পুলিশ গিয়ে পড়ল টিনের চালে। হনুমানদের একজন দুটো পুলিশকে দু বগলে নিয়ে মহানন্দে এক চক্কর নাচ নেচে নিল।

সতীশ ভরদ্বাজ ঘর থেকে জানালা দিয়ে দৃশ্য দেখতে দেখতে বললেন, "আদ্যাদিদির ডাকের গুণ আছে। এ যে দেখছি চার-চারটে পালোয়ান ডাকাত! না... না... ডাকাত তো নয়! সর্বনাশ! এ যে স্বয়ং রামচন্দ্রের ভক্ত। ও আদ্যাদিদি, কলিকালে দু পাতা বিজ্ঞান পড়ে ম্লেচ্ছরা ধর্ম মানতে চায় না। কিন্তু নিজের চোখে সবাই এসে দেখুক ভক্তের বিপদের সময় ভগবান তাঁর অনুচর পাঠান কিনা। ওই দেখ সবাই, দু চোখ ভরে চেয়ে দেখ, স্বয়ং রামভক্ত হনুমানেরা এসেছেন!... আহা! কী করাল বিশাল চেহারা! কী সাংঘাতিক গায়ের জোর! ...জয় বাবা হনুমানের জয়!"

বাইরে রামু আর রঘুও বিকট সুরে চেঁচাচ্ছিল, "জয় বজরঙ্গবলি! জয় মহাবীর হনুমানজিকি! জয় রামভগবানকি! জয় জানকী মায়জিকি!"

সেই বিশাল হনুমানের মারমূর্তি দেখে পুলিশরা দিকবিদিক জ্ঞানশূন্য হয়ে দুদ্দাড় দৌড়ে পালাচ্ছে। মুহূর্তের মধ্যে সব ফরসা। খালি উঠোনে হনুমানগুলো লাফাচ্ছে। আদ্যাশক্তি দেবী তাড়াতাড়ি ঠাকুরঘর থেকে এককাঁদি কলা নিয়ে উঠোনে ছুড়ে দিয়ে বললেন, "খাও, বাবারা খাও।"

হারাধন দরজার আড়াল থেকে সাংকেতিক শিস দিতেই হনুমানগুলো কলার কাঁদি নিয়ে চোখের পলকে ল্যাবরেটরিতে ঢুকে গেল।

বাইরে নিশি দারোগা, রাখোবাবু, দুঃখবাবু, গণেশবাবু বা পাড়ার লোকজন কেউ কিছু বুঝতে পারলেন না কাণ্ডটা কী! সবাই দেখলেন, সেপাইরা কার যেন তাড়া খেয়ে পালাচ্ছে। একজন সেপাইও অবশ্য দাঁড়াল না, যাকে ধরে জিজ্ঞেস করা যায় যে ব্যাপারটা কী, সবাই পাঁই পাঁই করে ছুটে পালাল।

নিশি দারোগা দুহাতে রাখোবাবুকে জাপটে ধরে চেঁচাতে লাগলেন, "বাবা রে, বাবা রে! ভূত! ডাকাত! খুনি! রাখোবাবু, রক্ষে করুন।"

দুঃখবাবু তাঁর খিল-আঁটা ঘরের মধ্যে থেকেও ভয়ে পড়ার টেবিলের তলায় ঢুকে গেলেন। গণেশবাবু তানপুরাটা গদার মতো ঘোরাতে ঘোরাতে চেঁচাতে লাগলেন, "আমার কাছে কেউ এলে খুন করে ফেলব বলে দিলাম!"

হনুমানরা চলে গেছে দেখে সতীশ ভরদ্বাজ বেরিয়ে এসে উঠোনে দাঁড়িয়ে চেঁচিয়ে বলতে লাগলেন, "এখন ওই ঘোর নাস্তিক হারাধনটাকে ডেকে নিয়ে এসো। দেখে যাক ধর্মের কল বাতাসে নড়ে কিনা! দু পাতা বিজ্ঞান পড়ে সব পণ্ডিত হয়েছে। আমার হাঁদুভুঁদুকে তুচ্ছজ্ঞান করে। একদিন বুঝবে ঠেলা, তখন এসে হাতে-পায়ে ধরে বলতে হবে, ঠাকুরমশাই, ধর্মে বিশ্বাস না করে বড় অন্যায় করেছি।"

সেপাইরা সব পালিয়েছে। দারোগাবাবু একা বাড়ি ফিরতে সাহস করছে না। রাখোবাবু রঘুকে ডেকে টর্চ হাতে দিয়ে বললেন, "যা, দারোগাবাবুকে এগিয়ে দিয়ে আয় গে যা।"

বাড়ি আবার ঠান্ডা হলে রাখোবাবু সবাইকে ডেকে মিটিং বসালেন। বললেন, "ভজুটার কোনও খোঁজ নেই। বাড়ির মেয়েরা বাদে সবাই লাঠি, টর্চ বা হ্যারিকেন নিয়ে বেরিয়ে পড়ো। তাকে খুঁজে না আনা পর্যন্ত রহস্যটা পরিষ্কার হবে না। আর এও বোঝা যাচ্ছে না, পুলিশরা হঠাৎ সার্চ থামিয়ে পালাল কেন! সবাই তোমরা বলছ বটে হনুমানে তাড়া করেছিল। কিন্তু তাতে ঘটনাগুলো আরও জট পাকাচ্ছে। প্রশ্ন ওঠে, হনুমানই বা এল কোত্থেকে! হনুমানগুলোকেও খুঁজে দেখো। এ বাড়িতে তো তাদের উৎপাত ছিল না!"

এই কথা শুনে হারাধন খুব গম্ভীর হয়ে গেল। আর মনোজ, সরোজ, পুতুল নিজেদের মধ্যে গা-টেপাটেপি করতে লাগল।

সতীশ ভরদ্বাজ জোড়হাত মাথা ঠেকিয়ে বললেন, "ভক্তের ডাকে স্বয়ং ভগবান তাদের পাঠিয়েছিলেন। তাদের আর কোথায় খুঁজবে?"

খোঁজাখুঁজির নামে দুঃখবাবু বলে উঠলেন, "আমার পায়ে বড় ব্যথা।"

গণেশবাবু বললেন, "আমারও। আমি বরং বাড়ি পাহারা দেব।।"

রাখোবাবু তাঁদের দিকে তাকিয়ে বললেন, "ছাত্রছাত্রীদের সামনে কোনও কাপুরুষতার দৃষ্টান্ত স্থাপন করবেন না। ভজুকে খুঁজে না-পেলে অনেক গোলমাল দেখা দেবে।"

তারপর রাখোবাবু সকলের দিকে চেয়ে বললেন, "আর দেরি নয়। সবাই বেরিয়ে পড়ো। বাড়ি পাহারা দেওয়ার জন্য পিসিমা একাই যথেষ্ট। তিনি আজ পুলিশের বিরুদ্ধে যে পৌরুষ দেখিয়েছেন, তা কোনও পুরুষেও দেখাতে পারেনি। কাজেই আমি তাঁর ওপর বাড়ি দেখাশোনার ভার দিয়ে নিশ্চিন্ত। পুরুষরা সবাই ভজুকে খুঁজতে যাবে।"

একথার পর সবাই উঠে পড়ল।

শরবতের গুণে ভজবাবুর ভারী ফুর্তি এসে গেছে। এত ভাল লাগছে তাঁর যে বলার নয়। মাঝে মাঝে গান গেয়ে উঠছেন।

রাত বারোটা বেজে গেল। ভরপেট মাংস আর ভাত খেয়ে ডাকাতরা খানিক গড়াগড়ি দিয়ে উঠে পড়েছে। পুরুতমশাই সকলের কপালে তেল সিঁদুর আর যজ্ঞের কালি লাগিয়ে দিয়েছেন। কানে জবা ফুল গোঁজা।

ভজবাবু মন্দিরের চাতালে বুক চিতিয়ে দাঁড়িয়ে হাতে খাঁড়া নিয়ে রক্তচোখে সব দেখছিলেন। একটা হাঁক দিয়ে বললেন, "সব লাইন করে দাঁড়া।"

ডাকাতরা চটপট দাঁড়িয়ে গেল। সুন্দরমতো মেজ-সর্দার ভজবাবুর পাশেই দাঁড়িয়েছিল। তার দিকে চেয়ে ভজবাবু এক গাল হেসে বললেন, "দেখলেন! সবাই কেমন আমাকে মানে!"

"আপনার কথা আলাদা।"

"হে হে" বলে ভজবাবু নিজের হাতের খাঁড়াটা আবার বাঁই বাঁই করে চারদিকে ঘুরিয়ে নিয়ে ডাকাতদের সামনে দাঁড়িয়ে বললেন, "ভাইসব, আজ বড় আনন্দের দিন। আমি কথা বলতে পারছি না। আজ আমার কথাগুলি সব আনন্দের চোটে গান হয়ে যেতে চাইছে। তা ভালই। আমি গানে গানেই তোমাদের আদেশ করব। তোমরা সেইমতো চলবে। কেমন?"

ডাকাতরা একবাক্যে বলে ওঠে, "সর্দারের যেমন হুকুম।"

ভজবাবু গলাটা একটু সাফ করে নিয়ে গেয়ে উঠলেন, "হে দস্যুবর্গ, হাতে নাও খড়্গ, চলো যাই লুণ্ঠনকর্মে..."

ডাকাতরা সবাই ঝটপট খাঁড়া, তলোয়ার, লাঠি আর বল্লম যে যা পারল হাতে নিয়ে দাঁড়াল।

ভজবাবু এবার অন্য গান ধরলেন, "চল রে চল, বন্ধুদল, সামনে চল সবাই..."

ডাকাতরা চলতে থাকে। সবার সামনে ভজবাবু আর মেজ সর্দার। মেজ সর্দারের হাতে একটা মশাল জ্বলছে।

ভজবাবু খাঁড়া ঘুরিয়ে গাইতে লাগলেন, "বিঘ্ন বন্ধ, খানা ও খন্দ ডিঙিয়ে চল সবাই..."

ভজবাবুকে খুঁজতে বেরিয়ে বাড়ির লোকজন শহরের বিভিন্ন দিকে ছড়িয়ে পড়েছে।

সরোজের হাতে একটা হকি স্টিক আর মনোজের হাতে একটা ক্রিকেটের স্ট্যাম্প। দুজনে শহরের উত্তর ধারে চলে এসেছিল। জায়গাটা আগাছা আর জঙ্গলে ভরা। রাত নিশুত। এ অঞ্চলে লোকজনের বসবাস খুবই কম। শোনা যায়, এ অঞ্চলের বাসিন্দারা খুব একটা ভাল লোক নয়। দিনের বেলাতেও ভয়ে লোক এদিকে আসে না।

মনোজ হঠাৎ সরোজের হাত টেনে ধরে বলে, "এই দাদা!"

সরোজ থমকে গিয়ে বলে, "কী?"

"গান শুনছিস?"

সরোজ কান পেতে শোনে। ঝিঁঝির ডাক, গাছের পাতায় বাতাসের শব্দ আর ঘুম

ভাঙা পাখির অস্পষ্ট ডাক, মাঝে মাঝে শেয়ালের "হুয়া, হুয়া"। এইসব ভেদ করে অনেক দূর থেকে ক্ষীণ একটা গানের শব্দ আসছে বটে। কে যেন গাইছে, "ভাঙব লোহার কপাট ভাই, আর তো কোনও শঙ্কা নাই..."

সরোজ বলল, "এদিকেই আসছে!"

মনোজ খানিকটা গান শুনে বলল, "মেজকাকার গলা।"

"যাঃ!"

"দেখিস। ওই শোন আরও কাছে এসে গেছে। ওই দ্যাখ মশালের আলো! দাদা, লুকিয়ে পড়।"

দুই ভাই তাড়াতাড়ি গাছপালার মধ্যে লুকিয়ে পড়ে চেয়ে রইল। তারপর যা দেখতে পেল তা প্রত্যয় হয় না। তারা দেখল, ভজবাবু গান গাইতে গাইতে বিশাল একদল ডাকাত নিয়ে চলেছেন।

দলটা দুই ভাইয়ের একেবারে নাকের ডগা দিয়েই যাচ্ছিল।

সরোজ বলে, "মেজকাকার হাতে খাঁড়া।"

মনোজ বলে, "মেজকাকার চোখ চকচক করছে।"

সরোজ বলে, "মেজকাকার হল কী?"

মনোজ হঠাৎ মেজকাকার পাশে মশাল হাতে মেজ সর্দারকে দেখতে পেল। একটু চমকে উঠল সে। কিন্তু শব্দ করল না।

ডাকাতের দল তাদের ছাড়িয়ে এগিয়ে যেতে থাকে। ভজবাবু তখন গাইছেন, "বুকের ভিতরে ঘোড়া ছুটে যায়, ওরে তোরা ছেড়ে দে আজ আমারে..."

সরোজ একটু ভেবে চিন্তে বলে, "মনে হচ্ছে, ডাকাতরা মেজকাকাকে কোথাও ধরে নিয়ে যাচ্ছে, তাই ছেড়ে দেওয়ার জন্য গান গাইছে মেজকাকা।"

মনোজ মাথা নেড়ে বলে, "মেজকাকাকে ধরে নিয়ে যাচ্ছে না, মেজকাকাই ডাকাতদের নিয়ে যাচ্ছে।"

সরোজ বলে, "কিন্তু মেজকাকার যে দারুণ চোর-ডাকাত আর ভূতের ভয়!"

একটু দূর থেকে ভজবাবুর গলার গান ভেসে আসছিল, "সামনে রাজার বাড়ি, চল যাই তাড়াতাড়ি, বিবাদ-বিসম্বাদ থামা রে..."

মনোজ সরোজের হাত চেপে ধরে বলল, "দাদা, ডাকাতদের নিয়ে মেজকাকা রাজবাড়ির দিকে যাচ্ছে। এক্ষুনি ছোটকাকাকে খবরটা দেওয়া দরকার।"

সরোজ বিরক্ত হয়ে বলে, "অত ঝামেলায় কী হবে? চল তার চেয়ে মেজকাকাকেই গিয়ে ধরলেই তো হয়। বলব, শিগগির বাড়ি চলো, বাবা ডাকছে। বাবা ডাকছে শুনলেই সুড়সুড় করে চলে আসবে।"

মনোজ মাথা নেড়ে বলে, "দূর, তুই মেজকাকাকে ভাল করে দেখিসনি। দেখলি না, মেজকাকার চোখ কেমন চকচকে, মুখটা ফোলা ফোলা, হাতে খাঁড়া, গলায় গান! এ সেই মেজকাকাই নয়, দেখলে আমাদের চিনবেই না। আর ডাকাতরাই বা ছাড়বে কেন? চল, বাড়ি গিয়ে ছোটকাকাকে ডেকে আনি।"

দুই ভাই বাড়ির দিকে দৌড়তে থাকে।

বাড়ির ফটকেই ঠাকুরঝি। তাঁর সাদা থান তিনি মালকোঁচা মেরে পরেছেন, হাতে টর্চ, লাঠি, আর কোমরে দড়ি দিয়ে বাঁধা একটা হাত দা। ঠাকুরমা উঠোনের দরজায় চুপটি করে বসে চোখের জল মুছছেন। মা তাঁর পিছনে দাঁড়িয়ে।

সরোজ আর মনোজ ফটকের দিকে গেল না। ছোটকাকা হারাধন বলেছিল, ভাল করে তৈরি হয়ে বেরোতে তার কিছু দেরি হবে। দুই ভাই তাই গিয়ে ল্যাবরেটরিতে ঢোকে।

ঢুকতেই দেখে, হারাধন তৈরি হয়ে বেরোচ্ছে। একটা গোরিমানকে শিকলে বেঁধে নিয়েছে হারাধন, অন্য হাতে একটা টস্তল (টর্চ+পিস্তল, এটা হারাধনের নিজের আবিষ্কার, একই সঙ্গে টর্চ এবং পিস্তলের কাজ করে), আর তার কাঁধে সেই বদমাশ কাকটা বসে আছে। পাখির ঘরে পাখিগুলো খুব চেঁচাচ্ছে।

মনোজ হাঁফাতে হাঁফাতে বলে, "ছোটকাকা, মেজকাকা ডাকাতের দল নিয়ে রাজবাড়ি লুট করতে যাচ্ছে। শিগগির চলো।"

হারাধন আকাশ থেকে পড়ে বলে, "মেজদা! ডাকাতের দল নিয়ে! রাজবাড়ি! আর কী বললি?"

সরোজ: "লুট করতে..."

মনোজ: "যাচ্ছে..."

হারাধন চোখ বুজে দাঁড়িয়ে বলল, "আবার বল। এবার একটু আস্তে আস্তে।"

সরোজ আর মনোজ পালা করে বলল। পাখির ঘরে পাখিরা খুব চেঁচাচ্ছে এখনও। হারাধন পিছনে ফিরে ঘরটা দেখে নিয়ে বলল, "পাখিগুলোর আজ হল কী? যাকগে। হ্যাঁ, রাজবাড়ি! রাজবাড়িই বললি তো!"

সরোজ আর মনোজ একসঙ্গে, "হ্যাঁ হ্যাঁ, রাজবাড়ি।"

"মেজদা?"

সরোজ আর মনোজ, "মেজকাকা। গান গাইতে গাইতে যাচ্ছে।"

"রাজবাড়ি!" বলে হারাধন তবু ইতস্তত করে।

ঠিক এ সময়ে হারাধনের পিছন থেকে কে যেন বিরক্তির গলায় বলে ওঠে, "হ্যাঁ মশাই, রাজবাড়ি। রাজার বাড়ি, যাকে বলে ষষ্ঠীতৎপুরুষ সমাস। জলের মতো সোজা।"

সবাই অবাক হয়ে দেখে, শালিখের খাঁচার পিছন থেকে দুঃখবাবু বেরিয়ে আসছেন।

হারাধন বলে, "আপনি এখানে?"

দুঃখবাবু দুঃখের সঙ্গে বলেন, "আর কোথায় লুকোব বলুন, কিন্তু এই বদমাশ পাখিগুলোই কি লুকিয়ে থাকতে দেয়! তখন থেকে চেঁচাচ্ছে।"

"লুকিয়ে ছিলেন কেন?"

দুঃখবাবু রেগে গিয়ে বলেন, "লুকোব না? একে তো খুনি, তার ওপর পুলিশ, তিন নম্বর এই রাতে ভজবাবুকে খুঁজতে যাওয়া। চাকরি করতে এসে তো আর প্রাণটা দিতে পারি না মশাই।"

হারাধন বলল, "কিন্তু পাখিগুলো এখনও চেঁচাচ্ছে কেন?"

"গণেশবাবুও আছেন যে!"

বলতে না বলতে টিয়ার খাঁচার পেছন থেকে গণেশবাবু বেরিয়ে আসতে আসতে বললেন, "গান গাইলেই হল না কি না! সবাই যদি গান গাইতে পারত তবেই হয়েছিল আর কি!"

হারাধন অবাক হয়ে বলে, "হঠাৎ গানের কথা কেন?"

গণেশবাবু বললেন, "ওই তো শুনলেন সরোজ আর মনোজের মুখে, ভজবাবু নাকি গান গাইতে গাইতে ডাকাতি করতে যাচ্ছেন। ডাকাতি করা খারাপ কাজ বটে, কিন্তু যে গানের গ জানে না তার গান গাওয়া ডাকাতির চেয়েও খারাপ কাজ।"

হারাধন বলে, "তা বটে, কিন্তু মেজদা তো কখনও ভুলেও গান গায় না।"

গণেশবাবু গায়ের ধুলো-টুলো ঝেড়ে বললেন, "আপনার এই চিড়িয়াখানাটা বড় জব্বর জায়গা মশাই। যে ঘরেই লুকোতে যাই সে ঘরেই ডিসটার্বেন্স। এ ঘরে গেলে হনুমান দাঁত খিঁচোয়, ও ঘরে সাপ ফোঁস ফোঁস করে, সে ঘরে ব্যাঙ ডাকে, এ ঘরটায় পাখিদের কী কিচির মিচির বাবা! এর চেয়ে ভজবাবুর গান শোনা ভাল। চলো দেখি সরোজ, মনোজ, তোমাদের মেজকাকু কেমন গাইছে সেটা শুনে আসি।"

দুঃখবাবু মনের দুঃখে বলে, "সবাই গেলে আমিই বা একা থাকি কী করে? এ বাড়ি খুব সেফ নয়। চলুন আমিও না হয় একটু ঘুরে আসি।"

রাত্রিবেলা রাজা গোবিন্দনারায়ণের ভাল ঘুম হয় না। তার কারণ হল, শোওয়ার আগে তিনি কোমরে একটা মোটা ঘুনসিতে রাজবাড়িতে যত চাবি আছে সব বেঁধে নিয়ে

তবে ঘুমোতে যান। রাজবাড়ির চাবির সংখ্যা কম নয়। দেউড়ির চাবি থেকে শুরু করে ভাঁড়ারের চাবি মিলিয়ে ছোট বড় শতখানেক তো হবেই। কোমরের চারধারে গোল, মোটা, লম্বা, ছোট বড় হরেক চাবি ঝুলিয়ে রাজা যখন শোন তখন সেগুলো গায়ে ফোটে। তার ওপর একটু নড়লেই চড়লেই চাবিগুলোর ঝনঝন করে বিকট শব্দ হয়।

গোবিন্দনারায়ণের আজ রাতে ঘুম না হওয়ার একটা তৃতীয় কারণও আছে। গোয়েন্দা বরদাচরণের কাছ থেকে তিনি আজই জানতে পেরেছেন যে, চোর-কুঠুরির জমানো টাকাগুলো সবই অচল। তাঁর অবশ্য বিশ্বাস হয়নি। তাই সন্ধের পর তিনি চোর-কুঠুরি থেকে দুটো টাকা বের করে চাকরকে বাজারে পাঠিয়েছিলেন মুড়ি কিনে আনতে। চাকর এসে টাকা দুটো ফেরত দিয়ে বলেছে, "দোকানদার জিজ্ঞেস করল এ নোট দুটোয় কি উটের ছবি ছাপা আছে?"

গোবিন্দনারায়ণ তখন থেকে শোকমগ্ন। তার ওপর হাড়-হাভাতে গোয়েন্দাটা মহা জ্বালাতন শুরু করেছে তখন থেকে। কেবল বলছে, "আপনি আমার মাস মাইনেটা কি ওইসব টাকা দিয়ে দেবেন নাকি? আপনার মতলব তো ভাল ঠেকছে না।"

গোবিন্দনারায়ণ তাকে যতই ধমকান সে কিছুতেই শোনে না। কেবল বলে, "ও হোঃ হোঃ, আমি যে অনেক আশা করে কেসটা হাতে নিয়েছিলাম!"

তর্কে বিতর্কে রাত হয়ে যাওয়ায় বরদাচরণ আর বাড়ি ফেরেননি, তিনি রাজা গোবিন্দনারায়ণকে বলেছেন, "সকাল হলে আমি রাজবাড়ির রুপোর বাসন নিয়ে গিয়ে বাজারে বেচে দেব।" এই বলে গোয়েন্দাটা রাজার হেঁসেলে রাতের খাওয়া সেরে বাইরের দরবার ঘরে ঘুমোতে গেছে।

সেই থেকে গোবিন্দনারায়ণের ঘুম নেই। চোর-কুঠুরির সব টাকা অচল। গোয়েন্দা সকালবেলা রুপোর বাসন নিয়ে যাবে। ভাগনেটা গাওয়া ঘিয়ের লুচি খেয়ে গেল।

রাত বারোটার পর গোবিন্দনারায়ণ আর বিছানায় থাকতে পারলেন না। এই শীতেও বিছানাটা গরম ঠেকছে। উঠে চাবির শব্দ তুলে একটু পায়চারি করছিলেন। সে সময়ে শুনতে পেলেন কে যেন দেউড়ির কাছে গান গাইছে, "দরজা খোলো হে, ঝটপট খোলো, দাঁড়িয়ে রয়েছি আমরা..."

গান গোবিন্দনারায়ণের খারাপ লাগে না। তিনি তাই ভাল করে শোনার জন্য দোতলার অলিন্দে এসে দাঁড়ালেন। আর দাঁড়িয়েই মূর্ছিত হয়ে রইলেন কিছুক্ষণ।

ভজবাবু উঁচু গলায় গাইলেন, "দরজা যদি না খোলো তবে আজ টেনে তুলে নেব চামড়া..."

রাজবাড়ির দু-চারজন বুড়ো দারোয়ান এখনও অবশিষ্ট আছে। তারা সব ঘুমোচ্ছিল, গান শুনে উঠে সবাই বাইরে এসে ফটকের বাইরের দৃশ্য দেখে হাঁ।

মেজ সর্দার বাইরে থেকে গর্জন করে ওঠে, "এই! সব হাঁ করে দেখছিস কী? ফটক খুলে দে!"

একজন বুড়ো দারোয়ান চাবির জন্য রাজার কাছে দৌড়ে এল। রাজা মূর্ছা ভেঙে বললেন, "দুর্গা দুর্গতিনাশিনী! গোয়েন্দাটা বসে বসে মাইনে খায়, ওটাকে ঘুম থেকে তুলে দে তো! আর দৌড়ে পিছনের ফটক দিয়ে গিয়ে পুলিশে খবর দে।"

দারোয়ান চলে গেল।

বাইরে ভজবাবু গেয়ে উঠলেন, "লাথি মেরে ভাঙব তালা, দারোয়ান দৌড়ে পালা, বাঁচতে যদি চাস..."

মুহূর্তের মধ্যে চল্লিশ-পঞ্চাশটা মশাল জ্বলে উঠল। সেই সঙ্গে রাজবাড়ির পুরনো মরচে পড়া ফটকে দমাদম লাথি পড়তে থাকে।

কয়েক মুহূর্তের মধ্যে ফটক ভেঙে ডাকাতরা রাজবাড়ির মধ্যে ঢুকে পড়তে থাকে।

দারোগাবাবু রাতে কিছু খাননি। দু চুমুক দুধ বার্লি খেয়ে শুয়ে মা কালীর নাম করছিলেন। একটা সেপাই তাঁর গা থেকে পা টিপে দিচ্ছিল।

সদ্য ঘুমটা এসেছে এমন সময় থানা থেকে লোক এসে খবর দিল, "রাজবাড়িতে ডাকাত পড়েছে। যেতে হবে।"

শুনে দারোগাবাবু দুঃস্বপ্ন মনে করে এক পাশ থেকে আর এক পাশ ফিরে শুলেন।

কিন্তু থানার লোকটা ছাড়ে না। কেবল ডাকাডাকি করে, "বড়বাবু, উঠুন, রাজবাড়িতে ডাকাত পড়েছে।"

ঘুম-চোখে দারোগাবাবু বললেন, "রাজবাড়ির ডাকাত তো। আমাদের বাড়ির তো নয়! আমাদের কী তাতে?"

"সব লুঠ হয়ে গেল বড়বাবু!"

দারোগাবাবু ফের পাশ ফিরে বললেন, "লুঠ করে যাবে কোথায়? কাল সকালেই সব ক'টাকে ধরে ফেলব।"

"খুন-খারাবি হবে যে!"

"খুন করতে বারণ করে দে। একটু ভয় দেখিয়ে দিবি। বলবি খুন করলে ফাঁসি হবে। লুঠ করলে জেল।"

লোকটা কাকুতিমিনতি করতে থাকে। অনেকক্ষণ বাদে ঘুমের ঘোর ভেঙে

দারোগাবাবু বলেন, "ওঃ বাবা! একদিনে আর কত হবে। মার্ডারার, হনুমান, ডাকাত! ব্যাটারা পেয়েছে কী আমাকে! আমি কি ওদের চাকর যে যা খুশি করবে আর আমাকে দৌড়ে বেড়াতে হবে!"

কিন্তু কর্তব্যবশে দারোগাবাবুকে উঠতেই হল। পোশাক পরে মা কালীকে ভক্তিভরে প্রণাম করে বললেন, "মা গো। আমি যাওয়ার আগেই যেন ডাকাতি করে ডাকাতরা সরে পড়ে। ধর পাকড়ের অনেক হাঙ্গামা, মা।"

বরদাচরণের ঘুম কুকুরের ঘুমের মতো পাতলা। গোয়েন্দাদের এটাই গুণ। ফটক ভাঙার শব্দে ঘুম ভেঙে উঠে বসেছেন তিনি। রাজবাড়ি থেকে তাঁকে শোওয়ার জন্য একটা মোটা কুটকুটে কম্বল দিয়েছে, তাই সারা গা চুলকোচ্ছিল।

বরদাচরণ গা চুলকোতে চুলকোতে বেরিয়ে এসেই ভজবাবুর একেবারে মুখোমুখি পড়ে গেলেন। দেখলেন, ভজবাবুর হাতে খাঁড়া, কপালে তেল সিঁদুরের ছাপ, কানে জবাফুল, কণ্ঠে গান। ভজবাবু খাঁড়াটা ঘোরাতে ঘোরাতে গেয়ে ওঠেন, "ছুঁসনে আমাকে, দূরে দূরে থাক, নইলে মাথাটা করব দু ফাঁক, ওরে গোয়েন্দা পাজি..."

কিন্তু ভজবাবুকে ছোঁওয়ার ইচ্ছে বরদাচরণের একটুও নেই। ছুঁয়ে হবেটা কী? এত রাতে কারই বা চোর-পুলিশ খেলতে ইচ্ছে যায়? তিনি বললেন, "ভজবাবু, এত রাতে কী ব্যাপার?"

পিছন থেকে ডাকাতরা রে-রে করে ওঠে।

বরদাচরণ পিস্তলের জন্য খাপে হাত দিলেন। পিস্তল নেই। আর পিস্তলহীন গোয়েন্দা যে কত অসহায় তা বুঝতে পেরে বরদাচরণ পিছু ফিরে দৌড় লাগালেন।

কিন্তু পারবেন কেন? দৌড়ে হয়তো পারতেন, কিন্তু প্রথমেই সিংহাসনে হোঁচট খেয়ে মেঝেয় পড়লেন। উঠে ছুটতে গিয়ে ফের দেওয়ালে ধাক্কা লাগল।

ভজবাবু এসে দাঁড়িয়ে গাইতে থাকেন, "বলো আজ তুমি কোথায় পালাবে, যেখানে যাও সেখানেই যাবে দস্যুরা তোর পিছনে..."

"হচ্ছে না! সুর হচ্ছে না।" অন্ধকারে কে যেন চেঁচিয়ে বলে ওঠে।

ভজবাবু রেগে গিয়ে বলেন, "কে বলে সুর হচ্ছে না?"

"আমি বলছি," বলে ডাকাতদের ধাক্কা দিয়ে সরিয়ে গণেশবাবু ঘরে ঢুকে বলেন, "গানটা ইয়ার্কি নয় ভজবাবু! শিখতে হয়। ওটা কীরকম গান হল শুনি! সর্বেশ্বর কারফর্মার 'দস্যু' নৃত্যনাট্য আমি নিজে ডিরেকশন দিয়েছি কতবার। শুনবেন? তা

হলে শুনুন!” বলে গণেশবাবু হাত নেড়ে নেড়ে গাইলেন, “বলো আ... আজ তু...উমি কোথায় পা...আলাবে...”

ভজবাবু বিরক্ত হয়ে বললেন, “কাজের সময় এখন দিক করবেন না তো গণেশবাবু! আমি এখন ডাকাতদের ডিরেকশন দিচ্ছি...”

“এঃ, ডিরেকশন যত খুশি দিন, তা বলে গানের অপমান আমি সহ্য করব না।”

এ নিয়ে একটা ঝগড়া বেধে উঠল বেশ।

মেজ সর্দার বা অন্য ডাকাতরা এসব ঝগড়া কাজিয়া দেখে ভ্রূক্ষেপ করল না। তারা কাজ হাসিল করতে এসেছে। ঝগড়া কাজিয়া নিয়ে মাথা ঘামালে চলবে কেন?

মেজ সর্দার গিয়ে সোজা গোবিন্দনারায়ণের গলায় খাঁড়া ধরে বলল, “চাবিগুলো দিয়ে দিন রাজামশাই।”

রাজা গোবিন্দনারায়ণ বললেন, “তাতিরাতাচি গামা হণ্ডুরাস।”

মেজ-সর্দার অবাক হয়ে বলে, “তার মানে?”

রাজামশাই আবার বলেন, “গিমি গড়গড়ি কেরোসিন বোম।”

মেজ-সর্দার হাঁ করে চেয়ে থেকে বলল, “ওরে তোরা শোন তো এসে, রাজামশাই কী ভাষায় কথা বলছে।”

রাজামশাই নিজেও তা বুঝতে পারছিলেন না। তাঁর মনে হচ্ছিল বোধহয় দৈবক্রমে তিনি স্বপ্নাদ্য কোনও নতুন ভাষা শিখে ফেলেছেন। অর্থ না-বুঝলেও তাঁর মুখ দিয়ে অনবরত ওইসব কিম্ভূত কথা বেরিয়ে যাচ্ছে। এবার তিনি বললেন, “গমেসি গদাধর ভাগ ভাগ ফুংকাসুন।”

কানাই খুব মন দিয়ে শুনে বলে, “নাঃ, বোঝা যাচ্ছে না। তেলুগু হতে পারে।”

বিড়ি-চোর বলে, “তেলু-টেলু নয়। আমি সেবার পাহাড়ে গিয়ে ঠিক এই ভাষা শুনে এসেছিলাম। তবে মানে বলতে পারব না।”

একটা অল্পবয়সি ডাকাত বলল, “রাজাদের ব্যাপারই আলাদা। তারা কি আর আমাদের ভাষায় কথা বলে নাকি? আর কথায় কাজই বা কী?”

মেজ-সর্দারও বলে, “ঠিক বলেছিস। এত কথায় কাজ কী? কানাই, রাজামশাইয়ের কোমরের ঘুনসি থেকে চাবির গোছাটা খুলে নে তো!”

কানাই চাবির গোছা খুলে নিল।

রাজামশাই শুধু বললেন, “সামসাদিঘি টক দই হামলা খামলা।” বলতে বলতে রাজামশাই তখনও অবাক হয়ে ভাবছেন যে, তাঁর মুখ দিয়ে এসব কথা বেরোচ্ছে কী করে। মনে মনে তিনি যা ভাবছেন তা বুঝতে তাঁর অসুবিধা হচ্ছে না। কিন্তু যেই

সেকথা বলতে চাইছেন অমনি তাঁর জিভ যেন বদমাইশি করে কথাগুলোকে অন্য একটা বিদঘুটে ভাষায় ট্রানস্লেট করে দিচ্ছে। যেমন তিনি এখন বলতে চাইছিলেন, "বাবারা, হামলা কোরো না, যা চাও নিয়ে যাও।" এর মধ্যে কোত্থেকে সামসাদিঘি বা টক দই আসে তা বোধের অগম্য।

ডাকাতরা চাবি খুলে নিয়ে রাজামশাইকে একা রেখে চলে গেল। রাজামশাই দাঁড়ানো অবস্থাতেই মূর্ছিত হয়ে রইলেন। এটা অবশ্য তাঁর পুরনো অভ্যাস, দাঁড়িয়ে মূর্ছা যেতে তাঁর কোনও অসুবিধেই হয় না।

অন্দরমহলের একটা বড়সড় ঘরে রাজমাতা আর রানি-মা দুটো পাশাপাশি খাটে শোন। মাঝখানে মেঝেয় শোয় রাজবাড়ির পুরনো দাসী।

রাজমাতার ভাল ঘুম হয় না। মাথায় রাজ্যের চিন্তা। সারাদিন ঘুঁটে দেন, সেই ঘুঁটে শুকিয়ে পাহাড়প্রমাণ জমিয়ে রাখেন। রাজমাতা ঘুঁটে বিক্রি করলে নিন্দে হবে, সেইজন্যে নিজে না বিক্রি করে বুড়ি দাসীকে দিয়ে বিক্রি করেন। তাতে বেশ দু পয়সা আয় হয় তাঁর। কিন্তু তিনি যতই গোপন করুন রাজ্যিসুদ্ধ সবাই জানে যে, রাজমাতার ঘুঁটের ব্যবসা আছে। ঘুঁটে অবশ্য তিনি ভালই দেন, সেজন্য লোকে তাঁর প্রশংসাও করে। রাজমাতার দুশ্চিন্তা হল সেই ঘুঁটে নিয়েই। কখন কোন ফাঁকে চোর এসে ঘুঁটে চুরি করে নিয়ে যায়, তা ভেবে রাতে তাঁর ঘুম হয় না। এরকম কয়েকবারই চুরি গেছে। কতবার ছেলে গোবিন্দনারায়ণকে বলেছেন, "আমাকে একটা নেড়ি কুকুর এনে দে, পুষি। সে আমার ঘুঁটে পাহারা দেবে।" কিন্তু তাঁর রাজা-ছেলে সেকথা কানে নেয়নি।

রাজমাতার আরও দুশ্চিন্তা একমাত্র নাতিটার কথা ভেবে। সে যে কোথায় নিরুদ্দেশ হয়ে রইল।

এইসব ভেবে তাঁর ঘুম আসে না। রাতবিরেতে জেগে বসে মাথা চুলকোন। বড্ড উকুন হয়েছে। আজও চুলকোচ্ছিলেন। হঠাৎ হট্টগোল শুনে উঠে বসে ছেলের বউকে ডাকতে লাগলেন, "অ বউমা, ওঠো তো! ও কারা গণ্ডগোল করছে?"

রানিরও ঘুম নেই। এক কথা, ছেলে নিরুদ্দেশ। তা ছাড়া কিপটে রাজার ঘর করেন বলে তাঁকে সব সময় সংসারের নানা দুশ্চিন্তা করতে হয়। ঘুম তাঁরও হয় না। শাশুড়ির গলা শুনে বললেন, "শুনছি মা। মনে হচ্ছে ডাকাত-টাকাত পড়েছে।"

"হায় ভগবান। ডাকাতই যদি পড়েছে তবে শুয়ে আছ কেন? ওঠো দেখি কী হল!"

রানি-মা নিশ্চিন্ত গলায় বললেন, "উঠে হবেই বা কী! ডাকাতরা ঘুরে ফিরে নেওয়ার মতো জিনিস না-দেখে নিজেরাই লজ্জা পেয়ে ফিরে যাবে।"

রাজমাতা মশারি খুলে বেরিয়ে আসতে আসতে বললেন, "নেওয়ার জিনিস নেই মানে? এখনও আমার তিন হাজার চারশ পঞ্চান্নখানা ঘুঁটে আছে, তা জানো?"

"ডাকাতরা ঘুঁটে নিতে আসে না মা।"

"চোর-কুঠুরিতে আমাদের লক্ষ লক্ষ টাকা আছে তা জানো?"

"সব অচল।"

রাজামাতা বিরক্ত হয়ে বললেন, "আহা, না হয় নাই নিল কিছু, কিন্তু আমার গোবিন্দকে যদি মারধোর করে? চলো দেখি গিয়ে।"

রানি-মা উঠে পড়লেন। ডাকাতরা যে মারধোর করতে পারে এটা তাঁর আগে খেয়াল হয়নি।

এদিকে দরবার-ঘরে গোয়েন্দা বরদাচরণের অবস্থা খুবই করুণ। মনোজদের বাড়িতে ঢুকতে গিয়ে দেওয়াল থেকে পড়ে মাজায় ব্যথা পেয়েছিলেন, এখন সেই ব্যথার ওপর আবার সিংহাসনের সঙ্গে ধাক্কা লেগে আরও অচল হয়ে পড়েছেন। যাকে বলে চলচ্ছক্তিহীন। তা ছাড়া, পালাতে গেলে প্রাণ যাবে বলে ভজবাবু শাসিয়ে রেখেছেন। সেকথাটা অবিশ্বাসই বা করেন কী করে? ভজবাবুর হাতে খাঁড়া, ভাবসাবও ভাল নয়।

বরদাচরণ মেঝেয় পড়ে ব্যথায় কোঁকাচ্ছেন আর তাঁর দু পাশে দাঁড়িয়ে ভজবাবু আর গণেশ ঘোষাল প্রচণ্ড ঝগড়া করছেন। ঝগড়া করতে করতে ভজবাবু মাঝে মাঝেই খাঁড়া বাঁইবাঁই করে ঘোরাতে থাকেন। তাতে বরদাচরণ ভয় পেয়ে চেঁচিয়ে ওঠেন, "দোহাই ভজবাবু! খাঁড়া সামলে। নাকে মুখে লেগে যাবে যে।"

কিন্তু কে শোনে কার কথা। ভজবাবু বুক চিতিয়ে বলছেন, "এঃ! বলে সারেগামা জানি না। আপনি জানেন? করুন দেখি সারেগামা!"

গণেশ ঘোষালও বুক চিতিয়ে বলেন, "সারেগামা আমাকে করতে বলছেন, ভাল কথা। কিন্তু করলে বুঝবেন কি? গানের 'গ'ও তো জানেন না। অথচ আজ প্রকাশ্যে সুরের অপমান করে সারা শহরে ঢি ঢি ফেলে দিয়েছেন।"

রাগে ভজহরিবাবু বাঁইবাঁই করে আরও কয়েকবার খাঁড়া ঘোরালেন। আতঙ্কে চিঁ চিঁ করে বরদাচরণ বলতে লাগলেন, "খাঁড়া সামলে, ভজবাবু! আর-একটু হলে—"

গণেশ ঘোষাল একটু ব্যঙ্গের হাসি হেসে বলেন, "হ্যাঁ, ওই খাঁড়া ঘোরানো, পিস্তল দিয়ে ভয় দেখানো, এ সবই আপনাকে তবু মানায়, কিন্তু গান নয়। শুনুন" এই বলে গণেশবাবু খুব আবেগ দিয়ে বাঁ হাতে নিজের বাঁ কান চেপে ধরে ডান হাতটা ভজবাবুর মুখের সামনে একটু খেলিয়ে তান ধরলেন, "সা... রে... গা... মা, কোন স্কেলে ধরেছি বলুন তো!"

ভজবাবু একটু থমকে গিয়ে বলেন, "স্কেল? গানের মধ্যে আবার স্কেল কী মশাই? এ কি হাতের লেখা নাকি যে রুল টানতে স্কেল চাই। নাকি গলার দৈর্ঘ্য-প্রস্থ মেপে দেখবেন!"

"হাঃ হাঃ! বেনাবনে মুক্তো ছড়ানো! স্কেল কাকে বলে তা-ই যখন জানেন না, তখন আর গেয়ে হবেটা কী? তবু গানের মধ্যে যে সম্মোহনী শক্তি আছে তাতে আপনার মতো অ-সুর লোকেরও হয়তো উপকার হতে পারে। তাই শোনাচ্ছি। শুনুন, সা... রে... গা... মা..."

ডাকাতদলের প্রচণ্ড চেঁচামেচি, গণেশবাবুর গলা সাধা, বরদাচরণের ক্ষীণ আর্তনাদ মিলেমিশে সে এক বিটকেল কাণ্ড।

মেজ-সর্দার তার কয়েকজন স্যাঙাত নিয়ে এ ঘর ও ঘর খুঁজে বেড়াচ্ছে। হঠাৎ একবার থমকে দাঁড়িয়ে সর্দার তার মশালটা তুলে দেয়ালে একটা মস্ত তৈলচিত্র দেখে কানাইকে বলল, "ওটা কার জানিস?"

কানাই বলে, "কার?"

মেজ-সর্দার শ্বাস ফেলে বলে, "আমিও জানি না। তবে খুব চেনা চেনা ঠেকছে। এ পুরো বাড়িটাই আমার খুব চেনা লাগছে।"

কানাই উৎসাহ পেয়ে বলে, "তবে চোর-কুঠুরিটা কোথায় তা খুঁজে বের করে ফেল।"

মেজ-সর্দার ধমক ছেড়ে বলে, "চোপ! চোর-কুঠুরি চোর-কুঠুরি করে গলা শুকাবি না। আগে আমাকে সব দেখতে দে।"

কানাই ভয় খেয়ে চুপ করে যায়।

অন্য সব ডাকাতরা যে যার নিজের কাজে ব্যস্ত। একটা লোভী ডাকাত রান্নাঘরে ঢুকে জলে ভেজানো ভাত খেতে ব্যস্ত। একজন বাসন-কোসন বস্তায় ভরছে। আর-একজন রাজবাড়ির যত জামাকাপড় সরাচ্ছে। চারদিকেই খুব হল্লা-চিল্লা।

বিড়ি-চোর বলল, "মেজ-সর্দারের ডাকাতির দিকে মন নেই।"

কানাই দীর্ঘশ্বাস ফেলে বলে, "বড়-সর্দারও তাই বলে।"

"কী বলে?"

"বলে, মেজটা ভদ্রঘরে জন্মেছিল। তারপর আট-দশ বছর বয়সে বাড়ি থেকে ভেগে পড়ে। হরিণগড় রেলস্টেশনে গাড়িতে উঠতে গিয়ে পড়ে মাথা ফেটে যায়। সেই থেকে হারানো কথা মনে করতে পারে না। তবে সেই গাড়িতে বড়-সর্দার কাশী যাচ্ছিল তীর্থ করতে। মেজ-সর্দার কোন বাড়ির ছেলে তা সে বুঝতে পেরেছিল। সে-ই টেনে ট্রেনের মধ্যে ছেলেটাকে তুলে নেয়। মাথায় মতলব ছিল যে, ছেলেটাকে লুকিয়ে রেখে তার বাপের কাছ থেকে মোটা টাকা আদায় করবে। কিন্তু সে আর হয়নি। বড়-সর্দারের বউয়ের ছেলেপুলে ছিল না, সে ছেলেটাকে নিজের ছেলের মতো করে বুকে আগলে রাখল। পাছে ছেলেটাকে তার মা-বাবা কোনওদিন চিনতে

পেরে দাবি করে বসে সেই জন্য পরে বউয়ের আবদারে তীর্থ থেকে ফিরে এসে ছেলেটার বাড়ি থেকে তার সব ছবি চুরি করে নিয়ে যায়। ওদিকে বড়-সর্দারের মতি ফেরানোর জন্য তার বউ তীর্থে-তীর্থে ঘুরে বেড়াত খুব। সঙ্গে সঙ্গে ছেলেটাকেও রাখত। তা বড়-সর্দারের মতিগতি ভালর দিকেই চলে যাচ্ছিল। কিন্তু বছর দুই আগে যেই বউ মরল অমনি আবার পুরনো পোকা মাথায় কিলবিল করে উঠল। সর্দার আমাকে গোপনে বলেছে, ছেলেটার বাবার অবস্থা এখন পড়তির দিকে। টাকা চেয়েও লাভ হবে না। তার চেয়ে ছেলেটাকে ডাকাতির তালিম দিয়ে ছেড়ে দিলে বুড়ো বয়সে দুটো পয়সার মুখ দেখা যাবে।"

বিড়ি-চোর বড় বড় চোখ করে গল্প শুনছিল। একটা ঢোক গিলে বলে, "তাহলে মেজ-সর্দার কোন বাড়ির ছেলে?"

"সে কথা সর্দার প্রাণ গেলেও বলবে না।"

"আমার তো সন্দেহ হয়—'

"আমারও হয়। কিন্তু কথা চেপে রাখ। নইলে গোলমালে পড়বি।"

মেজ-সর্দার রাজবাড়ির দেওয়ালে দেওয়ালে অয়েল পেইন্টিং দেখে দেখে ঘুরে বেড়াচ্ছে। পিছনে ডাকাতের দল, কিন্তু তারা সর্দারের ভাব-সাব দেখে কিছু বুঝতে পারছে না। ছবি দেখবে তো পটের দোকানে গিয়ে যত খুশি দেখো, না হয় একজিবিশনে যাও, ডাকাতি করতে এসে ছবি দেখার কথা তারা জন্মে শোনেনি।

এক সময়ে ছবি দেখা শেষ করে মেজ-সর্দার গম্ভীর ভাবে বলে, "হুঁ।"

কানাই গলা বাড়িয়ে বলে, "কিছু বুঝলে সর্দার?"

মেজ-সর্দার গম্ভীর মুখে বলে, "চোর-কুঠুরি কোথায় তা এবার জলের মতো বুঝতে পারছি। এই পুব দিকের দেয়ালে এ বংশের তৃতীয় রাজা হেরম্বনারায়ণের ছবি। এ ছবিতে হেরম্বনারায়ণের বাঁ হাতের কড়ে আঙুলটা যেদিকে বেঁকে আছে সেটা হল চোর-কুঠুরিতে যাওয়ার প্রথম পথ। পথটা অন্দরমহলে গেছে। সেখানে গোঁসাঘরের বাইরের দেওয়ালে পঞ্চম রাজা ভীমনারায়ণের ছবি আছে। তাঁর ডান হাতের তর্জনী চোর-কুঠুরিতে যাওয়ার দ্বিতীয় পথটা চিনিয়ে দেবে। সে পথ ধরে গেলে একটা মস্ত শোবার ঘর পাওয়া যাবে। সেখানে দেওয়ালে নবম রাজা পবননারায়ণের ছবিটা ভাল করে দেখলে দেখা যাবে যে, তিনি মেঝের দিকে তাকিয়ে ভ্রূ কুঁচকে কী যেন খুঁজছেন। অর্থাৎ আমাদেরও মেঝেতেই খুঁজতে হবে। মেঝেটা ভাল করে খুঁজলে কয়েকটা সূক্ষ্ম চিহ্ন দেখা যাবে, সেগুলো অনেকটা তীরের ফলার মতো। সেই চিহ্ন ধরে হামাগুড়ি দিয়ে এগোলে খাটের তলায় এক জায়গায় গুপ্ত দরজা দেখা যাবে।"

সবাই অবাক! কানাই বলে, "কী করে বুঝলে এত সব?"

মেজ-সর্দার ভ্রূ কুঁচকে বলে, "কে জানে কী করে বুঝলাম! কিন্তু আমার সব মনে পড়ে যাচ্ছে যেন।"

বিড়ি-চোর বলে, "সর্দারের মাথা খুব পরিষ্কার।"

মেজ-সর্দারের পিছু পিছু ডাকাতরা এগোতে লাগল।

ঠিক এই সময়ে একটা বিশাল কালো চেহারা এক তলা থেকে এক লাফে রাজবাড়ির দোতলায় উঠে গেল। দরবার-ঘরের দরজা থেকে একটা টর্চের ঝলকানি এল, সেই সঙ্গে গুড়ুম করে গুলির শব্দ।

গণেশবাবু ভৈরবীতে চমৎকার বিলম্বিত করছিলেন। গুলির শব্দ হতেই তিনি দড়াম করে মেঝেতে পড়ে নিশ্চুপ হয়ে গেলেন।

ভজবাবু খানিকটা হতভম্ব হয়ে রইলেন। ডাকাতদের কারও বন্দুক-পিস্তল নেই, তিনি জানেন। তবে কি পুলিশ? সন্দেহ হতেই ভজবাবু বিপুল বিক্রমে খাঁড়া ঘোরাতে ঘোরাতে বীরদর্পে কবিতা আবৃত্তি করতে লাগলেন।

কে যেন সতর্ক গলায় ডাকল, "ছোড়দা!"

আর একজন বলল, "মেজকাকু!"

মেঝে থেকেই বরদাচরণ বললেন, "দোহাই ভজবাবু!"

ভজবাবু একটু থমকে গেলেন। তারপর গম্ভীর গলায় বললেন, "নহি দাদা, নহি আমি কারও মেজকাকু। সম্মুখ-সমরে আত্মীয়তা ঘোর দুর্বলতা। ছাড়ো দ্বার, যাবো অস্ত্রাগারে..."

মেঝে থেকে বরদাচরণ প্রায় কেঁদে ফেলে বললেন, "ভজবাবু, দোহাই আপনার, শিগগির শুয়ে পড়ুন যদি বাঁচতে চান। একটা লাশ পড়েছে, আপনাকেও গুলি করবে।"

দরজার কাছ থেকে হারাধন বলে ওঠে, "কারও লাশ পড়েনি। গুলি আমি ছাদে চালিয়েছি।"

বরদাচরণ বলেন, "তা হলে গণেশবাবু?"

রাজমাতা ডুকরে উঠে বললেন, "ওরে, আমার গোবিন্দকে তোরা কী করেছিস?"

মেজ-সর্দার গম্ভীর গলায় বলে, "সে ভাববেন না ঠাকুমা, রাজামশাই দাঁড়িয়ে আছেন সামনের দিকের বারান্দায়।"

"আর আমার ঘুঁটে? কাল যে নন্দী-বাড়ির চাকর পাঁচশো ঘুঁটে নিতে আসবে।"

"দেবেন। ঘুঁটে আমরা নিই না। আমরা টাকা সোনা আর দামি জিনিস নেব। আপনারা ঘর ছেড়ে দিন। এখন মেলা কাজ আছে আমাদের। চোর-কুঠুরির গুপ্ত দরজা খুঁজে বের করতে হবে।"

রানি-মা শ্বাস ফেলে বললেন, "সে আর খুঁজতে হবে না বাছা, পূর্ব-দক্ষিণ কোণের ওই খাটটা সরালেই দেখতে পাবে। চোর-কুঠুরির দরজা খোলাই আছে। কিন্তু নেওয়ার কিছু নেই। লাখ লাখ অচল টাকা। যাও নিজেরাই দেখে এসো গে।"

"অচল টাকা?" মেজ-সর্দারের মুখটা খানিকক্ষণ থমথম করে। কী একটু ভাবে সে। তারপর মাথা নাড়ে বলে, "তাই বটে। অচলই হওয়ার কথা। আমি ছেলেবেলায় দেখেছি ওসব টাকা বহুকালের পুরনো। তখনই বোধ হয় বাজারে চলত না। এখন তো আরও চলবে না।"

রানি-মা ভ্রূ কুঁচকে বলেন, "ছেলেবেলায় দেখেছ মানে? তুমি কি বাবা এ বাড়িতে এসেছ কখনও?"

"মনে হয় যেন এসেছি। সবই চেনা লাগছে।"

রানি-মা উদ্বেল হয়ে বললেন, "তুমি একটু কাছে এসো তো বাবা, তোমার মুখখানা একটু ভাল করে দেখি। ও আমার ডাকাত-ছেলেরা, তোমরা একটু মশালগুলো ভাল করে ধরো তো।"

রাজা গোবিন্দনারায়ণের মূর্ছা হঠাৎ ভাঙল। কারণ, কে যেন তাঁর ঘাড়ে আর মুখে সুড়সুড়ি দিচ্ছিল। মুর্ছা ভেঙে তিনি হাই তুলে পিছু ফিরতেই আবার মূর্ছা গেলেন। এবং দাঁড়িয়ে। তার কারণ হারাধনের কিম্ভূত এবং অতিকায় গোরিমানটা গোবিন্দনারায়ণকে শুঁকে দেখছিল।

গোবিন্দনারায়ণকে ওরকম স্থির হয়ে দাঁড়িয়ে থাকতে দেখে গোরিমানটা বিরক্ত হয়ে তাঁকে ছেড়ে ভিতরবাগে চলল। একটা ছ্যাঁচড়া ডাকাত টুলের ওপর উঠে রাজবাড়ির একটা দেয়াল থেকে পুরনো একটা দেয়ালঘড়ি খুলে নেওয়ার চেষ্টা করছিল। গোরিমানটা পিছনে গিয়ে টুলটা ধরে অল্প অল্প ঝাঁকাতে লাগল। ডাকাতটা পিছু না ফিরেই বলল, "ঝাঁকাস না বাপ! ঘড়িটা বেচে যা পাব তা দুজনের ভাগ!"

গোরিমানটা আরও জোরে ঝাঁকায়।

ডাকাতটা পেল্লায় একটা ধমক দিয়ে ভাল করে না-দেখেই পিছনে একটা লাথি চালিয়ে দিল। সে ভেবেছিল তার স্যাঙাতদেরই কেউ হবে।

গোরিমান লাথি খেতে পছন্দ করে না। তাই সে খুব গম্ভীরভাবে টুলটা দূরে ছুড়ে ফেলে দিল। ডাকাতটা মাটিতে পড়ে পেল্লায় চেঁচাতে থাকে। বিরক্ত গোরিমান তাকে তুলে বগলে থার্মোমিটারের মতো চেপে ধরে চারদিকে ঘুরে দেখতে লাগল।

রাজবাড়ির ফটকে ততক্ষণে পুলিশের গাড়ি-টাড়ি সব এসে পৌঁছেছে। একটা জিপগাড়ি থেকে অতি সাবধানে নামতে নামতে নিশি দারোগা বললেন, "কালী,

কালী! ওরে, তোরা সব সাবধানে চারদিকে দেখে-টেখে এগো। আমার আজ শরীরটা ভাল নেই। বড্ড হাই উঠছে।"

সন্ধেবেলা গোরিমানগুলোর হাতে নাকাল হয়ে সেপাইরাও একটু ঠাণ্ডা মেরে গেছে। বন্দুক বা লাঠি হাতে থাকলেও তারা খুব সাহস পাচ্ছে না। একজন সেপাই বলে উঠল, "বড়বাবু, আপনার শরীর খারাপ হলে আমারও খারাপ। পেটটা তখন থেকে বকম বকম করছে।"

আর একজন সেপাই বলে দিল, "আমরা যখন জাম্বুবানের হাতে ধোলাই খেলাম, তখন আপনি বাইরে দাঁড়িয়ে গল্প করছিলেন বড়বাবু। এবার না জানি আবার কার পাল্লায় পড়ি, এবার দয়া করে আপনি আমাদের সঙ্গে সঙ্গে থাকুন।"

নিশি দারোগা বললেন, "কালী কালী। চল দেখি।"

বলে খুব অনিচ্ছেয় তিনি টর্চ আর রিভলবার বাগিয়ে সাবধানে রাজবাড়ির ফটক পার হয়ে ঢুকলেন।

ওদিকে রানি-মা চার-পাঁচটা মশাল আর সেজবাতির আলোয় মেজ-সর্দারের মুখ দেখছেন। আর মেজ-সর্দার, যার ভয়ে গোটা গঞ্জ কাঁপে, ডাকাতরাও যাকে যমের মতো ডরায়, সেই মহাতেজি মেজ-সর্দার রানি-মার খাটের পাশে মেঝেয় হাঁটু গেড়ে বসে খুব লজ্জা লজ্জা ভাব করে রানি-মাকে নিজের মুখ দেখতে দিচ্ছে।

এসব ব্যাপারে অধৈর্য হয়ে বিড়ি-চোর চোর-কুঠুরিতে যাবে বলে খাটের নীচে হামাগুড়ি দিয়ে ঢুকেছিল, কানাই তার ঠ্যাং ধরে টেনে এনে খুব ঘা-কতক দিয়ে বলল, "সর্দারের হুকুম হয়নি, তার আগেই ঢুকছিলি যে বড়? দেব গর্দান নামিয়ে?"

বিড়ি-চোরও তেড়িয়া হয়ে বলে, "আমিও গর্দান নামাতে জানি।"

দুজনে তুমুল ঝগড়ায় লেগে পড়ল।

সে গোলমালে অবশ্য রানি-মা বা মেজ-সর্দারের কান নেই। রানি-মা ডাকাতদের সর্দারের মাথায় হাত বুলোতে বুলোতে বললেন, "ভাবতেও ভয় করে, যদি সত্যি না হয়। কিন্তু বাবা, তুমি যদি আমার হারানো ছেলে কন্দর্পনারায়ণ হতে!"

রাজামাতাও বললেন, "আহা, যদি আমার নাতি কন্দু এখন ফিরে আসত!"

ঠিক এই সময়ে পিস্তল হাতে হারাধন, খাঁড়া হাতে গোয়েন্দা বরদাচরণ এবং ছবি হাতে মনোজ ঘরে এসে ঢুকল।

বরদাচরণ মনোজের হাত থেকে ছোঁ মেরে ছবিটা কেড়ে নিয়ে হাঃ হাঃ অট্টহাসি হেসে বললেন, "মহারানি, হওয়া-হওয়ির কথা আর বলবেন না। আপনার সামনে ওই যে ডাকাত দলের সর্দার বসে আছে, সে-ই হল আপনার হারানো ছেলে কুমার কন্দর্পনারায়ণ। আগে দেখুন এই ছবিটা কুমার কন্দর্পের ছবি কিনা!"

রানি-মা বরদাচরণের মতোই হুবহু ছোঁ মেরে ছবিটা কেড়ে নিয়ে দেখেই বলে উঠলেন, "বলো কী বাবা গোয়েন্দা! এই তো আমার কন্দর্পর ছবি! সেবার আমরা দেওঘরে বেড়াতে গিয়েছিলাম। কন্দর্প দুধের গেলাস পাশে রেখে ছবি তুলতে বসেছিল, পিছনের ঘরে পরদার আড়ালে আমি দাঁড়িয়ে দেখছি। হতচ্ছাড়া বেড়ালটা তখন কোত্থেকে এসে দুধটা খেয়ে যাচ্ছিল... হুবহু সব মনে পড়ে যাচ্ছে যে!"

বরদাচরণ গম্ভীর হয়ে বললেন, "এবার ছবির সঙ্গে ডাকাতের সর্দারকে মিলিয়ে দেখুন।"

রানি-মা মেজ-সর্দারকে কাছে টেনে "ও আমার কন্দু রে" বলে কেঁদে ফেললেন।

মেজ-সর্দার বিড়বিড় করে বলল, "তাই সব এত চেনা চেনা লাগছিল বটে।"

বরদাচারণ 'হেঃ হেঃ' করে হেসে বললেন, "কত বুদ্ধি খাটিয়ে যে ব্যাপারটা ধরতে পেরেছি তা আর বলবার নয়।"

হারাধন ধমক দিয়ে বলে, "বেশি বোকো না। মেজ-সর্দারকে রাজকুমার বলে প্রথম যে চিনতে পারে সে হল আমার ভাইপো মনোজ।"

বরদাচরণ লজ্জা পেয়ে তাড়াতাড়ি বলেন, "হ্যাঁ হ্যাঁ মনোজেরও যথেষ্ট অবদান আছে। এসো মনোজ, এগিয়ে এসো।"

মনোজ এগিয়ে আসে। রানি-মা তাকে কাছে টেনে নিয়ে আদর করতে করতে বলেন, "সবাই শোনো তোমরা, রাত এখন যতই হোক, আমার ঘরে আজ অনেক ঘি আর ময়দা আছে। গতকাল আমাদের একটা তালুক থেকে জিনিসপত্র অনেক এসেছে। আমি এখন সবাইকে লুচি ভেজে খাওয়াব। আমার ডাকাত ছেলেদের কয়েকজন চলো গিয়ে একটু ময়দা মেখে দেবে।"

ডাকাতরা অবস্থা বুঝে যে যার হাতের অস্ত্রশস্ত্র এদিক ওদিকে ফেলে দিয়ে ভাল মানুষের মতো ব্যবহার করছিল। মেজ-সর্দার যে রাজকুমার তা জানলে তারা কক্ষনও রাজবাড়িতে ঢুকত না। কানাই তাড়াতাড়ি এগিয়ে এসে বলল, "রাত খুব বেশি হয়নি রানি-মা। মোটে সাড়ে বারোটা, ময়দা মাখতে আমাদের বেশি সময় লাগবে না।"

ঠিক এই সময় নিশি দারোগা পিছন থেকে বলে উঠলেন, "হ্যান্ডস আপ্।"

কেউ হাত তুলল না। হারাধন বলে উঠল, "আহা দারোগাবাবু, এখানে কোনও গন্ডগোল হচ্ছে না।"

বরদাচরণও বললেন, "একটা হ্যাপি এন্ডিং হচ্ছে নিশিবাবু, এখানে কোনও গন্ডগোল হচ্ছে না।"

রানি-মা বললেন, "ও বাবা নিশি, লুচি হচ্ছে। সবাই খেয়ে যাবে।" বলে মহারানি চারজন ডাকাতকে সঙ্গে নিয়ে রান্নাঘরের দিকে চলে গেলেন।

দারোগাবাবু খুব গম্ভীর হয়ে বললেন, "আমি সবাইকে হাত তুলতে বলেছি, সেকথা কারও কানে যাচ্ছে না নাকি?"

কিন্তু কেউ নিশিবাবুকে তেমন পাত্তা দিতে চাইছে না। বরদাচরণ তাঁকে বোঝাতে লাগলেন, "আপনার আসবার কোনও দরকারই ছিল না নিশিবাবু, আমি একাই সিচুয়েশনটা সামলে নিয়েছিলাম। হেঃ হেঃ।"

এদিকে রাজামশাইয়ের মূর্ছা আবার ভেঙেছে। ভেঙেছে অন্য কিছুতে নয়, গাওয়া ঘিয়ে লুচি ভাজার গন্ধে। শিউরে উঠে তিনি আপন মনে বললে, "আবার গাওয়া ঘিয়ের লুচি?"

রাজবাড়ির পুরনো চাকর দৌড়ে এসে খবর দিল, "রাজামশাই, কুমার কন্দর্পনারায়ণ ফিরে এসেছেন। শিগগির যান, রান্নাঘরে রানি-মার কোল ঘেঁষে বসে কেমন লুচি খাচ্ছেন দেখুন গে।"

রাজা গোবিন্দনারায়ণ খানিকটা হতভম্ব থেকে তারপর তাড়াতাড়ি রান্নাঘরের দিকে এগোলেন।

গোঁসাইবাগানের ভূত

বার্ষিক পরীক্ষায় অঙ্কে তেরো পেয়ে বুরুন একেবারে বোকা বনে গেল। সে ইতিহাসে আশি, বাংলায় পঁয়ষট্টি, ইংরেজিতে ষাট এরকম সব নম্বর পেয়েছে, কিন্তু অঙ্কে তেরো।

হেডমাস্টারমশাই শচীন সরকার বরিশালের লোক। যেমন তেজি তেমনি রাগী। তা বলে ছেলেদের মারধর করেন না। কিন্তু তিনি ঘর থেকে বেরিয়ে বারান্দায় দাঁড়ালে সমস্ত স্কুলটায় ছুঁচ পড়লে শব্দ শুনতে পাবার মতো অবস্থা। তিনি প্রত্যেকটি ছাত্রকে ভাল চেনেন, প্রত্যেকের নাম-ধাম স্বভাব-স্বাস্থ্য-অভ্যাস সব তাঁর নখদর্পণে। রেজাল্ট বেরোলে বুরুনকে ডেকে তিনি বললেন, "যে ছেলে গণিত জানে না, সে বড় হয়ে কী হয় জানো? বেহিসাবি, অমিতব্যয়ী আর আনপ্রাকটিক্যাল। গণিতের শিক্ষা মানুষের বনিয়াদকে শক্ত করে দেয়। মন এবং চিন্তাশক্তি স্বচ্ছ হয়। ভাবপ্রবণতা কমে যায়। যে গণিতের শিক্ষা ঠিকমতো করেনি, আমার মতে সে ভাল ছেলে নয়।"

বাড়িতে ফিরতে বাবা বুরুনকে ডেকে পাঠালেন নিজের ঘরে। বাবা অসম্ভব রাশভারী লোক। ভাল ডাক্তার বলে তাঁর খুব নামডাক। খুব ব্যস্ত মানুষ, নিজের ছেলেমেয়েদের খোঁজখবর করবার তাঁর বড় একটা সময় হয় না। বলতে কী, ছেলেমেয়েদের সঙ্গে তিনি খুবই কম কথা বলেন। প্রয়োজন না-হলে একনাগাড়ে সাত-আট দিন পর্যন্ত কথাই বলেন না। তাই বুরুন এবং তার ভাই-বোনরা বাবাকে এক রহস্যময় মানুষ বলে জানে। সামনে যেতে ভয় পায়।

বুরুন যখন বাবার ঘরে গেল, বাবা তখন জানালার ধারে ইজিচেয়ারে বিশ্রাম নিচ্ছেন। গলার স্টেথোসকোপ এবং গায়ের পোশাক ঠিকঠাক আছে। অর্থাৎ এক্ষুনি রোগী দেখতে বেরোবেন। বুরুন ঘরে ঢুকতেই বাবা হাত বাড়িয়ে বললেন, "প্রোগ্রেস রিপোর্টটা দেখি।"

বুরুন ভয়ে ভয়ে ভাঁজ-করা কাগজটা হাতে দিতে, বাবা ভ্রূ কুঁচকে খুব বিরক্তির সঙ্গে চেয়ে দেখলেন নম্বরগুলো। তারপর কাগজটা ফেরত দিয়ে বললেন, "আমিও ছাত্রজীবনে অঙ্কে খুব ভাল ছিলাম না। কিন্তু আশি-নব্বই না পেলেও চল্লিশ-পঞ্চাশ পেতে অসুবিধে হত না।"

বুরুন মেঝের দিকে চেয়ে রইল।

বাবা উঠতে উঠতে বললেন, "কাল থেকে করালী মাস্টারমশাইয়ের বাড়িতে রোজ পড়তে যাবে। হেঁটে যাবে। হেঁটে আসবে।"

করালী মাস্টারমশাই থাকেন আড়াই মাইল দূরে কামরাডাঙায়। রোজ সেখান থেকে সাইকেলে ইস্কুলে আসেন। অঙ্কের শিক্ষক হিসেবে তাঁর প্রচণ্ড নাম-ডাক। তিনি নাকি খাওয়ার শেষে ভাতের থালায় আঙুল দিয়ে অঙ্ক করেন, বড় বড় সব অঙ্কের স্বপ্ন দেখেন, লোকে যেমন গল্প-উপন্যাস পড়ে, করালী স্যার ঠিক তেমনিভাবে অঙ্কের বই পড়েন। লোকে যেমন দুঃখের গল্প পড়ে কাঁদে, হাসির গল্প পড়ে হাসে বা ভূতের গল্প পড়ে ভয় পায়, করালী স্যারও নাকি তেমনি অঙ্কের মোটা মোটা বই পড়তে পড়তে কখনও হোঃ হোঃ করে হেসে ওঠেন, কখনও বা খুচ-খুচ করে কাঁদতে কাঁদতে চোখের জল মোছেন, আর কখনও কোনও ভুল অঙ্ক দেখলে ভয়ে শিউরে উঠে 'রাম রাম রাম রাম' করতে থাকেন। ভারী আপনভোলা মানুষ। ছাত্রদের কারও নাম তাঁর মনে থাকে না। কারও বাড়িতে নেমন্তন্ন খাওয়ার পর যদি কেউ জানতে চায় "করালীবাবু, রুই মাছটা কেমন খেলেন?" করালীবাবু ভারী অবাক হয়ে বলেন, "রুইমাছ! রুইমাছ ছিল নাকি?" একবার পায়েস খাওয়ার পর ঢেঁকুর তুলে বলেছিলেন, "দইটা অতি চমৎকার। এত মিষ্টি দই খাইনি।" অঙ্কের ওরকম দিকপাল শিক্ষক হওয়া সত্ত্বেও করালীবাবু কিন্তু পয়সাকড়ির হিসেবে ভারী কাঁচা। এক টাকা চার আনা কেজির উচ্ছের আড়াইশো গ্রামের দাম কত হয়, তা বাজারে গিয়ে কিছুতেই ঠিক করে উঠতে পারেন না। অসহায়ভাবে দোকানদারকেই বলেন, "বাবা, তুমিই হিসেব-টিসেব করে পয়সা গুনে রাখো। আমি অঙ্কে ভারী কাঁচা।"

আড়াই মাইল দূরে করালীবাবুর বাড়িতে রোজ অঙ্ক শেখার জন্য হেঁটে যাতায়াত করতে হবে জেনে বুরুনের ভারী রাগ হচ্ছিল।

সেটা বুঝতে পেরেই বোধহয় বাবা বললেন, "কষ্ট না-করলে মানুষ হওয়া যায় না। তোমরা বড় বেশি আদরে মানুষ হচ্ছ, তাই কোনও ব্যাপারেই তেমন গা নেই। রবীন্দ্রনাথ কত বড়লোকের ছেলে হয়েও চাকরদের মহলে মানুষ হয়েছেন। আমিও ঠিক করেছি, এবার থেকে তোমাদের আরাম আয়েস বিলাসিতা সব বন্ধ করে দেব। এখন থেকে অনেক কষ্ট করতে হবে তোমাদের। অঙ্ক শেখবার জন্য রোজ পাঁচ মাইল হাঁটা হল এক নম্বর কষ্ট। এর পর দু-নম্বর, তিন নম্বর আরও বহু কষ্ট আছে। তৈরি থেকো!"

বলে বাবা বেরিয়ে গেলেন।

বুরুন অঙ্কে তেরো পাওয়ায় বাড়ির সবাই চুপচাপ, কেউ তার সঙ্গে বিশেষ কথা

বলছে না। মা না, ছোট ভাই-বোন গুরুন আর বেলীও না। বেলীকে একবার পিঠ চুলকে দিতে বলেছিল বুরুন। বেলী জবাব দেয়, "তোমার সঙ্গে বেশি মিশতে বাবা বারণ করেছে। তুমি দেয়ালে পিঠ ঘষে নাও, তাতেই চুলকোনো হবে।"

বুরুন বুঝতে পারল বাড়ির লোক তাকে একঘরে করেছে।

পরীক্ষার পর ইস্কুল এখনও বসেনি। সারা দিনটা খুব ফাঁকা ফাঁকা লাগে। বন্ধু-বান্ধবদের সঙ্গে খুব বেশি মেলামেশা বারণ হয়ে গেছে। শুধু বিকেলে খেলাধুলো করার হুকুম আছে ঘণ্টা দেড়েকের জন্য। বুরুনের তাই মেজাজ অসম্ভব খারাপ। বাড়িতে একমাত্র দাদুই তার সঙ্গে আগের মতো কথাবার্তা বলেন, ভালও বাসেন। কিন্তু দাদুর সঙ্গে বেশিক্ষণ সময় কাটানোর উপায় নেই। তিনি দিনরাত কবিরাজি ওষুধ তৈরি করতে ব্যস্ত। দাদু কবিরাজির ধাতব আর ভেষজ দুরকম চিকিৎসাই করেন। দিনরাত তিনি হিরেভস্ম, মুক্তাভস্ম, স্বর্ণসিন্দুর বানাচ্ছেন, মাঠে ঘাটে ঘুরে বেলগাছের মূল, কন্টিকারি, থানকুনি, আরও কত কী পাতা তুলছেন। তারপর সেগুলো থেকে ওষুধ তৈরি করছেন। অ্যালোপ্যাথি চিকিৎসার ওপর তাঁর ভারী রাগ। নিজের ছেলে ডাক্তার বলে তিনি পাত্তাও দেন না। সন্ধেবেলা তাঁর বাজারের দোকানঘরে যখন বুড়োদের আড্ডা বসে, তখন সকলের সামনেই তিনি বলেন, "ভেলু আবার ডাক্তার নাকি! এখনও নাড়ি দেখতেই শিখল না!"

বাড়িতে বুরুন আজকাল বড় একা, অঙ্কে তেরো পেলে কী হয়, তা সে হাড়ে-হাড়ে বুঝছে আজকাল।

দুপুরবেলা বাড়িটা নিঝুম হয়ে গেছে। বাবা কল পেয়ে শহরের বাইরে গেছেন। মা, গুরুন আর বেলী ঘুমোচ্ছে। দাদু আর শিবু চাকর উঠোনে হামানদিস্তায় শুকনো ভাঙপাতা গুঁড়ো করছে। তাদের বেজিটা ঘুরঘুর করছে সেখানে।

বুরুন তাদের পোষমানা পাখির খাঁচার কাছে গিয়ে দাঁড়াতেই ময়নাটা বলে উঠল, "বুরুন অঙ্কে তেরো পেয়েছে। বুরুন অঙ্কে তেরো পেয়েছে। বুরুন অঙ্কে—"

বুরুন ভারী অবাক হয়ে যায়। পাখিটাকে একথা কবে কে শেখাল? পাখিটা খুবই চালাক, দু-পাঁচবার শুনেই যে-কোনও কথা টপ করে শিখে নেয়। নিশ্চয়ই এর মধ্যে কেউ ওকে এটা শিখিয়েছে বুরুনকে জব্দ করার জন্য।

পুরোপুরি জব্দ হওয়ার অবশ্য বাকিও খুব একটা নেই। বুরুনকে আজকাল তার নিজের ময়লা জামা-প্যান্ট নিজেকেই কাচতে হয়। নিজের এঁটো থালা বাটি গেলাস নিজেকেই মাজতে হচ্ছে। তা ছাড়া আছে নিজের জুতো বুরুশ করা, নিজের বিছানা পাতা এবং মশারি টাঙানো, পড়ার ঘর সকাল-বিকেল ঝাঁট দেওয়া। বাড়িতে ভাই-বোন বা চাকর-বাকর কাউকে কোনও কাজের ফরমাশ করা তার বারণ। এসব

অপমান তবু গায়ে লাগে না, কিন্তু পোষা পাখির মুখে তার অঙ্কে তেরো পাওয়ার শ্লোগান শুনে সে সত্যিকারের রেগে গেল। কটমট করে চেয়ে রইল পাখিটার দিকে। তারপর কাউকে কিছু না-বলে বাড়ি থেকে চুপচাপ বেরিয়ে পড়ল।

শীতের দুপুর। ভারী উষ্ণ কোমল রোদ। পাড়ার মাঠে ছেলেরা ব্যাটবল খেলছে।

বুরুন আনমনে হাঁটতে হাঁটতে ছোট গঞ্জমতো শহর ছাড়িয়ে একেবারে গোঁসাই ডাকাতের বাগানে এসে পড়ল।

গোঁসাই ডাকাতের বাগান বা গোঁসাইবাগান একটা বিশাল জঙ্গুলে জায়গা। জঙ্গলের মধ্যে একটা ভাঙা বাড়ি আছে, পুকুর আছে। আর আছে বুনো কুল আর বন-করমচার অজস্র গাছ। এরকম কুল আর কোথাও হয় না। দেখতে মটরদানার মতো ছোট, পাকলে ভারী মিষ্টি। কিন্তু জঙ্গলের মধ্যে এত সাপখোপ, বিছুটির গাছ আর কাঁটাঝোপ যে, বুনো কুল খাওয়ার লোক জোটে না। পাখি-পক্ষীতেই খেয়ে যায়। যে গাছগুলো একটু নাগালের মধ্যে, সে গাছের ফল ধরতে না-ধরতেই ছেলেরা দল বেঁধে এসে খেয়ে যায়। ঝোপজঙ্গলের মধ্যে বেশি কেউ যেতে পারে না বলে পুকুরের দক্ষিণ দিকটায় অবশ্য কুলগাছের কুল যেমন-কে-তেমন থাকে। মরশুম ফুরোলে ফল পড়ে মাটিতে আরও গাছ জন্মায়। জঙ্গল বাড়ে।

বুরুনের মন খারাপ। আর মন খারাপ থাকলে কত কী কাণ্ড বাধাতে ইচ্ছে হয়। যেমন এখন তার ইচ্ছে হল যেমন করেই হোক ওই দুর্গম জায়গায় গিয়ে খুব নিরিবিলিতে চুপচাপ কিছুক্ষণ বসে থাকবে আর বুনো কুল খাবে। যদি সাপে কামড়ায়, তা হলে না হয় মরবে। মরাই ভাল। যদি বিছুটি লাগে তো লাগুক। তার মনের মধ্যে যে অপমানের জ্বালা, তার চেয়ে বিছুটির জ্বালা আর এমন কী বেশি হবে।

বুরুন মনের দুঃখে বনে ঢুকল। ঢুকেই বুঝতে পারল, এই দুর্ভেদ্য জঙ্গল পার হয়ে বুনো কুলের কুঞ্জবনে পৌঁছনো অসম্ভব। কাঁটা বা বিছুটি গ্রাহ্য না হয় না-ই করল, কিন্তু এগোবার পথ চাই তো। যেদিক দিয়েই যেতে চেষ্টা করে, সেদিকেই ডালপালা রোগা-রোগা হাত বাড়িয়ে গাছ-গাছালি তার পথ আটকে ধরে।

একমাত্র উপায় হচ্ছে টারজানের মতো বড় গাছে উঠে এক গাছ থেকে ডাল ধরে ঝুল খেয়ে অন্য গাছের ডাল ধরে এগিয়ে যাওয়া। যদি গাছ থেকে পড়ে যায় তো যাবে। সেটা এমন কিছু দুঃখের হবে না তার কাছে। বরং বাড়ির লোক ভাববে, আহা, বুরুনকে আমরা কত কষ্ট দিয়েছি।

গাছ বাইতে বুরুন ওস্তাদ। একটা শিরীষ গাছে সে বানরের মতো উঠে গেল। মাটির সঙ্গে সমান্তরাল একটা মোটা ডালের ওপর দিয়ে সে খানিক হেঁটে খানিক হামাগুড়ি দিয়ে এগিয়ে পরের কদম গাছটার একটা ডাল ধরে ফেলল। মাটি থেকে প্রায় ত্রিশ হাত উঁচুতে। এগিয়ে যেতে তেমন কোনও বাধা হচ্ছিল না বুরুনের। কেউ কোথাও নেই। শুধু শীতের কনকনে বাতাস বইছে। রোদের রঙে লালচে আভা। গাছ-গাছালিতে অজস্র পাখি আর পতঙ্গের ওড়াউড়ির শব্দ।

গাছের ডালের ঘষায় হাত-পায়ের নুনছাল উঠে গিয়ে জ্বালা করছে। একটা নিমগাছে বসে বুরুন একটু জিরোল। তারপর আবার ধীরে ধীরে এগোতে লাগল। পরিশ্রমে এই শীতেও ঘাম হচ্ছে। যত এগোচ্ছে, তত গাছপালা ঘন হচ্ছে। একেবারে গায়ে গায়ে সব গাছ। একটার ডালপালা অন্যটার ডালপালায় ঢুকে গেছে। এখন আর এক গাছ থেকে অন্য গাছে যেতে কষ্ট নেই। এক-একটা গাছে হেঁটমুণ্ডু হয়ে বাদুড়েরা ঝুলে আছে। কাঠবেড়ালি ডুমুর খাচ্ছে বসে। নীচের জঙ্গলে খড়মড় শব্দ করে একটা শজারু চলে গেল। বহু পাখির বাসা পার হল বুরুন। তার কোনওটাতে পাখির ডিম রয়েছে, কোনওটায় কুষি কুষি পাখির ছানা তাকে দেখে আতঙ্কে কিচমিচ করে ওঠে।

কুলগাছের কুঞ্জবনে পৌঁছতে বুরুনের কষ্ট হল বটে, কিন্তু একাজ যে সে ছাড়া আর কেউ কখনও করতে পারেনি, তা ভেবে খুব একটা বাহাদুরির ভাবও এল মনে। একটা শিশু গাছের গা বেয়ে সে নীচের নিস্তব্ধ, নির্জন অন্ধকার জায়গাটায় আস্তে আস্তে নামতে থাকে। নামবার মুখে ধরবার মতো নিচু ডাল ছিল না বলে তাকে প্রায় দশ হাত উঁচু থেকে লাফ দিয়ে নামতে হল। তবে নীচে পচা পাতার স্তূপ জমে গদির মতো হয়ে আছে, তাই বুরুনের ব্যথা লাগল না। ভুস করে পা দুটো ডেবে গেল শুধু, আর তলায় একটা কাঁটা বা কাচ যাই হোক তার পায়ে প্যাট করে বিঁধে গেল।

একটু ফাঁকায় এসে বুরুন মাটিতে বসে পায়ের তলাটা দেখছিল। তেমন কিছু নয়, একটা শামুকের ভাঙা খোল বিঁধেছে। তবে এসবে অভ্যাস আছে তার। শামুকের টুকরোটা বের করে একমুঠো দুব্বো তুলে ঘষে রসটা লাগিয়ে দিল। এ ওষুধ তার দাদুর শেখানো। দুব্বোর রসে অনেক অসুখ সারে, অনেক বিষ নষ্ট হয়।

দাদু তাকে অনেক কিছু শেখায়। মানুষের শরীরে রোজ এক রকমের বিষ তৈরি হচ্ছে, তাকে বলে টকসিন। এই বিষ জমে জমে শরীরে নানা রোগের সূচনা করে। মাছ-মাংস খেলে টকসিনের পরিমাণ আরও বাড়ে। সেজন্য দাদু রোজ সকালে তাকে থানকুনি পাতার রস একটু আখের গুড় আর দুধ দিয়ে খাইয়ে অনেকখানি জল গিলিয়ে দেয়। তাতে টকসিন জমতে পারে না শরীরে। দাদু মাছ-মাংস খাওয়ার ঘোর বিরোধী। এই নিয়ে বাবার সঙ্গে দাদুর প্রায়ই তর্ক-বিতর্ক লেগে যায়। বাবা বলেন,

প্রোটিনের জন্য মাছ-মাংস অতি প্রয়োজন। দাদু বলেন, পশুপাখির শরীরের কোষ আর মানুষের শরীরের কোষে অনেক গরমিল বাবা। ও খেলে খটামটি লাগবেই।

বুরুন পায়ে ঘাসের রস লাগিয়ে উঠে দাঁড়াল। চারদিকে অসংখ্য গাছে মেঘের মতো ঘনিয়ে আছে থোকা-থোকা বুনো কুল, বন-করমচা। কয়েকটা চালতা গাছ থেকে পাকা চালতার গন্ধ আসছে। চারদিকে ডানার শব্দ তুলে পাখি উড়ছে, রঙিন পাখনায় ঘুরে বেড়াচ্ছে প্রজাপতি। ভেজা মাটি, ঠান্ডা ছায়া আর নিস্তব্ধতায় জায়গাটা ঘোর হয়ে আছে।

এক থোকা বুনো কুল তুলে একটা কুল মুখে পুরেছে মাত্র, অমনি বুরুন দেখতে পেল, পুকুরের ওধারে লুঙ্গিপরা খালিগায়ে একটা লোক তার দিকে স্থির চোখে চেয়ে আছে।

অবাক হওয়ার কথা। পুকুরের চার ধারেই গহিন জঙ্গল। এ পুকুরের ধারে-কাছেও কেউ আসতে পারে না। জল অব্যবহারে পচে সবুজ হয়ে আছে। কচুরিপানা হয়নি বটে, কিন্তু খুদে শ্যাওলায় জল ছেয়ে গেছে। ঘাট ভাঙা, পাড়ে জঙ্গল, চারদিকে কাঁটা আর বিছুটির ঘন বন। এ জঙ্গলে কাঠ কুড়োতেও কেউ আসে না। তবে এ লোকটা এল কোত্থেকে?

বুরুনও তাকিয়ে ছিল। তার মনটা খারাপ। নইলে সে লোকটাকে দেখে চমকে যেত কিংবা ভয় পেত। কিন্তু মন এতই খারাপ যে বুরুন আর কোনও কিছুকে ভয় পাচ্ছে না। কিছুতেই তার কিছু যায় আসে না আর।

বুরুন দেখল, লোকটা হঠাৎ পুকুরের ধার দিয়ে নেমে জলের ওপর পা রাখল। তারপর অনায়াসে জলের ওপর দিয়ে হেঁটে জোর কদমে চলে আসতে লাগল এদিকে। জলের ওপর কেউ হাঁটতে পারে, এ বুরুনের জানা ছিল না। দেখে সে অবাক। সায়েন্স তো একথা মানে না। গ্র্যাভিটেশনের নিয়ম আছে, স্পেসিফিক গ্র্যাভিটি আছে। তবে?

যাই হোক, লোকটা কিন্তু হেঁটে চলে এল এপারে। পায়ের পাতাটাও ভেজেনি।

উঠে এসে লোকটা বড় বড় দাঁত বের করে হেসে বলল, "কি খোকা, ভয় পেয়েছ?"

বুরুন একটু অবাক হয়ে বলে, "ভয়? না, ভয় পাব কেন?"

"পাওনি?" এবার লোকটাই অবাক।

"না, ভয় পাওয়ার কী আছে? আমি শুধু সায়েন্সের কথা ভাবছিলাম, মনে হল সায়েন্স এখনও অনেক কথা জানে না।"

"তা বটে।" বলে লোকটা একটু হেসে লোকে যেমন টুপি খোলে, ঠিক সেভাবে

নিজের মাথাটা ঘাড় থেকে তুলে এনে হাতে নিয়ে একটু ঝেড়েঝুড়ে পরিষ্কার করল চাঁদির জায়গাটা, তারপর মুণ্ডুটা আবার যথাস্থানে লাগিয়ে বলল, "মাথায় খুব উকুন হয়েছে কিনা, তাই চুলকোচ্ছে।"

"ও।" বুরুন বলে।

লোকটা বিরক্ত হয়ে বলে, "কী ব্যাপার তোমার বলো তো! এবারও যে বড় ভয় পেলে না?"

বুরুন কাঁধ ঝাঁকিয়ে বলল, "আপনার মাথায় উকুন হয়েছে আর চুলকোচ্ছে বলে আমার ভয় পাওয়ার কী?"

লোকটা রেগে গিয়ে বলে, "তুমি ভাবছ আমি তোমার সঙ্গে ইয়ার্কি করছি?"

"তা ভাবব কেন?"

লোকটা কটমট করে খানিক বুরুনকে দেখে নিয়ে বলে, "ভাবছ ম্যাজিক করছি?"

"হতে পারে।"

লোকটা হঠাৎ ডান হাতটা ওপর দিকে তুলল। বুরুন দেখল, হাতটা লম্বা হয়ে একটা চালতা গাছের মগডালে চলে গেছে। পরমুহূর্তে একটা পাকা চালতা পেড়ে এনে লোকটা সেটা বুরুনের সামনে ফেলে দিয়ে বলল, "দেখলে?"

বুরুন বিরক্ত হয়ে বলে, "না দেখার কী? চোখের সামনেই তো পাড়লেন।"

লোকটা ধমকে উঠে বলে, "তবে ভয় পাচ্ছ না যে!"

"ভয় না-পেলে কী করব?" এই বলে বুরুন থোকা থেকে কয়েকটা কুল ছিঁড়ে মুখে ফেলল।

লোকটা ভারী আঁশটে মুখ করে বলে, "লজ্জা করছে না কুল খেতে? চোখের সামনে জলজ্যান্ত আমাকে দেখতে পেয়েও নিশ্চিন্ত মনে কুল খাওয়া হচ্ছে? আরও দেখবে? অ্যাঁ!"

বলে লোকটা হঠাৎ ডান হাত দিয়ে নিজের বাঁ হাতটা খুলে নিয়ে চারদিকে তলোয়ারের মতো ঘোরাতে লাগল; তারপর বাঁ হাত দিয়ে ডান হাত খুলে নিল। দুটো পা দুহাতে খুলে নিয়ে দেখাল। তারপর একবার অদৃশ্য হয়ে ফের হাজির হল। তেরো-চোদ্দো ফুট লম্বা হয়ে গেল, আবার হোমিওপ্যাথির শিশির মতো ছোট্ট হয়ে গেল। এসব করে হাঁফাতে হাঁফাতে আবার আগের মতো হয়ে সামনে দাঁড়িয়ে বলল, "দেখলে?"

"হুঁ!"

"হুঁ মানে? এসব দেখার পরও মূর্ছা যাচ্ছ না যে! দৌড়ে পালাচ্ছ না যে! দাঁড়িয়ে দাঁড়িয়ে কুল খেয়ে যাচ্ছ যে বড়! আমি কে জানো?"

"কে?"

"আমি গোঁসাই ডাকাতের বড় স্যাঙাৎ নিধিরাম। দুশো বছর ধরে এখানে আছি, বুঝলে? দুশো বছর।"

"বুঝলাম।"

"কী বুঝলে?"

বুরুন বিরক্ত হয়ে বলে, "এসব তো সোজা কথা। বোঝাবুঝির কী আছে! আপনি দুশো বছর ধরে এখানে আছেন।"

লোকটা একটু গম্ভীর হয়ে বলে, "তুমি বাপু তলিয়ে বুঝছ না। দুশো বছর কি কোনও মানুষ বেঁচে থাকে, বলো!"

"তা থাকে না।"

"তবে আমি আছি কী করে?"

"থাকলে আমি কী করব?"

লোকটা রেগে উঠে বলে, "তবু তুমি তলিয়ে বুঝছ না কিন্তু। আমি আসলে বেঁচে নেই।"

বুরুন আর-একটা কুল মুখে দিয়ে বলে, "তাতে আমার কী?"

"ওঃ, খুবই চ্যাটাং চ্যাটাং কথা বলছ যে! ভূতকে ভয় পাও না, কেমনতরো বেয়াদব ছেলে হে তুমি!"

বুরুন বলল, "ভয় লাগছে না যে।"

এই কথা শুনে লোকটার চোয়াড়ে মুখটা ভারী করুণ হয়ে গেল। অসহায়ভাবে ছলছলে চোখে চেয়ে রইল বুরুনের দিকে। ফোঁত করে একটা নিশ্বাস ফেলে বলল, "একটুও ভয় লাগছে না?"

"না।"

নিধিরাম হাতের পিঠে চোখের জল মুছল বোধহয়। মনের দুঃখে তার নাকের ডগা কাঁপছিল। চোখ মুছে ধরা গলায় বলল, "তুমি আমাকে বড় মুশকিলে ফেললে দেখছি। এখন নিজেদের সমাজে আমি মুখ দেখাব কেমন করে বলো তো! গোঁসাই সর্দার শুনলে আমার গর্দান যাবে।"

বুরুন একটা ফুঃ শব্দ করে বলে, "আপনার আবার গর্দান যাওয়ার ভয়! মুণ্ডুটা তো একটু আগে ফুটবলের মতো হাতে ধরে রেখেছিলেন।"

লোকটা দুঃখের সঙ্গে বলে, "আমাদের নিয়ম অন্যরকম। কেউ যদি কোনও দোষ করে, তা হলে গোঁসাইবাবা তার মুণ্ডু কেড়ে রেখে দেন। তোমরা বলো 'লজ্জায় মাথা কাটা গেল'; সে হল কথার কথা। আসলে তো আর মাথা কাটা যায় না। কিন্তু আমাদের সত্যি-সত্যিই মাথা কাটা যায়। আমাদের সমাজে সে বড় লজ্জার ব্যাপার।

তুমি কি একটু চেষ্টা করে দেখবে নাকি খোকা, যদি একটু ভয়-টয় করতে পারো!"

বুরুন বলল, "না, সে হওয়ার নয়! আজ আমার মনটা ভাল নেই। মেজাজ খারাপ থাকলে আমার ভয়ডর থাকে না।"

লোকটা খুব আশান্বিত হয়ে বলে, "কেন, কেন, তোমার মন খারাপ কেন বলো তো! আমি তোমার মন-মেজাজ ভাল করবার জন্যে যা করতে বলবে তা-ই করব। কিন্তু কথা দিতে হবে যে, আমাকে একটু ভয় করবে।"

বুরুন নিশ্বাস ছেড়ে বলল, "সে হওয়ার নয়। আমি অঙ্কে তেরো পেয়েছি।"

লোকটা এক গাল হেসে বলে, "এই কথা। তা আমি তোমাকে সব অঙ্ক শিখিয়ে দেব। নয়তো পরীক্ষার সময় অদৃশ্য হয়ে গিয়ে তোমার অঙ্ক কষে দিয়ে আসব। তা হলে এবার একটু ভয় খাও, অ্যাঁ! লক্ষ্মী সোনা ছেলে!"

বুরুন আবার গুটি চারেক কুল মুখে দিয়ে বলে, "ভূতের কাছে কেউ অঙ্ক শেখে? আমি আঁক শিখব করালী স্যারের কাছে।"

লোকটা খুব ভাবিত হয়ে বলে, "তাই তো! বড় বিপদ দেখছি। তোমার মন-মেজাজ ভাল করতে না-পারলে তো তুমি কিছুতেই ভয় পাবে না তা হলে। শোনো খোকা, আমি কিন্তু আরও কাণ্ড জানি। এক্ষুনি এমন মন্ত্র বলব যে শোঁ শোঁ করে ঝড় এসে যাবে, বিড়বিড়িয়ে শিলাবৃষ্টি পড়বে, কিংবা চাও তো দিনের আলোয় ঘোর অমাবস্যার অন্ধকার নামিয়ে আনতে পারি। সেই অন্ধকারে কঙ্কাল আর কবন্ধরা চারিদিকে ধেই ধেই করে নাচবে।"

বুরুন অবহেলাভরে বলে, "যা খুশি করুন না, বারণ করছে কে?"

"তবু ভয় পাবে না?"

"না।"

লোকটা মাথায় হাত দিয়ে মাটিতে বসে চোখের জল মুছতে মুছতে আপন মনে বলতে থাকে, "গোঁসাই-বাবা আমাকে নীচের পোস্টে নামিয়ে দেবে, মাথা কেড়ে রেখে দেবে, কেউ আমাকে আর ভক্তি-শ্রদ্ধা করবে না।"

চারদিকে গাছ-গাছালি থেকে অশরীরীরা এতক্ষণ চুপচাপ কাণ্ড-কারখানা দেখছিল। এবার সবাই সুর করে বলে উঠল, "নিধিরাম দুয়ো! নিধিরাম দুয়ো! নিধিরাম দুয়ো!"

বুরুন ভারী বিরক্ত বোধ করে। এ জায়গাটাকে সে নিরিবিলি আর নির্জন বলে ভেবেছিল। এখন দেখল মোটেই তা নয়! চারদিকে খুব হতাশভাবে তাকিয়ে সে আবার একটা শিশুগাছে উঠে ডাল বেয়ে বেয়ে ফিরে যেতে লাগল।

মেজাজটা আজ তার সত্যিই খারাপ।

সন্ধের পর বুরুনের দাদু রাম কবিরাজ তাঁর দোকান-ঘরে বসে আছেন। হাড়-কাঁপানো শীত পড়েছে এবার। সূর্য ডোবার পর আর রাস্তায় বড় একটা লোক-চলাচল নেই। বাজারও অর্ধেক বন্ধ। খদ্দেরের আনাগোনা খুবই কম। শুধু কবিরাজমশাইয়ের দোকানে নিত্যকার আড্ডাধারীরা এসেছে।

আড্ডাধারীরা সবাই বুড়ো-সুড়ো মানুষ। গায়ে আলোয়ান, মাথায় বাঁদুরে টুপি, গলায় কমফর্টার, পায়ে মোজা চাপিয়ে সব ঝুব্বুস হয়ে বসে আছেন। টেবিলের ওপর একটা লম্ফ জ্বলছে।

রাম কবিরাজ বললেন, "আমার নাতি বুরুন এবার অঙ্কে তেরো পেয়েছে, জানো তো সবাই!"

সবাই একবাক্যে বলে ওঠে, "হ্যাঁ হ্যাঁ, খুব জানি।"

রামবাবু দাঁত খিঁচিয়ে বলে উঠলেন, "তা আর জানবে না! ছেলের বাপ যে সারা শহরে ঢোল সহরত করে সেকথা লোককে জানিয়েছে। কিন্তু আমি বলি বাপু, অঙ্কে তেরো পেলে কী এমন মহাভারত অশুদ্ধ হয়! যারা বিদ্বান বুদ্ধিমান, তাদের অবস্থা তো দেখছি। এই ধরো না কেন, আমার ছেলে ভেলু তো সোনার মেডেল পেয়ে পাশ করা ডাক্তার, নামডাকও খুব। কিন্তু এখনও রুগির নাড়ি ধরে বলে দিতে পারবে না, রুগির পেটের ব্যামো না বুকের ব্যথা, রুগি রাগী না বেকুব। সেসব বোঝা কি সোজা কথা! তবু গলায় নল ঝুলিয়ে হাতে ছুঁচ বাগিয়ে মানুষ মেরে বেড়াচ্ছে। আমি বলে দিচ্ছি, নাতিকে কবিরাজি শেখাব। অঙ্কে তেরো পেয়েছে তো কুছ পরোয়া নেই, অবিদ্যা শেখার চেয়ে মুখ্যু থাকা ভাল।"

সবাই সায় দিয়ে ওঠেন, "তা বটে! তা বটে!"

সায় না-দিয়ে উপায়ও নেই। রাম কবিরাজকে সবাই ভয় পায়। ভারী সৎ, তেজি আর আদর্শবাদী লোক।

রাম কবিরাজ নাতির পক্ষ হয়ে আরও কী বলতে যাচ্ছিলেন, ঠিক এই সময়ে রিটায়ার্ড সাব জজ ধীরেন চাটুজ্যে হাতে ছাতা নিয়ে ঘরে ঢুকলেন।

ছাতা দেখে সবাই অবাক।

মহিমবাবু বলে উঠলেন, "ধীরেন যে আজ বড় ছত্রপতি সেজে এসেছ। বাইরে বৃষ্টি-বাদলা হচ্ছে নাকি?"

ধীরেনবাবু হাঁফ ছেড়ে বললেন, "আরে না। ছাতাটা একটা অস্ত্রবল।"

"অস্ত্রবল? কীসের অস্ত্রবল হে? অস্ত্রের কথা ওঠে কেন?"

"ওঠে, ওঠে।" বলে ধীরেনবাবু একটা ফাঁকা চেয়ারে বসে গলাবন্ধ কোটের

ওপরের কয়েকটা বোতাম খুলতে খুলতে বললেন, "দিনকাল ভাল নয় হে। এই গঞ্জে যে বাঘ বেরিয়েছে, সে-খবর রাখো?"

"বাঘ!"

"বাঘ!"

"বাঘ!"

সকলের একবাক্যে প্রশ্ন।

ধীরেনবাবু বললেন, "গল্প শুনেছিলাম, এক সাহেব ছাতা হাতে জঙ্গলের ধারে বেড়াতে গিয়ে বাঘের মুখোমুখি পড়ে যায়। বুদ্ধি করে তখন সাহেবটা বাঘের মুখের সামনে পটাং করে ছাতাটা খুলে ধরতেই বাঘ ভয় পেয়ে পালিয়ে যায়। তাই ছাতাটা নিয়ে বেরিয়েছি আজ।"

রাম কবিরাজ ধমক দিয়ে বললেন, "ধানাই-পানাই ছেড়ে আসল কথাটা বলবে তো! বলি বাঘ কোথায়?"

"আর বলো কেন! বিকেলের দিকে একটু হায়পাথার চা-বাগানের দিকে নিরালা মাঠের ধারে বেড়াতে গিয়েছিলাম আজ। সঙ্গে নাতি। তা হঠাৎ নাতি বায়না ধরল, কুকুরের বাচ্চা নেবে। চেয়ে দেখি মাঠের মধ্যে চার-পাঁচটা কুকুরছানা খেলা করছে। নাতির বায়নায় অবশেষে কুকুরছানা ধরতে মাঠে নামতে হল। কিন্তু কাছে গিয়ে দেখি, ও বাবা! কুকুরছানা কোথায়! চার-পাঁচটা বাঘের বাচ্চা এ ওর গায়ে লাফিয়ে লাফিয়ে দিব্যি খেলছে!"

"ঠিক দেখেছ যে সেগুলো বাঘের বাচ্চা?"

ধীরেনবাবু দৃঢ় স্বরে বললেন, "একেবারে রায়বাঘা। চিতা বা গেছো বাঘ নয়, গায়ে-ডোরা-কাটা দক্ষিণ রায়। সেই দেখে তো আমি নাতিকে পাঁজাকোলে নিয়ে দে ছুট, দে ছুট। বাঘের বাচ্চা যখন দেখা গেছে, তখন মা-বাঘ বা বাবা-বাঘও কাছেপিঠেই আছে। সবাই খুব সাবধানে থেকো হে!"

হেমবাবু উঠে জুতো পরতে পরতে বললেন, "আমি বরং রওনা দিই। দিগিন আমাকে একটু এগিয়ে দিয়ে আসুক।"

বাকি সবাইও উসখুস করতে থাকেন। উপেনবাবু আপন মনে 'রাম রাম' করছিলেন শুনে শশধরবাবু তাঁর ভুল ধরিয়ে দিয়ে বললেন, "ও তো ভূতের মন্ত্র! বাঘ কি আর রাম-নাম শুনে পালায়?"

"তবে?" উপেনবাবু জিজ্ঞেস করেন।

রামবাবুর ভয়ডর নেই। নিশ্চিন্ত মনে বললেন, "তা বাঘের নামে ভয় পেলে চলবে কেন। উত্তরবাংলার এসব অঞ্চলে তো বাঘ বেরোবেই। গত বছরও বেরিয়েছিল। তবে শহরের মাঝখানে আসে না।"

সবাই বলে ওঠে, "তা বটে! তবে কিনা—"

আড্ডাধারীরা আজ আর বেশিক্ষণ বসলেন না। চক্ষুলজ্জায় খানিকক্ষণ বসে থেকে, সব দল বেঁধে উঠে পড়লেন। গেলেন না শুধু মন্মথবাবু।

রামবাবুর ভয়ডর নেই। সবাই চলে যাওয়ার পরেও নিশ্চিন্ত মনে বসে রইলেন। রুগি-টুগি বড়-একটা কবিরাজের কাছে আসতে চায় না। তারা মরতে মরতে গিয়ে ভিড় করে তাঁর ছেলে ভেলুর চেম্বারে। তবু রাম কবিরাজ ধৈর্য ধরে বসে থাকেন। সত্তরের ওপর বয়স হল, তবু এখনও তিনি ভবিষ্যৎ সম্পর্কে ভয়ংকর আশাবাদী।

মন্মথবাবু একটা দীর্ঘশ্বাস ছেড়ে বলেন, "আর যাওয়া! বাঘের ভয় করি না হে! এখন তার চেয়ে অনেক বড় বিপদ ঘনিয়ে আসছে।"

"কীরকম?"

"হাবু গুণ্ডার কথা তোমার মনে আছে?"

কবিরাজমশাই বললেন, "খুব আছে, খুব আছে। হাবুর মামলায় তুমি হাকিম ছিলে, আমি সাক্ষী দিয়েছিলাম। বারো-চোদ্দো বছর আগেকার কথা, মনে থাকবে না কেন?"

মন্মথবাবু আর একটা দীর্ঘশ্বাস ছেড়ে বললেন, "আমি হাবুকে যাবজ্জীবন কয়েদের রায় দিয়েছিলাম।"

"তাও জানি। খুব ভাল কাজ করেছিলে। হাবুর মতো বদমাশ দুটো হয় না। কত যে খুন করেছে এ মহকুমায়, তার ঠিক নেই।"

মন্মথবাবু চিন্তিত সুরে বলেন, "সে ঠিক। কিন্তু জেল হওয়ার পর নাকি হাবু রোজ সকালে গীতা পাঠ করত, সন্ধ্যা-আহ্নিক করত, একাদশী-পূর্ণিমায় উপোস দিত। জেলখানায় তার চরিত্রের খুব সুনাম হয়, সবাই তাকে সাধুবাবা বলে ডাকত। এমনকী, পুলিশ জেলার পর্যন্ত সবাই তাকে সম্মানও করতে শুরু করে।"

"সেও কানাঘুষোয় শুনেছি।"

মন্মথবাবু আর-একটা দীর্ঘশ্বাস ছেড়ে বললেন, "কিন্তু সব ভাল যার শেষ ভাল।"

"তার মানে?"

"এই দেখ না!"

বলে মন্মথবাবু তাঁর চাদরের তলায় হাত দিয়ে পাঞ্জাবির বুক পকেট থেকে একটা খাম বের করে কবিরাজ মশাইয়ের হাতে দিলেন।

রামবাবু ভ্রূ কুঁচকে চিঠিটা পড়তে লাগলেন। "শ্রীশ্রীকালীমাতা সহায়। মাননীয় মহাশয়, পত্রে আমার নমস্কার জানিবেন। বিধিমতো আপনার বরাবর নিবেদন করিতেছি যে, আমাদের পরম মাননীয় হাবু ওস্তাদ আগামী দোলের আগের দিন

খালাস পাইতেছেন। হাবু ওস্তাদের প্রতি আপনি যে নিষ্ঠুর সাজার বিধান দিয়াছিলেন, তাহা আমরা ভুলি নাই। শ্রীশ্রীকালীমাতার নামে শপথ করিতেছি, হাবু ওস্তাদ খালাস হইবার সাত দিনের মধ্যে আমরা চরম প্রতিশোধ লইব। প্রস্তুত থাকিবেন। ইতি হাবু ওস্তাদের ভক্তবৃন্দ।"

চিঠি পড়া শেষ করে কবিরাজমশাই বলেন, "কবে পেলে চিঠিটা?"

"আজকের ডাকেই এল।"

রাম কবিরাজ একটু নিশ্চিন্তের হাসি হেসে বললেন, "ভয় পেয়েছ নাকি?"

মন্মথবাবু উদাস স্বরে বলেন, "ভয়ের আর কী! বুড়ো হয়েছি, এখন মরার ভয় বড় একটা নেই। তবে কিনা এ লোকগুলো তো ভাল নয়। এদের হাতে যদি অপঘাতে প্রাণ দিতে হয়, তবে আর পরকালে গতি হবে না।"

রাম কবিরাজ হাঃ হাঃ করে ভরাট গলায় হেসে বললেন, "গতি হবে না তো হবে না, দুজনে অপঘাতে মরে না হয় গিয়ে গোঁসাইবাগানে ভূত হয়ে থাকব আর দেদার আড্ডা মারব। গোঁসাইবাগান জায়গাও ভাল, ভারী নিরিবিলি, লোক চলাচল নেই, সেখানে গাছ-গাছড়াও প্রচুর। ভূতদের রোগ-ভোগ সারাতে গাছ-গাছড়া তুলে ওষুধ বানাব মনের আনন্দে। প্র্যাকটিস ভালই জমবে। তুমিও গিয়ে হাকিমি করতে পারবে।"

যেই রাম কবিরাজ এ কথা বলেছেন, অমনি দোকানঘরের মধ্যে যেন ছোট্ট একটা ঘূর্ণিঝড় খেলে গেল। শিশি-বোতলগুলো নড়ে উঠল খটাখট করে।

রাম কবিরাজ একটু অবাক হয়ে চারদিকে চেয়ে দেখলেন। মন্মথবাবুও সচকিত হয়ে বললেন, "ঝড় ছাড়ল নাকি?"

রামবাবু মাথা নেড়ে বললেন, "আরে না! শীতকালে ঝড় আসবে কোত্থেকে? বোধ হয় উত্তুরে বাতাসের একটা ঝাপটা এল।"

মন্মথবাবু আরও খানিকক্ষণ বসে থেকে বলেন, "রাত হল হে! এবার উঠি।"

"বোসো। তামাক সাজি।"

মন্মথবাবু বসেন। রাম কবিরাজ উঠে দোকানঘরের পিছনে ছোট্ট কুঠুরিতে তামাক সাজতে বসেন। কলকে সাজিয়ে ফুঁ দিতে দিতে সামনের দোকানঘরে এসে গড়গড়ার মাথায় বসিয়ে নলটা বাড়িয়ে দিয়ে বললেন, "নাও হে।"

তারপর অবাক হয়ে দেখেন গড়গড়ার নল যার দিকে বাড়িয়ে ধরেছেন, সেই লোকটাই নেই!

"গেল কোথায় মন্মথ?" আপনমনে এই কথা বলে রাম কবিরাজ চেয়ারে বসে অন্যমনে তামাক খেতে লাগলেন। চারদিকটা খুব নিঃঝুম হয়ে এসেছে। বাজারের

দোকানপাট সবই প্রায় ঝাঁপ ফেলে দিয়েছে। ছোট গঞ্জ-শহরে এমনিতেই লোক কম, তার ওপর বেজায় শীতের রাত্রি। খামোখা লোকে ঘরের বাইরে থাকতে চায় না।

রাম কবিরাজের অবশ্য শীত, বাঘ, ভূত— কাউকেই ভয় নেই। বুড়ো হলেও ভারী ডাকাবুকো লোক। বসে বসে রামবাবু হাবু গুণ্ডার কথা ভাবছিলেন।

রাম কবিরাজ হাবুর সবকিছুই জানেন। এই গঞ্জে তাকে শিশুবেলা থেকে বড় হতে দেখেছেন। দাসু রায়ের বড় আদরের একমাত্র ছেলে ছিল হাবু। বাবা-মার অত্যধিক আদর আর প্রশ্রয় পেয়ে অল্প বয়স থেকে বিগড়ে যায়। ইস্কুল পালিয়ে গোঁসাইবাগানে গিয়ে বখা ছেলেদের সঙ্গে বিড়ি ফুঁকত। তাই দেখে একদিন রামবাবু গিয়ে দাসু রায়কে বলেছিলেন, "ছেলেটার দিকে নজর দাও হে দাসু! বিড়ি ফুঁকতে শিখেছে যে!" দাসু কিন্তু পুত্রস্নেহে অন্ধ। খেঁকিয়ে উঠে বলল, "যাও, যাও, নিজের কাজ করো গে যাও। আমার ছেলে তেমন নয় মোটেই। লোকে হিংসে করে যা-তা রটিয়ে বেড়াচ্ছে।"

একমাত্র ছেলে বলে হাবুর কোনও অভাব রাখত না দাসু। মাসে মাসে ওইটুকু ছেলেকে দশ-পনেরো টাকা করে হাতখরচ পর্যন্ত দিত। সেই টাকা পেয়ে হাবু আরও বিগড়োতে থাকে। ঘুড়ি, লাটাই, লাট্টু, লজেন্স দেদার কিনেও টাকা ফুরোত না। প্রায়ই বখাটে বন্ধুদের সঙ্গে ফিস্টি করত, যাত্রা-সিনেমা দেখে বেড়াত। খুব ফুর্তিবাজ হয়ে গেল অল্প বয়সেই, ক্লাসের পরীক্ষায় গোল্লা পেয়ে বাসায় ফিরে কাঁদতে বসত। সেটা অবশ্য মায়াকান্না। ছেলের চোখে জল দেখে তার বাবা-মা এসে হাবুকে পারলে কোলে তুলে সান্ত্বনা দেয়। দাসু বলে বেড়াত, "আমার ছেলের মতো বুদ্ধিমান ছেলে দুটো নেই। কিন্তু পড়তে বসলেই তার চোখ ব্যথা করে। ভাবছি চোখের ডাক্তার দেখাব। সামনের বছর হাবু ক্লাসে ফার্স্ট হবে।"

দাসু যে খুব বাড়িয়ে বলত তা নয়, বাস্তবিক হাবু খুবই বুদ্ধিমান ছেলে ছিল। বখাটে হয়ে যাওয়ার আগে পর্যন্ত সে স্কুলে ফার্স্টও হয়েছে।

যাই হোক, হাবুর যখন মোটে চোদ্দো বছর বয়স, তখন সে বাপের সিন্দুক থেকে প্রায় হাজার পাঁচেক টাকা আর মায়ের গয়না চুরি করে উধাও হয়ে যায়। সেই শোকে দাসু আর বেশি দিন বাঁচল না, হাবুর মাও বছর দুই বাদে চোখে ওলটায়। তার বেশ কয়েক বছর পর একদল ষণ্ডা-গুণ্ডা চেহারার সাঙ্গোপাঙ্গ নিয়ে হাবু এসে গোঁসাইবাগানে থানা গাড়ল। তার তখন পেল্লায় চেহারা হয়েছে, চোখদুটো সবসময় রক্তবর্ণ, কাউকে গ্রাহ্য করে না। একে মারে, তাকে ধরে, তারটা কেড়ে নেয়। তারপর গঞ্জে এবং আশপাশের এলাকায় খুব চুরি-ডাকাতি আর খুন-খারাবি শুরু হয়ে গেল। সে এক দুঃস্বপ্ন। কোনও লোক নিশ্চিন্তে রাস্তায় বেরোতে পারে না। সন্ধের পর

রাস্তাঘাট নিঃঝুম হয়ে যায়। বাড়িতে থেকেও লোকের প্রাণ ধুকপুক করত।

হাবু নাকি মেলা মন্ত্রতন্ত্র শিখে এসেছে। গোঁসাইবাগানের কুঠিবাড়িতে সে নানারকম সাধনা করে বলে গুজব রটে গেল। অনেকের মুখে রাম কবিরাজ শুনেছেন যে, সন্ধেবেলা হাবুকে নাকি কখনও কখনও একটা প্রকাণ্ড বাঘের পিঠে চড়ে বেড়াতে দেখা গেছে। একজন বলল, সে স্বচক্ষে হাবুকে উড়ে বেড়াতে দেখেছে।

তখন গঞ্জের দারোগা ছিলেন নিশিকান্ত। নিশি দারোগা এক সময়ে খুব দাপটের লোক ছিলেন। কিন্তু তখন তাঁর বয়স হয়েছে, রিটায়ার করতে যাচ্ছেন, তাই তিনি আর বেশি ঝুট ঝামেলায় যেতেন না। হাবুর অত্যাচারে অতিষ্ঠ হয়েও লোকে ভয়ে থানায় গিয়ে নালিশ করত না। সে সময়ে রাম কবিরাজই উদ্যোগী হয়ে গিয়ে নিশি দারোগাকে বুঝিয়ে-সুঝিয়ে হাবুর বিরুদ্ধে ব্যবস্থা নিতে রাজি করিয়েছিলেন।

দিন দুই-তিন পরে নিশি দারোগা একদিন রামবাবুর দোকানে এসে হ্যাট খুলে হাঁফ ছেড়ে বললেন, "ওঃ মশাই, কী লোককেই ধরতে পাঠিয়েছিলেন! নাজেহাল করে ছেড়েছে।"

"কীরকম?" বলে রাম কবিরাজ নড়ে বসলেন।

"আর বলবেন না। গোঁসাইবাগানে গিয়ে পুরো বাড়িটা ঘেরাও করে রেইড করেছিলাম। তখন হাবু আর তার দলবল বাড়ির ভিতরেই ছিল। কিন্তু বাড়িতে ঢুকে দেখলাম সব ভোঁ-ভাঁ, কেউ কোথাও নেই।"

"সে কি?"

"তবে আর বলছি কী? চোখের সামনে অতগুলো লোক একেবারে গায়েব হয়ে গেল মশাই! বাইরে থেকে জানালা দিয়ে স্বচক্ষে দেখেছি, হাবুকে ঘিরে দশ-বারোটা লোক বসে গাঁজা টানছে। ভাল করে বাড়িটা ঘিরে বাঁশি ফুঁকে রিভলবার-বন্দুক বাগিয়ে হুড়মুড় করে ঢুকে পড়ে চেঁচিয়ে বললাম, 'হাবু, সারেন্ডার কর শিগগির!' কিন্তু কাকে বলা? ঘরে হাবু আর তার স্যাঙাতদের চিহ্নও নেই। গুপ্ত কুঠুরি বা সুড়ঙ্গ আছে কিনা অনেক খুঁজে দেখলাম, কিন্তু কিছু পাওয়া গেল না। একেবারে তাজ্জব ব্যাপার।"

শুনে রাম কবিরাজ ঘন ঘন তামাকের নলে টান দিয়েছিলেন সেদিন। কপালে চিন্তার ভাঁজ পড়েছিল।

সেই থেকে হাবু গুণ্ডার নামে সম্ভব-অসম্ভব আরও সব গুজব রটতে লাগল। হাবু নাকি ভূত পোষে, মন্ত্রের জোরে অদৃশ্য হয়ে যেতে পারে, যে-কোনও মানুষকে চোখের দৃষ্টি দিয়ে হাওয়া করে দিতে পারে। হাবুর ভয়ে তখন সবাই থরহরি কম্প।

রাম কবিরাজ মন্ত্র-তন্ত্র বা ভূতপ্রেত মানেন। কিন্তু এসব বুজরুকিতে তাঁর বিশ্বাস

নেই। তিনি জানেন, খারাপ লোক যতই মন্ত্রতন্ত্র জানুক আর যতই ক্ষমতাবান হোক, শুভবোধ এবং মঙ্গলের দ্বারা তাদের পতন ঘটবেই।

সেই থেকে রাম কবিরাজ নানা মতলব ভেঁজেছেন। হাবু অবশ্য রাম কবিরাজের এসব মতলব টের পায়নি। পেলে এসে হামলা করত।

নিশি দারোগা রিটায়ার করে চলে গেলে সে জায়গায় এক অল্পবয়সি এবং খুব তেজি দারোগা এল। তার নাম অয়স্কান্ত। মহা কাজের মানুষ।

সে গঞ্জে পা দিয়েই হাবু গুণ্ডার কথা শুনেছে। হাবু তখন সদ্য হরিহরপুরের জমিদারবাড়ি লুট, একটা ব্যাঙ্ক ডাকাতি আর দুটো বড় ধরনের চুরি করেছে। তা ছাড়া খুন-জখম তো ছিলই। কিন্তু কেউ তার নামে নালিশ করতে যায় না ভয়ে। তার ওপর হাবুর বদনাম হওয়ার বদলে তার বেশ সুনামই হচ্ছিল। তার অলৌকিক ক্ষমতা, তার সাহস আর তার নামে প্রচলিত গালগল্প শুনে অনেকেই হাবুকে মনে মনে পুজো করত। বাচ্চা-বাচ্চা ছেলেরা তখন নিজেদের মধ্যে 'হাবু-হাবু' খেলে। একটু বড় বয়সের ছেলে-ছোকরারা অনেকেই তখন হাবুর দলে ভিড়বার জন্য গোঁসাইবাগানের কাছে গিয়ে ঘুরঘুর করে।

রাম কবিরাজ এবং তাঁর মতো আর যাঁরা সৎ আর স্বাভাবিক মানুষ ছিলেন, তাঁরা দেখলেন, সমূহ সর্বনাশ! এরপর হাবুর খ্যাতি এত বেড়ে যাবে যে, পুলিশও তাকে ধরতে সাহস করবে না। অধর্মেরই জয় হয়ে যাবে। হাবুরও অহংকার আর বেয়াদপি খুব বেড়ে গেছে। সে রাজা-বাদশার মতো চলাফেরা করে। রাস্তার লোক তাকে দেখলে পথ ছেড়ে দাঁড়ায়, বাজার-হাটে লোকে তাকে নমস্কার করে, একটু কথা বলতে পারলে বর্তে যায়।

অয়স্কান্তও কিন্তু খুব অহংকারী লোক। সে জানত, মফস্বল শহরে দারোগার ওপর আর কেউ নেই। সবাই বরাবর দারোগাকেই খাতির করে এসেছে। তাই হাবুর এত খাতির অয়স্কান্ত সহ্য করবে কেন? ব্যাপারটা তার সম্মানে খুব ঘা দিল।

তা, অয়স্কান্ত যখন হাবুকে জব্দ করার নানারকম ফন্দিফিকির আঁটছে, তখন একদিন এক অবাক কাণ্ড।

অয়স্কান্ত সন্ধেবেলায় তার কোয়ার্টারের বারান্দায় একা বসে বসে পূর্ণিমা দেখছে। এমন সময় রাস্তা থেকে ডোরাকাটা একটা প্রকাণ্ড বাঘ হেলতে-দুলতে ফটক পেরিয়ে সোজা উঠে এল। বাঘের পিঠে হাবু।

অয়স্কান্ত যদিও সাহসী লোক, কিন্তু সেই দৃশ্য দেখে তারও প্রাণ উড়ু-উড়ু।

হাবুর বাঘ দুর্গন্ধ ছাড়তে ছাড়তে এসে নোংরা মুখে অয়স্কান্তর গা শুঁকল, গাল চেটে দিল। গর-গর করে আদর জানাল।

হাবু অয়স্কান্তকে বলল, "দ্যাখো দারোগাবাবু, আমার সঙ্গে টক্কর দিতে চাইলে কিন্তু জান কবুল করে কাজে নামতে হবে। এ তো কেবল বাঘ দেখছ, আমার হাতিকে তো এখনও দেখনি! তা ছাড়া আর যারা আছে তারা আরও ভয়ের সামগ্রী। কাঁচাখেগো অপদেবতা সব। চাকরি করতে এসেছ, চোখ বুজে চাকরি করে যাবে। মাস-মাইনে পেয়ে খাবে-দাবে ফুর্তি করবে, কেউ কিছু বলবে না। যদি কাজ দেখাতে চাও তবে কিন্তু বিপদের জন্য তৈরি থেকো।"

ফুটফুটে জ্যোৎস্নায় স্পষ্ট বাঘের গায়ের ডোরা দেখা যাচ্ছে। বিটকেল গন্ধ পাওয়া যাচ্ছে। শ্বাস গায়ে পড়ছে। অয়স্কান্তর নিজের চোখে দেখা, হাত দিয়ে ছোঁয়া ব্যাপার। কোনও ভুল নেই।

অয়স্কান্ত কথা বলতে গেল, কিন্তু গলা দিয়ে স্বর বেরোয় না। নড়তে গিয়ে দেখে হাত-পা আড়ষ্ট।

হাবু মুচকি হেসে বাঘটাকে সরিয়ে নিয়ে বলল, "আমি হলাম এ তল্লাটের রাজা বলো রাজা, সর্দার বলো সর্দার, ভগবান বলো ভগবান। সবাই আমাকে একবাক্যে মানে। এরপর থেকে তুমিও মেনো।"

সেই রাতেই অয়স্কান্ত উদ্‌ভ্রান্তের মতো এসে রাম কবিরাজের কাছে হাজির। বলে, "কবিরাজমশাই, হাবু মানুষ নয়!"

সব শুনে রাম কবিরাজ ঠান্ডা মাথায় চিন্তা করলেন। তারপর একটা খুব বলকারক পাঁচন অয়স্কান্তকে খাইয়ে দিয়ে বললেন, "তুমি আগে একটু ধাতস্থ হও, তারপর অন্য কথা হবে!"

রাম কবিরাজ এমন সব আশ্চর্য পাঁচন তৈরি করতে পারেন, যা খেলে মানুষ-কে-মানুষ পর্যন্ত পালটে যায়। রাম কবিরাজের সেই পাঁচন খেয়ে অয়স্কান্তর ভোম্বল-ভোম্বল ভাবটা ঘণ্টাখানেক পর কেটে গেল। তবু সে বলতে লাগল, "না কবিরাজমশাই, মিরাকলের সঙ্গে লাগতে যাওয়া ঠিক নয়। মানুষ যত পাজি বদমাশ হোক, তাকে টিট করতে ভয় পাই না। কিন্তু হাবু তো ঠিক মানুষ নয়।"

তা, তা-ই হল। অয়স্কান্ত বদলি নিয়ে চলে গেল। এল আর-এক তেজি দারোগা গদাধর।

গদাধর খুবই মজবুত চেহারার মানুষ। এক সময়ে নামকরা কুস্তিগীর ছিল। বয়সও বেশি নয়। তার আবার একটা বিশাল জার্মান শেফার্ড কুকুর ছিল।

গদাধর আসবার পরই গঞ্জের লোক বলাবলি করতে লাগল, হাবুর বাঘের জন্য নতুন পাঁঠার আমদানি হয়েছে! ছেলেরা ছড়া কাটতে লাগল, "গদাই দারোগা, হয়ে যাবে রোগা।"

গদাধরের কানে সবই গেল। হাবুর গুণকীর্তির কথাও সে এখানে আসবার আগেই শুনে এসেছে। গঞ্জে পা দিয়ে সে খুব বেশি কেরদানি দেখানোর চেষ্টা করল না।

রাম কবিরাজের কাছে একদিন গভীর রাতে চুপি-চুপি এসে গদাই দারোগা বলল, "আমি আপনার কাছ থেকে পুরো ব্যাপারটা জানতে চাই।"

রামবাবু দীর্ঘশ্বাস ছেড়ে বললেন, "জেনে লাভ কী? কেউ কিছু করতে পারবে না। অনেকেই গঞ্জের বাস উঠিয়ে অন্য জায়গায় চলে যাচ্ছে।"

তখন গঞ্জে আবার নতুন নিয়ম চালু করেছে হাবু। তার বাঘের খোরাকি বাবদ প্রতিদিন একজন করে গৃহস্থকে পাঁঠা, ছাগল বা কুকুর দিতে হয়। বাঘেরা নাকি কুকুরের মাংস খেতে খুব ভালবাসে। সেজন্য গঞ্জে যত রাস্তার কুকুর ছিল সব লোপাট হয়ে গেছে প্রায়। ওদিকে গোঁসাইবাগানে মিস্তিরি লাগিয়ে হাবুর জন্য প্রাসাদ তৈরি হচ্ছে বলে শোনা যাচ্ছে। অর্থাৎ হাবুর তখন ভরভরন্ত অবস্থা।

গদাই দারোগা বলে, "আমি যে খুব কাজের লোক, তা বলছি না। তবে সাবধানি লোক। সব শুনে-টুনে তারপর যদি কিছু করা যায় তা দেখব। আমাকে স্পেশাল অ্যাসাইনমেন্ট নিয়ে পাঠানো হয়েছে এখানে।'

রাম কবিরাজ খুব আশ্বস্ত হলেন না। তবু সবই খোলসা করে বললেন। আর সাবধান করে দিলেন এই বলে, "দেখুন, এখানকার লোকজন কিন্তু সবাই হাবুর পক্ষে, কাজেই বিপদে পড়লে তারা আপনাকে সাহায্য করবে না।"

গদাই হেসে বলল, "বেশি লোকের সাহায্য চাই না। আপনার মতো দু-একটা পাকা মাথার লোক সাহায্য করলেই আমার হবে।"

রাম কবিরাজ বুঝলেন, গদাই দারোগা কুস্তিগীর ছিল বটে, কিন্তু তাতে বুদ্ধিটা নষ্ট হয়নি।

যাই হোক, দু-একদিনের মধ্যে হাবু গদাই দারোগার পিছনে লাগল। একদিন সকালে দেখা গেল, গদাইয়ের অতি আদরের কুকুরটা লোপাট। খোঁজ খোঁজ! অবশেষে কুকুরটার মখমলের মতো গায়ের চামড়াটা পাওয়া গেল গোঁসাইবাগানের কাছে একটা জামগাছের তলায়।

গদাই দিন-তিনেক ভাল করে খেল না, ঘুমোল না।

রাম কবিরাজ তাঁকেও একটা ভাল পাঁচন তৈরি করে পাঠিয়ে দিলেন।

গদাই দারোগার কুকুরটাকে মেরে হাবু চালে ভুল করেছিল। কুকুরটা ছিল গদাইয়ের প্রাণ। সেই কুকুরের মৃত্যুতে গদাই দারোগা হয়ে উঠল 'গদাই বিভীষিকা।'

অবশ্য কয়েকজন জানে, গদাই দারোগার সেই মারমুখো মেজাজের পিছনে কবিরাজমশাইয়ের আশ্চর্য পাঁচনের কাজও আছে। রাম কবিরাজ এমন এক দুর্লভ

গাছ-গাছড়ার পাঁচন তৈরি করে গদাধরকে খাইয়েছিলেন যে, তাতে মানুষের শরীরে যেমন দুনো বল হয়, তেমনি তার মেজাজও হয়ে ওঠে টংকার। আবার গায়ের জোর আর বদমেজাজ হলেই হয় না, ঠান্ডা মাথার কূটবুদ্ধিও খেলাতে হয়, নইলে হাবুর মতো ধুরন্ধরকে জব্দ করা সোজা নয়। তাই কবিরাজ মশাই আবার পাঁচনে এমন জিনিসও দিয়েছিলেন যে তাতে মাথা ঠান্ডা থাকে, বুদ্ধির হাওয়া-বাতাস খেলে।

কাণ্ডটা কী হয়েছিল কেউ ভাল জানে না, তবে হঠাৎ একদিন শোনা গেল যে, হাবুর পোষা বাঘটাকে পাওয়া যাচ্ছে না, চারদিকে খোঁজ খোঁজ। অবশেষে একদিন দেখা গেল থানার হাতায় গদাই দারোগার কোয়ার্টারের বাগানের বেড়ায় বাঘের চামড়াটা রোদে শুকোচ্ছে।

এই ঘটনায় গঞ্জে হইচই পড়ে গেল। সবাই ভেবে নিল, হাবুর বাঘ যখন মরেছে, তখন গদাইয়ের আর রক্ষে নেই। তার মুণ্ডু কেটে নিয়ে শিগগিরই হাবু গেণ্ডুয়া খেলবে।

বাঘ গুম হওয়ার সময়ে হাবু গঞ্জে ছিল না। বাইরে কোথাও ডাকাতি বা লুটপাট করতে গিয়েছিল। ফিরে এসে সব শুনে দুদিন গুম হয়ে রইল।

তারপর একদিন সোজা গিয়ে গদাইয়ের বাসায় হানা দিয়ে গদাইকে বলল, "তুমি মরলে কে কে কাঁদবে বলো তো?"

গদাই বিনীতভাবে বলে, "কেউ কাঁদবে না। কারণ, আমি মরব না।"

"বটে!" বলে হাবু খানিক অবাক হয়ে চেয়ে থেকে বলল, "মরবে না কেন বলো তো! তোমার কি কর্ণের মতো কবচ-কুণ্ডল আছে নাকি?"

"আমার নেই। তবে শুনেছি নাকি আপনার আছে। লোকে বলে আপনি নাকি মেলা ম্যাজিক জানেন।"

হাবু একটা শ্বাস ফেলে বলল, "বাপু, তোমার ভালর জন্যই বলছিলাম, যদি আত্মীয়স্বজন থেকে থাকে— তবে বরং ছুটি নিয়ে গিয়ে তাদের দেখে এসো গে। শেষ দেখা।"

"তার দরকার নেই।"

হাবু হেসে বলল, "দারোগা, তোমার বড্ড বাড় হয়েছে হে। সে যাকগে, বাঘটা মারলে কী করে বলো তো?"

গদাই হাই তুলে বলল, "বাঘ আমি অনেক মেরেছি। তবে আপনার বাঘকে আমি মেরেছি একথা কে বলল?"

"মারোনি?"

"তা বলছি না। বলছি, আমিই যে মেরেছি তার প্রমাণ কী?"

"তবে কি বলতে চাও আমার বাঘটা জঙ্গলে পালিয়ে গেছে? আর যাওয়ার সময় তোমাকে ভালবেসে নিজের চামড়াটা খুলে দিয়ে গেছে?"

গদাই উদাসভাবে বলল, "তাও হতে পারে!"

হাবু তখন গম্ভীর হয়ে বলে, "তা হলে খুব ভাল কথা। আমি আমার সেই চামড়া ছাড়ানো বাঘকে আবার জঙ্গল থেকে ধরে আনব। আর এলে তার গায়ে তোমার শরীরের চামড়াটা খুলে নিয়ে পরিয়ে দেব। তৈরি থেকো।"

গঞ্জের সকলেরই বিশ্বাস: হাবু যা বলে তাই করে। সুতরাং শিগগিরই গদাই দারোগার চামড়া পরানো বাঘকে এই অঞ্চলে দেখা যাবে এই আশায় সবাই চোখ-কান খোলা রেখে অপেক্ষা করতে লাগল।

এক রাতে বিকট শব্দ শোনা গেল—ঘ্যা-ড়-ড়-ড়া-ম্! সেই শব্দে মাটি কেঁপে ওঠে, বাড়িঘরের দরজা-জানলা নড়ে যায়, আর মানুষের প্রাণপাখি ধুকপুক করতে থাকে। এরকম বিকট বাঘের ডাক কেউ কখনও শোনেনি। তবে কি সত্যিই হাবুর চামড়া-ছড়ানো বাঘটা ফিরে এল নাকি?

ওদিকে গোঁসাইবাগানের পোড়ো বাড়িতে হাবু আর তার স্যাঙাতরাও চমকে উঠে বসেছে। কান পেতে শুনছে সবাই। বাঘটা খুব কাছ থেকে ডাকল যেন!

প্রথম রাতে বাঘটা সেই একবারই ডেকেছিল।

তারপর ডাকল আর এক রাতে। হাবু সেদিন ময়নাগুড়ির তামাকের কারবারি ঘনশ্যাম বাজোরিয়ার গদিতে চিঠি দিয়ে এসেছিল, একশোটি গিনি আর নগদ বিশ হাজার টাকা গোঁসাইবাগানের তেঁতুলতলায় রাত বারোটার পর পৌঁছে দিতে হবে। এ ব্যাপারে কেউ কোনও আপত্তি করে না। অনেকে তো খুশি হয়েই হাবু যা চায় তা দিয়ে দেয়। কারও কারও ধারণা, হাবুকে দিলে পুণ্য হয়। ঘনশ্যামজি অবশ্য সেই দলের লোক নন। একশো গিনি আর বিশ হাজার টাকা তো কম নয়! তবু উপায়ান্তর নেই বলে তিনি রাত বারোটা নাগাদ একটা পুরনো গাড়িতে চড়ে, ড্রাইভার আর একটা চাকরসহ তেঁতুলতলায় এসে অন্ধকারে অপেক্ষা করছেন। প্রচণ্ড শীত, মশা, আর ভয়।

রাত বারোটা বেজে পাঁচ মিনিটের সময় গহিন অন্ধকার থেকে একটা কালো মূর্তি এগিয়ে এল। ঘনশ্যামজি কাঁপতে কাঁপতে মূর্তির হাতে গিনি আর টাকার বাক্স তুলে দিলেন। ঠিক সেই সময়ে খুব কাছ থেকে সেই বিকট বাঘের ডাক শোনা গেল—ঘ্যা-ড়-ড়-ড়-ড়া-ম্!

ঘনশ্যামজি মূর্ছা গেলেন। চাকর আর ড্রাইভার পালাল। আর অন্ধকারের মধ্যে হাবু অবাক হয়ে দাঁড়িয়ে রইল। সে ভিতু মানুষ নয়, তার ওপর অনেক ক্ষমতাও সে রাখে।

তবু একেবারে কানের কাছে এ বুক-কাঁপানো ডাক শুনে কয়েক মুহূর্ত বুঝি তার ধন্দ লেগেছিল।

তারপরই টর্চ জ্বেলে সে অবাক হয়ে দেখে, একটা কাঁটাঝোপের আড়ালে প্রকাণ্ড একটা বাঘের ডোরা দেখা যাচ্ছে। আর সেই বাঘের পিঠে একটা মানুষ না? কী আশ্চর্য! বাঘের পিঠে বসে আছে স্বয়ং গদাধর দারোগা!

বাঘটা আর একবার ডেকে উঠল সেই সময়ে। অবাক ও বোকা হয়ে দাঁড়িয়ে থাকা হাবুর হাত থেকে টর্চবাতি পড়ে গেল। সেই অন্ধকারে বাঘের পিঠে চেপে গদাধর যে কোনদিকে চলে গেল তা আর ঠাহর পেল না হাবু।

সেই থেকে হাবুর হাঁকডাক যেন একটু কমল। আর আগের মতো বুক চিতিয়ে চলল না কয়েকদিন। সেই রাতের ঘটনার দুই দিন পর এক সকালে গদাইয়ের আস্তানায় গিয়ে হাজির হয়ে বলল, "কায়দা-টায়দা সবই শিখে গেছ দেখছি!"

গদাই গম্ভীর স্বরে বলল, "আপনিই শিখিয়েছেন।"

হাবু তেমন কিছু বলল না। কেবল 'আচ্ছা দেখা যাবে' গোছের কী একটু অস্পষ্ট স্বরে বলে কেটে পড়ল। সে আর গদাই দারোগার চামড়া ছাড়ানোর কথা বলত না।

এদিকে গদাই রোজ রাম কবিরাজের কাছে যায়। কবিরাজ মশাই তাকে নিয়ম করে নানা অনুপান দিয়ে হরেকরকম পাঁচন খাওয়ান। তাতে গদাইয়ের জোর বাড়ে, বুদ্ধি বাড়ে, মাথা ঠান্ডা হয়, সাহস আসে। একদিন রাম কবিরাজ বলেই ফেললেন, "বুঝলে বাবা গদাই, হাবু মনে হয় এবার এ জায়গা ছেড়ে সটকাবার তালে আছে। যদি সটকে পড়ে, তা হলে কিন্তু ওকে আর শিক্ষা দিতে পারবে না। এইবার মোক্ষম ঘা দাও।"

কথাটা মিথ্যে নয়। ক'দিন হল হাবুর মনে হচ্ছে, এ জায়গায় যথেষ্ট রোজগার করা হয়েছে। তা ছাড়া গদাই দারোগা লোকটাও তেমন সুবিধের ঠেকছে না। অন্য পাঁচটা দারোগা যেমন ভয় পেত, এ তেমন পায় না। নতুন জায়গায় গেলে রোজগারেরও সুবিধে, আর ভাবনাচিন্তাও কম করতে হবে। এই ভেবে সে স্যাঙাতদের তৈরি থাকতে হুকুম দিল। বলল, "এ জায়গাটা বড় গরম আর শুকনো হয়ে গেছে রে। তৈরি থাকিস সব, হুট করে একদিন গাঁটরি বাঁধতে হবে।"

চলে যাওয়ার আগে হাবু সবচেয়ে মোটা দাঁও মেরে যাওয়ার লোভে সতেরোটা চা বাগানের মালিক টমসন সাহেবের বাচ্চা ছেলেকে চুরি করে লুকিয়ে রাখল। সাহেবকে চিঠি লিখে জানিয়ে দিল, "এক লক্ষ টাকা আগামী অমাবস্যার রাতে আপনার বাড়ির পিছন দিকের বাগানে ঝুমকো জবাগাছের নীচে একটা পাথর চাপা দিয়ে রেখে দেবেন। নয়তো রাত ভোর হওয়ার আগেই মা কালীর সামনে বলি হিসেবে আপনার ছেলেকে উৎসর্গ করা হবে।"

সাহেবরা সহজে ভয় খায় না বটে, কিন্তু টমসন সাহেবের ব্যাপারটা অন্যরকম। মাত্র এক বছর আগে তাঁর বউ মারা গেছে। মা-হারা তিনটি সন্তানের জন্য তাঁর গভীর মায়া ছিল। তাই ছেলে চুরি যাওয়ার পর রেগে আগুন হয়েও তিনি খুব শক্ত হতে পারলেন না।

কী হয়েছিল তা সবাই সঠিক জানে না। তবে টমসন সাহেবের বাগানে জবাগাছের নীচে এক লক্ষ টাকা রাখা ছিল এবং যথাসময়ে হাবুর কোনও চেলা এসে সেটা নিয়েও যায়।

লোকে আবার অন্য কথাও বলে। বলে যে, হাবুর চেলা এসেছিল ঠিকই, তবে সে আর ফিরে যায়নি, গদাই তাকে হাত-পা বেঁধে চালান করে দিয়ে, নিজেই সেই চেলা সেজে হাবুর আস্তানায় গিয়ে ঢুকেছিল।

তারপর এক তুলকালাম কাণ্ড। মুহুর্মুহু বাঘের ডাক, বন্দুকের আওয়াজ, চিৎকার। সব লোক জেগে শুনছে।

পরদিন চাউর হয়ে গেল, হাবু বমাল ধরা পড়েছে। ধরা পড়ার আগে সে নাকি খুব এক হাত লড়েছিল গদাইয়ের সঙ্গে। হয়তো বা অন্য সময় হলে সে গদাইকে গদার মতো ঘুরিয়ে আছাড় দিত। কিন্তু রাম কবিরাজের পাঁচন খেয়ে খেয়ে তখন গদাইয়ের তেজই আলাদা।

করালী স্যারের অঙ্কের ক্লাস। ছাত্ররা এখন আর অঙ্ককে অঙ্ক বলে না, বলে ভয়াঙ্ক। ভয় আর অঙ্ক সন্ধি করে এই নতুন শব্দটা তারা বানিয়ে নিয়েছে।

তা ভয়াঙ্কই বটে। ক্লাসে যেসব অঙ্ক করানোর কথা, সেসব তো আছেই, তা ছাড়াও করালীবাবু ছাত্রদের অঙ্কে পোক্ত করে তুলবার জন্য বাইরের বই থেকে যতরকম ম্যাথামেটিক্যাল প্রবলেম নিয়ে এসে ছাত্রদের দেন।

আজ করালীবাবু ক্লাসে এসে হাসি হাসি মুখে বললেন, "মাই লিটল ফ্রেন্ডস, কাল ভোর রাতে আমি স্বপ্নে একটা অঙ্ক পেয়েছি, খুব ইন্টারেস্টিং।"

ছেলেরা নড়ে-চড়ে বসল, করালীবাবু স্বপ্নে অঙ্ক পান, এটা খুব বেশি নতুন কথা নয়। এর আগেও বহুবার তিনি স্বপ্নে অঙ্ক পেয়েছেন। তবে কিনা করালীবাবুর কাছে যেটা সুখ-স্বপ্ন, সেটাই তাঁর ছাত্রদের কাছে দারুণ দুঃস্বপ্ন!

করালীবাবু বললেন, "বুঝলে, ভোররাতে দেখি আমি একটা জুতোর দোকানের কর্মচারী হয়ে কাজ করছি।"

বুরুন লাস্ট বেঞ্চে বসেছিল। আজকাল সে এখানেই বসে। অঙ্কে ফেল করার পর

থেকে সে ভাল ছেলেদের সঙ্গে ফার্স্ট বেঞ্চে বসতে লজ্জা পায়। পিছনের বেঞ্চে ছাত্র কম, বুরুনের পাশে আর-একজন মাত্র বসে আছে, সে হল ফটিক। করালীবাবুর কথা শুনে ফটিক বিড়বিড় করে বলল, "খুব ভাল হত তা হলে। বাঁচতুম।"

বুরুন জবাব দিল না, আজকাল সবসময়ে তার মন খারাপ থাকে।

করালীস্যার হেসে বললেন, "বুঝলে সবাই! জুতোর দোকানের কর্মচারী। তা আমার বেশ ভালই লাগছিল। দোকানের মালিকটি ভালমানুষ গোছের। হিসেব-টিসেব বোঝে না। লাভ-ক্ষতি বা লেনদেনে হিসেবের গোলমাল বুঝলেই আমাকে ডেকে জিজ্ঞেস করে, আচ্ছা করালীবাবু, হিসেবটা কী হবে বলে দিন তো! যাই হোক, কাজটা আমার বেশ ভালই লাগছিল। খদ্দের এলে জুতো বের করছি, পরাচ্ছি, পছন্দ হল বা ফিট করল কিনা দেখছি, মাঝে মাঝে মুখে মুখে অঙ্ক কষে মালিককে হিসেব বুঝিয়ে দিচ্ছি। বেশ লাগছে। এমন সময়ে এক খদ্দের এলেন। একজোড়া জুতো তাঁর পছন্দ হয়ে গেল। দরদস্তুর করে কুড়ি টাকায় রফা হল। তিনি মালিককে একশো টাকার একটা নোট দিলেন। মালিকের ক্যাশ বাক্সে তখন অত টাকা ছিল না, আমাকে নোটটা দিয়ে বললেন, করালীবাবু পাশের দোকান থেকে টাকাটা ভাঙিয়ে আনুন তো।... লিটল ফ্রেন্ডস, তোমরা খুব মন দিয়ে ট্রানজ্যাকশানগুলো লক্ষ করো। ...হ্যাঁ, তারপর আমি তো পাশের দোকানে গিয়ে একশো টাকার নোট ভাঙিয়ে এনে মালিককে দিলাম। মালিক কুড়ি টাকা রেখে খদ্দেরকে আশি টাকা ফেরত দিলেন। খদ্দের জুতোর বাক্স বগলে নিয়ে চলে গেলেন। কিন্তু একটু বাদেই পাশের দোকানের মালিক এসে সেই একশো টাকার নোটটা আমার মালিককে ফেরত দিয়ে বললেন, মশাই, এ নোটটা জাল, এটা বদলে দিন। মালিক নোটটা ভাল করে ঘুরিয়ে ফিরিয়ে দেখে বললেন, তাই তো, বড্ড ঠকিয়ে গেছে দেখছি! এই বলে মালিক ক্যাশ বাক্স থেকে কুড়িয়ে-বাড়িয়ে একশো টাকা নিয়ে দিয়ে দিলেন। পাশের দোকানের লোকটা চলে গেল। তারপর মালিক অনেকক্ষণ অঙ্ক কষে বের করাবার চেষ্টা করলেন তাঁর কত ক্ষতি হল। কিন্তু লোকটা ভারি বোকাসোকা ভালমানুষ গোছের, তাই কিছুতেই হিসেব মেলে না। একবার উঁ-হুঁ-হু করে উঠে বলেন, ও বাবা, আমার দুশো টাকা লস হয়েছে। আমি জিজ্ঞেস করলাম, কী করে? তিনি বললেন, খদ্দেরকে আশি টাকা দিলাম, দোকানদারকে একশো টাকা, আর এক জোড়া জুতো— দুশো দাঁড়াচ্ছে। আবার বলেন, না না, মোট আশি টাকা গচ্চা গেছে দেখছি... ওই যাঃ, হিসেবের ভুল, একশো টাকা আর কুড়ি টাকার জুতো, মোট একশো কুড়ি টাকা গেল। আবার বলেন, না, না, এক জোড়া জুতো ছাড়া আর তো আমার কিছুই যায়নি... না না, আবার সেই ভুল! দোকানদারকে যে একশো টাকা দিলুম। ...যাই হোক, শেষ পর্যন্ত তিনি আমার

দিকে করুণ চোখে চেয়ে বললেন, করালীবাবু, আমার কত দণ্ড গেল তা একটু হিসেব করে বলে দেবেন? ...মাই ফ্রেন্ডস, আজকের প্রথম অঙ্ক এটাই। ভেরি সিম্পল অ্যারিথমেটিক। বলতে গেলে ক্লাস টু-র অঙ্ক। জলবৎ তরল। তিন মিনিট সময় দিচ্ছি, কষে ফেল।"

সবাই খাতা খুলে খস খস করে কষে ফেলছে।

বুরুনও কষে ফেলল। বেশি সময় লাগেনি তার। মিনিট দেড়েক বড়জোর। খাতা নিয়ে করালীবাবুর কাছে জমা দেবে বলে যখন উঠতে যাচ্ছে, তখন কানের কাছে ফিসফিস করে কে যেন বলল, "আঃ, যাচ্ছেতাই ভুল করলে যে! করালীবাবুর ডাস্টারের বাড়ি খেতে যাচ্ছ নাকি?"

বুরুন প্রথমে ভেবেছিল, ফটিক কথা বলছে। কিন্তু চেয়ে দেখল, ফটিক বেঞ্চের একেবারে ওই প্রান্তে বসে গোয়েন্দা-গল্পের বই পড়ছে চুরি করে।

তবে কে বলল কথাটা?

কানের কাছে কে যেন ফিক করে একটু হেসে বলে ওঠে, "ভয় পেলে নাকি?"

বুরুন তৎক্ষণাৎ গম্ভীর হয়ে নিচু স্বরে বলে, "আমি কাউকে ভয় খাই না।"

না-দেখা লোকটা তখন গলার স্বরটা খুব দুঃখের করে বলল, "তুমি দেখছি খুব উদ্ভট ছেলে। যাকগে, কী আর করা! বরং তোমার একটু উপকার করে দিয়ে যাই। দাও খাতাটা, অঙ্কটা কষে দিই।"

বুরুন একটু ইতস্তত করে বলল, "খাতাটা দিলে করালীবাবু দেখতে পাবেন যে!"

"তা হলে তুমি খাতা খুলে পেনসিল ধরে বসে থাকো, আমি তোমার হাত ধরে ধরে লিখিয়ে দিই।"

তাই হল। দশ সেকেন্ডের মধ্যে অঙ্কটা ঠিকঠাক কষে দিয়ে অদৃশ্য নিধিরাম তাকে একটা ঠেলা দিয়ে বলে, "যাও, সবার আগে গিয়ে দেখিয়ে আনো।"

(অঙ্কের উত্তর এখানে দেওয়া হল না। পাঠক-পাঠিকারা সেটা বের করবে।)

বুরুন গিয়ে করালী স্যারকে খাতা দেখাতেই তিনি তার পিঠ চাপড়ে বললেন, "দারুণ!"

আরও কয়েকজন অঙ্কটা তিন মিনিটের মধ্যে ঠিকঠাক কষেছিল, করালী স্যার সকলের পিঠ চাপড়ে দিলেন। করালীবাবু ওইরকমই, খুব সোজা অঙ্কও কেউ করে দিতে পারলে ভীষণ খুশি হয়ে ওঠেন।

পরের অঙ্কটা একটু কঠিন, একটা কিম্ভূত গাড়ির চারটে চাকা চার রকম, একটার ব্যাস তিন ফুট তিন ইঞ্চি, আর একটার তিন ফুট আট ইঞ্চি, তৃতীয়টার চার ফুট দুই ইঞ্চি, চতুর্থটির ব্যাস দুই ফুট এগারো ইঞ্চি, এই কিম্ভূত গাড়িটা যদি পাঁচ মাইল যায়

তবে চারটে চাকার কোনটা কতবার সম্পূর্ণ এবং কতখানি আংশিক আবর্তিত হবে? করালীবাবু এটার জন্য দশ মিনিট সময় বরাদ্দ করলেন।

সবাই অঙ্ক কষতে ব্যস্ত। কিন্তু বুরুনের সে ভাবনা নেই। সে অঙ্কটা খাতায় টোকামাত্র নিধিরাম তার হাত ধরে বিশ সেকেন্ডের মধ্যে অঙ্কটা কষে একটা ঠেলা দিয়ে বলল, "যাও।"

বুরুনকে খাতা হাতে টেবিলের কাছে আসতে দেখে করালীস্যার হাঁ হয়ে গেলেন। খাতা দেখে আরও তাজ্জব। বললেন, "এটা তোমার আগে থেকে কষা ছিল!"

"আজ্ঞে না স্যার, এই মাত্র করলাম।"

"বটে! তা হলে বলতে হয় তোমার ভাগ্যে স্বর্ণপদক রয়েছে।"

এর পরের অঙ্ক চৌবাচ্চায় জল ঢোকা আর বেরোনো নিয়ে, এটা কষতে বুরুনের লাগল তেরো সেকেন্ডের মতো। করালীবাবু অঙ্কে রাইট দিয়ে বললেন, "তুমি অ্যানুয়েলে অঙ্কে যেন কত পেয়েছিলে! বারো না তেরো কী একটা বোধ হয়! না হে, তোমার সেই খাতাটা আবার আমাকে দেখতে হবে।"

করালীস্যারের পর অবনীবাবুর ট্রানস্লেশন ক্লাস। তিনি ইংরেজি করতে দিলেন 'কুল খাইয়া রমেনের দাঁত টকিয়া গিয়াছে।' 'ভবানী পাঠক তো সোজা পাত্র নয়, সে ভালর ভাল মন্দের যম।' 'এই সেই জনস্থান-মধ্যবর্তী প্রস্রবণ, গিরি, ইহার শিখরদেশ সতত সঞ্চরমাণ জলধরপটল সংযোগে নিরন্তর নিবিড় নীলিমায় সমাচ্ছন্ন"... ইত্যাদি।

সবাই কলম কামড়াচ্ছে।

ঠিক চল্লিশ সেকেন্ড বাদে নিধিরাম বুরুনকে ঠেলে দিয়ে বলল, "যাও, হয়ে গেছে।"

বুরুন গেল। অবনীবাবু খাতা দেখে মাথা চুলকে বললেন, "ইংরেজিতে তুই কাঁচা নোস ঠিকই, কিন্তু এত ভাল ইংরিজি বহুকাল কোনও ছাত্রকে লিখতে দেখিনি। বাঃ বাঃ। এরকম চালিয়ে গেলে তুই স্কলারশিপ পাবি যে রে!"

বুরুন খুব লজ্জার ভঙ্গিতে মাথা নত করে থাকে।

বছরের শুরু, ক্লাস এখনও পুরোপুরি হয় না, পঞ্চম ঘণ্টার পর ছুটি হয়ে গেল। গেম টিচার দুই সেট ক্রিকেটের সরঞ্জাম বের করে দিলেন।

ইস্কুলের পাশে পেল্লায় মাঠে হই হই করে ক্রিকেট নামল। এক দিকে নিচু ক্লাসের ছেলেরা পার্টি করে খেলছে। অন্য ধারের টিমটা কিন্তু অদ্ভুত। এতে ফেল করা ছাত্রদের সঙ্গে পাশ করা ছাত্রদের ম্যাচ, গেম স্যার টিম ঠিক করে দিয়েছেন।

বুরুন অঙ্কে ফেল করলেও ক্লাসে উঠেছে। তাই সে পাশ-করাদের দলে। কিন্তু পাশ-করা ভাল ছেলেরা খেলাধুলোয় তেমন মজবুত নয়। অন্য দিকে ফেল-করা

ছেলেরা সব সাংঘাতিক সাংঘাতিক প্লেয়ার। তারা যেমন দুর্দান্ত ব্যাট করে, তেমনি দুর্ধর্ষ বল। তারা ছোটে, লাফায়, গড়াগড়ি খায় অনায়াসে। তাই আজ খেলার মাঠে পাশ-করাদের বড় দুর্দিন।

পাশ-করারা ব্যাট করতে নামল টসে জিতে। প্রথম ওভারেই দুজন জখম হয়ে খোঁড়াতে খোঁড়াতে বসে পড়ল। দুজন বোল্ড আউট হয়ে গেল। দ্বিতীয় ওভারে আরও একজন আউট, তবে তিনটে রান হল। তৃতীয় ওভারে পর পর দুজন ক্যাচ দিয়ে ফিরে গেল, একজন ভয়ে দান ছাড়ল।

বুরুন ব্যাট ভাল করে না, তবে বল সে ভালই করে। কিন্তু আটজন বসে পড়ায় তাকে ব্যাট করতে নামতেই হয়।

যখন মাঠে নামছে বুরুন, তখন কানের কাছে ফের সেই ফিসফিসানি, "কোনও ভয় নেই, আমি আছি।"

বুরুন গম্ভীর হয়ে বলল, "হুঁ।"

"সেঞ্চুরি করিয়ে দেব। কিন্তু খোকা, মনে রেখো আমার প্রেস্টিজটা তোমাকে রাখতে হবে।"

"দেখা যাবে।"

বুরুন নেমে ব্যাট হাতে দাঁড়িয়ে চারদিক দেখছিল, ফেল-করা হুমদো-হুমদো ছেলেরা হাসাহাসি করছে। ফাস্ট বোলার ভুতু তাকে উদ্দেশ করে বলে, "নে, আর দেখতে হবে না। যে পথে এসেছিস, সে পথটাই ভাল করে দেখে রাখ। এক্ষুনি ফিরতে হবে তো।"

ভুতুর দুর্দান্ত বলটা এল। বুরুনকে কিছুই করতে হল না। ব্যাটটা কে যেন তার হয়ে চালিয়ে দিল। আর বলটা জেট প্লেনের মতো ছুটে গিয়ে ইস্কুলবাড়ির দোতলার ছাদে পড়ল। ছক্কা।

আনতাবড়ি মার হয়ে গেছে ভেবে কেউ খুব একটা হাততালি দিল না।

কিন্তু পরের বলটা আবার উড়ে গিয়ে মস্ত শিরীষ গাছে একটা পাখির বাসা ভেঙে নিয়ে পড়ল। ছক্কা।

এবার কিছু ক্ষীণ হাততালি, বুরুনদের ক্যাপ্টেন অনিরুদ্ধ নিজের ঠ্যাঙের ব্যথার জায়গায় হাত বোলাতে বোলাতে মাঠের বাইরে থেকে চেঁচাল, "বুরুন, চালিয়ে যা।"

তা, চালাল বুরুন। তৃতীয় বলটা এমন হাঁকড়াল যে, সেটা গিয়ে ইস্কুলের পাশে পণ্ডিতমশাইয়ের বাড়ির নারকোল গাছের ডগায় গিয়ে একটা ঝুনো নারকোল সমেত নেমে এল। পণ্ডিতমশায়ের বুড়ি পিসি বেরিয়ে এসে চেঁচাতে লাগলেন, "কে রে

ডানপিটে বদমাশ। গাছে ঢিল মেরে নারকোল পাড়িস দুক্কুরবেলা? দাঁড়া, হরকে বলে তিন ঘণ্টা নিলডাউন করিয়ে রাখব?"

পণ্ডিতমশাইয়ের নাম হরপ্রসাদ। পান থেকে চুন খসলেই ছাত্রদের নিলডাউন করিয়ে রাখেন।

পণ্ডিতমশাইয়ের পিসিমা এক হাতে নারকোল অন্য হাতে বলটা কুড়িয়ে চেঁচিয়ে বললেন, "ওই দেখ, নারকোলের সঙ্গে একটা বেলও পড়েছে দেখছি, তা এ বাড়িতে তো বেলগাছ নেই, তবে বেল এল কোত্থেকে?"

হর-স্যারের পিসির হাত থেকে বলটা উদ্ধার করা খুব শক্ত ব্যাপার হয়ে দাঁড়িয়েছে। নিলডাউন হওয়ার ভয়ে কেউ এগোতে সাহস পাচ্ছে না। খেলা পণ্ড হওয়ার জোগাড়।

বুরুন ফিসফিস করে বলল, "ও নিধিরাম, যাও না বলটা নিয়ে এসো।"

নিধিরাম বুরুনের কানে কানে বেশ রাগ করে বলে উঠল, "বড় যে নাম ধরে ডাকছ! তোমার চেয়ে বয়সে আমি কত বড় জানো? দুশো বছরের বড়। সেটা খেয়াল রেখো।"

বুরুন ফিক করে হেসে বলল, "আচ্ছা আচ্ছা। নিধিদা বলে ডাকব তা হলে।"

মুহূর্তের মধ্যে একটা ঘূর্ণি হাওয়া উঠে মাঠ পেরিয়ে হর-পণ্ডিতের বাড়ির দিকে ধেয়ে গেল। স্যারের পিসি কিছু বোঝবার আগেই ঝটকা বাতাসে হাতের বলটা ছিটকে আবার মাঠের মধ্যে চলে এল। স্যারের পিসি চেঁচাতে লাগলেন, "ওই যাঃ, গেল এমন পাকা বেলটা। কী সুন্দর গন্ধ-ওঠা বেলটা ছিল, ভাবলুম আজ পানা করে হরকে খাওয়াব। বাছার পেটটা ভাল যাচ্ছে না..."

পরের ওভার করতে এল কেষ্ট। তার চেহারা দানবের মতো। বল করে না কামান দাগে তা বোঝা শক্ত। তবে ইস্কুলেরই শুধু নয়, এই জেলার সে-ই সবচেয়ে বিপজ্জনক বোলার। তার বলে হয় স্টাম্প ভাঙে, নয় তো ব্যাটসম্যানের পা, আর এ দুটোতে না লাগলে নির্ঘাত উইকেটকিপারের পাঁজর ফাটবে। তাই কেষ্ট বল করার সময় সবাই ভারী গম্ভীর হয়ে যায়।

তবে কিনা ইস্কুলের এলেবেলে খেলায় সে ইচ্ছে করেই বেশি জোরে বল করে না। আজও সে প্রথম বলটা বেশ আস্তেই দিল। সেই বলে বুরুনের পার্টনার ব্যাট ছুঁইয়ে একটা রান করল। কেষ্টর দ্বিতীয় বলটাও বেশ আস্তের ওপর ছিল। তবে কিনা তার কাছে আস্তে হলেও বলটা তেমন আস্তে বলে আর কারও মনে হল না। একটা লাল সাপের মতো সেটা ধেয়ে এসেই ছোবল তুলল বুরুনের বুকে।

বুরুনের ব্যাট হেলাভরে ওপরে উঠে এমন লাথি লাগাল সাপটাকে যে, সেটা লেজ গুটিয়ে পাখি হয়ে উড়ে গেল মেঘের দেশে। তারপর চিৎপাত হয়ে পড়ল পাশের

মাঠে, যেখানে বাচ্চা ছেলেরা খেলছে। সে মাঠেও একটা ছেলে ব্যাট হাঁকড়েছে। তাই বলটা কোন দলের তাই নিয়ে একটু গোলযোগ বেধে উঠল।

মার খেয়ে কেষ্ট রেগে যাচ্ছে। তিন নম্বর বলটা সে খুব জোরে না হলেও বেশ জোরে দিল। পিচের ওপর বিদ্যুৎ খেলিয়ে সেটা ছুঁতে এল বুরুনকে। কিন্তু বুরুনের ব্যাট আজ বজ্রাদপি কঠোর। বলটাকে এমন ঘাড়ধাক্কা দিল যে, সেটা কাঁচুমাচু হয়ে ফের বাতাসে সাঁতরে মাঠ পার হয়ে, ইস্কুলের দেয়ালের চুনবালি খসাল খানিক। দেয়ালের ভাঙা জায়গাটা আফ্রিকার ম্যাপ হয়ে গেল।

পাঁচ মিনিটে বুরুনের ত্রিশ রান। চারদিকে ফটাফট হাততালি পড়ছে।

কেষ্ট আস্তিন গুটোয়, বুক ভরে দম নেয়। তারপর মাঠের শেষপ্রান্তে গিয়ে তার বল করার দৌড় শুরু করে। তার মানে এবার কেষ্ট.তার সবচেয়ে জোরালো বল দেবে।

বুরুন নিশ্চিন্তে দাঁড়িয়ে থাকে। কেষ্টর বলটা সে অবশ্য ভাল করে দেখতেও পায় না। কিন্তু ব্যাট যখন বলটার গায়ে লাগল, তখন তার মনে হল, ব্যাটটা বুঝি ভেঙেই যাবে।

সারদাচরণবাবু জমিদার। তাঁর বাড়ির মাথায় একটা পাথরের পরী দিব্যি ডানা মেলে একশো বছর কাটিয়ে দিয়েছে। বজ্জাত বলটা গিয়ে পরীর একটা ডানা ভেঙে তবে থামল।

আবার ছক্কা।

কেষ্টর পাঁচ নম্বর বলটা আগেরটার চেয়েও জোর। সেই তেজে বলটা প্রায় অদৃশ্য অবস্থায় কখন যে এসেছে, আর কখন যে ব্যাটটা তাকে বেতিয়েছে তা বুরুন জানে না। তবে এবার সেটা গিয়ে একটা খড়-বোঝাই গোরুর গাড়ির খড়ের গাদায় সেঁধিয়ে গেল। বলটা এত মারধর পছন্দ করছিল না বোধ হয়, গা ঢাকা দেওয়ার তালে ছিল।

বহু কষ্টে চেঁচিয়ে-মেচিয়ে গাড়ি থামিয়ে বলটা উদ্ধার করতে হল। সেই ফাঁকে পাশ-করা ছেলেরা এসে বুরুনকে কাঁধে নিয়ে খানিক ধেই ধেই করে নেচে নেয়। মাঠের বাইরে গিয়ে তারাই আবার ফেল করা ছাত্রদের বক দেখায়।

বিয়াল্লিশ থেকে একশো দুইয়ে পৌঁছতে লাগল মোটে বারো মিনিট। সর্বসাকুল্যে সাতাশ মিনিটে সে সেঞ্চুরি করেছে এবং এখনও আউট হয়নি।

ইতিমধ্যেই তার ব্যাট করার খবর পেয়ে প্রথমে গেম টিচার এবং তারপর হেডস্যার সমেত সব মাস্টারমশাই মাঠের ধারে চলে এসেছেন। শহরের লোকজনও খবর পেয়ে চলে আসছে। মাঠের চারধারে তুমুল ভিড় হয়ে গেল দেখতে-না-দেখতে।

বুরুনের একটু লজ্জা-লজ্জা করছে বটে। কিন্তু সে করবে কী?

সতেরোটা ওভার বাউন্ডারি মেরে একশো দুইয়ের পরও বুরুনকে আবার ধুন্ধুমার

ব্যাটের চমক দেখাতে হল। দ্বিতীয় সেঞ্চুরি করতে বুরুন সময় নিল পঁচিশ মিনিট, আবার সতেরোটা ছক্কা মেরে। আউট হওয়ার প্রশ্নই ওঠে না।

খুঁতখুঁতে গেম টিচার পর্যন্ত বললেন, "ব্র্যাডমানেরও এরকম রেকর্ড নেই। এ তো ক্রিকেট ইতিহাস পালটে দেবে।"

ভাল ছেলেরা আড়াইশোতে দান ছাড়ার পর ফেল-করারা ব্যাট করতে এল। বুরুনের হাতে বল। তার কানে কানে নিধিরাম বলল, "চিন্তা নেই।"

তা চিন্তা ছিল না ঠিকই। ফেল-করা ছেলেরা ছয় রানে অল ডাউন। বুরুন দুই ওভারে মোট দশটা বল করেছিল, দ্বিতীয় ওভারে চারটের বেশি বল করার দরকারই হয়নি তার। প্রতি বলে একটা করে উইকেট পড়েছে। ট্রিপল হ্যাট্রিক সমেত তার বোলিংয়ের হিসেব ১.৪ ওভার, ২ মেডেন, ০ রান, ১০ উইকেট। তার দু ওভারের মাঝখানে একজন আনাড়ি ছেলে এক ওভার বল করেছিল, তাইতে ফেল-করারা ছয় রান নেয়।

গেম স্যার বললেন, "ওয়ার্লড রেকর্ড।"

কিন্তু তাঁর বিস্ময়ের এই সবে শুরু। এ তো গেল ক্রিকেটের বৃত্তান্ত।

ঠিক পনেরো দিন পরে স্কুলের বার্ষিক স্পোর্টস। খুব তোড়জোড় করে স্পোর্টস হয় স্কুলে। কারণ স্কুল স্পোর্টসের পরই জেলা স্পোর্টসে স্কুল থেকে ছাত্রদের বাছাই করে পাঠানো হয়। এ স্কুলের পড়াশুনোয় যেমন, খেলাধুলোতেও তেমনই সুনাম।

বুরুন প্রতি বছরই স্পোর্টসে একটি-দুটি প্রাইজ পায়। বলার মতো তেমন কিছু নয় অবশ্য। তার গ্রুপে সে হাই জাম্পে গতবারও থার্ড প্রাইজ পেয়েছিল, আর দুশো গজ দৌড়ে সেকেন্ডও হয়েছিল। কিন্তু স্কুলের নামকরা ভাল অ্যাথলেটদের তুলনায় সেগুলো কিছুই না।

স্পোর্টসের দিন দশেক আগে হিট হচ্ছে।

কতকগুলো বিষয় গ্রুপের মধ্যে সীমাবদ্ধ, আর গোটা দুই-তিন বিষয় আছে, যা সকলের জন্য। বুরুন তার গ্রুপের সব রকম দৌড় আর লাফে নাম দিল। তা ছাড়া দশ হাজার মিটার দৌড়, সাইকেল রেস আর লোহার ভারী গোলা ছোঁড়ার যে বিষয়গুলি সকলের জন্য, তাতেও নাম লেখাল। ক্রিকেটে তার এলেম দেখার পর স্পোর্টসে এতগুলো বিষয়ে নাম লেখানোতে কেউ ভ্রূ কোঁচকাল না, বুরুনের ভিতর কী আছে তা তো কেউ জানে না।

হিট শুরু হওয়ার দিনই নিধিরাম উৎসাহের চোটে এমন কেলেঙ্কারি করে বসল যে, বুরুন লজ্জায় মরে যায় আর কী!

প্রথম বিষয় ছিল একশো মিটার দৌড়। গেম স্যার স্টপ ওয়াচ নিয়ে দাঁড়িয়ে আছেন। অ্যাসিস্ট্যান্ট গেম স্যার হুইসিল বাজিয়ে দৌড় শুরুর সংকেত দেওয়ামাত্র বুরুনের মনে হল, একটা ঝড়ের বাতাস তাকে প্রবল বিক্রমে উড়িয়ে নিয়ে যাচ্ছে। এমন হল যে, বুরুনের পা প্রায় মাটিতেই ঠেকল না।

দৌড়ের শেষে গেম স্যার মাঠে বসে পড়ে নিজের মাথা চেপে ধরে বললেন, "একশো মিটার মাত্র আট সেকেন্ডে! উঃ, আমি অজ্ঞান হয়ে যাব।"

সত্যিই অজ্ঞান হয়ে যেতেন, বুরুন গিয়ে তাড়াতাড়ি তাঁকে ধরে বলল, "না স্যার, আট সেকেন্ডে নিশ্চয়ই নয়। স্টপ ওয়াচটা বোধহয় খারাপ।"

গেম স্যার ভ্যাবলা দুটো চোখে চেয়ে বললেন, "বলছ?"

"আজ্ঞে হ্যাঁ স্যার?"

"ঠিক তো?"

"ঠিকই। অত জোরে আমি দৌড়োইনি।"

গেম স্যার উঠে বললেন, "দৌড়োলে মুশকিল হত। কারণ, ওয়ার্ল্ড রেকর্ডও ওর চেয়ে অনেক বেশি কিনা।"

হাই জাম্পের আগে বুরুন আড়ালে গিয়ে ধমক দিয়ে বলল, "নিধিদা, এসব কী হচ্ছে বলো তো! বাড়াবাড়ি করলে কিন্তু গোঁসাই-সর্দারকে গিয়ে বলে দেব।"

নিধিরাম ভয় খেয়ে বলল, "তা ওয়ার্লড রেকর্ড-টেকর্ড কি আর জানা আছে! আগে থেকে বলবে তো!"

"আচ্ছা, যা হওয়ার হয়ে গেছে। এবার সাবধান।"

হাই জাম্পে বুরুন চটপট কাঠি পার হতে লাগল বটে, তবে খুব একটা বাড়াবাড়ি করল না। তাতেও অবশ্য কম কিছু হল না, গেম স্যার মেপে দেখলেন, বুরুন শেষ লাফে ছফুট ডিঙিয়েছে এক চান্সে। গেম স্যারকে খুবই গম্ভীর দেখাচ্ছিল।

লং জাম্পে বুরুন আরও সাবধান হল। মাত্র বাইশ ফুট লাফিয়ে আর লাফাল না।

গেম স্যার তাকে আড়ালে ডেকে খুব উত্তেজিতভাবে বললেন, "শোনো বুরুন, তোমার ভিতর যে কী সাংঘাতিক ক্ষমতা ভগবান দিয়েছেন, তা তুমি টের পাচ্ছ না! আমি বলে দিচ্ছি, তুমি অলিম্পিক থেকে একাই অন্তত এক ডজন সোনার মেডেল নিয়ে আসবে। এখন থেকে তৈরি হও।"

বুরুন খুব লজ্জার হাসি হাসল। সারা মাঠে তাকে নিয়ে আলোচনা হচ্ছে। তাকে দেখবার জন্য ছেলেরা ভিড় করছে। শহরের লোকেও চলে আসছে কাণ্ড-কারখানা দেখতে।

স্পোর্টসের দিন দুপুরে মাঠ ভেঙে পড়েছে ভিড়ে। শুধু এ গঞ্জই নয়, আশেপাশের

এলাকা থেকে, এমনকী, জেলা-শহর থেকেও গাড়ি করে লোক এসেছে। সবাই কানাঘুষো শুনেছে, গঞ্জে নাকি এক সাংঘাতিক স্পোর্টসম্যানের আবির্ভাব হয়েছে।

বুরুনের কাণ্ড শুনে দাদুও অবাক। নাতির এত এলেম তাঁরও জানা ছিল না। তিনি নাতির শক্তিবৃদ্ধির জন্য একটা ভাল পাঁচন তৈরি করে খাইয়ে দিয়েছেন। তাতে বুরুনের গায়ে যথেষ্ট জোর এসে গেছে।

এক দিকে দাদুর বলকারক পাঁচন, অন্য দিকে নিধিরাম। দুইয়ে মিলে সে এক যাচ্ছেতাই কাণ্ড হয়ে গেল স্পোর্টসে।

পোলভল্টে বাঁশে ভর করে আকাশের দিকে উঠে গেল বুরুন, আড় হয়ে থাকা বার-এর অন্তত দশ ফুট উঁচু দিয়ে। মাপজোক করলে বাইশ-তেইশ ফুট দাঁড়াবে। মাঠ ফেটে পড়েছে চিৎকারে আর উত্তেজনায়।

একশো মিটার, দুশো মিটার, আটশো মিটার দৌড়, হার্ডল রেস, হাই জাম্প, লং জাম্প, লোহার বল ছোড়া— কোনটায় বুরুন সাংঘাতিক কাণ্ড না করল? শেষে অন্য সব কম্পিটিটাররা মাঠ থেকে পালাতে লাগল চুপিসাড়ে। লোকে বলাবলি করতে লাগল— "এ তো দেখছি সেই হাবু ওস্তাদের ভুতুড়ে কাণ্ড সব। নইলে ওইটুকু পুঁচকে ছেলে অত জোড়ে দৌড়তে বা অত উঁচুতে-দূরে লাফাতে পারে নাকি?"

স্পোর্টসের পর বুরুন বাড়ি ফিরল ছেলেদের কাঁধে চড়ে, সঙ্গে প্রাইজের বোঝা। দাদু সব দেখেশুনে বললেন, "হবে না! এ পাঁচন যে আমার নিজের আবিষ্কার! ভেলুদের ডাক্তারি শাস্ত্র ঘেঁটে মরলেও এসব নিদান পাবে না।"

বুরুনের আজকাল কাজকর্ম বড্ড বেড়েছে। সকালে উঠে ঘর ঝাঁটাতে হয়, ন্যাতা দিয়ে মেঝে মুছতে হয়, নিজের পড়ার টেবিল নিজেকে গোছাতে হয়, কুয়ো থেকে স্নানের জল তুলে নিতে হয়, খাওয়ার পর নিজের বাসন মেজে নিতে হয়, সপ্তাহে দুদিন নিজের জামাকাপড়, বিছানার চাদর আর বালিশের ওয়ার কাচতে হয়, নিজের জুতো পালিশ করে নিতে হয়, মশারি টাঙাতে হয়। হাজারো কাজ। ভেলু ডাক্তারের হুকুমে তার কাজে সাহায্য করা সবাই বন্ধ করে দিয়েছে। অপমান আরও আছে। অঙ্কে ফেল করায় তার বিছানায় আর তোশক পাতা হয় না। চৌকির ওপর শতরঞ্চি আর চাদর পেতে শোওয়া। পায়ে জুতো পরে বটে, কিন্তু মোজা বারণ, রংচঙে জামাকাপড় পরা বারণ।

প্রথম প্রথম বুরুনের এতে খুব কষ্ট হত। অভিমানে চোখে জলও এসে যেত। রাতে একা শুয়ে ফুঁপিয়ে ফুঁপিয়ে কাঁদত।

কিন্তু আজকাল তার কষ্ট আর নেই। ঘুম থেকে খুব ভোর রাতেই উঠে পড়ে সে। নিধিরামই ডেকে দেয়। উঠে দেখতে পায়, নিধিরাম ঘরদোর সাফ করে পড়ার টেবিল গুছিয়ে রেখেছে। স্নানের সময় যখন বুরুন জল তোলে, তখন আসলে তাকে ভারী বালতি টেনে তুলতে হয় না, দড়িটা ধরে দাঁড়িয়ে থাকে, বালতি আপনা থেকে উঠে আসে ওপরে। বাসন মাজতেও তার কোনও কষ্ট নেই, কুয়োপাড়ে গিয়ে এঁটো বাসন রাখতে না-রাখতেই মাজা-ধোয়া হয়ে যায়। মশারি আপনা থেকেই টাঙানো, গোঁজা হয়ে যায়। রাতে শক্ত চৌকিতে শুতে কষ্ট হয় বলে তারও ব্যবস্থা হয়েছে। খুব নরম একটা তোশক কোত্থেকে বিছানায় চালান হয়ে যায় রাতে, আবার সকাল হতেই সেটা লোপাট।

পড়াশুনোর কষ্টও খুব বেশি নেই আজকাল। পড়ে হবে কী? ক্লাসে যত শক্ত প্রশ্নই তাকে করা হোক না কেন, নিধিরাম ঠিক কানে কানে উত্তর বলে দেয়।

বুরুন আজকাল ভারী আয়েসের জীবন কাটাচ্ছে।

তবে কিনা নিধিরাম যে এত খাতির করছে, তারও কারণ আছে।

প্রায় দিনই রাত্রিবেলা নিধিরাম এসে বিছানার ধার ঘেঁষে মেঝেয় বসে ঘ্যানঘ্যান করে বলে, "বুঝলে বুরুন, তুমি দেখছি মহা চালিয়াত ছেলে, কথা দিয়ে কথা রাখো না।"

বুরুন ঘুম-চোখে হাই তুলে বলে, "এখন ঘুমোব, তুমি কেটে পড়ো তো!"

"আহা, ঘুমোবে তো ঠিকই। কিন্তু আমার যে ঘুম কেড়ে নিয়েছ। জানো তো, সেই যে গোঁসাইবাগানে আমাকে হেনস্থা করেছিলে, তারপর থেকে আর ভূতের সমাজে আমার মুখ দেখানোর জো নেই। স্বয়ং গোঁসাইবাবা আমাকে সাফ বলে দিয়েছে, যদি বুরুন কোনওদিন তোকে একটু ভয় খায়, তবেই আবার সমাজে তোর জল চলবে। নইলে খড়ম পেটা করে মামদোদের রাজ্যে তাড়িয়ে দিয়ে আসব।"

"তা আমি করব কী?"

নিধিরাম অভিমানভরে বলে, "তোমার জন্য কত কী করছি, আর তুমি এটুকু আমার জন্য করতে পারবে না?"

"আমার যে তোমাকে ভয় লাগে না, নিধিদা!"

"চেষ্টা তো করতে পারো।"

"দূর! তোমাকে ভয় খাওয়ার কথা ভাবলেই হাসি পায় যে!"

নিধিরাম আঁশটে মুখ করে চলে যায়। তবে দিনরাত ঘ্যানঘ্যান করতেও সে ছাড়ে না।

দাদু আজকাল কথাবার্তা খুব বলেন না, দিনরাত তাঁর গাছ-গাছড়া নিয়ে নানা

ভাবনা-চিন্তা। নানারকম নতুন নতুন অরিষ্ট, পাঁচন, চূর্ণ তৈরি করছেন। দিনরাত বনে-জঙ্গলে ঘুরে মূল, ছাল, পাতা সংগ্রহ করছেন। হিরে, মুক্তো, সোনা পুড়িয়ে ভস্ম তৈরি করছেন। মৃগনাভির সন্ধানে হন্যে হয়ে ঘুরছেন, এসব বাতিক তাঁর বরাবরই ছিল। কিন্তু ইদানীং যেন বড় বেশি চিন্তিত দেখাচ্ছে তাঁকে।

রবিবার দাদু বুরুনকে ডেকে বললেন, "তোমার তো সব দিক দিয়েই প্রবল উন্নতি হচ্ছে দাদা! লক্ষ করছি, আমি না-ডাকতেই তুমি ব্রাহ্মমুহূর্তে উঠে পড়ো, নিখুঁতভাবে সব কাজ করছ ঘড়ির কাঁটা ধরে।"

বুরুন লাজুক ভাব করে মাথা নুইয়ে রইল।

দাদু কাছে টেনে এক হাতে বুকে চেপে ধরে, অন্য হাতে মাথায় বিলি কেটে বললেন, "খুব ভাল, খুব ভাল।"

দাদু অনেকক্ষণ তাকে এইভাবে বুকের কাছে ধরে থেকে খুব আস্তে করে বললেন, "দেখ দাদু, বুড়ো হয়েছি, কবে মরে-টরে যাই। তাই ভাবছি, আমার যা-কিছু বিদ্যে, সব এখন থেকেই তোমাকে কিছু কিছু শেখাই।"

এমনিতে দাদুর সঙ্গে বুরুনের সম্পর্ক খুবই ভাল, কিন্তু তা বলে দাদু কখনও এরকমভাবে বুরুনকে আদর করেন না। তাই দাদুর মধ্যে একটা কেমন অসহায় ভাব টের পেয়ে বুরুন অবাক। তার দাদু রাম কবিরাজ কখনও কাউকে ভয় খান না, কারও পরোয়াও করেন না। কিন্তু এখন যেন বুরুন টের পাচ্ছিল যে, দাদু ঠিক আগেকার দাদু আর নেই।

বুরুন নিজে ভারী দুষ্টু ছেলে ছিল বরাবর। অঙ্কে ফেল করার পর থেকেই সে কেমন একটু মুষড়ে পড়েছে। তাই কারও মন খারাপ থাকলে সে টপ করে সেটা টের পেয়ে যায়। তার নিজের যেমন পরিবর্তন হয়েছে, তার দাদুরও তেমনি একটা কিছু পরিবর্তন হয়েছে।

বুরুন বলল, "দাদু, তোমার কি মনটা খারাপ? আমাকে বলো, আমি সব ঠিক করে দেব।"

রাম কবিরাজ খুব চিন্তিত মুখ করে বুরুনের দিকে চেয়ে থাকেন একটু। তারপর মাথা নেড়ে বলেন, "বিপদ বলে বিপদ! কিন্তু আমার নিজের জন্য তো ভাবি না দাদা; বুড়ো হয়েছি, কাজেই মরতে ভয় পাই না! তবে কিনা একটা দুষ্টু লোক এসে সারা শহরটাকেই নষ্ট করে দেবে!"

"দুষ্টু লোক! সে কে?" বুরুন অবাক হয়ে বলে।

"আছে একজন।"

"সে এসে কী করবে?"

"কী করবে তার কি কিছু ঠিক আছে দাদা! তাই আমি ভাবছি, সময় থাকতেই তোমাকে খানিকটা বিদ্যা শিখিয়ে যাই। আর এ বিদ্যা শুধু শিখলেই হবে না, আবিষ্কারকও হতে হয়, উদ্ভাবকও হতে হয়। আয়ুর্বেদে যা আছে, তার বাইরেও আমি অনেক ওষুধ তৈরি করেছি। এ তো গেল একটা দিক। আবার ভাল চিকিৎসক হতে গেলে শুধু রোগ আর ওষুধ চিনলেই হবে না, পয়সার ধান্দা থাকলেও হবে না। রুগি তোমার কথামতো ওষুধ খায় কিনা দেখতে হবে, পথ্য দেখতে হবে, রুগিকে আপনজনের মতো ভালবাসতে হবে। ভালবাসাই চিকিৎসার মূল কথা। স্নেহ, মমতা, দরদ না থাকলে ভাল চিকিৎসা হয় না। আরও আছে, কোন লক্ষণ দেখে কোন রুগিকে কী ওষুধ দিলে, আর তার ফলাফল কী হল, এসব লিখে রাখতে হয় আলাদা খাতায়। মাঝে মাঝে খাতাখানা খুলে দেখতে হয়। তাতে কিছু ভুল হয় না। অতীতে যদি কোনও ভুল চিকিৎসা করে থাকো, তবে তা শুধরে নিতে পারবে, আর ভুল করবে না। আমার এরকম কুড়ি-একুশখানা খাতা আছে, সেগুলো ছেপে বই বার করলে মানুষের উপকার হবে। কিন্তু আমার আয়ুতে বোধহয় আর অত কাজ কুলোবে না। সেই খাতাগুলো তোমাকে সব দিয়ে যাব।"

বুরুনের মন খারাপ হয়ে যাচ্ছিল। দাদু এমনভাবে কথা বলছেন, যেন তাঁর আর বেশিদিন নয়।

একটু বেলায় দাদু চাকর সঙ্গে নিয়ে গোঁসাইবাগানের দিকে গাছপালার সন্ধানে গেলেন। বুরুন সেই ফাঁকে দাদুর ঘরে গিয়ে ঢুকল।

বুরুনের মন খারাপ থাকলেই সে গিয়ে দাদুর ঘর থেকে চুরি করে চ্যবনপ্রাশ খায়। দাদুর চ্যবনপ্রাশ একদম আচারের মতো খেতে।

ঘরের মধ্যে কবিরাজি ওষুধের একটা সুন্দর মিষ্টি গন্ধ। এই ঝাঁঝালো সুন্দর গন্ধটা বুরুনের দারুণ লাগে। আর এইজন্যই তার মাঝে মাঝে কবিরাজ হতে ইচ্ছে করে।

চ্যবনপ্রাশের বয়াম থেকে এক কোষ তুলে চাটতে চাটতে বুরুন গিয়ে দাদুর আরাম-কেদারায় বসে। আরাম-কেদারায় দাদুর মাথার তিল তেলের গন্ধ লেগে আছে। বেশ লাগে।

হঠাৎ একটু হাওয়া ছাড়ল। ঘরের মধ্যে দাদুর টেবিলের কিছু কাগজপত্র এদিক-ওদিক উড়ে গেল। আর একটা ছোট্ট কাগজ উড়ে এসে পড়ল বুরুনের কোলে।

অন্যমনস্ক বুরুন কাগজটা খুলে দেখে লাল কালিতে লেখা একটা চিঠি। চিঠির ভাষা এরকম: প্রণামান্তে নিবেদনমেতৎ যে মহাশয়, আমাদের পরম পূজনীয় সর্দার হাবু মহারাজকে জব্দ করিবার নিমিত্ত আপনি যে সব দুষ্কার্য ও ষড়যন্ত্র করিয়াছিলেন, তাহা আমরা বিস্মৃত হই নাই। হাবু মহারাজ শীঘ্রই সরকারের হেফাজত হইতে খালাস

পাইবেন। আমরা মা কালীর নামে প্রতিজ্ঞা করিয়াছি, হাবু মহারাজের অপমানের প্রতিশোধ লইব। আপনার অন্তিম সময় আগত জানিবেন। শীঘ্রই সাক্ষাৎ হইবে বলিয়া দিন গুনিতেছি। নিবেদন ইতি— আপনাদের দাসানুদাস হাবু মহারাজের অনুচরবৃন্দ।

চিঠিটা পড়ে বুরুন অবাক। এত বিনয় আর নম্রতার সঙ্গে কেউ কাউকে শাসায় নাকি? তার ভারী হাসি পাচ্ছিল। কিন্তু হঠাৎ দাদুর সব হাবভাব আর কথাবার্তা মনে পড়ে যাওয়ায় সে বুঝতে পারল চিঠিটা মজার নয়। এলেবেলে চিঠি হলে দাদু অত অন্যরকম হয়ে যেতেন না।

চ্যবনপ্রাশটা খুব তাড়াতাড়ি শেষ করে বুরুন নিজের ঘরে আসে। দরজা বন্ধ করে দিয়ে সে গম্ভীর গলায় ডাকে, "নিধিরাম! ও নিধিদা!"

নিধিরাম কাছে-পিঠে না থাকলেও ক্ষতি নেই। চারদিকে বাতাসে, আনাচে-কানাচে নিধিরামের অসংখ্য চর ঘুরে বেড়ায়। তাদের মধ্যে অনেক নতুন ভূত, আনাড়ি ভূত, ভিতু ভূত, গাড়োল ভূত, পাগল ভূত, সাধু আর চোর ভূত আছে। কিন্তু সকলকেই নিধিরামের বলা আছে যে, বুরুন তাকে ডাকলে তক্ষুনি যেন খবর দেওয়া হয়।

আজও একটা লিকলিকে রোগা ভূত মোটা ডিকশনারির পাতার মধ্যে ঢুকে চ্যাপটা হয়ে ঘুমোচ্ছিল। বুরুনের ডাক শুনে তড়াক করে যখন বেরিয়ে এল, তখনও তার শরীরটা কাগজের মতো চ্যাপটা হয়ে আছে। ঘুম-চোখে তাড়াতাড়ি একটা নমস্কার করে বলল, "আজ্ঞে উনি একটু মড়া আহার করতে মনসাগুড়ি গেছেন। সেখানে মড়ক লেগেছে কিনা।"

"মড়া আহার করতে? এঃ—" ঘেন্নায় বুরুন ঠোঁট বাঁকায়।

রোগা ভূত একগাল হেসে বেল, "যখন ভূত হবেন, তখন আর আপনি অমন কথা বলবেন না। সে এমন ভাল খেতে যে, পোলাও কালিয়া কোথায় লাগে!"

বুরুন বিরক্ত হয়ে বলে, "তাকে এক্ষুনি ডাকো। বলো, বিশেষ দরকার।"

লিকলিকে ভূতটা 'যাচ্ছি' বলে এক লম্ফে আকাশ পার হয়ে গেল। একটু বাদেই নিধিরাম খড়কে দিয়ে দাঁত খুঁটতে খুঁটতে হাজির।

"ডাকলে কেন?"

বুরুন বলল, "আঁচিয়ে এসেছ?"

"ভূতের আবার আঁচানো!"

"যাও, আঁচিয়ে এসো! স্বাস্থ্যবিধি মানো না, সদাচার নেই— তোমরা কেমন মানুষ বলো তো নিধিদা?"

লজ্জা পেয়ে নিধিরাম আঁচিয়ে আসে।

বুরুন জিজ্ঞেস করে, "হাবু মহারাজ বলে কাউকে চেনো?"

নিধিরাম চমকে উঠে বলে, "ও বাবা! চিনব না? সে আমাদের কম জ্বালিয়েছে নাকি?"

"কী রকম?"

"ওঃ সে আর বোলো না। হাবু গুণ্ডা ভূতের মন্ত্র জানত। তাই দিয়ে আমাদের বশ করে করে খুব খাটাত। সরষে আর ঝাঁটা দিয়ে পেটাতও খুব। কেন বলো তো, তার কথা জিজ্ঞেস করছ?"

"সে যদি আবার এখানে আসে, তবে কী হবে?"

"আসবে? ও বাবা, তবে গেছি।"

"তোমরা ওকে খুব ভয় খাও নাকি?"

"তাকে সবাই ভয় খায়। আমাদের যে কী নাকাল করত একসময়ে।"

বুরুন গম্ভীর হয়ে বলে, "আমি একটা কথা স্পষ্ট জানতে চাই। হাবু এখানে এলে তুমি তাকে বেশি খাতির করবে, না আমাকে?"

নিধিরামও গম্ভীর হয়ে বলে, "দেখো বুরুন, তুমি বাচ্চা ছেলে বলে নিতান্ত মায়ায় পড়ে তোমার কাজকর্ম করে দিই। খাতিরও দেখাই। কিন্তু হাবুর হল অন্য কথা। তাকে আমরা কেউ ভালবাসি না বটে, দুচক্ষে দেখতেও পারি না, কিন্তু তার হল মন্ত্রের জোর। মন্ত্রের কাছে তো আর চালাকি চলে না। সে ঘাড় ধরে আমাদের দিয়ে চাকর-বাকরের কাজ করিয়ে নেবে। তাই সে যদি আসে, তবে সাফ বলে দিচ্ছি যে, আমাদের আর তোমার পক্ষ নেওয়া সম্ভব হবে না।"

"বটে?"

"হ্যাঁ। কী করব বলো, আমরা মন্ত্রের বশ।"

বুরুন খুব চিন্তিত হয়ে চুপ করে থাকল। তারপর বলল, "তখন ডাকলেও আসবে না?"

নিধিরাম মাথা নেড়ে বলে, "আসব না বলছি না। তবে সে সময়ে যদি হাবু কোনও কাজে লাগিয়ে দেয়, তবে আসা সম্ভব নয়। আগে হাবুর কাজ তারপর অন্য কথা।"

"হাবু যদি তোমাকে হুকুম করে— যাও গিয়ে বুরুনের মাথাটা ছিঁড়ে আনো, তা হলে আমার মাথা সত্যিই ছিঁড়ে নেবে?"

নিধিরাম যদিও ভূত, তবু এখন তারও কপালে ঘাম দেখা দিল। অস্বস্তির সঙ্গে বলল, "ওসব অলুক্ষণে কথা থাক। বলতে নেই।"

"যদি হাবু অমন কথা বলে তবে কী করবে?"

নিধিরাম একটা দীর্ঘশ্বাস ছেড়ে বলে, "তোমাকে ভালবেসে ফেলেছি বুরুন, কী আর বলব! তবে হাবুর যদি হুকুম হয়, তবে নিজের মাথা ছিঁড়তেও আমরা বাধ্য।"

দোলের দিনটা এগিয়ে এল যেন ঘোড়ায় চেপে।

হাবু গুণ্ডা যে ছাড়া পাবে, সে খবর পাঁচকান হয়ে চারদিকে ছড়িয়ে পড়েছে। কারও আর জানতে বাকি নেই।

হাবু যত পাজিই হোক, এ শহরে কিছু লোক আছে যারা হাবুর পরম ভক্ত। তারা মনে করে— হাবুর যেসব অলৌকিক শক্তি দেখা গেছে, সেরকমটা শুধু বড়-বড় মহাপুরুষদের থাকে। কাজেই হাবু চুরি-ডাকাতি যাই করুক, এসব লোকদের কাছে সে সাক্ষাৎ ভগবানের ছোট ভাই।

এইরকমই একজন হল পাঁচকড়ি আঢ্য। একসময়ে সে 'হাবু ওস্তাদের পাঁচালি' নামে একখানা চটি-বইও বের করেছিল। তাতে ছিল, "প্রথমে বন্দনা করি দেব মহেশ্বর। তার পরেতে বন্দি আমি সর্ব চরাচর ৷৷ বড় সুখে পূজি আমি বাগ্‌দেবীর চরণ। মাতাপিতার চরণে দেই সর্ব প্রাণমন ৷৷ উত্তরেতে হিমালয় দক্ষিণেতে বন। তার মধ্যে কত গ্রাম গঞ্জ অগণন ৷৷ গঞ্জের মধ্যে শ্রেষ্ঠ হল ভ্যাটাগুড়ি ধাম। যেথায় বসতি করেন হাবু পুণ্যবান ৷৷"

এরপর পাঁচালিতে পাঁচকড়ি আরও লিখেছিল, "গুণকর হাবুর গুণের নাই শেষ। পলকে মনুষ্যে ধরি করি দেয় মেষ ৷৷ ব্যাঘ্র বাহন আর ভূতপ্রেতের সঙ্গ। নিশি দারোগা ভাগে রণে দিয়া ভঙ্গ ৷৷ অয়স্কান্ত বীরত্ব দেখাতে এসেছিল। হাবু ওস্তাদ কৌশলে তারেও তাড়াইল ৷৷ অবশেষে হেলেদুলে আসিল গদাই। গুণাকরের কোপে শেষে তারও রক্ষা নাই ৷৷"

একসময়ে এই পাঁচালি হাটে-বাজারে বয়ে ফিরত পাঁচকড়ি। গদাই দারোগার হাতে হাবু জব্দ হওয়ার পর সে কিছু মিইয়ে যায়।

বহুদিন বাদে আবার হাবু ফিরে আসছে শুনে তার একগাল হাসি দেখা গেল। রাম কবিরাজের সঙ্গে একদিন দেখা করে বলল, "কবরেজমশাই, শুনেছেন নাকি! হাবু দেবতা আবার ফিরে আসছেন। যারা তাঁকে হাজতে পাঠিয়েছিল, এবার তারা ঠ্যালা বুঝবে, কী বলেন ঠাকুর?"

রাম কবিরাজের সঙ্গে হাবু কী জানি কেন কোনওদিন তেমন ঝামেলা করেনি। কিন্তু কবিরাজমশাই নিজে গিয়ে যখন হাবুর বিরুদ্ধে সাক্ষী দিলেন, তখন হাবু আদালতেই বলে উঠেছিল, "কাজটা ভাল করলেন না রামদা।"

কথাটা কবিরাজমশাইয়ের মনে আছে। তিনি তেতো মুখ করে পাঁচকড়িকে বললেন, "মানুষকে খামোকা দেবতা বানাচ্ছ কেন? হাবু আর যাই হোক, মানুষই বটে।"

পাঁচকড়ি জিভ কেটে বলে, "ছি ছি, ওকথা বললে পাপ হয়। তাঁর ক্ষমতা স্বয়ং ভগবানের মতো।"

"তাই যদি হবে তো জেল থেকে বেরোতে পারল না কেন মন্ত্রের গুণে?"

"সে তার লীলা। আমি একবার হাজতে তাঁর সঙ্গে দেখা করতে গিয়েছিলাম। গিয়ে কী দেখলাম জানেন? তাঁর কপালে সিঁদুরের ত্রিশূল, অ্যাই বড় জটা হয়েছে চুলে, চোখ রক্তবর্ণ। আর সেপাই থেকে শুরু করে জেলার সাহেব পর্যন্ত দিনরাত তাঁর সামনে হাত জোড় করে আছেন। শয়ে-শয়ে লোক এসে তাঁর ভোগের জন্য মণ্ডা মেঠাই, তরিতরকারি, মাছ-মাংস দিয়ে যায়। জেলের সবাই তাঁর প্রসাদ পায়। আমাকে বললেন, 'ওরে পাঁচকড়ি, হাজতে ক'দিন থেকে একটু চিত্তশুদ্ধি করছি।'"

"ভগবানেরও তা হলে চিত্তশুদ্ধির দরকার হয় বলছ?"

পাঁচকড়ি রেগে গিয়ে বলে, "অবিশ্বাস করছেন? এই বলে রাখছি কবিরাজমশাই, আপনারা কেউ নিস্তার পাবেন না।"

পাঁচকড়ি বিদায় হলে রাম কবিরাজ নিজের মনে খানিক চিন্তা করলেন। তারপর বোধহয় থানামুখো রওনা দিলেন।

থানায় নতুন দারোগা এসেছে। অল্পবয়সি ছোকরা, কথায় কথায় ফটাফট ইংরিজি বলে ফেলে। ছোকরা খুব একটা খারাপ মানুষ নয়, তবে কিনা কাজেকর্মে এখনও তেমন পোক্ত হয়ে ওঠেনি।

কবিরাজমশাই হাবুর কথা তুলতেই ছোকরা দারোগা শম্ভুচরণ বলে ওঠে, "ওঃ, দ্যাট ফেমাস রোগ? না, এবার আর তার কোনও জারিজুরি খাটবে না।"

রাম কবিরাজ হেসে বললেন, "তেড়েমেড়ে ডান্ডা, করে দেবে ঠান্ডা? না হে বাপু, কাজটা অত সহজ নয়।"

বাবুরাম সাপুড়ের সেই কবিতা বোধহয় শম্ভুচরণ পড়েনি। যাই হোক, সে একটু ডাঁটের সঙ্গে বলল, "নাকে তেল দিয়ে ঘুমোন গে কবিরাজমশাই, হাবুকে কাবু করতে আমার দুদিনও লাগবে না। অবশ্য সে যদি গোলমাল করে।"

দোলের কয়েক দিন আগে গঞ্জে কিছু কিছু সন্দেহজনক চেহারার লোকের আনাগোনা হতে লাগল। তারা আড়ে আড়ে চায়, গোমড়ামুখ করে ঘোরে ফেরে, কারো সঙ্গে কথাবার্তা বলে না।

হরিহরবাবু সাইকেলে চেপে তিস্তাঘাটে গিয়েছিলেন। সন্ধের মুখে ফিরবার সময় গঞ্জের উত্তর দিকের শাল-জঙ্গলের মধ্যে বাতাস শুঁকে বাঘের গন্ধ পেলেন। এত জোরে সাইকেল চালিয়েছিলেন যে, দু-চাকার গাড়িখানা শেষমেশ চাকায় ভর দেওয়া ছেড়ে যেন পাখনায় ভর করল। বাজারের কাছে এসে "বাঃ... বাঃ" বলে চেঁচাতে-চেঁচাতে অজ্ঞান হয়ে গেলেন সাইকেলসুদ্ধ।

লোকজন ভিড় করে এল। একজন বলতে লাগল, "উনি 'বাঃ বাঃ' বলে কাকে যেন বাহবা দিচ্ছিলেন এইমাত্র। তবে পড়লেন কেন?"

অন্যজন বলল, "উনি এত জোরে সাইকেল চালিয়েছিলেন যে, নিজের এলেম দেখে নিজেকে নিজেই বাহবা দিচ্ছিলেন।"

একটা বাচ্চা ছেলে তার বাবাকে জিজ্ঞেস করল, "সাইকেলটাও কি অজ্ঞান হয়ে গেছে বাবা?"

সনাতনবাবুর বড় দাবার নেশা, সারাদিন দাবাড়ু খুঁজে বেড়ান। তা, গঞ্জে ভাল দাবাড়ু আর ক'জনই বা আছে? যারা আছে, তাদেরও তো সব সময়ে পাওয়া যায় না। সনাতনবাবু আবার মাঝরাতে ঘুম ভেঙে গেলে উঠে হ্যারিকেন উসকে দাবার ছক পেতে বসেন। তখন সঙ্গীসাথী আর পাবেন কোথায়, তাই একা একাই ঘুঁটি সাজিয়ে দুদিকেই চাল দেন। এরকম এক রাতে খেলতে বসেছেন। হঠাৎ দেখেন, তাঁর উলটো দিকের ঘুঁটি আপনা থেকেই চলছে। আর কী অসাধারণ সব চাল! খেলা শুরু হতে না হতেই বারো চালের মাথায় ঘোড়া আর গজের মুখে মাত হয়ে গেলেন। খেলা যখন চলছিল, তখন দাবার নেশায় অত খেয়াল করেননি। খেলা শেষ হওয়ার সঙ্গে সঙ্গেই হঠাৎ "বাপরে" বলে চেঁচিয়ে উঠলেন। ভয়ে তাঁর দাঁত-কপাটি লাগল।

তবে একথা ঠিক যে, গঞ্জে বাঘের গন্ধ পাওয়া যাচ্ছিল এবং অলৌকিক সব কাণ্ডও ঘটতে শুরু করেছিল।

রাম কবিরাজের দোকানে সবাই খুব গম্ভীর হয়ে বসে আছেন সন্ধেবেলায়।

কমলাক্ষবাবু কম্ফর্টার জড়িয়ে শীতে কাঁপতে কাঁপতে হাজির হয়ে বললেন, "আর বোলো না। দামি শালটা—"

"শালটা কী হল?" রামবাবু উদ্বিগ্ন হয়ে জিজ্ঞেস করেন।

"নিয়ে গেল।"

"কে?"

"আর কে!"

সবাই মুখের দিকে চেয়ে আছেন, কিন্তু কমলাক্ষবাবু এর বেশি বলতে রাজি হলেন না।

রাম কবিরাজ দীর্ঘশ্বাস ছেড়ে বললেন, "নিয়তি কে ন বধ্যতে।"

মন্মথবাবুও সেই কথায় সায় দিয়ে দীর্ঘশ্বাস ছেড়ে বলেন, "সেকথা ঠিক। আমরা যতই না কেন সাবধান হই, নিয়তি মারলে কিছু করার নেই।"

রামবাবু কটমট করে তাঁর দিকে চেয়ে বললেন, "আমি আমাদের কথা বলিনি। আমাদের নিয়তি ঠিক আছে। আমি হাবু গুণ্ডার নিয়তিটাই দেখছি।"

মন্মথবাবু চারপাশ চোরা চোখে দেখে নিয়ে বললেন, "ও নাম মুখে এনো না। কে কোথায় শুনতে পাবে।"

কমলাক্ষবাবুও বললেন, "কবরেজ, তোমার সাহসটা একটু কমাও। সাহস ভাল, কিন্তু অতি সাহস ভাল নয়।"

সা-রা-রা-রা ঢেক চলি যা ঢেক চলি যা ঢেক চলি যা...। সারারাত দেহাতিদের বস্তিতে দোলের সঙ্গে গান হয়েছে। ভোর হলেই দোল।

ছেলেমেয়েরা পিচকিরি রং, আবির সব দু-তিন দিন আগে থেকে জোগাড় করে রেখেছে। রং খেলার জন্য যার যা ছেঁড়া পুরনো জামাকাপড় আছে, তা বের করা হয়েছে বাক্স-প্যাঁটরা ঘেঁটে। পচা ডিম জোগাড় করা, বেলুন-বোম তৈরি করা শেষ। আলু আধখানা করে কেটে তাতে ব্লেড দিয়ে ফুঁড়ে ফুঁড়ে উলটো করে "গাধা" লেখা হয়ে গেছে অনেকেরই। দু-চারজন বড়লোকের বাড়িতে আবার দোলের দিন রং দিতে গেলে খাওয়ায়। এবার কে কী খাওয়াবে তাই নিয়ে অনেক জল্পনা-কল্পনা হয়েছে।

মন্মথবাবুর নাতি ভুতুম মহা ডানপিটে দুষ্টু ছেলে। সে তার আবিরের মধ্যে চুপি চুপি লঙ্কার গুঁড়ো মিশিয়ে রেখেছে। ডিমের খোলা জোগাড় করে তার মধ্যে ডেঁয়ো আর লাল পেটওয়ালা কাঠপিঁপড়ে ধরে এনে ভরেছে। তারপর আটা গুলে ডিমের খোলা জুড়ে নিয়েছে। যার গায়ে ছুড়বে তার গায়ে রং লাগবে না বটে, কিন্তু পিঁপড়ের কামড়ে তিড়িং তিড়িং লাফাবে। তা ছাড়া তার রঙের বালতিতে কাঁচা গোবর মেশানো আছে, আর আছে আলকাতরার কৌটো।

ভুতুমের সঙ্গে রং খেলা দূরে থাকুক, এমনিতেই কেউ খেলতে চায় না। তার মতো দুষ্টু ছেলে গঞ্জে নেই। শুধু পরান নামে একটি ছেলে আছে, যে ভুতুমের মতো অতটা না হলেও বেশ দুষ্টু। সেই পরান হল ভুতুমের প্রাণের বন্ধু। ভুতুম কিন্তু পরানকেও ছাড়ে না। একবার তার জামার পকেটে শুঁয়োপোকা ছেড়ে দিয়েছিল।

বুরুনের এবার রং খেলা বারণ ছিল। তার বাবা বলে দিয়েছেন, "সামনের বছর অল সাবজেক্টে ভালভাবে পাশ করলে আর অঙ্কে লেটার পেলে আবার নরম্যাল লাইফ ফিরে পাবে।"

বুরুনের বাবা ইস্কুলে প্রায়ই খোঁজখবর করে বুরুনের কতটা উন্নতি বা অবনতি হচ্ছে তা জেনে নেন। মাস্টারমশাইরা একবাক্যে বলেন, বুরুনের উন্নতি অসাধারণ। সে শুধু ফাইনালে ফার্স্টই হবে না, আরও অনেক কিছু করবে। যেমন, অলিম্পিক থেকে অন্তত বারোটা সোনার মেডেল আনবে, ক্রিকেটে ব্র্যাডম্যানের রেকর্ড ভাঙবে, ফুটবলে গোষ্ঠ পালকে ছাড়াবে।

বুরুনের বাবা এসব কথায় তেমন গুরুত্ব দেন না। তবে শুনে একটু-আধটু খুশি যে না হন, তা নয়। কিন্তু খুশি হয়ে রাশ আলগা করেন না। ছেলেকে কড়া শৃঙ্খলায় রাখেন।

দোলের দিন সকাল হতে-না-হতেই রাস্তা থেকে ছেলেদের হল্লা ভেসে আসছিল। ছেলেরা রং নিয়ে একে-ওকে তাড়া করছে। খুব হাসছে। চেঁচাচ্ছে।

বুরুন তখন নিজের পড়ার ঘরটিতে বসে দাঁতে দাঁত চেপে অঙ্ক কষে যাচ্ছে। আজকাল দিনে গড়পড়তায় কুড়িটা করে অঙ্ক কষতে হয়। করালীবাবুর দেওয়া বোমার মতো অঙ্ক সব। দাঁত বসানোই শক্ত। পরশু পর্যন্ত এসব অঙ্ক জলের মতো সহজে করে ফেলেছে বুরুন। না, ঠিক বুরুন করেনি— বুরুনের হাত দিয়ে সেগুলো কষে দিয়েছে আসলে নিধিরাম। কিন্তু কাল থেকে নিধিরামের পাত্তা নেই। এমনকী, যেসব নতুন শিক্ষার্থী ভূত নিধিরামের দূত হয়ে আশেপাশে থাকত, তাদেরও কারও টিকি দেখা যাচ্ছে না। অনেক ডাকাডাকিতে কাল দুপুরবেলা কয়েক মুহূর্তের জন্য নিধিরাম এসেছিল। তার সারা গায়ে মাটি মাখা, চোখ দুটো করুণ, ঘাম হচ্ছে খুব। বলল, "আর বোলো না, গোঁসাইবাগানের জঙ্গল সাফ করছি, হাবু ওস্তাদ এসে গেছেন কিনা। এসেই হুকুমের পর হুকুম চালাচ্ছেন। কাজ কি সোজা! বিছুটি-বন কাটতে হলে বুঝতে পারবে।"

বুরুন কান্না-কান্না মুখ করে বলে, "তুমি না থাকলে আমার অঙ্ক কি ট্রানস্লেশন কে করে দেবে বলো তো নিধিদা?"

নিধিরাম গম্ভীর হয়ে বলে, "দ্যাখো বুরুন, যা করেছি তা করেছি। এখন ওসব ভুলে যাও। আমাকে আর বড় একটা পাবে না। নিজের পায়ে দাঁড়াতে শেখো এবার।"

বুরুন তখন লোভ দেখিয়ে বলে, "আমি ঠিক তোমাকে ভয় খাব এবার থেকে, দেখো।"

নিধি হেসে বলে, "এখন আর ভয় দেখানোর সময় নেই যে। স্বয়ং গোঁসাইবাবা পর্যন্ত হাবুর ঘর ঝাঁট দিচ্ছেন। দম ফেলার ফুরসত নেই। তুমি আর কতটুকুই বা ভয় খাবে? আমরা হাবুকে যা ভয় খাচ্ছি, সে আর বলার নয়।"

বুরুন বলল, "হাবু হুকুম দিলে সব কিছু করতে পারো, নিধিদা?"

নিধিরাম হেসে বলে, "সব কি পারি রে ভাই? আমাদের হল গিয়ে হাওয়া-বাতাসের শরীর। তা সেই হাওয়া-বাতাসের জোর দিয়ে যা করা যায় সেসব পারি।"

বুরুন বলে, "আমার দাদু রাম কবিরাজের ঘাড় যদি মটকাতে বলে হাবু, মটকাবে?"

নিধি কবিরাজমশাইয়ের নাম শুনেই সাঁত করে মিলিয়ে গেল বাতাসে। বুরুন অবাক। পরে ভেবেচিন্তে দেখল, নিধিরামের সামনে দাদুর নামটা উচ্চারণ করা ঠিক হয়নি। 'রাম' নামকে কোনও ভূত সহ্য করতে পারে?

সেই যে গেছে নিধিরাম, অনেক ডাকাডাকিতেও আর আসেনি। তাই কাল থেকে বুরুনকে তার অঙ্ক ট্রানস্লেশন সব নিজেকেই করতে হচ্ছে। কাল করালীবাবুর বাড়িতে পড়তে গিয়ে বুরুন খুব বিপদে পড়েছিল। করালীবাবু যা-ই জিজ্ঞেস করেন, তা-ই বলতে না পেরে বুরুন হাঁ করে থাকে। করালীবাবু খুব অবাক হয়ে বললেন, "সে কী বুরুন? আমি যে ভেবেছিলাম, তুমি আইনস্টাইনের মতো একজন কেওকেটা হবে! কালও তো তুমি সাংঘাতিক সাংঘাতিক সব অঙ্ককে ঘায়েল করে গেছ!"

কাল ইস্কুলে ট্রানস্লেশনও পারেনি বুরুন, ভূগোল ক্লাসে ভুল করেছে। ছুটির পর খেলতে গিয়ে শূন্য রানে আউট হয়েছে, বলও করেছে যাচ্ছেতাই। তার অবনতি দেখে গেম টিচার পর্যন্ত অবাক।

আজ তাই বুরুনের বড় মন খারাপ। পড়ার টেবিলের সামনেই জানালা। সেটা দিয়ে রাস্তার দৃশ্য দেখা যায়। একটাও অঙ্ক না মেলাতে পেরে বুরুন খুব অন্যমনস্কভাবে বাইরের দিকে চেয়ে ছিল। আজ দোল। সবাই রং খেলছে। সে খেলবে না। তার ওপর নিধিরাম ছেড়ে গেছে তাকে। হাবু গুণ্ডা এসেছে দাদুকে জব্দ করতে।

কত কী ভাবছিল বুরুন। ঠিক এসময়ে জানালা দিয়ে একটা রং-মাখা মুখ উঁকি দিল। বুরুন সাবধান হওয়ার আগেই একমুঠো ঝাল আবির উড়ে এল তার চোখেমুখে। অঙ্কের বই-খাতা ভাসিয়ে গোবর-গোলা ম্যাজেন্টা রং ছড়িয়ে পড়ল। আর ডেঁয়ো আর কাঠপিঁপড়ে বোঝাই একটা ফাঁপা ডিমের খোলা তার কপালে লেগে ভেঙে গিয়ে পিঁপড়ে বাইতে লাগল সর্বাঙ্গে!

লঙ্কার জ্বলুনি আর পিঁপড়ের কামড়ে মুহূর্তের মধ্যে বুরুন তিড়িং তিড়িং লাফাতে থাকে। রাগে তার পিত্তি জ্বলে যায়। "নিধিদা, নিধিদা," বলে বারকয়েক ডেকে খেয়াল করে যে, নিধিরাম হাবুর বেগার খাটছে, আসবে না। তখন ভুতুমকে ধরার জন্য বুরুন দুই লাফে ঘর থেকে রাস্তায় পড়ল।

ভুতুম দৌড়ে পালাচ্ছে। বুরুন তাকে ধাওয়া করতে করতে ভাবে, কতক্ষণ দৌড়বে। এই ধরলাম বলে।

কিন্তু স্পোর্টসে সে যেরকম বিশ্বরেকর্ড-ভাঙা দৌড় দৌড়েছিল, এখন তার দৌড়ের বহর সেরকম তো নয়ই, উপরন্তু ভুতুমকে ধরতে খানিক দৌড়ে সে হাঁফিয়েও উঠল। রাস্তার ছেলেমেয়েরা খুব চেঁচিয়ে বুরুনকে সাবাশ দিচ্ছিল। তারা ভাবছিল গঞ্জের চ্যাম্পিয়ন স্পোর্টসম্যান, যে কিনা একদিন অলিম্পিক থেকে একাই এক ডজন সোনার

মেডেল আনবে বলে সবাই জানে, এক্ষুনি ভুতুমকে ধরে ফেলবে।

কিন্তু আজ মোটেই তা হল না। ভুতুম অনায়াসে দৌড়ে অনেক দূর চলে গিয়ে পিছু ফিরে দুহাতে কাঁচকলা দেখাতে লাগল বুরুনকে। মুখে হি হি হাসি।

গোমড়ামুখে বুরুন ফেরত আসছিল, কিন্তু মাঝপথে একপাল ছেলে তাকে ধরে আচ্ছাসে রং মাখায়। বুরুন গায়ের জোর খাটিয়ে সব ক'টাকে হটিয়ে দেওয়ার চেষ্টা করে দেখল যে, সে একটাকেই কায়দা করতে পারছে না। অথচ পরশুদিন পর্যন্ত তার গায়ে সাতটা হাতির জোর ছিল, কোনও ছেলে লাগতে সাহস পেত না।

রং-মাখা বুরুন অসহায় ভাবে দাঁড়িয়ে থাকে কিছুক্ষণ। আর একপাল ছেলে এসে পিচকারিতে তাকে ভিজিয়ে দেয়। পচা ডিম ছুড়ে দেয় কে যেন। তাই বুরুন আর বাড়ি ফিরল না। ছেলের দলের সঙ্গে মিশে পাড়ায় পাড়ায় রং খেলতে বেরিয়ে পড়ল।

আবির দিয়ে দোলখেলা শুরু হয়েছিল। সেইসঙ্গে গোলা রং। শেষে আলকাতরা, কাদা আর গোবর। রঙে-রঙে ভূত হয়ে যেতে লাগল সবাই। শেষে এমন অবস্থা হল যে, কে কোন লোক তা আর চিনবার জো রইল না। রাস্তাঘাটে সবাই সং সেজে ঘুরে বেড়াচ্ছে, কিন্তু কাউকেই চেনা যাচ্ছে না।

বুরুন রং-মাখা ছেলেদের মধ্যে ভুতুমকে খুঁজছিল। আর কিছুর জন্য নয়, ভুতুমকে পেলে তার কানদুটো আচ্ছাসে মলে দিয়ে মাথায় দুটো চাঁটি দেবে। বড্ড বেয়াড়া হয়েছে ছেলেটা।

অনেক খুঁজে বকুলতলার কাছে ভুতুমকে দেখতে পেল বুরুন। নর্দমার পাঁক তুলে রাস্তার লোকের গায়ে ছুড়ছে। বুরুন গিয়ে তার একটা কান পাকড়ে মাথায় একটা রাম চাঁটি দিয়ে বলে, "খুব যে সকালে লঙ্কার গুঁড়ো দেওয়া আবির দিয়েছিলি! এখন?"

ভুতুম ভ্যাঁ করে কেঁদে উঠে বলে, "দাঁড়াও দাদাকে ডেকে আনছি। কালও তুমি চাঁটি দিয়েছিলে বিশুদা, আর মার্বেল কেড়ে নিয়েছিলে..."

বুরুন ভুল বুঝতে পেরে জিব কাটে। ভুতুম নয়, ক্লাস ফোরের ছিঁচকাঁদুনে ফুচু। অবশ্য ফুচুও তাকে চিনতে পারেনি, বিশু বলে ভুল করেছে। বুরুন তাড়াতাড়ি সরে পড়ল।

কুমোরপাড়ায় অবশেষে বুরুন ভুতুমকে পেয়ে যায়। রঙের বালতিতে কেরোসিন মেশাচ্ছে। বুরুন গিয়ে তাকে হাত চেপে ধরে বলে, "ভুতুম! এবার কোথায় পালাবি? সকালে যে বড়—"

ভুতুম অবাক হয়ে চেয়ে বলে, "দ্যাখ মোনা, ফের ইয়ার্কি করবি তো সেদিনের মতো গুলতি মারব। আমাদের পাড়ার ছেলেকে ল্যাং মেরে মার খেয়েছিলি সেদিন, তবু লজ্জা নেই?"

বলে ভুল-ভুতুম টক করে প্যান্টের পকেট থেকে গুলতি বের করতেই বুরুন ভোঁ-দৌড়। পিছন থেকে একটা ছুটন্ত গুডুল তার পিঠের হাড়ে ঠং করে এসে লাগল। আগে হলে নিধিদা ঠিক গুডুলটা অন্য দিকে উড়িয়ে দিত। কিন্তু নিধিরাম তো এখন আর নেই।

ভুতুমকে খুঁজতে গিয়ে বারকয়েক এরকমভাবে ভুল-ভুতুমের সঙ্গে দেখা হয়ে গেল বুরুনের। অবশ্য তারাও কেউ বুরুনকে চিনতে পারেনি।

খুঁজতে খুঁজতে হয়রান হয়ে বুরুন রথতলায় একটা জামগাছের নীচে শান্তশিষ্ট একটি ছেলেকে দাঁড়িয়ে থাকতে দেখে। ভারী শান্তভাবে রঙিন ছেলেটা দাঁড়িয়ে আছে, হাতে কোনও পিচকিরি বা খারাপ রং নেই। শুধু একটু আবির। বুরুন তাকে গিয়ে জিজ্ঞেস করল, "হ্যাঁ খোকা, নোয়াপাড়ার ভুতুমকে এদিকে কোথাও দেখেছ?"

ছেলেটা হাসি-হাসি মুখ করতেই তার দাঁতে লাল নীল রং দেখা গেল। ছেলেটা খুব ভাল গলায় বলে, "হ্যাঁ দেখেছি। কিন্তু তুমি কে বলো তো?"

"আমি বুরুন।"

"ও, চ্যাম্পিয়ন? তুমি হলে শহরের গৌরব। আমাদের বাসায় তোমাকে নিয়ে খুব আলোচনা হয়। এসো, তোমাকে একটু আবির দিই! দেব তো? মনে কিছু করবে না তো?"

ছেলেটার এরকম ভদ্র আর সুন্দর ব্যবহারে বুরুন মুগ্ধ হয়ে গিয়ে বললে, "কেন আবির নষ্ট করবে ভাই? আমার গায়ে আর রং দেওয়ার জায়গাই নেই যে।"

ছেলেটা করুণ স্বরে বলে, "কিন্তু ছুটে কারও সঙ্গে পারি না বলে আজ যে আমি কারও গায়ে রং দিতে পারিনি!"

বড় মায়া হল শুনে, তাই বুরুন মুখটা এগিয়ে দিয়ে বলল, "তা হলে দাও।"

ছেলেটা হুশ করে হাতের আবির বুরুনের মুখে ছুড়ে দিয়েই দৌড়। আর লঙ্কার গুঁড়ো মেশানো ঝাল আবিরে বুরুনের চোখ-মুখ জিভ জ্বলে যেতে লাগল। ছেলেটা দৌড়তে দৌড়তেই চেঁচিয়ে বলল, "দুয়ো! দুয়ো! আমিই ভুতুম। ধরতে পারলে না!"

রাগে বুরুনের মাথার ঠিক রইল না। সে চোখ মুছতে মুছতেই শব্দ লক্ষ করে ভুতুমকে ধাওয়া করে যেতে লাগল। পায়ের শব্দে আর গলার স্বরে বুঝতে পারল যে, ভুতুম যাচ্ছে গোঁসাইবাগানের দিকে। শহরের সবচেয়ে ভাল পুকুরটা ওই দিকেই। গোঁসাইবাগানের কাছে বিশাল পুকুরটাকে লোকে বলে সমুদ্রদিঘি। সারা বছর টলটলে জলে ভরা থাকে। ওরকম ভাল জল আর কোথাও নেই। কিন্তু অনেকটা দূরে বলে আর ভয়ের জায়গা বলে লোকে সেখানে বড় একটা স্নান করতে যায় না।

বুরুন পরিষ্কার শুনতে পেল ভুতুম দৌড়ে গিয়ে সমুদ্রদিঘিতে ঝাঁপ দিয়ে চেঁচাল, "দুয়ো! ধরতে পারল না!"

বুরুনও দিগ্বিদিক জ্ঞানশূন্য হয়ে গিয়ে দিঘিতে ঝাঁপিয়ে পড়ে। জলে কিছুক্ষণ নাকানি-চোবানি খাওয়ার পর চোখ পরিষ্কার হয়ে আসে। তখন চারদিকে চেয়ে সে ভুতুমকে খোঁজে।

কিন্তু পুকুরে জনপ্রাণী নেই। চারদিকে ঠান্ডা নিস্তরঙ্গ জল। কোথাও একটা ভুরভুরিও দেখা যায় না। তবে দিঘিটা এত বিশাল যে, সবটা নজর করা মুশকিল। বদমাশ ভুতুম নিশ্চয়ই ডুব-সাঁতার দিয়ে কোথাও ভেসে উঠবে ভেবে বুরুন অনেকক্ষণ জলে সাঁতরে বেড়াল। কিন্তু ভুতুম কোথাও ভেসে উঠল না। ডুবে গেল নাকি ছেলেটা? কিন্তু ডোববার ছেলে তো ভুতুম নয়! চৌপর দিন সে তার বাড়ির পাশের পুকুরটায় পড়ে থাকে। চিত, ডুব, কাত— কোনও সাঁতারই তার অজানা নয়। দমও আছে অনেক। তবে ভুতুমের হল কী?

খোঁজাখুঁজি করতে করতে বুরুন দক্ষিণের ভাঙা ঘাটের কাছে চলে এল। ডুবে ডুবে পা দিয়ে দিঘির তলায় খুঁজতে লাগল। যদি ভুতুম ডুবে গিয়ে থাকে, তবে ওর শরীরটা তো থাকবে নীচে।

হঠাৎ ঘাটের ওপর থেকে একটা গম্ভীর গলায় প্রশ্ন এল, "তুমি ওখানে কী করছ?"

বুরুন অবাক হয়ে চেয়ে দেখে জটাওয়ালা একটা লোক দাঁড়িয়ে আছে। বিশাল চেহারা, গায়ে টকটকে লাল রঙের চাদর আর কাপড়। গলায় রুদ্রাক্ষের মালা। মুখে রাজ্যের দাড়িগোঁফ।

বুরুন ঘাটের একটা ডুবো-সিঁড়িতে গলা-জলে দাঁড়িয়ে আমতা আমতা করে বলে, "একটা ছেলে বোধহয় জলে ডুবে গেছে, তাই খুঁজছি।"

লোকটা কোনও সাধু-টাধু হবে, গম্ভীর গলায় বলল, "এ দিঘির জলে মায়ের পুজো হয়, তাই কারও নামা বারণ, তুমি উঠে এসো।"

বুরুন একটু ভয় খেয়েছিল। আস্তে আস্তে জল থেকে উঠে ঘাটে দাঁড়াতেই লোকটা ফের জিজ্ঞেস করল, "তুমি কে?"

বুরুন ভেজা গায়ে শীতে কাঁপতে কাঁপতে বলল, "আমি বুরুন, ভেলু ডাক্তারের ছেলে, রাম কবিরাজ আমার দাদু।"

শুনে লোকটার মুখ একেবারে পাকা আমের মতো মিষ্টি হয়ে গেল। হেসে বলল, "তাই বলো! এসো এসো, আজ দোলের দিন তোমাকে মিষ্টিমুখ করাব। তোমার বাবা আর দাদুর সঙ্গে আমার খুব খাতির কিনা। এসো এসো।"

এই বলে লোকটা নিজেই এগিয়ে এসে বুরুনকে নড়া ধরে তুলে নিল। বুরুন টের পেল, লোকটার গায়ে অসুরের মতো জোর।

গোঁসাইবাগানের ঝোপ-জঙ্গলের ভিতর দিয়ে সরু রাস্তা। দিনের বেলাতেও আলো নেই। কেমন আবছা ভুতুড়ে ছায়া চারিদিকে। সেই রাস্তা দিয়ে লোকটা বুরুনের হাত শক্ত করে ধরে নিয়ে যাচ্ছে। ব্যাপারটা বুরুনের ভাল লাগছে না। সে বলল, "আপনি কে?"

"আমি!" হা হা করে হেসে লোকটা বলে, "আমি একজন সাধু মানুষ। ভয় পেয়ো না। একসময়ে এই গঞ্জে সবাই আমাকে 'হাবু ওস্তাদ' নামে চিনত। এখনও কেউ কেউ চেনে। তোমার দাদু আর বাবা তো খুব চিনবে।"

বুরুন যেন ইলেকট্রিক শক খেয়ে কেঁপে উঠল। এই তবে হাবু ওস্তাদ!

গোঁসাইবাগানের পোড়ো বাড়ির চারপাশের জঙ্গল সাফ করা হয়েছে। ঘরদোর সব পরিষ্কার পরিচ্ছন্ন। ঘরে পাঁচ-সাতজন ষণ্ডা চেহারার লোক শুয়ে বসে আছে। তাদের চোখ রক্তবর্ণ, আর মাঝে-মাঝে "শিব স্বয়ম্ভু" বলে বিকট গলায় তারা হাঁক পাড়ছে। হঠাৎ মাটি কাঁপিয়ে "ঘ-ড়-ড়-ড়-ড়া-ম" করে কাছেই একটা বাঘ ডেকে উঠল। এত বিকট ডাক বুরুন জীবনে শোনেনি।

সে কেঁপে উঠতেই হাবু ওস্তাদ বলে, "ভয় নেই। ও আমার পোষা বাঘ। এতদিন জঙ্গলে ছিল, আমি ফিরে এসেছি খবর পেয়ে বাঘটাও ফিরে এসেছে।"

এত ভয় বুরুন জীবনে পায়নি। কাঁপা গলায় সে বলে, "আমাকে ছেড়ে দিন। আমি বাড়ি যাব।"

হাবু হেসে তার পিঠে হাত বুলিয়ে দিয়ে বলে, "যাবে যাবে! তোমাকে একটু মিষ্টিমুখ করাই, জায়গাটা একটু ঘুরে-টুরে দেখো। হয়তো এ জায়গা তোমার এত ভাল লেগে যাবে যে, আর নিজের বাড়িতে ফিরতেই চেষ্টা করবে না।"

বুরুন হাবুর হাত ছাড়িয়ে নেওয়ার চেষ্টা করতে করতে বলল, "না না। আমি বাড়ি যাব।"

হঠাৎ হাবু তার চোখে হাত বুলিয়ে দিয়ে খুব আলতো গলায় বলল, "এমন সুন্দর জায়গা ছেড়ে কোথায় যাবে?"

বুরুন চোখে হাত বোলাবার সময় চোখ বন্ধ করে ছিল। চোখ চাইতেই সে বিস্ময়ে হতবাক হয়ে গেল।

কোথায় সেই পোড়ো বাড়ি? কোথায়ই বা সেই জঙ্গল? সে দেখতে পেল, কী সুন্দর বাগান! অজস্র, অসংখ্য ফুল ফুটে আছে, সুগন্ধে ম-ম করছে চারধার। গাছে-গাছে দোয়েল শ্যামা কোকিল ডাকছে। ফুলে-ফুলে ঘুরে বেড়াচ্ছে ছোট্ট প্রজাপতির মতো পরী। একটা ছোট্ট নদী বয়ে যাচ্ছে তরতর করে। বাঁধানো ঘাটে

একটা রঙিন নৌকো বাঁধা। সব কিছুই খুব ছোট-ছোট, খেলাঘরের মতো। কিন্তু ভারী সুন্দর। এখানে আকাশের রং সবুজ। রঙের বাক্সে যতরকম রং দেখা যায়, ততরকম রঙের ছোট বড় গোল চৌকো আর নানান আকৃতির মেঘ আকাশে ভাসছে। কোনও কোনও মেঘ খুব নিচু হয়ে প্রায় মাথা ছুঁয়ে চলে যাচ্ছে। মেঘগুলোর ওপরে চমৎকার ছোট ছোট বসবার গদি রয়েছে। একটা মেঘ তার কাছে এসে বলে উঠল, "চড়বে নাকি বুরুন? চলো তোমাকে বেড়িয়ে নিয়ে আসি।"

মন্ত্রমুগ্ধের মতো বুরুন উঠে পড়ল মেঘের কোলে। সাবানের ফেনার মতো নরম গদিতে বসে আস্তে আস্তে ওপরে উঠল। খুব ওপরে নয়, খুব বেশি হলে তিন তলার ছাদের সমান উঁচু হয়ে আস্তে আস্তে মেঘটা তাকে নিয়ে চলে।

অল্প দূরেই একটা ছোট পাহাড়, তার চূড়ায় বরফ জমে আছে। পাহাড়ের পিছনে সূর্য ডুবছে। কী আশ্চর্য! এই সূর্যের চেহারা অবিকল আহ্লাদি মানুষের মুখের মতো। তার ঠোঁট, নাক, কান, চোখ সব আছে। বুরুনকে দেখে সূর্য বলে উঠল, "তোমার হুকুম পেলেই আমি উঠব বা ডুবব।"

বুরুন অবাক হয়ে দেখল। তারপর বলল, "তুমি একটু থাকো, আমি সব দেখে নিই ভাল করে। তারপর ডুবো।"

মেঘটা বলে উঠল, "সূর্য ডুবলেও এখানে কখনও অন্ধকার হয় না। চাঁদমামা আছে, তারা আছে, স্বপ্নের আলো আছে।"

একটা ছোট্ট রেলস্টেশনের ধারে তাকে নামিয়ে দিল মেঘ। স্টেশনের ঘরটা নানা রঙে রঙিন, প্ল্যাটফর্মে হলুদ মোরাম! ছোট বাতিদানে সবুজ-লাল-নীল আলো জ্বলছে। খুদে ট্রেনটা দাঁড়িয়ে শ্বাস টানছে। কামরার জানালায় অদ্ভুত মজার মজার সব মুখ দেখে বুরুন। একটা জানালায় ডোনাল্ড ডাককে দেখতে পায়, অন্য জানালায় টিনটিন আর ক্যাপটেন মুখোমুখি বসে একটা গুপ্তধনের প্ল্যান দেখছে, টিনটিনের কুকুর কুট্টুস একটা ডাইনি বুড়িকে তাড়া করে অন্য কামরায় উঠিয়ে দিয়ে এল। একটা কামরার জানালায় দেখল, ভুতুম বসে আছে। কিন্তু ভুতুমের সঙ্গে ঝগড়া বলে তার দিকে ভাল করে তাকাল না বুরুন।

টিং টিং করে মিষ্টি ঘণ্টা বাজতেই গার্ডসাহেব হুইসল দিয়ে গাড়ি ছাড়ার সংকেত দিলেন আর বুরুনের দিকে চেয়ে বললেন, "উঠে পড়ো তাড়াতাড়ি!" গার্ডের মুখ দেখে বুরুন তো অবাক। এ যে অরণ্যদেবের সেই বেঁটে সঙ্গী গুরান!

একটা কামরায় উঠে পড়ে বুরুন। জানালায় বসে দেখে, রূপকথার দেশের মতো অলৌকিক সুন্দর এক দেশের ভিতর দিয়ে গাড়ি যাচ্ছে। সব কিছুই ছোট-ছোট, সব কিছুই খুব সুন্দর রঙের।

যে কামরায় বুরুন উঠেছে, তাতে অজস্র পুতুল বসে বসে বিস্কুট খাচ্ছে আর চিকন সুরে একে অন্যের সঙ্গে কথা বলছে। পুতুল-কুকুর ঘুরে ঘুরে 'পুফ পুফ' করে ডাকছে, বাঘ-পুতুল বলছে 'হালুম হুলুম', হাতি-পুতুল একটা বানর-পুতুলকে শুঁড়ে নিয়ে দোল দিচ্ছে।

একটা জঙ্গলের ধারে গাড়ি এসে ছোট্ট একটা স্টেশনে থামল। স্টেশনের নাম 'চড়ুইভাতি'। গুরান এসে সবাইকে বলল, "নেমে পড়ো, নেমে পড়ো। এখানে আজ চড়ুইভাতি হবে।"

নেমে বুরুন সকলের সঙ্গে জঙ্গলের মধ্যে হাঁটতে থাকে। ভারী সভ্য-ভব্য জঙ্গল। কোথাও কাঁটাগাছ নেই, বিছুটি পাতা নেই। সুন্দর সুন্দর সব গাছ, ফুল, পাখি। ছোট-ছোট বাঘ, সিংহ, হাতি, গন্ডার ঘুরে বেড়াচ্ছে। নানা রঙের সাপ চলেছে নিজের কাজে। তাদের দেখে একদম ভয় করে না। একটা বাঘের গায়ে হাত বুলিয়ে দিল বুরুন। একটা সাপকে তুলে একটু আদর করে ছেড়ে দিল।

দিনের আলো ফুরোচ্ছে না। সূর্য আটকে আছে পাহাড়ের পিছনে। আর সেই সুন্দর নরম আলোয় জঙ্গলের মধ্যে লুকোচুরি। আলোছায়ায় ডোনাল্ড ডাক, টিনটিন, গুরান, ডাইনি বুড়ি, পুতুল আর জীবজন্তু মিলে কী যে হই-হুল্লোড় করে চড়ুইভাতি হতে লাগল, তা বলে ফুরোয় না। ভুতুম এসে কাকুতি-মিনতি করে বলল, "বুরুনদা, কাল আবির দিয়ে খুব অন্যায় কাজ করেছি। আর হবে না, কান ধরছি।"

বুরুন গম্ভীর হয়ে বলে, "আর পিঁপড়ে?"

"সেও অন্যায়। এই দেখো, দশবার ওঠবোস করছি। এবার ভাব করবে তো?"

ভুতুমের এত ভাল স্বভাব হয়েছে দেখে খুশি হল বুরুন। ভাব করে ফেলল।

দুপুর গড়িয়ে বিকেল হতে চলল। বুরুন আর ভুতুমকে খুঁজতে যেসব লোককে চারদিকে পাঠানো হয়েছিল, তারা ফিরে এসে খবর দিল— নাঃ, কোথাও তাদের পাওয়া গেল না।

এ খবর শুনে মন্মথবাবু শয্যা নিলেন। আর রামবাবু ঘন-ঘন তামাক খেতে লাগলেন। দু বাড়িতেই কান্নাকাটি শুরু হয়ে গেল।

সন্ধের শেষ ডাউন রেলগাড়িটা ইস্টিশান ছেড়ে চলে গেল। তার কু-ঝিক-ঝিক শব্দ মিলিয়ে যেতে-না-যেতেই চারদিক কাঁপিয়ে বাঘের ডাক উঠল— ঘ্রা-আ-আ-ম্! একবার। দুবার। তিনবার। আর তখন চারদিকে হলুদ আলোর বান ডাকিয়ে পূর্ণিমার চাঁদ উঠে পড়ল আকাশে। কিন্তু সেই জ্যোৎস্নাতেও চারদিকটা আজ বড় ভুতুড়ে দেখাতে লাগল।

রাস্তাঘাট ফাঁকা, জনশূন্য। পথে কুকুর-বিড়াল পর্যন্ত নেই। সব দরজায় খিল পড়ে গেছে। হাড়-কাঁপানো শীতের বাতাস বয়ে যাচ্ছে।

রাম কবিরাজ একা তাঁর দোকানঘরে বসে আছেন। আড্ডাধারীরা কেউ আজ আসেনি। চারদিক নিঃশব্দ। রাম কবিরাজ বসে বসে ভাবছেন আর তামাক খাচ্ছেন। ভাবতে ভাবতে একসময়ে হঠাৎ আপন মনে বলে উঠলেন, "হুঁ। তা হলে এই হল ব্যাপার!"

যেই কথাটা বলেছেন, অমনি তাকের উপর শিশি-বোতলগুলো ঠুনঠুন করে নড়ে উঠল। রাম কবিরাজ অবাক হয়ে চারদিকে চেয়ে দেখলেন। ভাবলেন, মনের ভুল। আবার একটা দীর্ঘশ্বাস ছেড়ে বললেন, "হুঁ। তা হলে এই হল ব্যাপার!"

বলার সঙ্গে সঙ্গে আবার শিশি-বোতলের ঠুনঠুন শব্দ।

রাম কবিরাজ জানেন, ঘাবড়ে গেলে বা উত্তেজিত হয়ে পড়লে কোনও দিন কোনও কাজ হয় না। এমনিতেও তিনি ভিতু মানুষ নন। কারণ, যারা সৎ ও ন্যায়পরায়ণ, তাদের ভয়ের কিছুই নেই। মনটাকে শক্ত করে তিনি ইষ্টনাম জপ করতে লাগলেন। জপ করতে করতেই বললেন; "কী চাও?"

কপাটের আড়াল থেকে খোনা সুরে কে যেন বলে, "জপ বন্ধ করুন, নইলে কাছে আসি কী করে? আমার সময় নেই, কাজের কথাটা বলেই চলে যাব।"

রাম কবিরাজ জপ থামিয়ে বলেন, "এবার বলো।"

খোনাসুর কপাটের আড়াল থেকে ঘরের মধ্যে চলে আসে। কিন্তু রামবাবু কাউকে দেখতে পান না। বাতাসের ভিতর থেকে স্বরটা বলে, "ভয় পাবেন না। আমরা সব বুরুনের বন্ধুলোক। আমার নাম খোনাসুর।"

"বুরুন কোথায়?"

"গোঁসাইবাগানের পাতালঘরে। সমুদ্রদিঘির দক্ষিণের ঘাটে জলের তলায় ছয় নম্বর সিঁড়ির গায়ে যে ফাটল আছে, সেইটেই হল সবচেয়ে সোজা রাস্তা। জলে ডুব দিয়ে ফাটলে ঢুকে দশ কদম হাঁটলেই পথ যাওয়া যাবে, যে পথ সোজা পাতালঘরে গেছে। সেখানে বুরুন আর ভুতুম দুজনেই আছে।"

"সেখানে যাওয়া যায় না?"

"তা যাবে না কেন? কৌশলে সব হয়। কিন্তু গিয়ে কিছু লাভ নেই। তারা সেখান থেকে আসতে চায় না।"

"সে কী?"

"আজ্ঞে সেই খবরটাই দিতে এলাম। হাবু তাদের বশীকরণ মন্ত্র দিয়ে আটকে রেখেছে। আমাদেরও মন্ত্রের জোরে বশ করে দিনরাত খাটাচ্ছে। একটুও জিরোতে পাই না। গা-গতরে ব্যথা। তা কবিরাজমশাইয়ের কাছে গা-ব্যথার কোনও ওষুধ আছে নাকি?"

"আছে। তবে সে মানুষের জন্য। তোমাদের কি আর সে ওষুধে কাজ হবে?"

"তা হলে শিগগির শিগগির আমাদের জন্যও ওষুধপত্র বের করে ফেলুন।"

রাম কবিরাজ চিন্তিত হয়ে বললেন, "কাজটা বড় সহজ নয় হে। প্রথমে ভেবে দেখতে হবে, তোমাদের যখন শরীরই নেই, তখন অসুখটা হয় কোথায়। নাড়ির গতি দেখে যে কিছু বুঝব তারও কিছু উপায় নেই। তারপর ধরো, তোমাদের পেট নেই, কাজেই ওষুধ পেটে গিয়ে ক্রিয়া করবে না। তোমাদের গায়ে মালিশও চলবে না। কাজেই তোমাদের জন্য বায়বীয় ওষুধ বের করতে হবে। সে কাজ ভারী শক্ত। তবে আমি চেষ্টা করব।"

খোনাসুর খুশি হয়ে বলে, "বড় উপকার হবে তা হলে কবিরাজমশাই। আমাদের কথা তো কেউ ভাবে না। এই হাবু বদমাশটার কথাই ধরুন না। এখানে আসা ইস্তক কী অভৌতিক খাটানটাই না খাটাচ্ছে! বিছুটি-বন পরিষ্কার করো, কাঁটা-গাছ ওপড়াও, ঘর পরিষ্কার করো, দিঘির কচুরিপানা তোলো, এটা আনো, সেটা নিয়ে যাও, অমুককে খবর দাও, তমুককে ধরে আনো, কাজের শেষ নেই। তিন-ধা-নাচন নেচে মরছি। বাগে পেলেই হাবুর ঘাড় মটকাব।"

উৎসাহিত হয়ে রাম কবিরাজ বলেন, "সত্যি মটকাবে?"

"তবে আর বলছি কী? অবশ্য হাবুর ঘাড় মটকানো সহজ কাজ নয়। সে আমাদের মন্ত্রের জোরে আষ্টেপৃষ্ঠে বেঁধে রেখেছে। ইচ্ছে থাকলেও কিছু করতে পারি না। তা বলে ভাববেন না যেন, আমরা সবাই হাবুর হুকুম খুশি হয়ে তামিল করছি। সুযোগ বুঝলেই আমরা কাজে ফাঁকি দিই। এক লহমার কাজ করতে তিনদিন লাগিয়ে দিই, তিন দিনের কাজ সারতে তিন মাস কাটাই। আরবারে হাবুর কালীপুজোয় ফটিকবাবু চাঁদা দেননি বলে হাবু রেগে গিয়ে আমাকে ডেকে বলল, যা তো, ফটিকের গোঁফ জোড়া উপড়ে নিয়ে আয়। আমি করলুম কী, ফটিকবাবুর গোঁফের বদলে তাঁর ছাগলের দাড়িগাছটা ছিঁড়ে নিয়ে গেলাম। হাবু প্রথমটায় বুঝতে পারেনি, পরে টের পেয়ে সে কী মার আমাকে! আমি মাথা চুলকে বললাম, আজ্ঞে অন্ধকারে ঠিক ঠাহর পাইনি। তখন আরও মারে দেখে বললাম, আজ্ঞে কানে ভাল শুনতে পাচ্ছি না। বুড়ো হচ্ছি তো, তাই ফটিক শুনতে ফটিকের ছাগল আর গোঁফ শুনতে দাড়ি শুনেছি। কিন্তু মানুষের উপকার করতে নেই কবিরাজমশাই। এই যে ফটিকবাবুর একটা উপকার করেছিলাম, তার জন্য বরং ফটিকবাবুই উলটে কত না শাপ-শাপান্ত করেছেন। বলেছেন, যে আমার ছাগলের দাড়ি ছিঁড়েছে তার ওলাউঠা হোক, সে নরকে যাক, নরকে যেন যমদূতেরা তাকে দশ হাজার বছর ধরে সেদ্ধ করে আরও দশ হাজার বছর ধরে ভাজে, তারপর আরও দশ হাজার বছর রোদ্দুরে ফেলে রেখে শুকোয়।"

কবিরাজমশাই সান্ত্বনা দিয়ে বলেন, "আহা, বুঝতে পারেনি ফটিক। আমি তাকে বুঝিয়ে বলবখন। তুমি রাগ কোরো না বাবা খোনাসুর।"

এই বলে কবিরাজমশাই উঠে একটা কাগজের পুরিয়াতে একটু কর্পূর, গন্ধক, কালোজিরে, এলাচের গুঁড়ো, হিং এবং আরও কয়েকটা চূর্ণ মিশিয়ে টেবিলের ওপর রেখে বললেন, "এটা নিয়ে যাও। গায়ে-গতরে ব্যথা হলে বা হাঁফিয়ে পড়লে শুঁকে দেখো। এক শিশি কবিরাজি নস্যও নিয়ে যাও, ওই তাকে আছে। এতে যদি কাজ হয়, তবে আমি ভূতদের জন্য আরও নানারকম ওষুধ বানাতে শুরু করব। আর সেই নতুন চিকিৎসাবিদ্যার নাম দেব ভৌত আয়ুর্বেদ।"

বাতাসের হাত বাড়িয়ে খোনাসুর পুরিয়াটা তুলে নিল। কবিরাজ মশাই দেখলেন পুরিয়াটা শূন্যে ভাসছে। খুব জোরে একটা শ্বাস টানার শব্দ হল। তারপর এক প্রবল হ্যাচ্ছোঃ। খোনাসুর বলে ওঠে, "আঃ! খুব কাজ হচ্ছে মশাই। গায়ের ব্যথাটা যেন হাঁচির সঙ্গে বেরিয়ে গেল। জব্বর ওষুধ।"

রাম কবিরাজ খুশি হয়ে বললেন, "ওষুধের জন্যে আর ভেবো না। লোকে আজকাল আর কবিরাজের কাছে আসতে চায় না, হাতুড়ে অ্যালোপ্যাথের দোরে গিয়ে ধরনা দেয়। সেইজন্য মানুষের চিকিৎসা করতে আর রুচি হয় না। এবার থেকে না হয় ভূতেদের চিকিৎসা করে দেখব।"

খোনাসুর আর একবার হাঁচি দিয়ে বলল, "যে আজ্ঞে।"

রামবাবু গলায় আদর মাখিয়ে বললেন, "এবার বলো তো বাবা খোনাসুর, ছেলে দুটোকে উদ্ধার করি কোন উপায়ে?"

খোনাসুর ভয়-খাওয়া গলায় বলে, "ও বাবা! উদ্ধার করা বড় কঠিন কাজ কবিরাজমশাই। যদি বা কোনও রকমে উদ্ধার করতে পারেন, তবে বাঁচাতে পারবেন না।"

রামবাবু চিন্তিত হয়ে বললেন, "তা হলে উপায়?"

"যদি কোনওরকমে বুরুন নিজের মনের জোর খাটিয়ে বশীকরণের মন্ত্র কাটাতে পারে, একমাত্র তবেই সে উদ্ধার পারবে। এ বাইরের লোকের কাজ নয়। যা করবেন ভেবেচিন্তে করবেন... হ্যাঁ... হ্যাঁ... হ্যাঁচ্ছো... আঃ, আপনার ওষুধে খুব কাজ হচ্ছে।"

রামবাবু পরম তৃপ্তির সঙ্গে বললেন, "তা আর হবে না! আমি হলাম ডাকসাইটে রাম কবিরাজ, মড়া বাঁচাতে পারি—"

কিন্তু কথাটা ভাল করে শেষ করার আগেই কবিরাজ মশাই টের পেলেন যে, পুরিয়া সমেত খোনাসুর সাঁ করে পালিয়ে গেল। রামবাবু বার বার ডাকাডাকি করেও আর তার সাড়া পেলেন না। "কী হল রে বাবা" বলে কবিরাজমশাই ভাবতে লাগলেন। তারপর তাঁর খেয়াল হল, অন্যমনস্কভাবে তিনি খোনাসুরের সামনে নিজের নামটা উচ্চারণ করে

ফেলেছেন। ও নাম ওদের সহ্য হয় না। মনে মনে তিনি ঠিক করলেন, ভূতেদের চিকিৎসা যদি করতেই হয়— তবে ওদের সামনে নিজের নামটা ভুলেও মুখে আনা চলবে না।

করালীবাবু দোল পূর্ণিমার জ্যোৎস্না-রাতে তাঁর বাড়ির সামনের রাস্তায় পায়চারি করছিলেন। ভারী শক্ত একটা রুটওভার সকাল থেকে কয়বার চেষ্টা করছেন। পারেননি। পারবেন কী করে? সারাদিন গাঁয়ের ছেলেবুড়ো হুল্লোড় করে রং খেলেছে। অত হুল্লোড়ে কি অঙ্ক হয়? অঙ্ক হয়নি বলে করালীবাবুর মাথাটা তেতে আগুন হয়ে গেল। প্রায়ই এরকম হয়। আর মাথা গরম হলে বরাবর, কী শীত কী গ্রীষ্ম, কী দিন কী রাত, করালীবাবু গিয়ে পুকুরে ঘণ্টার পর ঘণ্টা গলা অবধি ডুবিয়ে বসে থাকেন। আর এই অভ্যাসের ফলে করালীবাবু নিজের অজান্তেই খুব বড় সাঁতারু হয়ে গেছেন। ইচ্ছে করলে তিনি পাঁচ, সাত, এমন কী দশ মিনিট পর্যন্ত জলের নীচে ডুব দিয়ে থাকতে পারেন। বলতে কী, সাঁতারের কম্পিটিশনে নামলে করালীবাবুকে হারানোর মতো লোক নেই।

সে যাই হোক, করালীবাবুর রুটওভারের অঙ্কটা হয়নি আজ। সন্ধে অবধি পুকুরে ডুবে থেকে তাঁর মাথাটা এখন ঠান্ডা হয়েছে। রাস্তায় পায়চারি করতে করতে তিনি গোল চাঁদটার দিকে তাকিয়ে 'জিরো' সংখ্যাটার কথা ভাবছিলেন। আর এই ভেবে অবাক হচ্ছিলেন যে, জিরোর মতো এত রহস্যময় ব্যাপার আর কিছু নেই। ভেবে দেখলে জিরো বা শূন্যই হচ্ছে সব সংখ্যার উৎস। পৃথিবীর যাবতীয় সংখ্যা-তত্ত্বের মূলে রয়েছে ওই শূন্য।

চারদিকে বান-ডাকা জ্যোৎস্নায় গাছপালা, আকাশ, মাটি এই যে ভারী সুন্দর দেখাচ্ছে, এর পিছনেও আছে একটা প্রোপোরশন বা অনুপাত। আকাশ কতটা পরিষ্কার থাকলে, কতখানি জ্যোৎস্না উঠলে কতগুলো গাছপালা এবং কতখানি মাঠ-ময়দান থাকলে কতটা সৌন্দর্যের সৃষ্টি হবে, তার পিছনেও কি অঙ্ক নেই?

আসলে আকাশে, বাতাসে, জ্যোৎস্নায় বা অন্ধকারে সর্বত্রই অঙ্কের প্রভাব। ভেবে ভারী মুগ্ধ হয়ে গেলেন করালীবাবু।

আর ঠিক এই সময়েই বাতাস ছিঁড়ে, জ্যোৎস্না কাঁপিয়ে ভয়ংকর এক বাঘের ডাক উঠল 'ঘ্রা-ড়া-ড়া-ড়া-ম'! একবার। দুবার। তিনবার। "বাঘ! বাঘ!" বলে চেঁচাতে চেঁচাতে চারদিকে লোকজন দৌড়ে ঘরবাড়িতে ঢুকে পড়ছে। করালীবাবু একটু চমকালেন বটে, কিন্তু ঘাবড়ালেন না। শুধু আপনমনে বললেন, "সাউন্ড! সাউন্ড মিনস ভাইব্রেশন। অ্যান্ড ভাইব্রেশন মিনস এনার্জি।"

অনেক ভেবে করালীবাবু দেখলেন এই সুন্দর প্রোপোরশনেট জ্যোৎস্না-রাতের মধ্যে বাঘের ডাকের মতো একটা নতুন এনার্জি বা ভাইব্রেশন ঢুকে পড়ায় প্রোপোরশনটা নষ্ট হয়ে গেল। অর্থাৎ পূর্ণিমার সৌন্দর্যটা আর রইল না। মানুষ ভয় পেয়ে গেল। আচ্ছা, ভয়টাও কোনও এনার্জি? নাকি অ্যাবসেনস অব এনার্জি?

বাড়ির লোকজন এসে করালীবাবুকে বাড়িতে ধরে নিয়ে গেল।

পরদিন সকালে ঘুম থেকে উঠে পুব আকাশের দিকে চেয়ে টকটকে লাল সূর্যটা দেখে করালীবাবু আবার শূন্য সংখ্যাটা নিয়ে ভাবতে লাগলেন। শূন্যকে গুণ করা যায় না, ভাগ করা যায় না, শূন্য থেকে কিছু বিয়োগ করা যায় না— সব সময়েই নিটোল শূন্য থাকে।

এইসব ভাবতে ভাবতে করালীবাবু স্নান করলেন, খেলেন, ইস্কুলে গেলেন।

ইস্কুলে আজ বিশাল হট্টগোল। ছেলেরা কেউ ক্লাসে যাচ্ছে না। ইস্কুল বসবার ঘণ্টা পড়ছে না। চারদিকে লোকজন খুব গম্ভীর মুখে কথাবার্তা বলছে। শোনা গেল, কাল থেকে ইস্কুলের দুটি ছেলে বুরুন আর ভুতুম নিরুদ্দেশ। কোথাও তাদের হদিশ মিলছে না। আবার গতকালই গঞ্জে বহুবার বাঘের ডাক শোনা গেছে। সকলে তাই দুইয়ে-দুইয়ে চার করে নিয়েছে। বেশির ভাগ লোকেরই ধারণা, বুরুন আর ভুতুম এখন বাঘের পেটে। সুতরাং একদল ছাত্রের দাবি, বুরুন আর ভুতুমের নামে শোক-প্রস্তাব নিয়ে ইস্কুল ছুটি দেওয়া হোক। কেউ কেউ বলছে, ছেলেদুটোকে কোনও দুষ্ট লোক চুরি করে নিয়ে গেছে। কেউ বলছে, তারা সমুদ্রদিঘিতে ডুবে গেছে।

সে যাই হোক, বুরুন নিরুদ্দেশ হওয়াতে করালীবাবু খুবই হতাশ হলেন। বুরুনের মতো ছাত্র তিনি জীবনে দেখেননি। যদিও গত বার্ষিক পরীক্ষায় বুরুন অঙ্কে তেরো পেয়েছিল, তবু ইদানীং অঙ্কে তার প্রতিভা দেখে করালীবাবুর দৃঢ় ধারণা হয়েছে যে, এ ছেলে আইনস্টাইনের মতো বড় হবে। এরকম ছাত্র খোয়া গেলে কার না দুঃখ হয়? বুরুন তাঁকে একবার বলেছিল, "স্যার অঙ্কের নিয়মে এক-এ এক-এ যোগ করে আমরা দুই করি, কিন্তু সেটা কি ঠিক? পৃথিবীতে কোনও একটা জিনিসই ঠিক আর একটার মতো নয়। একটা গাছের লক্ষ পাতার মধ্যে মিলিয়ে দেখলেও দেখা যাবে, একটা পাতা হুবহু আর একটার মতো হয় না, আকার গঠন রং ওজন ইত্যাদিতে কিছু না কিছু তফাত থাকবেই। এমনকী এক কণা বালির সঙ্গেও আর-এক কণা বালির তফাত আছে। কাজেই একের সঙ্গে এক যোগ করে দুই হয় না, কারণ দুটো এক তো আলাদা।" করালীবাবু খুবই অবাক হয়ে বলেছিলেন, "তা হলে কী হবে?" বুরুন জবাব দিয়েছিল, "এক-এর সঙ্গে এক যোগ করলে পাই দুটো এক। তেমনি তিনটে এক বা চারটে এক।"

এইটুকু বয়সে বুরুনের মাথায় এক-এর তত্ত্ব খেলতে দেখে করালীবাবু আনন্দে আত্মহারা হয়ে গিয়েছিলেন। করালীবাবুও জানেন, বস্তুতত্ত্বের নিয়ম অনুসারে পৃথিবীতে

কখনও দুটো জিনিস ঠিক একরকম হতেই পারে না। তা হলে এক-এর সঙ্গে এক যোগ করে দুই হয় কী করে? এই নিয়ে করালীবাবু প্রায়ই ভাবেন।

হেডস্যার শচীন সরকার মাস্টারমশাইদের ডেকে বললেন, "যতদূর মনে হচ্ছে হতভাগ্য ছেলেদুটিকে বাঘেই নিয়েছে। কিন্তু প্রমাণ ছাড়া কনডোলেন্স মিটিং করতে পারি না। তবে বাঘের উপদ্রবে ছেলেদের নিরাপত্তা বিঘ্নিত হচ্ছে বলে ইস্কুল ছুটি দিয়ে দিচ্ছি। আপনারাও সতর্ক থাকবেন।"

হেডমাস্টারমশাইয়ের কথা শুনতে শুনতে এত দুঃখেও করালীবাবুর মাথায় অঙ্ক খেলছিল। তিনি ভাবছিলেন, দুটো ছেলেকে যদি একটা বাঘে খায়, তবে একের সঙ্গে দুই যোগ হয়ে অঙ্কের নিয়মে হয় তিন। কিন্তু আদতে দুটো ছেলে প্লাস একটা বাঘ ইজ ইকুয়াল টু হয় একটা বাঘ। বুরুন, ভুতুম আর বাঘ মিলে তিনটে প্রাণী হয়নি। অঙ্কের নিয়ম এখানে ব্যর্থ। আরও দুঃখের কথা, বুরুনের মতো অঙ্কের ভাল ছাত্রকে খেয়ে ফেলেও বাঘটার অঙ্কের মাথা খোলার কোনও সম্ভাবনাই নেই। বাঘটা টেরই পাবে না—সে অঙ্কের জগতের কত বড় একটা প্রতিভাকে ধ্বংস করেছে।

আবেগে করালীবাবুর চোখে জল এল। রাগে তাঁর গা ফুলতে লাগল। আপনমনে তিনি বললেন, "বাঘটাকে নিকেশ করতেই হবে।"

গেম টিচার পাশেই বসে ছিলেন। করালীবাবুর কথাটা তাঁর কানে যেতেই তিনিও চোখ মুছে ধরা গলায় বললেন, "বুরুনের ওপর আমার অনেক আশা ছিল। অলিম্পিক থেকে তার অন্তত দশ-বারোটা সোনার মেডেল আনার কথা। বদমাশ বাঘটাকে নিকেশ করার কথা আমিও অনেক ভেবেছি। কিন্তু শুনছি সেটা নাকি কোন তান্ত্রিকের বাঘ, সে তান্ত্রিক আবার মন্ত্র-তন্ত্র-বশীকরণ জানে।"

করালীবাবু অঙ্ক বিজ্ঞান ছাড়া কিছুই মানেন না। তাই হা-হা করে হেসে বললেন, "কিচ্ছু ভাববেন না। আমাকে একটা মজবুত দেখে লাঠিসোটা যা হোক কিছু দিন তো! তারপর দেখবেন এনার্জি মোমেন্টাম আর ভেলোসিটির কাছে সব মন্ত্রতন্ত্র ধুলো হয়ে যাবে।"

গেম স্যার খুশি হয়ে বললেন, "সে আর বেশি কথা কী? জ্যাভেলিনটাই নিয়ে যান। বল্লমকে বল্লম, লাঠিকে লাঠি।"

তাই হল। ছেলেরা যখন যে যার বাড়ি গেল, রাস্তাঘাট যখন একটু নির্জন হল, তখন জ্যাভেলিনটা কাঁধে ফেলে করালীবাবু হন হন করে গোঁসাইবাগানের দিকে রওনা হলেন।

রাম কবিরাজ দাওয়ায় বসে তামাক খেতে খেতে আকাশ-পাতাল ভাবছিলেন। বাড়ির লোকেরা সব প্রবল কান্নাকাটি করছে। তিনিও কোনও উপায় বের করতে

পারছেন না। বুরুন গোঁসাইবাগানের পাতালঘরে আছে। সেখানে পৌঁছানো শক্ত হলেও অসম্ভব নয়। খোনাসুর শর্টকাট রাস্তা বলে দিয়ে গেছে। যে-কোনও ভাল সাঁতারুর পক্ষেই সেখানে যাওয়া সম্ভব। কিন্তু মুশকিল হল, বুরুনের ভিতরে মনের জোর সৃষ্টি করা। বুরুনের ইচ্ছাশক্তি না জাগলে সে মন্ত্র কাটিয়ে বেরোতে পারবে না।

ভেবে ভেবে রোগা হয়ে গেছেন কবিরাজমশাই। চোখের কোলে কালি।

হঠাৎ রাস্তা দিয়ে করালীবাবুকে একটা বল্লম কাঁধে হেঁটে যেতে দেখে রামবাবুর মাথায় বিদ্যুৎ খেলে গেল। তিন লাফ দিয়ে দাওয়া থেকে নেমে প্রায় দৌড়ে গিয়ে করালীবাবুর কাছা টেনে ধরে বললেন, "করালীবাবু! চললেন কোথায়?"

করালীবাবু বুরুনের দাদুকে দেখে ব্যথিত মুখ করে বললেন, "বুরুনের জন্য আমরা সবাই দুঃখিত রামবাবু। আমি বাঘটাকে শিক্ষা দিতে যাচ্ছি।"

রামবাবু খুশি হয়ে তাঁর বিচক্ষণ চোখ দিয়ে করালীবাবুর চেহারাটা ভাল করে দেখে নিয়ে বললেন, "আপনার বীরত্বে ভারী আনন্দ পেলাম। যাওয়ার আগে দয়া করে আমার একটা পাঁচন খেয়ে যান, তাতে গায়ে বল হবে। আর সেই সঙ্গে দুটো-একটা গোপন শলা-পরামর্শও দিয়ে দেব। সব সময়ে বীরত্বে কাজ হয় না, কৌশলও চাই।"

এই বলে করালীবাবুকে নিজের ঘরে নিয়ে গিয়ে দরজা বন্ধ করে দিলেন রামবাবু।

অনেকক্ষণ তাঁদের শলা-পরামর্শ চলল।

সন্ধের পর আজও শেষ ডাউন গাড়ি ইস্টিশান ছেড়ে কু-ঝিক-ঝিক শব্দ তুলে চলে গেল। একটু বাদেই প্রতিপদের চাঁদ একগাল হাসি ছড়িয়ে আকাশে উঠে পড়ল। একপাল শেয়াল চেঁচিয়ে উঠল কোথায় যেন, আর সেই শব্দে পাড়ার কুকুরগুলো ধমক-ধামক শুরু করে দিল। আর হঠাৎ এ সময়ে করুণ সুরে ডেকে উঠল ফেউ। সবাই জানে ফেউ হল বাঘের সঙ্গ। ফেউয়ের ডাক মিলিয়ে যেতে না যেতেই 'ঘ্রা-আ-ড়া-ড়া-ম্' ডাকে কেঁপে উঠল চারদিক। সেই শব্দে সন্ধে-রাতেই লোকালয়ে নিশুত নিস্তব্ধতা নেমে আসে। যে যার ঘরে বসে প্রাণভয়ে কাঁপে।

শহরের দক্ষিণ ধারে ভয়ংকর গোঁসাইবাগানের ঝোপঝাড়ের ভিতর দিয়ে নিঃশব্দে অকুতোভয়ে এগিয়ে চলেছেন করালী স্যার। কাঁধে জ্যাভেলিন। রাম কবিরাজ করালীবাবুর গায়ে একটা ভারী দুর্গন্ধ তেল মাখিয়ে দিয়েছেন। বলেছেন, শীতের রাতে ঠান্ডা জলে নামতে আর ভয় রইল না। এ ভারী দুষ্প্রাপ্য তেল। এটা মেখে দক্ষিণ মেরুতে গেলেও নিউমোনিয়া ধরবে না। তা, তেলটা বোধহয় ভালই হবে, কিন্তু ভারী বিশ্রী গন্ধ। কবিরাজমশাই করালীবাবুকে খানিকটা পাঁচনও খাইয়ে দিয়েছেন। সে

পাঁচনটাও খেতে বিশ্রী। কিন্তু সেটা খাওয়ার পর থেকে মনটায় খুব ফুর্তি পাচ্ছেন করালীবাবু, আর মাথাটাও ঠান্ডা রয়েছে।

নিঃশব্দে সমুদ্রদিঘির ধারে এসে পৌঁছলেন করালী স্যার। একটা বাঁশঝোপের আড়ালে ছায়ায় দাঁড়িয়ে চারিদিকটা একটু হিসেব করে নিলেন। চারদিক ছমছম করছে। জ্যোৎস্নার মুখে যেন একটা ভুতুড়ে কুয়াশার ঠুলি। চারপাশে যেন ছায়া-ছায়া অশরীরী ঘুরে বেড়াচ্ছে। একটু ভয় ভয় করল করালীবাবুর। মনে মনে একটা রুটওভার করে ফেলতেই ভয়টা কেটে গেল। দিঘিটা সমুদ্রের মতোই বিশাল বটে। কিন্তু তাঁকে অতটা পার হতে হবে না। কবিরাজমশাইয়ের কথামতো ঠিক নিশানায় হেঁটে তিনি পশ্চিম দিকের ধারে চলে এসেছেন। এখান থেকে দক্ষিণের ঘাটে স্থলপথে যাওয়া আর নিরাপদ নয়। যেতে হবে জলে নেমে সাঁতরে। করালীবাবু হিসেব করে দেখলেন, এখান থেকে আগাগোড়া ডুব-সাঁতারে যেতে কম করে বিশ মিনিট লাগবে। কিন্তু তাতে ঘাবড়ালেন না মোটেই। শুধু জলে নামার আগে বাঁশঝোপের আড়ালে বসে মনে মনে খুব শক্ত একটা ইকোয়েশন কষে ফেললেন।

তারপর জামা-কাপড় খুলে শুধু একটা হাফপ্যান্ট-পরা অবস্থায় বাঁশঝোপের ছায়া থেকে সাপের মতো বুকে হেঁটে জ্যাভেলিন সমেত নিঃশব্দে জলে নেমে গেলেন করালীবাবু।

একটু শীত করছিল বটে, কিন্তু সে তেমন কিছু নয়। তবে অসুবিধে হচ্ছিল জলের তলাটা অন্ধকার বলে। কোনদিকে যাচ্ছেন, ঠিক নিশানায় এগোচ্ছেন কিনা তা বুঝতে পারছিলেন না। তবু নিঃশব্দে এগিয়ে চললেন। হঠাৎ টের পেলেন, তাঁর আশেপাশে খুব বড় বড় ডুবোজাহাজ ঘুরে বেড়াচ্ছে। আতঙ্কে হিম হয়ে গেল তাঁর গা। সর্বনাশ! শত্রুপক্ষের যে ডুবোজাহাজ আছে, তা তো জানা ছিল না। তাড়াতাড়ি ভেসে উঠলেন করালীবাবু। আকাশে চাঁদের দিকে চেয়ে দশ লক্ষ দশ হাজার দশকে তিন লক্ষ তিন হাজার তিন দিয়ে ভাগ করে ফেললেন মনে মনে। মনটা ভাল হয়ে গেল। ভাল করে চারদিকে চেয়ে দেখলেন, দক্ষিণের ঘাটে যেতে এখনও বেশ খানিকটা পথ বাকি। জ্যাভেলিনটা বাগিয়ে ধরে আবার ডুব দিতেই ভুল ভাঙল। ডুবোজাহাজ বলে যেগুলোকে ভেবেছিলেন, সেগুলো আসলে সমুদ্রদিঘির বিখ্যাত কালবোশ, চিতল, বোয়াল, কাতলা আর পাকা রুই মাছ। এ দিঘির মাছ কেউ ভয়ে ধরে না, তাই বহুকাল ধরে বেড়ে বেড়ে মাছগুলোর চেহারা হয়েছে পেল্লায়, গায়ে শ্যাওলা জমে গেছে।

আর একবার দম নিতে উঠে ফের ডুব দিতেই করালীবাবু একেবারে মুখোমুখি দেখেন, এক বিকট মূর্তি বিশাল পথ জুড়ে দাঁড়িয়ে আছে। বিকট দাঁত দেখিয়ে হাসছেও। করালীবাবু জ্যাভেলিন বাগিয়ে ধরে মনে মনে আর একটা ইকোয়েশন করবার চেষ্টা

করলেন। কিন্তু ভয়ে কিছু মনেই পড়ল না। বিকট মূর্তিটা জ্যাভেলিন বাগানো দেখেও ভয় খায়নি, হাত-পা ছড়িয়ে হাসছে। কিন্তু একটুও নড়েনি। করালীবাবু সাহস পেয়ে আর-একটু কাছে এগিয়ে দেখেন, ও হরি! এ যে সদ্য বিসর্জন-দেওয়া একটা কালীমূর্তি। এখনও কাঠামো থেকে মাটি বা রং খসেনি ভাল করে।

তিন নম্বর শ্বাস নিয়ে দম ধরে করালীবাবু দক্ষিণের ঘাট বরাবর পৌঁছে খুব সন্তর্পণে যেই আর-একবার শ্বাস নেওয়ার জন্য মাথা তুলেছেন অমনি খুব কাছেই বাজ-ডাকার মতো বাঘ ডাকল 'ঘ্রা-ড়া-ড়া-ম্ -ম্!'

সেই ডাকে খানিকটা অবশ হয়ে গিয়ে ডুব দিতে ভুলেই গেলেন করালীবাবু। খোলামেলা ঘাটের কাছে, জ্যোৎস্নায় বোকার মতো মাথা উঁচু করে রয়েছেন। হঠাৎ ঘাটের পৈঠায় এক বিশাল চেহারার মানুষের ছায়া দেখা গেল। লোকটা হুংকার দিয়ে বলে উঠল, "কে রে?"

করালীবাবু টুপ করে ডুব দিলেন। আসলে নিজের ইচ্ছেয় যে ডুব দিলেন তা নয়, মনে হল কে যেন তার ঠ্যাং ধরে জলের নীচে টেনে নিয়ে ছেড়ে দিল। ভাগ্যিস টানল! নইলে তাঁর শরীর এমন আড়ষ্ট হয়ে গিয়েছিল যে, ডুব দেওয়ারও ক্ষমতা ছিল না।

জলের নীচে ছয় নম্বর ডুবো সিঁড়িটা খুঁজতে আরও কিছু সময় লাগত। কিন্তু মজা হল, করালীবাবু ডুববার সঙ্গে সঙ্গে কে যেন তাঁর হাতের জ্যাভেলিনটা ধরে খুব আস্তে তাঁকে টেনে নিয়ে গিয়ে একটা ফাটলের মুখে ছেড়ে দিল।

কী হচ্ছে, ধরা পড়ে গেছেন কিনা, তা বুঝতে পারছিলেন না করালীবাবু। কিন্তু ভাববার সময় নেই। মনে মনে একটা সহজ ফ্যাক্টর কষে নিয়ে সুড়ঙ্গের মধ্যে ঢুকে কয়েক কদম হাঁটতেই একটা পথ পেলেন। এখানে জল কোমর-সমান। পথটা উঁচু হয়ে উঠে গেছে, ঘোর অন্ধকারেও হাতড়ে হাতড়ে বুঝলেন।

খুব দূর থেকে একটা শোরগোলের আওয়াজ আসছে। ওরা কি তবে টের পেল?

সময় নেই। করালীবাবু জ্যাভেলিন হাতে অন্ধকারে পথটা বেয়ে উঠে গেলেন। নিখাদ অন্ধকার একটা সুড়ঙ্গ। পদে পদে নুড়ি পাথর, শ্যাওলা, ঘুমন্ত ব্যাঙ পায়ের নীচে টের পাচ্ছেন। একটা সাপকেও কি মাড়ালেন? কে জানে! তবে করালীবাবু এগিয়ে গেলেন ঠিকই। অন্ধকারে ক্যালকুলেশন চলে না বলে বারকয়েক আছাড়ও খেলেন। তবু এগোলেন। বেশি দুর যেতে হল না। পাঁচ-নম্বর আছাড়ের পর সোজা গিয়ে একটা দরজায় সজোরে ধাক্কা খেয়ে "বাবা রে" বলে বসে পড়লেন।

কিন্তু বিশ্রামের সময় নেই। হাতড়ে দেখেন দরজার গায়ে পুরনো তালা ঝুলছে। এক মুহূর্ত চিন্তা না করে জ্যাভেলিনের ফলাটা তালার ভিতরে ঢুকিয়ে চাড় দিতেই মরচে-ধরা তালা হড়াক করে খুলে গেল।

ঘরের ভিতর কোনও আলো ছিল না, তবে অনেক ওপরের একটা বড় ঘুলঘুলি দিয়ে পুরো চাঁদটা দেখা যাচ্ছে। আর চাঁদটা ঠিক টর্চের মতো ফোকাস ফেলেছে সোজা বুরুনের মুখের ওপর। করালীবাবু দেখেন, একটা চটের বিছানায় পাশাপাশি বুরুন আর ভুতুম শুয়ে ঘুমোচ্ছে। খুব শান্ত মুখ, মুখে একটু হাসি, তবে আবছা আলোতেও বোঝা যায়, ওরা খুব দুর্বল। একটুও নাড়াচাড়া বুঝি সইবে না। দুদিনেই রোগা হয়ে গেছে ছেলে দুটো।

বুরুনকে একটা কথা বলতে হবে। রাম কবিরাজ কথাটা বারবার শিখিয়ে দিয়েছেন করালীবাবুকে। কিন্তু কথাটা এতই সামান্য, এতই ছেলেমানুষি যে, সেকথাটা বুরুনকে বলার কোনও মানেই হয় না। অথচ রামবাবু বারবার তাঁকে বলে দিয়েছেন যে, এই বাক্যটা নাকি বুরুনের পক্ষে মন্ত্রের মতো কাজ করবে। কবিরাজমশাই বিচক্ষণ মানুষ। তাঁর ওপরে কথাও চলে না।

কথাটা বলার জন্য করালীবাবু আস্তে আস্তে বুরুনের শিয়রের কাছে এগিয়ে গেলেন। হাঁটু গেড়ে বসলেন। খুবই সোজা কথা। কবিরাজমশাই বলে দিয়েছেন, একটু চেঁচিয়ে নামতার সুরে কথাটা বার-কয়েক আওড়াতে হবে। কবিরাজমশাই বারবার জিগ্যেস করেছিলেন, "কথাটা মনে থাকবে তো করালীবাবু? ভুলে যাবেন না তো? যতই সামান্য শোনাক, একথাটা কিন্তু বুরুনের বেঁচে থাকার পক্ষে খুব জরুরি।"

ফুঁ! তখন হেসেছিলেন করালীবাবু। এর চেয়ে কত শক্ত শক্ত কথা তার মনে থাকে। আর এ তো কোনও কথাই নয়। জলের মতো সোজা একটা বাক্য। নামতার সুরে বলতে হবে।

ঘরের বাইরে হঠাৎ খুব কাছেই আবার 'ঘ্রা-ড়া-ড়া-ড়া-হু-উ-ম্' করে ডাক শোনা গেল, আর একটা ধীর ভারী পায়ের শব্দ এগিয়ে আসতে লাগল।

সময় নেই, করালীবাবু বুরুনের কানের কাছে মুখ নিয়ে খুব চেঁচিয়ে কথাটা বলতে গিয়েই বিস্ময়ে থ' হয়ে গেলেন। কথাটা তাঁর একদম মনে নেই! বেমালুম ভুলে গেছেন।

'ঘ্রা-ড়া-ড়া-ড়া-ড়া—হু-উ-ম্!' আবার ডাকল বাঘটা। এবার খুব কাছেই। পায়ের শব্দটাও এগিয়ে আসে ধীরে ধীরে।

করালীবাবু নিজের মাথার চুল টেনে ছিঁড়ে ফেলছেন রাগে। কথাটা কিছুতেই মনে পড়ছে না যে... হ্যাঁ হ্যাঁ, একটা শব্দ ছিল...অঙ্ক...আর একটা যে কী যেন...তেরো... তেরো... হ্যাঁ...

ওদিকে আর একটা দরজা। সেই দরজার লোহার হুড়কো খোলার শব্দ হচ্ছে।

করালীবাবুর হাতের খামচায় একগোছা চুল তাঁর মাথা থেকে উপড়ে এল।...তেরো...তেরো...তেরো... নামতার সুরে...বুরুন...বুরুন...বুরুন...

দরজার পাল্লাটা ক্যাঁচ-ক্যাঁচ শব্দে খুলে যাচ্ছে ধীরে ধীরে। একটা মশালের হলুদ

আলো দেখা দিল দরজার ফাঁকে। এক মস্ত চেহারার রক্তাম্বর-পরা লোক পাথরের মতো মুখে মশাল উঁচুতে তুলে ধরে ধীরে ধীরে এগিয়ে আসে। তার পিছনে বিশাল ডোরাকাটা কালো-হলুদ বাঘ।

করালীবাবুর অবশ হাত থেকে জ্যাভেলিনটা পড়ে গেল মেঝেয়। বিস্ময়ে হাঁ করে আছেন, মাথাটা ফাঁকা।

বাঘটা ডাকল—ঘ্র-ড়-ড়-অ...

কী সাংঘাতিক রক্ত-জল-করা ডাক!

করালীবাবু অজ্ঞান হয়ে যাচ্ছিলেন। যেতেনই, তবে একেবারে শেষ মুহূর্তে পুরো বাক্যটা মনে পড়ে গেল।

সঙ্গে সঙ্গে করালীবাবু পাঠশালার সর্দার-পোড়োর মতো বিকট সুরে চেঁচাতে লাগলেন, "বুরুন, তুমি অঙ্কে তেরো! বুরুন, তুমি অঙ্কে তেরো! বুরুন, তুমি অঙ্কে তেরো! বুরুন, তুমি অঙ্কে তেরো! বুরুন, তুমি..."

পাথরের মতো বিশাল চেহারার লোকটা এগিয়ে আসতে আসতে হুংকার দিল, "মা! মা গো! নর-রক্ত চাস মা? শব-সাধনা চাস মা? আজ তোর ইচ্ছাই পূর্ণ হোক।"

করালীবাবু সব ভুলে গেছেন, নিজের নামটাও মনে নেই। কিন্তু তিনি একনাগাড়ে নিঁখুত নামতার সুরে প্রাণপণে বলেই চলেছেন, "বুরুন, তুমি অঙ্কে তেরো! বুরুন, তুমি অঙ্কে তেরো..."

"ঘ্রা-ড়া-ড়া-ড়া-হু—উ-ম্!"

"তারা! তারা! মা!"

"ঘ্রা-ড়া-ড়া-হু-উ-ম!" বলে আর একবার ডাক ছেড়ে বাঘটা বিদ্যুৎ-বেগে লাফিয়ে পড়ল সামনে।

করালীবাবু শুধু টের পেলেন যে, বাঘটা তাঁর প্যান্টের কোমর কামড়ে ধরে পুঁটিমাছের মতো মুখে ঝুলিয়ে নিয়ে যাচ্ছে, আর সেই বিশাল লোকটা হুংকার দিয়ে বলছে, "তারা! তারা!"

করালীবাবু বাঘের মুখ থেকে ঝুলে থেকেও প্রচণ্ড চেঁচিয়ে বলে যেতে লাগলেন, "বুরুন, তুমি অঙ্কে তেরো! বুরুন, তুমি অঙ্কে তেরো! বুরুন, তুমি..."

ছোট্ট একটা খেলনা-অ্যারোপ্লেনে করে বুরুন আর ভুতুম চাঁদের রাজ্যে চলে এসেছে। ভারী সুন্দর সোনালি মাঠ এখানে। সোনালি গাছপালা, সোনা-রঙের ঘাস, আকাশে সোনা-ছড়ানো আলো।

চাঁদের বুড়ি চরকা থামিয়ে তাদের জন্য পিঠে বানাতে বসেছে। বুরুন আর ভুতুম চলল ততক্ষণে কাছের ছোট একটা রুপোলি পাহাড়ের জলে স্নান করতে।

চারদিকে পাখি ডাকছে। ময়ূর উড়ে বেড়াচ্ছে। মেঘের ভেলায় চড়ে ঘুরে বেড়াচ্ছে বাচ্চা ছেলেমেয়েরা। চারদিকে খেলা, ম্যাজিক, চড়ুইভাতি, সার্কাস, আইসক্রিম। পড়াশুনোর বালাই নেই, ইস্কুল-পাঠশালা নেই। শুধু মজা আর মজা!

ভুতুম বলল, "বুরুনদা, আমরা কিন্তু কোনও দিন ফিরে যাব না!"

"দূর! কে ফিরবে?"

বুরুন আর ভুতুম ম্যাজিক দেখল, সার্কাস দেখল, বাচ্চাদের সঙ্গে খেলল, আইসক্রিম খেতে খেতে গিয়ে ঝরনার জলে ইচ্ছেমতো স্নান করল, ঝরনার নীচে একটা সুন্দর পুকুরে সাঁতার কাটতে লাগল।

হঠাৎ বুরুন শুনতে পেল, এত আনন্দ আর অফুরন্ত মজার মধ্যে কে যেন হঠাৎ রসভঙ্গ করে বলে উঠল, "বুরুন, তুমি অঙ্কে তেরো!"

দপ করে যেন চারদিকের আনন্দের আলোটা নিভে গেল বুরুনের চোখে। মনটা ভারী খারাপ হয়ে গেল। চারদিকে চেয়ে কথাটা কে বলল, সে তা খুঁজছিল। সন্দেহবশে একটা পাখিকে ঢিল মেরে তাড়িয়ে দিল বুরুন। কিন্তু তবু কে যেন আবার বলে উঠল, "বুরুন, তুমি অঙ্কে তেরো! বুরুন, তুমি অঙ্কে তেরো!"

ভারী রেগে গেল বুরুন। ভীষণ চেঁচিয়ে বলল, "ভাল হবে না বলছি!"

কিন্তু আবার আড়াল থেকে, আবডাল থেকে, বাতাস থেকে, আকাশ থেকে কথাটা আসতেই লাগল, "বুরুন, তুমি অঙ্কে তেরো! বুরুন, তুমি অঙ্কে তেরো! বুরুন, তুমি অঙ্কে তেরো!"

রাগে বুরুন দশখানা হয়ে গেল। এক লাফে ঝরনার জল থেকে উঠে বড়-বড় ঢিল তুলে চারদিকে ছোড়ে আর চেঁচায়, "ভাল হবে না বলে দিচ্ছি! সব ভেঙে ফেলব! সব নষ্ট করে দেব!"

পায়ের নীচে মাটি বলে উঠল, "বুরুন, তুমি অঙ্কে তেরো!"

পাহাড় বলে ওঠে, "বুরুন, তুমি অঙ্কে তেরো!"

তারপর সমস্বরে গাছপালা, পাখি, নদী, জল, চাঁদ, মেঘ সবাই নামতার সুরে বলতে থাকে, "বুরুন, তুমি অঙ্কে তেরো! বুরুন, তুমি অঙ্কে তেরো! বুরুন, তুমি..."

রাগের চোটে বুরুন একটা গাছ উপড়ে নেয়। তারপর দুহাতে ধরে এলোপাতাড়ি চারদিকের সব কিছু ভাঙতে থাকে। আকাশ ভাঙে, পাহাড় ভাঙে, মাটি ভাঙে...ভাঙতে...ভাঙতে...ভাঙতে...চারদিকের সব ফাঁকা হয়ে যায়। সব মিলিয়ে যায়।

পাতালঘরে আস্তে বুরুন চোখ মেলে তাকায়। তাকিয়েই বুঝতে পারে, তার ওপর

এতক্ষণ যে স্বপ্নের ভার চাপানো ছিল, তা সরে গেছে!

তার কানের কাছে ফিসফিস করে কে যেন বলে ওঠে, "বুরুন, এই প্রথম একজন নিজের শক্তিতে হাবুর মন্ত্র কেটে বেরিয়ে আসতে পারল। সাবাস! হাবুর আর কোনও ক্ষমতাই রইল না। যেই মুহূর্তে হাবুর মন্ত্র তুমি কেটেছ, সেই মুহূর্তেই হাবুর সব শক্তি চলে গেছে।"

বুরুন বলল, "নিধিদা!"

কিন্তু নিধিরাম তখন কোথায়! পলকে বাতাসের বেগে সে ছুটে গেছে তার দলবলকে খবর দিতে।

সুড়ঙ্গ ধরে মশাল-হাতে হাবু উঠছিল ওপরে। সামনে ভয়াল বাঘ। বাঘের মুখে করালীবাবু ঝুলছেন। ঝুলতে ঝুলতে তখনও অস্ফুট স্বরে বলছেন "বুরুন, তুমি...

হঠাৎ বাঘটা থেমে করালীবাবুকে যত্নের সঙ্গে মাটিতে শুইয়ে দিল। তারপর আস্তে আস্তে ঘুরে হাবুর মুখোমুখি দাঁড়িয়ে বিশাল হাঁ করে গম্ভীর স্বরে ডাকল, "ঘ্রা-ড়া-ড়া-হু-উ-ম!"

বাঘের দুটো চোখ জ্বলজ্বল করছে, জিভ দিয়ে নাল গড়াচ্ছে, গোঁফজোড়া কাঁটার মতো খাড়া হয়ে আছে।

আর সেই মুহূর্তে বাতাসে প্রচণ্ড কোলাহল করে ভূতেরা বলে উঠল, "হাবু, তুমি এবার মরো! হাবু, তুমি এবার মরো! হাবু, তুমি এবার মরো!" হুবহু করালীবাবুর নামতার সুর।

এক মুহূর্ত থ' হয়ে থেকে পরমুহূর্তেই হাবু বুঝতে পারল, তার মন্ত্র আর কাজ করছে না। যাদের সে বশ করে রেখেছিল এতকাল, তারা সব রুখে দাঁড়িয়েছে।

হাবুর জীবনে এমন ঘটনা আর ঘটেনি। গদাই-দারোগার হাতে সে একবার বোকা বনেছিল বটে, কিন্তু তা বলে গদাই তার মন্ত্র কাটতে পারেনি। সার্কাসের বাঘ ধরে এনে সাহসী গদাই তার পিঠে চেপে গোঁসাইবাগানে এমনভাবে দেখা দিয়েছিল যে, হাবু ভেবেছিল গদাই বুঝি বেজায় মন্ত্রসিদ্ধ গুণী লোক। ঘাবড়ে গিয়ে হাবু বুদ্ধি হারিয়ে ফেলেছিল, তাই তার মন্ত্রতন্ত্র কাজ করেনি। কিন্তু তারপর জেলখানায় বসে গোপনে সে আরও চর্চা করে খুব ক্ষমতা নিয়ে ফিরেছে। কিন্তু সব গুলিয়ে গেল। আর কোনও জারিজুরি খাটবে না।

মুহূর্তের মধ্যে বুদ্ধি খাটিয়ে হাবু মশালটা বাঘের মুখের মধ্যে গুঁজে দিয়ে পাশ কাটিয়ে চোঁ-চোঁ দৌড়তে লাগল। পিছনে তাড়া করে চলল ছ্যাঁকা-খাওয়া কালান্তক বাঘ। বাঘের পিছনে ভূতের পাল। আর তার পিছনে হাফপ্যান্ট-পরা মশাল হাতে করালী স্যার।

করালী স্যার তখনও চেচাঁচ্ছেন, "বুরুন, তুমি অঙ্কে তেরো..."

হাবু কিন্তু সে যাত্রা প্রাণে বেঁচে যায়।

করালী স্যারের হাফপ্যান্ট-পরা করাল চেহারা আর "বুরুন, তুমি অঙ্কে তেরো..." চেঁচানি শুনেই বোধহয় বাঘটা জঙ্গলে পালিয়ে যায়। হাবু প্রাণভয়ে দৌড়ে গিয়ে একটা বাবলা গাছের শেকড়ে হোঁচট খেয়ে পড়ে যায়। ভূতেরা যখন গিয়ে তার ঘাড় মটকানোর চেষ্টা করছে, তখন করালী স্যার "বুরুন, তুমি..." বলে চেঁচাতে চেঁচাতে সেখানে হাজির হলেন। তাঁর গায়ে কবিরাজমশাই যে তেল মাখিয়ে দিয়েছিলেন, সেই তেলের গন্ধে অধিকাংশ ভূতই তফাতে গিয়ে 'ওয়াক' তুলতে লাগল, বাদবাকি ভূতেরা 'বুরুন তুমি...' চেঁচানিকে নতুন কোনও মন্ত্র ভেবে ভয় খেয়ে সরে দাঁড়াল।

তাই বেঁচে গেল হাবু। তবে বেঁচে গিয়েও তার হেনস্থার আর শেষ রইল না। ইস্কুলের বুড়ো দফতরি রিটায়ার হয়ে দেশে চলে যাওয়ায় সে-জায়গায় হাবুকে বহাল করা হল।

হাবু এখন ইস্কুলের ঘণ্টা বাজায়, ক্লাসে ক্লাসে পরীক্ষা বা ছুটির নোটিস দিয়ে যায়। সেই হাবু আর নেই। চুপসে এতটুকু হয়ে গেছে। ভূত-প্রেতকে সাংঘাতিক ভয়, দিনরাত রাম-নাম জপ করে।

কবিরাজমশাইয়ের যা পসার হয়েছে, তা আর বলার নয়। সারাক্ষণ তাঁর দোকানে রুগির ভিড়। তবে লোকে বলে যে, তাঁর রুগিদের মধ্যে সবাই মানুষ নয়।

খেলাধূলা বা লেখাপড়ায় বুরুনকে আর নিধিরাম সাহায্য করে না। রাম কবিরাজ নিষেধ করে দিয়েছেন। তবে বুরুন নিজের চেষ্টাতেই খেলা ও পড়ায় বেশ উন্নতি করে ফেলেছে। তবে হাফ-ইয়ারলি পরীক্ষাতেও দেখা গেল যে, সে অঙ্কে সেই তেরোই পেয়েছে। অথচ একশো নম্বরের উত্তর নির্ভুল দিয়েছিল।

পরে অবশ্য খোঁজ নিয়ে দেখা গেল, করালীবাবু স্যার ক্লাসের সব ছেলেকেই অঙ্কে ঢালাও তেরো নম্বর করে দিয়েছেন। কাউকে পাশ করাননি।

ছেলেরা গিয়ে যখন তাঁকে ধরল, তখন তিনি একগাল হেসে সকলের পিঠে হাত বুলিয়ে বললেন, "তেরো নম্বরটা খুব পাওয়ারফুল। বুঝলে! আমি এখন তেরো সংখ্যাটা নিয়ে খুব ভাবছি। ভেবে মনে হল, সকলেরই জীবনে অন্তত একবার অঙ্কে তেরো পাওয়াটা খুব দরকার।"

হেতমগড়ের গুপ্তধন

মাধববাবু রাগ করে বাড়ি থেকে বেরিয়ে পড়লেন। তা মাধববাবুর রাগ হলেও হতে পারে। এমনিতেই তিনি রাগী মানুষ। তার ওপর সাতসকালে ঘুম থেকে উঠেই তিনি দেখেন, কাচের গ্লাসে জলে-ভেজানো তাঁর বাঁধানো দাঁতজোড়া নেই, ঘরে পরে বেড়ানোর হাওয়াই চটি দুটো হাওয়া, চশমাটাও কোথাও খুঁজে পাওয়া যাচ্ছে না। এমনকী, ঘরের কোণে দড়িতে ঝোলানো গামছাখানা পর্যন্ত বেপাত্তা।

পল্টনের পোষা বাঁদরটা ছাড়া এ কাজ আর কার হবে? দিনরাত খেয়ে খেয়ে আর আশকারা পেয়ে পেয়ে সেটার চেহারা হয়েছে জাম্বুবানের মতো। কাউকে বড় একটা তোয়াক্কা করে না। এর আগেও দু-চারবার তার চুরিবিদ্যে ধরা পড়েছে। একেই জাতে বাঁদর, তার ওপর অতিরিক্ত আদরে বদ হয়ে যাওয়ায় তার বাঁদরামির আর লেখাজোখা নেই। ইচ্ছেমতো ঘরে ঢুকে তার রেডিয়ো চালায়, ছোটদের পড়ার টেবিলে গিয়ে খাতা-বই বেগোছ করে, পেনসিলের শিস ভেঙে রেখে আসে, দিনের বেলায় খুটখাট সুইচ টিপে আলো জ্বালায় বা শীতকালে পাখা চালিয়ে দেয়। চৌবাচ্চা থেকে মগ দিয়ে জল তুলে যার-তার গায়ে ঢেলে দিয়ে আসে। বড়বাবুর ইজিচেয়ারে ঠ্যাঙের ওপর ঠ্যাঙ তুলে বসে থাকে। কেউ শাসন করতে গেলে বিশাল চেহারা নিয়ে হুপহাপ করে তেড়ে আসে। বলতে কী, তার ভয়ে বাড়ির সবাই কাঁটা হয়ে থাকে।

একেবারে ব্রাহ্মমুহূর্তে মাধববাবু বিছানা ছাড়েন। তারপর হরেক কাজ করতে হয় তাঁকে। বারান্দার একশো ত্রিশটা টবের গাছে চাকরদের দিয়ে জল দেওয়ানো। পুরনো আমলের বিশাল জমিদারবাড়ির সেই জৌলুশ এখন আর নেই বটে, কিন্তু বিশাল আয়তনটা এখনও আছে। আর কিছু পুরনো প্রথা এবং অভ্যাস। পিছনের দিকে একটা মস্ত হলঘরে হরেকরকম পাখির খাঁচা। মাধববাবুর সকালে দ্বিতীয় কাজ হল, এইসব পাখিদের খাঁচায় ঠিকমতো দানাপানি দেওয়া হচ্ছে কিনা তার তদারক করা। তারপরই শুরু হয় চার-চারটে গোরুর দুধ দোয়ানো। সে সময়েও তাঁকেই সামনে থাকতে হয়। এরপর বিশাল বাগানের সর্বত্র ঘুরে ঘুরে মালিদের দিয়ে আগাছা উপড়ে ফেলা, ফুলের বেড তৈরি করা, মৌসুমি ফলের চাষ দেখা ইত্যাদি আছে। ভাল করে আলো ফোটার আগেই বাজারের লম্বা ফর্দ নিয়ে বেরিয়ে পড়তে হয়। সঙ্গে ধামাধরা দু-দুটো চাকর।

আজ মাধববাবু কিছুই করেননি। ব্রাহ্মমুহূর্তে উঠেই নিজের অত্যাবশ্যক জিনিসগুলো না-পেয়ে তেড়ে চেঁচামেচি শুরু করলেন। বলি একটা বাঁদরের এত আস্পদ্দা হয় কোত্থেকে? লেজওলাদের বোধহয় লজ্জাশরমের বালাই নেই? বলি আমার বাঁধানো দাঁত তোর গুষ্টির পিন্ডি চিবোতে লাগবে রে হতচ্ছাড়া? চশমা দিয়ে কোন রামায়ণ মহাভারত পড়বি শুনি? গলায় দেওয়ার দড়ি জুটছে না বলেই বুঝি গামছাখানা নিয়ে গেছিস? ডান-বাঁ জ্ঞান নেই যে বাঁদরের, সে কোন আক্কেলে চটি চুরি করে? ইত্যাদি ইত্যাদি।

সেই চেঁচামেচি শুনে পল্টন সবার আগে চোখ রগড়াতে রগড়াতে এসে হাজির। "কী হয়েছে কাদামামা?"

মাধববাবু চোখ পাকিয়ে বললেন, "বড় সুখের ব্যাপার ঘটেছে ডিয়ার ভাগনে, বড় সুখের ব্যাপার। এমনিতেই একদিন সংসার ত্যাগ করে লোটা-কম্বল নিয়ে সন্নিসি হব ভেবে রেখেছিলুম, তা তোমার জাম্বুবানের জ্বালায় সেটা একটু আগেভাগেই হতে হবে দেখছি। দাঁতের পাটি নেই, গামছা নেই, চটি নেই, চশমা নেই, তা হলে একটা লোকের আর কী থাকে বলো দিকি! লোটা-কম্বল আর নেংটি ছাড়া?"

পল্টন মুখ কাঁচুমাচু করে মাথা চুলকোতে চুলকোতে বলে, "কিন্তু ঘটোৎকচ তো এখনও শিকলে বাঁধা রয়েছে দেখে এলাম। কাল রাতে তো তাকে আমি খুলে দিইনি।"

মাধববাবু যাত্রাপালার ঔরঙ্গজেবের মতো হাঃ হাঃ করে হাসলেন খুব কিছুক্ষণ। তারপর বললেন, "শিকল? গলার বকলশে একটা সেফটিপিনের মতো ফঙ্গবেনে হাঁসকল দিয়ে আঁটা তো? তা তুমি কি ভাবছ তোমার ওই হাড়-বজ্জাত মহাবাঁদর সেটা খুলতে বা আটকাতে পারে না? সে কি হাওয়ায় বড় হচ্ছে? সেয়ানা হচ্ছে না?"

পল্টনও সেটা হাড়ে-হাড়ে জানে বলে বিশেষ তর্ক-টর্ক করল না। বাড়ির সবাই যখন ধরেই নিয়েছে যে, দুষ্কর্মটি ঘটোৎকচেরই, তখন সাতজন ঠিকে-ঝিয়ের মধ্যে সবচেয়ে বয়স্কা এবং বকাবাজ হাঁড়ির মা ঘর মুছতে এসে বলল, "কাদাবাবুর ঘরের দোর বন্ধ ছিল, জানালায় এত মোটা মোটা শিক, ওই গন্ধমাদন তবে ঢুকল কোন ফোকর দিয়ে?"

এ কথায় সকলের চোখ খুলে গেল। বাস্তবিক, এই অতি সত্যি কথাটি তো কেউ এতক্ষণ ভাবেনি! ঘটোৎকচ তো আর ছুঁচো ইঁদুর বা বেড়াল নয় যে, জানালা দিয়ে ঢুকবে! বড়বাবু শুনে বললেন, "মাধবের মাথাটাই গেছে।"

মাধববাবুই শুধু এর প্রত্যুত্তরে বলতে লাগলেন, "ফোকর থাক বা না থাক, এ কাজ ঘটোৎকচ ছাড়া আর কারও হতেই পারে না। যেমন করেই হোক সে রাতে ঘরে ঢুকেছিল।"

বড়বাবু শান্ত স্বরে জিজ্ঞেস করলেন, "কিন্তু ঢুকল কেমন করে সেটা তো বলবে!"

মাধববাবু মরিয়া হয়ে বললেন, "রাতের বেলা আমার তো তেমন ভাল ঘুম হয় না। চারবার উঠি, পায়চারি করি, তামাক বা জল খাই। তার কোন ফাঁকে ঢুকেছিল।"

কিন্তু মাধববাবুর কথাটা কেউ তেমন বিশ্বাস করল না। এ বাড়ির বুড়ো দারোয়ান তায়েবজি সাফ-সাফ বলে দিল, "মাধুবাবু কোনওদিন রাতে ওঠেন না। রাতভর তাঁর নাকের ডাকে পাড়ার লোকের অসুবিধে হয়, চোর ডাকু সব তফাত থাকে।"

মাধববাবু এইসব কথায় অল্পস্বল্প রেগে যাচ্ছিলেন। তবে তখনও একদম রেগে টং হয়ে যাননি। তায়েবজির কথার জবাবে বললেন, "আমার ছেলেবেলা থেকেই ঘুমের মধ্যে হেঁটে বেড়ানোর অভ্যাস আছে। এখন আবছা মনে পড়ছে কাল রাতেও আমি খানিকক্ষণ স্লিপ-ওয়াকিং করেছিলাম যেন। দরজা খুলে বারান্দায় এসেও হাঁটাহাঁটি করেছি।"

এসব কথা বলতে বলতে মাধববাবু টের পাচ্ছিলেন যে, তিনি খুবই রেগে যাচ্ছেন। আর কথা চালাচালি হলে এবার তাঁর ভিতরে রাগের বোমাটা ফাটবে। তিনি পরিষ্কার দেখতে পাচ্ছিলেন, তাঁর মাথার ভিতরে ঠিক ব্রহ্মতালুতে বোমাটা বসানো রয়েছে। বোমার পলতেয় আগুন দেওয়া হয়ে গেছে। বিড়বিড় করে পুড়তে পুড়তে পলতেটা ছোট হয়ে এসে বোমার গায়ে প্রায় লাগে লাগে।

ঠিক এই সময়ে অক্ষয় খাজাঞ্চি এসে বলল, "রহিন শেখ পাতুগড়ের আমবাগানটা কিনবে বলে বায়না দিতে এসেছে।"

ব্যস, বোমাটা ফাটল দড়াম করে। সবাইকে চমকে দিয়ে ধমকে ওঠেন মাধববাবু, "ইয়ার্কি পেয়েছ? মশকরা পেয়েছ সবাই? জানো, মাধব চৌধুরী ভাল থাকলে গঙ্গাজল, আর রাগলে মুচির কুকুর?"

রোগাভোগা অক্ষয় খাজাঞ্চি ভয় পেয়ে তিন হাত পিছিয়ে চৌকাঠের ওপাশে গিয়ে দাঁড়াল। তায়েবজি তার মোটা গোঁফ চোমরাচ্ছিল, আঁতকে ওঠায় একদিকের গোঁফ আঙুলের টানে ঝুলে পড়ে চিনেম্যানের গোঁফ হয়ে গেল। হাঁড়ির মা ঘর মোছার ন্যাতা দিয়ে ভুল করে নিজের মুখ মুছে ফেলল। বড়বাবুর ইজিচেয়ারটা হঠাৎ একটা দোল খেয়ে গেল জোরে। পল্টনের মুখ এমনভাবে হাঁ হয়ে ছিল যে, একটা বোলতা ভুল করে ঢুকে পড়ল তার ভিতরে আর পল্টনও ভুলে কোঁত করে গিলে ফেলল সেটাকে। বাড়ির আরও লোকজন সব দৌড়ে এসে ভিড় করল চারধারে।

মাধববাবু চেঁচাতে লাগলেন, "জানো, আমার দু-দুটো দো-নলা বন্দুক আছে! সরস্বতীর চরে গায়েব হওয়া বসতবাটি খুঁজে পেলে এখনও আমি চার-পাঁচ লাখ মোহরের মালিক, তা মনে আছে তো? হিসেব করে কথা কও না, এত আস্পদ্দা তোমাদের?"

অক্ষয় খাজাঞ্চি বাইরে থেকে মৃদু স্বরে বলে, "আজ্ঞে কথাটা হচ্ছিল পাতুগড়ের আমবাগানটা নিয়ে। বৃকোদরের কথা বলিনি আজ্ঞে।"

অক্ষয় খাজাঞ্চি বহুদিন ধরেই ঘটোৎকচকে ভুল করে বৃকোদর বলে আসছেন। বহুবার তাঁর ভুল ধরিয়ে দেওয়া হয়েছে, তবু মনে রাখতে পারেন না।

মাধববাবু হুংকার দিয়ে উঠলেন, "চালাকির আর জায়গা পেলে না! তোমাদের সব চালাকি আমি জানি। এই মুহূর্তেই আমি এ বাড়ি ছেড়ে চললাম। যেখানে মানুষ আত্মসম্মান নিয়ে থাকতে পারে না সেখানে থাকার চেয়ে জঙ্গলে থাকা ভাল। আর শোনো অক্ষয়, তোমাকে এই শেষবারের মতো বলে যাচ্ছি, দ্বিতীয় পাণ্ডব বৃকোদরের সঙ্গে কখনও ঘটোৎকচকে গুলিয়ে ফেলো না। তাতে বৃকোদরের অপমান। ঘটোৎকচ তাঁর ছেলে ছিল বটে, কিন্তু তার মা ছিল রাক্ষসী। তাই কুরুক্ষেত্রের যুদ্ধে ঘটোৎকচকে স্যাক্রিফাইস করতে কারও বাধেনি। তোমাদের ওই নোংরা, পাজি, চোর, হাড়-হাভাতে ঘটোৎকচকেও তোমরা স্যাক্রিফাইস করে দাও। তাতে সকলেরই মঙ্গল। নইলে আর একটা কুরুক্ষেত্র লাগল বলে।"

এই শেষ কথা উচ্চারণ করে মাধববাবু তাঁর দুটো পুরনো দো-নলা বন্দুকের বাক্স, শতরঞ্চিতে বাঁধা বিছানা আর একটি টিনের তোরঙ্গ নিয়ে বেরিয়ে পড়লেন। এমনকী, নিজের দিদির সঙ্গে পর্যন্ত দেখা করলেন না।

দেউড়িতে বড়বাবু, পল্টন, অক্ষয় খাজাঞ্চি, তায়েবজি সমেত বাড়ির বহু লোক তাঁর গৃহত্যাগ রোধ করতে দাঁড়িয়েছিল। কিন্তু কারও কথায় কর্ণপাত করার লোক তিনি নন। এর আগে আর না হোক পঞ্চাশবার তিনি গৃহত্যাগ করেছেন। এ ব্যাপারে তাঁকে খুবই দক্ষ বলতে হবে। তাই তাঁকে ফেরানো যাবে না জেনে বড়বাবু একটা মোষের গাড়ির বন্দোবস্ত পর্যন্ত রেখেছেন।

বাইরে বেরিয়ে মাধববাবু তাঁর মালপত্র নিয়ে সোজা গিয়ে গাড়িতে চেপে বসলেন।

সরস্বতী নদীর ধারে লাতনপুরে মাধববাবুর এক খুনখুনে বুড়ি পিসি থাকেন। তিনি চেনা লোককেও চিনতে পারেন না, চোখে দেখতে পান না, কানেও শোনেন না। সারাদিন আপনমনে বকবক করতে করতে ঘরের হাজারো কাজ করে বেড়ান। তাঁর ছেলেপুলে আর নাতি-নাতনি নিয়ে বিশাল সংসার। মাধববাবু রাগ করে ঘর ছাড়লে এঁর বাড়িতেই এসে ওঠেন। আজও উঠলেন।

মাধববাবু যেখানেই যান, সেখানেই একটা হইচই পড়ে যায়। তিনি দারুণ গল্প বলতে পারেন, এঁটেল মাটি দিয়ে চমৎকার পুতুল গড়তে পারেন, গানবাজনা করতে পারেন। তাই তাঁকে দেখেই বাড়ির কাচ্চাবাচ্চাদের কিছু দৌড়ে এসে গাড়ির গায়ে

ঝুলতে শুরু করল, কেউ কোলেপিঠে চড়ে বসল, আবার একটু বড় যারা তারা দৌড়ে গেল মাধববাবুর পিসিকে খবর দিতে।

বাইরের ঘরে মাধববাবু জমিয়ে বসেছেন। বাচ্চারা তাঁর বন্দুকের বাক্স, তোরঙ্গ আর বিছানা টানা-হ্যাঁচড়া করে খোলবার চেষ্টা করছে। বাড়ির এক বউ এসে বাতাস দিচ্ছে, এক বউ জলের গ্লাস হাতে দাঁড়িয়ে আছে, পিসতুতো ভাইয়েরা এসে খোঁজখবর নিচ্ছে। এমন সময় কোলকুঁজো হয়ে ঘরে ঢুকে পিসি তাঁকে দেখে চেঁচিয়ে বলল, "অচেনা লোক ঘরে ঢুকতে দিয়েছিস! চোর-ছ্যাঁচড় নয় তো! দেখিস আবার বাসন-কোসন কাপড়-চোপড় পোঁটলা বেঁধে না সটকান দেয়। এর মুখ-চোখ দেখে তো ভাল লোক মনে হচ্ছে না।"

কাদা ছেনে পুতুল গড়েন বলেই মাধববাবুর ডাক নাম কাদা। পিসির বড় ছেলে গদাই দৌড়ে গিয়ে মায়ের মুখে হাতচাপা দিয়ে কানে কানে বলে, "অচেনা লোক কী গো! কাদাদাদা যে।"

পিসি তা বুঝল না, তবে এক গাল হেসে ছেলের দিকে চেয়ে বলল, "তুমিও বুঝি ওই লোকটার সঙ্গে এলে! দেখো বাপু, চুরি-টুরি কোরো না, থাকো, ঘরের কাজকর্ম করো, খাবে-দাবে মাইনে পাবে।" বলে পিসি চলে গেল।

নেয়ে-খেয়ে ঘুমিয়ে বিকেলের দিকে একটা বন্দুক বগলদাবা করে মাধববাবু নিজেদের হারানো বসতবাড়ির খোঁজে বেরিয়ে পড়লেন। রাগ হলেই মাধববাবুর এই বাতিকটা মাথায় চাড়া দিয়ে ওঠে।

সত্যি বলতে কী, মাধববাবুর পিতৃ-পিতামহের অবস্থা ছিল বিরাট। সরস্বতী নদীর ওধারে হেতমগড়ে প্রায় দেড়শো বিঘা জমি ঘিরে ছিল তাঁদের বাড়ির সীমানা। মাঝখানে প্রাসাদের মতো বাড়ি, ফোয়ারা, আস্তাবল, জুড়িগাড়ি, গোলাপ বাগিচা, পদ্মের পুকুর। সরস্বতীর খাত বদল হওয়ায় নদীর ভাঙনে সব ভেসে গেছে। এখন আর সে বাড়ির চিহ্নও নেই। এমনকী, বাড়িটা কোন জায়গায় ছিল তারও হদিশ কেউ দিতে পারে না। সরস্বতীর ওপারে এখন বিশাল ঘন জঙ্গল, সাপখোপের আড্ডা, বুনো জন্তুর আস্তানা। তবু মাঝে মাঝে মাধববাবু সেই বাড়িটা খুঁজতে বেরিয়ে পড়েন।

নদীর এধারে আস্তে আস্তে হাঁটতে হাঁটতে মাধববাবু নিজের রাগের কথা ভাবছিলেন। আর মাঝে মাঝে নদীর ওধারে ঘন জঙ্গলের দিকে চেয়ে দেখছিলেন। মধ্যে মধ্যে হেসেও ফেলছিলেন আপনমনে। জমিদারি রক্তে রাগ থাকাটা এমনিতেই স্বাভাবিক। কিন্তু রহিম শেখের আমবাগান কেনার কথায় হঠাৎ মাথার মধ্যে বেকায়দায় বোমাটা ফেটে যাওয়াতে এখন তাঁর একটু লজ্জা-লজ্জা করছে। কোথায় ঘটোৎকচ, আর কোথায় রহিম শেখ।

মাধববাবুর বাঁধানো দাঁতের কথা শুনে কেউ তাঁকে বুড়ো ভাবলে ভুল হবে। বলতে কী, মাধববাবু রীতিমতো যুবক মানুষ। বয়স বত্রিশ-টত্রিশ হবে। বছর পাঁচ-সাত আগে বিজয়পুরের জমিদারের মেয়ের সঙ্গে তাঁর বিয়ে হয়। কিন্তু সে বিয়েটাতেই যত ভণ্ডুল লেগেছিল। বিয়ের পরদিন সকালে শালিরা আদর করে এক থালা নারকেলনাড়ু এনে দিল। বলল, সব ক'টা খেতে পারলে বুঝব জামাইবাবু আমাদের বাহাদুর। শালিরা জামাইবাবুকে নানা কায়দায় জব্দ করে জেনেও অকুতোভয় মাধববাবু ঠিক করলেন, এদের কাছে হার মানা চলবে না। প্রথম নাড়ুটায় কামড় দিয়েই দেখলেন ভিতরে গোটা সুপুরি রয়েছে। কিন্তু এখন আর ফেরার উপায় নেই। দাঁতের জোর ছিল খুব। তাই খটাস মটাস শব্দে সুপুরিসুদ্ধু সেই নাড়ু চিবোতে লাগলেন। গোটা পাঁচেক খেতে পেরেছিলেন বোধহয়। কিন্তু তা করতে অর্ধেক দাঁতের চলটা উঠে গেল, কিছু নড়ল, কিছু ভাঙল। রাগ করে সেই যে শ্বশুরবাড়ি থেকে একবস্ত্রে চলে এলেন, আর কোনওদিন ওমুখো হননি। দাঁতগুলো কয়েকদিনের মধ্যেই তুলে বাঁধিয়ে নিতে হল। কিন্তু যুবক হলেও বাঁধানো দাঁতগুলোর অভাবে ফোকলামুখে এখন তাঁকে রীতিমতো বুড়ো দেখাচ্ছে। কিন্তু তিনি যে বুড়ো নন সেইটে লোকের কাছে প্রমাণ করার জন্য বুক চিতিয়ে চওড়া ছাতি ফুলিয়ে খুব দৃঢ় পদক্ষেপে হাঁটছিলেন তিনি।

তবে তার দরকার ছিল না। নদীর ধারে একটা লোককে বন্দুক হাতে চলাফেরা করতে দেখে লোকজন ভয়ে এমনিতে তফাত থাকছিল।

বড় বাঁধের ধারে হাইস্কুলের মাঠে আজ ফাইনাল ফুটবল ম্যাচ। দারুণ ভিড় চারদিকে। সেই ভিড়ে ছুঁচ গলবার উপায় নেই। লাতনপুর হাইস্কুলের সঙ্গে হেতমগড় বিদ্যাপীঠের খেলা। খেলা দেখেই মাধববাবুর রক্তটা ঝাঁ করে গরম হয়ে গেল। নিজে তিনি এক সময়ে দুর্দান্ত ফুটবল খেলোয়াড় ছিলেন। কিন্তু সেজন্য নয়। আসলে হেতমগড় নামটাই তাঁর রক্তে আগুন ধরিয়ে দিল। সেই হেতমগড় আজ আর নেই। সরস্বতীর বানে পুরনো হেতমগড় ভেসে গিয়ে আবার নতুন করে হেতমগড়ের পত্তন হয়েছে। তবু হেতমগড় নামটাই যথেষ্ট। এই হেতমগড় বিদ্যাপীঠেই তিনি পড়তেন। তাঁর আমলে বিদ্যাপীঠ কখনও হারেনি।

মাধববাবু ভিড় ঠেলে এগিয়ে যাওয়ার চেষ্টা করতে গিয়ে দেখেন এমনই ঠাসা ভিড় যে, লোকগুলোকে যেন আঠা দিয়ে এর-ওর গায়ে জুড়ে দেওয়া হয়েছে। কিন্তু মাধববাবুর ধৈর্য কম। ঝাঁ করে বন্দুকের নলটা ভিড়ের ভিতরে সেঁদিয়ে দিয়ে হুংকার ছাড়লেন, "রাস্তা না দিলে গুলি চালাব কিন্তু।"

কিন্তু ঠিক সেই মুহূর্তেই লাতনপুর হেতমগড়কে তিন নম্বর গোলটা দেওয়ায় মাঠে এমন চেঁচামেচি উঠল যে, মাধববাবুর গলার স্বর কারও কানে পৌঁছল না। তবে

লোকগুলো উল্লাসের চোটে বেহেড হয়ে নাচতে শুরু করায় মাধববাবুর একটু সুবিধে হয়ে গেল। লোকে যেমন দুহাতে গাছ ফাঁক করে পাটখেতে ঢোকে তিনিও তেমনি নৃত্যরত লোকগুলোকে বন্দুকের কুঁদো আর হাত দিয়ে সরিয়ে ভিতরে ঢুকে পড়লেন এবং একেবারে সামনের সারিতে চলে এলেন। মাধববাবু যে বেআইনিভাবে ঢুকছেন সেটা সামনের সারির লোকেরা কতকটা বুঝলেও তাঁর হাতে বন্দুক দেখে কেউ কিছু বলতে সাহস পেল না।

তিন গোল খেয়ে হাফটাইমের আগেই হেতমগড় হেদিয়ে পড়েছে। প্লেয়াররা যেন সব কোমরসমান জল ভেঙে হাঁটছে এমন করুণ অবস্থা। পরিস্থিতি দেখে মনে হচ্ছে অন্তত আধ ডজন গোল খাবেই। ভবতারিণী স্মৃতি শিল্ড বলতে গেলে লাতনপুরের পকেটে। মাধববাবু দাঁড়িয়ে দাঁড়িয়ে ইস ইস! চুকচুক! ছিঃ ছিঃ! রাম রাম! দূর দূর! ঘেন্না ঘেন্না! লজ্জা লজ্জা! করতে লাগলেন।

হেতমগড় হাফটাইমের আগে আর গোল খেল না ভাগ্যক্রমে। তবে বাঁশি বাজতেই হেতমগড়ের সব প্লেয়ার মাঠের ওপর টান টান হয়ে শুয়ে ঘাসে মুখ লুকোল।

মাধববাবু আর থাকতে পারলেন না। হেতমগড়ের গৌরব-রবি অস্তে যায় দেখে তিনি বন্দুক বগলে চেপে লম্বা লম্বা পা ফেলে মাঠে নেমে পড়লেন। দৃশ্যটা দেখে চারদিকে একটা বিকট চেঁচামেচি উঠল। কিন্তু মাধববাবু গ্রাহ্য করলেন না।

প্লেয়াররা মাঠের ঘাসে শুয়ে দম নিচ্ছে। সকলেরই চোখ বোজা। খানিক লজ্জায়, খানিক ক্লান্তিতে। তাদের গেম-স্যার প্রিয়ংবদবাবু পিঞ্জরাবদ্ধ বাঘের মতো পায়চারি করতে করতে গাধা, উল্লুক, বেতো ঘোড়া, ম্যালেরিয়া রুগি, বার্লিখোর এইসব বলে বকাবকি করছেন। এই সময়ে মাধববাবু গিয়ে প্রিয়ংবদবাবুর সামনে দাঁড়িয়ে বুক চিতিয়ে বললেন, "আমাকে চিনতে পারছ প্রিয়?"

প্রিয়ংবদ চিনতে পারলেন, এক সময়ে হেতমগড় বিদ্যাপীঠে একসঙ্গে পড়তেন। প্রিয়ংবদ ছিলেন লেফট-আউট আর মাধব ছিলেন রাইট-আউট। ভ্রূ কুঁচকে কিছুক্ষণ চেয়ে থেকে প্রিয়ংবদ বললেন, "তুমি! তা কী খবর? মুখখানা ফোকলা কেন? হাতে বন্দুক কেন?"

মাধবের মাথায় আবার একটা রাগের বোমা ফাটবার জন্য অপেক্ষা করছে। পলতের আগুন বোমার গায়ে লাগে লাগে। তবু যথাসাধ্য অমায়িক হেসে মাধব বললেন, "বন্দুক দেখে ভয় পেলে নাকি প্রিয়? ছ্যাঃ ছ্যাঃ! তোমাকে যে বেশ সাহসী লোক বলে জানতাম।"

তা, বলতে নেই, প্রিয়ংবদ একটু ভয় পেয়েছিলেন ঠিকই। মাধবের ধাত তিনি ভালই জানেন। মাধবের ঠাকুরদা রাগ হলে বন্দুক পিস্তল তরোয়াল তো বের

করতেনই, তার ওপর আবার নিজের মাথার চুল দুহাতে টেনে ছিঁড়তেন। তাই অল্প বয়সেই মাথায় টাক পড়ে গেল। বলতে কী, সেই রাগ আর টাকই তাঁর মৃত্যুর কারণ হয়ে দাঁড়িয়েছিল। টাক পড়ার পর একবার রেগে গিয়ে যখন মাথার চুল ছিঁড়তে গিয়ে দেখলেন যে, চুল আর একটাও অবশিষ্ট নেই তখন নিজের টাকের ওপর রেগে গিয়ে দমাস দমাস করে দেয়ালে মাথা ঠুকতে ঠুকতে খুলিটাই ফেটে গেল। মাধবের বাবা ছিলেন সাধু প্রকৃতির লোক। তা বলে রাগ তাঁরও কম ছিল না। রেগে গিয়ে পাছে মানুষ খুন করে বসেন সেই ভয়ে প্রায় সময়েই তিনি রেগে গেলে খুব লম্বা কোনও নারকোল বা তাল গাছে উঠে ঘণ্টার পর ঘণ্টা বসে থাকতেন। কিন্তু এত ঘন ঘন তাঁর রাগ হত যে, একটা জীবন তাঁর প্রায় গাছের ওপর বসে থেকেই কেটে গেছে। সেই রক্তই মাধবের ধমনীতে বইছে। সুতরাং ভয়েরই কথা। তাই প্রিয়ংবদ কাঁচুমাচু হয়ে বললেন, "সারা বছর ধরে এত করে খেলা শেখালাম, কিন্তু ছেলেগুলো একেবারে শেষ সময়টায় ভরাডুবি ঘটাবে কে জানত?"

মাধব খুব মিষ্টি করে বললেন, "সে তো ঠিকই, কিন্তু তা বলে হেতমগড়ের ইজ্জত তো ভেসে যেতে পারে না। হেতমগড় জায়গাটা ভেসে যেতে পারে, কিন্তু ইজ্জত নয়।" এই বলে মাধব হঠাৎ বিকট হুংকার ছেড়ে বললেন, "বুঝলে?"

প্রিয়বদ চমকে তিন হাত শূন্যে উঠে আবার পড়লেন। হেতমগড়ের খেলোয়াড়রা শোয়া অবস্থা থেকে ভিরমি খেয়ে দাঁড়িয়ে গেল। মাধববাবু নিজের ব্যক্তিত্বের জোর এবং তেজ দেখে একটু খুশিই হলেন।

ম্যাজিস্ট্রেট সাহেব স্বয়ং প্রাইজ দিতে মাঠে এসেছেন। সুতরাং প্রচুর পুলিশ আর পাহারার ব্যবস্থাও মাঠে ছিল। মাধববাবুকে বন্দুক হাতে মাঠে নেমে গুণ্ডামি করতে দেখে সেইসব পুলিশ চারদিক থেকে খুব সতর্কভাবে ঘিরে ধরে ক্রমে বৃত্তটা ছোট করে আনছিল। মাধববাবু রাগের মাথায় অতটা লক্ষ করেননি। হঠাৎ তিন-চারটে মুশকো জোয়ান তাঁর ওপর লাফিয়ে পড়ে হাত-পা ধরে ফেলায় তিনি ভারী হতভম্ব হয়ে গেলেন। বললেন, "এ কী!"

পুলিশ ইনস্পেকটর এগিয়ে এসে বললেন, "প্রকাশ্য জায়গায় ফায়ার আর্মস নিয়ে গুণ্ডামি করার জন্য আপনাকে অ্যারেস্ট করা হল।"

মাধববাবুর মাথার মধ্যে বোমার পলতের আগুনটা হঠাৎ নিভে গেল। বলতে নেই, দুনিয়ায় একমাত্র পুলিশকেই তাঁর যত ভয়। মাথা নিচু করে পুলিশে ঘেরাও মাধববাবু মাঠ ছেড়ে চলে গেলেন।

দুই

মাঠের দক্ষিণ কোণ থেকে পুরো ব্যাপারটাই পল্টন আর ঘটোৎকচ লক্ষ করছিল। ঘটোৎকচের মেজাজ ভালই আছে। গোটা দশেক কলা আর গোটা ত্রিশেক জামরুল খাওয়ার পর সে এখন পোয়াটাক বাদামভাজা নিয়ে খুব ব্যস্ত। বাদামভাজা পল্টনের জামার পকেটে। সুতরাং ঘটোৎকচকে সেটা চুরি করে খেতে হচ্ছে। কিন্তু মাঠে মাধববাবুর পরিণতি দেখে পল্টন এমন হাঁ হয়ে গেছে যে, পকেটমারের ঘটনাটা টেরই পায়নি। হঠাৎ সে একটা শ্বাস ছেড়ে বলল, "কাদামামাকে ধরে নিয়ে গেল যে রে ঘটোৎ!"

হেতমগড় যে কাদামামার কত গর্বের বস্তু সেটা সবাই জানে। হেতমগড় হেরে যাচ্ছিল বলেই উনি মাঠে নেমে হম্বিতম্বি করছিলেন বটে, কিন্তু সেটা যে কাউকে খুন করার জন্য নয় এ তো বাচ্চাদেরও বোঝবার কথা। তবে কিনা মাধববাবুকে চেনেই বা ক'জন? না-চিনলে লোকে বুঝবেও না।

রেফারি বাঁশি বাজাচ্ছে, খেলা আবার শুরু হল বলে, পল্টন নিঃশব্দে ঘটোৎকচের গলার বকলশ থেকে শিকলের আংটা খুলে নিয়ে কানে কানে কী যেন শিখিয়ে দিল।

এদিকে সেন্টার হয়ে যাওয়ার সঙ্গে সঙ্গেই লাতনপুরের ফরোয়ার্ডরা বল ধরে ব্যাঘ্র-বিক্রমে হেতমগড়ের গোলে হানা দিল। রাইট-উইং থেকে বল চমৎকারভাবে ব্যাক সেন্টার হয়েছে। রাইট-ইন বল ধরেই থ্রু করে বলটা এগিয়ে দিল। একেবারে রসগোল্লার মতো সহজ বল। পা ছোঁয়ালেই গোল। তা পা প্রায় ছুঁইয়ে ফেলেওছিল লাতনপুরের লেফট-ইন। কিন্তু মুশকিল হল, বলটার নাগাল না পেয়ে। দিব্যি সুন্দর বলটা একটু ধীরগতিতে গড়িয়ে যাচ্ছিল সামনে, লেফট-ইন ছুটে গিয়ে পজিশন নিয়ে শট করতে পাও তুলেছে, ঠিক এই সময়ে একটা অতিকায় বানর কোত্থেকে এসে বলটাকে কোলে তুলে এক লাফে গোলপোস্টের ওপরে উঠে গেল। তারপর লেফট-ইনকে মুখ ভেংচে বলটা মাঠের বাইরে ছুড়ে ফেলে দিয়ে তরতর করে নেমে পালিয়ে গেল।

মাঠে কেউ কেউ প্রচণ্ড হাসিতে ফেটে পড়ল। কেউ রাগে গরগর করতে লাগল। কেউ বলল, 'ধর ওটাকে, ধর।' রেফারি বাঁশি বাজিয়ে সবাইকে জড়ো করে বললেন, "এটা একটা ন্যাচারাল ডিসটারবেনস। সুতরাং ড্রপ দিয়ে খেলা শুরু হোক।"

লাতনপুর গোল দিতে না পেরে হতাশ, হেতমগড় চতুর্থ গোলের হাত থেকে অলৌকিকভাবে বেঁচে যাওয়ায় বেশ চাঙ্গা। ফলে ড্রপ দেওয়ার পর হেতমগড়ের খেলোয়াড়রা প্রাণপণ চেষ্টায় লাতনপুরের সীমানার মধ্যে বল নিয়ে ঢুকে পড়ল।

অবশ্য গোল হওয়ার মতো পরিস্থিতি ছিল না। তবু হেতমগড়ের রাইট-উইং মরিয়া হয়ে লাতনপুরের গোলে একটা অত্যন্ত দুর্বল শট নিয়েছিল। শট এতই দুর্বল যে গোলের দিকে যাওয়ার আগে দুবার মাটিতে ড্রপ খেল। লাতনপুরের ব্যাকরা ভাবল, গোলকিপারই বলটা ধরুক। তাই নিজেরা আর গা ঘামাল না। গোলকিপার নিশ্চিতমনে বলটা ধরার জন্য এগিয়েও এসেছিল। এই সময়ে হঠাৎ গোলপোস্টের মাথা থেকে ঘটোৎকচ বিকট একটা 'হুপ' দিল, তারপর দাঁড়িয়ে প্রচণ্ড অঙ্গভঙ্গি করে নাচ জুড়ে দিল। সেই সঙ্গে 'কুক-কুক' করে বাঁদুরে গান।

গোলকিপার একটা বাচ্চা দুধের ছেলে। বাঁদরের এই বীভৎস নাচ-গান দেখে সে এমনই ঘাবড়ে গেল যে, বলটার কথা তার মনেই রইল না। বলটা তার সামনেই ড্রপ খেয়ে তার হাত ছুঁয়ে প্রায় বগলের তলা দিয়ে খুব অনিচ্ছের সঙ্গে গোলে গিয়ে ঢুকে গেল।

রেফারি গোলের বাঁশি বাজালেন। লাতনপুর প্রতিবাদ জানালে রেফারি বললেন, "বাঁদরটা চেঁচিয়েছে বটে, নাচও দেখিয়েছে, কিন্তু সে তো দর্শকরাও হামেশাই দেখায়। সুতরাং ওতে আইনভঙ্গ হয় না।"

সুতরাং হাফ টাইমের পর পাঁচ মিনিটের মধ্যেই ফল দাঁড়াল ৩—১। মাঠে এমন হইচই পড়ে গেল যে কান পাতা দায়।

গোল খেয়ে যেমন একটু বোমকে গেল লাতনপুর, গোল দিয়ে তেমনি চুমকে উঠল হেতমগড়। সুতরাং খেলাটা আর একতরফা রইল না। লাতনপুরের বিখ্যাত হাফব্যাক ফটিক বল ধরে হরিণের মতো দৌড়ে লেফট-ইনকে বল বাড়াল একবার। লেফট-ইন নিখুঁত একটা ভলি গোলে মেরে দিল। হেতমগড়ের গোলকিপার মাটিতে পড়ে আছে, বল জালে ঢুকছে, ঠিক এই সময়ে আবার বাঁদুরে কাণ্ড। ঘটোৎকচ ঝুপ করে যেন আকাশ থেকে দৈব বাঁদরের মতো নামল এবং বলটা পট করে ধরে আবার গোলপোস্টে উঠে গেল। লাতনপুর তীব্র প্রতিবাদ জানিয়ে গোলের দাবি করতে লাগল। কিন্তু রেফারি কঠিন স্বরে বললেন, গোলে বল না ঢুকলে গোল দেওয়ার কোনও আইন নেই। সুতরাং আবার ড্রপ দিয়ে খেলা শুরু হল। হেতমগড়ের খেলুড়েরা দারুণ উৎসাহের চোটে বল লেনদেন করতে করতে ঢুকে পড়ল লাতনপুরের এলাকায়। লাতনপুরের গোলকিপার থেকে শুরু করে সব খেলুড়েই বাঁদরাতঙ্কে কণ্টকিত। তারা এই সময়ে বাঁদরের হস্তক্ষেপ আশঙ্কা করে চারদিক চাইছে, সকলেরই দোনো-মোনো ভাব, বাঁদরটা কখন কোন দিক থেকে হানা দেয়। আর এই দোনো-মোনোর ফলেই হেতমগড়ের রাইট লিঙ্কম্যান ষষ্ঠীচরণ মনের সুখে একখানা ফাঁকা জমি ধরে এগিয়ে গিয়ে গুপ করে জোরালো শটে গোল দিয়ে দিল। ফল ৩—২।

সেকেন্ড হাফের পনেরো মিনিটের মধ্যেই খেলার হাওয়া উলটো দিকে বইতে থাকে। হেতমগড় বুঝতে পেরেছে স্বয়ং সৌভাগ্যই আজ বাঁদরের রূপ ধরে এসে তাদের পক্ষ নিয়েছে। আর লাতনপুর ভুগছে বাঁদরের আতঙ্কে। সুতরাং দ্বিতীয় গোলটার পাঁচ মিনিটের মধ্যেই ষষ্ঠীচরণ আবার এগোল এবং বল পাস করল রাইট-উইংকে। রাইট-উইং বল ধরে ধনুকের মতো বাঁকা পথে ছুটতে লাগল হরিণের মতো। ওদিকে গোলপোস্টের মাথায় ঘটোৎকচ উঠে বসে আছে এবং গোলকিপারের নাকের ডগায় নিজের লম্বা লেজটা নামিয়ে দিয়ে খণ্ড ত দেখাচ্ছে। লাতনপুরের গেম-স্যার জয়পতাকাবাবু একটা পোলভল্টের বাঁশ নিয়ে বাঁদরটাকে তাড়া করতে দৌড়চ্ছেন। রাগী ও রাশভারী জয়পতাকা-স্যারকে বাঁশ নিয়ে দৌড়তে দেখে লাতনপুরের খেলোয়াড়রা হাঁ করে দাঁড়িয়ে রইল। সেই ফাঁকে রাইট-উইং খুব সহজেই গোলে বল ঢুকিয়ে ফল ৩—৩ করে দিল। রেফারি বাঁশি বাজানোর পর লাতনপুরের খেলোয়াড়রা অবাক হয়ে দেখল, তারা আর-একটা গোল খেয়ে গেছে।

জয়পতাকা-স্যার অবশ্য ঘটোৎকচকে বাঁশপেটা করতে ব্যর্থ হলেন। কারণ ঘটোৎকচ হঠাৎ একটা ডিগবাজি খেয়ে নেমে জয়পতাকাবাবুর ধুতির কাছা এক টানে খুলে ফেলে হাতের বাঁশটা কেড়ে নিয়ে দৌড়। চারদিকে প্রচণ্ড চেঁচামেচি, হাসাহাসি পড়ে যাওয়ায় রাশভারী ও রাগী জয়পতাকা-স্যার নিজের কাছা আঁটতে আঁটতে চেঁচিয়ে বলতে লাগলেন, "ডিসিপ্লিন! ডিসিপ্লিন!"

খেলা আবার শুরু হল বটে, কিন্তু লাতনপুরের ততক্ষণে সব উৎসাহ নিভে গেছে, দমও ফুরিয়ে এসেছে। খেলায় তারা মনোযোগই দিতে পারল না। সুতরাং ঘটোৎকচ আর হানা না দেওয়া সত্ত্বেও হেতমগড় গুনে গুনে আরও দুটো গোল দিল লাতনপুরকে।

হেতমগড়ের ক্যাপটেনের হাতে ভবতারিণী স্মৃতি শিল্ড তুলে দিয়ে ম্যাজিস্ট্রেট সাহেব বললেন, "পশুপাখি যে মানুষের কত উপকারে লাগে, তা বলে শেষ করা যায় না। পশুপাখির কাছে আমাদের অনেক কিছু শেখার আছে।" এরপর লাতনপুরের ক্যাপটেনের হাতে রানার্স আপের পুরস্কার তুলে দিয়ে তিনি বললেন, "কিছু কিছু পশুপাখি যে মানুষের কত অপকার সাধন করে তার হিসেব নেই। এইসব অপকারী পশুপাখির হাত থেকে মানুষকে রক্ষা করাটা আমাদের প্রাথমিক কর্তব্য হিসেবে নিতে হবে।"

দুরকম কথাতেই দর্শক ও শ্রোতারা খুব হাততালি দিল।

ওদিকে থানার লক-আপে চারটে চোরের সঙ্গে এক কুঠুরিতে আবদ্ধ মাধববাবু এতসব খবর জানেন না। দেয়ালে ঠেস দিয়ে চোখ বুজে বসে আছেন আর

হেতমগড়ের হেরে যাওয়ার কথা ভাবছেন। বিকেলে চা খাওয়ার অভ্যাস, কিন্তু লক-আপে চা জোটেনি বলে মাথাটা টিপটিপ করছে। বাঁধানো দাঁত, গামছা ও চটির শোকও উথলে উঠছে বুকের মধ্যে। সেই সঙ্গে পৈতৃক মোহরের কথা ভেবেও দীর্ঘশ্বাস ছাড়ছেন।

এমন সময়ে চারজন চোরের মধ্যে একজন একটু সাহস করে বলল, "হেতমগড়ের কুমার-বাহাদুর না?"

মাধববাবু চোখ খুললেন। এতক্ষণ লজ্জায় তিনি এই চারটে লোকের দিকে ভাল করে তাকিয়েও দেখেননি। এখন দেখলেন, চারজনের মধ্যে যে লোকটা সবচেয়ে বুড়ো সেই পাকা চুল আর পাকা দাড়িওলা লোকটা জুলজুল করে তাঁর দিকে চেয়ে আছে। মাধববাবু খানিকক্ষণ লোকটার দিকে চেয়ে ম্লান একটু হেসে বলেন, "তুমি বনমালী! তাই বলো।"

বনমালী ছিল হেতমগড়ে মাধবদের বাড়ির মালি। দারুণ সুন্দর সব ফুল ফোটাতে আর ফল ফলাতে তার জুড়ি ছিল না। তবে যাকে বলে ক্লিপটোম্যানিয়াক, বনমালী ছিল তাই। চুরি করা ছিল তার মজ্জাগত কু-অভ্যাস। চুরি করতে না পারলে তার পেট ফাঁপত, আইঢাই হত, রাতে ঘুমোতে পারত না ভাল করে। সোনাদানাই হোক বা সেফটিপিন, নস্যির কৌটো, কাচের চুড়ি যাই হোক, কিছু-না-কিছু তাকে চুরি করতেই হবে। চুরি করে বড়লোক হওয়ার আকাঙ্ক্ষা ছিল না, কেবল জিনিসগুলি নিয়ে নিজের ঘরে লুকিয়ে রেখে দিত। তাই বনমালীর চুরিবিদ্যের জন্য তাকে কেউ খারাপ চোখে দেখত না। এমনকী, যাতে সে চুরির অভ্যাস বজায় রাখতে পারে তার জন্য বাড়ির এখানে-সেখানে জিনিসপত্র ফেলে রাখা হত। তারপর তার ঘর থেকে একসময়ে গোপনে সেগুলি উদ্ধার করেও আনা হত।

বনমালী অবাক হয়ে বলে, "আপনাকে কয়েদ করেছে এতবড় সাহস পুলিশের হয় কী করে?"

মাধব ম্লান মুখে বলেন, "সে অনেক কথা। সেসব না তোলাই ভাল। তুমি কেমন আছ বলো!"

বনমালী দুঃখ করে বলল, "হেতমগড় ভেসে যাওয়ার পর আর কাজকর্ম জোটেনি। চেয়েচিন্তে দিন কাটে। গাছপালা ছাড়া থাকতে পারি না বলে বনে-জঙ্গলে ঘুরে বেড়াই। আর কিছু লোক চুরিবিদ্যে শিখতে আমার কাছে আসে, তাদের শেখাই। কিন্তু আজকালকার ছ্যাচড়াগুলো এত লোভী যে, বিদ্যেটা ভাল করে না শিখেই হামলে চুরি করতে যায় আর ধরা পড়ে বে-ইজ্জত হয়। এই দেখুন না, এই তিনটে স্যাঙাতকে বিদ্যেটা সবে শেখাতে শুরু করেছিলাম, তা বাবুদের তর সইল না। ভাল করে না

শিখেই থানার পুকুর থেকে মাছ চুরি করতে গিয়ে ধরা-টরা পড়ে একশা। নিজেরা তো ধরা পড়লই, আবার পিঠ বাঁচাতে আমার নামও পুলিশকে বলে দিল। তাই কপালের ফেরে জেলখানায় বসে আছি। কিন্তু ভগবান যা করেন মঙ্গলের জন্যই করেন। হাজতে আটকে না থাকলে আপনার সঙ্গে দেখাই হত না।”

মাধব বনমালীকে বহুকাল বাদে দেখে খুশি হলেন। এক সময়ে বনমালীর কোলেপিঠে চড়েই মানুষ হয়েছেন। বললেন, “কথাটা খুব খাঁটি। তবে কিনা হাজতে আসা বা থাকাটা আমার তেমন পছন্দ নয় হে, বনমালী।”

বনমালী এক গাল হেসে বলল, “আপনাকে বেশিক্ষণ হাজতে থাকতে হবে না, কর্তা। সে-ভার আমার ওপর ছেড়ে দিন।”

তারপর এক রোগা-পাতলা চেহারার স্যাঙাতের দিকে চেয়ে বনমালী হুকুম দিল, “বিষ্টু, ওঠ।”

বিষ্টুকে এতক্ষণ ভাল করে লক্ষ করেননি মাধব। এবার করলেন এবং একটু অবাক হয়ে গেলেন। বিষ্টুর হাবভাবের মধ্যে বেশ একটা বাঁদুরে ভাবভঙ্গি আছে। দাঁড়ানোর সময় একটু কুঁজো হয়ে থাকে, লম্বা রোগা হাত দুখানা সামনের দিকে ঝুল খায়। মাঝে মাঝে বাঁদরের মতো গা-চুলকোনোর স্বভাবও তার আছে। হুকুম পেয়ে সে হাজতঘরের একটা কোণে গিয়ে সমকোণ দুই দেয়ালের খাঁজে দাঁড়াল। তারপর গুরু বনমালীর দিকে ফিরে একটা নমস্কার জানিয়ে দুদিকের দেয়ালে হাত আর পা চেপে টিকটিকির মতো ওপরে উঠে যেতে লাগল। দৃশ্যটা দেখে মাধব হাঁ। ঘটোৎকচেরও যে এমন এলেম নেই!

অনেক ওপরে, ছাদের কাছ বরাবর একটা গরাদ লাগানো ঘুলঘুলি আছে। তা দিয়ে বাইরে সদর রাস্তা পর্যন্ত দেখা যায়। বিষ্টু ওপরে উঠে সেই ঘুলঘুলি দিয়ে ভাল করে বাইরেটা দেখে নিল। তারপর অনেকক্ষণ ধরে কী যেন শোনবার চেষ্টা করল। নাক বাড়িয়ে বাতাসটা বোধহয় শুঁকলও একটু। বনমালী মাধবের দিকে চেয়ে বলল, “এ তেমন কোনও কেরদানি নয়, কর্তা। এ হল টিকটিকি বিদ্যা। ওস্তাদের ওপর ভক্তি আর বিদ্যে শেখার ‘হাউস’ থাকলে এসব শেখা তেমন কোনও শক্ত কাজ নয়।”

মাধব জবাব দিতে পারলেন না। বিষ্টু খানিকক্ষণ ওপরে থেকে আবার নেমে এল। বলল, “সিপাইরা বেশি নেই। রাস্তাঘাট খুব থমথম করছে। তার মানে আজকের খেলায় লাতনপুর জিততে পারেনি। আর-একটা খুব অবাক কাণ্ড দেখলাম। ঘুলঘুলির ওপাশে একটা কাঁঠাল গাছের ডালে মস্ত একটা বানর বসে আছে, তার কোলে একটা ফুটবল। আমাকে ঘুলঘুলি দিয়ে দেখতে পেয়ে হুপ হুপ করে কী যেন বলল। ভাষাটা ঠিক বুঝলাম না।”

মাধব হেসে বললেন, "জাতভাই বলে বাঁদরটা তোমাকে চিনতে পেরেছে যে! চেষ্টা করলে ভাষাটা আয়ত্ত করা তেমন শক্ত হবে না তোমার। বাঁদরের আর সব কিছু শিখতে তো বাকি রাখোনি বাপু, ভাষাটা আর কত কঠিন হবে?" বলতে বলতেই মাধববাবুর কী একটা খেয়াল হয়। তিনি একটু থেমে চেঁচিয়ে ওঠেন, "বাঁদরটা কি খুব বড়?"

"বড়ই।" বিষ্টু জবাব দেয়।

ঘটোৎ নয় তো? মাধববাবু চিন্তিত মুখে আপনমনে বলতে লাগলেন, "কোলে ফুটবল দেখলে? ব্যাপারটা খুব ঘোরালো ঠেকছে তো! শহরটাই বা থমথম করবে কেন? লাতনপুর হাফটাইমের আগেই তিন গোল দিয়েছে দেখে এসেছি। হাফটাইমের পর আরও তিনটে দেওয়া তাদের কাছে শক্ত নয় মোটেই।"

ঠিক এই সময়ে রাস্তা দিয়ে বিরাট শোরগোল তুলে একটা মিছিল এল। "...ভবতারিণী স্মৃতি শিল্ড জিতল কে? হেতমগড় আবার কে? ...হেরে হয়রান হল কে? লাতনপুর, আবার কে?..."

বিড়বিড় করে মাধববাবু বললেন, "আশ্চর্য! পরমাশ্চর্য! পৃথিবীর অষ্টম আশ্চর্য!"

বনমালী তার স্যাঙাতদের নিয়ে ঘরের এক কোণে গিয়ে ফিসফিস করে কী পরামর্শ দিচ্ছিল। মাধব মাথায় হাত দিয়ে বসে হাজারো কথা ভাবছিলেন। ভবতারিণী স্মৃতি শিল্ড। বাঁধানো দাঁত। হেতমগড়ের হারানো মোহর। ঘটোৎকচের কোলে ফুটবল। ভাবতে ভাবতে মাথা ঝিমঝিম করায় একটু ঘুমিয়েও পড়েছিলেন।

হঠাৎ লোহার গেট খুলবার শব্দ হল। ঘরে এসে দাঁড়ালেন থানার নতুন দারোগা নবতারণ ঘোষ। ছ ফুট লম্বা বিভীষণ চেহারা, দুটো চোখ আলুর মতো গোল আর টর্চবাতির মতো জ্বলজ্বলে, হাত দুটো দেখলে মনে হবে ওই দুই হাতে একটা মোষের মাথা তার ধড় থেকে ছিঁড়ে ফেলতে পারেন। দারোগা হিসেবে নবতারণের সাংঘাতিক নামডাক।

নবতারণ মাধবের দিকে চেয়ে বললেন, "আপনার অপরাধ খুবই গুরুতর। পাবলিক প্লেসে আপনি মারাত্মক অস্ত্রশস্ত্র নিয়ে হামলা চালিয়েছেন। সুতরাং কঠিন শাস্তির জন্য তৈরি হোন।"

মাধববাবু বরাবরই পুলিশের ভয়ে আধমরা। দুনিয়ায় আর কোনও কিছুকে গ্রাহ্য না করলেও কেবল এই পুলিশই তাঁকে কাবু করে রেখেছে। পুলিশ দেখলে তাঁর রাতে ঘুম হয় না, খাওয়া কমে যায়, পেটের মধ্যে অনবরত গুড়গুড় করতে থাকে। এখনও করছিল। তাই তিনি ভ্যাবাচ্যাকা মুখে নবতারণের দিকে চেয়েছিলেন।

নবতারণ বনমালীর দিকে চেয়ে বললেন, "তোমার হিস্ট্রিও আমি সব জানি। এ

অঞ্চলের যত চোর ডাকাত আর বদমাশ সব তোমার কাছে ট্রেনিং নেয়। ট্রেনার হিসেবে তুমি খুবই উঁচুদরের সন্দেহ নেই। কিন্তু আমিও অতি উঁচুদরের দারোগা, এটা ভুলে যেয়ো না। তুমি হাজত থেকে ইচ্ছে করলেই পালাতে পারো। তাও আমি জানি। সেইজন্য আমি বিশেষ ব্যবস্থা করে রেখেছি। সদর থেকে চারটে বাঘা কুকুর আনা হয়েছে, তারা দিনরাত থানা পাহারা দেবে। ভাল ট্রেনিং পাওয়া দু ডজন স্পেশাল সেপাইও আনা হয়েছে তোমাদের ওপর চব্বিশ ঘণ্টা নজর রাখার জন্য। তা ছাড়া আমি তো আছিই। লোকে বলে, আমার নাকি দশ জোড়া চোখ, দশটা হাত আর দশটা মগজ। কাজেই খুব সাবধান!"

এই বলে নবতারণ চলে গেলেন। দরজা বন্ধ হয়ে গেল।

বনমালী কাঁচুমাচু মুখ করে বলল, "কর্তা, ব্যাপারটা খুব সুবিধের ঠেকছে না। কাল অবধি নবতারণ এ থানায় ছিল না। আজই বদলি হয়ে এসে কাজ হাতে নিয়েছে। ওর মতো ঘুঘু লোক আর নেই।"

মাধব নেতিয়ে বসেছিলেন। বললেন, "তা হলে কী হবে?"

"এখন তো চুপচাপ থাকুন। দেখা যাক।"

বাইরে এমন সময় গোটা চারেক কুকুরের গম্ভীর গর্জন শোনা গেল। হাঁকডাকেই বোঝা যায়, এরা যেমন-তেমন কুকুর নয়। সেলের সামনে দিয়ে কয়েকজন বিকটাকার লোক ঘোরাফেরা করে গেল। তাদের ছুরির মতো ধারালো চোখ, মুখ খুব গম্ভীর। দেখে-শুনে মাধব আরও ঘাবড়ে গেলেন।

তিন

এদিকে পল্টন পড়েছে মহা ফ্যাসাদে। ফুটবলের মাঠে যখন প্রাইজ ডিসট্রিবিউশন চলছিল তখনই ঘটোৎকচ এক ফাঁকে ভিড়ের মধ্যে ঢুকে পড়ে। লাতনপুরের গেম-স্যার জয়পতাকাবাবু একটা ফুটবল হাতে নিয়ে গম্ভীরভাবে দাঁড়িয়েছিলেন। ঘটোৎকচ সুট করে বলটা হাতিয়ে নিয়েই দৌড়।

তাতে পল্টন খুশিই হয়েছিল। ফালতু একটা ফুটবল পেয়ে যাওয়ায় তার তরুণ সংঘের বেশ সুবিধেই হবে। কিন্তু মুশকিল হল ঘটোৎকচ কিছুতেই বলটা হাতছাড়া করতে নারাজ। মদনমোহনবাড়ির আমবাগানে ঢুকে দুজনে যখন গা-ঢাকা দিয়েছিল, তখন পল্টন অনেক তোতাই-পাতাই করেছে। কিন্তু নতুন জিনিস হাতে পেয়ে ঘটোৎকচ তাকে বেশি পাত্তা দিতে চায়নি।

যাই হোক, কাদামামাকে থানায় নিয়ে গেছে, সুতরাং ফুটবল নিয়ে মাথা ঘামানোর

সময় পল্টনের তখন নেই। সুতরাং সে ফুটবলসহই ঘটোৎকচকে নিয়ে আঁশফলের জঙ্গলের ভিতর দিয়ে থানামুখো রওনা দিল।

কাদামামাকে পুলিশ ধরে নিয়ে গিয়ে কীভাবে রেখেছে সেটা জানা দরকার। তাই সে ঘটোৎকচকে যতদূর সম্ভব আকারে ইঙ্গিতে ব্যাপারে বুঝিয়ে ছেড়ে দিল। ফুটবল বগলে নিয়েই ঘটোৎকচ থানার কাছ-বরাবর একটা কদম গাছে উঠে একটা ডাল ধরে ঝুল খেয়ে মস্ত উঁচু দেওয়ালের ওপর নামল। তারপর সেখান থেকে এক লাফে উঠল একটা কাঁঠাল গাছে। সেখানে ফুটবল কোলে করে বসে রইল আপনমনে। কোথায় কাদামামার খবর নেবে তা নয়, কেবল কোলের ফুটবলটা ছুড়ে দিয়ে ধরে, ঘুরিয়ে ফিরিয়ে দেখে, শোঁকে।

পল্টন অনেক শিস-টিস দিয়ে ইশারা করল। কোনও কাজ হল না তাতে। এদিকে সন্ধে হয়ে এসেছে। দিনের আলো থাকতে থাকতে বাড়িতে না ঢুকলে বাবা আস্ত রাখবেন না। বাড়ির নিয়মকানুন ভারী কঠিন।

পল্টন বাইরে থেকেই দেখল, থানার পুলিশের গাড়ি থেকে চার-চারটে ভীষণ চেহারার কুকুর নামানো হল। অনেক নতুন সেপাইও এল আর একটা গাড়িতে।

খুব ভয়ে ভয়ে পল্টন গিয়ে থানার ফটকে এক পাহারাওলাকে জিজ্ঞেস করল, “কী হয়েছে দারোগাসাহেব?”

পাহারাওলা দারোগাসাহেব সম্বোধনে খুশি হয়ে বলল, “বহু বড়া বড়া চারঠো খুনি ডাকু পকার গয়া।”

কাদামামার জন্য দুশ্চিন্তা আর ঘটোৎকচের মুণ্ডুপাত করতে করতে পল্টন বাড়ি ফিরে গেল।

মাধব পুলিশের হাতে ধরা পড়েছেন শুনে বাড়িতে হুলস্থুল পড়ে গেল।

অক্ষয় খাজাঞ্চি বলল, “আমি আগেই জানতাম, মাধববাবু একজন ছদ্মবেশী দাগি আসামি। এ বাড়ির কুটুম সেজে গা ঢাকা দিয়ে আছেন।”

তায়েবজি একবার মিলিটারিতে ঢুকতে গিয়েছিল। কিন্তু পারেনি। মিলিটারির ওপর তার দারুণ শ্রদ্ধা। হরবখত তারা বন্দুক-কামান চালায়। কিন্তু এ বাড়ির লোক তায়েবজিকে একটা বন্দুকও দেয়নি। বন্দুক ছাড়া দারোয়ানের কোনও ইজ্জত থাকে? তায়েবজি গোঁফ চুমরে বলে, “ও বাত ঠিক নেহি। আসলে মাধববাবু মিলিটারির আদমি। ডিউটিতে ফাঁকি দিয়ে পালিয়ে এসেছিলেন, তাই ধরা পড়ে গেছেন। মিলিটারি ছাড়া আর কেউ দু-দুটো বন্দুক রাখে?”

হাঁড়ির মা অবশ্য ঠোঁট উলটে বলল, “ও মামলা টিকবে না। বন্দুকে গুলিই ছিল না যে!”

পল্টনের মা খবর শুনে কাঁদতে বসলেন। বড়বাবু বারান্দায় দ্রুত পায়ে পায়চারি করতে লাগলেন।

এ বাড়ির লোককে পুলিশে ধরেছে জেনে পল্টনের বাড়ির মাস্টারমশাই পড়াতে এসে এমন ভয় খেয়ে গেলেন যে, একা বাড়িতে ফিরতে সাহস পেলেন না। শেষ পর্যন্ত বাড়ির এক চাকর হ্যারিকেন ধরে তাঁকে পৌঁছে দিয়ে এল! অনেক রাত পর্যন্ত বাড়ির লোকের ঘুম নেই, খাওয়া নেই। কেবল নানারকম শলাপরামর্শ চলতে লাগল। পাড়া-প্রতিবেশীরাও দলে দলে এসে ভিড় জমাল।

পল্টন গিয়ে ঘন ঘন দেখে আসছে ঘটোৎকচ ফিরে এসেছে কিনা। কিন্তু অনেক রাত পর্যন্তও তার টিকির হদিশ পাওয়া গেল না।

ঘটোৎকচের অবশ্য ফেরার উপায়ও ছিল না।

হল কী, ঘটোৎকচ তো ফুটবল কোলে নিয়ে মহা উৎসাহে গাছের ডালে বসে বসে লেজ দোলাচ্ছে। এদিকে চারটে বিভীষণ কুকুর থানায় ঢুকে ছাড়া পেয়েই বনবন করে চারদিকটা দেখে নিয়েছে। হঠাৎ চারজনই কাঁঠাল গাছের তলায় জড়ো হয়ে ঊর্ধ্বমুখে প্রবল 'ঘ্যাও ঘ্যাও' আওয়াজ করে চেঁচাতে থাকে।

সেই চিৎকারে থানার যত সেপাই সেখানে এসে জুটল। ব্যাপারটা অদ্ভুত। গাছের ডালে একটা মস্ত বাঁদর বসে আছে, তার কোলে একটা ফুটবল।

জয়পতাকাবাবুর হাত থেকে বল ছিনতাই হওয়ার ঘটনা পুলিশ জানে। সেই হারানো বল এত সহজে ফেরত পাওয়া যাবে তা তারা স্বপ্নেও ভাবেনি। এখন কাজ হল, বাঁদরের হাত থেকে বলটা উদ্ধার করা।

নবতারণবাবু শুনেছিলেন, বিলেতে এক টুপিওলা টুপি পাশে রেখে গাছতলায় ঘুমোবার সময় গাছের বাঁদররা তার সব টুপি নিয়ে গাছে উঠে যায়। টুপিওলা ঘুম থেকে উঠে দেখে, বাঁদররা তার সব টুপি মাথায় পরে গাছের ডালে ঠ্যাং দুলিয়ে বসে আছে। কিছুতেই সেই টুপি বাঁদরদের হাত থেকে উদ্ধার করতে না পেরে টুপিওলা রাগ করে নিজের মাথার টুপি মাটিতে ছুড়ে ফেলে দিয়েছিল। অমনি বাঁদররাও যে যার মাথার টুপি খুলে দুপদাপ মাটিতে ছুড়ে ফেলে দিল।

নবতারণবাবু সেই কৌশলটা খাটালেন। হাতের কাছে বল ছিল না। তাই তিনি বলের অভাবে প্রথমে নিজের গোল টুপিটা মাটিতে আছড়ে ফেললেন। কাজ না হওয়ায় পিস্তলটা ছুড়ে দিলেন, নস্যির ডিবে মাটিতে আছড়ালেন।

কোনওটাতেই কাজ না হওয়ায় একজন সিপাইকে হুকুম করলেন, "বাজার থেকে এক কাঁদি পাকা মর্তমান কলা নিয়ে এসো।"

কলা এল। গাছের তলায় রাখাও হল। কিন্তু ঘটোৎকচ সেদিকে ভ্রূক্ষেপও করল

না। আপনমনে সে গাছের ডালে বসে বলটা একবার ছুড়ছে, লুফছে। ছুড়ছে, লুফছে। নীচের দিকে চেয়ে মুখ ভ্যাঙাচ্ছে, গা চুলকোচ্ছে, নিজের পেটে ডুগডুগি বাজাচ্ছে।

সুবিধে হচ্ছে না দেখে সেপাইরা গুলি চালানোর হুকুম চাইল।

নবতারণের একটা হাবাগোবা ছেলে আছে, তার নাম শঙ্কাহরণ। সারাদিন কেবল খাই-খাই আর নানান বায়না। বুদ্ধিশুদ্ধি খুবই কম, তার ওপর ঠাকুমা আর দাদুর আদরে আরও জল-ঘট হয়ে যাচ্ছে দিনকে দিন। নবতারণ ভাবছিলেন বাঁদরটা নিয়ে শঙ্কাহরণকে পুষতে দিলে কেমন হয়? শঙ্কাহরণের সঙ্গে পাড়া ও ইস্কুলের ছেলেরা মিশতে চায় না, বরং খেপিয়ে মারে। বোকা আর অলস প্রকৃতির হলে যা হয় আর কী। তা এই বুদ্ধিমান বাঁদরটার সঙ্গে মেশামেশি করলে শঙ্কাহরণের মগজ কিছুটা ধারালো হতে পারে। তাই নবতারণ বললেন, "গুলি নয়, গ্রেফতার। এখন তোরা যে যার কাজে যা। কুকুরগুলোকে পাহারায় রেখে যাস, যেন বাঁদরটা পালাতে না পারে।"

তো তাই হল। চারটে কুকুর গাছতলায় খাপ পেতে বসে রইল পাহারায়। সেপাইরা রোঁদে গেল।

এদিকে নবতারণ থানার চার্জ নেওয়ায় হাজতের মধ্যে ভারী হতাশ হয়ে বসে আছেন মাধববাবু। জীবনের আশা ছেড়েই দিয়েছেন বলা যায়। বনমালী তাঁর হাঁটুতে হাত বুলিয়ে দিতে দিতে বলছে, "অত হাল ছেড়ে দেবেন না কর্তা, যতক্ষণ শ্বাস ততক্ষণ আশ।"

মাধববাবু ধরা গলায় বললেন, "শুনেছি পুলিশ ধরলে সহজে ছাড়ে না। খুব মারে, খেতে দেয় না, কুটকুটে কম্বলের বিছানায় শুতে দেয়। অত কষ্ট করার অভ্যাস আমার নেই যে। তা ছাড়া যদি যাবজ্জীবনের মেয়াদ বা ফাঁসির হুকুম হয়, তখন?"

কথা শুনে বনমালীর স্যাঙাতরা হি-হি করে হাসছে। বনমালী তাদের একটা পেল্লায় ধমক দিয়ে বলল, "আস্পদ্দা কম নয়। হেতমগড়ের মেজকর্তার সামনে হাসাহাসি?"

ভয় খেয়ে স্যাঙাতরা চোর-চোর মুখ করে বসে রইল। তখন বনমালী বলল, "মেজকর্তার মন ভাল রাখতে হবে। ওরে, তোরা যে যার ওস্তাদি দেখা। নাচ-গান দিয়েই শুরু হোক।"

সঙ্গে সঙ্গে স্যাঙাতদের একজন নাক দিয়ে নিখুঁত আড়বাঁশির আওয়াজ ছাড়তে লাগল। আর একজন গাল ফুলিয়ে ফোলানো গালে চাঁটি মেরে তবলার আওয়াজ করতে লাগল। তৃতীয়জন রায়বেঁশে নাচ জুড়ে দিল। বনমালী নিজে গান গাইতে লাগল।

খুবই জমে গেল ব্যাপারটা। মাধব হাঁ হয়ে দেখতে লাগলেন। নাচগান শেষ হলে

বনমালীর স্যাঙাতরা নানারকম খেলা দেখাল। স্যাঙাতদের একজন হুবহু নবতারণ আর মাধব চৌধুরীর গলা নকল করে কথা বলে গেল। তারপর নানা জীবজন্তুর ডাক শোনাল। আর একজন দেখাল জিনিসপত্র হাওয়া করে দেওয়ার কায়দা। পয়সা থেকে শুরু করে চাবি কলম ইত্যাদি যা হাতের কাছে পাওয়া গেল তা নিয়ে সে শূন্যে ছুড়ে দেয়, আর সেগুলো যেন পলকে হাওয়া হয়ে হাওয়ার সঙ্গে মিশে যায়। এত সাফ হাত মাধব কোনও ম্যাজিসিয়ানের দেখেনি। সবশেষে টিকটিকিবিদ্যে-জানা বিষ্টু মাধবকে তাজ্জব বানিয়ে দিল। সে গিয়ে গরাদের সরু ফোকরের মধ্যে নিজের শরীরকে কাত করে ঢুকিয়ে একটা চাড়ি মেরে মুহূর্তের মধ্যে বাইরে বেরিয়ে গেল। তারপর একটু ঘোরাফেরা করে আবার একই কায়দায় ভিতরে ঢুকে এল!

মাধব বললেন, "তা তুমি বাপু, ইচ্ছে করলেই তো এখান থেকে কেটে পড়তে পার।"

বনমালী হেসে বলে, "তা পারে, তবে আমাদের ফেলে যাবে না। তা ছাড়া আলটপকা বেরোলে সেপাইরা দড়াম করে গুলি চালাতে পারে।"

মাধবের মন অনেকটা ভাল হয়ে গিয়েছিল। তিনি যে গুণী মানুষের সঙ্গে আছেন তা বুঝতে পেরে খুব বেশি ভয়ও আর পাচ্ছিলেন না। কিন্তু আর-একটা সমস্যা দেখা দিয়েছে। তাঁর খুব খিদে পেয়েছে। তাই আমতা-আমতা করে বললেন, "হ্যাঁ হে বনমালী, শুনেছিলাম হাজতে খেতে-টেতে দেয়! লপসি না কী যেন। তা এরা দিচ্ছে না কেন? রাতও তো কম হয়নি। ধারেকাছে কোনও সেপাইকেও তো দেখা যাচ্ছে না।"

কথাটা ঠিক। হাজতের সামনে দিয়ে অনেকক্ষণ কোনও সেপাই রোঁদ দেয়নি। কেউ খোঁজখবরও করেনি। খাবার-দাবার দেওয়ার কথাও বুঝি ভুলে গেছে।

বনমালীর ইঙ্গিতে বিষ্টু আবার গিয়ে চারদিক দেখেশুনে শরীরটাকে চ্যাপ্টা করে গরাদের ফাঁকে গলে গেল। কিছুক্ষণ বাদে হাঁফাতে হাঁফাতে ফিরে এসে সে বলল, "দারুণ খবর আছে। সেই বাঁদরটার সঙ্গে থানার কুকুররা মাঠে ফুটবল খেলছে। খুব জমে গেছে খেলা। সেপাইরা সব ডিউটি ফেলে রেখে মৌজ করে খেলা দেখছে।"

"জয় কালী!" বলে লাফিয়ে ওঠে বনমালী। মাধবকে তাড়া দিয়ে বলে, "উঠে পড়ুন! এমন সুযোগ আর হবে না।"

বনমালী টপ করে তার কানে-গোঁজা বিড়িটা এনে তার ভিতর থেকে ছোট্ট একটা উকোর মতো জিনিস বের করল। গরাদের তালায় সেটা ছোঁয়াতে না-ছোঁয়াতেই দরজা চিচিং ফাঁক।

সামনে একটা দরদালানের মতো। পাঁচজনে চুপিসারে সামনের দিকে এগিয়ে

দেখল, সেদিকে নবতারণের অফিসঘর। অফিসঘরে নবতারণ জাঁকিয়ে বসে আছে, দরজায় তটস্থ বন্দুকধারী সেপাই। সুতরাং পালানোর পথ নেই। পিছনদিকে এসে দেখে, সেদিকেও বিপদ। সামনেই একটু খোলা মাঠ। সেখানে ইলেকট্রিকের আলোয় ঘটোৎকচ আর চারটে কুকুরের মধ্যে দারুণ বলখেলা চলেছে। ঘটোৎকচ বল ছুড়ে দেয়, চারটে কুকুর বলের পিছনে দৌড়োয়। বল ধরে ঠেলতে ঠেলতে এনে তারা আবার ঘটোৎকচের কাছে হাজির করে। তাদের হাবভাব চাকর-বাকরের মতো। ঘটোৎকচ বসে আছে একটা গাছের গুঁড়ির উঁচুমতো জায়গায়, ঠ্যাঙের ওপর ঠ্যাং তুলে। তার ভাবভঙ্গি রাজা-বাদশার মতো। একটা কুকুর বেয়াদবি করে তার হাঁটুতে একটু মুখ ঘষে দেওয়ায় সে তার কান মলে দিল। আর একটা কুকুরের মাথায় হাত দিয়ে আদর করল একটু। ফলে আর দুটো হিংসেয় ঘেউ ঘেউ করে ওঠে। ঘটোৎকচ তাদের এক ধমক মারল 'হুপ' করে। ভয়ে তারা লেজ নামিয়ে ফেলল।

কতক্ষণ খেলা চলত বলা যায় না। কিন্তু এ সময়ে মাধববাবু ঘটোৎকচের কাণ্ডকারখানা দেখতে দরদালান থেকে মুখটা একটু বেশিই বাড়িয়ে দিয়েছিলেন! আর ঘটোৎকচও হঠাৎ মাধববাবুকে দেখতে পেয়ে 'হুপ হুপ' বলে আনন্দের ডাক ছেড়ে তিনটে বড় বড় ডিং মেরে কুকুর এবং সেপাইদের মাথার ওপর দিয়ে প্রায় উড়ে এসে মাধববাবুর গা বেয়ে উঠে গলা জড়িয়ে কুঁইমুই করে আদর জানাতে লাগল।

সকালবেলার রাগ মাধববাবুর অনেক আগেই জল হয়ে গেছে। তার ওপর এই দুঃসময়ে ঘটোৎকচের চেনা মুখখানা দেখে মাধববাবুরও আর স্থানকালের জ্ঞান রইল না। "ওরে আমার ঘটুরে" বলে তিনি ঘটোৎকচের গায়ে হাত বুলিয়ে আদর করতে লাগলেন।

বনমালী পিছন থেকে একটা খোঁচা দিয়ে বলল, "কর্তা! বিপদ!"

বিপদ বলে বিপদ। চোখের পলকে এক গাদা সেপাই ঘিরে ফেলল তাদের। কারও হাতে বন্দুক, কারও লাঠি, কুকুরগুলোও ঊর্ধ্বমুখ হয়ে খাপ পেতে বসে আছে, হুকুম পেলেই লাফিয়ে পড়বে। অর্থাৎ মাধববাবুর আর কিছু করার নেই। সবাই ধরা পড়ে গেছেন।

মাধববাবু দুঃখের সঙ্গে ঘটোৎকচকে কাঁধ থেকে নামিয়ে বললেন, "এঃ হেঃ, প্ল্যানটা কেঁচে গেল দেখছি!"

হেড কনস্টেবল মস্ত গোঁফ চুমরে সামনে এসে মাধববাবুকে পা থেকে মাথা পর্যন্ত দেখে নিয়ে বলল, "এ বাঁদরটা আপনার?"

মাধববাবু ভয়ে ভয়ে বললেন, "অনেকটা আমারই।"

"বাঁদরটাকে আমরা ছেড়ে দিতে পারি না। এর এগেইনস্টে একটা ফুটবল চুরির

কেস আছে। আজ রাতে একে হাজতেই রাখা হবে। আপনারা বাড়ি চলে যান। কাল সকালে এসে খোঁজ নেবেন।”

এই বলে হেড কনস্টেবল তাঁদের নিয়ে গিয়ে পিছনের ফটক খুলে রাস্তায় বের করে দিল। বলল, “এরপর থেকে নিজের বাঁদরকে ভাল করে বেঁধে রাখবেন।”

“যে আজ্ঞে,” বলে মাধববাবু খুব অমায়িকভাবে হাসলেন।

হেড কনস্টেবল ফটক বন্ধ করে দিয়ে অন্য সেপাইদের হাঁক দিয়ে বলল, “বাঁদরটাকে আলাদা সেলে ভরে দে। আর দেখ তো, ওই পাঁচটা বদমাশ কয়েদি কোনও বদ মতলব ভাঁজছে কি না।”

ততক্ষণে পাঁচ কয়েদি চোঁচা দৌড়ে পগার পার হয়েছে। পাতুগড়ে আমবাগানের অন্ধকারে ঢুকে হাঁফ ছেড়ে বনমালী হেসে বলল, “বাঁচা গেল।”

মাধববাবু তেমন খুশি নন। ঘটোৎকচের জন্য মনটা খারাপ। বললেন, “আমাদের জন্যই বেচারা ধরা পড়ে গেল, নইলে ঠিক পালাতে পারত।”

কেউ তাঁর কথায় জবাব করল না। সবাই হাঁফাচ্ছে। তা ছাড়া বিপদ এখনও তো কাটেনি। দৌড়তে দৌড়তে থানা থেকে খানিক দূর আসতে না-আসতেই পাগলাঘণ্টির শব্দ শোনা গেছে। খুব একটা হইচই আর হুড়োহুড়ির শব্দও পাওয়া যাচ্ছিল পিছনে।

পাতুগড়ের আমবাগান বিখ্যাত জায়গা। এখানে একশো দেড়শো বছরের পুরনো বিস্তর বড় বড় আমগাছ আছে এবং সেগুলো এখনও মাঝে মাঝে ফল দেয়। তা ছাড়া বড়বাবু কলমের বাগানও করেছেন। বিশাল একশো বিঘার মতো বাগানটার পুরোটাই নানা ঝোপঝাড়ে ঘেরা। আম-চুরি ঠেকানোর জন্য বিভিন্ন গাছে মাচা বাঁধা আছে। মাচায় ফলনের সময় লোকজন থাকে। আগে বড়বাবুর বাবা-ঠাকুরদা নিজেরাই আম পেড়ে বেচে দিতেন। বড়বাবু আর সে ঝামেলায় না-গিয়ে প্রতি বছর বাগানটা বন্দোবস্তে দিয়ে দেন।

বাগানে ঘোর অন্ধকার। ভুতুড়ে কুয়াশায় চারদিকটা ছেয়ে আছে। ভাঙা বাতাসার মতো একটু চাঁদও উঠেছে আবার। তাতে চারদিকটা আরও গা-ছমছম হয়ে আছে। শীতকাল বলে আমবাগানে লোকজন নেই।

মাধব ডাকলেন, “বনমালী!”

“আজ্ঞে!”

“এখন কী হবে?”

“কিছুক্ষণ ঘাপটি মেরে থাকতে হবে। তাপটা কেটে যাক তারপর যা হয় করা যাবে।”

"এখানে পুলিশ আসবে না তো?"

বনমালী মাথা চুলকে বলে, "তা আসবে। যত চোর-ছ্যাঁচড় ডাকাত পুলিশের চোখে ধুলো দিতে এই আমবাগানেই আসে। পুলিশও সেটা ভালই জানে।"

মাধব ভয় খেয়ে বলেন, "তা হলে? আমার যে আবার পুলিশের ভয়টাই সবচেয়ে বেশি।"

বনমালী হেসে বলে, "পুলিশ এলেই বা কী? এই আমবাগানের মতো এত ভাল চোর-পুলিশ খেলার জায়গা আর কোথায় পাবেন?"

মাধব আবার ডাকলেন, "বনমালী!"

"আজ্ঞে।"

"খিদে পায় যে!"

"একটু চেপে থাকুন। ওধার থেকে টর্চ লাইটের আলো দেখা যাচ্ছে। পুলিশ এল বোধহয়।"

বনমালীর স্যাঙাতরা ওস্তাদ লোক। পুলিশের গন্ধ পেয়েই টপাটপ এক-একটা গাছে চড়ে অন্ধকারে গায়েব হয়ে গেল। বনমালী মাধবকে আর-একটা গাছে ঠেলে তুলে দিয়ে বলল, "একটু ঠাহর করে উঠে যান। এ-গাছের মাচা খুব উঁচুতে নয়। আমি ধারে-কাছেই আর একটা গাছে থাকব। দেখবেন কর্তা, দয়া করে ডাকাডাকি করবেন না। বিপদে পড়লে লুকোচুরি খেলার টু দেওয়ার মতো আস্তে করে টু দেবেন।"

এই বলে বনমালীও হাওয়া হয়ে গেল।

মাধব পুলিশের আতঙ্কে প্রাণভয়ে গাছে চড়তে লাগলেন। অনেককাল এসব করা অভ্যাস নেই। তাই হাত-পায়ের চামড়া ছড়ে গেল গাছের ঘষটানিতে। চটিজোড়া খসে পড়েছিল পা থেকে, সেটা আর তোলা হল না। অন্ধকারে ঠাহর করে করে মোটা মোটা ডাল বেয়ে খানিকটা উঠে মৃদু জ্যোৎস্নায় একটা বাঁশ আর বাখারির মাচান পেয়ে গেলেন। বিশেষ, মজবুত বলে মনে হল না। উঠতেই খচমচ শব্দ করে দুলতে লাগল। গত বর্ষার জলে দড়ির বাঁধনগুলো পচে গিয়ে থাকবে। মাচানে বসে প্রতি মুহূর্তে পড়ে যাওয়ার চিন্তা করতে করতে মাধববাবু একটা টু দিলেন। কিন্তু দেখলেন, ভয়ে আর তেষ্টায় গলা শুকিয়ে থাকায় শব্দ হল না, শুধু ফুঁ করে একটা হাওয়া বেরিয়ে গেল।

চারদিকে কী হচ্ছে তা ঠিক বুঝতে পারছিলেন না মাধববাবু, কিন্তু লোকজনের সাড়া পাওয়া যাচ্ছে। কাছেপিঠে একটা জোরালো টর্চের আলো জ্বলে উঠে নিবে গেল। গোটা তিন-চার কুকুর ঘেউ ঘেউ করে ডেকে উঠল হঠাৎ। মাধববাবু সিঁটিয়ে বসে রইলেন। গাছের ওপর শীত আরও বেশি। কনকনে ঠান্ডায় হাত পায়ে সাড় নেই। তার মধ্যে আবার টুপটাপ করে শিশিরের ফোঁটা গায়ে পড়ে ছ্যাঁক করে উঠছে।

ঘোলাটে অন্ধকারে দেখা গেল না, কিন্তু কী একটা লম্বা-মতো মাধববাবুর পায়ের পাতার ওপর দিয়ে সড়াত করে সরে গেল। নীচে থেকে কে হাঁক দিল, "বড় গাছগুলো ঘিরে ফেল।"

মাধববাবু এবার প্রাণপণের চেষ্টায় একটা টু দিলেন। সঙ্গে সঙ্গে খুব কাছ থেকেই কে যেন পালটা টু দিল। কিন্তু চারদিকে চেয়ে মাধববাবু কাউকে দেখতে পেলেন না। আবার টু দিলেন। আবার টু ফেরত এল। তারপরেই একটা দীর্ঘশ্বাসের শব্দ। খুবই কাছে, প্রায় তাঁর ঘাড়ের ওপর শ্বাসটা পড়ল। মাধববাবু চাপা স্বরে বললেন, "কে রে? বনমালী নাকি?"

সঙ্গে সঙ্গে জবাব এল, "না, বনমালী নয়।"

"তবে?"

"চিনবেন না। আমি হলাম নন্দকিশোর মুনসি।"

মাধব লোকটাকে দেখতে পাচ্ছিলেন না। কিন্তু এই আলো-আঁধারিতে কিছু ভাল করে দেখাও যায় না। না-দেখলেও একটা লোক কাছে আছে জেনে মাধব খুব ভরসা পেয়ে বললেন, "ফেরারি নাকি?"

"তাও ঠিক নয়।"

"তবে?"

"সে অনেক গুহ্য কথা। শুনলে ভয় পাবেন।"

"পুলিশ ছাড়া আমি আর কিছুকে ভয় পাই না।"

লোকটা আর একটা দীর্ঘশ্বাস ছাড়ল, জবাব দিল না।

মাধব জিজ্ঞেস করলেন, "বড় বড় শ্বাস ফেলছেন যে! দুঃখ-টুঃখ পেয়েছেন নাকি?"

"তা দুঃখ আছে বই কী। বসে বসে ভাবি, মানুষের মতো মিথ্যেবাদী দুনিয়ায় দুটো নেই।"

মাধব এই বিপদের মধ্যেও কথাটা নিয়ে ভাবলেন। ভেবে বললেন, "সে ঠিক। তবে কিনা দুনিয়ায় মানুষ ছাড়া আর তো কেউ কথা বলতে পারে না, তাই মিথ্যেকথা বলার প্রশ্নও ওঠে না। তা আপনি কোন মিথ্যে কথাটা নিয়ে ভাবছেন?"

নন্দকিশোর একটু যেন খিক খিক করে হাসল। তারপর বলল, "ছেলেবেলায় গল্প শুনতুম ভূতেরা নাকি ঘরে বসে লম্বা হাত বাড়িয়ে বাগান থেকে লেবু ছিঁড়ে আনতে পারে। তারা নাকি মাছভাজা খায়। তারা নাকি মানুষের ঘাড়ে ভর করে যাচ্ছেতাই কাণ্ড ঘটায়।"

মাধবের গা একটু ছমছম করল। তবু সাহসে ভর করে বললেন, "আমিও শুনেছি।"

"দূর দূর! ডাহা মিথ্যে। ভূত হওয়ার পর আমি হাড়ে-হাড়ে বুঝেছি ভূতেদের কানাকড়ির ক্ষমতাও নেই। বাতাসের মতো ফিনফিনে শরীর নিয়ে কিছু করা যায় মশাই? আপনিই বলুন!"

এতকাল মাধবের ধারণা ছিল, তিনি পুলিশ ছাড়া আর কাউকে ভয় পান না। এখন একেবারে কাঠ হয়ে বসে থেকে তিনি টের পেলেন, দুনিয়ায় আরও বিস্তর ভয়ের ব্যাপার রয়ে গেছে। কাঁপা গলায় তিনি বললেন, "দোহাই মশাই, আমাকে আর ভয় দেখাবেন না। আমি ভূতকেও ভীষণ ভয় পাই।"

নন্দকিশোর গম্ভীর হয়ে বলে, "ভূতকে ভয় পায় মূর্খেরা। বললাম তো, ভূতেদের কানাকড়ির ক্ষমতাও নেই। থাকলে এক্ষুনি ওই পুলিশগুলোকে ডেকে আপনাকে ধরিয়ে দিতে পারতাম। না হয় তো আপনাকে এই মাচান থেকে ঠেলে নীচে ফেলে দিতাম।'

মাধববাবু সভয়ে মাচার বাঁশ চেপে ধরে বললেন, "ওসব কী কথা? ফেলে দিলে হাড়গোড় ভাঙবে যে!"

"দূর মশাই!" নন্দকিশোর ধমক দিয়ে বলে, "বলছি না ফেলবার ইচ্ছে থাকলেও ক্ষমতা নেই!"

"কিন্তু যদি পুলিশকে ডাকেন?" মাধব সন্দেহে কাঁটা হয়ে বলেন।

"ডাকব কী? আমার গলার স্বর ওদের কানে যাবে বুঝি? আপনি যেমন! আমার কথা আমি নিজেও শুনতে পাই না।"

"তবে আমি শুনছি কী করে?"

"বিপদে পড়ে আপনার চোখ কান নাক ইন্দ্রিয় এবং স্নায়ু অত্যন্ত বেশি সজাগ হয়ে ওঠায় অনুভূতির ক্ষমতা খুব বেড়ে গেছে। আমার গলার স্বর বলে কিছুই নেই। আপনি যা শুনতে পাচ্ছেন তা হল একটা চিন্তার তরঙ্গ মাত্র। অন্য কোনও ভোঁতা লোক হলে কিছুই শুনতে পেত না।"

মাধববাবু এই দুঃসময়েও একটু খুশি হলেন। তিনি তা হলে ভোঁতা লোক নন! গলা খাঁকারি দিয়ে বললেন, "যথার্থই বলেছেন।"

নন্দকিশোরের আর-একটা দীর্ঘশ্বাস পড়ে। সে বলে, "এ বাগানে ফলনের সময় যত চৌকিদার পাহারায় থাকে, আমি তাদের সকলের সঙ্গে কথা বলার চেষ্টা করেছি। কাজ হয়নি। যত চোর-ডাকাত এসে এখানে গা-ঢাকা দেয় তাদেরও অনুভূতি বলে কিছু নেই। আজই প্রথম একটা চোরকে দেখলাম যে আমার কথা শুনতে পেল।"

"চোর?"

নন্দকিশোর নির্বিকারভাবে বলে, "চোর বললে যদি রাগ হয় তবে না-হয় তস্করই

বললাম। কিন্তু আপনার মতো ভিতু লোক যে ডাকাত বা গুণ্ডা হতে পারে না তা আমি দেখেই বুঝেছি।”

মাধববাবু একটু রেগে গিয়ে বলেন, “আমি ওসব কিছুই নই। আমি হচ্ছি হেতমগড়ের মেজকুমার। পুলিশ আমাকে বিনা দোষে ধরেছিল। আমি পালিয়ে এসেছি।”

নন্দকিশোরের খিক-খিক গা-জ্বালানো হাসি শোনা যায়। সে বলে, “সেকথা পুলিশকে বলে দেখবেন বরং। ওই তারা এসে গেছে।”

মাধব নীচের দিকে চেয়ে কাঠ হয়ে যান। আবছা অন্ধকারে দেখতে পান গোটা-দুই কুকুর গাছের তলায় ঘুরঘুর করে কী যেন শুঁকছে। তাঁর চটিজোড়া নয় তো?

এই সময়ে একটা জোরালো টর্চের আলো পড়ল গাছতলায়। নবতারণ বাজখাঁই গলায় বললেন, “এই গাছে একটা বিটলে আছে। ওরে, তোরা বন্দুক উঁচিয়ে থাক। পুঁটিরাম আর ভজহরি গাছে ওঠ।”

মাধববাবুর যখন সাংঘাতিক বিপদ তখনও নন্দকিশোর পিছন থেকে বলল, “আপনি দেখছি চোর হিসেবেও নিতান্তই কাঁচা। চটিজোড়া গাছতলায় ছেড়ে এসেছেন! অ্যাঁ? আর আমি ভাবছিলাম আপনি ভোঁতা লোক নন!”

মাধববাবু আর সহ্য করতে পারলেন না। জমিদারদের রক্ত এখনও তাঁর গায়ে আছে। এই সেদিনও তাঁর ঠাকুরদা রাগ হলে গাছে চড়ে বসে থাকতেন। তিনি না রেগেই গাছে চড়েছেন বটে, কিন্তু এখন গাছে চড়ার পর তাঁর রাগটাও হল। সারাদিন আজ নানারকম হ্যাপা গেছে, তার ওপর এখন বিপদের মুখে আবার ভূতের অপমান! মাধব গর্জন করে বললেন, “চটি ছেড়ে আসব না তো কি কোঁচড়ে করে নিয়ে আসব? জানেন, আমাদের বংশে কেউ কখনও নিজের চটি নিজে পরেনি বা নিজে ছাড়েওনি? বাইশজন চটি-বরদার ছিল আমাদের, বিশ্বাস হয়? আমার বাবার পা থেকে জুতো খোলার লোক ছিল না বলে তিনি শ্বশুর-বাড়িতে এক রাত্রি জুতো পায়ে বিছানায় শুয়েছিলেন। তা হলে বুঝুন আমি কার ছেলে, কোন বংশের লোক! আমরা কখনও নিজের চটি নিজের হাতে ছুঁই না। তা জানেন?”

নন্দকিশোর মোলায়েম গলায় বলে, “চটির কথাটায় আপনার খুব লেগেছে দেখছি। আমি কিন্তু আপনাকে চটি নিয়ে খোঁটা দিইনি। বলছিলাম, চুরি-চামারি করতে গেলে অত লপেটাবাবু সেজে বেরোলে কি হয়? চটি পরে কেউ চুরি করতে যায়? এ হচ্ছে অতিশয় কাঁচা তস্করের কাজ।”

মাধববাবু হুংকার দিয়ে বললেন, “ফের তস্কর বললে এক থাপ্পড়ে তোমার মুণ্ডু ঘুরিয়ে দেব।”

নন্দকিশোর একটা দীর্ঘশ্বাস ছেড়ে বলে, "দাদারে, সেই সুখের দিন কি আর আছে? আমাকে থাপ্পড় মারা অত সোজা নয়।"

"বটে!" বলে মাধববাবু গর্জন করে করাল চোখে চারদিকে চেয়ে লোকটাকে খুঁজতে লাগলেন।

"এই তো আমি। এই যে একটু বাঁয়ে ঘেঁষে তাকালেই দেখতে পাবেন।" বলে নন্দকিশোর নিজের অবস্থানটা জানাতে থাকে মাধবকে।

বাঁয়ে তাকিয়ে মাধব দেখেন, গাছের ফোকর দিয়ে আসা একমুঠো জ্যোৎস্নায় বিঘতখানেক লম্বা তুলোর আঁশের মতো একটা জিনিস বাতাসে ভেসে বেড়াচ্ছে। ভাসতে ভাসতেই তিড়িক করে লাফিয়ে মাধবের নাকের ডগায় এসে নাচতে নাচতে বলল, "মারবে থাপ্পড়? মারো না দেখি!"

তা মাধব মারলেন। জীবনে কাউকে এত জোরে আর এত রাগের সঙ্গে থাপ্পড় মারেননি। সজোরে হাতটা বাতাস কেটে বাঁই করে ঘুরে এল আর সেই থাপ্পড়ের টানে মাধব নিজেও ঘুরে গেলেন। এক পাক ঘুরলেন, দু পাক ঘুরলেন, তারপর ঘুরতে ঘুরতেই মাচান থেকে এরোপ্লেনের মতো ভেসে পড়লেন শূন্যে।

দমাস করে বিরাট এক শব্দ। নবতারণের হাত থেকে টর্চটা ছিটকে গেল। কুকুর দুটো লেজ গুটিয়ে কেঁউ কেঁউ করে পালাল। পুঁটিরাম আর ভজহরি গাছের মাঝ-বরাবর পর্যন্ত উঠে গিয়েছিল। হঠাৎ আঁতকে ওঠায় তারাও হাত-পা ফস্কে নীচে পড়ল। গাছের তলায় অন্ধকারে সে এক হুলস্থুল কাণ্ড। গাছের ওপর ঘুমন্ত পাখিরা ঘুম ভেঙে আতঙ্কে কা-কা ক্যাচর-ম্যাচর করতে লাগল।

নবতারণ মূর্ছা গিয়েছিলেন। পনেরো-বিশ ফুট উঁচু থেকে দেড়-দুমনি জিনিস কারও ঘাড়ে পড়লে তার মূর্ছা যাওয়াটা কোনও কাপুরুষের লক্ষণ নয়। নবতারণ কাপুরুষ ননও। তবে তাঁর মতো শক্ত ধাতের মানুষ মূর্ছা যাওয়ায় সেপাইরা কিংকর্তব্যবিমূঢ় হয়ে পড়েছিল। ফলে অন্ধকারে কী যে ঘটে গেল তাদের নাকের ডগায়, তা তারা ভাল করে ঠাহর পেল না। তবে সকলেই কাজ দেখাতে এদিক-সেদিক 'পাকড়ো পাকড়ো' বলে দৌড়তে লাগল।

মিনিট পাঁচ-সাত বাদেই অবশ্য নবতারণ চোখ খুললেন। তবে যে নবতারণ চোখ খুললেন, তিনি আর আগের নবতারণ নন। এত কাহিল হয়ে পড়েছেন যে, উঠে দাঁড়ানোর ক্ষমতা নেই। গায়ে-গতরে প্রচণ্ড ব্যথা। চোখে সরষেফুল দেখছেন। খানিকবাদে একটু ধাতস্থ হয়ে চারদিকে চেয়ে দেখলেন। কেউ কোথাও নেই। নিজের মাথাটা দুহাতে চেপে ধরে আরও কিছুক্ষণ বসে থেকে ঘোলাটে মগজটাকে সাফ করে নেওয়ার চেষ্টা করছিলেন নবতারণ, এমন সময়ে খুব কাছ থেকে কে যেন বলে উঠল,

"ছ্যাঃ ছ্যাঃ, এইসব ননীর পুতুলকে আজকাল দারোগার পোস্টে প্রোমোশন দিচ্ছে নাকি? হুঁ, দারোগা ছিল বটে আমাদের আমলের নিশি দারোগা, একটা আস্ত কাঁঠাল খেয়ে ফেলত। গোটা খাসির মাংস হজম করত। সাত ফুট লম্বা, ছাপ্পান্ন ইঞ্চি বুকের ছাতি, কিল দিয়ে পাথর ভাঙত।"

নবতারণের ঘোলাটে বুদ্ধি সাফ হয়ে গেল, গায়ের ব্যথাও গেল উবে। অপমানের জ্বালায় এক লাফে উঠে হুংকার ছাড়লেন, "কার রে এত সাহস, সামনে দাঁড়িয়ে কথা বলছিস?"

খিক করে একটু হাসির শব্দ হল। কে যেন বলল, "বেশি রোয়াবি দেখিয়ো না। আমি কত বুদ্ধি খাটিয়ে চোরটাকে গাছ থেকে নীচে ফেললাম, আর তুমি তাকে কোলের মধ্যে পেয়েও ধরে রাখতে পারলে না। মাইনে নাও কোন লজ্জায়?"

নবতারণ খাপ থেকে রিভলভার বের করে বললেন, "সাহস থাকে তো সামনে এসে কথা বল।"

"সাহসের কথা আর বোলো না। তুমি যা বীরপুরুষ, তাতে চামচিকেও তোমাকে ভয় খাবে না। আমি সামনেই আছি, কী করবে করো না।"

নবতারণ মহিষের মতো শ্বাস ফেলে, দাঁতে দাঁত পিষে জাঁতার মতো শব্দ করে বললেন, "কই তুই?"

"এই যে!" বলে বিঘত-খানেক লম্বা সাদাটে নন্দকিশোর মুনসি একেবারে নবতারণের নাকের ডগায় নাচতে লাগল। সঙ্গে খিক-খিক করে হাসি।

নবতারণ চাঁদের ঘোলাটে আলোয় নিজের নাকের ডগায় এই অশরীরী কাণ্ড দেখে হতভম্ব হয়ে গেলেন প্রথমটায়। তারপর পিছু ফিরে দৌড়োতে দৌড়োতে চেঁচাতে লাগলেন, "পুঁটিরাম! ভজহরি! ভূত! ভূত!"

কয়েক মিনিটের মধ্যে আমবাগান সাফ হয়ে গেল।

চার

বিপদ ঘটলে মানুষ তখন তখন যতটা ভয় পায়, তার চেয়ে আরও বেশি ভয় পায় বিপদ কেটে যাওয়ার পর সেই বিপদের কথা ভেবে।

মাধবেরও হয়েছে তাই। ভূতকে চড় মেরেছেন, গাছ থেকে নবতারণের ঘাড়ে পড়েছেন, তারপর অন্ধকারে অনেকটা পথ দৌড়ে গাছ-গাছালির সঙ্গে ধাক্কা খেয়ে, হোঁচট খেয়ে পড়ে, অতি কষ্টে নদীর ধারে পৌঁছে গেছেন। নদীর ধারে বসে জিরোতে

জিরোতে গোটা ব্যাপারটা ভাবতে গিয়ে এখন হঠাৎ আতঙ্কে শিউরে উঠে কাঠ হয়ে গেলেন। সাক্ষাৎ পুলিশ এবং সাক্ষাৎ ভূতের পাল্লা থেকে কপালজোরে বেরিয়ে এসেছেন, কিন্তু এখন ভয়ে শরীর আড়ষ্ট হয়ে যাওয়ায় আর এক পাও চলার ক্ষমতা ছিল না।

এমনই গ্রহের ফের যে, কিছুতেই 'রাম'-নামটাও মনে আসছে না। দশরথ, লক্ষ্মণ, শত্রুঘ্ন, ভরত, এমনকী মন্থরার নামও মনে পড়ছে, কিন্তু দশরথের বড় ছেলের নামটা জিবে আসছে না। বসে প্রাণপণে বিড় বিড় করছেন, "আরে ওই যে দশরথের বড় ছেলেটা... আরে ওই তো বনবাসে গিয়েছিল... সোনার হরিণের পিছু নিয়েছিল যে ছোকরা... আহা কী যেন নাম... আরে ওই তো রাবণরাজার সঙ্গে যুদ্ধ করল... হনুমানের খুব ভক্ত ছিল... না না, হনুমানই সেই ছোকরার খুব ভক্ত ছিল... আরে দ্যাখো কাণ্ড, হরধনু ভঙ্গ করে সীতাকে বিয়ে করল যে লোকটা..."

ঠিক এই সময়ে কানে কানে কে যেন বলে দিল, "রামের কথা ভাবছ তো! খিক খিক! তা ভাল, খুব কষে রাম নাম করে যাও, কিন্তু তাতে লাভ নেই।"

মাধব হিম হয়ে গেলেন। তাকিয়ে দেখেন, নাকের ডগায় নন্দকিশোর মুনসি।

নন্দকিশোর বলে, "ওসব লোকে রটিয়ে বেড়ায়। ভূতের নামে কত যে মিথ্যে কথা রটায় লোকে, তার লেখাজোখা নেই। বলে, রাম-নাম করলে নাকি ভূতে ভয় খায়! খিক-খিক!"

মাধবের গলায় কথা সরছিল না। তবু কাঁপা কাঁপা স্বরে বললেন, "তবে ভূতে কীসে ভয় খায়?"

নন্দকিশোর খুব খিক-খিক করে হাসে। বলে, "তোমারও যেমন বুদ্ধি! ভূতে কীসে ভয় খায় সেই গুহ্যকথা আমি তোমাকে বলতে যাব কেন হে!"

"আমার যে ভীষণ ভয় করছে!" মাধব বলেন।

"তুমি মূর্খ, তাই ভূতকে ভয় খাও! গাছের ওপর তোমাকে কত করে বোঝালাম যে, ভূতের একরত্তি ক্ষমতা নেই, তাই তাকে ভয় খাওয়ারও কিছু নেই। আবার ভূতকে ভয় খাওয়ানোও ভারী শক্ত। ভূতকে মারা যায় না, তা তো নিজেও দেখলে। ভূতের সাপের ভয় নেই, চোরডাকাত বা পুলিশের ভয় নেই, বন্দুক বা তলোয়ারেও ভয় নেই, এমনকী সবচেয়ে বড় কথা কী জানো?"

"কী?"

"সবচেয়ে বড় কথা হল, ভূতের আবার ভূতের ভয়ও নেই। আর রামের মতো ভালমানুষকে আমরা ভয় পেতে যাবই বা কেন? রাম তো আর ভূতের নিদান দিয়ে যাননি! তাঁর আরও অনেক গুরুতর কাজ ছিল।"

মাধব ভয়ে ভয়ে বললেন, "তা হলে রাম-নাম করে লাভ নেই বলছেন?"

"লাভ একেবারে নেই তা বলিনি। রাম-নামে পাপ-তাপ কাটে, মনটা উঁচুতে ওঠে, প্রাণটা বড় হয়, ভক্তিভাব আসে, গায়ে শক্তিবৃদ্ধি হয়, মনোবল বাড়ে। কিন্তু তা বলে রাম-নাম করে আমাকে ভয় খাওয়াতে পারবে না।"

শক্ত পাল্লায় পড়েছেন বুঝতে পেরে মাধব কাঁদো কাঁদো হয়ে বললেন, "আপনাকে চড় মারাটা আমার ভারী অন্যায় হয়েছিল।"

নন্দকিশোর খিক খিক করে হেসে বলে, "আরে দূর দূর! তুমিও যেমন! তুমি তো চড় মারতে গিয়েছিলে, নবতারণ দারোগা পিস্তল বের করেছিল। খিক-খিক! সাধে কি তোমাদের মূর্খ বলি? তোমার চড় আমার লাগলে তো? আমি কিছু মনে করিনি। তবে তোমার মতো চোর-জোচ্চরদের শাস্তি হওয়া উচিত বলেই আমি মনে করি। সেইজন্যই আমি চেয়েছিলাম নবতারণকে পথ দেখিয়ে নিয়ে এসে তোমাকে ধরিয়ে দেব। কিন্তু দারোগা এমন ভয় খেয়ে গেল যে, পালিয়ে বাঁচে না।"

"আজ্ঞে আমি চোর নই। বিশ্বাস করুন।"

নন্দকিশোর গম্ভীর হয়ে বলল, "কোনও চোরই নিজেকে চোর বলে স্বীকার করে না। তুমি চোর কি না তা জানতে হলে আমাকে তোমার ভিতরে ঢুকতে হবে।"

"অ্যাঁ" বলে আঁতকে ওঠেন মাধব।

নন্দকিশোর বলে, "ভয়ের কিছু নেই। যাব আর আসব। দশ মিনিটও লাগবে না।"

নন্দকিশোর ভূত হলেও বিঘত খানেক লম্বা এবং ভাল সাইজের মর্তমান কলার মতোই পুরুষ্টু। মাধব কঁকিয়ে উঠে বললেন, "ভিতরে গিয়ে দেখবেনটা কী?"

"তোমার মগজ দেখব, বিবেক দেখব, তোমার মনটা কেমন তা বিচার করব, তারপর বুঝব তুমি চোর কি না।"

"কোথা দিয়ে ঢুকবেন?"

"নাক কান মুখ সব পথেই ঢোকা যা। তবে নাক কান হচ্ছে গলিপথ। আমি গলি দিয়ে যাতায়াত পছন্দ করি না। মুখ হল রাজপথ। আমি রাজপথই পছন্দ করি। তুমি হাঁ করো।"

মাধব ইতস্তত করে বলেন, "গলায় যদি আটকে যায়, তা হলে তো বিষম খেয়ে মরব। আমি বলি কী, পুরোটা একসঙ্গে না-ঢুকে আমি বরং আপনাকে একটু একটু করে চিবিয়ে খেয়ে নিই।"

"দূর দূর! তুমিও যেমন! হাঁ করে থাকো, টেরই পাবে না। আমি এমন কায়দায় ঢুকে যাব।"

অগত্যা মাধবকে হাঁ করতে হল। নন্দকিশোর ডাইভ মেরে ভিতরে ঢুকে গেলেন।

মাধব টের পেলেন একটা নরম আইসক্রিমের মতো ঠান্ডা জিনিস তাঁর টাগরায় গোঁত্তা মেরে গলা দিয়ে নেমে গেল। বেশ বড় রকমের একটা ঢেঁকুর তুললেন মাধব। তারপর কাঠ হয়ে বসে রইলেন।

ছেলেবেলায় হাঁ করে কাঁদতে গিয়ে একবার একটা মাছি গিলে ফেলেছিলেন মাধব। দুধ খেতে গিয়ে মাঝে মাঝে এক-আধটা পিঁপড়েও পেটে গেছে। আহাম্মক মশা অনেক সময় বে-খেয়ালে মানুষের মুখে ঢুকে গিয়ে পেটসই হয়ে যায়, তাই জীবনে বেশ কয়েকটা মশাও হয়তো মনের ভুলে গিলে ফেলেছেন তিনি। তা ছাড়া ওষুধের বড়ি, চিরতার জল, তেতো পাঁচন সবই খেয়েছেন। কিন্তু ভূত-গেলা এই তাঁর প্রথম। নন্দকিশোরকে গিলে ফেলার পর তিনি স্তম্ভিত হয়ে ভাবতে লাগলেন, এ আমি কী করলাম?

ওদিকে নবতারণ হতাশ হয়ে সদলবলে থানায় ফিরেই দেখলেন একজন গোঁফওয়ালা ভারী চেহারার বিশিষ্ট ভদ্রলোক বসে আছেন। গম্ভীর গলায় বললেন, "আমি হচ্ছি বিজয়পুরের জমিদারের নায়েব। খবর পেয়েছি, জমিদারমশাইয়ের ছোট জামাই মাধব চৌধুরীকে এই থানায় আটক রাখা হয়েছে। খবরটা কি সত্যি?"

বিজয়পুরের জমিদারের জমিদারি এখন আর নেই বটে, কিন্তু তাঁরা তিনটে জাহাজের মালিক, তামাকপাতার মস্ত ব্যবসা আছে, আরও হাজার রকমের কারবারে তাঁদের লাখ লাখ টাকা খাটছে। তাঁদের ভয়ে বাঘে গোরুতে এক ঘাটে জল খায়। সুতরাং নবতারণ মাথা চুলকোতে লাগলেন। এই থানার চার্জ নিয়ে এক দিনেই এই বিপত্তি দেখে তিনি অন্য থানায় বদলি হওয়ার কথাও ভাবলেন। তারপর কাঁচুমাচু মুখে বললেন, "তাঁকে কি ছেড়ে দেওয়ার হুকুম আছে?"

নায়েবমশাই গম্ভীর হয়ে বললেন, "না। বরং তাঁকে খুব ভাল করে আটকে রাখবেন। কারণ, লোকটা খুবই খ্যাপাটে আর রাগী। বিয়ের রাতে তাঁকে শালিরা সুপুরিসুদ্ধ নাড়ু খেতে দিয়েছিল বলে তিনি রাগ করে চলে আসেন, আর কখনও শ্বশুরবাড়িতে যাননি। জমিদারমশাইও ওরকম আহাম্মক জামাইয়ের মুখদর্শন করতে চাননি। কিন্তু এখন মেয়ের কান্না-কাটিতে তাঁর মন নরম হয়েছে। কিন্তু জামাইয়ের হাতে-পায়ে ধরে যেচে সেধে তাঁকে নিয়ে যাওয়ার মানুষ তিনি নন। তাই জামাইয়ের গ্রেফতারের খবরে তিনি খুশিই হয়েছেন। তিনি বলে পাঠিয়েছেন, কাল সকালের মধ্যেই মাধব চৌধুরীকে পুলিশের পাহারায় গ্রেফতার অবস্থায় শ্বশুরবাড়িতে যেন হাজির করা হয়।"

নবতারণ মাথা চুলকোতে চুলকোতে টাকের ছাল তুলে ফেললেন প্রায়। হেঃ হেঃ করে বিনয়ের হাসি হেসে বললেন, "কিন্তু মুশকিল হল, আমরা যখনই শুনলাম যে, তিনি

বিজয়পুরের ছোট জামাই, তক্ষুনি তাঁকে ছেড়ে দিয়েছি। উনি তো এখন থানায় নেই।”

নায়েব আরও গম্ভীর হয়ে বললেন, “তা হলে আবার এক্ষুনি তাঁকে গ্রেফতার করে আনুন। কাল সকালে তাঁকে গ্রেফতার অবস্থায় বিজয়পুরে হাজির না-করলে কর্তা খুবই রেগে যাবেন। কারণ, তাঁর ছোট মেয়ে বলে দিয়েছে, তার স্বামীকে আর তিন দিনের মধ্যে হাজির না-করতে পারলে সে বিষ খাবে বা গলায় দড়ি দেবে। জমিদারেরই মেয়ে তো, ওদের কথার নড়চড় হয় না। আপনি আর দেরি না-করে এক্ষুনি বেরিয়ে পড়ুন। ঠিকমতো জামাইকে হাজির করতে পারলে কর্তা প্রচুর পুরস্কার দেবেন।”

এই বলে নায়েবমশাই উঠে পড়লেন।

নবতারণ বসে বসে টাক চুলকোতে লাগলেন। জীবনেও এমন মুশকিলে পড়েননি। কিন্তু কিছু একটা করতেই হবে। বিজয়পুরের জমিদারের সঙ্গে হর্তাকর্তাদের খুব খাতির। চটে গেলে নবতারণের চাকরি খেয়ে নিতে পারেন।

ওদিকে থানার গারদে ঘটোৎকচ প্রচণ্ড হম্বিতম্বি করছে। তার খাওয়ার সময় পার হয়ে গেছে, ঘুমও পেয়েছে। কিন্তু বাঁদরকে খাবার দেওয়ার কথা কারও মনে পড়েনি। তা ছাড়া কুটকুটে কম্বলের বিছানায় শুয়ে থাকা ঘটোৎকচের অভ্যাস নেই। ফলে সে ঘন ঘন হুংকার ছাড়ছে, গরাদ বেয়ে উঠছে, নামছে। সে একটু মোটাসোটা বলে গরাদের ফাঁক দিয়ে বেরোতেও পারছে না। তবে তার মধ্যেই সে ঠ্যাং বাড়িয়ে একজন সেপাইকে ল্যাং মেরে ফেলে দিয়েছে। আর একজনের চুল খামচে আচ্ছা করে মাথাটা ঠুকে দিয়েছে লোহার দরজায়। সেপাইরা রেগে গেলেও কিছু বলেনি, কারণ দারোগাবাবুর ছেলের জন্য বাঁদরটাকে নিয়ে যাওয়া হবে।

বাঁদরের হুপহাপ শুনে নবতারণ হঠাৎ গর্জন করে বললেন, “সব দোষ বেয়াদপ বাঁদরটার। নিয়ে আয় তো ওকে, আচ্ছাসে ঘা কতক দিই।”

সঙ্গে সঙ্গে সেপাইরা ঘটোৎকচকে আচ্ছাসে দড়ি দিয়ে বেঁধে চ্যাংদোলা করে নিয়ে এল। ঘটোৎকচ জানে, এই অবস্থায় তেড়িমেড়ি করা ঠিক নয়। তাই সে খুব লক্ষ্মী ছেলের মতো কোনও গোলমাল করল না। এমনকী, সামনে হাজির হয়ে সে দারোগাবাবুকে হাতজোড় করে একটা নমস্কারও করল।

নবতারণ একটু নরম হয়ে বললেন, “ব্যাটা সহবত জানে দেখছি!”

শুনে ঘটোৎকচ নবতারণকে একটা সেলামও দিল।

“বাঃ বাঃ!” খুশি হলেন নবতারণ।

উৎসাহ পেয়ে ঘটোৎকচ নিজের কান ধরে জিব বের করে খুব অনুগমনের ভঙ্গি করল।

নবতারণ বহুক্ষণ বাদে মৃদু মৃদু হাসতে লাগলেন।

ঘটোৎকচ তখন কান ধরে ওঠবোস করল, মাটিতে উবু হয়ে নাকে খত দিল, তারপর লজ্জার ভান করে দুহাতে নিজের মুখ ঢেকে রাখল।

নবতারণ এইসব কাণ্ড দেখে এত মুগ্ধ হয়ে গিয়েছিলেন যে, বড়বাবু, তায়েবজি আর অক্ষয় খাজাঞ্চি যে কখন ঘরে ঢুকে পড়েছেন তা টের পাননি!

বড়বাবুও জমিদার ছিলেন বটে, কিন্তু তাঁর তেমন হাঁকডাক নেই। নরম মানুষ বলে তাঁকে কেউই তেমন ভয়ও খায় না। উলটে তিনিই বরং অনেক কিছুকে ভয় খান। দারোগা পুলিশকেও তাঁর ভীষণ ভয়।

তাই ভয়ে ভয়ে থানায় ঢুকে গলা খাঁকারি দিয়ে অনেকবার দারোগাবাবুর দৃষ্টি আকর্ষণের চেষ্টা করলেন। তাতে কাজ হল না-দেখে খুব ভয়ে ভয়ে নবতারণের আর-একটু কাছে এগিয়ে গিয়ে বললেন, "ইয়ে, আমার শালা মাধব চৌধুরীকে কি গ্রেফতার করা হয়েছে?"

নবতারণ একটু চমকে উঠে আপাদমস্তক বড়বাবুকে দেখে নিলেন। তারপর ব্যঙ্গ-হাসি হেসে বললেন, "চালাকি করার আর জায়গা পেলেন না? মাধব চৌধুরী আপনার শালা হতে যাবেন কেন? তিনি তো বিজয়পুরের জমিদারের ছোট জামাই।"

বিজয়পুরের জমিদারের জামাই তাঁর শালা হতে পারবে না কোন যুক্তিতে তা বুঝতে না-পেরেও বড়বাবু নবতারণকে চটাতে সাহস পেলেন না। বললেন, "সে কথা অবশ্য ঠিক।"

নবতারণ মৃদু হেসে বললেন, "তবেই বুঝুন, চালাকি দিয়ে কোনও মহৎ কাজ সিদ্ধ হয় কিনা।"

"আজ্ঞে না।" বড়বাবু হতাশ হয়ে বললেন।

অক্ষয় খাজাঞ্চি অবশ্য গলায় একটু সন্দেহ রেখেই বললেন, "তবে কিনা অনেকের এমন জামাইও আছে যারা কিনা আবার অন্য কারও শালাও।"

তায়েবজিও খুব বিনয়ের সঙ্গে অক্ষয় খাজাঞ্চিকে সমর্থন করে বলল, "এই তো আমারই এক শালা আছে যে কিনা ঘুরঘুটপুরের ঘুসুরামের জামাই।"

নবতারণ কটমট করে তায়েবজির দিকে তাকিয়ে হুংকার দিলেন, "এরকম সব হয় নাকি?"

অক্ষয় খাজাঞ্চি মিনমিন করে বললেন, "কাজটা হয়তো বেআইনি। এরকম হওয়া উচিতও নয়। তবে হচ্ছে, আকছার হচ্ছে।"

কোথাও একটা ভুল হচ্ছে বুঝতে পেরে নবতারণ গর্জন করে বললেন, "দাঁড়ান মশাই, দাঁড়ান! ব্যাপারটা একটু বুঝে নিই। মাধব চৌধুরী হলেন বিজয়পুরের

বড়কর্তার জামাই, তার মানে উনি বড়কর্তার মেয়েকে বিয়ে করেছেন। তা হলে উনি হলেন বড়কর্তার ছেলেদের সম্পর্কে শালা।"

বড়বাবু জিব কেটে বললেন, "আজ্ঞে না, উনি সেক্ষেত্রে হবেন ভগ্নীপতি।"

"বললেই হল?" নবতারণ আবার কটমট করে তাকান। তারপর একটু ভেবেচিন্তে বললেন, "না হয় তাই হল। কিন্তু শালাটা তা হলে কী করে হচ্ছেন?"

বড়বাবু গলা খাঁকারি দিয়ে বললেন, "ওঁর এক দিদি আবার আমার স্ত্রী কিনা।"

"তাতে কী হল? ওঁর দিদি আপনার স্ত্রী মানে আপনি ওঁর কী হলেন?"

"ভগ্নীপতি।"

"তা হলে শালাটা আসছে কোত্থেকে? এ তো ভারী গোলমেলে ব্যাপার দেখছি।"

"আজ্ঞে, ভগ্নীপতিদের শালা থাকেই।"

নবতারণ টাক চুলকোতে চুলকোতে ডাক দিলেন, "দারোয়াজা!"

গেটের সিপাই দৌড়ে এসে সেলাম দিয়ে অ্যাটেনশন হয়ে দাঁড়াল।

নবতারণ হুংকার দিলেন, "তুই কার জামাই?"

"জি, আমি সীতারামপুরের দশরথ ওঝার জামাই।"

"তা হলে তুই কার শালা হলি?"

"আমি কারও শালা-উলা নই।"

"তবে?" নবতারণ বড়বাবুর দিকে চাইলেন।

বড়বাবু মাথা চুলকে বললেন, "ব্যাপারটা খুবই গোলমেলে। সবচেয়ে ভাল হয় যদি আপনি নিজের ঘাড়ে ব্যাপারটা নিয়ে একটু ভাবেন। মানে ধরুন, আপনি নিশ্চয়ই কারও জামাই, আবার হয়তো কারও শালাও।"

নবতারণ হোঃ হোঃ করে হেসে বললেন, "নিজের পরিবার নিয়ে ভাবি নাকি? মনে করেন কী আমাকে? দিন রাত চোর-জোচ্চোর ধরে বেড়াব না সারা দিন বসে কে কার শালা আর কে কার জামাই তাই নিয়ে ভাবব? তা ছাড়া পারিবারিক সম্পর্কগুলোও ভারী গোলমেলে। আমার স্ত্রীর এক বোনকে তো আমি আমার ননদ বলে ফেলেছিলাম, তাইতে স্ত্রী আমাকে এই মারে কি সেই মারে।" বলে নবতারণ আবার গর্জন করে সেপাইকে বললেন, "এই দারোয়াজা, তোর বোন আছে?"

"আজ্ঞে।"

"তার বিয়ে দিয়েছিস?"

"আজ্ঞে।"

"বোনের স্বামীর কি তুই শালা হলি তবে?"

সেপাইটা এতক্ষণে ফটকে দাঁড়িয়ে সবই শুনেছে? সে দারোগাবাবুকে খুশি করতে খুব দৃঢ় স্বরে বলল, "কক্ষনও নয়।"

নবতারণ বিজয়ীর মতো বড়বাবুর দিকে তাকিয়ে বললেন, "তবে?"

বড়বাবু মাথা চুলকে বললেন, "এক্ষেত্রে সম্বন্ধী হবে।"

নবতারণ আবার হাঁক মারলেন, "দারোয়াজা!"

"আজ্ঞে।"

"তুই কি তোর বোনের স্বামীর সম্বন্ধী?"

দারোয়াজা সে কথার জবাব দিল না, শুধু বিকট একটা ডাইভ মেরে দরজার চৌকাঠ বরাবর লম্বা হয়ে মেঝেয় পড়ে চেঁচাতে লাগল, "আহা হা! লেজটা হাতে পেয়েও রাখতে পারলাম না! আঃ হায় রে! একটুর জন্য হাত ফসকে বেরিয়ে গেল রে!"

নবতারণ লাফিয়ে উঠলেন, "কী হয়েছে, অ্যাঁ? কী হয়েছে?"

ততক্ষণে থানায় হুলস্থুল পড়ে গেছে, সেপাইরা দৌড়োদৌড়ি শুরু করেছে, কুকুররা তারস্বরে চেঁচাচ্ছে।

শালা সম্বন্ধী জামাই নিয়ে কূটকাচালির সময় ফাঁক বুঝে ঘটোৎকচ সুট করে কেটে পড়েছে!

পাতুগড়ের আমবাগান নিঃঝুম হয়ে আসার পর বনমালী গাছ থেকে নেমে এসে চারটে টু দিল। টু শুনে আর তিনটে গাছ থেকে তার তিন স্যাঙাত নেমে এল।

বনমালী জিজ্ঞেস করল, "ব্যাপারটা কী রে?"

ফুচুলাল বলল, "আজ্ঞে ঠিক ঠাহর পেলাম না। তবে মনে হল গাছ থেকে মাধববাবু পড়ে গেলেন আর তারপর সেপাইরা ভূত ভূত বলে চেঁচিয়ে পালাল।"

বনমালী গম্ভীর হয়ে বলল, "এক্ষুনি সব কর্তাকে খুঁজতে লেগে যাও। খুঁজে বের করতেই হবে। হাঁক-ডাক করতে থাকো, শুনতে পেলে কর্তা সাড়া দেবেন।"

সুতরাং বনমালী আর তার স্যাঙাতরা প্রাণপণে মাধবকে ডাকতে ডাকতে চারদিকে চলে গেল।

কিন্তু নন্দকিশোরকে গিলে ফেলার কিছুক্ষণ বাদেই মাধবের ভীষণ হাই উঠতে লাগল, গায়ে হাতে আড়মোড়া ভাঙতে লাগলেন। তারপর এই প্রচণ্ড শীতেও গাছতলায় শুয়ে ঢলাঢল ঘুমোতে লাগলেন। সে ঘুম ভাঙায় কার সাধ্যি! আর ঝোপঝাড়ের মধ্যে যে জায়গায় শুয়ে ছিলেন, সেখানে তাঁকে খুঁজে বের করার সাধ্যিও কারও ছিল না।

ভোরের দিকে আলো যখন একটু ফিকে হয়ে এসেছে, তখন গাছ থেকে জাম্বুবান ঘটোৎকচ তাঁকে দেখতে পেয়ে লাফ দিয়ে নামল, এবং প্রচণ্ড কিচিরমিচির শব্দ করে আহ্লাদ প্রকাশ করতে লাগল। কখনও চুল টানে, কখনও চিমটি কাটে, কখনও গা ধরে ঝাঁকায়।

মাধব ধীরে ধীরে চোখ খুললেন, মাধববাবু টের পাচ্ছিলেন, এই পৃথিবীতে তাঁর আপনজন বলে কেউ নেই। শ্বশুরবাড়ি থেকে বিয়ের রাতে রাগ করে চলে এসেছিলেন। সেই থেকে শ্বশুরবাড়ির কোনও প্রাণীও তাঁর খোঁজ নেয় না। এমনকী, বিয়ে-করা বউও নয়। বড়বাবুর বাড়িতে যত্নেই আছেন বটে, কিন্তু সেও তো ভগ্নীপতির বাড়ি, নিজের বাড়ি তো নয়। নিজের বলতে ছিল হেতমগড়ের প্রাসাদ, তা সেও সরস্বতীর গ্রাসে নিশ্চিহ্ন হয়ে গেছে। এইসব ভেবে মনটা বরাবরই তাঁর একটু বিষণ্ণ থাকে। তার ওপর কাল পুলিশের অত্যাচার এবং ভূতের তাড়নায় আরও লাতন হয়ে পড়েছেন মাধব। এই দুঃসময়ে ঘটোৎকচকে পেয়ে বড় ভাল লাগল। আদর করে গায়ে হাত বুলিয়ে দিয়ে বললেন, "প্রাণের টান যাবে কোথায়? দুনিয়ায় এখন তুই ছাড়া আমার আর কেউ নেই।"

ঠিক এই সময়ে বনমালী ঝোপঝাড় ভেঙে সামনে হাজির হয়ে এক গাল হেসে বলল, "না, আজ্ঞে, আমরাও আছি।"

মাধব বনমালীকে দেখে অকূলে কূল পেলেন। বললেন, "আঃ, বাঁচালি বাবা বনমালী।"

"বাঁচার এখনও একটু কষ্ট আছে কর্তা। পুলিশ বাগান ঘিরে ফেলতে আসছে। আলো ফুটবার আগেই আমাদের নদী পেরিয়ে যেতে হবে। এবার ধরা পড়লে আর রক্ষে নেই। উঠে পড়ুন।"

পুলিশের নামে মাধব বাধ্য ছেলের মতো উঠে পড়লেন। বললেন, "চল।"

বর্ষাকালে ভয়ংকরী হলেও এই শীতে সরস্বতীর জল খুব কম। বড় বড় বালির চর জেগে উঠেছে। চরের এপাশ-ওপাশ দিয়ে ক্ষীণ জলের স্রোত বয়ে যাচ্ছে। হাঁটুর বেশি জল কোথাও নেই। কাজেই নদী পেরোতে কারওই কষ্ট হল না। ঘটোৎকচ বনমালীর কাঁধে চেপে দিব্যি আরামে পেরিয়ে গেল। পুলিশ যখন বাগান ঘিরে কুকুর ছেড়েছে ততক্ষণে নদীর ওপারের জঙ্গলে অনেকখানি সেঁধিয়ে গেছেন মাধব আর তাঁর দলবল।

আগের দিন বিকেল থেকে কারও খাওয়া নেই। খিদেয় পেট চুঁইচুঁই করছে। এই শীতে আম কাঁঠাল না-হলেও জঙ্গলে বিস্তর পুঁতির মতো ছোট ছোট বুনো কুল আর বনকরমচা ফলে আছে। মিষ্টি যেন গুড়। কাঁটাঝোপে সেঁধিয়ে ঘটোৎকচ থোপা থোপা

সেইসব ফল ছিঁড়ে আনল। কারও পেট ভরল না তাতে, তবে পিত্তদমন করা গেল।

বড়সড় একটা শিমুল গাছের তলায় বসে সবাই জিরিয়ে নিচ্ছে। বনমালী আর তার স্যাঙাতরা জিরিয়ে নিতে গিয়ে ঘাসে শুয়ে ঘুমিয়ে পড়ল। ঘটোৎকচ গাছে উঠে চৌকি দিতে লাগল। মাধব একা বসে তাঁর জীবনটার কথা ভাবছিলেন। তাঁর ধারণা, বিষয়সম্পত্তি না থাকাতেই কেউ তাঁকে খাতির করে না। ভাবতে ভাবতে একটা দীর্ঘশ্বাস পড়ল।

আর দীর্ঘশ্বাসটার সঙ্গেই বেরিয়ে এল নন্দকিশোর। সেই বিঘত খানেক ধোঁয়াটে চেহারা। তার মধ্যেই চোখ দুটো জ্বলজ্বল করছে। খুব বিরক্তির সঙ্গে বললেন, "তুমি চোর নও বটে, কিন্তু খুব ভাল লোকও নও বাপু।"

মাধব ধমক দিয়ে বললেন, "এই আপনার দশ মিনিট?"

"তোমাদের দশ মিনিট আর আমাদের দশ মিনিট তো আর এক নয় বাপু। তা ছাড়া ভিতরে বেশ নরম-গরম আবহাওয়া, একটু ঝিমুনিও এসে গিয়েছিল।"

"আমি তখন থেকে ভয়ে মরছি।"

নন্দকিশোর গম্ভীর মুখে বলে, "ভিতরে যা দেখলাম তা কহতব্য নয়। তুমি তো মহা পাজি লোক হে! একেই তো ভয়ংকর রাগী, তার ওপর বাতিকগ্রস্ত, বুদ্ধিটাও বেশ ঘোলাটে, ধৈর্য সহ্য ক্ষমা ইত্যাদি গুণ বলে কিছুই নেই তোমার। উন্নতি করার ইচ্ছেও তো দেখলাম না।"

এই সব গা-জ্বালানো কথায় কার না হাড়পিত্তি জ্বলে ওঠে? তদুপরি মাধবের ওপর দিয়ে একটা ঝড়ই তো যাচ্ছে! তিনি তেড়িয়া হয়ে বললেন, "মুখ সামলে কথা বলবেন বলে দিচ্ছি!"

নন্দকিশোর খিক করে হেসে বলল, "কেন, আবার মারবে নাকি?"

গত রাত্রির কথা ভেবে মাধব কিছু ধাতস্থ হয়ে বললেন, "আমার মায়াদয়া নেই একথা ঠিক নয়।"

নন্দকিশোর আবার খিক করে হাসে। তারপর বলে, "সে কথা থাক। তোমার ভিতরে ঢুকে আর-একটা নতুন জিনিস আবিষ্কার করলাম। ফোকলা মুখ দেখে তোমাকে আমি বুড়ো মানুষ ভেবেছিলাম, ভিতরে গিয়ে দেখলাম তুমি মোটেই বুড়ো নও, তরতাজা জোয়ান। তা দাঁতগুলো এই অল্পবয়সে খোয়ালে কী করে? মাজতে না বুঝি! হুঃ, দাঁত ছিল আমার। তোমার মতো বয়সে খাসির মাথা মুড়মুড় করে চিবিয়ে খেয়েছি, ঠিক যেমনভাবে লোকে মুড়ি খায়।"

মাধব বললেন, "আমার মতো আস্ত সুপুরি চিবিয়ে খেতে হলে বুঝতেন। দাঁতের কেরদানি বেরিয়ে যেত।"

"সুপুরি খেলে দাঁত পড়ে যায় এই প্রথম শুনলুম। সে যাকগে, তোমার ভিতরটা আমাকে আরও একটু ভাল করে দেখতে হবে।"

মাধব আঁতকে উঠে বললেন, "আবার ঢুকবেন নাকি?"

"আলবত ঢুকব। তোমার মতো অপদার্থকে মানুষ করতে হলে বিস্তর মেহনত দিতে হয়। তোমার মগজটা তো দেখলাম শুকিয়ে ঝুরঝুরে হয়ে আছে। বুকের মধ্যে যে থলিটাতে সাহসের গুঁড়ো ভরা থাকে সেই থলিটা দেখলাম চুপসে আছে। অর্থাৎ, যতই তড়পাও, আসলে তুমি অতি কাপুরুষ লোক। চোখের বায়োস্কোপের পরদাটাও বেশ ময়লা, অর্থাৎ তুমি দিনকানা রাতকানা মানুষ। চোখের সামনের জিনিসটা দেখেও দেখতে পাও না। এত যার অগুণ, তার আবার অত দেমাক কীসের?"

মাধব মিনমিন করে বললেন, "এত সব কথা কেউ আমাকে কোনওদিন বলেনি।"

এইসময় হঠাৎ নন্দকিশোর একটু কেঁপে উঠে বলে, "একটা বিটকেল গন্ধ আসছে কোত্থেকে বলো তো? ভারী বিচ্ছিরি গন্ধ!"

বলতে না-বলতেই হঠাৎ গাছের মগডাল থেকে তরতর করে ঘটোৎকচ নেমে এল আর হুপহাপ করে লাফাতে লাগল।

নন্দকিশোর শিউরে উঠে "ওরে বাবা" বলে চেঁচিয়ে পলকের মধ্যে মাধবের কানের ভিতরে ঢুকে গেল।

"করেন কী, করেন কী!" বলে চেঁচাতে চেঁচাতে মাধব কানে আঙুল ঢুকিয়ে বিস্তর খোঁচাখুঁচি করলেন। কিন্তু নন্দকিশোরের আর পাত্তা পাওয়া গেল না। ভারী সুড়সুড় করছিল কানটা।

ঘটোৎকচের লাফালাফিতে বনমালী আর তার স্যাঙাতরা উঠে বসেছে। বনমালীর ইঙ্গিতে টিকটিকি-বিদ্যে-জানা লোকটা নিমেষে একটা শিশুগাছ বেয়ে মগডালে উঠে গেল, আবার সরসর করে নেমে এসে বলল, "ভীষণ বিপদ। অন্তত শ-দুই পুলিশ নদী পেরিয়ে জঙ্গলে ঢুকে এদিকে আসছে।"

বনমালী চোখ কপালে তুলে বলে, "বলিস কী? আমাদের মতো ছিঁচকে চোর ধরতে এত পুলিশ! মনে হচ্ছে ব্যাপারটা কিছু গুরুচরণ।"

মাধব ভয়ে কাঁপছিলেন। কানের মধ্যে নন্দকিশোর, পিছনে নবতারণ। বললেন, "তা হলে?"

বনমালী বলে, "কুছ পরোয়া নেই। এ হল হেতমগড়ের জঙ্গল। এর সব ঝোপঝাড়, গর্ত, খানাখন্দ আমাদের নখদর্পণে। এমন জায়গায় গা ঢাকা দেব যে, দশ বছর খুঁজেও পুলিশ আমাদের পাত্তা পাবে না।"

সামনের বেলে জমিতে অনেকখানি কাশবন। তারপর আরও গহিন জঙ্গল।

কাশবন পেরিয়ে সবাই সেই গহিন জঙ্গলের ধারে পৌঁছে গেল। বনমালী বলল, "কর্তা, একটু হুঁশিয়ার হয়ে চলবেন।"

পাঁচ

বিজয়পুরের রায়বাহাদুর হেরম্ব রায় অত্যন্ত দুশ্চিন্তার মধ্যে আছেন। অপদার্থ মাধব চৌধুরীর সঙ্গে ছোট মেয়ে ফুলির বিয়ে দেওয়ার পর থেকেই তাঁর মেজাজ খাট্টা হয়ে আছে। সত্য বটে হেতমগড়ের জমিদারদের একসময়ে খুব রবরবা ছিল, তাদের বংশও ভাল, বিজয়পুরের পালটি ঘর। দশ-বিশ বছর আগেও হেতমগড়ের চৌধুরী-বাড়িতে মেয়ে বা ছেলের বিয়ে দিতে পারলে যে-কেউ ধন্য হয়ে যেত। হেরম্ব রায় অবশ্য ধন্য হওয়ার লোক নন, কিন্তু তিনিও এই বিয়েতে খুশিই হয়েছিলেন। কিন্তু বিয়ের পর শালিদের ঠাট্টায় জামাইটা যে এমন আহাম্মুকির কাজ করবে তা জানবেন কী করে? শালিরা নাড়ুর মধ্যে সুপুরি দিয়েছিল। তা ওরকম তো শালিরা করেই থাকে। হেরম্ব রায়ের নিজের বিয়ের সময় তাঁর শালিরা পানের মধ্যে ধানি লঙ্কা দিয়েছিল, লুচির মধ্যে ন্যাকড়ার টুকরো ভরে দিয়েছিল, নুনগোলা শরবত খাওয়ানোর চেষ্টা করেছিল। তিনি কোনও ফাঁদে ধরা দেননি। কিন্তু তাঁর আহাম্মক ছোট জামাই বাহাদুরি দেখাতে আস্ত সুপুরি চিবিয়ে খেতে গিয়ে দাঁতগুলোর বারোটা বাজাল। খবর পেয়েছেন, জামাই এখন বাঁধানো দাঁত পরে থাকে। ছিঃ ছিঃ! একে তো ওইরকম গবেট, তার পর আবার আছে আঠারো আনা তেজ। বিয়ের পরদিনই শ্বশুরবাড়ির সংস্রব ছেড়ে চলে গেছে, আর ওমুখো হয় না।

হেরম্ব রায় ভেবেছিলেন, ওরকম জামাইয়ের মুখদর্শন আর করবেন না। হেতমগড়ের সেই নামডাকও আর নেই। সরস্বতীর বানে বিষয়-সম্পত্তি সবই জলে গেছে। জামাইটা তার জমিদার ভগ্নীপতির গলগ্রহ হয়ে আছে। এমন জামাইকে জামাই বলে স্বীকার করতেও লজ্জা হয়।

কিন্তু বাদ সেধেছে ফুলি। এতকাল সে চুপচাপ ছিল বটে, কিন্তু হঠাৎ এক রাতে সে স্বপ্ন দেখেছে, জামাই হতচ্ছাড়া নাকি একটা গ্যাস-বেলুন ধরে ঝুলে ঝুলে আকাশ দিয়ে যাচ্ছে। এ বাড়ির ছাদের ওপর দিয়ে যাওয়ার সময় নাকি সে বলে গেছে, "তিব্বতে সন্ন্যাসী হতে চললুম। আর ফিরব না।" সেই থেকে মেয়ে বেঁকে বসেছে, বাপের বাড়িতে আর থাকবে না। পাগল হোক, বোকা হোক, গলগ্রহ হোক, মাধবকে ফিরিয়ে আনতে হবে। দরকার হলে সে গাছতলাতেও থাকতে রাজি।

শুনে প্রথমটায় হেরম্ব ভীষণ চটে গিয়েছিলেন।

কিন্তু ফুলি হেরম্ব রায়েরই মেয়ে তো। তেজ তারও কিছু কম নয়। সে সোজা গোটা দশেক করবী ফুলের বিচি আর একটা নতুন দড়ি নিয়ে গিয়ে নিজের ঘরে দোর দিয়েছে। দুদিন ধরে দরজা ঠায় বন্ধ। বাইরে থেকে মা পিসি মাসি কাকা ভাই বোনের কাকুতি-মিনতিতেও দরজা এতটুকু ফাঁক হয়নি। ফুলি বলে দিয়েছে, তিনদিনের মধ্যে ছোট জামাইকে সসম্মানে হাজির করা না হলে সে হয় বিষ খাবে, নয়তো গলায় দড়ি দেবে, কিংবা দুটোই একসঙ্গে করবে। সেই থেকে হেরম্ব আর বেশি কিছু বলার সাহস পাননি।

জামাইয়ের খোঁজে গতকাল তার ভগ্নীপতির বাড়িতে লাঠিয়াল আর বরকন্দাজ পাঠিয়েছিলেন। তারা ফিরে এসে খবর দিল, জামাই নাকি রাগ করে বাড়ি থেকে বেরিয়ে গেছে। অগত্যা মেয়ের প্রাণ বাঁচাতে তিনি চতুর্দিকে লোক-লশকর পাঠালেন। অবশেষে লাতনপুর থেকে লোকে এসে খবর দিল, ফুটবল খেলার মাঠে বন্দুক নিয়ে হামলা করার জন্য ছোট জামাইকে পুলিশে গ্রেফতার করেছে। কী সাংঘাতিক ব্যাপার! মাধবের অন্য যে-কোনও দোষ থাক সে যে এত বড় গুণ্ডা তা হেরম্বর জানা ছিল না। তবু খবরটা শুনে হেরম্ব তেমন দুঃখ পাননি। হাজতের ভাত খেয়ে আহাম্মকটার বুদ্ধিটা একটু খুলতে পারে। তা ছাড়া থানায় আটক থাকলে আর যখন-তখন এদিক-সেদিক পালাতেও পারবে না।

কিন্তু কাল রাতে নায়েব এসে খবর দিল, জামাই আরও কয়েকজন আসামিকে নিয়ে হাজত ভেঙে পালিয়েছে। এরকম বিপজ্জনক জামাই হেরম্বর আর একটিও নেই। কালে-কালে কত কী-ই যে হচ্ছে!

কিন্তু হাল ছাড়লে তো চলবে না। তাই তিনি জামাইকে ধরার জন্য দশ হাজার টাকা পুরস্কার ঘোষণা করেছেন। কাল রাত বারোটার মধ্যে জামাইকে হাজির না করতে পারলে মেয়ে ফুলি আত্মঘাতী হবে কাজেই সময়ও আর হাতে নেই।

দশ হাজার টাকার লোভে পুলিশ, গেরস্ত, চাষা, সবাই মাধবের খোঁজে বেরিয়ে পড়েছে। সুতরাং জামাই ধরা পড়বেই।

হেরম্ব জামাইয়ের খবরের জন্য উদগ্রীব হয়ে দোতলার মস্ত বারান্দায় পায়চারি করছিলেন। এই সময়ে তাঁর এক চর এসে খবর দিল, "রায়মশাই, আপনার জামাই হেতমগড়ের গভীর জঙ্গলে ঢুকেছেন। উদ্ধারের আশা খুবই কম। কারণ সেখানে চিতাবাঘ ভালুক নেকড়ে বুনো মোষ অজগর, কী নেই! দিনে দুপুরে সেখানে ঘোর অন্ধকার। বিশাল বিশাল গাছ, লতাপাতা, বিছুটিবন, চোরাবালি, দহ সবই সেখানে আছে।"

হেরম্ব বললেন, "কী সর্বনাশ! হেতমগড়ের জঙ্গল যে সর্বনেশে জায়গা! আমি পুরস্কার ডবল করে দিলাম। তোমরা সব বেরিয়ে পড়ো।"

শুনেই চররা বাঁই-বাঁই করে ছুটল।

হেতমগড়ের জঙ্গলে নবতারণ দারোগাও খবরটা শুনলেন। শুনেই কোমরবন্ধটা আরও একটু কষে এঁটে নিয়ে পঞ্চাশটা বৈঠকি আর পঞ্চাশটা বুকডন দিয়ে ফেললেন। সেপাইরা জঙ্গল ঢুঁড়ে ঢুঁড়ে হেদিয়ে পড়েছিল, খবর শুনে তারাও চাঙ্গা হয়ে উঠল।

ওদিকে প্রথম চোটে জঙ্গলে ঢুকেই মাধব জায়গাটার খেই হারিয়ে ফেলেছিলেন, এমন বিচ্ছিরি গহন আর অন্ধকার জঙ্গল তিনি দেখেননি জীবনে।

সবার আগে বনমালী, তারপর রেলগাড়ির কামরার মতো এ ওর কোমর ধরে প্রথমে মাধব এবং বনমালীর স্যাঙাতরা। ঘটোৎ মাধবের কাঁধে উঠে বসে আছে।

বেশ যাচ্ছিল সবাই। এর মধ্যেই হঠাৎ পিছন থেকে খাউ খাউ করে কুকুরগুলো তেড়ে এল। প্রাণের ভয়ে রেলগাড়ি ভেঙে যে যার মতো দৌড়তে লাগল।

একটু বাদেই মাধব দেখেন, তাঁর সঙ্গীদের চিহ্নও নেই। ঘটোৎকচকে কাঁধে নিয়ে তিনি একা বেকুবের মতো ঘুটঘুট্টি অন্ধকারে দাঁড়িয়ে আছেন। এই জঙ্গলে পুলিশ তাঁকে খুঁজে পাবে না ঠিকই, কিন্তু তিনি নিজেও যে নিজেকে খুঁজে পাবেন মনে হচ্ছে না।

এই সময়ে হুপ করে ঘটোৎকচ কাঁধ থেকে নেমে মাধবের দিকে নিজের লেজটা বাড়িয়ে দিল। ইঙ্গিত বুঝে মাধব লেজটা দুহাতে চেপে ধরলেন।

ঘটোৎকচ শাল, শিশু, সেগুন, জিকা, বাবলা— হাজারো গাছ-গাছালি আর ঘন ঝোপঝাড় এবং লতাপাতার ভিতর দিয়ে মাধবকে নিয়ে চলল। কোথায় নিয়ে যাচ্ছে তা মাধব বুঝতে পারলেন না, তবে ঘটোৎ যে বুদ্ধি করে ঠিক জায়গাতেই তাকে নিয়ে তুলবে এ বিষয়ে তাঁর সন্দেহ নেই। দু-একবার লতায় পা জড়িয়ে আছাড় খেলেন মাধব। তবে ঘন ঝোপঝাড়ে পড়ে যাওয়ায় চোট পেলেন না। কাঁটা-গাছে লেগে গা দু-চার জায়গায় ছড়ে গেল। শুঁয়োপোকার হুল লেগে ঘাড়টা জ্বালা করতে লাগল। তবে এরকম ছোটখাটো বিপদ ছাড়া বড় কোনও অঘটন ঘটল না। জঙ্গলের জীব ঘটোৎকচ খুব সাবধানেই নিয়ে যেতে লাগল তাঁকে।

ঘন জঙ্গলের মধ্যে কোথাও কোথাও হঠাৎ গাছ-গাছালির ফাঁক দিয়ে পড়ন্ত রোদের দেখা পাওয়া যায়। কোথাও ঝিঁঝি ডাকে, দু-একবার হরিণের বিচ্ছিরি কাশির শব্দও পেলেন। কাশি নয়, ওটাই হরিণের ডাক। আশেপাশে বনমোরগেরাও থেকে থেকে ডাক দিয়ে জানান দিচ্ছে যে, এ জঙ্গলটা মানুষের জন্য নয়। পায়ের তলায়

মাঝে মাঝে কাদা জমি টের পাচ্ছেন মাধব, কখনও ভেজা গাছের পাতা জমে গালিচার মতো নরম বস্তুর ওপর আরামে পা ফেলছেন। এক জায়গায় একটা ঝর্নার জল বয়ে যাচ্ছে দেখে দু কোষ ঠান্ডা জল খেয়ে নিলেন। কঁত করে একটা শ্বাস ফেলে ভাবলেন, এই জঙ্গলেরই কোথাও আমাদের বসতবাড়িটা ছিল।

আবার অন্ধকার জঙ্গলে ঢুকে চলেছেন তো চলেছেনই। পথ আর ফুরোয় না। ঘটোৎকচেরও কি ক্লান্তি নেই? মাঝে মাঝে থেমে গিয়ে লেজটা ছেড়ে দু হাতে জামা তুলে মুখ মুছে নিচ্ছেন। আবার শেষ অবলম্বনের মতো, শিবরাত্রির সলতের মতো লেজটা চেপে ধরছেন।

একসময়ে মাধবের মনে হল, লেজটা যেন কিছু মোটা মনে হচ্ছে! মনের ভুল হবে। তবু লেজটা একটু হাতিয়ে দেখে নিলেন। সন্দেহটা থেকেই যাচ্ছে। লেজটা কিছু মোটাই।

আস্তে করে ডাকলেন, "ঘটোৎ! এই ঘটোৎ!"

ঘটোৎকচ সাধারণত হুপ বলে জবাব করে।

কিন্তু মাধব কোনও হুপ শুনতে পেলেন না।

ভয়ে ভয়ে আবার ডাকলেন, "ঘটোৎ রে! বাবা ঘটোৎকচ!"

জবাব দিল না কেউ। কিন্তু দিব্যি সরসর করে টেনে নিয়ে চলল ঠিকই। নিকষ কালো একটা জঙ্গলের ভিতর দিয়ে চলেছেন মাধব। বাইরে বোধহয় সন্ধেও হয়ে এল। তাই সামনে কিছুই নজরে পড়ছে না। মাধব দীর্ঘশ্বাস ছেড়ে বললেন, "কী খেয়ে হঠাৎ এত মোটা হয়ে গেলি বাপ ঘটোৎকচ!"

কেউ জবাব দিল না। তবে গতি অব্যাহত রইল।

হাঁটতে হাঁটতে হয়রান হয়ে গেলেন মাধব। হঠাৎ টের পেলেন জঙ্গলটা যেন একটু পাতলা হয়ে আসছে। আকাশের দিকে তাকালে গাছপালার ফাঁক দিয়ে দু-একটা তারার চিকিমিকি, একটু জ্যোৎস্নার মলম দেখা যায় যেন!

বড়-বড় গাছের সারি শেষ হয়ে হঠাৎই বেঁটে বেঁটে ঝোপঝাড়ে পড়লেন মাধব। বেশ জোরেই যাচ্ছেন। তারপরই দেখেন, জ্যোৎস্নায় সামনে একটা জলা দেখা যাচ্ছে। জলার ধারে ধারে মাঝে মাঝে দপ-দপ করে মশালের মতো আলেয়ার আলো জ্বলে উঠছে। ঘটোৎকচও বেশ আস্তে চলছে এখন। একবার থেমেও পড়ল। হাঁফ ছেড়ে মাধব এতক্ষণে লেজটার দিকে তাকানোর ফুরসত পেলেন।

যা দেখলেন তাতে বেশ অবাকই হওয়ার কথা। ঘটোৎকচের লেজে কে বা কারা কালো আর হলুদ রং দিয়ে চিত্তির-বিচিত্তির করে দিয়েছে। ফলে লেজটা আর আগের মতো বিচ্ছিরি দেখতে নেই। বেশ সুন্দর হয়ে উঠেছে।

"বাঃ! বাঃ!" বলে মাধব লেজটায় হাত বুলিয়ে বললেন, "তোর সারা গা-টা এরকম চিত্তির-বিচিত্তির হলে দেখতে বেশ সুন্দর হয়ে উঠবি রে ঘটোৎ!"

বলতে বলতে তিনি ঠাহর করে দেখেন, শুধু লেজ নয়, ঘটোৎকচের শরীরেও কালো আর হলুদ ছোপছক্কর দেখা যাচ্ছে! তবে বেঁটে গাছের জঙ্গলে শরীরের বারো আনাই ডুবে আছে বলে শুধু পিঠটাই দেখতে পেলেন মাধব।

মাধব খুশি হয়ে বললেন, "বাঃ! বাঃ! তোকে যে আর চেনাই যায় না রে ঘটোৎ!"

বলতে না বলতেই বেঁটে ঝোপের আড়াল থেকে জলার ধারের ফাঁকা জমিতে পা দিলেন মাধব। জ্যোৎস্নায় ভারী সুন্দর দেখাচ্ছে বিশাল জলাটাকে। চারধারে নিবিড় জঙ্গল। অল্প কুয়াশায় ভারী স্বপ্ন-স্বপ্ন দেখাচ্ছে। প্রচণ্ড শীত যেন পাথর হয়ে জমে আছে এখানে।

এই শীতেও হাঁটাহাঁটির পরিশ্রমে মাধবের কপালে ঘাম জমেছে। ঘটোৎকচের লেজে একটা টান মেরে মাধব বললেন, "একটু থাম বাবা ঘটোৎ। জিরিয়ে নিই।"

লেজে টান পড়ায় ঘটোৎ ঘর-র-র শব্দ করল। মাধব অবাক হলেন। চেহারার সঙ্গে সঙ্গে কি ঘটোৎকচের স্বভাবটাও পালটে গেল! ঘটোৎ এরকম গম্ভীর আওয়াজ কখনও করে না তো!

ঘটোৎকচ একটু রেগেই গেছে। ঘর-র-র শব্দের পর ধীরে ধীরে মুখটা ফিরিয়ে মাধবের দিকে তাকাল সে।

মাধব হিম হয়ে গেলেন। স্ট্যাচু হয়ে গেলেন। একটা আঙুলও নাড়বার ক্ষমতা রইল না আর।

ঘটোৎকচ ভেবে যার লেজ কষে ধরে আছেন, সেটা এক মস্ত চিতাবাঘ।

লেজটা ছেড়ে দিয়ে যে দৌড় দেবেন তারও উপায় নেই। আঙুলগুলো লেজটাকে যেমনভাবে আঁকড়ে ধরে আছে ঠিক সেইভাবেই আড়ষ্ট হয়ে গেল। চেষ্টা করেও আঙুলের সেই বজ্র আঁটুনি খোলার উপায় নেই!

বাঘটা জুলজুল করে চেয়ে আছে। মাধবও চেয়ে আছেন। কেউ কারও চোখ থেকে চোখ সরাতে পারছে না। বাঘের গায়ের বোঁটকা গন্ধটা এখন বেশ নাকে আসছে মাধবের। কোনও ভুল নেই, সামনের জন্তুটা বাঘই বটে। জঙ্গলের অন্ধকারে কোন সময়ে যে লেজ-বদল হয়েছে তা টেরও পাননি মাধব।

কয়েক মিনিট সম্মোহিতের মতো থাকার পর মাধব গলার স্বর ফিরে পেয়ে কাঁদো কাঁদো হয়ে অনেকদিনের পুরনো একটা ছড়ার লাইন বিড়-বিড় করে বলতে লাগলেন, "দোহাই দক্ষিণরায়, এই করো বাপা। অন্তিমে না পাই যেন চরণের থাপা ॥"

ঠিক এই সময়ে মাধবের ডানদিকের কানটা ভারী সুড়সুড় করে উঠল।

নন্দকিশোরের মুণ্ডুটা তাঁর ডান কানের ফুটো দিয়ে বেরিয়ে চারদিক দেখে নিয়ে বলে উঠল, "যাক বাবা! বাঁদরটা ধারে-কাছে নেই দেখছি। বাঁচালে!"

মাধব কাঁপতে কাঁপতে বললেন, "বাঁদর না থাক, বাঘ তো আছে!"

নন্দকিশোর এক গাল হেসে বলল, "বাঘকে ভূতের কোনও পরোয়া নেই। বাঘের ব্যাপার তুমি বুঝবে।"

কাঁপতে কাঁপতেই মাধব দাঁতে দাঁতে ঠকাঠকের মধ্যে বললেন, "বাঁদরকেই কি আপনার সবচেয়ে ভয়?"

খিক-খিক করে একপেট হেসে নন্দকিশোর বলে, "গুপ্ত ব্যাপারটা ধরে ফেলেছ দেখছি। কী জানো, ঠিক ভয় নয়। বাঁদরের গায়ের একটা ভুটভুটে গন্ধ আছে, সেইটে আমাদের একদম সহ্য হয় না। তা তুমি দেখছি বেশ বাঘা লোক হে, এমনিতে ভিতু হলেও দিব্যি একটা বড়সড় বাঘকে পাকড়াও করেছ! চিড়িয়াখানায় বেচবে নাকি?"

"আজ্ঞে, ঠিক পাকড়াও করিনি। জঙ্গলে লেজবদল হয়ে গেছে। এখন ছাড়তে পারছি না। আঙুলগুলো জট পাকিয়ে আছে।"

"অ, তাই বলো! ভয়ে তোমার আঙুলে খিল লেগেছে! আমি তো নিজের চোখে ভিতরে ঢুকে দেখে এসেছি, তোমার সাহসের থলি চুপসে আছে। তাই বাঘের লেজ ধরে তোমার দাঁড়ানোর পোজ দেখে ভারী খটকা লাগছিল।"

ঠিক এই সময়ে বাঘটা বলল, "ঘর-র-র... ঘ্যাও!"

মাধব আপাদমস্তক আর একবার কেঁপে উঠলেন। এত কাছ থেকে এত জোরে বাঘের ডাক তিনি কোনওদিন শোনেননি। নন্দকিশোর তাঁর অবস্থা দেখে একটু নরম করে বলল, "আচ্ছা দাঁড়াও, দেখি কী করা যায়।"

এই বলে নন্দকিশোর আবার কানের ফুটো দিয়ে ভিতরে ঢুকে গেল। মাধবের কান সুড়সুড় করে উঠল আবার। কিন্তু আঙুল দিয়ে কানের ফুটো যে একটু চুলকোবেন তার উপায় নেই। হাত দুটো বাঘের লেজে সেঁটে আছে।

একটু বাদে হঠাৎ মাধব যেন একটু সাহস পেতে লাগলেন। আর যেন ততটা ভয় করছিল না। বাঘটা যদিও তাঁকে জলার দিকে ধীরে ধীরে টেনে নিয়ে যেতে যেতে মাঝে মাঝে পিছু ফিরে দেখছে আর লকলকে জিভ দিয়ে ঠোঁট চাটছে, তবু মাধবের যেন একটু বেপরোয়া ভাব এল। হাত দুটোও যেন ক্রমে বাঘের লেজ থেকে খসে আসছে।

নন্দকিশোর এবার নাকের ফুটো দিয়ে উঁকি দেওয়ায় মাধব বার-দুই প্রকাণ্ড হ্যাঁচ্চো দিয়ে বললেন, "কী হল?"

নন্দকিশোর চোখ পাকিয়ে বলল, "আচ্ছা অভদ্র তো হে! আমার গায়ের ওপর হেঁচে দিলে?"

মাধব ক্ষমা চেয়ে বললেন, "নাকে সুড়সুড়ি লাগল কিনা।"

নন্দকিশোর ক্ষমা করে দিয়ে বলল, "কোনওরকমে তোমার সাহসের থলিটাকে ফুঁ দিয়ে বেলুনের মতো ফুলিয়ে একটা শিরা দিয়ে বেঁধে দিয়ে এসেছি। সেটাতে তেমন কোনও স্থায়ী কাজ হবে না বটে, তবে চোপসানো থলির চেয়ে তা অনেক ভাল। আপাতত এইতেই কাজ চালিয়ে নাও। আমি আবার ভিতরে চললুম। সেখানে আমার অনেক কাজ।"

মাধব আর আগের মতো ভিতু নন, তাই গম্ভীর গলায় বললেন, "কী কাজ?"

"তোমার শুকনো মগজটাকে জল ছিটিয়ে একটু সরস করে তুলতে হবে। রাগের ঝালগুঁড়োগুলো ঝেঁটিয়ে বিদেয় করতে হবে। মায়া দয়া স্নেহ মমতার কয়েকটা চারাগাছ পুঁতে দিতে হবে। তারপর যদি একটু মানুষের মতো মানুষ হও।"

এই বলে নন্দকিশোর আবার ভিতরে ঢুকে গেল।

জলার কাদামাটিতে মাধবের হাঁটু পর্যন্ত ঢুকে যাচ্ছিল ভুসভুস করে। আর একটু এগোলেই কোমর পর্যন্ত ডুববে। তা হলে আর কাদার কবর থেকে জীবনেও উঠে আসতে পারবেন না। বাঘের সে ভয় নেই, চারপায়ে দিব্যি হালকা-পলকা চালে চলে যাচ্ছে নরম মাটির ওপর দিয়ে।

মাধব দম বন্ধ করে প্রাণপণে এক ঝটকা মারলেন। হাত দুটো ঝড়াস করে খুলে দুটো লাঠির মতো শরীরের দুধারে ঝুলতে লাগল। একেবারে অবশ।

শিকার পালাচ্ছে বুঝে বাঘটাও থামল এবং আস্তে আস্তে ঘুরে দাঁড়াল। বলল, "ঘর-র-র... ঘ্যাও।"

মাধবও চোখ পাকিয়ে বলে উঠলেন, "মামদোবাজি পেয়েছ? কাদায় ডুবিয়ে মারবে! এক চড়ে ঠান্ডা করে দেব!" বলে চড়ও তুললেন। কিন্তু বাঘটা মুখ সরিয়ে নেওয়ায় চড়টা লাগল না! কিন্তু একটা খুব উপকার হল মাধবের। হাতের অবশ ভাবটা কেটে গেল।

মাধব দেখলেন বাঘটা আর ঝামেলা না বাড়িয়ে জলার দিকে জল খেতে গেল। তিনিও হাঁচোড়-পাঁচোড় করে ঠান্ডা কাদা ভেঙে ডাঙা জমিতে উঠে এসে একটা শুকনো জায়গায় মস্ত একটা গাছ পড়ে আছে দেখে তার ওপর বসলেন। ক্লান্তিতে হাত-পা অবশ করে চোখ জড়িয়ে আসছে। এই অবস্থায় ঘুমিয়ে পড়লে যে ভয়ংকর বিপদ ঘটতে পারে তা মনে করেও কিছুতেই জেগে থাকতে পারছেন না। চোখের পাতা দুটো এত জুড়ে যাচ্ছে যে, আঙুল দিয়ে টেনে খুলে রাখতে হচ্ছে। ফুটফুটে জ্যোৎস্নায় দেখতে পেলেন, চিতাবাঘটা জলায় জল খাচ্ছে। তার আশেপাশে জলার অন্য ধারগুলিতে তিনি আরও কয়েকটি প্রাণীকে দেখতে পেলেন। একজোড়া মোষ,

একটা ভালুক, গোটা কয়েক মস্ত শম্বর হরিণ। কিন্তু ঠিক আগের মতো আর ভয় পাচ্ছেন না। নন্দকিশোর সাহসের থলিটা ভালই ফুলিয়েছে বলতে হবে। এখন যদি লিক-টিক না বেরোয় তবেই বাঁচোয়া।

মাধব গাছের গুঁড়িটার পাশেই লম্বা হয়ে শুয়ে অঘোরে ঘুমিয়ে পড়লেন।

সকালবেলায় সূর্য যখন উঠি উঠি করছে তখন ঘুম ভাঙল মাধবের। এই শীতে সারা রাত বেশ ওমের মধ্যেই শুয়েছিলেন বলে মনে পড়ছে। গায়ে যেন একটা ভারী কম্বল ছিল! জেগে উঠে পাশ ফিরতে গিয়েই অবাক হয়ে দেখলেন, মস্ত চিতাবাঘটা তাঁকে আঁকড়ে ধরে গা ঘেঁষে শুয়ে নাক ডাকাচ্ছে।

অন্য সময়ে হলে এই দৃশ্য দেখে মাধবের হার্টফেল হত। এখন হল না। একটু অস্বস্তি বোধ করলেন মাত্র। কোমর আর গলা থেকে বাঘের দুটো থাবা আস্তে করে সরিয়ে দিয়ে উঠে বসলেন মাধব। তারপর রোজকার মতো হাই তুলে বললেন, "দুর্গা দুর্গা।"

দিনের আলোয় দেখলেন, জলার ধারে বিস্তর বড় বড় পাথরের চাঁই পড়ে আছে। সাবধানে সেগুলোর ওপর পা ফেলে জলায় গিয়ে মুখ ধুলেন। ফিরে এসে আবার অকুতোভয়ে বাঘটার মাথার কাছে গাছের গুঁড়িতে হেলান দিয়ে বসলেন।

বসে নিজের দুর্ভাগ্যের কথা ভাবতে ভাবতে হঠাৎ তাঁর মনে হল, সামনের পাথরের চাঁইগুলো কেমন যেন চৌকো ধরনের। মনে হয় বহু পুরনো কোনও বাঁধানো ঘাটের সিঁড়ির ধ্বংসাবশেষ। তারপরেই মাধবের নজর পড়ল গাছের গুঁড়িটার দিকে। ওপরে শ্যাওলা জমে আছে। মাধবের সন্দেহ হওয়াতে নখ দিয়ে খুঁটলেন এবং দেখলেন, এটা মোটেই গাছের গুঁড়ি নয়। একটা প্রাচীন থাম। মাধব একটু চমকে উঠলেন। এসবের মানে কী? চারদিকে চেয়ে এ জায়গাটা তাঁর চেনা চেনা ঠেকছে। দৈবক্রমে হেতমগড়ের হারানো বাড়িতে ফিরে আসেননি তো?

এই কথা মাত্র ভেবেছেন, হঠাৎ আকাশ-বাতাস কাঁপিয়ে বাজপড়ার মতো 'ঘ্রাম' করে গর্জন ছাড়ল বাঘটা। ঘুম থেকে উঠে কপিশ চোখে সোজা তাকিয়ে আছে মাধবের দিকে।

বুকটা কেঁপে ওঠায় মাধব প্রথমটায় ককিয়ে উঠেছিলেন। হয়তো অজ্ঞানও হয়ে যেতেন। কিন্তু হঠাৎ নাকের ফুটো দিয়ে নন্দকিশোর মুখ বার করে বলল, "বড্ড চেঁচামেচি হচ্ছে হে। একটু ঘুমোতেও দেবে না নাকি?"

"আমি চেঁচাইনি। চেঁচাল তো ওই বাঘটা।" মাধব বললেন।

নন্দকিশোর বাঘটার দিকে বিরক্তির দৃষ্টি হেনে বলল, "লক্ষণ ভাল ঠেকছে না। পালাও।"

"কোথায় পালাব?"

"সে আমি কী জানি! আমাকে তো আর বাঘে খাবে না। খেলে তোমাকেই খাবে। ওই যে আসছে!" বলে নন্দকিশোর আবার নাকের ফুটো বেয়ে সুট করে মাধবের ভিতরে ঢুকে যায়।

বাঘটা সত্যিই পায়ে পায়ে এগিয়ে আসছে। খুবই নিশ্চিন্ত ভাবভঙ্গি। একবার প্রকাণ্ড একটা হাইও তুলল। মাধব ভয়ে সিঁটিয়ে আছেন। তবে কেন যেন মনে হচ্ছে, সারা রাত বাগে পেয়েও যখন বাঘে তাকে খায়নি, তখন এই সাত-সকালেও বোধহয় খাবে না। তা ছাড়া চিতাবাঘ সাধারণত মানুষ খায়ও না, কিন্তু বেগরবাঁই দেখলে মারে। এই বাঘটার ব্রেকফাস্ট হয়েছে কিনা তা বুঝতে না-পারায় মাধব খুব নিশ্চিন্তও বোধ করতে পারছেন না।

বাঘটা এসে মাধবের সামনে থাবা গেড়ে বসল এবং খুব মন দিয়ে মাধবের মুখখানা দেখতে লাগল। তাতে খানিকটা ভয় কেটে গিয়ে মাধবের একটু লজ্জা-লজ্জা করছিল। কারণ, আজ দাড়ি কামানো হয়নি। কাল থেকে নানা ঘটনায় নাকাল হয়ে চেহারাটা হয়েছে ঝোড়ো কাকের মতো। তার ওপর দাঁত নেই। চুলটা ঠিকমতো পাট করা নেই। মাধব বাঘের দৃষ্টির সামনে লজ্জায় অধোবদন হয়ে বসে রইলেন।

বাঘটা এবার মোলায়েম গলায় বলল, ঘ্রাম!

মোলায়েম হলেও এই আওয়াজেও পিলে চমকে যায়। মাধবেরও চমকাল।

বাঘটা একটু ঘুরে বসে আচমকাই লেজটা মাধবের কোলের ওপর বাড়িয়ে দিয়ে বলল, ঘর-র!

মাধব আঁতকে উঠলেন। অমনি নন্দকিশোর কানে কানে বলল, "তোমাকে লেজটা ধরতে বলছে।"

"ধরব?" মাধব ভয়ে ভয়ে জিজ্ঞেস করলেন।

"না-ধরেই বা কী করবে?"

"তাই তো!" বলে মাধব খুব সংকোচের সঙ্গে লেজটা ধরলেন। বাঘটা তখন ধীরে ধীরে তাঁকে টেনে নিয়ে চলল।

পুবধার দিয়ে জলাটা ঘুরে বাঘটা তাঁকে একটা ভারী সুন্দর সাজানো জঙ্গলে নিয়ে এল। মনে হয়, এখানে এককালে মস্ত কোনও বাগান ছিল। হাঁ করে চারদিকে চেয়ে দেখছেন মাধব। বাগানের চারধারে কোনও পাঁচিলের চিহ্নও নেই। তবে একটা জায়গায় একটা মস্ত গোল বাঁধানো চৌবাচ্চার আকৃতি মাটির মধ্যে দেখতে পেলেন। খুবই চেনা চেনা ঠেকছে।

বাঘটা একটা হ্যাঁচটা টানে লেজ ছাড়িয়ে নিয়েছে। তারপর একটা বেঁটে

জামগাছের দিকে এগোচ্ছে দুলকি চালে। মাধব বেকুবের মতো দাঁড়িয়ে দেখছেন।

জামগাছের নিচু ডালে মস্ত বড় একটা মৌচাক। বিজবিজ করছে মৌমাছি। বাঘটা গিয়ে এক লাফে গাছের ডালে উঠে ধীরে ধীরে চাকটার দিকে এগিয়ে যাচ্ছে। মাধব দম বন্ধ করে আছেন। আচমকা নাড়া পড়লে মৌমাছিরা যে কী কাণ্ড ঘটাবে!

কিন্তু বাঘটার বুদ্ধির প্রশংসাই করতে হয়। হুট করে কোনও কাণ্ড ঘটাল না। বরং খুব ধীরে ধীরে সামনের পা দুটো দিয়ে ডালটাকে নাড়াতে লাগল। যেন বাতাসের দোলা। একটি দুটি করে মৌমাছি চাক থেকে উড়ে যেতে লাগল। বাঘটা আস্তে আস্তে দুলুনি বাড়াতে থাকে। মাঝে মাঝে আচমকা একটু ঝাঁকুনি দেয়। মৌমাছিরা পালাচ্ছে। উড়ছে, ফিরে আসছে, আবার উড়ে যাচ্ছে। প্রায় আধঘণ্টার চেষ্টায় চাকটা একদম ফাঁকা হয়ে গেল। মাধব দূর থেকেও দেখতে পেলেন, টসটস করছে মধু।

বাঘটা বলল, ঘ্রাও!

নন্দকিশোর সঙ্গে সঙ্গে কানে কানে কথাটা অনুবাদ করে বলল, "তোমাকে খেতে বলছে। শুনলে না, খাও!"

"খাব?"

"না খেয়েই বা করবে কী? বাঘকে চটানো কি ভাল? বাঘটাকে খুব ভাল বাগিয়েছ হে!"

বাঘটা চাকটাকে মৌমাছিশূন্য করে আর দাঁড়াল না। জঙ্গলের মধ্যে বোধহয় হরিণের গন্ধ পেয়েই এক লাফে অদৃশ্য হয়ে গেল। মাধব নিশ্চিন্তে এগিয়ে গিয়ে চাকটার নীচে দাঁড়ালেন। হাতের নাগালের মধ্যে একেবারে নাকের ডগায় জিনিসটা ঝুলে আছে। মাধব আর দেরি না করে চাকটার খানিকটা ভেঙে নিয়ে মুঠোয় চাপ দিয়ে সেরটাক রস বের করে খেয়ে ফেললেন। বহুকাল এরকম ভাল পদ্মমধু খাননি। প্রাণ বুক ঠান্ডা হয়ে গেল। চাঙ্গা হয়ে উঠলেন। তারপর চারদিক ঘুরে ঘুরে দেখতে লাগলেন।

যত দেখেন ততই ধারণা হতে থাকে, এ সেই হেতমগড়ের রাজবাড়ির ধ্বংসাবশেষ না হয়ে যায় না। এক জায়গায় তিনি বেশ কয়েকটা বড় বড় শ্বেতপাথরের টুকরো দেখতে পেলেন। ঝোপজঙ্গলের মধ্যে একটা ভাঙা পেতলের কলসির গায়ে দেখলেন নাম খোদাই করা— আর সি। সম্ভবত তাঁর বাবার নামের আদ্যক্ষর। বাবার একটাই ছিল শখ। সবকিছুতে নিজের নামের আদ্যক্ষর খোদাই করতেন। সুতরাং মাধবের আর সন্দেহ রইল না, দৈবক্রমে নিজেদের হারানো ভিটের সন্ধান তিনি পেয়েছেন।

অবশ্য সন্ধান পেয়েও কোনও লাভ নেই। এই ঘোর জঙ্গলের মধ্যে মাটিতে প্রায় মিশে-যাওয়া বাড়ি নিয়ে তিনি করবেনই বা কী? বাড়িতে কিছু গুপ্তধন আছে বলে

শুনেছিলেন। কিন্তু তাঁর বাপ-ঠাকুরদা সেই গুপ্তধনের অনেক খোঁজ করেও সন্ধান পাননি। এখন সেই গুপ্তধনের সন্ধান করার কাজ বরং আরও কঠিন হয়েছে। কেননা, পুরো বাড়িটাই ডেবে গেছে মাটির নীচে।

মাধব তাই আরও সেরটাক মধু খেয়ে গাছতলায় ছায়ায় শুয়ে শুয়ে ভাবতে লাগলেন। মধু খাওয়ার আমেজে ঘুমও এসে গেল। তাই ভাবতে ভাবতে ঘুমিয়ে পড়লেন। ঘুমিয়ে ঘুমিয়ে স্বপ্ন দেখলেন, তাঁর রাগী ঠাকুরদা গাছের ওপর বসে আছেন রাগের চোটে। রাগে গরগর করছেন। ওইভাবে গাছের ওপর বসে থাকতে থাকতে হঠাৎ তাঁর লেজ গজিয়ে গেল। রেগে গেলে মুখটা সবসময়ে কুঁচকে আছেন বলে ক্রমে ক্রমে মুখটা বদলে যেতে লাগল। ক্রমে সেটা হুবহু বাঁদরের মুখের মতো দেখাতে লাগল। গায়ে লোম গজাল। মাধব দেখলেন, ঠাকুরদার বদলে একটা মহাবানর গাছের ডালে বসে আছে। তারপরই দেখতে পেলেন বাবাকে। মাধবের বাবা রাগের চোটে কাকে যেন হুংকার দিয়ে ডেকে তর্জন-গর্জন করলেন। পারলে তাকে দাঁতে নখে ছিঁড়ে ফেলেন আর কী! চোখ দুটো জ্বল জ্বল করছে, হাঁ করে থাকায় দাঁতগুলো হিংস্র দেখাচ্ছে। জিবটাও লকলক করছে যেন। নিজের বীভৎস রাগকে বশে আনার জন্য কলকে পুড়িয়ে ছ্যাঁকা দিচ্ছেন নিজের গায়ে। এই করতে করতে সারা শরীরে ছোপ ছোপ দাগ হয়ে গেল। চোখ দুটো গোল গোল আর কপিশ রঙের হয়ে গেল। দাঁতগুলো বড় বড় আর ধারালো হয়ে উঠল। ক্রমে দেখা গেল, মাধবের বাবা রাগের চোটে আস্ত একটা বাঘ হয়ে বিকট গর্জন ছাড়লেন, ঘ্রাম!

সে গর্জনে ঘুম ভেঙে উঠে বসলেন মাধব। দেখলেন, বাঘটা সামনেই দাঁড়িয়ে আছে। আবেগের চোটে মাধব ডুকরে কেঁদে উঠলেন, "বাবা!"

বাঘ জ্বল-জ্বল করে তাকিয়েছিল বটে, তবে চোখে তেমন হিংস্রতা নেই। ঘপাস করে একটা শ্বাস ছেড়ে বাঘটা বলে উঠল, গিয়াও।

কানের কাছে নন্দকিশোর ফিসফিস করে বলল, "তোমাকে উঠে পড়তে বলছে।"

মাধব হাতের পিঠে চোখের জল মুছতে মুছতে উঠলেন। বাঘটা লেজ বাড়িয়ে ধরল। মাধব সেটা হাতের মুঠোয় নিয়ে হাঁটতে লাগলেন পিছু পিছু।

জলার উত্তরধারের দুর্ভেদ্য ভয়ংকর কাঁটাঝোপের জঙ্গল, আগাছা ভেদ করে ও পায়ের নীচে ধ্বংসস্তূপের ওপর দিয়ে বাঘটা তাঁকে একটা মজা পুরনো ইঁদারার ধারে নিয়ে এল। মাধবের মনে পড়ল, ছেলেবেলায় এই ইঁদারাটাকে তিনি দেখেছেন। এর জল পচা ছিল বলে কেউ ব্যবহার করত না। সবাই বলত, ওর মধ্যে ভূত আছে। মাঝে মাঝে নাকি ভুতুড়ে ইঁদারার ভেতর থেকে নানারকম আওয়াজ উঠে আসত। অনেক সময়ে মানুষের গলায় কান্নার শব্দ পাওয়া যেত। নিশুত রাতে ঘুম ভেঙে বাড়ির

দাসী-চাকরেরা শুনতে পেত, ইঁদারার ভিতর থেকে শব্দ আসছে, আয়, আয়, আয় আয়।

বাঘটা ইঁদারার কাছে এসে মাধবের দিকে চেয়ে ডাকল, ঘর-র-ঘ্রাও!

ঠিক এই সময়ে একপাল হরিণ পথ ভুলে সামনে এসে পড়েছিল। বাঘ দেখে হাওয়ার গতিতে ছুটে অদৃশ্য হয়ে গেল। সঙ্গে সঙ্গে মাধবের হাত থেকে লেজটা টেনে নিয়ে বাঘও হাওয়া। মাধব চোখের জল মুছে আপন মনে বললেন, "বাবার খিদে পেয়েছে।"

"খিদে পেয়েছে না হাতি! বাঘ হচ্ছে এক নম্বরের পেটুক। যখন তখন তাদের খাই খাই। ও হচ্ছে চোখের খিদে।" বলতে বলতে নন্দকিশোর মাধবের নাকের ফুটো দিয়ে বেরিয়ে বাতাসে সাঁতার কাটতে লাগল।

মাধব খেপে গিয়ে বললেন, "খবরদার! আজে বাজে কথা বলবেন না বলে দিচ্ছি! ভাল হবে না।"

"এঃ! খুব যে তেজ দেখছি! কী করবেটা শুনি! তোমার মতো অকৃতজ্ঞ লোক দুটো দেখিনি। সারা সকাল ধরে তোমার ফোকলা নাম ঘোচানোর জন্য কত মেহনত করলুম, এই তার প্রতিদান?"

মাধব রাগটা চেপে রেখে বললেন, "কী করেছেন শুনি!"

"তোমার মাড়ির গোড়া সব খুঁচিয়ে খুঁচিয়ে আলগা করে দাঁতের বীজ বুনেছি। একটু সার আর জল পেলে দেখ-না-দেখ দাঁতের চারা গজিয়ে উঠবে। কিন্তু তুমি বাপু মহা অকৃতজ্ঞ।"

মাধব লজ্জিত হয়ে বললেন, "আপনি আমাকে ক্ষমা করবেন!"

"না করে আর উপায় কী? যাই, একটু বেড়িয়ে আসি। বাঘটা তোমাকে কী বলে গেল বুঝেছ তো?"

"আজ্ঞে না।"

"বাঘটা তোমাকে ওই কুয়োটার মধ্যে নেমে পড়তে বলে গেছে। ভালমন্দ তুমি বোঝো গিয়ে, আমি শুধু অনুবাদটা করে দিলাম।"

এই বলে নন্দকিশোর ফড়ফড় করে বাতাসে ভেসে চলে গেল।

মাধব ইঁদারার মধ্যে ঝুঁকে দেখলেন, একেবারে তলায় একটু জল এখনও চকচক করছে। ইঁদারায় নামবার কোনও সিঁড়ি বা মই নেই। তবে ভিতরে হরেকরকম ভাঙাচোরা থাকায় নানা ধরনের খাঁজের সৃষ্টি হয়েছে। কিন্তু শ্যাওলা জমে খাঁজগুলো ভীষণ পিছল। মাধব তাই নামতে সাহস পেলেন না। চুপ করে ইঁদারার ধারে গাছের ছায়ায় বসে রইলেন। বুঝতে পারছেন, ইঁদারার মধ্যে কোনও রহস্য আছে। স্বয়ং

বাঘবেশী বাবা না হলে এখানে তাঁকে টেনে আনতেন না।

ভাবতে ভাবতে মাধবের ঝিমুনি এসে গিয়েছিল। বেলা ঢলে আসছে। শীতকালে এই জঙ্গলে দুপুর না গড়াতেই রাত্রি এসে যাবে। কী করবেন তা বুঝতে পারছিলেন না মাধব। ঝিমোতে ঝিমোতে নানা কথা ভাবছিলেন। হঠাৎ মাথার ওপর 'হুপ হুপ' করে দুটো শব্দ হল। তারপরই ডালপালা তছনছ করে বিকট উল্লাসের শব্দ করতে করতে ঘটোৎকচ নেমে এল মাধবের কোলের ওপর। আর অমনি জঙ্গলের ভিতর থেকে বনমালীর গলা পর্যন্ত পাওয়া গেল, "কর্তা ধারেকাছে আছেন নাকি?"

"আছি! আছি!" চেঁচিয়ে উঠলেন মাধব। তারপর ঘটোৎকচকে বুকে জড়িয়ে ধরে বললেন, "দাদু! দাদু গো! এ জন্মেও আমাকে ভোলোনি তা হলে!"

জঙ্গল ফুঁড়ে খিদেয় চিমড়ে-মারা চারটে মূর্তি বেরিয়ে এসে ধপাস-ধপাস করে মাটিতে গড়িয়ে পড়ল। মাধবের ভারী মায়া হল। বললেন, "বোসো তোমরা, ব্যবস্থা আছে।"

জায়গাটা এখন চেনা হয়ে গেছে। মাধব গিয়ে জামগাছের ডাল থেকে মৌচাকটা পুরো ভেঙে আনলেন। মধুতে এখনও ভরা ভরতি। টপটপ করে মধুর ফোঁটা পড়ে চাকের নীচে মাটি ভিজে গেছে, পিঁপড়ে লেগেছে।

চাক নিয়ে এসে চারজনকে আকণ্ঠ মধু খাওয়ালেন মাধব। সকলের পেট ঠান্ডা হল, গায়ে জোর বল এল।

মুখে কথা ফোটার মতো অবস্থা হতেই বনমালী বলে উঠল, "কর্তা! এ জায়গাটা যে বড় চেনা চেনা ঠেকছে!"

মাধব তখন গোটা ব্যাপারটাই ভেঙে বললেন। সবাই শুনে তাজ্জব হয়ে গেল। বনমালী তার টিকটিকি-বিদ্যে-জানা স্যাঙাতকে হুকুম দিল, "ইঁদারায় নাম।'

লোকটা কালবিলম্ব না করে তরতর করে ইঁদারার ভিতরের খাঁজে পা আর হাতের ভর রেখে শাঁ করে নেমে গেল। ওপর থেকে সবাই ঝুঁকে দেখছে, লোকটা জলের কাছ বরাবর নেমে চারদিকে গুপ্ত দরজা বা গর্ত খুঁজছে। অনেকক্ষণ খুঁজল। তারপর কিছু না পেয়ে ওপর দিকে চেয়ে বনমালীর উদ্দেশ্যে বলল, "ওস্তাদ, এখানে তো কিছু দেখছি না।"

ঘটোৎকচ কী বুঝল কে জানে। হঠাৎ সে 'হুপ' করে হাঁক ছেড়ে ইঁদারার মধ্যে সাবধানে নামতে লাগল। আধাআধি নেমে একটা পাথরের চাঁই ধরে টানাটানি করতে করতে চেঁচাতে লাগল, হুপ! হুপ!

তখন টিকটিকি-ওস্তাদ নীচে থেকে ঘটোৎকচের কাছ-বরাবর উঠে এসে পাথরটা ভাল করে দেখে-টেখে বলল, "এ পাথরটা একটু অন্যরকম।"

বেলা ফুরিয়ে আসছে। জঙ্গলের প্রচণ্ড হাড়কাঁপানো শীতও মালুম দিচ্ছে। বনমালী আর দেরি না করে তার আর দুই স্যাঙাতকে সঙ্গে নিয়ে ঢুকে লম্বা-লম্বা কয়েকটা লতানে গাছ ছিঁড়ে আনল। কাছেই একটা মস্ত গাছের গুঁড়িতে লতার এক মাথা বেঁধে অন্য মাথা ঝুলিয়ে দিল ইঁদারার মধ্যে। তারপর একে একে বনমালী আর তার এক স্যাঙাত নেমে গেল নীচে।

তিনজন মিলে পাথরটার ওপর কী ক্রিয়া-কৌশল করল, ওপর থেকে মাধব তা ভাল বুঝলেন না। তবে কিছুক্ষণ বাদে দেখতে পেলেন পাথরটা দরজার কপাটের মতো খুলে গেছে! বনমালী চেঁচিয়ে বলল, "কর্তা, ঝুল খেয়ে নেমে আসুন। এখানে একটা সুড়ঙ্গ পাওয়া গেছে।"

উৎসাহের চোটে মাধবের আর ভয়ডর রইল না। লতা বেয়ে নেমে গিয়ে দেখলেন, বাস্তবিকই একটা অন্ধকার সুড়ঙ্গ হাঁ করে আছে। স্যাঙাতদের একজনের কাছে দেশলাই ছিল। তাই দিয়ে মৌচাকটাতে আগুন দেওয়ায় দিব্যি আলো জ্বলে উঠল। একটা গাছের ডালের আগায় জ্বলন্ত মৌচাকটাকে গেঁথে নিয়ে মাধব সদলে সুড়ঙ্গে ঢুকলেন। এত নিচু আর সরু সুড়ঙ্গ যে হামাগুড়ি দিয়ে চলতে হয়। ভিতরে বদ্ধ ভ্যাপসা ভাব। চারদিকে নিরেট পাথরের দেয়াল। মশালের আগুন আর ধোঁয়ায় দম বন্ধ হয়ে আসার জোগাড়।

খানিকদূর গিয়ে সুড়ঙ্গটা কিছু চওড়া হল। ছাদটাও একটু উঁচুতে। সামনে গলিটা দুভাগ হয়ে দুদিকে চলে গেছে। সেইখানে সবাই দুদণ্ড জিরিয়ে হাঁফ ছাড়ে। বনমালী বলল, "কর্তা, আমরা ছ্যাঁচড়া হলেও নিমকহারাম নই, চোর হলেও লোভী নই। যদি গুপ্তধন পাওয়া যায় তবে সবটাই আপনার। আপনি আবার হেতমগড় গাঁ তৈরি করুন! আমাদের শুধু সেখানে থাকতে দেবেন। কথা দিচ্ছি, হেতমগড়ে কখনও চুরি-ডাকাতি হবে না!"

মাধব রাজি হলেন। সেখানেই ঠিক হল, মাধব বনমালী আর ঘটোৎকচকে নিয়ে যাবেন ডাইনে, তিন স্যাঙাত যাবে বাঁয়ে। ঘণ্টা দুই পর তারা আবার এখানে ফিরে আসবে। মৌচাক ভেঙে দুটো মশাল তৈরি করে তাঁরা দুদিকে এগোলেন।

মাধব ডানদিকের রাস্তা ধরে এগোচ্ছেন। সামনে ঘটোৎকচ পিছনে বনমালী। চারদিকে পাথরের দেয়াল চলেছে তো চলেইছে। মাথা নিচু না করে যাওয়ার উপায় নেই। মাধবের ঘাড় টনটন ক'রে ছিঁড়ে পড়ার জোগাড়। তার ওপর এই শীতকালেও সুড়ঙ্গের ভিতরটায় বেজায় ভ্যাপসা গরম। অনেকক্ষণ চলার পর মাধব হঠাৎ বুঝলেন, সুড়ঙ্গটা হচ্ছে আসলে একটা ভুলভুলাইয়া বা গোলকধাঁধা। কোনওখানেই পৌঁছচ্ছেন না, কেবলই যেন একই জায়গায় ঘুরে মরছেন।

খুবই ক্লান্ত হয়ে একসময়ে পাথরে ঠেস দিয়ে বসে পড়লেন মাধব। পাশে বনমালী আর ঘটোৎকচ।

মুখে কথা পর্যন্ত সরছে না কারও। ঠিক এই সময়ে মাধব শুনতে পেলেন, নন্দকিশোর কানে কানে বলছে, "খুব কানামাছি খেললে বাপু! তা আমাকে যে ফেলে এলে, আমি কি তোমার গুপ্তধনে ভাগ বসাতুম?"

মাধব গম্ভীর মুখে বললেন, "আপনার মতো অপদার্থ ভূত জীবনে দেখিনি।"

"বেশি কচকচ কোরো না ছোকরা। তোমার ওই বাঁদরটার গায়ের গন্ধ আমার যদি অসহ্য না হত তা হলে আজ তোমাকে ভুল পথে নিয়ে গিয়ে বিস্তর নাকাল করতুম। যাক গে, এখন হাঁ করো তো, ভিতরে সেঁদিয়ে যাই।"

বনমালী হাঁ করে মাধবের মুখের দিকে চেয়েছিল। বলল, "ও কার সঙ্গে কথা বলছেন আপনি? এখানে তো আমি ছাড়া আর কোনও মনিষ্যি নেই।"

মাধব সেকথার জবাব না দিয়ে নন্দকিশোরকে বললেন, "অপকার সবাই করতে পারে। উপকারটাই করতে পারে না। এই যে গোলকধাঁধায় পড়ে খাবি খাচ্ছি, তার একটা উদ্ধারের পথ আগে বের করে দিন, তারপর বড়-বড় কথা বলবেন। প্রথম থেকেই তো ফাঁড়া কাটছেন, ভূত এটা পারে না, সেটা পারে না। ও কেমনধারা কথা!"

নন্দকিশোর চিড়বিড়িয়ে উঠে বলল, "কভি নেহি! কভি নেহি! মানুষের উপকার আর কক্ষনও নয়। তুমি নিতান্ত হাবা-গঙ্গারাম বলে আর মানুষের মতো নও বলে তোমার খানিকটা উপকার করে ফেলেছি। এখন দেখছি তুমিও খুব সেয়ানা। আর উপকারের মধ্যে আমি নেই। বেঁচে থাকতে বিস্তর মানুষের উপকার করেছি। ফলে আমাকে গলায় দড়ি দিয়ে মরতে হয়েছিল। ফের উপকার করতে গিয়ে ফেঁসে যাব নাকি! তার ওপর এখন গলায় দড়ি দিয়ে মরবারও উপায় নেই।"

এই বলে নন্দকিশোর গোঁত্তা খেয়ে মাধবের মুখে ঢুকে পেটের মধ্যে সেঁদিয়ে গেল।

বনমালী ভাবল, কর্তাকে ভূতে ধরেছে। এই সুড়ঙ্গের ঘোর অন্ধকার পাতালপুরীতে সেটা খুবই স্বাভাবিক ঘটনা। তা ছাড়া গুপ্তধনের কাছেপিঠে এঁরা থাকেই। বনমালী হঠাৎ ভয় খেয়ে শিউরে উঠে 'ভূত! ভূত!' বলে চেঁচিয়ে দৌড়তে লাগল।

কিন্তু এই পাতালপুরীতে দৌড়ে যাবে কোথায়? দশ কদম যেতে না-যেতেই একটা দেয়ালে মাথা ঠুকে যাওয়ায় 'উঃ' বলে বসে পড়ল। আর বসেই চেঁচিয়ে উঠল, "কর্তা, এধারে আসুন তো।"

মশাল নিবু নিবু হয়ে এসেছে। মৌচাকে আর মোম নেই। সাবধানে মাধব এগিয়ে গেলেন। বনমালী বলল, "এই পাথরটা যেন আমার ধাক্কায় একটু নড়ে উঠল! দেখুন তো।"

কথাটা সত্যি। পাথরটা একটু ঠেলতেই নড়ল। এবং টানতেই কপাটের মতো খুলে গেল।

মাধব মশালের শেষ আলোটুকুতে মুখ ঢুকিয়ে দেখলেন, ভিতরে একটা ঘর। ঘরে অনেক জিনিস রয়েছে। মাধব ঘরে ঢুকলেন।

সামনেই একটা পিলসুজে মস্ত প্রদীপ রয়েছে। মাধবের বুদ্ধি খেলছে। বুঝলেন, প্রদীপ আছে যখন, তখন খুঁজলে তেলও পাওয়া যাবে।

বেশি খুঁজতে হল না। পুরনো একটা গাড়ুতে বিস্তর রেড়ির তেল পাওয়া গেল। নিবন্ত মশাল দিয়ে প্রদীপটা একেবারে শেষ মুহূর্তে জ্বালাতে পারলেন মাধব। সেই আলোয় চারদিকে চেয়ে একটা নিশ্চিন্তির শ্বাস ফেললেন। সেই হারানো মোহরের সন্ধান পাওয়া গেছে। আর দুঃখের কিছু নেই।

মাধব আস্তে আস্তে গিয়ে প্রকাণ্ড লোহার সিন্দুকটার গায়ে হাত বোলালেন। প্রদীপের আলোয় দেখলেন, সিন্দুকের গায়ে খোদাই করে লেখা: এই সম্পদ ভোগের জন্য নহে। ইহার দ্বারা প্রজাপালন, কূপ, পুষ্করিণী ইত্যাদি খনন, সড়ক প্রভৃতি নির্মাণ করিবে। বিদ্যা ও ধর্ম দান করিবে। সতত অপরের মঙ্গল চিন্তা না করিলে এই সম্পদে অধিকার জন্মায় না, ইহা জানিয়ো। সর্বদাই চিন্তা করিবে: আমি অক্রোধী, আমি অমানী, আমি নিরলস, আমি ইষ্টপ্রাণ, সেবাপটু...

ছয়

নবতারণ পথেই খবর পাচ্ছেন, বিজয়পুরের জমিদারমশাই মাধবের সন্ধানের জন্য পুরস্কারের টাকা বাড়িয়ে পঞ্চাশ হাজারে উঠেছেন।

সুতরাং নবতারণ দিগ্বিদিকজ্ঞানশূন্য হয়ে জঙ্গল তোলপাড় করে ফেলতে লাগলেন। কিন্তু হেতমগড়ের পাজি জঙ্গলও কিছু কম যায় না। অত সেপাই লোকলশকর সবই যেন ক্রমে-ক্রমে জঙ্গলের মধ্যে পরস্পরের সঙ্গে বিচ্ছিন্ন হয়ে পড়তে লাগল।

নবতারণের সঙ্গে শেষ পর্যন্ত ছিল ভজহরি আর পুঁটিরাম। কিন্তু একসময়ে তারাও তাল রাখতে পারল না। নবতারণ সন্ধের মুখে-মুখে দেখলেন, তিনি ভয়াবহ জঙ্গলটায় একেবারে একা। ওদিকে অন্ধকার ঘনিয়ে এসেছে। পথের চিহ্নও নেই। ঘোড়ার মুখে ফেনা উঠেছে।

ক্লান্ত নবতারণ একটা জলার ধারে ঘোড়া থামালেন। কিছুক্ষণ জিরিয়ে নিয়ে

ঘোড়ার লাগাম ধরে খুব সাবধানে পাথরের চাঁইতে পা রেখে রেখে জলের ধারে গিয়ে দুজনে জল খেলেন। জল খেতে গিয়েই নবতারণ হঠাৎ দেখতে পেলেন কাদায় মানুষ আর বাঘের পায়ের ছাপ। তিনি বোকা লোক নন। বুঝলেন, আশপাশেই আসামিদের ঠিকানা মিলবে। বাঘকে তাঁর বিশেষ ভয় নেই। সঙ্গে গুলিভরা দুটো রিভলভার আছে। আর আছে টর্চ।

নবতারণ ঘোড়ার পিঠে চেপে আস্তে আস্তে চারদিকটা ঘুরে ঘুরে দেখতে লাগলেন। এবং হঠাৎই তাঁর নজরে পড়ল, একটা জামগাছে ভাঙা মৌচাকের দগদগে দাগ। তাজা মধুর ফোঁটা পড়ে মাটি ভিজে আছে। মধুর ফোঁটার একটা লাইনও গিয়ে জঙ্গলে ঢুকেছে। মধুর চিহ্ন ধরে এগিয়ে গেলেন অসম-সাহসী নবতারণ। দু-একবার ভুল পথে গেলেও অবশেষে দেখতে পেলেন, একটা পুরনো ইঁদারার মধ্যে একটা লতা নামানো রয়েছে।

নবতারণ নিঃশব্দে ঘোড়া থেকে নামলেন। লতাটার জোর পরীক্ষা করে নিশ্চিন্ত হয়ে নেমে পড়লেন ইঁদারার মধ্যে। টর্চের আলোয় সুড়ঙ্গের মুখটা পেতেও তাঁর দেরি হল না।

সুড়ঙ্গে ঢুকে টর্চ ফেলে ব্যাপারটা বুঝে নিতে তাঁর মোটেই সময় লাগল না। লখনউয়ের ভুলভুলাইয়ায় তিনি বহুবার ঢুকেছেন। এ সুড়ঙ্গ সে তুলনায় ছেলেমানুষ।

মাত্র মিনিট পনেরোর মধ্যেই তিনি গুপ্ত কুঠুরির দরজায় পৌঁছে ভিতরে টর্চের আলো ফেললেন এবং রিভলভার তুলে ধরে বললেন, "মাধববাবু! বনমালী! হ্যান্ডস আপ!"

দুই ফেরারি আসামি হাত তুলে বোকার মতো ফ্যালফ্যাল করে চেয়ে রইল দেখে নবতারণ একটু আত্মপ্রসাদের হাসি হেসে বললেন, "কোনও চালাকি করার চেষ্টা করবেন না। আমার ফোর্স জায়গাটা ঘিরে ওপরে অপেক্ষা করছে। খুব সাবধানে হাত তুলে বেরিয়ে আসুন।"

ঠিক এই সময়ে মাধবের নাক দিয়ে নন্দকিশোর উঁকি মারে, "ছ্যাঃ ছ্যাঃ! এ যে একেবারে কেচ্ছা করলে হে মাধবচন্দ্র। তীরে এসে ভরাডুবি! তা ওই ভিতুর ডিম দারোগাটাকে ভয় খাওয়ারই বা কী আছে? তুমি তো বাপু গায়েগতরে কিছু কম নও লাফিয়ে পড়ে জাপটে ধরে পেড়ে ফেলো না!"

মাধব ভয়ে ভয়ে বললেন, "কিন্তু আমার যে দারোগা-পুলিশকে ভীষণ ভয়!"

বিজ্ঞের মতো নন্দকিশোর বলে, "ভয়টা কোনও কাজের কথাই নয়। তোমার সাহসের থলি আমি ফুলিয়ে দিয়ে এসেছি। এখন যে ভয়টা পাচ্ছ সেটা আসল ভয় নয়, এ হল গিয়ে ভয়ের স্মৃতি।"

মাধব বললেন, "আজ্ঞে ঠিক ভয় নয় বটে। কিন্তু যেন সাহসও পাচ্ছি না। হাতে পিস্তল রয়েছে তো! তা আপনার গায়ে তো গুলি লাগে না শুনেছি, আপনিই কাজটা করে দিন না!"

একথায় রেগে গিয়ে নন্দকিশোর বলে, "সবই যদি আমি করে দেব তা হলে ভগবান তোমাকে হাত-পা মগজ দিয়েছে কেন শুনি! আচ্ছা অপদার্থ তো! কতবার তো বলেছি, ভূতের ক্ষমতা সম্পর্কে যা শোনো তা সব গাঁজাখুরি গল্প।"

এইসব যখন হচ্ছে তখন বনমালী আর নবতারণ হাঁ করে মাধবকে দেখছে। নবতারণ বললেন, "মাধববাবু, আপনার নাক থেকে সাদামতো ওটা কী ঝুলে আছে? নাকের পোঁ নাকি?"

লজ্জিত হয়ে মাধব বললেন, "আজ্ঞে না। ইনি হলেন নন্দকিশোর মুনসি। অতি ভদ্র একজন ভূত। পাতুগড়ের আমবাগান থেকে আমার পিছু নিয়েছেন।"

"বলেন কী!" বলে চোখ কপালে তোলেন নবতারণ। নন্দকিশোরের পাল্লায় তিনিও পড়েছিলেন। ফলে নবতারণের গায়ে কাঁটা দিল এবং হাত-পা অবশ হয়ে পড়ল। রিভলভারটা ঠকঠক করে কাঁপছিল হাতে।

মাধব তাই এগিয়ে গিয়ে খুব স্নেহের সঙ্গে নবতারণের হাত থেকে এবং খাপ থেকে দুটো রিভলভারই নিয়ে নিলেন। পিস্তল মাধবের হাতে যেতেই নিয়মমতো নবতারণ দু হাত ওপরে তুলে দিলেন। মাধব তাঁর হাত ধরে টেনে মেঝের ওপর বসিয়ে দিয়ে বললেন, "একটু বিশ্রাম করুন, সব ঠিক হয়ে যাবে। আমি বরং ওপরে আপনার ফোর্সকে খবর পাঠাচ্ছি।"

করুণ মুখ করে নবতারণ একটা শ্বাস ফেলে বললেন, "ফোর্স নেই। মিথ্যে কথা বলেছিলুম।"

"তা হলে!" মাধব জিজ্ঞেস করলেন।

নবতারণ বললেন, "আমি সারেন্ডার করছি। কিন্তু আপনি একটু তাড়াতাড়ি করুন। আপনার স্ত্রী আত্মহত্যার জন্য প্রস্তুত হয়ে আছেন।"

পরদিন সন্ধেবেলা বিজয়পুরের জমিদারবাড়িতে কান্নার রোল উঠেছে। বাড়ি ভর্তি আত্মীয়-স্বজন। মেয়ে-জামাই ছেলেপুলে যে যেখানে ছিল সবাই ঝেঁটিয়ে এসেছে। রায়বাহাদুরের ছোট মেয়ে আর একটু বাদেই বিষ খাবে। মেয়ের ঘরের বন্ধ দরজার সামনে পড়ে আছেন মা, পিসি, মাসি, দাসীরা। রায়বাহাদুর নিজে বাইরের বারান্দায় খড়ম পায়ে পায়চারি করছেন। একটু আগেই মাধবের জন্য তিনি এক লাখ টাকা পুরস্কার ঘোষণা করেছেন। উকিল, মোক্তার, ডাক্তারে বাড়ি গিজ-গিজ করছে, কিন্তু কারও মুখে কথা নেই। বাইরের মস্ত আঙিনায় প্রজা এবং কর্মচারীরা জড়ো হয়ে

দাঁড়িয়ে আছে। সকলেরই কাঁচুমাচু মুখ। খবর এসেছে, হেতমগড়ের জঙ্গলে নবতারণের পুলিশ বাহিনীর সবাই গায়েব হয়ে গেছে। কারও কোনও খোঁজ নেই।

পরশুদিন থেকে পায়চারি করতে করতে রায়বাহাদুর এ পর্যন্ত বোধহয় পঞ্চাশ-ষাট ক্রোশ হেঁটে ফেলেছেন। এখন হাপসে পড়ে বারান্দায় আরাম-কেদারায় বসে হাঁক দিয়ে তামাক চাইলেন। বুক থেকে একটা দীর্ঘশ্বাস বেরিয়ে গেল। অপদার্থ জামাইটার জন্য এক লাখ টাকা পুরস্কার খুবই বেশি হয়ে যাচ্ছে। কিন্তু তাও সেই ব্যাটার টিকির নাগাল পাওয়া গেল না। জামাইটাকে হাতের কাছে পেলে এখন খড়মপেটা করবেন বলে ঠিক করে রেখেছেন। সেই সঙ্গে উজবুক নিষ্কর্মা নবতারণ দারোগাকেও দেশছাড়া করবেন। রাগে দুঃখে দাঁত কড়মড় করছিল তাঁর। তামাকের নলের মুখটা চিবিয়ে প্রায় ছিবড়ে করে ফেললেন। এখনও তাঁর নামে বাঘে-গোরুতে এক ঘাটে জল খায়, এখনও তিনি হাঁক মারলে মাটি কেঁপে ওঠে, সেই তাঁকেই কিনা ঘোল খাওয়াচ্ছে অপোগণ্ড ভ্যাগাবণ্ড জামাই মাধব!

রাগের চোটে আবার হঠাৎ দাঁড়িয়ে পায়চারি শুরু করতে যাচ্ছিলেন। এমন সময়ে হঠাৎ খুব কাছেই বাজ পড়ার মতো একটা শব্দ হল, ঘ্রাম! আর সঙ্গে সঙ্গে সামনের মাঠে 'বাবা রে! মা রে!' বলে খুব একটা শোরগোল তুলে লোকজন ছোটাছুটি করতে লাগল। মুহূর্তের মধ্যে ফাঁকা হয়ে গেল আঙিনা।

রায়বাহাদুর একটু চমকে উঠেছিলেন ঠিকই, কিন্তু ভয় খাওয়ার বান্দা তিনি নন। বারান্দার দুধারে দুজন বন্দুকধারী দারোয়ান দাঁড়িয়েছিল। তাদের একজন শব্দ শুনে মূর্ছা গেছে। তার বন্দুকটা তুলে নিয়ে রায়বাহাদুর সিঁড়ির মাথায় বুক চিতিয়ে দাঁড়ালেন।

এইসময়ে ফটক পার হয়ে আঙিনায় একটা জংলি চেহারার লোক এসে ঢুকল। তার দুহাতে দু-দুটো বন্দুক, কাঁধে একটা মস্ত বাঁদর, পাশে একটা বিশাল চিতাবাঘ। লোকটার হাবভাব বেশ বেপরোয়া। গটগট করে এসে সিঁড়ি বেয়ে ওপরে উঠে মুখোমুখি দাঁড়িয়ে বলল, "আমার স্ত্রীকে এক্ষুনি ফেরত চাই। সে যদি আত্মঘাতী হয়ে থাকে তবে এ বাড়ির কাউকে জ্যান্ত রাখব না।"

রায়বাহাদুরের হাত-পা কাঁপছিল। বাঘটা তাঁর গা শুঁকছে। বাঁদরটা মুখ ভ্যাংচাচ্ছে। বন্দুকটা হাত থেকে খসে পড়ে গেল যখন দেখলেন, জামাইয়ের কানের লতি ধরে ঝুল খাচ্ছে বিঘতখানেক লম্বা সাদামতো একটা ভূত। রায়বাহাদুর হাতজোড় করে বললেন, "না, এখনও আত্মঘাতী হয়নি। এসো বাবাজীবন।"

বলাবাহুল্য, সেই রাতে শ্বশুরবাড়িতে আর মাধবকে কেউ সুপুরি-ভরা নাড়ু দেওয়ার সাহস পেল না। তবে দিলে খুব একটা অসুবিধেও হত না। কারণ নন্দকিশোরের

হাতের গুণে মাধবের দিব্যি কচি-কচি দাঁত গজিয়ে গেছে। খুবই শক্ত দাঁত, আর ভারী সুরসুর করে সবসময়ে। শক্ত কিছু চিবোতে ইচ্ছে করে।

পরদিন থেকেই হেতমগড়ের জঙ্গল হাসিল করে পুরনো বাড়ির জায়গায় নতুন বাড়ি তৈরির কাজ শুরু করলেন মাধব। অগাধ মোহর আর হিরে জহরত পেয়ে এখন তিনি এ তল্লাটের সবচেয়ে বড়লোক। তাই বাড়ি তৈরি করেই ক্ষান্ত রইলেন না, মাধব। পুরনো হেতমগড় আবার গড়ে তুললেন। সড়ক বানালেন, পুকুর আর দিঘি কাটালেন, ইস্কুল-পাঠশালা খুলে দিলেন। হেতমগড় আবার জমজমাট হয়ে উঠল। হেতমগড়ের দারোগা হয়ে এলেন সেই দোর্দণ্ডপ্রতাপ নবতারণই। বনমালীর স্যাঙাতরা চাষবাস করে খায়, বনমালী নিজে মাধবের বাগান তদারক করে। সেই চিতাবাঘ, ঘটোৎকচ আর নন্দকিশোরও মাধবের বাড়িতেই আছে। তাদের আর কেউ ভয় খায় না।

নৃসিংহ রহস্য

সকালবেলায় দুধ দিতে এসে রামরিখ বলল, "এ রাজ্যিতে আর থাকা যাবে না। কাল রাতে গয়েশবাবু খুন হয়েছে। লাশটা নদীতে ভাসছে। মুন্ডুটা ঝুলছে সতুবাবুদের পোড়োবাড়ির পিছনে একটা শিমুলগাছে। সেই গাছটা থেকেই রোজ গহিন রাতে দুটো সাদা ভূত নেমে এসে আমার ছেলে রামকিশোরকে ভয় দেখায়। সেই দুটো ভূতই রোজ আমার দুটো গোরু আর একটা মোষের দুধ আধাআধি দুয়ে নিয়ে খেয়ে ফেলে। রোজ আজকাল তাই দুধ কম হচ্ছে। গাহেক ঠিক রাখতে তাই কিছু-কিছু জল মিশাতে হয় দুধে। দোষ ধরবেন না। তা ছিল দুটো ভূত। গয়েশবাবুকে নিয়ে হবে তিনটে। কাল থেকে দুধ আরও কমে যাবে। আরও জল মিশাতে হবে। তার চেয়ে আমি ভাবছি, গোরু-মোষ বেচে দিয়ে দেশে চলে যাব।"

রামরিখের কথাটা খুব মিথ্যেও নয়। আবার পুরোপুরি সত্যিও নয়। সান্টুর মা কুমুদিনী দেবী দুধ জ্বাল দিতে গিয়ে দেখলেন, দুধে আজ জলটা কিছু বেশিই, গয়েশবাবুর ভূত এখনও দুধ খেতে শুরু করেনি বোধহয়। কিন্তু রামরিখ আগাম সাবধান হচ্ছে।

দুধ জ্বালে বসিয়ে কুমুদিনী দেবী বাড়ির সবাইকে ঠেলে তুললেন। "ওরে ওঠ তোরা, তুমিও ওঠো গো। কী সব্বোনেশে কাণ্ড শোনো। গয়েশবাবু নাকি খুন হয়েছেন।"

বাড়িতে হুলুস্থুল পড়ে গেল। সান্টুর বাবা সুমন্তবাবু খুন শুনে বিছানা থেকে নামার সময় মশারিটা তুলতে ভুলে গেছেন। মশারিসুদ্ধ যখন নামলেন তখন তাঁর জালে-পড়া বোয়ালমাছের মতো অবস্থা। মশারি জড়িয়ে কুমড়ো-গড়াগড়ি খাচ্ছেন মেঝেয়।

সান্টুর দিদি কমলা "ওরে মা রে" বলে ভাল করে লেপে মুখ ঢেকে চোখ বুজে রইল।

ঠাকুমা ঠাকুরঘরে জপের মালা ঘোরাচ্ছিলেন। তিনিই শুধু শান্তভাবে বললেন, "গণেশ চুন খেয়েছে, এটা আর এমন কী একটা খবর! সাতসকালে চেঁচামেচি করে বউমা আমার জপটাই নষ্ট করলে।"

সান্টু বাবা আর মায়ের মাঝখানে শোয়। ঘুম ভেঙে সে দেখল, বাবা পুরো মশারিটা

টেনে নিয়ে মেঝেয় পড়ে কাতরাচ্ছে। দৃশ্যটা তার খুব খারাপ লাগল না। খবরটাও নয়। আজ সকালে বাবা তার জ্যামিতির পরীক্ষা নেবেন বলে কথা আছে। গোলমালে যদি সেটা হরিবোল হয়ে যায়।

বাইরের দিকের ঘরে সান্টুর জ্যাঠতুতো দাদা মঙ্গল ঘুমোয়। সে কলেজে পড়ে, ব্যায়াম করে, আর দেশের কাজ করতে সন্ন্যাসী হয়ে চলে যাবে বলে বাড়ির সবাইকে মাঝে মাঝে শাসায়। সে সেখান থেকেই চেঁচিয়ে বলল, "বড়কাকা, যদি ভাল চাও তো এ শহর ছেড়ে কলকাতায় চলো। এখানে একে একে সবাই খুন হবে। তুমি আমি সবাই। গয়েশবাবু তিন নম্বর ভিকটিম।"

মশারির জাল থেকে বেরিয়ে সুমন্তবাবু গোটাকয় বুকডন আর বৈঠক দিয়ে নিলেন। এক কালে ব্যায়াম করতেন। বহুকাল ছেড়ে দিয়েছেন। খুন শুনে হঠাৎ ঠিক করলেন, শরীরটাকে মজবুত রাখা চাই। সান্টুকেও তুলে দিলেন, "ওঠ, ওঠ। ব্যায়ামে শরীর শক্তিশালী হয়, শয়তান-বদমাশদের টিট রাখা যায়। ওঠ, ব্যায়াম কর।"

জ্যামিতির বদলে ব্যায়াম সান্টুর তেমন খারাপ বলে মনে হল না। সে উঠে পড়ল।

বাড়িতে খবরটা দিয়ে কুমুদিনী বেরোলেন পাড়ায় খবরটা প্রচার করতে। দারুণ খবর। সকলেই অবাক হয়ে যাবে।

পাশের বাড়ির আগড় ঠেলে ঢুকতেই দেখেন মুখুজ্যে-বাড়ির বুড়ি ঠাকুমা রোদে বসে নাতির কাঁথা সেলাই করতে করতে বকবক করছেন আপনমনে।

কুমুদিনী ডাকলেন, "ও ঠাকুমা, খবর শুনেছেন?"

ঠাকুমা মুখ তুলে একগাল হেসে বলেন, "গয়েশের খবর তো! সে খবর বাছা সেই কাকভোরেই ঘুঁটেকুড়ুনি মেয়েটা এসে বলে গেছে। কী কাণ্ড! গয়েশের মুন্ডুটা নাকি—"

'হ্যাঁ, সতুবাবুদের পোড়োবাড়ির শিমুলগাছে।"

"আর ধড়টা—।"

"নদীতে ভাসছে।"

মুখুজ্যে-ঠাকুমা বিরক্ত হয়ে বলেন, "আঃ, আজকালকার মেয়ে তোমরা বড্ড কথার পিছে কথা বলো। বুড়ো মানুষের একটা সম্মান নেই? কথাটা শেষ করতে দেবে তো।"

কুমুদিনী দেবীর মনটা খারাপ হয়ে গেল। খবরটা তা হলে সবাই পেয়ে গেছে!

বাড়িতে ফিরে এসে কুমুদিনী দেখেন, দুধ পুড়ে ঝামা। সুমন্তবাবু আর সান্টু বুকডন আর বৈঠকির পর এখন মশারির দড়ি খুলে নিয়ে স্কিপিং করছে, দাঁড়িয়ে দাঁড়িয়ে তত্ত্বাবধান করছে মঙ্গল। কমলা লেপ মুড়ি দিয়ে বসে হাপুস নয়নে কাঁদছে। রেগে

দিয়ে ভারী চেঁচামেচি করতে লাগলেন কুমুদিনী দেবী। "একটা মিনিট চোখের আড়ালে গেছি কি দুধ পুড়ে ঝামা হয়ে গেল! বলি এতগুলো লোক বাড়িতে, কারও কি চোখ নেই, নাকি নাকে পোড়া গন্ধটাও যায় না কারও!"

এই সময়ে ঝি পদ্ম কাজ করতে আসায় কুমুদিনী থেমে গেলেন। পদ্ম চোখ কপালে তুলে বলল, "ও বউদি, শুনেছ?"

কুমুদিনী একগাল হেসে বললেন, "শুনিনি আবার! গয়েশবাবুর মুন্ডুটা—"

"হ্যাঁ গো, সতুবাবুদের শিমুল গাছে ঝুলছে।"

"আর ধড়টা—"

"হ্যাঁ গো, নদীতে ভাসছে।"

কুমুদিনী বিরক্ত হয়ে বলেন, "তোমাদের জ্বালায় বাপু কথাটা শেষ করার উপায় নেই। 'ক' বলতেই কেষ্ট বোঝো। নাও তো, মেলা বেলা হয়েছে, কাজে হাত দাও।"

সুমন্তবাবু সান্টু আর মঙ্গলকে নিয়ে সরেজমিনে ঘটনাটা দেখতে বেরোলেন। রাস্তায় বেরিয়েই বললেন, "হাঁটবে না। দৌড়োও। দৌড়োলে একসারসাইজ হয়, তাড়াতাড়ি পৌঁছনোও যায়। কুইক! রান!"

তিনজন দৌড়োতে থাকে। মাঝে মাঝে থেমে সুমন্তবাবু দুহাত চোঙার মতো মুখের কাছে ধরে টারজানের কায়দায় হাঁক মারেন, "গয়েশবাবু খু-উ-ন!" খবরটা প্রচারও তো করা চাই।

সকালবেলাতেই কবি সদানন্দ মহলানবিশ এসে হাজির। বগলে কবিতার খাতা। ডান হাতে মজবুত একটা ছাতা। বাঁ হাতে বাজারের ব্যাগ।

কবি সদানন্দকে দেখলে সকলেই একটু তটস্থ হয়ে পড়ে। মুশকিল হল, সদানন্দর কবিতা কেউ ছাপতে চায় না। কিন্তু না ছাপলেও কবিতা যাকে একবার ধরেছে তার পক্ষে কি আর কবিতা ছেড়ে দেওয়া সম্ভব? সদানন্দও তাই কবিতা লেখা ছাড়েনি। একটু বুঝদার লোক বলে যাকে মনে হয় তাকেই ধরে কবিতা শুনিয়ে দেয়। ফুচুর জ্যাঠামশাই বলেন, "সদাটার আর সব ভাল, কেবল কবিতা শোনানোর বাতিকটা ছাড়া।"

সকালে কাছারি-ঘরে বসে ফুচুর জ্যাঠামশাই পাটের গুছি পাকিয়ে গোরুর দড়ি তৈরি করছিলেন। সদানন্দকে দেখে একটু আঁতকে উঠে বললেন, "ওই যাঃ, একদম ভুলেই গেছি, আজ সকালে আমার একবার সদাশিব কবরেজের বাড়ি যেতে হবে। গোপালখুড়োর এখন-তখন অবস্থা। নাঃ, এক্ষুনি যেতে হচ্ছে।"

সদানন্দ কবি হলেও কবির মতো দেখতে নয়। রীতিমত ঘাড়ে-গর্দানে চেহারা। শোনা যায় কুস্তি আর পালোয়ানিতে একসময়ে খুব নাম ছিল। তার মাথার চুল ছোট করে ছাঁটা। গায়ে মোটা কাপড়ের একটা হাফ-হাতা শার্ট, পরনে ধুতি। চোখের দৃষ্টি খুব আনমনা। আজ তাকে আরও আনমনা দেখাচ্ছে। মুখটা একটু বেশি শুকনো। চোখে একটা আতঙ্কের ভাব। ফুচুর জ্যাঠামশাইয়ের দিকে চেয়ে সদানন্দ ভাঙা-ভাঙা গলায় বলে, "ব্যস্ত হবেন না। গোপালখুড়ো আজ একটু ভাল আছে। সদাশিব কবিরাজ গেছে ভিনগাঁয়ে রুগি দেখতে। আর— আর আমি আজ আপনাকে কবিতা শোনাতে আসিনি।"

ফুচুর জ্যাঠামশাই গঙ্গাগোবিন্দ একটা আরামের শ্বাস ফেলে বলেন, "তাই নাকি? তা-তাহলে বরং—"

"হ্যাঁ, একটু বসি। আপনি নিশ্চিন্তে দড়ি পাকাতে থাকুন। আমি এসেছি, একটা সমস্যায় পড়ে।"

"কী সমস্যা বলো তো!"

"আপনি তো সায়েন্সের ছাত্র শুনেছি।"

"ঠিকই শুনেছ। বঙ্গবাসীতে বি এসসি পড়তাম। স্বদেশি করতে গিয়ে আর পরীক্ষাটা দিইনি। তবে আই এসসি-তে রেজাল্ট ভাল ছিল। ফার্স্ট ডিভিশন, উইথ দুটো লেটার।"

"বাঃ। তাহলে আপনাকে দিয়ে হবে। আচ্ছা, আলোকবর্ষ কথাটার মানে কী বলুন তো।"

"ও, ওটা হল গিয়ে ইয়ে" বলে ফুচুর জ্যাঠামশাই একটু ভাবেন। তারপর বলেন, "আমাদের আমলে সায়েন্সে রবিঠাকুর পাঠ্য ছিল না।"

কবি সদানন্দ বিরক্ত হয়ে বলে, "এর মধ্যে রবীন্দ্রনাথ আসছে কোত্থেকে? আলোকবর্ষ কথাটার মানে জানতে চাইছি।"

"ডিকশনারিটা দেখলে হয়। তবে মনে হচ্ছে যে-বছরটায় বেশ আলো-টালো হয় আর কী, আমি মিন গুড ইয়ার।"

সদানন্দ বিরস মুখে বলে, "এ শহরে কলকাতা থেকে একটি অতি ফাজিল ছেলের আমদানি হয়েছে। আমাদের পরেশের ভাগ্নে। কাল নতুন একটা কবিতা লিখলাম। পরেশকে শোনাতে গেছি সন্ধেবেলা। একটা লাইন ছিল, 'শত আলোকবর্ষ পরে তোমার সঙ্গে আমার দেখা হল বিধাতা...'। ছোকরা সঙ্গে সঙ্গে হাঃ হাঃ করে হেসে বলে উঠল, আলোকবর্ষ কোনও বছর-টছর নয় মশাই, ওটা হল গিয়ে দূরত্ব।"

জ্যাঠামশাই দড়ি পাকানো বন্ধ রেখে চোখ পাকিয়ে বললেন, "বলেছে?"

"বলেছে। অনেকক্ষণ ছোকরার সঙ্গে তর্ক হল। রাত্তিরে গেলুম হাইস্কুলের চণ্ডীবাবুর কাছে। সায়েন্সের টিচার। খবর-টবর রাখেন। তা তিনিও মিন-মিন করে যা বললেন, তার অর্থ, ছোকরা নাকি খুব ভুল বলেনি। আলোর গতি সেকেন্ডে এক লক্ষ ছিয়াশি হাজার মাইল..."

"আমাদের আমলে বিরাশি ছিল। এখন তাহলে বেড়েছে।" ফুচুর জ্যাঠামশাই গম্ভীর হয়ে বলেন।

"তা বাড়তেই পারে। চাল-ডালের দাম বাড়ছে, মানুষের নির্বুদ্ধিতা বাড়ছে, আলোর গতি বাড়লে অবাক হওয়ার কিছু নেই। কিন্তু সেই গতিতে ছুটে এক বছরে আলো যতটা দূরে যায় ততটা দূরত্বকেই নাকি বলে আলোকবর্ষ।"

"বাব্বাঃ! পাল্লাটা তাহলে কতটা দাঁড়াচ্ছে?"

"সাতানব্বই হাজার সাতশো একষট্টি কোটি ষাট লক্ষ মাইল।"

ফুচুর জ্যাঠামশাই একটু ভাবিত হয়ে বলেন, "উঁহু উঁহু! অত হবে না। আমাদের আমলে আরও কিছু কম ছিল যেন! ষাট নয়, বোধ হয় চুয়ান্ন লক্ষ মাইল।"

সদানন্দ খেঁকিয়ে উঠে বলে, "ছ লক্ষ মাইল না হয় ছেড়েই দিলাম মশাই, কিন্তু প্রশ্নটা তো তা নয়। কবিতাটার কী হবে?"

"ওটা তো ভালই হয়েছে। আলোর দৌড়ের সঙ্গে কবিতার কী সম্পর্ক?"

"কথাটা কি তাহলে ভুল? শত আলোকবর্ষ পরে কি দেখা হওয়াটা অসম্ভব? আলোকবর্ষ যদি টাইম ফ্যাকটারই না হয়, তা হলে তো খুবই মুশকিল।"

ফুচুর জ্যাঠামশাই একটু ভেবে বলে ওঠেন, "এক কাজ করো। ওটা বরং 'শত আলোকবর্ষ ঘুরে তোমার সঙ্গে আমার দেখা হল হে বিধাতা...' এরকম করে দাও। ল্যাটা চুকে যাবে, কেউ আর ভুল ধরতে পারবে না। সায়েন্সও মরল, কবিতাও ভাঙল না।"

হঠাৎ সদানন্দর মুখ উজ্জ্বল হল। বলল, "এই না হলে সায়েন্সের মাথা! বাঃ, দিব্যি মিলে গেছে। শত আলোকবর্ষ ঘুরে... বাঃ!"

ঠিক এই সময়ে নাপিতভায়া নেপাল ফুচুর জ্যাঠামশাইয়ের দাড়ি চাঁচতে এল। মুখ গম্ভীর। জল দিয়ে গালে সাবান মাখাতে মাখাতে খুব ভারী গলায় বলল, "ঘটনা শুনেছেন? ওঃ কী রক্ত! কী রক্ত! গয়েশবাবু! বুঝলেন! আমাদের তেলিপাড়ার গয়েশবাবু—"

ঠিক এই সময়ে পাশের রাস্তা দিয়ে তিনটে ছোট-বড় মূর্তি দৌড়ে এল। গোপাল ক্ষুর হাতে একটু আঁতকে উঠেছিল। মূর্তি তিনটে থেমে গেল। একজন মোটা গলায় চেঁচিয়ে উঠল, "গয়েশবাবু খু-উ-ন! গয়েশবাবু খু-উ-ন!" তারপর আবার দৌড়ে চলে গেল।

"গয়েশ খুন হয়েছে? অ্যাঁ!" ফুচুর জ্যাঠামশাই গঙ্গাগোবিন্দ হাঁ করে রইলেন। গয়েশ তাঁর দাবার পার্টনার ছিল যে!

নেপাল একটা দীর্ঘশ্বাস ফেলে বলল, "সে না হয় হল। কিন্তু সুমন্তবাবুর আক্কেলটা দেখলেন। একটা গুহ্য খবর আস্তে আস্তে ভাঙছি, উনি হেঁড়ে গলায় চেঁচিয়ে পাড়া মাথায় করে চলে গেলেন।"

কিন্তু মুশকিল হল, গয়েশবাবুর লাশটা নদী থেকে তোলার পর দেখা গেল, সেটা মোটেই গয়েশবাবু বা আর কারও লাশ নয়। সেটা একটা গোড়াকাটা কলাগাছ। আর সতুবাবুদের গা-ছমছমে পোড়োবাড়িটার পিছনের জঙ্গলে-ছাওয়া বাগানে শিমুলগাছের ডালে যেটা ছিল, সেটাও গয়েশবাবুর মুন্ডু নয়। ভাল গাছ বাইতে পারে বলে ফুচুকেই সবাই ঠেলে তুলেছিল গাছে। সে অনেক আগাছা, লতানে গাছ শিমুলের পাতার আড়াল ভেদ করে মগডালের কাছাকাছি পৌঁছতেই গোটাকয় মৌমাছি তেড়ে এসে হুল দিল। ফুচু বড়-বড় চোখে চেয়ে দেখল, ডাল থেকে গয়েশবাবুর মুন্ডু তার দিকে চেয়ে দাঁত খিঁচোচ্ছে না, বরং লম্বা দাড়িওয়ালা শান্ত একটা মুখের মতো ঝুলে আছে একটা মৌচাক।

তা হলে গয়েশবাবুর হল কী?

লোকে গয়েশবাবুকে জানে অতি শান্তশিষ্ট লেজবিশিষ্ট মানুষ বলে। তিনি শান্ত লোক ছিলেন এ বিষয়ে সন্দেহ নেই। তাঁর ব্যবহারও ছিল অতি শিষ্ট। কিন্তু তাঁর লেজ নিয়ে মতান্তর আছে। অনেকেই বলে, "গয়েশবাবুর লেজ আছে। আমার ঠাকুরদার নিজের চোখে দেখা। সন্ধেবেলা ঘরের দাওয়ায় নিরিবিলিতে বসে তিনি লেজ দিয়ে মশা তাড়ান।" আবার অনেকের ধারণা— লেজের কথাটা স্রেফ গাঁজা, ছেলেবেলায় খুব দুষ্টু ছিলেন বলে মাস্টারমশাইরা তাঁর লেজ কল্পনা করেছিলেন, সেই থেকে কথাটা চালু হয়ে গেছে।

কিন্তু এখন গয়েশবাবুও নেই, তাঁর লেজও দেখা যাচ্ছে না।

বানর থেকে মানুষের যে বিবর্তন, সেই ধারায় একটা শূন্যস্থান আছে। নৃতত্ত্ববিদরা সেই শূন্যস্থানের নাম দিয়েছেন মিসিং লিংক। কলেজের বায়োলজির অধ্যাপক মৃদঙ্গবাবুর খুব আশা ছিল, গয়েশবাবুকে দিয়ে সেই মিসিং লিংক সমস্যার সমাধান হবে। হয়তো বা লেজবিশিষ্ট মানুষের প্রথম সন্ধান দিয়ে তিনিই নোবেল প্রাইজ পেয়ে যাবেন।

মৃদঙ্গবাবু প্রথমে খুনের খবরটা পেয়ে হায় হায় করে বুক চাপড়াতে লাগলেন।

এমনকী এই শীতে গয়েশবাবুর লাশ তুলতে তিনিই প্রথম নদীর জলে ঝাঁপিয়ে পড়েন। ঝাঁপিয়ে পড়ার পর তাঁর খেয়াল হল, ওই যাঃ। তিনি যে সাঁতার জানেন না! যখন বিস্তর জল ও নাকানি-চোবানি খাওয়ার পর তাঁকে তোলা হল তখনও গয়েশবাবুর জন্য তিনি শোক করছিলেন। পরের জন্য মৃদঙ্গবাবুর এমন প্রাণ কাঁদে দেখে সকলেই তাঁর খুব প্রশংসা করছিল আজ। যাই হোক, ধড় বা মুন্ডু কোনওটাই গয়েশবাবুর নয় জেনে মৃদঙ্গবাবু বাড়ি ফিরে গিয়ে লেপমুড়ি দিয়ে শুয়েছেন।

সমস্যাটা মৃদঙ্গবাবুকে নিয়ে নয়, গয়েশবাবুকে নিয়ে। এই শান্তশিষ্ট এবং বিতর্কিত-লেজবিশিষ্ট মানুষটির নিকট-আত্মীয় বলতে কেউ নেই। পশ্চিম ভারতের কোথাও তিনি চাকরি করতেন। মেলা টাকা করেছেন। অবশেষে একটু বয়স হওয়ার পর দেশের জন্য প্রাণ কাঁদতে থাকায় চলে এসে পৈতৃক আমলের বাড়িটায় একাই থাকতে লাগলেন। খুব বাগানের শখ ছিল। জ্যোতিষবিদ্যে জানা ছিল। ভাল দাবা খেলতে পারতেন। ছোটখাটো ম্যাজিক দেখাতে পারতেন। তীক্ষ্ণ স্মৃতিশক্তি ছিল। তবে মাঝে মাঝে কোনও লোককে দেখে অদ্ভুত-অদ্ভুত কথা বলে ফেলতেন। কিন্তু অদ্ভুত শোনালেও কথাগুলির গূঢ় অর্থ আছে বলে অনেকের মনে বিশ্বাস আছে।

এলাকার বিখ্যাত ঢোলক-বীর হল গোবিন্দ। তার ভাই জয়কৃষ্ণ ভাল ঢাক বাজায়। ফলে গোবিন্দর নাম হয়ে গেছে ঢোলগোবিন্দ আর জয়কৃষ্ণকে আদর করে ডাকা হয় জয়ঢাক বলে। সেবার ঈশানী কালীবাড়িতে বিরাট করে কালীপুজো হচ্ছে। কালীর গায়ে খাঁটি সোনার একশো আট ভরি গয়না। সকালবেলা দেখা গেল একটা মটরদানা হার আর একজোড়া রতনচূড় নেই। হইচই পড়ে গেল চারধারে। দারোগা-পুলিশে ছয়লাপ। মণ্ডপের সকলকে ধরে সার্চ করা হল। পাওয়া গেল না। লোকজন কিছু সরে গেলে গয়েশবাবু ঢোলগোবিন্দের কাছে গিয়ে ভারী নিরীহ গলায় বললেন, "ঢোলের মধ্যেই গোল হে।" তারপর জয়ঢাকের কাছে গিয়ে এক গাল হেসে বললেন, "ঢাকেই যত ঢাকগুরগুর।" এ কথায় দুই ভাই খুব গম্ভীর আর মনমরা হয়ে গেল হঠাৎ। ঘণ্টা দুই বাদে ঈশানীকালীর সিংহাসনের পিছনে খোয়া-যাওয়া গয়না ফিরে এল। সকলেই বুঝল, গয়েশবাবুর কথা এমনিতে অর্থহীন মনে হলেও যার বোঝার সে ঠিকই বুঝেছে আর ভয় খেয়ে গয়নাও ফেরত দিয়েছে।

একদিন বাজারের রাস্তায় গয়েশবাবু কবি সদানন্দকে বলেছিলেন, "কাজটা ভাল করেননি।"

"কোন কাজটা?"

"কাজটা ঠিক হয়নি সদানন্দবাবু। এর বেশি আমি আর ভেঙে বলতে পারব না।"

গয়েশবাবুর এ কথায় সদানন্দ মহা মুশকিলে পড়ে আধবেলা ধরে আকাশ-পাতাল

ভাবলেন। তারপর হঠাৎ তাঁর মনে পড়ল, আগের রাতে যে কবিতাটা লিখেছেন, তাতে এক জায়গায় আশীবিষের সঙ্গে কিসমিস মিল দিয়েছেন। মিলটা দেওয়ার সময় মনটায় খটকা লেগেছিল ঠিকই, কিন্তু তখন ওটা গোঁজামিল বলে ধরতে পারেননি। গয়েশবাবুর ইঙ্গিতে ধরতে পারলেন এবং তৎক্ষণাৎ কিসমিস কেটে সে জায়গায় অহর্নিশ বসিয়ে কবিতার খাতা বগলে নিয়ে ছুটলেন গয়েশবাবুর বাসায়।

মৃদঙ্গবাবুকেও একবার জব্দ করেছিলেন গয়েশবাবু। হয়েছে কী, গয়েশবাবুর লেজের কথা কানাঘুষোয় শুনে মৃদঙ্গবাবু প্রায়ই রাস্তাঘাটে তাঁর পিছু নিতেন। অবশ্য খুবই সন্তর্পণে এবং গোপনে। যদি হঠাৎ কখনও লেজটার কোনও আভাস-ইঙ্গিত পাওয়া যায়। একদিন হরিহরবাবুর চণ্ডীমণ্ডপের আড্ডায় দুজনে একসঙ্গেই যাচ্ছিলেন। অভ্যাসবশে মৃদঙ্গবাবু মাঝে মাঝে গয়েশবাবুর লেজ খুঁজতে আড়চোখে চাইছেন। এমন সময় গয়েশবাবু হঠাৎ থমকে গিয়ে চাপা স্বরে বললেন, "মৃদঙ্গবাবু! আছে! আছে!"

"আছে?" বলে মৃদঙ্গবাবু স্থানকালপাত্র ভুলে "হুররে" বলে লাফিয়ে উঠলেন।

গয়েশবাবু তখন আরও চাপা স্বরে বললেন, "কাউকে বলবেন না কথাটা।"

মৃদঙ্গবাবু আহ্লাদের গলায় বললেন, "আরে না, না। তবে একবারটি যদি চোখের দেখা দেখিয়ে দেন তবে চক্ষুকর্ণের বিবাদ ভঞ্জন হয়।"

গয়েশবাবু আঁতকে উঠে বললেন, "দেখাব? না, না, তা হলে সবাই টের পেয়ে যাবে। দেখানোর দরকার নেই। শুধু জেনে রাখুন, লোকটা এখানেই আছে।"

"লোকটা? লোকটা না লেজটা? ঠিক করে বলুন তো আর একবার গয়েশদা। ছেলেবেলায় একবার গাছ থেকে পড়ে গিয়েছিলুম। সেই থেকে বাঁ কানে একটু কম শুনি।"

"লেজ!" গয়েশবাবু আকাশ থেকে পড়ে বলেন, "লেজ কোথায়? লেজের কথা বলিনি। সেই লোকটার কথা বলছি। সেই যে লোকটা।"

কিন্তু তখন মৃদঙ্গবাবুর কৌতূহল নিভে গেছে। কোনও লোক নিয়ে তাঁর কোনও আগ্রহ নেই। লোকেরা সব বেয়াদব, বেয়াড়া, বিচ্ছিরি। তবে হ্যাঁ, লেজওয়ালা কোনও লোক পেলে তাকে তিনি মাথায় করে রাখতে রাজি। মৃদঙ্গবাবু তাই নিস্তেজ গলায় বললেন, "কোন লোকটা?"

গয়েশবাবু মিটমিট করে একটু হাসছিলেন। বললেন, "সেকথা পরে। কিন্তু আগে বলুন তো, লেজের কথাটা আপনার মাথায় এল কেন? কীসের লেজ?"

মৃদঙ্গবাবু লজ্জা পেয়ে আমতা-আমতা করতে লাগলেন, খোলাখুলি কথাটা বলাও যায় না। গয়েশবাবু চটে যেতে পারেন। তাই তিনি ভণিতা করতে লাগলেন, "আসলে

কী জানেন গয়েশদা, কিছুদিন যাবৎ আমি লেজের উপকারিতা নিয়ে ভাবছি। ভেবে দেখলাম, লেজের মতো জিনিস হয় না। বেশিরভাগ জীবজন্তুরই লেজ আছে, শুধু মানুষের লেজ না থাকাটা ভারী অন্যায়। লেজ দিয়ে মশা মাছি তাড়ানো যায়, নিজের পিঠে সুড়সুড়ি দেওয়া যায়, লেজে খেলানো যায়, লেজ গুটিয়ে পালানো যায়। ভেবে দেখুন, আজ মেয়েদের কত এক্সট্রা গয়না পরার স্কোপ থাকত লেজ হলে।"

গয়েশবাবু মাথা নেড়ে বললেন, "খুব খাঁটি কথা। তা আমি যে-লোকটার কথা বলছি, কী বলব আপনাকে, বড়ই আশ্চর্যের বিষয় যে, সেই লোকটারও লেজ আছে। শুধু আছে নয়, সে রীতিমতো আমাকে লেজে খেলাচ্ছে বেশ কিছুদিন ধরে।"

মৃদঙ্গবাবু "অ্যাঁ?" বলে চোখ বিস্ফারিত করেন। "বলেন কী দাদা, তা হলে কি উলটো বিবর্তন ঘটতে শুরু করল নাকি? জনে জনে লেজ দেখা দিলে তো—"

এরপর গয়েশবাবু আর কথা বাড়াতে চাননি। মৃদঙ্গবাবুর বিস্তর চাপাচাপিতেও না।

কিন্তু মৃদঙ্গবাবু খুব ভাবিত হয়ে পড়লেন। শুধু এই ছোট গঞ্জ-শহরেই যদি দু'-দুটো লেজওয়ালা লোকের আবির্ভাব ঘটে থাকে, তবে পৃথিবীতে না জানি আরও কত লক্ষ লোকের লেজ দেখা দিয়েছে এতদিনে। বিবর্তনের চাকা উলটো দিকে ঘোরে না বড়-একটা। তবে ইংরেজিতে একটা কথা আছে, হিস্টরি রিপিটস ইটসেলফ। সুতরাং কিছুই বলা যায় না। তিনি খুব উত্তেজিত হয়ে উঠলেন।

লেজের কথা আর কিছু জানা যায় না।

তবে গয়েশবাবু একদিন সন্ধেবেলায় দাবাখেলার সময় ফুচুর জ্যাঠামশাই গঙ্গাগোবিন্দকে বলেছিলেন, "রুইতনটা দেখলেই বোঝা যায়।"

গঙ্গাগোবিন্দ গয়েশবাবুর একটা বিপজ্জনক আগুয়ান বোড়েকে গজ দিয়ে চেপে দিতে যাচ্ছিলেন। থেমে গিয়ে হাতটা সরিয়ে নিয়ে বললেন, "রুই? তা কত করে নিল?"

"রুই নয়। রুইতন।"

গঙ্গাগোবিন্দ শশব্যস্তে দাবার ছকের দিকে ঝুঁকে পড়ে বলেন, "রুইতন? বলো কী? এতক্ষণ তবে কি আমরা বসে বসে তাস খেলছি? দাবা নয়? এঃ, সেটা এতক্ষণ বলোনি কেন?"

গয়েশবাবু একটু হাসলেন। তারপর বলেন, "না, আমরা দাবাই খেলছি। কিন্তু রুইতনের কথাটা ভুলতে পারছি না।"

গঙ্গাগোবিন্দ দাবা খেলতে বসলে এতই মজে যান যে, দুনিয়ার কিছুই আর মনে থাকে না। খেলার পরেও স্বাভাবিক অবস্থা ফিরে আসতে অনেকক্ষণ সময় লাগে। আর যতক্ষণ তা ফিরে না আসে, ততক্ষণ তিনি লোকের কথাবার্তার অর্থ বুঝতে

পারেন না, জল আর দুধের তফাত ধরতে পারেন না, তারিখ মাস বা দিন পর্যন্ত মনে পড়ে না তাঁর। তাই তিনি হতভম্ব হয়ে বললেন, "ভুলতে পারছ না! কী মুশকিল!"

গয়েশবাবু মোলায়েম স্বরে বললেন, "রুইতন বটে, তবে তাসের রুইতন নয়। একটা লোকের বাঁ হাতের তেলোয় মস্ত একটা রুইতন আছে। দেখলেই চিনবেন। পাঞ্জাব থেকে পিছু নিয়েছিল। মোগলসরাইতে চোখে ধুলো দিতে পেরেছিলাম। কিন্তু গন্ধ শুঁকে শুঁকে ঠিক খুঁজে বের করেছে আমাকে।"

গঙ্গাগোবিন্দ চোখ বুজে বললেন, "আর একবার বলো। বুঝতে পারিনি।"

গয়েশবাবু আবার বললেন।

গঙ্গাগোবিন্দ চোখ খুলে একটা দীর্ঘশ্বাস ফেলে বললেন, "আজকাল চারদিকে ভাল ভাল লোকগুলোর কেন যে মাথা বিগড়ে যাচ্ছে।"

গয়েশবাবু আর একটাও কথা বললেন না। শুধু একটু গম্ভীর হয়ে গেলেন।

এখন গয়েশবাবু গায়েব হওয়ার পর সেইসব কথা সকলের মনে পড়তে লাগল।

পরদিন দারোগা বজ্রাঙ্গ বোস তদন্তে এলেন। খুবই দাপুটে লোক। লম্বা-চওড়া চেহারা। প্রকাণ্ড মিলিটারি গোঁফ। ভূত আর আরশোলা ছাড়া পৃথিবীর আর কাউকেই তিনি ভয় পান না। তিনি এ অঞ্চলে বদলি হয়ে আসার আগে এখানে চোর আর ডাকাতদের ভীষণ উৎপাত ছিল। কেলো, বিশে আর হরি ডাকাতের দাপটে তল্লাট কাঁপত। গুণধর, সিধু আর পটলা ছিল বিখ্যাত চোর। এখন সেই কেলো আর বিশে বজ্রাঙ্গ বোসের হাত-পা টিপে দেয় দু বেলা। হরি দারোগাবাবুর স্নানের সময় গায়ে তেল মালিশ করে। গুণধর কুয়ো থেকে জল তোলে, সিধু দারোগাবাবুর জুতো বুরুশ করে আর পটলা বাগানের মাটি কুপিয়ে দেয়।

বজ্রাঙ্গ বোস গয়েশবাবুর বাড়িটা ঘুরে ঘুরে দেখলেন। বিরাট বাড়ি। সামনে এবং পিছনে মস্ত বাগান। তবে সে বাগানের যত্ন নেই বলে আগাছায় ভরে আছে। নীচে আর ওপরে মিলিয়ে দোতলা বাড়িটাতে খান আষ্টেক ঘর। তার বেশিরভাগই বন্ধ। নীচের তলায় শুধু সামনের বৈঠকখানা আর তার পাশের শোবার ঘরটা ব্যবহার করতেন গয়েশবাবু। বৈঠকখানায় পুরনো আমলের সোফা, কৌচ, বইয়ের আলমারি, একটা নিচু তক্তপোশের ওপর ফরাশ পাতা, তার ওপর কয়েকটা তাকিয়া। শোবার ঘরে মস্ত একটা বাহারি খাট, দেওয়াল আলমারি, জানালার ধারে লেখাপড়ার জন্য টেবিল চেয়ার। জল রাখার জন্য একটা টুল রয়েছে বিছানার পাশে। খাটের নীচে গোটা দুই তোরঙ্গ। সবই হাঁটকে-মাটকে দেখলেন বজ্রাঙ্গ। তেমন সন্দেহজনক কিছু পেলেন না।

গয়েশবাবুর রান্না ও কাজের লোক ব্রজকিশোর হাউমাউ করে কেঁদে বজ্রাঙ্গর মোটা মোটা দুখানা পা জড়িয়ে ধরে বলে, "বড়বাবু, আমি কিছু জানি না।"

বজ্রাঙ্গ বজ্রাদপি কঠোর স্বরে বললেন, "কী হয়েছিল ঠিক ঠিক বল।"

ব্রজকিশোর কাঁধের গামছায় চোখ মুছে বলল, "আজ্ঞে, বাবু রাতের খাওয়ার পর একটু পায়চারি করতে বেরোতেন। হাতে টর্চ আর লাঠি থাকত। সেদিনও রাত দশটা নাগাদ বেরিয়েছিলেন। বাবু ফিরলে তবে আমি রোজ শুতে যাই। সেদিনও বাবুর জন্য বসেছিলাম। সামনের বারান্দায় বসে ঢুলছি আর মশা তাড়াচ্ছি। করতে করতে রাত হয়ে গেল। বড় ঘড়িতে এগারোটা বাজল। তারপর বারোটা। আমি ঢুলতে ঢুলতে কখন গামছাখানা পেতে শুয়ে পড়েছি আজ্ঞে। মাঝরাতে কে যেন কানে কানে ফিসফিস করে বলল, "এখনও ঘুমোচ্ছিস আহাম্মক? গয়েশবাবুকে যে কেটে দুখানা করে ধড়টা নদীর জলে ভাসিয়ে দিল আর মুন্ডুটা ঝুলিয়ে দিল গাছে।' সেকথা শুনে আমি আঁতকে জেগে উঠে দেখি সদর দরজা খোলা। বাবু তখনও ফেরেনি। তখন ভয় খেয়ে আশপাশের লোকজন ডেকে দু-চারজনকে জুটিয়ে বাবুকে খুঁজতে বেরোই। ভোররাতের আলোয় ভাল ঠাহর পাইনি বড়বাবু, তাই নদীর জলে যা ভাসছিল, সেটাকেই বাবুর ধড় আর গাছের ডালে যেটা ঝুলছিল সেটাকেই বাবুর মুন্ডু বলে ঠাহর হয়েছিল আমাদের। কিন্তু বাবুর যে সত্যি কী হয়েছে তা জানি না।"

বজ্রাঙ্গ ধমক দিয়ে বলেন, "টর্চ আর লাঠির কী হল?"

ব্রজকিশোর জিব কেটে নিজের কান ছুঁয়ে বলল, "একেবারে মনে ছিল না আজ্ঞে। হ্যাঁ, সে দুটো আমরা কুড়িয়ে পেয়েছি, টর্চটা নদীর ধারে পড়ে ছিল, লাঠিটা সেই অলক্ষুনে শিমুলগাছের তলায়।"

"আর লোকটা নিরুদ্দেশ?"

"আজ্ঞে।"

কথাবার্তা হচ্ছে সামনের বারান্দায়। বজ্রাঙ্গ চেয়ারের ওপর বসা, পায়ের কাছে ব্রজকিশোর। পুলিশ এসেছে শুনে বিস্তর লোক জড়ো হয়েছে সামনে। রামরিখ, সুমন্তবাবু, সান্টু, মঙ্গল, মৃদঙ্গবাবু, নেপাল, কে নয়? বজ্রাঙ্গ তাদের দিকে চেয়ে একটা বিকট হাঁক দিয়ে বললেন, "তা হলে গেল কোথায় লোকটা?"

বজ্রাঙ্গের হাঁক শুনে ভিড়টা তিন পা হটে গেল।

বজ্রাঙ্গ কটমট করে লোকগুলোর দিকে চেয়ে বললেন, "নিরুদ্দেশ হলেই হল? দেশে আইন নেই? সরকার নেই? যে যার খুশিমতো খবরবার্তা না দিয়ে বেমালুম গায়েব হয়ে গেলেই হল? এই আপনাদের বলে দিচ্ছি, এরপর থানায় ইনফরমেশন না দিয়ে কারও নিরুদ্দেশ হওয়া চলবে না। বুঝেছেন?"

বেশিরভাগ লোকই ঘাড় নেড়ে কথাটায় সম্মতি জানাল।

শুধু পরেশের ভাগনে কলকাতার সেই ফাজিল ছোকরা পল্টু বলে উঠল, "বজ্রাঙ্গবাবু, খুন হলেও কি আগে ইনফরমেশন দিয়ে নিতে হবে?"

বজ্রাঙ্গবাবুর কথার জবাবে কথা কয় এমন সাহসী লোক খুব কমই আছে। ছোকরার এলেম দেখে বজ্রাঙ্গবাবু খানিকক্ষণ হাঁ করে রইলেন। পরেশ তাড়াতাড়ি এগিয়ে এসে হাতজোড় করে বলে, "আমার ভাগনে এটি। সদ্য কলকাতা থেকে এসেছে, আপনাকে এখনও চেনে না কিনা।"

একথায় বজ্রাঙ্গবাবুর বিস্ময় একটু কমল। বললেন, "তাই বলো। কলকাতার ছেলে। তা ওহে ছোকরা, খুনের কথাটা উঠল কীসে? কথা নেই বার্তা নেই হঠাৎ খুন-খুন করে গলা শুকোচ্ছ কেন?"

পল্টু ভালমানুষের মতো বলল, "খুনের কথা ভাবলেই আমার গলা শুকিয়ে যায় যে! তার ওপর অপঘাতে মরলে লোকে মরার পর ভূত হয়ে ঘুরে বেড়ায়। সেদিন রাত্রে— থাক, বলব না।"

বজ্রাঙ্গবাবু কঠোরতর চোখে পল্টুর দিকে তাকিয়েছিলেন। কেউ যদি "সেদিন রাত্রে—" বলে একটা গল্প ফাঁদবার পরই "থাক, বলব না" বলে বেঁকে বসে তা হলে কার না রাগ হয়। বজ্রাঙ্গবাবুরও হল। গাঁক করে উঠে বললেন, "বলবে না মানে? ইয়ার্কি করার আর জায়গা পাওনি?"

পল্টু কাঁদো কাঁদো হয়ে বলে, "আপনারা বিশ্বাস করবেন না। বললে হয়তো হাসবেন। কিন্তু সেদিন রাত্রে—উরেব্বাস—!"

বজ্রাঙ্গবাবু ধৈর্য হারিয়ে একজন সেপাইকে বললেন, "ছেলেটাকে জাপটে ধরো তো! তারপর জোরসে কাতুকুতু দাও।"

এতে কাজ হল। পল্টু তাড়াতাড়ি বলতে লাগল, "সেদিন রাত্রে আমি গয়েশবাবুকে দেখেছি।"

"দেখেছ? তা হলে সেটা এতক্ষণ বলোনি কেন?"

"ভয়ে। আপনাকে দেখলেই ভয় লাগে কিনা।"

একথা শুনে বজ্রাঙ্গবাবু একটু খুশিই হন। তাঁকে দেখলে ভয় খায় না এমন লোককে তিনি পছন্দ করেন না। গোঁফের ফাঁকে চিড়িক করে একটু হেসেই তিনি গম্ভীর হয়ে বললেন, "রাত তখন ক'টা?"

"নিশুতি রাত। তবে ক'টা তা বলতে পারব না। আমার ঘড়ি নেই কিনা। মামা বলেছে বি-এ পাশ করলে একটা ঘড়ি কিনে দেবে। আচ্ছা দারোগাবাবু, একটা মোটামুটি ভাল হাতঘড়ির দাম কত?"

গম্ভীরতম হয়ে বজ্রাঙ্গবাবু বললেন, "ঘড়ির কথা পরে হবে। আগে গয়েশবাবুর কথাটা শুনি।"

"ও হ্যাঁ। তখন নিশুতি রাত। হঠাৎ একটা দুঃস্বপ্ন দেখে আমার ঘুমটা ভেঙে গেল। আমি স্বপ্ন দেখছিলাম, একটা লোক নিজের কাটা মুন্ডু হাতে নিয়ে রাস্তায় ঘুরে বেড়াচ্ছে। সেই দেখে ভয়ে—"

বজ্রাঙ্গবাবুর মুখটা একটু ফ্যাকাসে হয়ে গেল। ভূত তিনি মোটেই সইতে পারেন না। সামলে নিয়ে বললেন, "দ্যাখো ছোকরা, বেয়াদবি করবে তো তোমার মুন্ডুটাও—"

"আচ্ছা, তা হলে বলব না।" বলে পল্টু মুখে কুলুপ আঁটে।

বজ্রাঙ্গবাবু একটু মোলায়েম হয়ে বলেন, "বলবে না কেন? বলো। তবে ওইসব স্বপ্নের ব্যাপার-ট্যাপারগুলো বাদ দেওয়াই ভাল। ওগুলো তো ইররেলেভ্যান্ট।'

পল্টু মাথা নেড়ে বলে, "আপনার কাছে ইররেলেভ্যান্ট হলেও আমার কাছে নয়। স্বপ্নটা না দেখলে আমার ঘুম ভাঙত না। আর ঘুম না ভাঙলে গয়েশবাবুকেও আমি দেখতে পেতাম না।"

"আচ্ছা বলো।" বজ্রাঙ্গবাবু বিরস মুখে বলেন।

"আমি শুই মামাবাড়ির ছাদে একটা চিলেকোঠায়। দুঃস্বপ্ন দেখে ঘুম ভেঙে যাওয়ার পর আমার আর ঘুম আসছিল না। কী আর করি? উঠে সেই শীতের মধ্যেই ছাদে একটু পায়চারি করছিলাম। তখন হঠাৎ শুনি, নীচের রাস্তায় কাদের যেন ফিসফাস কথা শোনা যাচ্ছে। উঁকি মেরে দেখি, গয়েশবাবু একজন লোকের সঙ্গে খুব আস্তে আস্তে কথা বলতে বলতে চলে যাচ্ছেন।"

"লোকটাকে লক্ষ করেছ?"

"করেছি। রাস্তায় তেমন ভাল আলো ছিল না। তাই অস্পষ্ট দেখলাম। তবে মনে হল লোকটা বাঁ পায়ে একটু খুঁড়িয়ে হাঁটে।"

"কতটা লম্বা?"

"তা গয়েশবাবুর মতোই হাইট হবে।"

"চেহারাটা দেখোনি? মুখটা?"

"প্রথমটায় নয়। ওপর থেকে মনে হচ্ছিল, লোকটার হাইট স্বাস্থ্য সবকিছুই গয়েশবাবুর মতো।"

"তাদের কথাবার্তা কিছু কানে এসেছিল?"

"আজ্ঞে না। তবে মনে হচ্ছিল তাঁরা দুজন খুব গুরুতর কোনও বিষয় নিয়ে কথা বলছিলেন। গয়েশবাবুকে দেখে আমি ছাদ থেকে বেশ জোরে একটা হাঁক দিলাম, গয়েশকাকা-আ-আ..."

পল্টু এত জোরে চেঁচাল যে, বজ্রাঙ্গ পর্যন্ত কানে হাত দিয়ে বলে ওঠেন, "ওরে বাপ রে! কানে তালা ধরিয়ে দিলে!"

পল্টু ভালমানুষের মতো মুখ করে বলে, "যা ঘটেছিল তা হুবহু বর্ণনার চেষ্টা করছি।"

"অত হুবহু না হলেও চলবে বাপু। একটু কাটছাঁট করতে পারো। যাক, তুমি তো ডাকলে। তারপর গয়েশবাবু কী করলেন?"

"সেইটেই তো আশ্চর্যের। গয়েশবাবুর সঙ্গে আমার খুব খাতির। উনি আমাকে নিয়ে প্রায়ই বড় ঝিলে মাছ ধরতে যান, চন্দ্রগড়ের জঙ্গলে আমি ওঁর সঙ্গে পাখি শিকার করতেও গেছি। ইদানীং দাবার তালিম নিচ্ছিলাম। যাঁর সঙ্গে এত খাতির, সেই গয়েশবাবু আমার ডাকে সাড়াই দিলেন না।"

"কানে কম শুনতেন নাকি?"

"মোটেই না। বরং খুব ভাল শুনতেন। উনি তো বলতেন, গহিন রাতে আমি পিঁপড়েদের কথাবার্তাও শুনতে পাই।"

"বলো কী! পিঁপড়েরা কথাবার্তা বলে নাকি?"

"খুব বলে। দেখেননি দুটো পিঁপড়ে মুখোমুখি হলেই একটু থেমে একে অন্যের খবরবার্তা নেয়? পিঁপড়েরা স্বভাবে ভারী ভদ্রলোক।"

"আচ্ছা, পিঁপড়েদের কথা আর-একদিন শুনিয়ে দিয়ো। এবার গয়েশবাবু...?"

"হ্যাঁ। গয়েশবাবু তো আমার ডাকে ভ্রূক্ষেপ করলেন না। আমার কেমন মনে হল, আমি ভাল করে গয়েশবাবুর হাঁটাটা লক্ষ করলাম। আমার মনে হল, উনি খুব স্বাভাবিকভাবে হাঁটছেন না, কেমন যেন ভেসে ভেসে চলে যাচ্ছেন।"

"ভেসে ভেসে?"

"ভেসে ভেসে। যেন মাটিতে পা পড়ছে না। শুনেছি অনেক সময় লোকে ঘুমিয়ে ঘুমিয়ে হাঁটে। সে হাঁটা কেমন তা আমি দেখিনি। কিন্তু গয়েশবাবুকে দেখে মনে হল, উনি বোধহয় ঘুমিয়ে ঘুমিয়েই হাঁটছেন। তাই আমার ডাক শুনতে পাননি। আমি তাড়াতাড়ি নীচে নেমে সদর দরজা খুলে বেরিয়ে পড়লাম।"

"পড়লে?"

"উপায় কী বলুন? ঘুমিয়ে ঘুমিয়ে হাঁটা তো ভাল অভ্যাস নয়। হয়তো খানাখন্দে পড়ে যাবেন, কিংবা গাছে বা দেয়ালে ধাক্কা খাবেন।"

"সঙ্গে একটা খোঁড়া লোক ছিল বলছিলে যে!"

"ছিল। কিন্তু দুজনেরই হাঁটা অনেকটা একরকম। দুজনেই যেন ভেসে ভেসে যাচ্ছেন। দুজনেই যেন ঘুমন্ত।"

"গুল মারছ না তো?" বজ্রাঙ্গ হঠাৎ সন্দেহের গলায় বলেন।

"আজ্ঞে না। গুল মারা খুব খারাপ। কলকাতার ছেলেরা মফস্বলে গেলে গুল মারে বটে, কিন্তু আমি সে দলে নই।"

"আচ্ছা বলো। তুমি তো বাড়ি থেকে বেরোলে—"

"আজ্ঞে হ্যাঁ। বেরিয়েই আমি দৌড়ে গয়েশবাবুর কাছে পৌঁছে গিয়ে ডাক দিলাম, গয়েশকা—"

"থাক থাক, এবার আর ডাকটা শোনাতে হবে না।"

পল্টু অভিমানভরে বলে, "কাছে গিয়ে তো চেঁচিয়ে ডাকিনি। আস্তে ডেকেছি।"

"ও। আচ্ছা, বলো।"

"ডাকলাম। কিন্তু এবারও গয়েশবাবু ফিরে তাকালেন না। তখন আমার স্থির বিশ্বাস হল, গয়েশবাবু জেগে নেই। আমি তখন ওঁদের পেরিয়ে গিয়ে মুখোমুখি দাঁড়িয়ে পড়লাম। দাঁড়িয়ে যা দেখতে পেলুম তা আর বলার ভাষা আমার নেই। ওঃ... বাবা রে..."

বজ্রাঙ্গ নড়েচড়ে বসে পিস্তলের খাপে একবার হাত ঠেকিয়ে বললেন, "কাতুকুতু দিতে হবে নাকি?"

"না না, বলছি। ভাষাটা একটু ঠিক করে নিচ্ছি আর কি। দেখলাম কী জানেন? দেখলাম, খোঁড়া লোকটাও গয়েশবাবু, না-খোঁড়া লোকটাও গয়েশবাবু।"

"তার মানে?"

"অর্থাৎ দুজন গয়েশবাবু পাশাপাশি হাঁটছে।"

ফের গাঁক করলেন বজ্রাঙ্গ, "তা কী করে হয়?"

"আমারও সেই প্রশ্ন। তা কী করে হয়। আমি চোখ কচলে গায়ে চিমটি দিয়ে ভাল করে তাকিয়ে দেখতে পেলাম, চোখের ভুল নয়। দুজনেই গয়েশবাবু। এক চেহারা, এক পোশাক, শুধু দুজনের হাঁটাটা দুরকম।"

"ঠিক করে বলো। সত্যি দেখেছ, না হ্যালুসিনেশান?"

"আপনাকে ছুঁয়ে দিব্যি করতে পারি। একেবারে জলজ্যান্ত চোখের দেখা।"

"তুমি তখন কী করলে?"

"আমি তখন বহুবচনে বললাম, 'গয়েশকাকারা, কোথায় যাচ্ছেন এই নিশুতি রাত্তিরে?' কিন্তু তাঁরা তবু ভ্রূক্ষেপ করলেন না। আমাকে যেন দেখতে পাননি এমনভাবে এগিয়ে আসতে লাগলেন।"

"আর তুমি দাঁড়িয়ে রইলে?"

"পিছোনোর উপায় ছিল না। রাস্তা জুড়ে আমার পিছনে একটা মস্ত ষাঁড় শুয়ে ছিল যে! আমি বললাম, 'কাকারা, থামুন। আপনারা ঘুমের মধ্যে হাঁটছেন।' কিন্তু তাঁরা

আমাকে পাত্তাই দিলেন না। সোজা হেঁটে এসে আমাকে ভেদ করে চলে গেলেন।”

“ভেদ করে?”

“আজ্ঞে হ্যাঁ। ভেদ করা ছাড়া আর কী বলা যায়? আমার ওপর দিয়েই গেলেন কিন্তু এতটুকু ছোঁয়া লাগল না। গয়েশবাবু খোঁড়া গয়েশবাবুকে তখন বলছিলেন...”

অস্ফুট একটা ‘রাম-রাম’ ধ্বনি দিয়ে বজ্রাঙ্গ হুহুংকারে বলে উঠলেন, “দ্যাখো, তোমাকে সোজা বলে দিচ্ছি, সরকারি কাজে বাধার সৃষ্টি করা রাজদ্রোহিতার সামিল।”

পল্টু অবাক হয়ে বলে, “আমি আবার সরকারি কাজে কখন বাধা দিলাম?”

বজ্রাঙ্গ চোখ পাকিয়ে বললেন, “এই যে ভুতের গল্প বলে তুমি আমাকে ভয় দেখানোর চেষ্টা করছ এটা সরকারি কাজে বাধা দেওয়ার চেষ্টা ছাড়া আর কী হতে পারে? আমি ভয় পেয়ে গেলে তদন্ত হবে কী করে?”

সকলেরই একটু-আধটু হাসি পাচ্ছে, কিন্তু কেউ হাসতে সাহস পাচ্ছে না। পল্টু করুণ মুখ করে বলল, “ঘটনাটা ভৌতিক নাও হতে পারে। হয়তো ও দুটো গয়েশকাকুর ট্রাই ডাইমেনশনাল ইমেজ।”

বজ্রাঙ্গ হুংকার দিলেন, “মানে?”

পল্টু ভয়ে-ভয়ে বলে, “ত্রিমাত্রিক ছবি।”

“ছবি কখনও হেঁটে বেড়ায়? ইয়ার্কি করছ?”

“কেন, সিনেমার ছবিতে তো লোকে হাঁটে।”

বজ্রাঙ্গ দ্বিধায় পড়ে গেলেন বটে, কিন্তু হার মানলেন না। ঝড়াক করে একটা শ্বাস ফেলে বললেন, “যথেষ্ট হয়েছে। তোমার স্টেটমেন্ট আর নেওয়া হবে না।”

পল্টু মুখখানা কাঁদো-কাঁদো করে বলে, “আমি কিন্তু গুল মারছিলাম না। বলছিলাম কী, ঘটনাটা আরও ভাল করে ইনভেসটিগেট করা দরকার। এর পিছনে হয়তো একটা বৈজ্ঞানিক চক্রান্ত আছে।”

কিন্তু তাকে পাত্তা না-দিয়ে বজ্রাঙ্গ চতুর্দিকে বার কয়েক চোখ বুলিয়ে ভ্রূকুটি করে হুংকার ছাড়লেন, “আর কারও কিছু বলার আছে? কিন্তু খবরদার, কেউ গুলগপ্পো ঝাড়লে বিপদ হবে।”

কারও কিছু বলার ছিল না। সুতরাং আর একবার কটমট করে চারদিকে চেয়ে বজ্রাঙ্গ বিদায় নিলেন।

বজ্রাঙ্গ বোস বিদায় নেওয়ার সঙ্গে সঙ্গেই পল্টুও সুট করে কেটে পড়েছিল।

গয়েশবাবুর নিরুদ্দেশ হওয়ার তদন্ত যে এখন বেশ ঘোরালো হয়ে উঠবে, তা

ভেবে খুব হাসি পাচ্ছিল তার। কিন্তু শহরে একটা প্রায় শোকের ঘটনা ঘটে যাওয়ায় প্রকাশ্য স্থানে দম ফাটিয়ে হাসাটা উচিত হবে না। লোকে সন্দেহ করবে। তাই সে গয়েশবাবুর বাড়ির পিছন দিককার জলার মধ্যে হোগলার বনে গিয়ে ঢুকে পড়ল। জায়গাটা বিপজ্জনক। একে তো বরফের মতো ঠান্ডা জল, তার ওপর জলে সাপখোপ আছে, জোঁক তো অগুনতি, পচা জলে বীজাণুও থাকার কথা। কিন্তু হাসিতে পেটটা এমনই গুড়গুড় করছে পল্টুর যে, বিপদের কথা ভুলে সে হোগলার বনে ঢুকে হাঃ হাঃ হিঃ হিঃ করে হাসতে লাগল।

কিন্তু আচমকাই হাসিটা থেমে গেল তার। হঠাৎ সে লক্ষ করল, চারদিকে লম্বা লম্বা হোগলার নিবিড় জঙ্গল। এত ঘন যে, বাইরের কিছুই নজরে পড়ে না। সে কলকাতার ছেলে। এইরকম ঘন জঙ্গল সে কখনও দেখেনি। হাঁটু পর্যন্ত জলে সে দাঁড়িয়ে আছে বটে, কিন্তু পায়ের নীচে নরম কাদায় ধীরে ধীরে পা আরও ডেবে যাচ্ছে তার। চারদিকে এই দুপুরেও অবিরল ঝিঁ ঝিঁ ডাকছে। দু-একটা জলচর পাখি ঘুরছে মাথার ওপর। বাইরের কোনও শব্দও শোনা যাচ্ছে না।

পল্টু একটু ভয় খেল। যদিও দিনের বেলা ভয়ের কিছু নেই, তবু কেমন ভয় ভয় করছিল তার। জলকাদা ভেঙে সে ফিরে আসতে লাগল।

কিন্তু ফিরে আসতে গিয়েই হল মুশকিল। নিবিড় সেই হোগলাবনে কোথা দিয়ে সে ঢুকেছিল, তা গুলিয়ে ফেলেছে। যেদিক দিয়েই বেরোতে যায়, সেদিকেই শুধু জলা আর আরও হোগলা। আর জলাটাও বিদঘুটে। এতক্ষণ হাঁটুজল ছিল, এখন যেন জলটা হাঁটু ছাড়িয়ে আরও এক বিঘত উঠে এসেছে। পায়ের নীচে পাঁক আরও আঠালো।

কলকাতার ছেলে বলে পল্টুর একটু দেমাক ছিল। সে চালাক চতুর এবং সাহসীও বটে। কিন্তু এই হোগলাবনে পথ হারিয়ে সে দিশাহারা হয়ে গেল। পাঁকের মধ্যে পা ঘেঁষে পাঁকাল মাছ বা সাপ গোছের কিছু সড়াত করে সরে যাচ্ছে মাঝে মাঝে, আর চমকে উঠছে পল্টু। হোগলার বনে উত্তরের বাতাসে একটা হু হু শব্দ উঠছে। চুপ করে দাঁড়িয়ে সে লোকালয়ের শব্দ শুনবার চেষ্টা করল। কোনও শব্দ কানে এল না।

পল্টু চেঁচিয়ে ডাকল, "মামা! ও মামা!"

কারও সাড়া নেই।

পল্টু আরও জোরে চেঁচাল, "কে কোথায় আছ? আমি বিপদে পড়েছি।"

তবু কারও সাড়া নেই। এদিকে জলার জল পল্টুর কোমর-সমান হয়ে এল প্রায়। কাদা আরও গভীর। ভাল করে হাঁটতে পারছে না পল্টু। হোগলার বন আরও ঘন হয়ে আসছে। দিনের বেলাতেও নাড়া খেয়ে জলার মশারা হাজারে হাজারে এসে ছেঁকে

ধরেছে তাকে। পায়ে জোঁকও লেগেছে, তবে জোঁক লাগলে কেমন অনুভূতি হয় তা জানা নেই বলে রক্ষা। দুপায়ের অন্তত চার জায়গায় মৃদু চুলকুনি আর সুড়সুড়ির মতো লাগছে। কিন্তু সেই জায়গাগুলো আর পরীক্ষা করে দেখল না পল্টু।

পল্টু প্রাণপণে হোগলা সরিয়ে সরিয়ে এগোতে থাকে। জল ভেঙে হাঁটা ভারী শক্ত। পায়ের নীচে থকথকে কাদা থাকায় হাঁটাটা দুগুণ শক্ত হয়েছে। পল্টু এই শীতেও ঘামতে লাগল। কিন্তু থামলে চলবে না। এগোতে হবে। যেদিকেই হোক, ডাঙা জমিতে কোনওরকমে গিয়ে উঠতে পারলে বাড়ি ফিরে যেতে পারবে।

পল্টু যত এগোয় তত জল বাড়ে। ক্রমে তার বুক সমান হয়ে এল। সে সাঁতার জানে বটে, কিন্তু এই হোগলাবনে সাঁতার জানলেও লাভ নেই। হাত-পা ছুড়ে তো আর জলে ভেসে থাকা সম্ভব নয়।

সূর্য প্রায় মাথার ওপর থাকায় দিক নির্ণয়ও করতে পারছিল না সে। এই সময়ে উত্তরের হাওয়া বয়। হোগলাবনেও সেই হাওয়ার ঝাপট এসে লাগছে বটে, কিন্তু কোন দিক থেকে আসছে তা টের পাওয়া যাচ্ছে না।

জল যখন প্রায় গলা অবধি পৌঁছে গেছে, তখন থেমে একটু দম নিল পল্টু। এরকম পঙ্কিল ঘিনঘিনে পচা জলে বহুক্ষণ থাকার ফলে তার সারা গা চুলকোচ্ছে। তার সঙ্গে মশা আর জোঁকের কামড় তো আছেই। শামুকের খোল, ভাঙা কাচ, পাথরের টুকরোয় তার দুটো পায়েরই তলা ক্ষতবিক্ষত। ভীষণ তেষ্টায় গলা অবধি শুকিয়ে কাঠ। খিদেয় চোঁ চোঁ করছে পেট। মাথা ঝিম ঝিম করছে, শরীরটা ভেঙে আসছে পরিশ্রমে।

হঠাৎ সে হোগলাবনে একটা সড়সড় শব্দ শুনতে পেল। সেই সঙ্গে জল ভাঙার শব্দ। কেউ কি আসছে?

পল্টু কাতর গলায় চেঁচিয়ে উঠল, “আমি বড় বিপদে পড়েছি। কেউ কি শুনতে পাচ্ছেন?”

প্রায় সঙ্গে সঙ্গেই একটা গম্ভীর গলা জবাব দিল, “যেখানে আছ সেখানেই থাকো। আমি আসছি।”

পল্টু তবু বলল, “আমি এখানে।”

“তুমি কোথায় তা আমি জানি। কিন্তু নোড়ো না। তোমার সামনেই একটা দহ আছে। দহে পড়লে ডুবে যাবে।”

পল্টু একটা নিশ্চিন্তির শ্বাস ফেলল।

হোগলা পাতার ঘন বনে কিছুই দেখা যায় না। কিন্তু শব্দটা যে এগিয়ে আসছে তার দিকে, সে বিষয়ে সন্দেহ নেই। খুব কাছেই গাছগুলোর ডগা নড়তে দেখল সে।

উৎসাহের চোটে দু-তিন পা এগিয়ে গেল সে। চেঁচিয়ে বলল, "এই যে আমি।"

কিন্তু এবার আর সাড়া এল না।

আস্তে আস্তে গাছগুলো ঠেলে একটা সরু ডিঙির মুখ এগিয়ে আসে তার দিকে। খুব ধীরে ধীরে আসছে।

পল্টু অবাক হয়ে দেখল, ডিঙিটায় কোনও লোক নেই। নিতান্তই ছোট্ট ডিঙি লম্বায় তিন হাতও বোধহয় হবে না। আর ভীষণ সরু। ব্যাপারটা অদ্ভুত। লোকছাড়া একটা ডিঙি কী করে এই ঘন হোগলাবনে চলছে? ভুতুড়ে কাণ্ড নাকি?

গম্ভীর স্বরটা একটু দূর থেকে বলে উঠল, "ভয় নেই, উঠে পড়ো। সাবধানে ওঠো। ডিঙি ডুবে যেতে পারে। সরু ডগার দিকটা ধরে যেভাবে লোকে ঘোড়ার পিঠে ওঠে, তেমনি করে ওঠো।"

কাণ্ডটা ভুতুড়ে হোক বা না হোক, সেসব বিচার করার মতো অবস্থা এখন পল্টুর নয়। সে বার কয়েকের চেষ্টায় ডিঙির ওপর উঠে পড়তে পারল। একটু দুলে ডিঙিটা আবার সোজা এবং স্থির হল।

পল্টু প্রথমেই দেখতে পেল, তার পায়ে অন্তত দশ বারোটা জোঁক লেগে রক্ত খেয়ে ঢোল হয়ে আছে। ভয়ে সে একটা অস্ফুট চিৎকার করে উঠল। আঙুলে চেপে ধরে যে জোঁকগুলোকে ছাড়াবে সেই সাহসটুকু পর্যন্ত নেই। গা ঘিনঘিন করতে লাগল তার। পা দুটো ক্ষতবিক্ষত হয়েছে, জলে ভিজে স্যাঁতা হয়ে কুঁচকে গেছে গায়ের চামড়া। আর ভেজা পোশাকে শীতের হাওয়া লাগতেই ঠান্ডায় ঠকঠক করে কাঁপতে লাগল সে।

কিন্তু তারপর যা ঘটল তাতে ভয়ে তার অজ্ঞান হয়ে যাওয়ার কথা। ডিঙিটায় উঠবার মিনিটখানেক বাদে আচমকাই সেটা যেদিক থেকে এসেছিল সেদিকে চলতে লাগল।

"ভূত! ভূত!" পল্টু চেঁচাল।

হাত দশেক দূর থেকে সেই কণ্ঠস্বর বলে উঠল, "ভূত নয় পল্টু। ভয় খেয়ো না। তোমার ডিঙিটা দড়ি দিয়ে বাঁধা আছে আর একটা নৌকোর সঙ্গে।"

পল্টু ঝুঁকে দেখল, কথাটা মিথ্যে নয়। ডিঙিটার নীচের দিকে একটা লোহার আংটা লাগানো। তাতে দড়ি বাঁধা। দড়িটা টান টান হয়ে আছে। অর্থাৎ কেউ টেনে নিচ্ছে ডিঙিটাকে।

সে চেঁচিয়ে জিজ্ঞেস করল, "আপনি কে?"

জবাবে পালটা একটা প্রশ্ন এল, "আগে বলো কাল রাত্রে তুমি সত্যিই গয়েশবাবুকে দেখেছিলে কি না।"

পল্টু একটু চমকে উঠল। এখন আর মিথ্যে কথা বলার মতো অবস্থা তার নয়।

পল্টু ভয়ে ভয়ে বলল, "দেখেছি। তবে দারোগাবাবুকে যা বলেছি তা ঠিক নয়।"

"তুমি একটু ফাজিল, তাই না?"

পল্টু চুপ করে রইল। হোগলাবনের ভিতর দিয়ে তার ডিঙি ধীরে ধীরে এগোচ্ছে। কোথায় যাচ্ছে তা বুঝতে পারছে না সে। সামনের নৌকোয় কে রয়েছে, বন্ধু না শত্রু, তাই বা কে বলে দেবে?

গয়েশবাবুর খুন বা নিরুদ্দেশ হওয়ার ঘটনাটা যে খুব এলেবেলে ব্যাপার নয়, তা একটু একটু বুঝতে পারছিল পল্টু। বুঝতে পেরে তার শরীরের ভিতর গুড়গুড়িয়ে উঠছিল একটা ভয়। জলার মধ্যে হোগলাবনের গোলকধাঁধা থেকে কোন অশরীরী তাকে কোথায় নিয়ে চলেছে?

হোগলাবনটা একটু হালকা হয়ে এল। এর মধ্যে নৌকো চালানো খুব সহজ কাজ নয়। যে নৌকোটা তার ডিঙিটাকে টেনে নিচ্ছে, তার চালকের এতক্ষণে হাঁফিয়ে পড়ার কথা।

বন ছেড়ে জলার মাঝ-মধ্যিখানে ক্রমে চলে এল পল্টুর ডিঙি। ফাঁকায় আসতেই সে সামনের নৌকোটা দেখতে পেল। মাত্র হাত দশেক সামনে বাইচ খেলার সরু লম্বা নৌকোর মতো একটা নৌকো। খুব লম্বা, সাদা। তাতে একটিই লোক বসে আছে, আর পল্টুর দিকে মুখ করেই। গায়ে একটা লম্বা কালো কোট। কিন্তু মুখটা? পল্টুর শরীরে একটা ঠান্ডা ভয়ের সাপ জড়িয়ে গেল। বুকটা দমাস-দমাস করে শব্দ করতে লাগল।

লোক নয়। কোট-পরা একটা সিংহ।

পল্টু হয়তো আবার জলায় লাফিয়ে পড়ত।

কিন্তু সামনের নৌকো থেকে সেই সিংহ গম্ভীর গলায় বলল, "ভয় পেয়ো না। আমার মুখে একটা রবারের মুখোশ রয়েছে।"

পল্টুর গলা দিয়ে স্বর বেরোচ্ছিল না। অনেক কষ্টে সে জিজ্ঞেস করল, "কেন?"

"আমার মুখটা দেখতে খুব ভাল নয় বলে।"

কথাটা পল্টুর বিশ্বাস হল না। ভয়ে-ভয়ে সে আবার জিজ্ঞেস করল, "দেখতে ভাল নয় মানে?"

নৃসিংহর দুহাতে দুটো বৈঠা। খুব অনায়াস ভঙ্গিতে নৃসিংহ তার লম্বা নৌকোটাকে জলার ওপর দিয়ে নিয়ে যাচ্ছে। কোনও ক্লান্তি বা কষ্টের লক্ষণ নেই। এমনকী তেমন একটা হাঁপাচ্ছেও না। স্বাভাবিক গলায় বলল, "আমার মুখে একবার অ্যাসিড লেগে অনেকখানি পুড়ে যায়। খুব বীভৎস দেখতে হয় মুখটা। সেই থেকে আমি মুখোশ পরে থাকি।"

"সিংহের মুখোশ কেন?"

"আমার অনেক রকম মুখোশ আছে। যখন যেটা ইচ্ছে পরি। তুমি অত কথা বোলো না। জিরোও।"

পল্টু জিজ্ঞেস করল, "আমরা কোথায় যাচ্ছি?"

"জলার ওদিকে।"

"ওদিকে মানে কি শহরের দিকে?"

"না। উলটোদিকে।"

"কেন?"

"একজনের হুকুমে।"

"কীসের হুকুম?"

"তোমাকে তার কাছে নিয়ে হাজির করতে হবে।"

"তিনি কে?"

"তা বলা বারণ। অবশ্য আমিও তাকে চিনি না।"

"আপনি কে?"

"আমি তো আমিই।"

"আমি যাব না। আমাকে নামিয়ে দিন।"

"এই জলায় কুমির আছে, জানো?"

"থাকুক। আমি নেমে যাব। আমাকে নামতে দিন।"

"তুমি ভয় পেয়েছ। কিন্তু ভয়ের কিছু নেই।"

"আমার ভীষণ খিদে পেয়েছে। মামা ভাবছে। আমি বাড়ি যাব।"

"যেখানে যাচ্ছ সেখানে খাওয়ার ব্যবস্থা আছে। তোমার মামা এতক্ষণে তোমার খবর পেয়ে গেছে। ওসব নিয়ে ভেবো না। আমরা কাঁচা কাজ করি না।"

"আমাকে নিয়ে গিয়ে কী করবেন?"

"কিছু নয়। বোধহয় তোমাকে কয়েকটা প্রশ্ন করা হবে। তারপর ছাড়া পাবে।"

"কীসের প্রশ্ন?"

"বোধহয় গয়েশবাবুকে নিয়ে। কিন্তু আর কথা নয়।"

পল্টু শুনেছে জলার মাঝখানে জল খুব গভীর। কুমিরের গুজবও সে জানে। আর জলায় ভূত-প্রেত আছে বলেও অনেকের ধারণা। সেসব বিশ্বাস করে না পল্টু। কিন্তু এখন সে বুঝতে পারছে, জলাটা খুব নিরাপদ জায়গা নয়।

ধু ধু করছে সাদা জল। শীতকালেও খুব শুকিয়ে যায়নি। তবে এখানে-ওখানে চরের মতো জমি জেগে আছে। তাতে জংলা গাছ। প্রচুর পাখি ঝাঁক বেঁধে উড়ছে,

ছোঁ মেরে মাছ তুলে নিচ্ছে জল থেকে। ভারী সুন্দর শান্ত চারদিক। আলোয় ঝলমলে। তার মাঝখানে বাচ-নৌকোয় ওই নৃসিংহ লোকটা ভারী বেমানান। তেমনি রহস্যময় তার এই নিরুদ্দেশ-যাত্রা।

গলা খাঁকারি দিয়ে পল্টু জিজ্ঞেস করল, "আর কত দূর?"

"এসে গেছি। ওই যে দেখছ বড় একটা চর, ওইটা।"

চরটা দেখতে পাচ্ছিল পল্টু। খুব বড় নয়। লম্বায় বোধহয় একশো ফুট হবে। তবে অনেক বড় বড় গাছের ঘন জঙ্গল আছে। বেশ অন্ধকার আর রহস্যময় দেখাচ্ছিল এই ফটফটে দিনের আলোতেও। কোনও লোকবসতি নেই বলেই মনে হয়।

পল্টুর ভয় খানিকটা কেটেছে। একটু মরিয়া ভাব এসেছে। সে জিজ্ঞেস করল, "ওখানেই কি তিনি থাকেন?"

"থাকেন না, তবে এখন আছেন।" বলতে বলতে লোকটা তার লম্বা নৌকোটাকে বৈঠার দুটো জোরালো টানে অগভীর জলে চরের একেবারে ধারে নিয়ে তুলল। জলের নীচের জমিতে নৌকোর ঘষটানির শব্দ হল। লোকটা উঠে এক লাফে জলে নেমে বলল, "এসো।"

দড়ির টানে পল্টুর ডিঙিটাও বাচ-নৌকোর গা ঘেঁষে গিয়ে দাঁড়িয়ে পড়ে। পল্টু নেমে দেখল, জল সামান্যই। এদিকে হোগলাবন নেই। জল টলটলে পরিষ্কার এবং একটু স্রোতও আছে। সে শুনেছে এদিকে বড় গাঙের সঙ্গে জলার একটা যোগ আছে। সম্ভবত তারা সেই গাঙের কাছাকাছি এসে গেছে।

নৃসিংহ খাড়াই পার বেয়ে ওপরে উঠে দাঁড়িয়ে আছে তার জন্য। লোকটা খুব লম্বা নয় বটে, তবে বেশ চওড়া। গায়ে কোট থাকলেও বোঝা যাচ্ছিল, লোকটার স্বাস্থ্য ভাল এবং পেটানো, হওয়াই স্বাভাবিক। এতটা রাস্তা দুটো বৈঠার জোরে দুখানা নৌকো টেনে আনা কম কথা নয়।

পল্টু ধীরে ধীরে ওপরে উঠে এল। লোকটা তার কাছ থেকে একটু তফাতে সরে গিয়ে জঙ্গলটার দিকে হাত তুলে দেখিয়ে বলল, "এগিয়ে যাও।"

"কোথায় যাব?"

"সোজা এগিয়ে যাও, ওখানে লোক আছে, নিয়ে যাবে।"

একটু ইতস্তত করল পল্টু। জঙ্গলের দিকে কোনও রাস্তা নেই। বিশাল বড় বড় গাছ, লতাপাতা বুক-সমান আগাছায় ভরা। শুধু পাখির ডাক আর গাছে বাতাসের শব্দ। জঙ্গলটা খুবই প্রাচীন। কিন্তু লোকবসতির কোনও চিহ্ন নেই। এই জঙ্গলে কে তার জন্য অপেক্ষা করছে? কী প্রশ্নই বা সে করতে চায়? গয়েশবাবু সম্পর্কে তার জানার এত আগ্রহই বা কেন?

দোনোমোনো করে পল্টু এগোল। একবার নৃসিংহের দিকে আচমকাই ফিরে তাকাল সে। অবাক হয়ে দেখল, নৃসিংহের হাতে একটা কালো রঙের বল। লোকটা ধীরে ধীরে হাতটা ওপরদিকে তুলছে।

এত অবাক হয়ে গিয়েছিল পল্টু যে, হাঁ করে তাকিয়ে রইল, মুখে কথা এল না। বল কেন লোকটার হাতে?

লোকটা ধমকে উঠল, "কী হল?"

"বল নিয়ে আপনি কী করছেন?"

"কিছু নয়। যা বলছি করো। এগোও।"

পল্টু মুখ ফিরিয়ে জঙ্গলটার দিকে তাকাল। আর সঙ্গে সঙ্গেই মাথার পিছনে দুম করে কী একটা এসে লাগল।

সেই বলটা? ভাবতে-না-ভাবতেই তীব্র ব্যথায় চোখে অন্ধকার দেখল সে। পেটে চিনচিনে খিদে; শীত আর ভয়ে এমনিতেই তার শরীর কাঁপছিল। মাথায় বলটা এসে লাগতেই শরীরটা অবশ হয়ে পড়ে যেতে লাগল মাটিতে। হাত বাড়িয়ে শূন্যে কিছু একটা ধরার চেষ্টা করল পল্টু। কিছু পেল না।

অজ্ঞান হয়ে সে মাটিতে লুটিয়ে পড়ল।

দুপুরে খেতে বসে সুমন্তবাবু বললেন, "ব্যায়াম। ব্যায়াম। ব্যায়াম ছাড়া কোনও পন্থা নেই। ব্যায়াম না-করে করেই বাঙালি শেষ হয়ে গেল। বিকেল থেকে পাঁচশো স্কিপিং শুরু করো সান্টু। মঙ্গল, তুমি ব্যায়ামবীর বটে, কিন্তু ফ্যাট নও। শরীরে কেবল মাংস জমালেই হবে না, বিদ্যুতের মতো গতিও চাই। গতিই আর-একটা শক্তি। আজ বিকেল থেকে তুমি গতি বৃদ্ধি করতে চেষ্টা করবে। কমলা, তুমি আর তোমার মাকে নিয়েই আমার প্রবলেম। তোমরা কপালগুণে মেয়েমানুষ। শাস্ত্রে মেয়েদের ব্যায়ামের কথা নেই। কিন্তু শহরে বিপদ দেখা দিয়েছে, সকলেরই খানিকটা শক্তিবৃদ্ধি দরকার। আমাদের ঢেঁকিটা আজকাল ব্যবহার হয় না। আমার মা ওই ঢেঁকিতে পাড় দিয়ে দিয়ে বুড়ো বয়স পর্যন্ত শুধু বেঁচেই আছেন যে তাই নয়, খুবই সুস্থ আছেন। একবার আমাদের বাড়িতে দু-দুটো চোরকে ধরে তিনি মাথা ঠুকে দিয়েছিলেন। সুতরাং আজ থেকে তুমি আর তোমার মা ঢেঁকিতে পাড় দিতে শুরু করো। ওফ, কাঁকালে বড় ব্যথা।" বলে সুমন্তবাবু যন্ত্রণায় মুখ বিকৃত করলেন।

কুমুদিনী দেবী বললেন, "তা না হয় হল, কিন্তু ব্যায়াম করে গায়ে জোর হতে তো

সময় লাগে। ততদিনে যদি ভালমন্দ কিছু হয়ে যায়? তার চেয়ে আমি বলি কী, একটা কুকুর পোষো।"

সুমন্তবাবু বললেন, "সেটা মন্দ বুদ্ধি নয়। বজ্রাঙ্গবাবুর সঙ্গে কথা বলে যা বুঝলাম, গয়েশবাবু খুনই হয়েছেন। লাশটা হয়তো জলায় ফেলে দিয়েছে। গয়েশবাবু খুন হলেন কেন তা পরে জানা যাবে। আমার ধারণা, গয়েশবাবুর লেজটাই তার মৃত্যুর কারণ। আমাদের লেজ নেই বটে, কিন্তু অন্যরকম ডিফেক্ট থাকতে পারে। সান্টুর নাকটা লম্বা, মঙ্গলের কপালের দুদিকটা বেশ উঁচু, অনেকটা শিং-এর মতো, আমার অবশ্য ওরকম কোনও ডিফেক্ট নেই, তা হলেও..."

"আছে।" গম্ভীরভাবে কমলা বলল।

"আছে?" বলে অবাক হয়ে সুমন্তবাবু মেয়ের দিকে তাকালেন।

"তোমার গায়ে মস্ত মস্ত লোম। বনমানুষের মতো।"

সুমন্তবাবু তাড়াতাড়ি ভাত মাখতে মাখতে বললেন, "যাক সে কথা। বজ্রাঙ্গবাবু বলেছেন, 'দি কিলার উইল স্ট্রাইক এগেন'। আমাদের সতর্ক থাকা দরকার।"

ঠিক এই সময়ে বাইরে একটা হইচই শোনা গেল। কে যেন ঢোল বাজাচ্ছে আর চেঁচিয়ে চেঁচিয়ে কী বলছে।

সান্টু লাফিয়ে উঠে বাইরে ছুটল। পিছনে সুমন্তবাবু, মঙ্গল, কমলা, কুমুদিনী।

দেখা গেল, নাপিত নেপাল সুমন্তবাবুর ফটকের সামনে রাস্তায় দাঁড়িয়ে ঢোল বাজাতে বাজাতে প্রাণপণে চেঁচাচ্ছে, "দুয়ো দুয়ো, হেরে গেল।"

সুমন্তবাবু হেঁকে বললেন, "কে হেরে গেল রে ন্যাপলা! বলি ব্যাপারখানা কী?"

নেপাল ঢোল থামিয়ে একগাল হেসে বলল, "আজ্ঞে এবার আর আমার সঙ্গে পারবেন না। একেবারে কাকের মুখ থেকে খবর নিয়ে এসেছি। সকালবেলা খুব জব্দ করেছিলেন আজ। গয়েশবাবুর খবরটা সবে গঙ্গাগোবিন্দবাবুকে দিতে যাচ্ছিলুম সেই সময় আপনি এমন হেঁড়ে গলায় চেঁচিয়ে পাড়া মাথায় করলেন যে, আমি একেবারে চুপসে গেলুম। কিন্তু এবার আমি মার দিয়া কেল্লা।"

সুমন্তবাবু ভ্যাবাচ্যাকা খেয়ে বলেন, "বলছিস কী রে ন্যাপলা? আবার কিছু ঘটেছে নাকি?"

নেপাল ঢোলে চাঁটি মেরে চাটিস-চাটিস বোল বাজিয়ে কিছুক্ষণ নেচে নিয়ে বলল, "ঘটেছে বই কী। এই একটু আগে পল্টুকে পরীরা ধরে নিয়ে গেছে।"

"পরীরা ধরে নিয়ে গেছে কী রে!"

"তবে আর বলছি কী, আমার পিসশ্বশুরের স্বচক্ষে দেখা। পল্টু দারোগাবাবুর সামনে সাক্ষী দিয়ে জলার ধারে গিয়েছিল। সেখানে ঠিক সাতটা মেয়ে-পরী এসে

তাকে ছেঁকে ধরে। আমার পিসশ্বশুর জলায় মাছ ধরতে গিয়েছিল। নিজের চোখে দেখেছে, সাতটা পরী পল্টুকে ধরে নিয়ে ভেসে চলে যাচ্ছে মেঘের দেশে।"

সুমন্তবাবু এঁটো হাত ঘাসে মুছে নিয়ে শশব্যস্তে বললেন, "তা হলে তো খবরটা সবাইকে দিতে হচ্ছে।"

একগাল হেসে নেপাল বলে, "আজ্ঞে সে-কাজ আমি সেরেই এসেছি। কারও আর জানতে বাকি নেই।"

সুমন্তবাবু বাস্তবিকই একটু দমে গেলেন। এত বড় একটা খবর, সেটা তিনি কিনা পেলেন সবার শেষে! কিন্তু কী আর করেন, দাঁত কিড়মিড় করে শুধু বললেন, "আচ্ছা, দেখা যাবে।"

কী দেখা যাবে, কী ভাবে দেখা যাবে তা অবশ্য বোঝা গেল না। তবে সুমন্তবাবু আর খেতে বসলেন না। গায়ে জামা চড়িয়ে, পায়ে একজোড়া গামবুট পরে এবং মাথায় চাষিদের একটা টোকলা চাপিয়ে হাতে লাঠি নিয়ে বেরিয়ে পড়লেন।

সান্টু আর মঙ্গল আবার খেতে বসে গিয়েছিল। কুমুদিনী দেবী একটু নিচু গলায় তাদের বললেন, "ওরে, ওই দ্যাখ, বাড়ির কর্তার মতিচ্ছন্ন হয়েছে। এই দুপুরে বিকট এক সাজ করে কোথায় যেন চললেন। তোরাও একটু সঙ্গে যা বাবারা। কোথায় কী ঘটিয়ে আসেন বলা যায় না।"

সান্টু আর মঙ্গল শেষ কয়েকটা গ্রাস গপাগপ গিলে উঠে পড়ল। সান্টু তার গুলতি আর মঙ্গল একটা মাছ মারার ট্যাঁটা হাতে নিয়ে সুমন্তবাবুর পিছনে দৌড়োতে থাকে।

জলার ধারে পৌঁছে খুবই বিরক্ত হলেন সুমন্তবাবু। এমনিতেই জলাটা নির্জন জায়গা, তার ওপর ভূতপ্রেত আছে বলে সহজে লোকে এদিকটা মাড়ায় না। কিন্তু আজ জলার ধারে রথযাত্রার মতো ভিড়। বোঝা গেল, নেপাল ভালমতোই খবরটা চাউর করেছে। জেলেদের যে ক'টা নৌকো ছিল, সব জলে দাবড়ে বেড়াচ্ছে। বহু লোক হোগলাবনে কোমর সমান জলে নেমে গাছ উপড়ে ফেলছে।

কবি সদানন্দ একটু হাসি-হাসি মুখ করে সুমন্তবাবুকে বললেন, "ছেলেটা খুব ডেঁপো ছিল মশাই। আমার কবিতায় ভুল ধরেছিল। তখনই জানতাম, ছোকরা বিপদে পড়বে।"

"কার কথা বলছেন? পল্টু?"

"তবে আর কে! আলোকবর্ষ নাকি বছর-টছর নয়। তা নাই বা হল, তা বলে মুখের ওপর ফস করে বলে বসবি? আর তোর চেয়ে সায়েন্স-জানা লোক কি এখানে কম আছে? এই তো গঙ্গাগোবিন্দবাবুই রয়েছেন। উনিই তো বললেন, আলোর গতি মোটেই সেকেন্ডে এক লক্ষ ছিয়াশি হাজার মাইল নয়। বেশ কিছু কম।"

বলতে বলতেই গঙ্গাগোবিন্দ এগিয়ে এলেন। মাথা চুলকোতে চুলকোতে বললেন, "আহাহা, এখন আবার ওসব কথা কেন?"

সুমন্তবাবু একটু ভ্যাবাচ্যাকা খেয়ে গিয়েছিলেন। আলোকবর্ষ বা আলোর গতির প্রসঙ্গটা ধরতে পারছিলেন না। একটু সামলে নিয়ে বললেন, "পল্টুর ঠিক কী হয়েছে জানেন আপনারা?"

গঙ্গাগোবিন্দ মাথা নেড়ে বললেন, "না। কয়েকজন লোক তাকে জলার দিকে আসতে দেখেছে। তারপর কী ঘটেছে, তা অনুমান করা যায় মাত্র। কলকাতার ছেলে, সাঁতার জানত না, মনে হয় ডুবেই গেছে।"

"সর্বনাশ!" বলে সুমন্তবাবু এগিয়ে গেলেন। তাঁর দৃঢ় বিশ্বাস, পল্টু এমনি-এমনি গায়েব হয়নি। গয়েশবাবু সম্পর্কে সে কিছু গুরুতর তথ্য জানতে পেরেছিল। গয়েশবাবুকে যারা খুন বা গুম করেছে, সম্ভবত তারাই পল্টুকেও খুন বা গুম করেছে।

জলার ধারে লোকজনের ভিড় হওয়াতে কয়েকজন দিব্যি ব্যবসা ফেঁদে বসে গেছে। হরিদাস পায়ে ঘুঙুর বেঁধে নেচে নেচে তার বুলবুলভাজা বিক্রি করছে, কানাই তার ফুচকার ঝুড়ি নামিয়েছে একটা শিমুলগাছের তলায়, চিনেবাদাম বিক্রি করতে লেগেছে ষষ্ঠীপদ। ওদিকে জেলেরা বেড়াজাল ফেলে জলায় পল্টুর মৃতদেহ খুঁজছে। দারোগাবাবু একটা আমগাছের তলায় ইজিচেয়ারে বসে নিজে তদারক করছেন।

সুমন্তবাবু বুঝলেন, এই ভিড়ের মধ্যে ভিড়ে কোনও লাভ হবে না। তিনি সান্টু আর মঙ্গলের দিকে তাকিয়ে বললেন, "আমার মনে হয় রহস্যের উত্তর গয়েশবাবুর বাড়ির মধ্যেই পাওয়া যাবে। আমি গোপনে বাড়ির মধ্যে ঢুকছি, তোরা চারদিকে নজর রাখিস।"

গয়েশবাবুর বাড়িটা আজ বড়ই ফাঁকা। সদর দরজায় তালা লাগিয়ে চাকরটা পর্যন্ত জলার ধারে গিয়ে মজা দেখছে। সুতরাং সুমন্তবাবুর ধরা পড়ার ভয় বড় একটা নেই।

বাড়িতে ঢোকা খুব একটা শক্ত হল না। পুরনো বাড়ি বলে অনেক জানালা-দরজাই নড়বড় করছে। সুমন্তবাবু একটা আধখোলা জানালার গরাদহীন ফোকর দিয়ে গামবুট এবং টোকলাসহই ঢুকে পড়লেন ভিতরে।

নীচে এবং ওপরে অনেকগুলো ঘর। তার সবগুলোই ফাঁকা পড়ে আছে। গয়েশবাবু শুধু সামনের দিকের দুখানা ঘর ব্যবহার করতেন। বাকি ঘরগুলোয় তালাও দেওয়া নেই। ডাঁই-করা কিন্তু ভাঙা আসবাব, তোরঙ্গ আর হাবিজাবি জিনিস রয়েছে। মাকড়সার জাল, ধুলো, ইঁদুর আর আরশোলার নাদিতে ভরতি।

সুমন্তবাবু প্রথম ঘরটায় ঢুকেই চারদিকে চেয়ে বুঝলেন, এ ঘরে বহুকাল লোক ঢোকেনি। মেঝেতে পুরু ধুলোর আস্তরণ।

কিন্তু সুমন্তবাবু লক্ষ করলেন, ধুলোর ওপর নির্ভুল একজোড়া জুতোর ছাপ রয়েছে। রবারসোলের জুতো। লাঠিটা শক্ত হাতে চেপে ধরে তিনি এগিয়ে গিয়ে দরজাটা খুললেন। ওপাশে আর একটা ঘর। অনেক-দেরাজওলা একটা মস্ত চেস্ট রয়েছে। ভাঙা আলনা। একটা লোহার সিন্দুক। সুমন্তবাবু দেরাজগুলো খুলে দেখলেন, তাতে পুরনো খবরের কাগজ আর কিছু লাল হয়ে যাওয়া চিঠিপত্র ছাড়া কিছুই নেই। সিন্দুকটা খুলতে পারলেন না। তালা লাগানো। পরের ঘরটাতে একটা মস্ত কাঠের বাক্স। সেটা খুলে দেখলেন, রাজ্যের ছেঁড়া কাঁথা কাপড় আর ভাঙা বাসন। পরের ঘরটায় কয়েকটা বইয়ের আলমারি। পাল্লা খুলে কয়েকটা বই একটু নেড়েচেড়ে দেখলেন সুমন্তবাবু। ছেলেবেলায় একটা বই পড়েছিলেন সুমন্তবাবু। 'গুপ্তহীরার রহস্য'। দস্যুসর্দার কালোমানিক সুবর্ণগড় থেকে বিখ্যাত গুপ্তহীরা লুঠ করে নিয়েছিল বটে, কিন্তু শেষ অবধি গোয়েন্দা জীমূতবাহন তা উদ্ধার করে। কিন্তু কালোমানিক তাকে হুমকি দিয়েছিল, শোধ নেবে। জীমূতবাহন যখন এক রাত্রে ঘুমোচ্ছিল তখন জানালার শব্দ হল টক। জীমূত জানালা খুলে দেখে, কাঠের পাল্লায় একটা তির গেঁথে আছে। তিরের ফলায় গাঁথা চিঠি : "শিগগিরই দেখা হবে। কালোমানিক।" 'গুপ্তহীরার রহস্য' প্রথম খণ্ড সেখানেই শেষ। অনেক চেষ্টা করেও বইটার দ্বিতীয় খণ্ড জোগাড় করতে পারেননি সুমন্তবাবু। কিন্তু এতকাল পরে গয়েশবাবুর বাড়িতে আলমারি খুলে তাঁর নিজের চোখকে বিশ্বাস হচ্ছিল না। দ্বিতীয় তাকে কোণের দিকে তৃতীয় বইখানাই 'গুপ্তহীরার রহস্য' (দ্বিতীয় খণ্ড)।

সুমন্তবাবু বইটা তাড়াতাড়ি টেনে নিয়ে কোঁচা দিয়ে ধুলো ঝেড়ে একটা নড়বড়ে চেয়ারে বসে পড়তে শুরু করলেন। রুদ্ধশ্বাস উত্তেজনা। কালোমানিক আবার ফিরে আসছে। পড়তে পড়তে সুমন্তবাবুর বাহ্যজ্ঞান রইল না।

যদি বাহ্যজ্ঞান থাকত তা হলে তিনি ভিতরকার দরজার পাল্লায় ক্যাঁচ শব্দটা ঠিকই শুনতে পেতেন। কিন্তু পেলেন না।

দরজার আড়াল থেকে একজোড়া চোখ তাঁকে লক্ষ করল। তারপর ছায়ামূর্তির মতো একটা লোক নিঃশব্দে ঢুকল দরজা দিয়ে।

সুমন্তবাবু মাথার টোকলাটা খুলতে ভুলে গেছেন। গামবুটও পায়ে রয়েছে। ছায়ামূর্তি পিছন থেকে তাঁকে জ্বলজ্বলে চোখে খানিকক্ষণ দেখল। তারপর ধীরে ধীরে এগিয়ে আসতে লাগল।

সুমন্তবাবু তেরো পৃষ্ঠা পড়ে পাতা উলটে চৌদ্দ পৃষ্ঠায় গেছেন মাত্র। সুবর্ণগড়ের রাজবাড়ির বিশ হাত উঁচু দেয়াল টপকে একজন লোক কাঠবেড়ালির মতো লাফ দিয়ে আমগাছের ডাল ধরে ঝুল খেয়ে মাটিতে নামল।

ঠিক এই সময়ে পিছন থেকে লোকটা লাফিয়ে পড়ল তাঁর ঘাড়ে।

ভাগ্যিস টোকলাটা মাথা থেকে খোলেননি। যেরকম জোরে তিনি চেয়ার থেকে মাটিতে ছিটকে পড়েছিলেন তাতে মাথা ফেটে যাওয়ার কথা। ফাটল না টোকলাটার জন্যই। বুকের ওপর একটা লোক চেপে বসে বলছে, "হুঁ হুঁ বাছাধন, এবার?"

সুমন্তবাবুর সারা গায়ে ব্যথা। অনভ্যাসের ব্যায়াম করলে যা হয়। তবু তিনি ঝটকা মেরে উঠতে গেলেন এবং দুজনে জড়াজড়ি করে মেঝেয় গড়াতে লাগলেন। সুমন্তবাবুর মনে হচ্ছিল, একটু ভুল হচ্ছে। ভীষণ ভুল।

আগন্তুক লোকটাও যেন তার ভুল বুঝতে পেরেছে।

হঠাৎ লোকটা বলে উঠল, "সুমন্তবাবু না?"

সুমন্তবাবুও বলে উঠলেন, "আরে! মৃদঙ্গবাবু যে!"

গা-হাত ঝেড়ে উঠে মৃদঙ্গবাবু বললেন, "আর বলেন কেন! এসেছিলাম গয়েশবাবুর ছেলেবেলার কোনও ফোটোগ্রাফ পাওয়া যায় কি না তা খুঁজে দেখতে।"

"ফোটোগ্রাফ? তা দিয়ে কী হবে?"

"গবেষণায় লাগবে। গয়েশবাবুর লেজ সংক্রান্ত গুজবটা সত্যি কি না তা আজ অবধি ধরতে পারলাম না। অথচ বেশ জোরালো গুজব! যদি সত্যি হয় তবে মানুষের বিবর্তনের ইতিহাসে একটা মস্ত ওলটপালট ঘটে যাবে। তাই দেখছিলাম যদি গয়েশবাবুর একেবারে ছেলেবেলার কোনও ছবি থাকে, আর তাতে যদি লেজের প্রমাণ পাওয়া যায়। লোকটাকে তো আর পাওয়া যাবে না।"

সুমন্তবাবু একটু উত্তেজিত গলায় বললেন, "শহরে এতবড় একটা বিপর্যয় চলছে, আর আপনি খুঁজছেন গয়েশবাবুর লেজ। জানেন পল্টুকে গুম করা হয়েছে?"

মৃদুঙ্গবাবু গম্ভীর হয়ে বললেন, "জানি। কিন্তু গয়েশবাবুর লেজটাও কিছু কম গুরুতর ব্যাপার নয়।"

সুমন্তবাবু খুব উত্তেজিত গলায় বললেন, "তাহলে আমার কাছে শুনুন। গয়েশবাবুর মোটেই লেজ ছিল না।"

মৃদঙ্গবাবুও উত্তেজিত গলায় পালটা প্রশ্ন করলেন, "আপনি তা জানলেন কী করে?"

দুজনের যখন বেশ তর্কাতর্কি লেগে পড়েছে, তখন হঠাৎ ঘরের মধ্যে একটা বাজ পড়ার মতো শব্দ হল। "কী হচ্ছে এখানে? অ্যাঁ! কী হচ্ছে?"

দুজনেই চেয়ে দেখেন, দরজায় বজ্রাঙ্গবাবু দাঁড়িয়ে। দুই চোখে ভয়াল দৃষ্টি, দাঁত কিড়মিড় করছেন। সুমন্তবাবু আর মৃদঙ্গবাবু সঙ্গে সঙ্গে মিইয়ে গিয়ে আমতা আমতা করতে লাগলেন।

বজ্রাঙ্গ অত্যন্ত কটমট করে দুজনের দিকে চেয়ে বললেন, "অনধিকার প্রবেশের জন্য আপনাদের দুজনকেই অ্যারেস্ট করছি।" বলেই পিছু ফিরে হুংকার দিলেন, "এই, কে আছিস?"

সুমন্তবাবু চোখের পলকে দৌড় দিলেন। খোলা জানালা গলে একলাফে বাগানে নেমে ছুটে গিয়ে হোগলাবনে ঢুকে ঝিলের জলে ঝাঁপিয়ে পড়লেন। পড়ার পর খেয়াল হল, তিনি একা নন। মৃদঙ্গবাবুও জলে ঝাঁপ দিয়েছেন।

সুমন্তবাবুর পাশাপাশি কোমরজলে দাঁড়িয়ে মৃদঙ্গবাবু বললেন, "আমি সাঁতার জানি না।"

"আমি জানি।"

"তাতে আমার কী লাভ?"

"আপনার লাভের কথা তো বলিনি। বলেছি আমি সাঁতার জানি।"

"আমি ডিফারেনশিয়াল ক্যালকুলাস জানি।"

"তাতে আমার কী?"

"আপনার কথা তো বলিনি। বললাম, আমি জানি।"

"আমি কূর্মাসন জানি।"

"আমি ইভোলিউশন থিওরি জানি।"

"আমি হাঁফানির ওষুধ জানি।"

"আমি ব্যাঙের মেটাবলিজম জানি।"

এ সময়ে অদূরে একটা বজ্র-হুংকার শোনা গেল, "পাকড়ো। জলদি পাকাড়কে লাও।"

সঙ্গে সঙ্গে কে যেন হোগলাবনের আড়ালে ঝিলের পাড় থেকে জলে ঝাঁপ দিয়ে পড়ল।

সুমন্তবাবু প্রমাদ গুনে তৎক্ষণাৎ গভীর জলের দিকে ঝাঁপিয়ে পড়ে জোরে সাঁতার দিতে লাগলেন।

পিছন থেকে করুণ গলায় মৃদঙ্গবাবু বললেন, "সুমন্তবাবু, আমি রয়ে গেলাম যে।"

সুমন্তবাবু বললেন, "আপনি পুলিশকে ডিফারেনশিয়াল ক্যালকুলাস আর ব্যাঙের মেটাবলিজম বোঝাতে থাকুন।"

মৃদঙ্গবাবু করুণতর স্বরে বললেন, "আমাদের বংশে যে কেউ কখনও পুলিশের হাতে ধরা পড়েনি। আমি পড়লে বংশের কলঙ্ক হবে যে!"

"আমার বংশেও কেউ পড়েনি।"

"আপনি ভীষণ স্বার্থপর।"

"আপনিও খুব পরোপকারী নন।"

হোগলাবন চিরে সিপাইটা এগিয়ে আসছে। কিন্তু মৃদঙ্গবাবুর কিছুই করার নেই। তিনি লজ্জায় চোখ বুজে দাঁড়িয়ে রইলেন। পুলিশের হাতে নিজের গ্রেফতার হওয়ার ঘটনাটা তিনি স্বচক্ষে দেখতে পারবেন না।

টের পেলেন পুলিশটা এসে তাঁর হাত ধরল। মৃদঙ্গবাবু একটা দীর্ঘশ্বাস ছেড়ে বললেন, "চলো বাবা সেপাই, শ্রীঘরে ঘুরিয়ে আনবে চলো।"

মৃদুস্বরে কে যেন বলল, "চলুন।"

গলাটা পুলিশের বলে মনে হল না। সাবধানে চোখটা একটু খুলে মৃদঙ্গবাবু দেখলেন। দেখেই কিন্তু ভিরমি খাওয়ার যোগাড়। গোঁগোঁ করে একটা শব্দ বেরিয়ে এল মুখ দিয়ে। অজ্ঞান হয়ে পড়ে যাচ্ছিলেন। লোকটাই ধরে দাঁড় করিয়ে রাখল।

ঠিক লোক নয়, নৃসিংহ অবতার। শরীরটা মানুষের মতো বটে, কিন্তু মুখটা সিংহের।

মৃদঙ্গবাবু চিঁচিঁ করে বললেন, "আমি কিছু জানি না। আমাকে ছেড়ে দিন।"

নৃসিংহ অবতার গম্ভীর গলায় বলল, "বাঁচতে চাইলে আমার সঙ্গে চলুন। নইলে পুলিশের হাত এড়াতে পারবেন না। আপনার বংশের মুখে কালি পড়বে।"

কথাটা অতি সত্যি। মৃদঙ্গবাবু সভয়ে বললেন, "আপনি কে?"

"আমি যেই হই, সেটা বড় কথা নয়। তবে আপনাকে চুপিচুপি বলে রাখি গয়েশবাবুর কিন্তু সত্যি লেজ ছিল।"

"বলেন কী!"

"প্রমাণ চান তো আমার সঙ্গে চলুন। আমার মুখোশটাকে ভয় পাবেন না। আমার মুখটা দেখতে ভাল নয় বলে মুখোশ পরি। এখন চলুন।"

মৃদঙ্গবাবু উত্তেজিত গলায় বললেন, "চলুন।"

"এই দিকে আসুন।" বলে, নৃসিংহ অবতার মৃদঙ্গবাবুর হাত ধরে কোমরজল ভেঙে উত্তরদিকে এগোতে লাগল।

লোকটা ঘাঁতঘোঁত জানে। দিব্যি লোকজনের চোখের আড়াল দিয়ে, পুলিশের নাগাল এড়িয়ে জল ভেঙে একটা নিরিবিলি জায়গায় এনে ডাঙায় তুলল।

জায়গাটা মৃদঙ্গবাবু চেনেন। এক সময়ে এখানে নীলকুঠি ছিল। ভাঙা পোড়ো একখানা মস্ত বাড়ি আজও আছে। বিশাল বিশাল বটগাছ ছায়াচ্ছন্ন করে রেখেছে চারধার। পারতপক্ষে লোকে এখানে আসে না। এখানে নাকি ভীষণ বিষাক্ত সাপের আড্ডা।

ডাঙায় তুলে লোকটা হঠাৎ হাত বাড়িয়ে বলল, "এবার জিনিসটা দিয়ে দিন।"

মৃদঙ্গবাবু আঁতকে উঠে বললেন, "মানে?"

"ন্যাকামি করবেন না মৃদঙ্গবাবু। গয়েশব্যবুর বাড়িতে যে-জিনিসটা পেয়েছেন, সেটা দিয়ে দিন।"

"কিছু পাইনি তো!"

লোকটা হঠাৎ জামার ভেতর থেকে একটা পিস্তল বের করে বলল, "বেশি কথা বললে খুলি উড়ে যাবে।"

মৃদঙ্গবাবু জীবনে কখনও বন্দুক পিস্তলের মুখোমুখি হননি। আতঙ্কে 'আঁ আঁ' করে উঠলেন।

লোকটা বলল, "গয়েশবাবুর যে লেজ ছিল, সে প্রমাণ আমার কাছে আছে। যদি সেটা চান তো জিনিসটা দিয়ে দিন।"

মৃদঙ্গবাবু হাঁ করে লোকটার দিকে চেয়ে ছিলেন। হাঁ-মুখের মধ্যে একটা মাছি ঢুকে মুখের ভিতরে দিব্যি একটু বেড়িয়ে আবার বার হয়ে এল।

"কই, দিন।" লোকটা তাড়া দেয়।

"কী রকম জিনিস?"

"একটা লকেট। তেমন দামি জিনিসেরও নয়। পেতলের।"

"মা কালীর দিব্যি, লকেটটা আমি পাইনি।"

"ন্যাকামি হচ্ছে?"

"না না। তবে আমার মনে হয়, লকেটটা সুমন্তবাবু পেয়েছেন।"

"ঠিক জানেন?"

"জানি। উনিও ওসময়ে ঘুরঘুর করছিলেন।"

"উনি কোথায়?"

"পালিয়েছেন। জলে নেমে সাঁতার দিয়ে পালিয়েছেন। পালানোর ভঙ্গি দেখেই আমার সন্দেহ হয়েছিল, কিছু একটা হাতিয়ে এনেছেন গয়েশবাবুর বাড়ি থেকে।"

"আচ্ছা, সুমন্তবাবুর সঙ্গেও মোলাকাত হবে। এখন আপনি যেতে পারেন।"

"যাব?" ভয়ে ভয়ে সুমন্তবাবু জিজ্ঞেস করলেন।

"যান। কিন্তু পুলিশের কাছে কিছু বলবেন না।"

"না না। পুলিশের সঙ্গে আমার দেখাই হবে না। আমি এখন দিশেরগড়ে মাসির বাড়ি যাব। মাসখানেকের মধ্যে আর ফিরছি না।"

এই বলে মৃদঙ্গবাবু তাড়াতাড়ি রওনা হলেন। কিন্ত দশ পা'ও যেতে হল না তাঁকে। পিছন থেকে কী যেন একটা এসে লাগল মাথায়।

মৃদঙ্গবাবু উপুড় হয়ে পড়ে গেলেন। নৃসিংহ অবতার এগিয়ে এল। মৃদঙ্গবাবুর মাথার

কাছেই ঘাসের ওপর পড়ে থাকা বলটা কুড়িয়ে নিয়ে পকেটে পুরল। তারপর দ্রুত হাতে মৃদঙ্গবাবুর শরীর তল্লাশ করতে লাগল।

যা খুঁজছিল, তা পেয়েও গেল লোকটা। তারপর হোগলার বনে নেমে জলের মধ্যে চোখের পলকে মিলিয়ে গেল।

সুমন্তবাবু প্রথমটায় প্রাণপণে সাঁতরে ঝিলের অনেকটা ভিতর দিকে চলে গেলেন। পুলিশের ভয়ে সাঁতারটা একটু তেজের সঙ্গেই কেটেছেন। ফলে বেদম হয়ে হাঁফাতে লাগলেন।

সাঁতার জিনিসটা খারাপ নয়, তিনি জানেন। বিশেষজ্ঞরা বলেন, সাঁতার হল শ্রেষ্ঠ ব্যায়াম। কিন্তু ব্যায়ামেরও তো একটা শেষ আছে। আজ সকালেই সুমন্তবাবু অনেকটা দৌড়েছেন, ওঠবোস করেছেন, বৈঠকি মেরেছেন। তার ওপর এই সাঁতার তাঁর শরীরের জোড়গুলোয় খিল ধরিয়ে দিল। জলও বেজায় ঠান্ডা।

ঝিলের মাঝমধ্যিখানে পৌঁছে সুমন্তবাবু একবার পিছু ফিরে দেখে নিলেন। না, নিশ্চিন্তি। অনেকটা দূরে চলে এসেছেন। এত দূর থেকে ঝিলের পাড়টা ধু-ধু দেখা যায়, কিন্তু লোকজন চেনা যায় না।

সুমন্তবাবু সাঁতার থামিয়ে চিত হয়ে ভেসে রইলেন কিছুক্ষণ। মৃদঙ্গবাবুর কী হল তা বুঝতে পারছেন না। লোকটা বায়োলজির পণ্ডিত সন্দেহ নেই, কিন্তু জীবনে বায়োলজিটাই তো সব নয়। সাঁতার জানলে আজ পুলিশের হাতে ধরা পড়তে হত না।

চোখে সূর্যের আলো এসে পড়ছে। সুমন্তবাবু চোখ বুঝলেন। জলে চিত হয়ে ভেসে থাকাও যে খুব সহজ কাজ তা নয়। একটু-আধটু হাত-পা নাড়তে হয়। কিন্তু সুমন্তবাবুর হাত-পা ভীষণ ভারী হয়ে এসেছে।

একটু চিন্তিত হয়ে পড়লেন সুমন্তবাবু, ডাঙা অনেক দূর। ভয়ে সাঁতার দিয়ে এত দূর চলে এসেছেন বটে, কিন্তু ফের এতটা সাঁতরে ফিরে যাওয়া অসম্ভব। যদিও ফিরে যেতে পারেন, তাহলেও লাভ নেই। পুলিশে ধরবে।

সুমন্তবাবু ধীরে ধীরে ফের সাঁতরাতে লাগলেন। তিনি শুনেছেন, জলার মাঝে মাঝে দ্বীপের মতো জায়গা আছে। তার কোনও একটাতে বসে যদি একটু জিরিয়ে নিতে পারেন তা হলে সন্ধের মুখে ধীরে-সুস্থে ফিরে যেতে পারবেন। কপাল ভাল থাকলে একটা জেলে-নৌকোও পেয়ে যেতে পারেন।

কিন্তু কিছুক্ষণ সাঁতার দেওয়ার পরই সুমন্তবাবুর দম আটকে আসতে লাগল। হাত-

পা লোহার মতো ভারী। শরীরটা আর কিছুতেই ভাসিয়ে রাখতে পারছেন না। দুপুরে ভাল করে খাওয়াও হয়নি। শরীর নিস্তেজ হয়ে আসছে।

সুমন্তবাবু গলা ছেড়ে হাঁক দিলেন, "বাঁচাও! বাঁচাও! আমি ডুবে যাচ্ছি!"

কিন্তু কেউ সে ডাক শুনতে পেল না।

এর চেয়ে পুলিশের হাতে ধরা পড়লেই বুঝি ভাল ছিল। সুমন্তবাবু মনে মনে মৃদঙ্গবাবুকে একটু হিংসেই করতে লাগলেন। সাঁতার না শিখেই তো লোকটা বেঁচে গেল।

হঠাৎ একটা ছপছপ বৈঠার শব্দ হল না? নাকি ভুল শুনছেন?

সুমন্তবাবু ঘাড় ঘোরালেন। বুকটা আনন্দে ধপাস ধপাস করতে লাগল। ভুল শোনেননি। বাস্তবিকই একটা নৌকো তাঁর দিকে আসছে। ছোট্ট নৌকো।

"বাঁচাও!" বলে হাত তুলে চেঁচিয়ে উঠলেন সুমন্তবাবু।

নৌকো থেকে একটা লোক মোলায়েম গলায় বলল, "আপনাকে বাঁচাতেই তো আসা।"

"বটে!" বলে সুমন্তবাবু নৌকোর গলুইটা ধরতে হাত বাড়ালেন। অমনি একটা বৈঠা এসে খচাত করে বসে গেল বাঁ কাধে। সুমন্তবাবু চেঁচিয়ে উঠলেন, "বাপ রে!"

নৌকো থেকে একটা লোক মোলায়েম গলায় বলল, "অত তাড়াহুড়ো করবেন না। আমার দু-একটা কথা আছে।"

ব্যথায় সুমন্তবাবু চোখে অন্ধকার দেখছিলেন। ককিয়ে উঠে বললেন, "আমি যে ডুবে যাচ্ছি।"

"বৈঠাটা ধরে ভেসে থাকুন।"

মন্দের ভাল। সুমন্তবাবু বৈঠাটা চেপে ধরলেন। বললেন, "কী কথা?"

"গয়েশবাবুর বাড়িতে চোরের মতো ঢুকেছিলেন কেন?"

সুমন্তবাবু অবাক হয়েও সামলে গেলেন। নৌকোর নীচে থেকে লোকটার মুখ ভাল দেখা যাচ্ছে না। সূর্যের আলোটাও চোখে এসে পড়ছে সরাসরি। তবু মনে হল নৌকোর ওপরে যে-লোকটা বসে আছে তার মুখটা মানুষের মুখ নয়। মনে হচ্ছে যেন একটা মানুষের মতো হাত-পা-বিশিষ্ট সিংহ বসে আছে।

সুমন্তবাবু ভয় খেলেন। নির্জন ঝিলের জলে তাঁকে মেরে ডুবিয়ে দিলেও সাক্ষী কেউ নেই, কাঁপা গলায় বললেন, "ঠিক চোরের মতো নয়, চোরের মতো ঢুকেছিল মৃদঙ্গবাবু।"

"উনি কেন ঢুকেছিলেন জানেন?"

"বললেন তো গয়েশবাবুর লেজ খুঁজতে।"

“লেজ কি পেয়েছেন উনি?”

“তা বলতে পারি না। গয়েশবাবুর যদি লেজ থেকেও থাকে তবু সেটা তিনি ফেলে যাওয়ার লোক নন।”

“আপনি কেন ঢুকেছিলেন?”

সুমন্তবাবু অম্লান বদনে বললেন, “আমি ঠিক ঢুকিনি। পল্টুর খোঁজে লোক জড়ো হয়েছে দেখে আমিও দাঁড়িয়ে গিয়েছিলাম। দেখলাম, মৃদঙ্গবাবু চুপি-চুপি গয়েশবাবুর বাড়িতে ঢুকছেন। তাই ওঁকে ফলো করে আমিও ঢুকে পড়ি। তারপর একটা ঘরে বসে বই পড়তে থাকি। হঠাৎ আমাকে চোর বলে সন্দেহ করে মৃদঙ্গবাবু আমার ওপর লাফিয়ে পড়েন।”

সিংহের মুখটাকে ভাল করে লক্ষ করছিলেন সুমন্তবাবু। তাঁর সন্দেহ হল, ওটা মুখ নয়, মুখোশ। তবে খুব নিখুঁত মুখোশ। একেবারে সত্যিকারের সিংহের মুখ বলেই মনে হয়।

লোকটা “বৈঠাটা শক্ত করে ধরুন।”

সুমন্তবাবু কাতর স্বরে বলেন, “নৌকোয় উঠব না?”

“না, ডাঙা অল্প দূরেই। আমি সেখানে আপনাকে ছেড়ে দিয়ে যাব।”

“আমি বাড়ি যাব। আমার যে খিদে পেয়েছে।”

“খিদে আমারও পেয়েছে। তাতে কী?”

“খিদে পেলে আমি ভীষণ রেগে যাই।”

“তা যান না। রাগ তো পুরুষের লক্ষণ।”

সুমন্তবাবুর বাস্তবিকই রাগ হচ্ছিল। কোনওক্রমে নিজেকে সংযত করে তিনি বললেন, “আপনি কে?”

“আমি নৃসিংহ অবতার।”

সুমন্তবাবু আর কথা বললেন না। তাঁর মনে হল, তিনি আসল অপরাধীর পাল্লায় পড়েছেন। উচ্চবাচ্য করা উচিত হবে না।

নৌকোটা তাঁকে টেনে নিয়ে যাচ্ছিল। একটা বৈঠা তিনি ধরে আছেন, আর লোকটা আর-একটা বৈঠা মেরে নৌকোটাকে নিপুণভাবে নিয়ে যাচ্ছে। সন্দেহ নেই, লোকটা চমৎকার নৌকো বায়।

কিছুক্ষণের মধ্যেই আচমকা সুমন্তবাবু পায়ের নীচে জমি পেয়ে গেলেন এবং উঠে দাঁড়ালেন।

লোকটাও নৌকো থামিয়েছে। বলল, “এবার আসুন তা হলে। সামনেই ডাঙা জমি।”

সুমন্তবাবু দেখলেন জঙ্গলে-ছাওয়া একটা পুরনো চর। অনেকটা দ্বীপের মতোই। তবে জনমনিষ্যি নেই।

সুমন্তবাবু কোমরসমান জলে দাঁড়িয়ে দ্বীপটা একটু দেখলেন। বৈঠার ডগাটা এখনও হাতে ধরা।

লোকটা একটু হেসে বলল, "রাতটা কোনওমতে কাটিয়ে দিন। ভোরবেলা সাঁতার শুরু করলে দুপুরের আগেই পৌঁছে যাবেন বাড়িতে।"

সুমন্তবাবুর মাথাটা চড়াক করে উঠল রাগে। একে পেটে খিদে তার ওপর এসব টিপ্পনি তাঁর সহ্য হওয়ার নয়। তিনি হঠাৎ এক ঝটকায় বৈঠাটায় একটা হ্যাঁচকা টান দিয়ে মোচড় মারলেন।

ব্যায়ামের আশ্চর্য সুফল। লোকটা সেই টানে বেসামাল হয়ে নৌকোর মধ্যেই উপুড় হয়ে পড়ল।

সুমন্তবাবু একলাফে নৌকোয় উঠে লোকটার ঘাড়ে সামিল হয়ে দুটো প্রচণ্ড রদ্দা কষালেন।

কিন্তু মুশকিল হল, জলে ভিজে এবং নানারকম ব্যায়ামের ফলে তাঁর শরীরে আর সেই শক্তি নেই। উপরন্তু নৃসিংহ অতিকায় বলবান লোক। কোনওরকম গা-জোয়ারির মধ্যেই গেল না। শুধু টপ করে উঠে বসল।

তার পিঠ থেকে পাকা ফলের মতো খসে ফের জলে পড়ে গেলেন সুমন্তবাবু।

লোকটা বৈঠা তুলে নিয়ে এক ঠেলায় নৌকোটা গভীর জলে নিয়ে ফেলল। তারপর মোলায়েম গলায় বলল, "ডাঙায় উঠে পড়ুন সুমন্তবাবু। জলায় কুমির আছে।"

সুমন্তবাবু দুই লাফে ডাঙায় উঠে কোমরে হাত দিয়ে বেকুবের মতো চেয়ে দেখলেন, নৃসিংহ অবতার নৌকো নিয়ে ক্রমে দূর থেকে দূরে মিলিয়ে যাচ্ছে।

সুমন্তবাবু এবার চারদিকটা ভাল করে দেখলেন। দ্বীপটায় বড় গাছ নেই বললেই হয়। আগাছাই বেশি। ফলমূল খেয়ে যে খিদে মেটাবেন, সে উপায় নেই।

ভেজা গায়ে বাতাস লেগে খুব শীত করছিল সুমন্তবাবুর। গরম বালির ওপর বসে শীতটা খানিক সামাল দিলেন। বেলা আর খুব বেশি অবশিষ্ট নেই। জেলে-নৌকোর টিকিটিও দেখা যাচ্ছে না। সুতরাং এই দ্বীপেই রাতটা কাটাতে হবে।

দিনের আলো থাকতে থাকতেই দ্বীপটা ঘুরে দেখবেন বলে ক্লান্ত শরীরেও সুমন্তবাবু উঠে পড়লেন।

জায়গাটা খুব বড় নয়। জলের ধার ঘেঁষে ঘেঁষে হাঁটতে হাঁটতে লক্ষ করে যাচ্ছিলেন তিনি।

হঠাৎ আতঙ্কে থমকে দাঁড়ালেন সুমন্তবাবু। সামনেই বালির ওপর একটা, দুটো, তিনটে, চারটে কুমির চুপচাপ শুয়ে আছে। ভারী নিরীহ দেখতে। কিন্তু সাক্ষাৎ যম।

সুমন্তবাবু খুব দ্রুতপায়ে ঝোপঝাড়ের মধ্যে ঢুকে পড়লেন। বুকটা ধকধক করছে ভয়ে। পায়ে গোটাকয়েক কাঁটা ফুটল প্যাট প্যাট করে। তবু শব্দ করলেন না। কুমির যদি ধেয়ে আসে?

কিন্তু ঝোপজঙ্গলগুলোও খুব বেশি নিরাপদ মনে হচ্ছিল না তাঁর। এই ছোট দ্বীপে বাঘ-ভালুক বা হায়না-নেকড়ে নেই ঠিকই, কিন্তু অন্যবিধ প্রাণী থাকতে পারে। বিপদের কথা ভাবতে ভাবতে আপনা থেকেই সুমন্তবাবু কয়েকটা বুকডন আর বৈঠকি দিয়ে ফেললেন। কিন্তু ক্লান্ত পরিশ্রান্ত বেদম শরীরের হাড়গুলো সেই অনাবশ্যক ব্যায়ামে মটমট করে উঠল, পেশিগুলো 'ত্রাহি ত্রাহি' ডাক ছাড়তে লাগল। সুমন্তবাবু নিরস্ত হয়ে মাটিতে বসে হাঁফাতে লাগলেন।

হঠাৎ তাঁর কাঁধের ওপর একটা গাছের ডগা খুব ধীরে ধীরে নেমে এল। বাঁ কাঁধে একটা হিমশীতল স্পর্শ পেলেন। চমকে উঠে তাকাতেই তাঁর চক্ষু চড়কগাছ। সবুজ রঙের একটা সরু সাপ খুব স্নেহের সঙ্গে তার হাত বেয়ে খানিকদূর এসে মুখের দিকে যেন অবাক হয়ে চেয়ে দেখছে।

লাউডগা সাপ বিষাক্ত কি না তা তিনি ভাল জানেন না। কিন্তু এত কাছে, একেবারে নাকের ডগায় সাপের মুখোমুখি তিনি কখনও হননি।

"বাঁচাও! বাপ রে!" বলে একটা বুকফাটা আর্তনাদ করে সুমন্তবাবু মূর্ছা গেলেন।

পল্টু ধীরে ধীরে চোখ খুলল। মাথার পিছন দিকে প্রচণ্ড যন্ত্রণা, শরীরটা ভারী কাহিল। চোখ খুলে সে চারদিকে চেয়ে যা দেখল, তা মোটেই খুশি হওয়ার মতো নয়। পিছনে জঙ্গল, সামনে জল। দুপুর পেরিয়ে সূর্য একটু হেলেছে। বাড়ি ফেরার কোনও উপায় নেই।

নিজের অবস্থাটা বুঝবার একটু চেষ্টা করল পল্টু। ধীরে ধীরে উঠে বসল। যে-লোকটা তাকে এখানে এনে মাথায় মেরে অজ্ঞান করে ফেলে রেখে গেছে, সে খুবই বুদ্ধিমান। পল্টুকে সে ইচ্ছে করেই খুন করেনি। কারণ জানে, এই নির্জন জনমানবশূন্য জায়গায় পড়ে থেকে না-খেতে পেয়েই সে মরবে। নইলে বুনো জন্তু জানোয়ার বা সাপখোপ তো আছেই।

মাথাটা ঝন ঝন করছে বটে, তবু পল্টু উঠে ধীরে ধীরে জলের কাছে নেমে এসে প্রথমে ব্যথার জায়গাটায় ঠান্ডা জল চাপড়াল। মুখে চোখে জলের ঝাপটা দিল। খানিকটা খেয়েও নিল।

একটু সুস্থ ও স্বাভাবিক বোধ করার পর সে আস্তে আস্তে জঙ্গলের দিকে হাঁটতে লাগল। লোকটা বলেছিল ওই জঙ্গলের মধ্যেই পালের গোদাটি আছে। পল্টুকে সে-ই আনিয়েছে এখানে। কিন্তু কথাটা পল্টুর এখন বিশ্বাস হচ্ছিল না।

জঙ্গল-টঙ্গল দেখে তার অভ্যাস নেই। তবু যদি বাঁচতে হয় তবে এই জঙ্গলই এখন একমাত্র ভরসা। যদি কিছু ফল-টল পাওয়া যায় তো খেয়ে বাঁচবে। আর যদি কাঠ-টাঠ দিয়ে একটা ভেলা-টেলা বানানো যায় তো জলাটা পেরোনো যাবে। যদিও দ্বিতীয় প্রস্তাবটা তার সম্ভব বলে মনে হচ্ছিল না।

জঙ্গলে ঢোকার এমনিতে কোনও রাস্তা নেই। কিন্তু খুঁজতে খুঁজতে পল্টু একটা সরু শুঁড়িপথ দেখতে পেল। আগাছার মধ্যে যেন একটা ফোকর। নিচু হয়ে ঢুকতে হয়। সামনেটা যেন আধো অন্ধকার একটা টানেল।

পল্টু সাহস করে ঢুকল, এবং হাতড়ে হাতড়ে এগোতে লাগল। জঙ্গলের মধ্যে নানারকম অদ্ভুত শব্দ। কখনও অদ্ভুত গলায় কোনও পাখি ডেকে ওঠে, পোকামাকড় ঝিঁ ঝিঁ বোঁ বোঁ কটরমটর নানারকম আওয়াজ দেয়। মাঝে মাঝে পায়ের তলা দিয়ে সাঁত করে যেন কী সরে যায়।

খানিকটা এগোনোর পর হঠাৎ জঙ্গলটা একটু ফাঁকা ফাঁকা মনে হল। সে চারধারে চেয়ে দেখল, অনেকগুলো বড় বড় গাছ কাটা হয়েছে। চারদিকে গাছের গুঁড়ি আর কাঠের টুকরো ছড়িয়ে আছে। পল্টুর বুক আনন্দে কেঁপে ওঠে। এখানে কাঠুরিয়ারা আসে।

জায়গাটা পেরিয়ে আবার এগোয় পল্টু। আচমকাই তার চোখে পড়ে চমৎকার একটা পেয়ারা গাছ। ফলে ঝেঁপে আছে। সে কলকাতার ছেলে, গাছ বাইতে শেখেনি। কিন্তু এ গাছটা বেশ নিচু এবং ফলগুলো হাত বাড়িয়েই পাড়া যায়।

গোটাকয়েক পেয়ারা খেয়ে পল্টুর গায়ে আবার জোর-বল ফিরে এল। চারদিকে তাকিয়ে জঙ্গলটা দেখছিল সে। তেমন ভয়ংকর মনে হচ্ছে না আর জায়গাটাকে। সে জায়গাটা একটু ঘুরে দেখল। মনে হচ্ছিল, এ জায়গাটা একটু অন্যরকম। চারদিকে ভাঙা ইট পড়ে আছে! একটা পুরনো পাথুরে ফোয়ারা কাত হয়ে পড়ে আছে। এখানে নিশ্চয়ই কারও বাড়িঘর ছিল।

পায়ে পায়ে আর-একটু এগোতেই পল্টু দেখতে পেল বাড়িটা। ঠিক বাড়ি নয়, ধ্বংসস্তূপ। তবে কয়েকটা খিলান খাড়া আছে এখনও। ধ্বংসস্তূপটার পাশেই একটা খোড়ো ঘর দেখে পল্টু অবাক হয়ে গেল। এখানে কি কেউ থাকে? কিন্তু কে? সেই পালের গোদা লোকটা নয় তো?

ঘরটা দেখে একই সঙ্গে পল্টু আকর্ষণ ও বিকর্ষণ বোধ করতে থাকে। শেষ অবধি আকর্ষণই জয়ী হয়। দেখাই যাক না।

খোড়ো ঘরটার দরজাটা নতুন কাঁচা কাঠের তৈরি। কোনও হুড়কো-টুড়কো নেই। ঠেলতেই খুলে গেল। ভিতরটা বেশ পরিষ্কার পরিচ্ছন্ন। একধারে দুটো কুড়ুল বেড়ার গায়ে দাঁড় করানো। অন্য ধারে তক্তা দিয়ে বানানো একটা চৌকির মতো জিনিস। তাতে একটা মাদুর পাতা। ঘরে কেউ থাকে বা বিশ্রাম নেয়। কিন্তু এখন সে নেই।

পল্টু কুড়ুল দুটোর একটা হাতে তুলে নিয়ে একটু ঘুরিয়ে-ফিরিয়ে দেখল, মনে হয়, ঘরে যে থাকে সে কাঠুরিয়াই। তবে আত্মরক্ষার জন্য হাতের কাছে কুড়ুলটা রাখা ভাল।

তক্তপোশটার ওপর বসে পল্টু পকেট থেকে আর একটা পেয়ারা বার করে খেতে লাগল।

কোথাও কোনও শব্দ হয়নি! আচমকাই দরজাটা ধীরে ধীরে খুলে গেল।

পল্টু চিৎকার করার জন্য হাঁ করেছিল। কিন্তু শব্দ বেরোল না। দরজায় দাঁড়িয়ে আছে একটা দৈত্য বিশেষ। তালগাছের মতো ঢ্যাঙা, বিপুল স্বাস্থ্য, দুই ঘন ভ্রুর নীচে কঠিন একজোড়া চোখ।

কয়েকটা মুহূর্তকে যেন কত যুগ বলে মনে হচ্ছিল পল্টুর কাছে।

হঠাৎ লোকটা খুব নরম ভদ্র গলায় বলল, "ভয় পেও না। তুমি কে?"

পল্টু শ্বাস ছেড়ে কাঁপা গলায় বলল, "আমি পল্টু।"

"শহরে থাকো?"

"হ্যাঁ।"

"কার বাড়ি?"

"পরেশ রায় আমার মামা।"

লোকটা বুঝদারের মতো মাথা নাড়ল। গায়ে একটা হাতকাটা জামা, পরনে ধুতি, পায়ে টায়ার কেটে বানানো চপ্পল। লোকটার দিকে মন্ত্রমুগ্ধের মতো চেয়ে রইল পল্টু।

লোকটা হাতের টাঙ্গি গোছের জিনিসটা বেড়ার গায়ে দাঁড় করিয়ে রেখে বলল, "এখানে এলে কী করে? নৌকোয়?"

"আমি ইচ্ছে করে আসিনি। একটা মুখোশধারী লোক আমাকে এখানে ছেড়ে দিয়ে গেছে।"

লোকটা অবাক হয়ে বলল, "ঘটনাটা কি আমায় খুলে বলবে?"

পল্টুর ভয় কেটেছে একটু। লোকটার চেহারা যেমন, স্বভাব হয়তো তেমন খারাপ নয়। সে ধীরে ধীরে বলতে লাগল।

আগাগোড়া দরজার গায়ে একটা খুঁটিতে ঠেস দিয়ে দাঁড়িয়ে গম্ভীর মুখে লোকটা সব শুনল। কোনও কথা বলল না। পল্টুর গল্প শেষ হওয়ার পর মিনিট দুয়েক চুপ

করে কী ভেবে নিয়ে জিজ্ঞেস করল, "গয়েশবাবুর সঙ্গে আগের রাতে কি সত্যিই তোমার দেখা হয়েছিল?"

পল্টু মাথা নেড়ে বলল, "হয়েছিল। উনি আমার কাছে এসেছিলেন।"

ভ্রু কুঁচকে লোকটা জিজ্ঞেস করল, "কেন?"

"একটা জিনিস আমাকে রাখতে দিতে এসেছিলেন।"

"জিনিসটা কী?"

"কাগজে জড়ানো একটা প্যাকেট। আমি দোতলার ঘরে থাকি। মাঝরাতে আমার জানালায় ঢিল পড়ে। আমি জানালা খুলে দেখি, নীচে উনি দাঁড়িয়ে আছেন। আমাকে হাতছানি দিয়ে নীচে ডাকলেন। আমি নীচে গিয়ে দরজা খুলতেই উনি প্যাকেটটা আমার হাতে দিয়ে বললেন, 'খুব সাবধানে এটা তোমার কাছে লুকিয়ে রেখো। আমি ক'দিন পরে এসে নিয়ে যাব।'"

"তুমি প্যাকেটটা খুলেছিলে?"

"না। গয়েশবাবুর সঙ্গে আমার খুব ভাব ছিল। উনি আমাকে বিশ্বাস করতেন।"

লোকটা আবার একটু ভেবে নিয়ে বলল, "প্যাকেটটা কি খুব ভারী?"

"খুব। সিঁড়ি দিয়ে ওটা নিয়ে উঠবার সময় আমার ভীষণ কষ্ট হয়েছে।"

লোকটা আবার মাথা নাড়ল। তারপর একটা দীর্ঘশ্বাস ছাড়ল।

পল্টু কাঠুরিয়া কখনও দেখেনি ঠিকই, কিন্তু এই লোকটার হাবভাব গেঁয়ো বা অশিক্ষিত লোকের মতো যে নয়, তা সে স্পষ্টই বুঝতে পারছিল। তাই ফস্ করে সে জিজ্ঞেস করল, "আপনি কে?"

"আমি কাঠুরিয়া।"

"কিন্তু আপনাকে দেখে কাঠুরিয়া বলে মনে হয় না।"

লোকটা একটু হাসল। বলল, "যে কাঠ কাটে তাকে তো কাঠুরিয়াই বলে।"

পল্টুর সন্দেহ গেল না। তবে সে কথাও আর বাড়াল না।

লোকটা কী যেন ভাবছিল দাঁড়িয়ে দাঁড়িয়ে। হঠাৎ আপনমনে বলল, "ব্যাপারটা বড্ড জট পাকিয়ে গেছে।"

"কোন ব্যাপারটা?"

"তুমি যে ব্যাপারটার কথা বললে।"

"আমি কি বাড়ি ফিরে যেতে পারব আজ?"

লোকটা কী যেন ভাবছে। ভাবতে ভাবতেই বলে, "পারবে। এ জায়গাটা এমন কিছু দুর্গম নয়। প্রায়ই লোকজন যাতায়াত করে। কাঠুরিয়া আসে, মউলিরা আসে, জেলেরা আসে।"

"আপনি কি এখানেই থাকেন?"

"মাঝে মাঝে থাকতে হয়।"

"ভয় করে না?"

"না। ভয় কীসের? জঙ্গলে যেমন বিপদ আছে, শহরেও তেমনই আছে। বরং বেশিই আছে।"

"আপনি কি শুধু কাঠই কাটেন? আর কিছু করেন না?"

"করি। আমাকে চারধারে নজর রাখতে হয়।"

"তার মানে?"

লোকটা কথাটার জবাব দিল না। আবার ভাবতে লাগল। মুখখানা খুব গম্ভীর।

দূরে একটা ঘুঘু পাখি ডাকছিল। লোকটা হঠাৎ উৎকর্ণ হয়ে শব্দটা শুনে নিয়ে পল্টুর দিকে চেয়ে বলল, "আমি একটু আসছি। তুমি কোথাও যেয়ো না।"

"আপনি কোথায় যাচ্ছেন?"

"একটা ঘুঘু ডাকছে। ঘুঘুটা আমার পোষা। কেন ডাকছে দেখে আসি।"

লোকটা বেরিয়ে গেল। নিঃশব্দে।

পল্টু এক সেকেন্ড অপেক্ষা করেই লাফ দিয়ে উঠে ছুটে গেল দরজায়। পাল্লাটা একটু ফাঁক করে দেখল, লোকটা ধ্বংসস্তূপটা পার হয়ে লম্বা পায়ে হেঁটে যাচ্ছে।

পল্টু বুঝতে পারছিল না, লোকটা কে বা কেমন। তবে এ যে কাঠুরিয়া নয় সে বিষয়ে সন্দেহ নেই। মুখোশধারী বলেছিল তাদের সর্দার এই দ্বীপে থাকে। এই লোকটা সত্যিই সেই সর্দার নয় তো! ব্যাপারটা জানা দরকার।

পল্টু গাছের আড়াল-আবডাল দিয়ে লোকটার পিছনে চলতে লাগল। কিন্তু লোকটা জঙ্গলে চলাফেরায় অভ্যস্ত। পল্টু নয়। উপরন্তু তাকে গা ঢাকা দিয়ে চলতে হচ্ছে। বারবার লোকটাকে হারিয়ে ফেলছিল পল্টু। তবে বেশিদূর যেতে হল না। মিনিট দুয়েক হাঁটার পরেই পল্টু দেখল সামনেই খাঁড়ি। দৈত্যের মতো লোকটা একটা গাছের ধারে থেমেছে। খাঁড়িতে একটা সবুজ রঙের ছোট্ট মোটরবোট থেকে একজন লোক ডাঙায় নেমে লোকটার দিকে উঠে আসছে।

লোকটার মুখ দেখে পল্টুর বুকের মধ্যে রেলগাড়ির পোল পার হওয়ার মতো গুম গুম শব্দ হতে লাগল। চোখের পলক পড়ল না। লোকটার মুখে সিংহের মুখোশ।

পল্টুর ভিতর থেকে আপনাআপনিই একটা আতঙ্কের চিৎকার উঠে আসছিল। মুখে হাতচাপা দিয়ে সে চিৎকারটাকে আটকাল। একটা বড় গাছের আড়ালে দাঁড়িয়ে সে দেখল, মুখোশধারী কাঠুরিয়ার সঙ্গে কী যেন কথা বলছে।

খুব সামান্যক্ষণই কথা বলল তারা। মুখোশধারী আবার মোটরবোটে ফিরে গেল।

তারপর বোটের মুখ ঘুরিয়ে জল কেটে চলে গেল কোথায়। বোটটার মোটরে খুব সামান্য একটু শব্দ হচ্ছিল। বোধহয় খুবই দামি মোটরবোট।

কাঠুরিয়া কয়েক সেকেন্ড মোটরবোটটার গমনপথের দিকে চেয়ে থেকে আস্তে আস্তে ফিরে আসতে লাগল।

আর এবারই হঠাৎ ভয় পেল পল্টু। দারুণ ভয়। সে বুঝতে পারল, তার বিপদ ঘনিয়ে আসছে। সে মুখ ঘুরিয়ে দিগ্‌বিদিকজ্ঞানশূন্য হয়ে দৌড়োতে লাগল। কোথায় যাচ্ছে জানে না। কী হবে জানে না। শুধু মনে হচ্ছে, পালানো দরকার। এক্ষুনি পালানো দরকার।

কিন্তু জঙ্গলের মধ্যে দৌড়োনো সহজ নয়। পদে পদে অজস্র বাধা, কাঁটাগাছ, লতা, ঝোপঝাড়, কী নেই। বার দুই পড়ে গেল পল্টু।

পিছন থেকে একটা হেঁড়ে গেলার হাঁক শোনা গেল হঠাৎ, "পল্টু! পল্টু! পালিয়ো না। ভয় নেই।"

পল্টু আরও আতঙ্কে দিশাহারা হয়ে দৌড়োতে গিয়ে দিক হারিয়ে ফেলল। হঠাৎ দেখল সামনে তার পথ আটকে সেই কাঠুরিয়া দাঁড়িয়ে।

পল্টুর গলা দিয়ে স্বর বেরোল না। নিষ্পলক আতঙ্কিত চোখে চেয়ে রইল লোকটার দিকে।

কাঠুরিয়া একটা হাত বাড়িয়ে বলল, "অত ভয় পেলে কেন? মুখোশধারীকে দেখে? ওকে ভয়ের কিছু নেই। যে তোমাকে এখানে এনেছে, সে ও লোকটা নয়।"

"তা হলে ও কে?"

"ও আমার বন্ধু। এসো, কিছু ভয়ের নেই।"

"আমি যাব না।"

লোকটা হেসে ফেলল। সরল হাসি। বলল, "তোমার মতো ছোট্ট একটু ছেলেকে ইচ্ছে করলেই তো আমি মেরে ফেলতে পারি, যদি আমার সেই মতলব থাকে। তাই না? তবু যখন মারছি না তখন নিশ্চয়ই আমার সে মতলব নেই।"

"তা হলে?"

"তা হলে কিছু নয়। আমার সঙ্গে এসো, সব বলছি।"

পল্টু লোকটার হাত ধরল। লোকটা পথ দেখিয়ে নিয়ে যেতে যেতে তাকে বলল, "এই দ্বীপটার একধারে নদী, অন্যধারে বড় ঝিল। নদী থেকে ঝিলে ঢুকবার পথ আছে। আমি এখানে সেই পথটা পাহারা দিই।"

"কেন?"

"লক্ষ করি কারা ওই পথে যাতায়াত করে।"

"আর ওই মোটরবোটের লোকটা?"

"ও লোকটাও পাহারা দেয়। সারাক্ষণ তো একজনের পক্ষে পাহারা দেওয়া সম্ভব নয়। ও আমাকে সাহায্য করে।"

"আপনি তা হলে কাঠুরিয়া নন?"

"কাঠুরিয়াও বটে। তবে শুধু কাঠুরিয়া নই।"

"আপনি কি পুলিশের লোক?"

"অনেকটা তাই।"

"পাহারা দেন কেন?"

"কিছু দুষ্টু লোক এই পথ দিয়ে আনাগোনা করে।"

"ওই মুখোশওলা লোকটা কি সত্যিই আমাকে এখানে আনেনি?"

"না। ও তোমাকে চেনেও না। তবে যে তোমাকে এখানে এনেছে সে খুব চালাক লোক।"

"কেন?"

"সে জানে যে, তুমি মরবে না। শহরে ফিরেও যাবে। গিয়ে বলবে যে, একজন সিংহের মুখোশ-পরা লোক তোমাকে চুরি করে এনেছিল। তখন দোষটা গিয়ে পড়বে আমার ওই বন্ধুটির কাঁধে। কারণ এই অঞ্চলে যেসব কাঠুরিয়া, জেলে আর মউলি যাতায়াত করে তারা সবাই আমাকে আর আমার বন্ধুকে চেনে, তারা জানে আমার বন্ধু একটা মুখোশ পরে ঘুরে বেড়ায়।"

"আপনার বন্ধু মুখোশ পরে কেন?"

"এমনিতে কোনও দরকার নেই। খানিকটা শখ বলতে পারো। আর-একটা উদ্দেশ্য হল, যেসব দুষ্টু লোক এখান দিয়ে আনাগোনা করে তারা যাতে ওকে চিনে না রাখতে পারে।"

"কিন্তু মুখোশ দেখলে তো লোকের সন্দেহ আরও বাড়বে।"

কাঠুরিয়া খুব হোঃ হোঃ করে হেসে উঠল। বলল, "বাঃ! তোমার তো খুব বুদ্ধি! কথাটা ঠিক বলেছ। তবে আমার ওই বন্ধুটির মুখটা দেখতে বিশেষ ভাল নয়। ছেলেবেলায় আগুনে পুড়ে মুখটা একটু বীভৎস হয়ে গেছে। ফলে ও মুখোশ ছাড়া বেরোতে চায় না। ওর অবশ্য নানারকম মুখোশ আছে। তবে সিংহের মুখোশটাই ও সবচেয়ে বেশি পছন্দ করে।"

তারা খোড়ো ঘরটার কাছে পৌঁছে গেল হাঁটতে হাঁটতে।

কাঠুরিয়া ঘরে ঢুকে বলল, "চুপচাপ বসে বিশ্রাম নাও। আমার বন্ধুটি ফিরে এলে তোমাকে পৌঁছে দেওয়ার ব্যবস্থা হবে।"

"আপনার বন্ধু কোথায় গেল?"

"একজন জেলে আমার বন্ধুকে খবর দিয়েছে, সিংহের মুখোশ-পরা একটা লোক একটা নৌকোয় করে জলায় ঘুরে বেড়াচ্ছে। একটু আগেও তাকে দেখা গেছে পশ্চিম ধারের একটা দ্বীপের কাছে। আমাদের মনে হয়, লোকটা ওখানেই কোনও কীর্তি করে এসেছে। আমার বন্ধু সেখানে গেল দেখে আসতে।"

"তা হলে মুখোশধারী দু'নম্বর লোকটা কে?"

"সে নিশ্চয়ই আমাদের বন্ধু নয়।"

"আপনি তাকে চেনেন না?"

"কী করে চিনব? তবে আমার ধারণা, লোকটা খুব অচেনাও নয়।"

"সে এসব করছে কেন?"

"বললাম যে, সে আমাদের বিপদে ফেলতে চায়। পুলিশ যখনই খবর পাবে যে, একজন মুখোশধারী একটা বাচ্চা ছেলেকে গুম করে এখানে এনে ফেলে রেখে গিয়েছিল, তখনই খোঁজখবর এবং তল্লাশ শুরু হবে। আমাদের হদিশ পেতে পুলিশের মোটেই দেরি হবে না। তারা এসে আমাদের ধরে নিয়ে যাবে।"

"কিন্তু আপনারাও তো পুলিশের লোক!"

"তা অনেকটা বটে। কিন্তু আমরা সাধারণ পুলিশ নই। আমাদের কাছে আইডেনটিটি কার্ড বা কোনও প্রমাণপত্র থাকে না। কাজেই ধরতে এলে প্রমাণ করতে পারব না যে, আমরা অপরাধী নই।"

"তা হলে কী হবে? আপনাদের জেল হবে?"

কাঠুরিয়া হেসে মাথা নেড়ে বলল, "তা অবশ্য হবে না। ধরা পড়ার পর আমরা আমাদের হেড কোয়ার্টারে ব্যাপারটা জানাব। সেখান থেকে আমাদের ছেড়েও দেবে। কিন্তু ততক্ষণে যা হওয়ার তা হয়ে যাবে।"

"কী হবে?"

"মুখোশধারী কিছুক্ষণের জন্য আমাদের এখান থেকে সরাতে চাইছে। মাত্র কয়েক ঘণ্টার জন্যও যদি আমাদের এখান থেকে সরিয়ে দেওয়া যায় তা হলে সেই ফাঁকে সে মস্ত একটা কাজ হাসিল করে নেবে।"

"কী কাজ হাসিল করবে?"

"সেইটে জানার জন্যই তো আমরা এখানে বেশ কিছুদিন হল থানা গেড়ে বসে আছি।"

"পুলিশ কি আপনাদের ধরবেই?"

কাঠুরিয়া আবার হাসল, "তাই তো মনে হচ্ছে।"

"আমি ফিরে গিয়ে না-হয় কিছু বলব না।"

কাঠুরিয়া মাথা নেড়ে বলল, "তুমি না বললে কী হয়! দ্বিতীয় মুখোশধারী বোকা লোক নয়। সে যা করেছে তা দিনের আলোতেই করেছে। নিজেকে খুব একটা গোপন রাখেনি। জলায় সর্বদাই জেলেদের নৌকো ঘোরে। তাদের চোখে পড়বেই। তুমি না বললেও তারা বলে দেবে। সুতরাং পুলিশ যে আসবেই তাতে সন্দেহ নেই।"

হঠাৎ আবার আগেকার মতোই দূরে ঘুঘুর ডাক শোনা গেল। লোকটা উৎকর্ণ হয়ে শুনল। তারপর পল্টুর দিকে তাকিয়ে বলল, "এসো।"

পল্টু উঠে পড়ল। বলল, "কিছু পাওয়া গেছে ওই দ্বীপে?"

"মনে তো হচ্ছে। চলো দেখি।"

খাঁড়ির মুখে এসে তারা দেখে, মুখোশধারী মোটরবোট থেকে পাঁজাকোলা করে একটা লোককে নামিয়ে আনছে। লোকটাকে দেখে পল্টু চেঁচিয়ে উঠল, "আরে! এ যে সান্টুর বাবা!"

কাঠুরিয়া বলল, "চেনো তা হলে!"

"খুব চিনি।"

মুখোশধারী সুমন্তবাবুকে মাটিতে শুইয়ে দিয়ে মৃদুস্বরে বলল, "একটুর জন্য লোকটাকে সাপে কামড়ায়নি। কিন্তু লোকটা একটু অদ্ভুত। অজ্ঞান হয়ে পড়ে ছিল, হাতে একটা লাউডগা সাপ বাইছিল। সাপটাকে তাড়িয়ে মুখে চোখে জলের ঝাপটা দিতেই উঠে বসল। তারপর কথা নেই বার্তা নেই দুম করে আমার ওপর ঝাঁপিয়ে পড়ে ঘুষি চালাতে লাগল। তাই বাধ্য হয়ে আমি লোকটার চোয়ালে একটা ঘুষি মেরে অজ্ঞান করে দিই। তারপর নিয়ে আসি।"

কাঠুরিয়া পল্টুর দিকে চেয়ে একটু হেসে বলে, "বুঝলে?"

"না।" বলেই পল্টু আবার তাড়াতাড়ি বলল, "বুঝেছি। আপনার বন্ধুকে সুমন্তবাবু আমার মতো সেই দ্বিতীয় মুখোশধারী বলে মনে করেছিল।"

"ঠিক বলেছ। দুনম্বর মুখোশধারী খুব কাজের লোক।"

পল্টু উদ্বেগের সঙ্গে বলে, "আচ্ছা, গয়েশবাবুকেও কি মুখোশধারীই সরিয়ে দিয়েছে?"

"খুব সম্ভব।"

"উনি কি বেঁচে আছেন?"

"সেটা বলা শক্ত।"

"লোকে বলছে ওঁকে খুন করা হয়েছে।"

কাঠুরিয়া একটা দীর্ঘশ্বাস ফেলে বলে, "সেটাই স্বাভাবিক। গয়েশবাবুর ঘটনাই সব গণ্ডগোল পাকিয়ে দিয়েছে।"

কাঠুরিয়ার মুখোশধারী বন্ধু খাঁড়ি থেকে একটা মগে করে জল এনে সুমন্তবাবুর মুখে চোখে ছিটিয়ে দিচ্ছিল। মিনিট দুয়েকের মধ্যেই সুমন্তবাবুর চোখ পিটপিট করতে লাগল।

কাঠুরিয়া মৃদুস্বরে বলল, "বিনয়, তুমি সামনে থেকো না। তোমাকে দেখলেই আবার ভায়োলেন্ট হয়ে উঠবে।"

মুখোশধারী বোধহয় মুখোশের আড়ালে একটু হাসল। তারপর নেমে গিয়ে তার মোটরবোটের মুখ ঘুরিয়ে আবার জলায় অদৃশ্য হয়ে গেল।

সুমন্তবাবু চোখ পিটপিট করে কাঠুরিয়াকে একটু দেখে নিয়েই হঠাৎ "তবে রে!" বলে একটা হুংকার দিয়ে লাফিয়ে উঠলেন। কাঠুরিয়া একটুও নড়ল না। সুমন্তবাবু দাঁড়াতে গিয়ে মাথা ঘুরে নিজেই বসে পড়লেন। তারপর হঠাৎ পটাং পটাং করে কয়েকটা বৈঠক এবং বুকডন দিয়ে নিতে লাগলেন।

এবার আত্মপ্রকাশ করা বিধেয় ভেবে পল্টু এগিয়ে গিয়ে মিষ্টি করে বলল, "কাকাবাবু, কোনও ভয় নেই। ইনি আমাদের শত্রু নন।"

সুমন্তবাবু একটা বুকডনের মাঝখানে থেমে হাঁ করে পল্টুর দিকে চেয়ে রইলেন।

কাঠুরিয়া তাঁকে ধরে তুলল। তারপর বলল, "আমি কখনও মারপিট করিনি। আপনি মারলে আমার খুব ব্যথা লাগত। আমি তো শত্রু নই, বন্ধু।"

ফের সেই খোড়ো ঘরটায় ফিরে এল তারা। সঙ্গে সুমন্তবাবু। কাঠুরিয়া তাঁকে শুকনো একটা ধুতি আর একখানা কম্বল দিল গায়ে দেওয়ার জন্য। কুলুঙ্গি থেকে নামিয়ে চিঁড়ে, গুড়, মর্তমান কলা দিয়ে খাওয়াল। খাওয়ার ফাঁকে ফাঁকেই ঘটনাটা বলে গেলেন সুমন্তবাবু।

কাঠুরিয়া চুপ করে শুনল। তারপর জিজ্ঞেস করল, "মৃদঙ্গবাবুর কী হল সে খবর কি জানেন?"

সুমন্তবাবু মাথা নেড়ে বললেন, "না। বোধহয় পুলিশে ধরেছে।"

কাঠুরিয়া চুপ করে ভাবতে লাগল।

বাইরে সন্ধে ঘনিয়ে এসেছে। পাখিরা ফিরে আসছে নিজেদের বাসায়। তাদের কিচির-মিচির শব্দে বনভূমি মুখর। সন্ধের সঙ্গে সঙ্গেই ঠান্ডা বাড়তে লাগল। জলার জল ছুঁয়ে উত্তুরে বাতাস এল হু হু করে। শীতে সুমন্তবাবু আর পল্টু কাঁপতে লাগল। কিন্তু কাঠুরিয়া নির্বিকার।

অন্ধকার হয়ে আসার পর কাঠকুটো জ্বেলে ঘরের মধ্যে একটা চমৎকার আগুন তৈরি করল কাঠুরিয়া। তারপর পল্টুকে বলল, "আমার বন্ধু একটা জরুরি কাজ সেরে আসতে গেছে। তোমাকে সে পৌঁছে দিয়ে আসতে পারত, কিন্তু তার আর দরকার নেই। খবর পেয়েছি, পুলিশ এখানে আসছে। তারা এলে তুমি তাদের সঙ্গেই ফিরে যেতে পারবে।"

"আর আপনি?"

কাঠুরিয়া একটু গম্ভীর হয়ে বলল, "আমার পালিয়ে যাওয়ার পথ আছে। কিন্তু পালিয়ে লাভ নেই।"

"কেন?"

"পালালে পুলিশের হাত এড়াতে পারব বটে, কিন্তু সেক্ষেত্রে পাহারার কাজেও ফাঁক পড়বে। দুনম্বর মুখোশধারী আমাকে বুদ্ধির খেলায় হারিয়ে দিয়েছে।"

"কেন, আমি পুলিশকে বলব যে, এ কাজ আপনার বন্ধু করেনি।"

কাঠুরিয়া মাথা নেড়ে বলল, "তোমার কথা তারা বিশ্বাস করবে না। কারণ আমার ধারণা, মৃদঙ্গবাবুও সেই মুখোশধারীর পাল্লায় পড়েছিলেন। তিনি নিশ্চয়ই পুলিশকে জানিয়েছেন।"

"তা হলে উপায়?"

"কোনও উপায় দেখছি না। কয়েক ঘণ্টার জন্য পাহারার কাজে ফাঁক পড়বেই।"

হঠাৎ সুমন্তবাবু একটা হুংকার দিলেন, "না, পড়বে না।"

কাঠুরিয়া একটু হাসল। বলল, "কাজটা খুব শক্ত, ভীষণ শক্ত। তা ছাড়া আপনার বাড়ির লোকও তো আপনার জন্য ভাবছেন।"

সুমন্তবাবু ম্লান মুখে বললেন, "তা ভাবছে বটে। কিন্তু আমার বাড়ি ফেরার উপায় নেই। গয়েশের বাড়িতে আনঅথরাইজড অনুপ্রবেশের দরুন বজ্রাঙ্গ আমাকে ধরবেই। আমাদের বংশে কেউ কখনও পুলিশের খাতায় নাম লেখায়নি মশাই। তার চেয়ে বরং গুণ্ডা বদমাশের সঙ্গে লড়াই করে জীবন বিসর্জন দেওয়াও শ্রেয়। না, আমিই পাহারা দেব। কী করতে হবে শুধু বলুন।"

পল্টুর বাড়ি ফেরার তাড়া নেই। সেও বলে উঠল, "আমিও বাড়ি ফিরব না। পাহারা দেব।"

কাঠুরিয়া চিন্তিতভাবে সুমন্তবাবুকে বলে, "আপনি আর পল্টু দুজনের কারওই এসব বিপজ্জনক কাজে অভিজ্ঞতা নেই। যদি শেষ অবধি আপনাদের কিছু হয়?"

সুমন্তবাবু খুব তাড়াতাড়ি কয়েকটা বৈঠক দিয়ে বুকডন মারতে মারতে বললেন, "মরার চেয়ে বেশি আর কী হবে মশাই?"

কাঠুরিয়া বলে, "মরলেই তো হবে না, কাজটাও উদ্ধার করা চাই।"

"কাজটার কথাই বলুন। আমাদের নিরাপত্তার কথা ভাবতে হবে না।"

কাঠুরিয়া জিজ্ঞেস করল, "আপনি মোটরবোট চালাতে পারেন?"

সুমন্তবাবু বললেন, "না, তবে নৌকো বাইতে পারি।"

"তা হলেও হবে। আপনি নদী আর ঝিলের মাঝখানকার খাঁড়িটা নিশ্চয়ই চেনেন!"

"খুব চিনি মশাই, এখানেই তো জীবনটা কাটল।"

কাঠুরিয়া বলল, "লোকটা ওই খাঁড়ি দিয়ে নদীতে গিয়ে পড়বে। নদীতে পড়লে তাকে ধরা মুশকিল হবে। সে বোধহয় খুবই ভাল নৌকো চালায়।"

"লোকটা যাবে কোথায়?"

"লোকটা নদীর স্রোতে পড়লে অনেকদূর অবধি ভাঁটিতে চলে যাবে। তারপর সম্ভবত কোনও মোটরলঞ্চ বা ছোট্ট স্টিমার তাকে তুলে নেবে।"

"আপনি তা হলে পুরো ষড়যন্ত্রটাই জানেন?"

"ঠিক জানি না। তবে আন্দাজ করছি। গয়েশবাবুকে খুন করার পিছনে উদ্দেশ্য একটাই। লোকজনকে বিভ্রান্ত করে দেওয়া। সকলের মনোযোগ এখন গয়েশবাবুর দিকে। আজ সারারাত ধরে জেলেরা জলায় তাঁর লাশ খুঁজবে। সেই ফাঁকে একটা ছোট্ট নৌকো খাঁড়ি বেয়ে নদীতে পড়ল কিনা কে অত নজর রাখে! আর রাখবেই বা কেন? কিন্তু লোকটা জানে, আর কেউ নজর না রাখলেও আমরা রাখছি। তাই আমাদের সরিয়ে দেওয়ার চমৎকার একটা প্ল্যান করেছে সে। এখন শুধু নজর রাখছে কখন পুলিশ আমাদের ধরে নিয়ে যায়।"

সুমন্তবাবু হঠাৎ বললেন, "জলপথেই বা সে পালাবে কেন? স্থলপথও তো আছে। ট্রেনে উঠে যদি পালায়?"

"তা হলে তার লাভ নেই। জলপথে যত সহজে স্বদেশের সীমা ডিঙোনো যায় স্থলপথে তত নয়। তা ছাড়া স্থলপথে নজর রাখারও লোক আছে। কিন্তু সে সেদিক দিয়ে পালাবে না, নিশ্চিন্ত থাকুন। ওই খাঁড়িটাই তার একমাত্র পথ। আমাদের একটা ডিঙি নৌকোও আছে। আপনি আর পল্টু সেটা নিয়ে খাঁড়ির মুখটা পাহারা দেবেন, পারবেন?"

"পারব। কিন্তু লোকটাকে চিনব কী করে?"

"সম্ভবত তার মুখে এবারও সিংহের মুখোশ থাকবে। যদি তা না থাকে তবে কী করবেন তা বলতে পারব না। তবে নজর রাখবেন। ওই বোধহয় পুলিশের নৌকো এল।"

বাস্তবিকই দূরে অনেক লোকের কথাবার্তা শোনা যাচ্ছিল। জঙ্গল ভেঙে ভারী পায়ের এগিয়ে আসার শব্দও পাওয়া যাচ্ছে।

কাঠুরিয়া উঠে পড়ল। বলল, "ঘর থেকে বেরিয়ে সোজা বাঁদিকে এগিয়ে যান। দশ মিনিট হাঁটলেই খাঁড়ি।"

কাঠুরিয়া কুলুঙ্গি থেকে একটা টর্চ আর একটা বেতের লাঠি নামিয়ে সুমন্তবাবুকে দিয়ে বলল, "পল্টুকে দেখবেন।"

"ঠিক আছে। চলি।"

সুমন্তবাবু ঘর থেকে বেরিয়ে পড়ি-কি-মরি করে বাঁ দিকে হাঁটতে লাগলেন। সঙ্গে পল্টু। পিছনে পুলিশের তীব্র টর্চের আলো জঙ্গল ভেদ করে এদিকে-সেদিকে পড়ছে। দুজনে আরও জোরে হাঁটতে থাকে।

জঙ্গলের এবড়ো-খেবড়ো জমিতে টক্কর খেতে খেতে দুজনে খাঁড়ির ধারে পৌঁছে গেল। নদীতে ভরা জোয়ার। খাঁড়ি দিয়ে তীব্র স্রোত হুহুংকারে ঝিলের মধ্যে ঢুকছে। সেই স্রোতের ধাক্কায় মোচার খোলার মতো একটা ডিঙি নৌকো দোল খাচ্ছে তীরে।

দুজনে নেমে হাঁচোড়-পাঁচোড় করে ডিঙিটায় উঠে পড়ল।

"জয় দুর্গা! জয় দুর্গতিনাশিনী!" বলে একটা হুংকার ছাড়লেন সুমন্তবাবু।

পল্টু সতর্ক গলায় বলল, "কাকাবাবু! আস্তে। বজ্রাঙ্গবাবু শুনতে পেলে—"

সুমন্তবাবু ভয় খেয়ে তাড়াতাড়ি দু হাত জড়ো করে কপালে আর বুকে ঘন ঘন ঠেকাতে ঠেকাতে বিড়বিড় করে বললেন, "জয় বজরঙ্গবলী। জয় রাম। জয় অসুরদলনী।"

দুজনে চুপ করে বসে রইলেন নৌকোয়। কুয়াশা আজ বেশ পাতলা। তার ভিতর দিয়ে দূরে দূরে জেলে-নৌকোর বহু আলো দেখা যাচ্ছে। এখনও গয়েশবাবুর লাশের খোঁজ চলছে।

খাঁড়ির মুখ পাহারা দেওয়া এমনিতে শক্ত নয়। মাত্র পঞ্চাশ হাতের মতো চওড়া জায়গাটা। তবে এখন জোয়ারের সময় জলের তোড় কিছু বেশি। কোনও নৌকোকে নদীতে যেতে হলে বেশ কসরত করতে হবে। কিন্তু দুজনেই জানে, দুনম্বর মুখোশধারী নৌকো বাওয়ায় দারুণ ওস্তাদ লোক। এই স্রোত ঠেলে নৌকো নিয়ে নদীতে পড়তে তার বিশেষ অসুবিধে হওয়ার কথা নয়। তা ছাড়া অন্ধকার মতো আছে, কুয়াশা আছে। মুখোশধারী নিশ্চিত আলো জ্বেলে আসবে না। কাজেই দুজনে খুব তীক্ষ্ণ চোখে নজর রাখতে লাগল।

প্রচণ্ড শীত। তার ওপর মাঝে মাঝে ডিঙির গায়ে ঢেউ ভেঙে জল ছিটকে আসছে গায়ে। সুমন্তবাবু আপাদমস্তক কম্বল দিয়ে জড়িয়ে নিয়েছেন। পল্টু খোলের মধ্যে খানিক সেঁধিয়ে হিহি করে কাঁপছে।

ধীরে ধীরে সময় কেটে যেতে লাগল। জোয়ারের স্রোতটাও যেন ধীরে ধীরে কমে এল একটু।

সুমন্তবাবু বললেন, "শীতে জমে গেলাম রে পল্টু! আয়, একটু গা গরম করি।"

"কী ভাবে কাকু?"

"নৌকো বেয়ে।" বলে সুমন্তবাবু পাড়ে নেমে খুঁটি থেকে ডিঙির দড়িটা খুলে দিয়ে উঠে বৈঠা হাতে নিলেন।

নৌকো সুমন্তবাবু ভালই চালান। স্রোত ঠেলে দিব্যি বার দুই খাঁড়ির এপার ওপার হলেন। তারপর বললেন, "নাঃ; আজ আর হতভাগা আসবে না।"

হঠাৎ চাপাস্বরে পল্টু বলল, "আসছে।"

"বলিস কী?" বলেই সুমন্তবাবু বৈঠা রেখে নৌকোর মধ্যেই গোটা দুই বৈঠকি দিয়ে নিতে গেলেন। নিয়ন্ত্রণ হারিয়ে নৌকোটা বোঁ বোঁ করে চরকির মতো দুটো পাক খেল।

"বাবা গো!" পল্টু ভয় খেয়ে চেঁচিয়ে উঠল।

সুমন্তবাবু চোখের পলকে আবার বৈঠা তুলে নৌকো সামাল দিয়ে বললেন, "কোথায় রে? কই?"

"আপনি সব গণ্ডগোল করে দিচ্ছেন কাকু। ওই তো দূরে। ওই যে!"

বাস্তবিকই কিছু দূরে একটা কালো বস্তুকে জলে ভেসে আসতে দেখা গেল।

সুমন্তবাবু সতর্ক গলায় জিজ্ঞেস করলেন, "তোর গলা শুনেছে?"

পল্টু ফিস ফিস করে বলল, "কে জানে? তবে বাতাস উলটোদিকে বইছে। না-ও শুনতে পারে।"

"জয় মা!" বলে কপালে বারকয়েক হাত ঠেকালেন সুমন্তবাবু।

নৃসিংহ-অবতার নৌকোর ভেলকি দেখাতে পারে। অন্ধকারেও বোঝা যাচ্ছিল, ছোট্ট নৌকোটা তিরের মতো গতিতে ছুটে আসছে। খাঁড়ির স্রোত কমলেও যা আছে তাও বেশ তীব্র। সেই স্রোত ঠেলে ওরকম গতিতে চলা খুব সোজা কাজ নয়।

পল্টু বলল, "আসছে কাকু! এসে গেল!"

"ও বাবা! তা হলে আর দুটো বৈঠকি দিয়ে নেব নাকি?"

"সর্বনাশ! ও কাজও করবেন না। নৌকো বানচাল হয়ে যাবে।"

সুমন্তবাবু "জয় মা, জয় মা" বলে বিড়বিড় করতে লাগলেন। বিপরীত দিক থেকে নৌকোটা বিশ হাতের মধ্যে চলে এল। বৈঠার ছলাত ছলাত শব্দও পাওয়া যাচ্ছিল।

পল্টু জিজ্ঞেস করল, "কাকু, এবার কী করবেন?"

চিন্তিত সুমন্তবাবু বললেন, "তাই তো ভাবছি। একটা বন্দুক থাকলে—"

"যখন নেই তখনকার কথা ভাবুন।"

"লাঠিটা দে।"

"লাঠি দিয়ে নাগাল পাবেন না।"

"তা হলে তুই একটা বৈঠা জলে ডুবিয়ে নৌকোটা সামলে রাখ। আমি আর একটা বৈঠা দিয়ে ঘা কতক দিই লোকটাকে।"

"পারবেন?"

"জয় মা।" বলে সুমন্তবাবু বৈঠা নিয়ে খাড়া হলেন। কিন্তু পল্টুর অনভ্যস্ত হাতে নৌকোটা স্থির থাকছে না। টালমাটাল হয়ে যাচ্ছে। সুমন্তবাবু ঝড়াক করে খোলের মধ্যে পড়ে গেলেন। আবার উঠলেন।

তা করতে করতে নৌকোটা পাল্লার মধ্যে এসে পড়ল। কিন্তু নৃসিংহ-অবতার খুবই বুদ্ধিমান। একটা নৌকো যে খাঁড়ির মুখ আগলাচ্ছে তা লক্ষ করেই আচমকা নিজের নৌকোটাকে চোখের পলকে দশ হাত তফাতে নিয়ে ফেলল সে। তারপর নদীর দিকে প্রাণপণে এগোতে লাগল।

সুমন্তবাবু বুঝলেন, সুযোগ হাতছাড়া হচ্ছে। পল্টুর হাত থেকে বৈঠাটা টেনে নিয়ে তিনি দুহাতে প্রাণপণে বাইতে লাগলেন। টপটপ করে ঘাম ঝরতে লাগল তার এই শীতেও। ফিসফিস করে বললেন, "হ্যাঁ, একেই বলে একসারসাইজ! এই হল একসারসাইজ!"

নৃসিংহ-অবতারের নৌকোটার কাছাকাছি এগিয়ে গেল সুমন্তবাবুদের ডিঙি। এই জায়গায় জলের স্রোত এখনও ভীষণ। দুটো ডিঙির কোনওটাই তেমন এগোতে পারছে না। তবু তার মধ্যেই নৃসিংহ-অবতারের ডিঙি কয়েক হাত এগিয়ে যেতে পেরেছে এবং আরও এগিয়ে যাচ্ছে!

সুমন্তবাবু চেঁচালেন, "খবরদার! থামো বলছি! নইলে গুঁড়িয়ে দেব!"

নৃসিংহ-অবতার কোনও জবাব দিল না। কিন্তু দুহাতে চমৎকার বৈঠা মেরে নৌকোটাকে প্রায় নাগালের বাইরে নিয়ে ফেলল।

"তবে রে!" বলে সুমন্তবাবু দুই হাতে প্রায় ঝড় তুলে ফেললেন বৈঠার গায়ে। ছোট্ট ডিঙিটা ঢেউয়ের ওপর দিয়ে দুটো লাফ মেরে ব্যাংবাজির মতো ছিটকে নৃসিংহ-অবতারের নৌকোকে ছুঁয়ে ফেলল। সুমন্তবাবু সঙ্গে সঙ্গে একটা বৈঠা তুলে দড়াম করে বসালেন গলুইয়ে বসা লোকটার মাথায়।

কিন্তু কোথায় মাথা! চতুর লোকটা চোখের পলকে নৌকোটাকে একটা চরকিবাজি খাইয়ে ঘুরিয়ে নিয়েছে। বৈঠা লক্ষ্যভ্রষ্ট হওয়ায় সুমন্তবাবু টাল সামলাতে না পেরে গুপুস করে জলে গিয়ে পড়লেন।

পল্টু নিজের বিপদ আন্দাজ করে আগে থেকেই তৈরি ছিল। সুমন্তবাবুর সঙ্গে

নৌকোয় চড়া যে কতটা বিপজ্জনক, তা সে অনেকক্ষণ আগেই বুঝে গেছে। সুতরাং নৃসিংহের নৌকোর গলুইতে তাদের গলুই ঠেকতেই সে টুক করে ওই নৌকোয় লাফিয়ে চলে গেছে। নৃসিংহ তখন নৌকো সামলাতে ব্যস্ত। তাই দেখেও তেমন কিছু করতে পারল না।

পল্টু দেখল, তাদের ডিঙিটা স্রোতের মুখে নক্ষত্রবেগে ওলটপালট খেতে খেতে ভেসে যাচ্ছে। তবু সুমন্তবাবু বীর-বিক্রমে সাঁতার দিয়ে আসছেন।

মুখে সিংহের মুখোশ পরা লোকটা একটা বৈঠা তুলল। সুমন্তবাবুর মাথাটাই তার লক্ষ্য সন্দেহ নেই। পল্টু আর দেরি করল না। একটা ডাইভ দিয়ে সে সোজা নৃসিংহের কোলে গিয়ে পড়ল। তারপর দুই হাতে চালাতে লাগল দমাদম ঘুষি।

কিন্তু পল্টুর ঘুষিতে কাবু হওয়ার লোক নৃসিংহ নয়। হাতের এক ঝটকায় পল্টুকে ছিটকে ফেলে লোকটা আবার বৈঠা তুলে চোখের পলকে সুমন্তবাবুর মাথা লক্ষ করে চালাল। কিন্তু সুমন্তবাবু এবার খুব বুদ্ধির পরিচয় দিয়ে টুক করে ডুব দিলেন।

নৃসিংহের নৌকোটা বৈঠার সাহায্য না পেয়ে স্রোতের মুখে একটু পিছিয়ে গেল। আর পল্টুও ফের উঠে ঝাঁপিয়ে পড়ল নৃসিংহের ওপর। দুহাতে সে লোকটার গলা খামচে ধরল।

নৃসিংহ ভারী জ্বালাতন হয়ে বলে উঠল, "উঃ! ছাড়ো, ছাড়ো!"

নৌকোটা ফের একটা চক্কর মারল। আর ততক্ষণে গলুই ধরে সুমন্তবাবু ঝপাত করে নৌকোয় উঠে পড়লেন।

নৌকোটা পুরো বেসামাল হয়ে পিছন দিকে দৌড়োতে থাকে।

কিন্তু সেদিকে দৃকপাত না করে সুমন্তবাবু পল্টুকে সরিয়ে নিজে ঝাঁপিয়ে পড়লেন লোকটার ওপর। রাগে তাঁর গা রি রি করছে। বৈঠাটা মাথায় লাগলে এতক্ষণে তাঁর সলিল-সমাধি হয়ে যেত। তার ওপর এই লোকটাই তাঁকে আজ সাপ আর কুমিরের মুখে ছেড়ে দিয়ে এসেছিল। এবং সম্ভবত এই লোকটাই গয়েশের খুনি।

সব রাগ গিয়ে লোকটার ওপর পড়ায় সুমন্তবাবুর ঘুষির জোর গেল বেড়ে।তাঁর দু'খানা হাতুড়ির মতো ঘুষি খেয়ে লোকটা নেতিয়ে পড়ল গলুইতে।

গোলমতো একটু চাঁদ উঠেছে আকাশে। নৌকোটা চক্কর খেতে খেতে আর পিছিয়ে যেতে যেতে হঠাৎ ধারের কাছে অগভীর জলে বালির মধ্যে ঘষটে থেমে গেল।

হাঃ হাঃ করে টারজানের মতো কোমরে হাত দিয়ে বিজয়ীর হাসি হাসলেন সুমন্তবাবু। ভেজা খালি গা, কিন্তু যুদ্ধজয়ের আনন্দে তাঁর শীতবোধ লুপ্ত হয়ে গেছে।

খানিকক্ষণ হেসে নিয়ে তিনি পল্টুর দিকে চেয়ে বললেন, "তুই ঠিক আছিস তো পল্টু?"

পল্টু সুমন্তবাবুর ধাক্কায় পড়ে গিয়ে কনুইতে বেশ ব্যথা পেয়েছে। তবু চিঁচি করে বলল, "আছি।"

"আয় এবার লোকটার মুখোশ খুলে দেখি ঘুঘুটি কে।"

এই বলে সুমন্তবাবু নিচু হয়ে নৃসিংহের মুখোশটা এক টানে খুলে ফেললেন।

তারপরেই হঠাৎ তারস্বরে "ভূত! ভূত! ভূত!" বলে চেঁচাতে চেঁচাতে এক লাফে জলে নেমে দৌড়োতে দৌড়োতে সুমন্তবাবু ডাঙায় উঠেই অজ্ঞান হয়ে পড়ে গেলেন।

পল্টুও মুখখানা দেখতে পেয়েছিল। "বাবা গো" বলে আর্তনাদ করে সেও চোখ বুজে ফেলল।

আর ঠিক এইসময়ে ভুটভুট আওয়াজ করতে করতে একটা মোটরবোট তীব্র বেগে এগিয়ে আসতে লাগল তাদের দিকে। সন্ধানী আলো এসে পড়ল পল্টুর চোখে-মুখে।

সেই খোড়ো ঘরটায় আবার আগুন জ্বেলেছে কাঠুরিয়া। এবার আগুনের চারধারে গোল হয়ে বসেছে অনেকগুলো লোক। বিনয়, সুমন্তবাবু, বজ্রাঙ্গ, পল্টু, মৃদঙ্গবাবু, সান্টু, মঙ্গল, পরেশ, কবি সদানন্দ এবং কয়েকজন সেপাই। অপরাধীকে নিয়ে কয়েকজন সেপাই ইতিমধ্যেই রওনা হয়ে গেছে মোটরবোটে। দ্বিতীয় খেপে এঁরা সবাই যে যাঁর বাড়ি ফিরে যাবেন।

কাঠুরিয়া বলছিল, "জ্যান্ত লোক কি কখনও ভূত হয় সুমন্তবাবু?"

"তা বলে লোকটা যে গয়েশ তা কী করে বুঝব?"

কাঠুরিয়া একটু হেসে বলল, "লোকটা যে গয়েশ তা আমরা অনেকদিন ধরেই জানি। কিন্তু এই অতি বুদ্ধিমান লোকটির বিরুদ্ধে কিছুই প্রমাণ করা যায়নি এতদিন। অথচ ভারতবর্ষের বিভিন্ন দামি পুরাকীর্তি ইনি অনেকদিন ধরেই বাইরে চালান দিয়ে আসছেন। কাশ্মীর থেকে কন্যাকুমারিকা, পাঞ্জাব থেকে আসাম অবধি এঁর কর্মক্ষেত্র বিস্তৃত ছিল। ইদানীং হঠাৎ একদিন টের পেলেন, এ ব্যবসা বেশিদিন চালানো অসম্ভব। অনেক এজেন্ট, অনেক লোকের কাছে পরিচয় ফাঁস হয়ে গেছে। এরা যে-কেউ একদিন মুখ খুলবে। ব্যবসা চালানোর আর প্রয়োজনও ছিল না। লক্ষ লক্ষ টাকা হাতে এসে গেছে। তাই শেষ দাঁওটি মেরেই ব্যবসা গুটিয়ে পালিয়ে এলেন নিজের শহরে। কিন্তু এই শেষ দাঁওটিই ছিল মারাত্মক। বিজাপুরের বিষ্ণুমূর্তি। খাঁটি সোনার ওপর নানা দামি পাথর বসানো বলে এর দাম বহু লক্ষ টাকা। কিন্তু পুরাকীর্তি হিসেবে এর আন্তর্জাতিক বাজারে দাম দশ লক্ষ ডলারের কাছাকাছি। গয়েশবাবু এই অত্যধিক দামি জিনিসটা না পারছিলেন হজম করতে, না ওগরাতে। আমাদের লোক

ওঁর পিছু নিয়েছিল। তিনি তাও টের পেয়েছিলেন। এদিকে বিদেশে চিঠি লেখালিখি করে একজন ভাল খদ্দেরও পেয়ে গিয়েছিলেন। কিন্তু জিনিসটা হস্তান্তর করতে পারছিলেন না। একমাত্র উপায় হচ্ছে জলপথ। গয়েশবাবু নিজের বাড়ির পিছনের জলায় নিয়মিত নৌকো বাইতেন এবং অঞ্চলটা ঘুরে ঘুরে মাল পাচার করবার নিরাপদ পথটা আবিষ্কার করতে চেষ্টা করেছিলেন। কিন্তু ততদিনে আমি আর বিনয় এই জঙ্গলে থানা গেড়ে ফেলেছি। সিংহের মুখোশ পরা বিনয়কে গয়েশবাবু বহুবার মোটরবোটে ওঁর পিছু নিতে দেখেছেন। আমরা ওঁকে ভড়কে দেওয়ার জন্যই বেশি আত্মগোপন করতাম না। ভড়কালেই সুবিধে। মানুষ ঘাবড়ে গেলে নানারকম ভুলভ্রান্তি করে।

"উনি অবশ্য কাঁচা অপরাধী নন। অনেক ভেবেচিন্তে প্ল্যান করলেন। বিদেশের খদ্দেরকে চিঠি লিখে অ্যাপয়েন্টমেন্ট করলেন। লোকটা ওই নদীতে খুব দ্রুতগামী মোটরলঞ্চ রাখবে। ও ব্যাপারে সবুজ সংকেত পাওয়ার পর নির্ধারিত দিনটিতে প্রথমে নিজে গায়েব হয়ে সকলকে সচকিত করে তুললেন। আর সেই গোলমালে সবাই যখন একদিকে তাকিয়ে আছে, তখন উনি অন্য দিকে কাজ সারতে চাইলেন। গায়েব হওয়ার রাত্রেই পল্টুর কাছে বিষ্ণুমূর্তিটা গচ্ছিত রেখে আসেন। পরদিন পল্টুকে গুম করার পর যখন তার বাড়ির লোক থানাপুলিশ করে বেড়াচ্ছে, আর ঝিলের জলে খোঁজা হচ্ছে পল্টুর দেহ, তখন তার বাড়ি থেকে বিষ্ণুমূর্তি সরিয়ে নিলেন। তার পরের ইতিহাস তো আপনাদের জানা।

"কিন্তু আমাদের কৃতিত্ব সামান্যই। গয়েশবাবুকে বমাল ধরার জন্য সব কৃতিত্ব প্রাপ্য সুমন্তবাবুর আর পল্টুর।"

সুমন্তবাবু বললেন, "কী যে বলেন! গয়েশবাবুকে কাবু করতে দুটো ঘুষি চালাতে হয়েছে সেই তো লজ্জার কথা। একটা ঘুষিতেই কাত হওয়া উচিত ছিল। নাঃ, কাল থেকে আরও ব্যায়াম, আরও ব্যায়াম..."

বিমর্ষ মৃদঙ্গবাবু একটা দীর্ঘশ্বাস ফেলে বললেন, "সবই হল, কিন্তু আসল জিনিসটাই মাঠে মারা গেল যে।"

কাঠুরিয়া বলল, "কী সেটা?"

"গয়েশবাবুর লেজ নেই।"

সবাই হেসে উঠল। দূরে নিশুত রাতের নিস্তব্ধতার মধ্যে ভুটভুট করে মোটরবোটের শব্দ এগিয়ে আসতে লাগল। গয়েশবাবুর নৌকোর পাটাতনের তলা থেকে উদ্ধার করা বিষ্ণুমূর্তিটা তক্তাপোশের ওপর রাখা। আগুনের আভায় ঝকমক করছে। যেন বিষ্ণু হাসছেন।

বক্সার রতন

রিং-এর পাশে দুটো লোক পাশাপাশি বসে আছে। একজন বেঁটেখাটো, দুর্দান্ত স্বাস্থ্য, মুখে দাঁড়িগোফের জঙ্গল, মাথায় একটা নীল ক্যাপ, গায়ে ডোরাকাটা নীল সাদা টি শার্ট, পরনে ব্লু জিনস। অন্যজন লম্বা, ক্রিকেট খেলোয়াড়ের মতো ছিপছিপে, পরনে ধূসর রঙের স্যুট, গলায় টাই, মুখচোখ খুব ধারালো, দুজনেরই বয়স ত্রিশ-বত্রিশের মধ্যে।

রতন রিং-এর ভিতর থেকে দুজনকে লক্ষ করল। লক্ষ করারই কথা। গত দু-তিন মাসে সে ভারতবর্ষের বিভিন্ন প্রান্তে ও ভারতের বাইরেও নানা আসরে বক্সিং-এ নেমেছে অন্তত পাঁচ-ছবার। দিল্লি, বাঙ্গালোর, ভুবনেশ্বর, কলম্বো এবং এখন এই খড়্গপুর। সব জায়গাতেই সে রিং-এর ধারে এই দুজনকে লক্ষ করেছে। এমন হতে পারে যে, এই মানিকজোড় বক্সিং-এর সাংঘাতিক ভক্ত। তাই যেখানে বক্সিং-এর আসর বসে সেখানেই গিয়ে হাজির হয়।

কিন্তু ব্যাপারটা ঠিক তা নয়। রতন দেখেছে, এই দুজন আসে কেবল তারই লড়াই দেখতে। আগে বা পরে যেসব লড়াই হয়, তাতে এই দুজনের টিকিও দেখতে পাওয়া যায় না। কেন এরা তাকেই নজরে রেখেছে, তা রতন জানে না, কিন্তু আজ সে বেশ একটু অন্যমনস্ক হয়ে গেল।

গ্লাভস পরানোর আগে রতনের হাতে ব্যান্ডেজ বাঁধা হচ্ছিল। পাশেই দাঁড়িয়ে পশ্চিমবাংলা দলের ম্যানেজার চিত্তব্রত দে।

রতন মুখ তুলে ডাকল, "চিত্তদা।"

"কিছু বলছ?"

রতন ইশারা করল। চিত্তব্রত কানটা রতনের মুখের কাছে এগিয়ে আনে।

রতন বলল, "তাকাবেন না। খুব আড়চোখে আমার ডান ধারে প্রথম সারিতে দেখুন, দুজন লোক বসে আছে। একজনের মুখে দাড়ি গোঁফ, গায়ে ডোরাকাটা গেঞ্জি, অন্যজন স্যুটেড বুটেড। ওঁদের চেনেন?"

চিত্তব্রত সোজা হয়ে চারদিকটা খুব উপেক্ষার চোখে একবার দেখে নেয়। তারপর মৃদুস্বরে বলে, "না। কেন বলো তো?"

"কোথাও দেখেননি?"

"মনে পড়ছে না।"

"আমি ওদের প্রায় সব জায়গাতেই হাজির থাকতে দেখেছি।"

ঢং করে ঘণ্টা বাজল। লড়াই শুরু হতে দেরি নেই।

চিত্ত ব্যস্ত হয়ে বলল, "ওদের নিয়ে ভেবো না। কনসেনট্রেট অন দি ফাইট। সুব্বা কিন্তু সাংঘাতিক অপোজিশন।"

রতন তা জানে। গত এক বছর ধরে সে আজকের রাতের জন্য তৈরি হয়েছে তিল তিল করে। দিল্লি, বাঙ্গালোর বা কলোম্বোর চেয়ে খড়্গপুরের এই লড়াইয়ের গুরুত্ব অনেক বেশি। আজ রাতে হয় রতন না-হয় তো সারভিসেসের সুব্বা লাইট হেভিওয়েট জাতীয় চ্যাম্পিয়ন হবে। রতনের চেয়ে সুব্বার নাম-ডাক অনেক বেশি। সুব্বা অলিম্পিকে ভারতের প্রতিনিধি হয়ে গিয়েছিল, খুব অল্পের জন্য ব্রোঞ্জ মেডেলটা পায়নি। তাও পয়েন্টে হেরে। সেই লড়াইতে যে জিতেছিল, সেই জাপানি বক্সারকে প্রথম দু রাউন্ডে মেরে পাটপাট করেছিল সুব্বা। সুতরাং আজকের লড়াইতে সুব্বাই হট ফেবারিট।

রতনের বয়স কম, অভিজ্ঞতা কম। তার সম্বল শুধু উচ্চাকাঙ্ক্ষা আর দম। লড়ে সে খুবই ভাল। কিন্তু সুব্বার মতো উঁচু শ্রেণির বক্সারের সঙ্গে তার তুলনা করবে কে? তা ছাড়া সুব্বার সঙ্গে এর আগে লড়াইয়ের কোনও সুযোগও রতন পায়নি। সুতরাং আজ তার একটু নার্ভাস লাগছিল।

রেফারি রিং-এ। রতন ও সুব্বা এসে রিং-এ ঢুকল। তুমুল হাততালি ও হর্ষধ্বনি।

সুব্বার চেহারা ভারী সুন্দর। টকটকে ফরসা রং। বেশ লম্বা। শরীরের পেশিগুলি চ্যাপটা এবং আঁট। ঘাড় দারুণ মজবুত। কিন্তু বক্সারের শ্রেষ্ঠত্ব শুধু চেহারায় তো বোঝা যায় না। সুব্বার দুটি হরিণচোখের পেছনে যে তীব্র অনুমানশক্তি, খর নজর এবং বুদ্ধি রয়েছে তা বাইরে থেকে টের পাওয়া দায়। তার ওপর সুব্বা অত্যন্ত দ্রুতবেগসম্পন্ন বক্সার। অকল্পনীয় ফুটওয়ার্ক। কেউ কেউ তাকে আলির সঙ্গে তুলনা করে। লড়াই শুরু হওয়ার ঘণ্টা পড়তেই রেফারি দুজনকে রিং-এর মাঝখানে ডাকলেন। মৃদুস্বরে পরস্পরের পরিচয় করিয়ে দিলেন সংক্ষেপে। দুজনে গ্লাভসবদ্ধ হাতে হাত ঠেকাল।

তারপরই যে যার নিজের কোণে সরে গেল।

লড়বার মুহূর্তে আবার একবার রতনের চোখ পড়ল রিং-এর পাশে বসা সেই দুটি লোকের দিকে। তারা রতনের দিকে একবারও তাকাচ্ছিল না। রিং-এর ওপরে ঝুলন্ত আলোর দিকে খুব আনমনে চেয়ে ছিল। কিন্তু রতনের মনে হয়, ওরা তাকে খুব ভাল করেই লক্ষ করছে।

জিতবে কি হারবে তা রতন জানে না। তবে ঘুষি খেতে খেতে আর ঘুষি মারতে মারতে তার একধরনের নির্বিকার ভাব এসে গেছে। ভয়ডরের ব্যাপার নয়। অভ্যাস। কেবল আজকের লড়াইটা জাতীয় চ্যাম্পিয়নশিপের চূড়ান্ত লড়াই বলে এবং প্রতিপক্ষ সুব্বার মতো সাংঘাতিক বক্সার বলে একটু অস্বস্তি বোধ করছিল রতন। আজকে আর যে পাঁচটি লড়াই হয়ে গেছে তার মধ্যে মাত্র একটিতে ব্যানটাম ওয়েটে পশ্চিমবঙ্গের একজন প্রতিযোগী ছিল, মদন রায়। পাঞ্জাবের বীর সিং-এর কাছে সে পয়েন্টে হেরে গেছে। রতন আর মদন ছাড়া আর কোনও বাঙালি বক্সার এবার ফাইনালে পৌঁছতে পারেনি। মদন হেরে গেছে, রতনও হারবে বলেই সবাই ধরে নিয়েছে। আর সেইটিই রতনের সবচেয়ে সুবিধে, সে হারলেও লজ্জা নেই। কেউ দুয়ো দেবে না। বরং যদি ভাল লড়ে হেরেও যায়, তবু সবাই প্রশংসা করবে।

কিন্তু ভাল লড়াইয়ের জন্য প্রচণ্ড মনঃসংযোগ দরকার। বক্সিং-এ একচুল ভুল, এক সেকেন্ডের এক ভগ্নাংশের সময়ের হিসেবে গোলমাল একটুখানি চকিত সুযোগের অপব্যবহারও সর্বনাশ ডেকে আনতে পারে। মন, চোখ, হাত, পা, মগজ সব তুখোড় সজাগ আর সচল রাখা চাই। বিশেষত সুব্বার মতো প্রতিপক্ষ যেখানে।

কিন্তু রতনের মনোযোগ আজ দুলছে। যে দুটো লোক রিং-এর পাশে চুপ করে বসে আছে, তাদের নিয়ে তার তেমন মাথা ঘামানোর কিছু নেই। তবু সে কেমন যেন একটু অস্বস্তি বোধ করছে।

আর মিনিটখানেকের মধ্যেই লড়াই শুরু হবে। সুব্বা দুহাত তুলে দর্শকদের অভিনন্দনের জবাব দিচ্ছে। কালো স্পোর্টস প্যান্ট, কালো আর সাদা স্যান্ডো গেঞ্জিতে ভারী সুন্দর দেখাচ্ছে সুব্বাকে। রতনের নিজের চেহারাও তেমন কিছু খারাপ নয়। তবে সুব্বার মতো ফরসা নয় তার রং। অত টানা-টানা চোখও তার নেই। কিন্তু মেদহীন রুক্ষ শরীরে তার একটা ঝোড়ো ভাব আছে। লড়াইয়ের সময় সে জেতার জন্য জান লড়িয়ে দিতে জানে। এইসব কারণে এই অল্প বয়সেই বক্সার হিসেবে তার কিছু নাম-ডাক হয়েছে। সেমি-ফাইনালে সারভিসেসের একজন ঝানু বক্সারকে সে পয়লা রাউন্ডেই নক আউট করেছিল।

চিত্তব্রত সামান্য ম্লান হেসে বলল, "শোনো, প্রতিপক্ষ যত নামজাদাই হোক, দুনিয়ায় অপরাজেয় কেউ নেই।"

হঠাৎ রতন বলল, "চিত্তদা, ওই দুটো লোককে আপনি একটু নজরে রাখবেন। ওরা কেন সব জায়গায় আমার লড়াই দেখতে আসে তা জানা দরকার।"

চিত্তব্রত অবাক হয়ে বলল, "এক্ষুনি লড়াই শুরু হবে, আর তুমি এখন কে না কে দুটো লোকের কথা ভাবছ? আজে-বাজে চিন্তা ঝেড়ে ফেলে এখন কনসেনট্রেট করো

তো! নইলে পয়লা রাউন্ডেই ঘায়েল হয়ে যাবে। সুব্বা ইজ ট্রিকি, ভেরি ট্রিকি।”

শেষ ঘণ্টা বাজল। রতন কাঁধ থেকে তোয়ালেটা ফেলে উঠে দাঁড়াল।

রেফারি মাঝখান থেকে সরে গেলেন। তারপরই চেঁচিয়ে বললেন, “ফাইট!”

রতনের চোখে আলোটা একটু ঝলসে উঠল কি? নাকি রেফারির স্বর তার কানে একটু দেরিতে পৌঁছল কিছু একটা গোলমাল হয়ে থাকবে। কারণ রেফারির চিৎকার শেষ হতে না-হতেই বিদ্যুৎ-চমকের মতো, সাপের ছোবলের মতো, চাবুকের মতো তিনটে ঘুষি উপর্যুপরি নাড়িয়ে দিয়ে গেল তার চোয়াল, কপাল আর ডানদিকের কান।

মেঝের ওপর থেকে নিজের শোয়ানো শরীরটা যখন টেনে তুলছিল রতন, তখন তার কপালের কাটা জায়গাটা দিয়ে গরম রক্ত স্রোতের মতো নেমে এসে মুখ আর বুক ভাসিয়ে দিচ্ছে। ডান কানে একটি ঝিঁঝি পোকার ডাক। ডান চোখ রক্তে বুজে এসেছে। চোয়াল একদম লক জ’ হয়ে আটকে রয়েছে। হয়তো হাঁ করতে পারবে না, চেষ্টা করলেও।

রেফারি ছয় পর্যন্ত গুনে শেষ করেছেন। রতন তখন উঠে দাঁড়াল।

দর্শকরা সবাই চিৎকার করে আর হাততালি দিয়ে সুব্বাকে অভিনন্দন জানাচ্ছে।

রেফারি মৃদুস্বরে রতনকে জিজ্ঞেস করলেন, “উড ইউ ফাইট অর রিটায়ার?”

রতন মাথা নাড়ল, গ্লাভস দিয়ে ডান চোখের রক্ত খানিকটা মুছে নিয়ে আড়ষ্ট চোয়ালে অতি কষ্টে উচ্চারণ করল, “ফাইট! ফাইট!”

“ফাইট!” বলে চেঁচিয়ে রেফারি সরে গেলেন।

ঘুষি খাওয়া বা রক্তপাত রতনের কাছে নতুন নয়। সে হতভম্ব হয়ে গেছে সুব্বার চকিত আক্রমণে। এত দ্রুত যে কারও হাত-পা চলতে পারে তা রতনের জানা ছিল না। সে বুঝল, সে যা শুনেছিল, সুব্বা তার চেয়েও ভাল লড়িয়ে।

রতনের দ্বিধা আর অমনোযোগের যে ভাবটা ছিল, তা তিনটি ঘুষিতেই একদম কেটে গেল। যে দুটো লোককে দেখে সে অস্বস্তি বোধ করছিল, তাদের কথা আর তার মনেই রইল না। তার সামনে শুধু জেগে রইল রিং-এর ছোট্ট চৌহদ্দি আর তার মধ্যে দুর্ধর্ষ এক প্রতিপক্ষ।

নিয়ম হচ্ছে প্রতিপক্ষকে একবার ভাল করে মার জমাতে পারলে তারপর তাকে যথেচ্ছ মারা। তাকে আর থিতু হতে না দেওয়া, কেবল তাড়া করে যাওয়া। ফলে তার মনোবল ভেঙে যায়। সে হারে।

সুব্বাও তাই করতে চাইছিল। হয়তো ভেবেছিল সে প্রথম রাউন্ডেই এই এলেবেলে লড়াইটা শেষ করে ড্রেসিং রুমে একটু জিরিয়ে নেবে।

কিন্তু মার খাওয়া রক্তাক্ত রতন চমৎকার পায়ের কাজে বাঁদিকে সরে গিয়ে এবং

ঠিক সময়ে মাথা সরিয়ে নিয়ে সুব্বার দু'দুটো করাল ডানহাতি রাউন্ডহাউস এড়িয়ে গেল।

সুব্বা ডান হাতে মারছে! তার মানে সুব্বার গার্ড নেই। অর্থাৎ জয় সম্পর্কে সে এতই নিশ্চিত যে, রতনের সম্ভাব্য প্রতি-আক্রমণের কথা সে মনেই ঠাঁই দেয়নি।

রতনের পিছিয়ে যাওয়া দেখে সুব্বা খুব সহজভাবেই এগিয়ে এসে দুহাতে কয়েকটা চকিত ওয়ান-টু চালাল তার মুখে। কোনওটাই লাগল না। রতন গ্লাভসে আটকে দিল।

রতন দড়ির ওপর ভর দিয়ে সুব্বার মার আটকাচ্ছিল যখন, সেই সময়ে পিছন থেকে কে যেন চাপা গলায় বলল, "লেফট! লেফট! হি হ্যাজ নো গার্ড।"

দৈববাণীর মতো সেই কণ্ঠস্বর কি চিত্তদার? কে জানে। কিন্তু রতন চোখের কোনা দিয়ে দেখতে পেল, সুব্বার বাঁদিকটা অরক্ষিত।

কিন্তু দড়ির ভর ছেড়ে উঠে মারতে যে সময় লাগবে ততটা সময় সুব্বা দেবে কি? মহম্মদ আলি জর্জ ফোরম্যানের সঙ্গে লড়াইয়ের সময় রিং-এর দড়িকে খুব কাজে লাগিয়েছিল। ঝুল খেয়ে, সরে গিয়ে, দড়িটাকে স্প্রিং-এর মতো ব্যবহার করে আলি জিতেছিল সেই লড়াই। আর সেই কৌশলের নাম আলি নিজেই দিয়েছিল 'রোপ এ ডোপ'।

রতন দড়ির সেই খেলা জানে না। আলির পক্ষে যা সম্ভব, তা কি যে-কেউ পারে? কিন্তু মজা হল রিং-এর দড়িটা তার পিছন দিকে স্প্রিং-এর মতো কাজ করছে। দড়িতে একটা ঝুল খেয়ে দেখবে নাকি?

সুব্বার আর-একটা জ্যাব বুকের ডান ধারে লাগতেই দম বন্ধ করে রতন পিছন দিকে প্রচণ্ড গতিতে একটা ধাক্কা দিল। দড়িটা স্প্রিং-এর মতোই তাকে উলটে ছুড়ে দিল ভিতর দিকে। রতন ছিটকে সরে এল ভিতরে।

সুব্বা ঘুরে দাঁড়াতেই রতন তার প্রথম ঘুষিটা জমাতে পারল। বেশ জোরালো এবং মোক্ষম মার। সুব্বার কপালের ঠিক মাঝখানটা।

সুব্বা একটু পিছিয়ে গেল মাত্র। আর কিছু নয়।

রতন স্পষ্ট শুনল, তার ডান পাশ থেকে কে যেন বিরক্তির গলায় বলছে, "লেফট! ইউজ ইয়োর লেফট!"

'হুশ' করে একটা প্রচণ্ড শ্বাস ছাড়ল রতন। সুব্বা আর একতরফা মারছে না। সরে গেছে। ঘুরছে নেচে নেচে।

হঠাৎ রতন দেখতে পেল, সুব্বার কপালের মাঝখানটা কেটে গেছে। সামান্য একটা রক্তের রেখা নেমে এসেছে সাদা কপাল বেয়ে নাকের ওপর। তার ঘুষিটা বৃথা যায়নি।

আড়ষ্ট ঠোঁটে আপনমনেই একটু হাসল রতন। দুনিয়ায় অপরাজেয় কেউ নেই।

প্রথম রাউন্ড শেষ হতে বাকি ছিল না বেশি। ঘণ্টা পড়ো-পড়ো প্রায়। ঠিক সেই সময়ে সুব্বা তার ওস্তাদের মারটি মারল।

অভিনয়টা ছিল চমৎকার। দুটো ভুয়ো ঘুষি চালিয়ে কয়েকটা পয়েন্ট সংগ্রহ করে পিছিয়ে যাওয়ার সময় আচমকাই সে শরীরে একটা মোচড় দিয়ে দুম করে একটা আপার কাট চালিয়ে দিল।

ঘুষিটা লাগলে রতনকে উঠতে হত না আজ। কিন্তু লাগার আগেই আবার সেই দৈববাণী, "হি ইজ ফেইনিং। গেট আউট অফ হিজ রিচ।"

অর্থাৎ, ও অভিনয় করছে, ওর নাগাল থেকে সরে যাও।

রতন সরল ঠিকই, তবে একটু খেলিয়ে। সুব্বাকে সে ঘুষিটা তৈরি করতে দেখল। ঘুষিটা আসছে, তাও দেখল। তারপরই টুক করে মাথাটা নামিয়ে ঘুষিটাকে বইয়ে দিল মাথার ওপর দিয়ে। আর তক্ষুনি দেখতে পেল তার ডান হাতের সোজাসুজি সুব্বার থুতনি। অরক্ষিত এবং অসহায়।

এই সুযোগটাকে কাজে না-লাগায় কোন বোকা? স্বয়ংক্রিয় ভাবেই রতনের ডানহাত পিস্টনের মতো পিছনে সরে এসেই হাতুড়ির মতো গিয়ে পড়ল সুব্বার চোয়ালে।

এত জোরালো ঘুষি রতন জীবনে কাউকে মারেনি। তার কবজি ঝনঝন করে উঠল আঘাতের প্রতিক্রিয়ায়।

কিন্তু সুব্বা বক্সার বটে। ঘুষিটা খেয়ে সে সোজা হয়ে দাঁড়াল। পড়ে গেল না। মুখে বিস্ময়, চোখে অবিশ্বাস। দুই গ্লাভসবদ্ধ হাত দুদিকে ঝুলছে। ভ্রূ কুঁচকে সে সামনের দিকে চেয়ে যেন খুব কষ্টে কিছু দেখবার চেষ্টা করল।

রতনও হাঁ করে চেয়ে ছিল। ওই ঘুষি খেয়েও যদি সুব্বার কিছু না হয়, তবে ধরে নিতে হবে সুব্বাকে হারানো অসম্ভব। হা ঈশ্বর।

কিন্তু সুব্বা দাঁড়ানো অবস্থায় রইল কয়েক সেকেন্ড। চোখের দৃষ্টি চকচকে হয়ে শূন্য হয়ে গেল হঠাৎ। হাঁটু ভাঁজ হয়ে শরীর ধীরে ধীরে ভেঙে পড়ল মেঝের ওপর।

কে যেন দানবীয় স্বরে পিছন থেকে প্রম্পট করছিল, "হিট হিম। হিট হিম এগেন।"

কিন্তু ওই মহান বক্সারকে ওরকম অসহায় অবস্থায় আর-একটি ঘুষিও মারতে বাধল রতনের। সুব্বা তার ঘুষি খেয়ে পড়ে যাচ্ছে, এটাই তো তার জীবনের এখন পর্যন্ত শ্রেষ্ঠ ঘটনা।

রেফারি গুনতে শুরু করেছিলেন। কিন্তু রাউন্ড শেষ হওয়ার ঘণ্টা পড়ায় সুব্বা নক আউট হল না। তাকে ধরে নিয়ে গিয়ে বসানো হল টুলে।

রতনকে দুহাতে জড়িয়ে ধরে চিত্তব্রত বলল, "ভাবা যায় না কী তুমি করেছ। ওফ।"

অ্যান্টিসেপটিকে-ভেজানো তুলোয় ক্ষতস্থান জ্বালা করে উঠল রতনের। তবু সে একটু তৃপ্তির হাসি হাসল। পৃথিবীতে কেউই অপরাজেয় নয়। তবে সুব্বা এখনও হারেনি। পরের রাউন্ড আছে। তার পরের রাউন্ড আছে। সে চোখ বুজে রইল। হঠাৎ একটু চমকে উঠল সে। চিত্তব্রতর দিকে চেয়ে জিজ্ঞেস করল, "চিত্তদা, আপনি আমাকে ডিরেকশন দিচ্ছিলেন?"

চিত্তব্রত অবাক হয়ে বলে, "না তো!"

রতন হঠাৎ সোজা হয়ে বসে ডানদিকে তাকাল। না, রিং-এর ধারে বসা সেই দুই মূর্তি নেই। দুটি চেয়ার ফাঁকা পড়ে আছে।

দর্শকদের মধ্যে একটা চাপা গুঞ্জন ক্রমশ স্পষ্ট হয়ে উঠছে। সুব্বাকে ঘিরে অনেক লোক। ক্লান্তিতে চোখ বুজল রতন।

দ্বিতীয় রাউন্ডের ঘণ্টা পড়তেই রতন টুল ছেড়ে উঠল। কিন্তু সুব্বা উঠল না। তাকে তখনও দুজন লোক পরিচর্যা করছে। সুব্বার চোখ বোজা, ঘাড় হেলানো।

রতন যখন অপেক্ষা করছে, তখন সারভিসেসের ম্যানেজার রেফারির কাছে এসে মৃদুস্বরে কী একটু বলে চলে গেলেন। যাওয়ার সময় বিস্ময়-ভরা চোখে রতনকে দেখে গেলেন।

রেফারি যখন এগিয়ে এসে রতনের একখানা হাত উর্ধ্বে তুলে তাকে বিজয়ী বলে ঘোষণা করলেন, তখনও রতন বুঝতে পারছিল না ব্যাপারটা কী হল, দর্শকরা কিন্তু তখন পাগলের মতো চেঁচাচ্ছে, লাফাচ্ছে আনন্দে, কয়েকজন রিং-এর মধ্যে ঢুকে রতনকে কাঁধে নিয়ে একপাক ঘুরলও।

বেশ কিছুক্ষণ বাদে রতনের মাথায় ঢুকল যে, সে প্রথম রাউন্ডেই টেকনিক্যাল নট-আউটে সুব্বাকে হারিয়ে লাইট হেভিওয়েটে এবার জাতীয় চ্যাম্পিয়ন হয়েছে।

চিত্তদা এসে একটা তোয়ালে জড়িয়ে রতনকে টেনে নিয়ে গেলেন ড্রেসিং রুমে। বাংলার অন্যান্য মুষ্টিযোদ্ধারা রতনকে আদরে-আদরে অস্থির করে তুলল। সারভিসেসের ম্যানেজার স্বয়ং এসে তাকে অভিনন্দন জানিয়ে গেলেন। বলে গেলেন, "ইফ ইউ ওয়ান্ট টু জয়েন দি সারভিসেস, জাস্ট সে ইট।"

খবর এল, সুব্বার চোয়ালের হাড় ভেঙেছে, সে এখন হাসপাতালে। বক্সিং জিনিসটা এরকমই। প্রতিপক্ষকে কখনও অবহেলা করতে নেই। প্রতিপক্ষকে অবহেলা করে জো লুই তাঁর সবচেয়ে খ্যাতির সময়ে জার্মানির স্মেলিং-এর কাছে হেরে যান। প্যাটারসন হেরে গিয়েছিলেন সুইডেনের অখ্যাতনামা জোহানসনের

কাছে। এমনকী, মহম্মদ আলিকেও স্পিংকসের মতো নাবালক মুষ্টিযোদ্ধার কাছে মাথা নোয়াতে হল এই তো সেদিন।

এত অল্প বয়সে অপ্রত্যাশিত এত বড় একটা লড়াই জিতেও রতনের তেমন আনন্দ হয় না। আসলে আনন্দ পাওয়ার মতো মনটাই তার হারিয়ে গেছে। কারণ তার এই জয়ে খুশি হওয়ার মতো আপনজন কেউ তো নেই। তার মা মারা গেছেন, বাবা পাগল, এক দিদি বিয়ের পর কর্ণাটকের এক শহরে থাকে, দেখাই হয় না তার সঙ্গে। তা ছাড়া রতনরা খুবই গরিব। বক্সিং করে বলে রতন একটা সামান্য চাকরি পেয়েছে। সেই টাকায় খুব কষ্টেই চলে তাদের।

অথচ কষ্টের কারণ ছিল না। তার বাবা ছিলেন একজন নামকরা বৈজ্ঞানিক। কী একটা বস্তু আবিষ্কার করার ভূত চেপেছিল তাঁর মাথায়। তাই নিয়ে দিনরাত ভাবতে ভাবতে একদিন পাগলামি দেখা দিল। অবশ্য অনেকে বলে তাঁর একজন সহকারী ছিল। সেই নাকি ওঁর মাথা খারাপ করে দিয়েছিল ওষুধ খাইয়ে। এখনও নিজের ল্যাবরেটরিতেই দিনরাত তিনি কাজ করেন। তবে সে-কাজ পাগলামিরই নানারকম খেয়াল খুশি। রতনের এক বুড়ি পিসি তাঁর দেখাশোনা করেন। আর কেউ নেই।

রাত্রিবেলা সবাই ঘুমোলে পর রতন আজ একা বাইরে এসে দাঁড়াল। প্রচণ্ড শীত। সে একবার আকাশের দিকে তাকাল। বুকটা হু হু করে উঠল হঠাৎ। চোখে এল জল। এই পৃথিবীতে তার মতো হতভাগা আর কে আছে, যার জীবনে একটা আনন্দের ঘটনা ঘটলেও সে আনন্দের ভাগীদার কেউ নেই?

নির্জন আলো-আঁধারে মাঠের ওপর দাঁড়িয়ে রতন একটু দূরের স্টেডিয়ামটা দেখতে পাচ্ছিল। দেখতে দেখতে লড়াইয়ের দৃশ্য ভেসে উঠছিল চোখে। হঠাৎ তখন সেই দুটো লোকের কথাও মনে পড়ল তার।

ওরা কী চায়? তাকে অনুসরণই বা করছে কেন? ওরা ভাল লোক, না মন্দ লোক? লড়াইয়ের সময় ওরাই কি নানারকম পরামর্শ দিচ্ছিল তাকে?

এইসব ভাবতে ভাবতে আনমনে রতন চোখ ফেরাতেই তার শরীরটা শক্ত হয়ে গেল হঠাৎ। বক্সারের মজবুত হৃৎপিণ্ডও যেন একটু ধুকপুক করে উঠল। তার ডানদিকে একটু দূরে মাঠের ওপর সেই দুই মূর্তি পাথরের মতো স্থির হয়ে দাঁড়িয়ে তার দিকে চেয়ে আছে।

ধীর পায়ে দুজন এগিয়ে এল। লম্বা লোকটি ডান হাতটা বাড়িয়ে দিয়ে ইংরেজিতে বলল, "কনগ্র্যাচুলেশনস। তুমি খুব ভাল বক্সার।"

রতন অবাক হয়েছিল ঠিকই। তবে নিজেকে সামলে নিয়ে লোকটার সঙ্গে করমর্দন করে ইংরেজিতে বলল, "ধন্যবাদ। কিন্তু তোমরা কারা? বিদেশি?"

লম্বা লোকটা মাথা নেড়ে বলল, "ঠিক ধরেছ। আমরা বিদেশি। আমার নাম জন, আর আমার এই বন্ধুর নাম রোলো।"

ভদ্রতাবশে রতন রোলোর দিকেও হাত বাড়াচ্ছিল। কিন্তু জন টপ করে তার হাতটা ধরে ফেলে বলল, "ও কাজ কোরো না। রোলোর কোনও সৌজন্যবোধ নেই।"

রতন ভাল করে তাকিয়ে দেখল, রোলোর মুখে একটা অত্যন্ত নিষ্ঠুর নির্দয়তার চিহ্ন আছে। চোখ দুটো আধবোজা এবং পলকহীন। মুখে কেমন একটা বোকা বোকা ভ্যাবলা ভাব! রোলোর দিকে তাকালে খুব সাহসী লোকেরও অজ্ঞাত কারণে একটু গা ছমছম করবে।

জন বলল, "তোমাকে এত রাতে বিরক্ত করতে এসেছি বলে কিছু মনে কোরো না। তোমার সঙ্গে আমাদের একটু গোপনে দেখা করা দরকার ছিল। আমরা বিদেশি, তাই সহজেই অন্যের দৃষ্টি আকর্ষণ করি। গভীর রাত ছাড়া উপায় ছিল না।"

রতন একটু হেসে বলল, "কিন্তু এখন তো আমার ঘুমিয়ে থাকার কথা। আজ ঘুম আসেনি বলে আমি বাইরে এসেছিলাম। না এলে তোমরা কী করতে!"

জনও হাসল। তারপর মৃদুস্বরে বলল, "তুমি বাইরে না এলে আমরা তোমার ঘরে যেতাম। আমাদের দরকারটা জরুরি।"

রতন আগাগোড়া একটা অস্বস্তি বোধ করছে। সে স্পষ্টই বুঝতে পারছে, এরা খুব সহজ সাধারণ লোক নয়। বক্সিং করতে গিয়ে রতনকে সাহেব-সুবোর সঙ্গে অনেক মিশতে হয়েছে। এরা দুজন তাদের মতো নয়। এদের চারদিকে একটা রহস্যের ঘেরাটোপ রয়েছে।

রতন হঠাৎ জিজ্ঞেস করল, "বেশ কিছুদিন ধরে দেখছি, তোমরা বক্সিং দেখে বেড়াচ্ছ নানা জায়গায়। তোমরা কি বক্সিং ভালবাসো?"

"নিশ্চয়ই। আমরা সারা দুনিয়া চষে বেড়াচ্ছি ভাল প্রতিভাবান ন্যাচারাল বক্সার খুঁজে বের করতে। তোমার মধ্যে আমরা সেইরকম একজনকে খুঁজে পেয়েছি।"

রতন একটু অবাক হয়ে বলল, "আর সেইজন্যই এত রাতে আমার কাছে এসেছ?"

জন মৃদু হেসে বলল, "অনেকটা তাই। আমরা তোমাকে আমেরিকায় নিয়ে গিয়ে প্রফেশন্যাল বক্সিং-এর নামাতে চাই।"

আমেরিকায় যাওয়ার কথায় রতন খুশি হয় ঠিকই, কিন্তু সেইসঙ্গে আর-একটা কারণে তার মন খারাপ হয়ে যায়। সে বলে, "কিন্তু আমার বাবাকে ফেলে

আমেরিকায় যাওয়া আমার পক্ষে সম্ভব নয়। আমার বাবা পাগল। তাঁকে খাওয়াবে পরাবে কে?"

জন একটু চুপ করে থেকে বলে, "শুনে দুঃখ পেলাম। তবে তুমি যদি চাও তো তোমার বাবাকেও আমেরিকায় নিয়ে যাওয়ার ব্যবস্থা করতে পারি। সেখানে মানসিক রুগিদের ভাল চিকিৎসার ব্যবস্থা আছে। তোমার বাবা হয়তো সুস্থ স্বাভাবিক হয়ে উঠবেন এবং তাঁর বিজ্ঞান-গবেষণা আবার শুরু করতে পারবেন।"

বিজ্ঞান-গবেষণা! শুনে চমকে উঠল রতন। বলল, "আমার বাবা যে বিজ্ঞানের গবেষণা করতেন, সেকথা তোমরা জানলে কী করে?"

"তোমার সম্পর্কে আমরা সবরকম খোঁজখবর নিয়েছি।"

রতন বলল, "আমেরিকায় যাওয়ার অনেক খরচ। সে টাকা কে দেবে?"

"আমি দেব। আমেরিকায় আমি হব তোমার ম্যানেজার। তুমি যখন বক্সিং থেকে অনেক টাকা রোজগার করবে, তখন এই টাকা শোধ হয়ে যাবে। ওটা নিয়ে ভেবো না।"

"তুমি কি আমেরিকান?"

জন ম্লান হেসে মাথা নাড়ল, "না। আমি আমেরিকান নই। আমি পৃথিবীর সব ধনী দেশের শত্রু।"

"তার মানে?"

"মানেটা আস্তে আস্তে বুঝতে পারবে। তবে শক্তিশালী রাষ্ট্রগুলির সঙ্গে শত্রুতা করতে হলে তেমনি শক্তিশালী অস্ত্র চাই। শুধু বক্সিং দিয়ে তো ওদের ঘায়েল করা যাবে না।" বলে জন একটু হাসল। তারপর বলল, "কথাগুলো তোমার কাছে ধাঁধার মতো লাগছে, না?"

রতন মাথা নেড়ে বলল, "হয়তো আমি ইংরিজি ভাল জানি না বলেই তোমার সব কথা বুঝতে পারছি না।"

জন মাথা নেড়ে বলল, "ইংরিজির দোষ নেই। তুমি তো খুব সুন্দর ইংরিজি বলো। বোধহয় ভাল কোনও ইংলিশ মিডিয়াম স্কুলে পড়েছ, তাই না?"

রতন মাথা নিচু করে বলল, "হ্যাঁ।"

"তোমাদের ইংরিজি ভাষার প্রতি একটা হ্যাংলামি আছে। তা হোক, ইংরিজি ভাষা তোমার বিস্তারে সাহায্য করবে। সেই সঙ্গে যদি ইংরেজদের গুণগুলো পেতে তা হলে আরও ভাল হত।"

রতন লজ্জায় একটু রাঙা হল। বলল, "তোমার কি আর কোনও কথা আছে?"

জন গম্ভীর গলায় বলল, "আছে, তোমার বাবা যখন পাগল হয়ে যান তখন তিনি কোন বিষয়ে গবেষণা করছিলেন তা কি তুমি জানো?"

"না। বাবার যখন মাথা খারাপের লক্ষণ দেখা দিচ্ছিল তখন আমি খুব ছোট।"

জন গলাটা একটু খাটো করে বলল, "সেই সময়ে তোমার বাবার একজন অ্যাসিস্ট্যান্ট ছিল। তাকে তোমার মনে আছে?"

রতন বিষণ্ণ মুখে মাথা নেড়ে বলল, "বাবার সঙ্গে আমার তেমন যোগাযোগ ছিল না। আমি দিল্লির একটা ভাল স্কুলে পড়তাম, থাকতাম বোর্ডিং-এ। তবে শুনেছি বাবার একজন অ্যাসিস্ট্যান্ট ছিল, তার নাম বোধহয় ছিল রাব্বি।"

জন একটা বড় শ্বাস ছেড়ে বলল, "হ্যাঁ। রবিন ফরডাইক; ওদের পরিবার ছিল জার্মান ইহুদি।"

"আমি অত জানি না। রাব্বিকে আমি দেখিনি।"

জন মৃদুস্বরে বলে, "তোমার বাবা যখন আমেরিকায় ছিলেন, তখন রবিনের সঙ্গে তাঁর যোগাযোগ ঘটে। রবিন বা রাব্বি খাঁটি ইহুদি নয়। তার মা ছিল ব্যাংককের মেয়ে। রবিন যেমন মেধাবী তেমনি ধূর্ত। সে ভেবেছিল তোমার বাবাকে ভাঙিয়ে সারা দুনিয়া জুড়ে একটা এক-চেটিয়া ব্যবসা করবে।"

রতন হাঁ করে চেয়ে রইল কিছুক্ষণ। তারপর বলল, "আমি তো এতসব জানি না। শুধু শুনতে পাই আমার বাবাকে তাঁর এক অ্যাসিস্ট্যান্ট নাকি কী একটা ওষুধ খাইয়ে পাগল করে দিয়েছিল।"

জন বলল, "হতে পারে। তবে যে-উদ্দেশে রবিন তোমার বাবার অ্যাসিস্ট্যান্ট হয়েছিল তা সফল হয়নি। তুমি বিজ্ঞানের কিছু জানো?"

"খুব সামান্য। বাবা পাগল হয়ে যাওয়ায় আমি বেশিদূর পড়াশুনো করতে পারিনি। সিনিয়র কেমব্রিজ পাশ করি।"

"তবু এটা তো জানো যে, সারা দুনিয়ায় এখন একটা এনার্জি ক্রাইসিস চলছে!"

"কিছুটা জানি। মাটির নীচে খনিগুলির কয়লা ফুরিয়ে আসছে, শেষ হয়ে আসছে পেট্রোলিয়ম, পারমাণবিক শক্তির জন্য প্রয়োজনীয় ইউরেনিয়ামের ভাণ্ডারও অফুরন্ত নয়।"

"বাঃ, তবে তো অনেকটাই জানো। আর এই শক্তি বা তাপের যে দুর্ভিক্ষ দুনিয়ায় শিগগিরই দেখা দেবে তার জন্য বিশ্বের সব ছোট-বড় রাষ্ট্রই যে সমুদ্র বা সূর্যরশ্মি থেকে বিকল্প শক্তি তৈরি করার চেষ্টা করছে, তাও তো জানো!"

"জানি। তবে সে কাজে মানুষ এখনও সম্পূর্ণ সফল হয়নি।"

"ঠিক। তোমার বাবা যে গবেষণাটা করছিলেন, তাও এই এনার্জি নিয়েই। তিনি অবশ্য কোনও বিকল্প শক্তি আবিষ্কারের চেষ্টা করছিলেন না। তবে তিনি সফল হলে দুনিয়া থেকে চিরকালের মতো এনার্জি ক্রাইসিস বিদায় নিত।"

"সেটা কী জিনিস?"

"তাঁর কাজটার নাম ছিল হিট অ্যামপ্লিফিকেশন। নামটা অবশ্য খুব সুন্দর নয়, কিন্তু কাজটা ছিল দারুণ গুরুতর।"

"কী রকম?"

"শব্দকে যেমন অ্যামপ্লিফায়ারে বহুগুণ বাড়ানো যায়, তেমনি তাপকেও হয়তো বাড়ানো সম্ভব। তাপ বিবর্ধনও নিয়েও সারা দুনিয়ায় গবেষণা চলছে। কিন্তু আমরা খবর রাখি, তার মধ্যে তোমার বাবাই লক্ষ্যের খুব কাছাকাছি পৌঁছেছিলেন। শেষ পর্যন্ত হয়তো সফলও হয়েছিলেন। কিন্তু ঠিক সেইসময়ে একটা গুরুতর কিছু ঘটে যায় এবং তিনি পাগল হয়ে যান। রবিনও তাঁকে ছেড়ে পালিয়ে যায়।"

লোকটা ভাল না খারাপ তা বুঝতে পারছে না রতন। ওর মতলবটা কী তাও সে এখনও সঠিক জানে না। তবে তার বাবার আবিষ্কার সম্পর্কে যে এ লোকটা খবর রাখে, সে বিষয়ে সন্দেহ নেই।

রতন বলল, "অতীত নিয়ে মাথা ঘামিয়ে কী হবে? যা চুকে-বুকে গেছে তা আবার খুঁচিয়ে তুলতে আমার খারাপ লাগে।"

জন একটু হাসল। তারপর বলল, "ভারতীয়রা সব ব্যাপারেই একটু উদাসীন আর নির্লিপ্ত থাকতে ভালবাসে। আর তার জন্যই ভারতের উন্নতি ঘটেনি, ঘটবেও না। কিন্তু আমরা যারা বেঁচে থাকতে ভালবাসি এবং দুনিয়াকে দখল করার স্বপ্ন দেখি, তারা সহজে কিছু ছেড়ে দিতে রাজি নই। তোমার বাবা কেন পাগল হলেন বা তাঁর আবিষ্কারের মূল্য কতটা তা জানার আগ্রহ তোমার থাকা উচিত। তিনি যদি সত্যিই হিট অ্যামপ্লিফায়ার আবিষ্কার করে থাকেন তবে তার দাম এখনকার দুনিয়ায় বিলিয়ন বিলিয়ন ডলার। তুমি মহম্মদ আলির মতো বড় বক্সার হলেও কোনওদিন তত ডলার রোজগার করতে পারবে না।"

রতন কী বলবে? চুপ করে রইল।

জন তার কাঁধে একখানা হাত রেখে বলল, "কাল তুমি তোমার দলের সঙ্গে বাড়ি ফিরে যাও। আমরা দু-চারদিনের মধ্যেই তোমার সঙ্গে দেখা করব।"

এই বলে জন আর রোলো চলে গেল।

তাদের হঠাৎ আসা আর হঠাৎ চলে যাওয়াটা এমনই অস্বাভাবিক যে, ঘটনাটা স্বপ্ন না সত্য, তা নিয়ে রতনের একটু ধাঁধা রয়ে গেল।

বাঞ্ছারাম তাঁর দিদি হৈমবতীকে বললেন, "দিদি, আকাশে যখন রসগোল্লাটা ওঠে, তখনই আমার ঠিক খিদে পায়।"

বাঞ্ছারাম যা বলেন, তাঁর দিদি হৈমবতী তাতেই সায় দিয়ে যান। কারণ, তিনি কানে শোনেন না। বাঞ্ছারামের আবোল-তাবোল কথা তাঁর কানে এক বর্ণও ঢোকে না। এ কথাটা শুনেও হৈমবতী বললেন, "তা তো ঠিকই।"

ল্যাবরেটরির বারান্দায় বাঞ্ছারাম একটা ইজিচেয়ারে শুয়ে আছেন। পাশে একটা মোড়ায় বসে হৈমবতী। হৈমবতীর বয়স আশির কোঠায়। বাঞ্ছারামের চেয়ে বাইশ বছরের বড়। এই দিদিই বাঞ্ছারামকে কোলে-পিঠে করে মানুষ করেছিলেন। নিঃসন্তান এই দিদির কাছে বাঞ্ছারাম সন্তানের মতোই। বরাবরই তাঁর যত আবদার সব এই দিদির কাছে।

সন্ধের পর আকাশে বড়-সড় পূর্ণিমার চাঁদ উঠেছে। বাঞ্ছারাম চাঁদের দিকে চেয়ে বিড়বিড় করে বললেন, "ইস্, কী বিরাট রসগোল্লা! কারা যে বানায়! রসে একেবারে টই-টুম্বুর।" বলে মুগ্ধ হয়ে খানিকক্ষণ চেয়ে রইলেন চাঁদের দিকে। তারপর বাচ্চা ছেলের মতো আদুরে গলায় বললেন, "ও দিদি, আমি রসগোল্লা খাব। খিদে পেয়েছে।"

হৈমবতী মাথা নেড়ে বললেন, "যা বলেছিস। ছেলেটা নিশ্চয়ই খড়্গপুর থেকে মাসির বাড়ি গেছে। আজ পর্যন্ত একটা চিঠি নেই।"

বাঞ্ছারাম বিরক্ত হয়ে দিদির দিকে তাকালেন। তারপর "হুঁঃ! যত সব।" বলে উঠে গিয়ে নিজের গবেষণাগারে ঢুকে আলো জ্বাললেন।

গবেষণাগারের অবস্থা অবশ্য শোচনীয়। চারদিকে মাকড়সার জাল, ঝুল, নোংরা। যন্ত্রপাতিও বেশির ভাগই পুরনো আর অকেজো। তবু নেই নেই করেও ল্যাবরেটরিতে শিশি বোতল বুনসেন বার্নার, নানারকম ধাতব পাত্র, রাসায়নিক, ছোটখাটো বিচিত্রদর্শন কলকবজা বড় কম নয়। বাঞ্ছারাম দরজাটা বন্ধ করে গম্ভীরভাবে একটা চেয়ারে বসলেন। চেয়ারটা কিছু অদ্ভুত। দেখতে সাধারণ চেয়ার হলেও তার পায়ার বদলে চারটে চাকা লাগানো। চেয়ারের তলায় একটা পিপের মতো বস্তু রয়েছে। বাঞ্ছারাম চেয়ারে বসে একটা হাতল টানতেই একটা কলকল শব্দ হল, পিপেটা ঘুরতে লাগল আর চেয়ারটাও আস্তে আস্তে চলতে লাগল। এটা হচ্ছে বাঞ্ছারামের আবিষ্কার, জ্বালানিহীন সুলভ জলচালিত যান। পিপের মধ্যে নানা খোপে জল ভরে রাখা আছে। হাতল টানার সঙ্গে সঙ্গেই সেই খোপগুলির মধ্যে কয়েকটা উলটে যায়। জল গিয়ে অন্য পাত্রে পড়ে। আবার সেই পাত্রগুলো উলটে যায়। এরকম ভাবে পিপের মধ্যে জলে একটা গতি সঞ্চারিত হয়। পিপেটা ঘুরতে থাকে আর সেই ঘূর্ণনে চেয়ারটাও চালিত হয়।

চেয়ার চালিয়ে বাঞ্ছারাম ল্যাবরেটরির ভিতরে কিছুক্ষণ এলোমেলো ঘুরে

বেড়ালেন। একটা টেবিলের কাছে থেমে চেয়ে রইলেন ভুরু কুঁচকে। টেবিলে একটা বিল্ট-ইন-বেসিন। বেসিনের কলের সঙ্গে লাগানো ছোট একটা জলবিদ্যুৎ যন্ত্র। বহুকাল আগে, বড় কাজে যখন তেমন হাত দেননি বাঞ্ছারাম, তখন এইসব মজার জিনিস তৈরি করতেন। জলের ট্যাপ খুললেই জেনারেটর চালু হবে। তাই দিয়ে একটা গোটা ঘরের আলো-পাখার ব্যবস্থা। এক পয়সা খরচ নেই।

তবু এগুলোর পেটেন্ট নেননি বাঞ্ছারাম। তাঁর মাথায় হিট অ্যামপ্লিফিকেশনের যে স্বপ্ন ছিল, তা কাজে করতে পারলে জগৎজোড়া খ্যাতি হবে। পৃথিবীর অশেষ মঙ্গল ঘটবে। তাই ছোটখাটো আবিষ্কারগুলোকে তিনি বিশেষ মূল্য দেননি। আজও দেন না।

চেয়ার চালিয়ে তিনি জানালার ধারে এলেন। সেখানে একটা টেবিলের ওপর কাচের একটি গোলক। গোলকটির দিকে নির্নিমেষ চোখে চেয়ে রইলেন কিছুক্ষণ। অর্ধেক আকাশের ছায়া পড়েছে গোলকে। গ্রহ-নক্ষত্রের নিখুঁত ছবি। একটা দীর্ঘশ্বাস ছাড়লেন।

ঘুরতে ঘুরতে বাঞ্ছারাম এলেন ল্যাবরেটরির মাঝখানে মস্ত টেবিলটার ধারে। টেবিলের ওপর আজও রয়েছে কলসির মতো দেখতে বড়-সড় একটা ধাতব পাত্র। তলায় একটা ফুটো। এই যন্ত্রটাই ছিল বাঞ্ছারামের জীবনের সবচেয়ে বড় কাজ। সবচেয়ে বড় সাধনা। সফল হলে পৃথিবীর মানুষ উপকৃত হত। মাত্র একটা মোমবাতির আগুনের তাপ থেকে কলকাতার মতো মস্ত একটা শহরের যাবতীয় বিদ্যুৎ উৎপাদন করতে পারত। একটা দেশলাই কাঠির আগুনে এক কেটলি জল ফোটানো যেত। একটুখানি তাপকে বহুগুণ বাড়ানোর এই যন্ত্র তৈরিতে তিনি সফল হয়েছিলেন কিনা তা আজ আর তাঁর মনে নেই। শুধু মনে আছে, যন্ত্রটি যখন প্রায় তৈরি করে ফেলেছেন, তখন একদিন হঠাৎ এই টেবিলের ধারে তিনি অজ্ঞান হয়ে পড়ে যান। যখন জ্ঞান ফিরল, তখন তিনি হাসপাতালে। আর তারপর থেকে কিছুই আর তাঁর তেমন মনে পড়ে না। হিট অ্যামপ্লিফিকেশনের কোনও কাগজপত্রও আর খুঁজে পাওয়া যায়নি। একেবারে শেষ হওয়ার মুখে এসেও যন্ত্রটা অসম্পূর্ণ হয়ে পড়ে আছে আজও।

বাঞ্ছারাম মাথায় হাত দিয়ে যন্ত্রটার দিকে চেয়ে রইলেন কিছুক্ষণ। তারপর বললেন, "রসগোল্লা! রসগোল্লার চেয়ে আর কী ভাল থাকতে পারে পৃথিবীতে?"

"আজ্ঞে আছে। রসগোল্লার চেয়েও ভাল জিনিস আছে।" টেবিলের তলা থেকে কে যেন বেশ জোরের সঙ্গে বলে উঠল।

বাঞ্ছারাম বললেন, "হতেই পারে না।"

"সে আপনি আমার খুড়িমার হাতের কচুর শাক খাননি বলে বলতেছেন। খেলে আর বলতেন না।" বলে টেবিলের তলায় পাতা একটা শতরঞ্চির বিছানা থেকে হামাগুড়ি দিয়ে বেরিয়ে এল রঘু। বাঞ্ছারামের বহু পুরনো চাকর। বেরিয়ে এসে সে একটা হাই তুলে বলল, "আরও আছে। রাজশাহির রাঘবসাই। খেয়েছেন? ঢাকার বাখরখানি?"

বাঞ্ছারাম ধমকে উঠলেন, "রসগোল্লা পৃথিবীর শ্রেষ্ঠ খাদ্য।"

রঘু রেগে গিয়ে বলল, "সেইজন্যেই তো লোকে আপনাকে পাগল বলে।"

বাঞ্ছারাম কিছুক্ষণ গুম হয়ে থেকে বললেন, "এখনও বলে?"

"বলে বই কী।"

বাঞ্ছারাম চোখ পাকিয়ে বললেন, "আজ বলেছে?"

রঘু মুখ গোমড়া করে বলল, "রোজ বলে। আজই বা বলবে না কেন?"

"তা তুই তাদের কী জবাব দিলি?"

"জবাব দেওয়ার কিছু নেই। আমি তো বরাবরই বলে আসতিছি যে দাদাবাবুটা একটা আস্ত পাগল। তাঁর এই জাদুঘরে ঢুকলে এই যন্ত্রটা ফোঁস করে, ওই যন্তরটা ফাঁস করে, এই যন্তরটা চলতে লাগে, তো আর একটা যন্তর ভূতের নেত্য করে। এই পাগলাঘরের মোড়ল যিনি, তাঁরে পাগল কবো না তো কী?"

"তা হলে তুইও বলিস?"

"বলি।"

"আজ বলেছিস?"

"এই তো বললাম। আপনি একডা পাগল।"

বাঞ্ছারাম কটমট করে রঘুর দিকে চেয়ে থাকেন কিছুক্ষণ। তারপর বলেন, "আচ্ছা, যা, আজ ছেড়ে দিলাম। আর কখনও বলিস না।"

রঘু সেই ছেলেবেলা থেকে বাঞ্ছারামের সঙ্গে আছে। তিন কুলে তার আর কেউ নেই। সে লেখাপড়া শেখেনি, আর বাঞ্ছারাম মস্ত পণ্ডিত। তবু রঘু বরাবর প্রায় সর্ব বিষয় নিয়েই বাঞ্ছারামের সঙ্গে রীতিমতো ঝগড়া করেছে। তাদের মতের মিল নেই। শুধু অন্তরের মিল আছে। রঘু বাঞ্ছারামকে দারুণ ভালবাসে।

রঘু আর একটা হাই তুলে বলে, "বাবামশাইয়ের কথাটা যদি শুনতেন। যদি ওকালতিটা পড়তেন, তবে আজ আর এই অবস্থা হত না। ওকালতির মতো জিনিস আছে? আমাদের গ্রামের বসন্ত উকিলকে দেখলে দারোগাবাবুও ঘোড়া থেকে নেমে পড়তেন।"

একথা ঠিক যে বাঞ্ছারামের বাবা অক্রুরবাবু চেয়েছিলেন, ছেলে উকিল হোক।

বাঞ্ছারাম তা হননি। আর ব্যাপারটা রঘুর বিশেষ ভাল লাগেনি। রঘু সেই নিয়ে রোজই খোঁটা দেয়।

বাঞ্ছারাম তাঁর জল-গাড়ি চালিয়ে ঘরের চারদিকে ঘুরতে ঘুরতে বললেন, "আসলে আমি পাগল নই। আমি আসলে কাজের কথাটা ভুলে যাই। ঠিক সময়ে ঠিক জিনিসটা মনে পড়ে না। তুই লোককে একটু বুঝিয়ে বলিস তো।"

"কী বলব?"

"আমি পাগল নই।"

"আচ্ছা বলব। এখন খেয়ে শুয়ে পড়বেন চলুন।"

গভীর রাতে বাঞ্ছারাম বিছানা ছেড়ে চুপি-চুপি উঠে পড়লেন। পা টিপে টিপে এসে ল্যাবরেটরি খুলে ভিতরে ঢুকলেন। দরজাটা সাবধানে ভেজিয়ে দিয়ে এসে দাঁড়ালেন অসম্পূর্ণ হিট অ্যামপ্লিফায়ারটার সামনে। কী যেন প্রায়ই তাঁর মনে পড়ি পড়ি করে। কিন্তু একটুর জন্য মনে পড়ে না। স্মৃতিশক্তি বড়ই দুর্বল।

কপালটা ডান হাতের দুই আঙুলে চেপে ধরে ভ্রু কুঁচকে বাঞ্ছারাম তাঁর সাধের যন্ত্রটার দিকে চেয়ে থাকেন। তাঁর মনে হয়, কেউ যদি তাঁকে যথেষ্ট রসগোল্লা খাওয়ায়, তা হলে তাঁর মাথার এই ধোঁয়াটা কেটে যাবে। কিন্তু কেউই তাঁর কথা শোনে না। তাঁর খাওয়া-দাওয়ার ব্যাপারে ডাক্তারের নির্দেশ খুবই কড়া।

অনেকক্ষণ কপালটা চেপে ধরে থেকে তিনি একটা চেয়ার টেনে বসলেন। তারপর যন্ত্রটার সারকিট খুলে বিভিন্ন অংশে হাত বোলাতে লাগলেন।

হঠাৎ ঘাড়ে শিরশির করে একটু হাওয়া লাগল। উত্তুরে হাওয়া। বাঞ্ছারাম ঘাড় ফিরিয়ে তাকালেন। ল্যাবরেটরির দরজা-জানালা সবই বন্ধ থাকার কথা। হাওয়া আসবে কোত্থেকে? অন্যমনস্ক বাঞ্ছারাম উঠলেন। উত্তরের কাচের জানালাটার কাছে এগিয়ে গিয়ে বাইরে তাকালেন একটু। আকাশে জ্যোৎস্না বান ডাকছে। একটু কুয়াশাঘেরা জ্যোৎস্না। ভারী রহস্যময়। তাঁর আবার রসগোল্লার কথা মনে পড়ল।

ভাল করে জ্যোৎস্না দেখার জন্য একটু ঝুঁকতেই তাঁর হাতের ঠেলায় জানালার একটা পাল্লা খুলে গেল। বাঞ্ছারাম বিরক্ত হলেন। পই-পই করে রঘুকে বলা আছে, ল্যাবরেটরির জানালা বা দরজার ছিটকিনি যেন খুলে রাখা না হয়। জানালাটা আবার সাবধানে বন্ধ করে ছিটকিনি লাগালেন তিনি। তারপর আবার যন্ত্রটার সামনে এসে বসলেন। তাঁর কেবলই মনে হয়, একদিন তাঁর সব কথা হঠাৎ মনে পড়ে যাবে। আর সেদিন যন্ত্রটাও কাজ করতে শুরু করবে। একটুখানি তাপকে একশো গুণ, হাজার গুণ, লক্ষ গুণ, কোটি গুণ বাড়িয়ে তুলতে থাকবে তাঁর এই যন্ত্র। দুনিয়া থেকে তাপ ও বিদ্যুতের সব সমস্যা দূর হয়ে যাবে।

বাঞ্ছারাম তাঁর সাধের যন্ত্রটার নানা অংশ নাড়াচাড়া করতে লাগলেন। হঠাৎ তাঁর হাত থেমে গেল, শরীরটা শক্ত হয়ে উঠল। চোখের পলক পর্যন্ত পড়ছে না। কেন এমন হয় তা বাঞ্ছারাম জানেন। কেউ যদি আড়াল থেকে লুকিয়ে তাঁর দিকে চেয়ে থাকে, ঠিক তখনই এরকম হয়। অন্য কোনও সময়ে এরকমটা হয় না। বাঞ্ছারাম বুঝতে পারলেন, আড়াল থেকে কেউ তাকে লক্ষ করছে।

কিন্তু কে?

বাঞ্ছারাম আস্তে আস্তে নিজের শরীরটাকে চেয়ারে ছেড়ে দিলেন। ঘাড় হেলিয়ে চোখ বুজে রসগোল্লার কথা ভাবতে লাগলেন। ছেলেবেলায় মতি ময়রার দোকানে ভিয়েনঘরে গিয়ে গরম রসগোল্লার একটু রস পাওয়ার আশায় যখন দাঁড়িয়ে থাকতেন তখন চোখে পড়ত, মস্ত কালো এক কড়াইতে টইটম্বুর রস ফুটছে আর তাতে শয়ে শয়ে পিংপং বলের মতো রসগোল্লা লাফাচ্ছে, নাচছে, দুলছে। কী যে সুন্দর সেই দৃশ্য। চোখ বুজে সেই দৃশ্যটা মনশ্চক্ষে দেখতে লাগলেন বাঞ্ছারাম। দেখতে দেখতে শরীরের আড়ষ্ট ভাবটা কেটে গেল। ঘাড়ে আবার শিরশির করে একটু উত্তুরে বাতাস এসে লাগল। অর্থৎ উত্তরের জানালাটা আবার কেউ খুলেছে।

বাঞ্ছারাম ঘাড় ঘোরালেন। অনুচ্চ স্বরে বললেন, "কে? কে ওখানে?"

কেউ জবাব দিল না। কিন্তু বাতাসের ঝাপটায় একটা পাল্লা ঠাস করে বন্ধ হয়ে গেল। বাঞ্ছারাম অবাক হয়ে আপন মনেই বলে উঠলেন, "আশ্চর্য! আমি কি পাগল হয়ে গেলাম নাকি? জানালাটা এইমাত্র বন্ধ করে দিয়ে এলাম, না কি করিনি?"

বাঞ্ছারাম আবার উঠলেন। জানালার দিকে এগোতে গিয়ে থমকে দাঁড়ালেন। মাথাটা তাঁর একেবারেই গেছে। যাঃ বাবা! দরজাটাই যে বন্ধ করতে ভুলে গেছেন! ল্যাবরেটরির দরজার দুটো পাল্লাই হাঁ হাঁ করছে খোলা!

দরজার দিকে এগোতে গিয়ে বাঞ্ছারামকে আবার থমকাতে হল। দরজার পাল্লা দুটো সাবধানে বন্ধ করে দিল কে যেন, কিন্তু কাউকে দেখতে পেলেন না।

বাঞ্ছারাম আপনমনেই হাসলেন। রঘু যে তাঁকে পাগল বলে, সে তা হলে এমনিতে নয়! পাগল তা হলে তিনি বটেন! কথাটা ভেবেই বাঞ্ছারাম খুব হোঃ হোঃ করে হাসলেন। হাসতে হাসতে চোখে জল এসে গেল।

খানিকক্ষণ হেসে নিয়ে গায়ের আলোয়ান চোখের জলে মুছে সামনে তাকিয়ে দেখেন সামনের টেবিলে কাচের মস্ত বকযন্ত্রটার পাশে একটা ডলপুতুল দাঁড়িয়ে আছে। সাহেব ডলপুতুল, মাথায় টুপি, পরনে স্যুট, গলায় টাই, চোখের তারা কটা।

বাঞ্ছারাম আবার হেসে উঠতে যাচ্ছিলেন। হঠাৎ ডলপুতুলটা ঠোঁটে তর্জনী ঠেকিয়ে চাপা স্বরে বলল, "শাট আপ!"

কথা-কওয়া পুতুল নাকি? বাঞ্ছারাম খুশিই হলেন। তাঁর একটা ছেলে আছে। ছেলেটা কত বড় হয়েছে তা তাঁর জানা নেই। তবে ছেলের নাম যে রতন, তা তাঁর মনে আছে। এই ডলপুতুলটা রতনকে দেবেন। ছেলেটা খুশি হবে। এই ভেবে বাঞ্ছারাম পুতুলটার দিকে হাসি-হাসি মুখ করে এগিয়ে গেলেন। বেশ পুতুল। কথা কয়, হাত-পা নাড়ে।

বাঞ্ছারাম হাত বাড়িয়েছিলেন, কিন্তু পুতুলটাকে ধরতে পারলেন না। তার আগেই পিছন থেকে একটা ভারী হাত তাঁর ঘাড়টা চেপে ধরল। এরকম জোরালো হাত কারও থাকতে পারে, তা বাঞ্ছারামের জানা ছিল না। ঘাড়ে ধরে হাতটা প্রায় তাঁকে শূন্যে তুলে ফেলল। তারপর কয়েকটা ঝাঁকুনি দিয়ে আবার মেঝের ওপর দাঁড় করিয়ে দিল। ব্যথায় চেঁচিয়ে উঠতে গিয়েও পারলেন না বাঞ্ছারাম। গলা বুজে এল, চোখে অন্ধকার দেখলেন, মাথাটা পাক খেল। দাঁড়ানোর পরও টলমল করে পড়ে যাচ্ছিলেন। সেই হাতটা তাঁর ঘাড় ধরে আছে বলে পড়লেন না। মুখটা ঘোরাতে পারছিলেন না বাঞ্ছারাম। তবে একপলক আবছা দেখলেন, যে-লোকটা তাঁর ঘাড় ধরে আছে সে অন্তত ছফুট তিন-চার ইঞ্চি লম্বা এবং বিশাল তার স্বাস্থ্য। একখানা আস্ত দানব।

এমনিতেই বাঞ্ছারামের মাথার ঠিক নেই, এখন ভয়ে আরও গুলিয়ে গেল। এ কি দুঃস্বপ্ন?

টেবিলের ওপর দাঁড়ানো ডলপুতুলটা গম্ভীরভাবে তাঁকে দেখছিল। বাঞ্ছারাম দম ফিরে পেয়ে যখন হাঁফাচ্ছেন, তখন পুতুলটা তীক্ষ্ণ স্বরে ইংরিজিতে বলল, "সেই জিনিসটা কোথায়?"

বাঞ্ছারাম এবার ভাল করে ঠাহর করে বুঝলেন, সামনের ডলপুতুলটা আসলে পুতুল নয়। বেঁটে একটা লোক। এত বেঁটে যে, প্রায় বামনবীর বলে মনে হয়। কিন্তু বামনদের চেহারায় যেমন মাঝে মাঝে বিকৃতি দেখা যায়, এর তেমন নয়। বেঁটে হলেও এর চেহারাটা বেশ সুষম গঠনের। বয়সও খুব বেশি নয়।

বাঞ্ছারাম হাঁফাতে হাঁফাতে জিজ্ঞেস করলেন, "কোন জিনিসটা?"

"হিট অ্যামপ্লিফিকেশনের সারকিট ডিজাইন। আমরা তোমাকে মোট দশ মিনিট সময় দেব। চটপট সেটা বের করে দাও।"

বাঞ্ছারাম চোখ গোল করে তাকিয়ে থাকেন। কিছুই মনে পড়ে না তাঁর। শুধু মনে হয়, এখন তাঁর কিছু রসগোল্লা খাওয়া দরকার। বুকটা ধড়ফড় করছে, শ্বাসের কষ্ট হচ্ছে, ঘাড়টা টনটন করছে। রসগোল্লা খেলেই সব ঠিক হয়ে যাবে। তিনি কঁকিয়ে উঠে বললেন, "গিভ মি সাম রসগোল্লা।"

কথাটা বলার সঙ্গে সঙ্গেই ঘাড়ে আর-একটা ঝাঁকুনি। এত জোর সেই ঝাঁকুনি যে, বাঞ্ছারাম কিছুক্ষণের জন্য জ্ঞান হারালেন প্রবল যন্ত্রণায়।

জ্ঞান ফিরে এলে দেখেন, তিনি চেয়ারে বসে আছেন। সামনে আর-একটা চেয়ারে সেই বেঁটে সাহেব। তার পাশেই দাঁড়িয়ে আছে সেই প্রকাণ্ড দানব। দানবটার হাতে একটা রবারের দেড় হাত লম্বা পাইপ।

বেঁটে লোকটা বলল, "সেটা কোথায়?"

"কোনটা?" থতমত খেয়ে জিজ্ঞেস করেন বাঞ্ছারাম।

"হিট অ্যামপ্লিফিকেশনের ডিজাইন আর ফরমুলা?"

"নেই। আমার কাছে নেই। আমি রসগোল্লা খাব।"

চোখের পলকে দানবটা এগিয়ে এগিয়ে এল। রবারের হোসটা মুখের সামনে নাচিয়ে হিন্দিতে বলল, "পাগলামি একদম সারিয়ে দেব। মারের চোটে সব পাগলামি সেরে যাবে। বুঝলে? ঠিক ঠিক বাতচিত করো। সাহেব যা জানতে চাইছে, তার জবাব দাও।"

বাঞ্ছারাম ভয়ে জড়সড় হয়ে গেলেন। কিন্তু তাঁর যে কিছু মনে নেই! তিনি কী করবেন?

বেঁটে সাহেবটা ধীর গম্ভীর স্বরে একটু ভাঙা ইংরিজিতে বলল, "শোনো ব্যানার্জি, রবিন তোমার ফরমুলা পায়নি। তোমার ফরমুলা তোমার কাছেই আছে। আমরা জানি। বাঁচতে চাও তো বের করে দাও। নইলে তোমার চোখের সামনে আগে তোমার ছেলেকে আমরা খুন করব। তারপর ধীরে ধীরে, অনেক কষ্ট দিয়ে তোমাকেও।"

বাঞ্ছারাম অস্থির বোধ করলেন। বললেন, "আমার ছেলে যে ছোট্ট। তাকে মারবে? তাকে মারবে কেন?"

বেঁটে লোকটা একটু হাসল। ক্রূর হাসি। বলল, "তোমার ছেলে মোটেই ছোট নয়। যথেষ্ট বড়। নামকরা বক্সার।"

বাঞ্ছারাম মাথা নেড়ে বললেন, "আমার ছেলেকে তোমরা মেরো না। ফরমুলা নিয়ে যাও।"

"সেটা কোথায় আছে?"

"বোধহয় ওই আলমারিতে। ওই যে লোহার আলমারি। খোলাই আছে।"

বেঁটে লোকটা চোখের ইঙ্গিত করল। দানবটা গিয়ে আলমারি খুলল। পুরনো কাগজপত্র আর কিছু ফাইল আজও অযত্নে পড়ে আছে চারটে তাকে। দানবটা ঝটপট সব কাগজপত্র নামাল। ঘণ্টাখানেক ধরে তন্ন-তন্ন করে খুঁজল। তারপর রক্ত-জল-করা ভয়াল চোখে তাকাল বাঞ্ছারামের দিকে।

বেঁটে লোকটার ভুরু কোঁচকানোই ছিল, এবার হঠাৎ চোখে একটা রাগের বিদ্যুৎ খেলে গেল। চাপা গলায় চিবিয়ে চিবিয়ে বলল, "জিনিসটা আলমারিতে নেই। তুমি কি আমাদের সঙ্গে রসিকতা করছ?"

বাঞ্ছারাম নিজের কপাল টিপে ধরে ভয়ার্ত গলায় বললেন, "আমার যে কিছু মনে থাকে না। কী করব?"

দানবের মতো লোকটা রবারের হোস হাতে এগিয়ে এল। বাঞ্ছারাম ভয়ে কুঁচকে যাচ্ছিলেন। চোখে অবোধ দৃষ্টি। কিছুতেই মনে পড়ছে না, ফরমুলাটা কোথায় রেখেছেন।

দানবের হাতের রবারের হোসটা তাঁর বাঁ হাতে একটা মুগুরের মতো এসে লাগল। বাঞ্ছারামের মনে হল হাতটা ভেঙে গুঁড়িয়ে গেল বুঝি। কনুই থেকে সমস্ত হাতটা অসাড় হয়ে ঝিনঝিন করতে লাগল। চোখ লাল নীল হলুদ ফুলঝুরি দেখতে লাগলেন। "বাবা গো" বলে একটা অস্ফুট আর্তনাদ করলেন। মুখটা বেঁকে গেল ব্যথার তাড়নায়। ঠোঁট দিয়ে গ্যাঁজলা বেরোতে লাগল। চোখ উলটে গেল।

দানবটাই ট্যাপ থেকে এক কোষ জল এনে ঝাপটা দিলে মুখে। বাঞ্ছারাম চোখ খুললেন। বেঁটে লোকটা ঠান্ডা গলায় বলল, "তোমার মতো বিখ্যাত লোককে মারধর করতে আমাদের খারাপ লাগছে। কিন্তু এটাও সত্যি যে, তুমি আগুন নিয়ে খেলা করছ। তোমার আবিষ্কার যদি তোমার কাছেই লুকোনো থাকে, তবে তা দিয়ে পৃথিবীর মঙ্গল হবে না। পৃথিবীর স্বার্থেই তোমার আবিষ্কারটা আমাদের জানা দরকার।"

বাঞ্ছারাম ছেলেমানুষের মতো আদুরে গলায় বললেন, "আমি দিদির কাছে যাব। আমি রসগোল্লা খাব।"

বেঁটে সাহেবটা রসগোল্লা চেনে না। বয়স্ক লোকের দিদির কাছে যাওয়ার বায়নাও তার বোঝার কথা নয়। উপরন্তু বাঞ্ছারাম কথাটা বললেন বাংলায়। তারপর ফুঁপিয়ে ফুঁপিয়ে কাঁদতে লাগলেন।

শত্রুপক্ষ তাঁকে কাঁদার জন্য মিনিট পাঁচেক সময় দিল। তারপরই দানবটা এসে তাঁর ডান কবজিটা চেপে ধরল। কিন্তু তা সাধারণ চেপে ধরা নয়। যে কায়দায় ধরল, তাকে বলে জুডোস থাম্ব লক। শিরা স্নায়ু ইত্যাদি নিরিখ করা ধরা। একটু চাপ দিলেই গা দিয়ে ঘাম ছাড়ে, প্রাণ বলে পালাই-পালাই, শরীর থর থর করে কাঁপতে থাকে। চাপ আর-একটু বাড়ালে যে-কোনও মজবুত কবজি ভেঙে বা অকেজো হয়ে যেতে পারে। বাঞ্ছারাম মূক যন্ত্রণায় ছটফট করতে লাগলেন। এই শীতেও তাঁর পাঞ্জাবি ভিজে গেল ঘামে। মাথা ঘুরতে লাগল, বমি বমি ভাব হতে লাগল।

দানবটা বলল, "বলো! বলো! শিগগির বলো!"

কিন্তু কী বলবেন বাঞ্ছারাম? তাঁর পাগলাটে মাথায় ঘোলা জলের মতো আবছা হয়ে গেছে স্মৃতি। তাঁর ঠোঁট নড়তে লাগল। তিনি বলতে চাইলেন, "মেরো না! আর মেরো না! ছেড়ে দাও।"

আবার বুকের ওপর মাথা ঝুঁকে পড়ল বাঞ্ছারামের। মুখে গ্যাঁজলা। চোখ ওলটানো। আবার জলের ঝাটকা।

কিন্তু জ্ঞান ফিরলেও আতঙ্কে বাঞ্ছারাম বোধবুদ্ধিহীন হয়ে গেছেন। তার ওপর শরীরে প্রচণ্ড যন্ত্রণা। ঘাড় ছিঁড়ে পড়ছে, দুটো হাতই অনড় হয়ে গেছে ব্যথায়। চোখ-ভরা জল।

বেঁটে লোকটা চেয়ার থেকে নেমে সামনে এসে দাঁড়াল। বলল, "আমরা খবর রাখি, তোমার পাগলামিটা অভিনয় মাত্র। অনেক দিন ধরেই তুমি পাগল সেজে আছ। কাজেই আমাদের সঙ্গে অভিনয়ের চালাকি কোরো না। মনে রেখো, এখানেই ব্যাপারটা শেষ হবে না। আমরা তোমার ছেলেকে তোমার সামনে খুন করব। আর আমরা যা বলি, তাই করি।"

বাঞ্ছারাম ককিয়ে উঠলেন বিভীষিকা দেখে। গোঙাতে গোঙাতে বললেন, "ফরমুলাটা কোথাও আছে। আমার ছেলেকে মেরো না। বড় ছোট্ট ছেলে, মা-মরা দুঃখী ছেলে। তাকে মেরো না।"

বেঁটে লোকটা কবজির ঘড়ির দিকে চেয়ে বলল, "তোমাকে চব্বিশ ঘণ্টা সময় দিচ্ছি। কাল ঠিক এই সময়ে আমরা আসব। রাত দেড়টা নাগাদ। যদি তখন আমরা জিনিসটা হাতে না পাই, তা হলে যা হওয়ার তাই হবে। পুলিশকে বা আর কাউকে খবর দিয়ো না। তাতে লাভ নেই।"

বাঞ্ছারাম মাথা নাড়লেন। মুখে কথা আসছিল না।

বামন আর দানব নিঃশব্দে বেরিয়ে গেল।

পরদিন যখন ল্যাবরেটরিতে এসে তাঁকে আবিষ্কার করল রঘু, তখন তাঁর একশো তিন ডিগ্রি জ্বর। চোখ টকটক করছে লাল। অবিরল ভুল বকছেন, "রতনকে ওরা মেরে ফেলবে। ফরমুলাটা কোথায়? ফরমুলাটা?"

ডাক্তার এসে ওষুধ দিল। তাঁর হাতে পায়ে কোনও কালশিটে বা চোখে পড়ার মতো মারের দাগ নেই। শুধু দুটো হাতই আড়ষ্ট আর সামান্য ফোলা। ডাক্তার তাঁকে ঘুম পাড়িয়ে রেখে চলে গেল।

দুপুরে ঘুম ভাঙল বাঞ্ছারামের। জ্বর একটু কম, ব্যথা থাকলেও অসহ্য নয়। ঘুম থেকে জেগে অসহায়ের মতো সিলিং-এর দিকে চেয়ে রইলেন তিনি। কী করবেন? ফরমুলাটা যে কোথায়, তা তাঁর জানা নেই।

বাঞ্ছারাম কষ্টেসৃষ্টে উঠলেন। তারপর ল্যাবরেটরিতে এসে চুপ করে বসে রইলেন। খুব মন দিয়ে ভাববার চেষ্টা করলেন বহুদিন আগেকার ঘটনাটা। কিন্তু কিছুতেই মনে পড়ল না।

রাতে খেয়ে-দেয়ে শুতে গেলেন। কিন্তু ঘুম এল না। গভীর রাতে চুপি চুপি উঠে এলেন ল্যাবরেটরিতে। অন্ধকার ল্যাবরেটরি। দরজায় আজ তালা নেই। কেবল ভেজানো। ভিতরে পা দিলেন। আলোর সুইচের দিকে হাত বাড়িয়েছেন, কিন্তু ছুঁতে পারলেন না। তার আগেই একটা তোয়ালে এসে তাঁর মুখ চেপে ধরল। তিনি জ্ঞান হারালেন।

রতন যখন সকালবেলায় বাড়িতে এসে পৌঁছল, তখন পাড়া-প্রতিবেশী এবং পুলিশ জমা হয়েছে। বুড়ি পিসি চুপ করে বসে আছে। রঘু হাপুস নয়নে কাঁদছে। রতনকে দেখে কান্না বাড়ল। "খোকাবাবু গো, কর্তাকে কারা গুম করেছে।"

সদ্য জাতীয় চ্যাম্পিয়ন হয়ে বাড়ি ফেরার আনন্দ মুহূর্তেই মিলিয়ে গেল। তবু পিসি বা রঘুর মতো ভ্যাবাচ্যাকা খাওয়া বা ভেঙে পড়ার মানুষ নয় সে। সকলের এলোমেলো কথা থেকে যা বুঝল, তা হল, ভোরে রোজকার মতো ল্যাবরেটরি ঝাড়ু দিতে এসে রঘু দেখে, তালাটা ভাঙা, ঘরের জিনিসপত্র ছত্রখান আর বাঞ্ছারামের চশমাজোড়া পড়ে ভেঙে আছে। তিনি কোথাও নেই। বাঞ্ছারামের প্রাতঃভ্রমণ করার অভ্যাস নেই। বলতে কী, গত এক বছর তিনি বাড়ির বাইরে একা কখনওই যাননি।

পুলিশের অবশ্য ধারণা, তিনি কোথাও গেছেন এবং ফিরে আসবেন। যাদের মাথা খারাপ, তাদের গতিবিধি সম্পর্কে নিশ্চয় করে তো কিছু বলা যায় না।

রতনকে দেখে পিসির থতমত ভাবটা খানিক বাদে কেটে যাওয়ার পর পিসি বলল, "যত যাই হোক, আমাকে না বলে সে কোথাও যাওয়ার মানুষ নয়। শরীরটাও খারাপ ছিল।"

রতনের মা নেই। বাবাকে সে গভীরভাবে ভালবাসে। এই খবরে সে গুম হয়ে গেল। খড়্গাপুরে জন এবং রোলোর সঙ্গে আলাপ না হলে সেও পুলিশের মতোই ধরে নিত, বাবা কোথাও বেড়াতে গেছেন এবং এসে যাবেন।

রতন রঘুকে জিজ্ঞেস করল, "রঘুদা, কিছু চুরি গিয়েছে বলে জানো?"

রঘু বলল, "তা সেই যন্তরটা তো দেখছি না!"

"কোনটা? হিট অ্যামপ্লিফায়ার?"

"সেইটেই।"

রতন নিঃশব্দে ল্যাবরেটরিতে এসে ঢুকল। সে ডিটেকটিভ নয়। সূত্রানুসন্ধানের চোখও তার নেই। তার বাবার শরীর খুব খারাপ যাচ্ছিল। বিছানা থেকে ওঠেননি।

অথচ আজ সকালেই তিনি নিজে থেকে কোথাও চলে যাবেন এটা বিশ্বাস করার প্রশ্নই ওঠে না। উপরন্তু অত বড় হিট অ্যামপ্লিফায়ার যন্ত্রটাই বা যাবে কোথায়? সে তন্ন-তন্ন করে চারদিক খুঁজল। চোরেরা তাদের আগমন তেমন গোপন করেনি। অনেকগুলি কাগজপত্র মেঝেয় পড়ে আছে। লোহার আলমারির একটা পাল্লা এখনও খোলা। টেবিলের ড্রয়ার হাঁটকানো। ওয়েস্ট পেপার বাস্কেট ওলটানো। খুব রুক্ষ হাতে এবং বেপরোয়াভাবে কেউ ঘরটা সার্চ করেছে। অর্থাৎ তার বাবাকে যদি কেউ গুম করে থাকে, তবে যারা সে কাজ করেছে তারা বুক ফুলিয়েই করেছে। এর বেশি আর কিছু রতন বুঝতে পারল না।

রতনের বন্ধু-বান্ধবরা সে এসেছে শুনে দেখা করতে এসেছিল। রতন তাদের সঙ্গে বেশি কথা-টথা বলল না। তার ভিতরটা জ্বলে যাচ্ছে রাগে আর অসহায়তায়। কিন্তু গায়ের জোরে এই রহস্যের কিনারা হওয়ার নয়। মাথা ঠান্ডা রাখতে হবে, বুদ্ধি খাটাতে হবে।

বেলা গড়িয়ে দুপুর, দুপুর গড়িয়ে বিকেল হল। তার মধ্যে অন্তত বার পাঁচেক থানায় হানা দিল রতন। দারোগা-পুলিশরা নানা অপরাধীকে সামলাতে ব্যস্ত। বাঞ্ছারামের খবর তারা পায়নি।

বাবার কী অসুখ হয়েছিল তা পিসি আর রঘুর কাছে জানতে চাইল রতন।

রঘু বলল, "তা তো জানি না। সারারাত ওই জাদুঘরেই বসে ছিলেন। সকালে আমি গিয়ে যখন কাণ্ডখানা দেখি, তখন গা পুড়ে যাচ্ছে জ্বরে, চোখ টকটকে লাল। ভুলভাল বকছেন।"

"কী বলেছিল মনে আছে?"

রঘু মাথা চুলকে বলল, "একে পাগল, তায় জ্বরের ঘোরে আবোল তাবোল কথা সব বেরোচ্ছিল মুখ দিয়ে। আমার অত স্মরণ নেই।"

"একটু স্মরণ করার চেষ্টা করো বাপু।"

রঘু ভেবে-চিন্তে বলল, "একবার যেন বলছিলেন বেঁটে লোকটা ভীষণ শয়তান। ওরা খোকাকে মেরে ফেলবে। খুব সাবধান।"

"আর কিছু?"

"না। ওই কথাটাই ঘুরে-ফিরে কয়েকবার বলেন। তারপর 'ও দিদি, রসগোল্লা খাব, স্নান করব না,' এইসব বলতে লাগলেন।"

রসগোল্লা খাওয়ার কথাটা বাঞ্ছারামের মুদ্রাদোষের মতো ছিল, কাজেই তা নিয়ে মাথা ঘামানোর কিছু নেই। তবে 'বেঁটে লোক' এবং 'খোকাকে মেরে ফেলবে' এই কথা দুটোর মধ্যে কিছু সূত্র থাকতে পারে। থানায় গিয়ে সে কথাটা দারোগাবাবুর কাছে বলল।

ওসি ব্যস্ত মানুষ। তবু সদ্য জাতীয় চ্যাম্পিয়নশিপের খবরটা আজই কাগজে পড়েছেন, রতনের ছবিসহ। তাই বেশ খাতির করে বসতে দিলেন। বললেন, "ওসব প্রলাপ লোকে জ্বর হলে বলেই থাকে। ও থেকে কিছু আন্দাজ করা শক্ত।"

রতন গম্ভীর গলায় বলল, "তবু আপনি খোঁজ নিয়ে দেখুন কোনও বেঁটে লোককে এই অঞ্চলে দেখা গেছে কি না।"

ওসি হেসে বললেন, "বেঁটে বা লম্বা লোকের অভাব কী? তবু আপনি যখন বলছেন, দেখব খুঁজে।"

এরপর রতন তার বাবার নিরুদ্দেশ হওয়ার খবরটা টেলিফোনে খবরের কাগজের অফিসগুলিতেও জানিয়ে দিল। বাঞ্ছারাম একসময়ে নামকরা বৈজ্ঞানিক ছিলেন। খবরটা ওরা ছাপতেও পারে।

রতন এখন বুঝতে পারছে, জন খুব মিছে কথা বলেনি। তার বাবার আবিষ্কারটা হয়তো তেমন এলেবেলে ব্যাপার ছিল না এবং হয়তো সেই কাজে তিনি সাফল্যের খুব কাছাকাছি পৌঁছে গিয়েছিলেন। হয়তো সফল হয়েও ছিলেন। জন লোকটাকেও তার খুব বিশ্বাস হয় না। তাকে আমেরিকায় নিয়ে যেতে চায় জন, সঙ্গে বাবাকেও। এই প্রস্তাবটা সন্দেহজনক। বক্সার হিসেবে রতন যত ভালই হোক, আমেরিকার পেশাদার মুষ্টিযুদ্ধের জগতে সে এক টিপ নস্যি। সেখানকার বক্সাররা ক্ষুরধার দক্ষ। বক্সিংয়ের অনেক মুষ্টিযোগ তারা জানে। রতনকে দিয়ে তাই জন সেখানে ব্যবসা সহজে জমাতে পারবে না। কিন্তু সেক্ষেত্রে যদি রতনের বাবা বাঞ্ছারামকে সে হাতের মুঠোয় পায়, তা হলে তার লাভ অনেক বেশি।

জগতের লোভ লালসা নিষ্ঠুরতার হাত থেকে নিজের অসহায় বাবাকে বাঁচানোর কোনও উপায় খুঁজে পাচ্ছিল না রতন। রাতে সে ভাল করে খেল না। ঘুমোতে পারল না।

মাঝরাতে উঠে তার বাবা মাঝে মাঝে ল্যাবরেটরিতে গিয়ে বসতেন। এটা তাঁর নেশার মতো ছিল।

গভীর রাতে রতনও বিছানা ছেড়ে উঠল। একটা আলোয়ান জড়িয়ে ধীরে ধীরে গিয়ে ল্যাবরেটরির দরজা খুলে ভিতরে ঢুকল। আলো জ্বেলে বাবার চেয়ারটায় চুপচাপ বসে রইল অনেকক্ষণ। মাথায় কোনও বুদ্ধি আসছে না। বাবার জন্য দুশ্চিন্তায় মাথা পাগল-পাগল লাগছে।

বসে থাকতে থাকতে একটু ঝিমুনি এসেছিল বোধহয়, হঠাৎ শিরশিরে ঠান্ডা একটা বাতাস তার ঘাড়ে সুড়সুড়ি দিতেই সে চোখ মেলল। বক্সিং করে বলেই তার স্নায়ু সতেজ ও সজাগ। সমস্ত শরীরটা চোখের পলকে চিতাবাঘের মতো তৈরি হয়ে গেল।

এক লাফে রতন দরজার দিকে নিঃশব্দে এগিয়ে যেতে লাগল।

কিন্তু দরজার কাছে পৌঁছবার আগেই দরজাটা আস্তে খুলে গেল। রতন অবাক হয়ে থমকে দাঁড়ায়। চৌকাঠে হাসিমুখে জন দাঁড়িয়ে।

"তুমি!" তেতো গলায় রতন বলে।

জন মাথা নেড়ে বলল, "আমিই। এ ফ্রেন্ড। তুমি কি ভয় পেয়েছ?"

রতনের মাথার মধ্যে নানারকম কথা আসছে। জন যে সাদাসিধে লোক নয় তা সে খড়্গপুরেই টের পেয়েছিল। এখানে তার মাঝরাতে হঠাৎ আগমনও নিশ্চয়ই সাধু উদ্দেশ্যে নয়। রতন চাপা স্বরে বলল, "কেন এসেছ? কী চাও?"

জন হাসিমুখেই বলে, "উত্তেজিত হোয়ো না। সত্যি বটে যে, আমি অনেকটা চোরের মতোই এসেছি। তুমি যে এখানে থাকবে, তা আমার জানা ছিল না।"

রতন রাগে ফুঁসছে। ঘন ঘন শ্বাস ছাড়ছে। কে বা কারা তার বাবাকে নিয়ে গেছে, তা সে জানে না। কিন্তু ঘটনাটায় জনের হাত থাকেই পারে। জন ছাড়া তার বাবার ব্যাপারে কাউকেই সে আগ্রহী হতে দেখেনি। দাঁতে দাঁতে পিষে সে বলল, "আমার বাবাকে কারা চুরি করে নিয়ে গেছে তা তুমি জানো?"

জন সত্যিকারের অবাক হয়। তার সাদা মুখ আরও সাদা হয়ে যায় হঠাৎ।

অপলক চোখে সে কিছুক্ষণ রতনের দিকে চেয়ে থেকে বলে, "তোমার বাবাকে চুরি করেছে? কী আশ্চর্য ব্যাপার!"

কিন্তু জনের কথাবার্তায় প্রতিক্রিয়ায় একটু উঁচুদরের অভিনয় রয়েছে বলে মনে হয় রতনের। তার অসহায় বুড়ো পাগল বাবাকে নিতান্ত ব্যবসায়িক কারণে চুরি করে নিয়ে গিয়ে এরা না জানি কত কষ্ট দিচ্ছে। রতনের মাথার ঠিক ছিল না। হঠাৎ সে ফিসফিস করে বলল, "ন্যাকামি কোরো না জন। তুমি খুব ভাল জাঁনো।"

জন একটা হাত বাড়িয়ে রতনের কাঁধ ধরে বলল, "তুমি আমাকে বিশ্বাস করো না জানি। কিন্তু আমার উদ্দেশ্য খারাপ কিছু নয়।"

"খারাপ নয়? তবে এত রাতে চুরি করে আমার বাবার ল্যাবরেটরিতে ঢোকার মানে কী?"

জন একথার জবাব দিতে পারল না। শুধু মাথা নেড়ে বলল, "আমি দুঃখিত, তোমরা ভারতীয়রা বড্ড বেশি আবেগপ্রবণ। যুক্তি দিয়ে বিচার করলে বুঝতে পারতে আমি চোর নই।"

"আলবাত চোর। বাবার গবেষণা হাত করার জন্য আমার বাবাকে তুমি চুরি করেছ।"

জন একটা ধমক দিল। "শাট আপ রতন!"

এইটুকু প্ররোচনারই প্রয়োজন ছিল। শুকনো বারুদে আগুন লাগলে যেমন হয় তেমনি একটা রাগ জ্বলে উঠল রতনের ভিতরে। গায়ের আলোয়ানটা এক ঝটকায় ফেলে দিয়ে সে বাঁ হাতে বিষাক্ত একটা ঘুষি মারল জনের মুখে। সেই ঘুষি সহ্য করার মতো বেশি মানুষ নেই। জন "ওফ" শব্দ করে ছিটকে পড়ল দরজায় পাল্লায়। তারপর গড়িয়ে পড়ল মেঝেয়।

আর ঠিক সেই মুহূর্তে বাইরের অন্ধকার বারান্দা থেকে দরজার চৌকাঠে উদয় হল রোলো। এক পলক সে জনের নিথর শরীরটার দিকে চেয়ে রইল, তারপর মুখ তুলে তাকাল রতনের দিকে। দুটো চোখ ধকধক করছে হিংস্রতায়।

কিন্তু রোলো তাড়াহুড়ো করল না। ধীর পায়ে জনকে ডিঙিয়ে ঘরে ঢুকল, তারপর নিঃশব্দে দরজাটা বন্ধ করে দিল। ঘুরে রতনের মুখোমুখি হল সে। মুখে কথা নেই। কিন্তু তার দুই মুষ্টিবদ্ধ হাত দেখেই বোঝা যায় সে কী চাইছে।

রতনও তাই চায়। বাবার জন্য তার দুঃখ এবং আক্রোশ তাকে পাগল করে তুলেছে। সে চায় প্রতিশোধ। হিংস্র চোখে সেও রোলোর চোখে চাইল। মুখোমুখি রক্তলোলুপ দুই বাঘ।

একটা কি দুটো সেকেন্ড পরস্পরের দিকে চেয়ে রইল তারা। তারপরই পিছল সাপের মতো রোলো এগিয়ে আসে। দুর্বোধ একটা শব্দ করে মুখে। তার বাঁ হাত এত দ্রুত গতিতে এগিয়ে আসে যে, রতন হাতটা ভাল করে দেখতেই পায় না। সুব্বাও এত দ্রুত ঘুষি মারতে পারে না নিশ্চয়ই। কিন্তু রতনের রিফ্লেক্স খুব ভাল কাজ করছে আজ। সে চকিতে তার মাথা সরিয়ে নেয়। একদম সরে যায় ডাইনে। তারপর একটা ক্রস চালায় রোলোর কানের পাশে। আশ্চর্য! রোলো রতনের দিকেই চোখ রেখেছিল। ইচ্ছে করলে ঘুষিটা এড়াতেও পারত, কিন্তু সে চেষ্টা করল না। কিন্তু রতন টের পেল তার ঘুষিটা যেন একটা শক্ত পাথরের দেয়ালে গিয়ে লাগল। কবজি চিনচিন করে উঠল ব্যথায়। যে ঘুষিতে ভারতের যে-কোনও প্রথম শ্রেণির মুষ্টিযোদ্ধার পড়ে যাওয়া উচিত, তা অনায়াসে হজম করে রোলো ফিরে দাঁড়াল।

রতন দেখল রোলোর গার্ড নেই। এই সুযোগ। সে চকিত পায়ে নিজেকে গুছিয়ে অ্যাটাকিং পোজিশনে সরে এসে ডান পা বাড়িয়ে দুর্দান্ত একটা সোজা ঘুষি চালাল রোলোর মাথায়। রতনের কনুই শরীরে লাগানো ছিল ঘুষি মারবার সময়। শরীরের ওজনটাকে সে ঘুষিতে সঞ্চার করতে পেরেছে। লাগলে বোমার মতো কাজ হত। কিন্তু তাকে অবাক করে দিয়ে রোলো শিল মাছের মতো একটা গোঁত খেয়ে নিচু হয়ে ঘুষিটা ভাসিয়ে দিল মাথার ওপর। আর সেই নিচু কুঁজো অবস্থা থেকেই ছোট্ট একটা জ্যাব করল রতনের পাঁজরে।

ককিয়ে উঠল রতন। একটা জ্যাব যে কী সাংঘাতিক জোরালো হতে পারে তা তার এতকাল ধারণা ছিল না। পাঁজরে লাগার সঙ্গে সঙ্গে তার দম বন্ধ হয়ে আসছিল। তবু রতন তো বক্সার। বহু মার খেয়েছে। এক লাফে অনেকটা পিছিয়ে গেল সে। পায়ের কাজে রোলোর বাড়ানো ঘুষিগুলোর কয়েকটা এড়িয়েও গেল। কিন্তু সে বুঝতে পারছিল, রোলো তার চেয়ে বা সুব্বার চেয়ে বা ভারতের সেরা যে-কোনও বক্সারের চেয়েও অনেক বেশি দক্ষ মুষ্টিযোদ্ধা।

মাত্র কয়েক সেকেন্ড রতন নিজেকে বাঁচাতে পারল। তারপরই নানা দিক থেকে বিষাক্ত সাপের ছোবলের মতো রোলোর ঘুষি এসে পড়তে লাগল।

রতনের কপাল ফেটে রক্ত পড়ছে। ঠোঁটে ঢুকে গেছে দাঁত। শ্বাসকষ্ট হচ্ছে। কিন্তু তবু সেও বার বার তার প্রতিপক্ষের মুখে মাথায় তার ঘুষি জমিয়ে দিচ্ছে।

কিন্তু রোলোর রাক্ষুসে ঘুষির তুলনায় তার ঘুষি নিতান্তই দুর্বল। শুধু রোলোর বাঁ ভ্রুর ওপর একটা জায়গা একটু কেটে সামান্য রক্তপাত হচ্ছে। সেও হচ্ছে হাতে গ্লাভস না থাকার দরুন। তা ছাড়া রোলোর আর কিছুই হয়নি।

রতন ক্রমে ক্রমে পিছু হটছে। সরে যাচ্ছে ঘরের কোণের দিকে। আসলে সরছে না। রোলোই তাকে কূট কৌশলে ঠেলে নিয়ে যাচ্ছে এমন একটা জায়গায়, যেখান থেকে রতন পালাতে পারবে না। উপর্যুপরি ঘুষি এসে পড়ছে তার মাথায় মুখে চোয়ালে। এক একবার সে কনুই বা বগলে চেপে ধরেছে বটে রোলোর হাত। কিন্তু পরমুহূর্তেই রোলো ছাড়িয়ে নিচ্ছে নিজেকে। সবচেয়ে সাংঘাতিক হল রোলোর ডাবল অ্যাকশন পাঞ্চ। একই সঙ্গে ঘুষি এবং কবজির মার।

শেষ পর্যন্ত লড়াই কোথায় গড়াত কে জানে। হঠাৎ একটা তীক্ষ্ণ স্বর ডাকল, “রোলো! স্টপ!”

রোলো থামল। ক্রূর চোখে রতনের দিকে একবার চেয়ে আস্তে আস্তে পিছিয়ে গেল। দরজায় পিঠ দিয়ে দাঁড়িয়ে পকেট থেকে রুমাল বের করে বাঁ ভ্রূ-র ওপরে কাটা জায়গাটায় চেপে ধরল।

রতন হাঁফাচ্ছিল। জীবনে কখনও সে কারও কাছে এক নাগাড়ে এত মার খায়নি। এরকম শক্ত প্রতিপক্ষের সঙ্গে অবশ্য পাল্লাও দিতে হয়নি তাকে। কিন্তু সে আজ বুঝতে পারল, বক্সিং-এর এখনও অনেক কিছুই তার অজানা।

জন উঠে দাঁড়িয়েছে। ডান চোয়ালটা এখনও লাল। মাথাটা ঝাঁকিয়ে সে একটু হাসল। তারপর রতনের দিকে চেয়ে বলল, “কনগ্র্যাচুলেশনস, রতন। আমি আজ পর্যন্ত রোলোর সঙ্গে এতক্ষণ কাউকে লড়াই চালিয়ে যেতে দেখিনি।”

রতন বেসিনে উপুড় হয়ে মুখে জলের ঝাপটা দিল কিছুক্ষণ। দম ফিরে পেয়ে সে

বলল, "রোলো খুব ভাল বক্সার। কিন্তু তাতে প্রমাণ হয় না যে, তোমরা ভাল লোক।"

জন একটা টেবিলের ওপর উঠে বসে বলল, "আমরা তা প্রমাণ করতে ব্যস্ত নই। কারণ হয়তো আমরা তেমন ভাল লোক নইও। আইনের চোখে অন্তত নয়। তবে আমাদের উদ্দেশ্য খারাপ নাও হতে পারে।"

"কী করে বুঝব?" রতন ফুঁসে উঠে বলে।

জন হাত তুলে তাকে শান্ত হওয়ার ইঙ্গিত করে মৃদু স্বরে বলে, "তোমার বাবাকে আমরা চুরি করিনি। এটা বিশ্বাস করো। তাঁকে চুরি করে আমাদের লাভ হত না। ডাকাত আর বিপ্লবীদের মধ্যে একটু তফাত আছে।"

"কারা ডাকাত?" রতন জিজ্ঞেস করে।

"যারা তোমার বাবাকে চুরি করেছে। কিন্তু তার আগে ঘটনাটা আমাকে বলো। আমাকে বুঝতে দাও কী হয়েছে। শুধু গায়ের জোরে সব সমস্যার সমাধান করতে যেয়ো না।"

লজ্জিত হয়ে রতন একটু হাসল।

কুয়াশার ভিতর দিয়ে ভোররাতে একটা স্পিডবোট চলেছে। বাসন্তী পেরিয়ে বাঁ ধারের নদীর ভিতরে ঢুকে গেল স্পিডবোট। মারাত্মক তার গতি। পিছনে সমুদ্রের মতো ঢেউ তুলে জলকে উথালপাথাল করে প্রায় চল্লিশ মাইল বেগে ধেয়ে যাচ্ছে ফাইবার গ্লাসের তৈরি অদ্ভুত জলযানটি। হুইল ধরে বসে আছে দানবাকৃতি একটি লোক। শক্তিশালী সার্চলাইটের আলোয় সামনেটা উদ্ভাসিত।

ড্রাইভারের কেবিনের পিছনে ছোট্ট একটা কুঠুরি। এক ধারে স্পঞ্জ রবারের বিছানায় বাঞ্ছারাম অঘোর ঘুমে আচ্ছন্ন। পাশে একটি হেলানো চেয়ারে বসে বেঁটে লোকটা কিছু কাগজপত্র দেখছে। এইসব কাগজ বাঞ্ছারামের ল্যাবরেটরি থেকে চুরি করে আনা। কিন্তু কাগজপত্রে কিছু নেই। লোকটা ভ্রু কুঁচকে বিরক্তিতে মাথা নাড়ল। তারপর ঘৃণাভরে একবার তাকাল বাঞ্ছারামের দিকে।

আচমকাই লঞ্চের গতি কমে গেল। গর্জনশীল ইঞ্জিন মৃদু পুটপুট শব্দ করছে। হুইল থেকে মুখ ফিরিয়ে দানব বলল, "জলপুলিশ। আমাদের থামতে বলছে। কী করব?"

বেঁটে লোকটা ভ্রূ কুঁচকেই ছিল। বিরক্তির গলায় বলল, "স্পিড কমিয়ে দাও। দ্যাখো ওরা কী চাইছে।"

"যদি সার্চ করতে চায়?"

"সার্চ করতে দেবে। আগে লাইসেন্স দেখাও। বলো যে, একজন বিদেশি

সাংবাদিককে সুন্দরবন দেখাতে এনেছ। আর তোমার একজন অ্যাসিস্ট্যান্ট অসুস্থ হয়ে কেবিনে শুয়ে আছে।”

“ঠিক আছে।”

বেঁটে লোকটা আবার কাগজপত্র দেখতে লাগল। কেবিনে মৃদু আলো জ্বলছে। বোটটার গতি আরও মন্থর হয়ে গেল। দানবটা তার ডানপাশের জানালা খুলে জলপুলিশের সঙ্গে কথাবার্তা বলছে। হিন্দি ভাষা সাহেব বোঝে না, তাই গা করল না। জীবনে এর চেয়ে অনেক বড় বড় বিপদের কাজ সে করেছে। বিপদের মধ্যেই তার বাস।

পুলিশ অবশ্য বোটে উঠল না। ফাইবার গ্লাসের জলযন্ত্রটি আবার রুদ্ধশ্বাসে ছুটতে লাগল। চারধারে নিবিড় জঙ্গল। ঘন কুয়াশার ভিতর দিয়ে ভোর-ভোর ভুতুড়ে আলোয় এক অপার্থিব দৃশ্য বলে মনে হয়। ক্রমে নদী চওড়া হতে লাগল। হতে হতে তার কূলকিনারা দেখা গেল না আর। সেই সঙ্গে মস্ত মস্ত ঢেউ এসে দোল দিতে লাগল স্পিডবোটটিকে।

অর্থাৎ নদী ছেড়ে তারা বঙ্গোপসাগরে পড়েছে। বেঁটে সাহেবের কোনও ভাবান্তর নেই। দানবটিও একমনে লঞ্চ চালিয়ে যাচ্ছে।

ঘণ্টা-দেড়েক পর দানবটি কম্পাস দেখে বোটের মুখ বাঁদিকে ঘোরাল। আরও আধঘণ্টা পর কমিয়ে দিল গতি। দশ মিনিটের মাথায় কুয়াশা ভেদ করে মস্ত কালো দেয়ালের মতো দেখা দিল একটা জাহাজের শরীর। দানবটা সার্চলাইট নিভিয়ে দিল। তারপর খুব দক্ষতার সঙ্গে জাহাজের গা ঘেঁষে দাঁড় করাল লঞ্চটাকে। কাউকে কিছু বলতে হল না। লঞ্চ দাঁড় করানোর এক মিনিটের মধ্যেই জাহাজের ওপর থেকে একটা মস্ত দড়ি নেমে এল। তার মাথায় আড়াআড়ি একটা লোহার ডান্ডা। ডান্ডার দুধারে দুটো হুক। দানবটা লঞ্চের মাথায় দাঁড়িয়ে হুক দুটো লঞ্চের ছাদে দুটো আংটায় পরিয়ে দিল। তারপর মসৃণ গতিতে দড়িটা লঞ্চটাকে আরোহী সমেত টেনে তুলে নিল ওপরে।

ডেকের ওপর বেশ কয়েকজন লোক। তাদের চেহারা খুবই স্বাস্থ্যবান। কালো ওভার-অল পরা। কারও মুখে কথা নেই। দুজন লোক একটা স্ট্রেচারে বাঞ্ছারামের অচেতন দেহ বহন করে নিয়ে জাহাজের সিঁড়ি বেয়ে খোলের মধ্যে নেমে গেল।

আপাতদৃষ্টিতে জাহাজটা মালবাহী। তবে খোলের মধ্যে একটু জটিল গলিঘুঁজি পেরিয়ে গেলে চমৎকার কয়েকটি কেবিন আছে। আছে একটি মাঝারি ল্যাবরেটরিও।

বাঞ্ছারামের দেহটি একটি বিশেষ কেবিনে রাখা হল। গম্ভীর মুখে ডাক্তার গোছের একজন লোক এসে বাঞ্ছারামের নাড়ি আর বুক পরীক্ষা করে রক্তচাপ মাপে।

সহকারীদের কয়েকটা নির্দেশ দেয়। বাঞ্ছারামের নাকে অক্সিজেনের নল ঢোকানো হয়। গোটা দুই ইনজেকশন দেওয়া হয় পর পর।

ডাক্তার তার কাজ শেষ করে বেঁটে লোকটার দিকে চেয়ে ইংরিজিতে বলে, "কিছুক্ষণের মধ্যেই ঠিক হয়ে যাবে।"

বেঁটে লোকটা ঠান্ডা গম্ভীর গলায় বলে, "কী ঠিক হবে? জ্ঞান ফিরে আসবে? সে তো বাচ্চা ছেলেও বলতে পারে। ওর স্মৃতিশক্তি ফিরিয়ে আনার জন্য কী করতে পারো?"

ডাক্তার মাথা নেড়ে বলে, "এখন কিছুই করা যাবে না। ওর বিশ্রাম দরকার।"

"কতক্ষণ?"

"অন্তত দশ-বারো ঘণ্টা।"

"তারপর কী করবে?"

"তারপর একটা ট্রুথ ইনজেকশন দেব। সেই ইনজেকশনের পর আধ ঘণ্টার মধ্যেই তুমি ওর কাছ থেকে সত্যি কথাটা জেনে নিতে পারবে।"

"ওর একটু মাথা খারাপ আছে। স্মৃতিশক্তিও বোধহয় ঠিক নেই। এই অবস্থায় ট্রুথ ইনজেকশনে কি কোনও কাজ হবে?"

"দেখা যাক।"

"ইলেকট্রিক শক দিলে কেমন হয়?"

ডাক্তার একটু হাসে। মাথা নেড়ে বলে, "তুমি বড় বেশি তাড়াহুড়ো করছ। যদি ভাল ফল চাও তবে তাড়াহুড়ো করে লাভ নেই। লোকটার বয়স হয়েছে। বেশি ধকল সহ্য করতে পারবে না। মরে যেতে পারে।"

বেঁটে লোকটা ঠান্ডা গলায় বলে, "মরলে আমাদের ক্ষতি নেই। শুধু মরার আগে আমরা কিছু তথ্য বের করে নিতে চাই।"

ডাক্তার ঠোঁট কামড়ে কিছুক্ষণ ভাবল। তারপর বলল, "ঠিক আছে। আমি যথাসাধ্য করব। তবে মনে রেখো তুমি একটু বেশি ঝুঁকি নিচ্ছ।"

বেঁটে লোকটা নিরুত্তাপ গলায় বলে, "শেষ অবধি তো ওকে মেরে ফেলতেই হবে।"

ডাক্তার আর কিছু বলল না।

বেলা দশটা নাগাদ বাঞ্ছারাম চোখ মেললেন। তাঁর সর্বাঙ্গে ব্যথা। শ্বাসকষ্ট হচ্ছে। চারদিকে চেয়ে কিছু চিনতে পারলেন না। শুধু অস্ফুট গলায় বললেন, "দিদি, রসগোল্লা খাব।"

সাদা পোশাক পরা একজন লোক এগিয়ে এল সিরিঞ্জ হাতে। বাঞ্ছারাম ভয় পেয়ে হাত গুটিয়ে নিতে গেলেন। পারলেন না। হাত-পা সব স্ট্র্যাপ দিয়ে খাটের সঙ্গে বাঁধা।

ইনজেকশনটায় বেশ ব্যথা পেলেন বাঞ্ছারাম। "উঃ" বলে চেঁচিয়ে উঠলেন। চোখে জল এসে গেল। নাকের মধ্যে একটা নল পরানো। ঝাঁঝালো অক্সিজেন বুকের মধ্যে ঢুকে যাচ্ছে। নাক জ্বালা করছে। বাঞ্ছারাম ছটফট করতে লাগলেন। হাত-পায়ের বাঁধন খোলার জন্য টানাহ্যাঁচড়া করতে লাগলেন।

হঠাৎ সামনে দেখেন, সেই দানবটা দাঁড়িয়ে আছে। কোমরে হাত, দুচোখে নিষ্ঠুর হিংস্র চাউনি। বাঞ্ছারাম ভয়ে আর নড়লেন না। লোকটা হিন্দিতে বলল, "বেশি নড়াচড়া কোরো না। তোমার হাত-পা শক্ত করে বাঁধা আছে। নড়লে জখম হবে। তা ছাড়া পরশুর মারের কথা নিশ্চয়ই ভুলে যাওনি।"

"আমি কোথায়?"

"ভাল জায়গায় আছ। একটা জাহাজে। মাঝ-দরিয়ায়। চেঁচিয়ে মরে গেলেও কেউ শুনতে পাবে না। অতএব চুপ করে লক্ষ্মীছেলের মতো শুয়ে থাকো।"

বাঞ্ছারাম শুয়ে রইলেন। বোজা চোখের কোল ভরে উঠল চোখের জলে। একটু ফুঁপিয়ে উঠলেন।

বিকেল না সকাল, আলো না অন্ধকার তা বোঝবার উপায় নেই। কেবিনের জানালা বন্ধ, দরজা বন্ধ। ঘরে সারাক্ষণ একটা মৃদু বাতি জ্বলছে। বাঞ্ছারাম কয়েকবার ঘুমিয়ে পড়লেন। আবার জাগলেন। আবার ঘুমোলেন।

বহুক্ষণ কেটে যাওয়ার পর বেঁটে লোকটাকে হঠাৎ দেখতে পেলেন বিছানার পাশে। সঙ্গে ডাক্তার।

বেঁটে লোকটা তেমনি শীতল গলায় জিজ্ঞেস করল, "কেমন বোধ করছ?"

বাঞ্ছারাম হাঁ করে চেয়ে রইলেন। মুখে কথা এল না।

বেঁটে লোকটার কথায় ধমক-চমক নেই, কিন্তু এমন একটা ঠান্ডা নিষ্ঠুরতা আছে যা হৃৎপিণ্ডকে থামিয়ে দিতে চায়। অথচ লোকটা পুতুলের মতো ছোটখাটো। যে-কেউ ওকে এক হাতে মাটি থেকে তুলে নিতে পারে। কিন্তু ওর চোখের দিকে চাইলে বা ওর ঠান্ডা কণ্ঠস্বরটি শুনলে কারোরই আর ওকে ঘাঁটাতে সাহস হবে না। লোকটা বাঞ্ছারামের দিকে অনেকক্ষণ পলকহীন চোখে চেয়ে থেকে বলল, "কিছু মনে কোরো না, পৃথিবীর স্বার্থে তোমাকে কিছু কষ্ট স্বীকার করতে হচ্ছে। আমরা তোমার ওপর কয়েকটা এক্সপেরিমেন্ট করব। তাতে তোমার মৃত্যু অবধি ঘটতে পারে। কিন্তু আমাদের অন্য উপায়ও নেই।"

বাঞ্ছারাম ডুকরে উঠে বললেন, "আমি দিদির কাছে যাব।"

বেঁটে লোকটা হাসল। বলল, "পুরুষ মানুষের মতো আচরণ করো। তোমরা ভারতীয়রা এত কাপুরুষ কেন?"

"আমাকে মেরো না।"

"মারতে চাইছি না। তোমার চিকিৎসাই করতে চাইছি। কিন্তু কাজটা একটু বিপজ্জনক। তাতে তোমার মৃত্যু ঘটতে পারে। আর যদি ঘটেই তবে তা বীরের মতো মেনে নিয়ো।"

"আমি রসগোল্লা খাব। মরতে আমার একটুও ইচ্ছে করে না।"

বেঁটে লোকটা ডাক্তারের দিকে চাইল। বলল, "এবার ট্রুথ ইনজেকশনটা দাও। আমার মনে হচ্ছে ওর পাগলাটে মনের কোনও লুকনো ঘরে সেই স্মৃতি আজও আছে। একটু দাঁড়াও। দেখি ও রাব্বিকে চিনতে পারে কি না।"

লোকটা একটা বোতাম টিপল। একটা লোক হাজির হতে তাকে মৃদুস্বরে কী নির্দেশ দিল।

একটু বাদেই চারজন লোক একজন বুড়োমানুষকে টেনে নিয়ে এল ঘরে। তার চুল সাদা এবং কাঁধ পর্যন্ত লম্বা। শরীর রোগা। চোখে জুলজুলে চাউনি। তাকে বাঞ্ছারামের সামনে দাঁড় করানো হলে বেঁটে লোকটা জিজ্ঞেস করল, "একে চিনতে পারো?"

"না।"

"এ হল রবিন ফরডাইক। হিট অ্যামপ্লিফিকেশনের কাজে এ তোমাকে সাহায্য করত। তারপর তোমার কাগজপত্র চুরি করে নিয়ে পালায়। যাওয়ার আগে ওষুধ দিয়ে তোমার স্মৃতিশক্তি নষ্ট করে দিয়ে যায়। এর ইচ্ছে ছিল, হিট অ্যামপ্লিফায়ার তৈরি করে দুনিয়া জুড়ে ব্যবসা করবে। আমরা ওকে লক্ষ লক্ষ ডলার দিয়েছিলাম এই আশায় যে, ও তাপ-পরিবর্ধক তৈরি করে আমাদের এজেন্সি দেবে। আমাদের মতো আরও কয়েক হাজার লোককে ঠকিয়ে ও এখন বহু টাকার মালিক। কিন্তু ও জানত না, পৃথিবীর সব জায়গায় আমাদের হাত গিয়ে পৌঁছোয়। কী, চিনতে পারছ?"

বাঞ্ছারাম চেয়ে থাকেন। স্মৃতি টলমল করে। কুয়াশা যেন একটু কেটে যায়। রবিন ফরডাইক! এ যেন পূর্বজন্মে শোনা একটা নাম।

ফিসফিস করে বাঞ্ছারাম বললেন, "রবিন! রবিন! এত বুড়ো হয়ে গেছ?"

রবিন কিছু বলল না। বলার মতো অবস্থাও নয়। বেঁটে লোকটা তার হয়ে জবাব দিল, "না, বুড়ো হয়নি। তবে ওকে আমরা পাকিয়ে বুড়ো করেছি। শোনো বাঙালি বৈজ্ঞানিক, তোমার অবস্থা রবিনের চেয়েও খারাপ হতে পারে। এখনও মনে করার চেষ্টা করো, সেই ফরমুলাটা কোথায় আছে। রবিন জানে, তুমি শেষ পর্যন্ত হিট অ্যামপ্লিফায়ার তৈরি করার পদ্ধতি বের করেছিলেন। কিন্তু ফরমুলাটা কোথাও লুকিয়ে রেখেছ। আমরা জানতে চাই, কোথায়।"

বাঞ্ছারাম নিজেও তা ভুলে গেছেন। প্রাণপণে চোখ বুজে মনে করার চেষ্টা করলেন। পারলেন না।

বেঁটে লোকটা ডাক্তারের দিকে চেয়ে মৃদু স্বরে বলল, "এবার ট্রুথ ইনজেকশন দাও।"

বিনা বাক্যে ডাক্তার একটা সিরিঞ্জ ভরে নিয়ে এগিয়ে আসে।

ইনজেকশন দেওয়ার পর কিছুক্ষণ অদ্ভুত এক যন্ত্রণায় ছটফট করলেন বাঞ্ছারাম। তারপর আস্তে আস্তে স্থির হয়ে গেলেন। চোখদুটি বিস্ফারিত। মুখ ফ্যাকাসে। ঠোঁটের কোণে ফেনা। অল্প অল্প হাঁফাচ্ছেন।

মিনিট দশেক পরে বেঁটে লোকটা জিজ্ঞেস করল, "বলো ভারতীয় বৈজ্ঞানিক, তুমি কি সত্যিই পাগল?"

বাঞ্ছারাম শান্ত স্বরে চোস্ত ইংরিজিতে বললেন, "না। আমার স্মৃতিশক্তি দুর্বল। মাঝে মাঝে আমি বয়স হারিয়ে ফেলি। বার্ধক্যের সঙ্গে শৈশব গুলিয়ে যায়। কিন্তু সেটা মস্তিষ্কের কোনও জটিল অসুখ নয়।"

"এখন তোমার স্মৃতিশক্তি কেমন কাজ করছে? দশ-বারো বছর আগেকার কথা মনে পড়ছে?"

"পড়ছে। আমি তখন হিট অ্যামপ্লিফিকেশন নিয়ে গবেষণা করতাম। রবিন ফরডাইক আমাকে সাহায্য করত। অবশেষে একদিন আমি সাফল্যের খুব কাছাকাছি পৌঁছে গেলাম। আমি জানতাম আমার আবিষ্কার অত্যন্ত মূল্যবান। এও জানতাম, আমার সহকারী রাব্বি না রবিন যথেষ্ট বুদ্ধিমান বটে, কিন্তু তেমন বিশ্বাসযোগ্য নয়। শেষ দিকে আমি তাই দু'রকম লগবুক লিখতে লাগলাম। আমার আসল গবেষণার রিপোর্ট আমি মাইক্রোফিল্মে তুলে কাগজপত্র নষ্ট করে ফেলতাম। ল্যাবরেটরিতে রাখতাম একটা ভুয়ো রিপোর্ট। কিন্তু বুদ্ধিমান রবিন তবু টের পেয়েছিল যে, আমি সাফল্যের দরজায় পৌঁছেছি। তাই সে একদিন আমার গবেষণাগারে কুঁজোর জলে ওষুধ মেশায়। সেটা খেয়ে আমি অজ্ঞান হয়ে যাই। আমার স্মৃতিশক্তি ও স্বাভাবিক চিন্তার ক্ষমতা লোপ পেয়ে যায়।"

বেঁটে লোকটা অধৈর্য হয়ে বলে, "সেকথা থাক। এখন বলো, সেই মাইক্রোফিল্মটি কোথায় আছে।"

"ফিল্ম আছে একটা প্লাস্টিকের মোড়কে। আমি সেটা একটা রসগোল্লার হাঁড়িতে রেখেছিলাম।"

বেঁটে লোকটা দানবটাকে জিজ্ঞেস করল, "রসগোল্লার মানে কী?"

দানবটা বুঝিয়ে বলল। বেঁটে লোকটা ভ্রূ কুঁচকে বলল, "ওরকম মূল্যবান জিনিস একটা মাটির পাত্রে রাখা কি নিরাপদ ছিল?"

"না। অন্তত দশ-বারো বছরের মতো লম্বা সময়ের পক্ষে তো নিশ্চয়ই নয়। কিন্তু তখন তো আমি জানতাম না যে, আমি এরকম অকেজো হয়ে যাব।"

"সেই হাঁড়িটা এখন কোথায় আছে?"

"ঠিক জানি না। তবে সেই হাঁড়িতে মাটি ভরে আমি তাতে একটা ক্যাকটাস লাগিয়েছিলাম। আমাদের ভিতরের বারান্দায় সেটা রাখা ছিল।"

"এখনও সেখানেই আছে?"

"কী করে বলব? আমি তো হাঁড়িটার কথা ভুলেই গিয়েছিলাম। এই এখন মনে পড়ল।"

"তুমি সেই হাঁড়িটা কি সম্প্রতি লক্ষ করেছ?"

"না। তবে সেই হাঁড়ির ভিতর থেকে মাইক্রোফিল্ম বের করেও কারও কোনও লাভ হবে না। আমি আমার রিপোর্ট নিজস্ব সাংকেতিক ভাষায় লিখেছি। সেই রহস্য আমি ছাড়া আর কারও পক্ষেই ভেদ করা সম্ভব নয়।"

বেঁটে লোকটা হাসল। বলল, "তাই হবে, বৈজ্ঞানিক। আমরা তোমার মাইক্রোফিল্ম এনে দেব। তারপর তুমিই সেই সংকেত উদ্ধার করবে।"

"তারপর কী হবে? তোমরা ভাল লোক নও। আমি সংকেত ভেঙে দেওয়ার পর তোমরা নিশ্চয়ই আমাকে জীবিত রাখবে না!"

বেঁটে লোকটা চোখের ইশারা করে। ডাক্তার বাঞ্ছারামকে আর-একটা ইনজেকশন দেয়। বাঞ্ছারাম ঘুমিয়ে পড়েন।

জন সব কথা মন দিয়ে শুনল। তারপর মাথা নেড়ে ম্লান হেসে বলল, "আমি যাদের সবচেয়ে বেশি ভয় পাচ্ছিলাম এরা বোধহয় তারাই।"

রতন উদ্বিগ্ন গলায় জিজ্ঞেস করে, "কারা?"

জন বলল, "এরা সি-আই-এ বা কে-জি-বি নয়। এরা কোনও বিশেষ রাষ্ট্রের লোকও নয়। তবে এদের ঘাঁটি আমেরিকায়। পৃথিবীর কয়েকজন কুখ্যাত ধনী ব্যক্তির এক দুষ্টচক্র। রাব্বি এদের ঘাড়ে কাঁঠাল ভেঙে খেতে গিয়েছিল। তারপর একদিন সে হাপিস হয়ে যায়। এই দুষ্টচক্রের ক্ষমতা অসীম। পৃথিবীর সবচেয়ে বড় গুন্ডা সংগঠন মাফিয়া এদের হাতের মুঠোয়। এদের এত টাকার জোর, যার বলে এরা যে-কোনও রাষ্ট্রের শাসনযন্ত্র অচল করে দিতে পারে, যে-কোনও পুলিশবাহিনীকে রাতারাতি কিনে নিতে পারে। হিট অ্যামপ্লিফায়ারের ফরমুলা হাতে পেলে তার আন্তর্জাতিক পেটেন্ট কিনে নেবে। তারপর শুরু করবে একচেটিয়া ব্যবসা। আরও একটা ভয়

আছে। হিট অ্যামপ্লিফায়ার যন্ত্রটা তো শুধু মানুষের উপকারই করবে না। তাই দিয়ে মারাত্মক অস্ত্র তৈরি করাও সম্ভব।"

রতন আচমকা বলল, "কিন্তু তোমরাও তো যন্ত্রটা হাত করতে চাইছ। তোমরাই বা এটা নিয়ে কী করবে?"

জন বলে, "আমাদের কুমতলব নেই। আগেই তোমাকে বলেছি, আমি তৃতীয় বিশ্বের লোক। আমার দল গরিব দেশগুলির বন্ধু। আমরা সন্ত্রাসবাদী বটে, কিন্তু আমাদের লড়াই ধনী ও ক্ষমতাশালী রাষ্ট্রগুলির বিরুদ্ধে। ওরা আমাদের ঘৃণা করে, মানুষ বলে মনেও করে না। সেই তৃতীয় বিশ্বের একজন বৈজ্ঞানিকের এই মহামূল্যবান আবিষ্কারকে আমি বা আমরা বেহাত হতে দিতে চাই না। এই যন্ত্র একদিন তৃতীয় বিশ্বের সঙ্গে শক্তিশালী দেশগুলির সম্পদ ও ক্ষমতার পার্থক্য ঘুচিয়ে দেবে বলেই আমার বিশ্বাস। তাই আমি চেয়েছিলাম ফরমুলাটা আমাদের হাতে থাক।"

রতন উদ্বেগের সঙ্গে বলে, "কিন্তু আমার বাবার কী হবে?"

জন চিন্তিত স্বরে বলে, "যদি ওরা ইতিমধ্যে ফরমুলাটা হাতে না পেয়ে থাকে তবে তোমার বাবাকে ওরা মারবে না। কাজেই আমাদের ধৈর্য ধরতে হবে।"

"আমার বাবাকে ওরা কোথায় নিয়ে গেছে জানো?"

"আন্দাজ করতে পারি। বঙ্গোপসাগরে একটা গ্রিক জাহাজ নোঙর ফেলে আছে। জাহাজটার নাম এম এস ফেবুলাস। মস্ত জাহাজ। সম্ভবত তাতে।"

"আমরা কি সেই জাহাজটার কথা পুলিশকে জানাব?"

জন বলে, "তুমি বোকা। কোনও পুলিশ বা আর কারও সাধ্য নেই কিছু করার। তা ছাড়া পুলিশের এক্তিয়ারও অতদূর নয়। ধৈর্য ধরো। আমার ক্ষীণ আশা, ওরা ফরমুলাটা এখনও পায়নি। যদি তাই হয়ে থাকে, তবে ওরা আবার এখানে হানা দিতে আসবে। তখন আমরা ওদের পিছু নেব।"

"ওরা কতজন?"

জন হাসল। "ওরা সংখ্যায় অনেক। তবে জাহাজের মাঝি মাল্লা সবাই মাফিয়া নয়। তারা বোধহয় জানেও না, জাহাজটার খোলের অসংখ্য কেবিনে কী কাণ্ড হচ্ছে। তবু বলি, সংখ্যায় ওরা কম নয়, দুর্বল তো নয়ই। ওদের মেলা বন্দুক পিস্তল আছে। আমাদের সম্বল তোমার আর রোলোর ঘুষির জোর। আমার কাছে একটা ছোট্ট সাব-মেশিনগান মাত্র আছে। কিন্তু ওদের অস্ত্রবলের সামনে সেটা নস্যি। কাজেই গায়ের জোরে কাজ হবে না। বুদ্ধির জোরই আসল। শোনো রতন, আমি আর রোলো আপাতত এখানেই আস্তানা নিচ্ছি। আমাদের সাদা চামড়া খুবই চোখে পড়ার মতো। কিন্তু আমাদের কাছে কৃত্রিম গায়ের রং আছে। বিদেশে মেয়েরা গায়ের চামড়া ট্যান

করার জন্যে এই রং মাখে। আমি আর রোলো সেই রং মেখে ইন্ডিয়ান হওয়ার চেষ্টা করব। তুমি শুধু আমাদের দুটো পাজামা আর পাঞ্জাবি জোগাড় করে দাও।”

রতন মাথা নেড়ে ভিতরবাড়িতে গিয়ে পাজামা আর পাঞ্জাবি নিয়ে এসে যখন ফের ল্যাবরেটরিতে ঢুকল, তখন জন আর রোলো প্রায় ভারতীয় সেজে বসে আছে। দুজনেরই চোখে গগলস। পাজামা পাঞ্জাবি পরার পর দুজনেই খাঁটি ভারতীয় বনে গেল। চুলগুলিও ইতিমধ্যে কলপ লাগিয়ে কালো করে নিয়েছে।

ভোর হয়ে এসেছে। জন বলল, “রতন, ওরা আজ যে-কোনও সময়ে এসে হাজির হবে। চারদিকে লক্ষ রেখো। ওরা এলে বাধা দিয়ো না। আমার মনে হয়, ওরা আসবে আজ গভীর রাতে। তুমি দিনের বেলা যতটা পারো ঘুমিয়ে নাও। আমি আর রোলো বেরোচ্ছি। কিছু ব্যবস্থা করতে হবে। দুপুরের মধ্যেই আমরা ফিরে আসব।”

রতন অবশ্য ঘুমোল না। ঘুমোনোর মতো মনের অবস্থা নয়। বাবার জন্য উদ্বেগ আর তীব্র উত্তেজনায় সে অস্থির। জন আর রোলো চলে যাওয়ার পর সে খুব সাবধানে সারা বাড়ি সার্চ করল। কোথাও কিছু পেল না। তবে বাবার ঘরের স্টিলের আলমারিতে সে বাবার কয়েকটা পুরনো ডায়েরি খুঁজে পেল। বেশিরভাগ ডায়েরিতেই কোনও রোজনামচা নেই, কেবল কিছু বৈজ্ঞানিক আঁক কষা আছে। তবে একটা ডায়েরিতে সে কিছু বাংলা লেখা খুঁজে পেল। এগারো বছর আগেকার এক ডিসেম্বর মাসে বাবা লিখেছেন: জয় করে তবু ভয় কেন তোর যায় না! রবীন্দ্রসংগীতের এই কথাটুকুর পাশে ব্র্যাকেটে লেখা: “কাঁটা হেরি ক্ষান্ত কেন কমল তুলিতে? যেখানে দেখহ ছাই উড়াইয়া দেখ তাই মিলিলে মিলিতে পারে অমূল্য রতন।”

এসব হেঁয়ালির কোনও মাথামুণ্ডু বুঝল না রতন। সে গিয়ে তার বুড়ি পিসিকে জিজ্ঞেস করল, “পিসি, বাবা কোনও জিনিস লুকোতে হলে কোথায় লুকোতে পারে বলো তো?”

পিসি ভাইয়ের জন্য কেঁদেকেটে শয্যা নিয়েছে। বলল, “কী জানি বাছা। কী লুকোবে বল তো?”

“দশ-বারো বছর আগে বাবা একটা ফরমুলা লুকিয়ে রেখে তারপর সেকথা ভুলে যায়।”

পিসি অনেক ভেবেচিন্তে বলে, “সে তো অনেকদিন হয়ে গেছে।”

“তুমি তো বাবার সবকিছু জানো, আর এটা মনে করতে পারছ না?”

পিসি বলল, “কিছু কিছু মনে আছে। বাঞ্ছা তখন একটা ভারী ক্যামেরা দিয়ে কাগজপত্রের ছবি তুলত। রাত জেগে জেগে রোজ ওইসব করত বলে কত বকেছি। তারপর সেইসব কাগজপত্র আগুনে পুড়িয়ে দিত। ঘর নোংরা হত।”

উত্তেজিত হয়ে রতন বলে, "সেই ক্যামেরাটা কোথায়?"

"কবে বিক্রি হয়ে গেছে।"

"আর ফোটোগুলো?"

"সে তো বাঞ্ছার পাগলামি। জন্মে শুনিনি বাবা কেউ কাগজের ফোটো তোলে।"

"আর কিছু করতে দেখোনি বাবাকে?"

"তা দেখব না কেন? কোনওদিন তার গাছপালার শখ ছিল না। পাগল হওয়ার আগে হঠাৎ তার টবে গাছ করার বাই চাপল। হাঁড়িকুড়ি যা পেত, তাতেই মাটি ভরে গাছপালা লাগাত। তার জন্যেও আমার কাছে বকুনি খেয়েছে।"

"গাছ? কীসের গাছ?"

"কত রকমের। সবই আগাছা।"

রতন খুব হতাশ হল। সে জানে, জনের কথামতো যদি সত্যিই মাফিয়ারা ফরমুলার সন্ধানে আসে আর যদি সেটা সহজে খুঁজে না পায় তা হলে বাড়ির কাউকে ছেড়ে দেবে না। পুলিশকে খবর দিয়ে লাভ নেই। পুলিশ আজ তাদের রক্ষা করলেও রোজ তা পারবে না। সুতরাং নিজেদের স্বার্থেই ফরমুলাটা খুঁজে পাওয়া দরকার।

রতন জিজ্ঞেস করে, "পিসি, সেই গাছের টবগুলো কোথায় আছে জানো?"

"সেসব কবে ফেলে দিয়েছি।"

"কোথায় ফেলেছ মনে আছে?"

"পিছনে জঙ্গুলে জমিটায়। কেন, সেগুলো দিয়ে এখন কী করবি?"

"কাজ আছে।" বলে রতন উঠে গেল।

বাড়ির পিছন দিকে অনেকটা জমি তাদের। এক সময়ে সবজির বাগান ছিল। এখন অযত্নে অবহেলায় পড়ে আছে। বুক-সমান উঁচু আগাছা। সাপখোপ সবই থাকতে পারে। রতন একটা ভোজালি দিয়ে গাছপালা সাফ করতে লাগল। প্রায় তিন-চার ঘণ্টা পরিশ্রমের পর অবশেষে একদম বাগানের শেষ প্রান্তে দেওয়াল ঘেঁষে গোটা দশেক ভাঙা হাঁড়ি আর টব দেখতে পেল সে। গাছগুলো কবে মরে গেছে। শুধু একটা ক্যাকটাস আজও ধুকধুক করে বেঁচে আছে কোনওক্রমে।

"কাঁটা হেরি" কথাটা ঝট করে মনে পড়ে গেল রতনের। সে হাঁড়ি থেকে ক্যাকটাস গাছকে টেনে বের করে আনল। হাঁড়িটা ভেঙে গেল, আর ক্যাকটাসের সঙ্গে গোল করে মাটির চাপড়া উঠে এল। সেই মাটির ডেলার সঙ্গে সবুজ রঙের একটা প্লাস্টিকের মোড়ক।

কাঁপা হাতে মোড়ক খুলে রতন দেখে, তার মধ্যে খুব ছোট্ট একটা নেগেটিভ ফিল্মের টুকরো। সযত্নে পার্চমেন্ট কাগজে মোড়া।

আর-একটা হাঁড়ি জোগাড় করে তাতে সেই প্লাস্টিকের মোড়ক সমেত ক্যাকটাসটাকে লাগিয়ে ভিতরের বারান্দায় রেখে দিল রতন। খানিকটা নিশ্চিন্ত। তারপর দরদালানে ঘুষি মারা বস্তায় অনেকক্ষণ ধরে ঘুষি চালিয়ে শরীর গরম করে নিল। সব অবস্থার জন্যই নিজেকে তৈরি রাখা দরকার।

জন আর রোলো ফিরল দুপুর গড়িয়ে। তারা একটা গাড়ি সঙ্গে করে এনেছে।

জন বলল, "সম্ভবত আমাদের সমুদ্রযাত্রা করতে হবে। অবশ্য যদি ডগলাসের লোকেরা এ বাড়িতে হানা দেয়। তা না হলে আমাদের আর কিছুই করার থাকবে না। ধরে নিতে হবে যে, ওরা ফরমুলা পেয়ে গেছে এবং তোমার বাবাকেও মেরে ফেলেছে।"

রতন বলল, "ওরা ফরমুলা পায়নি।"

"কী করে জানলে?"

রতন কিছুই গোপন করল না। জন সব শুনে বলল, "রতন, বক্সাররা একটু নির্বোধ হয়। আমরা বলি পাঞ্চ-ড্রাঙ্ক। ঘুষি খেয়ে খেয়ে তাদের ব্রেন সূক্ষ্মতা হারিয়ে ফেলে। কিন্তু তুমি খুবই বুদ্ধিমান।"

রতন একটু হাসল মাত্র।

সন্ধের পর জন ও রোলো আশ্রয় নিল গবেষণাগারে। রতন তার ঘরের জানালা ফাঁক করে বসে রইল। ক্রমে সন্ধে গড়িয়ে রাত্রি হল। রাত্রি নিশুত হতে চলল। জানালার ফাঁক দিয়ে রতন ভেতরের বারান্দাটা দেখতে পাচ্ছিল। হাঁড়ির ক্যাকটাস গাছটাও।

থানার ঘড়িতে রাত দুটো বাজার ঘন্টি পড়ল। নিশুতি নিঃঝুম রাত চিরে একটা কুকুর ভুক-ভুক করে উঠল কাছেপিঠে। একটা বেড়াল ডাকল।

চেয়ে থাকতে থাকতে রতনের চোখ টনটন করছিল। হাই উঠছিল বারবার। এক সময়ে সে হয়তো ঘুমে একটু ঢুলেও পড়েছিল। হঠাৎ টানটান হয়ে বসে সে তীক্ষ্ণ চোখে চারদিক নজর করতে লাগল। কোনও শব্দ হয়নি। অস্বাভাবিক কিছু ঘটেওনি। কিন্তু তার ষষ্ঠ ইন্দ্রিয়ে একটা বিপদের গন্ধ ধরা পড়েছে।

অল্প জ্যোৎস্না আছে আকাশে। তারই আবছা আলোয় সে দেখতে পেল, কালো পোশাক পরা দুই মূর্তি নিঃশব্দে উঠোনের পাঁচিলে উঠে দাঁড়াল। তারপর শব্দহীন লাফে নেমে এল ভিতরে। চকিত এবং নিঃশব্দ তাদের গতিবিধি। চোখের পলকে তারা ক্যাকটাস গাছটাকে তুলে ফেলল হাঁড়ি থেকে। কয়েক মুহূর্তে বের করে ফেলল সেই মোড়ক। আবার নিঃশব্দে দেওয়াল টপকে চলে গেল।

রতন দরজা খুলে বেরিয়ে আসতেই তার কাঁধে হাত রাখল জন। মৃদু স্বরে বলল,

"তাড়াহুড়োর কিছু নেই। ওরা যাবে ক্যানিং। আমি জানি। তুমি তৈরি তো?"

"হ্যাঁ।"

"চলো।"

চোরের মতোই দেয়াল ডিঙিয়ে দুজন পিছনের পোড়ো জমিটায় নামল। বাগানের বাইরে জনের গাড়ি দাঁড় করানো। স্টিয়ারিং হুইল ধরে রোলো বসে আছে। তারা উঠতেই গাড়ি বিদ্যুৎবেগে নিশুত রাতের ফাঁকা রাস্তা ধরে দৌড়োতে লাগল।

রতন জিজ্ঞেস করল, "আমরা কী করব?"

জন বলে, "আমাদের লোকসংখ্যা মাত্র তিনজন। মুখোমুখি আমরা পারব না। তবে আমি একটা স্পিডবোটের ব্যবস্থা করেছি। জাহাজটা কোথায় আছে তারও খোঁজ নিয়েছি। আমরা জাহাজটার কাছাকাছি পৌঁছে মোটরবোটের ইঞ্জিন বন্ধ করে দেব। তারপর বেতার সংকেতে একটা এস ও এস পাঠাব ওই জাহাজে। বলব যে, আমরা বিপন্ন, আমাদের উদ্ধার করো।"

"ওরা তা করবে?"

জন মৃদু হেসে বলল, "করবে। দুটো কারণে। আমরা সন্দেহজনক লোক কি না তা জানার জন্য। দ্বিতীয়ত, ওই জাহাজের সবাই মাফিয়া নয়।"

"কিন্তু তারপর?"

"তারপর দেখা যাবে। আগে তো জাহাজে উঠি।"

"তুমি মস্ত ঝুঁকি নিচ্ছ, জন।"

"ঝুঁকি নেওয়াই আমার অভ্যাস।"

রতন আর কথা বলল না।

তারা যখন ক্যানিং পৌঁছল তখনও রাতের অন্ধকার জমাট বেঁধে আছে। সরু রাস্তা বেয়ে কুয়াশার মধ্যে শীতে কাঁপতে কাঁপতে জন আর রোলোর পিছু পিছু একটা আঘাটায় নেমে চমৎকার ছোট্ট একটা স্পিডবোটে উঠল রতন। উঠতে না উঠতেই বোট ছেড়ে দিল রোলো।

কোথায় যাচ্ছে, রতন জানে না। কিন্তু জন বা রোলোর কোনও ভাবান্তর নেই। রোলো বোট চালাচ্ছে আর জন একটা ম্যাপ আর কম্পাস নিয়ে বসে আছে। কারও মুখে কথা নেই।

ভোর-ভোর একটা আভা যখন আকাশে ফুটে উঠেছে, তখন জন একটা অদ্ভুত ধরনের দূরবিন তুলে চোখে লাগিয়ে দেখতে লাগল। কী দেখল সে-ই জানে। মৃদু স্বরে বলল, "স্পিড কমাও, এস ও এস পাঠাতে থাকো।"

রতন তার চারধারে সমুদ্রের বিপুল কালো জলরাশি দেখতে থাকে। বিপদ থেকে

উদ্ধার পেয়ে ফিরে যাওয়ার আশা তাদের খুবই কম। তবু এখন নিজের চেয়ে তার বাবার কথাই বেশি ভাবছে রতন। ভাবছে বুড়ি পিসিটার কথাও। সে আর তার বাবা যদি এদের হাতে খুন হয়, তবে পিসিকে দেখার কেউ থাকবে না।

জন হঠাৎ দূরবিনটা রতনের দিকে বাড়িয়ে দিয়ে বলে, "দ্যাখো, আমরা গন্তব্যে পৌঁছে গেছি।"

রতন দূরবিনটা চোখে লাগাল। আশ্চর্য দূরবিন। কুয়াশা এবং অন্ধকার ভেদ করে অনেক দূর পর্যন্ত তা দিয়ে দেখা যায়। সে দক্ষিণ দিকে অনেকটা দূরে প্রকাণ্ড কালো জাহাজটাকে দেখতে পেল। রতন জিজ্ঞেস করে, "এটা কীরকম দূরবিন, জন?"

"ইনফ্রা রেড দূরবিন। শোনো, একটু বাদেই আমাদের এস ও এস জাহাজে পৌঁছবে। সম্ভবত ওরা জল থেকে তুলেও নেবে আমাদের। তারপরই শুরু হবে খেল। মাথা ঠান্ডা রেখো। বন্দুক পিস্তল দেখে ঘাবড়ে যেয়ো না। আমার কাছে যে সাব-মেশিনগান আছে তা সঙ্গে নেওয়ার উপায় নেই। কারণ ওরা আমাদের জাহাজে তুলেই সম্ভবত সার্চ করবে। সাব-মেশিনগান সঙ্গে থাকলে ওরা সঙ্গে সঙ্গেই আমাদের জলে ফেলে দেবে। সুতরাং নিরীহ ভালমানুষের মতো নিরস্ত্র অবস্থায় আমরা শত্রুপুরীতে ঢুকছি। অস্ত্রের বিরুদ্ধে, সংঘবদ্ধ হিংস্রতার বিরুদ্ধে আমাদের একমাত্র সম্বল বুদ্ধি আর ঠান্ডা মাথা। মনে রেখো।"

ইঞ্জিন বন্ধ করে ধীরে ধীরে ঢেউয়ে দোল খেয়ে খেয়ে স্পিডবোট জাহাজের দিকে এগোতে লাগল। যত এগোয়, তত বুক দুরদুর করে রতনের। অস্থির বোধ করে সে। কিন্তু জন আর রোলোর ভাবান্তর নেই। আজ পর্যন্ত রোলোকে একটিও কথা বলতে শোনেনি রতন। অথচ ওকে বোবা বলেও মনে হয় না।

জাহাজটা যে কত বড়, কাছাকাছি এসে তার খানিকটা আন্দাজ পেল রতন। একটা মস্ত দুর্গও তার মধ্যে এঁটে যায়। এম এস ফেবুলাস সত্যিই ফেবুলাস।

দূর থেকেই দেখা যাচ্ছিল, ওপরের ডেকে কয়েকজন লোক সার দিয়ে দাঁড়িয়ে আছে। কাছে আসতেই ওপর থেকে একটা দড়ির মই নেমে এল। রোলো স্পিডবোটের ছাদে উঠে মইটাকে ধরল, তারপর প্রথমে জন আর পিছনে রতন আস্তে আস্তে মই বেয়ে উঠতে লাগল। তার পিছনে রোলো। সমুদ্রে হাওয়া নেই, তবু মইটা দোল খাচ্ছে। আর কত ওপরে যে উঠে যাচ্ছে তারা! দশতলা বাড়ির চেয়েও উঁচু বুঝি জাহাজটা!

ডেকের কাছাকাছি পৌঁছতেই শক্ত বলবান কয়েকটা হাত তাদের টেনে তুলে নিল ওপরে।

জন হাঁফাচ্ছিল। কিন্তু কঠিন পরিশ্রমের অভ্যাস আছে বলে রতন বা রোলোর হাঁফ

ধরেনি। কিন্তু গায়ে মোটা পুলওভার থাকা সত্ত্বেও শীতে কাঁপছিল রতন। জন এবং রোলো শীতের দেশের লোক। পাজামা-পাঞ্জাবির ওপর দুজনেরই জহর কোট মাত্র পরা। তবু তাদের শীত লাগছিল না।

ডেকের ওপর কর্কশ এবং শক্তসমর্থ চেহারার কয়েকজন নাবিক দাঁড়িয়ে আছে। সকলেই বিদেশি। তাদের মধ্যে একটু লম্বাচওড়া চেহারার একজন বোধহয় একটু উচ্চপদস্থ। সে জনের দিকে তাকিয়ে বলল, "তোমাদের বিপদটা কী ধরনের?"

জন বলল, "আমাদের মোটরবোটের ইঞ্জিন খারাপ হয়ে গেছে। সারানোর যন্ত্রপাতি সঙ্গে নেই। আমরা সাহায্য চাই।"

মোড়ল গোছের লোকটা বিরক্তির সঙ্গে বলল, "তুমি যা বলছ তা বিশ্বাসযোগ্য নয়। টুল বক্স ছাড়া কোনও বোকাও সমুদ্রে বেরোয় না।"

"আমরা ভুলে টুল বক্স ফেলে এসেছি।"

লোকটা তেমনই তিক্ত স্বরে বলে, "ঠিক আছে, আমাদের একজন মেকানিক গিয়ে তোমাদের যন্ত্র পরীক্ষা করবে। তোমরা ভিতরে যাও। যদি কোনও চালাকি করতে এসে থাকো, তা হলে মুশকিল হবে।"

জন দৃঢ়স্বরে বলে, "আমাদের কোনও খারাপ মতলব নেই।"

"দেখা যাবে। এখন হাত তুলে দাঁড়াও। আমরা তোমাদের সার্চ করব।"

জন বিস্ময়ের ভান করে বলে, "সার্চ করবে? কেন, আমরা কি ডাকাত?"

"কে জানে! আমরা ঝুঁকি নিতে চাই না। হাত তোলো।"

অগত্যা তিনজনই হাত তোলে। তিনটে লোক তাদের সার্চ করে। কিছুই পাওয়া যায় না অবশ্য।

মোড়ল লোকটা ভ্রূ কুঁচকে দেখছিল। সার্চ হয়ে গেলে অবহেলার গলায় বলে, "এদের সিক বে-তে নিয়ে যাও। ফরোয়ার্ড ডেকে।"

জন চারেক হোঁতকা নাবিক তাদের প্রায় ঘিরে ধরে নিয়ে চলল। অনেকটা পথ। লোহার সিঁড়ি দিয়ে দুইতলা নামতে হল। একতলা ফের উঠতে হল। অনেক গলিঘুঁজি পেরোতে হল। অবশেষে তারা পৌঁছল জাহাজের সামনের দিকে খোলের মধ্যে একটা জনহীন জায়গায়। একজন সাদা পোশাক পরা লোক এসে চাবি দিয়ে একটা দরজা খুলল। তিনজন ঢুকতেই দরজা বন্ধ হয়ে গেল আবার।

রতন দেখে, তারা লম্বাটে একটা ঘরের মধ্যে দাঁড়িয়ে আছে। অনেকগুলো লোহার খাট সার বাঁধা। সেগুলোর পায়া মেঝের কাঠের তক্তায় নাট বল্টু দিয়ে আঁটা, যাতে জাহাজের দুলুনিতে সরে না যেতে পারে। ঘরটার মধ্যে বীজাণুনাশকের গন্ধ, যেমন গন্ধ হাসপাতালে পাওয়া যায়। দেয়ালে সারি-সারি কাবার্ড।

জন একটা খাটে বসে হাঁফ ছেড়ে বলে, "ও গড!"

রতন এরকম পরিস্থিতিতে আগে কখনও পড়েনি। কিন্তু জন ও রোলোর মুখে নিরুদ্বেগ ভাব দেখে সে বুঝতে পারে, এরকম বিপদ ওদের নিত্যকার সাথী। সে বলল, "এখন আমরা কী করব?"

জন মাথা নেড়ে বলে, "কিছু নয়। নৌকো সার্চ করে ওরা ফিরে আসুক। তারপর যা করার ওরাই করবে।"

"কী করবে?"

জন একথার জবাবে মৃদু হাসল শুধু। তারপর বলল, "ভয় নেই, সার্চ করে ওরা কিছুই পাবে না। আমাদের ইঞ্জিনও যথার্থই খারাপ। রোলো ইঞ্জিন খারাপ করার ওস্তাদ। সুতরাং এক্ষুনি আমাদের বিপদ নেই।"

তিনজন চুপচাপ বসে রইল।

অন্তত ঘণ্টাখানেক কেটে যাওয়ার পর দরজায় চাবি ঘোরানোর শব্দ পাওয়া গেল। ভিতরে এসে দাঁড়াল লম্বা-চওড়া লোকটা। সঙ্গে বিশাল আকৃতির এক দানব। দানবটা বিদেশি নয়। সম্ভবত ভারতীয়। তার চোখমুখ অত্যন্ত নিষ্ঠুর এবং খুনের মতো শীতল।

মোড়ল লোকটা বলল, "তোমাদের ইঞ্জিনের স্পার্ক প্লাগ খারাপ। কিন্তু আমাদের কাছে ওই মাপের প্লাগ নেই। দুঃখিত।"

বলে তাদের দিকে তীক্ষ্ণদৃষ্টিতে চেয়ে রইল লোকটা। তারপর মৃদু হেসে জনকে বলল, "তোমাদের দুজনের চোখের গগলসটা একটু রহস্যজনক। তোমাদের কি কনজাংটিভাইটিস হয়েছে?"

"হ্যাঁ।" জন বলল।

"রোগটা ছোঁয়াচে। আরও ছোঁয়াচে হল সন্দেহবাতিকতা।"

জন একটু ফুঁসে উঠে বলে, "তার মানে?"

লোকটা মৃদু হাসিমুখেই বলে, "আমার এই বন্ধুটি ভারতীয়। সে জানতে চাইছে তোমরা ভারতের কোন অঞ্চলের লোক।"

রতন এই সময়ে এক পা এগিয়ে গিয়ে বলে, "আমরা বাঙালি।"

"তোমার গগলস পরা বন্ধুরাও বাঙালি?"

একটু দ্বিধার গলায় রতন বলে, "হ্যাঁ।"

"আমার এই বন্ধু বাংলা জানে। তোমার বন্ধুদের একটু বাংলায় কথা বলতে বলো।"

জন চুপ করে বসে রইল। রতনও কী করবে ভেবে ঠিক করতে পারছিল না। সন্দেহ যখন করেছে তখন শেষ দেখে ছাড়বে।

ঠিক এই সময়ে রোলো আস্তে উঠে দাঁড়াল। চোখের রোদচশমাটা খুলে বিছানায় ছুড়ে দিয়ে দুটো হাত ঘষাঘষি করে নিল একটু। তারপর রতনের দিকে চেয়ে মৃদু হেসে একটা চোখ সামান্য ছোট করল। ইঙ্গিতটা বুঝে নিল রতন। আর দেরি নয়। অ্যাকশন।

রতন ব্যাঙের মতো একটা লাফ দিয়ে দরজার কাছে পৌঁছেই দরজাটা বন্ধ করে দিল। আর ঠিক সেই মুহূর্তে রোলোর বাঁ হাতের একটা ঘুষি গিয়ে পড়ল মোড়লের চোয়ালে।

এত দ্রুত ঘটনাগুলো ঘটে গেল যে, প্রতিপক্ষ কিছু ঠাহর করার সময় পেল না। কিন্তু তারাও পেশাদার বখাটে। বিপদ-আপদ তাদেরও নিত্যসঙ্গী। ঘুষি খেয়ে মোড়ল লোকটা ছিটকে পড়লেও দানবটা তড়িৎগতিতে পিছু হটে গেল। তারপর আচমকা লম্বা একটা ঠ্যাং বাড়িয়ে রোলোর পেটে দুর্দান্ত একটা লাথি ঝাড়ল সে। লাথিটা পুরোপুরি এড়াতে পারেনি রোলো। 'কোঁক' শব্দ করে সে উবু হয়ে বসে পড়ল মেঝেয়। দানবটা এক থাবায় জনকে ধরে দাঁড় করাল। তারপর ডান হাতে এত জোরে একটা ক্যারাটে চপ মারল যে, জনের কাঁধের হাড় তাতে ভেঙে যাওয়ার কথা। সেই মার খেয়ে জন চোখ উলটে পড়ে গেল বিছানার ওপর। দানবটা এবার ঘুরে দাঁড়াল রতনের দিকে।

এতক্ষণ দরজায় ঠেস দিয়ে দাঁড়িয়ে থাকা ছাড়া রতন আর কিছুই করেনি। ঘটনার আকস্মিকতায় সে ভ্যাবাচ্যাকা খেয়ে গেছে। তা ছাড়া এই দানবের সঙ্গে লড়ার জন্য অনেক ক্ষমতা থাকা দরকার। এ শুধু প্রচণ্ড শক্তিমানই নয়, ভাল ক্যারাটে জানে। নিশ্চিত একজন ব্ল্যাক বেল্ট।

দানবটার চোখে চোখ রেখে রতন লোকটাকে মেপে নিচ্ছিল। অন্তত ছ ফুট তিন ইঞ্চি লম্বা। মেদহীন পেটানো শরীর। অত্যন্ত দ্রুতগতিসম্পন্ন এবং বিপজ্জনক।

রতনের অবশ্য তাতে ভয় নেই। সে অনেক লড়াই করেছে। তার ওপর বাবার জন্য উদ্বেগে সে এখন মরিয়া।

দানবটাও তাকে মেপে নিল একটু। তারপর লম্বা ডান হাতটা বাড়িয়ে তার গলাটা চেপে ধরার চেষ্টা করল। রতন প্রস্তুত ছিল। চট করে সরে গেল বাঁদিকে। তারপর শরীরের ভারসাম্য রেখে বাঁ হাতে একটা বিষ মেশানো পাঞ্চ চালাল দানবের মুখে। ঘুষিটা সোজা গিয়ে চোয়ালে বোমার মতো ফাটল।

অন্য কেউ হলে এক ঘুষিতেই জমি ধরে নিত। কিন্তু দানবটা যেন কংক্রিটে তৈরি। একটু টলল বটে, কিন্তু নড়ল না। ফিরে লম্বা বাঁ হাতে সেও একটা কামানের গোলার মতো ঘুষি চালাল রতনের মাথায়।

মাথাটা নামিয়ে নেয় রতন। তারপর নিচু হয়েই পর পর তিনটে ঘুষি পিস্টনের মতো চালিয়ে দেয় লোকটার মাথায়, নাকে আর থুতনিতে। তিনটেই মারাত্মক ঘুষি। গড়পড়তা যে-কোনও ভাল মুষ্টিযোদ্ধারও সহ্য করার কথা নয়। কিন্তু দানবটা তিনটে ঘুষিই হজম করল।

রতন বুঝল, দানবটা ক্যারাটে জানলেও বক্সিং খুব ভাল জানে না। জানলে এই তিনটে ঘুষি খেত না বোকার মতো। তবে ঘুষি খেয়েও লোকটা দমেনি। একটু সতর্ক হয়েছে মাত্র। আগের মতো এগিয়ে এল না। দুটো মুগুরের মতো হাত মুঠো পাকিয়ে রতনের দিকে চোখ রেখে ঘুরতে লাগল।

রতন বুঝল, লোকটা সতর্ক হয়েছে। সুযোগ খুঁজছে। সেই সুযোগ ওকে দেওয়াটা বোকামি হবে। লোকটার একটা ঘুষিও যদি ঠিকমতো লাগে, তবে রতন সম্ভবত দু পায়ে দাঁড়িয়ে থাকতে পারবে না।

রতন আস্তে করে এগিয়ে যায়। আত্মরক্ষার সবচেয়ে শ্রেষ্ঠ উপায় হল আক্রমণ। প্রতিপক্ষকে ব্যতিব্যস্ত নাজেহাল করে না তুললে লড়াই নিয়ন্ত্রণের বাইরে চলে যায়। শুধু ভয়, এই লোকটা তো বক্সিংয়ের নিয়ম মেনে লড়বে না। দরকার হলে ক্যারাটের সাহায্য নেবে, পা চালাবে। তবু রতন সাপের মতো এগিয়ে গেল। পিছু হটতে গিয়ে দানবটা তার সঙ্গীর অচেতন দেহে পা ঠেকে টাল খেল। আর সেই মুহূর্তে রতন দু দুটো নক-আউট পাঞ্চ করল লোকটার বাঁ চোখে আর ডান কানের একটু ওপরে।

দানবটা পড়ে গিয়েই স্প্রিং-এর পুতুলের মতো উঠে দাঁড়াল। তারপরেই বিদ্যুৎ-বেগে ডান পা তুলে চালিয়ে দিল রতনের পেটে।

কিন্তু রতন তৈরিই ছিল। রোলোকে লাথি খেতে সে দেখেছে। কুঁজো হয়ে সে পেট সরিয়ে নিল। কিন্তু দু হাতে শক্ত ক্যাচ লোফার মতো চেপে ধরল দানবটার পায়ের গোড়ালি। জুডো খানিকটা সেও জানে। গোড়ালিটা চেপে ধরেই সে শরীর বাঁকিয়ে ঘুরে গেল উলটো দিকে। তারপর এক হ্যাঁচকা টানে দানবটাকে খানিকটা শূন্যে তুলে আছড়ে ফেলল মেঝেয়। স্তম্ভিত দানবটা তখনও চেতনা হারায়নি। পড়ে একটু ভ্যাবাচ্যাকা খেয়েছে মাত্র। রতন বক্সিংয়ের নিয়ম ভেঙে নিচু হয়ে দানবটার মুখে পরপর দুটো ঘুষি মারল। ভারতের জাতীয় চ্যাম্পিয়নের এতগুলো একতরফা ঘুষি স্বয়ং মহম্মদ আলিকেও দাঁড়িয়ে থাকতে দিত না নিশ্চয়ই। দানবটা তো মহম্মদ আলির একশো ভাগের এক ভাগও নয়। শেষ দুটো ঘুষিতে তার চেতনা লুপ্ত হল। হাত পা ছড়িয়ে পড়ে রইল মেঝেয়। শান্ত, ঘুমন্ত।

"শাবাশ!"

রতন একটু চমকে চেয়ে দেখে, জন উঠে বসে চেয়ে আছে তার দিকে। মুখে মৃদু হাসি। চোখে চোখ পড়তেই বলল, "শাবাশ!"

রোলোও আস্তে আস্তে দাঁড়িয়েছে। বোঝা গেল তার আঘাত গুরুতর নয়। কিন্তু জন! দানবটার ক্যারাটে চপ ওর কলারবোন ভেঙে দেয়নি তো?

জন মাথা নেড়ে বলল, "ভাঙেনি। তবে চোট মারাত্মক। আমি বাঁ হাত নাড়তে পারছি না। ঘাড়টাও স্টিফ লাগছে।"

"তাহলে?" রতন অসহায় ভাবে প্রশ্ন করে।

জন মৃদু ক্লিষ্ট হাসি হেসে বলে, "কিন্তু আমি অনেক মার খেয়েও শেষ পর্যন্ত যা করার তা ঠিকই করি। চলো, এখনও আসল কাজ বাকি। দরজার বাইরে বোধহয় একজন লোক পাহারা দিচ্ছে। তার ভার রোলোর ওপর ছেড়ে দাও। রোলো, তুমি আগে দরজা খুলে বেরোও।"

রোলো চকিত পায়ে এগিয়ে গিয়ে দরজাটা এক ঝটকায় খুলে ফেলল। তারপর বাইরে থেকে একটিমাত্র ঘুষির শব্দ পাওয়া গেল। তারপর একটি পতনশীল দেহের পাটাতনে আছড়ে পড়ার শব্দ।

জন ততক্ষণে মোড়ল আর দানবকে সার্চ করে একটা রিভলভার পেয়ে গেছে। সেটা পকেটে পুরে বলল, "চলো। এই জাহাজের প্ল্যান আমার মুখস্থ। ইন ফ্যাক্ট গ্রিসের যে ডকে এই জাহাজ তৈরি হচ্ছিল, আমি সেই ডকে কাজ করতাম। ফেবুলাস আমার চোখের সামনে জন্মায়।"

"তুমি ডকে কাজ করতে?"

"আমি সব রকম কাজ করেছি; বেঁচে থাকতে এবং বাঁচিয়ে রাখতে যত রকম কাজ সম্ভব, সবই করেছি। চলো রতন। আর সময় নেই।"

"চলো।" রতন দাঁতে দাঁত চেপে বলে।

গভীর ঘুম থেকে যখন আস্তে আস্তে চোখ মেললেন বাঞ্ছারাম, তখন এক অদ্ভুত অনুভূতি হল তাঁর। তাঁর সমস্ত চেতনা জাগ্রত। তাঁর বিস্মৃতি আর নেই। সব কিছুই তাঁর আশ্চর্য স্পষ্টভাবে মনে পড়ছে। তিনি একজন বৈজ্ঞানিক। তাপ বিবর্ধক যন্ত্র আবিষ্কারের জন্য তিনি সচেষ্ট ছিলেন। এমনকী এই কেবিনঘরটার কথাও তাঁর মনে পড়ল। এও বুঝতে পারলেন, কয়েকজন শয়তান লোক তাঁকে এখানে ধরে এনেছে।

বাঞ্ছারাম চোখ বুজে কিছুক্ষণ চুপচাপ শুয়ে রইলেন। তারপর আবার চোখ মেললেন।

ডাক্তার এগিয়ে এল। "হ্যালো, তুমি ভাল আছ?"

বাঞ্ছারাম চোখ মিটমিট করে বললেন, "আমি রসগোল্লা খাব।"

ডাক্তার হতাশার ভাব করে আপনমনে বলল, "আবার যে কে সেই। ঠিক আছে বুড়ো, আবার ট্রুথ ইনজেকশনই তোমাকে নিতে হবে।"

বাঞ্ছারাম সবই বুঝতে পারছেন। যে-কোনও কারণেই হোক তাঁর পাগলামি সেরে গেছে, স্মৃতি ফিরে এসেছে। সে হয়তো মারধর খেয়ে, কিংবা এদের উলটোপালটা ওষুধপত্রের ফলে। কিন্তু তা এরা জানে না। তাঁরও ধরা দেওয়া উচিত হবে না। বাঞ্ছারাম চোখ বুজে পড়ে রইলেন।

একটু বাদেই সেই বেঁটে লোকটা এল। ডাক্তারকে জিজ্ঞেস করল, "রুগি কেমন?"

"একই রকম।"

"আমরা মাইক্রোফিল্মটা পেয়ে গেছি। এখন সেটা ডিসাইফার করতে হবে। ওকে আর একটু ট্রুথ ইনজেকশন দাও। তারপর আমরা ওকে ল্যাবরেটরিতে নিয়ে যাব।"

ডাক্তার সিরিঞ্জ নিয়ে এগিয়ে এল। বাঞ্ছারাম জানেন এই ইনজেকশন মানুষের ইচ্ছাশক্তিকে নষ্ট করে দেয়, চিন্তাশক্তিকে দুর্বল করে। কিছু বানিয়ে বলার ক্ষমতা থাকে না মানুষের। এই ইনজেকশন শরীরে ঢুকলে তিনি আর কিছুই করতে পারবেন না। তবু উপায় নেই। হাত পা শক্ত করে বাঁধা। বাঞ্ছারাম চোখ বুজে প্রাণপণে নিজের মনটাকে শক্ত রাখার চেষ্টা করলেন। ডাক্তার সমস্তটুকু ওষুধ ছুঁচের মুখে ঠেলে দিল তাঁর শরীরে।

একটা হুইল চেয়ারে যখন ল্যাবরেটরিতে আনা হল বাঞ্ছারামকে, তখন তাঁর চোখ বিস্ফারিত। মুখ লাল। একটু হাঁফাচ্ছেনও।

বেঁটে লোকটা এগিয়ে এল তাঁর কাছে। তারপর আচমকা কষে একটা চড় মারল তাঁর গালে। তারপর প্রশ্ন করল, "আসল মাইক্রোফিল্মটা কোথায় বুড়ো ভাম?"

চড়টা টের পাননি বাঞ্ছারাম ওষুধের গুণে। কিন্তু প্রশ্নটা তাঁর মস্তিষ্কে গিয়ে ক্রিয়া করল। তিনি শান্তস্বরে বললেন, "ক্যাকটাস গাছের তলায়।"

"ক্যাকটাস গাছের তলায় যা পাওয়া গেছে, তা দেখবে? দ্যাখো।" বলে বেঁটে লোকটা একটা প্রজেকটারের সুইচ টিপল। সামনে একটা পর্দায় ফুটে উঠল আবছা একটা ছবি। হিজিবিজি মাত্র। বেঁটে লোকটা তার নিষ্ঠুর ঠান্ডা গলায় বলল, "এটা মাইক্রোফিল্মও নয়। একটা নষ্ট নেগেটিভের কাটা অংশ। এখন কী জবাবদিহি করবে?"

বাঞ্ছারাম দৃঢ় শান্তস্বরে বললেন, "মাইক্রোফিল্ম আছে ক্যাকটাসের তলায়।"

"নেই! নেই!" বলে চেঁচিয়ে ওঠে বেঁটে লোকটা। এই প্রথম উত্তেজিত, হতাশ

এবং ক্রুদ্ধ দেখায় তাকে। বাঞ্ছারামের দুটো কাঁধ ধরে ঝাঁকুনি দিতে দিতে সে বলে, "সত্যি কথা বলো! নইলে খুন করে জলে ফেলে দেব।"

ডাক্তার এগিয়ে এসে বেঁটে লোকটার কাঁধে হাত রেখে বলে, "ডগলাস, এরকম কোরো না। ও যা বলছে সত্যি কথাই বলছে। ট্রুথ ইনজেকশনের পর কোনও মানুষের পক্ষেই বানিয়ে কথা বলা সম্ভব নয়।"

ডগলাস পাগলাটে চোখে ডাক্তারের দিকে চেয়ে বলে, "তাহলে কোথায় গেল মাইক্রোফিল্ম?"

এই প্রশ্নের জবাব এল সম্পূর্ণ অন্য অচেনা এক কণ্ঠ থেকে। "মাইক্রোফিল্ম আমার কাছে আছে।"

ডগলাস চমকে উঠে তাকিয়ে দেখে, দরজার কাছে লম্বা গড়নের মজবুত ছিপছিপে চেহারার একজন ভারতীয় যুবক দাঁড়িয়ে আছে। জাহাজ মাঝ-সমুদ্রে, চারিদিকে নিজস্ব লোকজন, তাই ল্যাবরেটরির দরজায় পাহারা রাখা প্রয়োজন মনে করেনি ডগলাস। এখন আচমকা ভূত দেখার মতো এই ছেলেটিকে আবির্ভূত হতে দেখে সে বিস্ময়ে হাঁ করে চেয়ে রইল কিছুক্ষণ। তারপর নিজেকে সামলে নিয়ে ঠান্ডা হিসেবি গলায় বলল, "তুমি কে?"

রতন তার বাবাকে দেখিয়ে বলল, "আমি ওঁর ছেলে। ওঁকে নিয়ে যেতে এসেছি।"

ডগলাস একটু ক্রূর, শুকনো হাসি হেসে বলল, "ওয়েলকাম। কিন্তু কী করে এলে সেইটেই শুনতে চাই।" এই বলে ডগলাস একটু সরে এসে একটা টেবিলের পায়ায় লাগানো বোতামে চাপ দিল। চোখের পলকে দুজন লোক এসে হাজির হল দরজায়। তাদের চেহারা বিশাল এবং মুখ খুনির মতো ভয়ংকর। ডগলাস ভ্রূ কুঁচকে তাদের দিকে চেয়ে বলে, "তোমাদের মতো দক্ষ লোক থাকতেও এই ছেলেটি মাঝ-সমুদ্রে নোঙর করা একটা জাহাজে এসে উঠেছে। তোমাদের অভিনন্দন জানাচ্ছি। এর জন্য তোমাদের জবাবদিহি পরে শুনব। আগে ছেলেটিকে সার্চ করো এবং দরজা বন্ধ করে বাইরে পাহারায় থাকো।"

সার্চ করে কিছু পাওয়া গেল না। লোকদুটো শুকনো মুখে দরজা বন্ধ করে দিল বাইরে থেকে।

ডগলাস স্থির দৃষ্টিতে রতনকে দেখছিল। তার বাঁ হাতে কখন যে জাদুবলে একটা ছোট্ট খেলনার মতো বাইশ বোরের রিভলভার উঠে এসেছে, তা কেউ টের পায়নি। এখন রিভলভারটা আবার কাঁধ থেকে ঝোলানো গুপ্ত হোলস্টারে রেখে ডগলাস একটা নিশ্চিন্তির শ্বাস ফেলে বলল, "তুমি চালাক চতুর। খুবই বুদ্ধিমান। কী করে তুমি জাহাজে এসে উঠলে, তা পরে জানলেও চলবে। এখন বলো মাইক্রোফিল্মটা কোথায়?"

রতন মাথা নেড়ে বলল, "সেটা এখনই বলতে পারছি না, ডগলাস। আমার বাবার মুক্তির পর বাড়ি ফিরে গেলে তবেই তা বলা যাবে।"

ডগলাস বিন্দুমাত্র চঞ্চল বা বিরক্ত হল না। খুব ঠান্ডা গলায় বলল, "তোমার বা তোমার বাবার মুক্তির কোনও প্রশ্নই আসে না। আমার চেহারাটা দেখে ভুল কোরো না। আমার বিরুদ্ধে আজ পর্যন্ত কেউই কোনও লড়াই জেতেনি। তোমার মঙ্গলের জন্যই বলছি, মাইক্রোফিল্মের সন্ধানটা তোমার জানিয়ে দেওয়াই ভাল। নইলে আমাদের টর্চার চেম্বার আছে, ট্রুথ ইনজেকশন আছে। তোমার তো মিলিটারি ট্রেনিং নেই, একটু বাদেই আমরা তোমার মুখ থেকে সত্যি কথাটা টেনে বের করে নেব। মাঝখানে খামোখা কেন কষ্ট পাবে?"

রতন থমকে গেল। সে টর্চার বা শারীরিক ও মানসিক নির্যাতনের কথাটা ভেবে দেখেনি। ট্রুথ ইনজেকশনের কথা সে আবছা শুনেছে। আমতা-আমতা করে সে বলল, "তুমি আমাদের ক্ষতি করতে চাও কেন? আমি তো বলছি মাইক্রোফিল্ম আমি দেব। শুধু আমার বৃদ্ধ বাবাকে ছেড়ে দাও। আমরা পুলিশকে কিছু জানাব না।"

ডগলাস আবার একটু হেসে বলে, "তোমাদের পুলিশকে আমার ভয় নেই। তবে আমাদের কয়েকজন প্রতিপক্ষ আছে। ভয়টা তাদের। কোনওভাবে খবরটা বাইরে যাক, তা আমরা চাই না। সুতরাং, ওহে যুবক, তুমি সাধ করে সিংহের ডেরায় ঢুকেছ। আমাকে ব্ল্যাকমেল করার চেষ্টা কোরো না। যদি ভালয়-ভালয় মাইক্রোফিল্মটা দিয়ে দাও, তাহলে কথা দিচ্ছি, তোমাদের মৃত্যু হবে যন্ত্রণাবিহীন।"

জন তাকে বলেছিল, "বিপদে পড়লে কোনও দ্বিধা কোরো না। সরাসরি আঘাত কোরো। এইসব দুর্জন মুখোমুখি কনফ্রনটেশনের কাছেই বরং কখনও-সখনও হারে।" কথাটা মনে পড়তেই মরিয়া রতন চট করে এক পা এগোল।

কিন্তু পুতুলের মতো ছোট্ট লোকটা জাদুই জানে বুঝি। চোখের পলকে তার হাতে দেখা দিল সেই মৃত্যুহিম ছোট্ট রিভলভারটা। সে বলল, "রিভলভারের তাক খুবই অনিশ্চিত। বেশির ভাগ সময়েই তা লক্ষ্যবস্তুর অনেক দূর দিয়ে চলে যায়। তা ছাড়া আমার এই ছোট্ট যন্ত্রটা কমজোরিও বটে। তবু তোমাকে বলি, কোনওরকম নির্বোধ কাজ কোরো না।"

সাদা পোশাক পরা ডাক্তার এতক্ষণ নীরবে অবাক চোখে দৃশ্যটা দেখছিল। হঠাৎ বাঞ্ছারাম মৃদু একটা শব্দ করতেই সে এগিয়ে গেল। রুগিকে পরীক্ষা করে সে ডগলাসের দিকে চেয়ে বলল, "ট্রুথ ইনজেকশনের মেয়াদ শেষ হয়ে আসছে। আর কয়েক মিনিটের মধ্যেই এর চেতনা ফিরবে। কী করব ডগলাস, একে ঘুম পাড়িয়ে দেব?"

ডগলাস এক পলকের জন্যও রতনের দিক থেকে চোখ ফেরায়নি। সেইভাবে থেকেই বলল, "না। একে জাগতে দাও।" তারপর রতনকে বলল, "আমার মনে হয়, তুমি একা আসোনি। সঙ্গে আর কে আছে?"

"কেউ না।"

ডগলাস সেকথা বিশ্বাস করল না। কোণের টেবিলে গিয়ে টেলিফোনটা তুলে নিল। একটুক্ষণ কথা বলেই আবার রতনের মুখোমুখি দশ ফুট দূরত্বে এসে দাঁড়িয়ে বলল, "তোমার সঙ্গে আরো দুজন এসেছে। তোমরা তিনজনে মিলে আমার তিনজন লোককে ঘায়েল করেছ। তোমার আর দুজন সঙ্গী কোথায়?"

রতন চুপ করে রইল।

ডগলাস বলল, "আমার লোক তাদের খুঁজছে। কিছুক্ষণের মধ্যেই তারা ধরা পড়বে। সুতরাং তোমার কষ্ট করে না-বললেও চলবে।"

রতন পরাজয়ের গ্লানি টের পাচ্ছিল। আসলে চালে একটা মস্ত ভুল হয়ে গেছে। এখন আর কিছুই করার নেই।

সে তার বাবাকে পিছন থেকে দেখতে পাচ্ছিল। হুইল চেয়ারে বসা, অসহায় বুড়ো একজন মানুষ। যার ভাল মন্দ কোনও বোধ নেই, স্মৃতিশক্তি নেই। তবু এই পাগল অসহায় লোকটাকেও এরা খুন করবেই। কিন্তু বাবার দিকে এক পাও এগোবার উপায় নেই। তাতে দুজনের মৃত্যুকে ত্বরান্বিত করা হবে মাত্র।

ডাক্তার ঝুঁকে বাঞ্ছারামের নাড়ি দেখছিল। বাঞ্ছারাম নানা ধরনের শব্দ করছিলেন, "ওঃ! উঃ! ওরে বাবা! রসগোল্লা খাব।"

বোঝা গেল বাঞ্ছারামের চেতনা ফিরে এসেছে। রতন একটা দীর্ঘশ্বাস ছাড়ল। কেন যে তার বাবা হিট অ্যামপ্লিফায়ার আবিষ্কার করতে গিয়েছিলেন! সে শুনেছে, তার বাবাও যৌবনকালে একজন ভাল মুষ্টিযোদ্ধা ছিলেন। তিনি যদি মুষ্টিযোদ্ধাই থেকে যেতেন, বৈজ্ঞানিক না হতেন, তবে পাগলও হতেন না, আজ এই বিপদও ঘটত না।

হঠাৎ ডগলাস বাঞ্ছারামের দিকে চেয়ে বলল, "এই ছেলেটিকে চিনতে পারো? দ্যাখো তো ভাল করে চেয়ে। এ কি তোমার ছেলে?"

বাঞ্ছারাম আস্তে মুখ ঘোরালেন। রতনের দিকে নিষ্পলক চোখে চেয়ে রইলেন কিছুক্ষণ।

কিন্তু রতন বিস্ময়ে থ হয়ে গেল। ছেলেবেলা থেকেই সে বাবার চোখে যে ঘোলা-ঘোলা, অনিশ্চিত, উদাসীন চাউনি দেখে এসেছে, এই চাউনি মোটেই সেরকম নয়। সে স্পষ্ট বুঝতে পারল, বাবার চোখ অন্যরকম। আগের চেয়ে অনেক বেশি তীক্ষ্ণ, তাতে বুদ্ধির ঝিকিমিকি।

বাঞ্ছারাম চোখ ফিরিয়ে নিয়ে বললেন, "না, না। এ আমার ছেলে নয়। আমি রসগোল্লা খাব।"

ডগলাস রিভলভারটা হোলস্টারে ভরে আবার বেল টিপল। দরজা খুলে সেই দুটো লোক ঘরে ঢুকতে ডগলাস বলল, "বুড়োকে কেবিনে নিয়ে যাও। আর এই ছোকরাকে আটকে রাখো।"

লোকদুটো এগিয়ে আসছিল হুইল চেয়ারের দিকে। ডগলাস তীক্ষ্ণ চোখে নজর রাখছিল রতনের দিকে। ডাক্তার তার যন্ত্রপাতি গোছাচ্ছিল। ঠিক এইসময়ে অভাবনীয় একটা ঘটনা ঘটল।

আচমকা বৃদ্ধ অশক্ত পাগল বাঞ্ছারাম চেয়ার ছেড়ে উঠে দাঁড়ালেন। মাত্র এক পা এগিয়ে একটু নিচু হয়ে তিনি ডান হাতে প্রচণ্ড একটা ঘুষি মারলেন ডগলাসকে। সে ঘুষির বহর দেখে রতনও অবাক হয়ে গেল। চেতনা হারানোর আগে ডগলাসও বোধহয় বিস্ময়ে হাঁ হয়ে গিয়েছিল। এমনকী, ডগলাসের দুই স্যাঙাত পর্যন্ত থমকে গেল কয়েক সেকেন্ডের জন্য।

বড় ভুল করল তারা। কাছেপিঠে একজন সুদক্ষ মুষ্টিযোদ্ধা থাকলে এরকম চালে ভুল করতে নেই। যে দু তিন সেকেন্ড তারা পাথর হয়ে ছিল, সেই সময়ে রতন সক্রিয় হল। তার দুখানা ঘুষি দেড়মণি পাথরের মতো গিয়ে একজনের চোয়াল ভেঙে দিল। সে কুমড়ো-গড়াগড়ি হয়ে পড়ে যেতেই অন্যজন ফিরে দাঁড়িয়েছিল রতনের দিকে। তখন পিছন থেকে বাঞ্ছারাম একটা কাচের জার বিদ্যুৎ-বেগে তুলে নিয়ে তার মাথায় মারলেন।

এ পর্যন্ত বেশ হল। কিন্তু বাপ-ব্যাটা হঠাৎ দেখল, ডাক্তার লোকটা ডগলাসের রিভলভারটা বাগিয়ে ধরে দাঁড়িয়ে আছে। বলল, "হাত তোলো, পিছনের দিকে সরে দেয়ালে পিঠ দিয়ে দাঁড়াও।"

দুজনেই হাত তোলে। কিন্তু রতনের ভিতরে ডগলাসের কথাটা টিকটিক করতে থাকে। রিভলভারের তাক নাকি অনিশ্চিত। প্রায়ই তা লক্ষ্যবস্তুর গায়ে লাগে না। কথাটা সত্যি কি না তা রতন জানে না। কিন্তু এই পরিস্থিতিতে তার একবার ঝুঁকি নিতে ইচ্ছে করে।

হঠাৎ রতন এক লাফে সামনের দিকে এগোয়। সঙ্গে সঙ্গেই রিভলভারের "ফটাস" শব্দ হয়।

রতন বেকুবের মতো চেয়ে থাকে। সে ডাক্তারের ধারে কাছেও পৌঁছতে পারেনি। কিন্তু ডাক্তার মেঝের উপর লুটিয়ে পড়ে আছে। রক্তের একটা পুকুর তৈরি হচ্ছে তার বুকের নিচে।

পিছন থেকে জন সান্ত্বনার গলায় বলে, "তোমার সাহসের প্রশংসা করতে হয় রতন, কিন্তু বোকামির নয়।"

জন রিভলভারটা নামিয়ে চারদিকে চেয়ে দেখে। তারপর বলে "বাঃ, রঙ্গমঞ্চ তো দেখছি আমাদের দখলে।"

রতন হুঁশ ফিরে পেয়ে বলে, "না, এখনো নয়। ডগলাসের লোকেরা তোমাদের খুঁজতে বেরিয়েছে। যে-কোনও মুহূর্তে এসে পড়বে।"

"জানি।" জন শান্ত স্বরে বলে, "কিন্তু তারা ডগলাসের ল্যাবরেটরিতে ঢুকবার সাহস পাবে না। রোলো, ভিতরে এসে দরজাটা ভাল করে সেঁটে দাও।"

রতন উদ্বেগের গলায় বলে, "কিন্তু আমরা বেরোব কী করে?"

"রাস্তা আছে।" বলে জন ল্যাবরেটরির একটা টেবিল সরায়। নীচে পাটাতনে একটা ম্যানহোলের ঢাকনার মতো বস্তু। জন সেটা তোলে। বলে, "এসো।"

ঘোরানো একটা লোহার সিঁড়ি বেয়ে তারা নামে। খুব নীচে নয়। মাত্র একতলা নেমে জন অন্ধকারে চুপ করে দাঁড়িয়ে থাকে। রতনের হঠাৎ খেয়াল হয়, রোলো এখনো নামেনি।

একটু বাদেই অবশ্য রোলো নেমে আসে নিঃশব্দে।

রতন জিজ্ঞেস করে, "রোলো এতক্ষণ কী করছিল, জন?"

জন মৃদু ব্যথিত স্বরে বলে, "কেন শুনতে চাও?"

"কেন শুনব না? কী করছিল রোলো?"

জন মৃদু স্বরেই বলে, "যা করছিল তা ভদ্রলোকের কাজ নয়। বিপ্লবীদের অনেক সময় এরকম অপ্রীতিকর কাজ করতে হয়। শত্রুর শেষ রাখতে নেই। সেই কাজটুকু ও শেষ করে এল।"

"তার মানে কি মেরে ফেলল সবাইকে?"

"বলছিলাম তো, শুনতে চেয়ো না। ডগলাস বেঁচে থাকলে আমাদের কোথাও পরিত্রাণ ছিল না। একজন পুতুলের মতো ছোট্ট মানুষ যে কতখানি বিপজ্জনক হতে পারে, তা যারা ডগলাসকে জানে না, তারা কল্পনাও করতে পারবে না।"

অনেকখানি নীচে নামল তারা। তারপর এক জায়গায় দেয়ালের গায়ে একটা হুইল ঘোরায় জন। ছোট্ট একটা ফোকর দেখা যায় দেয়ালে। জন উঁকি মেরে দেখে নিয়ে বলে, "জাহাজে লোড থাকলে এই ফোকর থেকে জলের লেভেল মাত্র ছ'ফুট। লোড না থাকলে বিশ ফুট বা তারও বেশি। লোড আছে, সুতরাং বিপদের ভয় নেই। তোমার বাবাকে একটু সাবধানে নামিয়ো রতন। আমাদের স্পিডবোট মাত্র দশ ফুট দূরে রয়েছে। সামান্য একটু সাঁতরাতে হবে। পারবে না?"

"পারব।" রতন বলে।

বাইরে কুয়াশা ছিল। চারজন নিঃশব্দে সকলের অলক্ষে এসে বোটে উঠল। জাহাজ থেকে কেউ লক্ষ করছিল না হয়তো। কে জানে!

রোলো বোটে উঠে ছাদ থেকে জাহাজের দড়ির মইটা খুলে ছেড়ে দিল। তারপর কেবিনের পাটাতনের তলা থেকে দুটো স্পার্ক প্লাগ বের করে ইঞ্জিনে লাগিয়ে নিল। দড়ির মইটা খুলে দেওয়াতে বোটটা ঢেউয়ে দুলে সরে এসেছিল একটু। রোলো স্পিডবোটের মুখটা ঘুরিয়ে নিয়ে স্টার্ট দিল। তারপর নক্ষত্রবেগে ছুটে গেল উলটো দিকে।

মাথায় হাত দিয়ে বসে ছিল রতন। বিমর্ষ গলায় বলল, "সর্বনাশ হয়েছে, জন।"

"কী হয়েছে?"

"আমার মোজার মধ্যে সেই মাইক্রোফিল্মটা লুকিয়ে রেখেছিলাম। খেয়াল ছিল না। জলে সেটা বোধহয় গেছে।"

জন বলল, "হায় ঈশ্বর!"

রোলোও একটা অদ্ভুত শব্দ করল সামনে থেকে।

জন একটা দীর্ঘশ্বাস ছেড়ে বলল, "কী আর করা যাবে! আমার ইচ্ছে ছিল তোমার বাবাকে অ্যামেরিকায় নিয়ে গিয়ে চিকিৎসা করে সুস্থ করে তুলব। তারপর ফিরে এসে তিনি হিট অ্যামপ্লিফায়ার নিয়ে কাজ করবেন। আমি হব তাঁর আন্তর্জাতিক এজেন্ট। তা আর হল না।"

বাঞ্ছারাম চোখ মেললেন। চারিদিকে চেয়ে হঠাৎ বললেন, "মাইক্রোফিল্মেরও দরকার নেই। আমার চিকিৎসারও দরকার নেই।"

বাঞ্ছারাম মৃদু হেসে বলেন, "আমি স্মৃতিশক্তি ফিরে পেয়েছি। হিট অ্যামপ্লিফিকেশনের ফরমুলা আজও ভুলিনি। কাজ কিছু কঠিন হবে না। নিজের ল্যাবরেটরিতে ফিরে গিয়েই কাজ শুরু করব।"

স্তম্ভিত জন বলে, "আপনি কি সুস্থ?"

"পুরোপুরি। হিট অ্যামপ্লিফায়ার নামটা এরকম অদ্ভুত কেন জানো? আমি তাপকে বাড়ানোর জন্য একটা শব্দের সাহায্য নিয়েছি। এটা সাইলেন্ট সাউন্ড। মানুষ তা কানে শুনতে পায় না। মৃদু একটা কম্পন মাত্র। সবই আমার মনে আছে।"

আনন্দে জন বাঞ্ছারামকে জড়িয়ে ধরে বলে, "কিন্তু কী করে আপনি সুস্থ হলেন?"

বাঞ্ছারাম মৃদু হেসে বললেন, "বোধহয় শক থেরাপি। ওরা আমাকে প্রচণ্ড মারধর করেছিল, ট্রুথ ইনজেকশন দিয়েছিল। সেই সব শক কখন আমার মাথার ধোঁয়া কাটিয়ে দিয়েছে।" এই বলে বাঞ্ছারাম রতনের দিকে তাকিয়ে বললেন, "তুমিই রতন?"

রতন উঠে এসে স্লিপিং ব্যাগে ঢাকা বাঞ্ছারামের সামনে হাঁটু গেড়ে বসল। কান্নায় অবরুদ্ধ কণ্ঠে বলল, "হ্যাঁ বাবা।"

বাঞ্ছারাম স্লিপিং ব্যাগ থেকে হাত বের করে রতনের মাথায় রাখলেন। "তুমি যে এত বড় হয়েছ তা আমি বুঝতেই পারিনি। দীর্ঘদিন আমি এক অদ্ভুত মানসিক তন্দ্রায় আচ্ছন্ন ছিলাম। আমার দিদি কি বেঁচে আছে?"

"আছে বাবা।"

জন আর রোলোকে দেখিয়ে বাঞ্ছারাম জিজ্ঞেস করেন, "এরা কারা? তোমার বন্ধু?"

জন হাত বাড়িয়ে বাঞ্ছারামের হাত চেপে ধরে বলে, "আমরা আপনাদের বন্ধু।"

বাঞ্ছারাম একটু হাসলেন।

তাঁরা বাড়িতে পৌঁছলেন দুপুর পার হয়ে। রতনের পিসি আনন্দে কাঁদতে লাগলেন। রঘু চেঁচাতে চেঁচাতে লাফাতে লাগল। পাড়া-প্রতিবেশী ভিড় করে দেখতে এল বাঞ্ছারামকে। আসতে লাগল ঝাঁকে-ঝাঁকে রিপোর্টার, পুলিশের লোক, বাঞ্ছারামের পুরনো বন্ধু বান্ধবরা।

অনেক রাতে অভ্যাগতরা বিদায় হল। জন আর রোলো ফিরে গেল তাদের হোটেলে। পিসি আর রতন ঘুমিয়ে পড়ল। এখন বাঞ্ছারাম তাঁর সাধের ল্যাবরেটরিতে এসে ঢুকলেন। ভ্রূ কুঁচকে চারদিকে চেয়ে দেখলেন একটু। সব আবার সাজিয়ে তুলতে সময় লাগবে। কিন্তু তাতে কী? তিনি এখন প্রচণ্ড উদ্যম বোধ করছেন ভিতরে ভিতরে। শত্রুপক্ষ তাঁর অনেক উপকার করেছে।

বাঞ্ছারাম তাঁর জাদু-চেয়ারে বসে একটা স্বস্তির শ্বাস ছেড়ে সেই দশ-বারো বছর আগেকার মতো হাঁক দিলেন, "রঘু! রসগোল্লা।"

হ্যাঁ, তখনও তাঁর মিষ্টি খাওয়া বারণ ছিল। কিন্তু গভীর রাতে রঘু তাঁকে রসগোল্লা সাপ্লাই করত।

হাঁক দিতে না দিতেই রঘু মস্ত টেবিলের তলা থেকে বিরক্ত মুখে বেরিয়ে এসে আলমারি খুলে দশ-বারো বছর আগেকার মতোই এক ভাঁড় রসগোল্লা বের করে দিল। তারপর বলল, "রসগোল্লা আবার একটা খাবার! জিনিস হল চাপড়ঘণ্ট।"

"তোকে বলেছে!" গম্ভীর স্বরে ধমকে ওঠেন বাঞ্ছারাম।

রঘু সমান তেজে বলে, "খাচ্ছেন খান, কিন্তু ছিবড়ে ফেলবেন। আমার মেজো পিসেমশাইও রসগোল্লার ছিবড়ে ফেলতেন।"

বাঞ্ছারাম অনেকদিন পর খুব হোঃ হোঃ করে হাসলেন।

ভুতুড়ে ঘড়ি

দাদুর ঘড়ি চুরি গেছে। ব্যাপারটা অবশ্য নতুন কিছু নয়। এই নিয়ে তাঁর মোট তিনশো বাইশটা ঘড়ি হয় চুরি গেছে, নয়তো হারিয়েছে, কিংবা নিজেই মেরামত করতে গিয়ে নষ্ট করেছেন। একবার কলকাতার রাধাবাজারে গলির গলি তস্য গলির মধ্যে এক ঘড়িওয়ালাকে দামি একটা ওমেগা সারাতে দিয়ে এসেছিলেন। কিন্তু বছর তিনেক ধরে বহু ঘোরাঘুরি করেও সেই দোকানটা আর খুঁজে পাননি। এবারের ঘড়িটা গেল একটু অদ্ভুত উপায়ে। প্রায়ই ঘড়ি চুরি যায় বলে দাদু ঘড়িটাকে লুকিয়ে রেখেছিলেন একটা ট্রানজিস্টার রেডিয়োর ভিতর। খুবই নিরাপদ জায়গা। রেডিয়োতে ব্যাটারির যে খোপ আছে তা থেকে ব্যাটারি বের করে নিয়ে ঘড়িটা ঢুকিয়ে ঢাকনা লাগালেই নিশ্চিন্ত। কেউ টেরই পাবে না ঘড়ি কোথায়। রেডিয়োটা জানালার পাশেই টেবিলের ওপর রাখা ছিল। চোর রাত্রিবেলা পাইপ বেয়ে উঠে জানালা দিয়ে হাত বাড়িয়ে রেডিয়ো এবং আরও কিছু জিনিস নিয়ে গেছে। সকালে চেঁচামেচি। ঘড়িটা যে রেডিয়োর মধ্যে ছিল তা কেউ টের পায়নি, দাদুও সেকথা তোলেননি। তবে ঠাকুমার চোখকে ফাঁকি দেওয়া খুব মুশকিল। তিনি সব দেখেশুনে হঠাৎ গিয়ে দাদুকে ধরলেন, "তোমার ঘড়ি কোথায়?"

দাদু প্রথমটায় আকাশ থেকে পড়ে বললেন, "ঘড়ি! ঘড়ি নিশ্চয়ই কোথাও আছে। নিশ্চয়ই চুরি যায়নি। নিশ্চয়ই খুঁজে পায়নি ব্যাটা।"

ঠাকুমা গম্ভীর গলায় বললেন, "তবে বের করো। দেখাও।"

দাদু মাথা-টাথা চুলকে বললেন, "ঘড়িটাকে চুরির মধ্যে ধরা যায় না। চোর নিয়েছে রেডিয়োটা। সে তো আর ঘড়ি নিতে আসেনি। তবে চুরির মধ্যে পড়বে কী করে?"

"তার মানে কী? ঘড়ি কি তুমি রেডিয়োর মধ্যে রেখেছিলে?"

"হ্যাঁ, কিন্তু সেটা চোরের জানা ছিল না। ফলে ঘড়িটা চুরি গেছে, একথাটা লজিক্যাল নয়।"

"রাখো তোমার লজিক। ফের ঘড়ি গেল, এটা নিয়ে ক'টা হারাল তা জানো?"

দাদু মিনমিন করে বললেন, "হারিয়েছে এমন কথাও বলা যায় না। বরং বলা যেতে পারে ঘড়িটা নিখোঁজ।"

কিছুক্ষণ এই নিয়ে তুলকালাম কাণ্ড হল। দাদু কিন্তু বারবারই বললেন, "চুরি গেছে আসলে রেডিয়োটা। ঘড়িটা চোরের হাতে চলে গেছে বাই চানস। ক্রেডিটটা চোরকে দেওয়া কি ঠিক হচ্ছে?"

তবু যাই হোক তিনশো বাইশতম ঘড়িটা হারিয়ে দাদুকে একটু লজ্জিতই মনে হল। বেশি কথা-টথা বলছিলেন না। তিনি ঘড়ি ধরে ওঠেন বসেন, সুতরাং ঘড়ি ছাড়া তাঁর চলেও না। ঘড়ির কথাটা আস্তে আস্তে চাপা পড়ে গেল সারাদিনের নানা কাজে।

বিকেলের দিকে দাদুর বাল্যবন্ধু তান্ত্রিক শ্যামাচরণ আসায় কথাটা ফের উঠল। শ্যামাচরণের সঙ্গে দাদুর বন্ধুত্ব কী রকম তা লাটু, কদম বা ছানু জানে না। তবে তারা দেখে জটাইদাদু এলেই তাদের দাদুর সঙ্গে ঝগড়া লাগে। তারা প্রায়ই পড়াশুনো ফেলে রেখে ঝগড়া শোনে।

দাদু হয়তো হঠাৎ বলে বসলেন, "ক্লাস এইট-এ ফেল করে তো সাধু হয়েছিলে। সব জানি। বেশি যোগ-ফোগ আর তন্ত্র-মন্ত্র আমাকে দেখাতে এসো না। যোগের তুমি জানো কী হে? যোগ কথাটার মানে জানো?"

জটাইদাদু তাঁর বিশাল জটাসুদ্ধ মাথাটা সামান্য নাড়েন আর মৃদু-মৃদু হাসেন। খুব ঠান্ডা ভদ্র গলায় বলেন, "মানে বললেই কি আর তুমি বুঝবে? বস্তুর সাধনা করে করে তো বোধশক্তিটাই হয়ে গেছে বস্তুতান্ত্রিক। যোগ মানে হল আত্মার সঙ্গে পরমাত্মার যোগ। কুলকুণ্ডলিনীর সঙ্গে সহস্রারের যোগ। রাধার সঙ্গে কৃষ্ণের..."

"বুঝেছি! এক আজগুবির সঙ্গে আর এক আজগুবির যোগ! একটা মিথ্যের সঙ্গে আর-একটা মিথ্যের যোগ। একটা পাগলামির সঙ্গে আর-এক পাগলামির যোগ। বলি, এসব গুলগপ্পো আর কতদিন চলবে? বুড়ো হয়ে মরতে চলেছ, এখন আর মিথ্যে কথা না-বাড়িয়ে সত্যি কথাটা বলেই ফেলো না। বলেই ফেলো যে, ভগবান-ফগবান কিচ্ছু নেই। স্রেফ গাঁজাখুরি গল্প। বলি যোগ-যোগ যে করছ, ভগবান দেখেছ নিজের চোখে?"

জটাইদাদু তবু অমায়িক হাসেন আর মড়ার খুলিতে চা খেতে খেতে মাথা নাড়েন। মড়ার খুলি ছাড়া জটাইদাদু চা বা জল খান না। প্রথমদিন যখন ঝোলা থেকে করোটি বের করে কাপের চা ঢেলে নিলেন, সেদিন ঠাকুমা কেঁপে-ঝেঁপে অস্থির হয়ে বলে ফেলেছিলেন, "ঠাকুরপো, এ হল বামুনবাড়ি, ওসব মড়াটড়ার ছোঁয়া কি ভাল? সব অশুদ্ধ হয়ে যাবে যে!" জটাইদাদু খুব হেসে উঠে বললেন, "বলেন কী বউঠান! করোটি অশুদ্ধ হলে আমার সাধনাও যে অশুদ্ধ। আমাদের যে পঞ্চমুণ্ডির আসনে বসে সাধনা করতে হয়। আর এ হচ্ছে হরি ডোমের করোটি। সে ছিল মস্ত সাধক। অমাবস্যায় নিশুত রাত্তিরে এই খুলি জাগ্রত হয়ে ওঠে, কথা কয়।" একথা শুনে

ঠাকুমা বাক্যহারা হয়ে গেলেন। তারপর আর বিশেষ উচ্চবাচ্য করেননি।

ঘড়ি চুরির পরদিন সন্ধেবেলাও জটাইদাদু এসেছেন এবং তাঁকে যথারীতি করোটিতে চা ঢেলে দেওয়া হয়েছে। লাটু, কদম আর ছানু পড়ার ঘরের পড়া থামিয়ে কান খাড়া করে আছে।

কিন্তু দাদু যেন আজ একটু মনমরা। জটাইদাদুকে দেখেও খেঁকিয়ে উঠলেন না। বরং একটা দীর্ঘশ্বাস ফেলে বললেন, "ওহে, ইয়ে, তোমাদের তন্ত্র-মন্ত্রে নিরুদ্দিষ্ট জিনিস খুঁজে পাওয়ার কোনও ব্যবস্থা আছে?"

জটাইদাদু মৃদু হেসে বললেন, "থাকবে না কেন? তন্ত্রসাধনায় সবই হয়।"

"ইয়ে, কাল রাত থেকে আমার ঘড়িটা নিখোঁজ।" দাদু চাপা স্বরে বললেন।

"নিখোঁজ? চুরি নাকি?"

দাদু মাথা নেড়ে বলেন, "না, চুরি নয়। চুরি তো হয়েছে রেডিয়োটা।"

"ওঃ তাই বলো! রেডিয়ো! তা এতক্ষণ 'ঘড়ি ঘড়ি' করছিলে কেন?"

দাদু তখন ঘটনাটা ব্যাখ্যা করলেন। জটাইদাদু নিমীলিত নয়নে হরি ডোমের করোটিতে চা খেতে খেতে সব শুনে বললেন, "এ অভ্যাস তোমার ছেলেবেলা থেকেই। ক্লাসে প্রায়ই তোমার পেনসিল হারাত। আমার মনে আছে।"

দাদু গম্ভীর হয়ে বললেন, "আজকাল আমি মোটেই পেনসিল হারাই না। বাড়ির লোককে জিজ্ঞেস করতে পারো। এই লাটু, কদম, ছানু, তোরাই বল তো, আমি আজকাল পেনসিল হারাই?"

তিনজন সমস্বরে বলে ওঠে, "না তো! দাদু তো এখন কেবল ঘড়ি, বাঁধানো দাঁত, চশমা আর চটিজুতো হারায়।"

এমন সময় ঠাকুমা ঘরে ঢুকে বলে ওঠেন, "পেনসিলের কাজ থাকলে তাও হারাত। আচ্ছা, তোমার কি আক্কেল হয় না?"

জটাইদাদু অবিচল কণ্ঠে বললেন, "ঠিকই বলেছেন বউঠান, হারাতে হারাতে হারান যে আমাদের বুড়ো হতে চলল, তবু বুঝল না ঈশ্বরপ্রেমে আত্মহারা হলে এত কিছু হারাতই না ওর। হারান রে, আত্মহারা হ, আত্মহারা হ।"

এইভাবেই আবার একটা তুলকালাম বেধে উঠল।

দাদু অর্থাৎ হারানচন্দ্র চট্টোপাধ্যায়ের তিন ছেলে। সত্যগুণহরি, রজোগুণহরি এবং বহুগুণহরি। বলা বাহুল্য, ছেলেদের নামকরণ হারানচন্দ্রের নয়। তিনি ঘোর নাস্তিক। তবে তাঁর বাবা হরিভক্ত ছিলেন। তাঁর নামও ছিল হরিভক্ত চট্টোপাধ্যায়। নাতিদের নামকরণ তিনিই করে যান, এবং পাছে তিনি মারা গেলে নাতিরা নাম পালটে ফেলে সেই ভয়ে একেবারে ইশকুলের খাতায় নাম তুলে দিয়ে তবে মরেছেন। বড় ছেলে

সত্যগুণের দুই ছেলে লাটু আর কদম এবং এক মেয়ে ছানু। রজোগুণ ও বহুগুণ বিয়ে করেননি।

সত্যগুণ কলকাতায় থেকে চাকরি করেন। শনিবার বাড়ি আসেন। সোমবার ফিরে যান। হারানবাবুর ঘড়ি চুরির খবর পেয়ে এক শনিবার তিনি কলকাতা থেকে একটা ঘড়ি কিনে আনলেন।

ঘড়ি দেখে হারানচন্দ্র ভারী লাজুক হেসে বললেন, "আবার ঘড়ি কেন? আমি ভাবছিলাম আর ঘড়ি-টড়ি ব্যবহারই করব না। তা এটা কেমন ঘড়ি?"

সত্যগুণ মাথা চুলকে বললেন, "ভালই হওয়ার কথা। আমার এক চেনা লোক দিয়েছে। শকপ্রুফ, ওয়াটারপ্রুফ, অটোমেটিক।"

"বটে! ওরে, এক গামলা জল নিয়ে আয় তো!" হারানচন্দ্র হাঁক দিলেন।

কোনও জিনিস পরীক্ষা না-করে হারানচন্দ্রের শান্তি নেই। চাকর এক গামলা জল দিয়ে গেল। হারানচন্দ্র ঘড়িটা তাতে ডুবিয়ে দশ মিনিট অপেক্ষা করে তারপর তুললেন। না, জল ঢোকেনি। এর পর হাত তিনেক ওপর থেকে ঘড়িটা মেঝেয় ফেললেন। না, ভাঙল না।

হারানচন্দ্র খুশি হয়ে বললেন, "ভালই মনে হচ্ছে। তবে এ ঘড়ির দেখছি অনেক ঘর। সাধারণ ঘড়ির মতো বারোটা নয় তো!"

সত্যগুণ দুরুদুরু বক্ষে ঘড়ির ওপর পরীক্ষা নিরীক্ষণ করছিলেন। এবার তাড়াতাড়ি বললেন, "হ্যাঁ, ওইটাই এ ঘড়ির বিশেষত্ব। দিনের চব্বিশ ঘণ্টার হিসেবে ওতেও চব্বিশটা ঘর। নতুন ধরনের করেছে আর কি!"

হারানচন্দ্র ভ্রু কুঁচকে ঘড়িটা খুঁটিয়ে দেখতে দেখতে বললেন, "এর ডায়ালের ওপর আরও তিনটে ছোট ছোট ডায়াল আছে দেখতে পাচ্ছি। ওগুলো কী?"

সত্যগুণ বললেন, "সব আমি জানি না। ঘড়িটা এদেশে নতুন এসেছে। খুব আধুনিক ব্যাপার-স্যাপার আছে ওতে। পরের বার জেনে আসব।"

ঠাকুমা বাসবনলিনী দেবী রান্নাঘর থেকে বেরিয়ে এসে ঝংকার দিয়ে বললেন, "তা এটা কবে চোরের ঘরে যাচ্ছে সেটাই হিসেব করো। আমি বলি কী, ঘড়ি একটা ওঁকে জলের সঙ্গে বড়ির মতো গিলিয়ে দে। পেটে গিয়ে টিকটিক করুক। চুরিও যাবে না।"

এইসময়ে জটাই তান্ত্রিক ঘরে ঢুকে নির্নিমেষ লোচনে বাল্যবন্ধুর হাতে ঘড়িটার দিকে কিছুক্ষণ চেয়ে থেকে বললেন, "তিনশো তেইশ নম্বরটা এল বুঝি! ভাল। কিন্তু একটু সবুর করলে চুরি যাওয়া তিনশো বাইশ নম্বরটাও পাওয়া যেত হে। সেটার খোঁজে বাঞ্ছারামকে লাগিয়েছি।"

হারানবাবু অবাক হয়ে বলেন, "বাঞ্ছারামটি আবার কে?"

"আছে হে আছে। চিনবে। ভারী চটপটে, ভারী কেজো। বস্তুবাদীরা তাকে চোখে দেখতে পায় না বটে, কিন্তু সে জাজ্বল্যমান হয়েই ঘুরে বেড়ায়।"

হারানচন্দ্র চটে উঠে বলেন, "গুলগপ্পোর আর জায়গা পাওনি! আমাকে ভূত দেখাতে এসেছ? ঠিক আছে, বের করো তোমার বাঞ্ছারামকে। বের করো।"

জটাই তান্ত্রিক দাড়ির ফাঁক দিয়ে সদাশয়ের মতো হেসে বললেন, "বের করলেই যে ভিরমি খাবে। তার দরকারই বা কী? ঘড়ি পেলেই তো হল।"

"বেশ, তবে বের করো ঘড়ি।"

"আহা, অমন তাড়া দিলে কি চলে? ঘড়ি ঠিক আসবে। কিন্তু আমি বলি, এত ঘড়ি কিনলে আর হারালে, তবু কি তোমার সময়ের জ্ঞানটা হয়েছে হারান? আয়ু যে ফুরিয়ে এল সেটা খেয়াল করছ? পরকালের কাজ বলে কি কিছু নেই? এইসব ছেলেখেলা নিয়ে ভুলে থাকলেই চলবে?"

হারানচন্দ্র বিষাক্ত হাসি হেসে বললেন, "পরকালের তত্ত্ব তোমার মতো ক্লাস এইট-এ লাড্ডু পাওয়া গবেটের কাছে জানতে হবে নাকি? যত্ত সব গুলবাজ, গাঁজাখোর, ধর্মব্যবসায়ী!"

বাসবনলিনী শিহরিত হয়ে ধমক দিলেন, "ছিঃ ছিঃ, ঠাকুরপোকে ওরকম করে বলতে আছে? তোমার যে কবে কাণ্ডজ্ঞান হবে! ছোটরা শুনছে না?"

হারানচন্দ্র স্তিমিত হয়ে বলেন, "তা ও ওরকম বলে কেন?"

জটাই তান্ত্রিক করোটিটা ঝোলা থেকে বের করে টেবিলে রেখে বলেন, "আহা, বলুক, বলুক বৌঠান। মরা মরা বলতে বলতে যদি কোনওদিন রামনাম ফুটে ওঠে।"

হারানচন্দ্র রাত্রে ঘড়িটা বালিশের তলায় নিয়ে শুলেন।

মাঝরাতে হঠাৎ তিনি চেঁচামেচি করে উঠলেন, "এই, শিগগির রেডিয়োটা বন্ধ কর। এত রাত্রে রেডিয়ো শুনছে কে রে? অ্যাঁ!"

হারানচন্দ্রের বাজখাঁই গলার চিৎকারে বাড়িসুদ্ধু লোক উঠে পড়ে। কে রেডিয়ো চালাচ্ছে তার খোঁজ শুরু হয়ে যায়।

বাসবনলিনী উঠে সবাইকে ধমক দিয়ে বলেন, "তোদের কি মাথা খারাপ হল নাকি যে, ওঁর কথায় কান দিচ্ছিস! রেডিয়ো কোথায় যে বাজবে? রেডিয়ো চুরি হয়ে গেছে না?"

তখন সকলের খেয়াল হল। তাই তো! বাড়িতে রেডিয়োই নেই যে!

হারানচন্দ্র আমতা-আমতা করে বলেন, "কিন্তু আমি যে স্পষ্ট শুনেছি। রেডিয়োতে গান হচ্ছে। কথাবার্তা হচ্ছে।"

বাসবনলিনী রাগ করে বলেন, "এত রাত্রে রেডিয়োতে গানবাজনা হয় বলে শুনেছ? রেডিয়োর লোকেদের কি ঘুম নেই?"

তাও বটে। হারানচন্দ্র বালিশের তলা থেকে ঘড়িটা বের করে দেখলেন। তারপরই আঁতকে উঠে বললেন, "এ কী? এ যে দেখছি ভোর হয়ে গেছে। সকাল ছটা বাজে যে! না, না, আটটা, নাকি... দূর ছাই, এ ঘড়ির যে কিছুই বোঝা যায় না!"

বাসবনলিনী উদার গলায় বললেন, "আর কষ্ট করে ঘড়ি দেখতে হবে না। আমি একটু আগেই দেয়াল-ঘড়িতে রাত দুটোর ঘণ্টা শুনেছি। এখন দয়া করে ঘুমোও।"

লজ্জা পেয়ে হারানচন্দ্র ঘুমোলেন। কিন্তু একটু পরেই তাঁর ঘুম ভেঙে গেল। খুব কাছেই যেন কারা চাপা গলায় কথাবার্তা বলছে। ভাষাটা একটু বিচিত্র।

হারানচন্দ্র চোর এসেছে বুঝতে পেরে তারস্বরে চেঁচাতে লাগলেন, "চোর! চোর! পাকড়ো!"

আবার বাড়িসুদ্ধু লোক উঠে ছোটাছুটি দৌড়োদৌড়ি শুরু করল। কিন্তু চোরের কোনও চিহ্ন পাওয়া গেল না। বন্ধ দরজা বা জানালার শিক সব অক্ষত আছে। খাটের তলা বা পাটাতনেও কেউ লুকিয়ে নেই।

হারানচন্দ্র মাথা চুলকে বললেন, "একজন নয়। কয়েকজন চোর এসেছিল। তাদের মধ্যে একজন আবার মেয়েছেলে। আমি স্পষ্ট তাদের কথা শুনেছি।"

বাসবনলিনী চোখ পাকিয়ে বললেন, "কী বলছিল তারা শুনি!"

"কথাটা ঠিক ধরতে পারলাম না। ভাষাটা অন্যরকম।"

"জন্মে শুনিনি যে, চোরে চুরি করতে এসে কথা বলে। তোমার আজ হয়েছে কী বলো তো! এই রেডিয়োর শব্দ শুনছ, এই চোরের কথাবার্তা শুনছ! বলি লোককে ঘুমোতে দেবে, না কী?"

হারানচন্দ্র ধমক খেয়ে আবার শুলেন। কিন্তু ঘুম এল না। চোখ বুজে নানা কথা ভাবছেন। হঠাৎ শুনতে পেলেন, কাক ডাকছে, কোকিল ডাকছে, শাঁখ বাজছে। চমকে উঠে বসলেন। তবে এবার আর চেঁচামেচি করলেন না। তাঁর মনে হল, বাস্তবিক তিনি স্বপ্নই দেখছেন বোধহয়। কারণ, কাক ডাকার কোনও কারণ নেই। ভোর হতে বিস্তর বাকি। বাইরে ঘুটঘুট্টি অন্ধকার।

হারানচন্দ্র বসে বসে ভাবতে লাগলেন, এসব হচ্ছেটা কী? তিনি যা শুনছেন তা মিথ্যে নয়। অথচ আর কেউ শুনছে না। কেন? ভাবতে ভাবতে বালিশের তলা থেকে ঘড়িটা বের করে হাতে পরলেন, তারপর বিছানা থেকে নেমে বারান্দার ইজিচেয়ারে বসে আরও ভাবতে লাগলেন।

আচমকা একটা মেয়ে খুব কাছেই কোথাও খিলখিল করে হেসে উঠল। হারানচন্দ্র

চমকে উঠে চারদিকে তাকালেন। কেউ নেই। থাকার কথাও নয়। হাসির শব্দটা ঠিক স্বাভাবিক নয়, একটা ধাতব শব্দ। যেমন লাউডস্পিকার বা রেডিয়োতে শোনা যায়। এসে আবার বারান্দায় ইজিচেয়ারে বসেই তাঁর একটা খটকা লাগল। এই যে তিনি বাড়ির ভিতরে চারদিক ঘুরে এলেন, কিন্তু তিনি তো আলো জ্বালাননি। ঘরগুলো তো অন্ধকার। আলো না জ্বালিয়েও তিনি সবই দেখতে পেয়েছেন। এটা কী করে সম্ভব হল?

নাঃ, আজ মাথাটা বড্ড গরম হয়েছে। একবার তাঁর এও মনে হল, জটাই তান্ত্রিককে অত গালাগালি রোজ করেন বলেই বোধহয় তান্ত্রিকের পোষা ভূতেরা এসে এসব কাণ্ড করছে। কাল সকালেই একবার জটাইয়ের কাছে যেতে হবে। হারানচন্দ্র ভূত বা ভগবান মানেন না বটে, কিন্তু এখন কেমন যেন একটা সন্দেহ হচ্ছে। গা ছমছম করছে।

ভোরের দিকটায় হারানচন্দ্র ইজিচেয়ারে শুয়েই একটু ঘুমোলেন। ঘুম ভাঙল আবছা আলো ফুটে ওঠার পর।

সূর্যোদয়ের আগেই সাধুদের প্রাতঃকৃত্য, জপতপ সব শেষ করতে হয়। জটাই তান্ত্রিক সব সেরে তাঁর সাধনপীঠের উঠোনে বসে হরি ডোমের করোটিতে করে চা খাচ্ছিলেন। হারানচন্দ্রকে আগড় ঠেলে ঢুকতে দেখে খুব একটা অবাক হলেন না। প্রাতঃভ্রমণে বেরিয়ে হারানচন্দ্র প্রায়ই তাঁর কাছে এসে বসেন এবং তন্ত্রসাধনা ও ধর্ম ইত্যাদির অসারতা প্রমাণ করে উঠে যান।

আজ হারানচন্দ্রকে একটু কাহিল দেখাচ্ছিল। কণ্ঠস্বরটা তেমন তেজি নয়। একটা মোড়া টেনে বসে বারকয়েক গলাখাঁকারি দিয়ে বললেন, "ওহে, ইয়ে, কাল রাতে ভাল ঘুম হয়নি।"

জটাই তান্ত্রিক মুখ থেকে করোটিটা নামিয়ে বললেন, "ঘুম হয়নি মানে? তুমি কি এখনও জেগে আছ নাকি?"

"জেগে নেই?" বলে আতঙ্কিত হারানচন্দ্র নিজের গায়ে নিজেই একটা চিমটি কেটে "উঃ" করে ককিয়ে ওঠেন।

জটাই তান্ত্রিক উদার হাস্যে মুখখানা ভাসিয়ে বলেন, "না, না, তোমার দেহের ঘুম ভেঙেছে বটে হে হারান, তাতে সন্দেহ নেই। কিন্তু আত্মার ঘুম! তাকে জাগাবে কবে? সে যদি না জাগল, তবে আর জাগ্রত আছ বলি কী করে?"

হারানচন্দ্র চিমটির জায়গাটায় হাত বোলাতে বোলাতে খেঁকিয়ে উঠলেন, "তোমার

কবে আক্কেল হবে বলো তো! সকালবেলাতেই এমন সব কথা বলো যে পিত্তি জ্বলে যায়। একে কাল রাতে ঘুম হয়নি, মাথাটা কেমন টলমল করছে।”

জটাই তান্ত্রিক করোটিটা গঙ্গাজলে ধুয়ে তুলে রাখলেন। তারপর আচমন করে রক্তাম্বরে মুখ মুছে বললেন, “ঘুম হয়নি কেন?”

“ইয়ে, রাত্রে মনে হয় চোর এসেছিল।”

“আবার চোর?”

হারানচন্দ্র প্রথমেই ভূতের কথাটা তুলতে লজ্জা পাচ্ছিলেন। তাই ভাবছিলেন একটু ঘুরিয়ে ফিরিয়ে কথাটা তুলবেন। এবার বললেন, “চোর বলেই মনে হয়েছিল। আমি তাদের কথাবার্তা শুনেছি, গানবাজনাও। কিন্তু...”

জটাই তান্ত্রিক খুব অবাক হয়ে বলেন, “চোর তোমার বাড়িতে এসে গানবাজনা করেছে? বলো কী?”

হারানচন্দ্র লজ্জিত হয়ে বলেন, “সেখানেই গোলমাল। চোর গানবাজনা করতে গেরস্তবাড়িতে ঢোকে না। তারা হাসেও না। কিন্তু কাল রাতে এসবই ঘটেছে। আমি ছাড়া অবশ্য আর কেউ কিছু শোনেনি। তাই ভাবছিলাম এসব ইয়ে নয় তো! সেই যে কী যেন বলো তোমরা!”

জটাই তান্ত্রিক বাল্যবন্ধুর মুখের দিকে তীক্ষ্ণ দৃষ্টিতে তাকিয়ে থেকে বলেন, “কীসের কথা বলছ বলো তো?”

“ইয়ে, মানে ওইসব আর কি! ওই যে তুমি যাদের দিয়ে তোমার বুজরুকিগুলো করাও। তাই ভাবছিলাম ব্যাপারটা তোমাকে বলি।”

জটাই তান্ত্রিক মাথা নেড়ে বলেন, “বুজরুকি আমি কখনও করিনি। কী জিনিস তাও জানি না। কাল রাতে কি তোমার বাড়িতে কোনও ভৌতিক ঘটনা ঘটেছে?”

“ইয়ে, অনেকটা তাই। তবে আমি ওসব বিশ্বাস করি না তা আগেই বলে রাখছি।”

জটাই তান্ত্রিক গম্ভীর হয়ে বলেন, “খুলে বলো।”

হারানচন্দ্র বললেন। জটাই তান্ত্রিক ঊর্ধ্বনেত্র হয়ে চুপ করে বসে শুনলেন।

বলা শেষ হলে জটাই তান্ত্রিক একটা বিশাল শ্বাস ফেলে বললেন, “বুঝেছি।”

“কী বুঝলে?”

“ব্যাপারটা খুব সহজ নয় হে হারান।”

হারান মুখ ভেংচে বললেন, “সহজ নয় হে হারান! খুব বললে! এতকাল জপতপের ভণ্ডামি করে এখন ‘সহজ নয় হে হারান’ বলবে, এটা শোনার জন্য তো তোমার কাছে আসিনি! বলি, কিছু বুঝেছ ব্যাপারটা?”

“বুঝেছি।”

"ছাই বুঝেছ! কী বলো তো?"

জটাই তান্ত্রিক গম্ভীর হয়ে বললেন, "ঘড়ি।"

"ঘড়ি? তার মানে?"

"তোমার ওই নতুন ঘড়িটা গো। ওটাই যত নষ্টের মূল।"

হারানচন্দ্র তাড়াতাড়ি হাতঘড়িটার দিকে তাকালেন। ঘড়িটা একটু অস্বাভাবিক বটে। এখনও পর্যন্ত তিনি ঘড়ি দেখে সময় আঁচ করতে পারেননি। কাঁটা দুটো কখন যে কোন ঘরে থাকবে, তার কোনও স্থিরতা নেই। এইসব অত্যাধুনিক যন্ত্রপাতি তাঁর পছন্দ নয়। সাবেকি জিনিস অনেক ভাল।

তিনি বললেন, "ঘড়ির সঙ্গে এসব ঘটনার কী সম্পর্ক? কী যে সব পাগলের মতো কথা বলো।"

জটাই তান্ত্রিক গম্ভীর হয়ে বললেন, "এর আগে কোনওদিন এরকম ঘটনা ঘটেছে?"

"না।"

"ঘড়িটা আসার পরেই কেন ঘটল তা ভেবে দেখেছ?"

"ভাববার সময় পেলাম কোথায়?"

"আমার কিন্তু ভাবা হয়ে গেছে।"

"কী বুঝলে ভেবে?"

"বুঝলাম যে, ঘড়িটা নতুন নয়। নিশ্চয়ই এর আগে ঘড়িটার একজন মালিক ছিল। কোনও কারণে সেই মালিকের মৃত্যু ঘটেছে। এবং সে ঘড়ির মায়া এখনও কাটাতে পারেনি। আত্মাটা ঘড়ির কাছাকাছি ঘুরঘুর করছে। কাল রাতে তুমি যে-সব শব্দ শুনেছ, তা সম্পূর্ণ ভৌতিক।"

হারানচন্দ্র বেকুবের মতো কিছুক্ষণ চেয়ে থেকে খেঁকিয়ে উঠতে গিয়েও পারলেন না। কথাটা তাঁর অযৌক্তিক মনে হচ্ছে না তো! ঘড়িটা ভাল করে আবার দেখলেন তিনি। সাধারণ কবজিঘড়ির মতোই, একটু হয়তো বা বড়। ঝকমকে স্টেনলেস স্টিলের। পুরনো নয় বটে, তবে সেকেন্ডহ্যান্ড হতে বাধা নেই। এসব জিনিস তো বহুকাল নতুনের মতোই থাকে!

তিনি একটা দীর্ঘশ্বাস ছেড়ে বললেন, "ইয়ে, ওসব আমি মানছি না কিন্তু। মানে ভূত-টুত আমি বিশ্বাস করছি না। তবে যদি ওসব ইয়ে থেকেই থাকে, তবে তোমাদের তন্ত্রেমন্ত্রে কোনও বিধান নেই?"

জটাই তান্ত্রিক হাত বাড়িয়ে বললেন, "ঘড়িটা দাও দেখি।"

হারানচন্দ্র ঘড়িটা হাত থেকে খুলে দিলেন। জটাই তান্ত্রিক সেটা অনেকক্ষণ হাতের

মুঠোয় ধরে ধ্যানস্থ থাকলেন। তারপর খুব দূরাগত স্বরে বলতে লাগলেন, "টবিন সাহেব... বেঁটেখাটো, ভারী জোয়ান... মুখটা দেখলেই মনে হয় খুনি... লন্ডনের সোহো এলাকার একটা গলি ধরে দৌড়োচ্ছে... মধ্যরাত্রি... পিছনে একটা কালো গাড়ি আসছে...টবিন চৌমাথায় পৌঁছে গেছে... পিছন থেকে গুড়ুম করে গুলির শব্দ... টবিন মাটিতে বসে পড়ল... গুলি লাগেনি... সামনেই একটা ট্যাক্সি... টবিন এক লাফে উঠে পড়ল... কালো গাড়ি থেকে আবার গুলি... ট্যাক্সিটা জোরে যাচ্ছে... জাহাজঘাটা... একটা জাহাজ ছেড়ে যাচ্ছে... ডেক থেকে টবিন ঝুঁকে চারদিকে লক্ষ রাখছে... হাতে ঘড়ি... এই ঘড়িটা... জাহাজ আটলান্টিক মহাসাগর পার হচ্ছে... রাত্রি... টবিনের কেবিনের দরজা আস্তে খুলে গেল... কে... গুড়ুম... গুড়ুম..."

হারানচন্দ্র হাঁ করে জটাই তান্ত্রিকের মুখের দিকে চেয়ে আছেন।

জটাই চোখ খুলে বললেন, "জলের মতো পরিষ্কার। এ হচ্ছে টবিনের ঘড়ি..."

"টবিন কে?"

"একটা খুনি, গুণ্ডা, ডাকাত।"

"তুমি জানলে কী করে?"

"ধ্যানযোগে।"

হারানচন্দ্র রেগে উঠতে গিয়েও পারলেন না। কে জানে বাবা, সত্যি হতেও পারে। বললেন, "টবিন কি খুন হয়েছে নাকি?"

"তবে আর বলছি কী? তার আত্মা ঘড়িটার সঙ্গে লেগে আছে।"

"তুমি দেখতে পাচ্ছ?"

"পরিষ্কার। তবে দেখার জন্য আলাদা চোখ চাই।"

"ঘড়িটা কি তা হলে ফেরত দেব?"

জটাই তান্ত্রিক একগাল হেসে বলেন, "আমি থাকতে তুমি ভূতের ভয়ে ঘড়ি ফেরত দেবে? পাগল নাকি! ঘড়িটা আমার কাছে এখন থাক। শোধন করে দিয়ে আসব'খন।"

হারানচন্দ্র সম্মতি প্রকাশ করে উঠে পড়লেন। তারপর বললেন, "ইয়ে, বাড়িতে এ নিয়ে কিছু বোলো না।"

"আরে না। নিশ্চিন্ত থাকো।"

হারানচন্দ্র বিরস মুখে বাড়ি ফিরলেন।

বাড়ি ফিরতেই একটা শোরগোল উঠল। লাটু, কদম আর ছানু এসে দাদুকে একটু দেখে নিয়েই ছুটল ঠাকুমাকে খবর দিতে, "ও ঠাকুমা! দাদুর হাতে ঘড়ি নেই।"

"আবার হারিয়েছ?" বলে হুংকার দিয়ে বাসবনলিনী ধেয়ে এলেন।

ঘড়ি হারায়নি। জটাই তান্ত্রিকের কাছে শোধন করতে দিয়ে এসেছেন। কিন্তু সেকথা স্বীকার করেন কী করে? বাড়ির সবাইকে এতকাল তিনি নিজেই বুঝিয়ে এসেছেন যে, তিনি ঘোরতর নাস্তিক, তন্ত্রমন্ত্র ঈশ্বর কিছুই মানেন না। হারানচন্দ্র আমতা-আমতা করে বললেন, "হারায়নি। হারাবে কেন?"

"তা হলে ঘড়ি কোথায়?"

"কোথাও আছে এখানে সেখানে।"

"তুমি ঘড়ি হাতে দিয়ে বেরোওনি?"

হারানচন্দ্র ফাঁপরে পড়ে বলেন, "ইয়ে, ঘড়িটা আমি সারাতে দিয়েছি।"

"সারাতে দিয়েছ। নতুন ঘড়ি যে!"

"নতুন নয়। সত্যকে নতুন বলে গছিয়েছে। আসলে সেকেন্ডহ্যান্ড। একটু গোলমাল করছিল।"

"কার কাছে সারাতে দিলে?"

"আমার এক বন্ধুর কাছে।" বলে হারানচন্দ্র একটা নিশ্চিন্দির শ্বাস ছাড়লেন। কথাটা খুব মিথ্যেও বলা হল না। শোধন করা মানে তো একরকম সারানোই।

তবে বাসবনলিনীকে ঠকানো মুশকিল। চোখ বড় বড় করে হারানচন্দ্রের দিকে খানিকক্ষণ রক্ত-জল-করা স্থির দৃষ্টিতে চেয়ে থেকে জিজ্ঞেস করলেন, "তোমার আবার ঘড়ির মিস্ত্রি বন্ধু কে আছে? সবাইকেই তো চিনি।"

হারানচন্দ্র বিপন্ন হয়ে বলেন, "আছে আছে। সবাইকে তুমি চিনবে কী করে?"

বাসবনলিনী তর্ক করলেন না। আরও কিছুক্ষণ চেয়ে থেকে চাপা স্বরে বললেন,"বুড়ো বয়সে আর কত মিথ্যে কথা বলবে? সত্যি কথাটা বললেই তো হয় যে, ঘড়িটা আবার হারিয়েছ। আনকোরা নতুন ঘড়িটা হারালে, তার ওপর ছেলের বদনাম করে বলে বেড়াচ্ছ যে, ঘড়িটা সেকেন্ডহ্যান্ড ছিল! ছিঃ ছিঃ!"

হারানচন্দ্র মরমে মরে গেলেন। কিন্তু কিছু করারও নেই।

কথাটা রাষ্ট্র হতে দেরি হল না। সবাই জানল, হারানচন্দ্র আবার ঘড়ি হারিয়েছেন। হারানচন্দ্র অবশ্য স্বীকার করলেন না। কেবল বলতে লাগলেন, "ঠিক আছে। সারিয়ে আনি আগে, তারপর দেখো।"

হারানচন্দ্রের মেজো ছেলে রজোগুণহরির শখ হল ফোটোগ্রাফির। গোটাকয়েক ক্যামেরা আছে তার। দিনরাত ফোটোগ্রাফি নিয়েই তার যত চিন্তাভাবনা। গোটা গঞ্জের যাবতীয় মানুষের ছবি তার তোলা হয়ে গেছে। কুকুর, বাঁদর, বেড়াল, পাখি, ফড়িং, পোকামাকড়ও বড় একটা বাদ নেই। প্রতিদিনই সে ছবি তুলছে। নিজেরই একটা ডার্করুম আছে তার। সেখানে ফিল্ম ডেভেলপ আর প্রিন্টিং-এর ব্যবস্থা আছে।

নানা পত্রপত্রিকায় সে ছবি পাঠায়। বেশির ভাগই ছাপা হয় না। চাঁদের আলোয় কাশফুল, মেঘের মধ্যে রবীন্দ্রনাথের মুখ, সাপের ব্যাঙ ধরা, বাঁদরের অপত্যস্নেহ ইত্যাদি অনেক ছবি তুলে গঞ্জে বেশ বিখ্যাত হয়েছে রজোগুণ।

রজোগুণের লাইকা ক্যামেরায় শেষ দু-তিনটে শট বাকি ছিল। তাই আজ খুব ভোরে উঠে সে একটা কাকের ব্রেকফাস্টের ছবি তুলেছে। কাকটা তেতলা ছাদের রেলিঙে বসে এঁটোকাঁটা কিছু খাচ্ছিল। বাবা ইজিচেয়ারে শুয়ে ঘুমোচ্ছে, হাতে ঘড়ি, এই ছবিটাও তুলে ফেলল সে। বাগানে একটা প্রজাপতির ছবি তুলতেই ফিল্ম শেষ হয়ে গেল।

দুপুর নাগাদ ফিল্ম ডেভেলপ করার পর শেষ তিনটে নেগেটিভ দেখে সে তাজ্জব হয়ে গেল। আশ্চর্য! এ কী! তিনটে ছবির একটাও ওঠেনি। একদম সাদা। এরকম হওয়ার তো কথা নয়। কিন্তু আশ্চর্যের ব্যাপার হল, দুনম্বর ছবিটা। এটা হারানচন্দ্রের ঘুমন্ত অবস্থার ছবি। এ ছবিতে আর সব সাদা হলেও ঘড়িটার ছবি কিন্তু ঠিকই উঠেছে। রজোগুণের বেশ মনে আছে, তার বাবার বাঁ হাতখানা ছিল পেটের ওপর। ঘড়িটা স্পষ্ট দেখা যাচ্ছিল ভিউ ফাইন্ডারে। ছবিতে ঘড়িটা উঠেছে মাঝামাঝি জায়গায়। কিন্তু হারানচন্দ্র বিলকুল গায়েব!

রজোগুণ ক্যামেরাটা ভাল করে পরীক্ষা করল। না, কোনও গোলমাল নেই তো!

রজোগুণ বসে বসে কাণ্ডটা কী হল তা ভাবছে, এমন সময় বহুগুণ এসে হানা দিল।

"মেজদা, তোমার ঘড়িটা একটু দেবে আমার ঘড়িটা সকাল থেকেই গোলমাল করছে।"

রজোগুণ অন্যমনস্কভাবে বলল, "টেবিলে আছে, নিয়ে যা।"

বহুগুণ ঘড়িটা নিয়ে একটু দেখেই চেঁচিয়ে ওঠে, "আরে! তোমারটাও যে উলটো চলছে!"

"তার মানে?"

"সকাল থেকেই আমার ঘড়ির কাঁটা উলটো দিকে ঘুরে যাচ্ছে। আমি ভাবলাম ঘড়িটা বোধহয় খারাপ হয়েছে। এখন দেখছি তোমারটাও তাই।"

রজোগুণ ঘড়িটা হাতে নিয়ে দেখল। বাস্তবিকই তাই। সেকেন্ডের কাঁটাটা উলটোদিকে ঘুরে যাচ্ছে। মিনিটের কাঁটাও পাক খাচ্ছে উলটোবাগে।

দু ভাই দু ভাইয়ের দিকে বোকার মতো চেয়ে থাকে।

ভূতেদের নিয়ম হল তারা দিনের বেলা ঘুমোয়, রাতের বেলা জাগে। এ ব্যাপারে প্যাঁচা বা বাদুড়ের সঙ্গে তাদের বেশ মিল আছে। অনেকেই বলে থাকে যে, ভূত

মাছ-ভাজা খেতে ভালবাসে। কিন্তু সর্বশেষ গবেষণায় জানা গেছে, ভূতেরা আসলে কোনও কঠিন বা তরল খাদ্য খেতে পারে না। তারা খায় বায়বীয় খাবার। যেমন বাতাস, গন্ধ, আলো, অন্ধকার ইত্যাদি।

জটাই তান্ত্রিকের পোষা ভূত বাঞ্ছারাম ঘুমোয় একটা মেটে হাঁড়ির মধ্যে। বেশি বায়নাক্কা নেই। সন্ধে হলে নিজেই উঠে পড়ে।

জটাই তান্ত্রিক সন্ধে হতেই বাঞ্ছারামের উদ্দেশে একটা হাঁক দেন, "ওরে বাঞ্ছা!"

হাঁড়ির ভিতর থেকে বাঞ্ছারাম সড়াত করে বেরিয়ে আসে।

ভূতের রূপ নিয়েও নানারকম মতভেদ আছে। কেউ বলে, বুড়ো আঙুলের সাইজ, হাত-পা নেই, শুধু মুন্ডু। কেউ বলে, যার ভূত তার মতোই দেখতে হয়। অনেকের মতে, ভূত খুব রোগা কালো এবং তাদের পায়ের পাতা থাকে উলটোদিকে।

বাঞ্ছারামের চেহারা কী রকম তা আমরা জানি না। কারণ, একমাত্র জটাই তান্ত্রিক ছাড়া আর কেউ তাকে চোখে দেখেনি। জটাই নিজে কখনও কাউকে বলেননি যে, বাঞ্ছা কীরকম দেখতে।

সন্ধে লাগতে-না-লাগতেই মেলা বুড়োবুড়ি এবং তাঁদের নাতিপুতিরা জড়ো হয়েছে জটাইয়ের আস্তানায়। এ সময়ে জটাই বিস্তর রুগিঁকে ওষুধ দেন, ভবিষ্যৎ বলেন, হারানো জিনিসের হদিশ বাতলান, ধর্মকথা বলেন। সবাই রোজ বাঞ্ছারামের চেহারাটা দেখার চেষ্টা করেন। কিন্তু পাপীতাপীর চোখ, তাই দেখতে পান না।

কিন্তু জটাই তান্ত্রিক পান। এমনভাবে শূন্যের দিকে তাকিয়ে কথা বলেন যেন একেবারে জলজ্যান্ত দেখতে পাচ্ছেন।

জটাই তান্ত্রিক বাঞ্ছারামের দিকে চেয়ে একটা ধমক দিলেন, "বলি হারানের সেই চুরি-যাওয়া ঘড়িটার হদিশ করলি?"

বাঞ্ছারামের জবাব শোনা যায় না। কিন্তু সবাই বুঝতে পারে যে, সে আছে।

ক'দিন হল এ তল্লাটে নিত্য দাস নামে এক বৈষ্ণব এসে ঘাঁটি গেড়েছে। বয়স বেশি নয়। বড্ড জ্বালাচ্ছে। জটাই তান্ত্রিক বৈষ্ণবদের মোটেই সহ্য করতে পারেন না। তুলসীর মালা, তিলক, কোলকুঁজো বিনয়ী ভাব, অমায়িক হাসি, মিঠি-মিঠি কথা, এসব তাঁর ভারী মেয়েলিপনা মনে হয়। হ্যাঁ, পুরুষের সাধনা বললে বলতে হয় তন্ত্রকে। শবের ওপর বসে মাঝরাতে সাধনা, ভূতপ্রেত নিয়ে কারবার, করোটিতে কারণ পান, বৈষ্ণবদের দুর্বল কলজে এসব সহ্যই করতে পারবে না।

কিন্তু নিত্য দাস লোকটা অতি ঘড়েল। সকালবেলাতেই সে মাধুকরীতে বেরোয়। অর্থাৎ সোজা কথায় ভিক্ষে, ভিক্ষে জিনিসটা দুচোখে দেখতে পারেন না জটাই তান্ত্রিক। যাতায়াতের পথে নিত্য আজকাল রোজই জটাই তান্ত্রিকের আস্তানায় হানা

দেয়। মিহি সুরে বলে, "জয় নিতাই, জয় রাধামাধব, জয় মহাপ্রভু।"

জটাই তান্ত্রিকও জলদ-গম্ভীর স্বরে হুহুংকার দিয়ে ওঠেন, "জ্জয় ক্কালী। জ্জয় ক্কালী। জ্জয় শিবশম্ভো। ববম বম।"

এই হুংকারে বহু মানুষ ভিরমি খেয়েছে। কিন্তু নিত্য দাস সেই পাত্র নয়। বিনয়ে গলে পড়ে কান-এঁটো করা হাসি হেসে জোড়হাতে সে রোজ বলে, "কৃষ্ণের দয়া হোক, রাধারানির দয়া হোক, মহাপ্রভুর দয়া হোক। রাধা আর কালী কি আলাদা রে মন? প্রভু কৃষ্ণ যে, সেই না শিব! পেন্নাম হই প্রভু, একটু চা প্রসাদ হবে না ঠাকুর?"

জটাই লোকটাকে দেখতে পারেন না বটে, কিন্তু তাড়াতেও পারেন না। নিত্য দাসের ধূর্ত চোখ দেখেই বোঝেন, হেটো মেঠো লোক নয়। এলেম আছে। লোক চরিয়ে খায়। জটাই তাই বেজার মুখে বলেন, "হবে চা। বসে যাও।"

চা খেতে খেতে রোজই দুজনের কিছু কথাবার্তা হয়।

"বলি ওহে বৈষ্ণব, আর কতদূর?"

"অনেক দূর বাবা, এখনও অনেক দূর। রাধারানির মায়া। যে কলের মধ্যে ফেলে রেখেছেন, সেখানকার বন্ধন কি সহজে কাটে প্রভু?"

"তৈরি লোক দেখছি। বলি ভিক্ষে-সিক্ষে জুটছে কেমন?"

"আজ্ঞে প্রভুর দয়া। জোটে কিছু।"

"তা এদিকে ডেরা করবে নাকি?"

"রাধারানির ইচ্ছে প্রভু।"

জটাই তান্ত্রিক বোঝেন যে, নিত্য দাস এই যে রোজ এসে তাঁর ডেরায় হানা দেয় এর পিছনে কোনও মতলব আছে। কিন্তু কী মতলব, তা জটাই অনেক ভেবেও বের করতে পারেননি।

হারান ঘড়িটা রেখে গেছে। জটাই তান্ত্রিক একটু নেড়েচেড়ে দেখলেন। ঘড়িটা একটু অদ্ভুত রকমের। ঠিক এরকম ঘড়ি তিনি আগে আর দেখেননি। পৃথিবীতে যে আজকাল কত রকম কল চালু হয়েছে। ছোট্ট একটা নোটবইয়ের আকারের যন্ত্র বেরিয়েছে, ক্যালকুলেটর, তাই দিয়ে চোখের পলকে বড় বড় সব আঁক কষে ফেলা যায়। এমন আরও কত কী!

হারানের ঘড়িটায় চব্বিশটা ঘর আছে। ঘণ্টা আর মিনিটের কাঁটা তো আছেই। তা ছাড়া ডায়ালের ওপর আরও তিনটে ছোট ছোট ডায়াল এবং সেখানেও দুটো করে কাঁটা ঘুরে যাচ্ছে। জটাই আরও নিবিষ্টভাবে লক্ষ করে দেখতে পেলেন, গোটা ডায়ালটায় ঝাঁঝরির মতো ছিদ্র রয়েছে। কিন্তু এত সূক্ষ্ম যে, খালি চোখে ভাল বোঝা যায় না।

ঘড়িটা যখন খুব নিবিষ্টমনে দেখছেন, তখন খুব কাছ থেকে কে যেন বলে উঠল, "খুচ খুচ। খুচে। রামরাহা।"

জটাই চমকে উঠলেন, হাঁক দিলেন, "কে রে?"

কিন্তু ধারে-কাছে কেউ নেই। দিনের আলোয় চারদিক ফটফট করছে। জটাই বেকুবের মতো চারদিকে তাকাতে লাগলেন।

"জয় রাধে! জয় নিতাই! জয় রাধাগোবিন্দ। ভাল আছেন তো প্রভু?" বলতে বলতে নিত্য দাস এসে হাজির। মুখে বিগলিত হাসি।

জটাই তান্ত্রিক এমন ভড়কে গেছেন যে, "জ্জয় ক্কালী" বলে হাঁক মারতে পর্যন্ত ভুলে গেলেন। মাথা চুলকোতে চুলকোতে মনের ভুলে বলে ফেললেন, "জয় নিতাই, ভাল আছ তো নিত্য দাস?"

নিত্য দাস তান্ত্রিকের মুখে 'জয় নিতাই' শুনে চোখের পলক ফেলতে পর্যন্ত ভুলে গেছে। হতভম্বের মতো কিছুক্ষণ চেয়ে থেকে হঠাৎ দুহাত তুলে নাচতে নাচতে বলতে লাগল, "ভূতের মুখে রাম নাম! ভূতের মুখে রাম নাম! জয় নিত্যানন্দ, জয় রাধাগোবিন্দ! জয়..."

কিন্তু এই সময় ভারী বেসুরো গলায় কে যেন খুব কাছ থেকে ধমকের স্বরে বলে ওঠে, "রামরাহা! খ্রাচ খ্রাচ! রামরাহা! রামরাহা! খুচ খুচ!"

"কিছু বলছেন প্রভু?" বলে নিত্য দাস জটাইয়ের দিকে তাকায়।

জটাইও চারদিকে তাকাতে তাকাতে মাথা নেড়ে বললেন, "না। কিন্তু কেউ কিছু বলছে।"

"কী বলছে প্রভু? বড় বিচিত্র ভাষা!"

আচম্বিতে আবার সেই অশরীরী স্বর বলে উঠল, "নানটাং! রিকিরিকি! রামরাহা!"

নিত্য দাস একটা দীর্ঘশ্বাস ফেলে বলে ওঠে, "জয় কালী! জয় কালী!"

জটাই তান্ত্রিক তার দিকে অবিশ্বাসের দৃষ্টিতে তাকিয়ে একটু দুর্বল গলায় বললেন, "কালীর নাম নিলে তা হলে?"

নিত্য দাস অভিমানের চোখে জটাইয়ের দিকে চেয়ে থেকে বলে, "আমার সঙ্গে ছলনা কেন প্রভু? সবই বুঝতে পেরেছি। একটু পায়ের ধুলো দিন প্রভু। আপনার বাঞ্ছারাম ভূতকে এতকাল বিশ্বাস করিনি। ভাবতাম প্রভু বুঝি গুল দিচ্ছেন। আজ প্রমাণ পেলাম।"

"বাঞ্ছারাম?" বলে জটাই তান্ত্রিক একটু ভাবিত হয়ে পড়লেন। তারপর হতাশ গলায় বললেন, "তাই হবে।"

"প্রভুর কী মহিমা!" বলে নিত্য দাস কিছুক্ষণ তদ্গতভাবে চোখ বুজে থেকে বলে,

“প্রভুর মহিমায় ভূতের মুখে পর্যন্ত রামনাম শোনা গেল।”

জটাই তান্ত্রিক একটু চমকে উঠে বললেন, “বলছে নাকি?”

“ছলনা কেন প্রভু? স্বকর্ণে শুনেছি, বাঞ্ছারাম বলছে, রামরাহা। রামরাহা।”

“তাই বটে।”

“ কিন্তু প্রভু। রামের সঙ্গে ওই রাহা কথাটা ঠিক বুঝতে পারলাম না। আর ওই খুচ খুচ খ্রাচ খ্রাচগুলোরই বা মানে কী? ভুতুড়ে ভাষা নাকি?”

জটাই তান্ত্রিক কাঁচুমাচু মুখে বললেন, “তাই হবে বোধহয়!”

এই সময়ে হঠাৎ দুজনকে চমকে দিয়ে একটা মেয়ে খিলখিল করে হেসে উঠল। তারপর ভারী সুরেলা গলায় বলতে লাগল, “র‍্যাডা ক্যালি! রামরাহা! বুত! বুত!”

নিত্য দাস চোখ বড় বড় করে জটাইয়ের দিকে চেয়ে বলে, “এটি কে প্রভু? বাঞ্ছাসীতা নয় তো!”

“বাঞ্ছাসীতা!” জটাই তান্ত্রিক শুকনো মুখে বলেন, “সে আবার কে?”

“কেন, বাঞ্ছারামের বউ! আহা, ভূতের মুখে এসব শুনলেও প্রাণ ঠান্ডা হয়। বলল রাধা কালী রাম ভূত।”

জটাই তান্ত্রিক বে-খেয়ালে বলে উঠলেন, “জয় রাধে! জয় রাধে!”

নিত্য দাস মাথা নেড়ে বলে, “ও নাম নেবেন না প্রভু। বোষ্টম ধর্ম কোনও ধর্মই নয়। আজ বুঝলাম তন্ত্রসাধনাই হল আসল সাধনা। জয় কালী! জয় শিবশম্ভো!”

ছলছলে চোখে নিত্য দাস সাষ্টাঙ্গে জটাই তান্ত্রিকের পায়ের ওপর পড়ে পায়ের ধুলো নিয়ে মাথায় আর জিবে ঠেকাল। তারপর মনের ভুলে চা না খেয়েই বিদায় হল।

দুপুরবেলায় ছানু আর কদম আর লাটুর মিটিং বসল। দাদুর হারানো ঘড়ি নিয়ে তারা খুবই দুশ্চিন্তাগ্রস্ত।

লাটু অসম্ভব দাদুভক্ত। সে বলল, “ঘড়িটার জন্য দাদুকে ঠাকুমার কাছে অপমান হতে হচ্ছে। এটা আমি সহ্য করতে পারছি না। ঘড়িটা খুঁজে বের করতেই হবে।”

ছানু আর কদম একটু ঠাকুমা-ঘেঁষা। ছানু ঠোঁট উলটে বলল, “খুঁজে বের করে কী লাভ? দাদু তো আবার হারাবে।”

কদমও মাথা নেড়ে বলল, “খুঁজে বের করতে পারলেও ঘড়িটা দাদুকে ফেরত দেওয়া হবে না। ঠাকুমার কাছে থাকবে। দাদু দরকারমতো ঠাকুমার থেকে ক'টা বেজেছে জেনে নেবে।”

লাটু বলল, "দাদু কি আর ইচ্ছে করে হারায়! তা ছাড়া এবার হয়তো দাদু ঠিকই বলছে। ঘড়িটা হারায়নি। সারাতেই দেওয়া হয়েছে।"

ছানু বলল, "মোটেই নয়। ঠাকুমার ভয়ে দাদু ওসব বাড়িয়ে বলছে। মনে নেই এর আগেরবার দাদু বারবার বলছিল যে, ঘড়িটা চুরি যায়নি, চুরি গেছে রেডিয়োটা!"

কদমও সায় দিয়ে বলে, "ঠিক কথা। ঘড়ির ব্যাপারে দাদু সত্যি কথা কমই বলে। আমার মনে আছে গতবছর নীল ডায়ালের যে ঘড়িটা হারাল, দাদু বলেছিল, সেটা নাকি চিলে ছোঁ মেরে নিয়ে গেছে। আমরা বাচ্চা মানুষরাও জানি যে, চিলে ঘড়ি নেয় না।"

লাটু একটু রেগে গিয়ে বলে, "দাদু মোটেই মিথ্যে কথা বলেনি। জয়গোপালের দোকান থেকে গরম জিলিপি নিয়ে আসছিল দাদু। চিলটা ছোঁ মারে। দাদু জিলিপের ঠোঙা বাঁচাতে হাতচাপা দেয়। চিলটা ঠোঙার বদলে হাত থেকে ঘড়িটা ভুল করে নিয়ে যায়। ভেলভেটের ব্যান্ড ছিল তাই নিতে পেরেছে।"

কদম বলল, "গুল। চিলে ঘড়ি নিলে দাদুর কবজিতে আঁচড়ের দাগ থাকত।"

ছানু বলল, "সাদা ডায়ালের যে ঘড়িটা তার আগে হারিয়েছিল, সেটাও কিছুতেই ম্যাজিশিয়ান ভ্যানিশ করে দেয়নি। ম্যাজিশিয়ান কিছু ভ্যানিশ করলে তা ফের ফিরিয়েও আনে।"

লাটু বলে, "তোরা সব সময়েই দাদুর দোষ দেখিস। দাদুর দোষটা কী? বাজারের পথে লোকটা ম্যাজিক দেখাচ্ছিল। নানারকম জিনিস হামানদিস্তেয় গুঁড়ো করে ফের টুপি থেকে আস্ত আস্ত বের করছিল। দাদু তার ঘড়িটা দেয়। ম্যাজিশিয়ান যখন হামানদিস্তায় সব গুঁড়ো করে টুপিটার ঢাকনা খুলতে যাচ্ছে, ঠিক সেইসময়ে বাজারের কয়েকটা দুষ্টু ছেলে শিবের ষাঁড় বিশ্বেশ্বরকে খেপিয়ে দিল যে! বিশ্বেশ্বরের তাড়া খেয়ে সব লোকজন চোঁ-চোঁ দৌড়াল। সেই ম্যাজিশিয়ান কোথায় উধাও হল কে বলবে? দাদু যে কোনওক্রমে প্রাণ নিয়ে ফিরতে পেরেছিল এই ঢের। প্রাণের চেয়ে কি ঘড়ি বেশি?"

কদম হুঁ হুঁ করে মাথা নেড়ে বলে, "তুই বড্ড দাদুর দিকে টানিস। কালো ডায়ালের ঘড়িটা তা হলে আমাদের গোরু ধবলিই খেয়েছে। দাদু বলেছিল জাবনা মাখতে গিয়ে ঘড়িটা জাবনার সঙ্গে মিশে যায় আর ধবলি নিশ্চয়ই সেটা জাবনার সঙ্গে খেয়ে নিয়েছে। বলেছিল তো?"

"তাতে দোষটা কী বল?" লাটু বুক চিতিয়ে প্রশ্ন করে।

"ধবলি যদি গিলেই থাকে তবে পরদিন তার গোবর ঘেঁটে ঘড়িটা আমরা পেলাম না কেন?"

"ঘড়িটা হয়তো ও হজম করে ফেলেছে।"

"ঘড়ি কখনও হজম হয়? মোটেই জাবনার সঙ্গে ঘড়ি মিশে যায়নি।"

লাটু বিপন্ন হয়ে বলল, "আচ্ছা আচ্ছা। অত পুরনো কথায় কাজ কী? এ ঘড়িটা নিয়ে মিটিং ডাকা হয়েছে, এটা নিয়েই কথা হোক।"

"কথা হোক।"

"কথা হোক।"

লাটু বলল, "ঘড়িটা আমরা খুঁজব। প্রথমে আমরা দাদুর কাছে গিয়ে নানারকম প্রশ্ন করে জেনে নেব ঠিক কী কী সকালবেলায় ঘটেছে।"

কদম বলল, "কী লাভ? দাদু তো সত্যি কথা বলবে না।"

ছানু বলল, "শুধু তাই নয়, দাদু অনেক কিছু বানিয়ে বলে আমাদের কাজ আরও জটিল করে তুলবে।"

লাটু চোখ কটমট করে তাকিয়ে বলল, "তাহলে তোমরা বলতে চাও যে, আমাদের দাদু একজন মিথ্যেবাদী?"

ছানু বলল, "মোটেই নয়।"

কদম বলে, "আমরা বলতে চাই আমাদের দাদু ঘড়ি হারানোর ব্যাপার ছাড়া অন্য সব বিষয়েই সত্যবাদী।"

ছানু যোগ করে বলল, "শুধু ঘড়ি নয়। দাদু আরও কিছু কিছু জিনিস হারান। যেমন, চটিজুতো, বাঁধানো দাঁত, চশমা, লাঠি, পয়সা..."

লাটু বাধা দিয়ে বলল, "অন্য সব কথা থাক। আমরা শুধু একটা বিষয়েই আজ আলোচনা করব।"

এইভাবে অনেক তর্কবিতর্কের পর একটা কাগজে কয়েকটা প্রশ্ন লেখা হল। দাদুকে এই প্রশ্ন করা হবে। কিন্তু এমনভাবে করা হবে যাতে দাদু বুঝতে না পারেন যে, তাঁকে জেরা করা হচ্ছে।

লাটু পরামর্শ দিল, "মাথা চুলকোলে দাদু খুব আরাম পায়। অতএব আমি যখন দাদুকে জেরা করব তখন কদম তাঁর মাথা চুলকোবে। আর ছানু, তুই দাদুর পায়ের আঙুলগুলো টেনে দিবি।"

এসব পরামর্শ শেষ করে তিন ভাইবোন উঠল।

দিবানিদ্রার পর হারানচন্দ্র বিষণ্ণ মুখে দোতলার বারান্দায় ইজিচেয়ার পেতে বসে ছিলেন। মনটা খুবই খারাপ। তাঁকে এ বাড়ির কেউ বিশ্বাস করে না। তা ছাড়া তিনি কস্মিনকালেও ভূত প্রেত ঈশ্বর কিছুই মানেননি। কিন্তু এখন ঠেকায় পড়ে সব কিছুকেই একরকম স্বীকার করে ফেলতে হবে হয়তো। এটাকে তিনি একটা হেরে-

যাওয়া বলে মনে করেন। ভূতকেই যদি মানেন তবে ঈশ্বরকে মানতেও দেরি হবে না। ওই যে কী একটা কথা আছে না, ইফ উইনটার কামস ক্যান স্প্রিং বি ফার বিহাইন্ড?

খুব আনমনে বসে ছিলেন হারানচন্দ্র। হঠাৎ তিন নাতি-নাতনি এসে হাসি-হাসি মুখে তিনদিকে দাঁড়াল।

"দাদু, তোমার মাথা চুলকে দেব?"

"দাদু, তোমার পায়ের আঙুল টেনে দিই?"

তিনজনই বিচ্ছু। তার মধ্যে লাটুটা তাঁর ন্যাওটা। হারানচন্দ্র একটু সন্দেহের চোখে ওদের মুখের দিকে চেয়ে থেকে বললেন, "তা দে।"

কদম আর ছানু দাদুর সেবায় লেগে গেল। হারান চন্দ্র ভারী আরাম পেয়ে চোখ বুজে ফেললেন। ঘুম-ঘুম ভাব।

লাটু খুব মিঠে গলায় ডাকল, "দাদু!"

"হুঁ।"

"আজ সকালে তুমি কি উত্তরদিকে বেড়াতে গিয়েছিলে?"

"উত্তরদিক! তা হবে বোধহয়!"

"ঠিক করে বলো।"

"কেন রে? দিক দিয়ে কী করবি?"

"আমাদের একটা বাজি হয়েছে। বলো না।"

"হ্যাঁ। উত্তরদিকেই।"

"বেড়ানোর সময় তোমার সঙ্গে কারও দেখা হয়েছিল?"

"হয়েছিল বোধহয়।"

"বলো না।"

"আঃ, বড্ড জ্বালাচ্ছিস, এখন যা।"

ছানু বলল, "তাহলে কিন্তু পায়ের আঙুল-টানব না।"

কদম বলল, "আমিও মাথা চুলকোব না।"

দাদু তিনজনকে আর একবার দেখে বলেন, "মতলবখান কী তোদের? অ্যাঁ!"

"আগে বলো।" লাটু বলে।

হারানচন্দ্র বলেন, "হয়েছিল দেখা।"

"কার সঙ্গে?"

"অনেকের সঙ্গে। সব কি মনে থাকে?"

"মনে করে বলো।"

মাথা চুলকোনো আর পায়ের আঙুল টানার আরামে চোখ বুজে হারানচন্দ্র বললেন,

"একটা বেঁটে লোকের সঙ্গে দেখা হয়েছিল। সে আমাকে জিজ্ঞেস করল, ক'টা বাজে। তা আমি একটু লক্ষ করে দেখলাম লোকটার মাথায় দুটো শিং আছে।"

কদম বলল, "এঃ, এটা একদম চলবে না দাদু। গুল।"

হারানচন্দ্র হার না মেলে বললেন, "আর একটা ঢ্যাঙা লোকের সঙ্গেও দেখা হয়েছিল। সেও সময় জানতে চায়। তা দেখলাম এ লোকটার হাতের চেটো আর পায়ের পাতা অবিকল বাঘের থাবার মতো।"

ছানু আঙুল টানা বন্ধ করে বলল, "ভাল হচ্ছে না কিন্তু দাদু। আমি কিন্তু ভয় পাচ্ছি।"

লাটু হতাশ হয়ে বলে, "এরকম করলে তদন্ত এগোবে কী করে বলো তো!"

হারানচন্দ্র অবাক হয়ে বলেন, "কীসের তদন্ত?"

ছানু বোকার মতো বলে ফেলল, "বাঃ, তোমার ঘড়িটা চুরি গেছে না। আমরা সেটা খুঁজতে বেরোব যে!"

লাটু ছানুর মাথায় একটা গাঁট্টা মেরে বলল, "বললি কেন?"

"তদন্তের কথা তুই-ই তো বলে ফেললি!" ছানু মাথায় হাত বোলাতে বোলাতে কাঁদো কাঁদো হয়ে বলে।

হারানচন্দ্র দুজনের মাঝখানে পড়ে বললেন, "বুঝেছি। তোরা ধরে নিয়েছিস যে, ঘড়িটা চুরিই গেছে! কিন্তু বাস্তবিক তা নয়। ঘড়িটা এক জায়গায় আছে। খুব ভালই আছে। সেটা ফেরতও পাওয়া যাবে। চিন্তা নেই।"

লাটু বলল, "কোথায় আছে সেটা আমরা জানতে চাই। ঘড়ির ব্যাপারে তোমার যে বদনাম হয়ে যাচ্ছে তা আর আমরা সহ্য করব না। কাকে দিয়েছ বলো।"

হারানচন্দ্র জটাইয়ের কথাটা বলতে চান না। বললে কোথাকার জল কোথায় দাঁড়াবে কে বলতে পারে। তিনি ভূত ভগবান তন্ত্রমন্ত্র কিছুই মানেন না। এই দুষ্টু নাতি-নাতনিরা যদি জানতে পারে যে, তাঁর ঘড়িতে ভূত ভর করেছে, এবং সেটা শোধন করতে জটাইকে দিয়েছেন, তবে এরা খেপিয়ে মারবে। তিনি একটু চিন্তা করে লাটুর দিকে তাকিয়ে হাসিমুখে বললেন, "বলতেই হবে?"

"বলতেই হবে।"

হারানচন্দ্র একটা দীর্ঘশ্বাস ফেলে বললেন, "রাস্তায় হঠাৎ গর্ডন সাহেবের সঙ্গে দেখা হয়ে গেল। গর্ডন তো যন্ত্রপাতি নিয়েই থাকে সারাদিন। ঘড়িটা একটু ফাস্ট যাচ্ছিল বলে তাকে দেখালাম। গর্ডন বলল, সারিয়ে দেবে। তাই তাকে দিয়েছি সারাতে।"

গর্ডন সাহেবের উল্লেখে তিন ভাইবোনের মুখ শুকিয়ে গেল। গর্ডন সাহেবকে ভয়

পায় না এমন লোক এই অঞ্চলে কমই আছে। বিশেষ করে বাচ্চারা। তা বলে গর্ডন যে লোক খারাপ তা নয়। বয়স প্রায় হারানচন্দ্রের মতোই হবে। ধবধবে সাদা দাড়ি। ধবধবে সাদা গায়ের রং। খাঁটি সাহেব। সেই ইংরেজ আমল থেকেই এখানে আছে। তার বাপ-মাও এখানেই ছিলেন। মরার পর তাঁদের এখানকারই কবরখানায় কবর দেওয়া হয়। গর্ডন আর দেশে ফিরে যায়নি। তার বাপের বিরাট ব্যবসা ছিল কলকাতায়। ছেলের জন্য বিশাল একখানা বাড়ি, প্রচুর টাকা আর কোম্পানির শেয়ার রেখে গেছেন। তাতে গর্ডনের ভালই চলে যায়। থাকার মধ্যে আছে এক বুড়ি পিসি। ভারী খিটখিটে আর ঝগড়ুটে বলে বুড়িকেও সবাই ভয় খায়। গর্ডন সাহেবের নানা বাতিক। একগাদা ভয়ংকর চেহারার কুকুর আছে তার। নানারকম যন্ত্রপাতি তৈরি করার জন্য সে একটা বড়সড় ওয়ার্কশপ বানিয়েছে নিজের বাড়িতে। দিনরাত সেখানে খুটখাট দমাস-দুম শব্দ হয়। কখনও হঠাৎ গলগল করে হলুদ ধোঁয়া বেরোয় তার ওয়ার্কশপ থেকে। কখনও বা বিটকেল সব রাসায়নিকের গন্ধে বাতাস ভরে যায়। মাঝরাত্তিরে হঠাৎ হয়তো নীল আগুনের শিখা ওঠে আকাশে। প্রথম প্রথম এসব দেখে বিপদ ঘটেছে ভেবে মানুষ ছুটে যেত। এখন গা-সওয়া হয়ে গেছে। তবে গর্ডন সাহেবের এসব কান্ড দেখে সকলেই তাকে এড়িয়ে চলে। একসময়ে শোনা গিয়েছিল গর্ডন সাহেব একটা উড়ুক্কু মোটর সাইকেল তৈরি করছে। আর একবার রটে গেল, গর্ডন একটা কলের মানুষ তৈরি করেছে এবং সেই কল-মানুষ জুতো সেলাই থেকে চণ্ডীপাঠ অবধি সব করতে পারে। আর একবার গুজব শোনা গেল, গর্ডন এমন একটা হাওয়া-কল তৈরি করেছে যা দিয়ে ইচ্ছেমতো ঘূর্ণিঝড় সৃষ্টি করা যায়। এগুলো সত্যি না মিথ্যে তা কেউ জানে না, কিন্তু নানারকম রটনার ফলে সকলেই গর্ডনকে একটু সমঝে চলে।

গর্ডন খুব লম্বাচওড়া আর গম্ভীর মানুষ। বড় একটা হাসে-টাসে না। হাতে থাকে গাঁটওয়ালা একটা মোটা লাঠি। চোখে তীক্ষ্ণ দৃষ্টি। চামড়ার ফিতেয় বাঁধা তিন-চারটে বিকট কুকুর নিয়ে যখন সে রাস্তায় বেরোয়, তখন বাচ্চারা তরাসে গিয়ে তাড়াতাড়ি ঘরে সেঁধোয়। গর্ডনের বাগানে আম জাম পেয়ারা কিছু কম নেই। কিন্তু ভয়ে কেউ সেই বাগানের ধারেকাছে যায় না। এক ভয় কুকুরের, আর এক ভয় মাটির নীচেকার চোরা কুঠুরির। মায়েরা দুষ্টু বাচ্চাদের ভয় দেখানোর জন্য চিরকাল বলে এসেছে, গর্ডন সাহেব এসে ধরে নিয়ে গিয়ে পাতালঘরে কুলুপ এঁটে রাখবে।

তাই দাদুর কাছে গর্ডনের কথা শুনে ছানু কদম আর লাটুরও মুখ শুকিয়ে গেল। কথাটা মিথ্যে নাও হতে পারে। কারণ গর্ডন বাস্তবিকই নানারকম যন্ত্রবিদ্যা জানে। দাদুর সঙ্গে তার ভাব প্রায় সেই ছেলেবেলা থেকেই।

তিন ভাইবোন আবার বাগানে গিয়ে মিটিঙে বসল।

ছানু বলল, "দাদু গর্ডন সাহেবের কথা বলে ঘড়ি হারানোর ব্যাপারটা চাপা দিতে চাইছে।"

কদম বলল, "আমারও তাই মনে হয়।"

লাটু মাথা নেড়ে বলল, "মোটেই নয়। ঘড়িটা একটু বিটকেল দেখতে তো ছিলই। বাবাকে ঠকিয়ে কেউ ঘড়িটা গছিয়ে দিয়েছে। বিটকেল ঘড়ি গর্ডন সাহেব ছাড়া আর কে সারাবে? দাদু ঠিক কাজই করেছে।"

কদম বলে বসল, "তুই তো দাদুর ল্যাংবোট।"

ছানু বলল, "একদম ল্যাংবোট। দাদু যেদিকে, তুই-ও সেদিকে। দাদু যদি সত্যি কথাই বলে থাকে, তবে সেই শিং আর লেজওয়ালা বেঁটে লোক, থাবাওয়ালা লম্বা লোকের গল্পও সত্যি।"

লাটু খেঁকিয়ে উঠে বলে, "সত্যি নয় তো শুনে ভয় পাচ্ছিলি কেন?"

ছানুও সমান তেজে বলল, "তুইও তো দাদুর মতো ভূত মানিস না, ভগবান মানিস না, তা হলে রাতে একা ঘরে শুতে আর বাথরুমে যেতে ভয় পাস কেন? আর কেনই বা পরীক্ষার সময় লুকিয়ে লুকিয়ে সরস্বতীর ছবি প্রণাম করে যাস?"

এইরকম যখন তিন ভাইবোনে তর্ক চলছে, সেই সময় নিত্য দাস, "জয় কালী কলকাত্তাওয়ালি! জয় শিবশম্ভো! জয় করালবদনী!" বলে এসে ফটকে দাঁড়াল। শুনে তিন ভাইবোনে তো থ! কারণ নিত্য দাস পরম বৈষ্ণব। শাক্তদের সে মোটেই পছন্দ করে না। যেমন জটাইদাদু রাধা বা কৃষ্ণের নাম শুনলে তেড়ে মারতে আসেন, তেমনি নিত্যদাস কালীর নাম শুনলে জিব কাটে। সেই নিত্য দাসের মুখে কালীর জয়ধ্বনি শুনলে কে না মূর্ছা যাবে?

তিনজনে দৌড়ে গিয়ে নিত্য দাসকে ঘিরে ধরল। লাটু বলল, "তুমি কালীর নাম নিচ্ছ, ব্যাপার কী গো নিত্যদা?"

নিত্য দাশ মাথা নেড়ে বলল, "কালীর নাম নেব না তো কার নাম নেব? কালীই আসল।"

"তুমি না বোষ্টম!"

"সে ছিলাম আজ সকাল অবধি। জটাইবাবার যা মহিমা দেখলাম, তাতে মনে হল, ছ্যা ছ্যা, এতকাল করেছি কী? তন্ত্রসাধনার মতো জিনিস আছে? আজ সকাল থেকে আমি তান্ত্রিক হয়ে গেছি।"

"কী দেখলে বলো না!" বলে কদম নিত্য দাসের কাপড়জামা টানাহ্যাঁচড়া শুরু করে দিল।

"ওঃ, সে যা দেখলাম দিদি, বলার নয়। চারদিকে যেন ভূতের বৃষ্টি। লম্বা ভূত, বেঁটে ভূত, চালাক ভূত, গানদার ভূত একেবারে গিজগিজ করছে বাবার থানে।"

"সত্যি! ও মাগো!" বলে কদম নিত্য দাসকে জাপটে ধরে।

নিত্য দাস তাকে কোলে নিয়ে হেসে বলে, "ভয় কী দিদি? জটাইবাবার মহিমায় ভূতেরা সব চাকর-বাকর হয়ে আছে। ভূতে গান গাইছে, ভূতে বাসন বাজছে, ভূতে বাবার পা দাবাচ্ছে। ওঃ, সে যা দৃশ্য!"

লাটু চাপা গলায় বলল, "গুল!"

নিত্য দাস মাথা চুলকে বলল, "হ্যাঁ, গুলও দিচ্ছে তারা। নিজের চোখে দেখলাম, কয়লার গুঁড়ো, গোবর আর মাটি মেখে এত বড় বড় গুল দিচ্ছে রোদে বসে।"

লাটু বলল, "আর মিথ্যে কথা বোলো না নিত্যদা। ভূত তুমি মোটেই দেখোনি।"

নিত্য দাস কথাটা না শোনার ভান করে হঠাৎ হুংকার দেয়, "জয় কালী কলকাত্তাওয়ালি। জয় শিবশম্ভো!"

ছানু লাটুর দিকে চেয়ে বলে, "দাদুর মতো তুইও সব কিছু উড়িয়ে দিস। জটাইদাদুর একটা ভূত তো আছেই। বাঞ্ছারাম।"

"ওটাও গুল।"

নিত্য দাস জিভ কেটে বলে, "সে কী কথা! বাবার মুখ দিয়ে জীবনে একটাও মিথ্যে কথা বেরোয়নি। বাঞ্ছারাম তো আছেই, বাঞ্ছাসীতাও আছে। নিজের চোখে দেখেছি।"

লাটু চোখ পাকিয়ে বলে, "কী দেখেছ? আমরা গিয়ে যদি তাদের দেখা না পাই, তা হলে কিন্তু ভাল হবে না নিত্যদা!"

নিত্য দাস এক গাল হেসে কদমকে কোল থেকে নামিয়ে দিয়ে বলে, "দেখা পাবে বই কী! তবে দেখার চোখ চাই। প্রথমটায় আমি বুঝতে পারিনি কিনা।"

লাটু বলল, "সে কী রকম?"

নিত্য দাস বলে, "কাউকে বোলো না কিন্তু। ব্যাপারটা হল বাবার থানে সকালে গিয়ে একটু বসেছি, হঠাৎ কারা যেন কাছেপিঠে কথাবার্তা বলতে শুরু করল। কিন্তু কাউকে দেখছি না। স্পষ্ট শুনেছি একটা ছেলে আর একটা মেয়ে ভুতুড়ে ভাষায় কথা বলছে। নিরিখ পরখ করে বুঝলাম, কথাবার্তা হচ্ছে ঘড়ির ভিতর।"

"ঘড়ির ভিতর?" তিনজনে একসঙ্গে চেঁচিয়ে ওঠে।

"তা হলে আর বলছি কী? কিন্তু সে-ঘড়িও যে-সে ঘড়ি নয়। পাক্কা ভুতুড়ে বিটকেল এক ঘড়ি। ঠাহর করে দেখলাম ঘড়ির দুটো কাঁটাই কথাবার্তা বলছে। তখন বুঝতে আর অসুবিধে হল না, বাবা যোগবলে বাঞ্ছারাম আর বাঞ্ছাসীতাকে

ঘড়ির দুটো কাঁটা করে রেখে দিয়েছেন। বড় কাঁটাটা বাঞ্ছারাম, ছোটটা তার বউ বাঞ্ছাসীতা।"

লাটু ধমকে ওঠে, "ঘড়িটা কি জটাইদাদুর কাছে আছে?"

নিত্য দাস এক গাল হেসে বলে, "তবে আর কোথায়? সে এক অশৈরি ঘড়ি ভাই। আসল ঘড়ি তো নয়। স্বয়ং শিব বাবার তপস্যায় খুশি হয়ে নিজে এসে দিয়ে গেছেন।"

তিন ভাইবোনে মুখ চাওয়া-চাওয়ি করতে লাগল। লাটু উত্তেজিত হয়ে বলে ওঠে, "ঘড়ি তাহলে জটাইদাদুর কাছে!"

কদম বলল, "দাদু মিথ্যে কথা বলেছে।"

ছানু বলল, "দাদু গুল মেরেছে।"

লাটু কটমট করে ভাইবোনের দিকে চেয়ে থেকে একটা ধমক দিল, "চোপ! গুরুজন সম্পর্কে শ্রদ্ধা রেখে কথা বলবি।"

নিত্য দাস ভিক্ষে নিয়ে বিদেয় হওয়ার পরেই তিন ভাইবোনে জটাই তান্ত্রিকের বাড়ি রওনা হল।

সন্ধে হয়ে এসেছে। শহরের একেবারে ধারে নির্জন জায়গায় গাছগাছালিতে ঘেরা জায়গাটায় এলেই কেমন গা-ছমছম করে। একটু দূরেই নদী। নদীর ধারে শ্মশান। সন্ধের মুখ গাছগাছালি পাখিতে ভরে গেছে। পাখিদের ডাক ও ঝগড়ার শব্দে জায়গাটা যেন আরও ছমছম করছে।

জটাই তান্ত্রিকের বাড়ি খুবই পুরনো। আসল বাড়িটা খুব বড় ছিল। এখন কয়েকটা থাম আর নোনাধরা দেয়াল ছাড়া বাকিটা ধ্বংসস্তূপ। তার মধ্যেই দুখানা ইটের ঘর কোনওরকমে দাঁড়িয়ে আছে। সামনে মস্ত উঠোন। উঠোনে কয়েকটা বেলগাছ।

তিনজনে খুব সন্তর্পণে আগড় ঠেলে উঠোনে ঢুকল। কেউ কোথাও নেই।

লাটু ডাকল, "জটাইদাদু! ও জটাইদাদু!"

কেউ সাড়া দিল না।

ছানু ভয়ে-ভয়ে বলল, "জটাইদাদু বোধহয় বাড়ি নেই। চল, পালিয়ে যাই।"

লাটু খিঁচিয়ে উঠে বলে, "নেই তো ঘরের দরজা খোলা কেন?"

কদম বলে, "হয়তো জটাইদাদু ধ্যান-ট্যান করছে।"

লাটুরও একটু ভয়-ভয় করছিল। কিন্তু ভাইবোনের সামনে সেটা পাছে প্রকাশ হয়ে পড়ে, সেই ভয়ে সে গটগট করে গিয়ে ঘরে ঢুকল। তারপরেই স্তম্ভিত হয়ে দাঁড়িয়ে পড়ল।

জটাইতান্ত্রিক ঘরের মেঝের ওপর উপুড় হয়ে পড়ে আছেন। জ্ঞান নেই। কিংবা মারাও গিয়ে থাকতে পারেন।

লাটু ভয় পেলেও চেঁচাল না। চারদিক চেয়ে দেখতে লাগল। আচমকা সে বাতাসে একটা কড়া চুরুটের গন্ধ পায়।

গর্ডন যে সব সময়েই চুরুট খায়, এটা সবাই জানে।

তিন ভাইবোনের চেঁচামেচি শুনে লোকজন ছুটে এল। অনেক জলের ঝাপটা, পাখার বাতাস, জুতোর সুকতলা আর পোড়া কাগজের গন্ধ শোঁকানো সত্ত্বেও জটাই তান্ত্রিকের জ্ঞান ফিরল না। ডাক্তার এসে স্মেলিং সল্টের শিশি ধরলেন নাকে। জটাই তান্ত্রিক তাতেও নড়লেন না। ডাক্তার চিন্তিত মুখে বললেন, "অসুখটা ঘোরালো মনে হচ্ছে। হাসপাতালে পাঠানো দরকার।"

জটাইয়ের অসুখের গোলমালে ঘড়ির ব্যাপারটা চাপা পড়ে গেল। লাটু আর কদম আর ছানুরও ঘড়ির কথা মনে রইল না।

হাসপাতালের ডাক্তাররা জটাইকে পরীক্ষা করে মাথা চুলকোতে লাগলেন। অসুখটা যে কী তা তাঁরা বুঝতে পারছেন না। হার্ট ঠিক আছে, নাড়িও চলছে ঠিকভাবে, ব্লাডপ্রেশার স্বাভাবিক। তাহলে হলটা কী?

সারা রাত নানারকম চিকিৎসা চলল। ভোরের দিকে হঠাৎ জটাই চোখ মেলে তাকিয়ে বিড়বিড় করে এক অচেনা ভাষায় কথা বলতে লাগলেন। চোখদুটোর দৃষ্টিও অস্বাভাবিক।

হারানচন্দ্র বন্ধুকে দেখতে গিয়েছিলেন।

জটাই তাঁর দিকে চেয়ে বললেন, "লুলু। রামরাহা, রামরাহা। খুচ খুচ। নানটাং। রিকি রিকি। বুত বুত।"

ডাক্তাররা চাপা গলায় হারানচন্দ্রকে জানালেন, "মাথাটা একদম গেছে। সাবধানে কথা বলবেন। কামড়ে দিতে পারে।"

হারানচন্দ্রের মুখ শুকিয়ে গেল। জটাইকে তিনি এমনিতেই পাগল বলে জানেন। তার ওপর আবার পাগলামির কী দরকার?

জটাই ধমকের স্বরে হারানচন্দ্রকে বললেন, "রামরাহা! রামরাহা! নানটাং। র‍্যাডাক্যালি।"

হারানচন্দ্র একটা দীর্ঘশ্বাস ফেলে বললেন, "হ্যাঁ হ্যাঁ, সে তো বটেই।"

"খ্রাচ খ্রাচ!"

"হ্যাঁ, তাও বটে। তুমি একটু ঠান্ডা হও জটাই।"

জটাই হঠাৎ হোঃ হোঃ করে হাসতে লাগলেন।

হারানচন্দ্র একটু পিছিয়ে গিয়ে বললেন, "হাসির কথা বলছ নাকি? তা ভাল,

আমিও একটু হাসি তাহলে। হাঃ হাঃ হাঃ হাঃ...”

জটাই উঠে বসলেন। তারপর অত্যন্ত গম্ভীর মুখে ফিসফিস করে বললেন, “খুচ খুচ। লুলু। রামরাহা!”

হারানচন্দ্র ভড়কে গিয়ে উঠে পড়লেন। বললেন, “সবই ঠিক কথা হে জটাই। সবই বুঝতে পেরেছি। আজ তাহলে আসি।”

হারানচন্দ্র রাস্তায় এসে হাঁটতে হাঁটতে খুবই অন্যমনস্ক হয়ে যাচ্ছিলেন। রামরাহা! খ্রাচ খ্রাচ! নানটাং! র‍্যাডাক্যালি! কথাগুলো এমনিতে অর্থহীন এবং অচেনা বটে। কিন্তু এর আগে ঠিক এইরকমই সব শব্দ তিনি যেন কোথায় শুনেছেন! কোথায়? খুব সম্প্রতি শুনেছেন বলেই মনে হচ্ছে।

হাসপাতালের সামনে একটা মস্ত শিশুগাছের তলায় নিত্য দাস বসে ছিল। মুখ শুকনো। চোখের দৃষ্টি ভারী ছলছলে।

হারানচন্দ্রকে দেখে নিত্য দাস উঠে দাঁড়িয়ে বলল, “জয় কালী কলকাত্তাওয়ালি, জয় শিবশম্ভো!”

হারানচন্দ্র চমকে উঠে বলেন, “তুই আবার কবে থেকে কালীভক্ত হলি?”

“আজ্ঞে, সবই প্রভুর কৃপা। তা প্রভুকে কেমন দেখলেন?”

“ভাল নয় রে। মাথা খারাপের লক্ষণ।”

নিত্য দাস হাসল না। তবে গম্ভীর হয়ে খুব দৃঢ় স্বরে বলল, “আজ্ঞে, ওসব ডাক্তারদের চালাকি। প্রভুর সমাধি অবস্থা চলছে।”

“সে আবার কী?”

“আপনি নাস্তিক মানুষ, ঠিক বুঝবেন না।”

“সমাধি কী জিনিস সে আমি জানি। সবই বুজরুকি। তা জটাইয়ের সেসব হয়নি। উদ্ভট সব কথা বেরোচ্ছে মুখ দিয়ে।”

“তা তো বেরোবেই। দেবতারা সব এ সময়ে কথা বলেন তো ওঁদের মুখ দিয়ে। তা কী বলছেন প্রভু?”

“অদ্ভুত সব শব্দ। নানটাং, রামরাহা, র‍্যাডাক্যালি...”

“অ্যাঁ! বলেন কী! এ যে আমি নিজের কানে কালকেই ভূতেদের বলতে শুনেছি। প্রভুর কাছে বসে ছিলাম সকালে, ভূতপ্রেতরা সব জুটল এসে চারধারে। দারুণ মাইফেল।”

“তুইও শুনেছিস!”

“আজ্ঞে, একেবারে স্বকর্ণে। বাঞ্ছারাম, বাঞ্ছাসীতা আর তাদের সাকরেদরা ওই ভাষাতেই কথা বলে কিনা।”

কথাটা হারানচন্দ্রের খুব অবিশ্বাস হল না। হঠাৎ তাঁর মনে পড়ল, সেদিন রাত্রে ঘড়ি বালিশের তলায় নিয়ে শুয়েছিলেন। তখন সারা রাত যে সব অশরীরী কথাবার্তা তাঁর কানে এসেছে, তার মধ্যে এইসব অদ্ভুত শব্দ ছিল বটে।

হারানচন্দ্র অস্ফুট কণ্ঠে বলে উঠলেন, "রাম রাম। কী যে ভুতুড়ে কাণ্ড শুরু হল!"

নিত্য দাস হঠাৎ 'জয়কালী' বলে হারানচন্দ্রের পায়ের গোড়ায় উপুড় হয়ে বসে মাথা নাড়তে লাগল। "কী বললেন! রাম রাম! এ যে ভুতের মুখে রামনাম গো কর্তা! অ্যাঁ। ঘোর নাস্তিকও প্রভুর মহিমায় রামনাম করতে লেগেছে! উঃ রে বাবা, এ যে একেবারে দক্ষযজ্ঞ কাণ্ড বাধিয়ে দিয়েছেন প্রভু!"

হারানচন্দ্র লজ্জা পেয়ে বললেন, "দূর বোকা! রাম রাম কি আর ভূতের ভয়ে করেছি নাকি? রাম রাম বলেছি ঘেন্নায়। তা সে যাই হোক, জটাইটা খুব ভাবিয়ে তুলেছে।"

নিত্য দাস মাথা নেড়ে বলে, "কোনও ভয় নেই। আমি বলছি প্রভুর এখন সমাধি চলছে। পিশাচ ভাব। সমাধিটা কেটে গেলেই দেখবেন সব ঠিক হয়ে গেছে।"

হারানচন্দ্র হাঁটতে হাঁটতে কী একটু ভেবে জটাইয়ের বাসার দিকে চলতে লাগলেন। যত নষ্টের মূল সেই ঘড়িটা তাঁকে আর একবার ভাল করে দেখতে হবে। জটাই যখন ভূতের গল্পটা বলেছিল, তখন তাঁর ভাল বিশ্বাস হয়নি বটে, কিন্তু এখন নানা ঘটনা প্রত্যক্ষ করে তাঁর মনে হচ্ছে, ঘড়িটা বিশেষ পয়া নয়।

জটাই তান্ত্রিকের ভগ্নস্তূপের মতো বাড়ির সামনে দাঁড়িয়ে একটু দ্বিধা বোধ করলেন হারানচন্দ্র। একদম একা ঘড়িটার কাছে যেতে এই দিনের বেলাতেও তাঁর সাহস হচ্ছিল না।

কিছুক্ষণ দোনোমোনো করে তিনি অবশ্য ঢুকলেন। উঠোন পেরিয়ে ঘরে উঁকি দিলেন। জটাইয়ের ঘর তালা দেওয়া থাকে না। কারণ দামি জিনিস বলতে কিছুই প্রায় নেই। একটা কুটকুটে কম্বলের বিছানা, একটা ঝোলা, কমণ্ডুল, ত্রিশূল এইসব রয়েছে।

সন্তর্পণে ঘরে ঢুকলেন হারানচন্দ্র। তারপর ঘড়িটা খুঁজতে লাগলেন।

কিন্তু কোথাও ঘড়িটা পাওয়া গেল না। এমনকী, হরি ডোমের করোটির ভিতরেও নয়।

হারানচন্দ্রের মুখ শুকিয়ে গেল। ঘড়ি হারানোয় তাঁর বড় একটা বদনাম। জটাই তান্ত্রিক পাগল হয়ে গেছে, তার ঘরে ঘড়িটা নেই। সুতরাং এটাও হারিয়েছে বলেই ধরে নেবে লোকে। বাসবনলিনী যে কী কাণ্ড করবেন কে জানে।

হারানচন্দ্র একটা দীর্ঘশ্বাস ফেলে বেরিয়ে এলেন। এ ঘড়িটা হারানোয় তিনি খুব একটা দুঃখ বোধ করছেন না। হারিয়ে থাকলে একরকম ভালই। আপদ গেছে। কিন্তু

বাসবনলিনী তো কোনও ব্যখ্যাই শুনতে চাইবেন না। দুঃখ এইটাই।

হারানচন্দ্র বাড়ি ফিরতে ফিরতে নানা কথা চিন্তা করছিলেন। আচমকাই তাঁর কানের কাছে কে যেন খুব অমায়িকভাবে বলে উঠল, "রামরাহা। নানটাং। রামরাহা।"

আপাদমস্ত চমকে উঠলেন হারানচন্দ্র। এদিক ওদিক তাকিয়ে কাউকে দেখতে পেলেন না। ডান ধারে মজা খালের সোঁতা। বাঁ ধারে গর্ডন সাহেবের বাড়ির পাঁচিল। রাস্তা যতদূর দেখা যাচ্ছে ফাঁকা এবং জনশূন্য।

হারানচন্দ্র তাড়াতাড়ি হাঁটতে লাগলেন। কিন্তু আচমকাই কে যেন কাছ থেকে ধমকে উঠল, "রামরাহা! খ্রাচ খ্রাচ! খুচ খুচ!"

বাঁ ধারে গর্ডন সাহেবের বাড়ির ফটক। যারা জানে, তারা কদাচ হুট বলতে ফটক পেরোয় না। কারণ বাগানে সর্বদা দশ-বারোটা বিভীষণ চেহারার কুকুর পাহারা দিচ্ছে। ঢুকলেই ফেচিখেউ করে ধরবে এসে।

কিন্তু হারানচন্দ্রের কাণ্ডজ্ঞান লোপ পেয়েছে। "রাম রাম রাম রাম" জপ করতে করতে তিনি ফটকটা এক ধাক্কায় খুলে ভিতরে ঢুকে প্রাণপণে চেঁচাতে লাগলেন, "গর্ডন! ও গর্ডন! বাঁচাও!"

আশ্চর্য! আজ একটাও কুকুর তেড়ে এল না। নিঝুম বাড়ি। কারও কোনও সাড়া নেই।

হারানচন্দ্র আতঙ্কিত শরীরে দাঁড়িয়ে শুনলেন, বাতাসের মধ্যে ফিসফাস করে নানারকম কথাবার্তা হচ্ছে। ফটকটা বন্ধ করে হারানচন্দ্র অত্যন্ত দ্রুতবেগে গর্ডনের ওয়ার্কশপের দিকে দৌড়তে লাগলেন।

বেশি দূর নয়। বাগানের পুবদিকের পাঁচিল ঘেঁষে মস্ত টানা একটা দোচালা। হারানচন্দ্র গিয়ে ধাক্কা দিতেই দরজা খুলে গেল।

ভিতরে নানা বিটকেল যন্ত্রপাতি। একটা বড় অ্যালুমিনিয়ামের গামলায় চাকা আর মোটর লাগিয়ে গামলা-মোটরগাড়ি বানিয়েছে গর্ডন, উড়ুক্কু মোটর-সাইকেলটাও প্রায় শেষ হয়ে এসেছে, একটা কলের মানুষ তৈরি করছে গর্ডন, সেটাও অর্ধেকটা তৈরি। হাতুড়ি, ছেনি, বাটালি, হাপর থেকে শুরু করে নানারকম বৈদ্যুতিক যন্ত্র, রাসায়নিক দ্রব্য, কিছুরই অভাব নেই। এই যন্ত্রের জঙ্গলে ঢুকলে খানিকটা ভ্যাবাচ্যাকা খেয়ে যেতে হয়।

হারানচন্দ্র হাঁফাচ্ছিলেন। চারদিকে চেয়ে হাঁক মারলেন, "গর্ডন! বলি, গর্ডন আছ নাকি?"

সাড়া নেই। আচমকা হারানচন্দ্র নীচের দিকে চেয়ে চমকে উঠলেন। পায়ের কাছে মস্ত একটা ম্যাস্টিফ কুকুর ওত পেতে বসে আছে।

"ওরে বাবা!" বলে হারানচন্দ্র একটা লাফ মেরে একটা টুলের ওপর উঠে পড়লেন। টুলটা ঠকঠক করে নড়তে লাগল। হারানচন্দ্র চোখ বড় বড় করে আতঙ্কিতভাবে কুকুরটার দিকে চেয়ে রইলেন। কিন্তু কুকুরটার নড়াচড়ার লক্ষণ দেখা গেল না। বহুক্ষণ লক্ষ করে হারানচন্দ্র বুঝলেন, কুকুরটা জেগে নেই। কিন্তু এত গাঢ় ঘুম কুকুরের কখনও হয় না। শব্দ হলে তো কথাই নেই, অচেনা গন্ধেই কুকুর ঘুম ভেঙে লাফ দিয়ে ওঠে। ম্যাস্টিফটা কি তাহলে মরে গেছে?

হারানচন্দ্র টুল থেকে নেমে নিচু হয়ে কুকুরটার গায়ে হাত রাখলেন। না, কোনও স্পন্দন নেই। নিচু হয়ে হারানচন্দ্র অতঃপর চারদিকে চেয়ে দেখলেন। তাঁর চক্ষু স্থির হয়ে গেল। টুলের নীচে, বেঞ্চির তলায়, টেবিলের ছায়ায় দশ-বারোটা কুকুর পাথরের মতো স্থির হয়ে বসে আছে। সামনের দুই থাবার মধ্যে নামানো মাথা। হুবহু ঘুমন্ত ভাব। কিন্তু ঘুম নয়। তার চেয়ে গভীর কিছু।

হারানচন্দ্রের বুক কাঁপছিল ভয়ে। কুকুরগুলোর হল কী?

ওয়ার্কশপের এক কোণে গর্ডনের নিজস্ব বিশ্রামের জন্য একটা খোপ আছে। হারানচন্দ্র ধীর-পায়ে সেদিকে এগিয়ে গেলেন। কাছে গিয়ে একেবারে বাক্যহারা পাথরের মূর্তির মতো দাঁড়িয়ে পড়লেন।

প্রথমেই নজরে পড়ল, টেবিলের ওপর তাঁর ঘড়িটা পড়ে রয়েছে। পাশেই একটা ছোট্ট ডাইস ও অন্যান্য যন্ত্রপাতি। ঘড়িটা বোধহয় খোলার চেষ্টা করেছিল গর্ডন। পারেনি। গর্ডনের টুলটা কাত হয়ে পড়ে আছে মেঝেয়। গর্ডন নিজে পড়ে আছে আর-একটু দূরে। চোখ ওলটানো, মুখ দিয়ে গ্যাঁজলা বেরোচ্ছে। সংজ্ঞাহীন না প্রাণহীন, তা ঠিক বোঝা যাচ্ছে না।

ঘড়িটা নিয়ে হারানচন্দ্র ভয়ে কাঁপতে কাঁপতে বেরিয়ে এলেন। তাঁর চেঁচামেচিতে বিস্তর লোক জমা হয়ে গেল। গর্ডনকে নিয়ে যাওয়া হল হাসপাতালে।

হারানচন্দ্র বাড়ি ফেরার পর হইহই পড়ে গেল। তাঁর হাতে ঘড়ি। ঘড়িটা যে ফের ফিরে আসবে, এটা কেউ আশা করেনি।

বাসবনলিনী বললেন, "ও ঘড়ি আর পরতে হবে না। এখন থেকে আমার কাছে থাকবে।"

হারানচন্দ্র বিরস মুখে বললেন, "তাই রাখো। ওই অলুক্ষুনে ঘড়ি আমি কাছে রাখতে চাই না।"

বাসবনলিনী বিরস মুখে বললেন, "অলক্ষুনে কেন হবে? সত্য কলকাতা থেকে আদর করে কিনে এনে দিল, অলক্ষুনে কীসের?"

হারানচন্দ্রের দৃঢ় ধারণা, ঘড়িটা ভুতুড়ে। কিন্তু সেকথা বললে তাঁর মান থাকে না।

তাই গম্ভীর মুখে বারান্দায় গিয়ে ইজিচেয়ারে বসে বসে ভাবতে লাগলেন। তাঁর মনে হল, ভূত জিনিসটা সত্যিই আছে। এতদিন প্রমাণ না পেয়ে বিশ্বাস করেননি বটে, কিন্তু এবারে হাড়ে-হাড়ে টের পেতে হচ্ছে। কিন্তু ভয়ের কথা হল, ভূতটা ভয়ংকর শক্তিশালী। যে মানুষ ভূত চরিয়ে খায়, সেই জটাই তান্ত্রিক এই ভূতের পাল্লায় পড়ে পাগলা হয়ে আবোল-তাবোল বকছে। ঘড়িটা জটাইয়ের হাত থেকে কী করে গর্ডনের কাছে গেল সেটা তিনি জানেন না, কিন্তু ঘড়ির ভূত গর্ডনের মতো দশাসই জোয়ানকেও কাত করে ফেলেছে তার বিটকেল কুকুরগুলো সহ। এইরকম সাংঘাতিক ভুতুড়ে ঘড়ি বাড়িতে রাখাটা কি ঠিক হবে? বাসবনলিনী খুবই ডাকসাইটে মহিলা বটে, কিন্তু ভূতটাও কম ত্যাঁদড় তো নয়।

নাঃ, বাসবনলিনীর কাছ থেকে ঘড়িটা নিয়ে তিনি নদীর জলে ফেলে দিয়ে আসবেন! এই ভেবে হারানচন্দ্র উঠতে যাচ্ছিলেন, এমন সময় নীচের তলা থেকে একটা চেঁচামেচি শোনা গেল।

হারানচন্দ্র তাড়াতাড়ি নীচে নেমে এসে দেখেন বাইরের ঘরে বাড়ির লোকজন জড়ো হয়ে হাঁ করে দেয়ালঘড়িটা দেখছে। সেটার কাঁটা ঘুরছে উলটোবাগে এবং বোঁ বোঁ করে। হারানচন্দ্র শিউরে উঠলেন। একটা অদৃশ্য হাতই যে এই কাণ্ড ঘটাচ্ছে, তাতে সন্দেহ নেই।

রজোগুণহরি হারানচন্দ্রকে একটু আড়ালে নিয়ে গিয়ে মাথা চুলকে বলল, "বাবা, গতকাল আমার আর বহুগুণের হাতঘড়ির কাঁটাও উলটোদিকে চলছিল। তা ছাড়া, আর একটা অদ্ভুত ব্যাপার। গতকাল সকালে কয়েকটা ছবি তুলেছিলাম। একটা ছবিও ওঠেনি। কিন্তু আপনার হাতঘড়িটার ছবি উঠেছে। এসব কী হচ্ছে তা বুঝতে পারছি না।"

হারানচন্দ্র একটা দীর্ঘশ্বাস ফেললেন। তারপর ধীরে ধীরে ওপরে উঠে এসে রান্নাঘরে উঁকি দিলেন। আশ্চর্যের ব্যাপার এই যে, নীচের চেঁচামেচি বাসবনলিনীর কানে যায়নি। তিনি রান্নাঘরে একটা টুলের ওপর বসে কানের কাছে হাত রেখে খুব নিবিষ্টমনে কী যেন ভাবছেন।

হারানচন্দ্র বললেন, "শুনছ?"

বাসবনলিনী বিরক্তির স্বরে বললেন, "আঃ, একটু চুপ করে থাকো।"

হারানচন্দ্র অবাক হয়ে বললেন, "চুপ করে থাকব? কেন?"

"গানটা একটু শুনতে দাও।"

হারানচন্দ্র হাঁ হয়ে গেলেন। বাসবনলিনী গান শুনছেন? এই দুপুরবেলা ঘরের কাজকর্ম ফেলে রেখে গান! তা ছাড়া গানবাজনা তিনি পছন্দও করেন না। এমন কী,

তাঁর শাসনে ছেলেমেয়েরা কেউই গান শেখেনি। সেই বাসবনলিনী কীসের গান শুনছেন?

গলা খাঁকারি দিয়ে হারানচন্দ্র বললেন, "ইয়ে, তা গানটা হচ্ছে কোথায়? আমি তো শুনতে পাচ্ছি না?"

বাসবনলিনী বললেন, "হচ্ছে গো হচ্ছে। এই ঘড়িটার ভিতর থেকে। আজকাল কত কলই যে বেরিয়েছে! ঘড়ির মধ্যে রেডিয়ো। গানটাও অদ্ভুত। এত সুন্দর যে গান হয়, তা তো জানা ছিল না।"

"ঘড়ি!" বলে চোখ কপালে তুললেন হারানচন্দ্র। তারপর হাত বাড়িয়ে বললেন, "দাও! শিগগির দাও! ওই অলক্ষুনে ঘড়ি এক্ষুনি নদীর জলে ফেলে দিয়ে আসা উচিত।"

বাসবনলিনী ফুঁসে উঠে বললেন, "তা বই কী! সত্য কলকাতা থেকে এনে দিয়েছে রেডিয়োসুদ্ধু ঘড়ি, সেটা নদীর জলে না ফেললে তোমার শান্তি হবে কেন? এত তো ঘড়ি হারালে, এটাকে একটু রেহাই দাও না।"

ফাঁপরে পড়ে হারানচন্দ্র বললেন, "ইয়ে, ঘড়িটা ভাল নয়। ওটার জন্য অনেক গোলমাল হচ্ছে।"

"ভাল নয় মানে? কীসের ভাল নয়? আমি তো জন্মে এত ভাল ঘড়ি দেখিনি বাপু। এটার জন্য গোলমালটা কীসের?"

হারানচন্দ্র জানেন, বাসবনলিনীকে কোনও কথা বোঝাতে যাওয়া বৃথা। উনি বুঝতে চাইবেন না। ভূতের কথাটাও বলা যাচ্ছে না। কারণ সকলেই জানে যে, হারানচন্দ্র ভূত বা ভগবান মানেন না।

হারানচন্দ্র তাই সন্তর্পণে বললেন, "তা ইয়ে, গানটা কী রকম বলো তো! একটু শোনা যায়?"

বাসবনলিনী একগাল হেসে মুঠোয় ধরা ঘড়িটা হারানচন্দ্রের কানের কাছে ধরে বললেন, "শোনো, শুনেই দ্যাখো।"

হারানচন্দ্র শুনলেন। ঘড়ির ভিতর থেকে বাস্তবিকই মৃদু ও ভারী সুন্দর গান ভেসে আসছে। কথাগুলো কিছুই বোঝা যায় না। কিন্তু সেই গান আর বাদ্যযন্ত্রের সুরের মধ্যে সমুদ্রের কল্লোল, বাতাসের দীর্ঘশ্বাস, চাঁদের জ্যোৎস্না, ফুলের গন্ধ, সব যেন একাকার হয়ে গেছে। একটু শুনলেই নেশা লেগে যায়। বুকটা ঠান্ডা হয়ে আসে। কেমন যেন।

চকিতে হারানচন্দ্র ঘড়িটা কানের কাছ থেকে সরিয়ে নিয়ে বললেন, "এটা এখন থাক।"

"থাকবে কেন? তুমি না শোনো, আমাকে শুনতে দাও।"

হারানচন্দ্রের মনে পড়ে গেল জটাই তান্ত্রিক, গর্ডন আর কুকুরগুলোর কথা। প্রত্যেকেই এক গভীর ঘুমে আচ্ছন্ন হয়ে পড়েছিল। জটাই জ্ঞান ফিরে আসার পর থেকে উন্মাদের মতো আচরণ করছে। গর্ডনের জ্ঞান ফিরলে সে কী করবে তা বলা যাচ্ছে না। হারানচন্দ্রের হঠাৎ সন্দেহ হতে লাগল, ওদের ঘুমিয়ে পড়ার সঙ্গে এই সম্মোহনকারী গানের সম্পর্ক নেই তো?

হারানচন্দ্র মাথা নেড়ে বললেন, "এ গান শুনো না। সর্বনেশে গান।"

"কী যে বলো, তোমার মাথার ঠিক নেই। দাও, আর একটু শুনি।"

হারানচন্দ্র ঘড়িটা কবজিতে বেঁধে ফেলে বললেন, "ক'টা বাজে সে-খেয়াল আছে? শিগগির ভাত-টাত বাড়ো। ভীষণ খিদে পেয়েছে।"

একথায় কাজ হল। কারও খিদে পেয়েছে শুনলে বাসবনলিনী বড় অস্থির হয়ে পড়েন। তাড়াতাড়ি কড়াইয়ের ফুটন্ত ডালনাটা হাতা দিয়ে নেড়ে বললেন, "যাও, তাড়াতাড়ি সবাই স্নান সেরে এসে বসে পড়ো। দিচ্ছি খেতে।"

হারানচন্দ্র ঘড়িটা নিয়ে নিঃশব্দে নিজের ঘরে এলেন। লোহার আলমারিতে ঘড়িটা রেখে আলমারির চাবি নিজের কোমরে গুঁজে নিশ্চিন্ত হলেন।

সারাটা দুপুর হারানচন্দ্র অনেক ভাবলেন। ঘড়িটায় যে রেডিয়ো বা ওই জাতীয় কিছু থাকতে পারে এটা তাঁর অসম্ভব মনে হল না। কিন্তু সত্যগুণহরি কলকাতায় চলে গেছে, সে এমন কথা বলে যায়নি যে, ঘড়িটায় রেডিয়ো ফিট করা আছে। আর রেডিয়োই যদি হবে তো তার ব্যান্ড কোথায়? কোন সেন্টারের কথা এবং গান শোনা যাচ্ছে? আর সে-গান বা কথা বোঝা যাচ্ছে না কেন? ঘড়িটা যার হাতে যাচ্ছে, সে-ই অদ্ভুত ভাবে ঘুমিয়ে পড়ছে কেন? রহস্যটা কী?

বিকেলে হারানচন্দ্র হাসপাতালে দুই বন্ধুর সঙ্গে দেখা করতে গিয়ে আরও অবাক। পাশাপাশি দুটো বেডে জটাই আর গর্ডন বসে আছে। দুজনেরই মুখে হাসি। তারা পরস্পরের সঙ্গে খুব নিবিষ্টভাবে কথাবার্তা বলছে।

হারানচন্দ্র কাছে গিয়ে শুনলেন জটাই বলছে, "রামরাহা। খ্রাচ খ্রাচ।"

গর্ডন জবাব দিল, "র‍্যাডাক্যালি। খুচ খুচ।"

দুজনের কেউই হারানচন্দ্রকে বিশেষ পাত্তা দিল না। হারানচন্দ্রের মাথাটা ঘুরছিল। কোনওরকমে সামলে নিয়ে তিনি হাসপাতাল থেকে বেরিয়ে এলেন।

দাদু ঘড়ি নিয়ে ফিরেছে, এতে লাটু নিশ্চিন্ত হতে পারেনি। ঘড়িটা সম্পর্কে তার কৌতূহল বরং দশগুণ বেড়েছে। নিত্য দাসের কথায় একটু আভাস পেয়েছিল লাটু।

তারপর জটাইদাদুর থানে যে কাণ্ড দেখল, তা কহতব্য নয়। সেখানে চুরুটের গন্ধ ছিল। অর্থাৎ জটাইদাদুর কাছে গর্ডনসাহেব গিয়েছিল অবশ্যই। এর পরই খবর পাওয়া গেল, গর্ডনসাহেব তার কুকুরগুলো সমেত অজ্ঞান হয়ে পড়ে আছে ওয়ার্কশপে। সবচেয়ে বড় কথা হল, এইসব রহস্যজনক কাণ্ডের সঙ্গে ঘড়িটার কোথাও একটা যোগসূত্র থেকেই যাচ্ছে।

সুতরাং লাটু তক্কে তক্কে ছিল। আড়াল থেকে সে দাদু আর ঠাকুমার কথা সবই শুনেছে। দাদু যে ঘড়িটা লোহার আলমারিতে রেখে চাবি কোমরে গুঁজল, এটাও সে লক্ষ করেছে। অ্যানুয়াল পরীক্ষার পর এখন ইস্কুলে লম্বা ছুটি। দুপুর আর কাটতেই চায় না। তবু মটকা মেরে পড়ে থেকে সে দুপুরটা কাটাল। হারানচন্দ্র যখন বিকেলে বেরোনোর জন্য তৈরি হতে উঠলেন, তখন সেও উঠে পড়ল।

একটা সুবিধে হল এই যে, হারানচন্দ্রের বড় ভুলো মন। কাপড় বদলানোর সময় চাবির গোছাটা যে টেবিলে রাখলেন, সেটা পরক্ষণেই বেমালুম ভুলে গেলেন। সুতরাং দাদু বেরিয়ে যাওয়ার পর লাটু গিয়ে টেবিলের ওপর চাবিটা পেয়ে আলমারি খুলে ঘড়িটা বের করল।

ঘড়িটা বেশ বড়সড়। সাধারণ ঘড়ির মতো নয়। দেখতে ভারী বিদঘুটে। বারোটার জায়গায় চব্বিশটা ঘর। তা ছাড়া ডায়ালের ওপর আরও কয়েকটা ছোট ডায়াল এবং কাঁটা রয়েছে। অনেক চেষ্টা করেও সময়টা ধরতে পারল না লাটু।

কোনও রহস্যময় কারণে বাড়ির সব ঘড়িই দুপুর থেকে উলটোবাগে চলছে। লাটুর দুই কাকা রজোগুণহরি আর বহুগুণহরি বার বার ঘড়িতে দম দিয়ে এবং মিলিয়ে কিছুই করতে পারছে না। শুধু দাদুর এই ঘড়িটা ঘড়ির মতোই সমানে চলছে বটে, কিন্তু ঘর বেশি থাকায় সময় ধরা যাচ্ছে না।

লাটুর একটা নিজস্ব টুল-বক্স আছে। তাতে খুদে স্ক্রু-ড্রাইভার, উকো, হাতুড়ি নানারকম যন্ত্রপাতি। বাক্সটা নিয়ে লাটু সোজা গিয়ে ঢুকল বড়কাকার ডার্করুমটায়।

ডার্করুমে ঢুকে লাটু দরজা বন্ধ করে দেয়। তারপর বাতি জ্বালানোর সুইচের দিকে হাত বাড়ায়। কিন্তু মজা হল, দরজা বন্ধ করার পর ডার্করুম যেরকম ঘুটঘুটে অন্ধকার হয়ে যাওয়ার কথা, তেমন অন্ধকার হয়নি। বেশ স্নিগ্ধ একটা আলোয় ঘরের সব কিছুই স্পষ্ট দেখা যাচ্ছে।

লাটু সুইচ টিপতে হাত বাড়িয়ে অবাক হয়ে থেমে চারদিক চেয়ে দেখতে থাকে। এই ডার্করুমে সে প্রায়ই ঢোকে এবং কাকার ফোটোগ্রাফির অনেক কাজে সাহায্য করে। কাজেই ঘরটা তার খুবই পরিচিত। এত আলো এ ঘরে থাকার কথা নয়। এরকম আলোও লাটু কখনও দেখেনি।

চোখ কচলে লাটু ফের ভাল করে তাকাল। চারদিক খুঁটিয়ে খুঁটিয়ে লক্ষ করল। আসলে আলোটা কী রকম তা সে বুঝতে পারল না। সূর্যের আলোর রং সাদা, ফ্লুরোসেন্ট বাতির রং নীলাভ, বালবের আলো হলুদরঙা। কিন্তু এই আলোটার কোনও রং নেই। এমন কী, আলোটা যে জ্বলছে তাও বোঝা যাচ্ছে না। কিন্তু এক আশ্চর্য কার্যকারণে ঘরের প্রত্যেকটা জিনিসই স্পষ্ট দেখা যাচ্ছে।

লাটু অবাক হল, একটু ভয়-ভয়ও করতে লাগল। খানিকক্ষণ চুপচাপ দাঁড়িয়ে সে ব্যাপারটা বুঝবার চেষ্টা করে।

হঠাৎ খুব কাছ থেকে কে যেন বলে ওঠে, "ওরা সব পাজি লোক। ওরা সব পাজি লোক।"

লাটু এত চমকে ওঠে যে, হাত থেকে ঘড়িটা প্রায় পড়েই যাচ্ছিল। ভাল ক্রিকেট খেলে বলে এবং কখনও ক্যাচ ফসকায় না বলে পড়ো-পড়ো ঘড়িটাকে ফের ধরে ফেলল সে। তারপর তাড়াতাড়ি দরজা খুলে বেরোনোর চেষ্টা করতে গেল।

খুব মোলায়েম গলায় কে যেন ফের বলে ওঠে, "ভয় পেয়ো না। তোমার সঙ্গে কথা আছে।"

লাটুর বুকের ভিতরটায় দমাস-দমাস শব্দ হতে থাকে। গলা শুকিয়ে যায়। সে চারদিকে চেয়ে কাউকেই দেখতে পায় না। হাত-পা ঝিমঝিম করছে ভয়ে। সে কাঠ হয়ে দাঁড়িয়ে থাকে।

অশরীরী গলার স্বর ফের বলে ওঠে, "দরজার ছিটকিনিটা তুলে দাও।"

লাটুর হাত-পা যদিও ভয়ে কাঁপছে, তবু তার মনে হয়, এই আদেশ পালন না করলেই নয়। সে লক্ষ্মী ছেলের মতো ছিটকিনিটা তুলে দেয়।

ফের আদেশ হয়, "চেয়ারে বোসো।"

লাটু ডার্করুমের কাঠের চেয়ারটায় কাঠের পুতুলের মতোই বসে পড়ে।

"এবার ঘড়িটার দিকে তাকাও।"

লাটু হাতে ধরা ঘড়িটার কথা একদম ভুলে গিয়েছিল। ঘড়িটা তার মুঠোতেই ধরা রয়েছে। সে মুঠো খুলে ঘড়িটার দিকে তাকিয়ে ভারী অবাক হয়ে যায়। ঘড়ির মস্ত ডায়ালটার চেহারা একদম পালটে গিয়েছে। কাঁটাগুলো আর দেখা যাচ্ছে না। ঘড়ির কাচটা একদম ঘষা কাচের মতো অস্বচ্ছ। তবে কাচটা খুব উজ্জ্বল।

লাটু ঘড়িটার দিকে মুখ নিচু করে চেয়ে থাকতে থাকতে কেমন যেন নিবিষ্ট হয়ে পড়ে। তার মনে হয়, এক্ষুনি একটা কিছু ঘটবে। কী ঘটবে তা সে অবশ্য জানে না।

ঘড়ির উজ্জ্বল কাচটা ধীরে ধীরে হলুদ রং ধরল, ফের আস্তে আস্তে নীলচে হয়ে গেল, তারপর সাদাটে হতে লাগল।

লাটু হাঁ করে চেয়ে থাকে। একবার ভয়ে ঘড়িটা ফেলে দিতে যাচ্ছিল, সেই অশরীরী স্বর সঙ্গে সঙ্গে বলে ওঠে, "ফেলো না। তাকিয়ে থাকো। আমাকে দেখতে পাবে। ভয় নেই।"

"আপনি কে?"

"আমি? আমি একজন। চিনবে না।"

"আপনি কোথা থেকে কথা বলছেন?"

"অনেক দূর থেকে।"

"কত দূর?"

"সেটা তুমি ধারণাও করতে পারবে না।"

"আমি ভয় পাচ্ছি যে।"

"ভয় নেই। তুমি হবে আমার প্রতিনিধি।"

"প্রতিনিধি? কীসের প্রতিনিধি?"

"আমার প্রতিনিধি হয়ে তোমাকে একটা কাজ করতে হবে।"

"ঘড়ির দিকে তাকিয়ে থাকতে বলছেন কেন?"

"আমাকে দেখতে পাবে। তাকিয়ে থাকো। আমার ছবি ফুটে উঠবে।"

লাটু তাকিয়ে থাকে। কয়েক সেকেন্ড বাদে ধীরে ধীরে ঘড়ির কাচে একটা মুখের আদল ফুটে উঠতে থাকে। ভারী অদ্ভুত মুখ। খুব লম্বা, গালভাঙা, কর্কশ একটা মুখ। চোখদুটো গর্তের মধ্যে। মাথায় একটা হুডওলা টুপি কপাল ঢেকে আছে। মানুষেরই মুখ, তবে এরকম মুখ সচরাচর দেখা যায় না। অনেকটা আব্রাহাম লিঙ্কনের মতো। তবে আরও ধারালো, আরও বুদ্ধিদীপ্ত। কিন্তু মুখটার মধ্যে একটা অমানুষিকতাও আছে।

লাটু ভয়ে বিস্ময়ে স্তব্ধ হয়ে সম্মোহিতের মতো ঘড়ির পর্দায় চেয়ে থাকে।

ছবির মুখটা নড়ল এবং স্পষ্ট ও পরিষ্কার স্বর কানে এল লাটুর। "আমাকে দেখতে পাচ্ছ?"

"আজ্ঞে হ্যাঁ।"

"আমি তোমাদের ভাষা জানি না। আমি যে ভাষায় কথা বলছি সেটা কি তোমার ভাষা?"

"হ্যাঁ। আপনি বাংলা ভাষায় কথা বলছেন।"

লোকটা হাসল। বলল, "মোটেই নয়। আমি নিজের ভাষায় কথা বলছি। তবে একটা অনুবাদযন্ত্র আমার সব কথা তোমার ভাষায় অনুবাদ করে দিচ্ছে। তোমাদের ভাষা শিখতে যন্ত্রটার বেশ সময় লেগেছে। এত বিদঘুটে ভাষা কেন তোমাদের?"

লাটু কী বলবে? সে মন্ত্রমুগ্ধের মতো শুধু চেয়ে থাকে।

লোকটা জিজ্ঞেস করল, "দাড়িওয়ালা ফরসা আর লম্বা চেহারার যে লোকটার কাছে এ ঘড়িটা এর আগে ছিল, সে কে বলো তো!"

লাটু বলল, "গর্ডন সাহেব।"

"আর তার আগে লম্বা চুল আর দাড়িওলা লোকটা?"

"জটাই তান্ত্রিক।"

"ওরা কেমন লোক?"

"ভাল লোক।"

ছবির লোকটা হাসল। বলল, "ওরা দুজনেই আমাদের এই ঘড়িটা খুলবার চেষ্টা করেছিল।"

"তাই নাকি?"

"হ্যাঁ। কিন্তু ওটা খুব বিপজ্জনক। তুমি কখনও ঘড়িটা খুলবার চেষ্টা কোরো না। যদি করো তাহলে যন্ত্রই তার প্রতিশোধ নেবে। যেমন ওদের ওপর নিয়েছে।"

"ওদের কী হয়েছে?"

"খুব বেশি কিছু নয়। আমরা ওটাকে বলি যন্ত্র-সম্মোহন। আমাদের যন্ত্র ওদের সম্মোহিত করে রেখেছে। যতদিন সম্মোহন থাকবে, ততদিন ওরা আমাদের ভাষায় কথা বলবে, আমাদের যন্ত্র যে-রকম তরঙ্গ সৃষ্টি করবে, সেই রকমই চিন্তা করবে। ওদের নিজস্ব সত্তা থাকবে না।"

"সম্মোহন কাটবে না?"

"কাটবে। সে ব্যবস্থা আমরা করব। চিন্তা কোরো না। কিন্তু তোমার সঙ্গে জরুরি কথা আছে।"

"বলুন।"

"আমাদের হয়ে তোমাকে একটা কাজ করতে হবে।"

"কী কাজ?"

"আমাদের একজন লোক আমাদের সঙ্গে দারুণ বিশ্বাসঘাতকতা করেছে। ওই যে যন্ত্রটা তোমার হাতে রয়েছে, ওটা কিন্তু ঘড়ি নয়। অত্যন্ত জরুরি একটা যন্ত্র। বিজ্ঞানের এক আশ্চর্য আবিষ্কার। ওই বিশ্বাসঘাতক যন্ত্রটি নিয়ে পালিয়ে যায়। সে গিয়ে তোমাদের পৃথিবীতে আশ্রয় নিয়েছে। তবে বুঝতে পারছি, পৃথিবীতে নামবার সময় সে কোনও দুর্ঘটনায় পড়ে, এবং যন্ত্রটি তার হাতছাড়া হয়ে যায়। নানা হাত ঘুরে এখন ওটি তোমাদের হাতে এসেছে। আমরা যন্ত্রটা ফেরত চাই।"

লাটু অবাক হয়ে বলে, "বেশ তো, ফেরত নিন।"

ছবির লোকটা হাসল। বলল, "অত সহজ নয়। আমরা এখন মহাকাশের যেখানে রয়েছি, সেখান থেকে তোমাদের গ্রহে পৌঁছোতে অন্তত সাত দিন লাগবে। ততদিনে ওই দুষ্টু লোকটা চুপ করে বসে থাকবে না। সে পাগলের মতো যন্ত্রটা খুঁজে বেড়াচ্ছে।"

লাটু ভয় পেয়ে বলে, "তাহলে কী হবে?"

"তুমি কি খুব ভিতু?"

"আমি ছোট্ট একটা ছেলে তো! গায়ে বেশি জোরও নেই।"

"আমরা ছোট ছেলেই তো চাই। এ কাজ তোমাদের গ্রহের বড় মানুষেরা পারবে না। বড়দের মনে নানারকম সংশয়, সন্দেহ ইত্যাদি আছে। বাচ্চাদের ওসব নেই। এ কাজে আমরা তোমাকেই নিয়োগ করছি। মাত্র সাত দিন লোকটার চোখে ধুলো দিতে হবে। তোমাদের পৃথিবীর দিনরাত্রির হিসেবে সাতটা দিন।"

"লোকটা কী করতে চায়?"

"লোকটা ওই যন্ত্রটা দখল করতে চায়। একবার হাতে পেলেই সে আমাদের নাগাল এড়িয়ে পালিয়ে যাবে। সে নানারকম প্রযুক্তি আর যন্ত্রবিদ্যা জানে। অসম্ভব ধূর্ত এবং নিষ্ঠুর। সে যে মহাকাশযানটি নিয়ে পালিয়ে গেছে সেটিকে সম্ভবত তোমাদের কোনও সমুদ্রের গর্ভে লুকিয়ে রেখেছে। আমাদের সন্ধানী শব্দতরঙ্গ দিয়ে কিছুতেই সেটার হদিশ করতে পারিনি। আমাদের দৃঢ় বিশ্বাস, পৃথিবীতে নামবার সময় সে কোনও দুর্ঘটনায় পড়েছিল। ফলে ওই মহামূল্যবান যন্ত্রটা তার হাতছাড়া হয়। কিন্তু দুর্ঘটনা খুব গুরুতর নয়। সে বেঁচে আছে।"

"লোকটার নাম কী? দেখতে কেমন?"

"তার নাম অবশ্য সে পালটে ফেলেছে। তবে আমরা তাকে রামরাহা বলে ডাকি। দেখতে অনেকটা আমার মতো। কিন্তু সে ইচ্ছেমতো চেহারা পালটাতে পারে। তবু বলে রাখি, তোমাদের হিসেবে সে প্রায় ছ ফুট লম্বা। স্বাস্থ্য ভাল। সে ঘণ্টায় একশো মাইল বেগে দৌড়তে পারে। দশ ফুট উঁচু লাফ দিতে পারে, তোমাদের গ্রহের গড়পড়তা মানুষদের দশজনকে সে একাই কাবু করতে পারে। ব্রুস লি বা মহম্মদ আলি তার কাছে কিছুই নয়। কিন্তু এসব তেমন বিপজ্জনক নয়। তার কাছে যে মারণাস্ত্র আছে, তা দিয়ে সে পৃথিবীকে একেবারে গুঁড়ো গুঁড়ো করে দিতে পারে। তা ছাড়া তার বুদ্ধি ক্ষুরধার, বিজ্ঞান সে ভালই জানে। যে-কোনও বস্তুর অণুর গঠন বদলে দিয়ে সে অন্য বস্তু তৈরি করতে পারে। মাটিকে সোনা, জলকে পেট্রল বানানো তার কাছে ছেলেখেলা। তার কাছে আছে বিবিধ রশ্মি-যন্ত্র। অর্থাৎ সে নিজের চারধারে এমন রশ্মি সৃষ্টি করতে পারে যাতে তোমরা তাকে দেখতে পাবে না, কিন্তু সে তোমাদের স্পষ্ট দেখতে পাবে। তোমাদের যেসব সেকেলে অস্ত্রশস্ত্র আছে, অর্থাৎ

বন্দুক, রিভলভার, মেশিনগান বা বোমা সেগুলো তার কোনও ক্ষতি করতে পারবে না। তোমাদের তুলনায় সে অতিমানুষ। শারীরিক গঠন, বুদ্ধি, ক্ষিপ্রতা কোনওটাতেই তোমাদের কেউ তার একশো ভাগের এক ভাগও নও। যন্ত্রবিদ্যায় তোমরা তার হাঁটুর সমান।"

"তাহলে কী করে তার সঙ্গে পারব?"

"আবার বলছি, ভয় পেয়ো না। ভয় পেলে বুদ্ধি স্থির থাকে না। আমাদের ধারণা, সে এখন তোমাদের কোনও সমুদ্রের গর্ভে তার মহাকাশযানে বিশ্রাম নিচ্ছে। হয়তো টুকটাক কিছু মেরামতও সেরে নিচ্ছে। তারপরই সে ওই যন্ত্রটার খোঁজে বেরোবে। যন্ত্রটা খুঁজে পেতে তার কোনও অসুবিধাই হবে না, কারও ওই যন্ত্র সর্বদাই শক্তি বিকিরণ করছে আর তার কাছে আছে চমৎকার সন্ধানী যন্ত্র। তবে সে প্রথমেই দুম করে কিছু করে বসবে না। সে জানে, কোনও বিস্ফোরণ ঘটালে বা শব্দতরঙ্গ কিংবা রশ্মিযন্ত্র চালু করলে আমরা তার সন্ধান পেয়ে যাব, কাজেই সে স্বাভাবিক সব পন্থা নেবে। নানারকম বুদ্ধির চাল চালবে।"

"কিন্তু সে তো তাহলে জিতেই যাবে!"

"হয়তো জিতবে। তার তো জেতারই কথা। কিন্তু তোমার একটা বাড়তি সুবিধা আছে। সেটা হল তোমার হাতের ওই যন্ত্র। এই যন্ত্রকে তুমি সব কাজের কাজি বলতে পারো। আমাদের ভাষায় ওর নাম বুত বুত। তুমি ওটার নাম দাও কাজি। যদি বুদ্ধি স্থির রাখতে পারো আর ভয় না পাও, তবে কাজি তোমাকে নানা উপায় বলে দিতে পারবে। কাজির মধ্যে আছে অফুরন্ত মগজ আর অনন্ত উদ্ভাবনীশক্তি যা আমাদেরও নেই। সুতরাং কাজির কথামতো যদি চলো তবে রামরাহা তোমাকে সহজে হারাতে পারবে না। এখন তুমি একটা কাজ করো। যত শিগগির পারো, গর্ডন সাহেবের ওয়ার্কশপে গিয়ে ঘাঁটি করো।"

"গর্ডনের ওয়ার্কশপ! ও বাবা! সেখানে যে অনেক কুকুর।"

"তাতে কী? কাজি কুকুরদের এমন শাসন করে রাখবে যে, তারা তোমার বশংবদ হয়ে থাকবে। তারাই পাহারা দেবে তোমাকে।"

"আর গর্ডন সাহেবের পিসি? সে যে ভারী ঝগড়ুটে!"

"কাজি এমন ব্যবস্থা করবে যে, পিসি ভুলেও ওয়ার্কশপের ধারেকাছে যাবে না। কুকুরেরা তাকেও তাড়া করবে।"

"কিন্তু ওয়ার্কশপে কেন?"

"ওয়ার্কশপই যে দরকার। গর্ডনের ওয়ার্কশপ আমরা পরীক্ষা করে দেখেছি। খুবই সেকেলে মান্ধাতার আমলের ব্যবস্থা। তবে গর্ডন কিছু উদ্ভট চিন্তা করেছিল। তার

ফলে কতগুলো যন্ত্র সে আধখাঁচড়া তৈরি করেছে। তুমি সেগুলো সম্পূর্ণ করে নিতে পারো।”

“আমি? আমি তো বিজ্ঞান কিছুই জানি না।”

“চিন্তা নেই। কাজি তো আছেই। তুমি শুধু তার কথামতো চললেই হবে।”

“একা থাকব ওখানে?”

“একদম একা। কাউকে সঙ্গে নিয়ো না।”

“বাড়িতে কী বলে যাব?”

“যাহোক একটা কিছু বোলো। আমাদের বাড়ি নেই, আত্মীয়স্বজন নেই। কাজেই তোমাদের ওসব সম্পর্কের কথা আমরা জানিই না।”

“তোমার মা বাবা দাদু নেই?”

লোকটা হাসল। বলল, “আছে। কিন্তু আমরা তো তোমাদের মতো নই। আমরা অন্যরকম। সেকথা থাক। কাজটা কি শক্ত মনে হচ্ছে?”

“ভীষণ শক্ত, ভীষণ বিপজ্জনক।”

“মাত্র সাতটা দিন আমাদের সহায় হও। তোমাদের স্বার্থেই। রামরাহা তো পৃথিবীকে ধ্বংসও করতে পারে!”

লাটু একটু ভাবল, তারপর বলল, “চেষ্টা করব।”

“শাবাশ! এই তো চাই! কাজিকে সবসময়ে কাছে রেখো। খুব লক্ষ করলে দেখবে ওর নানা জায়গায় খুব সূক্ষ্ম ছিদ্র আছে। ভাল করে দ্যাখো।”

লাটু ঘড়িটা খুব ভাল করে উলটেপালটে দেখল। খুব সূক্ষ্ম কয়েকটা ফুটো নজরে পড়ল তার। বলল, “আছে। দেখলাম।”

লোকটা বলল, “একটা সরু তারের মুখ বা ছুঁচ হাতের কাছে রেখো। একটা ফুটোর ওপরে একটা কাটাকুটি দাগ আছে, সেটাতে যদি ওই তার বা ছুঁচ ঢুকিয়ে চাপ দাও তাহলে কাজি তোমাকে নানা বৈজ্ঞানিক প্রক্রিয়া শেখাবে। যে ছ্যাঁদায় ঢ্যাঁড়া আছে, তা তোমাকে শেখাবে লড়াইয়ের পদ্ধতি। যে ছিদ্রটার গায়ে একটা গোল মার্কা আছে তা যে-কোনও বস্তুকে খাদ্যে পরিণত করার বুদ্ধি দেবে। আরও আরও বহু গুণ আছে, কিন্তু সেগুলো তোমার জানার দরকার নেই। কাজিকে যেখানে রাখা হবে, তার আশপাশের অন্তত দেড়শো গজের মধ্যে একটা আলাদা অদৃশ্য শক্তির ক্ষেত্র তৈরি হয়ে যাবে। আলোর প্রতিফলনে বাধা আসবে, ঘড়ি চলবে উলটো দিকে। কাজেই উদ্ভট কিছু দেখে প্রথমেই ভয় পেয়ো না।”

লাটু একটা দীর্ঘশ্বাস ফেলে বলল, “ওঃ, তাই ওরকম সব হচ্ছিল।”

“এবার বুঝেছ?”

"হুঁ।"

"তাহলে লক্ষ্মী ছেলের মতো যা বলেছি কোরো। রামরাহাকে তুমি হারাতে পারবে না বটে, কিন্তু সাতটা দিন যদি তাকে ঠেকিয়ে রাখতে পারো, তাহলেই যথেষ্ট।"

"আপনি এখন কোথায় আছেন?"

"বললাম তো! অনেক দূরে। এখান থেকে ইলেকট্রো ম্যাগনেটিক ওয়েভ বা আলো তোমাদের গ্রহে পৌঁছতে অনেক সময় নেয়।"

"তাহলে আপনার কথা আমি শুনতে পাচ্ছি কী করে?"

"এ হচ্ছে মেকানিক্যাল টেলিপ্যাথি। তোমরা বুঝবে না। যন্ত্রের সঙ্গে মানসিক ক্রিয়ার এক জটিল সমন্বয়। আমরা আলো বা ইলেকট্রো ম্যাগনেটিক ওয়েভের গতির চেয়ে অনেক বেশি দ্রুতবেগে বার্তা পাঠাতে পারি।"

লাটু দেখল কাজির কাচ থেকে ছবিটা মুছে যাচ্ছে ধীরে ধীরে।

লোকটা হাত তুলে বলল, "বিদায়। আবার দেখা হবে।"

"আপনার নাম কী?"

"খ্রাচ খ্রাচ। সাবধানে কাজ কোরো। ভয় পেয়ো না। বুদ্ধি যেন স্থির থাকে।"

বলতে বলতেই খ্রাচ খ্রাচের ছবি মিলিয়ে গেল। লাটু হতভম্ব হয়ে বসে ভাবতে লাগল, ঘটনাটা সত্যি না স্বপ্ন!

গর্ডন সাহেবের ওয়ার্কশপে গিয়ে কয়েকদিন থাকা লাটুর পক্ষে খুব সহজ নয়। বাড়ি থেকে তাকে ছাড়বে কেন? যদি পালিয়ে যায়, তবে সাংঘাতিক হইচই পড়ে যাবে, কান্নাকাটি শুরু হবে। সুতরাং পালানো উচিত নয়। তাহলে কী করা?

লাটু খানিকক্ষণ ভাবল। হঠাৎ হাতে ধরা যন্ত্রটার দিকে নজর পড়ায় সে একটু নড়েচড়ে বসে। কাজিকে জিজ্ঞেস করলেই তো হয়ে যায়। তাই না? সমস্যা হল, কাজি বাংলা ভাষা বোঝে কি না এবং জবাবটাও বাংলায় দেবে কি না।

হাতে পাঁজি মঙ্গলবার। অত ভাবনায় কাজ কী? জিজ্ঞেস করলেই তো হয়।

লাটু কাজির ডায়ালের দিকে তাকিয়ে জিজ্ঞেস করল, "সব তো বুঝতে পারছ। এখন বলো তো কী করব?"

কাজির কোনও ভাবান্তর দেখা গেল না।

লাটু তার টুল-বক্স থেকে একটা ইলেকট্রিক তার বের করে একটু তামার সুতো ছিঁড়ে নিল, তারপর কাজির একটা সূক্ষ্ম ফুটোয় তারটা ঢুকিয়ে সামান্য চাপ দিয়ে আবার প্রশ্নটা করল। এবার আশ্চর্য কাণ্ড ঘটল একটা।

কাজি ভারী বিরক্ত হয়ে বলে, "ভুল ফুটোয় চাপ দিয়েছ। একটা ত্রিভুজ মার্কা ফুটো আছে দেখ। ওটায় তার ঢোকাও।"

হতভম্ব লাটু তা-ই করল।

এবার কাজি বলল, "মামাবাড়ি যাওয়ার নাম করে বেরিয়ে পড়ো।"

লাটুর বিস্ময় আর ধরে না। বাস্তবিকই তার খেয়াল ছিল না যে, মামাবাড়ির নাম করে বেরিয়ে পড়া যায়। বেশি দূরও নয়। দুই স্টেশন। সেখানে একজন গুণী লোক চমৎকার লাটাই বানায়। সেই লাটাই আনতে যাওয়ার একটা কথাও ছিল বটে।

লাটু কাজিকে নিজের টুলবক্সে লুকিয়ে রেখে মায়ের কাছে গেল।

"মা, আমি একটু মামাবাড়ি যাব।"

"মামাবাড়ি! হঠাৎ কী মতলব।"

"বাঃ, লাটাই আনতে যাওয়ার কথা ছিল না?"

মা আর বিশেষ আপত্তি করলন না, শুধু বললেন, "দাদু আর ঠাকুমাকে জিজ্ঞেস করে তবে যাস।"

লাটু যখন দাদুর ঘরে গিয়ে ঢুকল তখন আলমারির দরজা হাট করে খোলা আর তার সামনেই বাসবনলিনী এবং হারানচন্দ্রের মধ্যে তুলকালাম হচ্ছে। বাসবনলিনী চেঁচিয়ে চেঁচিয়ে বলছেন, "ফের ঘড়ি হারিয়েছ আর বলছ আলমারিতে রেখেছিলে! রেখেছিলে তো গেল কোথায় শুনি! কী সুন্দর ঘড়ি! ঘড়িকে ঘড়ি, তার সঙ্গে আবার রেডিয়ো লাগানো। আর কি সে জিনিস পাওয়া যাবে? পই-পই করে বললাম—"

এই গোলমালের মধ্যেই লাটু দাদুকে জিজ্ঞেস করল, "যাই দাদু?"

হারানচন্দ্র বিরক্ত হয়ে বললেন, "যা না!"

লাটু ঠাকুমাকে জিজ্ঞেস করে, "যাই ঠাকুমা?"

"তাড়াতাড়ি ফিরিস ভাই।"

লাটু এক লাফে বেরিয়ে এল ঘর থেকে। কয়েকটা জামাকাপড় গুছিয়ে একটা ব্যাগে ভরে নিল। পরদিন ভোরবেলা মামাবাড়ি যাওয়ার জন্য রওনা হয়ে সে গিয়ে গর্ডনের বাড়ির পাঁচিল টপকে ওয়ার্কশপে ঢুকে পড়ল।

গর্ডনের কুকুরগুলো জেগে উঠেছে বটে, কিন্তু সব কেমন যেন মোহাচ্ছন্ন অবস্থা, তাকে দেখেও গা করল না।

ত্রিভুজ মার্কা ফুটোয় তার ঢুকিয়ে লাটু কাজিকে বলল, "কুকুরগুলোকে চাঙ্গা করে তোলো। ওরা আমাদের পাহারা দেবে।"

একথা বলার সঙ্গে সঙ্গে কাজির ভিতরে একটা অদ্ভুত রিনরিনে শব্দ-তরঙ্গ উঠে চারিদিকে ছড়িয়ে পড়তে লাগল। কুকুরগুলো সেই শব্দের প্রভাবে হঠাৎ চনমনে হয়ে

লাফ দিয়ে উঠে চারদিকে প্রচণ্ড দৌড়োদৌড়ি শুরু করে দেয়। তারপর এসে লাটুকে ঘিরে ধরে প্রবলভাবে ল্যাজ নাড়তে থাকে।

লাটু গম্ভীর হয়ে কুকুরগুলোর দিকে তাকিয়ে বলল, "বেশ ভাল করে চারদিক নজর রাখবি, বুঝলি! এখন যা।"

সঙ্গে সঙ্গে কুকুরগুলো বেরিয়ে গিয়ে গোটা ওয়ার্কশপটাকে প্রায় ঘিরে ফেলে পাহারা শুরু করে দেয়।

লাটু এবার ওয়ার্কশপটা পরীক্ষা করে দেখে। গর্ডন সাহেবের এই বিটকেল ওয়ার্কশপে কাজের ও অকাজের হাজার রকম যন্ত্রপাতি রয়েছে। লাটু তার অধিকাংশই চেনে না। আছে নানারকম রাসায়নিক দ্রব্যও। গর্ডনসাহেব যে উড়ুক্কু মোটর সাইকেল তৈরি করছিল সেটা একটা বড়সড় মজবুত ডাইনিং টেবিলের ওপর দণ্ডায়মান। মোটর সাইকেলের গায়ে একটা প্লেট দাঁড় করানো। তাতে চক দিয়ে লেখা ফুয়েল চার্জড। অলমোস্ট রেডি ফর ফ্লাইং। ওনলি ওয়ান থিং মিসিং। অর্থাৎ সব কিছুই প্রস্তুত, মোটর সাইকেল উড়বার জন্য তৈরি। শুধু একটা জিনিসের অভাবেই সেটা হচ্ছে না।

কিন্তু জিনিসটা কী?

লাটু কাজির বিজ্ঞান-জিজ্ঞাসার ছিদ্রে তারটা ঢুকিয়ে সমস্যাটা জানিয়ে জিজ্ঞেস করল, "জিনিসটা কী কাজি?"

কাজি বলল, "খুব দুর্লভ জিনিস নয়। রাসায়নিকের তাকে দ্যাখো, একটা নীল রঙের শিশি আছে। তার গায়ে লেখা 'পয়জন'। খুব সাবধানে ফুয়েল ট্যাংকের মধ্যে ঠিক চার ফোঁটা ফেলে দাও।"

লাটু দিল।

"এবার কী করব কাজি?"

"সিটে উঠে বোসো। স্টার্টারে খুব আস্তে চাপ দাও। কোনও শব্দ হবে না, কিন্তু একটা জোর হাওয়া বেরোবে।"

"তারপর?"

"খুব সোজা। মোটর সাইকেলটা শূন্যে ভাসবে। বাঁ হাতের হাতলটা নিজের দিকে একটু ঘুরিয়ে দিলেই চলতে থাকবে। বেশি ঘোরালে স্পিড বাড়বে।"

লাটু খুব ভয়ে ভয়ে সিটে উঠে বসে স্টার্টারে একটা পা ছোঁয়াতে না ছোঁয়াতেই মোটর সাইকেলটা থরথর করে কেঁপে উঠল। একজস্ট পাইপ দিয়ে প্রবলবেগে হাওয়া বেরোনোর মৃদু শব্দ টের পেল সে। তারপরই প্রকাণ্ড মোটর সাইকেলটা ধীরে ধীরে শূন্যে উঠে ভাসতে লাগল।

"কাজি!" আতঙ্কে চেঁচায় লাটু।

"ভয় নেই। হাতলটায় চাপ দাও।"

লাটু অবাক ভাবটা সামলে নিতে কিছুক্ষণ সময় নিল। তারপর কথামতো কাজ করতেই মোটর সাইকেল ধীরে ধীরে শূন্যে চলতে থাকে। লাটুর চোখ বিস্ময়ে ছানাবড়া। এত অবাক হয়ে গিয়েছিল সে যে, সময়মতো দিক পরিবর্তন না করায় মোটর সাইকেলটা গিয়ে একটা দেয়ালে মৃদু ধাক্কা খায়।

কাজি বিরক্ত হয়ে বলে, "অ্যাকসিডেন্ট হবে যে! এত অবাক হওয়ার কী আছে? এ তো একেবারে প্রাথমিক জিনিস!"

লাটু হাঁ হয়ে বলে, "প্রাথমিক বিজ্ঞান?"

"তা ছাড়া কী? তোমরা এখনও বিজ্ঞানের অন্ধকার যুগে পড়ে আছ। আকাশে উড়তে এখনও তোমাদের এরোপ্লেন, হেলিকপটার বা রকেটের মতো সেকেলে জিনিস লাগে। আমাদের দেশের মানুষেরা স্রেফ একটা কলমের মতো যন্ত্রের সাহায্যে উড়ে যেতে পারে।"

"বলো কী?"

"ঠিকই বলছি। এখন সাবধান হও, নইলে আবার ধাক্কা খাবে। দরজা খোলা রয়েছে, হ্যান্ডেলটা ঘুরিয়ে দিয়ে বাইরে চলো।"

লাটু উড়ুক্কু মোটর সাইকেলে বাইরে বেরিয়ে এল। বিস্তর গাছপালা-ছাওয়া বিশাল বাগান। দিনের বেলাতেও অন্ধকার হয়ে থাকে। আজ উড়ুক্কু মোটর সাইকেলে চেপে লাটু গাছপালার ওপর দিয়ে ভাসতে ভাসতে ঘুরে বেড়াতে লাগল। এরকম অদ্ভুত অভিজ্ঞতা তার জীবনে হয়নি। কী মজা!

"স্পিডটা একটু বাড়াব কাজি?"

"বাড়াও। তবে সাবধান, পড়ে যেয়ো না। শক্ত করে ধরে থাকো।"

লাটু স্পিড বাড়াল। মোটর সাইকেল প্রবল বেগে বাগানের ওপর চক্কর দিতে লাগল।

ওয়ার্কশপে ফিরে এসে মোটর সাইকেল যথাস্থানে রেখে লাটু অন্য সব যন্ত্রপাতি নিয়ে কাজে লেগে গেল। সুবিধের জন্য কাজিকে সে বাঁ হাতের কবজিতে ঘড়ির মতো বেঁধে নিয়েছে। কাজি নানারকম নির্দেশ দেয়, আর লাটু অদ্ভুত অদ্ভুত সব যন্ত্র তৈরি করে ফেলতে থাকে। আসলে নতুন কিছুই নয়। গর্ডনের আধাখ্যাঁচড়া জিনিসগুলিকেই সম্পূর্ণ করে সে।

গর্ডন একটা যন্ত্রমানব তৈরি করেছিল। বাইরেটা বেশ হয়েছে, কিন্তু স্লেটে লেখা ছিল **এভরিথিং কমপ্লিট, বাট দি ফুল ডাজন্ট মুভ। ইট ওনলি মুভস ওয়ান অফ**

ইটস হ্যান্ডস অ্যান্ড স্ল্যাপস মি ফ্রম টাইম টু টাইম। অর্থাৎ, সবই হয়েছে, কিন্তু বোকাটা তবু নড়ে না। মাঝে মাঝে শুধু একটা হাত নাড়ে আর আমাকে চড় কষায়। এই যন্ত্রমানবটা লাটুর হাতে পড়ে দিব্যি চলতে ফিরতে পারল এবং টুকটাক কাজও করতে লাগল।

ছোট একটা ট্রাঙ্কের মতো বাক্স বানিয়েছে গর্ডন। তার গায়ে লেখা: প্যান্ডোরাজ বক্স। ইট ইজ সাপোজড টু ক্রিয়েট স্টর্ম। বাট দি গড্যাম থিং ওনলি ক্রিয়েটস এ হেল অব এ নয়েজ। অর্থাৎ, এ বাক্সটার ঝড় সৃষ্টি করার কথা ছিল। কিন্তু এই কিম্ভূতটা শুধু বিকট শব্দ করে। লাটু কাজির পরামর্শ মতো বাক্সটাও সম্পূর্ণ করে ফেলল। একটা বোতাম টিপতেই চারধারে গাছপালার মড়মড় শব্দ তুলে ছোটখাটো একটা ঝড় উঠতেই লাটু তাড়াতাড়ি লাল বোতাম টিপে ঝড় থামাল।

কাজি একটু হেসে বলে, "অনেক কিছু তো তৈরি করলে, কিন্তু রামরাহার সঙ্গে লড়ার অস্ত্র কই তোমার? এসব ছোটখাটো খেলনা দিয়ে কী হবে?"

লাটু ভাবনায় পড়ল। খ্রাচ খ্রাচের কাছে সে যা শুনেছে, তাতে রামরাহা প্রায় অপ্রতিরোধ্য এক শক্তিমান লোক। তাকে ঠকানোর মতো কিছুই তার জানা নেই। রামরাহা শুধু যে ঘণ্টায় একশো মাইল বেগে দৌড়য়, দশ ফুট হাইজাম্প দেয় আর মহম্মদ আলি এবং ব্রুস লি'কে দুহাতে নিয়ে লোফালুফি করতে পারে তাই নয়, বুদ্ধি এবং প্রযুক্তিতেও সে বহু বহু গুণ শক্তিশালী।

লাটু বলে, "কী করব তাহলে কাজি?"

কাজি একটা দীর্ঘশ্বাসের মতো শব্দ করে বলে, "ভেবে দেখি। রামরাহার বুদ্ধি এমন এক স্তরের যে, তাকে হারাতে হলে অতি মগজ দরকার। অনেক ভাবতে হবে।"

লাটুও ভাবে।

আস্তে আস্তে রাত হতে থাকে। গর্ডনের ওয়ার্কশপটা ভারী নির্জন হয়ে যায়। লাটু বলতে গেলে একা। কাজি আছে বটে, কিন্তু সে তো পুঁচকে একটা যন্ত্র মাত্র। কুকুরগুলোকেও সঙ্গী হিসেবে ধরা যায় না। লাটু তার দাদুর অন্ধ সমর্থক। সেও দাদুর মতো ভূত বিশ্বাস করে না, ভগবান মানে না। কিন্তু সন্ধের পর গা ছমছম করেই। আর পরীক্ষার সময় ঠাকুর-দেবতাকে অগ্রাহ্য করতে কেমন যেন সাহস হয় না। ওয়ার্কশপের নির্জনতায় তার একটু ভয়-ভয় করতে লাগল। বাগানের গাছপালায় নানারকম শব্দ হচ্ছে। দূরে শেয়াল হাঁক মারছে। সেই শুনে কুকুরগুলো ঘেউ ঘেউ করে ছুটে যাচ্ছে। তারের বাজনার মতো ঝিঁঝি ডেকে যাচ্ছে একটানা।

লাটু একটু ফাঁকা গলায় ডাকল, "কাজি!"

"বলো।"

"তুমি কি ভূত মানো?"

"কেন মানব না?"

"ভূত কি সত্যিই আছে?"

কাজি খিকখিক করে একটু হেসে বলে, "তোমাদের বিজ্ঞান এখনও এত পিছিয়ে আছে যে বলার নয়। আমাদের ওখানে তো ভূতের একটা চমৎকার লাইব্রেরিই আছে। থাকে থাকে খোপে খোপে হাজার রকমের ভূত। ভূতেরা সেখানে নানারকম কাজও করে দেয়।"

লাটু কেঁপে উঠে বলে, "ইয়ার্কি করছ না তো কাজি? সত্যিই ভূত আছে?"

কাজি ফের একটু ঠাট্টার হাসি হাসল। বলল, "তোমাদের এখানকার ভূতদের আমি ঠিক চিনি না বটে, কিন্তু তারা যে আছে তা আমার ট্রেসারে ধরা পড়ছে। যে ফুটোটায় মড়ার খুলির চিহ্ন আছে সেটাতে তারটা ঢোকাও তো।"

লাটু বলল, "থাক। কাজ নেই।"

কাজি মোলায়েম গলায় বলে, "আমি তো আছি, ভয় কী? ঢোকাও।"

খুব ভয়ে ভয়ে লাটু তারটা নির্দিষ্ট ফুটোয় ঢুকিয়ে দিল, কাজিকে অমান্য করতে সাহস পেল না। যদি বিগড়ে যায়?

তারটা ঢোকানোর পরই ঘরে যে দুটো ইলেকট্রিক বালব জ্বলছিল সেগুলো কেমন যেন একটা অদ্ভুত লাল-বেগুনি রং ধরতে লাগল। ঘরটা হয়ে উঠতে লাগল থমথমে। খুব আস্তে আস্তে—ফিসফিস কথার মতো, বেড়ালের পায়ের শব্দের মতো— কী সব শব্দ হতে লাগল চারদিকে।

কাজু নিচু স্বরে বলল, "আমার ভূত-চুম্বকটা চালু করে দিয়েছি। এবার দ্যাখো কী মজা হয়।"

"আমার মজা লাগছে না। ভয় লাগছে।"

"আরে দূর! ভূতকে ভয় কী? দেখো চেয়ে। ওই একটা ঢুকেছে।"

প্রথমটায় লাটু দেখতে পায় না। তারপর ঘরের চালের কাছ থেকে একটা স্প্রিঙের মতো জিনিসকে ঝুল খেতে দেখে।

"বাবা গো! ওটা কী কাজি?"

"প্যাঁচ-খাওয়া চেহারা দেখে বুঝতে পারছ না?"

"না।"

"ভূত হল মানুষের মানসিক-আত্মিক একটা অস্তিত্ব। মানুষের মন আর চরিত্র জ্যান্ত অবস্থায় যেমন ছিল মরার পর তার ভূতের চেহারাটা ঠিক সেরকম হয়ে যায়। ওই ভূতটা জ্যান্ত অবস্থায় ছিল ভারী প্যাঁচালো স্বভাবের, খুব কুটিল আর ধূর্ত।"

"বুঝেছি। আর ওই যে একটা লালমতো জোঁক তিড়িং তিড়িং করে লাফাচ্ছে!"

"ওটা ছিল এক ঝগড়াটি মহিলা।"

নানান চেহারার অজস্র ভূত ঘরে বিচরণ করছে। কেউ কেউ টুপটাপ করে চাল থেকে খসে পড়ছে, কেউ বাতাসে সাঁতার কাটছে, কেউ মেঝেয় পড়ে বলের মতো লাফিয়ে উঠছে। নানান চেহারা, হরেক রং তাদের। একখানা ভূতকে দেখল লাটু, অবিকল একখানা বই। কাজি বলল, "এ লোকটা নাকি ছিল বইয়ের পোকা আর ভারী পণ্ডিত। বই পড়তে পড়তে বই হয়ে গেছে।"

লাটু কাজির ফুটো থেকে তারটা খুলে নিয়ে বলল, "আর নয়। একদিনে যথেষ্ট ভূত দেখা হয়েছে।"

ঘরের থমথমে ভুতুড়ে ভাবটা মিলিয়ে গেল। ভূতগুলোও আর রইল না।

কাজি বলল, "ভূতের ভয় ভেঙেছে তো!"

লাটু একগাল হেসে বলল, "ভেঙেছে কি না বলতে পারব না। তবে তেমন ভয় করছে না।"

কাজি এবার হুকুমের স্বরে বলল, "এবার ওঠো। অনেক রাত হয়েছে। ঘরের কোণে গর্ডনের মস্ত ফ্রিজ রয়েছে। তাতে ঠাসা খাবার। বের করে গ্যাস-উনুনে গরম করে খেয়ে নাও।"

লাটু তাই করল।

কাজি হুকুম করল, "এবার ইজিচেয়ারে শুয়ে চোখ বোজো। আমি তোমাকে ঘুম পাড়িয়ে দিচ্ছি। আর শোনো, আমার ট্রেসারে এখনও রামরাহার কোনও নড়াচড়া টের পাচ্ছি না। পঞ্চাশ মাইলের মধ্যে এলে আমি তার গায়ের গন্ধ পাব। পেলেই তোমাকে জাগিয়ে দেব। নিশ্চিন্তে ঘুমোও।"

লাটুর ঘুম ভাঙল সকালবেলায়। শরীর বেশ তাজা আর ঝরঝরে লাগছে। আসন্ন বিপদের কথা মনে থাকলেও বেশ স্ফূর্তি লাগছে তার।

দাঁত মেজে, মুখ ধুয়ে, বাথরুম সেরে এবং ফ্রিজের খাবার ভরপেট খেয়ে সে উড়ুক্কু মোটর সাইকেলে চড়ে বাগানের ওপর কয়েকটা চক্কর দিল। কলের মানুষটাকে দিয়ে ঘরদোর ঝাড়পোঁছ করাল। সামান্য একটু ঝড় তুলে মজা দেখল।

কাজি আজ বেশি সাড়াশব্দ করছে না। ঝিম মেরে আছে।

লাটু বলল, "কী গো কাজি? চুপচাপ যে!"

"রোসো। পশ্চিম দিকটায় ভারত মহাসাগর আছে না তোমাদের! সেখানে একটা কিছু ঘটছে।"

লাটু সভয়ে বলে, "কী ঘটছে?"

“এখনও বুঝতে পারছি না। আমার ট্রেসারে অন্য একটা ট্রেসারের ছায়া পড়ে কাটাকুটি হয়ে যাচ্ছে। খুব উন্নত ধরনের ট্রেসার সেটা। তোমাদের পৃথিবীর তৈরি জিনিস নয়। মনে হচ্ছে সমুদ্রের তলায় রামরাহা নড়াচড়া শুরু করেছে।”

“তাহলে?”

“তাহলে আর কী? লড়াইয়ের জন্য প্রস্তুত হও।”

“কিন্তু কী দিয়ে লড়ব? আমার যে একটা বন্দুকও নেই।”

“বন্দুক! হাঃ হাঃ! বন্দুক কেন, কামান বা অ্যাটমবোমাও রামরাহার কাছে কোনও অস্ত্রই নয়। ওসব ভেবে লাভ নেই। আমি অবশ্য একটা কাউন্টার এনার্জি ফিল্ড তৈরি করে দিচ্ছি। তার ফলে রামরাহার ট্রেসার প্রথম চেষ্টায় আমার অবস্থান ধরতে পারবে না। কিন্তু চালাকিটা বেশিক্ষণ টিকবে না।”

“আমার যে মাথায় কোনও বুদ্ধিও আসছে না।”

“ঠিক আছে। তুমিও ভাবো, আমিও ভাবি। একটা দুঃখের কথা তোমাকে এখনই বলে রাখি লাটু। আমি এখন তোমার হয়ে লড়ছি বটে। কিন্তু আমি তো আসলে যন্ত্র। যন্ত্রের কোনও পক্ষপাত থাকে না। রামরাহা যদি আমাকে হাতে পেয়ে যায়, তাহলে কিন্তু আমি তোমার বিরুদ্ধেই লড়াই করব।”

“বলো কী কাজি?”

“বললাম না, দুঃখের কথা! তাই বলি, হাতছাড়া কোরো না।”

পাঞ্জাব মেল মোগলসরাই স্টেশন সবে ছেড়েছে, এমন সময় ফার্স্ট ক্লাস কামরায় এক ভদ্রমহিলা আর্তনাদ করে উঠলেন, “আমার হারটা! ওগো, আমার হারটা যে ছিঁড়ে নিয়ে গেল! কী হবে!”

ভদ্রমহিলার স্বামী মাঝবয়সি নাদুস-নুদুস ভিতু চেহারার একজন লোক। তিনি ভ্যাবাচ্যাকা খেয়ে বললেন, “নিয়ে গেল! অ্যাঁ! কী সর্বনাশ! সোনার ভরি যে এখন প্রায় দু হাজার টাকা যাচ্ছে! চেন টানো! চেন টানো!”

উলটোদিকে জানালার কাছ ঘেঁষে একজন লম্বাচওড়া যুবক চুপচাপ বসে ছিল এতক্ষণ! ঠিক চুপচাপ নয়, মাঝে মাঝে সে একটা অদ্ভুত সুরে শিস দিচ্ছিল। যুবকটি ছ ফুটের ওপর লম্বা, দারুণ স্বাস্থ্য এবং দেখতে ভীষণ রকম সুপুরুষ। সে একটা খবরের কাগজ পড়ার চেষ্টা করছে আর আড়ে আড়ে দেখছে সবাইকে।

মাঝবয়সি ভদ্রলোক চেন টানার জন্য হাত বাড়িয়েছিলেন, যুবকটি হঠাৎ বলল, “গাড়ি থামলেও কি জিনিসটা পাবেন?”

লোকটা থমকে গিয়ে ইতস্তত করে বলে, "তা পাব না ঠিকই। বরং আড়াইশো টাকা জরিমানা গুনতে হবে। জেল-টেলও হতে পারে। কিন্তু কিছু তো করতে হবে।"

যুবকটি উঠে দাঁড়িয়ে বলল, "ট্রেন থামালে আমার অসুবিধা হবে। আমি একটা জরুরি কাজে যাচ্ছি। তার চেয়ে ট্রেনটা চলুক, হার আমি এনে দিচ্ছি।"

"আপনি এনে দেবেন! বলেন কী? ট্রেন এখন স্পিড দিয়ে দিয়েছে যে!"

"কোনও চিন্তা নেই।" বলেই যুবকটি করিডোরে বেরিয়ে গেল। তারপর দরজা খুলে প্রায় চল্লিশ মাইল বেগের ট্রেন থেকে অনায়াসে নেমে গেল। ভদ্রলোক ভদ্রমহিলা আর একজন অবাঙালি যাত্রী ভয়ে কাঠ হয়ে জানালা দিয়ে চেয়েছিলেন। ছেলেটা হাড়গোড় ভেঙে দ হয়ে গেল নাকি!

কিন্তু ঠিক দশ মিনিটের মাথায় দেখা গেল, ট্রেনের সঙ্গে পাল্লা দিয়ে একটি লোক লাইনের ধার ধরে দৌড়ে আসছে। ট্রেনের গতি আরও বেড়েছে। বোধহয় ঘণ্টায় ষাট মাইল। কিন্তু লোকটা অনায়াসে কামরাগুলোকে পিছনে ফেলে ফার্স্ট ক্লাসের দরজার হ্যান্ডেল ধরে লাফিয়ে উঠে পড়ল। কামরায় ঢুকে একমুখ হেসে হারটা বাড়িয়ে দিয়ে বলল, "লোকটা বেশি দূর যেতে পারেনি। নদীর ওপর একটা ব্রিজ আছে, সেখানে একটা ঘোড়ায় টানা গাড়িতে বসে যাচ্ছিল। নিন।"

ভদ্রলোক আর ভদ্রমহিলা এবং কামরার আর একজন অবাঙালি যাত্রী এত অবাক হয়ে গেলেন যে, কথা বলতে পারলেন না।

যুবকটি অবশ্য কিছুই তেমন গ্রাহ্য করল না। একটু হাঁফাচ্ছিলও না সে। ফের নিজের জায়গায় বসে সেই অদ্ভুত সুরে শিস দিতে লাগল।

রাত একটু গভীর হল। সহযাত্রীরা বিছানা-টিছানা পাতছে। এমন সময় আচমকা কামরার দরজাটা দড়াম করে খুলে চার-পাঁচজন ভয়ংকর চেহারার লোক ঢুকল। হাতে রিভলভার, ছোরা, স্টেনগান।

ঢুকেই তারা হিন্দিতে ধমক দিয়ে বলল, "কেউ নড়বে না, চেঁচাবে না। একদম জানে মেরে দেব!"

সকলেই হতভম্ব, ভয়ে হাত পা কাঁপছে। শুধু যুবকটি একটু অবাক হয়ে মাঝবয়সি ভদ্রলোককে জিজ্ঞেস করে, "এরা কারা? এরকম করছে কেন?"

"বুঝছেন না মশাই!" ভদ্রলোক কাঁপতে কাঁপতে বলেন, "ডাকাত!"

"ডাকাত! সে আবার কী?"

"মেরেধরে কেড়েকুড়ে নেবে সব। যা আছে দিয়ে দিন যদি প্রাণে বাঁচতে চান।"

যুবকটি খুব অবাক ভাবে কিছুক্ষণ তাকিয়ে থাকে ডাকাতদের দিকে। ডাকাতরা তখন উদ্দাম উল্লাসে ভদ্রমহিলার হাত থেকে চুড়ি খুলবার চেষ্টা করছে, বাক্স ভাঙছে।

যুবকটি উঠে একজন ডাকাতকে একটা চড় মারতেই সে ঘুরে অজ্ঞান হয়ে পড়ে গেল। তৎক্ষণাৎ আর একজন ডাকাত যুবকটির বুকে নল ঠেকিয়ে পিস্তলের ঘোড়া টানল। আর একজন হাতের ছোরা খচ করে বসিয়ে দিল যুবকের পেটে।

যে কারও এতে সঙ্গে সঙ্গে পড়ে মরে যাওয়ার কথা। কিন্তু সকলে অবাক হয়ে দেখে, পিস্তলের গুলিটা ছিটকে গেল তার বুকে ধাক্কা খেয়ে। ছোরার ডগাটা ভেঙে পড়ে গেল মেঝেয়। পরের কয়েক সেকেন্ড সময় কাটল শুধু একতরফা মারে। পাঁচজন ডাকাত পাঁচ সেকেন্ডে জ্ঞান হারিয়ে লুটিয়ে পড়ল মেঝেয়। যুবকটি তাদের দেহ একসঙ্গে দু বগলে তুলে নিয়ে করিডরের এককোণে রেখে এসে ফের সেই অদ্ভুত শিস দিতে লাগল।

মাঝবয়সি ভদ্রলোক আর থাকতে পারলেন না। ভয়ে ভয়ে জিজ্ঞেস করলেন, "আপনি কে বলুন তো!"

যুবকটি হেসে বলে, "আমার নাম রামচন্দ্র রাহা।"

"থাকেন কোথায়?"

"একটু দূরে।"

"যাচ্ছেন কোথায়?"

রাম কাঁধ ঝাঁকিয়ে বলল, "ঠিক বুঝতে পারছি না। আমি একটা জিনিস খুঁজে বেড়াচ্ছি। কিন্তু সেটা যে ঠিক কোথায় আছে, সেটাই ধরা যাচ্ছে না।"

এইসব রহস্যময় কথাবার্তা শুনে ভদ্রলোক আর দ্বিরুক্তি করলেন না।

সকলে বিছানা-টিছানা পেতে শুয়ে পড়তেই রামচন্দ্র তার শিসের সুর পালটে ফেলল। এবার যে সুরটা সে বাজাচ্ছিল, সেটা বড় মাদকতাময়। শুনতে শুনতে ঝিম ধরে যায়, ঘুম পেয়ে যায়।

অল্প সময়ের মধ্যেই তিনজন সহযাত্রী গভীর ঘুমে ঢলে পড়ল। রামচন্দ্র তার পকেট থেকে একটা চৌকোনো যন্ত্র বের করে নানারকম সুইচ আর নব টিপে এবং ঘুরিয়ে কী যেন দেখল। তারপর মাথা নেড়ে বলল, "র‍্যাডাক্যালি! র‍্যাডাক্যালি!" আবার কিছুক্ষণ যন্ত্রটা নাড়াচাড়া করল সে। তারপর বিষণ্ণভাবে মাথা নেড়ে আপনমনে বলল, "হিমালয়! হিমালয়!"

একটা জংশন স্টেশনে গাড়ি দাঁড়াতেই রামচন্দ্র তার সুটকেসটা নিয়ে নেমে পড়ল।

* * *

কাজি আচমকা বলে উঠল, "শোনো লাটু! রামরাহা আসছে।"

"আসছে!" লাটু মাঝরাতে ঘুম ভেঙে তড়াক করে উঠে বসে।

কাজি বলে, "আসছে বটে। তবে আমি তাকে একটু দিকভ্রান্ত করে দিতে পেরেছি। সে আমার অবস্থান বুঝতে পারছে না। কলকাতার দিকে আসতে আসতে সে তাই মাঝপথে এক জায়গায় নেমে পড়েছে।"

"এরপর রামরাহা কী করবে?"

"খুব সম্ভব সে হিমালয়ের দিকে যাবে। আমি তাকে ওই দিকেই যেতে বাধ্য করেছি। তবে ভুলটা ধরা পড়তে তার বেশিক্ষণ লাগবে না।"

লাটু শিউরে উঠে চোখ বোজে। তারপর খুব ক্ষীণ গলায় জিজ্ঞেস করে, "কাজি, রামরাহা লোকটা কি খুবই ভয়ংকর?"

কাজি একটু চুপ করে থেকে বলে, "হ্যাঁ, শত্রু হিসেবে ভয়ংকর।"

"সে কি তোমার জন্য আমাদের খুন আর পৃথিবী ধ্বংস করবে?"

কাজি আবার একটু চুপ করে থেকে ধীর স্বরে বলল, "ইচ্ছে করলে সে পারে।"

লাটু হাল ছেড়ে ফের ইজিচেয়ারে শুয়ে পড়ল।

কাজি বলল, "রামরাহা এখন কোথায় জানো?"

"না। বলো তো কোথায়?"

"একটা শহর ছেড়ে সে জঙ্গলের ভিতর দিয়ে হাঁটছে। সামনেই খাড়া পাহাড় এবং গিরিপথ। তারপরই তুষাররাজ্য। রামরাহা ভ্রূকুটি করছে, ঠোঁট কামড়াচ্ছে, সন্দেহ দেখা দিয়েছে তার মনে। সে ট্রেসার যন্ত্র বের করে আবার কিছু দেখে নিচ্ছে... না, সে এগিয়ে যাচ্ছে। ...আপাতত কিছুক্ষণ নিশ্চিন্ত।"

* * *

রামচন্দ্র রাহা নামক সেই যুবকটি অত্যন্ত সংকীর্ণ একটা গিরিপথ দিয়ে এগোচ্ছিল। বাঁয়ে খাড়া পাহাড়ের দেয়াল, ডাইনে অতল গভীর খাদ। রাস্তা ভাঙা, এবড়ো-খেবড়ো, ভাল করে পা রাখার জায়গা নেই, তার ওপর বড্ড খাড়াই।

কিন্তু রামচন্দ্রের হাঁটা দেখে মনে হয়, তার বিশেষ কোনও অসুবিধে হচ্ছে না। বেশ লঘু দ্রুত পায়ে সে এগিয়ে যাচ্ছে।

পাকদণ্ডির শেষ। সামনে একটা মস্ত উপত্যকা। পুরোটা পুরু বরফে ঢেকে আছে। শোঁ শোঁ করে তুষার-ঝড় বয়ে যাচ্ছে তার ওপর দিয়ে। আকাশ কালো, কিছুই ভাল দেখা যায় না। তাপাঙ্ক শূন্যের পনেরো-কুড়ি ডিগ্রি নীচে নেমে গেছে।

রামচন্দ্রের পরনে শুধু পাতলা কাপড়ে একটা স্যুট। শীত সে টেরই পাচ্ছে না। উপত্যকার দিকে চেয়ে সে এক অদ্ভুত সুরে শিস দিয়েই যাচ্ছে। একবার সে ক্যালকুলেটরের মতো যন্ত্রটার দিকে তাকাল। ভ্রূ দুটো একটু কোঁচকাল।

উপত্যকায় নামবার কোনও পথ নেই। রামচন্দ্র রাহা যেখানে দাঁড়িয়ে আছে, ঠিক তার সামনেই গভীর খাদ। প্রায় তিন হাজার ফুট নীচে তুষারক্ষেত্র। রামচন্দ্র রাহা শিস দিতে দিতেই সেই খাদের ধারে এসে দাঁড়াল। চারদিকে একটু চেয়ে দেখল সে। তারপর লাফিয়ে পড়ল নীচে।

তিন হাজার ফুট তো সোজা নয়। রামচন্দ্র রাহার ওপর থেকে নীচে পড়তে অনেকটা সময় লাগল। পড়তে পড়তেই সে সেই অদ্ভুত সুরে শিস দিয়ে যাচ্ছিল।

নীচে নরম তুষার। তবু তিন হাজার ফুট ওপর থেকে পড়লে যে-কোনও মানুষেরই মাঝপথেই দম আটকে মরার কথা এবং শরীরটা একদম ছিন্নভিন্ন হয়ে যাওয়ার কথা। রামচন্দ্র রাহার অবশ্য কিছুই হল না। তুষারের ওপর বেড়ালের মতো হালকাভাবে নামল সে এবং ছোট্ট যন্ত্রটায় কী একটা দেখে নিয়ে এগোতে লাগল উত্তরের দিকে। যেদিকে আরও ঘোর গহিন তুষারের রাজ্য। মস্ত উঁচু দুর্গম সব মহাপর্বত। কীটপতঙ্গ, জনমানুষ, পশুপাখি কিছু নেই। শুধু সাদা তুষারের মরুভূমি। অবিরল হুহু করে ঝোড়ো বাতাস বইছে। রাশি রাশি পাতার মতো আকাশ থেকে নেমে আসছে তুষার। এত শীত যে, রক্ত জমাট বেঁধে যায়, হাত পা অসাড় হয়ে আসে। বাতাসে অক্সিজেন এত কম যে, দম নিতে কষ্ট হয়।

শিস দিতে দিতে প্যান্টের দু পকেটে দুটো হাত ভরে রামচন্দ্র রাহা একটা গিরিশিরা বেয়ে পিছল বরফের ওপর দিয়ে ওপরে উঠতে লাগল। এ পথ এত সরু যে, কোনওরকমে একটা পায়ের পাতা রাখা যায়। এত খাড়া যে, বরফ কাটার কুড়ুল, পিটন এবং দড়ির অবলম্বন ছাড়া এ পথ দিয়ে কোনও মানুষের পক্ষেই ওঠা সম্ভব নয়। ঝড়ের গতি এত বেশি যে, উড়িয়ে নিয়ে যেতে পারে।

সামনেই দুটো বিশাল চেহারার তুষারশুভ্র মূর্তি। ভালুক নয়, আবার মানুষও নয়। স্থির হয়ে পথ আটকে দাঁড়িয়ে আছে। চোখের দৃষ্টিতে আদিম হিংস্রতা। বড় বড় সাদা লোমে ঢাকা শরীর। কিংবদন্তির ইয়েতি।

রামচন্দ্র রাহা এক মুহূর্তে থমকে দাঁড়াল। তারপর হাসল। ছোট্ট যন্ত্রটা বের করে সে নিজের ভাষায় বলল, "সুপ্রভাত। আমি তোমাদের দেশে একজন অচেনা বিদেশি অতিথি।"

যন্ত্রটার ভিতর দিয়ে রামচন্দ্র রাহার এই কথাগুলো কয়েকটা অচেনা শব্দ হয়ে বেরোল। কিন্তু ইয়েতি দুজন পরস্পর মুখ চাওয়াচাওয়ি করে। অর্থাৎ তারা কথাগুলো বুঝতে পেরেছে।

রামচন্দ্র ফের জিজ্ঞেস কলল, "আমি সবচেয়ে উঁচু পাহাড়টা খুঁজছি। তোমরা দেখিয়ে দিতে পারো?"

ইয়েতিরা মাথা নাড়ল। দুজনেই হাত তুলে ওপরটা দেখাল। একটা অদ্ভুত শব্দ করল, "উমম্! উমম্!"

যন্ত্রের ভিতর দিয়ে রামচন্দ্র রাহা শুনল, "ওই যে! ওই যে!"

ইয়েতিরা পথ থেকে সরে দাঁড়ায়। রামচন্দ্র রাহা পৃথিবীর সব থেকে উঁচু গিরিশৃঙ্গ এভারেস্টে উঠতে থাকে। শিস দিতে দিতে, পকেটে হাত ভরে।

* * *

দৃশ্যটা গর্ডন সাহেবের ওয়ার্কশপে বসে কাজির পর্দায় দেখতে পাচ্ছিল লাটু। সুপারম্যান, টারজান, ম্যানড্রেক সব যেন রামরাহার কাছে ছেলেমানুষ। যত সে দেখে, তত সম্মোহিত হয়ে যেতে থাকে।

কাজি প্রশ্ন করে, "রামরাহাকে কী রকম মনে হচ্ছে তোমার?"

"দারুণ।"

"ওর সঙ্গেই তোমার লড়াই কিন্তু। খ্রাচ খ্রাচের কথা ভুলে যেয়ো না।"

এ কথা শুনে কেন কে জানে লাটুর মনটা একটু খারাপ হয়ে গেল।

কাজির পর্দায় তখন এভারেস্টে আরোহণকারী দুজন অভিযাত্রীকে দেখা যাচ্ছিল। পর্বতারোহীর পোশাক, অক্সিজেন সিলিন্ডার, কুড়ুল, পিটনে সজ্জিত দুজন মানুষ অত্যন্ত ধীর গতিতে ওপরে উঠছিল। আচমকাই প্রথমজনের বরফে গাঁথা পিটনটা খসে যাওয়ায় সে পিছলে পড়ে যেতে লাগল নীচে। নীচে মানে অনেক নীচে। কয়েক হাজার ফুট।

লাটু ভয়ে চোখ বুজে ফেলে চেঁচিয়ে উঠল, "গেল গেল!"

কিন্তু না। চোখ খুলে লাটু দেখল ঠিক সময়ে কখন রামরাহা পথচ্যুত অভিযাত্রীর তলায় এসে দাঁড়িয়েছে। দুটো বিশাল হাতে সে বলের মতো লুফে নিল লোকটাকে। তারপর অনায়াসে তাকে পাঁজাকোলা করে নিয়ে ফের গিরিশিরায় উঠে এসে যথাস্থানে নামিয়ে দিল। ফের পকেটে হাত ভরে এক উদাস সুরে শিস দিতে দিতে সে উঠে এল এভারেস্টের চূড়ায়।

লাটু মন্ত্রমুগ্ধের মতো দেখল, রামরাহা এভারেস্টের চূড়ায় উঠে আকাশের দিকে হাত বাড়াতেই তার স্যুটকেসটা কোন শূন্য থেকে ভাসতে ভাসতে নেমে এল। তিনটে ঠ্যাং বেরিয়ে এল স্যুটকেস থেকে। সেই তিন পায়ের ওপর সেটা স্থির হয়ে দাঁড়াল। রামরাহা একটা সুইচ টিপল স্যুটকেসের গায়ে।

কাজি ফিসফিস করে বলল, "লাটু, একটুও শব্দ কোরো না। রামরাহা তার বিমার চালু করেছে! একটু শব্দ হলেও সে টের পেয়ে যাবে।"

লাটু ভয়ে দম বন্ধ করে রইল।

আচমকাই সে কাজির ভিতর থেকে রামরাহার অদ্ভুত গম্ভীর গভীর কণ্ঠস্বর শুনতে পায়।

"র‍্যাডাক্যালি, আমি তোমার আবিষ্কর্তা, আমি তোমার স্রষ্টা। কেন ধরা দিচ্ছ না র‍্যাডাক্যালি? কেন আবরণী-রশ্মি দিয়ে ঢেকে রেখেছ নিজেকে? তোমার ক্ষমতা অসীম। তুমি আকাশের সমস্ত গ্রহনক্ষত্রকে কক্ষচ্যুত করে দিতে পারো, সমস্ত কসমিক প্যাটার্নকে পালটে দিতে পারো তুমি। এ গ্রহের নাবালকেরা তোমাকে ভুলভাবে ব্যবহার করলে কত সর্বনাশ ঘটে যেতে পারে র‍্যাডাক্যালি! খ্রাচ খ্রাচ তোমাকে পেলে ব্যবহার করবে দাসত্বের কাজে। তোমার সত্যিকারের সদ্ব্যবহার জানে একটিমাত্র লোক। সে তোমার আবিষ্কর্তা এই আমি। ধরা দাও র‍্যাডাক্যালি। আর সময় নেই।"

সেই গলার স্বর শুনে লাটুর সারা শরীরের রোমকূপ শিউরে ওঠে। বুকের ভিতরটা কেমন করতে থাকে। সে হঠাৎ সব ভুলে বলে ওঠে, "কাজি! র‍্যাডাক্যালি কে?"

পর্দায় রামরাহা হঠাৎ চমকে ওঠে। তারপর খুব দ্রুত হাতে একটা নব ঘোরাতে থাকে।

কাজি হতাশ গলায় বলে, "ছিঃ, লাটু! একটু সংযম নেই তোমার! আমি ধরা পড়ে গেলাম। ওই দ্যাখো, রামরাহা তার যন্ত্র গুটিয়ে নিচ্ছে। আর উপায় নেই।"

লাটু লজ্জায় ভয়ে কাঠ হয়ে গেল।

কাজি কিছুক্ষণ চুপ করে থেকে বলল, "র‍্যাডাক্যালি আমারই নাম। রামরাহা আমাকে উদ্দেশ করেই কথাগুলো বলছিল।"

খুব সংকোচের সঙ্গে লাটু জিজ্ঞাসা করে, "রামরাহাই কি তোমাকে আবিষ্কার করেছিল?"

"হ্যাঁ, লাটু।"

"তবে কেন তুমি ওর কাছে ধরা দিতে চাও না? রামরাহা তো দারুণ লোক।"

"ধরা দেওয়া সম্ভব নয় লাটু। খ্রাচ খ্রাচ আমাকে প্রি-প্ল্যানড করে রেখেছে। শত হলেও আমি যন্ত্র, আমাকে যান্ত্রিক নিয়মেই চলতে হয়। আমি কারও প্রতি পক্ষপাত পোষণ করতে পারি না। প্রয়োজন হলে তোমার সাহায্যে আমি রামরাহাকে মেরে ফেলব। হয়তো সেটাই একমাত্র পন্থা।"

"মেরে ফেলবে!" লাটু খুব দুঃখের সঙ্গে বলল। তারপর অনেকক্ষণ চিন্তা করে বলে, "আমার সাহায্যে কেন কাজি?"

"ওই যে বললাম, শত হলেও আমি যন্ত্র। কেউ না চালালে আমার পক্ষে চলা শক্ত।

এখন একটা কাজ করো। ব্যান্ডের কাছে একটা আলপিনের মাথার মতো ছোট্ট বোতাম আছে। নখের ডগা দিয়ে সেটা খুব জোরে চেপে ধরো।”

লাটু বোতামটা খুঁজে পেয়ে নখ দিয়ে চেপে ধরল। ভিতরে ক্লিক করে একটা শব্দ হল মাত্র।

কাজি বলল, “এবার শোনো। রামরাহা আমার সন্ধান পেয়ে গেছে। কিন্তু সে তাড়াহুড়ো করবে না। তার কাছে এমন যন্ত্র আছে যার সাহায্যে সে চোখের পলকে এখানে পৌঁছে যেতে পারে। কিন্তু সেটা হঠকারীর মতো কাজ হবে। সে জানে আমি আত্মরক্ষার কৌশল জানি। তা ছাড়া সে ওইসব অত্যাধুনিক যন্ত্রপাতি ব্যবহার করলে তোমাদের এই গ্রহের সাংঘাতিক ক্ষতি হতে পারে। রামরাহা সুতরাং সেগুলো ব্যবহার করবে না। সে বাস, ট্রেন ইত্যাদি যানবাহন ব্যবহার করবে। এখানে আসতে আমার হিসেবে রামরাহার সময় লাগবে আরও দুদিন। ততক্ষণে খ্রাচ খ্রাচ পৌঁছে যাবে। আমাকে রেখে দাও সামনের টেবিলে। এই দুটো দিন তুমি চুপচাপ বসে থাকো। আমাকে ভুলেও স্পর্শ কোরো না। আমার কাছেও এসো না।”

“কেন কাজি?”

“তুমি কাল সকালে দেখতে পাবে সামনের টেবিলে হুবহু আমার মতো দেখতে দুটো কাজি রয়েছে। তোমার বাঁদিকে থাকব সত্যিকারের আমি, ডানদিকে থাকবে প্রতিবস্তুতে তৈরি আমার দোসর। রামরাহা যদি এসেই পড়ে তাহলে তুমি বাঁদিক থেকে আসল আমাকে সাবধানে সরিয়ে নিয়ে বাইরের জঙ্গলে ফেলে দিয়ো। খবরদার, ডানদিকেরটায় হাত দিয়ো না। তাহলে সঙ্গে সঙ্গে মারা পড়বে। রামরাহা প্রতিবস্তুতে তৈরি আমাকে স্পর্শ করা মাত্র ধ্বংস হয়ে যাবে। অবশ্য সেইসঙ্গে আমিও। এটাই অন্তিম উপায়।”

লাটু খুব ভয়ে-ভয়ে কাজিকে টেবিলের ওপর রেখে দিল। কাজির ভিতরে বিচিত্র শব্দ উঠছিল। যেন কেউ খুব যন্ত্রণা পাচ্ছে, মর্মন্তুদ ব্যথা বেদনায় নানারকম শব্দ করছে।

এই কয়দিনে লাটু কাজিকে বড় ভালবেসে ফেলেছে। করুণ মুখে সে জিজ্ঞেস করল, “তোমার কি খুব কষ্ট হচ্ছে কাজি?”

“ভীষণ। মৃত্যুর আগে মানুষের এরকম যন্ত্রণা হয়।”

“কেন যন্ত্রণা হচ্ছে কাজি?”

“প্রতিবস্তুতে নিজের প্রতিকৃতি তৈরি করার মানে হল নিজের মৃত্যুর পথ পরিষ্কার করা। তুমি ঠিক বুঝবে না। আমার ভিতরে অণু ও পরমাণুর দুরকম চলন তৈরি হচ্ছে। একটা চলন আর-একটা চলনের ঠিক উলটো। বড় কষ্ট।”

“রামরাহা কীরকম মানুষ কাজি?”

“সে আমার শত্রু।”

"খ্রাচ খ্রাচ কীরকম মানুষ কাজি?"

"সে আমার প্রভু।"

লাটু চুপচাপ বসে ভাবতে লাগল। ভাবতে ভাবতে ঘুমিয়ে পড়ল।

সকালে ঘুম ভাঙতেই দেখল, টেবিলের ওপর পাশাপাশি দুটো কাজি পড়ে আছে। হাত বাড়িয়ে বাঁদিকের কাজিকে হাতে তুলে নেয় লাটু।

"কাজি! কেমন আছ?"

জবাব নেই।

"কাজি! কথা বলছ না কেন?"

আচমকা টেবিলের ওপর থেকে প্রতিবস্তুতে তৈরি কাজি বলে উঠল, "ও কাজি মরে গেছে লাটু। ওকে বিরক্ত কোরো না।"

লাটু সভয়ে ডানদিকের কাজির দিকে চেয়ে রইল। তারপর ভয়ে-ভয়ে প্রশ্ন করল, "তুমি কি প্রতিবস্তুতে তৈরি কাজি?"

"হ্যাঁ, লাটু। আমাকে ভুলেও ছুঁয়ো না।"

"তুমি আর আগের মতো আমার বন্ধু নও?"

"না, লাটু। তবে আমি তোমার ক্ষতিও করব না। কাজি আমাকে প্রি-সেট করে রেখেছে। আমাকে না ছুঁলে তোমার ভয় নেই।"

লাটু একটু ভেবে নিয়ে বলে, "রামরাহা কি ধরতে পারবে না যে, তুমি আসল কাজি নও! তার বুদ্ধি তো সাংঘাতিক।"

"না লাটু, আমাকে স্পর্শ করার আগে আমি আসল না প্রতিবস্তু তা বোঝার কোনও উপায় নেই। আর স্পর্শ করার পর বুঝলেও লাভ নেই।"

কাজিকে দু হাতের আঁজলায় ধরে চেয়ে থাকে লাটু। দুঃখে তার চোখে জল এসে যায়। সে কাজির দোসরের দিকে চেয়ে কান্নায় অস্ফুট স্বরে বলল, "এই কাজি কি আর কখনও বেঁচে উঠবে না?"

"আমি তা বলতে পারি না। শুধু জানি, তোমাকে বাঁচানোর জন্যই কাজি তার প্রাণ দিয়ে আমাকে তৈরি করে গেছে।"

"আমাকে বাঁচানোর জন্য?"

"হ্যাঁ, লাটু। দুই মহাশক্তিধর মানুষের লড়াই শুরু হত আগামীকাল। কাজির জন্য। সে লড়াইয়ের মাঝখানে পড়ে তোমাকে মরতে হত। কিন্তু এখন সেই সম্ভাবনা রইল না। যে প্রথমে আসবে তাকেই তুমি দান করে দিয়ো আমাকে। আমি তাকে ছিন্নবিচ্ছিন্ন করে ধুলো বানিয়ে দেব। তোমার কোনও ক্ষতি হবে না।"

"আর তুমি?"

"ধ্বংস করা এবং ধ্বংস হওয়ার জন্যই আমার জন্ম। আমার জন্য ভেবো না। কাজিকে কবর দিয়ে এসো।"

লাটু এ আদেশ পালন করতে পারল না। সারাদিন সে কাজির মৃতদেহ হাতে নিয়ে বসে রইল পুতুলের মতো। আস্তে আস্তে দিন গিয়ে বিকেল, তারপর সন্ধ্যা পেরিয়ে রাত্রি নামল চারধারে।

আগামীকাল সকালে আসবে রামরাহা আর খ্রাচ খ্রাচ। কিন্তু লাটুর ভয় করছিল না। এক গভীর শোকে তার বুক ভার হয়ে আছে। কাজিকে বুকের মধ্যে চেপে ধরে রেখে লাটু ইজিচেয়ারে শুয়ে ঘুমিয়ে পড়ল।

খুব ভোররাত্রে আকাশে কয়েকটা অদ্ভুত চলমান উজ্জ্বল নক্ষত্রকে দেখা গেল। অতি দ্রুত তারা পশ্চিমের আকাশ থেকে ছুটে আসছিল পৃথিবীর দিকে। কয়েক সেকেন্ড পৃথিবীর সমস্ত মানমন্দিরের দূরবীক্ষণে দেখা গেল তাদের। একটা হইচই পড়ে গেল। কিন্তু আচমকাই কী হল, সমস্ত আলোগুলো অদৃশ্য হয়ে গেল। চলমান নক্ষত্রগুলোকে আর কোথাও দেখা গেল না।

শেষ রাত্রে এক ট্রেন থামল স্টেশনে। ছ ফুট লম্বা এবং অতিকায় সুদর্শন একজন যুবক স্যুটকেস হাতে প্ল্যাটফর্মে নামল। চারদিকে একবার চেয়ে সে পকেট থেকে ক্যালকুলেটরের মতো একটা যন্ত্র বের করে কী যেন দেখল। তারপর লম্বা লম্বা পা ফেলে হাঁটতে লাগল গর্ডনসাহেবের বাড়ির দিকে।

* * *

কোনও শব্দ হয়নি, তবু ভোর রাত্রে ঘুম ভেঙে গেল লাটুর।

চোখ চেয়ে চমকে সোজা হয়ে বসল সে। তার সামনে টেবিলের ওপাশে দাঁড়িয়ে আছে রামরাহা। কী অসাধারণ সুপুরুষ! কী চওড়া কাঁধ! কী বিশাল দুই হাত! চোখ দুটি স্নিগ্ধ, মুখে মৃদু একটু হাসি।

লাটু তাকাতেই রামরাহা বলল, "আমার কথা বোধহয় তুমি জানো?"

"হ্যাঁ। আপনি রামরাহা।"

"আমি র‍্যাডাক্যালিকে নিয়ে যেতে এসেছি। তুমি কি অনুমতি দেবে?"

লাটুর মাথা ঘুলিয়ে যাচ্ছিল। রামরাহা টেবিলের ওপর রাখা প্রতিবস্তুর কাজির দিকে চেয়ে আছে। মুখখানা স্নেহসিক্ত, সেইভাবে চেয়ে থেকেই রামরাহা বলল, "বড্ড দুষ্টু যন্ত্র। কিছুতেই স্থির থাকতে চায় না। আমি ওকে নিয়ে যখন পালিয়ে আসছিলাম তখন তোমাদের গ্রহে আশ্রয় নিতে হয়। সেই সময় ও আমার মহাকাশযান থেকে ছিটকে পড়ে পালিয়ে যায়। অনেকদিন পর আজ ওর খোঁজ পেয়েছি।"

লাটু মন্ত্রমুগ্ধের মতো চেয়ে থাকে। রামরাহার চেহারা সুন্দর, ব্যবহার ভাল, কিন্তু তাতে কী? ও যে কাজির শত্রু!

রামরাহা টেবিলের দিকে একটা হাত প্রসারিত করে বলে, "এর বদলে তোমাকে আমি একটা সুন্দর জিনিস দেব।"

প্রতিবস্তুর তৈরি কাজি টেবিলের ওপরে থেকেও কিন্তু টেবিলকে স্পর্শ করেনি। দুই সেন্টিমিটার ওপরে ভেসে ছিল। কেন তা লাটু জানে। পৃথিবীর বিজ্ঞান যত অনুন্নতই হোক তবু লাটু এ খবর রাখে যে, প্রতিবস্তুকে স্পর্শ করলেই অন্য যে কোনও জিনিসের অস্তিত্ব লোপ পায়। রামরাহা কি লক্ষ করছে যে, প্রতিবস্তুর তৈরি কাজি ভাসছে? না, করেনি। রামরাহার হাত এগিয়ে যাচ্ছে মারাত্মক জিনিসটার দিকে।

এখন কী করবে লাটু? রামরাহাকে তার ভীষণ ভাল লাগছে যে! সে বিষণ্ণ মুখে মাথা নেড়ে বলল, "ওটা ছুঁয়ো না, ওটা আমার জিনিস!"

ঠিক এই সময়ে তাদের চমকে দিয়ে হঠাৎ মাটি কেঁপে উঠল থরথর করে। র‍্যাডাক্যালির একটা অদৃশ্য বস্তু যেন ধাক্কা দিল পৃথিবীর গায়ে। ভূমিকম্প নয়, ভূমিকম্প অন্যরকম।

রামরাহার কপালে বিন্দু বিন্দু ঘাম। সে একবার ওপরের দিকে চাইল। তারপর বলল, "খ্রাচ খ্রাচ বাতাসের বুদ্বুদ ছুঁড়ে মারছে। শোনো ছোট্ট মানুষ, আর সময় নেই। খ্রাচ খ্রাচ যদি আমার নাগাল পায়, তবে লড়াই হবেই। আমাদের মধ্যে কে হারবে জানি না, কিন্তু সে লড়াইয়ে পৃথিবী শেষ হয়ে যাবে। অনুমতি দাও, আমি র‍্যাডাক্যালিকে নিয়ে মহাশূন্যে চলে যাই। লড়াই হলে সেখানেই হোক।"

রামরাহা কাজির দিকে ফের হাত বাড়াতেই আবার পৃথিবী দুলে উঠল প্রবল ধাক্কায়। খ্রাচ খ্রাচের বিশালকায় বাতাসি বুদ্বুদ ঘণ্টায় কয়েক হাজার মাইল বেগে এসে পড়েছিল আশেপাশে। বাইরে কুকুরগুলো মর্মন্তুদ আর্তনাদ করে ওঠে। ওয়ার্কশপের একটা ধার ভেঙে পড়ে মাটিতে। বাগানের গাছপালায় তীব্র আন্দোলন, পাখিরা প্রাণভয়ে সমস্বরে চেঁচাতে থাকে।

ইজিচেয়ার সুদ্ধু পড়ে গিয়েছিল লাটু। চারদিক ভয়ংকর দুলছে, তার মাথা ঘুরছে। আতঙ্কে শুকিয়ে যাচ্ছে বুক। রামরাহা তাকে তুলে দাঁড় করায়। কী জোরালো হাত, অথচ কী নরম!

রামরাহা মাটি থেকে কী একটা কুড়িয়ে নিয়ে লাটুর দিকে অবাক হয়ে চেয়ে বলল, "এটা কী এই তো দেখছি র‍্যাডাক্যালি!"

লাটু হঠাৎ ডুকরে উঠে বলে, "কাজি মরে গেছে! কাজি মরে গেছে!"

রামরাহার মুখটা কেমন অদ্ভুত করুণ হয়ে যায়।

বাতাসের গোলা কোথায় দাগছে খ্রাচ খ্রাচ তা বোঝা যায় না ঠিক। তবে মাটি আরও জোরে কেঁপে ওঠে। গাছপালা ভেঙে পড়তে থাকে বাগানে। কয়েকটা কুকুর আর্তনাদ করে চিরকালের মতো চুপ করে যায়। গর্ডনের পিসি "ও গড! ও গড!" বলে চিৎকার করে উঠোনে দৌড়াদৌড়ি করে।

রামরাহা টেবিলের প্রতিবস্তুর দিকে বিস্ফারিত চোখে চেয়ে থাকে। তারপর বিষণ্ণ মুখে মাথা নেড়ে বলে, "র‍্যাডাক্যালি, এভাবে আত্মহত্যা করার প্রয়োজন ছিল না তোমার।"

লাটু পড়ে গিয়েছিল ফের। উঠতে উঠতে বলল, "কাজি তোমাকে শত্রু ভাবত।"

রামরাহা মাথা নেড়ে বলল, "ভাবত না। তাকে ওরকম ভাবতে শিখিয়েছিল খ্রাচ খ্রাচ। র‍্যাডাক্যালির নৈতিক বোধ নষ্ট করেছে খ্রাচ খ্রাচ। আর কয়েকটা দিন তাকে হাতে পেলে শুধরে নিতাম।"

বাইরে এক অপার্থিব বেগুনি আলোয় ভরে যাচ্ছিল চারদিক। মুহুর্মুহু বাতাসের গোলা এসে ছয়ছত্রখান করে দিয়েছে সবকিছু। ধড়াস করে ওয়ার্কশপের অনেকটা দেয়াল ধসে গেল একদিকে। উড়ুক্কু মোটর সাইকেলটা মুখ থুবড়ে পড়ে একেবারে চিঁড়েচ্যাপ্টা হয়ে গেল। টুকরো টুকরো হয়ে গেল গর্ডনের কলের মানুষ। ঝড়ের বাক্স চৌচির। লাটু আর কাজি মিলে সম্পূর্ণ করেছিল গর্ডনের এসব খেলনা। লাটু ফ্যালফ্যাল করে চেয়ে দেখল শুধু।

ঘনীভূত ও নিরেট বাতাসের আর-একটা অতিকায় গোলা পড়ল কোথায় যেন। খুব কাছে। একটা একশো মাইল বেগের ঝড় এসে বাগানের গাছপালা শিকড়সমেত উড়িয়ে নিয়ে গেল। সেইসঙ্গে উড়ে গেল ওয়ার্কশপের চাল।

লাটু আকাশের দিকে চেয়ে দেখে, তারাভরা আকাশ থেকে একটা মস্ত থালার মতো মহাকাশযান নেমে আসছে।

রামরাহা মৃদু স্বরে বলে, "চুপ করে থাকো, কোনও কথা বোলো না।"

"তুমি?"

"আমি! আমাকে একটু লুকিয়ে থাকতে হবে। তুমি ভয় পেয়ো না। আমি কাছেই থাকব।"

মহাকাশযান ত্রিশ ফুট ওপরে ভাসতে লাগল স্থির হয়ে। তার তলায় একটা ছোট্ট গোল ছিদ্র দেখা দিল। কে যেন সেই ফুটো দিয়ে লাফ দিল নীচে। সোজা সে এসে নামল লাটুর সামনে।

লাটু দেখল খ্রাচ খ্রাচ। তেমনি অদ্ভুত পোশাক তার পরনে, তেমনি অদ্ভুত টুপি, আব্রাহাম লিঙ্কনের মতো লম্বা মুখ। দশাসই চেহারা। একবার টেবিলের প্রতিবস্তু এবং

একবার লাটুর মুখের দিকে চেয়ে সে একটু হাসল। তারপর ভারী একটা হাতে লাটুর পিঠ চাপড়ে দিয়ে বলল, "শাবাশ! তুমি কথা রেখেছ।"

লাটু জবাব দিতে পারল না। সম্মোহিতের মতো চেয়ে রইল।

খ্রাচ খ্রাচ টেবিলের দিকে এগিয়ে গিয়ে লোভাতুর চোখে চেয়ে রইল প্রতিবস্তুর কাজির দিকে। অনেকক্ষণ চেয়ে থেকে লাটুর দিকে হঠাৎ মুখ ফিরিয়ে হিংস্র গলায় বলল, "রামরাহা কোথায়? সে এখানেই ছিল। আমি তার স্পন্দন আমার সেনসরে টের পাচ্ছি। কোথায় সে?"

লাটু মাথা নেড়ে জানাল, সে জানে না, তার গলার স্বর ফুটছিল না।

খ্রাচ খ্রাচ গম্ভীর বজ্রনিনাদে বলল, "শোনো খুদে মূর্খ মানুষ, রামরাহা যতদিন বেঁচে থাকবে, ততদিন কাজি নিরাপদ নয়। তাকে ধ্বংস করতেই হবে। যদি সত্যি কথা না বলো, তা হলে পৃথিবীকে ধ্বংস করা ছাড়া আমার উপায় থাকবে না।"

ভয়ে লাটুর হাত পা হিম হয়ে যাচ্ছিল, সে কোনও জবাব দিতে পারল না। খ্রাচ খ্রাচ জ্বলন্ত দৃষ্টিতে কিছুক্ষণ তার দিকে চেয়ে থেকে বলল, "রামরাহা এখনও পৃথিবী ছেড়ে চলে যেতে পারেনি, আমি জানি। কিন্তু তাকে খুঁজে বের করার মতো সময় আমার নেই। আমি কাজিকে নিয়ে যাচ্ছি। মহাকাশযানে ফিরে গিয়েই আমি সুপারচার্জার দিয়ে পৃথিবীকে একেবারে ধুলো করে দেব। তুমি আমার মস্ত উপকার করেছ, তবু আমার কিছু করার নেই।"

এই বলে খ্রাচ খ্রাচ হাত বাড়িয়ে প্রতিবস্তুর কাজিকে স্পর্শ করল।

লাটু কোনও মানুষকে এরকমভাবে বাতাস হয়ে যেতে দেখেনি কখনও। আজ সে চোখের পলক একবারও না ফেলে দৃশ্যটা দেখল। খ্রাচ খ্রাচ কাজিকে স্পর্শ করার সঙ্গে সঙ্গেই তার মস্ত শরীরটায় একটা তীব্র শিহরন বয়ে গেল। হঠাৎ শূন্যে উৎক্ষিপ্ত হল সে। তারপর অত্যন্ত দ্রুতগতিসম্পন্ন কয়েকটা ঘূর্ণিঝড় তার শরীরে পাক দিতে লাগল। হাত গলে গেল, পা গলে গেল, মাথা, বুক, চোখ সব যেন গলে গলে মিশে যেতে লাগল বাতাসে।

মাত্র কয়েক সেকেন্ড, তারপর খ্রাচ খ্রাচ এবং প্রতিবস্তুতে তৈরি কাজির কোনও চিহ্নও রইল না কোথাও।

শূন্যে ভাসমান খ্রাচ খ্রাচের মহাকাশযান কী বুঝল কে জানে। হঠাৎ একটা বেগুনি রশ্মিতে চারদিক উদ্ভাসিত করে বিদ্যুৎ-বেগে সেটা মিলিয়ে গেল আকাশে।

লাটু ক্লান্তভাবে বসে পড়ল ইজিচেয়ারটায়।

একটা কাবার্ডের আড়াল থেকে রামরাহা বেরিয়ে এল ধীর পায়ে। হাতে কাজির মৃতদেহ। মাথা নেড়ে বলল, "কাজি বেঁচে নেই। তবু আমাকে চেষ্টা করে যেতে হবে ওকে

আবার বাঁচিয়ে তোলার জন্য। যতদিন না পারছি, ততদিন তোমাদের গ্রহে আমাকে থেকে যেতে হবে।"

লাটু লাফিয়ে উঠল আনন্দে। "থাকবে? থাকবে রামরাহা?"

রামরাহা মাথা নেড়ে বলে, "থাকব, তবে সমুদ্রের তলায়, আমার মহাকাশযানে।"

"কিন্তু তোমাকে যে আমার দেখতে ইচ্ছে করবে!"

"ডাকলেই আমি দেখা দেব।"

"কীভাবে?"

রামরাহা একটা ঘড়ি বের করে লাটুর হাতে দিয়ে বলে, "এটা একটা সাধারণ ঘড়ি। তবে এর চাবিটা উলটোদিকে ঘোরালেই আমি সংকেত পাব। তবে খুব প্রয়োজন ছাড়া আমাকে ডেকো না। কেমন?"

লাটু আনন্দে উদ্ভাসিত মুখে মাথা নাড়ল। "আচ্ছা।"

'রামরাহা সেই অদ্ভুত বিষণ্ণ সুরে শিস দিতে দিতে ধীর পায়ে বেরিয়ে গেল ঘর থেকে।

ঘড়ি দেখে হারানচন্দ্র আঁতকে উঠে বললেন, "ও বাবা! আর ঘড়ি নয়। এ জন্মে আর ঘড়ি পরব না আমি। ওটা তুই-ই পর! আর ঘড়ি হারাতে আমি পারব না।"

অগত্যা ঘড়িটা লাটুই পরতে থাকে।

জটাই তান্ত্রিক আর গর্ডন আবার স্বাভাবিক হয়েছেন। জটাই এসে হারানচন্দ্রকে প্রায়ই বলেন, "হুঁ হুঁ বাবা, ভূত ব্যাটার কাণ্ডটা দেখলে! সেদিন কেমন তুলকালাম ঝড়টা বইয়ে দিয়ে গেল। ওঃ, গর্ডনের কারখানাটার আর কিছু রাখেনি।"

হারানচন্দ্র খেঁকিয়ে উঠে বলেন, "ভুতুড়ে কাণ্ডটা কী রকম?"

জটাই মৃদু হেসে বলেন, "আরে চটো কেন? ভূতের স্বভাবই ওই। যখনই কিছু ছাড়তে হয়, তখনই রেগেমেগে ভাঙচুর করে যায়। তোমার ঘড়িটার ভূত হে। যেই তাড়িয়েছি, অমনি সব লণ্ডভণ্ড করে দিয়ে গেছে। তেজ ছিল খুব ব্যাটার।"

"কিন্তু ঘড়িটাও তো গায়েব! সেটার কী হল?"

হরি ডোমের করোটিতে চা খেতে খেতে জটাই গম্ভীর মুখে বলেন, "ঈশ্বরে মন দাও হারান, ঈশ্বরে মন দাও। 'কালী কালী' বলে দিনরাত ডাকো। বিষয়-চিন্তা করে করে যে একেবারে হয়রান হয়ে গেলে!"

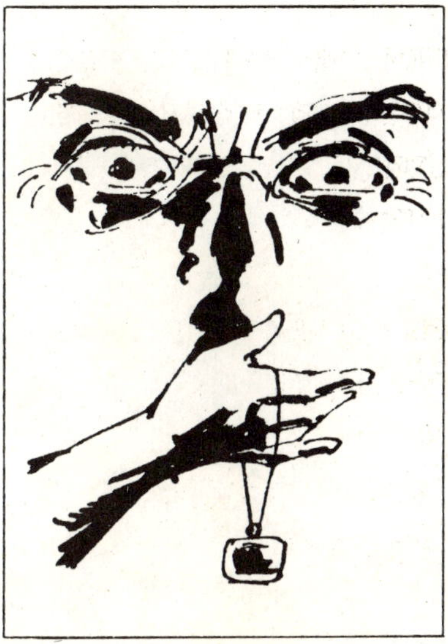

গৌরের কবচ

গৌরগোপালেরা বড়ই গরিব। গ্রামের মধ্যে তাদের বাড়িখানাই সবচেয়ে বেশি ভাঙাচোরা এবং শ্রীহীন। একবুক আগাছার মধ্যে তেড়াবেঁকা হয়ে কোনওক্রমে বহুকালের পুরনো বাড়িটা দাঁড়িয়ে আছে।

একসময়ে গৌরগোপালদের অবস্থা ভালই ছিল। জমিজমা ছিল, চাষবাস ছিল, একটু ব্যবসাও ছিল। গৌরের ঠাকুরদার আমল থেকে অবস্থা পড়তে পড়তে এখন একেবারে তলানিতে এসে ঠেকেছে। একবেলা নুনভাত জোটে তো আর একবেলা উপোস থাকতে হয়। চাষের জমি সব দেনার দায়ে বিক্রি হয়ে গেছে।

গৌরগোপালেরা দুই ভাই। নিতাইগোপাল বড়, গৌরগোপাল ছোট। গৌরের বয়স এখন উনিশ-কুড়ি। লেখাপড়ায় দুই ভাইয়ের কেউই ভাল নয়। তবে নিতাইগোপাল একটু সংস্কৃত জানে। পুজোআচ্চা করতে পারে। তাই করেই সে কোনওক্রমে সংসার চালায়। তাদের বাবা নেই, মা আছে। নিতাইগোপালের শ্বশুরবাড়ির লোকেরা একটু পয়সাওলা, তাই তার বউয়ের ভারী দেমাক। সে শ্বশুরবাড়ির লোকদের মানুষ বলে জ্ঞানই করে না। নিতাইগোপাল বউকে ভয় খায়। তাই বেশি উচ্চবাচ্য করে না। বড় ভাইয়ের সংসারে আহাম্মক গৌরগোপাল আর তার বুড়ো মা বড় অনাদরে থাকে।

গৌরগোপালের লেখাপড়া হয়নি, তেমন কোনও বিশেষ গুণও তার নেই। তবে সে খুব সরল এবং ভালমানুষ গোছের। মিথ্যে কথা বলে না, কাউকে আঘাত দেয় না, কখনও তার মুখে কেউ কোনও খারাপ কথা বা গালাগাল শোনেনি। অতি কষ্টে অধ্যবসায়ে সে ইস্কুলের শেষ পরীক্ষাটা পাশ করেছে। এখন তার দজ্জাল বউদি তাকে দিয়ে বাসন মাজায়, কাপড় কাচায়, উঠোন ঝাঁট দেওয়ায়, আগাছা পরিষ্কার করায়, গোয়ালেরও হরেক কাজ তাকে করতে হয়। এমনকী দুপুরবেলা গোরু চরানোও আজকাল তার কাজ হয়েছে।

গৌরের এই কষ্ট তার মা আর চোখে দেখতে পারে না।

একদিন মা তাকে ডেকে বলল, "শোন বাবা, আমি চোখ বুজলে এদের সংসারে তোর বড় অনাদর হবে। একটু রয়ে-বুঝে থাকিস। আর মরার আগে আমি তোকে একটা জিনিস দিয়ে যাব। সেটা সাবধানে রাখিস।"

গৌর অবাক হয়ে বলে, "কী জিনিস, মা?"

"সে আছে। সময়মতো দেখতে পাবি।"

এই ঘটনার কিছুদিনের মধ্যেই গৌরের মা মারা গেল। মরার আগে গৌরকে কাছে ডেকে চুপিচুপি যে জিনিসটা তার হাতে দিল, সেটা এমন কিছু আহামরি জিনিস নয়। একটা কবচ।

গৌর খুব কান্নাকাটি করল মায়ের জন্য।

শ্রাদ্ধের পর নিতাই আর তার বউ গৌরকে একদিন ডেকে বলল, "এভাবে আর কতদিন বসে বসে খাবে? রোজগারের ধান্ধায় বেরিয়ে পড়ো।"

শুনে গৌরের ভারী ভয় হল। কারণ জীবনে সে কখনও গাঁয়ের বাইরে বেরোয়নি। বাইরের জগৎটা কেমন তাও সে জানে না। তবে মুখে কিছু বলল না সে। শুধু বলল, "আচ্ছা।"

নিজের ভাঙা ঘরখানায় বসে একদিন দুপুরে ভাগ্যের পাকচক্রের কথা ভাবতে ভাবতে মায়ের দেওয়া কবচটার কথা মনে পড়ল তার। কুলুঙ্গিতে লক্ষ্মীর পটের পিছনে লুকিয়ে রাখা কবচটা বের করে ভালভাবে দেখল সে। সাধারণ তামায় তৈরি। সোনা হলেও না হয় বেচে দু পয়সা আয় হত। কবচটার গুণই বা কী? যদি গুণই থাকত, তা হলে সংসারে এত অভাব আর অশান্তিই বা কেন!

গৌরগোপাল কবচটা হাতের মুঠোয় নিয়ে বসে আকাশ-পাতাল ভাবতে লাগল। মরার সময় তার মা বিকারের ঘোরে ভুল বকছিল। গৌরগোপাল তখন সংসারে তার শেষ স্নেহের আশ্রয় মায়ের মৃত্যু-নীল মুখখানার দিকে চেয়ে হাঁ করে বসে থাকত। কথাগুলো তার কানে সেঁধোলেও মগজে ভাল করে ঢুকত না। তার মনে পড়ল, মা বিকারের ঘোরে বলেছিল, "কবচটা কিন্তু খুব সাবধান...কখনও হারাসনি বাবা...ওর মধ্যে কিন্তু দানো আছে...দানো...খুব সাবধান..."

এই দানো কে বা কী তা গৌরগোপাল জানে না। তবে কবচটা সে আবার সাবধানে কুলুঙ্গিতে পটের আড়ালে রেখে দিল।

সংসারে তার যতই অনাদর হোক, মা যতদিন বেঁচে ছিল, ততদিন দু বেলা ভরপেট খাওয়া জুটত। কিন্তু মা মরে ইস্তক সেটাই আর জুটছে না। বউদি খেতে দেয় বটে, তবে একবারের বেশি দুবার ভাত সাধে না। ভাল পদ যদি কোনওদিন কিছু রান্না হয়, তবে তা গৌরগোপালের চোখের আড়ালে রাখে। এ সবই গৌর টের পায়, কিন্তু ভয়ে কিছু বলে না। বলে হবেই বা কী? বরং বেশি ট্যান্ডাই-ম্যান্ডাই করতে গেলে দাদা ঘাড়ধাক্কা দিয়ে বাড়ি থেকে বের করে দেবে। এই বাড়ি থেকে বেরোতেই গৌরের যত ভয়। বাইরের দুনিয়াটাকে তো সে একেবারেই চেনে না। এমন বিদ্যেও নেই যে, নিজে কিছু রোজগার করে খাবে।

গৌর তাই আধপেট খেয়েও আজকাল দাদার সংসারে দ্বিগুণ খাটুনি দেয়। গোরু চরানো, বাগান পরিষ্কার, মাটি কোপানো, জল তোলা তো ছিলই, সেই সঙ্গে আরও অনেক কাজ করে দেয় সে। কাঠ কাটে, পুকুরের পানা তোলে, দাদার ছেলেমেয়েকে পড়ায়। সারাদিন এক মুহূর্ত বিশ্রাম নেয় না। হাসি-হাসি মুখ করে সারাক্ষণ দাদা-বউদিকে খুশি করতে চেষ্টা করে, যাতে বাড়ি থেকে এরা তাকে তাড়িয়ে না দেয়।

কিন্তু বিপদ হল, হঠাৎ একদিন বউদি তার দুই ষণ্ডামতো বজ্জাত ভাইকে এ বাড়িতে থাকার জন্য আনাল। তাদের নাম মাউ আর খাউ। তারা নাকি বখে যাচ্ছিল, সুতরাং ঠাঁইনাড়া করে তাদের শোধরানো দরকার। দুই ভাইয়েরই বেশ পালোয়ানের মতো চেহারা। খুব ডাকাবুকো ধরনের। বাড়িতে পা দিয়েই তারা নিরীহ গৌরগোপালকে নিয়ে পড়ল।

গৌর সাতে-পাঁচে থাকে না, সারাদিন কাজকর্ম নিয়ে ব্যস্ত থাকে। কিন্তু তাকে দেখলেই কেন যেন দাদার শালাদের মজা করার ইচ্ছে উসকে ওঠে। গৌর হয়তো বাগানের কাজ করছে, পিছন থেকে এসে তারা হয়তো তার কাছাটা টেনে খুলে দেয়। নয়তো তার ন্যাড়া মাথায় হঠাৎ একটু তেরে কেটে তাক বাজিয়ে চলে যায়। গৌর কিছু বলে না। একে কুটুম মানুষ, তার ওপর আবার বউদি বা দাদার কাছে সুবিচার পাওয়ার বদলে বকুনি খাওয়ার সম্ভাবনাটাই বেশি। তাই গৌরকে সয়ে যেতে হয়। শুধু তা-ই নয়, এই দুই বজ্জাতকে খুশি করার জন্য সে সেধে সেধে হেসে হেসে আগ বাড়িয়ে কথা বলতেও যায়। তাতে যে সবসময়ে লাভ হয় এমন নয়। মাউ আর খাউ বুঝে গেছে, গৌরগোপাল একটি আহাম্মক এবং বোকা। তার ওপর এ বাড়িতে সে আছে আগাছার মতোই। সুতরাং গৌরকে তারা একদম পাত্তা দেয় না। তবে দরকারমতো তাকে দিয়ে পা দাবিয়ে বা পিঠ চুলকিয়ে নেয়। গৌর তাদের স্নানের আগে গায়ে তেল মাখায়, খাওয়ার সময় পাখা দিয়ে মাছি তাড়ায়। মাউ আর খাউ তাকে বাড়ির চাকরের মতোই ভাবে আর সেইরকমই ব্যবহার করে।

তবে কিনা গৌরগোপালের তাতে অপমান বোধ হয় না। এ বাড়িতে সে যে থাকতে পারছে, তাকে যে তাড়িয়ে দেওয়া হচ্ছে না, এইটেই তার কাছে ঢের বলে মনে হয়। জন্মাবধি এ বাড়ির সঙ্গে তার নাড়ির সম্পর্ক।

মাঝে মাঝে নিঝুম রাতে গৌরগোপাল মায়ের দেওয়া কবচটা বের করে হাতের মুঠোয় করে চুপ করে বসে থাকে। সে কিছুতেই বুঝতে পারে না মা তাকে এই কবচটা দিয়ে গেল কেন। তামার কবচটার মুখ ধূপের আঠা দিয়ে আটকানো। মাঝে মাঝে সে কবচটা নেড়ে বুঝবার চেষ্টা করে, ভিতরে কী আছে। কিন্তু কিছুতেই বুঝতে পারে না।

এর মধ্যে একদিন একটা অদ্ভুত ঘটনা ঘটে গেল। গৌরগোপাল খাউ আর মাউয়ের সঙ্গে পুকুরে স্নান করতে গেছে। তিনজনেই জলে দাপিয়ে স্নান করছে। হঠাৎ খাউ মাউ দুই ভাইয়ের মজা উসকে উঠল। হঠাৎ দুজনে মিলে গৌরকে ধরে জলের মধ্যে চুবিয়ে রাখল। দুষ্টু বাচ্চারা এরকম একটু-আধটু করে, কিন্তু এ খেলায় একটু বাড়াবাড়ি হয়ে গেলে জীবন সংশয়। মাউ আর খাউয়ের সেই কাণ্ডজ্ঞান নেই। একজন সাধারণ মানুষের পক্ষে যে তিন মিনিটের বেশি কিছুতেই শ্বাস বন্ধ করে রাখা সম্ভব নয়, এটা বোধহয় তাদের জানাও ছিল না। দুই ভাই গৌরকে জলের তলায় চেপে রেখে হি হি করে হাসছিল।

ওদিকে জলের মধ্যে গৌর তখন আস্তে আস্তে এলিয়ে পড়ছে। শ্বাস নিতে গিয়ে ঘাঁত ঘাঁত করে জল গিলে ফেলছে। চেতনা আস্তে আস্তে মুছে যাচ্ছে।

কাঠ কেটে, মাটি কুপিয়ে গৌরের গায়ে জোর কিছু কম হয়নি। তা ছাড়া জলে সাঁতার কেটে কেটে তার দমও হয়েছে অফুরন্ত। ইচ্ছে করলে সে খাউ আর মাউয়ের থাবা থেকে নিজেকে ছাড়িয়ে নিতে পারত। কিন্তু ভালমানুষ গৌর মরতে মরতেও ভাবছে, "যদি গায়ের জোর খাটাই তা হলে কুটুম মানুষদের অপমান করা হবে। ওরা তো আমাকে নিয়ে একটু মজাই করছে। তার বেশি তো কিছু নয়। মজাটা যদি করতে না দিই তা হলে দাদা-বউদি বোধহয় রেগে গিয়ে তাড়িয়েই দেবে বাড়ি থেকে।" এইসব ভেবে গৌর আর নিজেকে বাঁচানোর চেষ্টা করল না। খুব বিনয়ের সঙ্গে মরার জন্য চোখ বুজে ফেলল।

যখন জ্ঞান ফিরল তখন পুকুরপাড়ে মেলা লোক জমেছে। তাকে উপুড় করে শুইয়ে গাঁয়ের চৌকিদার কুস্তিগির বাঁটুল তার পেটের জল বের করার জন্য পিঠের ওপর বসে দুমদাম কিল মারছে। বুড়ো কবিরাজমশাই তার নাড়ি ধরে বসে চোখ বুজে বিড়বিড় করে বলছেন, "এখনও ক্ষীণ...অতিক্ষীণ...নিমজ্জমান...।" তাঁর পাশেই ফকিরসাহেব তাঁর আরশিখানা নিয়ে বসে আছেন।

গৌরের জ্ঞান ফিরে এল বটে, কিন্তু বাঁটুলের কিলের চোটে আবার তার মূর্ছা যাওয়ার উপক্রম। সে চেঁচিয়ে উঠল, "আমি বেঁচে আছি-ই! ওরে বাবা, মরলাম রে।"

সবাই হই হই করে উঠল: "বেঁচে আছে...বেঁচে আছে...!"

তা বেঁচে গেল বটে গৌর, কিন্তু তার বড় ভয় হতে লাগল। ওই দুই বজ্জাত কুটুমের পাল্লায় পড়ে একদিন বেঘোরে প্রাণটা না যায়।

ভেবেচিন্তে গৌর একদিন দুপুরে গোরু চরানোর সময় গাঙপারে ফকিরসাহেবের থানে হানা দিল। আড়াইশো বছর বয়সি ফকিরসাহেব তখন একখানা আরশি মুখের সামনে ধরে কাঠের চিরুনিতে দাড়ি আঁচড়াচ্ছেন। ওই আরশি আসলে ভূতের কল।

যেখানে যত লোক মরে, ফকিরসাহেব গিয়ে তার আত্মাটাকে আরশিতে ভরে ফেলেন। এইভাবে ওই আরশিতে এ যাবৎ কয়েক হাজার ভূত জমা হয়েছে।

গৌর ফকিরসাহেবের সামনে হাতজোড় করে দাঁড়িয়ে বলে, "আজ্ঞে আমাকে একটা ভয়-তাড়ানোর তেল দেবেন?"

ফকিরসাহেব গম্ভীর হয়ে বললেন, "তোর ভয়টা কীসের?"

"আজ্ঞে খাউ আর মাউ বড্ড অত্যাচার করে। কুটুম মানুষ, কিছু বলতেও পারি না। দেখলেন তো সেদিন জলে চুবিয়ে মারার জোগাড় করেছিল।"

ফকিরসাহেব খুব বিরক্ত হয়ে বললেন, "তা সেদিন যদি মরতিস তো অমাবস্যার আগেই আমার পাঁচ হাজারটা ভূত পুরে যেত। যত নষ্টের গোড়া ওই কবরেজটা। তোর আত্মাটা শরীর ছেড়ে নাকের ফুটো দিয়ে বের হওয়ার জন্য সবে মাথাটা গলিয়েছে, আর ঠিক সেই সময়ে কবরেজ এমন একটা পাঁচন খাইয়ে দিলে যে, বাপ বাপ করে আত্মাটা আবার সেঁদিয়ে গেল ভিতরে।"

গৌর চোখ বড় বড় করে বলে, "আমার আবার ভয় করতে লেগেছে ফকিরবাবা।"

"খাউ আর মাউটা কে বল তো !" ফকিরসাহেব জিজ্ঞেস করলেন।

"বউদির ভাই।"

"তা ওদের ওরকম নাম কেন?"

"সে জানি না। তবে তিন ভাইয়ের নাম হাউ মাউ আর খাউ। বড় জন হাউ এখন জেলখানায় আছে। ডাকাতির আসামি। খালাস পেয়ে সেও নাকি এসে জুটবে। ফকিরবাবা, আমি বোধহয় বেশিদিন আর বাঁচব না।"

ফকিরসাহেব মোলায়েম গলায় বললেন, "বেঁচে থেকে হবেটা কী? বেঁচে থাকলেই খিদে পায়, খাটতে হয়, লোকের সঙ্গে ঝগড়া লাগে। তার চেয়ে মরে ভূত হয়ে আমার আরশিতে ঢুকে পড়, সুখে থাকবি।"

"তা না হয় থাকব ফকিরবাবা, কিন্তু বেঁচে থাকার দু-একটা সুখ না করে আমি মরতে পারব না।"

ফকিরসাহেব ভ্রূ কুঁচকে বলেন, "বেঁচে থাকায় আবার সুখ কী রে! মরলেই সুখ।"

"কিন্তু আমি যে জীবনে কখনও পোলাউ খাইনি, চন্দ্রপুলি খাইনি, লুচি দিয়ে পায়েস খাইনি, মোটরগাড়িতে চাপিনি, ঢেউপুরের রথের মেলায় সার্কাসের খেলা দেখিনি। আগে এসব হোক, তারপর মরব।"

ফকিরসাহেব একটা দীর্ঘশ্বাস ফেলে বললেন, "ছেলেমানুষ। একেবারে ছেলেমানুষ। তা যা, ভয় তাড়ানোর তেল একটু দিয়ে দিচ্ছি।" বলে ফকিরসাহেব উঠে ঘর থেকে একশিশি তেল এনে মন্ত্র পড়তে লাগলেন, "যন্তর-মন্তর-তন্তর সার, ভয়

ভাবনা পগার পার। রাক্ষস-খোক্ষস-দত্যি-দানো, হাউ-মাউ-খাউ যতই আনো। ভূত-পেতনি-ডাকাত-তস্কর, তফাত হ রে যত ভয়ংকর। বৃশ্চিক, সর্প, সিংহ ব্যাঘ্র, দূর হয়ে যা শীঘ্র শীঘ্র। নিশুত রাত্রি, অমাবস্যা, হয়ে যা রে একদম ফরসা।" তিনটে ফুঁ দিয়ে ফকিরসাহেব তেলটি তার হাতে দিয়ে বললেন, "কবরেজটার কাছে একদম যাবি না। আর রোজ একঘটি করে টাটকা দুধ দুয়ে দিয়ে যাবি সক্কালবেলায়।"

গৌর ঘাড় নেড়ে তেল নিয়ে ফকিরসাহেবের কাছ থেকে বিদেয় হল।

বিকেলে যখন গৌর খিদে-পেটে গোরু চরিয়ে ফিরছে, তখন মহাকাল-মন্দিরের সামনের রাস্তায় কবরেজমশাইয়ের মুখোমুখি পড়ে গেল।

কবরেজমশাই নাক উঁচু করে বাতাস শুঁকতে শুঁকতে বললেন, "উঁ! উঁ! মহামাস তেলের গন্ধ পাচ্ছি। এই ছোঁড়া, কার গা থেকে গন্ধটা আসছে রে?"

ভয়ে ভয়ে গৌরগোপাল বলে, "আজ্ঞে আমার গা থেকে।"

"তুই এ তেল পেলি কোথায়?"

"ফকিরসাহেব দিয়েছেন। তবে এ মহামাস তেল নয় কবরেজমশাই, এ হল ভয় তাড়ানো তেল। অনেক মন্তর লাগে।"

কবরেজমশাই হাঃ হাঃ করে হেসে বললেন, "ফকরেটা তাই বলে বুঝি! ত্যাঁদড় তো কম নয়। এই তো বোধহয় গত মঙ্গলবার আমাকে অনেক তোতাই-পাতাই করে পুরনো মহামাস তেলটা ধারে নিয়ে গেল। সেটাই ভয় তাড়ানো তেল বলে বেচেছে বুঝি!"

গৌর ঘাড় চুলকোতে থাকে।

কবরেজমশাই হুংকার দিয়ে বলেন, "তোর আবার ওটার কাছে যাওয়ার দরকারই বা পড়ল কেন? ভয় পাচ্ছিস বুঝি? কীসের ভয়?"

"আমার অনেকরকম ভয় কবরেজমশাই।"

"দেখি তোর নাড়িটা।" বলে কবিরাজমশাই অনেকক্ষণ ধরে গৌরগোপালের নাড়ি ধরে চোখ বুজে রইলেন। তারপর একটা দীর্ঘশ্বাস ছেড়ে বললেন, "প্রাণপাখিটা যে বড্ড ডানা ঝাপটাচ্ছে রে। ভয় হওয়ারই কথা কিনা।"

"তবে কী হবে কবরেজমশাই?"

"বাড়ি গিয়ে শুয়ে থাকগে। আজ আর কিছু খাসনে। কাল একটা পাঁচন তৈরি করে রাখবখন, এসে নিয়ে যাস। আর ওই ফকরেটার কাছে কখনও যাবি না। জ্যান্ত মানুষ ওর ভালই লাগে না। মানুষ মরলে পরে ওর আনন্দ হয়।"

"যে আজ্ঞে।"

"তোদের পিছনের আমবাগানে একটা মস্ত মৌচাক দেখেছিলাম যেন।"

“ঠিকই দেখেছেন।”

“পিছনের পুকুরটায় খুব পদ্মফুল ফোটে, না?”

“আজ্ঞে হ্যাঁ।”

“তা হলে পদ্মমধুই হবে। খানিকটা দিস তো।”

ঘাড় নেড়ে গৌরগোপাল বাড়ির পথ ধরল। কবিরাজমশাই কিছু খেতে বারণ করেছেন। কিন্তু খিদের চোটে গৌরের বত্রিশ নাড়ি পাক দিচ্ছে। সকালে যে তেঁতুল-পান্তা খেয়েছিল, সারা দিন রোদে রোদে মাঠে ঘুরে তা কখন তল হয়ে গেছে। উপোস করলে কি আর রক্ষে আছে!

তবু গৌর বাড়ি ফিরে গোয়ালে সাঁজাল দিয়ে পেটব্যথা বলে ঘরে গিয়ে শুয়ে রইল।

গাঁ-গ্রামের লোকেরা সন্ধের পরই খেয়ে-দেয়ে শুয়ে পড়ে। বাতি জ্বালাবার খরচ অনেক। সন্ধের পর কাজটাই বা কী?

কিন্তু গৌরের ঘুম আসার নাম নেই। ঘড়ি ঘড়ি উঠে খিদের জ্বালায় জল খাচ্ছে। সাতঘটি জল খেয়ে ফেলল, কিন্তু খিদে মেটবার নামটিও নেই। রাত যখন নিশুতি হয়ে এসেছে, তখন গৌর আর পারল না, উঠে দরজা খুলে বেরিয়ে এল।

বেশ ফটফটে জ্যোৎস্না উঠেছে। সাদা উঠোনটা ধবধব করছে চাঁদের আলোয়।

গৌর চুপি চুপি গিয়ে রান্নাঘরের শিকল খুলে ঢুকল। সে জানে, রান্নাঘরে কিছুই থাকে না। চোরের ভয়ে বাসন-কোসন রাখা হয় না এ ঘরে। তবে মাটির গামলায় কিছু ভাতের ফ্যান হয়তো রাখা আছে, এই ভেবে গৌর মাটির গামলাটা তুলে দেখল। না, নেই।

একটা দীর্ঘশ্বাস ফেলে গৌর বেরিয়ে আসছিল। বাগানের গাছে ফল-টল আছে। কিন্তু রাত্রিবেলা গাছের গায়ে হাত দিতে নেই। বউদির ঘরে যদিও-বা মুড়ি-বাতাসা কিছু থেকে থাকে কিন্তু তার নাগাল পাওয়া অসম্ভব।

রান্নাঘরের শিকলটা তুলে দিয়ে গৌর উঠোনে নামবার জন্য পা বাড়িয়েও থেমে গেল। উঠোনের পশ্চিম দিকে দরজা খোলার শব্দ হচ্ছে। গৌর ছায়ায় সরে দাঁড়ায়।

দরজা খুলে খাউ আর মাউয়ের ঘর থেকে ঢ্যাঙামতো একটা লোক বেরিয়ে লম্বা লম্বা পায়ে উঠোনটা পেরিয়ে চলে গেল। জ্যোৎস্নায় লোকটার মুখ ভাল দেখা গেল না বটে, কিন্তু গৌরের মনে হল, লোকটার মুখে দাড়ি আছে। আর চোখ দুটো মনে হল বেশ গর্তে ঢোকানো। লোকটা উঠোন পেরোবার সময় চারদিকে চোখ ঘোরাতে ঘোরাতে যাচ্ছিল।

গৌর এরকম ঢ্যাঙা লোক এ অঞ্চলে আর দেখেনি। লোকটা চলে যেতেই খাউ আর মাউয়ের ঘরের দরজাটা বন্ধ হয়ে গেল।

এই নিশুতি রাতে এরকম একটা অদ্ভুত লোক ওদের ঘরে এসেছিলই বা কেন আর চুপিচুপি চলেই বা গেল কেন, তা ভেবে পেল না গৌর। ভাববার মতো শরীরের অবস্থাও নয় তার। খিদের চোটে পেট থেকে গলা অবধি তার আগুন জ্বলছে।

ঘরে এসে সে ঘুমোবার চেষ্টা করল। না, ঘুম আসছে না। উঠে একটু পায়চারি করল। তাতেও হল না। তখন সে খুব কষে কয়েকটা বুকডন আর বৈঠক দিয়ে নিল। তাতে হল হিতে বিপরীত। খিদেটা রাক্ষসের মতো হাঁউ মাঁউ খাঁউ করে তার পেটটাকে ছিঁড়ে ফেলতে লাগল।

গৌর কুলুঙ্গিতে পটের পিছনে লুকোনো কবচটা বের করে হাতের মুঠোয় ধরে কাঁদতে কাঁদতে বলল, "মা, তুমি বেঁচে থাকতে কখনও খাওয়ার কষ্টটা হয়নি। এবার যে খিদেয় বাঁচি না। বাঁচিয়ে দাও মা।"

খিদেটা তাতে মরল না বটে, কিন্তু কবচটা হাতের মুঠোয় নিয়ে বসে থাকতে থাকতেই গৌর কাহিল হয়ে শুয়ে পড়ল। কখন ঘুমিয়ে পড়েছে, তা আর তার খেয়াল নেই।

দুই

পেটে ভাত নেই বলে গৌরের ঘুম ভাঙল খুব ভোরে। শরীরটা বেশ কাহিল লাগছিল। মাথাটা ঝিম ঝিম করছে। বাইরে এসে গৌর অভ্যাসবশে গিয়ে গোয়ালঘরে ঢুকল।

গোরুদের সঙ্গে গৌরের ভারী ভাবসাব। তাদের দুটো গোরু, দুটো বাছুর। গৌরকে দেখলেই তারা ভারী চঞ্চল হয়ে ওঠে। গা শুঁকে, চেটে, কাছ ঘেঁষে দাঁড়িয়ে নানারকমভাবে তাদের আদর জানায়। পশুপাখিরাও মানুষ চেনে। গৌর গোরুদের গায়ে হাত বুলিয়ে, গলকম্বলে সুড়সুড়ি দিয়ে আদর করে বলল, "বড্ড খিদে পেয়ে গেছে তোদের, না রে? চল, আগে তোদের জাবনা দিই।" বড় গোরুটা এই কথা শুনে একটা দীর্ঘশ্বাস ফেলল।

গোরুদের জাবনা দিতে দিতে গৌরের সেই লম্বা লোকটার কথা মনে পড়ল। মাউ আর খাউয়ের ঘর থেকে বেরিয়ে লোকটা হনহন করে কোথায় যেন চলে গেল। চোর-ডাকাত নয় তো! কথাটা একবার তার দাদা নিতাইয়ের কানে তোলা দরকার। গাঁয়ের চোরদের সবাইকেই চেনে গৌর। তাদের সঙ্গে বেশ ভাবসাবও আছে। সুতরাং লোকটা গাঁয়ের বা আশেপাশের গাঁয়েরও নয়। তা হলে লোকটা কে?

নিতাই যখন পুকুরের ঘাটলায় দাঁড়িয়ে দাঁতন করছিল, তখন গৌর গিয়ে মাথা চুলকোতে চুলকোতে বলল, "দাদা, একটা কথা ছিল।"

নিতাই ভাইয়ের ওপর বিশেষ সন্তুষ্ট নয়। অন্যদিকে চেয়ে বলল, "পয়সা-টয়সা চেয়ো না। অন্য কথা থাকলে বলতে পারো।"

"না, পয়সা নয়। আমি পয়সা দিয়ে কী করব! বলছিলাম কী, কাল রাতে বাড়িতে চোর এসেছিল।"

নিতাই আঁতকে উঠে বলে, "চোর! কোন চোর দেখেছিস?"

"চেনা চোর নয়। লোকটা খুব লম্বা, খাউ আর মাউয়ের ঘর থেকে বেরিয়ে গেল দেখলাম।"

"তা হলে চেঁচাসনি কেন?"

"আমার প্রথমটায় মনে হয়েছিল, বোধহয় ওদের চেনা লোক। দরজা খুলে বেরোল, তারপর আবার ভিতর থেকে কে যেন দরজা বন্ধ করে দিল। তাই বুঝতে পারছিলাম না কী করব। যদি কুটুমদের চেনা লোক হয়, তা হলে চোর বলে চেঁচালে তাদের অপমান হবে।"

নিতাই দাঁতন করা থামিয়ে গৌরের দিকে চেয়েছিল। হঠাৎ বলল, "কীরকম চেহারাটা বললি?"

"খুব লম্বা আর সুড়ুঙ্গে।"

নিতাই গম্ভীর হয়ে বলল, "আজ রাত থেকে তোর ঘুমোনো বন্ধ। সারারাত জেগে লাঠি নিয়ে বাড়ি পাহারা দিবি। তোর বউদিকে বলে দিচ্ছি, আজ থেকে যেন তোকে রাতে ভাত-টাত না দেয়। ভাত-টাত খেলেই ঘুম আসে। পেটে একটু খিদে থাকলে জেগে থাকতে সুবিধে হয়।"

নিতাইয়ের কথা শুনে গৌরের মুখ শুকিয়ে গেল। একেই তো বউদি তাকে পেট ভরে খেতে দেয় না বলে সারাদিন পেটের মধ্যে হাঁচোড়-পাঁচোড় করে। তার ওপর রাতের খাওয়া বন্ধ হলে যে কী অবস্থা হবে! কিন্তু কী আর করা। গৌর একটা দীর্ঘশ্বাস ফেলে চাট্টি পান্তাভাত খেয়ে গোরু নিয়ে বেরিয়ে পড়ল।

নদীর ধারের মাঠে গোরুগুলিকে ছেড়ে দিয়ে গৌর গোবিন্দের বাড়ি গিয়ে হানা দিল। গোবিন্দ এই তল্লাটের সবচেয়ে পাকা চোর। মাঝবয়সি। গাঁট্টাগোট্টা চেহারা, মাথায় কাঁচাপাকা চুল, চোখ দুখানায় বুদ্ধির ঝিকিমিকি। চোর হলেও গোবিন্দ লোক খারাপ নয়। গৌরের মা বেঁচে থাকতে ভাগবত শুনতে যেত, মুড়ি-বাতাসা খেয়ে আসত।

গোবিন্দ উঠোনে বসে পাটের দড়ি পাকাচ্ছিল। গৌরকে দেখে খুশি হয়ে বলল, "আয়, বোস এসে। তা দাদা-বউদির সংসারে কেমন আছিস?"

গৌর একটা দীর্ঘশ্বাস ফেলে বলে, "ভাল নয় গোবিন্দদা।"

"ভাল থাকবি কী করে? ওই যে দুটো গুণ্ডাকে আনিয়ে রেখেছে তোর দাদা, ওরাই তোকে মেরে তাড়াবে। সাবধানে থাকিস।"

গৌর একটা দীর্ঘশ্বাস ফেলে বলে, "তাড়াবে সে আর বেশি কথা কী? বেঁচে যে আছি, এই ঢের। আজ থেকে আবার রাতের খাওয়াও বন্ধ হল।"

"কেন, কেন?"

"কাল রাতে বাড়িতে চোর এসেছিল, সেকথা দাদাকে বলায় দাদা রাতের খাওয়া বন্ধ করে সারারাত জেগে পাহারা দিতে হুকুম করেছে।"

"চোর!" বলে গোবিন্দ সোজা হয়ে বসল। তারপর বলল, "চোরকে দেখেছিস?"

"সেই কথাই তো বলতে এলাম। লম্বা সুড়ুঙ্গে চেহারার বিটকেল একটা লোক রাতে খাউ আর মাউয়ের ঘর থেকে বেরিয়ে উঠোন পেরিয়ে চলে গেল। প্রথমটায় ভেবেছিলাম বুঝি ওদের কাছেই কেউ এসেছিল, চেনা লোক-টোক হবে।"

"লোকটা যে চোর তা বুঝলি কী করে?"

"চোর কি না তা জানি না। তুমি এরকম চেহারার কোনও লোককে চেনো?"

গোবিন্দ মাথা নেড়ে বলল, "সে কথা পরে হবে। আগে ভাল করে লোকটার চেহারাটা মনে করে বল।"

"খুব ভাল করে দেখিনি। জ্যোৎস্নার আলোয় আবছা-আবছা যা মনে হল, লোকটা তালগাছের মতো ঢ্যাঙা, রোগাটে চেহারা, লম্বা লম্বা পা ফেলে উঠোন পেরিয়ে চলে গেল। তারপর খাউ আর মাউয়ের দরজা বন্ধ হওয়ার আওয়াজ পেলাম।"

গোবিন্দ দড়ি পাকানো বন্ধ করে গোল-গোল চোখে চেয়ে রইল কিছুক্ষণ। তারপর ভ্রূ কুঁচকে বলল, "ঢ্যাঙা লোক বললি? খুব রোগা?"

"সেরকমই মনে হল।"

গোবিন্দ দু-একটা শ্বাস ফেলে মাথা নেড়ে বলল, "এ অঞ্চলের লোক হলে ঠিক বুঝতে পারতাম লোকটা কে। না রে, এ তল্লাটের লোক নয়। চোর বলেও মনে হচ্ছে না। চোর হলে দরজায় শব্দ হত না। তোর দাদার ওই দুই গুণ্ডা শালার স্যাঙাত নয় তো?"

"তাও হতে পারে।"

"একটু নজর রেখে চলিস। ওদের বড় ভাইটা লোক ভাল নয়। সেটা এখন জেলখানায় আছে বটে, কিন্তু চারদিকে তার অনেক চেলা-চামুণ্ডা।"

"হাউয়ের কথা বলছ? তাকে চেনো নাকি?"

"খুব চিনি, হাড়ে হাড়ে চিনি। বিশাল লম্বা-চওড়া চেহারা, গায়ে অসুরের মতো জোর। সেই জোর নিয়ে কী করবে তা ভেবে পায় না। তাই সবসময়ে একে মারছে,

তাকে ধরছে, লোকের সঙ্গে পায়ে পা লাগিয়ে ঝগড়া করছে। চুরি ডাকাতি থেকে শুরু করে খুন অবধি কিছু বাকি নেই। হেন কাজ নেই যা ও করতে পারে না।"

গৌর একটা দীর্ঘশ্বাস ফেলে বলে, "শুনছি জেল থেকে বেরিয়ে সেও এখানে আসছে।"

"আমিও শুনেছি। তোর দাদার মাথায় গোলমাল আছে বলেই শালাকে আদর করে এনে বসাতে চাইছে। কিন্তু এই আমি বলে দিচ্ছি, হাউ যদি আসে তবে তোদের কাউকে আর ওই ভিটেয় তিষ্ঠোতে হবে না। এমনকী, গাঁয়ে লোক থাকতে পারবে কি না সন্দেহ।"

গৌর হতাশ হয়ে মাথায় হাত দিয়ে বসে রইল।

গোবিন্দ তার দিকে চেয়ে বলল, "লম্বা লোকটা কে সেটা আমাকেও জানতে হচ্ছে। তুই ভাবিস না, আজ রাতে তোর সঙ্গে আমিও পাহারা দেব'খন।"

খানিকটা ভরসা পেয়ে গৌর উঠে গোরু চরাতে গেল।

গোরু চরাতে গৌরকে খুব একটা পরিশ্রম করতে হয়, তা নয়। গোরুগুলো আপনি ঘুরে ঘুরে মাঠের নধর ঘাস খেয়ে বেড়ায়। গৌর শুধু নজর রাখে যাতে ওরা হারিয়ে না যায় বা কারও বাগানে বা বাড়িতে না ঢোকে, কিংবা নালা-নর্দমায় না পড়ে-টড়ে যায়। গোরু মাঠে ছেড়ে দিয়ে গৌর প্রথমে জঙ্গলে গিয়ে ঢোকে। দুপুরবেলাটায় তার বড় খিদে পায়। কিন্তু এত ঘন ঘন খিদে পেলে তো চলবে না। দুপুরের ভাত সেই বেলা গড়ালে গিয়ে জুটবে। ততক্ষণে গৌর জঙ্গলে ঢুকে ফল-টল খোঁজে। পেয়েও যায় মাঝে মাঝে। এক-এক সময়ের এক-এক ফল। কখনও কামরাঙা, কখনও আতা, তেঁতুল, বেল, মাদার বা ফলসা। বুনোকুল আর বনকরমচাও মিলে যায় কখনও-কখনও। তারপর একটা ঝুপসি গাছের তলায় শুয়ে সে কিছুক্ষণ ঘুমোয়।

আজ গৌর জঙ্গলে দুটো আতা পেয়ে গেল। ভারী মিষ্টি। খেয়ে গাছতলায় গামছা পেতে শুয়ে পড়ল। সঙ্গে সঙ্গে ঘুম। ঘুমিয়ে ঘুমিয়ে গৌর স্বপ্ন দেখল, মা তার মাথার কাছটিতে এসে বসেছে। খুব মিষ্টি করে মা বলল, "কবচটা পরিসনি? ওরে বোকা! কবচটা সব সময়ে পরে থাকবি।"

ঘুম ভেঙে গৌর ধড়মড় করে উঠে বসল। তাই তো! কবচটার কথা যে তার খেয়ালই ছিল না। ঘরে কুলুঙ্গিতে তুলে রাখা আছে।

দুপুরবেলা বাড়ি ফিরেই গৌর গিয়ে কুলুঙ্গিতে কবচটা খুঁজল। নেই। গৌর অবাক। কাল রাতে নিজের হাতে কবচটা এইখানে রেখেছে সে। গেল কোথায়? সারা ঘর এবং ঘরের আশেপাশে আঁতিপাঁতি করে খুঁজল সে। কোথাও কবচটা খুঁজে পেল না। বুকটা ভারী দমে গেল তার। চোখে জল এল। কবচটার মধ্যে যে বিশেষ কোনও গুণ

আছে, তেমন তার মনে হয় না। তবে মায়ের দেওয়া জিনিসটার মধ্যে মায়ের একটু ভালবাসা আর আশীর্বাদও তো আছে।

ঢাকা ভাত রান্নাঘরে পড়ে ছিল। গৌর স্নান সেরে কড়কড়ে সেই ঠান্ডা ভাত একটু ডাল আর ডাঁটাচচ্চড়ি দিয়ে কোনওক্রমে গিলেই ফকিরসাহেবের কাছে দৌড়োল, লোকে বলে ফকিরসাহেব তাঁর আরশিখানার ভিতর দিয়ে তামাম দুনিয়ার সব জিনিস দেখতে পান। হারানো জিনিসের সন্ধান তাঁর মতো আর কেউ দিতে পারে না।

ফকিরসাহেব এই দুপুরেও আরশিখানা হাতে নিয়ে দাওয়ায় বসে ছিলেন। চোখদুটো ঢুলঢুলু, মুখে পান।

"ফকিরসাহেব! ও ফকিরসাহেব!"

ফকিরসাহেব একটু চমকে উঠে বললেন, "কে রে! গৌর!"

"আমার একটা জিনিস হারিয়েছে ফকিরবাবা।"

ফকিরসাহেব একটা হাই তুলে তুড়ি দিয়ে বললেন, "হারিয়েছে না চুরি গেছে? ঘর থেকে না বার থেকে? ধাতুদ্রব্য না অধাতুদ্রব্য? ভারী না হালকা? চকচকে না ম্যাটমেটে?"

"একটা কবচ ফকিরবাবা। একটা তামার কবচ। আমার মা মরার আগে দিয়ে গিয়েছিল।"

কথাটা শুনে ফকিরসাহেব কিছুক্ষণ হাঁ করে চেয়ে রইলেন। সেই হাঁ দেখে গৌরের মনে হয়েছিল, ফকিরসাহেব বুঝি আবার হাই তুলছেন। কিন্তু এতক্ষণ ধরে কেউ তো হাই তোলে না! আর হাই তোলার সময়ে কেউ ওভাবে গুল্লু-গুল্লু চোখ করে চেয়েও থাকে না। গৌরের বেশ ভয়-ভয় করতে লাগল । ফকিরসাহেব হাঁ করে খানিকক্ষণ চেয়ে থেকে হঠাৎ খিঁচিয়ে উঠে বললেন, "হারিয়ে বসলি? মুখ্যু গাধা কোথাকার!"

গৌর হকচকিয়ে গিয়ে বলল, "আমার দোষ নেই। কুলুঙ্গিতে যত্ন করে রেখেছিলুম।"

ফকিরসাহেব মুখ ভেঙিয়ে বললেন, "কুলুঙ্গিতে রেখেছিলুম! মাথাটা কিনে নিয়েছিলে আর কী! কেন রে হতভাগা, কবচটা হাতে পরে থাকতে কী হয়েছিল?"

"আজ্ঞে, গোরু-টোরু চরাই, বাসন-টাসন মাজি, কাঠ-টাঠ কাটি, কখন কোথায় ছিটকে পড়ে যায়, সেই ভয়ে হাতে পরিনি।"

ফকিরসাহেব দুখানা হাত গৌরের মুখের সামনে নাচিয়ে বললেন, "উদ্ধার করেছ। এখন কী সর্বনাশ হয় দ্যাখো।"

এই বলে গম্ভীর মুখে ফকিরসাহেব উঠে গিয়ে বারান্দার এক কোণে তামাক সাজতে বসলেন।

গৌর ব্যাপারটা কিছু বুঝতে পারল না। তবে কাঁচুমাচু মুখ করে বসে রইল চুপচাপ।

ফকিরসাহেব অনেকক্ষণ ধরে তামাক খেলেন। তারপর কলকে উপুড় করে রেখে নিমীলিত চোখে কিছুক্ষণ চুপচাপ বসে থেকে বললেন, "ও কবচের কথা এ গাঁয়ে মাত্র কয়েকজন জানে। এই ধর আমি, কবিরাজ, সুবল হোমিও, চোর গোবিন্দ, এমন ক'জন মাত্র। যারা জানে, তাদের বয়স এই আমারই মতো দেড়শো বা দুশো বছর।"

গৌর চোখ কপালে তুলে বলে, "গোবিন্দদার বয়স দেড়শো-দুশো?"

"এই সবে একশো একান্ন হয়েছে। আমার চেয়ে বাহান্ন বছরের ছোট। কবিরাজের বোধহয় একশো পঁচাত্তর চলছে, সেদিনের ছোকরা। সুবলের গত মাঘে দুশো হয়ে গেল।"

গৌর খুব ভক্তিভরে চেয়ে ছিল। বলল, "উরে বাবাঃ।"

"বয়সের কথাটা তুললাম কেন জানিস? তোদের ওই কবচটার ইতিহাস পুরনো লোক ছাড়া কেউ জানে না। আর ইতিহাসও সাংঘাতিক। তিনশো বছর আগে এই গাঁয়ে যোগেশ্বর নামে একজন লোক থাকতেন। সে কীরকম লোক তা এক কথায় বলা মুশকিল। তবে আমরা তাঁকে আকাশে উড়তে জলের ওপর হাঁটতে আর ডাঙায় ডিগবাজি খেয়ে খেয়ে চাকার মতো চলেফিরে বেড়াতে দেখেছি। তিনি আগুন দিয়ে বরফ জমাতে পারতেন, দিনদুপুরে অমাবস্যার অন্ধকার নামাতে পারতেন, একমুঠো ধুলো নিয়ে এক ফুঁ দিয়ে সোনার গুঁড়ো তৈরি করতেন। আমি, কবরেজ, গোবিন্দ, সুবল সব তাঁর সাগরেদি করতুম। এই যে আরশিখানা দেখছিস, এ তাঁরই দেওয়া। কবরেজটা তেমন কিছু শিখতে পারল না বলে ওকে কবরেজির লাইনে ঠেলে দিয়েছিলেন তিনি। একখানা শিশিও দিয়েছিলেন ওকে, তাতে কী আছে জানি না। গোবিন্দ, সুবল, ওরাও কিছু-না-কিছু পেয়েছিল, তবে ওসব গুহ্য কথা। তোর ঠাকুরদার ঠাকুরদাও ছিল তাঁর সাকরেদ। সে পেয়েছিল ওই কবচখানা। যাকে বলে জ্যান্ত কবচ। কবচের গুণাগুণ বলা বারণ, অত ভেঙে বলেনওনি যোগেশ্বরবাবা। তবে আমার ধারণা, ওই কবচ ঠিকমতো ব্যবহার করতে পারলে মানুষের অসাধ্যি কিছু নেই। কিন্তু বংশের বাইরে কারও হাতে গেলেই সর্বনাশ।"

গল্প শুনে গৌর আর-একটু এগিয়ে বসল। বলল, "আমার ঠাকুরদার ঠাকুরদাকে আপনি চিনতেন?"

"চিনব না মানে? এইটুকু দেখেছি।"

"তা যোগেশ্বরবাবার দয়ায় আপনারা সব এতকাল ধরে বেঁচে আছেন, তবে তিনি মরলেন কেন?"

"মরেছে! তোকে কে বলল যে, মরেছে! যোগেশ্বরবাবার যখন হাজার বছর বয়স পুরল তখন আমাদের ডেকে একদিন বললেন, 'ওরে আমার তো মরণ নেই, কিন্তু এই শরীরটা বড় পুরনো হয়ে গেছে। হাড়গুলোয় ঘুণ ধরেছে, চামড়াটাও বড্ড কালচে মেরে গেছে, মাংস যেন ছিবড়ে। তা এটাতে বাস করতে আর আমার মন চায় না। আজই এটা ছেড়ে ফেলব।' আমরা শুনে তাঁর হাতে-পায়ে ধরে অনেক কান্নাকাটি করলুম। তখন তিনি বললেন, 'মন যখন করেছি তখন ছাড়বই। ছেঁড়া, ময়লা, নোংরা জামা গায়ে পরে থাকতে যেমন ঘেন্না হয় আমারও এই শরীরটা নিয়ে তাই হয়েছে। তবে তোরা দুঃখ করিস না, শরীর ছাড়লেও আমি কাছাকাছিই থাকব।' এই বলে তিনি পটাং করে শরীরটা ফেলে দিলেন। বাস্তবিকই শরীরটা আর কিছু ছিল না, একেবারে চামচিকের মতো দেখতে হয়েছিল। আমরা সবাই খুব কান্নাকাটি করলুম। কিন্তু তোর ঠাকুরদার ঠাকুরদা ফটিক শোকে কেমন হয়ে গেল। যোগেশ্বরবাবার সেই শরীরখানা ঘাড়ে নিয়ে বিবাগী হয়ে গেল। সে মরেনি, দিব্যি আছে। আরশিখানার ভিতর দিয়ে তার সঙ্গে প্রায়ই দেখাসাক্ষাৎ হয়, হিমালয়ে এক দুর্গম জায়গায় খুব জপতপ করছে ব্যাটা। এই আরশিখানা দিয়ে সব দেখা যায় কিনা।"

"তা হলে আমার কবচখানা কোথায় তা একটু দেখে দিন।"

ফকিরসাহেব মাথা নেড়ে বললেন, "ওটি হওয়ার জো নেই। এই আরশি দিয়ে আর সব দেখা গেলেও যোগেশ্বরবাবার মন্ত্রপূত জিনিস কোনওটাই দেখার উপায় নেই। এই ধর যেমন কবরেজের শিশি, ফটিকের কবচ, সুবল বা গোবিন্দর কাছে যা আছে সেসব এই আরশিতে ধরা পড়বে না। তাই বলছি, কবচটা হারিয়ে খুব গ্যাঁড়াকলে পড়ে গেছিস। এখন খুঁজেপেতে দেখগে কে নিল।"

ফকিরসাহেবের গল্প শুনে কেমন যেন আনমনা হয়ে গেল গৌর। বিশ্বাস করতে ইচ্ছে যায় না, আবার না করেই বা উপায় কী। বাড়ি ফিরে গৌর এক ডাঁই বাসন মাজল, উঠোন ঝাঁট দিল, গাছে জল দিল, গোরুকে জাবনা দিল। তারপর মাটি কোপাতে গেল বাড়ির উত্তর দিককার বাগানে। কবচখানার জন্য মনটা বড় খারাপ। মন খারাপ থাকলে গৌরের গায়ে বেশ জোর আসে, কাজও করে ফেলে চটপট। যে মাটি কোপাতে অন্য দিন সন্ধে হয়ে যায়, তা আজ গৌর এক লহমায় কুপিয়ে ফেলল।

গৌর কুয়োর পাড়ে যখন মাটিমাখা হাত পা ধুচ্ছে, তখন নিতাইগোপাল এসে বলল, "মনে আছে তো?"

গৌর ঘাড় নেড়ে বলে, "আছে।"

"আজ রাত থেকে তোর খাওয়া বন্ধ। সারারাত ঘরদোর পাহারা দিবি। বসে বসে

আবার ঢুলিস না যেন। সব সময়ে পায়চারি করবি আর মাঝে মাঝে লাঠি ঠুকবি। মনে থাকবে যা বললুম?"

গৌড় ঘাড় নেড়ে বলল, "থাকবে।"

সন্ধের পর গৌর চুপিসারে বেরিয়ে পড়ল কবরেজমশাইয়ের বাড়ির দিকে। পথেই বাজারের গা ঘেঁষে হরিপদর ফুলুরির দোকান। দারুণ করে। দেখল, সেখানে দাঁড়িয়ে মাউ আর খাউ খুব মনের সুখে ফুলুরি ওড়াচ্ছে। গৌর আড়াল হয়ে সুট করে কেটে পড়ল।

কবরেজমশাই বৈঠকখানায় বসে কী একটা ঘষছিলেন। সবসময়েই তিনি কিছু-না-কিছু বানিয়েই যাচ্ছেন। লতাপাতা, শেকড়-বাকড়, ধাতু, পাথর, মধু, দুধ, এই সব সারাদিন একটার সঙ্গে আর-একটা মেশাচ্ছেন, জ্বাল দিচ্ছেন, পোড়াচ্ছেন। এরকম কাজপাগল লোক গৌর দুটো দেখেনি।

তাকে দেখে কবরেজমশাই হাতের কাজ থামিয়ে ভ্রূ কুঁচকে বললেন, "এঃ, তোর গা থেকে যে বড্ড ভূত-ভূত গন্ধ আসছে রে। ওই বুজরুক ফকরেটার কাছে গিয়েছিলি নাকি?"

"আজ্ঞে হ্যাঁ। আমার একটা সমস্যা দেখা দিয়েছে।"

"আবার সমস্যা কীসের?"

"আমার একটা জিনিস হারিয়েছে।"

"অ। তাই ফকরেটার কাছে গিয়েছিলি বুঝি? তা কী বলল বুজরুকটা?"

"আজ্ঞে সে মেলা কথা।"

"তা জিনিসটা পাওয়া গেল না তো!"

"আজ্ঞে না। যোগেশ্বরবাবার দেওয়া সেই কবচ নাকি ফকিরসাহেবের আরশিতে দেখা দেন না।"

কবিরাজমশাই এতক্ষণ দিব্যি সুস্থ স্বাভাবিক ছিলেন। কবচের কথা শুনে আচমকা একটা 'আঁক' করে শব্দ তুললেন গলায়। তারপর বজ্রাহতের মতো কিছুক্ষণ চেয়ে রইলেন গৌরের দিকে। সেই দৃষ্টি দেখে গৌরের মনে হল, কবিরাজমশাই বুঝি বসে বসেই মূর্ছা গেছেন। ভয় খেয়ে সে কবিরাজমশাইয়ের গায়ে একখানা ঠেলা দিয়ে ডাকল, "কবরেজমশাই! ও কবরেজমশাই!"

কবিরাজমশাই চোখ পিটপিট করে খুব নিচু স্বরে বললেন, "সর্বনাশ!"

"ফকিরসাহেবও সেই কথাই বলছিলেন। কবচটা হারানো নাকি ঠিক হয়নি। কুলুঙ্গিতে পটের পিছনে কবচটা লুকোনো ছিল। হারানোর কথা নয়। তবু যে কী করে হারাল!"

কবিরাজমশাই খেঁকিয়ে উঠে বললেন, "কুলুঙ্গি! তোর কি মাথা খারাপ? ও জিনিস কেউ হেলাফেলা করে এখানে-সেখানে ফেলে রাখে?"

গৌর কাঁদো-কাঁদো গলায় বলে, "এখন তা হলে কী হবে কবরেজমশাই?"

কবিরাজমশাই মুখ ভেঙিয়ে বলে উঠলেন, "কী হবে কবরেজমশাই! কী হবে তার আমি কী জানি রে লক্ষ্মীছাড়া? বেরো, বেরো, দূর হয়ে যা চোখের সামনে থেকে! হাঁদারাম কোথাকার!"

গৌর ভয় খেয়ে তাড়াতাড়ি বেরিয়ে এল। তারপর চোখের জল মুছতে মুছতে ফিরে এল বাড়ি। বাড়িতে ঢুকতেই দেখল, বড় ঘরের বারান্দায় হ্যারিকেনের আলোয় তার দাদা নিতাই দুই শালাকে নিয়ে খেতে বসেছে। গরম ভাত আর ডালের গন্ধে ম' ম' করছে বাড়ি।

তিন

গৌর নিজের অন্ধকার ঘরখানায় ঢুকে একপেট জল খেয়ে বসে রইল। নিতাই আর তার দুই শালা আঁচিয়ে ঘরে ঢুকল। বউদি এঁটো সারছে। আজ আর তাকে কেউ খেতে ডাকল না। শুধু নিতাই নিজের ঘর থেকে একখানা হাঁক দিয়ে বলল, "গৌর, জেগে আছিস তো?"

গৌর ক্ষীণ কণ্ঠে বলল, "আছি।"

"এবার তা হলে রোঁদে বেরিয়ে পড়। আমরা ঘুমোচ্ছি।"

গৌর কী আর করে। লাঠিগাছ হাতে নিয়ে বেরোল। ঠিক নিতাই যেমন বলেছিল, তেমনি লাঠি ঠুকে ঠুকে চারদিক ঘুরে ঘুরে পাহারা দিতে লাগল।

তারপর শেয়াল ডাকল, পেঁচা ডাকল, ঝিঁঝি ঝিনঝিন করতে লাগল। ক্রমে রাত নিশুত হয়ে গেল। গৌরের পেট খাঁ খাঁ করতে লাগল খিদের চোটে। বড় ঘরের দাওয়ায় একটু জিরোতে বসল সে। তারপর কখন একটু ঢুলুনি এসে গেল।

আচমকা চটকা ভেঙে উঠে বসল সে। কীসের একটা অস্পষ্ট শব্দ শুনেছে সে ঘুমের মধ্যে। অনেকটা দরজার শেকলের শব্দের মতো। লাঠি হাতে গৌর উঠে আর-একবার বাড়িটা এক পাক ঘুরে দেখল। দরজা জানালা সব ঠেলেঠুলে দেখল, সবই বন্ধ আছে। নিশ্চিন্ত হয়ে আবার সে দাওয়ায় বসে একটা হাই তুলল। গোবিন্দদা বলেছিল আসবে। এল না কেন তা বোঝা যাচ্ছে না।

ফের ঢুলুনি আসতে না আসতেই আবার শব্দ। শেকল নাড়ার শব্দ নয়, এবার বেশ

মনে হল ধারে কাছে কেউ ফিসফাস করে কথা বলছে। গৌরের গায়ে একটু কাঁটা দিল। ভয়-ভয় করতে লাগল। আর-একবার লাঠি ঠুকে বাড়িটা চক্কর দিল সে। কোথাও কিছু নেই।

এবার গৌর দাওয়ায় একটু গা এলিয়ে দিয়ে বসল, শরীরটা ঝিমঝিম করছে খিদে আর ক্লান্তিতে। হাঁটাহাঁটি ভাল লাগছে না। ঢুলতে ঢুলতে গৌর কখন হাতের ওপর মাথা রেখে ঘুমিয়ে পড়েছিল তা আর খেয়াল নেই।

খাউ আর মাউ যে ঘরটায় থাকে, সেটা এ বাড়ির সেরা ঘর। তবে পুরনো বাড়ি বলে জানালা-দরজা খুলতে বা বন্ধ করতে প্রচণ্ড ক্যাঁচকোঁচ শব্দ হয়। আচমকা সেই শব্দ গৌরের ঘুমের মধ্যেও সেঁধোল গিয়ে। চটকা ভেঙে সে উঠে বসল। তারপরই দেখল, খাউ আর মাউয়ের ঘরের দরজা খুলে সেই লম্বা লোকটা বেরিয়ে আসছে। লোকটার পরনে একটা আলখাল্লার মতো লম্বা ঝুলের পোশাক। কোনওদিকে ভ্রূক্ষেপ না করে লোকটা লম্বা লম্বা পা ফেলে উঠোনে নেমে চলে যাচ্ছিল।

গৌর কী করবে প্রথমটায় বুঝতে পারেনি। হাতের লাঠিটার কথা বেমালুম ভুলে গিয়ে তাই সে হঠাৎ চিৎকার করার জন্য হাঁ করল। কিন্তু সেই সুযোগ আর পেল না। পিছন দিক থেকে একটা হাত এসে তার মুখ খুব শক্ত করে চেপে ধরল। প্রথমটায় হকচকিয়ে গিয়ে আঁট হয়ে বসা হাতটার সঙ্গে ধস্তাধস্তি করে জুত করতে পারল না গৌর। একে উপোসি শরীর, তার ওপর রাত জাগার ক্লান্তি। তবে বুদ্ধি করে সে কুট করে একটা কামড় বসাল হাতটায়।

পিছন থেকে "উঃ" শব্দ শোনা গেল। তারপরই হাতটা সরে গেল মুখ থেকে। গোবিন্দ হাতটা ঝাড়তে ঝাড়তে বলল, "আর একটু হলেই কাঁদিয়ে দিয়েছিলি আর কী।"

"ওঃ, গোবিন্দদা! তুমি কখন এলে?"

"এসেছি অনেকক্ষণ, তোর দাদা ঘুমোতে যাওয়ার আগে।"

"সে কী! টের পাইনি তো!"

"আমরা কি আর জানান দিয়ে আসি রে? লুকিয়ে লুকিয়ে নজর রাখছিলাম।"

"লোকটাকে দেখলে?"

গোবিন্দ একটা শ্বাস ফেলল, তারপর পাশে রাখা একটা পুঁটুলি খুলতে খুলতে বলল, "দেখেছি। এখন এই রুটি ক'খানা আর তরকারিটুকু খেয়ে নে তো।"

খাবার দেখে গৌরের চোখে জল এসে গেল। বলল, "ওঃ, খিদে যে কী জিনিস তা হাড়ে-হাড়ে টের পাচ্ছি গোবিন্দদা।"

"ভাবিস না, রাতের খাবারটা এখন থেকে রোজ আমিই এনে দেব'খন। এখন আর

কথা নয়, আগে খা, মাথা ঠান্ডা হোক, বুদ্ধি খুলুক, তারপর কথা।"

গৌরকে দুবার বলতে হল না। আটখানা রুটি চোখের নিমেষে উড়িয়ে এক ঘটি জল খেয়ে ঢেঁকুর তুলে সে বলল, "লোকটা চোর নয়?"

গোবিন্দ একটু গম্ভীর হয়ে গেল। তারপর মাথা নেড়ে বলল, "জানি না।"

"তা হলে লোকটাকে ধরলে না কেন?"

"ধরা কি অত সোজা?"

"চেঁচালেও হত। লোকজন উঠে পড়ত, তারপর সবাই মিলে তাড়া করে ধরে ফেলতাম।"

গোবিন্দ মাথা নেড়ে বলে, "অত সোজা নয় রে। অনেক গুহ্য কথা আছে।"

গৌরের একটু অভিমান হল। সে বলল, "তোমরা সবাই আমার কাছে কী যেন একটা লুকোচ্ছ গোবিন্দদা।"

গোবিন্দ একটু হেসে বলে, "যদি লুকিয়েই থাকি তবে সে তোর ভালর জন্যই। এখন একটা কথা জিজ্ঞেস করি। তোর মা মরার আগে যে কবচটা তোকে দিয়ে গেছে সেটা কোথায়?"

"কবচ! সেই কবচ তো চুরি গেছে।"

"চুরি! বলিস কী?"

গৌর বিপন্ন গলায় বলে, "কবচ চুরি গেছে শুনে ফকিরবাবা আর কবরেজমশাইয়ের যে কী রাগ!"

গোবিন্দ কিছুক্ষণ গৌরের দিকে চেয়ে বলল, "রাগ না হওয়াই বিচিত্র কিনা। শুনে আমারও হচ্ছে। তা সেটা চুরি গেল কী করে?"

গৌর মাথা নেড়ে বলে, "জানি না। ঘরে ছিল, খুঁজে পাচ্ছি না।"

"তোর ঘরে তালা দেওয়া থাকে না?"

"বাড়িতে লোক থাকতে কেউ ঘরে তালা দিয়ে বেরোয়? তা ছাড়া আমাদের তালা-টালা নেই, চোরের নেওয়ার মতো থাকেও না কিছু ঘরে। কিন্তু আগে বলো, কবচটা এমন কী দামি জিনিস যে চুরি গেছে শুনে তোমরা অত রেগে যাচ্ছ?"

গোবিন্দ কিছুক্ষণ চুপচাপ বসে থেকে বলল, "সে তুই বুঝবি না। তবে কবচটা যে অমূল্য জিনিস তা আমরা জনাকয় লোক ছাড়া আর কেউ জানে না। তা হলে একটা সামান্য কবচ চুরি করতে কে আসবে বল তো! যারা জানে তারা সব আমার মতোই বুড়ো-টুড়ো লোক, আমি ছাড়া চুরি করার এলেমও কারও নেই। আর চুরি করে লাভও নেই, যার কবচ সে ছাড়া অন্য কারও হাতে গেলে তার সর্বনাশ হবে, এও আমরা জানি।"

গৌর বলল, "তা হলে?"

গোবিন্দ মাথা নেড়ে বলল, "চুরি যায়নি। কোথাও আছে। খুঁজে দেখতে হবে।"

"আমি তন্নতন্ন করে খুঁজেছি।"

"তোর খোঁজা আর আমার খোঁজায় তফাত আছে।"

"তুমি খুঁজবে?"

"খুঁজতেই হবে রে। এখন দাওয়ায় শুয়ে ঘুমিয়ে থাক। আজ রাতে আর কোনও উপদ্রব হবে বলে মনে হয় না। আমি সকালবেলায় আসব'খন।"

গোবিন্দ নিঃশব্দে চলে গেল। গৌর আকাশ-পাতাল ভাবতে ভাবতে হাই তুলে দাওয়ায় এলিয়ে পড়ল। কখন যে ঘুমিয়ে পড়েছে তা টেরও পেল না।

ঘুম ভাঙল মাজায় দুটো মোক্ষম লাথি খেয়ে! সঙ্গে বাজখাঁই গলা, "অ্যাই গাধা, ঘুমোচ্ছিস যে বড়! তোকে না জামাইবাবু পাহারা দিতে বলেছে?"

গৌর ঘুম ভেঙে উঠে বসে হাবার মতো তাকিয়ে দেখে, সামনে মাউ আর খাউ দাঁড়িয়ে। এখনও ভোর হয়নি। ফুটফুট করছে জ্যোৎস্না। দুঃখে তার চোখ ফেটে জল এল। রাগও হল খুব। তেজের গলায় বলল,, "আমাকে লাথি মারছ কেন? তোমাদের ঘরে চোর আসে, তোমরা পালা করে পাহারা দিলেই পারো।"

এ কথায় দু ভাই একটু মুখ চাওয়াচাওয়ি করল। মাউ বলল, "আমরা না তোদের কুটুম! আমাদের বাড়ি পাহারা দিতে বলিস, এত বড় সাহস! বড় বড় কথা বলছিস, দেব জামাইবাবুকে বলে? একবেলা খাওয়া জুটছে, তাও বন্ধ হয়ে যাবে।"

গৌর জানে কথাটা ঠিকই। সে নিতাইগোপালের মায়ের পেটের ভাই হলে কী হবে, নিতাই তাকে মানুষ বলেই জ্ঞান করে না। অসহায় গৌর কাপড়ের খুঁটে চোখের জল মুছে উঠে পড়ল।

উঠতেই মাউ তার চুলের মুঠিটা ধরে মোলায়েম করে একটা নাড়া দিয়ে বলল, "এবার বলো তো বাছাধন, আমাদের ঘরে যে চোর আসে, সেটা আর কে কে জানে!"

গৌর কাঁদো-কাঁদো গলায় বলে, "দাদা জানে।"

"শুধু দাদা? আর কেউ না?"

গৌর ভয় খেয়ে বলল, "না।"

"তুই চোরকে দেখেছিস? বল তো কেমন চেহারা?"

এবার চুলের টানে গৌরের চোখে নতুন করে জল এল। বলল, "লম্বা সুড়ুঙ্গে একটা লোক।"

"সে যে চোর, তা কী করে বুঝলি?"

"চোরের মতোই মনে হল যে! নিশুত রাতে তোমাদের ঘর থেকে বেরোল।"

"তুই ভুল দেখেছিস।"

গৌর হাঁ করে কী যেন বলতে যাচ্ছিল, মাউ তার ঝুঁটিটা ধরে এত জোরে নাড়া দিল যে, পটপট করে কয়েকটা চুল ছিঁড়ে গেল, কতগুলোর গোড়া আলগা হয়ে গেল। গৌর "বাপ রে" বলে চাপা আর্তনাদ করল একটা। মাউ কঠিন গলায় বলল, "চেঁচাবি তো গলা টিপে মেরে ফেলে দেব। এখন যা জিজ্ঞাসা করছি, ঠিকঠাক জবাব দে। লোকটা আজ এসেছিল?"

"এসেছিল।"

"তা হলে চেঁচাসনি কেন?"

গৌর চেঁচাতেই চেয়েছিল, কিন্তু গোবিন্দ চেঁচাতে দেয়নি। কিন্তু সেই কথাটা মাউকে বলে কী করে গৌর। তাই হাত দিয়ে চোখের জল মুছে ধরা গলায় বলল, "ভয় পেয়েছিলাম।"

"ভয় পেলে পাহারা দিস কী করে? তোর দাদাকে বলে দেব যে, তুই চোরকে দেখেও চেঁচাসনি বা ধরার চেষ্টা করিসনি?"

"বোলো না। তা হলে দাদা তাড়িয়ে দেবে।" গৌর ফুঁপিয়ে ফুঁপিয়ে কাঁদতে কাঁদতে বলল।

গৌরের কান্না দেখেও মাউ চুলের মুঠি ছাড়ল না, বরং আরও শক্ত হাতে চুলের গোছা চেপে ধরে বলল , "তা হলে আমাদের কথা শুনে চলতে হবে। যা বলব তাই করতে হবে। রাজি?"

চুলের টানে গৌরের বোধবুদ্ধি গুলিয়ে যাচ্ছিল। চিঁচিঁ করে বলল, "রাজি। আমাকে খামোকা মারছ কেন? আমি তো কিছু করিনি।"

"করেছিস বই কী! যে ব্যাপারে তোর নাক গলানো উচিত নয়, তাইতে নাক গলিয়েছিস। এখন আমাদের কথায় রাজি না হলে একদম শেষ করে পাঁকে পুঁতে দেব। বুঝলি?"

গৌর বুঝেছে। না-বুঝলেও বুঝেছে। বলল, "আচ্ছা।"

মাউ চুল ছেড়ে দিয়ে বলল, "আমাদের সঙ্গে আয়।"

গৌরকে নিজেদের ঘরে নিয়ে গিয়ে মাউ আর খাউ দরজাটা বন্ধ করে দিল, তারপর মাউ বলল, "বোস।"

গৌরের চুলের গোড়াগুলো ফুলে উঠেছে। একশো ফোঁড়ার যন্ত্রণা তার মাথায়। মাথায় চিন্তাভাবনা কিছু আসছে না। চুপ করে ভ্যাবলার মতো বসে রইল সে।

মাউ হ্যারিকেনটা একটু উসকে দিয়ে গৌরের দিকে আগুন-চোখে চেয়ে রইল। মাউ আর খাউ পাজি বটে, কিন্তু এরকম ঠান্ডা খুনির মতো চেহারা তাদের কখনও

দেখেনি গৌর। এ যেন অন্য জগতের দুটো মানুষ। চোখ ধক ধক করে জ্বলছে, কপালের শিরা ফুলে উঠেছে, চিতাবাঘের মতো থাবা পেতে আছে যেন, একটু বেয়াদবি করলেই লাফিয়ে পড়বে।

মাউ চাপা গলায় বলল, "যাকে তুই দেখেছিস, সে চোর নয়। আমাদের কাছে প্রায়ই আসবে। গভীর রাত্রেই আসবে। কিন্তু খবরদার, তাকে দেখে একটি শব্দও করবি না। যদি করিস তা হলে তার কিছুই হবে না, কেউ ধরতে পারবে না তাকে, কিন্তু তোর দারুণ বিপদ ঘটবে। বুঝেছিস?"

গৌর সম্মোহিতের মতো মাউয়ের দিকে চেয়ে ছিল। মাথা নেড়ে বলল, "বুঝেছি।"

"আর-একটা কথা। এসব ব্যাপার যদি বাইরের কেউ জানতে পারে, তা হলে কিন্তু..." মাউ কথাটা শেষ না করে অর্থপূর্ণ চোখে গৌরের দিকে চাইল।

গৌর মাথা নেড়ে বলে, "কেউ জানবে না।"

"ঠিক বলছিস?"

"দিব্যি করে বলতে পারি।"

"তোর দিব্যির কোনও দাম আছে নাকি? সে যাকগে, দিব্যি-টিব্যি করতে হবে না। শুধু বলে দিচ্ছি, তার কথা কেউ জানলে তোর গলার ওপর মাথাটা আর থাকবে না। যদি প্রাণে বাঁচতে চাস তো মুখে কুলুপ এঁটে রাখিস। এখন যা।"

গৌর পালিয়ে বাঁচল। নিজের ঘরে এসে দু ঘটি জল খেল, তারপর বসে বসে ব্যাপারখানা ভাবতে লাগল। ব্যাপারটা যে জটিল, তাতে কোনও সন্দেহ নেই। এ বাড়িতে আর থাকাটাই তার পক্ষে ভয়ের কারণ হয়ে দাঁড়িয়েছে। কিন্তু এই বাড়িতেই তার জন্ম, এই গাঁয়েই সে এত বড়টি হয়েছে। এ জায়গা ছেড়ে অন্য কোথাও যেতে তার একটুও ইচ্ছে করে না। এ বাড়িতে তারও অধিকার আছে । মাউ আর খাউ উটকো লোক, তাদের ভয়ে নিজের বাপ-পিতামহের ভিটে ছেড়ে পালাতেও ইচ্ছে করে না। এই বাড়ি, এই গাছপালা, এরা সব যেন তার বন্ধু, তার আপনজন। ভাবতে ভাবতে তার চোখে জল এল। আপনমনে নিজের মাথায় একটু হাত দিল সে। চুলের গোড়ায় রক্ত জমে আছে, সাংঘাতিক ব্যথা।

কী করবে বুঝতে না পেরে গৌর কিছুক্ষণ ফুঁপিয়ে ফুঁপিয়ে কাঁদল। তারপর আকাশ-পাতাল ভাবতে লাগল। ভোরের দিকে একটু ঢুলুনি এসেছিল তার। তখন স্বপ্নে তার মা দেখা দিল। মাথায় হাত বুলিয়ে বলল, "বড্ড লেগেছে বাবা? তা কবচটা হারিয়ে ফেললি, কী যে করি তোকে নিয়ে! একটা কথা বলি শোন, রাজা রাঘব কিন্তু ভাল লোক নয়। তাকে কখনও বিশ্বাস করিসনে।"

ঘুম ভেঙে গৌর দেখল, ভোর হয়ে গেছে। গোয়ালে গোরুগুলো ডাকাডাকি করছে খুব। গৌর তাড়াতাড়ি উঠে বাসন-টাসন মেজে, ঝাঁটপাট দিয়ে, পান্তা খেয়ে বেরিয়ে পড়ল গোরু নিয়ে।

নদীর ধারে একটা বেশ বড় বটগাছ আছে। গোরুগুলোকে ছেড়ে দিয়ে সেই বটগাছের ছায়ায় বসে গৌর কাল রাতের কথা, স্বপ্নের কথা, সব ভাবছিল। মা স্বপ্নে এসে বলল, "রাজা রাঘব ভাল লোক নয়।" কিন্তু রাজা রাঘবটা কে? সে তো এরকম কোনও রাজার নামই শোনেনি।

বটের ছায়ায় বসে একটু ঝিমুনি এসেছিল গৌরের। হঠাৎ একটা কর্কশ গলা-খাঁকারির শব্দে চোখ চাইল। বটগাছের কাছেই একটা বহু পুরনো ঢিবি। রাখালরা ওখানে লুকোচুরি খেলে। সেই ঢিবির চুড়োয় একটা শুঁটকো চেহারার বুড়ো লোক দাঁড়িয়ে জুলজুলে চোখে তাকে দেখছে। পরনে চোগা-চাপকান, হাতে লাঠি। গৌর চমকে উঠে বসতেই বুড়ো লোকটা ঢিবির আড়ালে ওধারে নেমে গেল ধীরে ধীরে।

দুপুর বেলা ফেরবার পথে গৌর ফকিরসাহেবের থানে আবার হানা দিল। লোকটা বুজরুক হোক, মিথ্যেবাদী হোক, বেশ মজার লোক। তাকে গৌরের ভালই লাগে।

"ও ফকিরবাবা।"

ফকিরসাহেব একটা পুরনো পুঁথি পড়ছিলেন। চোখ তুলে অবাক হয়ে বললেন, "বেঁচেবর্তে আছিস এখনও। শুনলুম কাল রাতে মাউ আর খাউ তোকে ভালরকম ডলাই-মলাই করেছে। তা মরিসনি কেন? মরলে এতক্ষণে দিব্যি আমার আরশিনগরে থাকতে পারতি। তা বৃত্তান্তটা কী?"

গৌর অবাক হয়ে বলে, "ডলাই-মলাই নয়, চুল ধরে খুব টেনেছে। কিন্তু সেকথা আপনি জানলেন কী করে?"

ফকিরসাহেব খুব হেঃ হেঃ করে হেসে বললেন, "আমার আরশিখানা যে সবজান্তা রে।"

কথাটা ঠিক বিশ্বাস হল না গৌরের, আবার অবিশ্বাসই বা করে কী করে? একটু মাথা চুলকে সে বলল, "কাল রাতে মাকে স্বপ্নে দেখলাম। তা মা বলল, রাজা রাঘব নাকি খুব খারাপ লোক। কিন্তু মুশকিল হল, রাজা রাঘব লোকটা যে কে, তাই আমি বুঝতে পারছি না। আপনি জানেন ফকিরবাবা?"

ফকিরসাহেবের মুখখানা দিব্যি হাসি-হাসি ছিল এতক্ষণ। কানের আতর-ভেজানো তুলো থেকে দিব্যি সুবাস আসছিল। তেল-চুকচুক করছিল মুখখানা। রাজা রাঘবের নামটা শুনেই কেমন যেন হত্তুকির মতো শুকিয়ে গেল। ফকিরসাহেব একটা ঢোঁক

গিলে বললেন, "তোর মা বলল? অ্যাঁ! ওরে বাবা! তা কী বলল বল তো! রাঘব আসছে নাকি?"

"তা আমি জানি না। মা শুধু সাবধান করে দিয়ে গেল। কেন ফকিরবাবা, রাঘবরাজা কি খুব সাংঘাতিক লোক?"

ফকিরসাহেব একটা দীর্ঘশ্বাস ছাড়লেন। তারপর মাথায় হাত দিয়ে বসে অনেকক্ষণ কী যেন ভাবলেন। তারপর আপনমনে বিড়বিড় করে বলতে লাগলেন, "ঈশানকোণে রক্তমেঘ! আগেই জানতুম, আর বেশিদিন নয়। লেগে যাবে সুন্দে-উপসুন্দে। গাঁ ছারখার হয়ে যাবে। ওরে বাবা!"

গৌর হাঁ করে ফকিরসাহেবের মুখের দিকে চেয়ে ছিল। বুঝতে পারছিল না, ব্যাপারখানা কী।

ফকিরসাহেব বিড়বিড় করা থামিয়ে তার দিকে বড়-বড় চোখ করে চেয়ে বললেন, "এখনও বসে আছিস যে বড়! এখনই গিয়ে পুকুরে ঝাঁপ দিয়ে মরে যা। কোনও ভয় নেই, মরতে না মরতেই আমি আত্মাটাকে চিমটে দিয়ে ধরে বের করে এনে আরশিতে পুরে ফেলব।"

"মরব ফকিরবাবা? কেন?"

"বেঁচে থেকে আর সুখ কী রে? সে যদি এসেই যায়, তবে বেঁচে থেকে আর সুখ কী? গাঁ কে গাঁ শ্মশান হয়ে যাবে।"

"রাঘব কে ফকিরবাবা?"

"ওরে বাবা, সে আমি জানি না।"

"এই যে এতক্ষণ বিড়বিড় করে কী সব বলছিলেন, যা শুনে মনে হল, রাঘবরাজা খুব খারাপ লোক।"

ফকিরসাহেব নিজের কানে হাতচাপা দিয়ে বললেন, "ভুল বলেছি তা হলে। ও কিছু নয়। তুই বাড়ি যা তো, বাড়ি যা।"

গৌর বেজার মুখে উঠে পড়ল।

চার

দুপুরবেলা ভাত খেয়ে গৌর যখন পুকুরে বাসন মাজছে, তখন দেখল পাশের কচুবনের মধ্যে একটা লোকের মাথা। উবু হয়ে হয়ে কী যেন খুঁজছে। কৌতূহলী হয়ে গৌর উঠে ভাল করে লোকটাকে দেখার চেষ্টা করতে করতে বলল, "ওখানে কে গো?"

লোকটা মুখ তুলে তার দিকে চেয়ে একটা ধমক দিল। "কাজের সময় কেন যে এত চেঁচামেচি করিস!"

গৌর দেখল, গোবিন্দদা। চাপা গলায় সে বলল, "গোবিন্দদা! ওখানে কী করছ তুমি?"

"করছি তোর মাথা আর মুন্ডু! কাছে আয়।"

গৌর একটু অবাক হল। তারপর হাত ধুয়ে গুটিগুটি গিয়ে কচুবনে সেঁধোল। দেখল গোবিন্দ একটা তামার ঘটে জল নিয়ে তার ওপর একখানা সিঁদুরমাখানো ছোট্ট আয়না ধরে চারদিকে ঘুরিয়ে ঘুরিয়ে কী যেন দেখছে। দেখতে দেখতে বলল, "সন্ধান প্রায় পেয়ে গেছি। পশ্চিম দিকেই ইশারা দিচ্ছে।"

গৌর উদ্‌গ্রীব হয়ে বলল, "কবচটা?"

"তবে আর কী খুঁজব রে গাড়ল! ইস্‌, কাল রাতে কী চোরের মারটাই না খেলি গুণ্ডাদুটোর হাতে!"

"তুমি দেখেছ!"

"চোখের পাতা না ফেলে দেখেছি। প্রথম থেকে শেষ অবধি।"

গৌর অভিমানের গলায় বলল, "তবু আমাকে বাঁচানোর চেষ্টা করোনি? তুমি কেমনধারা ভালবাসো আমায়?"

গোবিন্দ খিঁচিয়ে উঠে বলে, "হ্যাঁ, তোকে বাঁচাতে গিয়ে দু-দুটো গুণ্ডার হাতে হাড় ক'খানা ভেঙে আসি আর কী! তা তুইও তো ঘাড়ে-গর্দানে কম নোস, নিজেকে বাঁচাতে হাত-পা ছুড়তে পারলি না? নিদেন কামড়েও তো দিতে পারতিস!"

গৌর মুখ গোমড়া করে বলে, "সেটা পারলে আর কথা ছিল নাকি! ওরা কুটুম মানুষ না! কুটুমের গায়ে হাত তোলে কেউ? আর তুললে দাদাই কি আমাকে আস্ত রাখবে?"

গোবিন্দ ভেবেচিন্তে বলল, "তা বটে। তা খেয়েছিস না হয় একটু মারধোর। কিল চড় ঘুষি, চুলের গোছায় টান, এসব এমনিতে খেতে ভাল লাগে না বটে, তবে ওসব খেলে গা-গতর বেশ শক্তপোক্ত হয়ে ওঠে, গায়ের জোর বাড়ে, মনের জোরও বাড়ে। যেসব ছেলে মারধোর খায় না, তারা একটুতেই দেখবি কাহিল হয়ে পড়ে। তা ছাড়া মারধোর খেলে ভয়ডরও চলে যায়। এতে তোর ভালই হচ্ছে।"

গৌর একটা দীর্ঘশ্বাস ফেলে বলে, "পেটে খেলে পিঠে সয় কথাটা তো জানো! আমার কপালে পেটে কিছু নেই, কিন্তু পিঠে আছে।"

গোবিন্দ জবাব দিল না, দর্পণে কী যেন ইশারা পেয়ে বনবাদাড় ভেঙে পশ্চিম দিকে ধেয়ে চলল। পিছু-পিছু গৌর। দণ্ডকলসের জঙ্গল, ভাটগাছ আর বিছুটিবন পেরিয়ে

একটা ঢিবির সামনে দাঁড়িয়ে পড়ল গোবিন্দ। ঢিবির গায়ে একটা বড়সড় গর্ত। ছুঁচোর বাসাই হবে। সেই গর্তের সামনে দর্পণটা ধরে থেকে গোবিন্দ একটা নিশ্চিন্তির শ্বাস ফেলে বলল, "হয়েছে।"

"কী হয়েছে গোবিন্দদা?"

"গর্তের মধ্যেই আছে। দৌড়ে গিয়ে একটা শাবল নিয়ে আয়।"

চোখের নিমেষে গৌর দৌড়ে গিয়ে শাবল আনল। গোবিন্দ গর্তটার মুখে শাবল ঢুকিয়ে চাড় দিতেই ঢিবির অনেকটা অংশ ঝুরঝুরে হয়ে ভেঙে পড়ল। গোবিন্দ খানিক মাটি সরিয়ে ভিতরে হাত ঢুকিয়ে দিতেই বাচ্চাসমেত তিনটে ধেড়ে ছুঁচো বেরিয়ে কিচিক-মিচিক শব্দ করে দিগ্বিদিক হারিয়ে ছুটে পালাল। গোবিন্দ বগল পর্যন্ত হাত ঢুকিয়ে খানিকক্ষণ হাতড়ে অবশেষে যখন হাত বের করে আনল, তখন তার হাতের মুঠোয় কবচ।

গৌরের চোখ আনন্দে চকচক করে উঠল। চেঁচিয়ে বলল, "এই তো আমার কবচ!"

গোবিন্দ মাথা নেড়ে বলল, "সে তো ঠিকই রে। অসাবধানে রেখেছিলি বলে ছুঁচোয় মুখে করে নিয়ে এসেছিল। কিন্তু অত আনন্দ করার মতো কিছু হয়নি।"

"কেন গোবিন্দদা, তোমরাই তো বলো, এ কবচের নাকি সাংঘাতিক গুণ!"

"সেটাও মিথ্যে নয়। তবে যোগেশ্বরবাবার দেওয়া ও কবচ হচ্ছে ঘুমন্ত। ঘুমের মধ্যে কি তুই কাজ করতে পারিস?"

"না তো!"

"তা হলে ও কবচটাও পারবে না। ওটাকে জাগাতে হবে।"

"কী করে জাগাতে হয়?"

"সে আমি কী জানি? আমার ছিল কবচ খুঁজে দেওয়ার কথা, দিয়েছি। এখন যার কবচ সে বুঝবে।"

"কিন্তু না জাগলে আমি জাগাব কী করে?"

গোবিন্দ একটু হাসল। বলল, "সে ঠিকই জানতে পারবি। এখন কোমরে একটা কালো সুতোয় ভাল করে কবচটা বেঁধে রাখ। যেন না হারায়। সময় হলেই কবচকে ঘুম থেকে তোলা হবে। এখন কাজে যা। ঘাটে বাসন ফেলে এসেছিস, একখানা চুরি গেলে তোর বউদি আস্ত রাখবে না।"

গৌর তাড়াতাড়ি ঘাটে ফিরে গেল।

বিকেলবেলায় কবচটা খুব সাবধানে কোমরে বেঁধে নিল গৌর। তারপর গোরুর জাবনা দিয়ে, গোয়ালে সাঁজাল দিয়ে কাজ সেরে ফেলতে গেল।

হাডুডু সে খুবই ভাল খেলে। অফুরন্ত দম, এক দমে তিন-চারজনকে মেরে দিয়ে আসে। যাকে জাপটে ধরে, সে আর নিজেকে ছাড়াতে পারে না।

গৌরের দল রোজই জেতে। আজও তারা তিন পার্টিই জিতল। কিন্তু জিতেও গৌরের সুখ নেই, বরং উলটে তার ভয় হল। বেশি খেলাধুলা করলে খিদেটাও যে বেশি পায়। রাতের খাওয়া বন্ধ, খিদে পেলে পেটের জ্বালা জল ছাড়া আর কিছু দিয়ে তো মেটানো যাবে না। গোবিন্দদা যদি আজ না আসে বা এলেও যদি রুটি আনতে ভুলে যায়, তা হলে কী হবে?

খেলার পর মাঠের ধারে বসে রোজই গৌর বন্ধুদের সঙ্গে একটু গল্পগাছা করে। আজও করল। তারপর বাড়ি যাবে বলে সবাই যে যার পথ ধরল।

বাজারের কাছ দিয়ে আসার সময় তেলেভাজার ম' ম' গন্ধে গৌর দাঁড়িয়ে গেল। বলতে নেই, তার খিদে পেয়েছে। তেলেভাজার গন্ধে সেই খিদেটা এখন দাউদাউ করে জ্বলে উঠল। হরিপদ আজ হিং দিয়ে আলুর চপ আর ফুলুরি ভাজছে। কী যে বাস ছেড়েছে, সে আর বলার নয়। ইচ্ছে করে লাফিয়ে পড়ে থাবিয়ে সব খেয়ে নেয়।

কিন্তু ইচ্ছে করলেই তো হল না। আইনকানুন আছে, সহবত আছে, চক্ষুলজ্জা আছে। গৌর একটা দীর্ঘশ্বাস ফেলে হরিপদর দোকানটা এড়িয়ে বটতলার ঘুরপথটা ধরল। এ পথটা অন্ধকার, নির্জন। তা হোক, তবু ফুলুরির দোকানের সামনে দিয়ে না যাওয়াই ভাল। তার লোভী চোখের নজর লাগলে ও ফুলুরি আর তেলেভাজা যে খাবে, তারই পেটের অসুখ করবে।

বটতলার মহাবীরের থান পেরোলেই আমবাগান। সেখানে জমাট অন্ধকারে থোকা-থোকা জোনাকি জ্বলছে। ঝিঁঝি ডাকছে খুব। সামনেই সরকারদের পোড়ো বাড়ি, যেখানে কন্ধকাটা ভুত আছে বলে সবাই জানে। সন্ধের পর এ পথে কেউ বড় একটা হাঁটাচলা করে না। গৌর যে খুব সাহসী এমন নয়, তবে গরিব-দুঃখীদের ভয়ডর বেশি থাকলে চলে না। সে এগোতে লাগল। গুনগুন করে একটু গান ভাঁজছিল সে, ভয় তাড়ানোর জন্য। হঠাৎ থমকে দাঁড়িয়ে চেঁচিয়ে উঠল, "কে রে?"

তার স্পষ্ট মনে হয়েছে, অন্ধকারে আগে আগে কে যেন হাঁটছে। এখনও চাঁদ ওঠেনি। অমাবস্যা চলছে। কিন্তু আকাশ থেকে যে ঝাপসামতো একটুখানি আভা-আভা আলো আসে, তাইতেই তার মনে হয়েছে, একটা সরু লোক, স্পষ্ট বোঝা যায়নি অবশ্য। কিন্তু লোকটা জবাব দিল না।

গৌর আবার হাঁটতে লাগল। আমবাগানের সুঁড়িপথে ঢুকতে যাবে এমন সময় আবার মনে হল, সামনেই কেউ একটা আছে। পায়ের শব্দ হল যেন।

"কে ওখানে?"

কেউ জবাব দিল না। কিন্তু হঠাৎ ঠন করে কী একটা জিনিস যেন এসে পড়ল গৌরের পায়ের কাছে। সে প্রথমটায় চমকে উঠেছিল। তারপরে সাহস করে নিচু হয়ে মাটি হাতড়ে গোলমতো একটা জিনিস পেয়ে তুলে নিল। জিনিসটার ওপর হাত বুলিয়ে আন্দাজে বুঝল, একটা কাঁচা টাকা।

ভয়ে গৌর আর এগোতে পারল না। টাকাটা মুঠোয় নিয়ে পিছু হটে আবার বাজারে চলে এল। দোকানের আলোয় মুঠো খুলে দেখল, টাকাই বটে। কিন্তু টাকাটা তার দিকে ছুড়ে দিল কে? আর দিলই বা কেন? অনেকক্ষণ ভেবেও সে প্রশ্নের জবাব পেল না। তবে মনে হল, টাকাটা যখন পাওয়াই গেছে, তখন খরচ করতে দোষ নেই। যেই দিয়ে থাক, সে গৌরের খিদের কথা জানে।

হরিপদর দোকানে গিয়ে গরম-গরম ফুলুরি আর আলুর চপ খেল গৌর। শ্রীদাম ময়রার দোকান থেকে রসগোল্লাও খেল। টাকাটা কে দিল তা ভাবতে ভাবতে একটু অস্বস্তি নিয়েই বাড়ি ফিরল গৌর। নিতাইগোপাল তার দুই শালাকে নিয়ে খেয়ে উঠে আঁচাচ্ছে। তার দিকে চেয়ে গম্ভীর মুখে বলল, "তৈরি হ'। রাতে পাহারা দিতে হবে মনে থাকে যেন।"

গৌর মাথা নেড়ে নিজের ঘরে গিয়ে লাঠিগাছা হাতে নিয়ে বেরিয়ে এল।

ক্রমে রাত নিশুতি হয়ে এল। সবাই অঘোর ঘুমে। গৌর একা দাওয়ায় বসে লাঠি ঠুকে ঠুকে পাহারা দেওয়ার চেষ্টা করছে। মাঝে মাঝে উঠে চারদিকটা ঘুরেও আসছে। হুয়া হুয়া করে এক ঝাঁক শেয়াল ডেকে উঠল কাছেই, দীর্ঘ বিষণ্ণ সুরে একটা কুকুর কাঁদতে লাগল। রাতের আরও সব বিচিত্র শব্দ আছে। কখনও তক্ষক ডাকে, কখনও পেঁচা, কখনও বাঁশবনে হাওয়া লেগে মচমচ শব্দ ওঠে, কখনও গুপুস করে পুকুরে ঘাই মারে বড়-বড় মাছ। ঝিঁঝি ডাকে, কোনও বাড়ির খোকা হঠাৎ ওঁয়া-ওঁয়া করে কেঁদে ওঠে। শব্দগুলি সবই গৌরের চেনা। তবু আজ তার একটু গা-ছমছম করতে লাগল। তাকে ঘিরে যেন ক্রমে-ক্রমে একটা রহস্যের জাল বোনা হচ্ছে। কে বুনছে? কে সেই অদ্ভুত মাকড়সা?

একটু ঢুলুনি এসেছিল গৌরের। হঠাৎ দূর থেকে একটা খটখট শব্দ এগিয়ে আসতে লাগল। চটকা ভেঙে সোজা হয়ে বসল গৌর। ঘোড়ার পায়ের শব্দ না? জোর কদমে নয়, আস্তে আস্তে একটা ঘোড়া হেঁটে আসছে এদিকপানে।

গৌর ভয়ে তাড়াতাড়ি ঘরে ঢুকে কপাটের আড়ালে গা ঢাকা দিল। উঁকি মেরে দেখল, উঠোনে একটা মস্ত সাদা ঘোড়া ধীর পায়ে হেঁটে এসে দাঁড়াল, পিঠে সেই লম্বা লোকটা। লোকটা এতই লম্বা যে, ঘোড়ার পিঠ থেকেও তার পা দুটো মাটি ছুঁই-ছুঁই। ঘোড়ার পিঠ থেকে নেমে লোকটা সোজা গিয়ে মাউ আর খাউয়ের ঘরের দরজায়

ধাক্কা দিল। সঙ্গে সঙ্গে খুলে গেল কপাট। লোকটা ভিতরে ঢুকতেই দরজা ফের বন্ধ হয়ে গেল।

গৌরের বুকটা ভয়ে ঢিবঢিব করছে। এই লম্বা লোকটাকে দেখলেই তার মনটা ভয়ে কুঁকড়ে যায়। মনে হয় এ লোকটা মোটেই ভাল নয়। আগের দিন ঘোড়াটা দেখতে পায়নি গৌর। আজ দেখল। গ্রামদেশে এরকম বিশাল চেহারার ঘোড়া দেখাই যায় না। খুবই ভাল জাতের তেজি ঘোড়া। স্থির হয়ে দাঁড়িয়ে আছে তো আছেই, লেজটা পর্যন্ত তেমন নাড়াচ্ছে না।

কৌতূহল বড় সাংঘাতিক জিনিস। লম্বা লোকটা যে ভাল নয়, তা বুঝেও, এবং মাউ আর খাউয়ের হুমকি সত্ত্বেও, গৌরের ইচ্ছে হল, লোকটা কী করতে এত রাতে আসে সেটা একটু দেখতে। খুব ভয় করছিল গৌরের, তবু সে পা টিপে টিপে গিয়ে মাউ আর খাউয়ের ঘরের পিছন দিকের একটা জানালার ভাঙা খড়খড়ি দিয়ে ভিতরে উঁকি দিল।

ঘরে মিটমিটে হ্যারিকেনের আলোয় লম্বা লোকটার মুখখানা দেখে বুকের ভিতরটা গুড়গুড় করে ওঠে গৌরের। এ যেন কোনও জ্যান্ত মানুষের মুখই নয়। বাসি মড়ার মুখে যেমন একটা রক্তশূন্য হলদেটে ফ্যাকাসে ভাব থাকে, এর মুখখানাও সেরকম। চোখদুটো গর্তের মধ্যে ঢোকানো, নাকটা লম্বা হয়ে বেঁকে ঝুলে পড়েছে ঠোঁটের ওপর। একটা কাঠের চেয়ারে বসে কোলের ওপর দুই হাত জড়ো করে লোকটা স্থির দৃষ্টিতে মাউ আর খাউয়ের দিকে চেয়ে ছিল। মাউ আর খাউয়ের ভাবগতিক দেখে খুবই অবাক হল গৌর।

গুন্ডা ও দুর্দান্ত প্রকৃতির দুই ভাই এখন জড়সড় হয়ে লোকটার সামনে দাঁড়িয়ে আছে। তাদের মুখ অবশ্য দেখতে পেল না গৌর, কারণ গৌরের দিকেই তাদের পিঠ। তবে হাবভাবে বুঝতে পারল লম্বা লোকটাকে এরা দারুণ ডরায়।

লম্বা লোকটা স্থির দৃষ্টিতে খানিকক্ষণ দুই ভাইকে দেখল, তারপর মৃদুস্বরে বলল, "খুন করতে প্রথমটায় হাত কাঁপে বটে, কিন্তু আস্তে আস্তে অভ্যেস হয়ে যায়। মশা-মাছি মারা যেমন খুন, মানুষ মারাও তাই। ভয় পেয়ো না। আমার দলে থাকতে গেলে এসব করতেই হবে।"

মাউ ভয়-খাওয়া গলায় বলে, "যদি পুলিশে ধরে?"

লম্বা লোকটা মৃদু একটু হাসল। তারপর মাথা নেড়ে বলল, "পুলিশ কিছু করতে পারবে না। সে ব্যবস্থা আমি করব। আমার রাজ্য উদ্ধার হয়ে গেলে তোমাদের এত বড়লোক বানিয়ে দেব যে, এখন তা কল্পনাও করতে পারবে না। বড়লোক হতে গেলে একটু কষ্ট তো স্বীকার করতেই হবে।"

মাউ গলা খাঁকারি দিয়ে বলল, "কাকে খুন করতে হবে তা যদি বলেন।"

"সময়মতো জানতে পারবে। কিন্তু তার আগে আর একটা কাজ আছে। আমি আমাদের পুরনো প্রাসাদের নকশা থেকে জানতে পেরেছি যে, এই বাড়িটা একসময়ে আমাদের তোশাখানা ছিল। আমার বিশ্বাস, এ বাড়ির তলায় এখনও আমার পূর্বপুরুষের ধনসম্পদ রয়ে গেছে। কাজেই নিতাই আর গৌরকে খুব তাড়াতাড়ি এ বাড়ি থেকে তাড়াতে হবে।"

মাউ আর খাউ পরস্পরের দিকে একটু তাকাতাকি করল। তারপর মাউ বলল, "তা হলে ওরা যাবে কোথায়?"

লম্বা লোকটা মৃদু হাসল। তারপর বলল, "নিতাইকে নদীর ধারে একটা ছোট ঘর করে দেওয়া যাবে। আর গৌর ছেলেটা একেবারেই ফালতু। এটাকে টিকিয়ে রাখার কোনও মানেই হয় না। তোমরা কী বলো?"

মাউ আর খাউ ফের নিজেদের মধ্যে তাকাতাকি করে নেয়। তারপর মাউ বলে, "সে অবশ্য ঠিক রাজামশাই।"

গৌরের হাত-পা একথা শুনে একদম হিম হয়ে গেল।

রাজামশাই চেয়ার ছেড়ে উঠে দাঁড়াতে দাঁড়াতে বলে, "ওকে একবার তোমরা ডুবিয়ে প্রায় মেরে ফেলেছিলে, তাই না? ছোঁড়াটা অল্পের জন্য বেঁচে গিয়েছিল। এবার ওকে দিয়েই তোমাদের বউনি হোক। কিন্তু সাবধান, বোকার মতো কোনও কাজ কোরো না। এমনভাবে কাজ হাসিল করবে, যাতে কেউ তোমাদের সন্দেহ করতে না পারে।"

"যে আজ্ঞে।"

রাজামশাইয়ের পরনে আলখাল্লার মতো লম্বা সাদা পোশাক। তাতে জরির চুমকি। পকেটে হাত ভরে রাজামশাই একটা চকচকে জিনিস বের করে মাউ আর খাউয়ের দিকে ছুড়ে দিয়ে বলল, "এটা রাখো।"

রাজামশাই দরজা খুলে বেরোতেই গৌর চুপিসারে সরে গিয়ে আমবাগানের মধ্যে সেঁধোল। ভয়ে তার বুক ঢিপঢিপ করছে, হাত-পা ঝিমঝিম করছে, বুদ্ধি গুলিয়ে যাচ্ছে। সে একটা গাছের গোড়ায় ধপ করে বসে দম নিতে লাগল।

রাজামশাইয়ের ঘোড়ার পায়ের শব্দ ধীরে ধীরে দূরে মিলিয়ে যেতে একটু নড়েচড়ে বসল গৌর। তার মনে হল, বাঁচতে হলে আর বেশি দেরি করা চলবে না। এক্ষুনি পুঁটুলি বেঁধে নিয়ে রওনা হয়ে পড়তে হবে।

পা টিপে টিপে চারদিকে চোখ রাখতে রাখতে গৌর নিজের ঘরে এসে কপাটটা নিঃশব্দে বন্ধ করে দিল। জামাকাপড় তার খুবই সামান্য। জিনিসপত্তরও তেমন কিছু

নেই। একজোড়া মোটা কাপড়ের ধুতি আর দুটো গেঞ্জি গামছায় বেঁধে লাঠিগাছা হাতে নিয়ে সে যখন বেরোতে যাচ্ছে, তখন হঠাৎ পিছন থেকে সরু গলায় কে যেন বলে উঠল, "গৌর কি ভয় পেলে?"

গৌর চমকে উঠে, সভয়ে জানালাটার দিকে তাকাল। জানালার ওপাশে অন্ধকারে একটা ছায়ামূর্তি দাঁড়িয়ে আছে।

কাঁপা গলায় গৌর বলে, "কে...কে ওখানে?"

"পালিয়ে কি বাঁচতে পারবে গৌর? যেখানেই যাও, রাজা রাঘবের গুপ্তঘাতকদের হাত থেকে রেহাই পাবে না।"

"আপনি কে?"

"আমি তোমার একজন মঙ্গলাকাঙ্ক্ষী। এখন যা বলছি, শোনো। রাজা রাঘবের ক্ষমতা অনেক। তার মতো নৃশংস মানুষও হয় না। এই জায়গায় এক সময়ে তার পূর্বপুরুষেরা রাজত্ব করত। অনেক দিন আগেই সেই রাজ্য ধ্বংস হয়ে যায়। রাঘব আবার সেই রাজ্য প্রতিষ্ঠা করার জন্য উঠে পড়ে লেগেছে। আমরা কিছু লোক সেটা ঠেকাতে চাইছি। কেন জানো?"

লোকটা যেই হোক, এর কথাবার্তা শুনে গৌরের মনে হল, লোকটা শত্রু নয়। সে একটু ভরসা পেয়ে বলল, "আজ্ঞে না। বলুন।"

"রাঘবের পূর্বপুরুষেরা ছিল সাংঘাতিক অত্যাচারী। কেউ সামান্য বেয়াদপি করলেই তার গলা কেটে ফেলে দিত। আসলে ওরা রাজত্ব তৈরি করেছিল ডাকাতি করে। রাজা হয়েও সেই ডাকাতির ভাবটা যায়নি। প্রায় একশো পঁচিশ বছর আগে একদল প্রজা খেপে গিয়ে মরিয়া হয়ে প্রাসাদ আক্রমণ করে। প্রাণভয়ে রাজা আর তার আত্মীয়রা পালায়। বিদ্রোহী প্রজার হাতে কয়েকজন মারাও পড়ে। তখন যে রাজা ছিল তার নাম মাধব। সে প্রতিজ্ঞা করেছিল, এই বেয়াদপির শোধ সে নেবেই। সে না পারলেও তার বংশের কেউ না কেউ ফিরে এসে এখানে আবার রক্তগঙ্গা বইয়ে রাজ্য স্থাপন করবে।"

গৌর জানালার দিকে তাকিয়ে বলল, "ওই লম্বা লোকটাই কি রাঘব?"

"হ্যাঁ। সাংঘাতিক লোক। রাঘব না পারে এমন কোনও কাজ নেই। ওর চেহারাটা রোগা বটে, কিন্তু লোহার মতো শক্ত। যে-কোনও বড় পালোয়ানকে ও পিষে মেরে ফেলতে পারে। আর শুধু গায়ের জোরই নয়, ওর কিছু অদ্ভুত ক্ষমতাও আছে। ও চোখের দৃষ্টি দিয়ে যে-কোনও মানুষকে একদম অবশ করে দিতে পারে। নানারকম দ্রব্যগুণও ওর জানা আছে। ওর টাকাপয়সাও অনেক। যেখানে যত ভয়ংকর, নিষ্ঠুর, পাজি আর বদমাশ আছে, তাদের ও একে একে জোগাড় করছে। সেইসব লোককে

নিয়ে একটা দল তৈরি করে একদিন ঝাঁপিয়ে পড়বে এই গ্রাম আর আশপাশের পাঁচ-সাতখানা গাঁয়ের ওপর। গাঁয়ের পর গাঁ জ্বালিয়ে দেবে, বহু মানুষকে কচুকাটা করবে। তারপর নিজের দল নিয়ে রাজত্ব করবে। বুঝেছ?"

গৌর কাঁপতে কাঁপতে বলল, "বুঝেছি। কিন্তু আমাকে যে মারবার হুকুম দিয়ে গেল, আমি এখন কী করি?"

"ভয় পেয়ো না। পালিয়ে বাঁচতে পারবে না। একটু সতর্ক থেকো, তা হলেই হবে। আর তোমার কবচটাকে ঠিকমতো ব্যবহার কোরো।"

কবচ! কবচের কথা গৌর ভুলেই গিয়েছিল। কোমরে হাত বুলিয়ে কবচটা ছুঁয়ে দেখে সে বলল, "কিন্তু গোবিন্দদা বলছিল, কবচটা নাকি ঘুমন্ত। এটাকে না জাগালে কাজ হবে না।"

"গোবিন্দ ঠিকই বলেছে।"

"তা কবচটাকে জাগাব কী করে?"

"সে ঠিক সময়মতো জানতে পারবে।"

"এখন আমি কী করব তা হলে?"

"যেমন আছ তেমনি থাকবে। চারদিকে চোখ রেখে চলবে।"

"আপনি কে?"

"আমি রাজা রাঘবের শত্রু, এর বেশি আজ আর বলব না।"

"আমবাগানে কে একজন আমার দিকে একটা টাকা ছুড়ে দিয়েছিল, সে কি আপনি?"

কেউ একথার জবাব দিল না। গৌর চেয়ে দেখল, জানালার ধারে ছায়ামূর্তিটা নেই।

গৌর একটা দীর্ঘশ্বাস ছেড়ে পুঁটুলি খুলে ধুতি আর গেঞ্জি যথাস্থানে রেখে দিল।

পাঁচ

পরদিন সকালেই একটা ছেলে এসে গৌরকে খবর দিল, বিকেলে ন' পাড়ার সঙ্গে দারুণ হাডুডু ম্যাচ। এরকম কোনও ম্যাচ হওয়ার কথা ছিল না। কিন্তু ন'পাড়ার কোন বড়লোক নাকি এই হাডুডু ম্যাচের জন্য টাকা দিচ্ছেন। যে দল জিতবে, তার প্রত্যেক খেলোয়াড় একটা করে সোনার মেডেল আর নগদ পঞ্চাশ টাকা পাবে। তা ছাড়া খেলার শেষে বিরাট ভোজের ব্যবস্থা হয়েছে।

খবরটা পেয়ে গৌরের ভারী আনন্দ হল। সোনার মেডেল, টাকা এসব তার কাছে স্বপ্নের মতো। হাডুডু সে ভালই খেলে। তার দম অফুরন্ত, গায়ে জোরও সাংঘাতিক। চটপটেও সে বড় কম নয়। গাঁয়ের দলের সে-ই সবচেয়ে ভাল খেলোয়াড়।

সারা দিনটা মেডেল আর টাকার কথা চিন্তা করে মনটা বেশ উড়ু-উড়ু হয়ে যাচ্ছিল তার। আবার মাঝে-মাঝে কেমন যেন একটা আবছা ভয়ও হচ্ছিল। ন'পাড়া তাদের পাশের গ্রাম। বেশি দূর নয়। তবে ন'পাড়ার সঙ্গে তারা কখনও খেলেনি। গ্রামটার খুব বদনাম আছে ডাকাতের গাঁ বলে। ন'পাড়ার নামে লোকে ভয়ে কাঁপে। লটকা, কচি বেত বা কামরাঙার খোঁজে বন্ধুদের সঙ্গে কয়েকবার ন'পাড়া গেছে গৌর। গাছপালায় ঘেরা অন্ধকার গা-ছমছমে পরিবেশ। একটা হাজার বছরের পুরনো কালীবাড়ি আছে। সেখানে এখনও রোজ পুজো হয়। ঠ্যাঙাড়ে ডাকাতরা নাকি এই কালীকেই পুজো দিয়ে ডাকাতি করতে বেরোয়। ন'পাড়ার মানুষগুলোও কিছু অদ্ভুত। প্রত্যেকেরই বেশ মজবুত চেহারা আর প্রত্যেকেই ভীষণ গোমড়ামুখো। দেখলেই ভয় করে। ন'পাড়ার ছেলেরা যে হাডুডু খেলে এটা গৌর জানতই না, তাই কেমন একটু অস্বস্তি হচ্ছিল তার।

বিকেলে একটু তাড়াতাড়ি ফিরে গোরুর জাবনা দিয়ে, ঘরদোরের কাজ চটপট সেরে গৌর গিয়ে দক্ষিণের মাঠে বন্ধুদের সঙ্গে জুটে ন'পাড়া রওনা হল।

তেজেন হল দলের ক্যাপটেন। গৌর তাকে জিজ্ঞেস করল, "হ্যাঁ রে তেজেন, ন'পাড়ার আবার কবে থেকে খেলাধুলোর শখ হল?"

তেজেন বলল, "কী জানি ভাই, ন'পাড়ার ছেলেরা যে খেলে তাই তো জানতাম না। তবে শুনেছি, এক বড়লোক জুটেছে সেখানে। যে নাকি গাঁয়ের চেহারা বদলে দেবে, জলের মতো টাকা ঢালছে।"

"সোনার মেডেল দেবে সত্যি?"

"সোনার মেডেল, টাকা, তার ওপর পোলাও কালিয়া দিয়ে ভোজ।"

"এর মধ্যে কোনও গোলমাল নেই তো?"

"গোলমাল আর কী থাকবে? বিশে নিজে আজ ন'পাড়ায় গিয়ে দেখে এসেছে সেখানে সাজো-সাজো রব, রঙিন কাগজ দিয়ে সারা গাঁ সাজানো হয়েছে। কালীবাড়ির সামনের চাতালে বিশাল উনুন তৈরি হচ্ছে, বত্রিশটা পাঁঠা বলি হয়ে গেছে, হাঁড়ি-হাঁড়ি দই-মিষ্টি আসছে ঘোষপাড়া থেকে।"

দলের সকলেরই ভারী ফুর্তি, জোর কদমে হাসাহাসি আর গল্পসল্প করতে করতে হাঁটছে সবাই।

গৌর হঠাৎ তেজেনকে জিজ্ঞেস করল, "আর হেরে গেলে কী দেবে?"

তেজেন বলল, "সে কথাও হয়েছে, হারলে পাঁচ টাকা করে পাবে সবাই। খাওয়া তো থাকছেই। তবে ভাবছিস কেন, আশপাশের দশখানা গাঁয়ে আমরাই সেরা। ন'পাড়ার ছেলেদের গায়ে যত জোরই থাকুক, আমাদের মতো কায়দা জানে না। হেরে ভূত হয়ে যাবে।"

কিন্তু গৌর তেজেনের মতো নিশ্চিন্ত হল না। তার মনে কেমন একটা অস্বস্তি হতে লাগল। এই যে হুট করে খেলার আয়োজন, এত প্রাইজ আর মেডেলের লোভানি, এটাকে খুব স্বাভাবিক ঘটনা বলে ভাবতে পারছে না সে।

ন'পাড়ায় ঢুকে তার অস্বস্তিটা বরং বাড়ল। বাস্তবিকই এ পাড়াকে আজ চেনা যায় না। গাছে-গাছে রঙিন ফেস্টুন, রঙিন কাগজের শিকলি, নিশান, কালীবাড়িতে ব্যান্ড পার্টিও এসেছে, দারুণ বাজনা বাজছে সেখানে।

কালীবাড়ির পাশেই খেলার মাঠে কোর্ট কাটা হয়েছে। লোকে লোকারণ্য, গৌররা সেখানে যেতেই একদল বাচ্চা মেয়ে এসে সবাইকে মালা পরিয়ে দিল, কপালে দিল চন্দনের ফোঁটা, এইসব দেখে সকলেই কেমন একটু ভ্যাবাচ্যাকা খেয়ে গেল।

কোর্টের পাশেই সুন্দর করে সাজানো টেবিলে ছোট ছোট নীল ভেলভেটের বাক্সে সোনার মেডেলগুলো ঝকঝক করছে। টেবিলের ওধারে চারটে চেয়ারে চারজন বেশ সম্ভ্রান্ত চেহারার মানুষ বসে আছেন।

গৌররা ঢুকতেই সকলে হাততালি দিয়ে হর্ষধ্বনি করে উঠল।

তেজেন গৌরের কানে-কানে বলল, "আজ জিততেই হবে গৌর।"

"চেষ্টা করব।"

"জিতে না ফিরলে প্রেস্টিজ থাকবে না, মনে রাখিস।"

খেলা শুরু হতে একটু দেরি আছে; দু'পক্ষের টিম এসে মাঠের ধারে জড়ো হয়েছে সবে। একটা দৃশ্য দেখে সকলে অবাক। ন'পাড়ার খেলোয়াড়দের মধ্যে মাউ আর খাউ রয়েছে।

তেজেন ন'পাড়ার ক্যাপটেনের কাছে গিয়ে আপত্তি জানাল, "ওরা তো আমাদের গাঁয়ে থাকে, ওরা তোমাদের হয়ে খেলছে কেন?"

ন'পাড়ার ক্যাপটেন বলল, "মোটেই তোমাদের গাঁয়ের লোক নয় ওরা, কুটুমবাড়িতে বেড়াতে গিয়েছে এই মাত্র। তোমরা ওদের টিমেও নাওনি, তাই আমরা হায়ার করেছি।"

তেজেন আর যুক্তি খুঁজে না পেয়ে ফিরে এসে গৌরকে চুপি-চুপি বলল, "তোর কুটুমরা ওই দলে খেলছে, ব্যাপারটা একটু গোলমেলে।"

"তাই দেখছি।"

গৌরের বুকের ভিতরটা একটু ঢিপঢিপ করতে লাগল। মাউ আর খাউ ন'পাড়ার হয়ে খেলছে খেলুক, সেটা বড় কথা নয়। কিন্তু রাঘবরাজা ওদের যে হুকুমটা দিয়েছে, সেটা মনে করেই গৌরের হাত-পা হিম হয়ে আসছিল। তার মনে হচ্ছিল, খেলায় না নেমে ফিরে গেলেই বোধহয় ভাল হত। মাউ আর খাউয়ের মতলব হয়তো ভাল নয়।

কিন্তু পিছিয়ে যাওয়া আর সম্ভব নয়। মালা পরে চন্দনের ফোঁটা নিয়ে পিছিয়ে গেলে সবাই দুয়ো দেবে। তাদের গাঁ থেকেও অনেকে খেলা দেখতে এসেছে, তারাই বা মনে করবে কী? ভিড়ের মধ্যে গৌর কবরেজমশাই, ফকিরসাহেব, গোবিন্দদা, সবাইকেই দেখতে পেল।

শরীরের আড় ভাঙার জন্য কোর্টে নামার আগে একটু ডন-বৈঠক করে গা ঘামিয়ে নিচ্ছিল সবাই। এমন সময় কবরেজমশাই এগিয়ে এসে একটা ছোট্ট শিশি গৌরের হাতে দিয়ে বললেন, "চটপট তেলটুকু মেখে নে। হাতে-পায়ে আর ঘাড়ে ভাল করে মাখিস।"

"এ মেখে কী হবে কবরেজমশাই?"

"হবে আমার গুষ্টির পিণ্ডি, যা বলছি চোখ বুজে করে যা। আজ তোর বড় ফাঁড়া।"

গৌর আর দ্বিরুক্তি না-করে তেলটা মেখে ফেলল। ভারী অদ্ভুত তেল। জলের মতো পাতলা, মাখতেই শরীরে মিশে গেল। কোনও তেলতেলে ভাব অবধি থাকল না।

খেলা শুরু হল। প্রথম দান গৌরদের। তেজেন দম নিয়ে 'ডু...উ...উ...উ...' ডাক ছেড়ে ঢুকে গেল ন'পাড়ার এলাকা। দুহাত পাখির ডানার মতো ছড়ানো, হালকা পায়ে উড়ে উড়ে কোর্টের এ প্রান্ত থেকে ও প্রান্ত যেতে যেতে হাত দিয়ে তীব্র কয়েকটা ছোবল ছুড়ল সে, চকিতে পা বাড়িয়ে দিল এদিক সেদিক। না, ন'পাড়ার কেউ 'আউট' হল না।

তেজেন নিজের কোর্টে ফিরে আসতে না আসতেই ন'পাড়ার এক বিশাল চেহারার কালো জোয়ান পাহাড়ের মতো ধেয়ে এল। বিকট 'ডু...উ...উ...' শব্দ করতে করতে কোর্টে ঢুকে পড়তেই গৌর বুঝে গেল, লোকটা আনাড়ি। চেহারা বিশাল হলেই তো হয় না। এ খেলায় চটপটে হওয়া এবং কূটকৌশল জানা একান্ত দরকার। এ লোকটার তা নেই, এক্ষুনি ধরা পড়ে যাবে। গৌর প্রস্তুত হল।

কিন্তু আশ্চর্যের বিষয়, লোকটা কাউকে আউট করার জন্য হাত-পা খেলানোর চেষ্টাই করল না। বিপক্ষের কোর্টে ঢুকে সে একটু থমকে দাঁড়িয়ে হঠাৎ প্রবল আক্রোশে আর প্রতিহিংসায় সোজা এগিয়ে এল গৌরের দিকে।

গৌর লোকটার কাণ্ড দেখে অবাক। তেজেন এবং তার দলবল চারদিক থেকে

ঘিরে ধরে জাপটেও ফেলল লোকটাকে। কিন্তু দানবের মতো লোকটা দু-তিন ঝটকায় সবাইকে ঝেড়ে ফেলে জোড় পায়ে একটা তুর্কি লাফ মেরে লাফিয়ে পড়ল গৌরের ওপর।

ওই বিশাল দানবীয় চেহারার জোড়া লাথি বুকে লাগলে পাঁজরের হাড় মড়মড় করে ভেঙে যাওয়ার কথা। কিন্তু গৌর নিজে ভাল খেলোয়াড়, গায়ের জোরে দানবটার সঙ্গে পাল্লা টানতে না পারলেও সে দারুণ চটপটে, দ্রুতগতি। পা দুটো যখন তার বুকের ওপর নেমে আসছে, তখন সে খানিকটা হতবুদ্ধি হয়ে গিয়েছিল। এ খেলায় ছোঁয়াছুঁয়ি আছে বটে, কিন্তু ধরা পড়ার ভয় না-রেখে কেউ যে এরকম বেহেড হয়ে কারও ওপর লাফিয়ে পড়তে পারে, এ ধারণা তার ছিল না। তাই অবাক হয়ে গিয়েছিল। কিন্তু একেবারে শেষ মুহূর্তে সে চট করে বাঁদিকে শরীরটা বাঁকিয়ে পাঁকাল মাছের মতো সরে গেল। দানবটা তাকে পেরিয়ে গদাম করে আছড়ে পড়ল মাটিতে। গৌরই গিয়ে ধরে তুলল তাকে। অবাক হয়ে বলল, "এ কেমনধারা খেলা?"

লোকটা ভ্রূকুটি করে বলল, "এখনই কী? খেলা দেখবে।"

একটা লোক আউট হওয়ায় ন'পাড়ায় কোনও বৈলক্ষণ্য দেখা গেল না। পরের দান গৌরের, গৌর চোখ বুজে ঠাকুর স্মরণ করে বুক ভরে দম নিল। তারপর ভিমরুলের মতো ডাক ছেড়ে হালকা পায়ে গিয়ে ঢুকল ন'পাড়ার কোর্টে। তেজেনের চেয়ে সে বহুগুণ দ্রুতগতির, অনেক বেশি তার গায়ের জোর। সে অনেক উঁচুতে লাফাতে পারে, শরীরে নানারকম অদ্ভুত মোচড় দিতে পারে। এ খেলায় সেইটিই দরকার। গৌর ঢুকেই চটপট ডাইনে বাঁয়ে একটু বিদ্যুৎ-তরঙ্গের মতো নিজেকে বইয়ে দিল। কিন্তু তার মনে হচ্ছিল, ন'পাড়ার খেলোয়াড়গুলো আসলে খেলোয়াড় নয়, খুনে, কেন মনে হল কে জানে!

ডান থেকে বাঁয়ে, বাঁ থেকে আবার ডানদিকে ঘুরে যাওয়ার মুখেই এক পায়ের ওপর শরীরটাকে রেখে আর-এক পা চকিতে বাড়িয়ে লাইনে দাঁড়ানো একজন মুশকো চেহারার লোককে ছুঁয়ে দিল। আউট। গৌর চোখের পলকে বাতাসে শরীর ভাসিয়ে একটা লাফ মারল নিজের কোর্টের দিকে।

কিন্তু মাটিতে পড়তে পারল না গৌর, মুশকো লোকটা মোর হয়ে তখন মরিয়া। সেও এক লাফে এগিয়ে এসে গৌরের কোমরটা দুহাতে জাপটে ধরে পেড়ে ফেলল মাটিতে। কিন্তু গৌর পাকা খেলোয়াড়। এই হুটোপাটিতেও দম হারায়নি। ডাক ছাড়তে ছাড়তেই সে লাইনের দিকে খানিকটা গড়িয়ে গেল লোকটাকে জাপটে ধরেই।

কিন্তু ন'পাড়ার খেলুড়েরা তখন ক'টা মস্ত মস্ত পাথরের মতো গদাম গদাম করে

এসে তার ওপর পড়ছে। এ খেলায় হুটোপাটি হয়ই। কিন্তু মারদাঙ্গার তো নিয়ম নেই। কিন্তু গৌর বুঝতে পারছিল, তাকে আউট করার ছল করে কে যেন লোহার হাতে তার গলার নলি টিপে ধরেছে। আর একজন ঘুষি চালাচ্ছে কানের পিছনে। কে যেন হাঁটু দিয়ে তার বুকের পাঁজর ভেঙে দেওয়ার চেষ্টা করছে। কনুই দিয়ে কে যেন মারল তার পেটে। একটা লাথি এসে জমল তার মুখে।

অন্য কেউ হলে এতক্ষণে অজ্ঞান হয়ে যেত। কিন্তু গৌর অনেক কষ্ট করে বড় হয়েছে। ব্যথাবেদনা তাকে কাবু করতে পারে না। শরীরটাও তার যথেষ্ট সহনশীল। তাই অতগুলো লোকের জাপটাজাপটি এবং আক্রমণের মধ্যেও সে দম ধরে রেখে ইঞ্চি-ইঞ্চি করে এগোতে লাগল লাইনের দিকে। যেন পাহাড় বয়ে নিয়ে যাচ্ছে। মুখ দিয়ে রক্ত পড়ছে তার, মাথা ঝিমঝিম করছে। কিন্তু সে জানে, ন'পাড়ার এই লোকগুলো খেলোয়াড়ই নয়, এরা চায় তাকে খুন করতে। খেলায় হারজিত নিয়ে এরা মাথা ঘামায় না।

চারদিকে খুব চেঁচামেচি হচ্ছিল। গৌর লক্ষ করল, কে যেন তাকে আটকাতে না পেরে তার চোখে আঙুল ঢুকিয়ে দেওয়ার চেষ্টা করছে। হাতের অনামিকায় পলার আংটিটা দেখে চিনল গৌর। মাউ। মুখটা অন্য দিকে ফিরিয়ে নিল গৌর। বুক ফেটে যাচ্ছে, তবু দম না ছেড়ে সে একবার শেষ চেষ্টায় শরীরে একটা ঢেউ দিল। সামান্য আলগা হল কি পিঠের ওপর পাহাড়টা? তবে গৌর দেখল, খুব চেষ্টা করলে তার আঙুল লাইনটা ছুঁয়ে ফেলতে পারে।

'ডু...উ...উ...' করে বুকের তলানি বাতাসটুকু উজাড় করে দিয়ে গৌর মাটির ওপর নিজেকে ঘষে দিয়ে এগোল। এগোতেই হবে। ডান হাতখানা আকুলভাবে বাড়িয়ে দিল লাইনের দিকে।

লাইনটা ছুঁল কি না বুঝতে পারল না গৌর, তবে একটা বিশাল চিৎকার উঠল চারদিকে। গৌরের চোখে সেইসময়ে নেমে এল নিবিড় অন্ধকার। সে জ্ঞান হারিয়ে ফেলল।

যখন জ্ঞান ফিরে এল, তখন তার সর্বাঙ্গ জলে ভেজা। কোর্টের ধারে তাকে শুইয়ে ক্ষতস্থানে ওষুধ মাখাচ্ছেন কবরেজমশাই। ক্ষত হয়েছেও বড় কম নয়। বুক আর হাতের অনেকটা ছাল উঠে গেছে। ঠোঁট ফেটে রক্ত পড়ছে, নাক ভেঙে গেছে, কানের পিছনে মাথাটা ফুলে ঢোল, কপালের অনেকটা ছড়ে গেছে। চারদিকে ভিড়ে ভিড়াক্কার।

গৌর প্রথমেই জিজ্ঞেস করল, "আমার দানটার কী হল?"

কে একজন চেঁচিয়ে বলল, "ওঃ, যা দেখালে খেলা একখানা বাপ! এক দানে ন'পাড়ার গোটা দল আউট!"

শুনেই গৌরের রক্ত গরম হয়ে গেল। শরীরের ব্যথা-বেদনা যেন উড়ে গেল ফুৎকারে। সে এক লাফে উঠে পড়ে বলল, "আমি পরের গেম খেলব।"

ন'পাড়া কী চায় তা গৌর বুঝে গেছে। সে বুঝে গেছে, রাজা রাঘবের আদেশে ন'পাড়ার সাত খুনি সব খেলুড়েকে ছেড়ে শুধু তার ওপরেই চড়াও হবে। এই খেলার লক্ষ্যই হল গৌর। কিন্তু গৌরের আর ভয় করছিল না।

তেজেন তার অবস্থা দেখে চিন্তিত মুখে বলল, "এ কি খেলা নাকি? এ তো খুনখারাবি! তোকে আর খেলতে হবে না, বসে যা। একটা গেম তো একাই জিতিয়ে দিয়েছিস, এখন বসে জিরো।"

গৌর মাথা নেড়ে বলল, "না, বসব না। আমার কিছু হয়নি।"

"পারবি তো?"

"খুব পারব।"

পরের গেম শুরু হল। ন'পাড়ার দলটা একটু মনমরা বটে, কিন্তু ওদের চোখ ধকধক করে জ্বলছে। আর সকলেরই দৃষ্টি প্রতিপক্ষের একজনের ওপর। সে হল গৌর। গৌর যে এই বাঁশডলা খাওয়ার পর এখনও দাঁড়িয়ে আছে এবং আবার খেলার জন্য তৈরি হচ্ছে, এটা যেন তাদের বিশ্বাসও হচ্ছিল না, তারা সইতেও পারছিল না। সবচেয়ে বেশি ছটফট করছিল মাউ আর খাউ। পারলে তারা যেন ছিঁড়ে খায় গৌরকে।

খেলা শুরু হল। প্রথমে ন'পাড়ার দান। যে দানবটা প্রথম দান দিতে এসে গৌরকে জোড়-পায়ে লাথি মারার চেষ্টা করেছিল এবারও সেই আসছে। 'ডু...উ...উ...' বলে ডাক ছেড়ে সে লাফিয়ে এল গৌরদের কোর্টে। তবে এবার আর গৌরকে লাথি মারার মতো বোকামি করল না। খেলার ভান করে এদিক ওদিক ঘুরতে লাগল। গৌর স্থির দৃষ্টিতে লোকটাকে দেখছিল। মাউ আর খাউয়ের সঙ্গে লোকটার চেহারার বেশ মিল আছে। তবে এ আরও বেশি লম্বা-চওড়া এবং আরও বেশি নিষ্ঠুর প্রকৃতির।

লোকটা কাউকে 'মোর' করতে না পেরে ফিরে যাচ্ছিল। হঠাৎ গৌর লাইন ছেড়ে এগিয়ে এল। বিদ্যুৎগতিতে গিয়ে লোকটা লাইন পার হওয়ার আগেই দুহাতে লোকটার কোমর ধরে ফেলল। গৌরের দলের সকলেই 'হায় হায়' করে উঠল। এ অবস্থায় লোকটাকে ধরে রাখা অসম্ভব। গৌর আউট হবেই, কারণ লোকটা গৌরের চেয়ে চেহারায় দেড়গুণ এবং লাইনে প্রায় পৌঁছেও গেছে।

কিন্তু গৌর অবিচল। কোনও দিকে ভ্রূক্ষেপ না করে সে আচমকা একটা হ্যাঁচকা টানে লোকটাকে প্রায় লাইনের ওপর থেকে টেনে আনল। গৌরের এই দুঃসাহসে

লোকটা অবাক। তবে মুহূর্তের মধ্যে নিজেকে সামলে সেও এক ঝটকা মারল। সেই ঝটকায় হাতি অবধি ছিটকে যায়।

কিন্তু গৌরের আজ হল কী কে জানে। সে সেই বিকট ঝটকায় একচুলও টলল না। একটা 'কোঁত' শব্দ করে সে লোকটাকে দুহাতে শূন্যে তুলে নিল, তারপর কয়েকটা পাক দিয়ে নিজের কোর্টে মারল এক আছাড়। সেই আছাড়ে মাটি কেঁপে উঠল। চারদিকে এক সূচীভেদ্য নিস্তব্ধতা। কেউ যেন ঘটনাটা ঠিক বিশ্বাস করতে পারছে না। তারপরেই বিপুল উল্লাসে দর্শকরা ফেটে পড়ল।

তেজেন এসে গৌরের পিঠ চাপড়ে দিয়ে বলল, "তুই আমাদের সেরা খেলোয়াড় বটে, কিন্তু এরকম খেলা আগে কখনোই তো দেখিনি তোর! হল কী রে গৌর?"

গৌর গম্ভীরভাবে বলল, "আমিও তা জানি না। তবে এবার আমি দান দেব।"

তেজেন একটু দোনোমোনো করে বলল, "দে তা হলে। আজ তোর কপালটা ভালই যাচ্ছে।"

কপাল নয়, অন্য কিছু। কিন্তু সেটা যে কী, তা গৌর বুঝতে পারছে না। হঠাৎ যেন শরীরে একশো হাতির জোর জোয়ারের মতো নেমে এসেছে। ঘোড়ার মতো টগবগ করছে হাত-পা। রক্ত গরম। শরীর পালকের মতো হালকা।

সে যখন হানা দিতে ন'পাড়ার কোর্টে ঢুকল তখন তার শরীরে ঘূর্ণিঝড়ের মতো গতি। শব্দ করে দম ছাড়তে ছাড়তে সে একেবারে বিপক্ষ দলের মধ্যে ঢুকে গেল। ন'পাড়ার মুশকো-মুশকো খেলোয়াড়রা তার কাণ্ড দেখে ভ্যাবাচ্যাকা খেয়ে সকলে একেবারে শেষপ্রান্তে সরে গিয়ে অপেক্ষা করছে।

ডান কোণে দাঁড়িয়ে ছিল মাউ। চোখে উপোসি বাঘের মতো তীব্র দৃষ্টি। হঠাৎ যেন ভোজবাজির মতো মাউয়ের হাতে একটা গজাল এসে গেল কোথা থেকে। এমন কৌশলে সেটা হাতের পাতায় ঢেকে রেখেছে মাউ যে, কারও চোখে পড়ার কথা নয়। কিন্তু গৌর ঠিকই দেখতে পেল।

বাঁদিকে একটু ঢেউ খেয়ে গৌর সোজা মাউয়ের দিকেই এগিয়ে গেল। পা বাড়িয়ে একটা ভড়কি দিয়েই সরে এল। ফের ডানদিকে ঝুল খেল। সবাই ভাবছে এবার সে ডানদিকে সরে যাবে। কিন্তু গৌর আবার বাঁদিকে বিদ্যুৎগতিতে এগিয়ে গিয়ে মাউকে বাঁ হাতে মোর করে দিল। কিন্তু মোর হয়েই মাউ লাফিয়ে পড়ল তার ওপর। হাতে লুকোনো গজাল।

গৌর শুধু হাতটা নজরে রেখেছিল। গজালসুদ্ধু হাতটা সোজা এগিয়ে এসেছিল তার পেটের দিকে। গৌর শরীরটা সরিয়ে নিয়ে হাতটা ধরে ফেলল, ঠিক যেমনভাবে নিপুণ সাপুড়ে বুনো সাপ ধরে। সঙ্গে সঙ্গে একটা মোচড়।

পাটকাঠির মতো মাউয়ের হাতটা যে ভেঙে যাবে, তা গৌর স্বপ্নেও কল্পনা করেনি। মাউয়ের চেহারা বিশাল, গায়ে দানবের মতো জোর। এই সেদিনও গৌরকে মনের সুখে মেরেছে। গজালটা পড়ে গেল হাত থেকে। বাঁ হাতে ডান হাতটা চেপে ধরে 'বাপ রে' বলে চেঁচিয়ে বসে পড়ল মাউ। চারদিকে একটা হইহই উঠল। "গজাল! গজাল! ...এ তো খুনখারাবির মতলবে ছিল! বের করে দাও! ন'পাড়া হেরে গেছে। ...দুয়ো... দুয়ো..."

কিন্তু লোকে চেঁচালে হবে কী? ন'পাড়ার উদ্দেশ্য তো খেলা নয়! মাউ পড়ে যেতেই ন'পাড়ার বাকি ছজন আবার লাফিয়ে পড়ল গৌরের ওপর।

গৌর পড়ে গেল না, ঘাবড়াল না। সাবধানে দমটা ধরে রেখে সে শরীরে একটা ঘূর্ণি তুলল আবার। চরকির মতো বোঁ-বোঁ করে ঘুরপাক খেতে লাগল সে। আর ঘূর্ণাবেগে ন'পাড়ার বিশালদেহী খেলোয়াড়রা ছিটকে-ছিটকে যেতে লাগল এদিক-সেদিক। দু'জন গিয়ে পড়ল কোর্টের বাইরে, একজন দর্শকদের মধ্যে।

গৌর সবাইকে আউট করে নিজের কোর্টে ফিরে আসতেই এমন তুমুল হাততালি আর হর্ষধ্বনি উঠল যে, কানে তালা ধরার উপক্রম।

দর্শকদের সেই উল্লাস ছাপিয়ে একটা রাজকীয় গুরুগম্ভীর গলা থেকে একটা মাত্র শব্দ বেরিয়ে এল, "শাবাশ!"

গৌর তাকিয়ে হিম হয়ে গেল। যে-টেবিলে প্রাইজ রাখা আছে, তার ওপাশে দাঁড়িয়ে রাজা রাঘব। প্রায় সাড়ে ছফুট লম্বা, সাদা একটা জোব্বার মতো পোশাকে তাকে অদ্ভুত দেখাচ্ছে।

গৌর সম্মোহিতের মতো রাজা রাঘবের দিকে চেয়ে ছিল।

হঠাৎ রেফারি ঘোষণা করল, "খেলা শেষ। পাঁচ পাট্টি খেলা বাতিল করা হল। মল্লারপুরকে বিজয়ী ঘোষণা করা হচ্ছে। বিজয়ী দলের গৌরগোপাল এ খেলায় শ্রেষ্ঠ খেলোয়াড়ের সম্মান পেয়েছে। তাকে এর জন্য অতিরিক্ত একশো টাকা পুরস্কার দেওয়া হবে।"

এই ঘোষণার সঙ্গে সঙ্গে মল্লারপুরের লোকেরা দারুণ নাচানাচি আর হইহই শুরু করে দিল। খেলোয়াড়দের কাঁধে তুলে কোর্টের চারপাশে ঘোরানো হল। গৌরকে নিয়েই হইচই হল সবচেয়ে বেশি। গোলমাল থামবার পর গৌর আর রাজা রাঘবকে কোথাও দেখতে পেল না, ন'পাড়ার গুণ্ডা খেলোয়াড়রাও কে কোথায় সরে পড়েছে।

ছয়

খাওয়া-দাওয়া সেরে উঠতে বেশ রাত হয়ে গেল। আর খাওয়াটাই তো এক এলাহি ব্যাপার। পোলাও, মাছের কালিয়া, মাংসের কোর্মা, ছানার ডালনা, মুড়িঘণ্ট, মাছের মুড়ো দিয়ে মুগডাল, চাটনি, রাবড়ি, রসগোল্লা, সরভাজা...উফ। সকলে খেতে খেতে একেবারে জেরবার হয়ে গেল। তবে গৌর মাছমাংস-পেঁয়াজরসুন খায় না। তার মা তাকে ছেলেবেলা থেকেই ওসব খাওয়ায়নি! তাদের বংশটাই নিরামিষ বংশ। বহুকাল ধরে প্রথাটা চলে আসছে। কিন্তু নিতাইগোপাল তার বউয়ের পাল্লায় পড়ে ওসব আর মানে না। গৌর মানে। মা বারণ করে গেছে বলেই মানে। সে ছানার ডালনা দিয়ে পোলাও খেল, আর প্রায় এক হাঁড়ি রাবড়ি।

খেয়ে উঠে সবাই মিলে গলায় মেডেল আর মালা ঝুলিয়ে, ট্যাঁকে প্রাইজের টাকা গুঁজে রওনা হল। মল্লারপুরের লোকেরা যারা খেলা দেখতে এসেছিল, তারা সবাই আগেই ফিরে গেছে। এখন তারা শুধু আট-দশজন।

রাস্তা অন্ধকার বলে দুটো মশাল জ্বালিয়ে নিয়েছে তারা। গল্প করতে করতে হাঁটছে। আজকের খেলার কথাই হচ্ছে বেশি। সবাই বেশ নিশ্চিন্ত আর খুশি।

কিন্তু গৌর নিশ্চিন্তও নয়, খুশিও নয়। ন'পাড়ার দলে মাউ আর খাউ ছাড়াও আর একটা লোক ছিল, যে অনেকটা ওদের মতোই দেখতে। লোকটা কে তা বুঝতে পারছে না সে। অথচ মনটা টিকটিক করছে। লোকটা তাকে নির্ঘাত খুন করে ফেলতে চেয়েছিল। তার ওপর রাজা রাঘব। রাঘব যে কেন ওখানে জুটল তা-ই বা কে বলবে?

গৌর স্পষ্টই টের পাচ্ছে, এই খেলাটা এক মস্ত ষড়যন্ত্র। সম্ভবত এ খেলার উদ্দেশ্য ছিল তাকে খুন করা। খেলার মধ্যে বেকায়দায় লেগে সে মরে গেলে সেটা ইচ্ছাকৃত খুন বলে কেউ প্রমাণ করতেও পারত না এবং খুনি ধরা পড়ত না। কিন্তু সেই উদ্দেশ্য সফল হয়নি। সুতরাং ওরা আবার চেষ্টা করবে। কখন, কোথা দিয়ে যে আক্রমণটা আসবে তার তো ঠিক নেই। কিন্তু তার মতো এক অতি সাধারণ ছেলেকে খুন করে কী লাভ সেটাই গৌর ভাবছে।

ন'পাড়ার প্রকাণ্ড মাঠটা পেরিয়ে তারা ফলসা-বনে ঢুকল। চারদিকটা ছমছম করছে। একঝাঁক শেয়াল পালাল পাশ দিয়ে। ঘুমন্ত পাখিরা কেউ কেউ একটু ডানা ঝাপটে ডেকে উঠল ভয় পেয়ে। গৌরের বন্ধুরা খুব নিশ্চিন্তে হাঁটছে। সকলেরই ভারী ফুর্তি। সোনার মেডেল, টাকা পাওয়া, ভরপেট ভালমন্দ খাওয়া এসব তো সচরাচর জোটে না কপালে!

ফলসা-বন পার হয়েই আর একটা বড় মাঠ। তার পরেই মল্লারপুরের সীমানা।

বন্ধুরা এখান থেকেই ভাগ ভাগ হয়ে যে যার বাড়ি যাবে। গৌরের বাড়ির দিকে যাওয়ার কেউ নেই। রাস্তাটাও নির্জন। এত রাতে গাঁ গঞ্জে কেউ জেগে থাকে না।

তেজেন বলল, "গৌর, তুই একা যাবি, একটা মশাল নিয়ে নে।"

মশাল হাতে গৌর একা একাই চলল, ভয়ডর তার বিশেষ লাগছিল না, কিন্তু কেমন যেন মনের মধ্যে একটা সুড়সুড়ি টের পাচ্ছিল সে। রাঘবরাজা এত সহজে ছেড়ে দেওয়ার পাত্র নয়। কাবাডি খেলায় এত লোকের সামনে ওরকম হেনস্থা আর লাঞ্ছনা নীরবে হজম করে যাওয়ার পাত্রও নয় মাউ আর খাউ। একটা কিছু করবে।

সামনেই মহাবীর থানের বটতলার ঝুপসি অন্ধকার। থোকা-থোকা জোনাকি জ্বলছে। মশালের আলো এখন নিবু-নিবু। সেটা উঁচু করে তুলে ধরে গৌর বটতলাটা দেখার চেষ্টা করল। মনটায় বড্ড সুড়সুড়ি লাগছে। বাঁদিকে বুড়ো শিবের ভাঙা মন্দিরে একটা তক্ষক ডেকে ওঠে। একটা কেলে খোঁড়া কুকুর এই বটতলায় রোজ শুয়ে থাকে। আজ সেটার কোনও সাড়াশব্দ নেই। পা বাড়িয়েও বটতলাটা পেরোতে একটু ইতস্তত করতে লাগল সে। মশালের নিবু-নিবু আলোয় কাউকে দেখা যাচ্ছে না বটে, কিন্তু জায়গাটা যে বেশ ছমছমে সে বিষয়ে সন্দেহ নেই।

ঘুরপথে যাওয়ারও উপায় নেই। একধারে নিবিড় কাঁটাবন, অন্যধারে বিপজ্জনক জলার ধারে চোরাবালি, পথ এই একটাই। গৌর করে কী?

একটু ভেবেচিন্তে গৌর দ্বিধার ভাবটা ঝেড়ে ফেলল। তারপর চারদিকে সতর্ক চোখ ফেলে ধীর পায়ে এগোল।

বটের ঝুরি নেমে চারদিকটা যেন জঙ্গলের মতো হয়ে আছে। অনেকটা জায়গা নিয়ে বটের বিস্তার। গৌর যখন মাঝামাঝি এসেছে তখন পিছনে হঠাৎ অস্পষ্ট একটা শব্দ শুনতে পেল সে। যেন কে শুকনো পাতা মাড়িয়ে দিল। বিদ্যুৎ-বেগে ঘুরে দাঁড়াল গৌর।

কিন্তু কিছু করতে পারল না। একটা লাঠি এসে মশালটা ছিটকে ফেলে দিল মাটিতে। আর একটা লাঠি এসে পড়ল বাঁদিকের কাঁধে।

গৌর লাঠি খেয়ে চোখে সরষেফুল দেখে বসে পড়ল মাটিতে। মাথাটা ঘুরছে। মাটি দুলছে। সে অজ্ঞান হয়ে যাবে নাকি? ন'পাড়ার কালীবাড়ির মাঠে মাত্র কয়েক ঘণ্টা আগে যে গৌর সাত-সাতটা দানবকে একাই মোর করেছে, সে মাত্র দু ঘা লাঠির চোটে কুপোকাত হয়ে যাবে? এখনও সোনার মেডেলটা তার গলায় দুলছে যে! ট্যাঁকে রয়েছে প্রাইজের কড়কড়ে দেড়শোটা টাকা। মল্লারপুরের লোকেরা তাকে বীর বলে একটু আগেই কাঁধে নিয়ে কত নাচানাচি করেছে যে! এত সহজে হার মানলে তার চলবে কেন?

এইসব ভাবতে কয়েক সেকেন্ড মাত্র সময় নিয়েছে সে। এর মধ্যেই উপর্যুপরি

কয়েকটা লাঠি এসে পড়ল তার ওপর। ভাগ্যি ভাল যে, মশালটা পড়েই নিবে গেছে। অন্ধকারে তাই লাঠিগুলোর সব ক'টা তার শরীরে পড়ল না। একটা মাজায় লাগল বটে, কিন্তু তত জোরে নয়। বোধহয় বটের কোনও ঝুরিতে ঠেকে গিয়েছিল লাঠিটা। আর দুটো লাঠি পরস্পরের সঙ্গে লেগে কাটাকুটি হয়ে গেল।

কে একজন চাপা স্বরে বলল, "শেষ করে দে! শেষ করে দে! তারপর কবচটা ছিঁড়ে নে কোমর থেকে। নইলে রাজার কাছে মুখ দেখানোর উপায় থাকবে না।"

গৌর মাথা বাঁচানোর জন্য একটা হাত তুলে রেখেছিল। একটা লাঠি এসে পড়ল ঠিক তার মুঠোয়। প্রচণ্ড লাগল হাতে। মনে হল চামড়া ছড়ে গেল লাঠির চোটে। কিন্তু গৌর তবু চেপে ধরল লাঠিটা। প্রথমে একহাতে, তারপর দুহাতে, এক হ্যাঁচকা টান মেরে অদৃশ্য আততায়ীর হাত থেকে লাঠিটা ছিনিয়ে নিয়েই খানিকটা হামাগুড়ি দিয়ে সরে গিয়ে লাফ মেরে উঠে দাঁড়াল গৌর।

তারপরে অন্ধকারে কী যে হল তা গৌর বলতে পারবে না। তার আনাড়ি হাতের লাঠি অন্ধকারে এলোপাথাড়ি চলতে লাগল। ঠকাঠক ঠকাঠক শব্দ উঠতে লাগল মুহুর্মুহু। অদৃশ্য আততায়ীদের শরীরেও লাগল বোধহয়। কে একজন চেঁচাল, "উঃ!" আর একজন বলল, "বাবা রে!"

মিনিট কয়েক লড়াই চলার পর গৌর টের পেল, ওরা রণে ভঙ্গ দিচ্ছে। একজোড়া পা বাজারপানে দৌড় মারল। একজন বুড়োশিবের মন্দিরের দিকে ছুটল। একজন মাটিতে গড়াগড়ি খাচ্ছে। চার নম্বরটা সাঁত করে কোথায় লুকিয়ে পড়ল লাঠি ফেলে।

হতভম্বের মতো লাঠি হাতে নিয়ে খানিকক্ষণ দাঁড়িয়ে রইল গৌর। চার-চারটে লোক যে তার জন্য ওত পেতে ছিল, এটা যেন তার বিশ্বাস হল না। চারজনেই যে রণে ভঙ্গ দিয়েছে এটাও হজম করতে একটু সময় লাগল তার। কোমরে হাত দিয়ে সুতলিতে বাঁধা কবচটা একবার ছুঁয়ে দেখল, গলায় মেডেল বা ট্যাঁকে টাকা, কিছুই খোয়া যায়নি। তারপর সে জোর কদমে হাঁটতে লাগল বাড়ির দিকে।

সাত

বাড়ি ঢুকে গৌর একটু অবাক হয়ে দেখল দাদার ঘরের দাওয়ায় হ্যারিকেন জ্বলছে। দাদা আর বউদি বসে বসে মশা তাড়াচ্ছে। প্রথমে গৌর ভেবেছিল রাত হয়েছে, বোধহয় তার জন্যেই উদ্বেগে দাদা-বউদি বসে আছে বারান্দায়। কথাটা ভেবে গৌর একটু খুশিই হয়েছিল। কিন্তু নিতাইগোপালের কথায় গৌরের ভুল ভাঙল।

গৌরকে দেখে নিতাই বলল, "কে রে, গৌর এলি নাকি?"

"হ্যাঁ, দাদা।"

"তোর মাউ আর খাউদাদাকে দেখেছিস? তারা এখনও ফেরেনি।"

"তারা তো ন'পাড়ায় কাবাডি খেলতে গিয়েছিল।"

নিতাই ভারী বিরক্ত হয়ে বলল, "সে খবর শুনেছি। বেকায়দায় পেয়ে তুমি তাদের হেনস্থাও করেছ, কিন্তু তোমার বিচার পরে। তারা গেল কোথায়?"

"আমি তো তা জানি না।"

গৌরের বউদি কান্নাজড়ানো খনখনে গলায় বলল, "তা জানবে কেন? খেয়ে খেয়ে গতর হয়েছে, আমার ভাই দুটো খেলতে গিয়েছিল, ধরে সবাই মিলে মেরেছ, লজ্জা করে না? এখন সত্যি করে বলো, তাদের কী-হয়েছে। মেরে পাঁকে পুঁতে-টুতে দিয়ে আসোনি তো?"

গৌর অবাক হয়ে বলল, "আমি মারব কেন?"

বউদি ফুঁসে উঠে বলল, "কেন মারবে তা জানো না? দিনরাত তো হিংসেয় জ্বলেপুড়ে মরছ! চোর গোবিন্দ, বুড়ো কবরেজ আর ভণ্ড ফকিরটার সঙ্গে সাঁট করে ওদের সরানোরও মতলব করেছ, সব জানি। ওরা নিজেরাই আমাকে বলেছে। এই বলে রাখছি আমার ভাইরা যদি না ফেরে, তা হলে তোমাকে আঁশবঁটি দিয়ে আমি দুখানা করে কাটব।"

নিত্যগোপালও রাগের গলায় বলল, "তোমার ব্যবহারে লজ্জায় আমার মাথা কাটা গেছে। আবার সোনার মেডেল গলায় ঝুলিয়ে রেখেছ! লজ্জা করে না। মাউ আর খাউ কী এমন দোষ করেছিল যে, সবাই মিলে ওদের ওরকম মারধোর করলে?"

গৌর এত অবাক জীবনে হয়নি। কিছুক্ষণ সে কথাই বলতে পারল না, তারপর নিজেকে সামলে নিয়ে বলল, "ওদের মেরেছি কে বলল?"

"বলবে আবার কে! গাঁয়ের লোকেরাই ঘুরিয়ে-ফিরিয়ে বলে গেছে। খেলাতে একটু গুঁতোগুঁতি হয়েই থাকে। না হয় তোমাকে একটু ধাক্কাধাক্কিই করেছে তা বলে হাত ভেঙে দেওয়া! ছিঃ!"

"গাঁয়ের লোক কী বলল? তারা কি বলল দোষটা আমার?"

বউদি খনখনে গলায় বলে ওঠে, "তা বলবে কেন? আমার ভাই দুটো এ গাঁয়ে আছে বলে সকলেরই চোখ টাটায়। সব শত্রু! কী হি-হি করে হাসি সকলের! আমার ভাইয়ের হাত ভাঙায় কী আহ্লাদ তাদের! গৌর ভারী বীরত্বের কাজ করেছে তো। কুটুম-মানুষের হাত ভেঙে দিয়েছে। যাও এবার সোনার মেডেলটা তাদের দেখিয়ে এসো। হুঃ, বীর! মুখে নুড়ো অমন বীরের।"

নিতাই বলল, "অত কথায় কাজ নেই। হ্যারিকেনটা নিয়ে যা, যেখানে পাস খুঁজে নিয়ে আয়। আমরা শুতে যাচ্ছি। সকালের মধ্যে যদি তারা না ফেরে, তবে আমাকে পুলিশে খবর দিয়ে তোকে হাজতে পাঠাতে হবে।"

চোখের জল মুছে গৌর হ্যারিকেন নিয়ে বেরিয়ে পড়ল।

গৌরের সন্দেহ নেই যে, মহাবীর থানের বটতলায় যারা তাকে আক্রমণ করেছিল তাদের মধ্যে মাউ আর খাউ ছিল। খেলার মধ্যে কী হয়েছে তা সেই উত্তেজনায় গৌরের আর মনে নেই। তবে মাউ বা খাউ কারও হাত ভেঙেছে বলে তার মনে হয় না। যদি ভেঙে থাকে, তা হলে অবশ্য লজ্জার কথা।

গৌর হারিকেন হাতে মহাবীর থানের দিকে হাঁটছিল। যদি ওদের পাওয়া যায় তবে ওখানেই পাওয়া যাবে।

রাত আরও গভীর হয়েছে। আরও নিশুতি। চারদিক ছমছমে থমথমে। কেমন যেন মনের মধ্যে ফের সুড়সুড়িটা টের পাচ্ছে গৌর। কী যেন একটা ঘটবে।

গৌর বটগাছটার ছায়ার দিকে চেয়ে থমকে দাঁড়াল। তার পা সরছিল না। দূর থেকেই সে গলা খাঁকারি দিয়ে মৃদু স্বরে ডাকল, "মাউদাদা! খাউদাদা!"

কেউ জবাব দিল না।

গৌর আরও দু পা এগোল। আবার ডাকল, এবার জবাব নেই। একটা বিদঘুটে উত্তুরে হাওয়া কনকন করে বয়ে গেল, হ্যারিকেনটা দপদপ করে কয়েকবার লাফিয়ে ঝপ করে নিবে গেল। নিকষ্যি অন্ধকার গ্রাস করে নিল চারদিক।

কিন্তু সেই অন্ধকারে এক আশ্চর্য কাণ্ড ঘটল। এমন কাণ্ড গৌর আর কখনও দেখেনি।

হ্যারিকেনটা নিবে যাওয়ার একটু পরেই হঠাৎ বটতলার অন্ধকারে দপ করে একটা নীলচে আলো জ্বলে উঠল। খুব উজ্জ্বল নয়, কিন্তু ভারী নরম, ভারী মায়াময় এক আলো। যেন জ্যোৎস্নার সঙ্গে আকাশের নীল রংখানা কে গুলে মিশিয়ে দিয়েছে। সেই অদ্ভুত আলোয় বটতলাটা যেন এক রূপকথার রাজ্য হয়ে গেল। কিছুই আর যেন চেনা যায় না। বুড়োশিবের ভাঙা মন্দির, বাঁধানো চাতাল, বটের ঝুরি সব যেন ভোজবাজির মতো মিলিয়ে গেল। নীল আলোর মধ্যে ফুটে উঠল একটা ধপধপে সাদা সিংহাসন।

গৌর পালাতে গিয়েও পারল না। সম্মোহিতের মতো চেয়ে রইল সামনের দিকে। আঠাকাঠি দিয়ে যেমন পাখি ধরে, তেমনি করে কে যেন আটকে ফেলল গৌরকে। সে পিছোতে পারল না, ঘুরে দৌড় দিতে পারল না, বরং ধীরে ধীরে চুম্বকের টানে এক-পা এক-পা করে এগিয়ে যেতে লাগল বটতলার দিকে।

এখানে এমন ধপধপে সাদা সিংহাসন এল কোত্থেকে? এমন অদ্ভুত আলোও তো জন্মে দেখেনি গৌর! বটতলায় হাজারটা ঝুরির ভিতরে বিচিত্র এক আলোছায়া। গাছের মোটা গুঁড়িটার কাছে ফাঁকা সিংহাসনটা কে রেখে গেল?

গৌর ধীরে ধীরে সিংহাসনটার কাছে এসে দাঁড়াল, না, নিজের ইচ্ছেয় নয়। এতক্ষণ যেন এক অদৃশ্য সুতোর টান তাকে নিয়ে এসেছে এইখানে। একটা অদৃশ্য হাত যেন হঠাৎ তাকে থামিয়ে দিল নির্দিষ্ট জায়গায়।

গৌরের চোখে পলক পড়ছে না। বুকের ভিতর সেই গুড়গুড় সুড়সুড়। হঠাৎ একটা সাদা আলোর ঝলকানি দেখতে পেল গৌর। তারপর নিজের চোখকে বিশ্বাস হল না তার—সিংহাসনে রাজা রাঘব বসে আছে। সেই অদ্ভুত লম্বা লোকটা। পরনে সাদা একটা জোব্বা, মাথায় জরির কাজ করা সাদা একটা পাগড়ি।

রাজা রাঘব গৌরের দিকে চেয়ে একটু হাসল। বলল, "খুব বাহাদুর ছেলে তুমি। বহোত খুব। আমি তোমার ওপর খুশি হয়েছি।"

গৌর জিব দিয়ে ঠোঁট চেটে বলল, "আপনি কি ভোজবাজি জানেন?"

রাজা রাঘব মৃদু হেসে মাথা নেড়ে বলল, "তা একরকম বলতে পারো। তবে ভোজবাজি মানেই হল বস্তুবিদ্যার সঙ্গে আত্মশক্তির প্রয়োগ। অত সব তুমি বুঝবে না। তবে তুমি যে আজ ন'পাড়ার সঙ্গে কাবাডি খেলায় ভোজবাজি দেখালে, সেটাও একটা বস্তুবিদ্যার কারসাজি।"

গৌর অবাক হয়ে বলল, "বস্তুবিদ্যা? কই, আমি তো কিছু জানি না?"

রাঘব মাথা নেড়ে বলল, "তোমার জানার কথাও নয়। আর সেইজন্যই বস্তুটি তোমার পক্ষে বিপজ্জনক।"

"আমার তো তেমন কোনও বস্তু নেই?"

রাঘব মৃদু-মৃদু হেসে মাথা নেড়ে বলল, "আছে বই কী! কিন্তু বাঁদরের গলায় যেমন মুক্তোর মালা বেমানান, তোমার মতো আনাড়ির কাছে ও-বস্তু থাকাও তেমন বিপজ্জনক। বস্তুটি আমি চাই।"

গৌর এক পা পিছিয়ে বলল, "আমার কাছে কিছু নেই।"

মুহূর্তের মধ্যে রাঘবের হাসিমুখ পাথরের মতো স্থির হয়ে গেল। চোখ দুটো ধকধক করে উঠল। হিংস্র গলায় রাঘব বলল, "পালানোর চেষ্টা করে লাভ নেই। এই জায়গাটা আমি বন্ধন দিয়ে রেখেছি। আর-একটা কথাও মনে রেখো, যে বস্তুবিদ্যার জোরে আমার লোকদের হাত থেকে বেঁচে বেরিয়ে গেছ, তা দিয়ে আমায় ঠকাতে পারবে না।"

গৌর কী বলবে বুঝতে না পেরে শুধু অপলক চেয়ে রইল।

রাঘব ক্রূর চোখে কিছুক্ষণ তার দিকে চেয়ে থেকে বলল, "কবচটা কোমর থেকে খোলো।"

শুনে গৌরের মনে হল, এই আদেশ পালন না করে তার উপায় নেই। ওই কণ্ঠস্বর যেন দৈববাণী। তার একখানা হাত আস্তে আস্তে কোমরের দিকে উঠে এল।

রাঘব বলল, "কবচটা খুলে নাও। তারপর জলার ধারে ওই চোরাবালুতে ছুড়ে ফেলে দাও।"

গৌর কোমরের সুতলিটার গিঁট খুলল। তারপর কবচটা হাতে নিয়ে ধীর পায়ে জলার দিকে এগিয়ে গেল।

পিছন থেকে রাঘবরাজার গলা গমগম করে উঠল, "ফেলে দাও! ছুড়ে ফেলে দাও!"

গৌর কবচসুদ্ধু হাতটা মাথার ওপর তুলল। তারপর প্রাণপণ শক্তিতে সেটা ছুড়ে দিল জলার দিকে।

তারপর আস্তে আস্তে ঘুরে দাঁড়াল সিংহাসনের দিকে।

কিন্তু বটতলা নিকষ কালো অন্ধকারে ডুবে গেছে আবার। সেই আলো নেই, সিংহাসন নেই। শুধু অন্ধকার থেকে একটা গমগমে গলা বলে উঠল, "এবার বাড়ি যাও।"

শরীরটা দুর্বল লাগছিল গৌরের। এতক্ষণ যে নির্ভয় নির্ভার মন ছিল, তা আর নেই। এখন তার ভয় করছে, শীত করছে, ঠকঠক করে কাঁপছে সে। তাহলে কি কোনও কার্যকারণে তার কবচটার ঘুম ভেঙে গিয়েছিল? কবচের গুণেই কি সে ন'পাড়ার সাত-সাতটা দানবীয় খেলুড়িকে মোর করে দিয়েছিল দু-দুবার? আর জাগ্রত সেই কবচের জন্যই রাজা রাঘবের এত দুশ্চিন্তা?

গৌর আর ভাবতে পারল না। সে প্রাণপণে বাড়ির দিকে ছুটতে লাগল।

বাড়িতে ঢোকার মুখেই একটা বাঁশঝাড়। অন্ধকারে দেখতে পায়নি গৌর, একটা বাঁশ ঝুঁকে পড়েছিল রাস্তার ওপর। সেটায় পা বেধে ধমাস করে পড়ে গেল সে। মাথাটা ঝিমঝিম করে উঠল। ভয়ে সিঁটিয়ে গেল হাত-পা। সে বুঝল যে, আর রক্ষা নেই। এবার শত্রুপক্ষ তাকে পিঁপড়ের মতো পিষে মারবে।

গৌর চেঁচাল, "বাঁচাও..."

একটা হোঁতকা হাত তার মুখটা চেপে ধরল অন্ধকারে।

কানের কাছে কে যেন বলে উঠল, "চেঁচাস না! খবর্দার!"

গৌর একটা শ্বাস ছেড়ে বলল, "গোবিন্দদা!"

"এদিকে আয়, তফাতে গিয়ে দাঁড়াই। কথা আছে।"

কাঁপতে কাঁপতে গোবিন্দর পিছু-পিছু সে বাঁশঝাড় পেরিয়ে একটা জংলা জায়গায় গিয়ে দাঁড়াল।

হাঁফাতে-হাঁফাতে গোবিন্দ বলল, "আর রক্ষে নেই। প্রাণ বাঁচাতে যদি চাস তো এক্ষুনি এখান থেকে পালা!"

গৌর সভয়ে বলল, "কোথায় পালাব গোবিন্দদা? আমার যে যাওয়ার জায়গা নেই। আর পালিয়েই বা হবে কী? আমার বাঁচার ইচ্ছেও নেই।"

গোবিন্দ চোখ কপালে তুলে বলে, "কেন রে, বাঁচার ইচ্ছে নেই কেন?"

গৌরের চোখে প্রায় জল এসে গেল। "বেঁচে থেকে লাভ কী বলো? রাঘবরাজার তোশাখানা খুঁড়ে বের করবে বলে আমাদের ভিটেছাড়া হতে হবে। তার ওপর যদি প্রাণে কোনওরকমে বেঁচেও যাই, সারাজীবন দাদার শালাদের তাঁবেদারি করে মরতে হবে। খাউ মাউ তো জুটেছেই, বোম্বেটে হাউও এসে জুটল বলে। বড় ভরসা ছিল কবচখানা। তার জোরেই আজ কাবাডিতে খুব লড়েছিলাম। তা সেটাও গেল রাঘবরাজার পাল্লায় পড়ে। বেঁচে থেকে আর লাভ কী?"

গোবিন্দ একটু মাথা নেড়ে বলল, "সবই জানি রে। তুই ভাবিস তুই বুঝি একা! তা নয় রে বোকা। আমরা কেউ না কেউ সব সময়ে তোকে চোখে-চোখে রাখছি। যা-যা ঘটেছে, সব স্বচক্ষে দেখেছি।"

গৌর অভিমানভরে বলল, "দেখেছ! তাও আমাকে বাঁচানোর চেষ্টা করলে না!"

গোবিন্দ মাথা নেড়ে বলল, "উপায় নেই! রাঘবরাজার সঙ্গে পাল্লা টানতে পারি, আমাদের তেমন ক্ষমতা কোথায়? তোকে বশ করে ভেড়া বানিয়ে কবচ-ছাড়া করল, তাও মুখ বুজে হজম করতে হল। কিন্তু কাছে গেলে আমারও তোর মতোই দশা হত।"

গৌর একটা দীর্ঘশ্বাস ছেড়ে বলল, "এতকাল কবচটার মহিমা বুঝতে পারিনি। ঘুমন্ত ছিল। আজই কিন্তু কবচটা জ্যান্ত হল। আমার শরীরটায় আজ ঝিলিক খেয়ে গেল বারবার।"

গোবিন্দ মাথা নেড়ে বলল, "দূর বোকা। কবচ জাগেনি।"

"জাগেনি? তাহলে এসব হল কী করে?"

"কবচ জাগলে তার লক্ষণ আমরা ঠিকই টের পেতাম। যোগেশ্বরবাবার তুক আছে। কবচ জাগলে আমরা যারা তাঁর চেলা, সবাই নীল আকাশে তিনবার বিদ্যুতের ঝলক দেখতে পাব।"

"তাহলে কী করে এতসব কাণ্ড হল?"

"তুই বড় বোকা গৌর। যে ক্ষমতা আজ তুই দেখিয়েছিস, তা কবচের ক্ষমতা নয়, তোরই ক্ষমতা।"

গৌর বিস্ময়ে হাঁ করে কিছুক্ষণ চেয়ে থেকে বলল, "আমার? আমি সাতটা দানবকে ওরকম গো-হারান হারিয়েছি? বলো কী গোবিন্দদা!"

"ঠিকই বলছি। আরে হাঁদারাম, যোগেশ্বরবাবার দেওয়া কবচ যদি জাগত তাহলে কি রাঘব অত সহজে তোকে হিপনোটাইজ করতে পারত?"

গৌর জিজ্ঞেস করে, "তাহলে কবচ জাগত কীসে? কেমন করে?"

গোবিন্দ মাথা নেড়ে বলে, "তা জানি না। সেসব আমাদের যোগেশ্বরবাবা বলে দেননি। তবে এটুকু জানি, ঠিক সময়ে ঠিক যোগাযোগে কবচ জাগবে। আর সেইটেই আমাদের একমাত্র ভরসা। নইলে রাঘবরাজা গাঁয়ের পর গাঁ শ্মশান করে দেবে।"

গৌর একটা দীর্ঘশ্বাস ফেলে বলে, "আর ভরসা করে কী হবে? কবচ তো চোরাবালিতে ডুবে গেছে।"

"তা বটে। কিন্তু কবচ না থাকলেও তোর নিজের ক্ষমতাও যে কিছু কম নয়, তা তো আজ টের পেলি!"

"সে ক্ষমতা দিয়ে কি রাঘবরাজার সঙ্গে পাল্লা দেওয়া যাবে?"

"সে ক্ষমতাটাও যে বড় ফ্যালনা নয় রে। আমরা যারা বুড়ো-হাবড়া, বয়সের গাছপাথর যাদের নেই, তারা অবধি মরার কথা ভাবি না, তুই ভাবছিস কেন? এখন তুই-ই যে আমাদের বড় ভরসা।"

গৌর অবাক হয়ে বলে, "আমি তোমাদের ভরসা? বলো কী? না হয় গায়ে একটু জোরই আছে, আর কাবাডিও মন্দ খেলি না, তা বলে রাঘবরাজার সঙ্গে পাল্লা দেব এমন সাধ্যি কী?"

গোবিন্দ চিন্তিতভাবে বলল, "গায়ের জোরটাও কিছু ফ্যালনা নয় রে। তাতেও মাঝে মাঝে কাজ হয়। তবে কিনা রাঘবের গায়ে অসুরের জোর। তার ক্ষমতাও অনেক বেশি। কিন্তু তা বলে নিজেকে ছোট ভাবতে নেই। যদি এক বার ধরে নিস 'পারব না' তাহলে আর কিছুতেই পারবি না। অন্তত 'পারব' বলে একটা ধারণা রাখতে হয়।"

গৌর বলল, "তাহলে পালাতে বলছ কেন?"

"পালানো মানেও একটা কৌশল। এইমাত্র দেখে এলাম তোর বাড়িতে রাঘব জনাকয়েক যমদূত মোতায়েন রেখেছে। দুটো বসে আছে তোর ঘরের পিছনে আমবাগানে, আর দুটো কলার ঝাড়ে। ওরা কি তোকে ছাড়বে?"

গৌর অবাক হয়ে বলে, "মারতে হলে রাঘবরাজা তো বটতলাতেই আমাকে মারতে পারত। এমন হিপনোটাইজ করেছিল যে, আমার হাত-পা শরীর একদম অসাড় হয়ে গিয়েছিল। তখন মারল না কেন?"

গোবিন্দ ঠোঁট উলটে বলল, "কে জানে রাঘবের কী লীলা। তবে তোকে যদি মেরে ফেলে তা হলে আর আমাদের রক্ষে নেই।"

গৌর একটু ভাবল। আশ্চর্য এই যে, রাঘবরাজা তাকে কবচ-ছাড়া করায় সে যেমন ভয় পেয়েছিল, এখন আর সেরকম ভয় করছে না। শরীরটা বেশ হালকা লাগছে, গায়ে স্বাভাবিক জোর-বলও যেন ফিরে এসেছে। তার চেয়েও বড় কথা, তার মাথায় একটু-আধটু বুদ্ধি-বিবেচনা খেলছে। সে মাথা নেড়ে বলল, "পালানোর কোনও মানেই হয় না। আমার যাওয়ার জায়গাও নেই। তবে আমার মনে হয় রাঘবরাজা আমাকে মারতে চাইছে না। চাইলে অনায়াসে মারতে পারত।"

গোবিন্দ বলল, "তা বটে। তা হলে কী করবি?"

"আমি বাড়ি যাব।"

"যদি যমদূতগুলো তোকে মেরে ফেলার চেষ্টা করে?"

"দেখাই যাক।"

"তোর সাহস আছে গৌর। ঠিক আছে, আমিও পিছনে রইলাম। আড়াল থেকে নজর রাখব। তেমন বিপদ দেখলে অন্তত একটা পাবড়া বা বল্লম তো অন্তত ছুড়ে মারতে পারব।"

গৌর একটু হাসল। তারপর অন্ধকারে পথ ঠাহর করে করে হাঁটতে লাগল বাড়ির দিকে।

সদরের দিক দিয়ে গৌর গেল না। একটু ঘুরে আমবাগানের পথ ধরল। এসব তার চেনা জায়গা, নখদর্পণে। অন্ধকারেও সে বলে দিতে পারে, কোন গাছটায় মৌচাক আছে, কোনটায় কাঠঠোকরার বাসা বা কোনটার প্যাঁচ-খাওয়া শরীরে আছে কুস্তিগিরের আকৃতি।

লোকদুটোকে অন্ধকারেও ঠিকই দেখতে পেল গৌর। কাঁচামিঠে আর বেগমপসন্দ দুটো গাছ একেবারে পাশাপাশি। ভারী ঝুপসি ছায়া। সেই ছায়ায় আরও গাঢ় দুটো ছায়া ঘাপটি মেরে আছে। হাতে কোনও অস্ত্র আছে কি? কে জানে!

গৌর নিঃশব্দে এগিয়ে গেল। একটা গাছ থেকে আর-একটা গাছের আড়ালে কোলকুঁজো হয়ে ছুটে যাচ্ছিল সে। কাবাডি খেলার দক্ষ খেলোয়াড়ের কাছে ব্যাপারটা খুবই সহজ। কিন্তু লোকদুটো বোকা নয়। অন্ধকারে যতই নিঃশব্দে গৌর এগোক না কেন, লোকদুটো কিন্তু ঠিক টের পেল। আচমকা ছায়াদুটো ছিটকে সোজা হল। তারপর সিঁটিয়ে গেল গাছের আড়ালে।

গৌর চারদিকটা একটু লক্ষ করল। তারপর কাঠবেড়ালির মতো একটা গাছ বেয়ে উঠে গেল খানিকটা ওপরে। এক গাছ থেকে আর-এক গাছে যাওয়া তার কাছে

ছেলেখেলার মতো। লোক দুটো যে-গাছের তলায় দাঁড়িয়ে আছে, সে দুটো টপকে গৌর সোজা গিয়ে তার ঘরের পিছনটায় নেমে পড়ল। নামল খুবই সাবধানে, আড়াল রেখে। কেউই দেখতে পায়নি তাকে।

হামাগুড়ি দিয়ে গিয়ে তার ঘরের দাওয়ার পাশে হাজির হল। কেউ কোথাও নেই। খুব সাবধানে উঠে দাঁড়াল গৌর। দাওয়ায় পা রাখল। উঠতে যাচ্ছে, ঠিক এই সময়ে লোহার মতো দুজোড়া হাত এসে তার দুই বাহু চেপে ধরল।

গৌর একটুও চমকাল না, ভয়ও পেল না। ঘাড় ঘুরিয়ে লোকদুটোকে একটু দেখল। সাক্ষাৎ যমদূতই বলা যায়। কিন্তু গৌরের আত্মবিশ্বাস বেড়ে গেছে। সে জানে, ইচ্ছে করলে বোধহয় এই যমদূতদের সঙ্গেও সে পাল্লা দিতে পারে।

তবে গৌর কিছুই করল না। ঠান্ডা গলায় জিজ্ঞেস করল, "কী চাও তোমরা?"

যমদূতদের একজন একটু অবাক হয়ে বলল, "ভয় পাচ্ছিস না যে! খুব তেল হয়েছে, না?"

"তেল হবে কেন? তেল তো দেখছি তোমাদের।"

ঘাড়ে একটা রদ্দা মেরে যমদূতটা বলল, "কার কত তেল সেটা আজই বোঝা যাবে। চল!"

রদ্দা খেয়ে গৌরের মগজ নড়ে গিয়েছিল। মাথাটা ঝিমঝিম করছে। চোখে সরষেফুল। তবু শরীরটা ঝাঁকিয়ে নিজেকে সামলে নিয়ে বলল, "তোমরা বাবু কথায়-কথায় বড় গায়ে হাত তোলো। সবসময়ে কি হাত নিশপিশ করে নাকি?"

"তা করে। তোর মতো চোরকে হাতে পেলে হাত নিশপিশ করবেই।"

"আমি চোর!" গৌর অবাক হয়ে বলে, "কী চুরি করলাম বলো তো!"

যমদূতটা আর-একটা রদ্দা চালিয়ে বলল, "ন'পাড়া থেকে যে সোনার মেডেল নিয়ে এলি, সেটা চুরি নয়? কবচের জোরে জিতেছিস। ওরকম জেতাকে চুরিই বলে!"

এই বলে যমদূতেরা গৌরকে হিড়হিড় করে টেনে নিয়ে চলল। বনবাদাড় মাঠঘাট কাঁটাঝোপের ভিতর দিয়ে যেখানে এনে হাজির করা হল তাকে, সে জায়গাটা গৌরের খুব চেনা। সেই বটতলা, যেখানে একটু আগেই রাঘবরাজার সঙ্গে তার দেখা হয়েছে। এখন আর সিংহাসন নেই, সেই স্বপ্নের মতো আলো নেই। শুধু বাঁধানো চাতালে একটা পিদিম জ্বলছে। আধো-অন্ধকারে লম্বা পায়ে পায়চারি করছে রাঘব। তাকে দেখে বাঘের চোখে চাইল। সেই চোখ, যা দেখলে বাঘেরও বোধহয় রক্ত জল হয়ে যায়।

গৌর রাঘবের চোখের দিকে চেয়ে কেমন অবশ হয়ে গেল। সে টের পেল,

রাঘবের সাঙ্গোপাঙ্গরা যতই সাংঘাতিক হোক, তারা কেউ রাঘবের হাজার ভাগের এক ভাগও নয়।

গমগমে স্বরে রাঘব বলল, "আমি কে তা জানিস?"

গৌর মাথা নেড়ে ক্ষীণ স্বরে বলল, "জানি। আপনি রাজা রাঘব।"

"আর কী জানিস?"

গৌর একটা শ্বাস ফেলল। তার মনটা ধীরে ধীরে অবশ হয়ে যাচ্ছে। প্রতিরোধ চলে যাচ্ছে। সে সম্মোহিত হয়ে পড়ছে। ক্ষীণ স্বরে গৌর বলল, "আপনি আপনার রাজ্য আবার স্থাপন করতে চান। তার জন্য সৈন্যসামন্ত জোগাড় করছেন।"

"তা হলে সবই জানিস দেখছি। যোগেশ্বর নামে একটা শয়তান এখানে একসময়ে থানা গেড়েছিল। তার কয়েকজন শিষ্যসাবুদ এখনও এখানে আছে বলে খবর পেয়েছি। তারা নাকি আমাকে তাড়াতে চায়?"

"জানি।"

"লোকগুলোকে আমি চিনি না। শুনেছি তারা খুব গোপনে ষড়যন্ত্র আঁটছে। তুই জানিস তারা কারা?"

"জানি।"

"নাম আর ঠিকানা বলে যা।"

"আপনি কি তাদের মারবেন?"

"আমার কাজে যে বাধা দেবে, তাকেই সরিয়ে ফেলতে হবে। কোনও উপায় নেই।"

"আমাদের এই গ্রাম কি আর এরকম থাকবে না?"

"না। সব ভেঙে ফেলে দেওয়া হবে। বাড়িঘর, মন্দির, সব। আবার সব গড়ে তোলা হবে যেমন আগে ছিল।"

"আর মানুষজন?"

"এখানকার মানুষ একসময়ে শত্রুতা করে আমাদের তাড়িয়েছিল। এখনও তাদেরই বংশধরেরা এখানে বাস করছে। সুতরাং সবাইকে উচ্ছেদ করা হবে। এবার নামগুলো বল।"

"গোবিন্দদা, কবরেজমশাই, ফকিরসাহেব, সুবলদাদু।"

রাঘব তার যমদূতদের দিকে তাকিয়ে চোখের একটা ইঙ্গিত করল। যমদূতদুটো চোখের পলকে অন্ধকারে মিলিয়ে গেল।

রাঘব গৌরের দিকে সেই ভয়ংকর চোখে চেয়ে বলে, "রাজা রাঘব বড় একটা ভুল করে না। কিন্তু তোর ব্যাপারে আজ আমার একটা মস্ত ভুল হয়েছে। কবচের জোরে

নয়, নিজের ক্ষমতাতেই তুই আজ অনেক ভেলকি দেখিয়েছিস।"

গৌর চুপ করে রইল।

রাজা রাঘব বলল, "আমি তোর ওপর খুশিই হয়েছি। যদিও তুই যোগেশ্বরের এক চেলার নাতির নাতি, তবু তোকে ক্ষমা করতে পারি। একটা শর্তে।"

"কী শর্ত?"

"আমার হয়ে কাজ করতে হবে। একটু বেচাল দেখলেই খুন করব। আর কথামতো চললে কোনও অভাব থাকবে না।"

"আমাকে আপনার দলে নিতে চান?"

"চাই। তবে আমার দলে আসতে গেলে শুধু গায়ের জোর থাকলেই হবে না। শক্ত কলজে চাই। যদি সেই পরীক্ষায় পাশ করতে পারিস, তবেই দলে আসতে পারবি।"

"কী পরীক্ষা?"

"হাসতে হাসতে খুন করতে পারা চাই। রক্ত দেখে ভিরমি খেলে হবে না। গেরস্তের ঘরে আগুন দিবি, কিন্তু বুক কাঁপবে না। পারবি?"

"আপনি বললে চেষ্টা করতে পারি।"

"পরীক্ষা এখনই হবে। আমার লোকেরা ফিরে এল বলে।"

বাস্তবিকই কয়েক মিনিট বাদে যমদূতের চেহারার কয়েকজন লোক পিছমোড়া করে বেঁধে টানতে টানতে চারজন লোককে এনে হাজির করল। গৌর দেখল, গোবিন্দদা, কবরেজমশাই, ফকিরসাহেব, আর সুবলদাদু। চারজনেই ভয়ে জড়সড়, মুখে কথা নেই।

রাঘব চারজনকে খুব তাচ্ছিল্যের চোখে দেখে গৌরের দিকে ফিরে জিজ্ঞেস করল, "এই চারটে মর্কটের কথাই বলেছিলি তো?"

"আজ্ঞে হ্যাঁ।"

"এখন এক এক করে এদের ধরে নিয়ে গিয়ে চোরাবালিতে ফেলে দিয়ে আয়। খবরদার, চালাকির চেষ্টা করিস না। আমার লোক নজর রাখবে। ওদিকটায় জলার ধারে একটা ঢিবি আছে। ঢিবির ওপর এক একটাকে দাঁড় করিয়ে ধাক্কা দিয়ে ফেলে দিবি। যা। এইটাই তোর পরীক্ষা।"

গৌর বলল, "যে আজ্ঞে।"

বলেই গৌর গিয়ে কবরেজমশাইয়ের হাত ধরল।

কবরেজমশাই ফোঁত করে একটা শ্বাস ছেড়ে ঢোক গিলে বললেন, "বাবা গৌর, তোর মনে কি এই ছিল?"

পিছন থেকে এক যমদূত একখানা রদ্দা মারতেই কবরেজমশাই হুমড়ি খেয়ে পড়লেন। গৌর তাঁকে ধরে তুলল। তারপর হঠাৎ যমদূতটার ঘাড় ধরে একটা ঝাঁকুনি

দিয়ে বলল, "এ শিকার আমার। স্বয়ং হুজুর সামনে রয়েছেন। এরকম বেয়াদবি আর করলে মুন্ডু ছিঁড়ে দেব। খেয়াল রেখো।"

সকলেই অবাক হয়ে গৌরের দুঃসাহস দেখল। যমদূতেরা হয়তো সবাই মিলে লাফিয়ে পড়ত গৌরের ওপর। কিন্তু সেই সময়ে রাজারাঘব চারদিক প্রকম্পিত করে বলে উঠল, "শাবাশ! এই তো চাই।"

কবরেজমশাই কাঁপতে কাঁপতে ঢিবির ওপর উঠলেন। অস্পষ্টভাবে বিড়বিড় করে বীজমন্ত্র জপ করছেন, শুনতে পেল গৌর। তাদের দুজনের দুদিকে চারজন চারজন করে আটজন বল্লম লাঠিধারী লোক।

কবরেজমশাই কাঁপতে কাঁপতে বললেন, "গৌর, শেষে ব্রহ্মহত্যার পাতকী হলি? রাঘবের দলে গেলি? ওঃ, ভাবতে পারি না। আর কিনা তুই-ই ছিলি আমাদের শেষ ভরসা! নাঃ, এর চেয়ে মরণ ভাল।"

বলতে বলতেই কবরেজমশাই উচ্চৈঃস্বরে বীজমন্ত্র উচ্চারণ করতে করতে ঢিবি থেকে লাফ দিলেন। প্রায় হাত-দশেক নীচে চোরাবালি। গৌর ঝুঁকে দেখল, কবরেজমশাই বারকয়েক হাত-পা ছুড়লেন, তারপর তলিয়ে যেতে লাগলেন বালির মধ্যে।

এরপর সুবলদাদু। তিনি কোনও কথা বললেন না। কথা এমনিতেও কম বলেন। ঢিবির ওপর ওঠার সময় শুধু ট্যাঁক থেকে একটুকরো সুপুরি বের করে মুখে দিলেন। ওইটেই তাঁর একমাত্র নেশা। তারপর গৌরের দিকে চেয়ে বললেন, "কুলাঙ্গার।"

এই বলে তিনিও লাফ দিলেন। ঠেলা ধাক্কা দিতে হল না।

ফকিরসাহেব কেবল একবার রোষকষায়িত লোচনে গৌরের দিকে চেয়ে বললেন, "ফুঃ, আমাকে মারা কি অত সোজা রে? শরীরখানা ছেড়েই আরশিতে ঢুকে পড়ব। তারপর কেবল ফুর্তি আর ফুর্তি। তোরা কাঁচকলা খা।" এই বলে বুড়ো আঙুল দেখিয়ে ফকিরসাহেব গিয়ে ঢিবির ধারে দাঁড়ালেন। তারপর চোখ বুজে একবার আল্লার নাম স্মরণ করেই মারলেন লাফ।

গোবিন্দ কোনও কথা বলল না, তাকালও না। চুপচাপ উঠে চলে এল ঢিবির ধারে। লাফ মারার আগে চাপা স্বরে শুধু বলল, "ঝিলিক দেখা গেছে।" তারপরেই লাফিয়ে পড়ল চোরাবালিতে।

কথাটার অর্থ প্রথমে বুঝতে পারেনি গৌর। তারপর মনে পড়ল। গোবিন্দদাই তাকে বলেছিল যে, কবচ জাগলে বিনা মেঘেও আকাশে তিনবার ঝিলিক দেখা যাবে। কিন্তু গৌরের এখন সেসব ভাববার সময় নেই। রাঘবরাজাকে খুশি করাই এখন তার জীবনের লক্ষ্য। তার বেশ আনন্দ আর উত্তেজনা হচ্ছিল মনের মধ্যে। সে লোকের ঘরবাড়ি

জ্বালাবে, গ্রামের পর গ্রাম শ্মশান করে দেবে, একের পর এক মানুষ মারবে। কী যে মজা হবে! ওঃ! তার গা রীতিমতো গরম লাগছে। রক্তে যেন আগুন লেগেছে। আর বেশ নেশা-নেশা মাতলা-মাতলা ভাব।

গৌর বটতলায় ফিরে এসে রাঘবরাজার সামনে হাঁটু গেড়ে বসে হাতজোড় করে বলল, "খুশি তো হুজুর!"

হুজুর! গৌর যেন নিজের কানকেই বিশ্বাস করতে পারছিল না। সে রাঘবরাজাকে 'হুজুর' বলছে! কিন্তু বলে বেশ ভালই লাগছিল তার। ইচ্ছে হচ্ছিল, রাঘবরাজার পায়ের ওপর মাথা রেখে ধুলোয় গড়াগড়ি খায়। আহা, রাঘবরাজার মতো মানুষ হয় না। মানুষও নয়, দেবতা। গৌরের চোখে আনন্দাশ্রু বইছিল।

রাঘবরাজা গম্ভীরমুখে তার বিশাল দক্ষিণবাহুটি তুলে বলল, "নাঃ, বাহাদুর আছিস বটে! শাব্বাশ!"

"তা হলে পাশ তো হুজুর? দলে নেবেন তো?"

"হ্যাঁ। এবার যা, গাঁয়ের গোটা দুই বাড়িতে আগুন লাগিয়ে আয়।"

গৌর সঙ্গে-সঙ্গে ছুটল। পথের ধারে দুটো খোড়ো ঘরে আগুন ধরিয়ে আবার দৌড়ে ফিরে এল। দাউদাউ করে আগুন জ্বলছে, লোকজন প্রাণভয়ে চেঁচামেচি দৌড়োদৌড়ি করছে, আর গৌর তখন রাঘবরাজার সামনে হাঁটু গেড়ে বসে বিগলিত মুখে বলছে, "দিয়ে এসেছি হুজুর। আর কী করতে হবে একবার হুকুম করুন।"

রাঘবরাজা মৃদু হেসে বলল, "আজকের মতো যথেষ্ট হয়েছে। কাল থেকে আমার সত্যিকারের কাজ শুরু হবে। কাল সকালে এসে এইখানে হাজির হবি। তোর যা এলেম দেখছি, তোকেই সর্দার করে দেব। এই নে আমার পাঞ্জা।"

রাঘবরাজা একখানা তুলোট কাগজ গৌরের হাতে দিল। তাতে একখানা প্রকাণ্ড হাতের ভুষোকালির ছাপ। গৌর কাগজটা নিয়ে কপালে ঠেকাল।

রাঘবরাজা বলল, "খুব সাবধানে রাখিস।"

"যে আজ্ঞে।"

"এখন বাড়ি গিয়ে ঘুমো। কাল অনেক কাজ।"

গৌর হাতজোড় করে বলল, "হুজুর, একটা কথা। অভয় দেন তো বলি।"

"বল বল, অত সংকোচ কীসের?"

"আমার দুই কুটুমকে পাচ্ছি না। খাউ আর মাউ। তাদের খুঁজে নিয়ে না গেলে দাদা বাড়িতে ঢুকতে দেবে না বলেছে।"

একথায় রাঘবরাজার চোখ দুটো ঝলসে উঠল। পিদিমের ম্লান আলোতেও দেখা গেল, লম্বাটে মুখখানা পাথরের মতো শক্ত হয়ে গেছে। চাপা হিংস্র গলায় বলল, "কে

তোকে বাড়ি ঢুকতে দেবে না? কার এত বুকের পাটা? তোর দাদাকে যদি কড়াইয়ের মধ্যে পুরে আগুন দিয়ে বেগুনপোড়া না করি...”

“আজ্ঞে হুজুর, মায়ের পেটের ভাই। অতটা করার দরকার নেই।”

রাঘবরাজা ভ্রূকুটি করে কিছুক্ষণ গৌরের দিকে চেয়ে থেকে বলল, “খাউ আর মাউ কোনও কর্মের নয়। বরং ওদের বড় ভাইটা কাজের লোক। খাউ আর মাউকে বেঁধে বুড়ো শিবের মন্দিরে বন্ধ করে রেখেছি। ভেবেছিলাম কেটে নদীর জলে ভাসিয়ে দেব। আমার রাজ্যে অপদার্থের স্থান নেই।”

“হুজুর, আমারও তাতে অমত নেই। বলেন তো নিজের হাতেই কাটব। তবে বউদি বড় কান্নাকাটি করবে।”

একটা দীর্ঘশ্বাস ছেড়ে রাঘব বলে, “ঠিক আছে। তুই ওদের নিয়ে যা। একটু নজরে নজরে রাখিস। তোর মুখ চেয়েই ওদের ছেড়ে দিচ্ছি।”

আধমরা খাউ আর মাউকে নিয়ে বাড়ি ফিরেছে গৌর। তারপর খুব নিশ্চিন্তে নিজের বিছানায় শুয়ে ঘুমিয়েছে। ভারী নিশ্চিন্ত। কবচ হারানোর দুঃখ আর নেই। কবচের বদলে রাঘবরাজার পাঞ্জা পেয়ে গেছে সে। আর দুঃখ কীসের? কাল থেকে সে হবে রাঘবরাজার দলের সর্দার। গ্রাম জ্বালাবে, মানুষ মারবে, রাজ্য প্রতিষ্ঠা করবে। তারপর একদিন হবে রাঘবরাজার সেনাপতি। ঘুমিয়ে ঘুমিয়ে গৌর স্বপ্ন দেখছিল। সেনাপতি হয়ে সে ঘোড়ায় চেপে সৈন্যসামন্ত নিয়ে একটা রাজ্য জয় করে ফিরছে। তার বল্লমের আগায় গাঁথা একটা নরমুণ্ড। নরমুণ্ডটা ভারী চেনা-চেনা। কিন্তু ঠিক মনে পড়ছিল না মুখটা কার।

হঠাৎ আকাশ থেকে একটা ঈগল পাখি শোঁ করে নেমে নরমুণ্ডটা তুলে নিয়ে উধাও হয়ে যাচ্ছিল। গৌর কি কিছু কম যায়? সঙ্গে সঙ্গে ধনুক বাগিয়ে তীর ছুড়ল। পাখিটা লাট খেয়ে পড়তে লাগল। আশ্চর্য! নরমুণ্ডটা এসে আবার বল্লমে গেঁথে গেল। আর ঈগলটা নেমে এসে হঠাৎ দুটো থাবায় চেপে ধরল তার গলা।

গৌরের দম বন্ধ হয়ে এল। চোখ কপালে উঠল। কিন্তু কিছুতেই ঈগলটা ছাড়ছে না তাকে। চোখের সামনে যেন বিদ্যুতের ঝিলিক দেখা গেল বারকয়েক। আর সেই যন্ত্রণার মধ্যে গৌর বুঝতে পারল, বল্লমে গাঁথা নরমুণ্ডটা আসলে তারই মুখ। তাই অত চেনা।

ঘুম ভাঙতেই গৌর বুঝল, মস্ত একটা মানুষ অন্ধকারে প্রাণপণে লোহার থাবায় তার গলা চেপে ধরেছে। বুকে হাঁটু।

গৌর বুঝল, আর একটু পরেই সে অজ্ঞান হয়ে যাবে। তাই পা দুখানা তুলে সে লোকটার গলায় লটকে একটা ঝটকা দিল। দড়াম করে লোকটা খসে গেল তার বুক থেকে। গৌর বিদ্যুৎবেগে উঠে লোকটাকে একটা লাথি লাগাল কষে। তারপর অনায়াসে

তার একটা হাত পিঠের দিকে ঘুরিয়ে অন্য হাতে গলা চেপে ধরল।

গৌরের এই বজ্রবাঁধনে লোকটা খাবি খাচ্ছে।

গৌর জিজ্ঞেস করল, "তুমি কে?"

"আমি হাউ। খাউ আর মাউয়ের বড় ভাই।"

গৌর অবাক হয়ে বলল, "তুমি তো জেলখানায় ছিলে!"

"রাঘব আমাকে ছাড়িয়ে এনেছে। তারপর ন'পাড়ায় লুকিয়ে ছিলুম।"

"তা আমার ওপর তোমার রাগ কীসের?"

"আমার ভাইদের এই হেনস্থার জন্য তুই-ই দায়ী। তুই রাঘবরাজার নজরে পড়েছিস। এখন রাঘব আমাদের পাত্তা দিতে চাইছে না। তোকে খুন করা ছাড়া আমার অন্য উপায় ছিল না।"

"তুমি ন' পাড়ার কাবাডির দলে ছিলে?"

"হ্যাঁ। রাঘব হুকুম দিয়েছিল, খেলার মধ্যে যেন তোমাকে খুন করা হয়।"

"এখন যদি তোমার ঘাড়টা ভেঙে দিই।"

হাউ কোনও জবাব দিল না। কিন্তু আচমকাই পিছন থেকে বেড়ালের পায়ে চার-পাঁচজন লোক ঘরে ঢুকল। তাদের প্রত্যেকের হাতে লাঠি তরোয়াল খাঁড়া।

গৌর কিছু করার আগেই তার মাথায় বিশাল একটা লাঠি সজোরে এসে পড়ল। ফটাস করে একটা শব্দ আর সেই সঙ্গে ছড়াক করে খানিক রক্ত ছিটকে পড়ল মেঝেয়। তারপরেই উপর্যুপরি ধুপধাপ লাঠি এসে পড়তে লাগল চারধার থেকে। গৌর নড়বার সময় পেল না। লাঠির ঘায়ে কাটা কলাগাছের মতো অজ্ঞান হয়ে পড়ে গেল মাটিতে।

হাউ লোকগুলোর দিকে চেয়ে বলল, "লাশ এখানে ফেলে রাখা চলবে না। রাঘব সন্দেহ করবে। রক্তটা ভাল করে মুছে দে। আর চারজন ধরাধরি করে নিয়ে গিয়ে চোরাবালিতে ফেলে দিয়ে আয়। সর্দার হওয়া ওর বের করছি।"

নিশুত রাতে চারজন লোক গৌরের অচেতন দেহখানা চ্যাংদোলা করে বটতলার ঢিবিটার ওপর নিয়ে তুলল। তারপর দুবার দোল দিয়ে ছুড়ে ফেলে দিল চোরাবালির মধ্যে।

বালির মধ্যে আস্তে আস্তে মিলিয়ে গেল গৌর। কেউ কিছু জানতে পারল না।

গৌরের চেতনা যখন ফিরল, তখন তার চারধারে বালি আর বালি। ওপরে বালি, নীচে বালি, চারধারে ঝুরঝুর করে ঝুরো বালির স্তর কেবল সরে যাচ্ছে, ঝরে পড়ছে। কিন্তু অবাক কাণ্ড! গৌরের তাতে কোনও অসুবিধে হচ্ছে না। সে দম নিতে পারছে। সে অনুভব করছিল, বালির মধ্যে শক্তমতো ছোট একটা জিনিস বারবার তার হাতে, পিঠে, বুকে এসে ঠেকছে। গৌর হাত বাড়িয়ে জিনিসটা মুঠোয় নিল।

কবচটা না? হ্যাঁ, সেই কবচটাই তো মনে হচ্ছে! গোবিন্দদা কী যেন বলছিল? হ্যাঁ, বলেছিল যে ঝিলিক দেখা গেছে। তার মানে কি কবচটা জেগে উঠেছে।

কবচটা মুঠোয় চেপে শোয়া-অবস্থা থেকে গৌর উঠে দাঁড়ায়। কোনও অসুবিধে হয় না তার। হঠাৎ তার মনে পড়ে যায়, আজ রাঘবরাজার হুকুমে তার চারজন অকৃত্রিম শুভাকাঙ্ক্ষীকে এই চোরাবালিতে ডুবিয়ে মেরেছে। মনটা হায়-হায় করে ওঠে গৌরের। তার বুদ্ধিনাশ হয়ে গিয়েছিল। শোকে পাগলের মতো হয়ে গৌর চারদিকে বালির মধ্যে হাতড়ে হাতড়ে খুঁজতে লাগল ওঁদের। খুঁজতে খুঁজতে চোখের জল ফেলে সে বারবার বলছিল, "এ আমি কী করলাম! এ আমি কী করলাম!"

বেশি খুঁজতে হল না। প্রথমে কবরেজমশাইকে পেয়ে গেল সে। তারপর সুবলদাদু। একটু বাদেই হাত ঠেকল গোবিন্দদা আর ফকিরসাহেবের গায়ে।

একে একে চারজনকেই টেনে হিঁচড়ে ওপরে নিয়ে এল গৌর। চোরাবালিতে একটুও কষ্ট হল না তার। শরীরটা যেন পালকের মতো হালকা।

চারজনকেই ঘাসজমিতে শুইয়ে একে একে নাড়ি দেখবে বলে গৌর প্রথমে কবরেজমশাইয়ের কবজিটা ধরতেই কবরেজমশাই খেঁকিয়ে উঠলেন, "ওঃ, কী আমার ধন্বন্তরি এলেন যে! বলি নাড়িজ্ঞানটা আবার তোর কবে থেকে হল?"

গৌর আনন্দে কেঁদে ফেলে বলল, "আপনি বেঁচে আছেন কবরেজমশাই?"

"মারে কে? চোরাবালিতে পড়ার আগে একটা করে বিশল্যকরণীর বড়ি খেয়েছি না সবাই? মরা কি অত সোজা? তা ছাড়া, কবচ যে জেগেছে, সে খবরও পেয়েছিলাম কিনা। যাকগে, তোকে ভাবতে হবে না। ওই তিনজনও বেঁচেই আছে। এক্ষুনি গা-ঝাড়া দিয়ে উঠবে।"

গৌর অবাক হয়ে দেখল, সত্যিই তাই। কথা শেষ হতে না হতেই গোবিন্দদা, সুবলদাদু আর ফকিরসাহেব উঠে বসেছেন। একটা হাই তুলে ফকিরসাহেব বললেন, "বেশ ঘুম হল একখানা। ঘুমটার বড় দরকার ছিল।"

গোবিন্দদা গা থেকে বালি ঝাড়তে ঝাড়তে বলল, "এখন বসে গল্প করার সময় নেই গো। কবচ জেগেছে, কিন্তু যোগেশ্বরবাবার বলা আছে, মস্ত বিপদের দিনে কবচ জেগে উঠবে বটে, তবে মাত্র কয়েক ঘণ্টার জন্য। তারপর যেই ভোর হবে, অমনি চিরতরে নিবে যাবে। সুতরাং যা করার এই কয়েক ঘণ্টার মধ্যে। ওঠো সব, উঠে পড়ো।"

আট

রাঘবরাজার গুপ্ত আবাসের কথা তার সাঙ্গোপাঙ্গরা কেউ জানে না। জানা সম্ভবও নয়।

নদীর বাঁকের মুখে যেখানে স্রোত ভয়ংকর, সেইখানে দক্ষিণ তীরে মাটির মধ্যে কিছু ইট গাঁথা আছে দেখা যায়। কোনও প্রাচীন ইমারতের ধ্বংসাবশেষ বলে লোকে তেমন মনোযোগ দেয় না। তা ছাড়া ওই জায়গাতেই নদীর মধ্যে একটা ঘূর্ণি আছে। মানুষ নৌকো, যা পড়বে তা-ই তলিয়ে যাবে। তাই ভয়ে কেউ ওই খাড়া পাড় আর ঘূর্ণির কাছাকাছি যায় না। তবে সাধারণ মানুষ যা পারে না, রাঘবের কাছে তা খুবই সহজ কাজ।

নিশুত রাতে রাঘব সেই খাড়া পাড়ের ধারে এসে দাঁড়িয়ে চারদিকে একবার দেখে নিল। তার বাঘের মতো চোখ অন্ধকারেও সব কিছু দেখতে পায়। না, কোথাও কেউ নেই। কেউ তাকে লক্ষ করছে না। রাঘব নিঃশব্দে পাড়ের ধারে ইটের খাঁজে পা রাখল। তারপর অলৌকিক দক্ষতায় ঠিক টিকটিকির মতো প্রায় পনেরো হাত খাড়াই বেয়ে খরস্রোত জলের মধ্যে ঝুপ করে নামল। সেখানে জলের স্রোত এমন প্রবল যে, হাতি অবধি ভেসে যায়। কিন্তু রাঘব ভেসে গেল না। এমনকী, খুব একটা টললও না। জলের মধ্যে টুপ করে ডুব দিল সে। ডুব দিয়ে গভীর থেকে গভীরে নেমে গেল। একদম তলায় যখন নামল; তখন তার কাছ থেকে মাত্র কয়েক হাত দূরে পাতালের এক গহিন গহ্বর। নদীর জল চোরাস্রোতে বিভীষণ বেগে সেই গহ্বরে ঢুকে যাচ্ছে। একটু পা হড়কালেই সেই গহিন গহ্বরের উন্মত্ত জলরাশি কোথায় কোন পাতালগঙ্গায় টেনে নিয়ে যাবে তার ঠিক নেই। অন্ধকারে একবার তাচ্ছিল্যের সঙ্গে রাঘবরাজা গহ্বরটার দিকে চাইল। সামনে নদীর পাড়টা যেখানে এসে নীচে ঠেকেছে সেখানে ইটের ফাঁকে একটা সংকীর্ণ ফাটল। রাঘব ধীর পায়ে সেই ফাটলের মধ্যে ঢুকল। তারপর কতগুলো খাঁজ বেয়ে উঠে এল খানিকটা ওপরে।

মাটির নীচে অনেকগুলো সুড়ঙ্গের মতো পথ চলে গেছে নানা দিকে। রাঘব সামনের পথটা ধরে একটু নিচু হয়ে লম্বা পা ফেলে দ্রুত এগিয়ে চলল। ক্রমে সুড়ঙ্গটা চওড়া হতে হতে একটা মস্ত হলঘরের মতো জায়গায় এসে শেষ হল। সুড়ঙ্গটা পাথর দিয়ে বাঁধানো। দেয়ালে অনেক কুলুঙ্গি। একধারে একটা মস্ত কাঠের বাক্সের ওপর বিছানা পাতা। একটা দীপাধারে দীপ জ্বলছে। রাঘবের আস্তানা।

রাঘব ভেজা জামাকাপড় ছেড়ে শুকনো পোশাক পরল।

তারপর, দীপটা হাতে নিয়ে এগিয়ে গেল কুলুঙ্গির দিকে। কুলুঙ্গিগুলো বেশ চওড়া। প্রত্যেকটাতে একটা করে বড় কাঠের বাক্স, তাতে ঢাকনা দেওয়া। অনেকটা কফিনের মতো।

রাঘব প্রথম বাক্সটা খুলল। দীপের আলোয় দেখা গেল, বাক্সের মধ্যে একটা শুকনো মমির মতো মৃতদেহ। চামড়া কুঁচকে গেছে, চোখ কোটরে ঢোকানো, হাড়গুলো ঠিকরে বেরিয়ে আসছে। রাঘব ঢাকনাটা বন্ধ করে দিল। আর-একটা খুলল। এটার মধ্যেও আর একটা মৃতদেহ। তেমনই শুকনো, কোঁচকানো। একটার পর একটা বাক্স খুলল রাঘব। আবার বন্ধ করল। এসবই রাঘবের পূর্বপুরুষের মৃতদেহ। বহুকাল আগে তাদের বংশে মৃতদেহ সংরক্ষণের প্রথা চালু হয়। প্রাসাদ থেকে একটি গুপ্ত সুড়ঙ্গপথে মৃতদেহগুলি এই পাতালঘরে এনে রাখা হত। সেই সুড়ঙ্গ এখন বুজে গেছে। নদীর তলা দিয়ে এখানে আসার পথটি আবিষ্কার করেছে রাঘব নিজেই।

কথা আছে, যদি রাঘবের কোনও বিপদ ঘটে তা হলে এইসব মৃতদেহ আর-একবার, শেষবারের মতো, জেগে উঠবে একদিন। জেগে উঠে তাদের বংশের দুলালকে বিপদ থেকে উদ্ধার করবে। তারপর আবার ফিরে যাবে মৃতের জগতে।

রাঘব বুঝতে পারছে, আর দেরি নেই। ভোর হতে না হতেই সে শুরু করবে তার বিজয়-অভিযান। এমন কিছু শক্ত কাজ নয়। অত্যাচার শুরু করলেই ভীরু, কাপুরুষ গাঁ-গঞ্জের লোকেরা পালাবে। একমাত্র বাধা ছিল শয়তান যোগেশ্বরের কয়েকজন চেলা। তা সেগুলোও সব নিকেশ হয়েছে। যোগেশ্বরের প্রধান চেলা ফটিকের এক বংশধর গৌরকে দিয়েই কাজ হাসিল করবে রাঘব। আর সেইটেই হবে যোগেশ্বরের ওপর তার প্রতিশোধ। না, রাঘবের আর কোনও বিপদ নেই। সুতরাং এইসব মৃতদেহও আর জাগবে না। এবার কাজ উদ্ধার হয়ে গেলে রাঘব মৃতদেহগুলি নদীর নীচের সেই গহ্বরে বিসর্জন দেবে।

বিছানায় জোড়াসনে বসে সে কিছুক্ষণ ধ্যানস্থ হল। চোখের সামনে ভেসে উঠল তার ভাবী রাজ্য। এই বিংশ শতাব্দীর পৃথিবীতেও সে এমন এক রাজ্য প্রতিষ্ঠা করবে, যা দেখে অবাক হয়ে যাবে লোকে। সেই রাজ্যে রাজাই হবে সবচেয়ে ক্ষমতাবান। প্রজারা বাস করবে অনুগত দাসের মতো। কোথাও কোনও বিশৃঙ্খলা থাকবে না। সামান্য বেয়াদবির শাস্তি হবে মৃত্যু।

ধ্যানস্থ অবস্থায় কেমন যেন একটু অস্বস্তি বোধ করল রাঘব। ধ্যানটা ভেঙে গেল। একটা শবাধারের ভিতরে একটু নড়াচড়ার শব্দ হল না? কান খাড়া করে শুনল রাঘব।

প্রদীপটা নিয়ে প্রথম কুলুঙ্গিটার কাছে গিয়ে ঢাকনাটা খুব ধীরে খুলল রাখব। চিত হয়ে পড়ে থাকা মৃতদেহ পাশ ফিরে শুয়ে আছে।

রাঘব একটু চমকে উঠল। এ কী? মৃতদেহে কেন জাগরণের লক্ষণ?

আবার ধ্যানস্থ হল রাঘব। আবার অস্বস্তি। শবাধারে শব্দ। আর একটা মৃতদেহ পাশ ফিরল। তারপর আর একটা। আর একটা।

রাঘবের ঘাম হচ্ছে। তবু জোর করে ধ্যানস্থ হওয়ার চেষ্টা করল রাঘব। চোখ বুজেই শুনতে পেল, একটা শবাধারের ঢাকনা সরে যাচ্ছে।

রাঘব চোখ খুলল। শুকনো কঙ্কালসার একটি মৃতদেহ উঠে বসেছে। রাঘব ভ্রূকুটি করে চেয়ে রইল। আস্তে আস্তে মৃতদেহ কুলুঙ্গি থেকে নেমে আসার চেষ্টা করছে।

বিদ্যুৎগতিতে উঠে দাঁড়াল রাঘব। তারপর বিকট স্বরে চেঁচিয়ে উঠল, "অসম্ভব! অসম্ভব! আমার সব শত্রুর নিপাত হয়েছে।"

শবদেহ তবু নেমে আসছে কেন?

রাঘব বিছানার পাশ থেকে একটা লম্বা তরোয়াল টেনে নিল হাতে। এই পাতালঘরে কোনও মানুষের পক্ষেই আসা সম্ভব নয়। ওই খাড়া পাড়, চোরা স্রোত, ঘূর্ণির ভিতর দিয়ে কে আসবে এখানে?

নয়

চার বুড়ো মিলে নদীর ধারে একটা দড়ি ঝুলিয়ে বসে ছিল। দড়িটা টানটান হয়ে খরস্রোতের মধ্যে নেমে গেছে। দড়ির প্রান্তে গৌর। চারজন, অর্থাৎ কবরেজমশাই, ফকিরসাহেব, গোবিন্দচোর আর সুবলবুড়ো দড়িটা মাঝে মাঝে টেনে দেখছে। না, এখনও গৌর দড়ি ছাড়েনি। এ জায়গাটা বড় বিপজ্জনক। গৌর পারবে তো?

গৌর জলের তলায় নেমে ভয়ে চোখ বুজে ফেলেছিল প্রথমে। উত্তাল স্রোতের জল প্রথমটায় অনেকখানি টেনে নিয়েছিল তাকে। দড়ি ধরে আবার সে জায়গামতো ফিরেছে। কিন্তু জলের নীচে নেমে ঘূর্ণি দেখে তার মূর্ছা যাওয়ার জোগাড়। ওরেব্বাস, একটু পা পিছলে পড়লেই সর্বনাশ। পাতালে টেনে নিয়ে যাবে।

কিন্তু কিছুই হল না। আশ্চর্য এই, জলের তলায় দীর্ঘক্ষণ দমবন্ধ করে থাকতেও তার কোনও অসুবিধে হচ্ছিল না। আর অন্ধকারেও সে বেশ দেখতে পাচ্ছিল।

ফাটলটা খুঁজে বের করতে তাকে বেশি বেগ পেতে হল না। ফাটলের মুখে পা দিয়ে সে দুবার দড়িটা নাড়া দিয়ে ওপরে জানান দিল যে, সে নেমেছে।

আস্তে আস্তে সুড়ঙ্গ বেয়ে ওপরে উঠল সে। এখানে জল নেই। সে দম নিল। চারদিকে অনেকগুলো সুড়ঙ্গ গেছে। কোনটায় যাবে সে। কবচটা একবার স্পর্শ করতেই মাথাটা যেন পরিষ্কার হয়ে গেল। ওই তো সামনের পথ!

গৌর এগোতে লাগল। খুব ধীরে ধীরে এবং নিঃশব্দে। ভোর হতে আর দেরি নেই। ভোর হলেই কবচের ক্ষমতা শেষ হয়ে যাবে। সুতরাং তাড়াতাড়ি করা দরকার। কিন্তু

গৌর এটাও জানে, তাড়াতাড়ি করতে গেলে বিপদ বেশি।

সুড়ঙ্গটা চওড়া হচ্ছে। ক্রমে ক্রমে একটা মস্ত হলঘরের চেহারা নিচ্ছে।

গৌর থমকে দাঁড়াল। অবাক হয়ে দেখল, পাতালে এক আশ্চর্য ঘর পাথর দিয়ে তৈরি। মাঝখানে একটা দীপ জ্বলছে।

কিন্তু ও কী? ওরা কারা? পাথরের অনেক তাক চারদিকে। প্রত্যেকটা তাকে একটা করে লম্বা কাঠের বাক্স। আর সেই সব বাক্স থেকে কঙ্কালসার, মস্ত মস্ত মাকড়সার মতো ওরা কারা নেমে আসছে? মানুষ? মানুষ কি এরকম হয়?

হঠাৎ একটা অমানুষিক তীব্র আর্তনাদে ঘরটা ভরে গেল। গৌরের সমস্ত শরীর ঝিমঝিম করে উঠল সেই শব্দে। মৃতদেহগুলি একসঙ্গে তীব্র নাকি সুরে চিৎকার করতে লাগল! "মার! মার! শত্রু মার! মার! মার! আপদ মার! নির্বংশ হ! নরকে যা!"

চারদিক থেকে মৃতদেহগুলো এগিয়ে আসতে থাকে গৌরের দিকে কেমন যেন কাঁকড়ার মতো, মাকড়সার মতো চলার ভঙ্গি। চোখ কোটরে, দাঁত বেরিয়ে আছে, হাড়গুলো থেকে চামড়া ঝুলে ঝুলে পড়ছে। বাসি, শুকনো, কবেকার মড়া! তবু আসছে, এগিয়ে আসছে!

গৌর প্রথমটায় নড়তে পারেনি ভয়ে। কিন্তু হঠাৎ যেন কে তাকে একটা ধাক্কা দিল। চনমন করে উঠল রক্ত। ট্যাঁক থেকে কবচটা খুলে সে মুঠোয় নিল। তারপর খুব দুঃসাহসে ভর করে একটা লাফ মেরে সামনে যে মড়াটা পেল, সেটাকে সাপটে ধরল।

কিন্তু ধরতেই বেকুব বনে গেল গৌর। মড়াটা যেন ধুলোবালি দিয়ে গড়া। সে ছুঁতেই ঝুরঝুর ঝুরঝুর করে ঝরে পড়ে গেল মেঝেয়। চিহ্নমাত্র রইল না। এই আশ্চর্য কাণ্ড দেখে গৌর অবাক। কিন্তু অবাক হয়ে থেমে থাকার উপায় নেই। সময় আর খুব কমই আছে। সূর্যোদয়ের সঙ্গে সঙ্গে কবচের খেলা শেষ হয়ে যাবে। গৌর আর-একটা মড়াকে ছুঁল। আর একটা। ঝুরঝুর ঝুরঝুর করে মৃতদেহগুলি ধুলোবালির মতো মিলিয়ে যেতে লাগল একে একে।

শুধু দুটো মড়া একটু তফাতে রয়ে গেল। কাছে আসছিল না। গৌর লক্ষ করল, এ মড়াদুটো অন্যগুলোর মতো তেমন শুঁটকো নয়। চোখও কোটরগত নয়, চামড়াও ঝুলে পড়েনি। একটু রোগাভোগা মানুষের মতোই দেখতে। গৌর তাদের দিকে দুপা এগোতেই মড়াদুটো চোঁ-চাঁ দৌড়ে একটা সুড়ঙ্গের মধ্যে পালাল। গৌর তাদের পিছু নিল না। মড়া মেরে আর লাভ কী? এখন তাড়াতাড়ি রাঘবের নাগাল পাওয়া দরকার।

কিন্তু কোথায় রাঘব? গৌর চারদিকে তন্ন তন্ন করে খুঁজতে লাগল। সময় কত হল তা বুঝতে পারছে না গৌর। কিন্তু ভোর হতে যে আর দেরি নেই সেটা সে জানে। গৌর দৌড়তে লাগল। একবার এই সুড়ঙ্গে ঢোকে, আবার ওই সুড়ঙ্গে ঢোকে। চারদিকে একটা

গোলোকধাঁধা, এর মধ্যে রাঘব কোথায় লুকিয়ে আছে, তা কে বলবে!

ক্রমে ক্রমে ভারী হতাশ হয়ে পড়তে থাকে সে। একটু ভয়ও হয়। রাঘব তো সোজা লোক নয়। মাটির তলায় একটা ভ্যাপসা গরম আর সোঁদা গন্ধ। গৌরের ঘাম হতে থাকে, ক্লান্ত লাগে। তার চেয়েও বড় বিপদ এতক্ষণ সে অন্ধকারেও বেশ দেখতে পাচ্ছিল। কবচেরই গুণ হবে। কিন্তু এখন আস্তে আস্তে চারদিকটা অন্ধকার হয়ে আসছে। গৌর বুঝল, কবচের তেজ নিঃশেষ হয়ে এল প্রায়। আর বেশিক্ষণ নয়।

গৌর সুড়ঙ্গের মধ্যে একটা বাঁক ঘুরে হঠাৎ থমকে দাঁড়াল। সামনেই কিছু দূরে একটা পিদিম জ্বলছে। একটা ছায়া আড়ালে সরে গেল।

"কে ওখানে?" গৌর জিজ্ঞেস করে।

একটা গমগমে গলা বলে ওঠে, "এসো গৌর, আমি তোমার জন্যই অপেক্ষা করছি।"

রাঘব! রাজা রাঘব! গৌর হাতের নিষ্ফলা কবচটার দিকে একবার তাকাল।

রাঘবের গমগমে গলা বলে উঠল, "কবচের খেলা শেষ হয়ে গেছে গৌর। তোমার খেলাও। এগিয়ে এসো। পালাবার পথ নেই।!"

গৌর আস্তে আস্তে এগিয়ে গেল। পিদিমের আলোয় সুড়ঙ্গের মধ্যে একটা চওড়া ঘর দেখতে পেল গৌর। রাঘবকে দেখা যাচ্ছিল না। গৌর ঘরটার মাঝামাঝি এসে দাঁড়াল। চারদিকে তাকিয়ে দেখল, দেওয়ালে অনেক খাঁজ, অনেক কোটর।

দেওয়ালের একটা খাঁজের আড়াল থেকে কালান্তক যমের মতো বেরিয়ে এল রাজা রাঘব। দুটো চোখ ধকধক করে জ্বলছে। মুখটা গ্র্যানাইট পাথরের মতো কঠিন। পিদিমের আলোয় তার দীর্ঘ ছায়াটা ছাদে পৌঁছে গেছে।

গৌর রাঘবের চোখে চোখ রাখতেই কেমন যেন অবশ নিথর হয়ে এল। হাত পা সব যেন শিথিল। তার ফের হাঁটু গেড়ে বসতে ইচ্ছে করছিল রাঘবের সামনে। অস্ফুট কণ্ঠে সে বলল, "হুজুর!"

রাঘব একটু হাসল। ডান হাতখানা আশীর্বাদের ভঙ্গিতে তুলে বলল, "তুমি বাহাদুর ছেলে। কিন্তু বিপজ্জনক। একবার তোমাকে ক্ষমা করে ভুল করেছি। আর নয়। এগিয়ে এসো।"

"যে আজ্ঞে, হুজুর।"

গৌর এগিয়ে যায়।

"মাথা নিচু করো ক্রীতদাস। ভয় নেই, তোমাকে আমি বেশি কষ্ট দিয়ে মারব না। গলাটা শুধু এক কোপে কেটে ফেলব।"

গৌরের ভারী আহ্লাদ হয়। সে একগাল হেসে বলে, "হুজুর খুশি হলেই আমার আনন্দ। কাটুন হুজুর। একবার শুধু মরার আগে যদি একটু পায়ের ধুলো পেতাম হুজুর।"

রাঘব ভ্রূকুটি করে বলে, "পায়ের ধুলো? ঠিক আছে ক্রীতদাস। নাও।"

গৌর যখন নিচু হয়ে রাঘবের পায়ের দিকে হাত বাড়িয়েছে, তখন এক অদ্ভুত দৃশ্য দেখে সে থমকে হাঁ করে চেয়ে রইল। রাঘবের দু পায়ের ফাঁক দিয়ে পিছন দিকে অন্ধকারের মধ্যে সে দেখল, যে মড়াদুটো পালিয়ে গিয়েছিল, তারা ঘাপটি মেরে বসে জুলজুল করে তার দিকে চেয়ে আছে।

"কী হল গৌর?"

গৌর জবাব দিল না। মড়াদুটোর চোখ দিয়ে যে তীব্র রশ্মি ছুটে এল, তা যেন গৌরের গায়ে ছ্যাঁকার মতো লাগল। হঠাৎ যেন শরীরটা কেঁপে উঠল। মাথাটার ঝিমঝিমুনি ভাবটা কেটে গেল।

রাঘব তলোয়ারটা ধীরে ধীরে ওপরে তুলছিল। কিন্তু আচমকাই গৌর তার পায়ের ওপর ঝাঁপিয়ে পড়ে চোখের পলকে উলটে দিল রাঘবকে। দশাসই শরীরটা ধমাস করে যখন পড়ল, সমস্ত সুড়ঙ্গটা কেঁপে উঠল।

কিন্তু এত সহজে কাবু হওয়ার লোক তো রাঘব নয়। পড়তে না পড়তেই সে আবার তড়াক করে লাফিয়ে উঠল। কিন্তু গৌর প্রস্তুত ছিল। কাবাডি খেলার সব কলাকৌশলই যেন তার শরীরে কিলবিল করছে। তলোয়ারসুদ্ধু রাজা রাঘবের হাতখানা ধরে সে এক মোচড়ে অস্ত্রটা কেড়ে নিয়ে ছুড়ে ফেলে দিল। তার শরীর রাগে, ঘেন্নায় নিশপিশ করছে। সম্মোহন কেটে গেছে। এখন—হয় রাঘব, নয় সে।

রাঘব যে সাংঘাতিক শক্তিশালী পুরুষ, তাতে সন্দেহ নেই। কিন্তু তার আসল শক্তি হল সম্মোহন। তার চোখের দিকে তাকালেই প্রতিপক্ষ দুর্বল হয়ে বশ মেনে নেয়। সেই সম্মোহনের জাল কেটে বেরিয়ে এসেছে গৌর। রাঘবের গায়ে যত জোরই থাক, গৌরও তো ভেড়া নয়।

দুজনের তুমুল দ্বন্দ্বযুদ্ধ চলতে লাগল। কখনও রাঘব তার গলা টিপে ধরে, কখনও গৌর তার কোমর ধরে প্যাঁচ মেরে ফেলে দেয়। কখনও রাঘব তার ঘাড়ে রদ্দা চালায়, কখনও গৌর তার ঠ্যাং ধরে উলটে ফেলে দেয়।

মড়া দুটো ঘাপটি মেরে বসে সবই দেখছিল। একজন মাথা নেড়ে বলল, "হচ্ছে না।"

আর একজন বলল, "তা হলে মুষ্টিযোগ দিই?"

"দাও।"

তখন একজন মড়া খুব চিকন সুরে বলে উঠল, "রাঘবের চুলে আরশোলা।"

এই শুনে রাঘব বে-খেয়ালে নিজের চুলে হাত দিল।

গৌর অবাক হয়ে দেখল, নিজের চুলে হাত দেওয়ার সঙ্গে সঙ্গে রাঘব চোখ উলটে গোঁ-গোঁ আওয়াজ করতে করতে অজ্ঞান হয়ে পড়ে গেল।

বেকুবের মতো কিছুক্ষণ রাঘবের দিকে চেয়ে রইল গৌর। তারপর তার নজর পড়ল, মড়া দুটোর ওপর। সেইরকম ঘাপটি মেরে বসে তাকে জুলজুল করে দেখছে।

"তবে রে? এবার তোদেরও ব্যবস্থা করছি!" বলে গৌর তাদের দিকে তেড়ে যেতেই মড়া দুটো ভয়ে সিঁটিয়ে গেল।

একটা মড়া বলে, "উঁহুঁ উহুঁ, ছুঁসনি রে হতভাগা! তফাত থাক! আমরা মড়া নই!"

"তবে কী?"

দাঁত খিঁচিয়ে মড়াটা বলল, "আমি ফটিক। তুই আমার নাতির নাতি। আমাদের দেবদেহ, ওই এঁটোকাঁটা নরদেহ নিয়ে আমাদের ছুঁলে মহাপাতক হবে।"

ফটিক! গৌর হাঁ হয়ে গেল।

মড়া দুটো উঠে দাঁড়িয়ে গা ঝাড়া দিল। ফটিক বলল, "সারা জীবন লড়াই করেও রাঘবকে কাবু করতে পারবি না। ক্রমে ক্রমে তোকে হাফসে-হাফসে মেরে ফেলত। তাই মুষ্টিযোগটা কাজে লাগাবার চেষ্টা করেছিলাম।"

গৌর অবাক হয়ে বলল, "মুষ্টিযোগ কী?"

"রাঘবের নিয়তি ওর চুলে। চুলে হাত দিলেই ওর পতন। তা এমনিতে কিছুতেই চুলে হাত দেওয়ার লোক নয় রাঘব। তোর সঙ্গে লড়াই করতে করতে যখন আনমনা হয়ে গিয়েছিল, তখনই কৌশলটা কাজে লাগালুম। এখন আমরা চলে যাচ্ছি। আর দেখা পাবি না।"

বলতে না বলতেই দুজন অন্ধকার একটা রন্ধ্রে ঢুকে সরে পড়ল।

গৌর পিছন থেকে চেঁচিয়ে জিজ্ঞেস করল, "ফটিকদাদু, উনি কে?"

"যোগেশ্বরবাবা।"

হাউ মাউ আর খাউকে দাদা বাড়ি থেকে তাড়িয়েছে। গৌরের এখন খুব খাতির বাড়িতে। গোরু চরাতে হয় না, লোক রাখা হয়েছে। বাসন-টাসন বউদিই মাজে। গৌর পেট ভরে চারবেলা ভালমন্দ খায়।

কবরেজমশাই, ফকিরসাহেব, গোবিন্দ, সুবল, যে যার কাজকর্ম করে। সবই আগের মতো। নদীর ধারে দুপুরের দিকে একটা লম্বা লোক জমি চাষ করে হালগোরু নিয়ে। লোকটা কে, তা গাঁয়ের লোক খুব ভাল করে জানে না। শুধু জানে, লোকটাকে খানিকটা চাষের জমি আর বাস্তু দিয়েছেন কবরেজমশাই।

লোকটা আর কেউ নয়, রাজা রাঘব।

হিরের আংটি

টিপকল পাম্প করে যে লোকটা ঘোঁত-ঘোঁত করে জল খাচ্ছিল, তাকে আলগা চোখে লক্ষ করছিল ষষ্ঠী। লোককে লক্ষ করাই ষষ্ঠীর আসল কাজ। লোকটা বোকা না চালাক, সাহসী না ভিতু, গরিব না বড়লোক, এসব বুঝে নিতে হয়। তারপর কাজ।

ষষ্ঠীর কাজ হল দুনিয়ার বোকা-সোকা লোকদের ট্যাঁক ফাঁক করা। চুরি, ডাকাতি, রাহাজানি, গুম আর জখম সে নেহাত কম করেনি, খুনটা এখনও বাকি। দিনকাল যা পড়েছে, তাতে খুন-টুনও করে ফেলতে পারে যে-কোনও দিন।

সময়টা ষষ্ঠীর বড় ভাল যাচ্ছে না। গত ছমাসে সে দুবার ধরা পড়েছে। এক সোনার বেনের বাড়িতে ঢুকে তাদের অ্যালসেশিয়ান কুকুরের খপ্পরে পড়ে গিয়ে খুব নাকাল হয়ে পালানোর সময় ফটকের বাইরে পাড়ার নাইটগার্ডরা তাকে ধরে এবং পেটায়। দ্বিতীয়বার এক বুড়ো মানুষের হাত থেকে ফোলিয়ো ব্যাগ নিয়ে পালানোর সময় সেই বুড়ো লোকটা তাকে হাতের ছাতাটা দিয়ে খুব ঘা-কতক মেরে ঘায়েল করে ফেলে। সোনার বেনের বাড়িতে সে কিছু চুরি করতে পারেনি, আর ধরাও পড়েছিল বাড়ির বাইরে। আর বুড়ো মানুষটা কেন যেন শেষ অবধি তার বিরুদ্ধে কেসটা করতে চায়নি, তাই দুবারই অল্পের ওপর দিয়ে রেহাই পেয়ে গেছে সে। থানার বড়বাবু তাকে ভালই চেনেন। রুল দিয়ে কয়েক ঘা মেরে বলেছেন, "ধরাই যদি পড়বি তো চুরি-ছিনতাই করতে যাস কেন? এর পরের বার যদি বেয়াদবি দেখি, তা হলে তোরই একদিন কি আমারই একদিন।"

কিন্তু বড়বাবুর কথায় কান দিলে তো ষষ্ঠীর চলবে না। তারও খিদেতেষ্টা আছে, সংসার আছে।

মফস্বল শহরের গ্রীষ্মের দুপুর। গলিটা খাঁ খাঁ করছে। পটলবাবুদের গাড়িবারান্দার ছায়ায় বসে ষষ্ঠী চারদিকে নজর করতে করতে লোকটাকে আবার দেখল। অনেকক্ষণ ধরে জল খাচ্ছে, চোখে মুখে ঘাড়ে জল চাপড়াচ্ছে। লোকটাকে দেখার অবশ্য কিছুই নেই। কুড়ি-বাইশ বছরের ছোকরা। গায়ের জামাকাপড়ের অবস্থা কহতব্য নয়। ঊর্ধ্বাঙ্গে একখানা রংচটা হলুদ পাঞ্জাবি, নিম্নাঙ্গে একখানা ময়লা আলিগড়ি পায়জামা। শুধু পায়ের জুতোজোড়া বেশ বাহারি নাগরা। পিঠে একটা ব্যাগ। মুখে দাড়িগোঁফ

আছে, চুল লম্বা এবং রুক্ষ। তবে ছোকরা যে বেশ বনেদি বাড়ির ছেলে, তা চেহারায় মালুম হয়। ফরসা রং রোদে মরে তামাটে হয়ে গেছে বটে, কিন্তু মুখখানা বেশ ধারালো। শরীরটাও বেশ বড়সড়, হাড়সার, চর্বি নেই।

জল খেয়ে ছেলেটা একটু এদিক-ওদিক তাকাল, তারপর হঠাৎ ষষ্ঠীচরণের দিকে চোখ পড়ায় গুটিগুটি এগিয়ে এসে বলল, "আচ্ছা এটাই কি কুমোরপাড়া?"

ষষ্ঠী খুব তাচ্ছিল্যের চোখে ছেলেটাকে একবার দেখে নিয়ে বলল, "হ্যাঁ, কার বাড়ি খুঁজছেন?"

ছেলেটা জবাব না দিয়ে ষষ্ঠীর পাশেই ধপ করে বসে পিঠ থেকে রুকস্যাকটা নামিয়ে রাখল। ষষ্ঠী আড়চোখে ব্যাগটা দেখে নিল একবার। ব্যাগটা পুরনো, রংচটা, ছেঁড়া এবং তাপ্পি মারা। সুতরাং ষষ্ঠীর আর দ্বিতীয়বার ব্যাগটার দিকে তাকাতে ইচ্ছে হল না। ছোকরা যে দুর্দশায় পড়েছে, তা এক পলক দেখলেই বোঝা যায়। সুতরাং ষষ্ঠী উদাসভাবে হাই তুলল।

দুপুর সময়টা নিশুত রাতের মতোই নিরিবিলি। ষষ্ঠীর কাজের পক্ষে সময়টা খুবই ভাল। কারও জানালা দিয়ে হাত বাড়িয়ে কিছু তুলে নেওয়া, কোনও ছোট ছেলে বা মেয়েকে একা পেলে তার কাছ থেকে কিছু ছিনিয়ে নেওয়া বা কোনও বুড়োবুড়ি পেলে ছোটখাটো লাভ ষষ্ঠীর হয়েই যায়। কিন্তু আজ দুপুরটা তেমন জুতের নয়।

ষষ্ঠী আর-একটা হাই তুলে পাশে বসা ছোকরাটার দিকে তাকাল। দেয়ালে ঠেস দিয়ে বসে ঢুলছে। চোখেমুখে বেশ ক্লান্তির ছাপ। মাথা আর গায়ে রঙিন ধুলোর মিহি আস্তরণ পড়েছে। আঙুলে বড়-বড় নখ, গালে একটু দাড়ি, নাকের নীচে বেশ বড়সড় গোঁফ।

আচমকাই ষষ্ঠী একটু নড়েচড়ে বসল। ছোকরার বাঁ হাতখানা হাঁটুর ওপর রাখা, আঙুলগুলো ঝুলছে। অনামিকায় একখানা আংটি। নেহাত খেলনা আংটি নয়। ষষ্ঠীর পাকা চোখ হিসেব করে ফেলল, আংটিটায় কম করেও আধ ভরি সোনা আছে। আর পাথরখানাও রীতিমতো প্রকাণ্ড। এমন সাদা আর ঝকঝকে পাথর ষষ্ঠী জীবনে আর দেখেনি। যদি হিরের হয় তো এই আকারের হিরের দাম লাখ টাকা হওয়াও বিচিত্র নয়। এরকম হাড়হাভাতের আঙুলে এরকম আংটি থাকাটা অস্বাভাবিক বটে, কিন্তু অসম্ভব নয়। ছোকরা সম্ভবত পড়তি বনেদি বাড়ির ছেলে। বনেদি ঘরের পতন হলেও দু-চারটে সত্যিকারের দামি জিনিস বংশধরদের কাছে থেকে যায়।

আংটিটা চোখে পড়তেই ষষ্ঠীর শরীরটা চনমন করে উঠল, আলসেমির ভাবটা আর রইল না।

ষষ্ঠী বোকা নয়। সে জানে এই ছোকরার কাছ থেকে আংটিটা হাতিয়ে নেওয়া বড়

সহজ কাজ নয়। মাথা খাটিয়ে একটা কৌশল বের করতে হবে। গায়ের জোরে বা ভয় দেখিয়ে হবে না। ছোকরা অভাবে পড়েছে বোঝাই যায়। সুতরাং বিক্রি করতে রাজি হয়ে যেতে পারে। কালী স্যাকরার সঙ্গে ষষ্ঠীর খুব খাতির। চুরি করা সোনারুপো সে কালীর কাছেই বেচে। কালীর সঙ্গে সাঁট করে আংটিটা জলের দরে কিনে নেওয়া যেতে পারে।

সুতরাং ষষ্ঠী অপেক্ষা করতে লাগল। তারপর দেওয়ালে একটা ডেঁয়ো পিঁপড়েকে বাইতে দেখে সেটাকে সাবধানে তুলে এনে ছোকরার ঘাড়ে ছেড়ে দিল।

কাজ হল। কিছুক্ষণ পরেই ছোকরা ঘাড় চুলকোতে চুলকোতে সোজা হয়ে বসল।

ষষ্ঠী খুব বিগলিত মুখে বলল, "বড্ড পিঁপড়ে ভাই। আমাকেও একটা কামড়েছে।" বলে বেশ জোরে জোরে নিজের গোড়ালি ডলতে লাগল সে।

ছেলেটা একটা ময়লা রুমালে মুখের ঘাম মুছল। তারপর উদাস চোখে চেয়ে রইল সামনের দিকে। অনেকক্ষণ বাদে বলল, "আচ্ছা, এইখানে রতনলাল বাঁড়ুজ্যের বাড়িটা কোথায় বলতে পারেন?"

ষষ্ঠী একটু চমকে উঠল। মুখের হাসিটাও মিলিয়ে গেল। গলা-খাঁকারি দিয়ে বলল, "তিনি আপনার কে হন আজ্ঞে?"

ছেলেটা মাথা নেড়ে বলল, "কেউ না, উনি ব্রাহ্মণ আমি কায়স্থ। আত্মীয়তা নেই।"

"চেনাজানা নাকি?"

ছেলেটা ফের মাথা নেড়ে বলে, "তাও নয়। তবে আমার দাদু তাঁর সঙ্গে দেখা করতে বলে গেছেন, আমি তাঁর কাছেই এসেছি।"

ষষ্ঠী ছোকরার আঙুলের আংটিটার দিকে চেয়ে একটা দীর্ঘশ্বাস ফেলল। নাঃ, আংটিটা হাতানোর আর কোনও উপায় রইল না। রতন বাঁড়ুজ্যের কুটুম, জ্ঞাতি, চেনাজানা কারও কাছ থেকে কিছু হাতিয়ে নেবার মতো বুকের পাটা এ তল্লাটে কারও নেই।

ষষ্ঠী উঠে দাঁড়িয়ে পড়ে গলির উত্তর প্রান্তটা হাত তুলে দেখিয়ে বলল, "গলিটা পেরিয়ে আমবাগান আর পুকুর পাবেন। তারপর মস্ত লালরঙা বাড়ি। ওটাই রতনবাবুদের।"

ছেলেটা খুব সরল একটু হাসি হেসে বলল, "আপনি বেশ ভাল লোক। আচ্ছা, আজ তা হলে চলি।" ষষ্ঠী ফের গাড়িবারান্দার তলায় বসতে যাচ্ছিল।

ছেলেটা যেতে গিয়ে আবার ফিরে এসে বলল, "এই যে, একটা কথা বলতে ভুলে গিয়েছিলাম।"

"কী কথা?"

"আপনার নামটা বলবেন? ভাল লোকদের নাম জেনে রাখা ভাল।"

ষষ্ঠী একটু মাথা চুলকে বলল, "আজ্ঞে ওইখানেই তো গোলমাল। লোক যে আমি তেমন মন্দ ছিলাম না সে আমিও বুঝি। কিন্তু অন্য লোকেরা কি সে কথা মানতে চাইবে? ওই রতন বাঁড়ুজ্যের কাছেই নামটা বলে দেখুন না কেমন খ্যাঁক করে ওঠে।"

"তা নামটা কী?"

ষষ্ঠী মাথা চুলকোতে চুলকোতে বলল, "কানাই নামটা কেমন?"

"কানাই! বাঃ, বেশ নাম। আপনার নাম কি কানাই?"

ষষ্ঠী বিগলিত একটু হেসে বলল, "ঠিক কানাইও নয়, তবে কাছাকাছি আপাতত কানাই দিয়েই চালিয়ে নিন না।"

ছেলেটা ঘাড় কাত করে বলল, "বেশ। তাই হবে। আর-একটা কথা।"

"আবার কী?"

"আমার হাতে এই যে আংটিটা দেখছেন, এটা বেচতে চাই। এখানে এমন আংটি কেনার লোক আছে? আমার বড় অভাব।"

ষষ্ঠী আংটির কথায় একটু থতমত খেয়ে চোখের পলকে নিজেকে সামলে নিয়ে গম্ভীর হয়ে বলল, "সোনা কতটা?"

"ওসব আমি জানি না।"

"পাথরটা ঝুটো না আসল?"

"তাও জানি না। তবে বহু পুরনো আমলের আংটি, জিনিসটা ভালই হওয়ার কথা।"

ষষ্ঠী একটু গলা-খাঁকারি দিয়ে বলল, "কথাটা পাঁচ কান করবেন না। আমার হাতে ভাল লোক আছে। বিকেলের দিকে ছটা নাগাদ আমবাগানের ঈশেন কোণে চলে আসুন। আমি থাকব। ব্যবস্থা হয়ে যাবে।"

ছেলেটা ফের ঘাড় কাত করে সম্মতি জানাল। তারপর ধীর পায়ে চলে গেল।

ষষ্ঠীর বুকটা উত্তেজনায় ধড়ফড় করতে লেগেছে। আংটি যে আসল জিনিস দিয়ে তৈরি, তা সে খুব জানে। পাথরটাও হিরে হওয়াই সম্ভব। অবশ্য ছেলেটাকে সে সব জানানো হবে না। চেপেচুপে বলতে হবে। তবে এরকম একটা হাঁদা-গঙ্গারামকে ঠকানো খুব একটা শক্ত কাজও হবে বলে মনে হল না ষষ্ঠীর। মনের আনন্দে সে গুনগুন করে রামপ্রসাদী গাইতে লাগল, আমায় দাও মা তবিলদারি...।

হঠাৎ গান থামিয়ে সে ভাবল, নাঃ, ব্যাপারটা একটু দেখতে হচ্ছে। ছোকরা রতন বাঁড়ুজ্যের বাড়ি গেল কোন মতলবে, তাকে দেখে রতনবাবুর মুখের ভাবখানা কেমন হয়, তার একটা আন্দাজ থাকা দরকার। তাতে কাজের সুবিধে।

ষষ্ঠী উঠে পড়ল এবং হনহন করে হেঁটে আমবাগান ডাইনে রেখে রতনবাবুদের বাড়ির কাছাকাছি এসে একটা বটগাছের পিছন থেকে উঁকি মেরে দেখতে লাগল।

রতন বাঁড়ুজ্যের বাড়ি বিশাল। চারদিকে বাহারি বাগান, মাঝখানে লাল রঙের দোতলা বাড়ি। খিলান গম্বুজ মেলা। গাছপালাও অনেক। বাগানের দেওয়াল ঘেঁষে সারি-সারি শ'দেড়েক নারকোল গাছই আছে। এত দূর থেকে বাড়ির মধ্যে কী ঘটছে তা দেখাই যায় না।

ষষ্ঠী দূর থেকেই খুব উঁকিঝুঁকি মারতে লাগল। তবে এর চেয়ে কাছে এগোতে সে ভরসা পেল না। কেন যে সে রতন বাঁড়ুজ্যেকে এত ভয় পায় তা সে নিজেও জানে না। রতন বাঁড়ুজ্যে ষণ্ডাগুণ্ডা নয়, বরং তাঁকে ধার্মিক ও সজ্জন বলেই সবাই জানে। বয়সও, যথেষ্ট কিছু না হোক, সত্তর তো হবেই। তবু রতন বাঁড়ুজ্যেকে ভয় খায় না বা সমঝে চলে না বা তাঁর চোখে-চোখে তাকায়, এমন লোক এ তল্লাটে নেই। গুণ্ডা বদমাশ চোর ডাকাত কেউই তাঁকে ঘাঁটাতে সাহস পায় না।

আসল কথা হল রতন বাঁড়ুজ্যের চোখ। অমন রক্ত-জল-করা ঠান্ডা চোখ ষষ্ঠী জন্মে দেখেনি। চোখের নজর যেন শরীর ফুটো করে ভিতর অবধি দেখতে পায়। তার ওপর রতন বাঁড়ুজ্যে খুবই কম কথার মানুষ। মুখখানা সবসময়েই কেমন যেন গেরামভারি গোছের। ভাল মন্দ যাই হোক, লোকটাকে অগ্রাহ্যি করার উপায় নেই কারও।

নাঃ, উঁকিঝুঁকি মেরে কোনও লাভ হল না। ফটক আর সদর-দরজার মুখটা গাছপালায় ঢাকা। ষষ্ঠী সুতরাং একটা হাই তুলে রণে ভঙ্গ দিল। আমবাগানটা এবার এক মাড়োয়ারি ইজারা নিয়েছে। আসল বেনারসি ল্যাংড়া পাকতে এখনও দেরি আছে। রাবণের মতো চেহারার দু-দুটো চৌকিদার খাটিয়া পেতে বসে বাগান চৌকি দিচ্ছে। ষষ্ঠী তাদের সঙ্গে ভাব জমাতে কয়েকবার চেষ্টা করে দেখেছে, মোটে পাত্তা দেয় না।

আমবাগানে বেড়া আছে। ঢোকা বারণ। তবে সব বারণ শুনে চলতে গেলে ষষ্ঠীকে কবে পটল তুলতে হত। তাই তারের বেড়াটা ডিঙিয়ে আমবাগানে ঢুকে ষষ্ঠী একবার চৌকিদারদের দিকে তাকাল। একজন খাটিয়ায় শুয়ে নাক ডাকিয়ে ঘুমোচ্ছে। অন্যটা বসে খইনি ডলছে। ষষ্ঠী টুক করে গোটা দুই আম পেড়ে নিল হাত বাড়িয়ে। কলমের গাছ, হাতের নাগালেই ফল। পেড়েই মাথা নিচু করে একটু চোটে হেঁটে বাগানের চৌহদ্দি ডিঙিয়ে রাস্তায় পড়ল। যা পাওয়া যায় তা-ই লাভ। দুনিয়ায় কোনওটাই তো ফেলনা নয়।

গাড়িবারান্দার তলায় বসে ষষ্ঠী ভাবতে লাগল, ছোঁড়াটা বিকেলে এলে হয়।

দুই

সকালবেলাটায় হাবুল থাকে তার দাদুর কবজায়। দাদু ওঠেন রাত তিনটেয়। জপতপ সারতে চারটে বেজে যায়। শীত গ্রীষ্ম বলে কথা নেই, দেওয়াল-ঘড়িতে কাঁটায়-কাঁটায় সাড়ে চারটে বাজবার টং শব্দ হতে না হতেই দাদুর হাঁক শোনা যায়, "হাবুল!"

দাদুর গলার জোর প্রায় কিংবদন্তী। এই গলায় মরা মানুষের নাম ধরে হাঁক মারলে মড়াও উঠে বসবে। অন্তত দাদুর বন্ধু অনাথ সান্যাল, কুমুদ বোস, মহিম বিশ্বাস বা যতীন সামন্তর মতো লোক তাই বলেন। শোনা যায়, দাদুর যখন দশ-বারো বছর বয়স, তখন একবার বাড়িতে ডাকাত পড়েছিল। দাদু উত্তেজিত হয়ে "ধর ব্যাটাদের, মার ব্যাটাদের" বলে এমন চেঁচিয়েছিলেন যে, ডাকাতরা ভয় পেয়ে পালিয়ে যায়।

যাই হোক, সেই গলার একটি হাঁকেই হাবুলের গাঢ় ঘুম আঁতকে উঠে পালায়। ডাক্তাররা বলে, মানুষের আট ঘণ্টা ঘুম দরকার। দাদু বলেন, "দূর, চার ঘণ্টা ঘুম পাড়লেই বহুত। বেশি ঘুমোলে জীবনটাকে দেখবি কখন। ঘুম বেশি করতে নেই। দুনিয়ায় কত কী দেখার আছে, বোঝার আছে, শোনার আছে, ভাবার আছে।"

কিছুদিন আগে হাবুলের পইতে হয়েছে। এখনও মাথা কদমফুল। সকালে উঠে তাকেও আহ্নিক করতে হয়। তারপর থানকুনি পাতা আর জল খেয়ে নিয়ে শুরু হয় দৌড়ঝাঁপ আর ব্যায়াম।

এইভাবে ঘণ্টা দুয়েক ধরে দাদু তাকে তৈরি করে ছেড়ে দেন। কিন্তু তারপরও সারাদিন ধরে দাদুর একটা প্রচ্ছন্ন প্রভাব তার ওপর কাজ করতে থাকে।

স্কুলে গ্রীষ্মের বন্ধ শুরু হয়েছে। ঝাঁঝাঁ দুপুরে নিজের ঘরে বসে হাবুল হোমটাস্ক করছিল। এমন সময় তাদের ডবারম্যান কুকুরটা ঘাউ-ঘাউ করে ডেকে উঠল। হয়তো ভিখিরি বা পুরনো কাগজওয়ালা এসেছে। একটা শক্ত অঙ্ক মেলাতে গলদঘর্ম হচ্ছিল হাবুল, তাই কুকুরের ডাক গ্রাহ্য করল না।

বুড়ো দরোয়ান রামরিখ কানে ভাল শুনতে পায় না, চোখেও দেখে না। তার ওপর দিনরাত হয় ঘুমোয়, না হলে বসে বসে ঢোলে। বাড়িতে কাজের লোক অবশ্য দু-চারজন আছে। তার মধ্যে পাঁচু হল প্রধান। বয়স জিজ্ঞেস করলে বলে, "দেড়শো দুশো বছর তো হবেই।" কালো, লম্বা, পাকানো চেহারা, মাথাভর্তি সাদা চুল আর একজোড়া মিলিটারি কায়দার মোটা সাদা গোঁফ সমেত পাঁচুর বয়সের আন্দাজ পাওয়া সত্যিই শক্ত। সে আবার দাদু ছাড়া বাড়ির আর কাউকে বিশেষ গ্রাহ্য করে না। বরং উলটে তাকেই সবাই খাতির করে। কবে যে সে এ বাড়ির কাজে ঢুকেছিল তা কেউ জানে না। হাবুলের বাবা কাকা সকলেই তাকে জ্ঞান হওয়া অবধি দেখে আসছে।

আর আছে বেণু নামে ছোকরা একটা চাকর। বেশ চালাক-চতুর আর চটপটে। তবে খুব ফাঁকিবাজ, সুখনের মা হল এ বাড়ির বুড়ি-ঝি। সে এসেছিল হাবুলের মায়ের বাপের বাড়ি থেকে। খুব ডাকসাইটে মহিলা, ঝি বলে মনেই হয় না। তবে সে খুব কাজের লোক। তাকে হুকুম দিয়ে কাজ করানো যায় না, কিন্তু নিজে থেকে সে যখনকার যা কাজ তা নিখুঁতভাবে করে।

বাড়িতে এতগুলো কাজের লোক থাকলেও হাবুলকে নিজের সব কাজ নিজেকেই করে নিতে হয়। দাদুর সেইরকমই আদেশ আছে। সে নিজের জামাকাপড় নিজে কাচে, নিজের জুতো নিজেই বুরুশ করে, নিজের ঘরখানাও তাকেই ঝাড়পোঁছ করতে হয়, নিজের এঁটো থালাও মাজতে হয়। দাদু বলেন, "দেখ হাবুল, এ দেশটা গরিব বলে আমরা কাজের লোক রাখতে পারি। কিন্তু দেশটা যদি উন্নত হত, তা হলে কম পয়সায় কাজের লোক রাখা সম্ভব হত না। সব কাজ নিজেকেই করতে হত। একদিন যখন দেশটার ভোল পালটাবে, তখন তো কাজের লোকের অভাবে তোরা অথই জলে পড়বি। তার চেয়ে অভ্যাস রাখা ভাল। আর নিজের কাজ নিজে করলে আত্মবিশ্বাস বেড়ে যায়।"

গরমের দুপুরে হাবুলের এখন খুব জলতেষ্টা পেয়েছে। কুঁজোর জল একটু আগেই শেষ হয়ে গেছে। বাগানের এক কোণে একটা টিউবওয়েল আছে, তার জল ভারী মিষ্টি আর ঠান্ডা। অঙ্কটা মেলানোর পর জল আনতে যাবে বলে ভেবেছিল হাবুল। কিন্তু কুকুরটা একনাগাড়ে ডেকে যাচ্ছে আর ঘনঘন শিকলের শব্দ করছে। কে এল একবার দেখা দরকার। তাই হাবুল উঠল।

কিন্তু উঠতে মনে পড়ল দাদু বলে দিয়েছেন, "হাতের কাজ শেষ না-করে কিছুতেই অন্য কাজে যাবে না। শত কষ্ট হলেও না।"

হাবুল ফের বসে পড়ল। অঙ্কটা কেটে দিয়ে আবার নতুন সাদা পাতায় শুরু করল। এবার দু'মিনিটেই মিলে গেল অঙ্কটা।

কুঁজো নিয়ে হাবুল বেরিয়ে এল। বাইরে ঝাঁঝাঁ রোদ। আকাশে এতটুকু মেঘ নেই। হাওয়া বইছে না। চারদিক থমথম করছে। বারান্দায় শিকলে বাঁধা কুকুরটা প্রচণ্ড লাফালাফি করছে। হাবুলকে দেখে কুকুরটা উৎসাহ পেয়ে আরও চেঁচাতে লাগল। হাবুল একটা ধমক দিতেই কুকুরটা চুপ করে বসে জিব বের করে হ্যাহ্যা হাঁফাতে থাকে।

ফটকের বাইরে একজন লোক দাঁড়িয়ে আছে। বেশ মলিন পোশাক, ক্লান্ত চেহারা। কুঁজোটা বারান্দায় রেখে হাবুল এগিয়ে গেল।

"কাকে চাইছেন?"

ছেলেটা অবাক হয়ে বাড়িটা দেখছিল। কিছুক্ষণ জবাব দিল না। তারপর একটা ময়লা রুমালে মুখ মুছে বলল, "রতন বাঁড়ুজ্যের বাড়ি কি এইটে?"

"হ্যাঁ। আমার দাদু।"

"আমি তাঁর সঙ্গে দেখা করতে চাই।"

দাদু দুপুরে ঘুমোন না বটে, কিন্তু নিজের ঘরে বসে বিশ্রাম করেন। এ সময়টা অনেক পুঁথিপত্র ঘাঁটাঘাঁটি করা তাঁর অভ্যাস। দুপুরে তাঁকে ডাকাডাকি করা বারণ।

হাবুল বলল, "দাদুর সঙ্গে এখন তো দেখা হবে না। বিকেল চারটের পর তিনি ঘর থেকে বেরোবেন।"

ছেলেটা হাবুলের দিকে করুণ চোখে চেয়ে বলল, "আমি অনেক দূর থেকে আসছি। খুব ক্লান্ত। আমাকে একটু বসতে দেবে কোথাও? ওই বারান্দায় বসলে কোনও অসুবিধে আছে?"

হাবুল বলল, "হ্যাঁ, বারান্দায় কেন, বাইরের ঘরেও বসতে পারেন। কোনও অসুবিধে নেই। আসুন।"

ছেলেটা ফটক খুলে ভিতরে এল। তারপর হাবুলের পিছু-পিছু এসে বারান্দায় উঠে চারদিকটা চেয়ে দেখতে লাগল। কুকুরটা রাগে ঘড়ড় ঘড়ড় শব্দ করছে, কিন্তু হাবুলের ভয়ে চেঁচাচ্ছে না।

লোকটা ঘরে ঢুকল না। পিঠের ব্যাগটা নামিয়ে রেখে বারান্দার একটা কাঠের চেয়ারে বসে ক্লান্তির দীর্ঘশ্বাস ছাড়ল।

হাবুল কুঁজো নিয়ে বাগানের টিউবওয়েল থেকে জল আনতে গেল। মিনিট দশেক বাদে ফিরে এসে সে দৃশ্য দেখে অবাক। ছেলেটা তাদের কুকুরটার কাছে গিয়ে উবু হয়ে বসেছে, আর গলায় হাত বুলিয়ে দিচ্ছে। তাদের কুকুর টমি নির্লজ্জ বেহায়ার মতো চিৎপাত হয়ে শুয়ে চার ঠ্যাং ঝুলো করে আদর খাচ্ছে।

ডবারম্যান এমনিতেই খুনি কুকুর। দারুণ তেজ, ভয়ংকর সাহস। পাহারাদার কুকুর হিসেবে ডবারম্যান বিপজ্জনকও বটে। তাই টমি এত সহজে এরকম আনকোরা এক আগন্তুকের বশ মেনেছে দেখে হাবুল প্রথমটায় নিজের চোখকে বিশ্বাস করতে পারছিল না।

ছেলেটা হাবুলের দিকে চেয়ে মৃদু হেসে বলল, "আমাদের বাড়িতে অনেক কুকুর ছিল। আমি কুকুরদের একটু একটু বশ করতে পারি।"

হাবুলের বিস্ময় তবু কাটেনি। সে বলল, "কিন্তু টমি আজ অবধি কোনও অচেনা লোককে সহ্য করেনি।"

ছেলেটা উদাস স্বরে বলল, "অধিকাংশ লোকই কুকুরকে অকারণে ভয় পায়।

কুকুরদের স্বভাব জানা থাকলে ভয়ের কিছু নেই। আমি তো গ্রামে-গঞ্জে কত কুকুরের পাল্লায় পড়েছি!"

"তাই নাকি?"

ছেলেটা উদাস মুখে বলল, "শুধু কুকুর? নেকড়ে বাঘ, সাপ, বুনো হাতি, খ্যাপা শেয়াল, ডাকাত, বাটপাড়, চোর, জীবজন্তুদের স্বভাব আমার জানা, তাই তাদের নিয়ে অসুবিধে হয় না। অসুবিধে পাজি মানুষকে নিয়ে।"

গল্পের গন্ধ পেয়ে হাবুল কুঁজোটা রেখে একটা কাঠের চেয়ারে ধপ করে বসে পড়ে বলল, "সত্যি? বলুন তো আপনার অভিজ্ঞতার কথা, একটু শুনি।"

"শুনবে? আচ্ছা বলব'খন। তোমাদের বাগানে ওই যে জামগাছটায় অনেক জাম ফলে আছে, আমি কয়েকটা পেড়ে খাব?"

হাবুল তাড়াতাড়ি উঠে বলে, "হ্যাঁ হ্যাঁ, নিশ্চয়ই। দাঁড়ান, আমি লগি দিয়ে পেড়ে দিচ্ছি।"

ছেলেটা মাথা নেড়ে বলল, "লগি দিয়ে পাড়লে পাকা জাম থেঁতলে যায়। দরকার নেই, আমি চমৎকার গাছ বাইতে পারি। এইভাবেই তো আমাকে বেঁচে থাকতে হয়।"

এই বলে ছেলেটা বানরের মতো তরতর করে উঁচু গাছটায় চোখের পলকে উঠে গেল। চার-পাঁচ মিনিট বাদেই প্রায় মগডাল থেকে এক থোকা পাকা জাম নিয়ে নেমে এল।

হাবুল নিজেও এত ভাল গাছ বাইতে পারে না। সুতরাং ছেলেটার ওপর তার বেশ শ্রদ্ধা হল।

ছেলেটা এসে পাশের চেয়ারে বসে একটা জাম মুখে ফেলে থোকাটা তার দিকে বাড়িয়ে দিয়ে বলল, "খাও।"

"আপনি খান। আমার জাম খেতে খেতে অরুচি।"

"বেশ জাম।" বলে ছেলেটা ক্ষুধার্তের মতো খেতে লাগল।

হাবুল হঠাৎ জিজ্ঞেস করল, 'আপনি আমার দাদুর কাছে কেন এসেছেন?'

ছেলেটা জাম খেয়ে বিচিগুলো বাঁ হাতের তেলোয় জমা করছিল। অর্থাৎ সহবত জানে। অন্য কেউ হলে বিচিটা মুখ থেকেই ফুঃ করে ছুড়ে দিত বারান্দার বাইরে। একসঙ্গে গোটা তিনেক বিচি মুখ থেকে বের করে ছেলেটা তার দিকে চেয়ে বলল, "কেন যে এসেছি, তা আমিই জানি না। তবে আমার দাদু মরার সময় আমাকে বলেছিলেন, বিপদে পড়লে রতন বাঁড়ুজ্যের কাছে যাস।"

কিছু মানুষ আছে, যাদের দেখলেই কেমন যেন ভাল লাগে, তাদের কাছে দুদণ্ড বসে থাকতে ইচ্ছে হয়। হাবুলের কাছে তেমন মানুষ একজন হল দাদু। আর একজন

ছিলেন স্কুলের ইতিহাসের স্যার পরিতোষবাবু। গত বছর পরিতোষবাবু মারা যান ডাকাতের গুলিতে। পাশের বাড়িতে ডাকাত পড়েছিল, পরিতোষবাবু গিয়েছিলেন তাদের বাঁচাতে। তৃতীয় আর একজন হল এই ছেলেটি। একে দেখেই হাবুলের বেশ ভাল লাগছে। চেহারাখানা যেমন ভাল, ব্যবহারটি তেমনি মিষ্টি।

হাবুল বলল, "দাদু ছাড়া আপনার আর কে আছে?"

"দাদু নেই, কেউ নেই। আমি একদম একা।"

কথাটা এমন উদাস নিস্পৃহ গলায় বলল যে, হাবুলের বুকের মধ্যে কষ্ট হল একটু। সে বলল, "আপনি বসুন, আমি বরং দাদুকে ডেকে আনি।"

ছেলেটা মাথা নেড়ে বলল, "তাড়া নেই। আমি বসছি। উনি বিশ্রাম করছেন করুন।"

"আচ্ছা।" বলে হাবুল ঘরে চলে এল। কিন্তু আর লেখাপড়ায় তেমন মন বসল না।

তিন

ঠিক চারটের সময় দাদুর ঘরের দরজা খুট করে খুলে যেতেই হাবুল গিয়ে হাজির। "দাদু, তোমার সঙ্গে একজন দেখা করতে এসেছে।"

"কে? কী নাম?"

"জিজ্ঞেস করিনি। একটা ছেলে।"

দাদু একটু ভ্রূ কুঁচকে বললেন, "অচেনা কেউ এলে আগে তার নাম-পরিচয় জেনে নিবি তো? বসিয়েছিস?"

"হ্যাঁ। বারান্দায়।"

"এই রোদ্দুরে বারান্দায়?"

"এল না যে ভিতরে।"

দাদু আর বাক্যব্যয় না-করে খড়মের শব্দ তুলে বারান্দায় এলেন। মুখখানা গম্ভীর, একটু অপ্রসন্ন।

ছেলেটা চেয়ারে বসে ঢুলছিল। দেখেই বোঝা যায়, ভীষণ ক্লান্ত। দাদু কিছুক্ষণ নীরবে ছেলেটিকে লক্ষ করলেন। তারপর একটা দীর্ঘশ্বাস ছেড়ে বললেন, "মনে হচ্ছে রামদুলালের নাতি।"

হাবুল বলল, "রামদুলাল কে দাদু?"

দাদুর মুখচোখ হঠাৎ খুব ফ্যাকাসে দেখাচ্ছিল। চোখের দৃষ্টি যেন বহু দূরে চলে

গেছে। কিছুক্ষণ চুপ করে বারান্দায় দাঁড়িয়ে ছেলেটির দিকে চেয়ে রইলেন। তারপর দূরের দিকে।

হাবুল আর কিছু জিজ্ঞেস করতে ভরসা পেল না।

দাদু পিছু ফিরে ঘরের দিকে রওনা দিতে দিতে তাকে বললেন, "ও ঘুমোচ্ছে, ঘুমোক। অনেকটা রাস্তা আসতে হয়েছে। জাগলে পরে আমার ঘরে নিয়ে আসিস। তোর মাকে বল ভাল করে জলখাবার বানাতে। আর বেণুকে ডেকে উত্তরের ঘরখানা সাফ করে রাখতে বলে দে। ভাল করে যেন বিছানা পেতে রাখে।"

হাবুল মাথা নেড়ে বলল, "আচ্ছা।"

দাদু ধীর পায়ে, অনেকটা যেন নিজের শরীরের ভার টানতে টানতে, ঘরে ফিরে গেলেন।

দাদুকে এত অন্যমনস্ক আর বিষণ্ণ হতে আর কখনও দেখেনি হাবুল। তার চেয়েও বড় কথা, দাদুর চোখে একটু ভয়ের আভাসও দেখতে পেয়েছে সে। রতন বাঁড়ুজ্যে সম্পর্কে যে যাই বলুক, এটা সবাই জানে, এরকম ডাকাবুকো লোক এ তল্লাটে আর নেই। সেই দাদুর চোখে একটা চাপা আতঙ্কের ছাপ দেখে হাবুল খুব অবাক হল। একটা অচেনা ছেলে— রামদুলাল না কার নাতি— তাকে দেখে এতটা ঘাবড়ে যাওয়ার কী আছে?

হাবুল গিয়ে মাকে জলখাবারের কথা আর বেণুকে ঘর সাজানোর কথা বলে বারান্দায় ফিরে এল। এসে দেখে, ছেলেটা সোজা হয়ে বসে জামগাছে বসে থাকা একটা ঘুঘুপাখির দিকে চেয়ে আছে।

হাবুল বলল, "শুনছেন? দাদু আপনার জন্যে বসে আছেন।"

ছেলেটা কথাটা কানে তুলল না। হাবুলের দিকে চেয়ে বলল, "তুমি কখনও ঘুঘুপাখির মাংস খেয়েছ?"

"না। কেন?"

ছেলেটা মাথা নেড়ে বলল, "না, এমনি জিজ্ঞেস করলাম। গত কয়েক মাসে আমাকে অনেক রকম খাবার খেয়ে বেঁচে থাকতে হয়েছে। পুরুলিয়ার জঙ্গলে একবার একটা ঘুঘুকে পুড়িয়ে খেতে হয়েছিল। জীবজন্তু পাখি এসব মারতে আমার ভীষণ কষ্ট হয়। কিন্তু সেই ঘুঘুটাকে না-মারলে আমি খিদের জ্বালায় বোধহয় মরেই যেতাম।"

এই বলে রামদুলালের নাতি একটা দীর্ঘশ্বাস ফেলল। তারপর হাবুলের দিকে একটু রহস্যময় চোখে তাকিয়ে মৃদু হেসে বলল, "আমাকে দেখে তোমার দাদু বোধহয় খুশি হননি, না?"

হাবুল অবাক হয়ে বলে, "দাদু যে আপনাকে দেখেছেন তা জানলেন কী করে? আপনি তো বসে ঢুলছিলেন?"

"আমি কখনও পুরোপুরি ঘুমোই না। ঘুমোলেই বিপদ। তাই সবসময়ে আমার ভিতরে একজন জেগে থাকে। পাহারা দেয়।"

বলে ছেলেটা উঠে দাঁড়াল।

হাবুল তাকে দাদুর ঘর অবধি পৌঁছে দিল। দাদু ইজিচেয়ারে বসে ছিলেন। উঠে এসে ছেলেটাকে হাতে ধরে ঘরে গিয়ে কপাট বন্ধ করে দেওয়ার আগে হাবুলকে বললেন, "আধঘণ্টা যেন কেউ আমাদের বিরক্ত না করে।"

হাবুল শুনেছে তার দাদু রতন বন্দ্যোপাধ্যায় একসময়ে খুবই গরিব ছিলেন। তাঁর বাবা ছিলেন পুরোহিত। তিনিও ওই বৃত্তিতেই দিন গুজরান করতেন কোনও রকমে। একবার গাঁয়ে খুব আকাল দেখা দিল। খরায় সেবার গাছপালা মরে গেল, মাটি শুকিয়ে হয়ে গেল ঝুরঝুরে। কুয়ো শুকোল, পুকুর শুকোল, এক ফোঁটা খাওয়ার জল পর্যন্ত জোটে না। রতন বাঁড়ুজ্যে তখন সপরিবারে বেরিয়ে পড়লেন হারা-উদ্দেশে। গিয়ে ঠেকলেন সাঁওতাল পরগনায়। শোনা যায় সেখানে ভাগ্যক্রমে তিনি এক ধনী লোকের আশ্রয় লাভ করেন। আর তারপরেই তাঁর কপাল ফিরে যায়।

কিন্তু দাদুর এই ভাগ্য পরিবর্তন সম্পর্কেও অনেক কুলোকে কুকথা বলে। কেউ বলে, দাদু নাকি লোকটাকে খুন করে সম্পত্তি হাতিয়ে নেন। কেউ বলে, উনি চুরি করে পালান।

সত্যিকারের কী ঘটেছিল, তা কেউ জানে না। একমাত্র পাঁচুদা হয়তো বা কিছু জানতে পারে। কিন্তু তার মুখ থেকে কোনওদিনই কিছু বেরোবে না।

হাবুল লক্ষ করল, রান্নাঘরে সুখনের মা ময়দা ঠাসছে।

বেণু উনুনে গুঁড়ো কয়লার ঢিমে আঁচ চেতিয়ে তুলছে ভাঙা লটপটে একটা হাতপাখার বাতাসে। বেণুর সঙ্গে সুখনের মায়ের একটুও বনে না। দুজনে এক জায়গায় হলেই ঝগড়া লাগে। আজও হচ্ছিল।

সুখনের মা বলছিল, "এই যে নবাবনন্দন, সবকিছু খুব সিধে দেখেছ না? চৌপর দিন তো গুলতি নিয়ে কাক-বক শিকার করে বেড়াও আর বাগানের জাম জামরুল আম আতা পেড়ে পেড়ে পেটে পোরো, সব জানি, বলি, তোমাকে কি শুধু টেরি বাগানোর জন্য রাখা হয়েছে?"

বেণু বেজায় ধোঁয়া তুলে লকলকে আগুনের শিখা বের করে ফেলতে ফেলতে বলল, "মাসি, তোমার মতো কি আর আমাদের কপাল? তোমার কপালের নাম হল সাক্ষাৎ গোপাল, বাপের বাড়ির ঝি, তার পান্তাভাতে ঘি। সুখে থেকে-থেকে

তেল-চুকচুকে চেহারাখান হয়েছে বটে, কিন্তু মাসি, আমার ওপর তোমার অত নেকনজর কেন? বেশি কটর কটর করবে তো ফের সেদিনের মতো বালিশের তলায় জ্যান্ত ব্যাঙ চাপা দিয়ে রেখে আসব।"

হাবুল রান্নাঘরের দিক থেকে সরে এল।

উত্তরের ঘরখানা বেশ ভাল, তবে এ ঘরে কেউ থাকে না। দাদুর একখানা পুরনো ভারী সিন্দুক আছে, একটা বিলিতি লোহার ভারী ও প্রকাণ্ড আলমারি, আর অনেক কাগজপত্রের ডাঁই, কিন্তু ঘরখানার জানালা-দরজা খুলে দিলে ভারী আলো-ঝকমকে আর হাওয়ায় ভরা হয়ে যায়। একধারে বাগানের দোলনচাঁপা গাছগুলো থাকায় বর্ষাকালে চমৎকার গন্ধ আসবে।

হাবুল দেখল, উত্তরের ঘরে পুরনো আমলের খাটখানার ধুলো ঝেড়ে তাতে পরিপাটি বিছানা করছে পাঁচুদা।

হাবুল ঘরে ঢুকে জিজ্ঞেস করল, "ছেলেটা কে গো পাঁচুদা?"

পাঁচু মুখটা একটু বিকৃত করে বলল, "কে জানে দাদা? কখনও দেখিনি।"

হাবুল বলল, "দাদুও দেখেনি, কিন্তু দাদু ওকে চেনে।"

"তোমার দাদু মেলা লোককে চেনে। আর চিনেই হয়েছে ফ্যাসাদ। বেশি চেনা ভাল নয়।"

"ছেলেটা বোধহয় কোনও ভি আই পি হবে, তাই না? যা খাতির যত্ন করা হচ্ছে..."

পাঁচু বিছানার চাদরটা নিখুঁত করে পেতে ভাল করে গুঁজে দিতে দিতে বলল, "পাঁটাকেও বলি দেওয়ার আগে খুব করে খাওয়ানো হয়, গলায় ঘি মালিশ করা হয়, মালা পরানো হয়। তাতে কী হল?"

হাবুল তুলনাটার অর্থ না-বুঝে বলল, "তার মানে? ছেলেটাকে কি বলির পাঁটা বলে মনে হচ্ছে?"

বেজার মুখ করে পাঁচু বলে, "তা বলিনি, বরং উলটোটাই। দেখে শুনে তো মনে হচ্ছে বলির পাঁটা আমরাই, উনি দুদিনের জন্য উড়ে এসে জুড়ে বসলেন।"

এ রকম ব্যাখ্যায় হাবুল খুশি না হয়ে বলল, "তুমি তা হলে ছেলেটাকে চেনো!"

"না দাদা, কস্মিনকালেও চিনতাম না।"

"তবে কী করে বুঝলে যে, উড়ে এসে বসেছে? ছেলেটাকে দেখে দাদু অবধি কী রকম ঘাবড়ে গিয়েছিল জানো?"

একথায় কে জানে কেন পাঁচু হঠাৎ রেগে উঠল। দুখানা চোখ ঝলসে উঠল হঠাৎ। হাবুলের দিকে চেয়ে ঝাঁঝের গলায় বলল, "কাজের সময় অত বগবগ করবে না তো! যাও, নিজের কাজে যাও।"

হাবুল যে পাঁচুকে ভয় পায় এমন নয়। আসলে দাদু তাকে কোনও কিছুতে ভয় না-পেতেই শিখিয়েছেন। হাবুলের ভূতের ভয় নেই, অন্ধকারকে ভয় নেই, চোর ডাকাত পাগল কাউকে ভয় নেই। রাগী লোকদের সে খামোখা চটায় না বটে, তা বলে ভয়ও পায় না।

ছেলেটা সম্পর্কে কোনও খবরই যে সহজে পাওয়া যাবে না এটা আঁচ করে নিল হাবুল।

বিকেল হয়ে এসেছে বলে সে আর দেরি না করে ফুটবল খেলার বুটজোড়া আর শর্টস ও গেঞ্জির কিটব্যাগটা নিয়ে মাঠে রওনা হল।

তাদের ফটক থেকে বেরিয়ে ডানহাতে কিছুটা গেলেই প্রকাণ্ড খেলার মাঠ। এখনও সবাই আসেনি, দু-চারজন বল-পেটাপেটি করছে। হাবুল পোশাক আর বুট পরে মাঠে নেমে গেল।

চার

বিকেলের আলো মরে এলে আমবাগানের ঈশেন কোণে গুটিগুটি ষষ্ঠী এসে দাঁড়িয়ে চোরা চোখে ইতিউতি চাইতে লাগল। বুকটা একটু ঢিবঢিব করছে। আংটির পাথরটা যদি হিরেই হয়, তা হলে ষষ্ঠীকে আর ইহজন্মে ছ্যাঁচড়ামি করে বেঁচে থাকতে হবে না। হিরে হলে কালী স্যাকরার কাছ থেকে মোটা টাকা আদায় করে সে একটা বন্দুক কিনে ফেলবে, তারপর স্যাঙাত জুটিয়ে তৈরি করবে একটা ডাকাতের দল। ছোটখাটো কাজ আর নয়।

একটা গাছের গুঁড়ির আড়ালে গা ঢাকা দিয়ে ষষ্ঠী মশা তাড়াতে তাড়াতে ডাকাত হওয়ার কথা ভাবছিল, ভাবতেই কেমন যেন একটা শিহরন জাগে শরীরে। এই অঞ্চলেই এক সময় বুক ফুলিয়ে ডাকাতি করে বেড়াত পানু মণ্ডল। যেমন বিশাল চেহারা, তেমনি তার দাপট। এখন বুড়ো বয়সে আর নিজে কিছু করে না, কিন্তু হাঁকডাকে এখনও বাঘে-গোরুতে এক ঘাটে জল খায়। তারই শিষ্য চিতে দাস হচ্ছে এখন সর্দার। তার দাপটও কিছু কম নয়, তবে লোকটা মিটমিটে ডান, হাঁকডাক করে না, কিন্তু দারুণ বুদ্ধি রাখে। বুদ্ধি ষষ্ঠীরও কিছু কম নেই, তবে কিনা হাভাতেকে আর কে পোঁছে? একবার চিতে দাসের দলে ঢুকতে গিয়েছিল, ঘাড়ধাক্কা দিয়ে বারদুয়ার থেকেই বিদেয় করে দিয়েছে।

হিরেটা যদি খাঁটি হয়, তা হলে ষষ্ঠী বন্দুক কিনে ফেলছেই। তারপর দুমদাম

দু-দশটা করে লাশ পড়তে থাকবে তার হাতে। হাজার-হাজার লাখ-লাখ টাকা লুটেপুটে নিয়ে আসবে চারদিক থেকে। গণেশ কাংকারিয়ার গদি সাফ করবে, বৈজু লালোয়ানির বাড়ির ঠাকুরঘর থেকে লুকোনো সোনা বের করবে, যতীন সামন্তর বন্ধকি কারবারে জমা হওয়া জিনিসপত্র সোনারুপো গোরুর গাড়িতে চাপিয়ে তুলে নিয়ে আসবে। শহরের দুটো ব্যাংকে ডাকাতি করলে মোটা টাকাই এসে যাবে হাতে। কয়েক লাখ টাকা হলে ষষ্ঠী তখন জুতো মশমশিয়ে নতুন লুঙ্গি পরে বিড়ি ফুঁকতে ফুঁকতে বাজার থেকে রোজ ইলিশ মাছ আর কাটোয়ার ডাঁটা কিনে আনবে। ও দুটো খেতে সে খুব ভালবাসে। আর তেলেভাজা দিয়ে মুড়ি, রোজ খাবে। ভাবতে ভাবতে জিবে জল এসে গেল তার। উত্তেজনায় গাছের গুঁড়িতে একটা কিলও দিয়ে বসল।

কিন্তু ছেলেটা যে আসছে না। আসবে তো?

রতন বাঁড়ুজ্যে লোক বড় সুবিধের নয়। ছেলেটা যদি তার কাছে ষষ্ঠীর কথা সাতকাহন করে বলে থাকে, তবে তাকে চিনতে বুড়োর একলহমাও লাগবে না। তখন হয়তো ছেলেটাকে আসতে না-দিয়ে নিজেই লাঠি বাগিয়ে এসে হাজির হবে।

ষষ্ঠী ভয়ে-ভয়ে চারদিকটা দেখে নিয়ে একটা ঝোপের আড়ালে আরও সরে দাঁড়াল।

অন্ধকারটা ক্রমে ক্রমে বেশ জমাট বেঁধে এল। মিটিমিটি জোনাকি জ্বলতে লেগেছে। আকাশে তারার পিদিম ফুটছে একটি-দুটি করে। ঘরে শাঁখ বাজতে লেগেছে।

ঠিক এরকম সময়টায় হঠাৎ কে যেন পিছন থেকে ষষ্ঠীর কাঁধে হাত রাখল।

ষষ্ঠী হঠাৎ চমকে উঠেই অভ্যাসবশে বলে ফেলল, "আমি না। সত্যি বলছি, আমি কিছু করিনি।"

কেউ ষষ্ঠীকে ধরলেই এই কথা বলা ষষ্ঠীর স্বভাব।

ছেলেটা মৃদু একটু হাসির শব্দ করে বলল, "কী করেননি কানাইবাবু?"

ষষ্ঠী লজ্জা পেয়ে জিব কেটে বলে, "কত পাজি লোক ঘুরে বেড়াচ্ছে চারদিকে। চোর গুণ্ডা পকেটমারের অভাব নেই। আমি কারও সাতে-পাঁচে থাকি না তো, তাই কেউ ধরলেই আগে সাফাইটা গেয়ে রাখি। এই তো সেদিন ভুষনো-চোর পণ্ডিতবাড়ির খুকিটার নাকের নথ চুরি করল, আর মেধো পণ্ডিতের ছেলে রেমো এসে আমার ওপর কী চোটপাট! কলিকালটা খুব জেঁকে পড়েছে মশাই।"

"তা বটে। এবার তা হলে চলুন, আংটিটার একটা ব্যবস্থা করা যাক।"

ষষ্ঠীর বুকটা খুব ঢিবঢিব করতে লেগেছে। যদি হিরে হয়? ওঃ, যদি হিরেই হয়? তা হলে আর তাকে পায় কে!

কালী স্যাকরার দোকান বাজারের মধ্যিখানে হলেও বেশ নিরিবিলি। খদ্দের বিশেষ আসে না। কালী স্যাকরার খদ্দেররা আসে নিশুত রাতে। চোরাই সোনা কেনাবেচা করে বলে তার দুর্নাম আছে। সুতরাং ভদ্রলোক খদ্দের তার নেই। তার চেহারাটা বেশ গোলগাল, ব্যবহার ভারী অমায়িক।

আংটি ঘুরিয়ে ফিরিয়ে অনেকক্ষণ দেখল কালী। কষ্টিপাথরে ঘষল। এক চোখে একটা ঠুলি পরে নিয়ে পাথরটা পরখ করল। তারপর একটা দীর্ঘশ্বাস ফেলে বলল, "পাথরটা আজ্ঞে পোখরাজই বটে। শ' দুই টাকা দাম হবে এই বাজারে। আর সোনায় বলতে নেই মেলা পান। বাদসাদ দিলে সব মিলিয়ে মেরে-কেটে শ'চারেক টাকা দাম হয়। তা আপনি বিপদে পড়ে এসেছেন বলে ষষ্ঠী বলছিল, আমি না হয় থোক সাড়ে চারশোই দিচ্ছি। আমার পঞ্চাশ টাকাও লাভ থাকবে কি না সন্দেহ।"

ছেলেটা আংটিটা কিছুক্ষণ মুঠোয় চেপে চোখ বুজে বসে রইল। বংশগত জিনিস হাতছাড়া করতে মনে কষ্ট হচ্ছে বলে ভাবল ষষ্ঠী। মুখে কিছু বলল না।

খানিকক্ষণ পর চোখ খুলে একটা দীর্ঘশ্বাস ফেলে ছেলেটা আংটি কালী স্যাকরার হাতে দিয়ে বলল, "তাই দিন তা হলে। আমার বড় বিপদ।"

কালী স্যাকরা খুব সহানুভূতির সঙ্গে বলল, "তা আর বলতে। দাম যাই হোক, পুরনো জিনিসের মায়াই কি কম? বিপদে না-পড়লে কেউ কি হাতছাড়া করে?"

কালী আংটিটা লোহার সিন্দুকে রেখে সাড়ে চারশো টাকা গুনে গুনে ছেলেটার হাতে তুলে দিল।

জুলজুলে চোখে ষষ্ঠী পুরো ব্যাপারটা দেখল। বুকটা খুব ঢিবঢিব করছে। কালী স্যাকরার চোখে আলোর ঝলকানি দেখেই সে বুঝে নিয়েছে, আংটিটা ফঙ্গবেনে জিনিস নয়।

ছেলেটা টাকা নিয়ে গায়েব হয়ে যাওয়ার পর ষষ্ঠী একটা বিড়ি ধরিয়ে কালী স্যাকরার দিকে চেয়ে চোখ একটু মটকে বলল, "কী? বলেছিলুম না খুব দাঁও পেয়েছি একটা?"

কালী মুখটা গম্ভীর করে বলল, "দ্যাখ ষষ্ঠী, পাঁচকান করলে কিন্তু বিপদ ঘটবে। তোর তো আবার পেটে কথা থাকে না।"

ষষ্ঠী খুব গিলগিল করে হাসল। তারপর চাপা গলায় বলল, "দোকানের ঝাঁপ বন্ধ করে আংটিটা আর-একবার বের করো তো, একটু দেখি।"

কালী স্যাকরা উঠে দোকানের দরজাটা সাবধানে বন্ধ করে খিল এঁটে দিল। তারপর লণ্ঠনের সলতেটা তেজাল করে সিন্দুক খুলে আংটিটা বের করে আনল।

"হা সর্বনাশ!"

ষষ্ঠী চমকে উঠে বলল, "হল কী?"

কালী স্যাকরা হাতের তেলোয় আংটিটার দিকে অবিশ্বাসের চোখে চেয়ে আছে, শ্বাস প্রায় বন্ধ, চোখ কপালে।

ষষ্ঠী ব্যস্ত হয়ে বলল, "বলি ও কালী, অমন পাথর হয়ে গেলে কেন?"

কালী বিবর্ণ মুখে ষষ্ঠীর দিকে চেয়ে বলল, "এ যে নিজের চোখকে বিশ্বেস হচ্ছে না রে। ওইটুকু ছেলের এমন হাতসাফাই?"

"করেছেটা কী?"

কালী নিস্তেজ গলায় বলল, "এ আংটি সে আংটি নয়।"

"তার মানে?"

"যেটা দেখিয়েছিল সেটায় ভরিটাক সোনা, আসল হিরে। আর এটা স্রেফ পেতল আর কাচ। তিন পয়সা দাম।"

"বলো কী?"

দুজনেই আহাম্মকের মতো হাঁ করে দুজনের দিকে চেয়ে রইল।

কিছুক্ষণ পরে সম্বিত ফিরে পেয়ে দাঁত কড়মড় করে ষষ্ঠী বলল, "আসল হিরেটার দাম কত বলো তো?"

কালী মাথায় হাত বোলাতে বোলাতে বলল, "কম করে ধরলেও লাখ টাকার কাছাকাছি। অত বড় হিরে আমি জন্মেও দেখিনি। আর জেল্লা কী!"

ষষ্ঠী নিজের ঊরুতে একটা চাপড় মেরে বলল, "বোকা বানিয়েছে! ঠিক আছে, আমিও দেখে নেব। ওই হিরে যদি বাগাতে না-পারি তো আমার নাম ষষ্ঠী নয়।"

কালী স্যাকরা করুণ চোখে ষষ্ঠীর দিকে চেয়ে বলল, "তোর মনে শেষে এই ছিল রে? নিজের ভাইয়ের মতো তোকে ভালবাসতাম। শেষে কিনা একটা জোচ্চোরকে জুটিয়ে এনে আমার সর্বনাশ করলি?"

ষষ্ঠী দাঁত কড়মড় করে বলল, "তোমার সঙ্গে বেইমানি করলে আমার ধর্মে সইবে কালীদা? কোঁন দেবতার নামে দিব্যি করতে হবে বলো, করছি। ছোঁড়াটার সঙ্গে আজই চেনা হল। কিন্তু ও যে এত বড় ধুরন্ধর, তা মুখ দেখে বুঝতে পারিনি। তবে এই বলে রাখলাম, যেমন করেই হোক ও আংটি আমি উদ্ধার করে আনবই।"

কালী স্যাকরা মাথায় হাত দিয়ে বসে বলল, "পারবি? ছোঁড়া যে এলেম দেখিয়ে গেল, তাতে কাজটা সহজ হবে বলে মনে হয় না। খুব সাবধান।"

কথাটা ষষ্ঠীও হাড়ে-হাড়ে জানে যে, ছোকরার কাছ থেকে আসল আংটি বের করে আনা যার-তার কর্ম নয়। কিন্তু রাগের মাথায় মানুষের কত কী মনে হয়, হেন করেঙ্গা, তেন করেঙ্গা।

কালী স্যাকরার দোকান থেকে বেরিয়ে এসে ষষ্ঠী গনগন করতে করতে খানিক দূর হাঁটল। এসপার-ওসপার একটা কিছু করতেই হবে আজ। কী করবে তাও সে খানিকটা আঁচ করে নিল। আজ রাতে সে রতন বাঁড়ুজ্যের বাড়ি হানা দেবে। একটা খুনে কুকুর আছে ও বাড়িতে। তা থাক। ষষ্ঠী বিষমাখানো মাংসের টুকরো নিয়ে যাবে। কুকুরকে নিকেশ করে ছোকরাটাকে ঘুমের ওষুধ স্প্রে করে ঘুম পাড়াবে। এই দুই কর্ম জানালার বাইরে থেকেই করে নেওয়া যাবে। কাজগুলো হয়ে গেলে ঘরে ঢোকা জলবৎ তরলং। তারপরেও যদি কেউ বাধা দেয় তো ষষ্ঠীর ছোরা আছে, বাঘনখ আছে, ব্লেড আছে। অবশ্য আজ অবধি খুন দূরে থাক, ষষ্ঠী কাউকে তেমন জখমও করেনি। কিন্তু আজ করেই ফেলবে একটা এসপার-ওসপার।

মেছোবাজারের কাছে কে যেন পিছন থেকে ডাকল, "ওরে ষষ্ঠী! কোথায় চললি অমন মেলট্রেনের মতো?"

ষষ্ঠী ফিরে দেখল, টিকে গুণ্ডা। দশাসই চেহারা। পরনে লুঙ্গি, গায়ে ফিনফিনে স্যান্ডো গেঞ্জি, ইয়া গোঁফ, বাবরি চুল, গলায় সোনার চেন-এ একখানা ধুকধুকি ঝুলছে। টিকে গুণ্ডা খুবই তালেবর লোক ছিল একসময়ে। বাজারে তার মাংসের দোকান। তবে এখন আর তত দাপট নেই। শোনা যায় যে, টিকে গুণ্ডা টাকা নিয়ে খুন-টুন করে।

তাকে দেখে ষষ্ঠীর মাথায় চড়াক করে বুদ্ধি খেলে গেল। ছোকরাটাকে জব্দ করতে হলে টিকে গুণ্ডার চেয়ে উপযুক্ত লোক আর কে আছে? ষষ্ঠী খুব কাঁচুমাচু মুখ করে বলল, "টিকেদা, খুব ঠেকায় পড়ে গেছি। একটু উদ্ধার করে দিতে পারবে?"

টিকে সন্দিহান চোখে চেয়ে বলল, "টাকা ধার চাইবি নাকি? ওসব হবে না।"

ষষ্ঠী বুক ফুলিয়ে বলল, "আরে না না। ধার চাইব কেন, বরং তোমাকে কিছু পাইয়ে দেব'খন। তবে কাজের পর।"

টিকে চোখ দুটো ছোট করে বলল, "তুই কাজ করিয়ে আমাকে টাকা দিবি? বলিস কী রে? লটারি পেয়েছিস নাকি? না মাথাটা বিগড়েছে?"

ষষ্ঠী গম্ভীর হয়ে বলল, "মাথাও বিগড়োয়নি, লটারিও পাইনি। তবে একটা ব্যাপার ঘটেছে। একটা তে-এঁটে ছোকরাকে সাফ করে দিতে হবে।"

টিকে চোখ আরও ছোট করে বলল, "বটে! তুই আমাকে টাকা খাইয়ে খুন করাতে চাস? বাঃ, তোর এলেম তো দিব্যি বেড়েছে রে ষষ্ঠী! তা ছেলেটা কে?"

"যদি রাজি থাকো তো বলো। বেশি বকবক কোরো না।"

টিকে অনেকক্ষণ ঠান্ডা চোখে ষষ্ঠীকে দেখে নিয়ে বলল, "কত টাকা দিবি শুনি!"

"দু-পাঁচশো যা হোক দেব। তুমি ঠকবে না।"

টিকে একটা দীর্ঘশ্বাস ছেড়ে বলল, "ঠিক আছে, না হয় রাজিই হলুম, এবার বল

তো ছোকরাটা কে আর তাকে খুনই বা করতে চাইছিস কেন?"

ষষ্ঠী একটু সাবধান হল। আসল বৃত্তান্ত জানতে পারলে টিকে নিজেই লাখ টাকার আংটিটা গাপ করবে। তাই সে গলা-খাঁকারি দিয়ে বলল, "দ্যাখো বাপু, অত খতেন নিলে কাজ তোমাকে করতে হবে না। যদি রাজি থাকো তো রাত বারোটার পর আমবাগানের ঈশেন কোণে হাজির থেকো। আমি সঙ্গে করে নিয়ে যাব।"

"কোথায় নিয়ে যাবি?"

"একটা বাড়িতে। তবে কার বাড়ি তা এখন বলব না।"

"তারপর কী হবে?"

ষষ্ঠী মাথা চুলকে বলল, "তারপর কাজ খুব কঠিন নয়। বাইরে থেকে দরজা খুলে দুজনে ভিতরে ঢুকব। যাকে খুন করতে হবে, তাকেও আগে থেকে ঘুম পাড়িয়ে দেব। তোমাকে তেমন মেহনত করতে হবে না।"

টিকে মাথা নেড়ে বলল, "আমি তেমন কাপুরুষ খুনিয়া নই রে যে, ঘুমন্ত মানুষকে খুন করব। খুন করতে হয় তো বাপের ব্যাটার মতো মুখোমুখি দাঁড়িয়ে জলজ্যান্ত মানুষকেই করব।"

ষষ্ঠী তাড়াতাড়ি টিকের পথ আটকে দাঁড়িয়ে বলে, "সে তো ভাল কথা, কিন্তু তোমারও বলতে নেই বয়স কম হল না। গায়ে তোমার ষাঁড়ের মতো জোর আছে তাও সত্যি, কিন্তু এ ছোকরার বয়সও কম, তেজও আছে।"

টিকে গুম মেরে থেকে বলল, "খুনের পর কী হবে?"

ষষ্ঠী বলল, "ব্যস, তারপর তুমিও কেটে পড়বে, আমিও কেটে পড়ব।"

"তোর আর কোনও মতলব নেই?"

"না। সত্যি বলছি, মা কালীর দিব্যি।"

টিকে হঠাৎ তার বিশাল থাবায় ক্যাঁক করে ষষ্ঠীর ঘাড় চেপে ধরে প্রায় শূন্যে তুলে ফেলে বলল, "পেট থেকে সত্যি কথাটা এইবেলা বের না করলে দুই ঝাঁকুনিতে তোর মগজের ঘিলু নাড়িয়ে দেব।"

ষষ্ঠী চিঁচিঁ করে বলল, "বলছি বলছি। ছাড়ো...আঃ, দম আটকে যাবে যে!"

টিকে তাকে ছেড়ে দিয়ে বলল, "এবার বল।"

ষষ্ঠী হাঁফাতে-হাঁফাতে বলল, "তার কাছে আমার একটা আংটি আছে। সেটা শুধু খুলে নেব আঙুল থেকে।"

টিকে খুব হাসল। তারপর ষষ্ঠীর পিঠে একটা বিরাশি সিক্কার চাপড় বসিয়ে বলল, "তোর মাথা আছে বটে। ঠিক আছে, থাকব আমবাগানের ঈশেন কোণে রাত বারোটায়। দেখা যাক তোর কেরামতি।"

পাঁচ

ছেলেটা আসার পর থেকেই যে দাদুর মন খারাপ হয়ে গেছে, সেটা বুঝতে পেরে হাবুলের মনটাও ভাল নেই। বিকেলে ফুটবলের মাঠে সে আজ খুবই খারাপ খেলল। দু-দুবার ওপেন নেট পেয়েও গোল করতে পারল না। ভুল পাস করল অজস্র। ড্রিবলিংও খুব খারাপ হল তার।

কোচ দয়ারাম দাস খেলার পর তাকে ডেকে বলল, "আর দুদিন বাদে প্রভাবতী শিল্ডের সেমিফাইন্যাল। মন দিয়ে না-খেললে ফাইনালে যাওয়ার আশা নেই। যবনপুর খুব শক্ত টিম।"

হাবুল মাথা নিচু করে রইল।

বাড়ি এসে হাতমুখ ধুয়ে ছেলেটার খোঁজ করে জানল, সে বেরিয়ে গেছে।

হাবুল গিয়ে দাদুর কাছে দাঁড়াল।

"দাদু, তোমাকে একটা কথা জিজ্ঞেস করব?"

দাদু মধু আর সর দিয়ে মাখা স্বর্ণসিন্দুর খাচ্ছিলেন। মুখ তুলে বললেন, "বলো।"

"ছেলেটা কে?"

দাদু একটা দীর্ঘশ্বাস ছেড়ে বললেন, "নিয়তি।"

"নিয়তি! তার মানে?"

"মানে বোঝার মতো বয়স তোমার হয়নি। তবে এ ছেলেটা আসায় তোমাদের সুখের দিন শেষ হয়ে গেল। দুঃখের জন্য তৈরি হও। তিলে তিলে এতকাল ধরে যা তৈরি করেছিলাম, তার কিছুই বুঝি আর থাকে না।"

হাবুল বেশি কিছু বুঝতে পারল না। তবে তার মনে হচ্ছিল, দাদু যতটা দুঃখ করছেন, তত কিছু সর্বনাশ তাদের হওয়ার কথা নয়। কিন্তু সে মুখে আর কিছু বলল না। হাতমুখ ধুয়ে আহ্নিক সেরে পড়তে বসল।

পড়ার ঘরে বসে থেকেই হাবুল টের পেল, তার বাবা-কাকারা একে একে কাজের জায়গা থেকে ফিরে এলেন। কিছুক্ষণ পরেই দাদু তাঁদের নিজের ঘরে ডেকে পাঠালেন।

ব্যাপারটা যে এত গুরুতর হয়ে দাঁড়াচ্ছে, সেটা হাবুলের একদম ভাল লাগছিল না।

আজ পড়ায় হাবুলের মন নেই। বারবার আনমনা হয়ে যাচ্ছে। কিছুক্ষণ পর অসহ্য লাগায় সে উঠে পড়ল। তারপর সোজা গিয়ে ছেলেটার ঘরে হানা দিল।

ছেলেটা ফিরেছে, এবং একটা মাপবার ফিতে দিয়ে খুব মনোযোগ সহকারে জানালা থেকে খাট অবধি কী সব মাপজোখ করছে।

হাবুল বলল, "কী করছেন?"

ছেলেটা তার দিকে চেয়ে ভারী সুন্দর করে হেসে বলল, "রাতের অতিথিদের জন্য তৈরি থাকছি।"

"রাতের অতিথি মানে কি চোর? আমাদের বাড়িতে চোর আসে না। টমি আছে। তা ছাড়া দাদুকে এখানে সবাই খাতির করে আর ভয় পায়।"

ছেলেটা মাথা নেড়ে বলল, "আমি যদি চোর হতাম তবে এসব বাধা আমার কাছে বাধাই হত না।"

হাবুল বিরক্ত হয়ে বলল, "কিন্তু আপনি তো আর চোর নন। এখানকার চোরেরা আমাদের বাড়ি ঢুকবেই না।"

ছেলেটা মৃদু হেসে বলল, "আজ ঢুকতে পারে। এতদিন আসেনি বলেই কি আজ আসবে না? এসো, ভিতরে এসে বোসো। আলাপ করি।"

হাবুল সসঙ্কোচে ভিতরে ঢুকে চেয়ারে বসল। ঘরটা বেশ ঝকঝক করছে এখন।

ছেলেটা বিছানায় তার মুখোমুখি হয়ে বসে বলল, "তোমার নাম যে হাবুল তা জানি। আমার নাম হল গন্ধর্বকুমার। বিচ্ছিরি নাম, না?"

হাবুল হেসে বলল, "একটু পুরনো, কিন্তু বেশ ভারিক্কি।"

"আমাদের পরিবারে ভারিক্কি নাম রাখাটাই চল। তুমি আমাকে গেনুদা বলে ডেকো। আমার ডাকনাম গেনু। গন্ধর্বেরই সংক্ষিপ্ত সংস্করণ।"

ছেলেটাকে হাবুলের বেশ লাগছে। হাসিখুশি, আমুদে, উজ্জ্বল। তবু যে একে কেন দাদুর এত ভয়!

হাবুল বলল, "আচ্ছা, আমার দাদুর সঙ্গে আপনার কীসের সম্পর্ক বলুন তো!"

"আপনি নয়, তুমি। আমাকে 'তুমি' বলে ডাকলে খুশি হব।"

"ঠিক আছে। এবার জবাবটা দাও।"

গন্ধর্ব একটু অন্যমনস্ক হয়ে জানালার দিকে চেয়ে রইল। তারপর মাথা নেড়ে বলল, "সত্যি বলতে কি, তোমার দাদু যদি নিজে থেকে কিছু না বলেন, তা হলে আমারও জানার সাধ্য নেই তাঁর সঙ্গে আমার কীসের সম্পর্ক বা আমাকে দেখে তিনি এত ঘাবড়েই বা গেছেন কেন।"

"আপনি নিজে কিছু জানেন না?"

গন্ধর্ব মাথা নেড়ে বলল, "তেমন বিশেষ কিছু নয়। তবে এটুকু জানি যে, সাঁওতাল পরগনায় আমাদের কিছু জমিজমা ছিল, আর ছিল মস্ত এক কারবার। এখন আর কিছুই নেই। আমি কপর্দকশূন্য। আমার কিছু শত্রুও আছে। সেইসব নানা কারণেই আমাকে দেশ ছাড়তে হয়েছে। শুধু দাদুর মৃত্যু পর্যন্ত অপেক্ষা করেছিলাম। তারপরই বেরিয়ে পড়ি।"

"তোমার দাদু কি আমার দাদুর বন্ধু?"

"তা তোমার দাদুই বলতে পারবেন। আমি কিছুই জানি না। তবে আমার দাদু মারা যাওয়ার আগে আমাকে বলে গিয়েছিলেন যেন অবশ্যই রতন বাঁড়ুজ্যের সঙ্গে দেখা করি। সেইজন্যই আসা।"

"তোমার বাড়িতে আর কে আছে?"

গন্ধর্ব মাথা নেড়ে মলিন একটু হাসল। তারপর বলল, "কেউ নেই। বছর দশেক আগে আমাদের বাড়িতে একদল লোক চড়াও হয়ে সবাইকে মেরে ফেলে। শুধু দাদু কোনওক্রমে আমাকে নিয়ে পালিয়ে বেঁচে যান। তারপর থেকে আমি আর দাদু কেবল জঙ্গলে-জঙ্গলে ঘুরেছি, গাঁ-গঞ্জে মজুর খেটেছি, ভিক্ষে করেছি। বাড়িতে ফিরে যাওয়ার উপায় ছিল না।"

"কেন, উপায় ছিল না কেন?"

"কিছু লোক আমাদের ভয়ংকর শত্রু। তারা এখনও সেখানে অপেক্ষা করে আছে। ফিরে গেলেই তাদের হাতে মরতে হবে। আমি দাদুকে প্রায়ই বলতাম, চলো দাদু, অন্য কোথাও গিয়ে নতুন করে জীবন শুরু করি। কিন্তু দাদু সেকথায় আমল দিতেন না। দাদুর খুব ইচ্ছে ছিল নিজেদের বিষয়সম্পত্তি আবার উদ্ধার করবে। কিন্তু সেটা বোধহয় আর সম্ভব নয়।"

গন্ধর্বের কথা শুনে হাবুলের খুব কষ্ট হচ্ছিল। চোখ ছলছল করছিল তার। সে বলল, "তুমি খুব কষ্ট করেছ গেনুদা।"

"কষ্ট বলে কষ্ট! সাংঘাতিক কষ্ট। প্রত্যেকটা দিনই ছিল বেঁচে থাকার লড়াই। তবে সে জীবনেরও একটা আনন্দ আছে। শিকার করে বা বনের ফলপাকুড় পেড়ে আমাদের খাওয়া চলত। গাছের ডালে বা মাটিতে শুয়ে কত রাত কেটে গেছে। সে জীবন কীরকম তা তুমি ভাবতেও পারবে না। ভিক্ষে করতে যখন লোকালয়ে আসতাম তখন কষ্ট হত সবচেয়ে বেশি। আমাদের একসময়ে রাজার মতো সম্মান ছিল। তাই হাত পাততে ভীষণ লজ্জা করত। কিন্তু বেঁচে থাকতে গেলে তো সবই করতে হয়। আবার এরকম কষ্ট করে করে আমি শিখেছিও অনেক।"

হাবুল সম্মোহিতের মতো একদৃষ্টে গন্ধর্বের মুখের দিকে চেয়ে ছিল। কী সুন্দর মুখ, কী সরল চোখের দৃষ্টি। এই লোকটাকে দাদু কেন ভয় পাচ্ছে তা কিছুতেই তার মাথায় ঢুকছিল না। ভয় নয়, গন্ধর্বকে দেখে মায়া হওয়াই তো স্বাভাবিক।

গন্ধর্ব অন্যমনস্কের মতো জানালার বাইরে অন্ধকারের দিকে চেয়ে ছিল।

হাবুলের গলা ধরে আসছিল, অস্ফুট গলায় বলল, "আমাদের কাছে থাকো না গেনুদা! তোমার কোনও কষ্ট থাকবে না। আমার তো দাদা নেই, তোমাকে দাদা বলে ডাকব।"

গন্ধর্ব একটু অবাক হয়ে হাবুলের দিকে চাইল, তারপর সুন্দর করে হেসে বলল, "আমাকে তো তুমি ভাল করে চেনোও না এখনও।"

হাবুল জোরের গলায় বলল, "আমি জানি তুমি ভাল ছেলে।"

গন্ধর্ব মাথা নেড়ে বলল, "আমার তো কেউ নেই, তাই তোমাদের মতো একটা পরিবারে নিজের জনের মতো থাকতে পারলে ভালই হত। কিন্তু তা হওয়ার নয়।"

"কেন নয় গেনুদা?"

"আমার অনেক কাজ বাকি পড়ে আছে। পরে শুনবে।"

হাবুল উঠল। বলল, "আমি পড়তে যাচ্ছি। কাল তোমার গল্প শুনব।"

গন্ধর্ব 'হ্যাঁ' বা 'না' কিছু বলল না। একটু হাসল মাত্র।

পড়ায় একদম মন লাগছিল না হাবুলের। দাদুর ঘরে বন্ধ দরজার পিছনে কী নিয়ে কথা হচ্ছে তা বারবার আন্দাজ করার চেষ্টা করছিল সে।

অবশেষে রাত দশটা নাগাদ দরজা খুলে সকলে বেরিয়ে এল। প্রত্যেকের মুখই গম্ভীর এবং থমথমে। চুপচাপ যে যার ঘরে চলে গেল।

রাতে সকলেই একসঙ্গে খেতে বসল বটে, কিন্তু কেউ কারও সঙ্গে ভাল করে কথা বলছিল না। গন্ধর্বকে শুধু ভদ্রতাসূচক দু-একটা কথা বলা হল।

খাওয়ার পর হাবুলের ছোটকাকা বিরু এসে হাবুলের ঘরে ঢুকল। বিছানায় শুয়ে পায়ের ওপর পা তুলে হাঁটু নাচাতে নাচাতে বলল, "সব শুনেছিস?"

ছোটকাকা যেমন সাহসী, তেমনি আমুদে। ছোটকাকাকে হাবুল খুব ভালবাসে। সে বলল, "কিছু শুনিনি তেমন, কী হয়েছে ছোটকা?"

"কেস খুব খারাপ। আমাদের যা কিছু সম্পত্তি-টম্পত্তি আছে, সব নাকি ওই ছোকরার। বাবাকে নাকি ওর দাদু মেলা বিষয়সম্পত্তি দিয়েছিলেন। কথা ছিল তার নাতি কোনওদিন ফিরে এলে সব ফিরিয়ে দিতে হবে। সেই নাতি হান্ড্রেড পারসেন্ট হাজির।'

হাবুল হঠাৎ একটু রেগে গিয়ে বলে, "এই লোকটাই যে রামদুলালের নাতি, তার কোনও প্রমাণ আছে!"

বিরু ঠ্যাং নাচাতে নাচাতেই বলল, "আছে, একটা আংটি আর একটা চিঠি।"

"আর দাদু যদি সম্পত্তি ফিরিয়ে না দেয়?"

বিরু একবার হাবুলের দিকে তাকিয়ে নিল। তারপর একটা হাই তুলে বলল, "বাবা সেরকম লোক নয়। রামদুলালের নাতি না-এলে সম্পত্তি দিতে হত না, কিন্তু এসে যখন পড়েছে, তখন উপায় নেই। আজ বৈশাখী অমাবস্যা। আজ রাতেই শ্বেত আর লোহিত নামে দুটো লোক আসবে। তারা রামদুলালের বিশ্বস্ত দুই প্রজা। তারা নাকি

প্রত্যেক বৈশাখী অমাবস্যায় এসে দেখে যায় রামদুলালের নাতি এল কি না। আমি অবশ্য কোনওদিন শ্বেত আর লোহিতকে দেখিনি। তুই দেখেছিস?"

হাবুল ভ্রূ কুঁচকে একটু ভাবল। তারপর বলল, "দেখেছি, দুজন ঠিক একরকম দেখতে। খুব স্ট্রং চেহারা, তবে বুড়ো। একজন ফর্সা, একজন কালো।"

"তা হলে ঠিকই দেখেছিস। তারা যমজ ভাই। তাদের ওপর হুকুম আছে সম্পত্তি ফিরিয়ে দেওয়া না হলে তারা বাবাকে খুন করবে।"

"ইস্, খুন করা অত সোজা?" হাবুল ফোঁস করে উঠল।

বিরু ঠ্যাং নাচানো বন্ধ করে বলল, "খুন করা যে সোজা নয়, তা ওরাও জানে, আমরাও জানি, ওরা এও জানে যে, খুন করার দরকারও হবে না। বাবা সবই ফিরিয়ে দেবে। তবে শ্বেত আর লোহিতকে আন্ডারএস্টিমেট করাও ঠিক নয়। তারা এক সময়ে রামদুলালের লেঠেল ছিল। বিস্তর খুনখারাপি করেছে।"

"আমি দুই ঘুষিতে দু'জনকে...।"

"থাক থাক, আর বীরত্বে কাজ নেই। সম্পত্তি যখন ফিরিয়েই দেওয়া হচ্ছে তখন আর চিন্তা কী?"

হাবুল হঠাৎ কাকার দিকে তাকিয়ে বলল, "তা হলে সবাই চিন্তা করছে কেন?"

বিরু ঠ্যাং নাচাতে নাচাতে ছাদের দিকে চেয়ে কী যেন ভাবছিল। একটা শ্বাস ফেলে বলল, "ভাববার কারণ আছে।"

"কী কারণ?"

"বাবার কাছে রামদুলালের একটা আংটি ছিল। দামি হিরের আংটি, দেড় দুলাখ টাকা দাম। ঠিক আংটি বললেও ভুল হবে, ওটা একটা রাজকীয় অভিজ্ঞান। গন্ধর্বর আঙুলেও ঠিক ওরকম একটা আছে। প্রতিবার বাবাকে শ্বেত আর লোহিত এলে সেই আংটি দেখাতে হয়। গতবারও দেখিয়েছে। আজ বৈশাখী অমাবস্যা বলে দুপুরবেলা নাকি আংটিটা বের করতে গিয়েছিল বাবা। দেখে, আংটি চুরি গেছে।"

হাবুল চমকে উঠে বলল, "চুরি! এ বাড়ি থেকে?"

"সেইটেই তো আশ্চর্যের বিষয়। বাবা নিজে দারুণ সাবধানি, তার ওপর এতগুলো লোক আমরা রয়েছি বাড়িতে, জিমি আছে, চুরি গেল কী করে সেটাই রহস্য।"

"দাদু কী বলল?"

"কী করে চুরি গেল তা বাবা কিছুতেই বুঝতে পারছে না। আংটিটা ছিল লোহার আলমারির মধ্যে, চাবি বাবার কাছে থাকে। রাত্রিবেলা বালিশের নীচে চাবির গোছা নিয়ে শুয়ে থাকে। তবু চুরি গেছে।"

"তোমরা পুলিশ ডাকবে না ছোটকা?"

"সে তো নিশ্চয়ই। কিন্তু আজ রাতে শ্বেত আর লোহিত এলে তো সেই আংটি দেখানো যাবে না।"

"আজই দেখাতে হবে? দু'দিন সময় নিলে হয় না?"

বিরু মাথা নেড়ে বলল, "না, শ্বেত আর লোহিত প্রিমিটিভ ওয়ার্ল্ডের লোক। কতগুলো অন্ধ কুসংস্কার মেনে চলে। বৈশাখী অমাবস্যার রাত ছাড়া ওই আংটির দিকে যে তাকাবে, সে-ই নাকি অন্ধ হয়ে যাবে। অবশ্য রামদুলালের বংশধররা ছাড়া।"

"যাঃ, যত সব গুলগল্প।"

বিরু হাসছিল। ঠ্যাং নাচানো অব্যাহত রেখে বলল, "তা হবে, কিন্তু আমার বাবাও সেই গুলগল্প বিশ্বাস করে। বাবাও বৈশাখী অমাবস্যা ছাড়া ওই আংটির দিকে কখনও তাকায়নি। প্রবলেম হল, শ্বেত আর লোহিতকে যদি আংটি না-দেখানো যায়, তবে তারা খুব ঠান্ডা মাথায় বাবাকে খুন করার প্ল্যান নেবে।"

"নিক না। আমরাও পুলিশে খবর দিচ্ছি।"

বিরু একটু ম্লান হেসে ধমক দিল, "দূর বোকা! খুনের ভয়টাই কি একমাত্র ভয়? আংটি চুরি যাওয়াটা লজ্জার ব্যাপার না? বিশেষ করে আজই যখন রামদুলালের নাতি তার বিষয়সম্পত্তি দাবি করতে এসেছে, ঠিক সেদিনই আংটিটা খুঁজে না-পাওয়া একটা বিশ্রী অস্বস্তির কারণ। বাবা ভীষণ ভেঙে পড়েছে।"

"গন্ধর্ব চুরির কথা জানে?"

বিরু মাথা নেড়ে বলল, "গন্ধর্ব কিছুই জানে না।"

হাবুল গম্ভীর হয়ে বলল, "গন্ধর্বদা খুব ভাল লোক।"

"হ্যাঁ, আমার সঙ্গেও আলাপ হয়েছে। বেশ ছেলে, চালাক চতুর। তোর মতো হাবা নয়।"

"গন্ধর্বদা খুব কষ্ট পেয়ে এতদূর এসেছে।"

বিরু একটা দীর্ঘশ্বাস ছেড়ে বলল, "আর একটু কষ্ট করে যদি আজকের বৈশাখী অমাবস্যাটা পার করে আসত, তা হলে আর কোনও ঝামেলা থাকত না।"

"কেন, ঝামেলা থাকত না কেন?"

"বাবার সঙ্গে নাকি রামদুলালের শর্ত ছিল আজকের বৈশাখী অমাবস্যা পার হয়ে গেলে এবং তার নাতি না-এলে বিষয়সম্পত্তি চিরকালের মতো বাবার হয়ে যাবে। আর কোনও দায় থাকবে না। শ্বেত আর লোহিতও আর আসবে না।"

"ইস্! সত্যি?"

"বাবা তো তাই বলল, সবই প্রিমিটিভ আমলের ব্যাপার-স্যাপার।" বলে বিরু খানিকটা আনমনা হয়ে রইল। তারপর বলল, "কিন্তু আংটিটাই ঝামেলা পাকিয়েছে।

ওই পয়মন্ত আংটির দামটাও বিশ্রীরকম বেশি, তার ওপর ওটা নিয়ে নানা কিংবদন্তী আছে, মেটেরিয়াল ভ্যালুর চেয়েও কিংবদন্তীর ভ্যালু অনেক হাই।"

হাবুল দাদুর জন্য চিন্তিত হয়ে পড়ল। বলল, "আংটিটা কীভাবে চুরি গেল তা তুমি ভেবে পাচ্ছ?"

বিরু মাথা নেড়ে বলল, "না। চোর কোনও প্রমাণ রেখে যায়নি। তবে বাবা বলল, দু-তিন দিন আগে এক সকালে উঠে বাবা ঘরের দরজা খোলা দেখেছে। বাবার ঘরে পাঁচুদাও শোয়। দুজনের কারওই ভাল ঘুম হয় না, বার বার ওঠে। ফলে দুজনেরই কেউ হয়তো একবার দরজা ঠিকমতো লাগাতে ভুলে গেছে। এই ভেবে বাবা আর বেশি উচ্চবাচ্য করেনি।"

"তোমার কাউকে সন্দেহ হয় না ছোটকা?"

"না, সন্দেহের স্টেজ এখনও আসেনি। এখন বিস্ময়ের স্টেজ চলছে। বিস্ময় কাটলে সন্দেহ শুরু হবে।"

বিরু শুয়ে শুয়ে ঠ্যাং নাচাতে লাগল।

"তা হলে কী হবে ছোটকা?"

বিরু খুব চিন্তিত মুখে বলল, "একটা আইডিয়া মাথায় এসেছে। তবে তাতে কতদূর কাজ হবে তা জানি না।"

"কী আইডিয়া?"

"শ্বেত আর লোহিতকে যদি আজ রাতের মতো এ বাড়িতে ঢোকা থেকে ঠেকিয়ে রাখা যায়, তা হলে অনেক দিন সামাল দেওয়া যাবে।"

হাবুল উজ্জ্বল হয়ে বলল, "খুব ভাল আইডিয়া ছোটকা।"

বিরু আনমনে ভাবতে ভাবতে বলল, "আইডিয়া তো ভাল, কিন্তু ঠেকানো যাবে কী ভাবে, সেটাই তো ভেবে পাচ্ছি না। কোন দিক দিয়ে তারা আসবে, তা জানা নেই, তাদের চেহারা জানি না, কেমন স্বভাবের লোক তাও জানি না, ঠেকাব বললেই কি ঠেকানো যায়?"

হাবুল সোৎসাহে বলল, "আমি তাদের চিনি। চলো, ঠিক খুঁজে বের করে ফেলব।"

"তারপর কী করবি?"

"রাস্তায় ল্যাং মেরে ফেলে দেব।"

বিরু এই বিপদের মধ্যেও হোহো করে হেসে উঠল। তারপর বলল, "ল্যাং মেরে ফেলে দিলে কি তারা ছেড়ে দেবে?"

"না, ঝগড়া করবে। আমিও ঝগড়া করব। করতে করতে রাত কেটে যাবে।"

বিরু আবার হেসে উঠে বলল, "তুই চাইলেও তারা সারারাত ঝগড়া করতে চাইবে

কেন? কাজের লোকেরা ঝগড়া-টগড়া করতে ভালবাসে না।"

"ল্যাংটা একটু জোরে মারলে পা মচকে গিয়ে যদি..."

ঠিক এই সময়ে দরজায় পাঁচু এসে দাঁড়াল। চোখ দুটো ধকধক করে জ্বলছে, মুখে ফেটে পড়ছে চাপা রাগ। গলায় একটা ব্যাঘ্র গর্জনের মৃদু নমুনা তুলে বলল, "কী শলাপরামর্শ হচ্ছে তোমাদের তখন থেকে? বাতি নিবিয়ে শুয়ে পড়ো না।"

পাঁচুর মুখে-চোখে রাগ থাকলেও ধমকের তেমন তেজ নেই। শুয়ে পড়তে বলছে বটে কিন্তু সেটা চাইছে না।

হাবুল গিয়ে পাঁচুর হাত ধরে ঘরে টেনে এনে বলল, "পাঁচুদা, তুমি শ্বেত আর লোহিতকে চেনো?"

পাঁচু মেঝের ওপর হাঁটু মুড়ে বসে ক্লান্তির একটা দীর্ঘশ্বাস ছেড়ে বলল, "খুব চিনি। তাদের কাণ্ডকীর্তির কথাও মেলা জানি। রামদুলালের বাড়ির মাটির তলার চোর-কুঠুরিতে এখনও শয়ে শয়ে মানুষের কঙ্কাল পাওয়া যাবে।"

পাঁচু কাঁধের গামছায় ঘামে ভেজা মুখ মুছে একটু দম নিয়ে বলল, "বাইরে থেকে তোমাদের কথা সব শুনেছি। শ্বেত আর লোহিতকে ঠেকানোর বুদ্ধিটা ভাল। রাত কেটে গেলে তারা কাল সকালে আর আংটি দেখতে চাইবে না। কিন্তু তাদের ঠেকানো বড় সহজ কাজ নয়। আমার তো ইচ্ছে ছিল দুটোকেই বল্লমে গেঁথে নিকেশ করে দিই। ফাঁসি হলে আমার হবে। কিন্তু কর্তামশাই সে কথায় চটে যান।"

বিরু সোজা হয়ে বসে বলল, "ঘটনাটা কী, একটু বলবে পাঁচুদা?"

পাঁচু মাথা নেড়ে বলল, "সে সাতকাহন গল্প। কর্তামশাই যখন দেশ ছেড়ে পশ্চিমে রওনা হন, তখন দেশে ঘোর আকাল। ট্রেনে চেপে যেতে যেতে ভোরবেলা একটা জায়গায় গাড়ি থামতেই কর্তামশাই লটবহর নিয়ে নেমে পড়লেন। মনে মনে নাকি সংকল্পই ছিল যেখানে ভোর হবে সেখানেই নেমে পড়বেন। তা জায়গাটা খুব খারাপও ছিল না। দু-চারদিন ঘোরাঘুরি করে একদিন এক মুদির দোকানে খবর পেলেন, কয়েক মাইল দূরে পাহাড়ে ঘেরা একটা আজব জায়গা আছে, সেখানে কাজ মিলতে পারে।"

বিরু বলল, "এ গল্প তো আমরা জানি। জায়গাটার নাম লক্ষ্মণগড়।"

"জানো, কিন্তু সবটা জানো না। লক্ষ্মণগড়ে রামদুলাল রায় রাজত্ব করত বটে, কিন্তু নামে মাত্র। জমিদার ছোট, প্রজা মাত্র কয়েক ঘর। তার ওপর সাত শরিকে ঝগড়া। বড় তরফ রামদুলাল কর্তামশাইকে কাজ দেন। বাচ্চা-বাচ্চা ছেলেমেয়েকে পড়ানোর কাজ। সামান্য বেতন। কষ্টেসৃষ্টে কর্তামশাইয়ের চলে যেত। তবে একথা সত্যি যে, কয়েক বছরের মধ্যেই কর্তামশাই রামদুলালের খুব বিশ্বাসী লোক হয়ে উঠেছিলেন। সবাই জানত কর্তামশাই এক কথার মানুষ। সত্যবাদী, চালচলনে সংযত। এই সময়ে

রাজবাড়ির বুড়ো-পুরুত মারা যাওয়ায় কর্তামশাইকে রামদুলাল পুরোহিতের কাজটাও দেন। তা বিশালাক্ষীর মন্দিরটা ছিল বহু পুরনো, অনেকদিন কোনও সংস্কার হয়নি। রামদুলালের এমন টাকা নেই যে, মন্দির সারাই করে। কর্তামশাই তাই একদিন নিজের হাতেই মন্দির সংস্কার করতে লেগে গেলেন। আর সেই ঘটনাতেই যত বিপত্তি। সে গল্প জানো?"

বিরু মাথা নেড়ে বলল, "না, শুনিনি।"

হাবুল নড়েচড়ে বসল।

পাঁচু একটা দীর্ঘশ্বাস ছেড়ে বলল, "অত্যন্ত গোপন কথা। এতকাল কাউকে বলার হুকুম ছিল না। আজ বিপদের দিনে বলছি। সেও এক বৈশাখী অমাবস্যার দিন। কর্তামশাই বিকেলে একটা শাবল দিয়ে বিগ্রহের সিংহাসনের তলায় জমা শ্যাওলা চেঁছে পরিষ্কার করছিলেন। সিংহাসনটা হঠাৎ ঢকঢক করে নড়ে উঠল। তলায় মেঝের ওপর দেখা গেল একটা চৌকোনা ফাটল। কর্তামশাই প্রথমটা ঘাবড়ে গেলেও কাউকে কিছু বললেন না। গভীর রাতে মন্দির ঢুকে ফের সেই আড়াইমন ভারী সিংহাসন টেনে সরিয়ে শাবলের চাড় দিয়ে চৌকোনা জায়গাটা ফাঁক করলেন। কাজটা বলতে যত সহজ, কাজে ততটা ছিল না। ভারী পাথরের সেই চাংড়া তুলতে হাতি লাগে।"

হাবুল হঠাৎ জিজ্ঞেস করল, "তুমি তখন কোথায় ছিলে?"

পাঁচু সামান্য একটু হাসল। বলল, "কর্তামশাইয়ের সঙ্গেই। দুজনে মিলেই ওই কাণ্ড করি। পাথর সরাতেই দেখি নীচে গর্ত। প্রায় সাত হাত গভীর কুয়োর মতো। সেই গর্তের মধ্যে দুটো পেতলের বাক্স। কুলুপ আঁটা। আমরা দুজনেই বুঝতে পারলুম যে, এ হল গুপ্তধন। ইচ্ছে করলেই আমরা সেই দুটো বাক্স রাতারাতি সরিয়ে ফেলতে পারতুম, রামদুলাল টেরও পেত না। গর্ত চাপা দিয়ে সিংহাসনটা জায়গামতো বসিয়ে দিলেই হল। কিন্তু কর্তামশাই তা হতে দিলেন কই? পরদিন সকালে রামদুলালকে চুপি চুপি খবরটা দিলেন। সেই থেকে রামদুলালের অবস্থা ফিরে গেল।"

হাবুল বলল, "তোমাদের কিছু দিল না?"

পাঁচু মাথা নেড়ে বলল, "দিয়েছিল, সামান্য কিছু বখশিশ। যা পেয়েছিল, তার তুলনায় কিছুই নয়। সোনাদানা মোহর হিরে জহরত মিলিয়ে যে কোটি টাকা হবে। টাকা পেয়েই বাবুয়ানির মাত্রা বাড়িয়ে দিল রামদুলাল। ঘনঘন ভোজ দিতে লাগল, বাড়ির ভোল পালটাল, নতুন গাড়ি কিনল। আর তাই দেখেই শরিকদের মধ্যে গুজগুজ ফুসফুস শুরু হয়ে গেল। লোক তারা বড় ভালও ছিল না। শচীদুলাল ছিল সাক্ষাৎ ডাকাত। যেমন, রাগী, তেমনি নির্দয়। রামদুলাল যে বিশালাক্ষী মন্দিরে বংশগত গুপ্তধন পেয়েছে, একথাটাও চাউর হতে বিশেষ দেরি হয়নি। আমার মনে

হয় আহ্লাদে বেহেড হয়ে রামদুলাল নিজেই সেকথা কবুল করেছিল। ফলে শরিকরা দাবি করতে লাগল, গুপ্তধন একা রামদুলালের নয়, ওতে তাদেরও ভাগ আছে। ফলে লেগে গেল বখেরা। ঝগড়া কাজিয়ায় লক্ষ্মণগড় তখন গরম। সেই গরমের মধ্যেই একদিন আর-পাঁচজন শরিকের লোকজন নিয়ে শচীদুলাল চড়াও হল রামদুলালের ওপর। রক্তগঙ্গা বয়ে গেল।"

"কেউ বাঁচেনি?"

পাঁচু ফের গামছায় মুখ মুছে বলল, "কর্তামশাই বুদ্ধিমান লোক। কিছু একটা ঘটবে আঁচ করে নিজের পরিবারকে আগেভাগেই দেশে ফেরত পাঠিয়ে দিয়েছিলেন। শুধু আমি তাঁর সঙ্গে ছিলাম। রামদুলাল তাড়া খেয়ে শুধুমাত্র একটা নাতিকে কোলে নিয়ে পালাতে পেরেছিল।"

হাবুল বলল, "তা হলে দাদুকে সম্পত্তি দিয়েছিল কখন?"

পাঁচু গামছা ঘুরিয়ে হাওয়া খেতে খেতে বলল, "কর্তামশাইয়ের মতো বিশ্বাসী লোক যে হয় না, তা রামদুলালের চেয়ে ভাল আর কে জানে? একটা পেতলের বাক্স সে কর্তামশাইয়ের কাছে আগেই গচ্ছিত রেখেছিল। তখনই ওই শর্ত করে রাখে। তবে শর্ত এও ছিল, পঁচিশ বছরের মধ্যেও যদি তার নাতি গিয়ে সম্পত্তি দাবি না-করে তবে তা তোমার দাদুর হয়ে যাবে। যখন এই শর্ত হয়, তখন সাক্ষী ছিলুম আমি আর শ্বেত লোহিত নামে দুই যমজ ভাই। রামদুলালও আন্দাজ করেছিল, শরিকরা একদিন চড়াও হতে পারে, তাই আগেভাগেই নিজের ভবিষ্যৎ গোছাতে ওই বাক্সটা কর্তামশাইয়ের কাছে চালান দেয়। হিরের আংটিটা ছিল ওই বাক্সের সবচেয়ে মূল্যবান জিনিস। একটা ভূর্জপত্রে লেখা ছিল: এই অভিজ্ঞান যেন কখনওই পরহস্তে না যায়। যদি যায়, তা হলে বংশের বাইরের কেউ যেন একমাত্র বৈশাখী অমাবস্যার রাত ছাড়া এই আংটির দিকে না তাকায়। তাকালে সে অন্ধ হয়ে যাবে। অন্য বাক্সতেও ঠিক ওই রকম একটা আংটি ছিল, যা এখন গন্ধর্বর হাতে রয়েছে।"

হাবুল জিজ্ঞেস করল, "গন্ধর্বদার আংটির দিকে তাকালেও কি চোখ অন্ধ হয়ে যাবে আমাদের?"

পাঁচু মাথা নেড়ে বলল, "না। ওই বংশের কারও হাতে থাকলে আর ভয় নেই।"

বিরু মৃদু হেসে বলল, "এসব কিংবদন্তী হল ফর সিকিউরিটি'জ সেক। যাতে কেউ আংটি চুরি করতে সাহস না পায়।"

হাবুল বলল, "তারপর কী হয়েছিল জানো?"

পাঁচু মাথা নেড়ে বলল, "রামদুলাল আর তার নাতির কী হয়েছিল তা আর জানি না। লোকটা বড় জেদি আর একগুঁয়ে। রাজবংশের ধাত যাবে কোথায়।

কর্তামশাইয়ের কাছে এলে রাজার হালে থাকতে পারত। কিন্তু তা সে করেনি। রাজ্যোদ্ধারের চেষ্টাতেই নাকি জীবনটা দিয়েছে। আর কর্তামশাইয়ের কথা তো জানোই। সেই পেতলের বাক্সের ধনসম্পত্তি দিয়ে এখানে জোতজমা করেছেন। নানা কারবারেও তাঁর মেলা টাকা খাটছে। কিন্তু সর্বদাই তিনি জানেন যে, এসব কিছুই তাঁর নয়। সেইজন্যেই তোমাদের কখনও বাবুয়ানা করতে দেন না, সর্বদা স্বাবলম্বী হতে শেখান।”

হাবুল বলল, “শ্বেত আর লোহিতের কথা কিছু বললে না?”

পাঁচু মাথা নাড়ল, “বলে লাভ নেই। তারা ঠিকই আসবে। কর্তামশাইকে তারা কোনওদিনই পছন্দ করত না। তবে এটা ঠিক, তাদের মতো বিশ্বাসী লোক হয় না। রামদুলাল বা নাতির জন্য তারা জান দিতে পারে। বুড়ো হয়েছে বলে দুর্বল ভেবো না। বুড়ো হাড়েও অনেক ভেলকি দেখাতে পারে। আজকের রাতটা কেটে গেলে তাদের জারিজুরি শেষ, এটা তারাও জানে। কাজেই আজ রাতে তারা আসবেই। হয়তো সহজপথে না এসে বাঁধা পথ নেবে। দুজনেই অতিশয় ধূর্ত। সুতরাং ল্যাং মেরে ফেলে দেওয়ার আশা ছাড়ো। অত সহজ কাজ নয়।”

বিরু নড়েচড়ে বসে বলল, “তা হলে কী করা যায় বলো তো!”

পাঁচু কিছুক্ষণ ঝিম মেরে থেকে বলল, “কিছু একটা করতেই হবে। চুপচাপ বসে থাকলে তো চলবে না। আংটিচোর যেই হোক, সেও অতি পাকা লোক।”

হাবুল একটু উত্তেজিত গলায় বলল, “আংটি দেখাতে না-পারলে ওরা দাদুকে মেরে ফেলবে কেন?”

পাঁচু একটা দীর্ঘশ্বাস ফেলে বলল, “সেই রকমই কথা হয়েছিল। আংটি হারালে রামদুলালের বংশ লোপাট হয়ে যাবে। আপৎকালে অন্যের কাছে গচ্ছিত রাখা চলে, কিন্তু চুরি গেলে বা হারালে চলবে না। পাছে লোভে বা অভাবে পড়ে কর্তামশাই আংটি বেচে দেন বা হারিয়ে ফেলেন, সেই ভয়েই ওরকমধারা শর্ত করা হয়েছিল। তবে, বাপু, খুনখারাপির কথা রামদুলালের মাথায় আসেনি, সে কর্তামশাইকে বাস্তবিকই বিশ্বাস করত। খুনের কথা তোলে ওই শ্বেত আর লোহিত। আজ তারা বগল বাজাবে।”

ছয়

রাত সাড়ে দশটা নাগাদও যখন বাড়িতে কেউ ঘুমোতে গেল না, তখন রতন বাঁড়ুজ্যে তাঁর ঘর থেকে বেরিয়ে এসে সবাইকে ডেকে বললেন, "তোমরা যে যার ঘরে গিয়ে দোর দিয়ে শুয়ে পড়ো। সাড়াশব্দ কোরো না। সব বাতি নিবিয়ে দাও। আজ রাতে আমার কাছে বিশেষ দুজন অতিথি আসবে, তাদের সঙ্গে আমার জরুরি কথা আছে। তা ছাড়া আর একজন বিশেষ অতিথি বাড়িতে আছেন, তিনি যেন ঘুণাক্ষরেও কিছু টের না পান।"

রতন বাঁড়ুজ্যের আদেশ অমান্য করার সাধ্য কারও নেই। সকলেই ঘরে গিয়ে দরজা বন্ধ করল।

আস্তে আস্তে অমাবস্যার রাত গভীর হতে লাগল। নিজের ঘরে রতন বাঁড়ুজ্যে আর পাঁচু জেগে অপেক্ষা করতে লাগল।

রাত একটু গাঢ় হল, অন্ধকার আরও ঘুটঘুটি। শেয়াল এক প্রহরের জানান দিল। রতন বাঁড়ুজ্যের বাড়ির বাগানে কোনও নড়াচড়া নেই কোথাও। শুধু জোনাকি জ্বলে আর ঝিঁঝি ডাকে অবিরাম।

হঠাৎ আমবাগানের দিক থেকে বেড়ালের মতো একটা ছায়া লাফিয়ে উঠল দেয়ালের ওপর। তারপর আরও একজন। দেয়ালের ওপর উঠে কিছুক্ষণ নিস্পন্দ রইল দুটি ছায়া। চারদিকটা ভাল করে অনুভব করে নিল। তারপর নিঃশব্দে ঝুল খেয়ে নেমে পড়ল বাগানে।

কুকুরটার ডেকে ওঠার কথা। ডাকল না। তেড়েও এল না।

দুজনে গাছপালার ফাঁক দিয়ে নিঃশব্দে এগোতে লাগল।

উত্তরের ঘরের জানালা খোলা। জানালার নীচে কলাবতীর মস্ত-মস্ত ঝোপ। দুটি ছায়া নিঃসাড়ে সেই ঝোপের মধ্যে ডুবে গেল।

একটু বাদে অত্যন্ত আস্তে একজন মাথা তুলল। কান পেতে শুনল, ঘরের মধ্যে শ্বাসের আওয়াজ কীরকম হচ্ছে। ঘুমন্ত মানুষের শ্বাসের আওয়াজ অন্যরকম হয়।

নিশ্চিন্ত হয়ে লোকটা একটা স্প্রে-গান তুলে ঘরের মধ্যে তীব্র ঘুমের ওষুধ ছড়িয়ে দিল। শ্বাসের শব্দ আস্তে আস্তে আরও গাঢ় হয়ে গেল।

জানালায় লোহার শিক, এবং তা বেশ মজবুত। স্প্রে-গান ঝোলার মধ্যে রেখে লোকটা একটা অ্যাসিডের শিশি বের করে দুটো শিকের গোড়ায় ঢেলে দিল একটু একটু করে। কয়েক মিনিট পর দ্বিতীয় লোকটা দুহাতের চাপে দুটো শিক দুদিকে সরিয়ে অনেকটা ফাঁক করে ফেলল।

নিঃশব্দে ঘরে ঢুকল দুজন। একজন একটা কমজোরি টর্চ জ্বেলে বিছানায় আলো ফেলল। বলল, "ওই তো।"

অন্যজন একটু ঝুঁকে গন্ধর্বের আঙুল থেকে আংটিটা খুলে নিল। চোখের পলকে সেটা ট্যাঁকে গুঁজে সে ঘরের অন্যান্য জিনিসে মন দিল।

ঘরে খুব বেশি কিছু নেই। একটা কাঁসার গ্লাসে জল ঢাকা ছিল। সেটা ঝোলায় পুরল লোকটা।

দ্বিতীয়জন কোমর থেকে একটা ভোজালি বের করে বলল, "বলিস তো এবার খুনটা করে ফেলি।"

ষষ্ঠী চাপা গলায় বলল, "থাকগে, যেতে দাও।"

"তার মানে?"

"চুরি এক জিনিস, খুন অন্য। খুনের আর কোনও দরকারও নেই। আসল জিনিস পেয়ে গেছি।"

"কিন্তু আমার টাকাটা?"

ষষ্ঠী মৃদু একটু হেসে চাপা স্বরে বলল, "পাবে। ও সামান্য টাকা তোমার মারব না। এখন চলো, জায়গামতো জিনিসটা পৌঁছে দিতে হবে।"

দ্বিতীয় লোকটা আর আপত্তি করল না। দুজনে আবার জানালা দিয়ে বেরিয়ে বাগান পেরিয়ে দেয়াল ডিঙিয়ে বাইরে চলে এল।

ষষ্ঠী হঠাৎ বলল, "কুকুরটা ডাকল না কেন বলো তো! তাজ্জব!"

টিকে বলল, "সেটাই ভাবছিলাম। ওরকম বদমেজাজি কুকুর একদম চুপ মেরে রইল?"

দুজনে আমবাগানের ছায়ায় গা ঢাকা দিয়ে হেঁটে বাঁশবনের অন্ধকারে ঢুকল। এ পথে শর্টকাট হয়, রাস্তাও নিরাপদ।

বাঁশবনে একটু গভীরে ঢুকেই টিকে ডাকল, "ষষ্ঠী।"

"বলো টিকেদা।"

"আংটিটা দে।"

"আংটি! আংটি তোমাকে দেব কেন? ও তো বখরার মাল নয়। তোমাকে থোক টাকা দেব বলেছি, ঠিক দেব।"

"আংটি বখরার জিনিস নয় কে বলল? আলবাত বখরার জিনিস। দে।"

ষষ্ঠী দুপা পিছিয়ে গিয়ে হিংস্র গলায় বলল, "না।"

টিকে এক হাতে ষষ্ঠীর গলাটা টিপে ধরে অন্য হাতে তাকে একটা পাঁচ কিলো ওজনের চড় কষাল। তারপর তার ট্যাঁক থেকে আংটিটা খুলে নিয়ে নিজের ট্যাঁকে রেখে বলল, "এবার চল।"

ষষ্ঠী আর গাঁইগুঁই করল না। গালে হাত বোলাতে বোলাতে টিকের পিছু পিছু হাঁটতে লাগল।

কালী স্যাকরা জেগে বসে থাকবে, এরকম কথা ছিল। আংটিটা পেলেই সে হিরে খুলে নিয়ে সোনা গলিয়ে ফেলবে।

কিন্তু কার্যত দেখা গেল, কালী স্যাকরা জেগে নেই। ঘর অন্ধকার, দরজাও বন্ধ।

ষষ্ঠী আর টিকে চাপা স্বরে ডাকল, "কালীদা! ও কালীদা!"

জবাব নেই।

ষষ্ঠী দরজায় ধাক্কা দিল। অমনি কপাট খুলে গেল ঝড়াত করে।

ভিতরে ঢুকে দৃশ্য দেখে দুজনেই হাঁ। কালী স্যাকরা উপুড় হয়ে পড়ে আছে। তার সিন্দুক খোলা, আলমারি হাঁ হাঁ করছে। কী হয়েছে তা বুঝতে দু'জনের এক লহমা লাগল।

মুখে-চোখে জলের ছিটে দিতেই কালী স্যাকরা অবশ্য চোখ মেলল। ডুকরে কেঁদে উঠে বলল, "ষষ্ঠী, তোর মনে কি এই ছিল রে?"

ষষ্ঠী বিরক্ত হয়ে বলল, "কী হয়েছে বলবে তো!"

"হওয়ার আর বাকি কী রাখলি বাপ? চেয়ে দ্যাখ, আমার এতকাল ধরে তিল-তিল করে জমানো টাকাপয়সা সোনাদানা সব পাঁচ মিনিটের মধ্যে লোপাট।"

টিকে ধমক দিয়ে বলল, "কী করে লোপাট হল সেটা বলো।"

কাঁদতে কাঁদতে কালী স্যাকরা বলল, "মিনিট দশ-পনেরো আগে ষষ্ঠীর গলা শুনলুম বাইরে থেকে 'কালীদা, কালীদা' করে ডাকছে। উঠে দরজা খুলে দিতেই একটা লোক ঘরে ঢুকে পড়ল। টুঁ শব্দটি করার সময় পেলাম না, একটা রদ্দা বসিয়ে মাটিতে ফেলে দিল। তারপর আর কিছু মনে নেই। উঠে দেখছি সব ফর্সা।"

টিকে ফোঁস করে একটা শ্বাস ফেলে বলল, "ষষ্ঠী লোকটা যে এক নম্বরের বদমাশ সেটা কে না জানে। সুযোগ পেলে নিজের মায়ের গয়নাও ও চুরি করবে। কিন্তু কালীদা, গত দুঘণ্টায় ষষ্ঠী তোমার দোকানে আসেনি। কারণ ও আমার সঙ্গে ছিল।"

কালী স্যাকরা নিজের কপাল চাপড়াতে চাপড়াতে বলল, "তা হলে সে ষষ্ঠীরই মাসতুতো ভাই হবে। কিন্তু আমি যে ধনেপ্রাণে গেলুম রে!"

ষষ্ঠী হঠাৎ বলল, "না, একেবারে যাওনি। সে আংটিটা পাওয়া গেছে। যা চুরি গেল, তা সুদে-আসলে তুলে নিতে পারবে।"

দিশেহারা হয়ে কালী স্যাকরা বলল, "আংটি! কই, দেখি!"

টিকে ট্যাঁকে হাত রেখে বলল, "কিন্তু ভাগ-বাঁটোয়ারা কেমন হবে সেটা আগে শুনি।"

কালী বলল, "কত চাস?"

"পঞ্চাশ হাজার।"

"ও বাবা, বলিস কী রে ডাকাত? আমার কত গেছে জানিস? লাখ টাকার ওপর। তার ওপর চারশো টাকা আজ সন্ধেতেই ছেলেটার হাতে গুনে দিয়েছি।"

টিকে মাথা নেড়ে বলল, "তোমার যা গেছে তা উসুল করেও আংটির দৌলতে তোমার অনেক থাকবে। আমি পঞ্চাশ হাজার আর ষষ্ঠী পাঁচশো।"

"পাঁচশো!" বলে ষষ্ঠী চোখের পলক ফেলতে ভুলে গেল।

টিকে গম্ভীর ভাবে বলল, "পাঁচশো টাকায় আমাকে দিয়ে খুন করাতে চেয়েছিলি। টিকে তোর কাছে খুব শস্তা হয়েছে, না? পাঁচশো যে তোকে দেওয়া হচ্ছে এই ঢের।"

কালী স্যাকরা হাত বাড়িয়ে বলল, "আংটি যদি খাঁটি হয়, তবে পাঁচ হাজার পাবি, ষষ্ঠী পাবে ওই পাঁচশো। রাজি থাকলে দে।"

দুপক্ষে তুমুল দরাদরি শুরু হয়ে গেল। আধঘণ্টা বাদে সিদ্ধান্ত হল, ষষ্ঠী পাঁচশো পাবে, টিকে পাবে দশ হাজার।

টিকে ট্যাঁক থেকে আংটিটা বের করে কালী স্যাকরার হাতে দিয়ে বলল, "এবার দ্যাখো, জিনিস খাঁটি তো?"

কালী স্যাকরা চোখে ঠুলির মতো একটা আতস কাচ লাগিয়ে ঘুরিয়ে ফিরিয়ে আংটিটা দেখে বলল, "সেইটেই। সন্দেহ নেই। কিন্তু আজ রাতে তো টাকা দিতে পারছি না। আমার যা ছিল এখানে, সব গেছে। তার ওপর এই ঘোর অমাবস্যায় ঘরের টাকা বের করাও পাপ। কাল সকালে এসে টাকা নিয়ে যাস।"

টিকে মাথা নেড়ে বলল, "ও বাবা, তা হবে না। টাকা না-পেলে আংটি তোমার কাছে গচ্ছিত রাখে কোন মুখ্যু!"

বেজার মুখে উঠে কালী স্যাকরা দেয়ালে লাগানো গুপ্ত সিন্দুক খুলে টাকা বের করে দিয়ে বলল, "এখন বিদেয় হ। আমার অনেক কাজ।"

ষষ্ঠী আর টিকে বেরিয়ে এল। টিকের মুখে হাসি। ষষ্ঠী ধুতির খুঁটে চোখ মুছছে।

আগে আগে টিকে, পিছনে ষষ্ঠী। সরু অন্ধকার গলিটার মুখে দেয়ালে পিঠ দিয়ে একটা পাগল-গোছের লোক দাঁড়িয়ে বিড়বিড় করছিল। তাকে বিশেষ নজর না করে পেরিয়ে যাচ্ছিল দুজনে।

কিন্তু ঘটনাটি ঘটল বিদ্যুতের বেগে। দু'জনে ঠাহরই করতে পারল না যে, কী হল।

টিকে নিশ্চিন্ত মনে হাঁটছিল। তার গায়ে অসুরের জোর, কোমরে ভোজালি, বুকে দুর্জয় সাহস, ট্যাঁকে দশ হাজার গা-গরম করা টাকা। এ তল্লাটে তাকে ঘাঁটানোর সাহস কারও নেই।

কিন্তু পাগলটা হঠাৎ ঠ্যাং বাড়িয়ে ছোট্ট একটা ল্যাং মারল তাকে। আর সঙ্গে সঙ্গেই ঘাড়ের ওপর এসে পড়ল হাতের চেটোর একটা দুর্জয় কোপ। টিকে— দশাসই টিকে একবার মাত্র 'কোঁক' শব্দ করে উপুড় হয়ে পড়ে গেল। আর নড়ল না।

ষষ্ঠী ঘটনাটা বুঝতেই পারেনি। আচমকা টিকে ওরকম গদাম করে পড়ে যাওয়ায় সে বেশ ভ্যাবাচ্যাকা খেয়ে গিয়েছিল। পাগলটা খুব ধীরেসুস্থে হিসেব-নিকেশ করে তার কপালে একটা ছোট্ট গাঁট্টা মারল। ষষ্ঠী খুব অমায়িকভাবে বসে পড়ল মাটিতে। তারপর চোখ উলটে গোঁ-গোঁ করতে লাগল।

পাগলাটা নিচু হয়ে টিকের ট্যাঁক থেকে দশ হাজার আর ষষ্ঠীর ট্যাঁক থেকে পাঁচশো টাকা বের করে নিল।

জানালা দরজা বন্ধ করে কালী স্যাকরা বাতি জ্বেলে আংটিটা ঘুরিয়ে ফিরিয়ে দেখছিল। হিরেটা খুলে সোনা গলিয়ে ফেলতে হবে। নইলে চোরাই জিনিস, ধরা পড়তে কতক্ষণ?

ঠিক এই সময়ে বাইরে থেকে টিকে ডাকল, "কালীদা।"

কালী বিরক্ত হয়ে বলে, "আবার কী চাস?"

টিকে চাপা গলায় বলল, "বলছিলাম কী, আমার বউটি তো ভীষণ দজ্জাল, তুমি জানো।"

"তা জানি।"

"আমি এত রাতে বাড়ি ফিরলে বউ আমার ট্যাঁক হাতিয়ে দেখবে। টাকাটা পেলে নিয়ে নেবে। তাই বলছিলাম, টাকাটা আজ রাতের মতো তোমার কাছে থাক। কাল এক ফাঁকে যখন বউ বাড়িতে থাকবে না, তখন এসে নিয়ে যাব।"

একথায় কালী স্যাকরা খুশি হল। টাকা তার প্রাণ। যতক্ষণ কাছে থাকে, ততক্ষণই মনটা ভাল থাকে। দশ হাজার টাকা হাতছাড়া হওয়ায় মনটা খিঁচড়ে ছিল এতক্ষণ।

"দাঁড়া, দরজাটা আজ রাতে আর খুলব না। জানালাটা ফাঁক করছি, হাত গলিয়ে দিয়ে দে।"

"তাই নাও কালীদা। টাকাটা সাবধানে রেখো। ফের যেন চুরি-ডাকাতি না হয়।"

কালী স্যাকরা জানালার ছিটকিনি খুলে পাল্লা ধরে অনেক ঠেলাঠেলি করল। কিন্তু পাল্লা এমন এঁটে গেছে যে, খুলল না। হতাশ হয়ে কালী বলল, "এ যে খুলছে না রে।"

টিকে বিরক্ত হয়ে বলল, "এইভাবে রাত কাবার করে দেবে নাকি? জানালা খুলছে না তো দরজাটাই একটু ফাঁক করো, টাকাটা দিয়ে চলে যাই। আমার অত সময় নেই।"

কালী অগত্যা দরজাটার হুড়কো খুলে একটু ফাঁক করল।

তারপর কী যে ঘটল, তা কালী স্যাকরা নিজেও বলতে পারবে না। একটুখানি ফাঁক হওয়া দরজাটা দিয়ে যেন একটা বিকট ঘূর্ণিঝড় বয়ে গেল।

কালী স্যাকরা চিতপাত হয়ে পড়ে গেল মেঝেয়।

পাগলটা কালী স্যাকরার দিকে একটুক্ষণ চেয়ে রইল। তারপর খুব ধীরেসুস্থে শিস দিতে দিতে কালীর কাজ করার জলচৌকিটার ওপর থেকে এখনও অক্ষত আংটি তুলে নিয়ে আলোয় একটু ঘুরিয়ে ফিরিয়ে দেখে আঙুলে পরে নিল। তারপর দেয়াল হাতড়ে হাতড়ে বের করে ফেলল গুপ্ত সিন্দুক। কালীর কোমরের কষি থেকে চাবি খুলে নিয়ে সিন্দুক থেকে সোনাদানা আর টাকাপয়সা বের করে একটা লম্বা গেঁজেয় ভরে ফেলল। বেরিয়ে এসে দরজাটা ভেজিয়ে দিল, সাবধানে। দ্রুত পায়ে অন্ধকারে মিলিয়ে গেল। তার হাবভাবে আর পাগলামির চিহ্নও ছিল না।

গোটা ঘটনাটা ঘটতে দশ মিনিটের বেশি লাগেনি।

সাত

আমবাগানে দু'জন দরোয়ান আছে। এক মাড়োয়ারি বাগান ইজারা নিয়ে দরোয়ান দু'জনকে আনিয়ে পাহারা বসিয়েছে। ভোজপুরি দুই দরোয়ানেরই বেশ দশাসই চেহারা। পেতলে বাঁধানো লাঠি হাতে তারা পালা করে বাগান পাহারা দেয়। একজন ঘুমোলে অন্যজন জেগে থাকে। একজন খানা পাকায় তো অন্যজন ডন-বৈঠক দেয়। আমবাগানের মধ্যেই তারা ছোট্ট একখানা ঝোপড়ি বানিয়ে নিয়েছে। উনুন জ্বেলে সেখানেই তারা রুটি আর ভাজি তৈরি করে। কখনও মনের আনন্দে চেঁচিয়ে গানও গায়। তুলসীদাসের রামায়ণও পড়ে মাঝে মাঝে।

আজ সন্ধের মুখে জটাজুটধারী একজোড়া সাধু এসে ঝোপড়ির সামনে দাঁড়িয়ে গাল বাজিয়ে বিকট চিৎকারে 'জয় শিব স্বয়ম্ভূ, জয় সীতারাম, জয় বজরঙ্গবলী' বলে হাঁক মারতে দু'জন দারোয়ানই ভড়কে গিয়ে একেবারে সাধুদের পায়ের গোড়ায় গিয়ে পড়ল। "গোর লাগি সাধুবাবা।"

দুই সাধুরই বয়স সাংঘাতিক। দেখলেই মনে হয় একশো বছর পার করে দিয়েছে। কিন্তু মেদহীন রুক্ষ শরীরে ব্রহ্মতেজ যেন ফেটে বেরোতে চাইছে।

সাধুরা ঝোপড়ির বাইরে দুটো খাটিয়ায় বসে খানিক জিরোল। ততক্ষণ দু'জন দরোয়ান রামরিখ আর রামভরোসা খুব যত্ন করে হাওয়া করল তাদের। জল-টল খাওয়াল মিছরি আর লেবু দিয়ে।

সাধুরা দু'জনকেই বিস্তর আশীর্বাদ করে বলল, "তোদের সেবায় আমরা খুব খুশি হয়েছি রে বেটা। আজ রাতটাও তোদের ঝোপড়িতেই থেকে যাব। যা, ভাল করে রুটি পাকা। সঙ্গে অড়হর ডাল, ঘি আর আলু-পটলের ডালনা যেন থাকে।"

রামরিখ আর রামভরোসা এই আদেশে বিগলিত হয়ে গেল। ভাল করে আটা মেখে ভিজে ন্যাতায় জড়িয়ে রাখল রামরিখ। রামভরোসা ছুটল বাজারে, আলু আর পটল আনতে।

দুই সাধু সন্ধে থেকে রাত দশটা পর্যন্ত দুই খাটিয়ায় শুয়ে টানা ঘুম দিল। ততক্ষণ পালা করে রামরিখ আর রামভরোসা তাদের পা টিপে দিল।

রান্না হওয়ার পর ডেকে তুলে যখন সাধুদের খাওয়াতে বসাল দু'জন, তখনই বুঝতে পারল, বাস্তবিক সাধুদের ক্ষমতার শেষ নেই। দু'জনকে দশখানা করে পুরু এবং বিশাল সাইজের রুটি দেওয়া হয়েছিল প্রথমে। সাধুরা স্রেফ ডাল দিয়ে উড়িয়ে দিল তা। আর দশখানা করে ওড়াল ডালনা দিয়ে। শেষে চাটনি দিয়ে আরও পাঁচখানা করে।

ফলে রামরিখ আর রামভরোসাকে ফের আটা মেখে নিজেদের রুটি পাকিয়ে নিতে হল।

খাওয়া-দাওয়া হয়ে গেলে পর দুই সাধু মিলে সিদ্ধি ঘুঁটতে বসে গেল। ঘুঁটতে ঘুঁটতেই তারা নানারকম তত্ত্বতালাশ নিতে লাগল। কতদিন রামরিখ আর রামভরোসা এখানে আছে? জায়গাটা কেমন? দক্ষিণ দিকে ওই বাড়িটা কার? ওখানে কে কে থাকে? কোনও নতুন লোক এদিক দিয়ে যায় কিনা, ও বাড়িতে আজ কেউ এসেছে কিনা, এইসব।

সাধুদের এসব কথা জিজ্ঞেস করাটা তেমন স্বাভাবিক ঘটনা নয়। তবে রামরিখ আর রামভরোসা নিতান্তই সহজ সরল এবং ভক্তিমান বলে কোনও সন্দেহ করল না। নানা কথার ফাঁকে তারা এও জানিয়ে দিল, ওই বাড়িতে আজ এক নতুন মেহেমান এসেছে। তার বয়স নিতান্তই কম। চেহারা গরিব দুঃখীর মতো।

সাধু দু'জন গম্ভীরভাবে সব শুনে সিদ্ধি ঘোঁটা শেষ করে রামরিখ আর রামভরোসার লোটায় অর্ধেকটা সিদ্ধি ঢেলে দিয়ে নিজেরাও নিয়ে বসল।

এটা ওটা গল্প হতে হতেই হঠাৎ রামরিখ আর রামভরোসার ভীষণ হাই উঠতে লাগল। চোখ বুজে আসতে লাগল ঘুমে। এবং কয়েক মিনিটের মধ্যেই কোনওরকমে মাটিতে গামছা পেতে শুয়ে দু'জনেই নাক ডাকাতে লাগল।

দুই সাধু লণ্ঠনের ম্লান আলোয় পরস্পরের দিকে চেয়ে একটু হাসল। তারপর ঝোলা থেকে টর্চ বের করে চারদিকটা ঘুরে ঘুরে একটু দেখল।

আমবাগানের শেষে পুকুরধারে একটা মরা গাছ আছে। দু'জনে সেই গাছটার তলায় এসে দাঁড়িয়ে অপেক্ষা করতে লাগল।

রাত্রি ক্রমে গভীর থেকে গভীরতর হতে লাগল। কিন্তু দুই সাধু পাথরের মূর্তির মতো দাঁড়িয়ে।

হঠাৎ তীব্র দুটো শিসের শব্দ হল পরপর। একটা লম্বা, একটা খাটো। সাধু দু'জন ধীরে ধীরে গাছতলা ছেড়ে বেরিয়ে এল।

আট

ষষ্ঠী যখন চোখ মেলল, তখন তার কপালে মস্ত একটা ট্যাম। মাথাটা ঝিমঝিম করছে। চোখে সরষেফুলও দেখতে পারছে ষষ্ঠী। ওই অবস্থাতেই নিজের ট্যাঁকটা একটু হাতিয়ে দেখল সে। ফাঁকা।

কিছুক্ষণ ঝিম মেরে বসে থেকে আবার চোখ খুলে সে দেখল, টিকে এখনও গন্ধমাদনের মতো পড়ে আছে সামনে। দেখে ফিক করে একটু হেসে দেখল ষষ্ঠী। তার মোটে পাঁচশো, টিকের গেছে দশ হাজার। উচিত শিক্ষা হয়েছে। ভগবান যা করেন, মঙ্গলের জন্যই করেন। কপালের ফের না হলে টিকের যাওয়ার কথা পাঁচশো, আর ষষ্ঠীর দশ হাজার।

দশ হাজার তার ট্যাঁক থেকে গেলে ষষ্ঠী শোকে আর উঠে দাঁড়াতে পারত না।

পাঁচশোর শোক অনেক কম। ষষ্ঠী তাই গা-ঝাড়া দিয়ে উঠে দাঁড়াল, গন্ধমাদনটার দিকে তাকিয়ে আবার ফিকফিক করে হাসল সে। পাগলবেশি ডাকাতটা টিকে-কে একটা ল্যাং আর একটা বিরাশি সিক্কার রদ্দা কষিয়েছে। সেই তুলনায় ষষ্ঠীর ভাগে পড়েছে মাত্র একটা গাঁট্টা, ভগবানই চিরকাল গরিবকে দেখেন।

নিজের কপালের ট্যামটায় একটু হাত বোলাল ষষ্ঠী। তারপর টিকের ট্যাঁকটা হাতিয়ে দেখল। দেখে রাখা ভাল। টাকাটা যে সত্যিই গেছে সে বিষয়ে নিশ্চিন্ত হয়ে ষষ্ঠী টিকের কোমর থেকে ভোজালিখানা খুলে নিল। সাবধানের মার নেই।

তারপর ষষ্ঠী বুক চিতিয়ে দাঁড়িয়ে দাঁতে দাঁত চেপে বলল, "বিশ্বাসঘাতক! শয়তান!" বলে ক্যাঁত-ক্যাঁত করে কয়েকটা লাথি কষাল টিকের কোমরে। টিকে অবশ্য লাথি-টাথি টের পেল না। তবে একবার গোঙানির শব্দ করে উঠতেই ষষ্ঠী দু' পা পিছিয়ে এল সভয়ে। দূর থেকেই আরও কিছুক্ষণ টিকের উদ্দেশে গালমন্দ বর্ষণ করে সে রণে ভঙ্গ দিল। আংটি গেছে, টাকা গেছে, তবু ষষ্ঠীর একরকম আনন্দই

হচ্ছিল। তার মোটে পাঁচশো গেছে, কপালে মাত্র একটা ছোট্ট ট্যাম। আর টিকেটার গেছে দশ হাজার, হাঁটুতে ল্যাং, ঘাড়ে রদ্দা। ওঃ, যা আনন্দ হচ্ছে ষষ্ঠীর!

একটু জিরিয়ে এক ঢোঁক জল খাবে বলে ষষ্ঠী আবার কালী স্যাকরার দোকানে ফিরে এল। স্যাকরার পো আংটিটা জোর দাঁও মেরেছে। রাত জেগে বসে সোনা গলাচ্ছে নিশ্চয়ই।

ষষ্ঠী মৃদু স্বরে ডাকল, "কালীদা! ও কালীদা! ওঃ, যা হুজ্জোতটাই গেল। দেখগে গন্ধমাদনটা কেমন দাঁত ছরকুটে পড়ে আছে গলির মাথায়। হিঃ হিঃ..."

কিন্তু কালী স্যাকরার বন্ধ ঘর থেকে কোনও জবাব এল না।

ষষ্ঠী দরজাটা ঠেলতেই খুলে গেল।

সন্তর্পণে ঘরে ঢুকল ষষ্ঠী। তারপর হাঁ হয়ে গেল।

কালী স্যাকরা কেতরে পড়ে আছে মেঝেয়। আংটি হাওয়া। গুপ্ত সিন্দুক হাঁ হাঁ করছে।

জিব দিয়ে একটু চুকচুক করে আফসোসের শব্দ করল ষষ্ঠী। এঃ, কালীদাকে একেবারে ফর্সা করে দিয়ে গেছে! গুপ্ত সিন্দুকের খবরটা আগে জানত না ষষ্ঠী। আজ রাতেই প্রথম দেখল, যখন কালী তাদের টাকা বের করে দিল।

ষষ্ঠী আপনমনেই বলল, "দুঃখটা কেন হয়েছ জানো কালীদা? নিল তো একটা অজ্ঞাতকুলশীল নিয়ে গেল সব। এ কাজ তো আমারই করা উচিত ছিল। এঃ, টাকায় গয়নায় হিরের আংটিতে কয়েক লাখ বেরিয়ে গেল গো!"

দুঃখ করতে করতে আবার একটা খুশি-খুশি ভাবও এসে পড়ল ষষ্ঠীর। কালী স্যাকরা তার বন্ধু লোক হলে কী হয়, এক নম্বরের হাড়কেপ্পন। হাজার টাকার মাল নিয়ে দুশো টাকা ঠেকায়। লোকটা ঠকবাজ, জোচ্চোর তো বটেই, বাটপাড় বললে কম বলা হয়। পাপে দুনিয়াটাই ভরে গেল। কলিকাল আর বলে কাকে!

তা ভগবান সাজাটাও দিলেন বড় কম নয়। কথায় বলে ধর্মের কল বাতাসে নড়ে। ভাবতে ভাবতে ষষ্ঠী ফিক করে হেসে ফেলল। কালী স্যাকরার মাজা নির্ঘাত মচকেছে। চোখের নীচে কালশিটে। কপাল ফেটে রক্ত গড়াচ্ছে। পাপের শাস্তি।

ষষ্ঠী খুব আদরের সঙ্গে নিজের কপালের ট্যামটাতে হাত বোলাল। তার কপালে মোটে একটা ট্যাম। তাও খুব বেশি হলে একটা সুপুরির সাইজ। আর ট্যাঁক থেকে গেছে মোটে পাঁচশো টাকা। ছোট পাপের ছোট শাস্তি। আর কালীদাকে দ্যাখো।

ফিকফিক করে কিছুক্ষণ খুব হাসল ষষ্ঠী।

তারপর হাসি থামিয়ে ষষ্ঠী খুব তাড়াতাড়ি ঘরটা খুঁজে দেখে নিল, নাঃ, কিছু নেই। পাগলটা সব নিয়ে গেছে।

পাগল! আরে, এতক্ষণে পাগলটার কথাই তো সে ভাল করে ভেবে দেখেনি! ষষ্ঠী খুব মন দিয়ে ভ্রূ কুঁচকে দৃশ্যটা মনে করার চেষ্টা করল। একটা পাগল গলির মুখে দেয়ালে ঠেস দিয়ে দাঁড়িয়ে বিড়বিড় করছিল আর আপনমনে হাসছিল।

হ্যাঁ, ষষ্ঠী এবার পরিষ্কার পাগলটাকে মনে করতে পারল। অন্ধকার ছিল বটে, কিন্তু পাগলটা কতটা লম্বা, হাত-পায়ের গড়ন কীরকম, নড়াচড়া কীরকম, এগুলোর একটু আন্দাজ পেয়েছিল সে। আর আশ্চর্যের বিষয়, পাগলটাকে তার খুব চেনা লাগছে। খুব চেনা চেনা।

হুঁ হুঁ বাবা, ষষ্ঠীর চোখকে ফাঁকি দেবে, এমন এলেম তোমার পেটে নেই। একটু ভাবতেই ষষ্ঠী ধরে ফেলেছে লোকটা কে। কিন্তু সে ভেবে অবাক হল, এতখানি বয়সে সে নিজে আজও যে-বিদ্যে বাগাতে পারেনি, ওইটুকু একরত্তি ছেলে এর মধ্যেই এত শিখে ফেলল কী করে? ষষ্ঠী নিজে পাকা চোর, টিকে দুর্দান্ত গুণ্ডা, কালী স্যাকরা শেয়ালের মতো ধুরন্ধর। অথচ এই তিনজনকে একই দিনে দু'-দুবার ঘোল খাইয়ে গেল ওই দুধের খোকা?

ভাবতে ভাবতে লজ্জায় ঘেন্নায় শরীরটা শক্ত হয়ে গেল ষষ্ঠীর। মান-ইজ্জত সবই গেল তার। এর একটা বিহিত না করলেই নয়।

শক্ত করে ভোজালিটা চেপে ধরে ষষ্ঠী আরও খানিকক্ষণ ভাবল। কাজটা শক্ত সন্দেহ নেই। একে রতন বাঁড়ুজ্যের বাড়িতে দ্বিতীয়বার ঢোকা। তার ওপর ওই তুখোড় ছোকরার সঙ্গে গায়ের জোর, বুদ্ধি আর বদমাইশিতে পাল্লা টানা। কাজটা খুবই শক্ত।

তবে যদি কোনওরকমে কাজটা হাশিল করে ফেলতে পারে ষষ্ঠী, তবে এক রাতেই সে রাজা হয়ে যাবে। কালী স্যাকরার কয়েক লাখ টাকা আর সোনার গয়না, লাখ টাকার হিরের আংটি মিলিয়ে যা হবে তা কল্পনাও করা যায় না। একটা নয়, দুটো ডাকাতের দল খুলবে ষষ্ঠী। একশোটা বন্দুক কিনে ফেলবে। রোজ শুধু পোলাও কালিয়া খাবে। বারোটা গামছা কিনবে। দুটো গাই-গোরু। একটা মোটরগাড়ি। একটা পাহাড়। একটা জাহাজ...

ভাবতে ভাবতে চোখ চকচক করতে লাগল ষষ্ঠীর। বিড়বিড় করে বলল, "জয় মা কালী। বুকে সাহস দে মা। মাথায় বুদ্ধি দে মা। গায়ে জোর দে মা।"

বলে ষষ্ঠী কালী স্যাকরার দোকান থেকে বেরিয়ে হনহন করে হেঁটে বাঁশবন পেরিয়ে শর্টকাট ধরে আমবাগানে এসে ঢুকল।

হঠাৎ একটা ক্রুদ্ধ 'গর্‌র্‌' আওয়াজ পেয়েই ষষ্ঠী একলাফে নিচু একটা গাছের ডাল ধরে ঝুল খেয়ে ভোজালি সমেত ঝটপট গাছে উঠে পড়ল। বুকে ধাঁই-ধপাধপ শব্দ

হচ্ছে। এই আমবাগানে বাঘ থাকার কথা নয়। তবে এল কোত্থেকে?

তবে কিনা ষষ্ঠীর পাকা কান। একটু শুনেই বুঝল, বাঘ নয়। নাক ডাকছে।

সাহসে ভর করে ষষ্ঠী নেমে এসে দরোয়ানদের ঝোপড়ির দিকে এগিয়ে গিয়ে দেখল দুই মুশকো ভোজপুরি মাটিতে কুমড়ো-গড়াগড়ি খেয়ে ঘুমোচ্ছে। নাকের কী ডাক রে বাবা!

ষষ্ঠী খুব আহ্লাদের সঙ্গে ফিকফিক করে হাসল। ভগবান যা করেন মঙ্গলের জন্যই। এই দুটো দরোয়ান প্রায়ই রাতবিরেতে "কে রে? কৌন হ্যায় রে?" বলে এমন চেঁচায় যে, ষষ্ঠীর পিলে চমকে যায়। একবার তো একজনের লাঠি খেতে খেতে দৌড়ে পালিয়ে কোনওরকমে বেঁচে গিয়েছিল সে। দু'জনের সামনে দুটো লোটা দেখে ষষ্ঠী আর লোভ সামলাতে পারল না। তুলে নিল। পুকুরে ডুবিয়ে দেবে। পরে তুলে নিলেই হবে।

মা লক্ষ্মী এভাবেই তো দেন। হাতের লক্ষ্মী পায়ে ঠেলা কি ঠিক? এক হাতে দুটো লোটা আর অন্য হাতে ভোজালিটা বাগিয়ে ধরে ষষ্ঠী ঘুটঘুট্টি অন্ধকারে রতন বাঁড়ুজ্যের বাড়ির দিকে এগোল। পথেই পুকুরটা পড়বে।

বেশ নিশ্চিন্ত মনেই এগোচ্ছিল ষষ্ঠী। মনটায় একটু স্ফূর্তিও আছে। ধর্মের কল যে বাতাসে নড়ে তা এই একটু আগে নিজের চোখেই দেখেছে ষষ্ঠী। তার মনে হচ্ছে ভগবান যখন এতটাই দেখলেন, আর একটু কি দেখবেন না? ওই এঁচোড়ে-পাকা ছোঁড়াটার কাছ থেকে হিরের আংটি সমেত কালীদার চুরি-যাওয়া গয়না আর টাকা হাতাতে পারলে তাকে আর পায় কে?

কিন্তু একটা খটকা লাগছে ষষ্ঠীর। ছোঁড়াটা যখন ঘুমোচ্ছিল তখন সে নিজে হাতে ঘরের মধ্যে ঘুমের ওষুধ স্প্রে করেছে। সে এমনই তেজালো ওষুধ যে হাতিরও সে ঘুম সহজে ভাঙার কথা নয়। কিন্তু ছোকরা সেই ওষুধের ক্রিয়া এমন চট করে কাটিয়ে উঠল কী করে? তার ওপর তারা দু'-দুটো হুমদো লোক বাড়ির চৌহদ্দিতে ঢোকার পরও রতন বাঁড়ুজ্যের বাঘা কুকুরটা একবারও ডাকল না কেন?

ষষ্ঠী আমবাগান পার হয়ে ফাঁকা জমিতে পা রাখতেই মুখে ঝপাস করে একটা টর্চের আলো এসে পড়ল।

"আরে! কানাইবাবু যে?"

গলার স্বরটা এক লহমায় চিনে ষষ্ঠী খুব বিনয়ের সঙ্গে একটু হাসল, "হেঃ হেঃ, এই একটু ঘুরে ঘুরে দেখছি আর কি। বড্ড গরম কিনা ঘরে।"

"তা ভাল। তবে হাতে ও দুটো কী? পেতলের ঘটি দেখছি...!"

ষষ্ঠী শশব্যস্তে বলল, "আর বলবেন না, লোকের বড় ভুলো মন হয়েছে আজকাল।

কে যেন ফেলে গেছে আমবাগানে। হোঁচট খেয়ে পড়েই যাচ্ছিলাম। তাই ভাবলাম পুকুরে ফেলে দিয়ে আসি।"

"কিন্তু কানাইবাবু, আপনার ডান হাতে একটা ভোজালিও দেখছি না?"

ষষ্ঠী জিব কাটল। তারপর অবিশ্বাসের দৃষ্টিতে ভোজালিটার দিকে একটু চেয়ে থেকে চোখ মিটমিট করতে করতে বিগলিত মুখে বলল, "আজ্ঞে, আমিও দেখছি। কিন্তু কোত্থেকে যে জিনিসটা এল, তা বুঝতে পারছি না। এই ছোরা-টোরা খুব খারাপ জিনিস, আমি লোককে সেকথা বলিও।"

টর্চের আলোয় তাকে আপাদমস্তক ভাল করে দেখে নিয়ে ছোকরাটা বলল, "ছোরায় সব সময় কাজও হয় না। তাই না?"

ষষ্ঠী বিগলিত মুখে বলল, "আজ্ঞে, সে আর বলতে?"

"কিন্তু আপনার কপালটা যে বেশ ফুলে আছে কানাইবাবু? পড়ে-টড়ে যাননি তো?"

ষষ্ঠী খুবই উদার স্বরে বলল, "সে আর বিচিত্র কী? কোথাও অন্ধকারে ঢুসোটুসো লেগে থাকবে। তবে আমার এ আর কী দেখছেন? অন্যদের আরও কত হয়ে আছে তার হিসেব কে জানে।"

"তা বটে।" বলে ছোকরা একটু হাসল। তারপর টর্চের আলোটা নিবিয়ে দিয়ে বলল, "আপনি বেশ ভাল লোক কানাইবাবু। এ অঞ্চলে আমি আর আপনার চেয়ে ভাল লোক দেখিনি।"

"আজ্ঞে কথাটা আমারও মাঝে মাঝে মনে হয়। একটু-আধটু যা করে ফেলি তা ওই কুসঙ্গে পড়ে।"

"তা বটে। আপনার ওই স্যাকরা লোকটিও বেশ ভাল। আমার তো ধারণা ছিল আংটিটার জন্য পঞ্চাশ টাকাও পাব না। কিন্তু স্যাকরার দয়ার শরীর বলে আমার দুর্দশা দেখে চারশো টাকা দিয়েছেন। ভারী ভাল লোক কালী-স্যাকরা। এখানে দেখছি ভাল লোকের সংখ্যাই বেশি।"

এই কথায় ষষ্ঠী একটু বিনয় দেখাতে গিয়ে মাথা হেঁট করে ঘাড় চুলকোতে গেল। বে-খেয়ালে ভোজালিসুদ্ধু হাত ঘাড়ে তুলে জিব কেটে হাতটা তাড়াতাড়ি নামিয়ে বলল, "যে আজ্ঞে। তা হলে এবার আমি আসি গিয়ে। বাড়িটা ফাঁকা পড়ে আছে। ইদিকে বড্ড চোর-ছ্যাঁচড়ের উপদ্রব কিনা।"

"চোর-ছ্যাঁচড়ও আছে নাকি এখানে? ওরে বাবা, তা হলে তো আপনার এক্ষুনি বাড়ি যাওয়া উচিত।"

"আজ্ঞে হ্যাঁ, যদি অনুমতি করেন।"

"আর এক দণ্ডও আপনার বাড়ির বাইরে থাকা উচিত নয়। যান, তাড়াতাড়ি বরং একটু জোর পায়েই চলে যান।"

বলতে বলতে ছেলেটা এগিয়ে এসে ষষ্ঠীর ঘাড়ে বন্ধুর মতো হাত রেখে, কিন্তু বেশ একটু চাপ দিয়ে ষষ্ঠীকে ঠেলে দিল। ওইটুকু চাপেই ষষ্ঠীর দম বেরিয়ে চোখ ডেলা পাকিয়ে উঠল ব্যথায়। ছোকরার হাতে যেমন বাঘের জোর তেমনি আঙুলেও ভেলকিবাজি আছে। রগ, শিরা, হাড়ের জোড় বুঝে গিয়ে মোক্ষম জায়গায় মোলায়েম করে চাপ দিয়ে প্রাণখানা টেনে বার করে দেয় আর কি।

ষষ্ঠী একবার "আঁক" শব্দ করেই বেশ দৌড়-পায়েই পালাল।

কিন্তু তার নাম ষষ্ঠীচরণ। আজ তার বড় অপমান গেছে। ছোকরাটা তিন-তিনবার তাকে ঘোল খাইয়েছে। টিকে অপমান করেছে না-হোক দু'বার। এর একটা পালটি না নিলে নিজের কাছেই তার ইজ্জত থাকে না। তার ওপর নিজের জহুরির চোখ দিয়ে টর্চের আলোয় ছোকরার আঙুলের আংটিখানা সে একঝলক দেখে নিয়েছে। সেই আংটিটাই। দিব্যি পরে ঘুরে বেড়াচ্ছে।

ষষ্ঠী তাই পালিয়েও পালাল না। বিশাল আমবাগান, দেদার গাছ, অমাবস্যার ঘুটঘুট্টি অন্ধকার। কে কার ওপর নজর রাখবে। ষষ্ঠী একটা নধর গাছের গোড়ায় ভোজালি দিয়ে নিপুণ হাতে একটা গর্ত খুঁড়ে লোটাদুটো পুঁতে রাখল। তারপর বানরের মতো গাছ বেয়ে উঠে একটা বেশ হেলানো ডালে পা ঝুলিয়ে বসল। তার মন বলছে, একটা ঘটনা কিছু ঘটতে চলেছে। সে গন্ধ পায়।

নয়

গন্ধর্ব তার ঘরে নিঃসাড়ে ঘুমোচ্ছে। রাত্রি গভীর। চারদিক খুবই নিস্তব্ধ।

এমন সময়ে দরজায় মৃদু টোকা পড়ল।

"গন্ধর্ব! গন্ধর্ব! ওঠো।"

গন্ধর্ব চোখ মেলল। চকিতে উঠে বসল। চারদিকে বিদ্যুৎগতিতে একবার চোখ বুলিয়ে নিয়ে সে খাট থেকে নামল।

দরজা খুলতেই তার ঘুমকাতর চোখ একটু বিস্ফারিত হয়ে গেল। চৌকাঠে দাঁড়িয়ে আছেন রতনবাবু এবং তাঁর পিছনে দু'জন বিকট চেহারার সন্ন্যাসী।

রতনবাবু মৃদুস্বরে বললেন, "গন্ধর্ব, এরা শ্বেত আর লোহিত। তোমার দাদুর বিশ্বস্ত দুই সহচর।"

গন্ধর্ব একটা হাই চাপল। তারপর বিড়বিড় করে বলল, "শ্বেত আর লোহিত! শ্বেত আর লোহিত..."

বলতে বলতেই তার চোখের ধোঁয়াটে ভাব কেটে উজ্জ্বলতা ফুটে উঠল। মুখে দেখা দিল হাসি। সে বলল, "হ্যাঁ, শ্বেত আর লোহিতের কথা দাদুর কাছে শুনেছি। আপনারা ঘরে আসুন।"

ঘরে ঢোকার পর উজ্জ্বল আলোয় সন্ন্যাসী দু'জনকে ভাল করে দেখল গন্ধর্ব। দু'জনের চেহারাই হুবহু একরকম। একই উচ্চতা, একই স্বাস্থ্য, একইরকম নাক চোখ মুখ। শুধু একজনের গায়ের রং ফর্সা, অন্যজনেরটা একটু তামাটে। দু'জন সন্ন্যাসীই অত্যন্ত কুটিল ও ঘোর সন্দিহান চোখে তাকে নিরীক্ষণ করছিল। মুখে কথা নেই।

শ্বেত এক পা এগিয়ে এসে খুব সটান হয়ে দাঁড়িয়ে তার চোখে দুই ভয়ংকর চোখ রেখে বলল, "বৈশাখী অমাবস্যা অবসানপ্রায়। আগামী পূর্ণিমায় অভিষেক। শুরু হোক দিগ্বিজয়। এবার আপনার সংকেতবাক্য বলুন।"

গন্ধর্ব মৃদু একটু হেসে বলল, "জলে অমৃত, বায়ুতে অমৃত, রৌদ্রে অমৃত।"

শ্বেত সহর্ষ বজ্রধ্বনিতে বলে উঠল, "সাধু। এবার আপনার অঙ্গুরীয় প্রদর্শন করুন।"

গন্ধর্ব তার হাত বাড়িয়ে দিল। অনামিকায় ঝকঝক করছে আংটি।

শ্বেত আর একবার বজ্রনিনাদে বলল, "সাধু। রাজা রামদুলালের বংশরক্ষাকারী কুমার গন্ধর্বের জয় হোক। আমরা আপনার ভৃত্য, আমাদের বংশধরেরাও আপনার এবং আপনার বংশধরদের আজ্ঞাবাহী হয়ে থাকবে।"

গন্ধর্ব হাত তুলে রাজকীয় ভঙ্গিতে বলল, "শুভম্।"

শ্বেত এবার গন্ধর্বকে নিচু হয়ে প্রণাম করে রতনবাবুর দিকে ফিরে তাকাল। মৃদু গম্ভীর স্বরে বলল, "কুমার গন্ধর্বনারায়ণ যথাসময়ে আপনার কাছে উপস্থিত হয়ে শর্ত পালন করেছে।"

রতনবাবু অবিচলিত গলায় বললেন, "হ্যাঁ।"

"সাধু। শর্ত ছিল গন্ধর্বনারায়ণ যথাসময়ে উপস্থিত হয়ে তার সম্পত্তি দাবি করলে সবই আপনি ফিরিয়ে দেবেন।"

"হ্যাঁ।"

"সাধু। এবার আপনার কাছে গচ্ছিত সম্পত্তির প্রতিভূ হিসেবে অঙ্গুরীয় প্রদর্শন করুন। আমরা দুটো আংটি মিলিয়ে দেখব।"

রতনবাবু অবিচলিত স্বরে বললেন, "আংটি চুরি গেছে।"

ঘরের মধ্যে বজ্রপাত ঘটলেও যেন এর চেয়ে বেশি হতবাক কেউ হত না। কয়েক

সেকেন্ড ঘরে এমন নিস্তব্ধতা নেমে এল যে, এ ওর হৃৎপিণ্ডের আওয়াজ শুনতে পাচ্ছিল।

নীরবতা ভাঙল শ্বেত। মন্দ্রস্বরে সে বলল, "চুরি! আংটি চুরি যাওয়ার দণ্ডের কথা আপনি বিস্মৃত হননি তো!"

রতনবাবু মাথা নেড়ে বললেন, "না।"

শ্বেত একটু হাসল। তারপর চাপা হিংস্র স্বরে বলল, "সাধু। এসব সম্পত্তি, এই বাড়ি এবং অন্যান্য যা আছে তার দলিল কার নামে রতনবাবু?"

রতনবাবু পিছন দিকে হাত বাড়াতেই দরজার ওপাশ থেকে পাঁচুর প্রেতসদৃশ একখানা হাত এগিয়ে এল। একতাড়া দলিল-দস্তাবেজ বাণ্ডিলে বাঁধা।

রতনবাবু বাণ্ডিলটা শ্বেতের হাতে দিয়ে বললেন, "রামদুলাল রায়কে কথা দিয়েছিলাম যে, সব সম্পত্তিই তার নাতির নামে হবে। একজিকিউটার আমি। সব সম্পত্তিই তাই নাবালক গন্ধর্বের নামেই রয়েছে। এতকাল আমি সেই সম্পত্তির রক্ষণাবেক্ষণ ও ভোগ-দখল করেছি। কিন্তু এই সম্পত্তির পরিমাণ সামান্যই। গন্ধর্বের জন্য গচ্ছিত আছে এক বাক্স ভর্তি মোহর, মূল্যবান পাথর, নানারকম অলংকার। তার দাম বহু লক্ষ টাকা। ব্যাঙ্কের লকার থেকে আমি তা তুলে এনে রেখেছি। পাঁচু!"

সঙ্গে সঙ্গে পাঁচু একটা চমৎকার পেতলের কারুকাজ-করা মাঝারি মাপের বাক্স অতি কষ্টে বয়ে ঘরে নিয়ে এল এবং মেঝের ওপর রেখে নিঃশব্দে অদৃশ্য হয়ে গেল।

রতনবাবু ডালাটা তুলে ধরতেই গন্ধর্বের চোখ বিস্ফারিত হয়ে উঠল। তারপর প্রসন্নতায় ভরে গেল তার মুখ।

শ্বেত দাঁতে দাঁত ঘষে বলল, "তবু এ বাক্সের শ্রেষ্ঠ সম্পদটিই নেই রতনবাবু। আপনি ভালই জানেন ওই আংটির সঙ্গে জড়িয়ে রয়েছে এই বংশের ভাগ্য।"

"জানি। কিংবদন্তী তাই বলে।"

শ্বেত গন্ধর্বের দিকে মুখ ফিরিয়ে বলল, "কুমার, এখানে আপনার আর কালক্ষেপের প্রয়োজন নেই। লোহিত আপনার পেটিকা বহন করে নিয়ে যাবে। শহরের বাইরে আপনার জন্য একটি দ্রুতগামী যান প্রস্তুত রয়েছে। আপনি যাত্রা করুন। আমি সামান্য একটি কর্তব্য সেরেই আসছি। অনেক দিনের পুরনো একটা ঋণ শোধ করতে হবে।"

গন্ধর্ব কোনও কথা বলল না। তবে তার দুটি সুন্দর আয়ত চোখে একবার রতনবাবু এবং আর একবার শ্বেতের দিকে পর্যায়ক্রমে তাকিয়ে দেখল।

লোহিত এতক্ষণ কোনও কথা বলেনি। এবার পেটিকাটি একটা কাপড়ে মুড়ে কাঁধে তুলে নিয়ে বলল, "চলুন কুমার। দেরি হলে চলবে না। পথ অনেক।"

গন্ধর্ব মাথা নাড়ল।

ঘরে যখন এই নাটক চলছে, তখন জানালার বাইরে কলাবতীঝোপের মধ্যে বসে-থাকা ষষ্ঠীর চোখে পলক পড়ছিল না। পেতলের বাক্সের ভিতরটা সে দূর থেকে দেখেছে। যা দেখেছে তাতে তার চোখ এমন ধাঁধিয়ে গেছে যে, সে আর চোখের পাতা ফেলতেই পারছে না। এত দামি জিনিস কালী-স্যাকরাও সাতজন্মে দেখেনি। ওই পুঁচকে ছোঁড়াটা ওই অত সব সোনাদানা হাতিয়ে নিয়ে যাচ্ছে! সেই সঙ্গে কালীদার কয়েক লাখ টাকা। টিকের দশ হাজার। সেই সঙ্গে ষষ্ঠীর পাঁচশো।

উত্তেজনায়, রাগে ষষ্ঠীর গায়ের রোঁয়া দাঁড়িয়ে যাতে লাগল।

গা-ঝাড়া দিয়ে উঠতে যাচ্ছিল ষষ্ঠী, ঠিক এই সময়ে কে যেন ক্যাঁক করে ঘাড়টা চেপে ধরল। আর সেই সঙ্গে আর একখানা হাত এসে চাপা দিল তার মুখে।

অন্ধকারে দেখতে পেল না ষষ্ঠী, তবে যেই হোক তার গায়ে বেশ জোর আছে। অসুরের জোর। ষষ্ঠীকে ওই অবস্থায় প্রায় শূন্যে তুলে এক ঝটকায় অনেকটা দূরে নিয়ে এনে ফেলল।

জায়গাটা নির্জন। চারদিকে কাঁটাঝোপ।

"তুই ষষ্ঠী-চোর না?"

ষষ্ঠী দেখল, সামনে রতনবাবুর ছোট ছেলে বিরু দাঁড়িয়ে। ষষ্ঠী এই ছোকরাকে একটু ভয় খায়। ভারী গেরামভারি, রাগ-রাগ চেহারা। একটু গুণ্ডাপ্রকৃতিরও বটে। পাশে আবার ফিচেল ভাইপো হাবুলটাও দাঁড়িয়ে আছে।

ষষ্ঠী মাথা নুইয়ে বলল, "আজ্ঞে হ্যাঁ। তবে আপনাদের বাড়িতে আমার চুরি করতে আসা নয়। ওই যে গন্ধর্ব না কি ওই ছোঁড়া, সে আজ আমাদের কী সর্বনাশ করেছে তা যদি শুনতেন! একেবারে সর্বস্বান্ত করে ছেড়েছে। রাজপুত্তুর না কী যেন শুনলাম। ছ্যাঃ ছ্যাঃ, ওই যদি রাজপুত্তুর হয় তো তার চেয়ে আমাদের মতো চোর-ছ্যাঁচড় ভাল।"

বিরু ষষ্ঠীকে একটা ঝাঁকুনি দিয়ে বলল, "বেশি সময় নেই। যা ঘটেছে তা ঠিক পাঁচ মিনিটে বলে ফেল। আমি ঘড়ি দেখছি।"

পুরো পাঁচ মিনিটও লাগল না। চার মিনিট তিপ্পান্ন সেকেন্ডে ষষ্ঠী সব বলে ফেলল। কিছু বাকি রাখল না।

বিরু ষষ্ঠীর দিকে চেয়ে বলল, "এবার যা করতে বলব তা ঠিক ঠিক করবি। একটু এদিক ওদিক করিস না। যদি করতে না পারিস তবে এই এলাকা থেকে একেবারে দূর করে দেব। বুঝেছিস?"

ষষ্ঠী বুঝে গেছে। এও বুঝেছে ওই ছোকরার সঙ্গে টক্কর দেওয়া তার একার কম্ম

নয়। তবে বিরুবাবুর কথা ফেলা যায় না। সে মাথা নেড়ে বলল, "গরিবের প্রাণটা যাতে না যায় সেটা একটু দেখবেন তো?"

বিরু বলল, "প্রাণ যাবে না। এখন মন দিয়ে শোন। ভুল করিস না..."

পেতলের বাক্সটা মন-খানেকের ওপর ভারী। এই ভারী বাক্স টানতে লোহিতের অবশ্য তেমন কোনও কষ্ট হচ্ছিল না। বয়স সত্তর হলেও তার শরীর পালোয়ানের মতো! দু'খানা হাত যেন দু'খানা লোহার মুগুর।

তবে বাক্সটা বারবার কাঁধ বদলে বহন করতে হচ্ছে। প্রচণ্ড গরম বলে ঘামও হচ্ছে তার। বেশি জোরে হাঁটা সম্ভব হচ্ছে না। পথও অনেকখানি।

খুব ধীরে ধীরে হেঁটে গন্ধর্ব আর লোহিত আমবাগানের ছায়ায় ঢুকল। গন্ধর্বের হাতে টর্চ। মাঝে মাঝে আলো ফেলছে পথ দেখার জন্য। কেউ কোনও কথা বলছে না।

হঠাৎ পিছন থেকে খুব বিনীত কণ্ঠে কে যেন বলে উঠল, "তা কুমারবাহাদুর কি চললেন?"

গন্ধর্ব চিতাবাঘের মতো ঘুরে দাঁড়াল। টর্চের আলো গিয়ে পড়ল ষষ্ঠীর বিগলিত মুখে। চোখ মিটমিট করে দেঁতো-হাসি হাসছে। কুঁজো হয়ে দু'হাত কচলে ভারী বিনয়ী ভাবভঙ্গি করছে সে।

গন্ধর্ব ব্যঙ্গের স্বরে বলল, "আরে কানাইবাবু! একটু আগে যে আপনাকে বাড়ি রওনা করে দিয়ে গেলাম! চোর-ছ্যাঁচড়ের উৎপাতের কথা বলছিলেন যে!"

ষষ্ঠী খুব বিগলিত হেসে বলল, "আজ্ঞে মনটা কেমন উড়ু-উড়ু করছিল তখন থেকে। ভাবছিলাম আপনার মতো এত বড় একজন গুণী লোককে কাছে পেয়েও কিছু শিখে না নিলে খুবই লোকসান হবে। এত বিদ্যে, এত নিখুঁত হাতসাফাই, এসব আর এ তল্লাটে কে শেখাবে বলুন। এসব ভেবে ঘরে গিয়েও তিষ্ঠোতে পারলাম না। ভাবলাম, যাই, কুমারবাহাদুরের দোরগোড়ায় গিয়ে হত্যে দিয়ে পড়ে থাকি। এই যাওয়ার পথেই আপনার সঙ্গে দেখাটা হয়ে গেল। তা কোথায় চললেন আজ্ঞে?"

গন্ধর্ব একটু কঠিন স্বরে বলল, "কীসের বিদ্যে আর কীসেরই বা হাতসাফাই বলুন তো! আমি তো কিছুই জানি না।"

"আজ্ঞে, গুণীদের তো বিনয় থাকবেই। তবে কিনা এই গরিবকে কেন মিছে ছলনা করছেন কুমারবাহাদুর? নিজের চোখে না দেখলে প্রত্যয় হত না।" বলতে বলতে ষষ্ঠী আনন্দাশ্রু বিসর্জন করতে লাগল। ধুতির খুঁটে চোখ মুছতে মুছতে বলল, "আহা,

কী দেখলাম! চোখ যেন জুড়িয়ে গেল। অমন ধুরন্ধর কালী-স্যাকরা পর্যন্ত স্বীকার করল, হ্যাঁ, ওস্তাদ লোক বটে। তারপর টিকে গুণ্ডার মতো দশাসই লাশটাকে কী হেনস্থাই করলেন। এইটুকু বয়সে এমন উঁচু দরের ওস্তাদ হলেন কী করে সেটাই ভেবে অবাক হচ্ছি।"

লোহিত এতক্ষণ অন্ধকারে পাথরের মতো দাঁড়িয়ে ছিল। পেতলের বাক্সটা এক কাঁধ থেকে আর এক কাঁধে চালান করে সে এবার একটা বাঘা ধমক দিল, "চোপ কর বেয়াদপ! কার সঙ্গে কথা বলছিস জানিস?"

ষষ্ঠী তিন হাত লাফিয়ে উঠে বুকে হাত চেপে ধরে জুলজুল করে চেয়ে বলল, "ওরে বাবা রে? উটি আবার কে কুমারবাহাদুর? মানুষের মূর্তি দেখছি। ও বাবা, ওর যে আবার সন্ন্যাসীর ভেক।"

লোহিত বাক্সটা মাটিতে নামিয়ে রেখে ত্রিশূলটা বাগিয়ে ধরে গন্ধর্বকে জিজ্ঞেস করল, "লোকটা কে কুমার?"

গন্ধর্ব মৃদু হেসে বলল, "কানাইবাবু, ভাল লোক। তবে দোষের মধ্যে রাতের বেলা একটু বেরোন-টেরোন আর কি।"

লোহিত ত্রিশূলটা তুলে বলল, "দশ গুনতে গুনতে হাওয়া হয়ে যা। নইলে এফোঁড়-ওফোঁড় করে দেব।"

ষষ্ঠী কাঁদো কাঁদো হয়ে বলল, "কিন্তু আমি তো কিছু করিনি। কুমারবাহাদুরকে শুধু গুরু বলে মানছি। উনি যদি আমাকে শিষ্য করে নেন তো চিরজীবন কেনা গোলাম হয়ে থাকব। আমার কথায় বিশ্বাস না হয় ওঁর কোমরের গেঁজেটা খুলে দেখুন। কালী-স্যাকরার সর্বস্ব ওর মধ্যে আছে।"

লোহিত একটু বিরক্তির স্বরে গন্ধর্বকে বলল, "এ লোকটা কী বলছে? কালী-স্যাকরার কাছ থেকে..."

গন্ধর্ব মৃদু স্বরে বলল, "তেমন কিছু নয়। পরে বলব।"

লোহিত যেন এ কথায় খুশি হল না। বিড়বিড় করে বলল, "কথাটা আগে বলা উচিত ছিল।"

গন্ধর্ব মিনমিন করে বলল, "সময় পেলাম কই! বলতাম ঠিকই।"

লোহিত হাত বাড়িয়ে বলল, "গেঁজেটা দেখি।"

গন্ধর্ব তার কোমরে হাত চেপে ধরে বলল, "না। এটা আমার রোজগার।"

লোহিত বাঘা গলায় বলল, "চালাকি কোরো না। তাতে ভাল হবে না। রাজার ছেলের মতো আচরণ না করে চোরের মতো করেছ। স্বভাব যাবে কোথায়? এখন গেঁজেটা দাও। যা আছে তার বখরা সবাই পাবে।"

বলতে বলতে লোহিত ষষ্ঠীর দিকে একবার তাকাল। কিন্তু ষষ্ঠী কোথায়? তার চিহ্নও নেই।

লোহিত চকিতে চারদিকে চাইল। তারপর পেতলের বাক্সটা টপ করে ঘাড়ে তুলে নিয়ে বলল, "লোকটা পালিয়েছে। আর দেরি করা ঠিক নয়। তাড়াতাড়ি চলো।"

বলে লোহিত পা বাড়াতেই ঝপ করে একটা মাছ ধরার জাল নিখুঁতভাবে এসে তাকে ছেয়ে ফেলল। টাল সামলাতে না পেরে বাক্স সমেত দড়াম করে পড়ে গেল সে।

একটা টর্চের আলো এসে পড়ল গন্ধর্বের মুখে। একটা গম্ভীর গলা বলে উঠল, "এই যে নকল নারায়ণ রায়, অভিনয়টা চমৎকার করে গেছ ভাই। শুধু এই শেষ সময়টায় ফেঁসে গেলে।"

গন্ধর্ব সামান্য একটু হাসল। তারপরই একটা চিতাবাঘের মতো ক্ষিপ্রতায় মাথার ওপর একটা ডাল লাফিয়ে ধরে তীব্র একটা ঝুল খেয়ে সে পা বাড়িয়ে টর্চধারীর হাতে লাথি মারল। টর্চটা উড়ে গিয়ে গাছের ডালে আটকে রইল।

অন্ধকারে তখন শুরু হল এক দারুণ লড়াই।

কে জিতছে, কে হারছে তা বলা শক্ত। তবে দু'পক্ষই বোঝা গেল শক্ত ধাতের লোক। কেউ কারও চেয়ে কম যায় না। ঘুষি, লাথি, ক্যারাটে, কুংফু সব কিছুই চলতে লাগল।

দশ

আমবাগানের পশ্চিম দিকটায় বাঁশঝাড়ের পাশে নির্জন জায়গায় একটা শুকনো খাদের ধারে এসে দাঁড়াল শ্বেত। হাতে ভয়ংকর শূল। মুখে একটা নিষ্ঠুর হাসি।

তার পিছনে রতনবাবু। তাঁর মুখে হাসি নেই, ভয়ও নেই।

শ্বেত বলল, "রতনবাবু, অনেকদিন ধরেই আমি এই মুহূর্তটির অপেক্ষা করছিলাম। রাজাসাহেবকে বশ করে একসময়ে তুমিই রাজ্যপাট চালাতে শুরু করেছিলে। রাজবাড়ির গুপ্তধন আবিষ্কার করে সেটা রাজাকে দিয়ে তুমি একটু সততার পরিচয় দিয়েছিলে ঠিকই, কিন্তু সেই গুপ্তধনের জন্যই রাজপরিবারে অশান্তি নেমে আসে। তোমার ষড়যন্ত্রেই গুপ্তধনের কথা ফাঁস হয়ে যায়। আর তার ফলেই রামদুলাল প্রায় নির্বংশ হয়ে যান। আজ তোমাকে বধ করে সেই ঘটনার শোধ নেব।"

রতনবাবু অকম্পিত কণ্ঠে বললেন, "সব জানি হে শ্বেত। নির্লোভ, সদাচারী,

সত্যনিষ্ঠ দেখে রামদুলাল আমাকে তাঁর কাছে রেখেছিল। কিন্তু তোমরা আমাকে সহ্য করতে পারতে না। আমি অনেক জোচ্চুরি, বাটপাড়ি ধরে ফেলতাম। তোমরা তক্কে-তক্কে ছিলে আমাকে নিকেশ করার জন্য। রামদুলালের জন্য তখন পারোনি। স্বজন-বিদ্রোহে রামদুলালের পরিবার শেষ হয়ে যাওয়ায় আর আমি চলে আসায় তোমাদের সুযোগ হাতছাড়া হয়। আজ সুযোগ পেয়েছ। মারো। আমি এই তৃপ্তি নিয়ে মরব যে, আমি আজও সত্যনিষ্ঠ, সত্যবাদী।"

শ্বেতের চোখ অন্ধকারে একবার জ্বলে উঠল। গম্ভীর স্বরে সে বলল, "ইষ্টনাম স্মরণ করো রতনবাবু।"

"করছি। আমি সর্বদাই ইষ্টনাম স্মরণ করি।"

শ্বেত তার ভয়ংকর তীক্ষ্ণ শূল উদ্যত করল। রতনবাবু নিশ্চল দাঁড়িয়ে রইলেন।

ঠিক এই সময়ে একটা গুলতির গুড়ুল এসে টং করে শূলের গায়ে লাগল। আর একটা এসে লাগল শ্বেতের কপালে।

"ওফ্।" বলে বসে পড়ল শ্বেত। তারপর কপালটা চেপে ধরে বলে উঠল, "বিশ্বাসঘাতক।"

রতন বাঁড়ুজ্যে অবাক হয়ে দৃশ্যটা অনুধাবন করার চেষ্টা করছিলেন।

বাঁশঝোপের অন্ধকার থেকে ছায়ামূর্তির মতো হাবুল বেরিয়ে এসে বলল, "দাদু, আমি হাবুল।"

রতন বিরক্ত স্বরে বললেন, "এ কাজ কেন করলে? আমাকে সত্যরক্ষা করতেই হবে।"

হাবুল দাদুকে জড়িয়ে ধরে বলল, "কার কাছে সত্যরক্ষা দাদু? এ লোকগুলো যে ভীষণ পাজি। গন্ধর্ব মোটেই রামদুলালের নাতি নয়। আর তোমার কাছ থেকে হিরের আংটিও সে-ই চুরি করে নিয়ে যায়।"

"বলিস কী? কে বলল এ কথা?"

অন্ধকার ফুঁড়ে আরও দুই মূর্তি এগিয়ে এল। একজনের হাত পিছমোড়া করে বাঁধা। অন্যজন তাকে কোমরে দড়ি বেঁধে টেনে আনছে।

"গন্ধর্ব নিজেই স্বীকার করেছে বাবা।"

রতনবাবু কিছুক্ষণ স্তম্ভিত হয়ে দাঁড়িয়ে রইলেন। হাতবাঁধা গন্ধর্বের মুখে বিরু টর্চের আলো ফেলল। মুখটা রক্তাক্ত, ঠোঁট কেটেছে, কপাল ঢিবি হয়ে আছে, গায়ে ধুলো ময়লা।

রতনবাবু বললেন, "ও রামদুলালের নাতি নয়?"

বিরু বলল, "না। ওর হাবভাব দেখে আমার প্রথম থেকেই সন্দেহ হয়েছিল।

তারপর ষষ্ঠীর কাছে শুনলাম ও নাকি চুরি হাতসাফাই আর ছিনতাইয়ের ওস্তাদ লোক। কালী-স্যাকরার দোকান দু'বার লুঠ করেছে। ষষ্ঠী আর টিকের কাছ থেকে টাকা ছিনতাই করেছে। তার ওপর শুনলাম, সে কুকুরটাকে বশ করতে পারে। তখনই মনে হল আপনার মতো সাবধানি লোকের ঘর থেকে আংটি চুরি করা তো যেমন তেমন চোরের কাজ নয়, এরকম ধুরন্ধর লোকই তা পারে। তবু সন্দেহ দূর করার জন্য ষষ্ঠীকে কাজে লাগিয়ে দিয়ে আমি আমবাগানে লুকিয়ে ছিলাম। ষষ্ঠী যখন ফাঁস করে দিল যে কালী-স্যাকরার দোকান থেকে লুটকরা সোনাদানা সব গন্ধর্বের কোমরে গেঁজের মধ্যে আছে তখনই লোহিতের সঙ্গে গন্ধর্বের বখরা নিয়ে লেগে গেল। বুঝতে পারলাম যে, এরা সাঁট করে এসেছে। গন্ধর্ব একটি পাকা চোর, শ্বেত আর লোহিত ওর স্যাঙাত।"

রতনবাবু শ্বেতের দিকে তাকালেন।

বিরুর টর্চের আলোয় শ্বেতের চোখ দু'খানা আর একবার ঝলসে উঠল। সে ধীরে ধীরে উঠে দাঁড়াল। তারপর দু' পা এগিয়ে গিয়ে বিরাশি সিক্কার একটা চড় কষাল গন্ধর্বের গালে। বলল, "গাধা কোথাকার! কয়েক ঘণ্টা বাদে রাজার ধন হাতে পেতিস। তাও লোভ সামলাতে পারলি না। ধরা পড়ে গেলি?"

গন্ধর্ব মাথা নিচু করে দাঁড়িয়ে রইল।

শ্বেত রতনবাবুর দিকে ফিরে বিষণ্ণ গলায় বলল, "আমাদের নিয়ে কী করবে রতনবাবু? পুলিশে দেবে? দাও। আমাদের ফন্দি যে খাটল না তা কপাল খারাপ বলেই। এই লোভী ছেলেটা আমারই ছেলে। সঙ্গদোষে খারাপ হয়ে গেছে। তাই ভেবেছিলাম, ওর একটা হিল্লে করে দিয়ে যাব। তা আর হল না।"

রতনবাবু বললেন, "কিন্তু রামদুলাল আর তার আসল নাতি কোথায়?"

শ্বেত বিষণ্ণ গলায় বলল, "আজ আর বলতে বাধা নেই। রামদুলাল পালালেও বেশিদিন আত্মরক্ষা করতে পারেনি। শত্রুপক্ষের গুপ্তঘাতকরা তাকে খুঁজে বের করে হাজারিবাগের জঙ্গলে মেরে ফেলে। নাতিরও একই দশা হয়েছিল। সে খবর আমরা তোমাকে জানাইনি, তোমাকে নিষ্কণ্টক হতে দেব না বলেই। তবে এটা স্বীকার করছি রতনবাবু, তোমার বুকের পাটা আছে। তুমি সত্যবাদী, সৎ, প্রকৃত ব্রাহ্মণ। লোভের বশবর্তী হয়ে তোমার সর্বনাশ করতে আজ এসেছিলাম বটে, কিন্তু মনে মনে তোমাকে বাহাদুর বলে মেনেছি। এখন পুলিশ ডাকো রতনবাবু।"

রতনবাবু একটু হাসলেন। তারপর বললেন, "এর মধ্যে পুলিশকে ডাকার কোনও মানে হয় না। আজ রাত পোয়ালেই রামদুলালের শর্তের সময় পার হয়ে যাবে। তোমরাও আর আসবে না। আজ এই শেষ দিনটায় কোনও তিক্ততার স্বাদ রাখতে

চাই না মুখে। তোমরা যাও। আমি তোমাদের ছেড়ে দিচ্ছি। সৎভাবে বেঁচে থাকার চেষ্টা করো।"

জালদড়ি দিয়ে বাঁধা লোহিতকে ঘটনাস্থলে টেনে আনছিল পাঁচু। মুখটা বিকৃত করে বলল, "কর্তাবাবুর কেবল ক্ষমা আর ক্ষমা। অন্তত পুকুরে দুটো চুবোন দিয়ে, মাথাটা কামিয়ে তবে না ছাড়া উচিত।"

রতনবাবু মাথা নেড়ে বললেন, "না, যথেষ্ট হয়েছে। এবার ওদের যেতে দাও।"

ভোর হয়ে আসছে। আমবাগানের মধ্যে স্নিগ্ধ একটু আলো ফুটে উঠল।

বাঁধন খুলে দেওয়ার পর শ্বেত, লোহিত আর গন্ধর্ব পাশাপাশি দাঁড়িয়ে সামান্য মাথা নত করে অভিবাদন জানাল রতন বাঁড়ুজ্যেকে। তারপর ধীরে ধীরে হেঁটে চলে গেল।

ভোরের আলোয় গন্ধর্বের সুন্দর মুখখানা আর একবার দেখল হাবুল। তার মনে হল, অত সুন্দর চেহারা যার সে কেন এরকম নষ্ট হয়ে যাবে? হাবুল তার কাকার দিকে ফিরে বলল, "তুমি গন্ধর্বদার সঙ্গে গায়ের জোরে পারলে কী করে? ওর তো গায়ে দারুণ জোর।"

বিরু মৃদু একটু হেসে বলল, "গন্ধর্ব লোভী। সে লড়ছিল লোভের তেষ্টা মেটাতে। আর আমি লড়েছি আমার বাবার প্রাণ বাঁচাতে। ও আমার সঙ্গে পারবে কেন? তা ছাড়া কোনও মানুষই অতিমানুষ নয়।"

আগে আগে রতনবাবু, তাঁর পেছনে হাবুল আর বিরু, সবশেষে পাঁচু পেতলের বাক্সটা ঘাড়ে করে আর দলিল-দস্তাবেজের বাণ্ডিল বগলে নিয়ে ফিরতে লাগল। রতনবাবু হিরের আংটিটা হাবুলের দিকে বাড়িয়ে দিয়ে বললেন, "তুমি আমার প্রাণরক্ষা করেছ। এটা আজ থেকে তোমার। বড় হয়ে পোরো। এখন মায়ের কাছে গচ্ছিত রেখে দিয়ো।"

একটু তফাতে থেকে ষষ্ঠী দৃশ্যটা দেখল। তার মনটা আজ খুশিতে ভরা। বিরুবাবু বলেছেন, পুরনো দরোয়ান দেশে যেতে চাইছে। তার জায়গায় ষষ্ঠীকে বহাল করা হবে।

ষষ্ঠী আমগাছতলায় মাটি খুঁড়ে লোটা দুটো বের করে আনল।

না, লোটা দুটো সে নেবে না। জীবনে এই প্রথম চুরির জিনিস ষষ্ঠী ফেরত দেবে। মনটা আজ বেশ ভাল লাগছে তো, তাই।

পাগলা-সাহেবের কবর

গগন ডাক্তারের বড় ছেলে হরিবন্ধু যে একটি গবেট তাতে কোনও সন্দেহ নেই। প্রত্যেক ক্লাসেই এক-আধবার করে ঠেকে ঠেকে ক্লাস সেভেনে উঠে সেই যে অ্যালজেবরা, জিওমেট্রি, গ্রামার আর সংস্কৃতের বেড়াজালে পড়ে গেল, আর সেই জাল কেটে বেরোতেই পারে না। সেভেনেই তার বয়স তিন বছর আরও বেড়ে গেল। ছোট ভাই-বোনেরা পটাপট তাকে ডিঙিয়ে ওপরের ক্লাসে উঠে যেতে লাগল। হরির গোঁফের রেখা দেখা দিল, গালে উঠে পড়তে লাগল দাড়ি।

গগনবাবু খুবই শান্ত ও ধৈর্যশীল মানুষ। তাঁর তিন ছেলে আর দুই মেয়ের মধ্যে হরিকে বাদ দিলে আর কেউই তেমন ফেলনা নয়। আহামরি না হলেও সকলেই ভাল নম্বর পেয়ে ফি বছর নতুন ক্লাসে ওঠে। মেজো ছেলে খেলাধুলোয় ভাল, দু' মেয়েরই গানের গলা চমৎকার। ছোট ছেলে বেশ সুন্দর ছবি আঁকতে পারে। হরি শুধু গবেট নয়, তার আর কোনও গুণই আছে বলে মনে হয় না।

সে তিনবার সেভেনে ফেল করার পর হেডমাস্টারমশাই নলিনীকান্ত রায় একদিন গগনবাবুকে ডেকে খুব ভদ্রভাবেই বললেন, "ডাক্তারবাবু, আপনি শহরের গণ্যমান্য লোক বলেই হরিবন্ধুকে এই স্কুলে এতদিন রেখেছি। আমরা এমনিতে ফেল-করা ছাত্রকে রাখি না। হরিবন্ধুর জন্য এবার আপনাকে অন্য ব্যবস্থা করতেই হবে। নইলে স্কুলের রেকর্ড খারাপ হচ্ছে, ব্যাড প্রেসিডেন্স তৈরি হচ্ছে। আমরা ওকে এবারই টি সি দেব, স্কুল অথরিটি আমাদের সেরকমই অর্ডার দিয়েছে।"

লাল টকটকে মুখ নিয়ে গগনবাবু তাঁর চেম্বারে ফিরে এলেন। চেম্বারে তখন অনেক রোগী অপেক্ষা করছে। কিন্তু গগনবাবু রাগে দুঃখে ক্ষোভে এমনই বিমনা হয়ে পড়েছেন যে, একজন রোগীর পেট টিপে পরীক্ষা করতে গিয়ে এমন আঙুলের খোঁচা দিলেন যে, সে 'আঁক' করে উঠল। আর-একজনের প্রেশার মাপতে গিয়ে এমন পাম্প করলেন যে, সে রোগীর হাতে ঝিঝি ধরে গেল।

দুখিরামবাবুও গগনবাবুর রোগী। বিচক্ষণ প্রবীণ মানুষ। নামে দুখিরাম হলেও তিনি বিরাট বড়লোক। আট-দশ রকমের ব্যবসা আছে। তিনি বিদেশেও মাল চালান দেন। এতক্ষণ তিনি চুপচাপ বসেছিলেন। গগনবাবুর ভাবসাব দেখে তাঁর ভাল ঠেকল না।

তাই তিনি তাঁর পালা এলে খাস চেম্বারে ঢুকে পড়ে গগনবাবুকে বললেন, "আপনার কি আজ মেজাজটা ভাল নেই?"

গগনবাবু দুখিরামবাবুকে খুবই খাতির করেন। অন্য কেউ এ প্রশ্ন করলে চটে যেতেন। দুখিরামবাবুর ওপর চটলেন না। মস্ত একটা দীর্ঘশ্বাস ছেড়ে বললেন, "কী আর বলব। আমার বড় ছেলেটা বড়ই গবেট। তিনবার ফেল করেছে। স্কুল থেকে টি সি দিচ্ছে। কী যে করি।"

দুখিরামবাবু স্থিরভাবে বসে বললেন, "সবটা খুলে বলুন। দ্বিধা করবেন না।"

গগনবাবু বললেন, দুখিরামবাবু শুনলেন।

শুনে একটি মাত্র প্রশ্ন করলেন, "আপনি কি এ বিষয়ে নিশ্চিত যে, আপনার বড় ছেলে হরিবন্ধুর কোনও গুণই নেই?"

"থাকলে এতদিনে টের পেতাম।"

"মা-বাপেরা অনেক সময়ে দোষ-গুণ কোনওটাই টের পায় না। তা সে যাকগে। আপনি মোতিগঞ্জের নাম শুনেছেন?"

"না। সেটা কোথায়?"

"সাঁওতাল পরগনায়। বেশ স্বাস্থ্যকর জায়গা। তার চেয়ে বড় কথা, সেখানে চারুবালা বেঙ্গলি স্কুল বলে একটা স্কুল আছে। তার খুব নাম-ডাক।"

গগনবাবু হতাশার গলায় বললেন, "নাম-ডাকওয়ালা স্কুল আমার গবেট ছেলেকে নেবে কেন?"

"নেবে। তার কারণ ওই স্কুলের নাম-ডাক গাধা পিটিয়ে ঘোড়া বানানোর জন্যই। একসময়ে সারা দেশের গবেট ছেলেরা ঝেঁটিয়ে আসত ওই স্কুলে পড়তে। এখন ততটা নয়। হোস্টেলও একটা ছিল, কিন্তু এখন তত ছাত্র হয় না বলে হোস্টেল তুলে মাস্টারমশাইদের কোয়ার্টার বানানো হয়েছে। তবে তাতে কোনও অসুবিধে নেই। মোতিগঞ্জে আমার একটা কারবার আছে। স্বাস্থ্যকর জায়গা বলে হালে সেখানে একখানা পুরনো বাড়িও কিনেছি। গৃহপ্রবেশ করারও সময় পাইনি। আপনার ছেলে দিব্যি সেই বাড়িতে থাকতে পারবে। দরোয়ান আছে, সে দেখাশোনা করবে, দরোয়ানের বউ দু'বেলা রেঁধে দেবে। কোনও অসুবিধে হবে না। ভেবে দেখুন, যদি রাজি থাকেন তবে আমাকে জানাবেন।"

এই বলে দুখিরামবাবু উঠলেন। আজ আর গগন-ডাক্তারকে নাড়ি দেখাতে তাঁর সাহস হল না। ডাক্তারের মুখ এখনও রক্তবর্ণ হয়ে আছে।

কিন্তু রেগে থাকলেও গগন বন্দ্যোপাধ্যায় ধৈর্যশীল শান্ত মানুষ। ছেলেমেয়েদের গায়ে হাত তোলেন না। তবে গম্ভীর মানুষকে সকলেই ভয় পায়। তাঁর

ছেলেমেয়েরাও তাঁকে যমের মতো ডরায়। গগনবাবু সারাদিন শরীরে রাগটা চেপে রাখলেন। রাত্রিবেলা খাওয়া-দাওয়ার পর বড় ছেলেকে ডাকিয়ে আনলেন তাঁর ঘরে। তাঁর মনে হল, দুখিরামবাবুর প্রশ্নটার মধ্যে একটা সূক্ষ্ম খোঁচা আছে, "আপনি কি এ বিষয়ে নিশ্চিত যে, আপনার বড় ছেলে হরিবন্ধুর কোনও গুণই নেই?" আসলে গগনবাবু একজন ব্যস্ত ডাক্তার। নিজের ছেলেমেয়েদের দিকে মনোযোগ দেওয়ার মতো সময় তাঁর নেই। কাজেই কার কোন গুণ আছে সে বিষয়ে তাঁর ভাল ধারণা নাও থাকতে পারে। দুখিরামবাবু তাই খোঁচাটা দিয়ে গেছেন। গগনবাবুর মনে হল, তাঁর বড় ছেলে হরিবন্ধুর বাস্তবিকই কোনও গুণ আছে কি না, তা তাঁর একটু খোঁজ করা উচিত।

হরি সামনে এসে কাঁচুমাচু মুখে দাঁড়ানোর পর গগনবাবু বললেন, "হরি, লেখাপড়া যা করেছিস তা তো দেখতেই পাচ্ছি। এখন বল তো, কোন সাবজেক্টটা তোর কাছে তত কঠিন বলে মনে হয় না।"

হরিবন্ধু এই প্রশ্নে খুবই ভড়কে গিয়ে অনেকক্ষণ আমতা-আমতা করে বলল, "ইয়ে, বাংলা কবিতাটা বেশ সোজা।"

"বাঃ, বাঃ, তা হলে কবিতার দিকে ঝোঁক আছে! বেশ, এবার বল তো, লেখাপড়া ছাড়া আর তোর কোনও গুণ আছে বলে মনে হয়? সোজা কথায় তুই আর কী কী পারিস?"

হরিবন্ধু ফের আকাশ-পাতাল ভাবল, তারপর মাথা চুলকে-টুলকে বলল, "ইয়ে... বোধহয় গাছ বাইতে পারি।"

"বাঃ, বেশ। টারজান। টারজানও বেশ ভাল গাছ বাইতে পারত। তা আর কী পারিস?"

"গুলতিতে পাখি মারতে পারি।"

"বাঃ, এটাও তো গুণই ধরতে হবে। তার মানে লক্ষ্যভেদ করতে পারিস। অর্জুনের এ গুণ ছিল, একলব্যের ছিল, কর্ণের ছিল। বাঃ, বাঃ। আর কী কী করতে ভাল লাগে তোর?"

হরি নির্দ্বিধায় বলল, "খেতে।"

গগনবাবু মাথা নেড়ে বললেন, "এটা খারাপ কিছু নয়। খেতে সকলেই ভালবাসে। স্যার আশুতোষও বাসতেন। আর?"

"আর? আর ঘুমোতে।"

গগনবাবু মাথা নেড়ে বললেন, "নট ব্যাড। ঘুম জৈব ধর্ম। নেপোলিয়ন ঘোড়ার পিঠে বসে যুদ্ধ করতে করতে ঘুমোতেন। তোর পড়তে পড়তে ঘুম পেতেই পারে। আর কী ভাল লাগে তোর?"

একটু লাজুক গলায় হরি বলল, "আর স্কুল-পালাতে।"

গগনবাবু গেল বার হরিদ্বারে বেড়াতে গিয়ে একখানা কাঠের লাঠি কিনে এনেছিলেন। সেটার দিকে হাত বাড়িয়েও থেমে গিয়ে বললেন, "স্বয়ং রবীন্দ্রনাথও স্কুল করতে পছন্দ করতেন না, তোর আর দোষ কী?"

হরি বিনয়-বিগলিত মুখে মাথা নিচু করে রইল।

গগনবাবু একটা দীর্ঘশ্বাস ছেড়ে বললেন, "কিন্তু এত গুণ থেকেও তো তোর কোনও উন্নতি হচ্ছে না রে হরি। তাই আমি ঠিক করেছি তোকে মোতিগঞ্জে পাঠাব। সেখানে আমার চেনা এক ভদ্রলোকের মস্ত বাড়ি আছে। সেখানে থাকবি, স্কুলটাও ভাল। কয়েক দিনের মধ্যেই যেতে হবে। তৈরি থাকিস।"

বাবা হলেন হাইকোর্ট, তাঁর ওপরে আর কথা নেই। মা-ঠাকুমা মেলা কান্নাকাটি করলেন বটে, কিন্তু হরিকে শেষ অবধি টিনের স্যুটকেস আর শতরঞ্চিতে বাঁধা বিছানা নিয়ে মোতিগঞ্জে যেতেই হল।

এইবার মোতিগঞ্জ জায়গাটার একটু বর্ণনা দেওয়া দরকার। এক কথায় এমন সুন্দর জায়গা বিরল। চারদিকে ছোটখাটো পাহাড়ের শ্রেণী আর শাল-মহুয়ার জঙ্গলে ঘেরা। জঙ্গলে বাঘ আছে, ভালুক আছে, হায়না এবং বুনো কুকুর আছে। আবার সৌন্দর্যও বড় কম নেই। বিভিন্ন ঋতুতে জঙ্গলের গাছে গাছে নানারকম ফুল ফোটে। মোতিগঞ্জ ঠিক শহর নয়, ছোট একখানা গঞ্জ। তবে স্বাস্থ্যকর জায়গা বলে এখানে কলকাতার অনেক বড়লোক বাড়ি করে ফেলে রেখেছেন। সারা বছরই বলতে গেলে বাড়িগুলো খালি পড়ে থাকে। একজন মালি বা দরোয়ানের হেফাজতে। মোতিগঞ্জের কাছাকাছি একটি অভ্রখনি ছিল, সেটা এখন বন্ধ হয়ে গেছে। জগবন্ধু সাহা নামে একজন বাঙালি ব্যবসাদার ওই খনি কিনে একদা প্রচুর পয়সা করেছিলেন। মানুষটির দানধ্যানের জন্য খ্যাতি ছিল। তিনিই মোতিগঞ্জের চারুবালা বেঙ্গলি স্কুলের প্রতিষ্ঠাতা। স্কুলটি যাতে ভাল চলে, সেজন্য জগবন্ধু সাহা খুঁজে খুঁজে ভাল ভাল শিক্ষককে বেশি মাইনে দিয়ে নিয়ে এসেছিলেন। একটি চমৎকার ছাত্রাবাসও তিনি তৈরি করে দেন। নিজে ভাল লেখাপড়া জানতেন না বলে শিক্ষার প্রতি তাঁর গভীর শ্রদ্ধা ছিল। চারুবালা তাঁর মা। জগবন্ধু বা চারুবালা কেউই আজ আর বেঁচে নেই। তবে স্কুলটি আছে। চারুবালা বেঙ্গলি স্কুলের বৈশিষ্ট্য হল, যে-কোনও ছাত্রকেই এখানে ভর্তি করা হয়। চূড়ান্ত গবেটকেও ফিরিয়ে দেওয়া হয় না। তারপর তাদের কড়া ডিসিপ্লিন ও হাড়ভাঙা খাটুনির ভিতর দিয়ে মানুষ করে দেওয়া হয়। সেখানে ফাঁকির স্থান নেই।

স্কুল থেকে আধমাইল দূরে শহরের প্রায় প্রান্তে একখানা বাগান-ঘেরা বাড়ি। বাড়িখানা পুরনো, যত্নের অভাবে রং চটে গেছে। তবে বেশ বড় বাড়ি। গগনবাবুর রুগি

দুখিরামবাবু শখ করে বাড়িখানা কিনেছিলেন মাঝে মাঝে হাওয়া বদল করতে আসবেন বলে। এ বাড়িরই একতলার সামনের দিকে কোণের একখানা ঘরে হরির জায়গা হল। দরোয়ান থাকে গেটের পাশে ছোট্ট ঘরে। দরোয়ানের বউ আছে, দুটো ছেলে-মেয়ে আছে। বাগানখানা ভারী চমৎকার। পেয়ারা, আম, জাম, আতা, কুল, সবেদা, ফলসা, বেল কোনও গাছেরই অভাব নেই। ফুলও ফোটে মেলা।

হরির ঘরখানা বেশ ভাল। মস্ত পালঙ্ক আছে, বইয়ে ঠাসা গোটা দুই আলমারি, টেবিল-চেয়ার কিছুরই অভাব নেই। দেওয়ালে কয়েকটা অয়েল পেন্টিং আছে। একটা ছবি এক বুড়ো মানুষের। গোটা তিনেক ছবি বিদেশের নিসর্গ দৃশ্যের। লাগোয়া বাথরুমও আছে। জানলা খুললেই বাগান। এত সুন্দর পরিবেশে হরি কখনও থাকেনি।

দুখিরামবাবু এ বাড়িতে কখনও থাকেননি। এসব আসবাবপত্র, ছবি, বই কিছুই তাঁর নয়। পুরনো বাড়িতে বহুকাল ধরেই এগুলো ছিল, তিনি এসব সমেতই বাড়িখানা কিনেছেন।

মোতিগঞ্জে হরিবন্ধুকে পৌঁছে দিতে সঙ্গে এসেছিল বাড়ির পুরনো ভৃত্য গোবিন্দ। সকালবেলায় স্টেশনে নেমে একখানা টাঙ্গা ধরে তারা যখন এসে বাড়ির ফটকে নামল, তখনই গোবিন্দ খুব ভাল করে চারদিকটা দেখে নিয়ে বলল, "এ বাপু আমার বিশেষ সুবিধের ঠেকছে না।"

হরিবন্ধু বলল, "কীসের অসুবিধে?"

"গণ্ডগোল আছে।"

"কীসের গণ্ডগোল?"

"কাজটা ভাল হল না।"

"কোন কাজটা?"

"এই যে তোমাকে এখানে পাঠানো হল, এ কাজটা ভাল হয়নি। বাড়িটা কেমন যেন অলুক্ষুনে ঠেকছে।"

হরিবন্ধুর কাছে গোটা ব্যাপারটাই অলুক্ষুনে। মা-বাবা-ভাই-বোন এবং সর্বোপরি ঠাকুমাকে ছেড়ে এই পাণ্ডববর্জিত দেশে আসতে তার বুক ফেটে যাচ্ছিল। ঠাকুমার গায়ের সঙ্গে লেপটে না শুলে তার ঘুম আসে না। মা ভাত বেড়ে না দিলে খেয়ে তার পেট ভরে না। সে একটু বোকা বলেই বোধহয় তার ছোট ভাই-বোনেরা তাকে ভীষণ ভালবাসে। গাছ থেকে আম, জাম, কুল পেড়ে দিয়ে সে-ও তো ওদের খুশি করতে ভালবাসে। গাছকে মাটি থেকে উপড়ে ফেললে গাছের কেমন অনুভূতি হয়, তা হরি জানে না বটে, কিন্তু চলে আসার সময়ে তার মনে হচ্ছিল যে, তাকে কেউ যেন মাটি

থেকে শিকড়সমেত উপড়ে ফেলছে। এই যাত্রাই তার শেষ যাত্রা। বাড়ি থেকে তো একরকম তাড়িয়েই দেওয়া হল তাকে। সে কি আর ফিরে যেতে পারবে কোনওদিন?

যাই হোক, বাক্স-বিছানা নিয়ে নামতেই একজন গম্ভীরমতো দরোয়ান এসে বিনা প্রশ্নে ফটক খুলে দিল। একটিও কথা না বলে সে গটগট করে হেঁটে গিয়ে নিচুতলার একখানা ঘর খুলে দিয়ে চলে গেল। তার হাবভাব দেখে হরির একটু কেমন-কেমন লাগছিল। ঠিক যেন মানুষ নয়, যন্ত্রমানব। ভাবলেশহীন পাথুরে মুখ, বিশাল মজবুত চেহারার এই লোকটাই যে এখানে তার খবরদারি করবে এটা ভেবে তার মনটা কিন্তু-কিন্তু করতেই লাগল।

দরোয়ান যেমনই হোক, ঘরখানা কিন্তু ভাল। বেশ খোলামেলা। জানালা খুললেই সবুজ গাছপালা আর বাগান দেখা যায়। জানলা বেয়ে ঝেঁপে উঠেছে বোগেনভেলিয়ার পুষ্পিত ডালপালা। ঘরে বেশ আলো-হাওয়া আছে।

গোবিন্দ খুব খুঁতখুঁতে চোখে চারদিকটা দেখে নিল। ভিতরদিককার দু'খানা বন্ধ দরজা ঠেলেঠুলে দেখল। জানালার পাল্লা, গ্রিল, দরজার কাঠ পরীক্ষা করল। বাথরুমে ঢুকে সব কিছু খুঁটিয়ে দেখে নিল। তারপর বলল, "বাড়িখানা পুরনো হলেও মজবুত। ব্যবস্থাও যা দেখছি ভালই। তবে বলছি বাপু, এ বাড়ি আমার ভাল ঠেকছে না।"

হরি মন খারাপ করে জানালার ধারে বসে বাইরের দিকে চেয়েছিল। বাড়ির কথা ভেবে তার চোখ ভরে জল আসছে। গোবিন্দর কথা তার কানেও গেল না। দুখিরামবাবু একখানা চিঠি দিয়ে দিয়েছেন। সেখানা নিয়ে আজই স্কুলে গিয়ে হেডমাস্টারমশাইয়ের সঙ্গে দেখা করতে হবে। আজই স্কুলে ভর্তি করে নেওয়া হবে তাকে। তারপর এখানেই থেকে যেতে হবে তাকে। কতকাল কে জানে।

গোবিন্দ তার অবস্থা দেখে একটা দীর্ঘশ্বাস ফেলে বলল, "ভেবে আর কী করবে। আজ আবার ইস্কুলে যেতে হবে। চান-টান করে তৈরি হও। আমি একটু দেখিগে ব্যাটা প্যাঁচামুখো দরোয়ানটা রান্না-বান্নার কী বিলি-ব্যবস্থা করল।"

হরি চোখের জল মুছে উঠল এবং স্কুলে যাওয়ার জন্য তৈরি হতে লাগল। কাল সকালের গাড়িতে গোবিন্দদাও ফিরে যাবে। তারপর সে একদম একা। ভাবতেই বুকটা হাহাকার করে উঠল তার।

ফটকের পাশেই আউট-হাউস। সেখানে দরোয়ান জগুরাম থাকে। গোবিন্দ গিয়ে খুব তেজি গলায় ডাকল, "জগুরাম! বলি জগু আছিস নাকি রে?"

দরজা খুলে বিশাল চেহারার জগুরাম দেখা দিল। চোখে রক্তজল-করা দৃষ্টি। সেই সাংঘাতিক চোখে সে গোবিন্দকে নীরবে নিরীক্ষণ করতে লাগল।

গোবিন্দর গলা তিন পর্দা নেমে গেল হঠাৎ। বিগলিত একটু হেসে সে বলল, "এই যে জগুভায়া, আপনার কথাই হচ্ছিল এতক্ষণ। তা ইয়ে, খাবার-টাবার কি কিছু মিলেগা? এই ধরো চাট্টি ভাত, একটু ডাল..."

জগুরাম সেইরকমই নিষ্কম্প চোখে একটুক্ষণ তাকিয়ে থেকে খুবই মৃদু স্বরে বলল, "মিলেগা।"

"তথাস্তু।" বলে গোবিন্দ পালিয়ে বাঁচল, মনে মনে ভাবল, ব্যাটা একেবারেই পাষণ্ড, আর একটুক্ষণ ওরকম চেয়ে থাকলে ভস্মই করে দিত আমাকে।

ফটকের বাইরে এসে গোবিন্দ চারধারটা ঘুরে ঘুরে দেখতে লাগল। পাড়াটা এতই নির্জন যে, এই সকালবেলাতেও একটিও মানুষ নেই পথে। প্রকাণ্ড প্রকাণ্ড সব বাগানে ঘেরা নির্জন বাড়ি। কোথাও মানুষ তো থাকে বলে মনে হয় না। দুখিরামবাবুর বাড়ির দু'পাশে যে দুটি বাড়ি আছে সেগুলোতে দরোয়ানও নেই। ফটকে জং-ধরা তালা ঝুলছে। ভিতরের বাগান আগাছায় ছেয়ে গেছে। বাড়ির দেওয়ালে শ্যাওলা ধরেছে।

দুই

স্নান করে এসে হরি জামাপ্যান্ট পরে চুল আঁচড়াচ্ছিল, এমন সময় ঘোমটা-টানা একটা বউ থালায় ভাত ডাল তরকারি বেড়ে নিয়ে এসে কোণের টেবিলটায় রাখল।

থালায় ভাতের পরিমাণ দেখে হরি আঁতকে উঠে বলল, "আমি অত ভাত খেতে পারব না। কমিয়ে আনুন।"

বউটা এ কথার কোনও জবাব দিল না। নিঃশব্দে চলে গেল।

ভাল জ্বালা হল হরির। এই নির্জন বাড়িতে কথা বলার মতো লোক বলতে ওই দু'জন। দরোয়ানটা গোমড়ামুখো, বউটাও যদি তাই হয় তো মহা মুশকিল।

ভাতের রুচিও ছিল না হরির। স্কুলের চিন্তায় তার পেটে পাক দিচ্ছে। শুনেছে, খুবই কড়া স্কুল। তার ওপর বাড়ির জন্য মন খারাপ তো আছেই। ফেলে-ছড়িয়ে খানিকটা ভাত খেয়ে সে উঠে পড়ল। গোবিন্দদা এখনও ফেরেনি। সহজে ফিরবেও না। দারুণ আড্ডাবাজ লোক। তার জন্য অপেক্ষা না করে দুখিরামবাবুর চিঠি আর স্কুলে ভর্তি হওয়ার টাকা পকেটে নিয়ে সে বেরিয়ে পড়ল। ঘরটা খোলা রইল। থাক, দরোয়ান আছে, আর তা ছাড়া তার চুরি যাওয়ার মতো তেমন কিছু নেইও।

আধমাইল হেঁটে সে যখন স্কুলের দরজায় পৌঁছল তখন তার বুকটা দমে গেল। এরকম নিরাপদ স্কুলবাড়ি সে দেখেনি। সাদা একটা দোতলা ব্যারাকবাড়ি। খুব উঁচু

পাঁচিল দিয়ে ঘেরা। দেখলে স্কুল নয়, জেলখানা বলে মনে হয়। হরি যখন স্কুলে ঢুকছে, তখন স্কুল বসবার ঘণ্টা বাজছিল। ঘণ্টার শব্দটাও যেন কেমন, গম্ভীর, মন উদাস করে দেয়। স্কুলের মধ্যে ছেলেদের কোনও হইহই নেই। সব শান্ত, ঠান্ডা।

খুব ভয়ে ভয়ে সে দেউড়ি পেরিয়ে ভিতরে ঢুকল।

একটা বজ্রগম্ভীর গলা বলে উঠল, "কী চাই?"

হরি সভয়ে দেখে ব্যারাকবাড়ির একতলার বারান্দার কোণে, ফটকের মুখেই এক বিশাল চেহারার ভদ্রলোক দাঁড়িয়ে। পরনে ধুতি-পাঞ্জাবি, রংটি ঘোর কালো, হাতে বেত, চোখে প্রখর দৃষ্টি।

কাঁপা গলায় হরি বলল, "আমি হেডস্যারের সঙ্গে দেখা করব।"

ভদ্রলোক হাতের বেতখানা তুলে তাঁর পিছনের দরজাটা দেখিয়ে দিয়ে বললেন, "ওই ঘরে গিয়ে বোসো।"

হরি ভয়ে ভয়ে বারান্দায় উঠল এবং ভদ্রলোকের পাশ দিয়ে একটা পিঁপড়ের মতো গলে গিয়ে ঘরটায় ঢুকল। ঘরে একটা সবুজ রেকসিনে-মোড়া ডেস্ক আর গুটিকয় চেয়ার, কয়েকটা আলমারি, আলমারির মাথায় গ্লোব, ফাইল-ক্যাবিনেট, হাজিরা-খাতা, নোটিস-বই সব রয়েছে। হরি বসল না। হেডস্যারের ঘরে বসতে নেই, সে জানে। সে একটু কোণের দিকে সরে দাঁড়িয়ে রইল।

স্কুল বসবার দ্বিতীয় ঘণ্টা পড়ল। সঙ্গে সঙ্গে মাস্টারমশাইরা অনেকটা মিলিটারিদের মতো গটমটে পায়ে একে একে ঢুকে একটা করে হাজিরা-খাতা তুলে নিয়ে ক্লাসমুখো চলে খেতে লাগলেন। এরকম স্বাস্থ্যবান সব মাস্টারমশাই হরি কদাচিৎ দেখেছে। প্রত্যেকেরই বেশ চওড়া কবজি, বিশাল বিশাল বুকের ছাতি, কারও মুখে হাসির লেশমাত্র নেই, আর প্রত্যেকের চোখের দৃষ্টিই ভয়ংকর।

মাস্টারমশাইরা ক্লাসে চলে যাওয়ার পর সেই বেতওয়ালা ভদ্রলোক এসে ঘরে ঢুকলেন। নিজের চেয়ারে বসে তার দিকে চেয়ে বললেন, "তুমি দুখিরামবাবুর চিঠি নিয়ে এসেছ, না? দাও দেখি চিঠিখানা।"

হরি চিঠিটা দিল।

"টাকা এনেছ?"

"আজ্ঞে হ্যাঁ।"

"যাও, এর পাশের ঘরেই অফিস। ভর্তি হয়ে সোজা দোতলায় উঠে বাঁদিকের প্রথম ঘরে চলে যাবে। সেটাই ক্লাস সেভেন ডি সেকশন।"

"আজ্ঞে।"

ভর্তি হতে পাঁচ মিনিটও লাগল না। একজন একশো বছর বয়সি বুড়ো লোক টাকা

গুনে নিয়ে একটা লেজারে তার নামধাম লিখল। একখানা রসিদ আর বুকলিস্ট ধরিয়ে দিয়ে বলল, "ক্লাসে চলে যাও।"

দোতলার ক্লাসঘরে তখন টকটকে ফর্সা ব্যায়ামবীরের মতো চেহারার এক মাস্টারমশাই ইংরিজির ক্লাস নিচ্ছিলেন। সে দরজায় দাঁড়াতেই কটমট করে তাকিয়ে বললেন, "বাঁদিকে থার্ড বেঞ্চে গিয়ে বসে পড়ো।"

ক্লাসে জনা-ত্রিশ ছেলে। প্রত্যেকেই নিশ্চুপ।

মাস্টারমশাই একজন ছেলেকে জিজ্ঞেস করলেন, "বিউটিফুল বানান কী?"

"বি ইউ..."

"বারান্দায় কান ধরে নিলডাউন।"

ছেলেটা নিলডাউন হল।

"বলাই, জাঁকজমক ইংরিজি কী?"

"প... প... প..."

"পাঁচ বেত। এদিকে এসো।"

পাঁচ ঘা বেতের শব্দ হরি চোখ বুজে শুনল। কী শব্দ রে বাবা। অন্য ছেলেকে মারা হচ্ছে, আর হরি যেন নিজের শরীরে টের পাচ্ছে।

ক্লাসের ছেলেদেরও হরি লক্ষ করল। এ ক্লাসে সব ছেলেই বেশ ধেড়ে এবং তাগড়াই চেহারার। কারও বয়সই হরির চেয়ে কম নয়, বরং বেশিই হবে। কেমন যেন বন্য, ক্ষুধার্ত দৃষ্টি সকলের চোখে।

ছেলেগুলো যে সুবিধের নয়, তা বোঝা গেল মাস্টারমশাই প্রথম পিরিয়ড পড়িয়ে চলে যাওয়ার সঙ্গে সঙ্গে। তিনটে মুশকো চেহারার ছেলে তিনদিক থেকে গদাম গদাম করে এসে লাফিয়ে পড়ল তার ওপর। দু'জন দুটো হাত চেপে ধরল, একজন তার চুলের মুঠি ধরে মুখটা তুলে বলল, "দেখি, দেখি চাঁদ, কোন গগন থেকে উদয় হলে!"

আকস্মিক এই আক্রমণে হরি এমন ঘাবড়ে গেল যে, তার মুখে কথাই ফুটল না। সভয়ে চেয়ে রইল শুধু। যে ছেলেটা চুল ধরেছিল, সে একটা ঝাঁকুনি দিয়ে বলল, "বোবা নাকি হে? কিন্তু বোবারও যে এখানে মারের চোটে বুলি ফোটে তা জানো?"

পিছন থেকে কে যেন ঘাড়ে একখানা রদ্দা মেরে বলল, "না রে, বেশ ঘাড়ে-গর্দানে আছে। ভাল পানচিং-ব্যাগ হতে পারবে।"

সকলে হি হি করে হাসল।

এই স্কুলে মাস্টারমশাইরা ক্লাসে আসতে মোটেই দেরি করেন না। বারান্দায় গটমটে জুতোর শব্দ পেয়েই ছেলে তিনটে তাকে ছেড়ে দিল। একজন শুধু চাপা স্বরে বলল, "নালিশ করলে আস্ত রাখব না, মনে থাকে যেন!"

রাগে দুঃখে হরির চোখে জল এসে গিয়েছিল বটে, কিন্তু সে নালিশও করল না।

দ্বিতীয় পিরিয়ডে বাংলা ব্যাকরণ পড়াচ্ছিলেন ঠিক মহিষাসুরের মতো চেহারার এক মাস্টারমশাই। সন্ধি সমাস প্রত্যয়ের সঙ্গে সঙ্গে তাঁর হাতের বেতও ফোঁস ফোঁস করতে লাগল। সাতজন বেত খেল, তিনজন নিলডাউন হল, চারজনের মাথায় পড়ল ডাস্টারের ঘা।

দ্বিতীয় পিরিয়ড শেষ হতেই আবার গোটা চারেক ছেলে উঠে এসে ঘিরে ফেলল হরিকে।

"বাঃ, বেশ রাঙামুলোর মতো চেহারাটি তো তোমার ভাই। কিন্তু এ চেহারা কি রাখতে পারবে? শুকিয়ে যে হত্তুকি হয়ে যাবে বাছাধন!"

"দেখি তো ভাই তোমার হাতের লেখা কেমন। খাতায় লেখো তো 'আমি একটি গাধা'। লেখো, লেখো..."

"কাতুকুতু তোমার কেমন লাগে খোকা? ভাল নয়?"

"জিভ ভেঙাতে পারো? একটু ভেঙাও তো!"

প্রতি পিরিয়ডের পরই এরকম চলতে লাগল। টিফিন পিরিয়ডে তাকে একরকম ধরেবেঁধেই স্কুলের পাশের মাঠটায় নামানো হল।

হুকুম হল, "গোরু সেজে ঘাস খাও।"

তা-ই করতে হল হরিকে।

তারপর হুকুম হল, "চোখের পাতা একবারও না ফেলে পাঁচ মিনিট চেয়ে থাকো।"

তা-ই করতে হল।

ফের হুকুম, "এক পায়ে লাফিয়ে লাফিয়ে সারা মাঠ চক্কর দাও।"

হরি তাও করল।

যখন ছাড়া পেল, তখন সে হেদিয়ে পড়েছে।

ছুটির পর যখন ক্লাসের ছেলেরা দুদ্দাড় করে বেরোচ্ছিল, তখন হরি বুদ্ধি করে তাদের সঙ্গে বেরোনোর চেষ্টা করল না, ক্লাসেই চুপ করে বসে রইল। কারণ ছেলেগুলো রাস্তায় তার ওপর ফের হামলা করতে পারে। স্কুল ফাঁকা হয়ে যাওয়ার পর সে গুটিগুটি বেরিয়ে বাড়ির পথ ধরল।

কিছুদূর হাঁটার পরই হরি একটা অস্বস্তি বোধ করছিল। মনে হচ্ছিল, কেউ তার পিছু নিয়েছে। কেউ পিছু নিলে বা তাকিয়ে থাকলে মানুষের ষষ্ঠ ইন্দ্রিয়ে তা ধরা পড়েই, এর কোনও ব্যাখ্যা নেই। কিন্তু টের ঠিকই পাওয়া যায়। হরিও পেল। চৌপথিতে ডান হাতে মোড় নিতে গিয়েই সে ছেলেটাকে লক্ষ করল। কালো, লম্বামতো। সে ফিরে তাকাতেই ছেলেটা হাত তুলে থামতে ইশারা করল।

হরি আর দাঁড়াল না। হাঁটা ছেড়ে ছুটতে শুরু করে দিল।

পিছন থেকে ছেলেটা ডাকল, "এই খোকা, শোনো, শোনো। ভয় নেই, আমি ওদের দলের নই।"

হরি দাঁড়াল, সন্দিহান চোখে ছেলেটার দিকে চেয়ে রইল।

ছেলেটা কাছে এসে বলল, "আমার নাম গোপাল। আমি তোমার সঙ্গেই এক ক্লাসে পড়ি। আজ তোমাকে ওরা যা করছিল, দেখে আমার ভীষণ কষ্ট হয়েছে। কিন্তু তোমার ভাই, ভীষণ সহ্যশক্তি।"

হরি স্বস্তির শ্বাস ছেড়ে বলল, "ওরা ওরকম কেন বলো তো!"

গোপাল মৃদু একটু হেসে বলল, "এখানে ওরকম সব ছেলেই সংখ্যায় বেশি। তুমি ধৈর্য হারিয়ে ফেলো না! পরে সব ঠিক হয়ে যাবে। প্রথম কয়েকটা দিন যা একটু কষ্ট। নতুন ছেলে এলেই এসব হয়।"

দু'জনে পাশাপাশি হাঁটতে লাগল।

গোপাল জিজ্ঞেস করল, "তুমি কোথায় থাকো?"

"কাঠগোলার দুখিরামবাবুর বাড়িতে।"

"সেটা কোথায়?"

"এই দিকে।" বলে হাত তুলে রাস্তাটা দেখিয়ে দিয়ে হরি বলল, "রাস্তার শেষ দিকটায়। বাগান-ঘেরা বাড়ি।"

গোপাল বলল, "ওটা হল সাহেবপাড়া। এককালে সাহেবরা থাকত। এখন আর ও পাড়ায় কেউ থাকে না। আমরা মাঝে মাঝে পেয়ারা লিচু পাড়তে যাই। তোমাদের বাড়িটার কোনও নাম আছে?"

"খেয়াল করিনি তো!"

"কুসুমকুঞ্জ নয় তো! শুনেছিলাম কে এক বড়লোক কুসুমকুঞ্জ কিনে নিয়েছে।"

"হতে পারে।"

"যদি কুসুমকুঞ্জ হয়, তবে..."

"তবে কী?"

"না, বাড়িটার তেমন সুনাম নেই কিনা।"

"সুনাম নেই কেন? ভূত আছে নাকি?"

"কে জানে বাবা। এ পাড়ার সব বাড়িই পুরনো। ভূত থাকতেই পারে। আমার ভীষণ ভূতের ভয়। তোমার?"

"আমারও।"

সামনের চৌপথিতে এসে গোপাল বলল, "আমি এবার বাঁদিকে যাব। তোমার

সঙ্গে আলাপ হয়ে বেশ হল। কাল থেকে তুমি আমার পাশে বসবে। বাঁদিকে থার্ড বেঞ্চ।"

হরি মাথা নেড়ে বলল, "আচ্ছা।"

একজন বন্ধু পাওয়ায় হরির বেশ ভালই লাগছিল। গোপালের কথা ভাবতে ভাবতেই সে দুখিরামবাবুর বাড়ির ফটকে এসে পৌঁছল। ফটকের দু'ধারে দুটো মস্ত খাম। দুটোর গায়েই লতা বেয়ে উঠে ঢেকে ফেলেছে প্রায়। বাঁদিকের থামের গায়ে একটা শ্বেতপাথরের ফলক লতার আড়ালে ঢেকে গেছে। হরি লতাপাতা সরিয়ে বিবর্ণ ফলকটা লক্ষ করল। অক্ষরগুলো প্রায় মুছে গেছে, তবু পড়া যায়। হরি দেখে নিশ্চিন্ত হল যে, বাড়িটার নাম কুসুমকুঞ্জ নয়। এমনকী বাংলা নামই নয়। ইংরিজিতে লেখা 'গ্রিন ভ্যালি।'

তিন

পরদিন সকালে গোবিন্দ চলে গেল। যাওয়ার আগে বলল, "আমি জায়গাটা বিশেষ ভাল বুঝছি না বাপু। বড্ড কেমন-কেমন। তা বড়বাবুকে গিয়ে আমি বলব'খন যেন এখানে তোমাকে আর না রাখেন। ঘরের ছেলে ঘরেই ফিরে যাওয়া ভাল।"

একথায় হরির চোখে জল এসে গেল। বাবা যে তাকে একরকম বাড়ি থেকে তাড়িয়ে দিয়েছেন, একথাটা তার অল্প বুদ্ধিতেও বুঝতে কষ্ট হয়নি। অভিমানে তার বুক ভারী হয়ে উঠল। সে মাথা নেড়ে বলল, "না গোবিন্দদা, এ জায়গা ছেড়ে আমি যাব না। মরি তো মরব।"

"বালাই ষাট, মরবে কেন?" বলে গোবিন্দ আর পোঁটলা-পুঁটলি বেঁধে বলল, "চারদিকে লক্ষ রেখো। রাত্রিবেলা টর্চবাতি আর লাঠি হাতের কাছে রাখবে। ঠক-জোচ্চোরদের পাল্লায় পোড়ো না। পেট ভরে খেয়ো। আর পাগলা-সাহেবটাকে দেখলে সেলাম কোরো।"

হরি অবাক হয়ে বলল, "পাগলা-সাহেব! সে আবার কে?"

গোবিন্দ হাত উলটে বলল, "কী করে তা বলি! দুপুরে একটু হাঁটাহাঁটি করতে পথে বেরিয়ে পড়েছিলাম। দেখি একটা সাদা ঘোড়ায় চেপে এক সাহেব যাচ্ছে। হঠাৎ আমার দিকে কটমট করে চেয়ে ঘোড়ার রাশ টেনে ধরে পেল্লায় ধমক দিল, 'অ্যাও, সেলাম কাহে নাহি কিয়া?' আমি তো ভয়ে মূর্ছা যাই আর কি। চিঁচিঁ করে কী বললাম, সাহেব তা বুঝল না। হাতের চাবুকটা তুলে সপাং করে চালাল। ভাগ্যিস লাগেনি।

পড়ি কি মরি করে পালিয়ে বাঁচি। ফিরে এসে জগুরামকে সব বলছিলাম। কিন্তু ব্যাটা এমন পাষণ্ড যে, একটা জবাবও দিল না। শুধু রাক্ষুসে চোখে একবার চেয়ে যেমন বাগানের ঘাস নিড়োচ্ছিল তেমনি নিড়োতে লাগল। একটা বিড়ি দিতে গেলুম, নিল না। দুটো মন-ভেজানো কথা বললুম, কানেই তুলল না। দুর্গা, দুর্গা, কী হবে কে জানে। আমি হলে বাপু আর এক দণ্ডও এখানে থাকতুম না। তোমার জন্য বড্ড চিন্তা রইল।”

হরি গম্ভীর মুখে বলল, “আমার কথা আর চিন্তা কোরো না। আমাকে ভুলে যাও গোবিন্দদা।”

গাড়ির সময় হয়ে গিয়েছিল বলে কথা আর গড়াল না। গোবিন্দ রওনা হয়ে যাওয়ার পর স্নান-খাওয়া সেরে দুরুদুরু বুকে স্কুলে রওনা হল হরি।

ক্লাসে ঢুকতেই বাঁদিকের থার্ড বেঞ্চ থেকে গোপাল তাকে ডাকল, “এই যে ভাই, এখানে এসে বোসো। তোমার জন্য জায়গা রেখেছি।”

হরি গিয়ে ঝুপ করে গোপালের পাশে বসে পড়ল। আর বসবার পরেই বুঝল, ক্লাসটা কেমন যেন নিশ্চুপ হয়ে গেল। সকলেই তার দিকে তাকাচ্ছে, কিন্তু কেউ কিছু বলছে না বা করছে না।

গোপাল মৃদু স্বরে বলল, “ভয় পেয়ো না। আজ হয়তো ওরা তোমাকে কিছু করবে না।”

“কেন, করবে না কেন?”

“ওরা বোধহয় কালকের ব্যবহারের জন্য অনুতপ্ত।”

আশ্চর্যের বিষয়, বাস্তবিকই আজ দুষ্টু ছেলেগুলো হরির দিকে একেবারেই মনোযোগ দিচ্ছিল না। নিজেদের মধ্যে চেঁচামেচি, ঝগড়া-মারামারি করছিল বটে, কিন্তু হরিকে ‘রাঙামুলো’ বলে ডাকল না একবারও, কিল চড় ঘুষিও কেউ দিল না।

গোপাল মৃদু স্বরে ছেলেদের চিনিয়ে দিচ্ছিল, “লাস্ট বেঞ্চের বাঁদিকের কোণে যে ছেলেটা বসে আছে, তাকে ভাল করে দেখে নাও। ও হল ভজন। ডেনজারাস ছেলে। দুর্দান্ত ফুটবল খেলোয়াড় আর তেমনি মারকুট্টা। ওপাশের ফোর্থ বেঞ্চে বসে আছে তিনটে ছেলে। ওদের বলা হয় থ্রি মাস্কেটিয়ার্স। গদাধর, অনিল আর দীপঙ্কর। লোকে বলে, ওরা একটা ডাকাতের দলে আছে। আমাদের পিছনের বেঞ্চে ডানদিকের কোণে বসে আছে রাজর্ষি। চেহারাটা খুব লালটু। দারুণ বড়লোকের ছেলে। ও নাকি ওদের একজন চাকরকে বন্দুকের গুলিতে জখম করেছিল বেয়াদবির জন্য। খুব সাংঘাতিক ছেলে। ওপাশের সেকেন্ড বেঞ্চে দেখো, কোণের ওই যে নীল শার্ট আর তার পাশে হলুদ গেঞ্জি পরা দু’জন, ওদের নাম পার্থ আর শিবশঙ্কর। পার্থ খুব ভাল ওয়েট

লিফটার আর শিবু কারাটিকা। ওই দু'জনের মতো পাজি খুব কম আছে। এদের আপাতত চিনে রাখো। সাধ্যমতো এড়িয়ে চোলো।"

হরি সব ক'জনকেই চিনতে পারল। এরাই কাল তার ওপর অত্যাচার করেছে সবচেয়ে বেশি।

সে গোপালের দিকে চেয়ে বলল, "কিন্তু ওরা আজ আমাকে ছেড়ে দিচ্ছে কেন বলো তো! তোমার জন্য?"

গোপাল মাথা নেড়ে বলল, "না, না। আমার জন্য কেন হবে?"

হরি তবু গোপালকে ভাল করে একবার দেখল। অসাধারণ কিছুই নেই গোপালের মধ্যে। কালো, ছিপছিপে, লম্বাটে গড়ন। গায়ে এমন কিছু আহামরি জোর থাকার কথা নয়। মুখখানাও নিপাট ভালমানুষের মতোই। ষণ্ডাগুণ্ডা বলে মনে হয় না। তবে তার চোখ দু'খানা বেশ তীক্ষ্ণ।

ক্লাস শুরু হওয়ার পর হরি লক্ষ করল, মাস্টারমশাইরাও কেন যেন গোপালকে এড়িয়ে যান। একমাত্র হেডস্যারের ভূগোল ক্লাস আর জাহ্নবীবাবুর অঙ্ক ক্লাস ছাড়া আর কোনও ক্লাসে কোনও মাস্টারমশাই গোপালকে কোনও প্রশ্ন করলেন না।

হরি আর-একটা জিনিসও লক্ষ করল। এ ক্লাসের সব ছেলেই বেশ বড়-বড়। বেশিরভাগেরই বয়স পনেরো-ষোলো থেকে উনিশ-কুড়ি। বোঝা যায় যে, এরা বহুবার গাড্ডু মেরে ক্লাস সেভেনে উঠেছে। গোপালেরও বয়স সতেরো-আঠারো হবে। দুই ক্লাসের ফাঁকে একবার সে গোপালকে জিজ্ঞেস করল, "তুমি কি ভাই অনেকবার ফেল করেছ?"

গোপাল মৃদু হেসে মাথা নেড়ে বলল, "না, তবে লেখাপড়া শুরু করতেই আমার অনেক দেরি হয়েছে।"

"কেন?"

'সে অনেক কথা। তবে আমি বাড়ি থেকে পালিয়ে গিয়েছিলাম! অনেকদিন পালিয়ে-বেড়িয়ে থাকার ফলে পড়াশুনো হয়নি।"

"কেন পালিয়েছিলে?"

"বাড়িতে ভাল লাগে না। পৃথিবীটা কী বিশাল, আর বাড়িটা কত ছোট।"

আজ টিফিন পিরিয়ডে হরি আর গোপাল একসঙ্গে বেরোল। জামতলায় একজন চিনেবাদামওলা বসেছিল। তার কাছ থেকে দু'জনে বাদাম কিনে গাছের ছায়ায় বসে বসে গল্প করল। গোপাল নিজে বেশি কথা বলল না, বরং হরিকে প্রশ্ন করে করে তার বাড়ির কথা আর এখানে আসার ইতিহাস সব জেনে নিল। হরি বলল, "ও, ভাল কথা, আমাদের বাড়িটার নাম কুসুমগঞ্জ নয়, গ্রিন ভ্যালি।"

গোপাল হাসল, বলল, "জানি। কালই খোঁজ নিয়েছি। খুব ভাল আতা হয় ও বাড়িতে। ভাল জাতের ল্যাংড়া আমও ফলে। একবার আম চুরি করতে গিয়ে ওই জগুরামের হাতে ধরা পড়ে গিয়েছিলাম।"

"বটে? তারপর কী হল?"

"জগুরাম কুস্তিগির ছিল, তা জানো?"

"না। তবে ওরকমই চেহারা। তোমাকে মারল নাকি?"

গোপাল একটু হেসে বলল, "মারতেই চেয়েছিল। তবে পারেনি।"

"কেন পারেনি?"

"পাগলা-সাহেব এসে পড়ল যে!"

"পাগলা-সাহেব কে বলো তো? কালও একজন বলছিল, সে নাকি সাদা ঘোড়ায় চেপে একজন সাহেবকে যেতে দেখেছে।"

"ঠিকই দেখেছে।"

"পাগলা-সাহেব কি সত্যিই পাগল?"

"তা কে জানে! লোকে বলে পাগলা-সাহেব, আমরাও তাই বলি। তবে..."

"তবে কী?"

"পাগলা-সাহেবকে কিন্তু সবাই দেখতে পায় না। কেউ-কেউ পায়।"

"তার মানে কী?"

গোপাল কিছু একটা বলতে যাচ্ছিল। কিন্তু টিফিন শেষ হওয়ার ঘণ্টা বাজায় কথাটা আর এগোল না।

টিফিনের পরের ঘণ্টাগুলোও আজ বেশ শান্তিতেই কেটে গেল। শুধু ইতিহাসের ক্লাসে আকবরের ছেলের নাম বলতে না পারায় হরিবন্ধুকে একটি মোলায়েম কানমলা খেতে হল। তা সেটা গায়ে না মাখলেও চলে। মারধোর তার কাছে কিছুই নয়।

ছুটির ঘণ্টা বাজবার একটু আগে গোপাল বলল, "আজও তোমাকে একটু এগিয়ে দেওয়ার ইচ্ছে ছিল। কিন্তু নোয়াপাড়ার সঙ্গে আজ একটা কাবাডি ম্যাচ আছে।"

হরিবন্ধু লজ্জিত হয়ে বলে, "না না, এগিয়ে দিতে হবে না।"

আজ আর ছুটির পর হরিবন্ধু অপেক্ষা করল না। বইখাতা নিয়ে বেরিয়ে পড়ল। স্কুলের ফটক থেকেই গোপাল অন্যদিকে রওনা হয়ে যাওয়ার পর হরি একা, ছেলেদের দঙ্গল থেকে একটু তফাতে থেকে বাড়িমুখো হাঁটতে লাগল। হাঁটতে হাঁটতে সে গোপালের কথাই ভাবছিল। এ বিষয়ে সন্দেহ নেই যে, ক্লাসের সব ছেলেই গোপালকে ভয় পায়, কিন্তু কেন পায় সেটাই তাকে খুঁজে বের করতে হবে। মাস্টারমশাইরাও দেখা যাচ্ছে পারতপক্ষে গোপালকে ঘাঁটান না, তারই বা রহস্য

কী? আর গোপাল তাকেই বা এমন করে আগলে রাখল কেন!

ছেলের দঙ্গল বিভিন্ন পথ ধরে যে-যার বাড়ির দিকে চলে গেল। রাস্তা নির্জন হয়ে এল। চৌপথি থেকে ডান হাতে বাঁক ঘুরতেই একটা নির্জন কালীবাড়ি। গতকালও লক্ষ করেছে হরি, চারদিকে মস্ত মস্ত তেঁতুলগাছ। খুব ঝুপসি ছায়া আর নির্জনতার মধ্যে খুদে কালীবাড়িটা গাছপালার জন্য প্রায় নজরেই পড়ে না। কালী-দুর্গা শিব-কৃষ্ণ যা-ই হোক, ঠাকুর-দেবতার স্থান দেখলেই প্রণাম করা হরির স্বভাব। কাল ঠাহর পায়নি বলে প্রণামটা করা হয়নি। আজ ভক্তিভরে হাতজোড় করে চোখ বুজে ডবল প্রণাম ঠুকল সে মা-কালীকে, "মাস্টারমশাইদের রাগ কমিয়ে দাও মা, বজ্জাত ছেলেগুলোর সুমতি দাও মা, গোপালের সঙ্গে যেন কখনও আড়ি না হয় মা, পাগলা-সাহেবের চাবুক যেন পিঠে না পড়ে মা, বাবার মনটা যেন নরম হয়ে যায় মা, আমি যেন বাড়ি ফিরে যেতে পারি মা..." ইত্যাদি।

প্রণাম সেরে চোখ খুলতেই কিন্তু সে থতমত খেয়ে গেল। সামনে গোটা-চারেক হুমদো-হুমদো ছেলে দাঁড়িয়ে। তার ক্লাসেরই ছেলে। গোপাল এদের চিনিয়ে দিয়েছিল। গদাধর, অনিল, দীপঙ্কর আর রাজর্ষি।

গদাধরের চেহারা যেমন বিকট, গলার স্বরটাও পিলে চমকে দেওয়ার মতো বাজখাঁই। সে হরির থুতনিতে একটা ঠোনা মেরে সেই বাজ-ডাকা গলায় বলল, "গোপালের সঙ্গে ভাব করা হয়েছে চাঁদু? ভেবেছ পার পেয়ে যাবে? আমরা অত সোজা লোক নই হে। এখন বলো তো চাঁদু, গোপালকে কী ঘুষ দিয়ে হাত করেছ?"

ভয়ে সিঁটিয়ে গেল হরি। একটু আগে মা-কালীকে রীতিমতো ভক্তির সঙ্গে ডাকাডাকি করেছে। তার এ কী পরিণাম? সে আমতা-আমতা করে বলল, "ঘু-ঘুষ কেন দেব? গোপালই তো বন্ধুত্ব পাতিয়েছে।"

"গোপাল বন্ধু পাতানোর ছেলে! ওকে চিনি না ভেবেছ? তা ঘুষটা ওকে না দিয়ে আমাদেরও তো দিলে পারতে। একটু ঘুষ-টুষ পেলে আমরা কি কম বন্ধুত্ব করতে জানি?"

কী জবাব দেবে ভেবে পাচ্ছিল না হরি।

গদাধরকে ঠেলে একদিকে সরিয়ে রাজর্ষি এগিয়ে এল। রাজপুত্রের মতো চেহারা। কিন্তু চোখদুটোয় কেমন অস্বাভাবিক নিষ্ঠুর দৃষ্টি। রক্ত হিম হয়ে যায়। সেই রক্ত-জল-করা চোখে কিছুক্ষণ তার দিকে চেয়ে থেকে সে বলল, "একটা কথার জবাব দেবে?"

"কী কথা?"

"গোপাল আমাদের কথা তোমাকে কী বলেছে?"

হরি মাথা নেড়ে বলল, "কিছু বলেনি।"

"তার মানে বলবে না?"

হরি ভয় খেয়ে বলল, "তেমন কিছু বলেনি।"

"কী বলেছে তা আমরা শুনতে চাই।"

হরি বিপন্ন গলায় বলল, "সেটা তোমরা কেন গোপালকেই জিজ্ঞেস করো না!"

"সেটা আমরা বুঝব। তোমাকে জিজ্ঞেস করছি, তুমি জবাব দাও।"

হরিবন্ধু হঠাৎ সাহস করে বলে ফেলল, "তোমরা কি গোপালকে ভয় পাও?"

একথায় হঠাৎ চারজনই কেমন স্থির হয়ে গেল। তারপর পরস্পরের মুখের দিকে তাকাতাকি করে নিল। রাজর্ষি বলল, "আমরা কাউকে ভয় পাই না। গোপালের সঙ্গে আমাদের বোঝাপড়া পরে হবে। এখন বলো, গোপাল তোমাকে কী বলেছে।"

চারজনের দ্বিধার ভাব দেখে হরিবন্ধুর আর সন্দেহ রইল না যে, মুখে যতই বারফাট্টাই করুক, এরা গোপালকে ভয় পায়। এটা বুঝতে পেরে তার বুকে যথেষ্ট সাহস এল। সে বুক চিতিয়ে বলল, "আমি বলব না।"

রাজর্ষি আর গদাধর এই জবাবে খুবই যেন অবাক হয়ে গেল। কেমন যেন দ্বিধার ভাবও তাদের হাবভাবে। রাজর্ষি বলল, "আমার সম্পর্কে তোমাকে ও কিছু বলেছে?"

"বলতে পারে।"

"কী বলেছে সেটা আমি জানতে চাই।"

"জেনে কী করবে? মারবে গোপালকে?"

"সেটা ভেবে দেখব।"

হরি ঘুরে দাঁড়িয়ে বাড়িমুখো হাঁটা দিয়ে মুখ ফিরিয়ে বলল, "তা হলে বাড়ি গিয়ে ভাবো গে যাও। কাল তোমার প্রশ্নের জবাব দেব।"

আশ্চর্যের বিষয়, ছেলেগুলো তার পিছু নিল না বা শাসাল না, মারা তো দূরের কথা। একটু এগিয়ে গিয়ে একবার পিছু ফিরে তাকিয়ে হরি দেখল, তেঁতুলতলার ছায়ায় চারটে ছেলে এখনও ভূতের মতো দাঁড়িয়ে তার দিকে চেয়ে আছে। গোপাল বলেছিল, ওই চারজনের তিনটে ডাকাত, একটা খুনে। হতেও পারে। তবে আপাতত চারজনের মাথাতেই যেন ধুলোপড়া পড়েছে।

হরি যখন বাড়ি ফিরল, তখন বেলা মরে এসেছে। সে ঘরে ঢুকতেই জগুরামের বউ ঝুমরি একটা কেরোসিনের টেবিল-ল্যাম্প জ্বেলে ঘরে দিয়ে গেল। হরি বাথরুম থেকে হাত-মুখ ধুয়ে ঘরে আসতেই ঝুমরি মস্ত এক বাটিতে বিশাল এক তাল ছাতুমাখা নিয়ে এল।

ছাতু হরি কখনও খায়নি। দেখেই তার খিদে উবে গেল। সে বলল, "ওসব আমি খাই না। নিয়ে যাও।"

ঝুমরি বড় একটা কথা কয় না। এবারও কিছু বলল না। টেবিলের ওপর ছাতুর বাটির পাশে এক গ্লাস জল গড়িয়ে রেখে দিয়ে চলে গেল।

ছাতু দেখে যতই অনিচ্ছে হোক, পেটে তার সাংঘাতিক খিদে। এখানকার জল-হাওয়া ভাল বলেই সে শুনেছে। তাই দোনোমোনো করে সে ছাতুর তাল থেকে একটু খুঁটে মুখে তুলল। মনে হচ্ছে আচারের তেল এবং আরও দু-একটা অদ্ভুত মশলা দিয়ে মাখা। টক, ঝাল, নোনতা স্বাদটাও বেশ ভাল। নিজের অজান্তেই আনমনে নানা কথা ভাবতে ভাবতে হরি ছাতুর তাল থেকে ভেঙে ভেঙে খেতে লাগল।

কিছুক্ষণ পর বাটিতে হাত দিয়ে সে অবাক হয়ে দেখল, ছাতুর তালটা আর নেই। বাটি একেবারে ভোঁভাঁ। ভারী অবাক হল সে। ইঁদুর বা ছুঁচো এসে নিয়ে যায়নি তো মুখে করে?

না। সে টের পেল ছাতুর তালটা উধাও হয়েছে বটে, কিন্তু পুরোটাই সেঁধিয়েছে তার পেটে। নিজের পেটের দিকে অবিশ্বাসভরে চেয়ে রইল হরি। যখন আর সন্দেহ রইল না, তখন ঢকঢক করে জলটা খেয়ে নিল।

বাইরে বেশ ঘুটঘুট্টি অন্ধকার জমে উঠেছে। পুরনো বাড়ির নানা জায়গা থেকে অদ্ভুত অদ্ভুত শব্দ আসছে। একটা আলগা পাল্লা মাঝে মাঝে খটাস করে বন্ধ হচ্ছে, আবার ক্যাঁচ-ক্যাঁচ করে খুলে যাচ্ছে। ধেড়ে ইঁদুর ডেকে উঠল যেন কোনও ঘরে। একটা বেড়াল মিউ-মিউ করে দোতলার কোথাও ঘুরে বেড়াচ্ছে। কাছেপিঠে কোথায় যেন শিয়াল ডেকে উঠল এক ঝাঁক।

এ বাড়িতে একা ঘরে রাতটা কী করে সে কাটাবে? শুধু একটা রাতই তো নয়, রাতের পর রাত!

আবার পরমুহূর্তেই বাড়ির কথা ভেবে তার মনটা রাগ আর অভিমানে ভরে গেল। একা এই নির্বান্ধব পুরীতে তাকে নির্বাসনেই তো পাঠানো হয়েছে। সে মরুক বাঁচুক, তাতে কার কী আসে যায়? ভাবতে ভাবতে তার চোখে জল চলে এল। গোবিন্দদার হাত দিয়ে সে মা-কে একটা চিঠি পাঠিয়েছে: "আমি এখানে থাকলে বেশিদিন বাঁচব না, তোমার পায়ে পড়ি মা, আমাকে এখান থেকে নিয়ে যাওয়ার জন্য বাবাকে বলো।"

এখন তার চিঠিটার জন্য লজ্জা করতে লাগল। ওরকম চিঠি না লিখলেই পারত।

স্কুলে অনেক টাস্ক দিয়েছে। এই স্কুলে হোমটাস্ক জিনিসটা সাংঘাতিক। প্রত্যেকটা খাতা খুঁটিয়ে পড়া হয়, নম্বর দেওয়া হয়। টাস্ক না করলে লাঞ্ছনা-অপমানের একশেষ।

চোখের জল মুখে টেবিলের ওপর বইখাতা সাজিয়ে বসে গেল হরি। টাস্ক করতে

করতে ভয়ের ভাবটাও কমে আসতে লাগল। মাঝে মাঝে জানালা দিয়ে চেয়ে সে দরোয়ান জগুরামের ঘরে টেমির আলো দেখতে পাচ্ছিল। ঝুমরি বোধহয় রান্না করতে করতে একখানা গান ধরল। দেহাতি গান। অনেকটা কান্নার মতো বিষণ্ণ সুর। মাঝে মাঝে আনমনে শুনতে পাচ্ছিল হরি।

রাত দশটা নাগাদ হরির হঠাৎ খেয়াল হল, কেমন যেন একটা অস্বস্তি হচ্ছে। শরীরের মধ্যে যেন একটা ফাঁকা-ফাঁকা ভাব। পেনসিলটা দাঁতে কামড়ে ব্যাপারটা একটু বুঝবার চেষ্টা করল হরি। খানিকক্ষণ চিন্তা করার পর হঠাৎই ব্যাপারটা তার কাছে জলের মতো পরিষ্কার হয়ে গেল। ফাঁকাই বটে, তার পেটটাই বিলকুল ফাঁকা। কিন্তু আশ্চর্যের বিষয়, বিকেলে যে প্রকাণ্ড ছাতুর তালটা সে আনমনে খেয়ে নিয়েছিল সেটা সম্পূর্ণ উধাও হয়ে গেছে পেট থেকে। মোতিগঞ্জের জল-হাওয়া বোধহয় খুবই ভাল।

আরও আশ্চর্যের বিষয়, খিদেটা চাগাড় দিয়ে ওঠার সঙ্গে সঙ্গেই ভেজানো দরজা ঠেলে ঘরে ঢুকল ঝুমরি। হাতে থালা। থালার ওপর গরম ধোঁয়ানো ভাতের একটা পাহাড়। সঙ্গে অড়হরের ডাল, তরকারি।

ভাতের পরিমাণ দেখে আঁতকে উঠে হরি বলল, "অত আমি খেতে পারব না। কমিয়ে আনো।"

ঝুমরি কথাটা গায়েই মাখল না। থালা রেখে জল গড়িয়ে দিয়ে চলে গেল।

অগত্যা হরি খেতে বসল। আশ্চর্যের বিষয়, পাহাড়টা অর্ধেক তার পেটে সেঁধিয়ে যাওয়ার পরও পেটটা বেশ ফাঁকা-ফাঁকাই লাগছিল হরির। একা-একা বসেও এত ভাত খেতে হরির একটু লজ্জা লাগতে লাগল।

পুরো পাহাড়টা শেষ করে যখন উঠল হরি, তখন নিজের খাওয়ার বহর দেখে সে নিজেও অবাক হয়ে গেল।

চার

রাত্রিবেলা একা ঘরে শুতে একটু ভয় ভয় করছিল হরির। জীবনে সে কখনও একা ঘরে শোয়নি, একখানা গোটা বাড়িতে একা শোওয়া তো দূরস্থান। তার ওপর সাহেবপাড়ার মতো নির্জন জায়গায়।

কিন্তু উপায়ই বা কী? হ্যারিকেনের সলতে কমিয়ে মশারির মধ্যে ঢুকে সে নিঃসাড়ে শুয়ে নিজের বুকের ঢিবঢিবিনি শুনল কিছুক্ষণ। ইঁদুরের শব্দ, বাতাসের শব্দ,

শেয়াল বা বেড়ালের ডাক, সবই তার চেনা। ঝিঁঝির ডাকও সে কতই শুনেছে। তবু এই অচেনা নির্জন জায়গায় সব ক'টা শব্দই তার ভুতুড়ে বলে মনে হচ্ছিল। ঘুম আসছিল না।

তবে পেটে ছাতু ও ভাতের যে দুটি পাহাড় ঢুকেছে, তার প্রভাবে এবং লেপের ওমের ভিতরে কিছুক্ষণ শুয়ে থাকার পরেই নিজের অজান্তে তার ঘুম এসে গেল।

ঘুমটা ভাঙল মাঝরাতে। কী একটা অনির্দেশ্য অস্বস্তি, মনের মধ্যে একটা সুড়সুড়ি, একটা রহস্যময় কিছু ঘুমের মধ্যেও টের পেয়ে আচমকা সে চোখ মেলল। মেলেই সে পট করে ঘাড় ঘুরিয়ে তাকাল শিয়রের জানালার দিকে।

জানালার বাইরে ফিকে অন্ধকার, একটা ঝুপসি গাছ। বন্ধ কাচের শার্সির গায়ে একটা ছায়া কি? অনেকটা মানুষের আকৃতির মতো? চোখটা দু'হাতে রগড়ে নিয়ে আবার চাইল হরি। কোনও ভুল নেই। একটা লোক শার্সির ওপাশ থেকে চেয়ে আছে ঘরের মধ্যে।

হরি কিছু না ভেবে-চিন্তেই বালিশের পাশ থেকে টর্চ আর পাশে শোয়ানো লাঠিটা নিয়ে লাফিয়ে উঠে, "কে, কে, কে ওখানে" বলে বিকট চেঁচিয়ে উঠল।

ছায়াটা টক করে সরে গেল।

হরি দৌড়ে গিয়ে জানালা খুলে চেঁচিয়ে উঠল, "ও জগুরাম? জগুরা-আ-ম।"

দরোয়ানের ঘর তার ঘর থেকে দেখা যায়। জগুরামের ঘরে একটা টেমি উসকে উঠল। দরজা খোলার শব্দ হল। জগুরাম বেরিয়ে লাঠি ঠুকতে ঠুকতে কাছে এসে বলল, "ক্যা হুয়া?"

উত্তেজিতভাবে হরি বলে উঠল, "আমার জানালায় একটা লোক দাঁড়িয়েছিল।"

জগুরাম খুবই উদাস মুখে বলল, "তো ক্যা হুয়া? চোর-ডাকু কোই হোগা। শো যাও।"

লোকটার এরকম উদাসীনতা দেখে হরি ভারী রেগে গেল। বলল, "চোর এসেছিল শুনেও তুমি গা করছ না?"

এর জবাবে জগুরাম যা বলল, তার তুলনা নেই। সে হিন্দিতে বলল, "দুনিয়াটাই চোরচোট্টায় ভরে গেছে। তারা আর যাবেই বা কোথায়? আর রাতে ছাড়া তাদের কাজের সুবিধেও হয় না কিনা! এখানে চোর-ডাকাত মেলাই আছে। ওসব নিয়ে ভাবলে মোতিগঞ্জে থাকাই যেত না।"

জগুরাম চলে যাওয়ার পর হরি আর ঘুমোতে পারল না। ঘড়িতে দেখল রাত সাড়ে তিনটে। হ্যারিকেনের আলো বাড়িয়ে সে কিছুক্ষণ চুপচাপ বসে রইল। ভাবল, এখানে

যদি থাকতেই হয় তা হলে ভয়ডর ঝেড়ে ফেলতে হবে। চোর-ডাকাত যে-ই এসে থাকুক, সে ভয় পেয়েছে জানলে ফের আসবে।

হরি টর্চ আর লাঠি নিয়ে উঠল। দরজা খুলে বাইরে বেরিয়ে এল।

টর্চ জ্বেলে জানালার নীচের মাটি প্রথমে পরীক্ষা করল হরি।

পায়ের ছাপ ভাল বোঝা গেল না বটে, তবে কয়েকটা পাতাবাহারের গাছ ভেঙে থেঁতলে গেছে।

ছায়ামূর্তিটা ডানদিকে সরে গিয়েছিল। সুতরাং হরি টর্চ নিবিয়ে সেদিকেই সন্তর্পণে এগোল। শেষ রাতে ফিকে একটু জ্যোৎস্না দেখা দিয়েছে। কুয়াশায় মাখা সেই জ্যোৎস্নায় চারদিকটা ভারী ভুতুড়ে আর অদ্ভুত দেখাচ্ছে। এ যেন মানুষের রাজ্য নয়, কোনও রূপকথার জগৎ।

বাগানের এপাশটায় অনেক ঝুপসি গাছপালা। তার ছায়ায় গাঢ় অন্ধকারে মৃদু জ্যোৎস্নার ইকড়ি-মিকড়ি। হরি চারদিকে চেয়ে পরিস্থিতিটা বুঝবার চেষ্টা করছিল। হঠাৎ তার নজরে পড়ল বাগানের পাঁচিলটা এক জায়গায় ভাঙা। আর সেই ভাঙা জায়গাটায় একটা লোক যেন গুঁড়ি মেরে বসে আছে।

হরি গাছের ছায়ায়-ছায়ায় গা-ঢাকা দিয়ে এগোতে লাগল। তার যে ভয় না করছিল এমন নয়। কিন্তু আজ রাতে সে ভয় নিকেশ করতে বদ্ধপরিকর। মোতিগঞ্জে টিকে থাকতে গেলে বুকের পাটা চাই।

লোকটাও অদ্ভুত। ভাঙা পাঁচিলটায় উঠে স্থির হয়ে বসে আছে। খুব মনোযোগ দিয়ে সামনের দিকে কিছু দেখছে বোধহয়। হরির দিকে তার পিঠ।

লোকটার কাছে গিয়ে হরি হাতের লাঠিটা বাগিয়ে ধরে চাপা গলায় বলল, "একটু নড়েছ কি মাথা ফাটিয়ে দেব। চুপচাপ সুড়সুড় করে ভাল ছেলের মতো নেমে এসো।"

লোকটা খুব আস্তে ঘাড় ঘোরাল। তাকে খুবই তাচ্ছিল্যের দৃষ্টিতে দেখে নিয়ে মুখে আঙুল তুলে ফিসফিস করে বলল, "চুপ। শব্দ করলেই বিপদ।"

হরি লাঠিটা উঁচিয়ে বলল, "আবার চোখ রাঙানো হচ্ছে? একটু আগেই না তুমি আমার জানালায় উঁকি মেরেছিলে? চোর কোথাকার?"

লোকটাও খ্যাঁক করে উঠল, "ইঃ, জানালায় উঁকি মারলেই বুঝি চোর হয়ে যায় লোকে! বেশ কথা তো! উঁকি দিয়েছি তো কী হয়েছে, কোন মহাভারতটা অশুদ্ধ হয়েছে তাতে?"

হরি অবাক হয়ে বলল, "তাই বলে মাঝরাত্তিরে উঁকি দেবে?"

"ওঃ, খুব পাপ হয়েছে বুঝি? পাড়ায় নতুন কে লোক এল তাই দেখতে একটু উঁকি দিয়েছি, আর অমনি বাবা কী চিল-চ্যাঁচানি! যেন ওঁর সর্বস্ব নিয়ে ভেগে পড়েছি।

নেওয়ার তোমার আছেটাই বা কী হে ছোকরা? একটা টিনের তোরঙ্গ আর গুচ্ছের বইখাতা। ছ্যাঃ, ওসব ছোঁবে কোন চোরে?"

"তা হলে তুমি চোর নও?"

লোকটা এবার একটু নরম গলায় বলল, "চোর হতে যাব কোন দুঃখে? আমার প্যালারাম রেলে চাকরি পেয়ে গেছে না? এখন আর কে চুরি করে? বুড়ো বয়সে ওসব কি আর পোষায়? তবে যদি সত্যিই চুরি করার মতলব থাকত, তবে কি আর তোমার কাঁচা ঘুমটা ভাঙত হে ছোকরা? এই পটল দাসের এলেম তো জানো না, তোমার তলা থেকে বালিশ বিছানা অবধি সরিয়ে ফেলতুম, তুমি টেরটিও পেতে না।"

বেঁটেখাটো, গাঁট্টাগোট্টা চেহারার বয়স্ক লোকটিকে এবার একটু ভাল করে দেখল হরি। মুখে কাঁচাপাকা একটু দাড়ি আর গোঁফ আছে। মাথায় একটা পুরনো উলের টুপি। গায়ে একখানা খাকি রঙের ছেঁড়া সোয়েটার। পরনে ধুতি। পায়ে কেডস আর মোজা। চোখে ধূর্ত দৃষ্টি। হরি টর্চটা নিবিয়ে ফেলে বলল, "তা হলে তুমি চোর ছিলে?"

"ছিলুম তো ছিলুম। অত খতেন কীসের? চোর হলেও আজকালকার ছোকরা-চোরদের মতো গবেটচন্দ্র ছিলুম না। চরণ, ছিদাম, দুখে, এদের জিজ্ঞেস করে দেখো, পটল দাসের নাম শুনলেই জোড়হাত করে কপালে ঠেকাবে। চোর কথাটা শুনতে খারাপ, কিন্তু এলেম দেখালে সব কাজেই ইজ্জত আছে। তবে এই হালের ছোঁড়ারা মানতে চায় না। তা না মানুক।"

হরি লাঠিটা নামাল, লোকটাকে ভয়ের কিছু নেই। তবু মুখে বলল, "জগুরামকে ডাকলে এক্ষুনি তোমাকে ধরে পুলিশে দেবে।"

"কোন আইনে? চুরি করতে গিয়ে তো ধরা পড়িনি হে। তার ওপর পুলিশ কি হাতের মোয়া যে ডাকলেই পাবে? এখান থেকে থানা মাইলটাক দূরে। দারোগাবাবু কনেস্টবলবাবারা এ সময়ে ঘুমোন, ডাকলে ভারী রেগে যান।"

হরি হেসে ফেলল। তারপর বলল, "তা তুমি ওই ভাঙা পাঁচিলে উঠে কী করছ? নেমে এসো। আজ তোমাকে ছেড়ে দিচ্ছি।"

"ছাড়তে হবে না। আমি তো ধরাও পড়িনি এখনও। ছাড়বার তুমি কে হে? ভাবছিলাম ভদ্রবাবুদের বাড়িটা এই ফাঁকে একটু দেখে যাব। দিনে-কালে এ বাড়ি থেকে কত কী সরিয়েছি। কিন্তু ঢুকতে ঠিক সাহস হচ্ছে না। কী যেন একটা দেখলাম। ভাল করে দেখার জন্য ঘাপটি মেরে বসে আছি তখন থেকে।"

"কী দেখেছ?"

"কী দেখেছি সেইটেই তো ঠিক বুঝতে পারছি না। সেই আগের চোখও নেই। বাঁ

চোখটায় ছানি এসেছে। প্যালারাম অবশ্য বলেছে শহরে নিয়ে গিয়ে চোখ কাটিয়ে আনবে। তখন সব আবার আগের মতো দেখতে পাব।"

হরি ধৈর্য হারিয়ে বলল, "কিন্তু কী দেখলে সেটা বলবে তো?"

"দেখলুম যেন ওই গোলাপ-ঝোপটার কাছে একটা লোক দাঁড়িয়ে আছে। মতলব নিশ্চয়ই ভাল ছিল না। দাঁড়িয়ে কী যেন দেখছিল বাড়িটার দিকে চেয়ে। এমন সময় আর-একটা লোক যেন মাটি ফুঁড়ে লোকটার পিছন দিকে উদয় হল। তারপর প্রথম লোকটার মাথায় একটা ইট তুলে দড়াম করে বসিয়ে দিল। লোকটা একটাও শব্দ করতে পারেনি। কাটা কলাগাছের মতো পড়ে গেল। তখন দ্বিতীয় লোকটা তার পা ধরে হেঁচড়ে নিয়ে গোলাপ-ঝোপে লাশটা ঢুকিয়ে দিয়ে কোথায় হাওয়া হল। বুড়ো বয়সে এখন ঠিক আর এগিয়ে যেতে সাহস পেলুম না। খুন যদি হয়ে থাকে তবে সাক্ষী থাকাটাও বিপদের কথা।"

হরি উত্তেজিত হয়ে বলল, "ও বাড়িতে কে থাকে?"

"কেউ না। বুড়ো অবিনাশ ভদ্র ছিল। তা সেও গতবারে মরে গেল। ওয়ারিশও কেউ নেই। বাড়ি ফাঁকা পড়ে থাকে।"

"দরোয়ান?"

"নাঃ। দরোয়ানের মাইনে দেবে কে? বললুম না ওয়ারিশই নেই।"

হরি বলল, "কিন্তু আমাদের তো ব্যাপারটা দেখা উচিত।"

পটল দাস মাথা নেড়ে বলল, "ওরে না রে বাবা, না। হুট করে কিছু করে বসতে নেই। তার ওপর আমার ছানি-পড়া চোখে কী দেখতে কী দেখেছি তারই ঠিক কী? এই তো সেদিন দেখলুম পুকুরের ধারে দিব্যি এক রামধনু উঠেছে। নাতিকে ডেকে দেখাতে গেলুম, তা সে বলল, রামধনু-টনু কিছুই নাকি নেই। আমি ভুল দেখেছি।"

"ভুল দেখেছ কি না সেটাও তো দেখা দরকার।"

পটল দাস মাথা নেড়ে বলল, "ন্যায্য কথা। কিন্তু ভয়টাও সেখানেই। যদি ভুল না দেখে থাকি, তবে লাশের কাছে যাওয়াটা উচিত নয়।"

"কিন্তু লোকটা তো না-ও মরে গিয়ে থাকতে পারে।"

"তা বটে।"

"এখনও তুলে নিয়ে মুখে জল-টল দিলে বেঁচে যাবে হয়তো। কিন্তু সারারাত হিমের মধ্যে পড়ে থাকলে মরেই যাবে।"

"সেও ঠিক কথা। কিন্তু আমার কেমন যেন সাহস হচ্ছে না।"

হরি এবার একটু গরম হয়ে বলল, "যখন চুরি করে বেড়াও, তখন ভয় করে না? এখন ভয় করলে চলবে কেন?"

পটল দাস এবার চোখ পাকিয়ে বলল, "চুরি মানে কেবল চুরিই? সেটা কি আর্ট নয়? আর আমাকে ছিঁচকে চোর পেয়েছ? পটল দাস কখনও ছুঁচো মেরে হাত গন্ধ করে না, মনে রেখো।"

"আমি কালই রটিয়ে দেব যে, তুমি চুরি করতে এসে আমার কাছে ধরা পড়ে গেছ।"

একথায় পটলের চোখ কপালে উঠল। বলল, "ও বাবা, তুমি যে বেশ পাজি লোক দেখছি। পটল দাস এখনও ধরা পড়েনি জীবনে, তা জানো? কেউ তোমার কথা বিশ্বাস করবে না।"

"খুব করবে। এক্ষুনি তোমাকে জাপটে ধরে 'চোর, চোর' বলে চেঁচালে জগুরাম আর তার বউ দৌড়ে আসবে। তারপর ঘরে পুরে তালা দিয়ে রাখব। সকালে সবাই এসে দেখবে।"

একথায় পটল দাস খকখক করে হায়েনার হাসি হাসল। তারপর বলল, "জাপটে ধরবে? বটে! তা ধরার চেষ্টা করে দেখো তো কী হয়।"

"কেন, মারবে নাকি? আমার গায়ে মেলা জোর তা জানো? পড়াশুনোয় তেমন ভাল না হতে পারি, কিন্তু গায়ের জোরে কম নই।"

"থাক, অত বড়াই করতে হবে না। তোমার চেয়ে ঢের-ঢের জোয়ান পালোয়ান দেখেছি। পটল দাসের বয়স হয়েছে বটে, কিন্তু বিদ্যে তো মরেনি। এখনও অনেক ভোজবাজি দেখাতে পারি। দেখি না কেমন জাপটে ধরে রাখতে পারো। এসো দিকি পালোয়ানচন্দর।"

হরি এই ছোটখাটো বুড়োসুড়ো লোকটার কথা শুনে না-হেসে পারল না। একে ধরা নাকি আবার একটা ব্যাপার? সে চোখের পলকে দু'হাতে জাপটে ধরল পটল দাসকে।

ধরল বটে, কিন্তু ভারী অবাক হয়ে দেখল, পটল দাসের বদলে সে ধরেছে খানিক হাওয়া-বাতাসকেই। পটল তিন হাত দূরে দাঁড়িয়ে ফিকফিক করে হাসছে। হরি ব্যাঙের মতো একখানা লাফ দিয়ে গিয়ে একেবারে ঘাড়ের ওপর পড়ল পটলের। কিন্তু আশ্চর্যের বিষয়, পটলও হুবহু ওরকমই একখানা লাফ মারল সঙ্গে সঙ্গে এবং ভোজবাজির মতো চার হাত তফাত হয়ে গেল দু'জনের মধ্যে।

হরি হাঁফাতে হাঁফাতে বলল, "তুমি ভূত নও তো?"

পটল দাস ফিক করে হেসে বলল, "তা ভূতও বলতে পারো। ভূত মানে অতীত। আমার কি আর সেই দিনকাল আছে? বেঁচে থেকেও মরা। তা হলে বুঝলে তো আমাকে ধরা অত সহজ নয়?"

হরি বোকার মতো মাথা নেড়ে বলল, “বুঝেছি। যদি সত্যিই ভূত না হয়ে থাকো, তবে বলতেই হয়, তুমি বেশ ওস্তাদ লোক।”

পটল একটা দীর্ঘশ্বাস ফেলে বলল, “এ আর কী দেখছ? আরও কত কী শিখেছিলাম। হস্তলাঘব, মুখবন্ধন, বায়ু-নিয়ন্ত্রণ, কুম্ভক। কোথাও কাজে লাগল না। প্যালারামকে শেখানোর ইচ্ছে ছিল। কিন্তু ওর মায়ের জন্যই হল না। সে বলল, ‘না, ছেলে তোমার মতো চোর হবে না।’”

“আমাকে শেখাবে?”

“তুমি? তুমি শিখে কী করবে?”

“চুরি করব না। তবে শিখে রাখব।”

“শেখাতে পারি, তবে শর্ত আছে।”

“কী শর্ত?”

পটল বেশ লজ্জার সঙ্গে ঘাড় চুলকে বলল, “লেখাপড়া শিখিনি বলে আমাকে বড় হেনস্থা করে লোকে। ছেলে-বউও বড্ড গঞ্জনা দেয়। তা আমার বড় ইচ্ছে, লেখাপড়া শিখে ওদের জব্দ করি। শেখাবে?”

“শেখাব।”

কথাবার্তায় হঠাৎ বাধা পড়ল। ভদ্রবাবুদের বাগান থেকে হঠাৎ একটা ক্ষীণ আর্তনাদের শব্দ এল।

দু’জনেই স্তব্ধ হয়ে শুনল। তারপর পটল বলল, “পালাও, ঘরে গিয়ে শুয়ে থাকো গে। আমিও এই বেলা সরে পড়ি।”

“কিন্তু পটলদা, ব্যাপারটা না দেখে পালানোটা কি ঠিক হবে?”

“ওঃ, তুমি জ্বালালে দেখছি। আচ্ছা, চলো। বেগতিক দেখলে আমি কিন্তু সরে পড়ব।”

দেওয়ালটা দু’জনে ডিঙোল। আগে পটল, পিছনে হরি।

পটল সাবধান করে দিয়ে বলল, “খবরদার, টর্চ জ্বেলো না। টর্চ খুব খারাপ জিনিস। আমার পিছু-পিছু এসো। চোখে ছানি হলে কী হয়, অন্ধকারেও সব ঠাহর করতে পারি।”

ঘাসজমি ডিঙিয়ে ঝোপটার কাছে পৌঁছে পটল বলল, “এইখানে।”

বেশি খুঁজতে হল না। গোলাপ-ঝোপের ভিতর থেকে দু’খানি পা বেরিয়েই ছিল। পটল আর হরি টেনে-হিঁচড়ে বের করে আনল লোকটাকে। জ্যোৎস্নার ফিকে আলোতেও হরি মুখখানা চিনতে পেরে আর্তনাদ করে উঠল, “সর্বনাশ।”

পটল পট করে তার মুখে হাত চাপা দিয়ে বলল, “আস্তে। চেঁচালে বিপদে পড়বে। তা লোকটা কে?”

"ও হল গোপাল। আমরা এক ক্লাসে পড়ি।"

পটল ভ্রূ কুঁচকে বলল, "এত অল্প আলোয় ঠিক চিনতে পারছি না। কোন গোপাল বলো তো! সেই ঝিকু সর্দারের ছেলেটা নাকি?"

"আমি ঝিকু সর্দারকে চিনি না। তবে গোপালকে সবাই ভয় পায়।"

পটলের ভ্রূ সটান হয়ে গেল, "তা হলে ঠিকই ধরেছি। ঝিকুরই ছেলে। তা বেঁচে আছে নাকি?"

গোপাল বেঁচেই ছিল। তবে জ্ঞান নেই। মাথার পিছন দিকটা থেঁতলে গিয়ে রক্তে একেবারে ভাসাভাসি কাণ্ড। মাঝে বোধহয় জ্ঞান একটু ফিরেছিল। তখনই ককিয়ে উঠেছিল যন্ত্রণায়।

হরি সভয়ে বলল, "এখন কী হবে পটলদা?"

পটল একটা দীর্ঘশ্বাস ফেলে বলল, "ঝিকুর ছেলের গায়ে হাত তোলা যার-তার কর্ম নয়। একটু আগেই বলছিলে না, সবাই ওকে ভয় পায়। তা ভয় ওকে সাধে পায় না। তবে ওকে নয়, ভয় ওর বাপকে। এখন এই কাণ্ডের পর ঝিকু ক'টা লাশ নামায়, দ্যাখো। দশ বছর আগে হলে ঝিকুর হাতে বিশ-পঞ্চাশটা খুন হয়ে যেত। এখন অত হবে না। কিন্তু কত হবে তা এখনই বলতে পারছি না। আমি বলি কি, এইবেলা পালাও।"

"কিন্তু এ যে আমার বন্ধু।"

"তা বটে, কিন্তু ঝিকু..."

"তখন থেকে কেবল ঝিকু ঝিকু করছ কেন? ঝিকুটা কে?"

"এ তল্লাটে যখন এসে পড়েছ তখন চিনবেই একদিন। আমি পাপমুখে সব বলি কেন? বন্ধুকে যদি ফেলে যেতে না চাও, তবে চলো ধরাধরি করে নিয়ে গিয়ে তোমার ঘরেই তুলি।"

তাই হল। দু'জনে ধরাধরি করে গোপালকে নিয়ে ভাঙা পাঁচিল পেরিয়ে হরির ঘরে এনে তুলল।

হরি বলল, "কিন্তু রক্তে যে ভেসে যাচ্ছে। একজন ডাক্তার ডাকলে হয় না? এত হেমারেজ হলে তো মরে যাবে। রক্তটা এখনও ক্লট বাঁধেনি। হেমাটোমা..."

পটল চোখ বড় বড় করে হরির কথা শুনছিল। হঠাৎ বলল, "তুমি কি ডাক্তারের ছেলে?"

"কী করে বুঝলে?"

"অনেক জানো দেখছি। তবে ভয় নেই। আমাকে সবসময়ে ওষুধ-বিষুধও রাখতে হয়। তবে টোটকা।"

বলেই পটল পোশাকের ভিতরে কোথায় হাত ভরে একটা শিশি বের করে আনল। তাতে খানিকটা কালচে তেল। যত্ন করে ক্ষতস্থানে লাগিয়ে দিল। আর-একটা শিশি বের করে হরির হাতে দিয়ে বলল, "খুব যন্ত্রণা হলে ছিপিটা খুলে একটু শুঁকিয়ে দিয়ো। ওতেই কাজ হবে।"

হরি ডাক্তারের ছেলে বলেই তার সঙ্গে তুলো ব্যান্ডেজ ওষুধ থাকে। গোপালের মাথা ব্যান্ডেজে নিপুণ হাতে বেঁধে সে শিশিটা নিয়ে ছিপি খুলে একটু শুঁকে দেখল। চন্দন, গোলাপের আতর এবং আরও কিছু সুবাস-মেশানো একটা মাদক গন্ধ। সে অবাক হয়ে বলল, "এ তো স্মেলিং সল্ট নয়! তবে এটা কী?"

পটল মাথা নেড়ে বলল, "ডাক্তারি ওষুধ ছাড়াও দুনিয়ায় মেলা ওষুধ আছে। ওসব গুপ্তবিদ্যের খবর ডাক্তাররা জানেও না। এ হল কালী-কবরেজের মুষ্টিযোগ। ওর নাকে একটু ধরেই দেখো না, কী হয়।"

আশ্চর্যের বিষয়, শিশির মুখটা গোপালের নাকের কাছে ধরার কিছুক্ষণ পরেই ধীরে ধীরে গোপাল চোখ মেলে চাইল। দৃষ্টিটা ঘোলাটে, অস্বচ্ছ। কিছুক্ষণ চেয়ে থাকার পর চোখ স্বাভাবিক হয়ে এল। উদ্‌ভ্রান্তের মতো সে চারদিকে চেয়ে দেখে নিয়ে ক্ষীণ গলায় বলে উঠল, "ওরা পাগলা-সাহেবের কবর খুঁজছে।"

হরি গোপালের ওপর ঝুঁকে পড়ে জিজ্ঞেস করল, "কারা? কী খুঁজছে?"

পটল দাস চাপা গলায় বলে উঠল, "সর্বনাশ!"

গোপাল একবার উঠে বসবার চেষ্টা করল। কিন্তু প্রচুর রক্তক্ষরণে সে সাংঘাতিক দুর্বল। তার ওপর মাথায় চোটটাও বেশ জোরালো রকমের। উঠবার চেষ্টা করতে গিয়ে ফের লুটিয়ে পড়ল বিছানায়।

হরি আবার তাকে শিশি শোঁকাতে যাচ্ছিল। পটল তার হাতটা ধরে বাধা দিয়ে বলল, "থাক। এখন ওকে ঘুমোতে দাও।"

হরি জিজ্ঞেস করল, "গোপাল কী সব বলল বলো তো! পাগলা-সাহেবের কবর না কী যেন!"

পটল খুব অবাক হয়ে বলল, "কই, আমি তো কিছু শুনতে পেলুম না! আমার কান সেই কখন থেকে ভোঁ ভোঁ করছে, পরশু কানে একটা শ্যামাপোকা ঢুকেছিল তো!"

"কিন্তু এতক্ষণ তো আমার কথা দিব্যি শুনতে পাচ্ছিলে!"

"তা বটে। কিন্তু পোকাটা এই একটু আগে কানের মধ্যে নড়াচড়া শুরু করেছে। উরে বাবা, যাই, কানে একটু গরম তেল দিই গে।"

পটল দাস যে কিছু একটা চেপে যেতে চাইছে তা বুঝতে কষ্ট হল না হরির। তবে এই অবস্থায় সে আর এ নিয়ে কথা বাড়াতে চাইল না। শুধু বুঝল, কেউ বা কারা

পাগলা-সাহেবের কবর খুঁজছে, এই হল মোদ্দা কথা। এটা খুব একটা সাংঘাতিক ব্যাপার বলেও তার মনে হল না। সে পটল দাসের দিকে চেয়ে বলল, "আমাকে প্যাঁচ শেখাবে বলেছিলে, মনে আছে তো! তার বদলে আমি তোমাকে লেখাপড়া শেখাব।"

পটল ঘাড় কাত করে বলল, "খুব মনে আছে। তবে দিনের বেলা আমার সুবিধে হবে না। রাতবিরেতে চলে আসব'খন। ভোর হয়ে আসছে, এবার গিয়ে আমাকে গর্তে ঢুকে পড়তে হবে। আসি গে।"

"এসো। এর বাড়িতে একটা খবর দিয়ো।"

পটল দাস রাজি হয়ে বিদায় নিয়ে চলে গেল।

হরি ঠায় বসে রইল গোপালের পাশে। তারপর একসময়ে ঢুলুনি এসে গেল তার। চোখ বুজে ফেলল। তারপর আর কিছু মনে রইল না।

পাঁচ

চোখে রোদ লাগায় ধড়মড় করে উঠে নড়েচড়ে বসল হরি। তারপর অবাক হয়ে দেখল, বিছানাটা খালি। গোপালের চিহ্নও নেই। তবে বালিশে রক্তের দাগ লেগে আছে। টেবিলের ওপর গোপাল দাসের দুটো ওষুধের শিশি পাশাপাশি ভাইবোনের মতো দাঁড়িয়ে।

তাড়াতাড়ি উঠে বাথরুমটা দেখল হরি। নেই। বারান্দা এবং আশেপাশে বাগানেও খুঁজল। নেই। কিন্তু ওই অবস্থায় গোপালের পক্ষে খুব বেশি দূরেও তো যাওয়া সম্ভব নয়।

দরোয়ান জগুরাম বাড়িতে ছিল না। ঝুমরি ছিল। রোদে ছোট একটা খাটিয়ায় একটা বাচ্চাকে শুইয়ে তেল মাখাচ্ছিল। তাকে জিজ্ঞেস করায় কিছুক্ষণ বোবার মতো চেয়ে থেকে মাথা নেড়ে বিড়বিড় করে বলল, সে কাউকে দেখেনি।

রাস্তাটাও একটু ঘুরে দেখে এল হরিবন্ধু। কেউ কোথাও নেই।

ঘরে এসে চুপচাপ বসে কিছুক্ষণ স্থির মস্তিষ্কে ব্যাপারটা চিন্তা করে দেখল সে। কিন্তু সমাধান ভেবে পেল না।

স্কুলের সময় হয়ে এসেছিল বলে অগত্যা উঠতে হল হরিবন্ধুকে। খুবই অন্যমনস্কভাবে সে বরফের মতো ঠান্ডা জলে স্নান করল। তেমনি আনমনেই ঝুমরির বেড়ে-আনা এক-পাহাড় ভাত খেয়ে নিল। কিন্তু সারাক্ষণ সে ভাবতে লাগল, কাল

রাতে সে কি স্বপ্ন দেখেছিল? যদি স্বপ্ন না হয়ে থাকে তবে গোপালকে কারা এবং কেন মারল? পাগলা-সাহেব বলে একজন কেউ এখানে আছে, যার কথা গোবিন্দদা তাকে বলেছে, গোপালও বলেছে, তবে তার আবার কবর কী করে থাকবে! আর সেই কবর খুঁজছেই বা কারা! পটল দাস লোকটা আসলে কে!

ভাবতে ভাবতে পোশাক পরে বইখাতা নিয়ে সে সাহেবপাড়ার নির্জন রাস্তা দিয়ে স্কুলের দিকে হাঁটতে লাগল। পাশের বাড়ির দিকে অনিবার্যভাবেই তার চোখ চলে গেল। কাল রাতের ঘটনাস্থল। দিনের বেলা ভাল করে দেখল হরি। একসময়ে বিশাল ফুলের বাগান ছিল, পাথরের ফোয়ারা ছিল, পরি ছিল। এখন বাগান জঙ্গলে ছেয়ে গেছে। পরির দুটো ডানাই ভাঙা। ফোয়ারা কাত হয়ে মাটিতে পড়ে আছে। বাড়িটাও বিশাল। কিন্তু নোনা ধরে, শ্যাওলা পড়ে, অশ্বত্থগাছ গজিয়ে বাড়িটার বারোটা বেজে যাচ্ছে। ফটকের সামনে দাঁড়িয়ে দৃশ্যটা দেখল হরি। দেখতে দেখতে হঠাৎ ফটকের গায়ে শ্বেতপাথরে খোদাই-করা নামের ফলকটা চোখে পড়ল তার। সাদার ওপর কালো অক্ষরে লেখা, 'কুসুমকুঞ্জ'।

হরি একটু শিউরে উঠল। গোপাল তাকে কুসুমকুঞ্জের কথা বলেছিল বটে।

সে আর দাঁড়াল না। তাড়াতাড়ি স্কুলের দিকে হাঁটা দিল। গায়ে কাঁটা দিচ্ছে।

স্কুলে এসে দেখল, গোপালের জায়গাটা ফাঁকা, ফাঁকাই থাকার কথা। তবু মনটা খারাপ হয়ে গেল। ছেলেটা যে কোথায় গায়েব হল, কে জানে! যারা রাতে গোপালকে মেরেছিল তারাই গুম করে নিয়ে যায়নি তো! আজ ক্লাসে রাজর্ষি বা থ্রি মাস্কেটিয়ার্সকে দেখতে পাওয়া গেল না। তাতে একটু স্বস্তিই বোধ করল হরি।

ফার্স্ট পিরিয়ড শুরু হওয়ার মুখে শেষ বেঞ্চের একটা ছেলে হঠাৎ এসে তার হাতে একটা ভাঁজ করা কাগজ ধরিয়ে দিয়ে গেল। হরি কাগজটার ভাঁজ খুলে দেখল, তাতে লেখা: তুমি যে কাল রাতে আমার প্রাণ বাঁচিয়েছ সে কথা আমি ভুলব না। আমি এখন ভাল আছি। তবে কয়েকদিন স্কুলে যাওয়া হবে না। সকালে যখন ঘুম ভাঙল, তখন তুমি ঘুমোচ্ছিলে। আমি তোমাকে ডাকিনি। পাছে আমাকে নিয়ে তুমি ঝামেলায় পড়ো সেই ভয়ে চলে এসেছি। চিন্তা কোরো না। একটা ইটের ঘায়ে কাবু হওয়ার ছেলে গোপাল নয়। দেখা হলে সব বলব। একটা কথা বলে রাখি, কুসুমকুঞ্জের ভিতরে ভুলেও যেয়ো না। তোমার ভালর জন্যই বলছি।

চিঠিটা ভাঁজ করে অঙ্ক বইয়ের মধ্যে রেখে একটা নিশ্চিন্তের শ্বাস ফেলল হরি। গোপালের জন্য তবে চিন্তার তেমন কিছু নেই।

আজও ক্লাসে কেউ তাকে বিন্দুমাত্র বিরক্ত করছিল না। কিন্তু সারাক্ষণই হরি খুব অস্বস্তির সঙ্গে টের পাচ্ছিল, অলক্ষ্যে কে যেন তার দিকে বিষদৃষ্টিতে চেয়ে আছে।

বারবার ঘাড় ঘুরিয়ে সে সকলের চোখের দিকে চেয়ে দেখছিল। কিন্তু কে যে অমনভাবে তার দিকে তাকাচ্ছে, তা কিছুতেই বুঝতে পারছিল না। কিন্তু তাকানোটা এমনই মারাত্মক যে, আঙুলের স্পর্শের মতো টের পাচ্ছিল সে।

ভালয়-মন্দয় ক্লাসগুলো কেটে গেল। স্কুল থেকে বেরিয়ে বাঁয়ে মোড় নিতেই মস্ত শিমুলগাছটার আড়াল থেকে একটা ছেলে বেরিয়ে এসে বলল, "আমি টুবলু। গোপাল আমার বন্ধু।"

ছেলেটাকে হরিও চিনল। গোপালের চিঠিটা ওই এনে দিয়েছে তাকে। রোগা, ফর্সা চেহারা। দেখলে মনে হয় নিতান্তই নিরীহ।

হরি উদ্‌গ্রীব হয়ে জিজ্ঞেস করল, "গোপাল এখন কেমন আছে?"

টুবলু ঠোঁট উলটে একটা তাচ্ছিল্যের ভাব দেখিয়ে বলল, "গোপাল কত মার খেয়েছে, ওর কিছু হয় না ওতে। দু'দিনেই ঠিক হয়ে যাবে।"

"তুমি কি ওর বাড়ির কাছে থাকো?"

"হ্যাঁ। আমাদের পাশাপাশি বাড়ি। শোনো, আমি কিন্তু গোপালের মতো সাহসী নই। গোপাল আমাকে বলেছে, যেন তোমাকে বাড়ি পৌঁছে দিই। কিন্তু আগেই বলে রাখছি, বিপদ-টিপদ হলেই আমি পালাব।"

হরি মৃদু হেসে বলল, "আমাকে পৌঁছে দেওয়ার কোনও দরকার নেই তোমার। বিপদ কিছু হবে না। আর হলেও আমি অত ভয় পাই না। তুমি বাড়ি যাও।"

"পাগল! গোপাল তা হলে কি আমাকে আস্ত রাখবে? তোমাকে বাড়ি অবধি এগিয়ে দিয়ে তবে আমার ছুটি।"

হরি বুঝল, গোপালের আদেশ এ ছেলেটার কাছে গুরুর আদেশের মতো। সেই আদেশ পালন না করে ওর উপায় নেই।

হরি হেসে বলল, "চলো তা হলে, গল্প করতে করতে যাই।"

দু'জনে গল্প করতে করতে হাঁটতে লাগল। বেশিরভাগই স্কুলের কথা, ছেলেদের কথা, নিজেদের কথা।

তেঁতুলতলার কালীবাড়ি ছাড়িয়ে বাঁদিকে সাহেবপাড়ার মোড়ের কাছ-বরাবর ইউক্যালিপটাস আর শালগাছে ভরা এক টুকরো জমি আছে। শীতের অপরাহ্ণে সেখানে গাঢ় ছায়া জমে আছে। সেই জমিটার পাশ দিয়ে যখন দু'জনে যাচ্ছে তখন আচমকা সাত-আটটা ছেলে গাছের আড়াল থেকে বেরিয়ে তাদের ঘিরে ফেলল চোখের পলকে। আর তারা কিছু বুঝে ওঠবার আগেই টানতে টানতে জঙ্গলটার মধ্যে নিয়ে গেল।

হরি দেখল, এদের মধ্যে রাজর্ষি আর থ্রি মাস্কেটিয়ার্স তো আছেই, আরও

গোটাকতক বেশ বেশি বয়সের কেঁদো-কেঁদো চেহারার অচেনা ছেলে রয়েছে। প্রত্যেকের হাতেই রড বা লাঠি গোছের অস্ত্র। রাজর্ষির হাতে ঝকঝক করছে একটা ড্যাগার।

রাজর্ষি হাত বাড়িয়ে বলল, "গোপালের চিঠিটা দেখি।"

হরি এত ভ্যাবাচ্যাকা খেয়ে গিয়েছিল যে, জবাব দিতে ভুলে গেল।

রাজর্ষি চড়াত করে তার গালে একটা চড় কষিয়ে বলল, "কাল তো খুব তেজ দেখিয়ে গিয়েছিলে! ভেবেছিলে আমরা ভেড়ুয়া? এখন তো আর গোপাল নেই যে, সাহস দেখাবে! চিঠিটা ভালয় ভালয় বের করে দাও।"

হরি অঙ্ক বই খুলে চিঠিটা বিনা বাক্যব্যয়ে বের করে দিল।

রাজর্ষি চিঠিটা পড়ে অন্য একটা ছেলের হাতে দিয়ে হরির দিকে চেয়ে বলল, "তোমার সঙ্গে গোপালের কী কী কথা হয়েছে?"

হরি অবাক হয়ে বলল, "রোজ তোমরা গোপালের কথা জানতে চাও কেন? তার সঙ্গে তো আমার সবে একটু ভাব হয়েছে। এখনও তাকে আমি ভাল করে চিনিও না।"

রাজর্ষি তার দিকে স্থির চোখে চেয়ে বলল, "গোপালকে আমরা চিনি। বিশেষ কারণ না থাকলে সে সহজে কারও সঙ্গে ভাব করে না। তোমার সঙ্গে যখন ভাব করেছে, তখন কারণও একটা নিশ্চয়ই আছে। আমরা সেই কারণটা জানতে চাই।"

হরি অসহায়ভাবে মাথা নেড়ে বলল, "আমিও কারণটা জানি না। আর কাল রাতে তোমরা যখন কুসুমকুঞ্জে ওকে মেরেছিলে, তখন ও অজ্ঞান হয়ে যায়। অজ্ঞান অবস্থায় কথা বলবে কী করে?"

একথায় সকলেই স্থির হয়ে গেল। রাজর্ষি গলায় একটা বাঘের মতো গর্জন ছেড়ে বলল, "কাল রাতে ওকে আমরা মেরেছি একথা কে বলল?"

"তোমরা ছাড়া আর কে মারবে?"

পটাং করে কার একটা লাঠির ঘা এসে পড়ল হরির বাঁ কাঁধে। যন্ত্রণায় "ওফ্" বলে একটা শব্দ করে সে মাটিতে উবু হয়ে বসে পড়ল। টুবলুও চেঁচিয়ে উঠল, "মেরে ফেলল! বাঁচাও।"

তারপর কী হল কে জানে! চারদিক থেকে ছেলেগুলো ঠকাঠক লাঠি আর রড চালাতে লাগল। হরির কোমরে একটা জুতোসুদ্ধু পায়ের লাথিও এসে লাগল জোরে। সে মাটিতে পড়ে যেতেই দেখল, একটা ছেলে মস্ত রড তুলেছে তার মাথা লক্ষ্য করে।

ভয়ে চোখ বুজে ফেলল হরি।

আর চোখ বুজেই শুনতে পেল, কোথা থেকে যেন একটা দ্রুতগামী তেজি ঘোড়া

দৌড়ে আসছে। মাটিতে টগবগ শব্দ হচ্ছে তার পায়ের। ঝড়ের মতো বনবাদাড় ভেঙে এসে পড়ল কাছে। খুব কাছে।

আর্তস্বরে কারা যেন একসঙ্গে চেঁচিয়ে উঠল "পাগলা-সাহেব! পাগলা-সাহেব!"

তারপরেই ভোজবাজির মতো কে কোথায় মিলিয়ে গেল কে জানে!

ছয়

খানিকক্ষণ শুয়ে থেকে ভাল করে দম নিল হরি। তারপর ধীরে ধীরে উঠে বসল। অদূরে একটা গাছের গোড়ায় টুবলুর রোগা শরীরটা নেতিয়ে পড়ে আছে।

হরি গিয়ে টুবলুকে নাড়া দিয়ে ডাকল, "এই টুবলু, টুবলু, তোমার কি খুব লেগেছে?"

টুবলুও ধীরে ধীরে উঠে বসল। মুখে ক্লিষ্ট একটু হাসি। বলল, "লেগেছে তো ভাই খুব। মুখে একটা ঘুষি মেরেছিল জোর। কিন্তু আরও সাংঘাতিক কাণ্ড হতে পারত। পাগলা-সাহেবের জন্য বেঁচে গেছি।"

গায়ের ধুলো ঝেড়ে দু'জনে উঠে দাঁড়ানোর পর হরি জিজ্ঞেস করল, "এই পাগলা-সাহেব কে বলো তো!"

টুবলু মাথা নেড়ে বলল, "জানি না।"

"লোকটা মানুষ, না ভূত?"

"তাও জানি না। শুধু জানি, মাঝে মাঝে পাগলা-সাহেব দেখা দেয়।"

"তা হলে আর-একটা কথার জবাব দাও। পাগলা-সাহেবের কবর বলতে এখানে কিছু আছে কি?"

টুবলু মাথা নেড়ে বলল, "ঠিক বলতে পারব না। তবে শুনেছি, এরকম নামের একটা কবর কোথাও আছে। তবে সেটা কোথায় তা কেউ জানে না।"

"সেই কবরের কোনও মাহাত্ম্য আছে কি?"

টুবলু মাথা নেড়ে বলল, "জানি না। তবে শুনেছি, কবর থেকে পাগলা-সাহেবের কফিনটা যদি কেউ তুলে ফেলতে পারে তবে আর মোতিগঞ্জে পাগলা-সাহেবকে কখনও দেখা যাবে না। আর..."

টুবলু হঠাৎ চুপ করে যাওয়ায় হরি বলল, "আর কী?"

"পাগলা-সাহেবের গলায় একটা মুক্তো বসানো সোনার ক্রস আছে। সেটার দাম লাখ লাখ টাকা।"

হরি একটু চুপ করে থেকে বলল, "তাই বলো!"

টুবলু মুখের রক্ত হাতের পিঠে মুছে নিয়ে বলল, "তোমার খুব লাগেনি তো!"

"না। মাস্টারমশাইদের বেত খেয়ে খেয়ে আমার হাড় পেকে গেছে। শোনো, তোমাকে আর আমার সঙ্গে যেতে হবে না। তুমি বাড়ি ফিরে যাও। এটুকু আমি একাই যেতে পারব।"

টুবলু বলল, "আচ্ছা।"

তারপর দু'জনে দু'জনের কাছে বিদায় নিল।

বাড়ি ফিরে এসে হরি হাত-মুখ ধুয়ে ব্যথার জায়গায় একটু মলম ঘষল। বাঁ কাঁধটা ফুলে শক্ত হয়ে উঠেছে। কোমরটাও টনটন করছে। কিন্তু প্রবল মানসিক উত্তেজনায় সে শরীরের ব্যথা তেমন টের পাচ্ছিল না।

পড়তে বসেও সে বারবার অন্যমনস্ক হয়ে যাচ্ছিল। কানে বাজছিল ঘোড়ার পায়ের সেই টগবগ শব্দ। কে পাগলা-সাহেব? কোথা থেকে উঠে আসে? কোথায় চলে যায়?

হঠাৎ খুব কাছ থেকে কে যেন বলে উঠল, "খুব ঠ্যাঙানি খেলে আজ যা হোক! ওঃ, তবু অল্পের ওপর দিয়ে গেছে!"

হরি একটু চমকে উঠে চারদিকে তাকাল। কিন্তু কাউকে দেখতে পেল না। জানালা ফাঁকা, আশেপাশে জনমনিষ্যির চিহ্ন নেই। অথচ পটল দাস যে ভূত নয় তা সে জানে। অথচ গলাটা পটল দাসেরই।

"পটলদা? তুমি কোথায়? অদৃশ্য-ফদৃশ্য হয়ে যাওনি তো?"

"চারদিকে চোখ রাখতে হয় রে ভাই, চারদিকে চোখ রাখতে হয়।"

হরির এবার আর ভুল হল না। পটলের গলার স্বর শোনা যাচ্ছে ঘরের ভিতরেই, তবে ছাদের কাছ থেকে। দেওয়ালে যে বিশাল অয়েলপেন্টিংটা ছিল সেটা আধখানা সরানো। তার পিছনে একটা চৌকো ফোকর। পটল দাস সেই ফোকর দিয়ে মুখ বের করে খুব হাসছে।

ছবির পিছনে যে একটা ফোকর থাকতে পারে, সে ধারণাও হরির ছিল না। সে ডিটেকটিভ বই-টইও বিশেষ পড়েনি যে, এসব কল্পনা করবে। তাই সে খুবই অবাক হয়ে গেল। বলল, "তুমি ওখানে উঠলে কী করে?"

পটল দাস বুড়ো মানুষ। কিন্তু ওই ওপর থেকে অনায়াসে বেড়ালের মতো একটা লাফ মেরে মেঝেয় নেমে এল। আশ্চর্যের বিষয়, কোনও শব্দও হল না। নেমে ঘরের কোণ থেকে একটা ঝুলঝাড়ুনি নিয়ে ছবিটা আবার যথাস্থানে ঠেলে ফোকরটা ঢেকে দিল।

তারপর হরির দিকে চেয়ে বলল, "এসব পুরনো আমলের বাড়িতে কত সুড়ঙ্গ,

পাতালঘর আর গুপ্ত কুঠুরি যে আছে, তার হিসেব নেই। তা আমিও পটল দাস। লোকে যে আমাকে আদর করে ইঁদুর বলে ডাকত, সেটা তো আর এমনি নয়। সব গর্ত, সব ফোকরের খবর রাখি। ওই ফোকর দিয়ে কতবার এ বাড়িতে ঢুকেছি।”

“ঢুকে কী করো?”

পটল দাস একটা দীর্ঘশ্বাস ছেড়ে মাথা নেড়ে বলল, “কিছু না রে ভাই, চুরি-টুরি আমি ছেড়ে দিয়েছি। শুধু অভ্যাসটা বজায় রাখা। একটু ব্যায়ামও হয়।”

“ওই অত ওপর থেকে লাফ দিয়ে নামলে, তোমার ব্যথা লাগল না?”

“পাগল নাকি? বায়ুবন্ধন করে নিয়েছিলুম না! একবার কুঞ্জবাবু রাগ করে তিনতলার ছাদ থেকে পাঁজাকোলে তুলে ফেলে দিয়েছিল আমাকে। বুঝলে? তা গায়ে আঁচড়টিও লাগেনি। পড়েই ফের ছাদে গিয়ে কুঞ্জবাবুর মুখোমুখি দাঁড়িয়ে বললুম, ‘কাজটা মোটেই ঠিক করেননি মশাই, ওরকমভাবে ফেলে দিলে মানুষের মৃত্যুও হতে পারে।’ কিন্তু কুঞ্জবাবু ভাবলে, আমি ভূত, তিনতলা থেকে পড়ে অক্কা পেয়ে ভূত হয়ে শোধ নিতে এসেছি। তাই আমাকে দেখে গোঁগোঁ করে সেই যে অজ্ঞান হলেন, জ্ঞান ফিরল সাতদিন পরে।”

“আমাকে যখন আজ ছেলেগুলো মারছিল তখন তুমি কোথায় ছিলে?”

পটল দাস একটু হেসে বলল, “কাছেপিঠেই ছিলুম। আজকাল সব পুরনো দিনের কথা খুব মনে পড়ে কিনা। ওই যে কুঞ্জবাবুর কথা বললুম, আজ সেই তেনাদেরই তিনতলার ছাদে বসে বসে পুরনো কথা ভাবছিলুম। কুঞ্জবাবু কবে মরে গেছেন, বাড়িটা চামচিকে আর বাদুড়ের বাসা। ছাদে ঘুরে ঘুরে পুরনো কথা ভেবে মনটা খারাপ লাগছিল।”

“তা হলে সবই দেখেছ?”

“দেখলুম। তবে অল্পের ওপর দিয়ে গেছে।”

হরি এবার নড়েচড়ে বসে বলল, “অল্পের ওপর দিয়ে গেল কেন বলো তো? ছেলেগুলো আমাকে আর টুবলুকে ছেড়ে হঠাৎ পালিয়ে গেল কেন? ঘোড়ায় চড়ে কে এসেছিল তখন?”

পটল দাসের মুখখানা কেমন যেন তোম্বা হয়ে গেল। মাথা নেড়ে বলল, “ঘোড়া! না তো, সেরকম কিছু দেখিনি।”

“চেপে যাচ্ছ পটলদা? তুমি সব জানো।”

“কী দেখব? বলেছি না, চোখে ছানি। প্যালারাম কাটিয়ে দেবে বলেছে। তারপর নাকি আবার সব দেখতে পাব আগের মতো।”

“তা হলে আমার মার খাওয়াটা দেখলে কী করে?”

পটল দাস বিরক্ত হয়ে বলল, "তোমার সঙ্গে কথা বলাটাই বাপু, বড় ভজকট ব্যাপার। ডাক্তারের ছেলে হয়ে যে কেন উকিলের ছেলের মতো জেরা করো!"

হরি হেসে ফেলল। বলল, "পাগলা-সাহেবের কথাটা তা হলে স্বীকার করবে না?"

পটল দাস তাড়াতাড়ি ডান কানে একটা আঙুল ভরে নাড়া দিতে দিতে বলল, "ওই দ্যাখো, সেই শ্যামাপোকাটা ফের কুটকুট করে কামড়াতে লেগেছে। তা ওরা তোমাকে ধরেছিল কেন বলো তো! কী চায় ওরা?"

"সেইটেই তো বুঝতে পারছি না। দু'দিনই ওরা আমাকে ধরল গোপালের খবর জানবার জন্য। গোপাল আমাকে কী বলেছে না বলেছে এইসব। কিন্তু আমাকে কেন ধরে বলো তো! গোপালের খবর তো গোপালের কাছ থেকেই নিতে পারে। আমি গোপালের কী জানি!"

পটল দাস বিজ্ঞের মতো মাথা নেড়ে বলল, "সেইটেই তো কথা। তবে কিনা তোমার কপালে আরও কষ্ট আছে।"

হরি চোখ বড় বড় করে বলল, "কেন পটলদা, আমি কী করেছি?"

"তেমন কিছু করোনি বটে, কিন্তু এই বাড়িতে যে এসে জুটেছ, এইটেই অনেকে ভাল চোখে দেখছে না। এই বাড়ির ওপর অনেকের নজর আছে। তার ওপর গোপাল হঠাৎ আলটপকা তোমার সঙ্গে বন্ধুত্ব পাতিয়ে ফেলল কেন, সেটাও ভাববার কথা।"

হরি অবাক গলায় বলল, "এ বাড়িতে আছি বলেই বা কী দোষ হয়েছে, আর গোপাল আমার বন্ধু বলেই বা কী অন্যায়টা হল, আমি তো কিছু বুঝতে পারছি না।"

পটল দাস খুব বিজ্ঞের মতো হেসে বলল, "এই মোতিগঞ্জে ষাট-সত্তরটা বছর কাটিয়ে মাথার চুল পাকিয়ে ফেললুম, তবু আমিই এখনও কত কথা বুঝতে পারি না, আর তুমি তিনদিনের ছোকরা, সব বুঝে ফেলবে? মোতিগঞ্জ জায়গাটা অত সোজা নয় রে বাপু। এখানে খুব হিসেব কষে থাকতে হয়। এমনিতে বাইরে থেকে দেখে মনে হবে বুঝি বেশ নিরিবিলি, নির্ঝঞ্ঝাট, ঠান্ডা, সুন্দর একখানা শহর। কিন্তু যত এখানে থাকবে তত বুঝবে যে, এখানে চারদিকে খুব শক্ত-শক্ত আঁক।"

"আঁক? সে আবার কী?"

"আঁক বোঝো না? আঁক মানে অঙ্ক আর কি। আঁক যেমন শক্ত, এখানে প্রতিটি ব্যাপারই তেমনি শক্ত। চট করে সব বোঝা যায় না। কেন যে কী হয়, তা খুব ভেবেচিন্তে বার করতে হবে। তোমার ব্যাপারটা নিয়েও ভেবে ভেবে একটা কিছু বের করে ফেলব'খন। তবে দুখিরামবাবু এ বাড়িটা কিনে ভাল কাজ করেননি।"

"কেন! এ বাড়ি কিনে খারাপ কী হয়েছে?"

"বললুম না এ বাড়িটার ওপর অনেকের নজর আছে।"

"দুখিরামবাবু বাড়িটা কেনার আগে তো বাড়িটা এমনিই পড়েছিল। তখন নজর ছিল না?"

পটল দাস মাথা চুলকে বলল, "না, তখন ছিল না। এই হালে নজরটা খুব পড়েছে। আর তারা লোক সুবিধের বলেও মনে হচ্ছে না।"

"তুমি আমাকে ভয় দেখাতে চাইছ না তো পটলদা?"

পটল মাথা নেড়ে বলল, "না রে বাপু, তোমাকে ভয় দেখানো ছাড়া কি আমার কাজ নেই! লোকগুলো মোতিগঞ্জের নয়। বাইরের লোক। তারা এখানে ইতিউতি কী যেন খুঁজে বেড়াচ্ছে। ওই 'কুসুমকুঞ্জ' আর এই 'গ্রিন ভ্যালি'—এই দু'খানা বাড়ির ওপরেই নজর।"

"তারা কী খুঁজছে পটলদা? পাগলা-সাহেবের কবর নয় তো!"

" রাম রাম, কী যে সব বলো না! ওসব মুখে উচ্চারণও করতে নেই।"

"আমি জানি পটলদা। পাগলা-সাহেবের গলায় একটা দামি ক্রস আছে। আর পাগলা-সাহেবকে কবর থেকে তুলতে পারলেই তাকে আর মোতিগঞ্জে দেখা যাবে না।"

পটল দাস জুলজুল করে কিছুক্ষণ হরির মুখের দিকে চেয়ে থেকে বলল, "টুবলু ছোঁড়াটা মহা পাজি। তুমি বাইরের লোক, খামোখা তোমাকে অত কথা বলে দিয়ে বিপদে ফেলা হল। না জেনেই ভাল ছিল।"

হরি কাকুতি-মিনতি করতে লাগল, "খানিকটা যখন জেনেই ফেলেছি পটলদা, তখন পুরোটাই আমাকে জানিয়ে দাও। পাগলা-সাহেবের কবর কোথায়, তা কি তুমি জানো?"

পটল দাস একটা দীর্ঘশ্বাস ছেড়ে মাথা নাড়ল, "না রে ভাই, কেউই জানে না। 'মেঠো ইঁদুর' বলে সবাই আমাকে ডাকে, তবু আমিও আজ অবধি হদিশ করতে পারিনি। অনেক খুঁজেছি।"

"তুমি পাগলা-সাহেবকে দেখেছ কখনও? জ্যান্ত অবস্থায়?"

"জ্যান্ত দেখিনি। পাগলা-সাহেব মরেছে বোধহয় সত্তর-আশি বছর আগে। কোন বাড়িতে যে সে থাকত তাও কেউ নিশ্চয় করে বলতে পারে না। সে মারা যাওয়ার পর তার বিশ্বাসী কয়েকজন চাকর তাকে গোপনে কোথাও কবর দিয়ে দেয়। সে-কবরেরও হদিশ নেই। তবে ইদানীং পাগলা-সাহেব সম্পর্কে কোন খবরের কাগজে নাকি কী একটা গপ্পো বেরিয়েছে। তারপর থেকে নানারকম খোঁজখবর হচ্ছে। শোনা যাচ্ছে কুসুমকুঞ্জ আর গ্রিন ভ্যালি, এই দুটো বাড়ি নিয়েই নাকি পাগলা-সাহেব থাকত। গ্রিন ভ্যালিতে থাকত তার চাকর-বাকর, খানসামা, বাবুর্চিরা;

আর সে নিজে থাকত কুসুমকুঞ্জে। সত্যি-মিথ্যে জানি না। সেই গপ্পে আরও লিখেছে যে, পাগলা-সাহেবের গলায় যিশুবাবার যে মাদুলি আছে, তার নাকি লাখ-লাখ টাকা দাম।"

"তুমি কি সেই গল্প শুনেই কবরটা খুঁজতে লেগেছ?"

তাড়াতাড়ি মাথা নেড়ে পটল বলল, "না রে বাবা, না। এ গল্প আমরা ছেলেবেলা থেকেই শুনে আসছি। মোতিগঞ্জের লোকেরা আর যা-ই করুক, পাগলা-সাহেবের কবরে হাত দেবে না। বারণ আছে। সাহেব মোতিগঞ্জের লোকদের জন্য করেছেও অনেক। গরিব-গুর্বোদের খুব দেখত, চোর গুণ্ডা বদমাশদের টিট রাখত, তার ভয়ে গোটা মোতিগঞ্জে কোনও অশান্তি ছিল না। নিজে ছিল সাধু প্রকৃতির। দুটো কয়লাখনি আর একটা মস্ত কাঠের কারবার ছিল তার। দেদার টাকা রোজগার করত, আর দু'হাতে বিলিয়ে দিত। মরলও মানুষের ভাল করতে গিয়ে। একদিন একটা উটকো লোক এসে সাহেবের পায়ের ওপর পড়ে বলল, 'হুজুর, গাঁয়ের লোকেরা আমার ঘরদোর জ্বালিয়ে দিয়েছে, বউ-বাচ্চা সব মেরে ফেলেছে, আপনি বিহিত করুন। আমি ছোট জাত, চাষবাস করে গতরে খেটে অবস্থা একটু ফিরিয়েছি দেখে গাঁয়ের লোকের চোখ টাটাচ্ছে।' সাহেব দুর্বলের ওপর অত্যাচার সইতে পারত না। শুনেই ঘোড়ায় চেপে রওনা হয়ে গেল একা। তা বেশিদূর যেতে হয়নি। শহরের পুব দিকে মস্ত জংলা জমিটায় পড়তেই প্রায় বিশজন লোক সাহেবকে সড়কি বল্লম আর তির মেরে ঝাঁঝরা করে দিল। চাকরেরা একটু দেরিতে খবর পেয়ে যখন দৌড়ে গেল, তখনও ডাকাতেরা সাহেবের গলা থেকে যিশুবাবার মাদুলিটা খুলে নিতে পারেনি। তাড়া খেয়ে তারা পালিয়ে যায়। চাকরেরা সাহেবকে নিয়ে এসে গোপনে কবর দিয়ে দেয়।"

"গোপনে কেন?"

"কে জানে কেন! তবে সাহেব নাকি তার চাকরদের বলেই রেখেছিল, হঠাৎ তার মরণ হলে এমন জায়গায় যেন কবর দেওয়া হয়, যা কেউ খুঁজে পাবে না।"

"সেই চাকরেরা কোথায় গেল?"

"তা-ও কেউ জানে না। সাহেব মারা যাওয়ার পরদিন থেকেই সব ভোঁভাঁ। পুরনো লোকরা বলে, সাহেব নাকি তাদের বলে রেখেছিল, তিনি মারা যাওয়ার পরেই যেন সকলে গায়েব হয়ে যায়। তা লোকগুলো সাহেবকে একেবারে দেবতুল্য ভক্তি করত। তার কথায় উঠত বসত। সাহেবের আদেশও তারা অক্ষরে অক্ষরে পালন করে গেছে।"

"কিন্তু একটা কথা পটলদা। সাহেব তো শুনি এখনও যখন-তখন দেখা দেয় আর

লোককে বিপদ থেকে বাঁচায়। আজ আমাকেও বাঁচিয়েছে। তা নিজের কবরটা কি সাহেব আর বাঁচাতে পারে না? দুশমনদের তো সাহেব নিজেই তাড়িয়ে দিতে পারে।"

"সেও আর-এক গল্প। মাঘ মাসের শেষ দিকটায় যে দিনে সাহেব খুন হয়, সেই দিনটায় সাহেব নাকি কবর থেকে বেরোয় না। শুয়ে শুয়ে মানুষের অকৃতজ্ঞতার কথা ভেবে কাঁদে। সেই দিনটায় যদি কেউ কবর খুঁড়ে তাকে বের করতে পারে তো সাহেবকে আর কখনও দুনিয়ায় দেখা যাবে না। সাহেব বলেই গেছে, অচেনা লোক তার কবর ছুঁলে তার আত্মা বহুদূর চলে যাবে, সেই দিনটা পড়বে সামনের অমাবস্যায়। আর সাতদিন বাকি।"

"তা থাক না। ভূত কি ভাল?"

পটল দাস মাথা নেড়ে বলল, "ভূত হোক, যা-ই হোক, মোতিগঞ্জের লোক পাগলা-সাহেবকে বড় ভালবাসে। আমরা মোতিগঞ্জের লোকেরা তার কবরটা খুঁজছি কেন জানো? যাতে আমাদের আগে অন্য কোনও বদমাশ তা খুঁজে না পায়। আমরা খুঁজে পেলে সেই কবরের চারধারে শক্ত পাহারা বসাব।"

"কী করে খুঁজে পাবে? কোনও চিহ্ন আছে?"

"আছে। তবে সেসব আর জানতে চেয়ো না। বিপদে পড়বে।"

এসব কথা বিশ্বাস করবে কি না, তা নিয়ে একটু দ্বিধায় পড়ল হরি। সে কী একটা বলতে যাচ্ছিল, হঠাৎ পটল দাস ক্রুদ্ধ একটা চাপা গর্জন করে জানালার দিকে ছুটে গেল!

চমকে উঠে হরি বলল, "কী হল পটলদা?"

পটল জানালার ওপর ঝুঁকে বাইরে কী দেখতে লাগল। জবাব দিল না। তারপর মুখটা ফিরিয়ে চাপা গলায় বলল, "তুমি একটি নষ্টচন্দ্র।"

"তার মানে?"

"তখন থেকে নানা কথায় ভুলিয়ে আমার পেট থেকে কথা বের করছ। আর আমারও বুড়ো বয়সে এখন বকবকানিতে পেয়েছে। হুট বলতে যার-তার সঙ্গে বকবক করতে লাগি।"

"তাতে কী হয়েছে?"

"হবে আবার কী? কোন নচ্ছার যেন জানালায় দাঁড়িয়ে আড়ি পেতে আমাদের কথা শুনছিল।"

হরি একটু সিঁটিয়ে গেল।

পটল দাস মাথা নেড়ে বলল, "গতিক খুব সুবিধের নয় রে বাপু। গোপালটাকে মারল, তোমাদের ওপর হামলা হল, গতিক আমার ভাল ঠেকছে না।"

হরি এবার একটু রাগ করে বলল, "তোমাদের পাগলা-সাহেব তো খুব বীর। কাল রাতে যখন গোপালকে ওরা মারল, তখন তাকে বাঁচাতে আসেনি কেন?"

পটল দাস হরির দিকে কুতকুত করে চেয়ে থেকে বলল, "না বাঁচালে গোপাল বেঁচে আছে কী করে? যারা ইট মেরেছিল, তারা কি সোজা লোক? অল্পে ছেড়ে দিত নাকি ভেবেছ? গোপালের মতো ডাকাবুকো ছেলেকে নাগালে পেলে খুন করে ফেললেই তাদের সুবিধে। করতে যে পারেনি, সে ওই পাগলা-সাহেবের জন্যই।"

"কিন্তু ইটের ঘা-ই বা খেল কেন?"

"অত আমি জানি না। তবে যিশুবাবার যেমন অনেক ক্ষমতা, তেমনি শয়তানেরও অনেক ক্ষমতা। এই ধরো না মোতিগঞ্জের দারোগাসাহেবের ক্ষমতা তো কিছু কম নয়। কিন্তু তবু এই পটল দাসের মতো লোকও তো এখানে বেঁচে-বর্তে করে-কম্মে খাচ্ছে। ক্ষমতা পটল দাসেরও তো কিছু আছে।"

"তা বটে।"

"এও তাই। মোতিগঞ্জের লোকেদেরও ঘরে চুরি হয়, তারা হোঁচট খায়, অপঘাত হয়, মারদাঙ্গা গুণ্ডামি-যণ্ডামিও মেলা আছে। পাগলা-সাহেব কি সব কিছুতে গিয়ে জোটে? তবে মাঝে মাঝে দেখা দেয় বটে। সে তার ইচ্ছেমতো। কখন কবর থেকে বেরিয়ে আসবে, তার কিছু ঠিক নেই। লোকটা পাগলা ছিল তো। কিন্তু মেলা কথা হয়ে গেছে। আর নয়। ঝুমরি তোমার ভাত নিয়ে এল বলে। রাতও হয়েছে।"

"কিন্তু গল্পটা যে আমার আরও শুনতে ইচ্ছে করছে!"

"ওরে বাবা! এ গল্প শুনতে বসলে রাতের পর রাত কাবার হয়ে যাবে, তবু শেষ হবে না। আমার খিদেও পেয়ে গেছে খুব। প্যালারামের মা আজ ফুলকপি দিয়ে জব্বর খিচুড়ি রাঁধছে দেখে এসেছি। জুড়িয়ে গেলে খিচুড়িতে আর গোবরে তফাত নেই।"

এই বলে পটল দাস দরজা খুলে সাঁত করে বাইরের অন্ধকারে মিলিয়ে গেল।

আর প্রায় সঙ্গে সঙ্গেই ঝুমরি তার খাবার নিয়ে ঢুকল ঘরে।

সাত

খেয়ে-দেয়ে অনেকক্ষণ চুপচাপ বসে এইসব ঘটনা ভাবতে লাগল হরি। ভেবে কোনও কূল-কিনারা পেল না। মাথা গরম হয়ে গেল।

হঠাৎ তার নজর গেল দেওয়ালের ছবিটার দিকে। ওর পিছনে একটা গুপ্ত দরজা আছে। হরি আর দেরি করল না। জানালার পাল্লা ভাল করে এঁটে পর্দা টেনে দিল,

যাতে বাইরে থেকে কেউ দেখতে না পায়। তারপর টেবিলটা দেওয়ালের গায়ে দাঁড় করিয়ে তার ওপর চেয়ার তুলল। চেয়ারের ওপর দাঁড়াতেই ছবি তার নাগালে এসে গেল।

ছবিটা একটু ঠেলতেই সরে গেল। পিছনে ফোকর। টর্চ পকেটে নিয়ে বুক ঘষটে, হাতে ভর দিয়ে সে উঠে পড়ল সুড়ঙ্গের মুখে। তারপর ছবিটা টেনে গর্তটা ঢেকে দিল।

টর্চ জ্বেলে চারধারটা দেখল সে। খুবই সংকীর্ণ একটা গলির মতো জায়গা। মাথা নিচু না করলে ছাদে মাথা ঠেকে যায়। টর্চ ফেলে কয়েক পা এগোল হরি। গলিটা তার ঘরের সমান্তরাল খানিকদূর গিয়েই একটা সিঁড়ির মুখে শেষ হয়েছে। খাড়া সিঁড়ি। ধাপগুলো বেশ উঁচু-উঁচু।

পটল দাস এই পথে আনাগোনা করে, সুতরাং ভয় পাচ্ছিল না হরি। সে সিঁড়ি ভেঙে নামতে লাগল। নামতে নামতে মনে হল সে পাতালের দিকে নেমে যাচ্ছে। তার ঘরের মেঝের অনেক নীচে।

সিঁড়ি যেখানে শেষ হল সেটা একটা অপরিসর ঘর। ঘরে কিছুই নেই। শুধু একধারে একটা মাদুর পড়ে আছে। মাদুরের ওপর একটা দেশলাই আর কয়েকটা বিড়ি। হরি বুঝল, পটল দাস মাঝে মাঝে এখানে বিশ্রাম করতে আসে।

সিঁড়ির উলটো দিকের দেওয়ালে আর-একটা দরজা দেখা গেল। লোহার দরজা, বেশ মজবুত। তবে হুড়কো বা ছিটকিনি নেই। হরি দরজাটা খুলে আর-একটা গলি দেখতে পেল।

গলি ধরে বেশ অনেকটা সমতলে হাঁটল হরি। তারপর আচমকাই টের পেল, গলি ঢালু হয়ে নেমে যাচ্ছে।

নামতে নামতে ফের আরও দু'-তিনতলা নেমে এল হরি। গলিটা শেষ হল একটা গোল ঘরের মধ্যে। কোনও দরজা, জানালা, ফোকর কিচ্ছু নেই। চারদিকে নিরেট দেওয়াল আর ছাদ। আগে হয়তো টাকাকড়ি সোনাদানা লুকিয়ে রাখা হত এখানে।

হরি টর্চ জ্বেলে খুব ভাল করে চারদিকটা দেখল। বিড়ির টুকরো দেখে বুঝল, পটল দাস এখানেও আসে। সুতরাং এখানে নতুন কিছু আবিষ্কার করার আশা বৃথা।

ফিরে আসবে বলে হরি যখন ওপর দিকে উঠছে তখন মাঝপথে সে বাঁদিকে আরও একটা ফোকর আবিষ্কার করল। দেওয়ালের খাঁজে খুবই সংকীর্ণ একটা ফাটলের মতো, নামবার সময় চোখে পড়েনি।

হরি তাতে মুখ বাড়িয়ে দেখল, ভিতরে খুব সরু একটা গলিপথ। এ পথও পটল দাসের চোখ এড়ায়নি নিশ্চয়ই। সে সন্তর্পণে ভিতরে পা দিল।

এ পথটাও নীচে নেমেছে।

হরি হাঁটতে লাগল।

বেশ খানিকটা হাঁটার পর পথ আবার ওপরে উঠতে লাগল। অবশেষে খানিকটা সিঁড়ি বেয়ে হরি যেখানে এসে দাঁড়াল, সেটা একটা বন্ধ দরজা। ঠেলল। দরজাটা খুলল না।

একটু ভাবল হরি। দরজা? নাকি তার ঘরের মতোই এখানেও ছবি?

সন্তর্পণে দরজাটাকে পাশের দিকে ঠেলল হরি। নিঃশব্দে দরজা সরে গেল। সামনেই একটা ঘর। তবে প্রায় দশ ফুট নীচে তার মেঝে। হরি ঠিক তার ঘরের ছবির পিছনকার মতোই একটা গর্তের মুখে দাঁড়িয়ে আছে। তবে নীচের ঘরটা তার নয়। অন্ধকার হলেও বুঝতে পারছিল হরি। তার মনে হল, এটা দুখিরামবাবুর গ্রিন ভ্যালির কোনও ঘর নয়।

তবে কি কুসুমকুঞ্জ?

গায়ে একটু কাঁটা দিল হরির।

দম চেপে কিছুক্ষণ নীচের অন্ধকার ঘরটার দিকে চেয়ে রইল সে। টর্চটা জ্বেলে দেখতে তার কেমন যেন সাহস হল না। তার মনে হচ্ছিল, ঘরটা জনশূন্য না-ও হতে পারে। কেউ যদি ঘাপটি মেরে থেকে থাকে তবে মুশকিল হবে।

অন্ধকার হলেও আবছাভাবে হরি দেখতে পাচ্ছিল, ঘরে কিছু আসবাবপত্র রয়েছে। উলটোদিকে একটা জানালা দিয়ে বাইরের খুব মৃদু আলোর আভাস আসছে। তাই দিয়ে যতটা দেখা যায় তাতে হরির মনে হল, ঘরটা ফাঁকাই।

সাহস করে এবার টর্চটা জ্বালল সে।

সাধারণত বড়মানুষদের বসবার ঘর যেমন হয় তেমনি সাজানো। সোফাসেট, একটা ডিভান, টেবিল। তবে আসবাবগুলো বড্ড পুরনো আর ভাঙাচোরা। দেওয়ালে নোনা লেগেছে, ঘরের কোণে কোণে ঝুল জমেছে মেলা। তবে মেঝেয় তেমন ধুলোর আস্তরণ দেখতে পেল না সে।

তবে কি এখানে লোকজনের আনাগোনা আছে?

হঠাৎ বাইরে থেকে একটা শব্দ এল। মনে হল জানালার ওপাশে কে যেন মাটিতে আছাড় খেল ধপাস করে। তারপর একটা চেনা গলার আর্তনাদ, "ওরে বাবা রে!"

টপ করে টর্চটা নিবিয়ে দিল হরি।

বাইরে কিছু-একটা হচ্ছে। কে যেন চাপা গলায় বলল, "চল ব্যাটা, সত্যি কথা না-বললে আজ তোকেই কবর দেব।"

"আমি কিছু জানি না।"

"জানিস কি না-জানিস সেটা বোঝা যাবে ওষুধ পড়লে।"

"উঃ, ঘাড় ভেঙে যাবে যে..."

"ভাঙবার জন্যই তো রদ্দা দেওয়া হচ্ছে।"

"ছেড়ে দাও বাবারা, আমি বুড়ো মানুষ।"

"বুড়ো! বটে! কিন্তু তোমার বুড়ো হাড়ে যে ভেলকি খেলছিল বাবা একটু আগে! আমাদের তিন-তিনটে মরদকে যে তুমি ঘায়েল করেছ বুড়ো শয়তান! এখন আবার ন্যাকার মতো বুড়ো সাজা হচ্ছে?"

"আ হা হা, হাতটা যে গেল! অত জোরে মোচড়ায় নাকি রে! এ কি বাপু ইস্টিলের জিনিস?"

পটাং করে একটা শব্দ হল। কিছুক্ষণ সব চুপচাপ।

তারপর একটা ভারী জিনিসকে ছেঁচড়ে আনার শব্দ হল। কে যেন চাবি বের করে তালা খুলছে ঘরের।

হরি ছবিটা খুব সন্তর্পণে টেনে গর্তটা ঢেকে দিল। শুধু চুলের মতো একটু ফাঁক রাখল।

বাঁ ধারে একটা দরজা ক্যাঁচকোঁচ করে খুলে গেল। চারজন লোক পঞ্চম আর একটা লোককে ছেঁচড়ে টেনে এনে ঘরের মেঝের ওপর ফেলে দিল।

মেঝেয় পড়ে থাকা লোকটা যে পটল দাস তাতে সন্দেহ নেই হরির। কিন্তু পটল তো খিচুড়ি খেতে বাড়ি গেল। তাকে এরা পেল কোথায়? আর লোকগুলোই বা কারা?

লোকগুলো একটা মোমবাতি ধরিয়ে টেবিলের ওপর রাখল। সেই আলোয় হরি দেখতে পেল, চারজনের একজন গদাধর। আর তিনজনই অচেনা। তবে তাদের চেহারা এবং চোখমুখ দেখলে সহজেই বোঝা যায় যে, এরা ভাল লোক নয়।

পটল দাস মেঝের ওপর পড়ে গোঙাচ্ছিল।

কোমরে ভোজালিওলা বেঁটে এবং ভারী জোয়ান একটা লোক বলল, "এঃ, এই শুঁটকো বুড়োটার জন্য বহুত পরেসানি গেছে। কে জানত যে ব্যাটা কুংফু-ক্যারাটে জানে।"

হাতে একটা ছোট লাঠিওলা কালো ডাকু চেহারার লোক বলল, "আমি তো ভাবলুম এটা মানুষই নয়। ভূত-ফুত হবে। নইলে রাজু, দিপু আর অনিলকে ওভাবে শুইয়ে দেওয়া কি যার-তার কাজ!"

বেঁটেটা বলল, "ওদের কী হল? কে দেখছে ওদের?"

"চালু আছে। চোট তেমন সাংঘাতিক নয়। শক্ত ছেলে। উঠে পড়বে।"

বেঁটেটা কিছুক্ষণ পটল দাসের দিকে চেয়ে থেকে গদাধরের দিকে চোখ তুলে বলল, "গদাই, তা হলে এই লোকটাই?"

"হ্যাঁ, হরিবন্ধুর ঘরে একেই দেখেছি। এর নাম পটল দাস। একসময়ে নামকরা চোর ছিল।"

"চোর! ভেরি গুড। চোরেরাই সব অন্ধিসন্ধির খবর রাখে।"

গদাধর ওরফে গদাই বলল, "পটল দাস হরিবন্ধুকে বলছিল, পাগলা-সাহেবের কবর খুঁজে বার করার সংকেত ও জানে।"

বেঁটেটা ডাকু লোকটাকে বলল, "বাইরে বাগানের কল থেকে একটু জল এনে চোরটার মুখে-চোখে ঝাপটা দে। পেট থেকে কথা বের করতে হবে।"

জলের ঝাপটা দেওয়ার কথাতেই কি না কে জানে, পটল দাস একটু ককিয়ে উঠে বলল, "পেটে কি আর কথা আছে বাপু? এখন যে নিজের বাবার নামটাও ভুলে বসে আছি। না বাপু, মাথায় গাঁট্টা মারাটা তোমাদের উচিত হয়নি।"

একথায় চারজনই পরস্পর একটু মুখ চাওয়াচাওয়ি করল।

বেঁটেটা দাঁত কড়মড় করে বলল, "ওরকম চোরের মার খেয়েও তোমার কিছু হয়নি দেখছি। বেশ শক্ত ধাতের লোক তো তুমি। কিন্তু তার চেয়েও শক্ত ওষুধ আমাদের কাছে আছে তা জানো?"

পটল দাস ভারী অবাক হওয়ার ভান করে বলল, "কিছু হয়নি মানে? কে বলল কিছু হয়নি? ঘাড়টা টনটন করছে, মাজা ঝনঝন করছে, হাত কনকন করছে, চোখে সরষেফুল দেখছি! তবু বলছ কিছু হয়নি? আর আমি তো চোর নই যে, চোরের মার হজম করতে পারব।"

বেঁটে লোকটা ভোজালির বাঁটে হাত রেখে বলল, "আমরা যা জানতে চাই তা যদি সাফ-সাফ না বলো, তা হলে জানে খতম হয়ে যাবে, তা বুঝতে পারছ? তিনটে আনাড়িকে ঘায়েল করেছ বলে যে আমাদেরও জব্দ করবে সে আশা কোরো না। এবার আর রদ্দা-ফদ্দা নয়, স্রেফ গলা ফাঁক করে দেব।"

"অত ভয় দেখাতে হবে না। ভয় আমি পেয়েই আছি। কিন্তু জানলে তো বলব বাবারা! আমি তো সাতে-পাঁচে থাকি না। আমার ছেলে প্যালারাম রেলে চাকরি পেয়ে গেছে। সে টাকা পাঠাতে শুরু করলেই আমরা বুড়োবুড়ি কাশীবাসী হব। আর এ তল্লাটে নয়। বুড়ো বয়সে বড় হেনস্থা হতে হচ্ছে গো।"

"এঃ, একেবারে ধর্মের ষাঁড়! কাশীবাসী হবেন। কাশী তোমাকে এখানেই বাস করাচ্ছি।"

এই বলে বেঁটে লোকটা পটলের ঘাড়টা ধরে টেনে দাঁড় করাল। তারপর পটাস

করে গালে একটা চড় কষিয়ে বলল, "কাশীবাসী বুড়ো, তা তুমি যদি এতই ধাম্মিক তা হলে আমার দলের তিনটে ছেলেকে অমন গুণ্ডার মতো মারধর করলে কেন?"

চড় খেয়ে পটল দাস গালে হাত বোলাতে বোলাতে অবাক গলায় বলল, "দুধের বাছাদের আমি আবার মারলুম কখন? আমবাগানের ভিতর দিয়ে পেটে খিদে নিয়ে যাচ্ছিলুম বাবারা, আমার দোষঘাট নিয়ো না। পেটে তখন চোঁচাঁ খিদে। ওদিকে বাড়িতে আজ ফুলকপি আর ভাজা-মুগের ডাল দিয়ে খিচুড়ি রান্না হয়েছে। সেই অবস্থায় তোমরা সব এসে আমাকে ঘিরে ধরলে। তখন কি খিদের চোটে মাথার ঠিক ছিল বাপ! বুড়োমানুষ, খিদে আর ভয়ে বেমক্কা হাত-পা ছুড়েছি হয়তো, তাইতেই দুধের বাছাদের একটু লেগেছে। তবে ইচ্ছে করে কিছু করিনি বাবারা।"

বেঁটেটা দু' কোমরে দু'হাত রেখে বুক চিতিয়ে বলল, "তা আমরাও তোমার গায়ে ইচ্ছে করে হাত তুলছি না বুড়ো-ঘুঘু। আমাদের হাত আপনা থেকেই উঠে যাচ্ছে। এখন বলো তো বাছাধন, তোমাদের পাগলা-সাহেবের কবরটা কী করে খুঁজে পাব?"

পটল দাস কানে হাত চাপা দিয়ে সভয়ে বলল, "রাম রাম, রাম রাম। রাতবিরেতে ওসব নাম উচ্চারণ করতে নেই। উনি কুপিত হবেন।"

গদাধর গর্জন করে বলল, "ব্যাটা ইয়ার্কি করছে। একটু আগেই হরিবন্ধুকে বলছিল, আমি নিজের কানে শুনেছি।"

বেঁটেটা চতুর্থজনের দিকে ফিরে বলল, "তুই গিয়ে হরি ছোঁড়াটাকে ধরে নিয়ে আয় তো। দু'জনের মধ্যে যখন এত ভাব, তখন দু'জনের পেট থেকেই কথা বার করা যাক।"

চতুর্থজন এতক্ষণ একটাও কথা বলেনি। চারজনের মধ্যে সেই সবচেয়ে লম্বা আর চওড়া। একখানা দানব বললেই হয়। নিঃশব্দে ঘাড়টা একটু কাত করে চলে যাচ্ছিল। পিছন থেকে গদাধর বলল, "ও বাড়িতে একটা দরোয়ান আছে। বিশাল চেহারা। সে খুব ঘুমোয়। যদি হঠাৎ জেগে যায় তবে চপারটা চালিয়ে দিস।"

লোকটা চলে গেল।

ভয়ে হরির হাত-পা হিম হয়ে এল। সে যতদূর জানে, জগুরাম এ সময়টায় তুলসীদাসের দোঁহা পড়ে। একটু রাতে ঘুমোতে যায়। হয়তো এখনও ঘুমোয়নি। কী হবে তা হলে?

হঠাৎ সে তাকিয়ে দেখল পটল দাস কেমন অদ্ভুত চোখে তার দিকেই চেয়ে আছে। না, পটলদা নিশ্চয়ই তাকে দেখতে পাচ্ছে না। কিন্তু কিছু একটা আন্দাজ করেছে।

ছবিটা যে একটু সরানো, তা নিশ্চয়ই বুঝতে পেরেছে। বোধহয় অনুমান করছে যে, ছবির আড়াল থেকে কেউ দেখছে তাদের।

পটল হঠাৎ ভেউ ভেউ করে কেঁদে উঠে বলল, "কপালে এত দুঃখুও ছিল রে প্যালারাম! কোথায় রে প্যালা, কোথায় পালিয়ে রইলি বাপ! প্যালা! প্যালা! প্যালা রে!"

"চোপ!" বেঁটেটা গর্জন করে উঠল।

কিন্তু হরির আজকাল বুদ্ধি খুলেছে। হয়তো বিপদে পড়লেই মানুষের বুদ্ধি খোলে। পটলদা যে কৌশলে তাকে পালিয়ে যেতে বলছে, এটা বুঝতে তার একটুও দেরি হল না। একমাত্র পটলই বোধহয় বুঝতে পেরেছে, ছবির পিছনে কে।

হরি দ্রুতপায়ে যে পথ ধরে এসেছিল সেই পথে ফিরে চলল।

কিন্তু মুশকিল হল টর্চটা জ্বলছে না। ব্যাটারি কমজোরি হয়ে পড়েছিল। এখন একেবারেই গেছে। সামনে ঘুটঘুটি অন্ধকার। হরি তবু সিঁড়ি ভেঙে নেমে গলিটা পেয়ে হাঁটতে লাগল, অন্ধকারে যতদূর সম্ভব দ্রুতবেগে।

কিন্তু হঠাৎ তার মনে হতে লাগল, সে ভুল পথে যাচ্ছে।

আসার সময় সে অবশ্য একটা গলি ধরেই এসেছিল। অন্য কোনও সুড়ঙ্গ তার নজরে পড়েনি। কিন্তু নিবু নিবু টর্চের আলোয় গভীর অন্ধকার সুড়ঙ্গে সে আর কতটুকুই বা দেখেছে! আন্দাজে সে বুঝল, এতক্ষণে তার গলির মুখে পৌঁছে যাওয়া উচিত। কিন্তু পৌঁছয়নি। ওদিকে গুণ্ডাটা গেছে তাকে ধরে আনতে। জগুরাম বাধা দিলে খুন হয়ে যাবে। তারপর গুণ্ডাটা তার ঘরে ঢুকে টেবিলের ওপর চেয়ার দাঁড় করানো দেখে সন্দেহ করবে। সুড়ঙ্গের পথ খুঁজে বের করতে তার মোটেই দেরি হবে না। হরি যদি তাড়াতাড়ি ঘরে পৌঁছতে পারে এবং লাঠিটা বাগিয়ে ধরতে পারে তা হলে হয়তো শেষরক্ষা হয়।

কিন্তু অন্ধকারে আরও মিনিট দুই জোর কদমে হেঁটেও কোথাও গলির মুখ পেল না হরি। পথটা যেন বড্ড গড়িয়ে নামছে এবার। মাটির সোঁদা গন্ধ আসছে নাকে।

হরি একটু দাঁড়াল। মাটির তলাটা ভীষণ নিস্তব্ধ। কবরের মতো নিথর। অন্ধকার এত জমাট যে, মনে হয় অন্ধ হয়ে গেছি।

হরির এবার ভয় করতে লাগল। এই অন্ধকার থেকে তাকে বেরোতেই হবে। যেমন করে হোক। সে হঠাৎ প্রাণপণে দৌড়তে লাগল।

আর বিপদটাও ঘটল সঙ্গে সঙ্গে। দড়াম করে একটা হোঁচট খেয়ে ছিটকে পড়ল সে। তারপর ঢালু বেয়ে অনেকটা গড়িয়ে গিয়ে ফের ধাক্কা খেল একটা কাঠের তক্তায়। মাথায় চোট পেল। কনুই ছড়ে গেল, হাঁটুতেও বেশ লাগল তার। মাথাটা ঝিমঝিম করায় কিছুক্ষণ চোখ বুজে বসে রইল সে।

তারপর চোখ খুলল।

আশ্চর্য! সুড়ঙ্গের ভিতরে একটা নীলচে আলো না! হরি তাকিয়ে দেখল, তার পিছনেই একটা ছোট্ট চৌকো কপাট একটু ফাঁক হয়ে আছে। ভারী নরম নীল একটা আলো ঠিকরে আসছে ওপাশ থেকে।

হামাগুড়ি দিয়ে গর্তের মধ্যে সাবধানে মুখ বাড়াল সে। তারপর বিস্ময়ে থ' হয়ে গেল। যা দেখল তা বিশ্বাসযোগ্য নয়।

দেখল, ফোকরের নীচে চমৎকার একখানা ঘর। সাধারণ ঘর নয়। কুয়োর মতো গোল হয়ে নেমে গেছে। অনেক নীচে, প্রায় বিশ ফুট গভীরে ঘরখানা দেখা যাচ্ছে। নীল আলোয় ভরে আছে ঘরখানা। সেই ঘরে কিছুই প্রায় নেই। একধারে লম্বা একটা কাঠের বাক্স। অন্য ধারে একটা ডেকচেয়ার।

প্রথমটা ভাল দেখতে পাচ্ছে না হরি। কিছুক্ষণ চেয়ে থাকার পর তার মনে হল, ডেকচেয়ারের ওপর রোগা একজন মানুষ শুয়ে আছে। খুব রোগা, সাদা চুল, ধপধপে ফর্সা রং। পরনে নীল রঙের একটা ড্রেসিং গাউন।

লোকটা কে? ও ঘরটাই বা কোন বাড়ির? হরির মনে হল, এটা গ্রিন ভ্যালি বা কুসুমকুঞ্জ নয়। সুড়ঙ্গ ধরে সে ভুল পথে অন্য কোনও বাড়িতে চলে এসেছে।

সে যাই হোক, এখন তার সাহায্য দরকার। যেমন করেই হোক, এই অন্ধকার সুড়ঙ্গ থেকে বেরিয়ে তাকে গ্রিন ভ্যালিতে ফিরতে হবে। ওই রোগা লোকটাকে তার শত্রুপক্ষের বলে মনে হচ্ছিল না। আর যদি হয়ও তো, কীই বা করার আছে!

সে দেখতে পেল, লোকটা ডেকচেয়ারে শুয়ে একটা বই পড়ছে যেন। হরি ডাকল, "শুনছেন! আমাকে একটু সাহায্য করবেন?"

ডাক শুনে লোকটা তার দিকে তাকাল।

এত দূর থেকেও হরির মনে হল, ঘরের নীল আলোটা যেন ওর দু'খানা উজ্জ্বল নীল চোখ থেকেই বেরিয়ে আসছে। এমন সুন্দর চোখ সে কখনও দ্যাখেনি।

লোকটা কুয়োর ভিতর থেকে গমগমে গলায় বলল, "কী চাও? এখন আমাকে বিরক্ত কোরো না। আমি বাইবেল পড়ছি।"

"আমি গ্রিন ভ্যালিতে যাব। ভুল পথে এসে পড়েছি এখানে। আমার খুব বিপদ।"

লোকটা রোগা হাতে নিজের সাদা চুল মুঠো করে চেপে ধরে বলল, "কেন যে বিরক্ত করো আমায়। যে পথে এসেছ সেইপথে ফিরে যাও। কুড়ি পা হাঁটবার পর ডানদিকে ঘুরে যেয়ো। ঠিক কুড়ি পা, গুনতে যেন ভুল না হয়। দরজাটা টেনে দাও।

বিরক্ত কোরো না।”

লোকটা একটু রাগী ঠিকই। কিন্তু খারাপ নয়। পটলদা নিশ্চয়ই চিনবে। পরে জেনে নিলেই হবে।

হরি দরজাটা টেনে দিয়ে সুড়ঙ্গের মধ্যে দাঁড়িয়ে ঠিক কুড়ি পা হাঁটল, তারপর ডানদিকে ফিরল।

আশ্চর্যের বিষয়, ডানদিকে দশ পা-ও হাঁটতে হল না, সে পৌঁছে গেল সিঁড়ির গোড়ায়। চটপট সিঁড়ি বেয়ে উঠে এসে দাঁড়াল ছবির পিছনে। তারপর নিঃশব্দে ছবিটা সামান্য সরিয়ে নীচে তাকাতেই সে নিজের ঘরখানা দেখতে পেল।

ঘরে আলো জ্বালানোই ছিল। ছবির নীচে টেবিলের ওপর চেয়ার তেমনি দাঁড় করানো। আর টেবিলের সামনেই সেই দানবের মতো লোকটা দাঁড়িয়ে হাঁ করে তার দিকে চেয়ে আছে। চোখ দুটো বিস্ময়ে গোল।

হরি একটু সরে গেল ভিতর দিকে। অপেক্ষা করতে লাগল।

লোকটা কিছুক্ষণ চেয়ে থেকে সন্তর্পণে টেবিলের ওপর উঠল। তারপর চেয়ারের ওপরে। হাত বাড়িয়ে ছবিটাকে নাড়াবার চেষ্টা করল। বল বিয়ারিং-এর প্যানেলে ছবিটা নিঃশব্দে পাশের দিকে সরে যেতে লাগল।

হরি এই মুহূর্তটার জন্যই অপেক্ষা করছিল। হাতের টর্চটা বাগিয়ে ধরাই ছিল তার। হামাগুড়ি দিয়ে বসে টর্চটা দিয়ে সে প্রচণ্ড জোরে লোকটার মাথায় মারল।

লোকটা মাথাটা চেপে ধরল, কিন্তু একটা চাপা গর্জন ছাড়া তেমন কোনও শব্দ করল না।

আতঙ্কিত হরি টর্চটা আবার তুলল মারার জন্য। কিন্তু সেই সুযোগ হল না। লোকটা বিদ্যুৎ-বেগে হাত বাড়িয়ে টর্চসুদ্ধু তার হাতটা চেপে ধরল।

তারপরই হুড়মুড় করে টেবিল, চেয়ার, হরি এবং লোকটা ছয়ছত্রখান হয়ে পড়ে গেল মেঝের ওপর।

চোট যে খুব বেশি লাগল তা নয়। হরি পড়েছিল লোকটার ওপর। পড়েই সে লাফ দিয়ে উঠে লাঠিটা নেওয়ার জন্য যাচ্ছিল।

লোকটা বাহাদুর বটে, ওভাবে পড়ে গিয়েও দমেনি। শোওয়া অবস্থাতেই একটা ল্যাং মেরে ফেলে দিল হরিকে।

তারপর দু'জনেই দুটো ক্রুদ্ধ বাঘের মতো লাফিয়ে পড়ল দু'জনের ওপর।

কিন্তু কিছুক্ষণের মধ্যেই হরি বুঝল, এর সঙ্গে এঁটে ওঠা যাবে না। এর গায়ে হাতির মতো জোর।

“জগুরাম!” বলে একবার চিৎকার দেওয়ার চেষ্টা করল হরি।

কিন্তু অস্ফুট চিৎকারটা গলা দিয়ে বেরোবার আগেই লোকটা তার মুখে একটা প্রচণ্ড ঘুষি মারল।

ঘুষিটা খেয়ে চোখে অন্ধকার দেখতে দেখতে মেঝের ওপর পড়ে গেল হরি। তারপর আর জ্ঞান রইল না।

আট

ওদিকে কুসুমকুঞ্জের একতলার বাইরের ঘরে পটল দাস ভয়ে আর শীতে গায়ের আলোয়ানটা ভাল করে জড়িয়ে থরথর করে কাঁপছিল। তাকে ঘিরে মোট ছ'জন লোক। আর-একটা লোক গেছে হরিকে ধরে আনতে। এই ছ'জনের মধ্যে তিনজনের অবস্থা বিশেষ সুবিধের নয়। একজনের বাঁ চোখ ফুলে ঢোল হয়ে আছে। একটা ভেজা রুমাল চোখে চাপা দিয়ে সে গোঙানির শব্দ করছে বসে বসে। আর একজনের ডান হাতখানা ভেঙেছে। গদাধর তার হাতে ব্যান্ডেজ বাঁধছে আর লোকটা যাচ্ছেতাই ভাষায় পটল দাসের উদ্দেশে গালাগাল দিয়ে যাচ্ছে নাগাড়ে। তৃতীয় জনের কী হয়েছে বলা মুশকিল। তবে সে লম্বা হয়ে পড়ে আছে একধারে, চেতনা নেই বললেই হয়। পটল দাসের যতদূর মনে আছে, এই লোকটার মাথায় সে একটু তবলা বাজিয়ে দিয়েছিল। তবে পটল দাসের গাঁটওয়ালা বুড়ো আঙুলগুলোর বোল আলাদা, মাথার মধ্যে কত কী গণ্ডগোল পাকিয়ে উঠেছে কে জানে।

পটল হিসেব কষে দেখল, এখন বলতে গেলে তার পাহারাদার দু'জন হরিকে ধরে আনতে গেছে। তাকে বাদ দিলে এদের দলের আরও দু'জন আছে বটে, তবে তারা এখন বাইরের দিকটা পাহারা দিচ্ছে।

পটল দাসকে কাঁপতে দেখে বেঁটেটা বলল, "খুব শীত করছে বুঝি?"

"আজ্ঞে। খুব।"

"একটু পরেই গা গরম হয়ে যাবে। চিন্তা কোরো না।"

"আজ্ঞে তা বেশ বুঝতে পারছি। তবে খামোখাই পাপের ভাগী হচ্ছেন, আমি তেমন কিছু জানি না।"

"আমরা মেলা পাপের ভাগী হয়েই আছি। আর দু'-একটা পাপ বাড়লে তেমন ক্ষতি হবে না। তবে যদি পেট খোলসা করে সব বলে দাও তা হলে আর পাপটা আমাদের করতে হয় না।"

"তা বটে। কিন্তু কথার আছেই বা কী! ওই হরি ছোঁড়ার বড্ড গল্প শোনার নেশা।

কেবল আমাকে গল্প বলার জন্য যন্ত্রণা করে। তাই বানিয়ে বানিয়ে কী সব যেন বলছিলুম। আর সেই কথাই গদাধরভায়া বাইরে থেকে শুনে ভাবলে আমি বোধহয় গোপন কথা সব ফাঁস করছি।"

"তা আমাদের সেই বানানো গল্পটাই বলো না। শুনি একটু।"

"শুনবেন?" বলে গলা-খাঁকারি দিয়ে পটল দাস কী যেন বলতে যাচ্ছিল। কিন্তু হঠাৎ কী একটু শুনে চমকে উঠে বলল, "ও বাবা, শব্দ কীসের?"

শব্দটা এবার সকলেই শুনতে পেল। খুব কাছেপিঠে, একেবারে ঘরের মধ্যেই একটা চাপা 'ফোঁস'!

এ শব্দ সকলেরই চেনা। মোমের আলোয় মস্ত ঘরটার সিকিভাগও দেখা যাচ্ছে না। আসবাবপত্র, আনাচ-কানাচ সবই অন্ধকারে ডুবে আছে। এর মধ্যে সাপটা কোথায় গা-ঢাকা দিয়ে আছে কে জানে!

বেঁটে লোকটা বিদ্যুৎ-গতিতে ভোজালিটা বের করে বলে উঠল, "সাপ!"

যে লোকটা এতক্ষণ মূর্ছা গিয়ে পড়েছিল, সেই সবার আগে লাফিয়ে উঠে বলল, 'বাপ রে বাপ!"

চোখের পলকে বাকিরাও গায়ের ব্যথা ভুলে উঠে দাঁড়াল।

এবার বেশ জোরালো শব্দ হল, "ফোঁস! ফোঁস! ফোঁস!"

গায়ের আলোয়ানটা ফেলে দিয়ে পটল দাস লাফিয়ে উঠে বলল, "ওরে বাবা রে! গেছি রে! আলোয়ানের মধ্যে ঢুকেছে রে বাপ!"

মুহূর্তে একটা হট্টগোল পাকিয়ে উঠল। ঠেলাঠেলি ধাক্কাধাক্কি।

পটল দাস আলোয়ানটা তুলে ঝাড়া দিয়ে বলে উঠল, "ওই যে, ওই যে!"

সঙ্গে সঙ্গে সাপের তীব্র শিসে ঘর ভরে গেল। বেঁটে আর তার দলবল পড়ি-কি-মরি করে ছুটল বারান্দায়।

পটল দাস খুবই ধীরস্থির ভঙ্গিতে গিয়ে দরজাটা ভেজিয়ে হুড়কো তুলে দিল। মোমটা এক ফুঁয়ে নিবিয়ে দিয়ে সে অন্যপাশে ঘরের আর একটা দরজার কাছে গিয়ে দাঁড়িয়ে অন্ধকারেই হাতড়ে একদম তলার চৌকাঠে খুব ছোট্ট একটা পেরেকের মতো বস্তুতে চাপ দিয়ে দরজাটা ঠেলল। খুব সামান্য একটু ফাঁক হল পাল্লা দুটো। পটল দাস সেই ফাঁকের মধ্যে আঙুল ঢুকিয়ে ভিতরে খুব সরু একটা ঝুলন্ত সুতোয় টান দিতেই পাল্লা সম্পূর্ণ খুলে গেল। ভিতরে ঢুকে পাল্লাটা বন্ধ করে সুতো ফের টেনে দিল পটল।

ওপাশে তখন ধুন্ধুমার ধাক্কা পড়ছে বাইরের দরজায়। চালাকিটা বোধহয় এতক্ষণে ধরতে পেরে গেছে বাছারা। বেচারাদের জন্য একটু দুঃখও হচ্ছিল পটলের। দুধের

বাচ্চারা, সবে এই লাইনে এসেছে, এখনও তেমন বুদ্ধি পাকেনি, কান তৈরি হয়নি, চোখের নজর জোরালো হয়নি। ওরা কি আর এইসব টোটকা চালাকি ধরতে শিখেছে। সাপের শিস শুনে বাচ্চাদের ধাত ছাড়বার জোগাড়। পটলের ভারী ইচ্ছে করছিল, ওদের কোলের কাছে বসিয়ে আদর করে সব শিখিয়ে দেয়। সাপের ডাক, বাঘের ডাক, শেয়ালের ডাক, ঝিঁঝির শব্দ। দুনিয়ায় এখনও কত কী শেখার আছে। এদেরও একটু শেখাতে ইচ্ছে করছিল তার। তবে তার ঢের সময় পাওয়া যাবে। আগে একবার হরি ছোঁড়াটার তল্লাশ নিতে হয়। ওদিকে খিচুড়িটাও বোধহয় ঠান্ডা মেরে গেল। কী আর করা!

পটল দাস কোনওদিন টর্চ ব্যবহার করে না। ওসবের দরকারও হয় না। সাহেবপাড়ার বাড়িগুলোর অন্ধিসন্ধি তার জানা। সে অন্ধকারেই ঘরটা পেরিয়ে পাশের দরদালানের দিককার দরজা আবার কৌশল করে খুলে ফেলল। তারপর দরদালান পার হয়ে একটা সরুমতো প্যাসেজে ঢুকে সে দাঁড়াল। প্যাসেজটা আড়াই-তিন ফুটের বেশি চওড়া নয়।

একটু দাঁড়িয়ে দম নিয়ে নিল পটল। এবার কাজটা শক্ত। পটল দাসের কাছে শক্ত, কিন্তু অন্যদের কাছে অসম্ভব।

পটল দাস দুদিকে হাত বাড়িয়ে দেওয়াল দুটো ধরল। তারপর স্রেফ হাত আর পায়ের ভরে তরতর করে উঠে যেতে লাগল ওপর দিকে। হাতে ভর দিয়ে পা ছাড়ে, পায়ে ভর রেখে হাত ছাড়ে। চাড় দিয়ে একবারে হাতখানেক করে ওপরে উঠে যায়।

প্রায় বারো-চোদ্দো ফুট উঁচুতে একটা অয়েলপেন্টিং টাঙানো। পটল দাস সেটার কাছ বরাবর পৌঁছে ছবিটা সরিয়ে ছোট্ট একটা গর্তের মধ্যে টিকটিকির মতো সেঁধিয়ে গিয়ে ছবিটা ফের টেনে দিল।

বয়সটা বেশ হয়েছে। এইটুকু উঠতেই আজকাল বেশ হাঁফ ধরে যায়। আর হুড়যুদ্ধুও তো আজ কম হয়নি। ব্যাটারা কম ডলাইমলাই করেছে নাকি তাকে? তবে কিনা পাকা হাড়, ছোঁড়াগুলোর মারের হাতও তেমন তৈরি হয়নি, তাই এখনও পটল দাস খাড়া আছে। ভগবানেরই লীলা!

পটল গর্তে ঢুকে একটু জিরোল।

চোখ বুজে বুক ভরে দম নিয়ে আর ছেড়ে পটল দাস আপনমনেই একটু হাসল। হরি ছোঁড়াকে সুড়ঙ্গের পথ বাতলানো ঠিক হয়নি। ছোঁড়াটা নির্ঘাত ছবি সরিয়ে সুড়ঙ্গে ঢুকে বেমক্কা ঘুরতে ঘুরতে এ বাড়িতে চলে এসেছিল।

পটল সময়মতো 'প্যালা! প্যালা!' করে না চেঁচালে একটা কেলেঙ্কারি হতে পারত। ছোঁড়াটা যে ছবির পিছনে দাঁড়িয়ে ঘরের সব কাণ্ড দেখছিল তাতে পটলের সন্দেহ

নেই। ঘাবড়ে গিয়ে শব্দসাড়া দিয়ে ফেলতে পারত, নাকে ধুলো ঢুকে হেঁচে ফেলতে পারত, বা কেশেই ফেলল হয়তো। এমনকী দীর্ঘশ্বাস ফেলাটাও অসম্ভব ছিল না। পটল চেঁচানোয় ছোঁড়াটা বুদ্ধি করে পালিয়েছে। ছোঁড়া ধরা পড়লে সুড়ঙ্গের কথাটা জানাজানি হয়ে যেত।

খানিকটা জিরিয়ে পটল উঠল। আরও একটু জিরোলে হত, কিন্তু তার কি উপায় আছে! খিচুড়িটা ঠান্ডা মেরে গেলেই গোবর। ঠান্ডা খিচুড়ি পটল দাস দু'চোখে দেখতে পারে না। আর প্যালার মা-ও তেমন ভালমানুষের মেয়ে নয় যে, ঠান্ডা খিচুড়ি ফের গরম করতে উনুন ধরাবে।

এইসব সাতপাঁচ ভাবতে ভাবতে পটল দাস দেওয়ালের একটা ঘুলঘুলিতে চোখ রাখল। একরত্তি ঘুলঘুলি। ছানিপড়া চোখে বাইরের কুয়াশা আর অন্ধকারে তেমন কিছু ঠাহরও হয় না। এবার ঠান্ডাটাও পড়েছে বাপ। হাড় একেবারে কালি হয়ে গেল।

গ্রিন ভ্যালির দিকটায় একটা টর্চের আলো দেখা গেল না? হ্যাঁ, তাই বটে। জ্বলছে, নিবছে। একটা লম্বাপানা লোক কী একটা বস্তু ঘাড়ে করে যেন ভাঙা পাঁচিলটা বেয়ে নামল।

সর্বনাশ! হরি ছোঁড়াটা ধরাই পড়ল নাকি? কেলেঙ্কারি আর কাকে বলে! আনাড়ি ছেলেমানুষ, একটা-দুটো কোঁতকা খেলেই ভ্যাড়ভ্যাড় করে সব বলে দেবে।

নাঃ, কপালটাই খারাপ। পটল দাস আপনমনেই মাথা নাড়ল।

তারপর একটা দীর্ঘশ্বাস ফেলে হামাগুড়ি দিয়ে খানিকটা গিয়ে একটা বড় ঘুলঘুলির সামনে থামল। কোনওক্রমে একটা বড় বেড়াল গলে যেতে পারে এমন একটা ফোকর।

"তা পটল দাস কুকুর বেড়ালের বেশিই বা কী?" পটল খুব অভিমানভরে কথাটা বিড়বিড় করে বলল। তারপর দমটা ছেড়ে শরীরটা নরম করে পটল দাস সেই ঘুলঘুলি দিয়ে ঠিক একটা বেড়ালের মতোই গলে গেল। চোদ্দো ফুট নীচে জমি। তা হোক। পটল দাস হাওয়ায় ভর দিয়ে পাখির মতোই নেমে এল নীচে।

লম্বা লোকটা হরিকে কাঁধে নিয়ে অর্ধেক বাগান পেরিয়ে চলে এসেছে। আর দেরি করাটা ঠিক হবে না।

পটল দাস জোর কদমে কোনাকুনি গিয়ে লোকটার একখানা হাত ধরে ফেলল। তারপর অমায়িক গলায় বলল, "দেশলাই আছে বাপু তোমার কাছে? একটা বিড়ি খাব!"

লোকটা পটলকে দেখে এত অবাক হল যে তার কাঁধ থেকে হরি গড়িয়ে পড়ে গেল মাটিতে, ধপাস করে।

"তুই! তোকে কে ছেড়েছে?"

পটল একগাল হেসে বলল, "ছাড়বে কী গো? ধরল কখন? আর ধরে হবেটাই বা কী? আমার পেটে যে কথা থাকে না তা সবাই জানে। দুধের বাছারা সব কী যেন খুঁজছে, কবর না কী, ছাইমাটি। তা বাপু, আমার কবর-টবর শ্মশান-টশানে বড় ভয়। আমি ওসব জানিও না, চিনিও না। তা বাপু, আছে নাকি দেশলাই?"

লোকটার বিস্ময় কেটে এবার হিংস্র রাগ উঠল। বলল, "তোর অনেক চালাকি দেখেছি। ফের কোনও চালাকি করেই বেরিয়ে এসেছিস! কিন্তু এবার তোর খেলা শেষ।"

এই বলে লোকটা তার প্রকাণ্ড দুটো হাতে পটল দাসকে লৌহ-ভীম চূর্ণ করার মতো শক্ত আলিঙ্গনে জড়িয়ে ধরতে গেল।

পটল একটু সরে দাঁড়াল শুধু।

লোকটা দু'হাতে জাপটে ধরতে গিয়ে খানিকটা বাতাস ছাড়া আর কিছু পেল না। কিন্তু এবার আর অবাক হওয়ার অবকাশটুকুও তাকে দিল না পটল। হাত বাড়িয়ে তার গাঁটওলা আঙুল দিয়ে খুব মৃদু একটু তবলা বাজিয়ে দিল তার মাথায়।

লোকটা হাঁ-করা অবস্থায় মাটিতে পড়ে গেল দড়াম করে। পড়ে আর নড়ল না।

পটল অজ্ঞান অবস্থায় পড়ে থাকা লোকটার দিকে চেয়ে ভারী বিরক্তির গলায় বলল, "দ্যাখো কাণ্ড, একেবারে ফুলের ঘায়ে মূর্ছা গেল! এই বুড়ো আঙুলে কি আর সেই ক্ষমতা আছে রে বাপ, তবু এইটুকুই সইতে পারলি না! ছ্যা ছ্যা। তোরা কী রে?"

লোকটাকে ছেড়ে পটল এবার হরির দিকে তাকাল। কাঁধ থেকে পড়েই হোক, আর হিম লেগেই হোক, হরির জ্ঞান ফিরে এসেছে। ভোম্বলের মতো চোখ পিটপিট করে চাইছিল। পটলকে দেখে উঠে বসে বলল, "ওঃ, মাথাটা ভীষণ ঝিমঝিম করছে।"

"মাথাটা যে এখনও ঘাড়ের ওপর আছে তাই ঢের। কে তোমাকে সুড়ঙ্গে ঢুকতে বলেছিল শুনি!"

মুখে হাত বোলাতে বোলাতে হরি একটু অবাক হয়ে পটল দাসের দিকে চেয়ে বলল, "ওরা তোমাকে ছেড়ে দিল যে বড়!"

"ছেড়ে দেবে না তো কী? ভাল লোকেদের ওইটেই সুবিধে, ঘোর পাপীরাও তাদের খাতির করে। নাও, এখন ওঠো। এ জায়গাটা এবার তোমাকে ছাড়তে হচ্ছে।"

"কোথায় যাব?"

পটল দাস মাথা নেড়ে বলল, "সে কি আর ভাল জায়গা রে? প্যালার মা মহাদজ্জাল, উঠতে-বসতে কথা শোনাবে। তার ওপর গরিবের ঘর, সেখানে

নুন-পান্তার জোগাড়ই ভাল করে হয় না। কিন্তু এখানে তো আর টিকতে পারবে না। গ্রিন ভ্যালি বেশ বিপদের জায়গা হয়ে পড়েছে।"

হরি উঠে দাঁড়াল। তারপর বলল, "কিন্তু এই লোকটা সুড়ঙ্গের কথা জেনে ফেলেছে। একে ফেলে গেলে সব ফাঁস করে দেবে।"

পটল খিঁচিয়ে উঠে বলল, "খুব কেরদানি দেখিয়েছ। পাজি ছোঁড়া কোথাকার! তোমার জন্যই তো সব ফাঁস হল। এখন কী করা যাবে, এ তো মহা মুশকিল হল।"

হরি লজ্জিত হয়ে বলল, "কিন্তু এ লোকটার একটা ব্যবস্থা না করে কোথাও যাওয়া ঠিক হবে না। আমি বলি কি, একে হাত-পা বেঁধে সুড়ঙ্গের মধ্যে ভরে রাখলে কেমন হয়!"

"মরে যাবে। শেষে মানুষ খুনের মামলায় পড়বে।"

"তা বটে। তা হলে?"

পটল দাস কিছুক্ষণ মাথা চুলকোতে চুলকোতে ভাবল। তারপর বলল, "খিদেটাও পেয়েছে বেজায়। ওদিকে খিচুড়িটা এতক্ষণে ঠান্ডা জল হয়ে গেল। তোমাকে বলেই বলছি। কথাটা পাঁচকান কোরো না।"

কৌতূহলী হয়ে হরি বলল, "কী কথা পটলদা?"

পটল গলাটা নামিয়ে বলল, "ঠান্ডা খিচুড়ি কখনও খেয়ো না। ঠান্ডা হলে খিচুড়িতে আর গোবরে তফাত নেই।"

"কিন্তু আমি তো বাসি খিচুড়ি খেতে খুব ভালবাসি।"

"সে আমিও বাসি।"

"তা হলে?"

"সেইটেই তো হয়েছে মুশকিল। বুড়ো বয়সে কী যে ভালবাসি আর কী যে ভালবাসি না, সেইটেই ঠাহর পাই না। এই যে এই লম্বা হয়ে পড়ে আরামে জিরেন নিচ্ছে লোকটা, একে নিয়েই বা কী করা যায় কিছু মাথায় খেলছে না। বুড়ো হলে মাথাটারও বয়স বাড়ে কিনা। আপাতত একে চব্বিশ ঘণ্টার মতো ঘুম পাড়িয়ে রাখি। তারপর দেখা যাবে।"

বলে পটল দাস ট্যাঁক থেকে একটা ছোট শিশি বের করল। শিশিটা খুলে লোকটার নাকের কাছে ধরল একটু। ফের ছিপি বন্ধ করে ট্যাঁকে রেখে বলল, ""এবার চলো, ওই ঝোপটার মধ্যে ঠেসে দিই লোকটাকে।"

হরি চোখ গোল করে কাণ্ডটা দেখছিল। বলল, "ওটা কী শোঁকালে?"

"এও এক টোটকা রে বাপ। চব্বিশ ঘণ্টা টানা ঘুমোবে এখন বাছাধন। গায়ের ওপর দিয়ে মোষে হেঁটে গেলেও টের পাবে না। একটু বেশি শুঁকিয়ে দিলেই অক্কা।

এক নাগা সাধু দিয়েছিল। কিন্তু আর দেরি করা ঠিক হবে না। এদের আসল সর্দার এসে পড়তে দেরি নেই। সে এদের মতো আনাড়ি নয়।"

দু'জনে মিলে লোকটাকে ধরাধরি করে একটা ঘন ঝোপের মধ্যে ঢুকিয়ে দিল। তারপর হরি জিজ্ঞেস করল, "আসল সর্দারটি আবার কে?"

"তা আমি কী জানি!"

"এই যে বললে, সে আনাড়ি নয়। তার মানে তাকে তুমি চেনো।"

"ফুলকপির পোড়ের ভাজা দিয়ে খিচুড়ি তোমার কেমন লাগে? সঙ্গে যদি বেশ মচমচে আলুর চপও থাকে?"

"ভালই। কিন্তু আমার ঘরের সুড়ঙ্গের গর্তটা খোলা রয়েছে সে খেয়াল আছে? আর এই যে লোকটাকে ঘুম পাড়িয়ে রাখলে, এর স্যাঙাতটা কি একে খুঁজতে আমার ঘরে গিয়ে হানা দেবে না? সুড়ঙ্গটা তো হাঁহাঁ করছে।"

পটল দাস নির্বিকার মুখে বলল, "ও কি আর লুকনো যাবে রে ভাই? যে সুড়ঙ্গের এতগুলো মুখ চারদিকে ছড়ানো রয়েছে তা কি আর বেশিক্ষণ লুকনো যায়? আর এরাও তো ঘাসে মুখ দিয়ে চলে না। খুঁজে বের করতই।"

"তা হলে কী হবে?"

"কী আর হবে? সুড়ঙ্গে আমি নিত্যিদিন ঘুরে বেড়াই। কিছুই নেই। ওরা যদি সুড়ঙ্গে গোলকধাঁধায় ঘুরে মরতে চায় তো মরুকগে। তাতে বরং আমাদের খানিকটা সময় বাঁচবে। খিচুড়িটাকে আর ঠান্ডা হতে দেওয়া ঠিক হবে না।"

হরি একটু চিন্তিতভাবে বলল, "সে অবশ্য ঠিক কথা। গোলঘরের সেই লোকটাও দেখলাম সুড়ঙ্গটা বেশ চেনে। আমি জিজ্ঞেস করতেই পথ দেখিয়ে দিল।"

পটল দাস একটা হেঁচকি তোলার মতো শব্দ করল হঠাৎ। তারপর চাপা গর্জনের মতো স্বরে বলল, "কী বললে? গোলঘর!"

হরি মাথা নেড়ে বলল, "হ্যাঁ। কুয়োর মতো গোল আর অনেকটা গভীর। নীল আলো জ্বলছিল ঘরে। একটা কাঠের বাক্স..."

কথা শেষ করার আগেই তার মুখে একটা থাবড়া এসে পড়ল। পটল দাস হিংস্র একটা গর্জন ছেড়ে বলল, "চোপ!"

হরি কেমন ভ্যাবাচ্যাকা খেয়ে গেল পটলের এই আকস্মিক আচরণে। থাবড়ায় তার ঠোঁট কেটে রক্তের স্বাদ ঠেকছিল জিভে। সে অবাক হয়ে বলল, "ওরকম করছ কেন?"

পটল দাসের চেহারাটা অন্ধকারেও দেখতে পাচ্ছিল হরি। চোখদুটোয় জ্বলজ্বলে আগুন। খুনির গলায় সে বলল, "মিথ্যে কথা। তুমি বানিয়ে বলছ। গত ত্রিশ বছর

আমি সুড়ঙ্গে ঘুরে বেড়িয়েছি। আনাচ-কানাচ কিছু বাকি নেই। আমি কখনও ওরকম ঘর দেখতে পাইনি। তুমি পেলে কীভাবে?”

হরির গা কেমন যেন শিউরে উঠল ভয়ে। শরীরটা হিম। সে আমতা-আমতা করে বলল, “হঠাৎ আমার পা পিছলে গিয়েছিল। পড়ে গড়িয়ে গেলাম অনেকটা ঢালুতে। একটা কাঠের চৌকো দরজায়...”

পটল দাস আচমকাই আবার একটা থাবড়া মারল তার মুখে। তারপর তেমনই হিংস্র গলায় বলল, “তা হলে তোমাকে এখনই নিকেশ করা দরকার। এখনই। নইলে সব ফাঁস হয়ে যাবে। সর্বনাশ হয়ে যাবে...”

বলতে বলতে দুটো হাত সাঁড়াশির মতো হরির গলা চেপে ধরল।

হরি এত অবাক হয়ে গেল যে, বাধাটুকু পর্যন্ত দিতে পারল না। দমবন্ধ হয়ে চোখ কপালে উঠল তার। কপালে চিনচিন করে ঘাম ফুটে উঠতে লাগল। জিভ বেরিয়ে এল।

মরেই যাচ্ছিল হরি। মনে মনে সে বুঝতে পারছিল, বাঁচবার আর কোনও আশাই তার নেই। কিন্তু পটল দাস তো মজার লোক। চোর হলেও মানুষটা ভাল। তার সঙ্গে এত ভাব। তবু তাকে পটল দাসের হাতেই মরতে হচ্ছে?

আচমকাই মাটির গভীর থেকে এক গুড়গুড় ধ্বনি উঠে এল। দ্রুত ধাবমান এক ধ্বনি।

নিস্তব্ধ রাতের অন্ধকারকে চমকে দিয়ে এক তেজীয়ান ঘোড়া তীব্র হ্রেষাধ্বনি করে উঠল। তারপরই ঝড়ের গতিতে সাদা একটা ঘোড়া অন্ধকারে বিদ্যুচ্চমকের মতো ছুটে এল তাদের দিকে।

কী যে হল কিছুই বুঝতে পারল না হরি। তার হঠাৎ গলার চাপটা সরে যেতেই সে উবু হয়ে বসে পড়ল মাটিতে। তারপর কাশতে লাগল। কিছুক্ষণ সে বুদ্ধিভ্রষ্টের মতো বসে বসেই শুনতে পেল ঘোড়ার পায়ের শব্দ দূর থেকে দূরান্তে মিলিয়ে যাচ্ছে। তারপর ধীরে ধীরে ধাতস্থ হয়ে সে চারদিকে চেয়ে দেখল। না, ঘোড়া অদৃশ্য হয়েছে। তারপর পটল দাসও কোথাও নেই। স্রেফ হাওয়া হয়ে গেছে।

কে তাকে বাঁচাল? আবার পাগলা-সাহেব?

হরি উঠে ক্লান্ত পায়ে হেঁটে এসে ভাঙা পাঁচিল টপকে বাগান পার হয়ে নিজের ঘরে এসে ক্লান্তভাবে বসে পড়ল বিছানায়। মাথার ভিতর বড়ই ওলটপালট হয়ে যাচ্ছিল।

খানিকটা জিরিয়ে সে উঠল। দেওয়ালের গর্তটা বন্ধ করতে হবে। চেয়ার-টেবিল জায়গাতে রাখতে হবে।

ঝুলঝাড়ুনিটাকে নিয়ে ছবিটা সরাতে গিয়ে সে অবাক হয়ে দেখল, ছবিটা

নিখুঁতভাবে গর্তটা ঢেকে টাঙানো রয়েছে। তার চেয়ার-টেবিল জায়গামতো সাজিয়ে রাখা। এতক্ষণ উত্তেজনার বশে সে খেয়াল করেনি।

কে করল? কখন করল?

শরীরটা বড়ই ক্লান্ত লাগছিল হরির। সে খানিকটা জল খেয়ে শুয়ে গভীর ঘুমে তলিয়ে গেল।

সকালে ঘুম ভাঙল ঝুমরির ডাকে। তার জলখাবার নিয়ে এসেছে।

ঝুমরি কথা প্রায় বলেই না। কিন্তু আজ হরি দরজা খুলবার পর ঝুমরি খুব অবাক হয়ে হরির মুখের দিকে তাকিয়ে রইল। তারপর ঘরে ঢুকে থালাটা টেবিলে রেখে তার দিকে ফিরে বলল, "কে তোমার গায়ে হাত দিয়েছে? তার নাম বলো। জগুরাম গিয়ে তার মুন্ডু ছিঁড়ে আনবে।"

হরি শশব্যস্ত হয়ে বলল, "কেউ মারেনি, আমি পড়ে গিয়েছিলাম।"

"ঝুট বাত। সাচ বোলো, ম্যায় খুদ উস গুণ্ডেকো সিধা বনায়েঙ্গি।" এই বলে ঝুমরি তার আঁচল কোমরে জড়াল। তার চোখ-মুখ একেবারে ধকধক করছে।

ঝুমরি যে তার জন্য এতটা উতলা হবে, তা হরি স্বপ্নেও ভাবতে পারেনি। তবে সে মাথা নেড়ে দৃঢ় গলায় বলল, "আমাকে কেউ মারেনি, বিশ্বাস করো। আমি বাথরুমে পা পিছলে পড়ে গিয়েছিলাম। তখন একটু চোট লেগেছে মুখে।"

ঝুমরি বিশ্বাস করল কি না কে জানে, তবে চলে গেল। একটু বাদেই জগুরাম এসে ঘরের মাঝখানটায় তার বিশাল চেহারা নিয়ে খাড়া হল। বলল, "ঝুমরি আমাকে খুব বকছে, আমি তোমার দেখভাল ঠিকমতো করছি না বলে। তা কে তোমার দুশমন বলো, তাকে লাঠিপেটা করে দিয়ে আসি।"

হরি জগুরামের ভাবভঙ্গি দেখে হেসে ফেলল। তারপর বলল, "তোমাকে ভাবতে হবে না জগুরাম। এখানে আমার কয়েকজন ভাল বন্ধু আছে। কিন্তু একটা কথা। কিছু বদমাশ লোক কুসুমকুঞ্জ আর গ্রিন ভ্যালিতে আনাগোনা করছে। তুমি একটু নজর রেখো।"

"ঠিক আছে।" বলে জগুরাম চলে গেল।

হরি খেয়ে-দেয়ে স্কুলে গেল আজও। তিনদিন ধরে স্কুলে, রাস্তায়, বাড়িতে বারবার মারধর খেয়ে এবং কাল রাতে মরতে মরতে বেঁচে গিয়েও সে দমে যায়নি। রহস্য ভেদ করার তীব্র একটা কৌতূহলই তাকে চাঙ্গা রেখেছে।

ফার্স্ট পিরিয়ডের পরই বেয়ারা একটা চিরকুট নিয়ে ক্লাসে এল। হেডমাস্টারমশাই হরিবন্ধুকে তাঁর ঘরে ডেকে পাঠিয়েছেন।

দুরু দুরু বুকে হরিবন্ধু বেয়ারার পিছন পিছন বেরিয়ে এল ক্লাস থেকে।

হেডস্যার যেমন গম্ভীর, তেমনি ব্যক্তিত্ববান রাশভারী মানুষ। আজ তাঁকে একটু বিষণ্ণ দেখাচ্ছিল।

হরি তাঁর অনুমতি নিয়ে ঘরে ঢুকবার পর তিনি হরির দিকে কিছুক্ষণ চেয়ে রইলেন। অন্তর্ভেদী দৃষ্টি হরিকে এফোঁড়-ওফোঁড় করে গেল।

কিছুক্ষণ চেয়ে থাকবার পর তিনি খুব নরম স্বরে জিজ্ঞেস করলেন, "এখানে তোমার কোনও অসুবিধে হচ্ছে না তো?"

হরি মাথা নেড়ে বলল, "না স্যার।"

হেডস্যার কিছুক্ষণ চুপচাপ থেকে খুব ধীরে ধীরে বললেন, "আমার কর্তব্য প্রত্যেকটি ছাত্রের দিকে নজর রাখা, প্রত্যেকের নিরাপত্তার ব্যবস্থা করা, প্রত্যেকের উন্নতিসাধনে সাহায্য করা। সবসময়ে আমি তা পেরে উঠি না। তুমি হয়তো জানো, এটা ভাল ছেলেদের স্কুল নয়। রিফর্মেটরি স্কুল হিসেবেই এটির প্রতিষ্ঠা হয়েছিল। কিন্তু যতটা করা উচিত, ততটা আমরা পেরে উঠি না। অনেক আজেবাজে ছেলে ছাত্র সেজে এখানে ঢোকে। তারাই নানারকম খারাপ কাজও করে। আমি খবর পেয়েছি, এই স্কুলের কয়েকটা ছেলে তোমার ওপর চড়াও হয়েছিল। তুমি কি তাদের নাম বলতে পারবে?"

হরি মাথা নিচু করে রইল। সহপাঠীরা যত খারাপই হোক, তাদের নাম বলে দেওয়াটা হরি একরকম বিশ্বাসঘাতকতা বলে মনে করে।

হেডস্যার মৃদুস্বরে বললেন, "বলতে ভয় পাচ্ছ?"

"ঠিক তা নয় স্যার।"

"বুঝেছি। ইটস এ গুড জেশ্চার। কিন্তু যাদের বাঁচাতে তুমি মহত্ত্ব দেখাচ্ছ তারা বোধহয় তত ভাল নয়। আর-একটা কথা..."

"বলুন স্যার।"

"এখানে পাগলা-সাহেবের নামে একটা কিংবদন্তী চালু আছে। তুমি কি তা শুনেছ?"

"হ্যাঁ।"

"আমি যদিও ওরকম কিংবদন্তীতে খুব আস্থাবান নই, তবে কোনও সম্ভাবনাকে উড়িয়ে দেওয়াটাও বৈজ্ঞানিক দৃষ্টিভঙ্গির পরিচায়ক নয়। আমি এখানে অনেকদিন আছি, কিন্তু কখনও পাগলা-সাহেবকে দেখিনি। তবে অনেকে দেখেছে বলে শোনা যায়। শুনেছি, তার কবর খুঁজতে মোতিগঞ্জে কিছু পাজি লোক হানা দিয়েছে। সত্যি-মিথ্যে জানি না..."

হেডস্যারকে কথা শেষ করতে না দিয়েই উত্তেজিত হরি বলে উঠল, "সত্যি স্যার।"

"সত্যি?"

"হ্যাঁ স্যার। আর পাগলা-সাহেবের কিংবদন্তীও সত্যি। আমি নিজের চোখে দেখেছি।"

হেডস্যার অবাক হয়ে তার দিকে কিছুক্ষণ চেয়ে রইলেন। তারপর মাথা নেড়ে বললেন, "খুবই আশ্চর্যের কথা। এবার তোমাকে একটা ছড়া বলি, দ্যাখো তো, কখনও শুনেছ কি না। হেঁটেও নয়, ছুটেও নয়, সাপের মতো। দূরেও নয়, কাছেও নয়, গভীর কত। আলোও নয়, অমাও নয়, যায় যে দেখা। আজও নয়, কালও নয়, ভাগ্যে লেখা।"

হরি মাথা নেড়ে বলল, "না স্যার, এ ছড়া কখনও শুনিনি।"

"ছড়াটা খুবই অদ্ভুত এবং মোতিগঞ্জের অনেকেই জানে। ছড়াটা নাকি সাংকেতিক। তবে এই সংকেতের অর্থ আমি কখনও ভেদ করতে পারিনি। তুমি পাগলা-সাহেবকে দেখেছ শুনেই ছড়াটা তোমাকে বললাম।"

"এ ছড়ার সঙ্গে কি পাগলা-সাহেবের সম্পর্ক আছে স্যার?"

"তাই তো শুনি।"

হরি বিড়বিড় করে ছড়াটা নির্ভুল আওড়াল, "হেঁটেও নয়, ছুটেও নয়, সাপের মতো। দূরেও নয়, কাছেও নয়, গভীর কত। আলোও নয়, অমাও নয়, যায় যে দেখা। আজও নয়, কালও নয়, ভাগ্যে লেখা।"

"বাঃ, একবার শুনেই তোমার মুখস্থ হয়ে গেছে দেখছি! দুখিরামবাবু চিঠিতে জানিয়েছিলেন, তুমি খুব ডাল-হেডেড ছেলে বলে তোমার বাবার ধারণা, কিন্তু তা তো নয়। স্মৃতি এবং গ্রহণক্ষমতা খুব অদ্ভুত জিনিস। মন যেটা চায় সেটা সহজেই শেখা যায়। পড়ার জন্য পড়লে সহজে শেখা যায় না, আবার জানার আগ্রহ নিয়ে পড়লে, টপ করে শেখা হয়ে যায়। তোমার ব্রেন মোটেই খারাপ নয়। শুধু দরকার একটু আগ্রহ।"

এ কথায় হরি লজ্জায় হেঁটমুন্ডু হল।

হেডস্যার মৃদু গম্ভীর গলায় বললেন, "ঠিক আছে। এখন যাও। মন দিয়ে পড়াশুনো করবে, নিজের দিকে লক্ষ রাখবে। কোনও সাহায্যের দরকার হলে মাস্টারমশাইদের কাছে বলবে। তোমার আচরণে আমি খুশি হয়েছি।"

হরি আনন্দে ভাসতে ভাসতে ক্লাসে এসে বসল। গোপাল আজও ক্লাসে ছিল না। হরি চোরা চোখে লক্ষ করল, গদাধর, রাজর্ষি, থ্রি মাস্কেটিয়ার্স কেউই আজ ক্লাসে

নেই। না থাকারই কথা। তাদের ক্লাসে দেখলে খুবই অবাক হত হরি। তবে টুবলু এসেছে। পিছনের বেঞ্চ থেকে তাকে একবার হাত তুলে ইশারা করল।

আজ মাস্টারমশাইরাও কে জানে কেন খুবই ভাল ব্যবহার করছিলেন হরির সঙ্গে। ভূগোলস্যার ব্যোমকেশবাবু দুর্দান্ত রাগী মানুষ। তাঁর ক্লাসে হরি হোয়াং-হো নদী কোথায় তা বলতে না পারায় ব্যোমকেশবাবু কিন্তু একটুও রাগ করলেন না। শুধু বললেন, "চিনের দুঃখ যেন তোমারও দুঃখের কারণ না হয়, দেখো।"

টিফিনে টুবলু আর হরি একসঙ্গে বেরোল বাদাম খেতে।

হরি জিজ্ঞেস করল, "গোপাল কেমন আছে টুবলু?"

টুবলু মাথা নেড়ে বলল, "ভাল নেই। প্রচণ্ড জ্বর এসেছে আর ভুল বকছে। বারবার তোমার নামও বলছে।"

"আমার নাম করে কী বলছে?"

"ঠিক বোঝা যাচ্ছে না। মাঝে মাঝে বলছে, 'হরি, ছেড়ো না, তুমিই পারবে।'"

"তার মানে কী?"

"প্রলাপের কি মানে থাকে?"

"আর-একটা কথার জবাব দেবে টুবলু? এখানকার সবাই পাগলা-সাহেবের কবর নিয়ে এত ভাবে কেন?"

"আমি অত জানি না। তবে যতদূর শুনেছি পাগলা-সাহেবের কবরটা সাধারণ কবর নয়। মাটির তলায় একটা ঘরে তার কফিন রাখা আছে। যদি কেউ সেই ঘরের বাতাস থেকে একটু শ্বাস টেনে নিয়ে আসতে পারে তা হলে তাকে আর পায় কে!"

"কী হবে তার?"

"সে রাজা হয়ে যাবে। মোতিগঞ্জের সকলেই তাই কবরটা খোঁজে। আর কিছু লোক আছে, যারা এ গল্প বিশ্বাস করে না, কিন্তু তারাও কবরটা খোঁজে ওই ক্রসটার জন্য।"

"তুমি কি সত্যিই পাগলা-সাহেবের গল্প বিশ্বাস করো?"

"করি। কাল তুমিও তো দেখলে।"

হরি মাথা নেড়ে বলল, "এ পর্যন্ত দু'-দু'বার পাগলা-সাহেব আমাকে বাঁচিয়েছেন। আমি তাঁকে অবিশ্বাস করি না, কিন্তু..."

"কিন্তু কী?"

"থাক সে কথা, পরে হবে। আমি আজ ছুটির পর গোপালকে দেখতে যাব, আমাকে নিয়ে যাবে?"

"নিশ্চয়ই।"

নয়

গোপালদের পাড়াটা শহরের এক প্রান্তে। একটু ঘিঞ্জি, নোংরা, গরিব পাড়া। গোপালদের বাড়িটাও বেশ পুরনো, একটু ভাঙা-টাঙাও বটে। মা মাথায় জলপটি দিচ্ছে, পিসি আর ঠাকুমা বসে আছেন পাশে। বিভীষণ-চেহারার ঝিকু-সর্দার পায়চারি করছে ঘরে।

হরি ঘরে ঢুকে জিজ্ঞেস করল, "গোপাল কেমন আছে?"

ঝিকু-সর্দার তার দিকে চেয়ে থমকে গেল, বলল, "ভাল নেই, মেলা ভুল বকছে। তোমার নামই কি হরি?"

"আজ্ঞে হ্যাঁ।"

"এসো, পাশের ঘরে এসো। তোমার সঙ্গে কথা আছে।"

পাশের ঘরে হরিকে একটা মোড়ায় বসিয়ে মুখোমুখি আর-একটা মোড়ায় বসে ঝিকু বলল, "কাল রাতে সুড়ঙ্গের মধ্যে তুমি কী দেখেছ? কোনও মানুষকে?"

"হ্যাঁ। কিন্তু আপনাকে সেকথা কে বলল?"

"পটল দাস। তার এখন মাথার ঠিক নেই।"

"হ্যাঁ, পটলদা কাল রাতে আমাকে আর-একটু হলেই মেরে ফেলেছিল।"

ঝিকু-সর্দার মাথা নেড়ে বলল, "কিন্তু বিশ্বাস করতে পারো, পটল খুন-টুন কখনও করেনি, তার ধাতই সেরকম নয়। তবে কাল তোমার কথা শুনে তার মাথা বিগড়ে গিয়েছিল।"

হরি একটু অবাক হয়ে বলল, "এতে মাথা বিগড়োবার কী আছে, আমি বুঝতে পারছি না। সুড়ঙ্গের অনেকগুলো মুখ। সেগুলো একটা করে ঘরে গিয়ে শেষ হয়েছে। তেমনি একটা ঘরে আমি লোকটাকে দেখি।"

ঝিকুর চোখ ঝলসে উঠল। চাপা গলায় সে বলল, "লোকটা দেখতে কেমন ছিল?"

"রোগা, ফর্সা, নীল চোখ।"

"সেই ঘরে কী ছিল?"

"একটা কাঠের বাক্স, একটা ডেকচেয়ার। আর তেমন কিছু নয়।"

ঝিকু উঠে দাঁড়িয়ে উত্তেজিতভাবে পায়চারি করতে করতে মাথা নেড়ে বলল, "নাঃ, অসম্ভব! এ হতেই পারে না! তুমি মিথ্যে কথা বলছ।"

হরি অবাক হয়ে বলল, "এতে মিথ্যে কথা বলার কী আছে?"

"ওই সুড়ঙ্গের প্রতিটি ইঞ্চি জায়গা আমি আর পটল তন্ন-তন্ন করে খুঁজেছি। কখনও ওরকম কিছু দেখিনি। তুমি ভুল দ্যাখোনি তো!"

হরি এবার একটু হেসে বিনীতভাবে বলল, "ভুল দেখাও সম্ভব। কিন্তু তার আগে বলুন, আপনারা কথাটা শুনে এরকম অবিশ্বাস করছেন কেন?"

ঝিকু অবাক হয়ে বলল, "তুমি কী দেখেছ তা কি এখনও বুঝতে পারছ না? গোলঘরে নীল আলো, রোগা-ফর্সা একজন লোক বসে বাইবেল পড়ছে। সত্যিই বুঝতে পারছ না?"

"না। তবে এখন মনে হচ্ছে...।"

"হ্যাঁ। ঠিকই মনে হচ্ছে। সারা মোতিগঞ্জের লোক বহুকাল ধরে বহু ঘাম ঝরিয়ে, বহু মাথা খাটিয়ে যা বের করতে পারেনি, তুমি সেই পাগলা-সাহেবের কবর দেখেছ!"

এতক্ষণে হরির গায়ে কাঁটা দিয়ে উঠল। শরীরে একটা হিম স্রোত নেমে গেল।

হরি আর বসল না। পরে আসবে বলে তাড়াতাড়ি উঠে পড়ল। বাইরে টুবলু তার জন্য অপেক্ষা করছিল। হরি তাকে বলল, "তোমাকে আর আমার সঙ্গে যেতে হবে না। তুমি বাড়ি যাও।"

টুবলু একটু হেসে মাথা নেড়ে চলে গেল।

হরি গোপালের বাড়ি থেকে বেরিয়ে খানিকদূর হনহন করে হেঁটে গেল। তারপর রাস্তা জনহীন হয়ে গেলে সে চারদিকে চেয়ে টপ করে রাস্তা থেকে নেমে মাঠ আর জঙ্গলের ঘুরপথে ফিরে আসতে লাগল গোপালের বাড়ির দিকে। সন্ধে হয়ে এসেছে। গা-ঢাকা দেওয়ার সুবিধে খুব। ঝিকু-সর্দারের সঙ্গে কথা বলার সময় সে একটা ঘোড়ার ডাক শুনেছে।

গোপালদের বাড়ির পিছন দিকটায় খানিকটা পোড়ো জমি। চারদিকে কাঁটাঝোপ। ঝোপের আড়ালে একটা টিনের ঘর। হরি খুব সাবধানে কাঁটাঝোপের বেড়া টপকাল।

টিনের ঘরটায় তালা দেওয়া। কিন্তু ভিতরে ধুপধাপ শব্দ হচ্ছে। খুব সন্তর্পণে হরি দরজাটা ঠেলে একটুখানি ফাঁক করল। চোখ রেখে দেখল, ভিতরে একটা সাদা ঘোড়া পা দাপিয়ে মশা তাড়াচ্ছে।

হরি একটু হাসল। কাল বিকেলে তাকে আর টুবলুকে রাজর্ষি আর তার দলের হাত থেকে যে বাঁচিয়েছিল, সে যে সাহেব নয় এবং পাগলাও নয়, তাতে সন্দেহ নেই। রং-মাখা সাদা মুখটা এক ঝলক দেখে মনে রেখেছিল হরি। আর ঝিকু-সর্দারের মুখে সেই মুখের আদল দেখেই তার মনে হয়েছিল, পাগলা-সাহেব আসলে...

হরি ভাবতে ভাবতে নিজের বাসায় ফিরে এল।

ঝুমরি ফের একটা ছাতুর তাল দিয়ে গেল। আনমনে হরি সেটা যখন খাচ্ছিল তখন দরজার কাছে খুব বিনীতভাবে কে যেন কাশল একটু।

হরি চেয়ে দেখল, পটল দাস। চোখে মিটমিটে দৃষ্টি, মুখে অপরাধী হাসি।

হরি মুখটা গম্ভীর রেখে বলল, "কী খবর?"

পটল ঘরে ঢুকে উবু হয়ে হঠাৎ হরির দু'খানা পা জড়িয়ে ধরে কেঁদে ফেলে বলল, "ব্রাহ্মণ মানুষ তুমি, বয়সে ছোট তো কী! আমায় মাফ করে দাও।"

হরি তাড়াতাড়ি পা টেনে নিয়ে বলল, "ওটা কী হচ্ছে!"

পটল দাস তার চাদরের খুঁট দিয়ে চোখ মুছে বলল, "আমার মাথায় কাল শয়তানে ভর করেছিল। তোমার গলা টিপে ধরেছিলুম। কিন্তু যে-কোনও দিব্যি করে বলতে পারি, তোমাকে মারতুম না। ইচ্ছে ছিল, অজ্ঞান করে ফেলে কাঁধে করে নিয়ে তোমাকে গুম করে রাখব।"

"কেন বলো তো!"

পটল দাস ভেউ ভেউ করে কিছুক্ষণ কাঁদল। তারপর বলল, "বহুকাল আগে এক পাগলা-ফকির একটা অদ্ভুত কথা হাটে মাঠে বলে বেড়াত। ছুটেও নয়, হেঁটেও নয়, সাপের মতো..."

হরি বাকিটা পূরণ করে দিল, "কাছেও নয়, দূরেও নয়, গভীর কত। আলোও নয়, অমাও নয়, যায় যে দেখা। আজও নয়, কালও নয়, ভাগ্যে লেখা।"

পটল চোখ বড়-বড় করে বলল, "তুমি জানো?"

"জানি। হেডমাস্টারমশাই ছড়াটার কথা আমাকে বলেছিলেন।"

পটল দাস কিছুক্ষণ মুখ ঢেকে বসে থেকে ধরা গলায় বলল, "তোমার কাছে কিছু লুকোব না। পাগলা-সাহেবের ভূত ঘুরে বেড়ায় বলে লোকে বিশ্বাস করে। কিন্তু আসলে আজ অবধি আমি নিজে কখনও দেখিনি। কিন্তু..."

হরি ছাতুর শেষ দলাটা গিলে ফেলে বলল, "কিন্তু তোমরা কয়েকজন পাজি লোক পাগলা-সাহেব সেজে মাঝে মাঝে দেখা দাও। লোকের মনে বিশ্বাস জন্মানোর জন্য।"

পটল দাস হরির মুখের দিকে চেয়ে অবাক গলায় বলল, "তা হলে তুমি ধরতে পেরেছ? বাস্তবিকই তোমার খুব বুদ্ধি। আমি তোমাকে প্রথমটায় বোকা ঠাউরেছিলুম।"

"কিন্তু তোমরা এটা কেন করো পটলদা?"

"মোতিগঞ্জের লোকেদের ভালর জন্যই। অন্যায় করলে, পাপ করলে পাগলা-সাহেব এসে হাজির হবেন। লোকে তাই খারাপ কাজ করার আগে একটু ভাববে। বিশ্বাস করো, আমাদের খারাপ মতলব কিছু ছিল না।"

"পাগলা-সাহেব কে সাজত?"

“কখনও ঝিকু, কখনও তার ছেলে গোপাল, আমিও সেজেছি। একরকম মজাও ছিল খেলাটায়। কিন্তু কাল রাতে...” বলে থেমে গেল পটল দাস। হাতখানা হরির দিকে বাড়িয়ে দিয়ে বলল, “এই দ্যাখো, রোঁয়া দাঁড়িয়ে যাচ্ছে।”

“কাল রাতে কী?”

“কাল রাতে যখন তোমার গলা টিপে ধরেছিলুম তখন যে-লোকটা সাদা ঘোড়ায় চেপে ছুটে এল, সে কিন্তু আম্মাদের কেউ নয়।”

একটু কাঁপা গলায় হরি বলল, “সে তা হলে কে পটলদা?”

পটল দাস জুলজুল করে হরির মুখের দিকে চেয়ে থেকে বলল, “সেই কথাটাই জানতে এসেছিলুম তোমার কাছে। সে লোকটা কে? বুড়ো বয়স, চোখে ছানিও পড়েছে, কিন্তু তবু অন্ধকারে যেটুকু ঠাহর করতে পেরেছিলুম তা মনে করলে শরীর হিম হয়ে আসে।”

“তুমি কী দেখেছিলে?”

“একটা সাদা ঘোড়া ধেয়ে এল। তার ওপর সওয়ার এক লম্বাপানা রোগা সাহেব। চোখদুটো জ্বলছিল ধকধক করে। সে আমাদের দিকে ছুটে এল, আমাদের ওপর দিয়েই ছুটে গেল, কিন্তু শুধু একটা ঝোড়ো বাতাস ছাড়া কিছুই টের পেলুম না। ভয়ে দিগ্বিদিক জ্ঞান হারিয়ে ছুট লাগালুম। হুমড়ি খেয়ে পড়লুম গিয়ে ওই ভাঙা পাঁচিলটার গায়ে। বহুকাল এরকম ভয় পাইনি।”

“তারপর কী করলে?”

“কী করলুম, তা আর ঠিক মনে নেই। কেমন যেন একটা ঘোরের মধ্যে ছিলুম কিছুক্ষণ। এখনও আমার ধন্দ ভাবটা যায়নি। কিন্তু এটা বুঝতে পারছি, সত্যিকারের পাগলা-সাহেবও ঘোড়ায় চেপে বেরোন বটে। আর তোমার ওপর তাঁর নজরও আছে। একটা কথা সত্যি করে বলবে? কাল সুড়ঙ্গের মধ্যে যা দেখেছিলে তা বানিয়ে বলোনি তো?”

“না পটলদা, বানিয়ে বলার মতো বুদ্ধি আমার নেই।”

“ওরে বাবা! যদি সত্যি হয়ে থাকে তবে তোমার বড় বিপদ।”

“কেন, বিপদ কীসের?”

“পাঁচজনে জেনেও গেছে কিনা যে, তুমি কবরের হদিশ পেয়েছ।”

“কে রটাল কথাটা?”

“ও কথা কি চাপা থাকে? যাকগে, এখন কথাটা হল, সেই কবরের হদিশটা তো দরকার।”

হরি হেসে বলল, “হদিশ কিছু শক্তও নয়। চলো, দেখিয়ে দিচ্ছি।”

পটল সভয়ে চেয়ে বলল, "আমি! ও বাবা, আমি পাপী-তাপী মানুষ, পাগলা-সাহেব আমাকে ভস্ম করে ফেলবে। বরং আমি এখানে বসে থাকি। তুমি যাও, গিয়ে জায়গাটা একবার দেখে একটু চিহ্ন রেখে এসো।"

হরি রাজি হল। পটল তাড়াতাড়ি টেবিলের ওপর চেয়ার তুলে ফেলল। ঝুল-ঝাড়ুনি দিয়ে ছবিটাও সরিয়ে দিল। চাপা গলায় বলল, "জয় মা কালী।"

হরিবন্ধুর বুকটাও দুরদুর করছে। তবে কিনা পাগলা-সাহেব এ পর্যন্ত তার উপকার ছাড়া অপকার তো কিছু করেনি। সে ধীরে ধীরে সাহস সঞ্চয় করে সুড়ঙ্গে উঠে পড়ল।

সিঁড়ি দিয়ে নেমে সে বাঁদিকে ঠিক বিশ পা হাঁটল গুনে গুনে। হঠাৎ এক ঝলক তীব্র টর্চের আলোয় ধাঁধিয়ে গেল তার চোখ। পরমুহূর্তেই লোহার মতো শক্ত দুটো হাত এসে দু'দিক থেকে তার দুটো হাত চেপে ধরল।

"কে? কে আপনারা?"

"চুপ, চেঁচিয়ো না। চেঁচালে লাভও হবে না। চুপচাপ চলো, কবরটা আমাদের দেখিয়ে দাও।"

হরি লক্ষ করল, তাকে ঘিরে অন্তত আট-দশজন লোক। কারও মুখ দেখা যাচ্ছে না ভাল করে, কারণ টর্চের আলোটা সোজা তার চোখে এসে পড়েছে। সে বলল, "কী চান আপনারা?"

"বলেছি তো, কবরটা।"

"কবর! আমি কবরের কথা কিছু জানি না।"

একটা বেশ নিরুত্তাপ মোলায়েম কণ্ঠস্বর বলল, "আমরা সবই জানি হরি। আমাদের সঙ্গে চালাকির চেষ্টা কোরো না। কবরটা দেখিয়ে দাও, তোমাকে আমরা ছেড়ে দেব। কিছু পুরস্কারও দেওয়া হবে।"

"না দেখালে?"

"দুঃখের সঙ্গে এই সুড়ঙ্গে আমরা আর-একটা কবর খুঁড়ব, সে কবর তোমার। আর তোমার ওই চোর-বন্ধুটিকে আমরা টুকরো টুকরো করে শেয়াল শকুনও খাওয়াব। আমাদের সঙ্গে সে চূড়ান্ত বিশ্বাসঘাতকতা করেছে। কিন্তু তার ব্যবস্থা পরে হবে। এখন কবরটা আমাদের আগে দরকার।"

এতগুলো লোকের হাত থেকে নিস্তার পাওয়ার কোনও আশাই নেই। হরি খুব দ্রুত চিন্তা করতে লাগল। তারপর বলল, "ঠিক আছে। আমার হাত ছেড়ে দিন, আর আপনারা আমার পিছনে আসুন।"

"হাত ছাড়া হবে না। আমাদের বোকা পাওনি।"

“হাত না ছাড়লে আমি রাস্তা গুলিয়ে ফেলব। খুব হিসেব কষে গুনে-গুনে পা ফেলতে হবে। হাত ধরা থাকলে সেটা সম্ভব নয়।”

আচমকাই দুটো হাত ছেড়ে দেওয়া হল হরির। মোলায়েম কণ্ঠস্বরটি বলল, “ছেড়ে দিলাম। কিন্তু মনে রেখো, তোমার দিকে তিনটে রিভলভার তাক করা আছে।”

হরি বিরক্তির সঙ্গে বলল, “বন্দুক-পিস্তল দিয়ে সব কাজ উদ্ধার হয় না। টর্চটা নিবিয়ে ফেলুন, আমার অসুবিধে হচ্ছে।”

কী জানি কী ভেবে টর্চধারী হঠাৎ বাতিটা নিবিয়ে দিল। কিন্তু এমনভাবে আট-দশজন লোক হরিকে ঘিরে রইল যে, তাদের শ্বাস তার গায়ে লাগছিল, তাদের শরীরের উত্তাপও সে টের পাচ্ছিল।

যতদূর সম্ভব হিসেব কষে হরি যেখানে এসে দাঁড়াল, সেখানে নিরেট দেওয়াল। হরি একটু ভাবল। তার গোনায় কোনও ভুল হয়নি তো!

মোলায়েম কণ্ঠস্বর জিজ্ঞেস করল, “কী হল?”

“আবার সিঁড়ির গোড়া থেকে আসতে হবে। রাস্তাটা ভুল হয়েছে।”

“চালাকি ছাড়ো।”

হরি দৃঢ়স্বরে বলল, “আপনাদের জন্যই এমন হল। এবার আমাকে নিজের মনে কাজ করতে দিন। আপনারা তফাতে থাকুন।’

“বেশ ফন্দি!”

“ফন্দি মোটেই নয়। আপনারা ভালই জানেন, আজ পালাতে পারলেও কাল আমি ফের আপনাদের হাতে ধরা পড়ে যাব। আমি পালাব না। ভয় নেই, কিন্তু একটা কথা, কবরের মধ্যে পাগলা-সাহেব কিন্তু জেগেই বসে থাকেন।”

মৃদু একটু হাসির তরঙ্গ ছড়িয়ে গেল সকলের মধ্যে। মোলায়েম কণ্ঠস্বরটি বলল, “বেশ তো, একশো বছর আগেকার একটা মড়া যদি সত্যিই জেগে থাকতে পারে তবে তার একটা ইন্টারভিউ নেওয়া যাবে।”

আর একজন একটু স্তিমিত গলায় বলল, “পাগলা-সাহেব জেগে থাকবেন না। থাকলেও তাঁকে চিরদিনের মতো ঘুম পাড়িয়ে দেওয়া হবে।”

হরি একটু চমকে উঠল।

সিঁড়ির গোড়া থেকে হরি আবার পা গুনে গুনে হাঁটতে লাগল। এবং কিছুক্ষণ পরে আবার গিয়ে ঠেকল নিরেট দেওয়ালে।

“এবার কী হল?”

হরি মৃদু স্বরে বলল, “হচ্ছে না। গুলিয়ে ফেলছি।”

“না কি চালাকি করছ?”

"তাতে লাভ কী? আবার দেখছি, ধৈর্য ধরুন।"

"ধরছি।"

হরি অন্তত দশবার চেষ্টা করল। একবারও কোনও রন্ধ্রপথ আবিষ্কার করতে পারল না। অথচ কাল রাতে...

চটাস করে তার গালে একটা চড় এসে এত জোরে ফেটে পড়ল যে, চোখে কিছুক্ষণ অন্ধকার দেখল হরি।

মোলায়েম গলা বলল, "হাঁটি-হাঁটি পা-এর খেলা এবার বন্ধ করো। আমরা সেই ছড়াটা জানি। ছুটেও না, হেঁটেও নয়, সাপের মতো। কাছেও নয়, দূরেও নয়, গভীর কত। আলোও নয়, অমাও নয়, যায় যে দেখা। আজও নয়, কালও নয়, ভাগ্যে লেখা। ঠিক কি না?"

হরি জবাব দিল না। গালে হাত বোলাতে বোলাতে মনে মনে ফুঁসতে লাগল।

মোলায়েম গলা বলল, "আমরা ভাগ্যে বিশ্বাস করি না। আমরা কাজে বিশ্বাসী। এই ছড়াটা একটা সংকেত। আমরা যেখানে যেতে চাইছি সেখানে পায়ে হেঁটে যাওয়া যাবে না। যেতে হবে সাপের মতো বুকে হেঁটে। আর জায়গাটা গভীরে, অর্থাৎ নিচু কোনও গর্ত বা পাতাল-ঘরে। সুতরাং তোমার চালাকিটা খাটছে না।"

মাঝে মাঝে টর্চের আলো জ্বলে উঠছে। সেই আলোর আভায় হরি লোকটাকে বুঝবার চেষ্টা করল। গলাটা যেমন নরম, চেহারাটা তত নয়। বেশ লম্বা-চওড়া শক্ত কাঠামোর চেহারা। দলের সবাই যে তাকে ভয় পায় তাতে সন্দেহ নেই। সে ছাড়া আর কেউ কোথাও কথা বলছে না।

মোলায়েম গলার স্বর শোনা গেল আবার, "কী, চুপ করে দাঁড়িয়ে রইলে যে!"

"আমার কিছু মনে পড়ছে না।"

"ঠিক আছে, যখন মনে পড়বে তখন আমাদের ডেকো। ওরে, একে নিয়ে যা।"

সঙ্গে সঙ্গে সাঁড়াশির মতো দুটো হাত এসে তার দুই বাহু ধরল। পিছন থেকে কে যেন তার মাথার ওপর দিয়ে একটা টুপির মতো জিনিস পরিয়ে সেটা টেনে নামিয়ে দিল গলা অবধি। মুখ-চোখ সম্পূর্ণ ঢাকা পড়ে গেল হরির। পিছমোড়া করে তার দু' হাতে একটা হাতকড়া পরানো হল খট করে। তারপর তাকে টানতে টানতে কোথা থেকে যে কোথায় নিয়ে যেতে লাগল এরা তা বিন্দুমাত্র আন্দাজ করতে পারল না সে। সুড়ঙ্গটা যে ভয়ংকর জটিল এবং পিঁপড়ের বাসার মতো অনেক ভাগে বিভক্ত, তা জানে হরি। এখানে হারিয়ে গেলে ফিরে আসা খুবই কঠিন।

অনেক সিঁড়ি ভেঙে নামতে হল তাকে। ডাইনে-বাঁয়ে অনেক পাক খেতে হল। মিনিট-দশেক বাদে একটা জায়গায় তাকে দাঁড় করিয়ে ছেড়ে দেওয়া হল হাত। তার

কিছুক্ষণ পরেই একটা দরজায় তালা দেওয়ার শব্দ হল।

হাতকড়া দেওয়া হাত দুটো পায়ের তলা দিয়ে গলিয়ে সামনে এনে ফেলল হরি। মুখের ঢাকনাটা খুলে চারদিকে চাইল। অন্ধকারে যতটুকু বোঝা গেল, এটাও একটা নিশ্ছিদ্র গোল ঘর। গোলাকার ঘর এই সুড়ঙ্গে অনেকগুলো আছে বোধহয়।

হরি দরজাটা পরীক্ষা করে দেখল। খুবই মজবুত কাঠের দরজা। এ দরজা ভেঙে হাতিও বেরোতে পারে কি না সন্দেহ। তা ছাড়া বেরিয়ে লাভই বা কী? ওপাশে ওরা বন্দুক-পিস্তল নিয়ে পাহারায় আছে।

হরি মেঝের ওপর চুপচাপ উবু হয়ে বসে রইল। আশপাশ দিয়ে ইঁদুর দৌড়চ্ছে। আরশোলা গায়ে বাইছে। মেঝে থেকে একটা ভ্যাপসা গন্ধ আসছে নাকে। মাটির কত নীচে, কোন পাতালে তাকে আনা হয়েছে তা বুঝতে পারছিল না হরি। কত রাত হয়েছে তারও আন্দাজ নেই। ছাতুর তালটা কখন হজম হয়ে গেছে। এতক্ষণে ঝুমরি বোধহয় গরম ভাতের থালা এনে তাকে খুঁজছে।

হরি ক্লান্তিতে দেওয়ালের গায়ে ঠেস দিয়ে চোখ বুজল। কখন ঘুমিয়ে পড়ল, তা তার খেয়াল নেই।

ঘুম যখন ভাঙল, তখনও চারদিকে গাঢ় অন্ধকার। এই পাতালঘরে কোনও বাইরের আলো তো আসতে পারে না। ভোর হল কি না কে জানে! বড্ড খিদে পেয়েছে হরির। তার চেয়েও বেশি পেয়েছে তেষ্টা।

খুব ভয়ে ভয়ে হরি অনুচ্চ স্বরে ডাকল, "কেউ আছেন? আমার বড় জলতেষ্টা পেয়েছে।"

তার গলার স্বর গভীর ঘরটায় গমগম করে প্রতিধ্বনিত হল।

একটু বাদে দরজা ধীরে ধীরে খুলে গেল।

মোলায়েম কণ্ঠস্বর বলল, "জল নেই।"

এ কথায় যেন জলতেষ্টা আরও বেড়ে গেল হরির। সে বলল, "আমার তো কোনও দোষ নেই। আমাকে আটকে রেখেছেন কেন?"

"শুনেছি পাগলা-সাহেব তোমাকে পছন্দ করে খুব। তোমার বিপদ দেখলে সাহেব নাকি কবরে থাকতে পারে না, উঠে আসে ঘোড়ায় চেপে। আমরা তার জন্যই অপেক্ষা করছি। তোমাকে নয়, আমরা পাগলা-সাহেবকেই চাই।"

"এই কথা আপনাকে কে বলল যে, পাগলা-সাহেব আমাকে পছন্দ করেন?"

"কেন, তোমার চোর-বন্ধু পটল দাস।"

"তাকে কোথায় পেলেন?"

মোলায়েম গলা একটু হাসল। বলল, "পেতে অসুবিধে হয়নি। সে তো তোমার

ঘরে বসে চাতকের মতো ঊর্ধ্বমুখ হয়ে তোমার জন্য প্রতীক্ষা করছিল। পিছন থেকে যখন আমার লোকেরা গিয়ে তাকে ধরে, তখন সে টুঁ শব্দটিও করতে পারেনি।"

"পটলদা কোথায়?"

"আছে। তোমার পেয়ারের আরও লোকজনও এখন আমাদের কবজায়। জগুরাম, তার বউ, দুটো বাচ্চা।"

হরি চমকে উঠে বলল, "তারা তো কিছু করেনি!"

"সেটা আমরা বুঝব।"

হরি হঠাৎ কাছাকাছি কোনও জায়গা থেকে একটা মেয়ের গোঙানি শুনতে পেল। সেইসঙ্গে দুটো কচি গলার ফোঁপানি। ওই কি ঝুমরি আর তার দুটো বাচ্চা? ভারী ঠান্ডা, ভাল মেয়ে ঝুমরি। তাকে কেন পাষণ্ডটা কষ্ট দিচ্ছে?

হরি কাতর গলায় বল, "ওদের কেন ছেড়ে দিচ্ছেন না?"

"দেব। পাগলা-সাহেবের দেখা পেলেই দেব। আর যদি আজ রাতে পাগলা-সাহেবের হদিশ না পাই তা হলে তোমাদের ঠিক এই অবস্থায় ফেলে রেখে আমরা চলে যাব। অবশ্য প্রত্যেকের কপালের মাঝখানে একটা করে পিস্তলের গুলি চালিয়ে..."

হরি শিউরে উঠে তাড়াতাড়ি দাঁড়াল। বলল, "শুনুন, নিজের চেষ্টায় পাগলা-সাহেবের কবর কেউ খুঁজে পায়নি। আমি পেয়েছিলাম আকস্মিকভাবে।"

লোকটা কথাটা বিশ্বাস করল না। একটু ঝাঁঝের গলায় বলল, "আমরা কতদূর মরিয়া তা বোধহয় তুমি এখনও বুঝতে পারছ না। ঠিক আছে, এসো আমার সঙ্গে।"

লোকটা অন্ধকারে তার হাত ধরল। এরকম শক্তিমান হাত হরি আর দেখেনি। আঙুল যেন ডাইস মেশিন।

পাশেই একটা ঘরের দরজা খুলে টর্চের আলো ফেলল লোকটা।

হরি দেখল, নোংরা ধুলোর ওপর মেঝেয় হাত-পা বাঁধা ঝুমরি পড়ে আছে। মুখে কাপড় গোঁজা। তার দু'পাশে দুটো বাচ্চা শুয়ে আছে। ঘুমের মধ্যেও ফুঁপিয়ে কেঁদে উঠছে মাঝে মাঝে।

"এসো, পাশের ঘরে দেখবে এসো," বলে লোকটা দরজায় তালা দিল।

পাশের ঘরে মেঝের ওপর পড়ে আছে জগুরাম। তার হাত-পা বাঁধা নেই বটে, কিন্তু বাঁধনের আর দরকারও নেই। জগুরামের শরীর ভেসে যাচ্ছে রক্তে। বাঁ হাতটা এমনভাবে মোচড়ানো যে মনে হচ্ছে ভাঙা। জগুরামের জ্ঞান নেই।

মোলায়েম গলা বলল, "খুব ভাল লোক নয় এ। খামোখা আমাদের সঙ্গে গা-জোয়ারি দেখাতে গেল।"

"ইস্। হয়তো বাঁচবে না।"

"বেঁচে থাকার দরকারটাই বা কী? এসো, তোমার বীর পটলদার দশাও একটু দ্যাখো।"

লোকটা আর-একটা ঘর খুলে আলো ফেলল।

হরি অবাক হয়ে দেখল, পটল দাসের দুটো হাত দুটো দড়িতে বাঁধা, সেই দুই দড়িতে ঘরের মাঝ-বরাবর মেঝে থেকে অন্তত সাত ফুট ওপরে শূন্যে ঝুলছে। কপালে মস্ত ফোলা ক্ষতচিহ্ন, এখনও রক্ত গড়িয়ে মুখ ভেসে যাচ্ছে। চোখদুটো ঠেলে বেরিয়ে আসতে চাইছে তার। শ্বাস টানা এবং ফেলার ঘোরতর শব্দ হচ্ছে।

মোলায়েম কণ্ঠস্বর বলল, "কাল রাতে আমার দলের কয়েকজনকে আনাড়ি পেয়ে খুব ঘোল খাইয়েছিল। জানত না যে, ওস্তাদেরও ওস্তাদ আছে। একটু বেশি বীরত্ব দেখিয়ে ফেলেছিল বলেই এই শাস্তিটা ওকে দিতে হল।"

এতক্ষণ সহ্য করছিল হরি কোনওক্রমে। কিন্তু এই দৃশ্যটা দেখার পর তার মাথায় একটা রাগের আর দুঃখের পাগলা ঝড় উঠল। ঝুমরি, দুটো নিষ্পাপ বাচ্চা, সরল জগুরাম, পটলদা, এরা তো নির্দোষ!

মোলায়েম গলা তার দিকে ফিরে বলল, "এদের তুলনায় তোমার প্রতি আমরা কিন্তু যথেষ্ট ভদ্র ব্যবহারই করেছি। তাই না?"

রাগে দুঃখে হরির মুখে কথা ফুটল না।

মোলায়েম গলা বলল, "আরও দেখবে? এসো। এখানে অনেক ঘর আছে।"

লোকটা আর-একটা ঘর খুলে দিয়ে বলল, "এরা বাপ-ব্যাটা তোমাদের উদ্ধার করতে এসেছিল।"

হরি দেখল, মেঝেতে আষ্টেপৃষ্ঠে দড়ি দিয়ে বাঁধা হয়ে পড়ে আছে ঝিকু-সর্দার। ঘরের এক কোণে মেঝের ওপর উপুড় হয়ে পড়ে আছে গোপাল। তার মাথায় এখনও ব্যান্ডেজ। জ্ঞান নেই কারও।

মোলায়েম গলা বলল, "এরা বাপ-ব্যাটায় পাগলা-সাহেব সেজে সাদা ঘোড়ায় চেপে এতকাল ধরে লোককে বোকা বানিয়ে এসেছে। আমাদেরও বানিয়েছিল!"

হরি অস্ফুট গলায় শুধু বলল, "কিন্তু গোপালের যে জ্বর!"

"জানি। তবে জ্বর তো আর মরে যাওয়ার পর থাকবে না। তখন গা ঠান্ডা হয়ে যাবে।"

"কিন্তু আপনি এদের কেন মারবেন?"

"আমার কাছে মানুষ আর পিঁপড়েয় তফাত নেই। বাঁচিয়ে রাখলে অনেক ঝামেলা।

শত্রুর গোড়া থেকে যাবে, সাক্ষী থেকে যাবে। আমি যখন যা করি তার চিহ্ন মুছে ফেলি। তবে যদি কবরটা দেখিয়ে দিতে পারো তা হলে অন্য কথা।"

"কী কথা?"

"কবরটার সন্ধান দিলে তোমাকে পুরস্কার দেব বলেছিলাম। আমি বাজে কথা বলি না। তুমি এদের প্রাণ পুরস্কার হিসেবে পেতে পারো।"

লোকটার দিকে অন্ধকারে হরি চেয়ে রইল। মুখটা বোঝা যাচ্ছে না। কিন্তু লোকটা মানুষ না দানব সে বিষয়ে সন্দেহ হতে লাগল হরির।

হঠাৎ তার মাথায় কী দুর্বুদ্ধি চাপল কে জানে, হরি তার হাতকড়া-পরা হাত দু'খানা তুলে আচমকা লোকটার কপালে বসিয়ে দিল।

অন্তত হরি ভেবেছিল তাই। কিন্তু অতিশয় ধূর্ত লোকটা কী করে যেন চোখের পলকে টের পেয়ে একটা হাত তুলে খপ করে হরির হাত ধরে ফেলল, যেভাবে সাপুড়ে বিষাক্ত সাপকে ধরে। আর সঙ্গে সঙ্গেই অন্ধকার আনাচ-কানাচ থেকে আট-দশজন লোক ছুটে এল।

হরির মাথার আগুনটা নিবল না। সে হাত নাড়তে না পেরে ডান পায়ে একটা লাথি ছুড়ল। লাথিটা শূন্যে ধাক্কা খেয়ে ফিরে এল।

তিন-চারজন লোক পিছন থেকে ধরল হরিকে।

হরি বুঝল, এই খুনিরা এরপর তাকে আর আস্ত রাখবে না। মরতেই যদি হয় তো লড়ে মরাই ভাল।

হরি আর বাছবিচার করল না। অন্ধকারে শিকলে বাঁধা হাত আর দু'খানা মুক্ত পা নিয়ে সে যথেচ্ছ চালাতে লাগল চারদিকে। অবশ্য চারদিক থেকে মারগুলোও ফিরে আসতে লাগল।

হরি মার খেতে খেতেও হাতকড়া পরা হাতদুটো দিয়ে পট করে জড়িয়ে ধরল মোলায়েম কণ্ঠস্বরের গলাটা। তারপর সকলে মিলে একটা বিশাল মানুষের পিণ্ড পাকিয়ে গেল।

সেই পিণ্ডটা গড়াতে লাগল। গড়াতে লাগল।

একটু ঢালু জমি না? গড়াতে গড়াতে ঢালু বেয়ে নেমে যেতে লাগল সবাই।

কে যেন চেঁচাল, "সামালকে!"

কিন্তু সামলানো যাচ্ছিল না। পিছল ঢালু বেয়ে তারা সকলে পরস্পরের সঙ্গে জড়াজড়ি অবস্থায় অসহায়ভাবে গড়িয়ে যেতে লাগল। অন্ধকার রন্ধ্রপথটা যে কতদূর গেছে!

ঝং করে বিকট একটা শব্দ হল।

কীসে এসে ঠেকল তারা?

ধীরে ধীরে লোকগুলো উঠে বসল। চারদিকে তাকাতে লাগল।

হরি নির্নিমেষ চেয়েছিল কাঠের চৌকো দরজাটার দিকে।

দরজাটা ধীরে ধীরে খুলে যাচ্ছে। না, বেশি নয়। সামান্যই।

আর সেই ফাঁক দিয়ে এক অদ্ভুত নরম, মায়াবি নীল আলো এসে ভরে দিল সুড়ঙ্গ।

মোলায়েম গলা অবাক হয়ে বলল, "এ কী?"

হরিবন্ধু হতাশায় ভরা গলায় বলল, "কবর। পাগলা-সাহেবের কবর।"

দরজাটা ঝটাং করে খুলে দিল মোলায়েম গলার লোকটা। নীচে সেই গোল ঘর। কাঠের বাক্স। একটা ডেকচেয়ার। সব যেন নীল আলোয় ডুবে আছে। ডেকচেয়ারে রোগা লম্বা মানুষটা আজও শোওয়া। কোলে খোলা বাইবেল।

লোকটা খুব ধীরে ধীরে উঠে দাঁড়াল। তারপর ওপর দিকে চেয়ে গমগমে প্রতিধ্বনিত গলায় বলল, "তোমরা কিছু চাও? নেবে যিশুর এই চিহ্ন?"

গলা থেকে আশ্চর্য সুন্দর একটা সোনার ক্রস খুলে আনল লোকটা। ডান হাতে ক্রসটা উঁচু করে তুলে ধরল ওপর দিকে। এত দূর থেকেও দেখা যাচ্ছিল, হিরে-বসানো ক্রসটায় যেন বিদ্যুৎ চমকাচ্ছে।

"এসো, ধীরে ধীরে নেমে এসো। আলোর সিঁড়ি পাতা আছে। এসো।"

মন্ত্রমুগ্ধের মতো একে একে লোকগুলো নেমে যেতে লাগল।

হরি জানে, সিঁড়ি নেই। সিঁড়ি ছিল না। তবু লোকগুলো যেন ঠিক সিঁড়ি বেয়েই নেমে যেতে লাগল। কারও মুখে কথা নেই। মূক, বাক্যহারা, পলকহীন।

নীচের নীল ঘরের মধ্যে এক অদ্ভুত নীল আলোর সমুদ্র যেন। লোকগুলো নামছে, নামতে নামতে ধীরে ধীরে মিলিয়ে যাচ্ছে নীলের মধ্যে। বুদ্বুদের মতো।

পাগলা-সাহেব একা ক্রসটা তুলে ধরে অপেক্ষা করতে লাগলেন।

কিন্তু কেউই শেষ অবধি তাঁর কাছে পৌঁছল না।

সাহেব ধীরে ধীরে ক্রসটা আবার গলায় পরে নিলেন।

গমগমে কণ্ঠস্বর বলে উঠল, "বিশ পা হেঁটে যাও পিছনে। রাস্তা পাবে। বিরক্ত কোরো না। আমি এখন বাইবেল পড়ছি।"

ভয়ে নয়, অদ্ভুত এক ভালবাসায় ভরে গেল হরির বুক। টপটপ করে চোখের জল পড়তে লাগল।

দরজাটা সাবধানে ভেজিয়ে দিয়ে হরি ফিরে আসতে লাগল। বিশ পা।

ঘটনার ছ' মাস বাদের কথা। স্কুলের হাফ ইয়ারলি পরীক্ষার রেজাল্ট বেরোল। হরিবন্ধু ফার্স্ট।

খবরটা চাউর হতেই হেডস্যার ডেকে বললেন, "এইট-এ নয়, তোমাকে নাইন-এ তুলে দিচ্ছি, ডবল প্রোমোশন। যাও, মাস্টারমশাইদের প্রণাম করে এসো।"

ঝিকু-সর্দার তার সাদা ঘোড়াটা স্কুলেই নিয়ে এল। বলল, "এটা চড়েই আজ বাড়ি ফিরবে। এটা তোমাকে উপহার দিলুম।"

ঝুমরি বিকেলবেলায় আজ এত বড় একটা ছাতুর তাল মেখে আনল যে, বেড়াল ডিঙোতে পারে না। আর বলল, "রাতে তোমার জন্য ভোজবাড়ির রান্না হচ্ছে। বন্ধুদের ডাকো আজ নেমন্তন্নে। সবাইকে খাওয়াব।"

তা রাতে নেমন্তন্নে হুল্লোড় হল মন্দ নয়। শুধু পেটপুরে খেয়ে বিদায় নেওয়ার সময় পটল দাস একটু খিঁচিয়ে উঠে বলল, "এ ছেলেটা লেখাপড়ায় ভাল হয়ে গোল্লায় গেল। বলি সেইসব কায়দাকানুন, বায়ুবন্ধন, প্যাঁচ পয়জার শিখবে না?"

"শিখব পটলদা। তোমাকেও পড়াশুনো শেখাব।"

তার রেজাল্টের কথা জেনে বাবা খুশি হয়ে লিখলেন, "এবার তা হলে তোমাকে পুরনো স্কুলেই ফিরিয়ে আনব। আর কষ্ট করে মোতিগঞ্জে থাকতে হবে না।"

হরিবন্ধু তৎক্ষণাৎ জবাব লিখল, "পাশ না করে আমি মোতিগঞ্জ ছেড়ে কোথাও যাব না।"

হারানো কাকাতুয়া

এক

ওই গবা পাগলা বেরিয়েছে। গায়ে একটা সবুজ রঙের আলপাকার কোট আর ঢোলা কালো রঙের পাতলুন। বড়-বড় কটাশে চুল, রোগাটে মাঝারি চেহারা। একগাল দাড়ি, বিশাল মোচ। পায়ে খয়েরি রঙের ক্যামবিসের জুতো। হেঁকে বলছিল, "কেয়াসমাস! কেয়াসমাস! বর্বর ছেলেরা দৌড়িয়া ফেরে। সরলরেখা কাকে বলে? দুটি বিন্দুর মধ্যে ন্যূনতম দূরত্বই হচ্ছে সরলরেখা। এন এ সি এল ইজ সোডিয়াম ক্লোরাইড অ্যান্ড ইট ইজ কমন সল্ট। ভাস্কো ডা গামা ভারতবর্ষে আসে চোদ্দোশো আটানব্বুই সালে...হেঁ হেঁ জানি বাবা, সব জানি।"

সকালবেলা হরিহরবাবু আর গদাধরবাবু বাজার করে ফিরছিলেন। গবা পাগলাকে দেখে হরিহরবাবু বিরক্ত হয়ে বললেন, "এঃ, আবার দেখি গবাটা উদয় হয়েছে! ছেলেপেলেগুলোর মাথা খাবে আবার!"

গদাধরবাবু একটু গম্ভীর হয়ে বললেন, "আপনার কথাটা মানতে পারছি না হরিহরবাবু। গবা পাগলা যে একজন ছদ্মবেশী বৈজ্ঞানিক এ কথা সবাই জানে।"

হরিহরবাবু তাচ্ছিল্যের হাসি হেসে বললেন, "হ্যাঁ, বৈজ্ঞানিকরা তো আজকাল গাছে ফলে কিনা! পেরেছে গবা পাগলা আপনার দেওয়ালঘড়িটা সারাতে?"

গদাধরবাবু একটু গরম হয়ে বললেন, "পেরেছে বই কী! আলবাত পেরেছে।"

হরিহরবাবু হো-হো করে হেসে বলেন, "তাই বুঝি আপনার দেওয়ালঘড়ির কাঁটা উলটোদিকে ঘোরে?"

"সেইটেই তো বিস্ময়! আর কার ঘড়ির কাঁটা উলটোদিকে ঘোরে বলুন তো? বৈজ্ঞানিক ছাড়া পারে কেউ ঘড়ির কাঁটাকে বিপরীতগামী করতে?"

এইভাবে হরিহরবাবু আর গদাধরবাবুর মধ্যে একটা তর্কবিতর্ক পাকিয়ে উঠছিল।

আগের দিন দুধের মধ্যে একটা কুচো চিংড়ি পেয়েছিলেন হালদারবাড়ির বুড়ি। তাই গয়লাকে বকছিলেন। গবা পাগলার সাড়া পেয়ে তাড়াতাড়ি বেরিয়ে এসে একগাল হেসে বলেন, "বাব্বাঃ! কতদিন পরে গবাসাধু আবার এ পোড়া শহরে

ফিরেছে! এবার আমার কাঁকালের ব্যথাটার একটা হিল্লে হবে।"

গুণধরবাবু তাঁর বাগানে নেতিয়ে পড়া একটা লাউডগাকে মাচানে তুলছিলেন। চশমার ফাঁক দিয়ে গবা পাগলাকে দেখে গিন্নিকে ডাক দিয়ে বললেন, "গবা চোরটা আবার এসেছে, জিনিসপত্র সব সামলে রেখো। সেবার ও হাওয়া হওয়ার পর থেকেই আমাদের দু'-দুটো কাঁসার বাটি গায়েব হল।"

দুই ভাই—আন্দামান আর নিকোবর জানালার ধারে বসে অ্যানুয়াল পরীক্ষার পড়া তৈরি করছিল। আন্দামান অঙ্কে কাঁচা, নিকোবর কাঁচা ইংরেজিতে।

আন্দামান গবা পাগলাকে জানালা দিয়ে দেখেই চাপা গলায় বলল, "আগের বারের মতো এবারেও গবাদা ঠিক পরীক্ষার সময় বাইরে থেকে চেঁচিয়ে অঙ্ক বলে দেবে। বাঁচা গেল বাবা, অঙ্ক নিয়ে যা ভাবনা ছিল!"

নিকোবরও চাপা গলায় বলল, "আমার কুড়ি নম্বরের ট্রানস্লেশনের ব্যবস্থাও হয়ে গেল।"

বোধনের সকালের পড়া হয়ে গেছে। এবার নেয়ে-খেয়ে স্কুলে যাবে। হাতে খানিকটা সময় আছে দেখে সে তার মহাকাশযানে কিছু যন্ত্রপাতি লাগাচ্ছিল। তার মহাকাশযানটা দেখলে যে-কেউ অবশ্য নাক সিঁটকোবে। কারণ সেটা আসলে একটা ফুলঝাঁটা। ঝাঁটার হাতলের সঙ্গে গোটা চারেক হাউই দড়ি দিয়ে শক্ত করে বাঁধা। ঝাঁটার সঙ্গে একটা কৌটোও বাঁধা আছে। তার ইচ্ছে ওই কৌটোয় কয়েকটা পিঁপড়ে ছেড়ে দেবে। আজ সে মহাকাশযানের সঙ্গে মেজোকাকার সাধের পকেট-ট্রানজিসটার রেডিওটা চুপি-চুপি লাগিয়ে দিচ্ছিল। এমন সময় রাস্তায় গবা পাগলার হাঁকডাক শোনা গেল : "দেখবি যদি ভূতের নাচ, ধর বাগিয়ে ঝাঁটাগাছ, ডিং মেরে ওঠ গাধার পিঠে। নন্দখুড়োর ঘর পেরিয়ে, ঈশানকোণে যা হারিয়ে, লাগবে হাওয়া মিঠে। দেখতে পাবি তিনঠেঙে গাছ, তাহার ডালে ঝুলতেছে মাছ, নীচে গহিন ছায়া। সেই ছায়ারই কায়া ধরে, ভূত-ভূতুড়ে অদ্ভুতুড়ে নাচতেছে সব মায়া..."

বোধন দৌড়ে রাস্তার ধারে গিয়ে চেঁচিয়ে বলে, "ও গবাদা! মঙ্গলগ্রহ থেকে জ্যান্ত পাথর এনে দেবে বলেছিলে যে! সেইসব পাথর নাকি আপনা থেকেই গড়িয়ে গড়িয়ে চলে, ছোট থেকে বড় হয়, রেগে গেলে একটা গিয়ে আর-একটাকে ঢুঁ মারে!"

হেঃ হেঃ করে হেসে গবা পাগলা বলে, "চার দুগুনে আট এ তো সবাই জানে। কিন্তু বলো তো বাছাধন, হ্যারিকেনকে পেনসিল দিয়ে গুণ করলে কত হয়?"

থানার দারোগা কুন্দকুসুমের নামটা যত নরম, মানুষটা ততই শক্ত। ছ ফুট লম্বা দশাসই চেহারা। গলার স্বরে স্পষ্ট বাঘের ডাক। রোজ আড়াইশো করে বুকডন আর বৈঠক মারেন। রাগলে ভিসুভিয়াস। বাস্তবিকই নাকি রাগন্ত অবস্থায় তাঁর মাথার

চারপাশে একটা লালচে মতো আভা অনেকে দেখেছে। কুন্দকুসুমের ভয়ে এই অঞ্চলের গুণ্ডা বদমাশ চোর বাটপাড় সব রোগা হয়ে যাচ্ছে, ভাল করে খেতে পারে না, ঘুমোতে পারে না, ঘুমোলেও দুঃস্বপ্ন দেখে জেগে যায়। সকালবেলায় কুন্দকুসুম সবে থানায় এসে কোমরের বেল্টটা খুলে রেখে গায়ে একটু হাওয়া লাগাচ্ছেন, এমন সময় রাস্তায় গবার চেঁচানি শোনা গেল, "সবাই জানে চোর পালালে বুদ্ধি বাড়ে। কিন্তু বুদ্ধি পালালে কী বাড়ে? অ্যাঁ?"

কুন্দকুসুম সিধে হয়ে বসে বললেন, "স্পাইটা আবার এসেছে। ওরে, নজর রাখিস। নজর রাখিস!"

কিন্তু গবা কোথাকার স্পাই, কার স্পাই তা কুন্দকুসুম ঠিক জানেন না। এর আগেও তিনি গবাকে ধরে এনে বিস্তর জেরা করেছেন, খোঁজখবর নিয়েছেন, কোনও তথ্য আবিষ্কার করতে পারেননি। তাতে তাঁর সন্দেহটা আরও ঘোরতর হয়েছে।

"এই যে গবাঠাকুর"—বলে একপাল গেঁয়ো মেয়ে-পুরুষ রাস্তার মাঝখানেই ঢিব-ঢিব করে গবা পাগলাকে প্রণাম করল। তারা সব হাটবারে আনাজপাতি, ধামাকুলো, গোরু, ছাগল, মুরগি, ডিম, ধান চাল, দড়িদড়া নিয়ে বেচতে যাচ্ছে শহরে। তাদের ধারণা, গবাঠাকুর আকাশে উড়তে পারে, অদৃশ্য হতে পারে, জলের উপর দিয়ে হেঁটে যেতে পারে, যে-কোনও রোগ হাতের ছোঁয়ায় সারিয়ে দিতে পারে।

গবা তাদের দিকে তাকিয়ে মুচকি হেসে বলল, "হবে হবে, সব হবে, একবার যদি ছুঁচে সুতোটা পরাতে পারি। দেখিস'খন, সব অকাল চলে যাবে, খেতে-খেতে ধান আর ধরবে না, পুকুরে নদীতে মাছের গাদি লেগে যাবে। দাঁড়া একবার, ছুঁচে সুতোটা পরাই..."

বাঘা ওস্তাদ গাইয়ে রাঘব ঘোষ সকালের দিকটায় গলা সাধছিলেন। রোজই সাধেন। ভারী দাপুটে গলা। সাতটা সুর একেবারে রামধনুর মতো তার গলায় লেগে থাকে।

ঘণ্টাতিনেক গলার কসরত করায় এই শীতকালেও বেশ ঘেমে গেছেন রাঘব ঘোষ। একটু জিরিয়ে জর্দাপান মুখে দিয়ে তানপুরাটা সবে তারায় জড়িয়ে ধরে পিড়িং করেছেন মাত্র, অমনি মূর্তিমান গবা ঘরে ঢুকে বলল, "আরে সা লাগাও! সা লাগাও। একবার যদি ঠিকমতো 'সা'-টা লাগাতে পারো, তা হলেই হয়ে গেল, সুরে জগৎ ভেসে যাবে। 'সা' লাগালে 'রে' আসবে মা রে বাবা রে বলে তেড়ে। রে এলে কি আর 'গা' দূরে থাকবে গা? এসে যাবে গা দোলাতে দোলাতে। 'গা' যদি এল তবে 'মা'-এর জন্য আর ভাবনা কী গো? মা তো মায়ের মতো কোল পেতেই আছে। আর মা-এর পা ধরেই সেধে আসবে 'পা'! পা-এর পিছু পিছু ধেয়ে আসবে 'ধা'। ধাঁ ধাঁ করেই

আসবে হে। আর কী বাকি থাকে? 'নি'? নির্ঝঞ্ঝাটে আসবে, নির্ঝঞ্ঝাটে আসবে। নিত্যি নিত্যি আসবে, নৃত্য করতে করতে আসবে। এইভাবেই পৌঁছে যাবে তার গ্রাম। ধরো ফের চড়ায় গিয়ে 'সা'-এর চুলের মুঠি। বুঝলে? সা লাগাও হে, ঠিকমতো সা লাগাও।"

রাঘব ঘোষ বুঝলেন না। তবে মাথা নেড়ে একটা দীর্ঘশ্বাস ফেললেন। গবা এল, জীবনে আর শান্তি রইল না।

তবে গবা আসায় শহরে যে একটা শোরগোল পড়েছে, তাতে সন্দেহ নেই।

উদ্ধববাবু ভারী রাশভারী লোক। তাঁর সারা জীবনটাই রুটিনে বাঁধা। তেমনি রুটিনে বাঁধা তাঁর তিন ছেলে আর তিন মেয়ের চলাফেরা, লেখাপড়া, খেলাধুলো। তাঁর গিন্নিও রুটিন মেনে চলেন। চাকর-বাকর ঝি তো বটেই, তাঁর বাড়ির গোরু ছাগল কুকুর বেড়াল পর্যন্ত কেউই রুটিনের বাইরে পা দেয় না। উদ্ধববাবু বলেন, ডিসিপ্লিন ইজ দি এসেন্স্ অব সাকসেস।

মুশকিল হল মাসখানেক আগে তিনি একটা ভাল জাতের কাকাতুয়া কিনেছেন। তাঁর ইচ্ছে ছিল, কাকাতুয়াটাকে শিখিয়ে পড়িয়ে এমন তৈরি করবেন যাতে সেটা তাঁর গবেট ছোট ছেলে রামুটাকে উঠতে-বসতে ডিসিপ্লিনের কথা মনে করিয়ে দেয়। উদ্ধববাবুর ছোট ছেলেটাই হয়েছে সবচেয়ে সৃষ্টিছাড়া। শাসনে থাকে, দুষ্টুমিও বেশি করতে পারে না বটে, কিন্তু সে এই বাড়ির আবহাওয়া ঠিক মেনেও চলে না। আকাশে রামধনু উঠলে রামু হয়তো বাইরে গিয়ে দু হাত তুলে খানিক নেচে আসে। ঘুড়ি কাটা গেলে দৌড়ে যায় ধরতে। অঙ্কের খাতায় একদিন লিখে রেখেছিল, 'কে যায় রে ভোঁ-গাড়িতে উড়িয়ে ধুলো? যা না ব্যাটা...' দেখে শিউরে উঠেছিলেন উদ্ধববাবু। ওইটুকু ছেলে কবিতা লিখবে কী? কিন্তু কতই বা আর একটা ছেলের পিছনে লেগে থাকবেন তিনি? তাঁর তো কাজকর্ম আছে! মস্ত উকিল, দারুণ নামডাক, ব্যস্ত মানুষ। তাই ঠিক করেছিলেন, কাকাতুয়াটাকে রামুর পিছনে লাগিয়ে দেবেন। সে বলবে, "রামু, পড়তে বোসো। রামু, এবার স্নান করতে যাও। রামু, আজ আধ ঘণ্টা বেশি খেলেছ। রামু, রামধনু দেখতে যেয়ো না। রামু, কাটাঘুড়ি ধরতে নেই...ইত্যাদি।"

কিন্তু মুশকিল হল, কাকাতুয়াটা প্রথম দিনই নিজে থেকে বলে উঠল, "আমার ভীষণ ঘুম পাচ্ছে। বিশু বাতিটা নিভিয়ে দাও। ওঃ, কী মশা! কী মশা!"

ধৈর্য ধরে উদ্ধববাবু পরদিন তাকে আবার রামু-শাসন শেখাতে বসলেন। কাকাতুয়াটা গম্ভীরভাবে শুনল। তারপর বলল, "বিশু, আমার খাবারে খুব ঝাল দিয়ো।" উদ্ধববাবু কটমট করে পাখির দিকে চেয়ে বললেন, "ইয়ার্কি হচ্ছে?" কাকাতুয়াটা একথায় খক-খক করে হেসে বলল, "আমার ভীষণ হাসি পাচ্ছে। খক-খক।"

উদ্ধববাবু পরদিন আবার পাখিকে পড়াতে বসালেন। পাখি তাঁকে ঘাড় ঘুরিয়ে ঘুরিয়ে অনেকক্ষণ লক্ষ করে বলল, "বালিশের তলায় কী খুঁজছ বিশু? আলমারির চাবি?"

উদ্ধববাবু বললেন, "আহা, বলো, রামু এখন ঘুম থেকে ওঠো।"

পাখি বলল, "বিশু, আমার ঘুম পাচ্ছে। আলমারিতে টাকা নেই। অন্য জায়গায় আছে।"

উদ্ধববাবু বললেন, "হোপলেস।"

দুই

কাকাতুয়াকে শেখাতে গিয়ে উদ্ধববাবু ঘেমে ওঠেন। রেগে গিয়ে চেঁচাতে থাকেন, "ইয়ার্কি হচ্ছে? অ্যাঁ! ইয়ার্কি?" কাকাতুয়াটা একথাটা খুব টক করে শিখে নেয়। ঘাড় কাত করে উদ্ধববাবুর দিকে চেয়ে গম্ভীর গলায় বলে, "ইয়ার্কি হচ্ছে? অ্যাঁ! ইয়ার্কি?"

"নাঃ, তোকে নিয়ে আর পারা গেল না। টাকাটাই জলে গেল দেখছি।" উদ্ধববাবু হতাশভাবে এই কথা বলে উঠে পড়লেন। নেয়ে খেয়ে আদালতে যেতে হবে।

কাকাতুয়াটা পিছন থেকে বলল, "টাকাটাই জলে গেল দেখছি।"

আড়াল থেকে কাকাতুয়া ভারসাস উদ্ধববাবুর লড়াইটা ছেলেমেয়েরা রোজই লক্ষ করে।

সেদিন কোর্টে উদ্ধববাবু যখন মামলার কাজে ব্যস্ত, সে সময় একজন পেয়াদা এসে তাঁকে একটা হাতচিঠি দিয়ে বলল, "বাইরে একটা লোক দাঁড়িয়ে আছে। জবাব নিয়ে যাবে।"

উদ্ধববাবু ভ্রূকুটি করে বললেন, "এখন সময় নেই। পরে আসতে বলো।"

পরে ভেবে দেখলেন, মোকদ্দমার ব্যাপারে কোনও মক্কেল কোনও পয়েন্ট দিয়ে থাকতে পারে। তাই পেয়াদাকে বারণ করে চিঠিটা খুলে পড়তে লাগলেন :

মাননীয় মহাশয়,

কিছুকাল পূর্বে আমার পোষা কাকাতুয়াটি বাড়ির লোকের অসতর্কতার সুযোগে উড়িয়া যায়। পাখিটি আমার অত্যন্ত আদরের। বহু জায়গায় অনুসন্ধান করিয়া এতকাল তাহার কোনও খবর পাই নাই। সম্প্রতি জানিতে পারিলাম, ওই কাকাতুয়াটিকে আপনি কোনও পাখিওলার কাছ হইতে কিনিয়াছেন। এখন আপনার নিকট সনির্বন্ধ অনুরোধ, দয়া করিয়া কাকাতুয়াটি আমার হাতে প্রত্যর্পণ করুন। আপনি টাকা খরচ

করিয়া কিনিয়াছেন, তাই আপনার অর্থক্ষতি হউক ইহা আমার অভিপ্রেত নহে। পত্রবাহকের সঙ্গে টাকা আছে। ন্যায্য দাম লইয়া আপনি পাখিটি তাহার হস্তে দিলেই হইবে। পত্রবাহকটি জন্ম হইতেই মূক ও বধির। তাহার সহিত বাক্যালাপ করা নিষ্প্রয়োজন। কিছু জানিবার থাকিলে আপনি তাহার হাতে পত্রও দিতে পারেন। আমার প্রীতি ও নমস্কার জানিবেন। ইতি ভবদীয়—শ্রীশচীলাল শর্মা।

চিঠি পড়ার পরও উদ্ধববাবু ভ্রূ কুঁচকেই ছিলেন। তিনি উকিল মানুষ, সুতরাং একটা সন্দেহবাতিক আছে। কোনও ঘটনাকেই সরলভাবে বিশ্বাস করেন না, যুক্তি দিয়ে সম্ভাব্যতা দিয়ে বিচার করে দেখেন। তিনি একটি চিরকুটে লিখলেন :

মাননীয় শচীলালবাবু,

আপনার পত্র পাইয়া প্রীত হইলাম। আমার ক্রীত কাকাতুয়াটি সাতিশয় অবাধ্য ও জেদি। আজ পর্যন্ত তাহাকে মনোমতো বুলি শিখাইতে পারি নাই। পাখিটি যদি আপনার হয় তবে ফেরত দিতেও বিন্দুমাত্র বিলম্ব করিব না, তবে দুনিয়ায় লক্ষ-লক্ষ কাকাতুয়া আছে। এই অঞ্চলেই কয়েকশো লোকের পোষা কাকাতুয়া আছে বলিয়া জানি। এখন আমার ক্রীত কাকাতুয়াটিই যে আপনার নিরুদ্দিষ্ট কাকাতুয়া, তাহার প্রমাণ কী? যদি অকাট্য প্রমাণ দেন তাহা হইলেই বুঝিব যে, আপনার নিরুদ্দিষ্ট এবং আমার ক্রীত কাকাতুয়াটি এক ও অভিন্ন। পাখিটি কিনিতে আমার দুইশত টাকা খরচ পড়িয়াছে। মাসখানেক তাহার খোরাকিবাবদ খরচ হইয়াছে প্রায় পঞ্চাশ টাকা। কাকাতুয়াটি বেশ ভাল-মন্দ খাইতে পছন্দ করে। প্রীতি ও নমস্কার জানিবেন।

ইতি ভবদীয়—উদ্ধবচন্দ্র ভট্টাচার্য।

পেয়াদার হাত দিয়ে চিরকুটটা পাঠিয়ে উদ্ধববাবু আবার মোকদ্দমার কাজে ব্যস্ত হয়ে পড়লেন। ঘটনাটা আর মনেই রইল না।

উদ্ধববাবুর বাড়ির সব কাজের কাজি হল নয়নকাজল। ছেলেবেলা থেকেই এ বাড়িতে আছে। ঘরের সব কাজ জানে। এমনকী, মোকদ্দমার ব্যাপারে উদ্ধববাবুকেও নাকি কখনও-সখনও পরামর্শ দেয়। বয়স বেশি নয়, চল্লিশের নীচেই। তবে তার চালচলন বুড়োমানুষের মতো ভারিক্কি হওয়ার জন্য সে চোখে একটা চশমা পরে।

দুপুরে কাকাতুয়াটাকে ঝাঁঝরি দিয়ে ভাল করে স্নান করাল নয়ন। বাইরের বারান্দায় শীতের রোদে দাঁড়টা ঝুলিয়ে দিল। তারপর চোখে চশমা এঁটে খবরের কাগজ খুলে পড়তে বসল। ঠিক এমন সময় বিশাল এক সাধু এসে হাজির। পরনে বাঘছাল, হাতে ত্রিশূল, ডমরু, কপালে ত্রিপুণ্ডক, মাথায় জটা, বিশাল ভুঁড়ি, পেল্লায় দাড়ি গোঁফ, হুহুংকার দিল—হর হর ব্যোম ব্যোম...। হর হর ব্যোম ব্যোম...হর হর ব্যোম ব্যোম...”

সেই হুংকারে আঁতকে উঠল নয়ন। এ শহরটা ছোট বলে সাধু ভিখিরি সবই সকলের চেনা। কিন্তু এই বিকট সাধুকে আগে কখনও দেখা যায়নি।

চশমার ভিতর দিয়ে (যদিও চশমার কাচে কোনও পাওয়ার নেই) খুব গম্ভীর ভাবে সাধুকে লক্ষ করে নয়ন বলল, "কোত্থেকে আসা হচ্ছে?"

সাধু কাঁধের ঝোলাটা নামিয়ে বারান্দার সিঁড়িতে জমিয়ে বসে বলে, "সোজা হিমালয় থেকে। দেড় হাজার মাইল হাঁটাপথ। ওফ, একটু জল খাওয়াও তো বাপু মায়াবদ্ধ জীব।"

'মায়াবদ্ধ জীব' বলে এ পর্যন্ত কেউ সম্বোধন করেনি নয়নকে। সে খানিকটা থতমত খেয়ে বলে, "শুধু জল?"

সাধু হা-হা করে আকাশ ফাটিয়ে হেসে ওঠে হঠাৎ। বলে, "আরে জলই তো হাতের গুণে অমৃত হয়ে যাবে। আনো দেখি ঘটিভর।"

সেই হাসি শুনে নয়নের খুব ভক্তি হল। তাড়াতাড়ি এক ঘটি জল নিয়ে এল সে।

সাধু দু'হাতে ঘটি ধরে উঁচু থেকে গড়গড় করে জল ঢালল গলায়। ঘাবুত-ঘুবুত করে খানিক গিলে ঘটিটা ফেরত দিয়ে বলল, "নে, পেসাদ খা।"

নয়ন ঘটিটা মাথায় ঠেকিয়ে সেটা আলগা রেখে গলায় জল ঢেলেই চমকে ওঠে। জল কোথায়? এ যে খাঁটি কমলালেবুর রস!

ঘটি রেখে নয়ন উপুড় হয়ে সাধুকে প্রণাম করে বলল, "আমাকে দয়া করতে হবে, বাবা।"

সাধু তার মাথায় প্রকাণ্ড হাতের একটা থাবড়া মেরে বলে, "হবে হবে। এই যে সিকি ঘটি অমৃত খেলি, এর ঠেলাটাই আগে সামলা।"

নয়নকাজল অবাক হয়ে বলল, "এই কি অমৃত, বাবা?"

"তা হলে কী?" সাধু কটমট করে তাকিয়ে বলে।

আমতা-আমতা করে নয়ন বলে, "না, অমৃতই হবে। খাওয়ার পর থেকে গায়ে একটু জোরও পাচ্ছি যেন। তবে কিনা খেতে একেবারে কমলালেবুর রসের মতো।"

"দূর বেটা খণ্ডিত সত্তা, তোরা হলি সংসার-পুকুরের মাছ। অমৃতের স্বাদ কি একবারে পাবি? তবু তো তোর কমলালেবুর রস বলে মনে হয়েছে, অনেকের আবার ডাবের জল বা এমনি জল বলে মনে হয়েছে। তারা ঘোর পাপী, ঘোর পাপী, ব্যোম ব্যোম হর হর..."

নয়ন আর একবার সাধুকে প্রণাম করে।

সাধু কাকাতুয়ার দাঁড়টার দিকে তাকিয়ে ফোঁত করে একটা দীর্ঘশ্বাস ফেলে বলে, "নিজেরা হাজারো মায়ায় আটকে ছটফট করছিস তার ওপর ওই অবোলা জীবটার

পায়ে শিকল দিয়ে বেঁধে রেখেছিস! ঘোর নরকে যাবি যে!"

"আমি নই বাবা! ও হল কর্তাবাবুর পাখি। আমি সামান্য চাকর।"

"যে বেটা নিজেকে চাকর ভাবে, সে তো আগাপাশতলা চাকরই। নিজেকে চাকর ভাবিস কেন? তুই তো মুক্ত আত্মা। এ বাড়ি এ সংসার এ দুনিয়ার সব কিছুর মালিক। যা বেটা ছেড়ে দে পাখিটাকে, যা যা, ওঠ, দেরি করিসনি।"

নয়ন ভয়ে ভয়ে উঠে পড়ে বলে, "কিন্তু বাবা, কর্তাবাবু রাগী লোক। ফিরে এসে পাখি না দেখলে এমন কুরুক্ষেত্র করবে!"

চোখ পাকিয়ে সাধু হুহুংকার দিয়ে ওঠে। "হর হর ব্যোম ব্যোম...কে তোর কেশাগ্র স্পর্শ করবে রে বেটা? এইমাত্র অমৃত খেলি যে! যা বেটা, ছেড়ে দে, একটা মুক্ত আকাশের জীবকে আর কষ্ট দিসনে। ছেড়ে দে, উড়ে যাক।"

নয়নকাজল সাধুর হুংকারে মনস্থির করতে না-পেরে দোনোমোনো হয়ে উঠে পড়ল। দাঁড়ের কাছে গিয়ে শিকলিটা খুলতে সবে হাত বাড়িয়েছে এমন সময় আর-একটা লোক বারান্দায় উঠে বিকট গলায় বলে উঠল, "কাকাতুয়ার মাথায় ঝুঁটি, খেঁকশিয়ালি পালায় ছুটি...।"

নয়নকাজল এই দু নম্বর চেঁচানিতে ঘাবড়ে গেল। শিকল আর খোলা হল না। তাকিয়ে দেখল, মূর্তিমান গবা পাগলা।

গবা খুব সরু চোখ করে আপাদমস্তক সাধুকে দেখে নিচ্ছিল। ভাল করে দেখে-টেখে বলল, "সব ঠিক আছে। তবে বাবু, তোমার একটা ভুল হয়েছে। গায়ে ছাই মাখোনি।"

সাধু একটু হতভম্ব। কথা সরছে না। তবু একবার রণহুংকার দিল, "হর হর ব্যোম ব্যোম..."

গবা সেই হুংকারে একটুও না ঘাবড়ে বলে, "পায়ে বাটা কোম্পানির চটিজোড়াও মানায়নি একদম। একজোড়া কাঠের খড়ম জোগাড় করতে পারোনি হে?"

সাধু এবার একটু ক্ষীণ কণ্ঠে বলে, "হর হর.."

গবা সাধুর বাঁ হাতটা তুলে কবজিটা দেখে নিয়ে বলে, "এ যে ঘড়ি পরার স্পষ্ট দাগ গো! রোজ ঘড়ি পরো বুঝি হাতে? সাধুরা আজকাল ঘড়িও পরছে তা হলে? তা সেটা রেখে এলে কোথায়?"

সাধু ত্রিশূলটা শক্ত করে চেপে ধরে ধমক দেয়, "ব্যোম ব্যোম..."

গবা ফিক করে হেসে বলে, "বোমা কেন? পিস্তল নেই? বোমার চেয়ে পিস্তল ভাল। বোমা অনেক সময় ঝোলার মধ্যে ফেটে-টেটে যেতে পারে।"

সাধু এক ঝটকা মেরে উঠে দাঁড়িয়ে বলে, "ঘোর পাপী, ঘোর পাপী। অন্ধকারে ডুবে আছিস।"

পাখিটা অনেকক্ষণ ধরে সাধুকে ঘাড় কাত করে করে দেখছিল আর দাঁড়ে এধার-ওধার করছিল। এখন একটা ডিগবাজি খেয়ে বলল, "বিশু, বিশু, আমার কেন ঘুম পাচ্ছে! ঘুম পাচ্ছে! আলমারিতে টাকা নেই। টাকা আছে..."

সাধু হঠাৎ একটা লাফ মেরে বারান্দায় উঠে দাঁড়টাকে একটা ঝাঁকুনি মেরে বলে, "বল বেটা কোথায় আছে! বল নইলে গলা টিপে খুন করে ফেলব।"

পাখিটা হঠাৎ ঝাঁকুনি খেয়ে বুলি ভুলে ডানা ঝাপটে ভয়ে চিৎকার করতে লাগল।

তিন

সাধুর কাণ্ড দেখে নয়নকাজলের বাক্যি সরে না, হাত-পা নড়ে না, শরীরে সাড় নেই। বড়-বড় চোখে চেয়ে আছে। মুখখানা হাঁ। পাখিটা বুলি ভুলে গাঁ গাঁ করে প্রাণভয়ে চেঁচাচ্ছে আর দাঁড়ে বনবন করে ডিগবাজি খাচ্ছে।

বিটকেল গলায় সাধু বলছে, "বল বেটা বল কোথায় টাকা! বল!"

অবস্থা যখন এইরকম গুরুচরণ, তখন হঠাৎ—জলের চৌবাচ্চায় নেমে বৈজ্ঞানিক আর্কিমিডিস আপেক্ষিক গুরুত্ব আবিষ্কার করার পর যেমন 'ইউরেকা ইউরেকা' বলে আওয়াজ ছেড়েছিলেন—তেমনি গবা পাগলা লাফিয়ে উঠে দু' হাত তুলে নাচতে নাচতে চেঁচাতে লাগল, "চিনেছি! চিনেছি! সাধুকে চিনেছি!"

যেই-না চেঁচানো সেই-না সাধু চোখের পলকে লাফ দিয়ে বারান্দা থেকে নেমে হাওয়ার বেগে দৌড়ে পালিয়ে গেল।

নয়নকাজল ধাতস্থ হয়ে গবাকে জিজ্ঞেস করে, "বিটকেল সাধুটাকে চেনো তা হলে! কে বলো তো?"

গবা বসে বসে ঘাম মুখের ধুলো-ময়লা মুছছিল। বিজ্ঞের মতো হেসে বলল, "বলব কেন? ডবল লেন্স লাগিয়ে নতুন ধরনের একটা টর্চবাতি বানাব বলে তোমার কাছে যে গতকাল বাবুর মায়ের পুরনো চশমাজোড়া চাইলাম, দিয়েছিলে?"

নয়ন একটু তেড়িয়া হয়ে বলে, "আর চোর বলে যদি আমার বদনাম রটত? তখন তুমি কোথায় থাকতে?"

"চোর!" বলে হোঃ হোঃ করে হাসে গবা, "চোর বুঝি এখন নও? কুন্দ দারোগাকে যদি তোমার আসল নামটা জানাই তা হলে তুমি এরকম সুখে আর থাকবে না হে!"

একথা শুনে নয়ন কেমন একধারা হয়ে গেল। মুখখানা ছাইবর্ণ, চোখে জুলজুলে চাউনি।

গবা অবশ্য আর ঘাঁটাল না। বলল, "নাও, মেলা বেলা হয়েছে, পাচক ঠাকুরকে আমার খাবারটা বাড়তে বলো গে।"

নয়নকাজল মিনমিনে গলায় বলল, "যাচ্ছি। কিন্তু কথাটা হল—"

গবা হাত তুলে বলে, "বলতে হবে না। কথাটা আপাতত চাপা থাকবে। এখন নিশ্চিন্ত মনে যাও। আর শোনো, পাখিটাকে ভিতরের দরদালানে ঝুলিয়ে রেখো, যখন-তখন বের কোরো না, এটার ওপর কিছু লোকের চোখ আছে।"

নয়নকাজল দাঁড়টা নিয়ে ভিতরবাড়িতে চলে গেল।

এ বাড়িতে গবা পাগলার আস্তানা বহুদিনের। মাঝে-মধ্যে সে দু-চার-ছ'মাসের জন্য হাওয়া হয়ে যায় বটে, কিন্তু ফিরে এসে বাইরের পাকা চণ্ডীমণ্ডপের পাশে রসুইখানার ঘরটায় বরাবরের মতো থানা গাড়ে। তাকে কেউ কিছু বলে না। শোনা যায় উদ্ধববাবু গবাকে একটা বিচ্ছিরি মামলা থেকে বাঁচিয়ে দিয়েছিলেন। বহুকাল আগেকার কথা। সত্যি-মিথ্যে কেউ বলতে পারে না।

গবা পিছনের পুকুর থেকে স্নান করে এসে এক পেট খেয়ে ঘুম লাগাল।

বিকেল হতে-না-হতেই রামু এসে ঠেলে তুলল, "ও গবাদা! বাবাকে বলে বিষ্টুপুরের সার্কাসে নিয়ে যাবে বলেছিলে যে! আজই চলো।"

গবা হাই তুলে বলে, "দূর! ও একটা সার্কাস নাকি? মরকুটে বাঘ, রোগা হাতি, পালোয়ানের নেই বুকের ছাতি। কাল সকালে গিয়ে দেখি, সার্কাসের ম্যানেজার গুণছুঁচে পাটের ফেঁসো ভরে ছেঁড়া তাঁবু সেলাই করছে। তার চেয়ে হবিবগঞ্জের সার্কাস অনেক ভাল।"

"কী আছে তাতে?"

"ওঃ, সে মেলা জিনিস। বাঘ হাতি সিন্ধুঘোটকের কথা ছেড়েই দিলাম। একটা বেঁটে লোক আছে, সে ভারী হাসায়। বেঁটেটার বন্ধু হচ্ছে একটা তালগাছের মতো লম্বা লোক। তা বন্ধুর সঙ্গে কথা বলার সময় বেঁটেটা একটা মই লাগিয়ে বন্ধুর কাঁধ-বরাবর উঠে যায়। মজা না?"

"খুব মজা। কিন্তু কবে নিয়ে যাবে?"

"ব্যস্ত হোয়ো না, বাবুমশাইকে বলে আগে অনুমতি নিই। তারপর একদিন যাব'খন। পয়সা-টয়সাও লাগবে না। হবিবগঞ্জের সার্কাসের সেই বেঁটে লোকটা আমার খুব বন্ধু। দুজনে একসময়ে একই দলে ছিলাম কিনা।"

রামু চোখ কপালে তুলে বলে, "তুমি সার্কাসের দলে ছিলে গবাদা? বলোনি তো?"

গবা মৃদু-মৃদু হেসে বলে, "সার্কাসে ছিলাম, বেদের দলে ছিলাম। সে অনেক ঘটনা।"

"সার্কাসে কী কী খেলা দেখাতে?"

"সবরকম। ট্রাপিজ, দড়ির ওপর হাঁটা, একচাকার সাইকেলে উঠে রকম-রকম কসরত, ক্লাউন সেজে রগড়ও করতে হয়েছে।"

"আমাকে খেলা শিখিয়ে দেবে?"

"তা আর শক্ত কী? তবে কঠিন ডিসিপ্লিন চাই, মনোযোগ চাই, অধ্যবসায় চাই।"

"আমি পারব।"

উদ্ধববাবু আজ একটু তাড়াতাড়িই কাছারি থেকে ফিরে এসেছেন। এসেই হাঁক মারলেন, "নয়ন, ওরে নয়ন!"

নয়নকাজল ছুটে এসে বলে, "আজ্ঞে বাবুমশাই।"

"পাখিটা কোথায়?"

"দরদালানে ঝোলানো আছে।"

"হুঁ" বলে উদ্ধববাবু পকেট থেকে শচীলাল শর্মার চিঠিটা বের করে আর একবার পড়লেন। তারপর ভ্রূ কুঁচকে বললেন, "পাখিটাকে খুব সাবধানে রাখা দরকার। আজ থেকে ওটাকে এ ঘরে রাখবি। আমি না থাকলে দরজায় সব সময় তালা দেওয়া থাকবে বুঝেছিস?"

"আজ্ঞে।" নয়নকাজল খুব বিনীতভাবে বলল, তবে এ সময় উদ্ধববাবু লক্ষ করলে দেখতে পেতেন যে, নয়নকাজলের চোখদুটো চকচক করছে। জিভ দিয়ে শুকনো ঠোঁটদুটো চেটে নয়ন বলল, "আজ এক বিটকেল সাধু এসে পাখিটার ওপর খুব হামলা করে গেছে। নিয়েই যেত, আমি গিয়ে সময়মতো আটকালাম বলে।"

"সাধু!" বলে উদ্ধববাবু হাঁ করে কিছুক্ষণ চেয়ে থেকে বলেন, "সাধুর সঙ্গে পাখির কী সম্পর্ক?"

মাথা চুলকে নয়ন বলে, "আজ্ঞে সে তো জানি না।"

উদ্ধববাবু রেগে গিয়ে বলেন, "এ বাড়িটা কি হাট নাকি? যে-কেউ এসে ঢুকে পড়বে, হামলা করবে, তোরা সব করিস কী? সাধু পাখিটা নিয়ে যাচ্ছিল নাকি?"

"তাই মতলব ছিল। বিশাল চেহারা, দেখলেই ভয় হয়।"

"ধরতে পারলি না?"

"ও বাবা, ধরবে কে? হাতে যা একখানা ধারালো শূল ছিল!"

উদ্ধববাবু একটু চিন্তিত মুখে বললেন, "ঠিক আছে, এখন থেকে সাবধান থাকবি।"

বাইরের কাছারি ঘরে মক্কেলরা জড়ো হতে শুরু হয়েছে। কাজেই পাখি নিয়ে ভাববার সময় উদ্ধববাবুর নেই। তিনি তৈরি হয়ে কাছারিঘরে গিয়ে বসলেন এবং মামলা-মকদ্দমার মধ্যে ডুবে গেলেন।

সন্ধের সময় যখন সবাই পড়তে বসে তখনই রামুর ভীষণ ঘুম পায়। এত ঘুম যে কোথায় থাকে? কেবল হাইয়ের পর হাই উঠতে থাকে, চোখের দুটো পাতায় যেন আঠা-মাখানো চুম্বক লাগিয়ে দেয় কে। শ্রীধর মাস্টারমশাই পড়াতে এসে ভীষণ রাগারাগি করেন রোজ। মারধোরও প্রায় রোজই খেতে হয় রামুকে। কিন্তু পড়তে তার একদমই ভাল লাগে না।

আজও তিন ভাই পড়তে বসেছে। রামু ঘন ঘন দেওয়ালঘড়িটার দিকে চাইছে। ঠিক ছ'টায় শ্রীধরবাবু আসবেন। ততক্ষণ যতটা পারে ঢুলে নেওয়ার জন্য সে মুখে অ্যাটলাসটা চাপা দিয়ে চোখ বুজে রইল।

কিন্তু কে জানে কেন আজ রামুর ঘুম আসছিল না। বারবারই তার চোখে একটা সার্কাসের দৃশ্য ভেসে উঠছে। সে দেখছে, একটা ছেলে ট্রাপিজ থেকে আর একটায় ঝাঁপ দিয়ে চলে যাচ্ছে, দড়ির ওপর হাঁটছে। একচাকার সাইকেলে কসরত দেখাচ্ছে। ছেলেটা অবশ্য সে নিজেই। আজ তার মনে হল, সার্কাসের খেলোয়াড় হতে না পারলে জীবনের কোনও মানেই নেই।

এদিকে ছ'টা বেজে গেল। ক্রমে সাড়ে ছ'টাও বাজে। কিন্তু শ্রীধরবাবু এলেন না। এরকম অঘটন কখনওই ঘটে না। শ্রীধরবাবুর মতো নিয়মনিষ্ঠ লোক কমই আছে। কামাই তো নেইই, এক মিনিট দেরিও করতে নারাজ। আজ তবে হল কী?

সন্ধে সাতটা নাগাদ কাছারিঘরে উদ্ধববাবুর কাছে একটা লোক এসে বলল, "শ্রীধরবাবু সাইকেল থেকে পড়ে গিয়ে পা মচকেছেন। ক'দিন আসতে পারবেন না।"

মামলা-মকদ্দমায় ডুবে-থাকা উদ্ধববাবু অবাক হয়ে বললেন, "কে শ্রীধরবাবু? কীসের মামলা?"

"মামলা নয়। শ্রীধরবাবু আপনার ছেলেদের পড়ান।"

"অ, তা কী করে পড়লেন?"

"সাইকেলে টিউশানি করে আসছিলেন এমন সময় একটা মোটরসাইকেল এসে তাঁকে ধাক্কা মেরে পালিয়ে যায়। খুব চোট হয়েছে। ডান পায়ের হাড় সরে গেছে।"

"তাই তো! খুব দুঃখের কথা।"

পরদিন সকালেই অবশ্য শ্রীধরবাবু চিঠি দিয়ে একটি লোককে পাঠালেন। চিঠিতে লেখা, "আমার বদলে এই ভদ্রলোক ছেলেদের ক'দিন পড়াবেন। ইনি তিনটি বিষয়ে এম.এ. পাস।"

উদ্ধববাবুর আপত্তির কারণ ছিল না। শ্রীধরবাবু যাকে পাঠিয়েছেন তার যোগ্যতা সম্পর্কে প্রশ্নই ওঠে না। লোকটির চেহারাও বেশ ভালমানুষের মতো। নাম যুধিষ্ঠির

রায়। আগে এঁকে কখনও দেখেননি উদ্ধববাবু। জিজ্ঞাসা করলেন, "আপনি কি এই অঞ্চলের লোক?"

"এই অঞ্চলেরই। তবে পড়াশুনো করতে অনেকদিন বাইরে ছিলাম।"

"ঠিক আছে। আজ থেকেই শুরু করুন।"

রাত্রিবেলা চুপিসারে নয়নকাজল একটা লুচি খাওয়াল কাকাতুয়াটাকে। তারপর বেশ মিষ্টি করে পাখিটার গায়ে হাত বুলিয়ে মিষ্টি গলায় বলল, "হ্যাঁ, কী যেন বলছিলি! সেই টাকাটার কথা, না? কোথায় যেন আছে সেই টাকাটা? বল বাবা।"

পাখিটা ঘাড় বেঁকিয়ে নয়নকাজলকে ভাল করে দেখে নিয়ে বলল, "টাকা নয়, মোহর। মোহরগুলো...মোহরগুলো...।"

নয়নকাজল সাপের মতো চোখ করে চেয়ে ছিল পাখিটার দিকে। সাপের মতো গলাতেই বলল, "হ্যাঁ, হ্যাঁ মোহর। তা সে মোহরগুলো কোথায় রে বাপ?"

"মোহর আছে...মোহর আছে...মাটির তলায়...কিন্তু বিশু, তুমি অমন করে তাকিয়ো না...আমি ভয় পাই...ভয় পাই।"

চাপা গলায় নয়নকাজল বলে, "ভয় নেই রে! মাটির তলায় তো বুঝলুম, কিন্তু জায়গাটি কোথায়?

পাখিটা দাঁড়ে দোল খেতে লাগল। তারপর হঠাৎ হাঃ হাঃ হাসির শব্দ তুলে বলল, "জানি, কিন্তু বলব না।"

"বলবি না? বলবি না?" বলতে বলতে নয়নকাজল দুটো হাত সাঁড়াশির মতো করে পাখিটার দিকে এক পা এগিয়ে গেল।

পেছনে কখন নিঃশব্দে রামু এসে দাঁড়িয়েছে। দৃশ্যটা দেখে সে অবাক! কিন্তু বিপদ বুঝে সে হঠাৎ বলে উঠল, "নয়নদা। কী হচ্ছে?"

নয়নকাজল চট করে নিজেকে সামলে নিয়ে একগাল হেসে বলল, "পাখিটাকে বড়বাবুর ঘরে রেখে আসার হুকুম হয়েছে কিনা। তাই দাঁড়টা নিয়ে যাচ্ছিলাম।"

কথাটা রামুর বিশ্বাস হল না। কিন্তু আর কিছু বললও না সে। তবে পাখিটা যে মোহরের কথা বলছিল, তা সে স্পষ্ট শুনেছে।

রামু যে খুবই দুষ্টু ছেলে তা সে নিজেও জানে। একবার স্কুলের অঙ্কস্যার হেরম্ববাবু রেগে গিয়ে তাকে বলেছিলেন, "তুই এত পাজি কেন বল তো?"

"আজ্ঞে স্যার, আমার শরীরের মধ্যে সবসময় কে যেন কাতুকুতু দেয়। যখন খুব কাতুকুতুর মতো লাগে, তখন আমার কিছু একটা না করলে চলে না।"

"বটে!" বলে হেরম্ববাবু খুব রেগে গেলেন। রামু ইয়ার্কি করছে ভেবে শপাং শপাং

কয়েক ঘা বেতও বসালেন তার গায়ে। তারপর বললেন, "এবার কাতুকুতু টের পাচ্ছিস?"

কিন্তু ইয়ার্কি রামু করেনি। বাস্তবিকই তার শরীরের মধ্যে সবসময় একটু কাতুকুতুর ভাব। কখনও বাড়ে, কখনও কমে। যখন বাড়ে তখন বেহদ্দ কোনও দুষ্টুমি না করলেই নয়। খাঁ-খাঁ দুপুরে সে তখন এলোপাথাড়ি ঢিল ছোড়ে, গাছের মগডালে ওঠে, ক্লাসে অন্য ছেলেদের বই খাতা গোপনে ছিঁড়ে রাখে, ক্লাসঘরে ছাগল ঢুকিয়ে দেয়, বাড়িতে রান্নাঘরে গিয়ে রান্না তরকারির মধ্যে নুন ছিটিয়ে দিয়ে আসে। প্রতিবেশীরা তার উৎপাতে অস্থির। রামুর মেজদাদুর সত্তর বছর বয়সেও সটান চেহারা, সবকটা দাঁত অটুট, মাথায় কালো কুচকুচে চুল। সেবার মেজদাদু রামুদের বাড়ি বেড়াতে এসে বললেন, "আমার মাথা থেকে পাকা চুল বের করতে পারবি? পার পাকাচুল চার আনা করে পয়সা দেব।"

চার

দুপুরে খাওয়ার পর মেজদাদু যখন শুয়েছেন তখন রামু চুল বাছতে গেল এবং ঘণ্টাখানেকের মধ্যে প্রায় শ'খানেক পাকা চুল বের করে ফেলল। দেখে মেজদাদু তো মূর্ছা যান আর কী! বাড়ি মাথায় করে চেঁচাতে থাকেন, "ভৌতিক কাণ্ড! ভৌতিক কাণ্ড! আমি কি রাতারাতি বুড়ো হয়ে গেলুম! ওরে উদ্ধব, শিগগির ডাক্তার ডাক। আমার বুকটা কেমন করছে, মাথা ঘুরছে, হাত পা কাঁপছে!"

ঠিক সেই সময়ে প্রতিবেশী জামালসাহেব তাঁর সাদা ধবধবে বিলিতি কুকুরটাকে চেন দিয়ে বেঁধে এনে বাড়িতে ঢুকলেন। দুঃখ করে বললেন, "রেমোর কাণ্ড দেখুন, একটু আগে আমার বাসায় গিয়েছিল, হাতে একটা কাঁচি। কুকুরটাকে খুব আদর করছিল! তখন কি ছাই টের পেয়েছি! এখন দেখি পিঠের লম্বা চুলগুলো কেটে একেবারে টাক ফেলে দিয়ে এসেছে।"

বাস্তবিকই তাই। সুন্দর, বড় বড় লোমওয়ালা কুকুরটার পিঠ প্রায় ফাঁকা। উদ্ধববাবু হান্টার বের করলেন, মেজদাদু তখন গিয়ে তাঁকে আটকে দিয়ে বললেন, "যাই হোক বাবা, মাপ করে দাও। ছেলেমানুষ।"

মেজদাদু যে বাস্তবিকই বুড়ো হননি সেটা জেনেই তিনি তখন খুশি। তবে তার পরেও দিন-দুই তাঁর চুল থেকে কুকুরের সাদা লোম ঝরে পড়ত।

শরীরের এই কাতুকুতুটা নিয়ে রামু মাঝে মাঝে ভাবে। কে যে তাকে কাতুকুতু

দেয়! ব্যাটাকে ধরতে না পারলে কিছুতেই আর ভাল ছেলে হওয়া যাবে না।

অবশ্য ভাল ছেলে হওয়ার তেমন কোনও ইচ্ছেও তার হয় না। তার ইচ্ছে করে সার্কাসের রিং-মাস্টার বা ম্যাজিশিয়ান বা প্রেতসিদ্ধ তান্ত্রিক বা নামকরা ফুটবল খেলোয়াড় বা রেলের গার্ড বা মহাকাশচারী বা বহুরূপী বা বিশ্বভ্রমণকারী বা ট্রাক ড্রাইভার বা পাইলট বা ডুবুরি হতে। শুধু লেখাপড়া করে আর নিয়মমতো চলে এর কোনওটাই হওয়া যাবে না। সুতরাং সে ঠিক করেছে, একদিন বাড়ি থেকে পালিয়ে যাবে। কুমোরপাড়ার গান্টুরও পালানোর ইচ্ছে। দুজনে প্রায়ই শলাপরামর্শ করে। গান্টুর ইচ্ছে পালিয়ে প্রথমেই উত্তর মেরুতে যাবে। রামুর ইচ্ছে, আফ্রিকা। দুজনে এখনও একমত হতে পারেনি। হলেই গলা-জড়াজড়ি করে একদিন বেরিয়ে পড়বে।

তবে রামু দুষ্টু হলেও সে গাছপালা আর পশুপাখি খুব ভালবাসে। এমনকী, নিজেদের বাগানের সব ক'টা গাছের সঙ্গেই তার আলাদা আলাদা রকমের সম্পর্ক আছে। বুড়ো তেঁতুলগাছটার সঙ্গে তার সম্পর্ক দিদিমা আর নাতির। তেঁতুলগাছটাকে সে তিন্তিড়ী দিদিমা বলে ডাকেও। গাছটা যে তাতে সাড়া দেয়, তাও সে টের পায়।

কলমের আমগাছটা ভাল-ছেলে ধরনের। প্রতি বছর ঝাঁকা-ঝাঁকা আম ফলে তাতে। কাজের লোক, কিছু গম্ভীরও। তাকে রামু গোপালদা বলে ডাকে। রামুর ক্লাসের ফার্স্টবয়ের নামও গোপাল, আর গাছটাও গোলাপখাস আমের। তবে ফার্স্টবয়ের সঙ্গে রামুর ভাব নেই, গাছটার সঙ্গে আছে। একটু বর্ণবিপর্যয় করে নিয়ে গোলাপখাসকে গোপালদা বানিয়ে নিতে রামুর অসুবিধে হয়নি।

এ ছাড়া কাক, শালিখ, চড়াই, বেড়াল, কুকুর, ইঁদুর, এমনকী কাঠবেড়ালিদের সঙ্গেও রামুর কোনও শত্রুতা নেই। তারা রামুকে পছন্দই করে। বাড়ির পোষা পায়রাগুলো রামুর মাথায়, কাঁধে নির্ভয়ে এসে বসে। কাঠবেড়ালি তার হাত থেকেই চিনেবাদাম খেয়ে যায়। গোটা চারেক চেনা শালিখ রোজ সকালে পড়ার ঘরে ঢুকে কিচির-মিচির করে তাদের পড়া ভণ্ডুল করে রামুকে সাহায্য করার চেষ্টা করে।

নয়ন পাখির দাঁড়টা বাবার ঘরে দিয়ে আসতে চলে যাওয়ার পর রামুর মনে হল, এই কাকাতুয়াটাকে হাত করা দরকার। বাবা এটাকে কিনেছে রামুকে ঢিট করবার জন্যই। পাখিটাকে হাত না করলে ব্যাটা তাকে বিস্তর জ্বালাবে।

উদ্ধববাবু মক্কেলদের বিদায় করে খাওয়া-দাওয়া সেরে যখন ঘরে এলেন তখন অনেক রাত। পাখির দাঁড়টা সিলিং থেকে ঝোলানো একটা দড়িতে বাঁধা। কাকাতুয়া ঘাড় গুঁজে ঘুমোচ্ছে। উদ্ধববাবু নিশ্চিন্তে শুয়ে পড়লেন।

কিন্তু মাঝরাতে একটা দুঃস্বপ্ন দেখে তাঁর ঘুম ভেঙে গেল। না, দুঃস্বপ্নটা ঠিক

দেখেননি তিনি। বরং বলা যায় একটা দুঃস্বপ্ন তিনি শুনলেন। কে যেন বলছে, "ওরে বাবা! কী ভয়ংকর! কী সাংঘাতিক রক্ত! রক্ত!"

এইসব বিদঘুটে কথা শুনে ঘুম ভেঙে গেল। উদ্ধববাবু উঠে বসলেন। তাঁর শ্বাস-কষ্ট হতে লাগল। তবু চেঁচিয়ে বললেন, "কী হয়েছে রে? ডাকাত পড়ল নাকি?"

না, ডাকাত পড়েনি। হতচ্ছাড়া সেই পাখিটা। দাঁড়ের এধারে-ওধারে লাফিয়ে বেড়াচ্ছে। পায়ের সরু শিকলের শব্দ হচ্ছে। কিন্তু আশ্চর্য এই, ঘোর শীতকালেও সিলিং ফ্যানটা বাঁই বাঁই করে ঘুরছে।

কে পাখা খুলল? কেন খুলল? পাখিটাই বা ওরকম চেঁচাল কেন? এসব প্রশ্নের জবাব পাওয়া গেল না।

উদ্ধববাবু উঠে পাখাটা বন্ধ করলেন। পাখিটা খুব কৃতজ্ঞ দৃষ্টিতে তাঁকে একবার দেখল। তারপর মৃদু স্বরে বলল, "সাবধান!"

উদ্ধববাবু আর বাকি রাতটা ঘুমোতে পারলেন না। ঠিক করলেন, পাখিটাকে শচীলাল শর্মার কাছে বেচেই দেবেন। না হয় তো অন্য কাউকে। বড্ড ঝামেলা।

পাঁচ

দুপুরবেলা বহু দূর থেকে একটা লোক পশ্চিমের চষা খেতের মস্ত মাঠটা পেরিয়ে শহরের উপকণ্ঠে শালবনটার ভিতরে ঢুকল। ঝরা পাতার বনটায় আলো-ছায়ার চিকরি-মিকরি। গোঁ-গোঁ করে উত্তরে শীতের হাওয়া বয়ে যাচ্ছে। ভোকাট্টা ঘুড়ির মতো শুকনো পাতা খসে পড়ছে। লোকটা কাঁধ থেকে তার খাকি রঙের ব্যাগটা নামিয়ে গাছতলায় রাখল।

তার ব্যাগটা দেখেই বোঝা যায়, লোকটা পর্যটক। তার গালে বেশ ঘন দাড়ি আর গোঁফ। খুব লম্বা নয়, কিন্তু শক্ত মজবুত চেহারা, পরনে মালকোচা-মারা ধুতি, গায়ে একটা ফতুয়া আর মোটা সুতির চাদর। কাঁধে একটা ভাঁজ করা কুটকুটে কম্বলও আছে। পায়ে খুব পুরু সোলের নাগরা জুতো। হাতে বেতের একটা লাঠি। বয়স বাইশ-তেইশ বা বড়জোর পঁচিশ পর্যন্ত হতে পারে। চোখ দুখানায় তীক্ষ্ণ দৃষ্টি। রোদে-জলে ঘুরে ঘুরে গায়ের রং তামাটে হয়ে গেছে বটে, তবে একসময় সে খুব ফর্সা ছিল, তা বোঝা যায়।

লোকটা খানিকক্ষণ জিরিয়ে নিল। তারপর ব্যাগ থেকে চিঁড়ে আর গুড় বের করে কয়েকটা শালপাতা বিছিয়ে তার ওপর রাখল। সামনেই মটরখেত। উঠে গিয়ে খেত

থেকে তাজা মটরশুঁটি তুলে আনল এক কোঁচড়। জলও জুটে গেল কাছেই এক চাষিবাড়ির কুয়ো থেকে। কোথায় কী জোটে তা লোকটা ভালই জানে।

খাওয়ার পর গাছের গুঁড়িতে ঠেস দিয়ে লোকটা অঘোরে ঘুমোতে লাগল। জঙ্গলে সাপখোপ, পাগলা শেয়াল থাকতে পারে। শীতকালে এই অঞ্চলে চিতাবাঘও হানা দেয়। লোকটা সবই জানে, কিন্তু ভ্রুক্ষেপ নেই।

শীতের বেলা তাড়াতাড়ি ফুরিয়ে পশ্চিমের মাঠে সূর্য টুক্ করে মেঘলা মতো একটা কুয়াশার স্তরের মধ্যে ডুবে গেল। শালবনের মধ্যে ঘনিয়ে উঠল অন্ধকার। আর হাড়-কাঁপানো হিম একটা হাওয়া হু-হু করে বইতে লাগল।

লোকটা চোখ মেলে তাকায়। সে দিনের বেলায় বড় একটা লোকালয়ে ঢুকতে চায় না। চারদিকটা বেশ আঁধারমতো হয়ে এসেছে দেখে লোকটা তার ব্যাগ-ঠ্যাগ গুছিয়ে নিয়ে উঠে পড়ল।

বন পার হয়ে লোকটা কিন্তু শহরে ঢুকল না। শহরের বাইরে মস্ত সার্কাসের তাঁবু পড়েছে। ডিম-ডিম করে বাজনা বাজছে। বাঘ সিংহের হুংকার শোনা যাচ্ছে। ভিড়ে ভিড়াক্কার। চারিদিকে আলো ঝলমল দোকানপাট, বেলুনওয়ালা, ভেঁপুওয়ালা, বাঁশিওয়ালা মিলে এক মেলা বসে গেছে।

লোকটা মোটা চাদরে নাক পর্যন্ত ঢেকে আর মাথায় একটা কপাল ঢাকা বাঁদুরে টুপি চাপিয়ে একটু সন্তর্পণে তাঁবুর পিছন দিকে এগোতে লাগল।

এপাশটা অন্ধকার। বাঘ সিংহের খাঁচা, রসুইখানা, খেলোয়াড়দের তাঁবু আর মেলা দড়িদড়া, বাঁশ-কাঠ, প্যাকিং বাক্সের গাদা। লোকটার কোনও অসুবিধে হল না। অন্ধকারে সাবধানে পা ফেলে এগিয়ে গেল।

খেলোয়াড়দের ঢুকবার দরজায় কড়া পাহারা, খুব কম করেও পাঁচ-সাতজন মুশকো লোক দাঁড়িয়ে পাহারা দিচ্ছে। খেলা শুরু হতে আর দেরি নেই। দরজার কাছে একটি আলোর চৌখুপি। মুখঢাকা লোকটা এগিয়ে যেতেই পাহারাদাররা পথ আটকাল, "এই এধারে যাওয়া বারণ। হঠো, হঠো।"

লোকটা তার বাঁদুরে টুপিটা খুলে চাদর-ঢাকার মুখটা একটু ফাঁক করে আলোয় তুলে ধরে বলে, "আমি রে আমি। গোবিন্দ ওস্তাদ।"

লোকগুলো ভ্যাবাচ্যাকা খেয়ে হাঁ করে আছে। লোকটা বলে কী? গোবিন্দ ওস্তাদ! তার তো আজ বাদে কাল ফাঁসি হওয়ার কথা।

গোবিন্দ আবার টপ করে টুপিটা কপালে টেনে, চাদরে মুখ ঢেকে ফেলল।

একজন তোতলাতে তোতলাতে বলল, "গোবিন্দদা। তোমার না ফাঁসি হওয়ার কথা ছিল! ভূত হয়ে আসোনি তো?"

আর একজন রাম-নাম করতে করতে কাঁপা গলায় বলে, "সব ভুলে গেলে নাকি গোবিন্দদা?"

গোবিন্দ জবাব দিচ্ছিল না। খোলা দরজা দিয়ে তাঁবুর ভিতরে গোল জায়গাটা দেখছিল এক মনে। এই সার্কাসে সে বহু খেলা দেখিয়েছে। আপনা থেকেই তার একটা দীর্ঘশ্বাস বেরিয়ে গেল।

জোয়ান-জোয়ান লোকগুলো তার দিকে তাকিয়ে আছে, কী করবে বুঝতে পারছে না। জেলে যাওয়ার আগে গোবিন্দ যখন সার্কাসে খেলা দেখাত, তখনও সবাই তাকে ভয় খেত। মাথায় গোবিন্দ লম্বা নয় বটে, তবে তার গায়ে প্রচণ্ড জোরের কথা সবাই জানে। তার ওপর গোবিন্দর হাত-পা চলত বিদ্যুৎ গতিতে। তেমনি ছিল তার প্রচণ্ড রাগ। অমন খুনে রাগও দেখা যায় না বড়-একটা। গোবিন্দকে তাই কেউ কখনও চটাতে সাহস করত না। আজও তাকে দেখে লোকগুলো ভয়ে ভাবনায় সিঁটিয়ে আছে।

গোবিন্দ মৃদুস্বরে একটা লোককে ডেকে আড়ালে নিয়ে বলল, "সামন্তমশাইয়ের তাঁবুটা কোন দিকে রে?"

"দেখা করবে গোবিন্দদা?"

"করেই যাই।"

"চলো তা হলে।" লোকটা খুশি হয়ে বলে, "সামন্তমশাই তোমার কথা খুব বলে। বলে, গোবিন্দটা খুন করল বটে, কিন্তু ওরকম খেলোয়াড় হয় না।"

গোবিন্দ একথার জবাব দিল না। বারো-তেরো বছর বয়সে সে সামন্তমশাইয়ের সার্কাসে চলে এসেছিল। এই সার্কাসের সঙ্গে ঘুরে ঘুরেই ছোট থেকে বড় হয়েছে। সে আর-একটা দীর্ঘশ্বাস ফেলল।

সামন্তমশাইয়ের তাঁবুটা একটু পিছনের দিকে, আলাদা জায়গায়। তাঁবুর এমনিতে কোনও চাকচিক্য নেই, তবে ভিতরটা বেশ বৈঠকি ঢঙে সাজানো। সেজবাতি জ্বলছে। নিচু একটা তক্তপোশে পুরু গদির বিছানা। তার ওপর বেশ কয়েকটা পুরুষ্টু তাকিয়া। বুড়ো সামন্তমশাই বসে ভাল গন্ধওলা তামাক খাচ্ছে গড়গড়ায়। সামন্তর চেহারা রোগার দিকেই, তবে রুগ্ণ নয়। মাথার চুল কাঁচা-পাকায় মেশানো। মস্ত পাকানো গোঁফ। চোখের দিকে চাইলে বুক গুড়গুড় করে। ভয়ডর বলতে কিছু নেই সেই চোখে। তবে লোকে তাকে ভয় খায়, আবার ভালও বাসে। চিরকুমার সামন্তমশাই সারা জীবন তিলে তিলে এই সার্কাসখানা তৈরি করেছে। সার্কাসটাই তার ধ্যান-জ্ঞান। এটা থেকে তার বেশ মোটা লাভও হয়। কিন্তু সেই টাকা কে খাবে তার ঠিক নেই। সামন্ত তাই ইদানীং একটু চিন্তিত।

দুজনে ঘরে ঢুকতেই সামন্ত মুখ থেকে তামাকের নলটা সরিয়ে অল্প আলোয় ঠাহর করে দেখতে দেখতে বলে, "কে রে? কী চায়?"

গোবিন্দ এগিয়ে গিয়ে ভুঁয়ে মাথা ঠেকিয়ে দাঁড়াল। মুখের ঢাকা সরিয়ে বলে, "আমি গোবিন্দ, সামন্তমশাই।"

সামন্ত যেন ছ্যাঁকা খেয়ে সোজা হয়ে বসে। বলে, "কে বললি?"

"গোবিন্দ। মনে পড়ছে না?"

"গোবিন্দ।" বলে সামন্ত হতবুদ্ধি হয়ে চেয়ে থাকে। তারপর বলে, "তোর না ফাঁসি হয়ে গেছে?"

"হলে আর আসতাম কী করে?"

"আয় তো, এগিয়ে আয়, আলোতে ভাল করে দেখি।"

গোবিন্দ হাসিমুখে এগিয়ে গেল। দাড়িগোঁফওয়ালা মুখে সেজবাতির আলো পড়ল।

* * *

রামু ট্রাপিজের খেলা দেখে তাজ্জব। কী সাহস। অন্য সব সার্কাসের মতো এরা নীচে কোনও জালও খাটায়নি। পড়ে গেলে মাথা ফেটে ঘিলু বেরিয়ে যাবে। হাত-পা ভেঙে 'দ' হয়ে যাওয়ার কথা।

"উঃ, কী খেলা গবাদা। আমি ট্রাপিজ শিখব।"

গবা হেসে বলে, "আরও আছে। দেখই না।"

ট্রাপিজ শেষ হতে-না-হতেই সাহেবি পোশাক পরা সার্কাসের ম্যানেজার এসে ঘোষণা করল, "আজ আপনাদের আমরা একটা নতুন খেলা দেখাব। লখিন্দর আর কালনাগিনীর খেলা। জীবন ও মৃত্যুর খেলা। এই খেলায় একদিকে থাকবে আমাদের নতুন এক ওস্তাদ মাস্টার লখিন্দর অন্যদিকে থাকবে একটি বিষাক্ত রাজগোখরো। সাপটার বিষদাঁত আমরা কামাইনি। যে-কেউ পরীক্ষা করে দেখতে পারেন। সদ্য জঙ্গল থেকে ধরা বুনো সাপ। এ খেলা সবার শেষে।"

রামু রোমাঞ্চিত হল। আজ নতুন খেলা। বাঃ, কপালটা ভাল।

এর পর সাইকেল, দড়ি, বাঘ, সিংহ, চোখ বেঁধে ছোরা নিক্ষেপ—একের পর এক হয়ে যেতে লাগল। রামুর আর পলক পড়ে না। বাঘ-সিংহের খেলা দেখে গায়ে রোঁয়া দাঁড়িয়ে গেল তার। লম্বা আর বেঁটে জোকার দুটোও খুব হাসাল।

সবার শেষে নতুন খেলা।

সব আলো জ্বেলে গেল এরেনাটাকে একেবারে ফাঁকা করে দেওয়া হল। বাজনা বাজতে লাগল অত্যন্ত মৃদু শব্দে। একটা সুরেলা বাঁশির স্বর কেঁপে কেঁপে উঠতে লাগল।

কয়েকজন লোক একটা মস্ত খাঁচা টেনে আনল মাঝখানে। স্পষ্টই দেখা যাচ্ছিল; খাঁচার মধ্যে একটা বিশাল ভয়ংকর সাপ বিড়ে পাকিয়ে আছে।

খাঁচার মাথায় একটা লোক বসে আছে।

ম্যানেজার একটা পাটাতনের ওপর দাঁড়িয়ে ঘোষণা করল, "এবার আসছেন মাস্টার লখিন্দর। কিন্তু আগেই আপনাদের জানিয়ে রাখি, মাস্টার লখিন্দরের মুখ আপনারা দেখতে পাবেন না। কয়েক বছর আগে এক দুর্ঘটনায় ওর মুখটি পুড়ে বীভৎস হয়ে যায়। তার ফলে উনি সব সময়েই মুখোশ পরে প্রকাশ্যে আসেন।"

ঘোষণা শেষ হল। বাজনা মৃদু তরঙ্গে বাজতে লাগল। খাঁচার ওপরের লোকটা ছাড়া বাকি সবাই সরে গেল এরেনা থেকে।

আগাগোড়া কালো পোশাক এবং কালো মুখোশ পরা মাস্টার লখিন্দর এসে ঢুকল। ভারী চটপটে তার হাঁটার ভঙ্গি। চওড়া কাঁধ, সরু কোমর, আঁট পোশাকের ভিতর দিয়ে শরীরের শক্ত বাঁধুনি দেখা যাচ্ছে।

খাঁচার ওপরের লোকটা দরজাটা ওপর দিকে টেনে তুলতে না-তুলতে বিশাল সাপটা বিদ্যুৎগতিতে বেরিয়ে এল বাইরে। লখিন্দর তখনও দর্শকদের অভিবাদন শেষ করেনি। ঠিক এই অপ্রস্তুত মুহূর্তে বিশাল গোখরো লখিন্দরের পিঠ সমান উঁচু ফণা তুলে সাঁই করে চাবুকের মতো ছোবল দিল।

সেই দৃশ্য দেখে আর সকলের মতো চোখ বুজে ফেলল রামু। একটা মৃদু "গেল গেল এই রে, সব শেষ" গোছের আওয়াজও বেজে গেল চারদিকে।

ছয়

সবাই চোখ বুজলেও কুন্দকুসুম চোখ বোজেননি। বরং তাঁর চোখের পলক পড়ছিল না। তাঁবুর চারদিকে যে "হায় হায়" ধ্বনি ভেসে গেল, তিনি তাতেও যোগ দিলেন না।

বিশাল রাজগোখরো যখন ছোবল দিল, তখন তার দিকে মাস্টার লখিন্দর পেছন ফিরে আছে। আর যে চাবুকের মতো গতিতে ছোবলটা এল, তা থেকে নিজেকে বাঁচানো খুব শক্ত কাজ।

কিন্তু তবু দেখা গেল, সাপটা যেখানে ছোবলটা চালাল সেখানে লখিন্দর নেই। লখিন্দর লাট্টুর মতো একটা পাক খেয়ে কী করে যে সরে গেল এরেনার অন্য ধারে, সেটাই চোখ চেয়ে বোঝার চেষ্টা করছিলেন কুন্দকুসুম।

ছোবল ফসকে যাওয়ায় সাপটাও বুঝি হতভম্ব। আবার বিশাল ফণা তুলে কুটিল চোখে সাপটা দেখে লখিন্দরকে। কিন্তু ওস্তাদ লখিন্দর তখনও সাপটার দিকে পিছন ফিরে দর্শকদের হাত নেড়ে অভিবাদন জানাচ্ছে। যেন সে জানেই না যে তার পিছনে কালান্তক যমের মতো গোখরো।

আবার এরেনার ওপর বিদ্যুৎ খেলিয়ে সাপটা এগিয়ে গেল এবং শপাং করে ছোবল বসাল! এবার বাঁ পায়ের ডিমে।

সেই দৃশ্য দেখে দর্শকরা পাগলের মতো চেঁচাতে থাকে, "মরে গেল মরে গেল!"

লখিন্দর এবার সরেওনি ভাল করে। শুধু বাঁ পাটা একটু ছড়িয়ে দিয়েছিল। এক চুলের জন্য ছোবলটা পায়ে না-লেগে মাটি ছুঁয়ে উঠে গেল আবার।

"বন্ধ করো! এ সর্বনেশে খেলা বন্ধ করো!" বলে মহিলারা চেঁচাতে লাগলেন। চেঁচানোই স্বাভাবিক। লখিন্দর যে সাপটার দিকে তাকাচ্ছেই না।

সাপটা যখন তৃতীয় বার ছোবল তুলেছে, তখন লখিন্দর উবু হয়ে তার ডান পায়ের জুতোর ঢিলে-হয়ে যাওয়া ফিতে বাঁধছে মুখ নিচু করে। সুতরাং তার মাথাটা এবার একেবারে সাপের দোল-দোলন্ত ফণার সামনে।

"আর রক্ষে নেই গবাদা!" বলে রামু হাঁটু খিমচে ধরে।

এবার কুন্দকুসুমেরও চোখ বন্ধ করে ফেলতে ইচ্ছে হল। চোখের সামনে একটা নির্ঘাত মৃত্যু কার দেখতে ভাল লাগে!

সাপটা ফোঁস করে একটা ক্রুদ্ধ আওয়াজ ছেড়ে সটান লখিন্দরের মাথা লক্ষ করে হাতুড়ির মতো নেমে এল।

কিন্তু আশ্চর্য এই, বসা অবস্থাতেই লখিন্দর একটা ব্যাঙের মতো লাফিয়ে সরে গেল পিছনে। একবারও সাপটার দিকে না তাকিয়ে বসে বসে সে জুতোর ফিতেটা শক্ত করে বেঁধে নিল ভারী নিশ্চিন্তভাবে।

পুলিশের একজন ইনফরমার বৈরাগীর ছদ্মবেশে কুন্দকুসুমের পিছনের বেঞ্চে বসে ছিল। কুন্দকুসুম একবার তার দিকে ফিরে ভ্রূ কুঁচকে মাথাটা একটু ওপরে তুললেন। অর্থাৎ লোকটা কে?

ইনফরমার চারদিকে চেয়ে দেখে নিল, কেউ তাকে লক্ষ করছে কি না। কিন্তু এরেনায় যে খেলা চলছে, তার দিকে রুদ্ধশ্বাস চেয়ে মানুষ কেউ কারও দিকে তাকাতে ভুলেই গেছে। ইনফরমার মুখটা এগিয়ে এনে মৃদু স্বরে বলল, "জানি না।

তবে এ ধরনের খেলা একসময় দেখাত গোবিন্দ ওস্তাদ। কিন্তু কাশিমের চরের সেই মার্ডার কেসে গতকাল তার ফাঁসি হয়ে গেছে।"

"হয়ে গেছে?"

"হয়ে গেছে। গোবিন্দর ভাই জেলখানায় গিয়ে মড়া নিয়ে শ্মশানে দাহ পর্যন্ত করেছে বলে খবর পেয়েছি।"

"মুখোশের আড়ালে লোকটা তা হলে কে একটু খবর নিয়ো।"

"যে আজ্ঞে।"

ওদিকে এরেনায় মুখোশাবৃত লখিন্দর বারবার অবহেলায়, আনমনে ছোবল এড়িয়ে এড়িয়ে সাপটাকে হয়রান করে তুলল। অবশেষে সেই রাজগোখরো যখন ক্লান্তিতে ছোবল মারা মুলতুবি রেখে একধারে বিড়ে পাকিয়ে বিশ্রাম নিতে বসল তখন শেষ হল খেলা। জীবন ও মৃত্যুর এই বিপজ্জনক খেলা দেখে দর্শকরা এত জোর হাততালি দিল যা অন্য কোনও খেলায় দেয়নি।

লখিন্দর একবার হাত তুলে সবাইকে অভিবাদন জানিয়ে দৌড়ে বেরিয়ে গেল এরেনা থেকে।

রাত গভীর। সার্কাসের চত্বরে যে যার তাঁবুতে ঘুমোচ্ছে। জেগে আছে শুধু কয়েকজন চৌকিদার। আর জেগে আছে বুড়ো সামন্তর তাঁবুতে সামন্ত আর গোবিন্দ ওস্তাদ।

সামন্ত মৃদু স্বরে বলে, "এবার ঘটনাটা খুলে বল।"

গোবিন্দ একটু হাসল। বলল, "কাল আমার ফাঁসি হয়ে গেছে। এমনকী, দাহকাজ পর্যন্ত সারা।"

সামন্ত তামাকের নলটা মুখ থেকে সরিয়ে বলে, "আর একটু খোলসা করে বল। তোকে ফাঁসি দেয়নি তো দিল কাকে?"

গোবিন্দ একটা দীর্ঘশ্বাস ছেড়ে বলে, "তা আমি জানি না। ফাঁসি হবে বলে জানিয়ে দিয়েছিল আমাকে। আমিও তার জন্য তৈরি ছিলাম। কিন্তু মাসখানেক আগে একদিন সকালে আমাকে যখন জেলখানার চত্বরে পায়চারি করাচ্ছিল, তখন দেখি কয়েকজন রাজমিস্ত্রি ভারা বেঁধে জেলখানার উঁচু ঘেরা দেয়ালে মেরামতির কাজ করছে।"

"তুই তখন কী করলি?"

"আজ্ঞে মাথায় তখন মতলবটা খেলে গেল। ভাবলাম, এই সুযোগ পরে আর পাব না। আমাকে দুজন বিশাল চেহারার সেপাই পাহারা দিচ্ছিল। আমি তাদের ঠাট্টা করে বললাম, ওই যে রাজমিস্ত্রি ভারা বেঁধেছে ওটায় উঠে যদি কোনও কয়েদি পালায় তবে

কী করবে? ওরা বলল, অত সহজ নয়। তুই পারবি? আমি হেসে বললাম, চেষ্টা করতে পারি। ওরাও হাসল, বলল, কর না দেখি।"

"বলল?"

"আজ্ঞে হ্যাঁ। আমিও ইয়ার্কির ভাব দেখিয়ে হেঁটে গিয়ে ভারার পয়লা বাঁশটায় উঠে পড়লাম। তারা দেখি তখনও মোচে তা দিচ্ছে আর ফিড়িক-ফিড়িক করে হাসছে। আমি আর এক ধাপ উঠলাম। কেউ কিছু বলল না। রাজমিস্ত্রিরাও একমনে কাজ করে যাচ্ছে, আমার দিকে তাকাচ্ছে না। এক ধাপ দু ধাপ করে আমি একদম দেওয়ালের মাথায় পৌঁছে দেখি, তখনও সেপাই দুটো হাসছে আর মোচে তা দিচ্ছে।"

"বলিস কী?"

"যা হয়েছিল তাই বলছি। দেয়ালের মাথায় উঠে আমার মনে হল, কোনও কারণে জেলখানার কর্তৃপক্ষ আমাকে পালানোর সুযোগ ইচ্ছে করেই দিচ্ছে। নইলে ততক্ষণে পাগলা ঘণ্টি বেজে ওঠার কথা। বাজল না দেখে আমি দেয়ালের ওপর থেকে ঠাকুরের নাম করে বাইরের দিকে ঝাঁপ মারলাম। ট্রাপিজের খেলা দেখাতে গিয়ে অনেক উঁচু থেকে লাফ মারার অভ্যাস থাকায় হাড়গোড় ভাঙেনি। পড়েই কয়েকটা ডিগবাজি খেয়ে সামলে নিলাম। তারপর দৌড়।"

"তা হলে ফাঁসিটা হল কার?"

"তা আর খোঁজ নিইনি। পালিয়ে সোজা গাঁয়ের বাড়িতে গিয়ে হাজির হলাম। একটা ব্যাগে জামাকাপড় আর কিছু টাকা নিয়ে পথে বেরিয়ে পড়লাম তক্ষুনি। বাড়ির লোককে বলে এলাম, যেন কাউকে কিছু না বলে। নিজের বাড়ি ছাড়া দুনিয়ায় আমার আর একটা মাত্র আশ্রয় আছে, তা হল এই সার্কাস। সার্কাসের জন্য জেলখানাতেও প্রাণটা কাঁদত। তাই ঘুরতে ঘুরতে এসে হাজির হয়ে পড়েছি।"

"বেশ করেছিস। ভাল করেছিস। তবে কিনা..." সামন্তকে একটু চিন্তিত দেখায়।

"আমি এসে কি আপনাকে বিপদে ফেললাম সামন্তমশাই?"

সামন্ত গম্ভীর হয়ে বলে, "তুই আমার ছেলের মতো। ছেলে যদি বিপদে পড়ে আসে তা হলে কি নিজের বিপদের চিন্তা থাকে রে গাধা! আমি ভাবছি তুই আজ খেলা দেখিয়ে ভুল করলি কি না। কুন্দ দারোগা আজ খেলা দেখতে এসেছিল। লোকটা খুবই বুদ্ধিমান। সে যদি গন্ধ পায় তবে তোর পক্ষে এ জায়গা আর নিরাপদ নয়।"

"খেলা না দেখিয়ে যে হাঁফিয়ে পড়েছিলাম সামন্তমশাই। জেলখানায় তো ধরেই নিয়েছিলাম এই জীবনে আর সার্কাসের খেলা দেখানো হবে না। ঠাকুরের কাছে রোজ বলতাম, পরের জন্মে যেন আবার সার্কাসের খেলোয়াড় হতে পারি।"

সামন্ত মাথা নেড়ে, "এই সার্কাসকে তুই যে বুক দিয়ে ভালবাসিস তা আমার চেয়ে ভাল আর কে জানে? আমারও ইচ্ছে ছিল, মরার সময় এই সার্কাসের সব ভার তোকেই দিয়ে যাব। কিন্তু কাশিমের চরের সেই খুনটাই সব গোলমাল করে দিল।"

এবার গোবিন্দ গম্ভীর হয়ে বলল, "হরিহর পাড়ুই লোক খুব ভাল ছিল না। কিন্তু তাকে যে আমি খুন করিনি, তা কি আপনি বিশ্বাস করেন?"

"করি। আমি জানি, তুই রাগী বটে, কিন্তু কখনও পিঁপড়েটাকেও মারতে চাস না। খুন তোর দ্বারা হওয়ার নয়!"

* * *

রাত নিশুত হলেও যে সবাই লক্ষ্মী ছেলের মতো ঘুমিয়ে পড়ে তা নয়।

উদ্ধববাবুর চণ্ডীমণ্ডপের পাশে একটা ছোট্ট খুপরিতে খাটিয়ায় বিছানো খড়ের বিছানায় কুটকুটে এক কম্বল মুড়ি দিয়ে আরামসে ঘুমোচ্ছিল গবা পাগলা। কিন্তু ঘুম তার খুব সজাগ। হঠাৎ চটকা ভেঙে সে উঠে বসল।

দুর্দান্ত হাড়-কাঁপানো শীত পড়েছে আজকে। বাইরেটা কুয়াশা আর অন্ধকারে মাখা। খুপরিটার দরজা একটা কাঠের খিল দিয়ে আটকানো ছিল। সেটা খুলে দরজা অনেকখানি ফাঁক হয়ে আছে, এটা অন্ধকারেও দেখতে পেল গবা। দেখে মৃদু একটু হাসল। তারপর বেশ হেঁকে বলে উঠল, "কাকাতুয়ার মাথায় ঝুঁটি খেঁকশিয়ালি পালায় ছুটি। পালা পালা পালা রে বাপ, নইলে হয়ে যাবি যে সাফ। পাগলা গবা ধরবে এসে টুঁটি!"

হয়তো আরও বলত গবা, কিন্তু তার আগেই দরজা নিঃশব্দে আর-একটু ফাঁক হল। একটা ছায়ামূর্তি এসে দাঁড়াল চৌকাঠে।

"গবা।" একটা ভারী গলার গম্ভীর আওয়াজ হল।

"হ্যাঁ।" গবা জবাব দেয়।

"তুমি আসলে কে তা আমি জানি।"

গবা চোখ পিটপিট করতে থাকে।

লোকটা আবার বলে, "যদি বেঁচে থাকতে চাও তবে আমি যা বলছি ঠিক তাই করবে। পাগলামির ভান কোরো না। আমি জানি, তুমি কস্মিনকালেও পাগল নও।"

গবা নিরীহ গলায় জিজ্ঞেস করে, "আপনি কে?"

সাত

উদ্ধববাবু ওঠেন একেবারে কাক-ভোরে। তখনও আকাশে চাঁদ তারা থাকে। উঠে মুখ-হাত ধুয়ে ঠাকুর-পুজো সেরে বেড়াতে বেরোন। আর বেরিয়েই বেশ গলা ছেড়ে গান ধরেন। আসল কথা হল, ছেলেবেলা থেকেই উদ্ধববাবুর খুব গাইয়ে হওয়ার শখ। শখটা খুব তীব্র, কিন্তু তাঁর গলায় সুর নেই। সুরটা এমন জিনিস যে, জন্ম থেকে যার আছে তার আছে, যার নেই, সে গলা সেধে মুখে রক্ত তুলে ফেললেও হবে না।

উদ্ধববাবুর গলা নেই। তবু সেই ছেলেবেলা থেকেই তিনি অত্যন্ত নিষ্ঠার সঙ্গে গলা সেধেছেন, গানের মাস্টারমশাই রেখেছেন, বড় বড় ওস্তাদের জলসায় গেছেন। তাঁর ধারণা ছিল সাধনায় সব হয়। কিন্তু গানের সাধনা করতে গিয়ে লেখাপড়ায় জলাঞ্জলি হচ্ছে দেখে বাবা খুব রাগারাগি করতেন। তারপর গান গাইতে বসলে পাড়া-প্রতিবেশীরা কাঁসর-ঘণ্টা বাজাত, শাঁখে ফুঁ দিত। একবার নতুন এক বউদি তাঁকে বলেছিলেন, "উদ্ধব ঠাকুরপো, চার আনা পয়সা দেব, আজ আর গান গেয়ো না।"

এইসব দুঃখজনক ঘটনা ঘটে যাওয়ার পর উদ্ধববাবু আর প্রকাশ্যে গান গান না। তবে তাঁর এখনও ধারণা, চেষ্টা করলে এবং লোকে বাগড়া না দিলে তাঁর গলা একদিন খুলে যেত ঠিকই।

যেত কেন, গেছেই। প্রকাশ্যে গান না গাইলেও রোজ সকালে বেড়াতে বেরিয়ে শহরের নির্জন প্রান্তে এসে উদ্ধববাবু নিয়মিত গলা সাধেন। দীর্ঘদিনের এই গোপন সাধনার ফলে তিনি ইদানীং লক্ষ করছেন, তাঁর গলায় সাতটা সুর চমৎকার খেলা করছে। হাঁ করলেই যেন গলা থেকে সাতটা পাখি বেরিয়ে চারদিকে উড়ে বেড়ায়।

উদ্ধববাবুর খুব ইচ্ছে, এবার একদিন লোকজন ডেকে সকলের সামনে গান গেয়ে তাক লাগিয়ে দেন। কিন্তু মুশকিল হল, ওস্তাদ রাঘব ঘোষকে নিয়ে। উদ্ধববাবু রাঘবকে দুচোখে দেখতে পারেন না। সারা তল্লাটের লোক রাঘবকে বড় ওস্তাদ বলে কেন যে অত খাতির করে, তাও তাঁর বোধের অগম্য।

সে যাই হোক, একদিন তিনি পুবের মাঠে এক শিশির মাখা ভোরে খুব আবেগ দিয়ে ভৈরবী ধরেছিলেন। চোখ বুজে গাইছেন। হঠাৎ একটা ফোঁপানির শব্দে গান থামিয়ে চোখ মেলে দেখেন, সামনেই রাঘব। ধুতির খুঁটে চোখ মুছে রাঘব বললেন, "এমন অনৈসর্গিক গান কখনও শুনিনি উকিলবাবু। তবে বলি এ গান সকলকে

শোনানোর নয়। বিশেষ করে আপনার মক্কেলরা যদি শোনে, তবে তাদের ধারণা হবে, ইনি যখন এত ভাল গায়ক, তখন নিশ্চয়ই ভাল উকিল নন। কারণ প্রকৃতির নিয়ম অনুসারে একজন মানুষ সাধারণত একটা বিষয়েই পারফেকশন লাভ করতে পারে।"

সেই থেকে উদ্ধববাবুর রাগ। ইচ্ছে করেই তিনি রোজ সকালে একবার রাঘব ঘোষের বাড়ির কাছাকাছি এসে খানিকক্ষণ গান করেন। অভদ্র লোকটা বুঝুক গান কাকে বলে। আজও উদ্ধববাবু পুবের মাঠে এসে রাঘবের বাড়ির দিকে মুখ করে চমৎকার তান লাগালেন ভৈরবীতে। গাইতে গাইতে তাঁর নিজের পিঠ নিজেরই চাপড়ে দিয়ে চেঁচিয়ে উঠতে ইচ্ছে করছিল, শাব্বাশ।

আশ্চর্য, এই চোখ বুজে গাইতে গাইতেই হঠাৎ টের পেলেন, কে যেন সত্যিই তাঁর পিঠ চাপড়ে দিয়ে বলে উঠল, শাব্বাশ।

উদ্ধববাবু অবাক হয়ে তাকিয়ে দেখেন গবা পাগলা!

গবাও বেকুবের মতো চেয়ে চেয়ে খানিকক্ষণ তাঁকে দেখে বলে উঠল, "উদ্ধবকর্তার যে আবার গান-বাজনাও আসে, তা তো জানতাম না।"

উদ্ধববাবু একটু রাগের গলায় জিজ্ঞেস করলেন, "এখানে কী করছিস?"

গবা মাথা চুলকে বলল, "আজ্ঞে কিছু করছিলাম না। কাল রাতে একটি লোক আমাকে এখানে খুন করে রেখে গেল। সেই থেকে মরে পড়ে ছিলাম। হঠাৎ এই সকালবেলায় আপনার গানে প্রাণ ফিরে এল। ওঃ, কী গান। মড়া পর্যন্ত উঠে বসে।"

"কী যা-তা বলছিস। কে তোকে মেরে রেখে গেল?"

"আজ্ঞে, তাকে তো চিনি না। কালো পোশাক পরা, মুখ ঢাকা। রাতে গিয়ে আমার ঘরে হাজির। বলল, তোমাকে একটা কাজ করতে হবে, অনেক টাকা দেব। রাজি না হলে প্রাণ যাবে।"

"বলিস কী?"

"আজ্ঞে, যা ঘটেছিল, বলছি, লোকটা বেশি ধানাই-পানাই না করে বলল, উদ্ধববাবু যে কাকাতুয়াটা কিনেছেন সেটা আসলে আমার, কিন্তু প্রমাণ করার উপায় নেই। আমি পাখিটাকে কিনতে চাই, কিন্তু উদ্ধববাবু বেচতে তেমন গা করছেন না। আইন দেখাচ্ছেন। আমার বড় আদরের কাকাতুয়া। তা তুমি যদি পাখিটা উদ্ধার করে দিতে পারো, তবে দুশো টাকা পাবে। নইলে..."

"নইলে মেরে ফেলবে?"

"ওই 'নইলে' কথাটায় আমার খটকা লাগল। পাখিটা ফেরত চায় কেন? অত

গরজ কীসের? তা আমি সেই কথাটা জিজ্ঞেস করতেই লোকটা অ্যাই বড় একটা ভোজালি বের করে আর-এক হাতে আমার টুঁটি ধরে টানতে টানতে মাঠের মধ্যে নিয়ে এল।"

"অ্যাটেমপট অব মার্ডার।" উদ্ধববাবুর ওকালতি-মাথা কাজ করছে। বিড়-বিড় করে বললেন, "অ্যাটেমপট অব থেপট, থ্রেটেনিং অ্যান্ড অ্যাসাল্ট। তা লোকটা হঠাৎ ভোজালি বের করলই বা কেন? তুই তাকে কী বলেছিলি?"

"আজ্ঞে আমি তাঁকে বলেছিলাম, যুধিষ্ঠিরবাবু, আপনার পাখিটার জন্য এত গরজ কীসের?"

"যুধিষ্ঠিরবাবু! সে আবার কে?"

"আপনি চেনেন তাঁকে। বাড়িতে বাচ্চাদের পড়ান যে নতুন মাস্টারমশাই, তিনি।"

"বলিস কী! লোকটা কি সত্যিই যুধিষ্ঠির?"

"আজ্ঞে না। সত্যিকারের যুধিষ্ঠির ছিলেন ধর্মপুত্তুর। ইনি তিনি নন।"

"আরে দূর গাধা! আমি বলছি আমাদের যুধিষ্ঠির কি না।"

"তাই বা বলি কী করে? তবে যুধিষ্ঠিরবাবু খুব পান আর জর্দা খান। আমিও রাত্রিবেলায় যমদূতটার মুখ থেকে সেই জর্দার গন্ধ পেয়েছিলাম। তাই—"

"তারপর?"

"তারপর মাঠের মধ্যে এনে লোকটা ছোরা রেখে দু' হাতে আমার গলা টিপে শ্বাস বন্ধ করে মেরে ফেলল।"

"ফেলল? তবে বেঁচে রইলি কী করে?"

"কে বলল বেঁচে ছিলাম? সেই কখন থেকে মরে পড়ে আছি। সকালবেলা আপনার গান শুনে মরা দেহও জেগে উঠল। তাই ভাবলাম এমন যার গান, তাকে একটা শাবাশ জানিয়ে আসি। তা এসে দেখি আপনি স্বয়ং।"

উদ্ধববাবু গানের কথায় একটু গম্ভীর হলেন। বললেন, "গানের কথাটা অত বলার দরকার নেই।"

গবা অবাক হয়ে বলে, "বলেন কী? এমন উপকারী গান আমি জন্মে শুনিনি! আপনার গান শুনতে তেমন ভাল নয় বটে। মাথা ঘোরে, গা বমি-বমি করে, ভিতরটা কেমন চমকে-চমকে ওঠে। কিন্তু মরা শরীরে প্রাণও ফিরে আসে। পারবে রাঘব ঘোষ এমন গান গাইতে? রাঘবের তা-না-না কেবল লোক ভোলানোর জন্য। এখনও সা লাগাতে পারল না ঠিকমতো।"

একথায় উদ্ধব খুশি হলেন। বললেন, "হুঁ।"

গবা বলল, "এ গান অবহেলার বস্তু নয়। কবরখানার কাছে বসে গাইলে কবর ফুঁড়ে

অনেক মড়া জ্যান্ত হয়ে উঠে আসবে। শ্মশানের কাছে বসে গাইলে অনেক মড়া চিতা থেকে লাফ দিয়ে নেমে দৌড়াদৌড়ি শুরু করবে।"

"আঃ! বাজে বকিস না তো! আমি ভাবছি কাকাতুয়াটার কথা। ওটাকে নিয়ে চারদিকে একটা ষড়যন্ত্র চলছে। খোঁজ নিয়ে বের কর যে কাকাতুয়াটা আসলে কার! পাখিটা মাঝে মাঝে টাকার কথা বলে। মনে হয় কোনও গুপ্ত টাকার খোঁজ জানে, কিন্তু স্পষ্ট করে বলে না।"

"আমারও তাই মনে হয়। দেখব'খন খোঁজ নিয়ে।"

শেষরাতে যখন গোটা সার্কাসের চত্বরটা ঘুমে অচেতন, তখন হঠাৎ নিঃশব্দে একটা ছায়ামূর্তি বাঘের খাঁচার আড়াল থেকে বেরিয়ে এল। তার চেহারা বিশাল দশাসই। কিন্তু হাঁটাচলা বেড়ালের মতো ক্ষিপ্র এবং নিঃশব্দ।

ছায়ামূর্তি সবচেয়ে কাছের ছোট্ট একটা তাঁবুর দরজার পর্দা তুলে ঢুকে যায়। তার হাতে খোলা রিভলভার এবং টর্চ। টর্চটা জ্বেলে সে ঘুমন্ত লোকদুটোকে দেখে। এরা নয়।

আবার ক্ষিপ্র ও নিঃশব্দ গতিতে বেরিয়ে আসে ছায়ামূর্তি, আর একটা তাঁবুতে ঢোকে। এখানে চারজন লোক ঘুমিয়ে আছে। টর্চ জ্বেলে ছায়ামূর্তি তাদের ভাল করে দেখে নেয়। না, এরাও নয়।

ছায়ামূর্তি একের পর এক তাঁবুতে হানা দেয়। কিন্তু যে লোকটাকে দেখবে বলে আশা করছে তাকে কোথাও দেখতে পায় না।

শেষ তাঁবুটা একটু দূরে। খুব ছোট্ট। চারদিকে কাঁটাতারের বেড়া। এমনকী ফটকটায় তালা লাগানো।

ছায়ামূর্তি একটু দাঁড়ায়। তারপর চারদিকে চেয়ে দেখে নিয়ে টপ করে কাঁটাতারের বেড়া ডিঙিয়ে যায়।

রিভলভারটা বাগিয়ে ধরে লোকটা খুব সতর্কতার সঙ্গে চারদিক দেখে নেয়। তারপর খুব সাবধানে পর্দাটা ফাঁক করে টর্চ জ্বালে। অস্ফুটস্বরে বলে, "আশ্চর্য! খুবই আশ্চর্য!"

আশ্চর্য হওয়ারই কথা। তাঁবুটার মধ্যে কিছুই নেই। এমনকী, অন্যান্য তাঁবুর মতো একটা খাটিয়াও না, মানুষ তো দূরের কথা।

ছায়ামূর্তি টর্চটা জ্বেলে চারদিকে ঘুরে ঘুরে খুব ভাল করে দেখে, না, এই তাঁবুটা এখানে কেউ ব্যবহার করেনি। কিন্তু এই ফাঁকা তাঁবুটার জন্য এত সতর্কতা কেন? ছায়ামূর্তি চমকে উঠে স্থির হয়ে দাঁড়াল। বাইরে একটা ঢিল পড়ার শব্দ হল না? বেশ বড় একটা ঢিল।

ছায়ামূর্তি খুব সতর্কতার সঙ্গে দরজার কছে আসে এবং বাইরে উঁকি মারে। চারদিকে আজ বেশ কুয়াশা আছে। ভীষণ ঠান্ডা। শেষরাতের একটু জ্যোৎস্নায় চারদিক খুব আবছা দেখা যায়।

ছায়ামূর্তি বেরিয়ে আসার জন্য বাইরে পা দিতেই ঘটনাটা ঘটল।

পিছন থেকে হঠাৎ কে যেন বজ্রকঠোর হাতে পেঁচিয়ে ধরল তার গলা। তারপর হাঁটু দিয়ে কোমর ঠেসে ধরল। ছায়ামূর্তি নিজে প্রচণ্ড শক্তিশালী লোক। গায়ের জোরে তার জুড়ি নেই। সুতরাং সে এক ঝটকায় হাতের বাঁধনটা ঝেড়ে ফেলার চেষ্টা করল। কিন্তু পারল না। যে তাকে ধরেছে সে শুধু তার চেয়ে বেশি শক্তিশালীই নয় অনেক বেশি ক্ষিপ্রও। এক হাতে ছায়ামূর্তির গলাটা ধরে রেখেই অন্য হাতে রিভলভার-ধরা হাতের ওপর একটা কারাটে চপ বসাল।

রিভলভারটা ছিটকে গেল হাত থেকে। ছায়ামূর্তি যন্ত্রণায় ওফ বলে আবার লোকটাকে ঝেড়ে ফেলার চেষ্টা করতে লাগল।

কিন্তু জোঁকের চেয়েও ছিনে লোকটার হাত আরও বজ্রবাঁধনে চেপে ধরল তাকে। ছায়ামূর্তি জ্ঞান হারিয়ে ফেলে।

আট

সামন্তমশাইয়ের তাঁবুতে কুন্দকুসুম চোখ মেলে চাইলেন। তাঁর জ্ঞান ফিরেছে। জ্ঞানবয়সে এর আগে আর কখনও কোনও অবস্থাতেই তিনি জ্ঞান হারাননি। অজ্ঞান হওয়ার অভিজ্ঞতা তাঁর জীবনে এই প্রথম। কারও সঙ্গে গায়ের জোরে হেরে যাওয়াও এই প্রথম।

প্রবল শীতের মধ্যে একটা লোক তাঁর মুখে অনবরত জলের ঝাপটা দিচ্ছিল। কুন্দকুসুম জলদগম্ভীর স্বরে তাকে বললেন, "আর না।"

তারপর উঠে বসলেন। লোকটা বিনীতভাবে একটা গামছা এগিয়ে দিল। তিনি মুখ মুছতে মুছতে দেখলেন, সামনেই একটা ফোল্ডিং চেয়ারে সামন্তমশাই উদ্বিগ্ন মুখে বসে আছে। চোখে চোখ পড়তেই বলে, "এখন একটু ভাল বোধ করছেন তো?"

কুন্দকুসুম নিজের গলায় হাত বোলালেন। ব্যথা। কোমরেও যেন কুমির কামড়ে ধরে আছে। কবজিটাও বেশ কাবু। ঝিনঝিন করছে। কিন্তু সেই বলবান লোকটার রাক্ষুসে আলিঙ্গনে তাঁর এতক্ষণে মরে লাশ হয়ে যাওয়ারই কথা। বেঁচে যে আছেন

সেই ঢের। জলদগম্ভীর গলাতে বললেন, "বেশ ভাল বোধ করছি। এ যাত্রায় মরছি না। মরলে আপনার পোষা হারকিউলিসটির ফাঁসি হত।"

সামন্তমশাই শশব্যস্তে বলে, "আগে একটু দুধ খান। গায়ে বল হোক, তারপর সব কথা।"

তার ইশারায় মুহূর্তের মধ্যে একটা আধসেরি গ্লাস ভর্তি ঈষদুষ্ণ দুধ এসে গেল।

কুন্দকুসুম দুধটায় চুমুক দিয়ে বলেন, "বাঃ বেশ দুধ। তা এ নিশ্চয়ই গোরুমোষের দুধ নয়।"

"কেন বলুন তো!"

"আপনার হারকিউলিসটির গায়ে যা জোর, তাতে মনে হয় সে হাতির দুধ খায়। কিংবা বাঘের। আপনার সার্কাসে বাঘ আর হাতির তো অভাব নেই।"

সামন্ত বিনীতভাবে হাসে। তবে তার চাউনিতে উদ্বেগটা স্পষ্টই বোঝা যায়।

কুন্দকুসুমের এই দুধটুকুর দরকার ছিল। চোঁ করে খেয়ে গ্লাস নামিয়ে রেখে বললেন, "বিনা নোটিসে কাল রাতে আপনাদের তাঁবুতে হানা দেওয়া আমার উচিত হয়নি এটা মানছি। আমার সার্চ ওয়ারেন্টও ছিল না।"

সামন্তমশাই গলা খাঁকারি দিয়ে বলে "আজ্ঞে একটা নোটিস দিয়ে এলে এই বিপদে পড়তেন না। অন্ধকারে আপনাকে চিনতে না পেরে চোর-ছ্যাঁচড় ভেবে আমাদের ওয়েটলিফটার ছেলেটা ওই কাণ্ড করে ফেলেছে।"

কুন্দকুসুম একটা শ্বাস ফেলে বললেন, "ওর দোষ নেই। আমার আচরণটা চোরের মতোই হয়েছিল। আপনার পাহারাদাররা আমাকে ধরতে পারেনি, কিন্তু এই ছোকরা—কী নাম ছোকরার?"

"আজ্ঞে ভবতোষ। খুব ভাল ছেলে। ধার্মিক। মাঝরাতে উঠে নামধ্যান করে। কাল রাতেও তাই করছিল।"

"হ্যাঁ ভবতোষ। তা এই ভবতোষ তো দিব্যি ক্যারাটেও জানে। যা একখানা ঝেড়েছিল আমার কবজিতে। ভাল কথা, পিস্তলটা আছে তো?"

সামন্ত মাথা নেড়ে বলে, "আছে। চিন্তা করবেন না।"

কুন্দকুসুম বলেন, "আপনি নিশ্চয়ই ভাবছেন, আমার এই আচরণের অর্থ কী! বলতে বাধা নেই, সেদিন সেই সাপের খেলা দেখে আমি খুব অবাক হয়েছি। কোনও মানুষের অত অ্যাজিলিটি থাকতে পারে তা জানতাম না। কিন্তু মনে হয়েছিল মাস্টার লখিন্দরের আসল নাম মাস্টার লখিন্দর নয়। মুখোশের আড়ালে লোকটি কে সেটা জানাই ছিল আমার উদ্দেশ্য।"

সামন্তের চোখে উদ্বেগটা বাড়ল। বলল, "আজ্ঞে সে আর বেশি কথা কী? হুকুম

করলেই তাকে সামনে হাজির করতাম। খামোখা এত কষ্ট করতে গেলেন।"

কুন্দকুসুমের আচরণটা যে অদ্ভুত ঠেকছে লোকের চোখে, তা তিনি জানেন। কিন্তু তার জন্য লজ্জা পেলেন না, লজ্জা পাবার অভ্যাস তাঁর নেই।

তিনি গম্ভীর হয়ে বললেন, "পুলিশের কাজ একটু অন্যরকম হয়। সবসময় সোজা পথে চললে আমাদের চলে না। ঠিক আছে, লখিন্দরকে একবার ডাকুন।"

আবার সামন্তর ইঙ্গিতে একজন বেরিয়ে যায়। মিনিটখানেকের মধ্যেই বেশ ছমছমে চেহারার এক ছোকরা তাঁবুতে ঢুকে কুন্দকুসুমকে নমস্কার করে দাঁড়ায়।

কুন্দকুসুম চোখ দিয়ে লোকটাকে মেপে নিচ্ছিলেন। আরেকদিকে লোকটা অবিকল লখিন্দরের মাপসই বটে, সন্দেহ নেই। কিন্তু কুন্দকুসুমের চোখকে ফাঁকি দেওয়া মুশকিল। বাঁ হাতের কড়ে আঙুলটা আসল লখিন্দরের একটু বেশি মাত্রায় ছোট ছিল। তিনি একটু বিস্ময়ের গলায় বললেন, "এই কি সেই?"

"আজ্ঞে। দলছুট হয়ে গিয়েছিল। ওর ঠাকুরমার খুব অসুখ। তাঁকে দেখতে দেশের বাড়িতে যাওয়ায় এখানে প্রথমে খেলা দেখাতে পারেনি। সদ্য ফিরেছে।"

"হুঁ।" বলে কুন্দকুসুম ছেলেটার দিকে চেয়ে বলেন, "তোমার নাম কী?"

"লখিন্দর। লখিন্দর কর্মকার।

"আচ্ছা, তুমি এখন যেতে পারো।"

কুন্দকুসুম যে সন্তুষ্ট হননি, তা টের পেল সামন্ত। মুখে উদ্বেগটা বাড়ল। বলল, "লুচি ভাজা হচ্ছে। একটু বসে যান দারোগাবাবু।"

"নাঃ, কাজ আছে।" বলে কুন্দকুসুম উঠলেন।

বাড়িতে ফিরে সেদিন কুন্দকুসুম তাঁর দুই ছেলে আন্দামান আর নিকোবরকে খুব পেটালেন, পড়ার টেবিলে বসে কাটাকুটি খেলছিল বলে। আসলে সেটা কারণ নয়। খুব রেগে গেলে কুন্দকুসুমের রাগ পড়ে একবার কাউকে ধরে বেধড়ক পেটালে।

বাসায় এসে তিনি আড়কাঠিকে ডেকে পাঠালেন। সুড়ুঙ্গে চেহারার ধূর্ত লোকটা এসে দাঁড়ালে জিজ্ঞেস করলেন, "তোর খবর ঠিক তো?"

"আজ্ঞে একদম পাকা।"

"সামন্ত কিন্তু অন্য এক ছোকরাকে দেখাল।"

"সামন্ত খুনিটাকে আড়াল করছে।"

"আচ্ছা যা। চোখ-কান খোলা রাখিস।"

যুধিষ্ঠির রায় সকালবেলায় যথারীতি পড়াতে এসেছেন। নিপাট ভালমানুষ। সাদা

ধুতি আর সাদা শার্ট পরেন। অল্পবয়সি। চোখেমুখে লেখাপড়া এবং বুদ্ধির ছাপ আছে। তবে দোষের মধ্যে জর্দা দেওয়া পান খান।

উদ্ধববাবু তক্কে-তক্কে ছিলেন। কাছারি-ঘরে মক্কেলদের ভিড় ছিল খুবই। তবু এক ফাঁকে এসে ছেলেদের পড়ার ঘরে হানা দিলেন। উদ্ধববাবু কোনওরকম নেশা পছন্দ করেন না। তিনি নিজে সুপুরিটা পর্যন্ত খান না। বাচ্চাদের পড়ার ঘর জর্দার গন্ধে ম-ম করছে। তিনি একটু নাক কোঁচকালেন। গন্ধটা খারাপ নয়। বরং বেশ ভাল দামি আতরের গন্ধই। কিন্তু বাচ্চাদের শিক্ষকরা যদি নেশা-টেশা করেন, তা হলে শিশু-মস্তিষ্কে তার প্রভাব পড়তে পারে।

উদ্ধববাবু গলা খাঁকারি দিলেন। যুধিষ্ঠির খুব নিবিষ্ট মনে রামুকে অঙ্ক করাচ্ছিলেন। শব্দ শুনে শশব্যস্তে উঠে দাঁড়ালেন। বললেন, "কিছু বলবেন?"

উদ্ধববাবু ছেলেবেলা থেকেই শিক্ষকদের সম্মান করতে শিখেছেন। তাঁর মতে, দেশের সবচেয়ে শ্রদ্ধেয় মানুষ হলেন শিক্ষকেরা। রাষ্ট্রের উচিত প্রধানমন্ত্রী বা রাষ্ট্রপতির চেয়ে শিক্ষকদের বেশি সম্মান দেওয়া। নইলে শিক্ষকের ওপর ছাত্রদের শ্রদ্ধা আসে না। আর শ্রদ্ধা ছাড়া জ্ঞান আসবে কী করে?

উদ্ধববাবু খুব বিনীতভাবে হাতজোড় করে যুধিষ্ঠিরকে বললেন, "আজ্ঞে কথা সামান্যই। আপনার ব্যস্ত হওয়ার কিছু নেই। বসুন।"

যুধিষ্ঠির বসলেন। কিন্তু উদ্ধববাবু কথাটা কীভাবে শুরু করবেন তা বুঝতে পারছিলেন না। তিনি উকিল মানুষ। পাজি-বদমাশ খুনে দেখে দেখে চোখ পেকে গেছে। সেই অভিজ্ঞ চোখে যুধিষ্ঠিরের মধ্যে কোনও খুনির লক্ষণ দেখলেন না।

উদ্ধববাবু আমতা-আমতা করে বললেন, "ইয়ে, আপনার পান খাওয়ার অভ্যাস আছে দেখছি।"

"আজ্ঞে। পান খেলে আমার কনসেনট্রেশনটা ভাল হয়।"

"তা ভালই। ইয়ে, বলছিলাম কী, আপনি কি রাত্রিবেলায় পান-জর্দা খান?"

যুধিষ্ঠির একটু অবাক হয়ে বলেন, "আজ্ঞে না! সারাদিনে এই সকালবেলায় একটা। ব্যস।"

উদ্ধব মাথা চুলকে বললেন, "গবাটা যে কী সব আবোল-তাবোল বকে তার ঠিক নেই।"

"গবা কে?"

"ওই একটা পাগল আছে। এ বাড়িতেই থাকে।"

যুধিষ্ঠির মাথা নেড়ে বলেন, "গবা পাগলা? ওঃ হোঃ, তার কথা সব শুনেছি।

লোকে বলে লোকটা নাকি ছদ্মবেশী বৈজ্ঞানিক। তার সঙ্গে একবার দেখা করার খুব ইচ্ছে আছে।”

উদ্ধববাবু দুম করে জিজ্ঞেস করলেন, “আমাদের বাড়িতে একটা কাকাতুয়া আছে তা কি আপনি জানেন?”

যুধিষ্ঠির আরও একটু অবাক হয়ে বললেন, “জানি বই কী। রামুর মুখে শুনছিলাম আপনাদের কাকাতুয়াটা নাকি গুপ্তধনের কথা বলে।”

উদ্ধববাবু একটু রাগত চোখে রামুর দিকে তাকিয়ে নিলেন। তারপর যুধিষ্ঠিরকে প্রশ্ন করলেন, “কাল রাতে আপনার ভাল ঘুম হয়েছিল তো?”

উদ্ধববাবুর ছেলেমেয়েরাও পড়া ভুলে বাবার দিকে চেয়ে ছিল। এবার তারা নিজেদের মধ্যে তাকাতাকি করতে লাগল। যুধিষ্ঠিরও খুব অস্বস্তি বোধ করছেন। পান, কাকাতুয়া, ঘুম এবং অসংলগ্ন কথাবার্তা শুনে তারা সবাই অবাক।

উদ্ধববাবু বুঝতে পারছেন, আদালতে দাঁড়িয়ে যত ভাল সওয়ালই করুন না কেন আজ ছেলেমেয়েদের সামনে তাদের মাস্টারমশাইয়ের সঙ্গে সওয়াল-জবাব করতে গিয়ে তিনি নিতান্ত আহাম্মক বা পাগল বলে প্রমাণ হচ্ছেন।

যুধিষ্ঠির অবাক হলেও কথায় তা প্রকাশ করলেন না। বিনীত ভাবেই বললেন, “আজ্ঞে আমার বরাবরই ভাল ঘুম হয়। কাল রাতেও মড়ার মতো ঘুমিয়েছি।”

“বেশ বেশ।” বলে উদ্ধববাবু তাড়াতাড়ি সরে পড়লেন। গবাটাকে হাতের কাছে পেলে মাথায় কষে একটা গাঁট্টা লাগাতেন।

কিন্তু গবা হাতের কাছে ছিল না।

নয়

সকালবেলায় সার্কাসের খেলোয়াড়রা ট্রেনারের নির্দেশে কসরত করছিল। আসল যে-সব খেলা তারা দেখায়, তার চেয়েও এই কসরত বেশি কঠিন।

কসরতের সময় ট্রাপিজের জন্য নীচে জাল টাঙানো হয়েছে। জালের ওপর অনেক উঁচুতে, শূন্যে ট্রাপিজ-শিল্পীরা দোল খাচ্ছে। জালের নীচে চলছে সাইকেল, বিম ব্যালান্স ইত্যাদি। এক ধারে শক্ত করে দুটো খুঁটিতে বাঁধা তারের ওপর চলছে শীর্ষাসন, এক-চাকার সাইকেলে একজনকে কাঁধে নিয়ে আর-একজন এপার-ওপার হচ্ছে আগু-পিছু করে। জোকাররা নানারকম ডিগবাজির ভেলকি লাগাচ্ছে এরেনার অন্য ধারে। দামি সিটের একটা চেয়ারে বিমর্ষ মুখে বসে দেখছে

সামন্ত। পুলিশ পিছনে লেগেছে, এখানকার ডেরাডান্ডা শিগগিরই তুলতে হবে। কিন্তু তুললেই যে রেহাই মিলবে এমন নয়। কাশিমের চরে হরিহর পাড়ুই খুন হওয়ার পর কিছুদিন পুলিশের জ্বালায় প্রাণ ওষ্ঠাগত হয়েছিল। গোবিন্দকে ধরে নিয়ে যাওয়ার পর ঝামেলা মিটেছিল বটে, কিন্তু গোবিন্দের শোকে সামন্তর আহার-নিদ্রা ঘুচে গিয়েছিল। গোবিন্দ ফিরেছে, সেই সঙ্গে ঝামেলাও। মেরে ফেললেও অবশ্য সার্কাসের কেউই পুলিশের কাছে স্বীকার করবে না যে, গোবিন্দ এখানে লুকিয়ে আছে। কিন্তু তাতে আর কতটুকু কী লাভ হবে? ভেবে ভেবে সামন্তর মাথা গরম, মন উচাটন।

একটা উটকো লোক হঠাৎ তাঁবুতে ঢুকে পড়ায় একটা শোরগোল পড়ে গেল। সামন্ত চোখ তুলে দেখে, একটা পাগল। গায়ে আল-পাকার কোট, গালে দাড়ি, ময়লা পাতলুন। লম্বা-লম্বা চুলে জট পড়েছে। বেঁটে জোকার বক্রেশ্বর রে-রে করে তেড়ে গেল তার দিকে। লোকটা বক্রেশ্বরকে লক্ষই করল না। চারদিকে চেয়ে তাচ্ছিল্যের গলায় বলল, "ছোঃ, এইসব খেলা দেখিয়ে লোক ঠকাও নাকি তোমরা?"

বক্রেশ্বর যখন খেলা দেখায় তখন তার হাতে একটা চুষিকাঠি থাকে। সেইটেই সে লাঠির মতো ব্যবহার করে। এখনও সেইটে বাগিয়ে ধরে বলল, "দেব নাকি কয়েক ঘা?"

লোকটা বক্রেশ্বরকে ভাল করে দেখার জন্য কোটের পকেট থেকে একটা দূরবীন বের করে চোখে লাগায়। ভাল করে দেখে নিয়ে বলে, "তোমার চেয়ে ঢের বেঁটে লোক দেখেছি। অত কায়দা দেখিয়ো না।"

বক্রেশ্বর বুক ফুলিয়ে বলে, "আমি ভারতবর্ষের সবচেয়ে বেঁটে মানুষ। নইলে আমাকে ঠাহর করতে তোমার দূরবীন লাগল কেন হে?"

লোকটা হেসে বলে, "অ্যায়সা বেঁটে মানুষও আছে, যাকে দেখতে মাইক্রোস্কোপ লাগে। যাও, যাও মেলা বোকো না।"

বক্রেশ্বর চুষিকাঠিটা তুলে মারতে গেল। কিন্তু হঠাৎ কী ভেবে থমকে গিয়ে খানিকক্ষণ লোকটার দিকে চেয়ে থেকে বলে, "আরে! চেনা-চেনা লাগছে যে।"

"আমাকে সবাই চেনে। আমি হচ্ছি গবা পাগলা।"

"সাজা পাগল? না হওয়া পাগল?"

"আসল পাগল হে, আসল পাগল!"

"বেশি বোকো না, তোমার চেয়ে ঢের বেশি পাগল লোক আমি দেখেছি।"

"দেখেছ? সত্যি?"

"সেই সব পাগলকে দেখলেই বোঝা যায়, এই হচ্ছে খাঁটি পাগল। তাকে বলতে হয় না, আমি অমুক পাগলা।"

গবা মুখ বিকৃত করে বলল, "এমন পাগলামি দেখাতে পারি যা দেখলে তোমার পিণ্ডি চটকে যাবে। কিন্তু এখন কাজে আসা, পাগলামির সময় নেই। সামন্তমশাইকে দুটো কাজের কথা জিজ্ঞেস করে যাব। তিনি কোথায়?"

বক্রেশ্বর চোখ পিটপিট করে লোকটাকে দেখে হঠাৎ ফিক করে হেসে বলল, "বলি ও ভাই পাগলা গবা! আর কতকাল পাগলা রবা? গোল ছেড়ে কও আসল কথা। পা নেই তার পায়ে ব্যথা।"

লোকটা মুখ বেঁকিয়ে বলে, "ভূতের যদি সর্দি সারে, রাবণ যদি রামকে মারে, ঈশ্বর যদি বক্র তবে, গবা পাগলা কেন হবে?"

বক্রেশ্বর আর গবার এই তকরারে কেউ মনোযোগ দিচ্ছিল না। যে যার কাজে ব্যস্ত। বক্রেশ্বর চোখ পিটপিট করে আবার ফিক করে হেসে বলল, "চাঁদ-বদনখানা দাড়িগোঁফে বড়ই ঢাকা, তবু চেনা-চেনা ঠেকছে হে। গলার স্বরটা লুকোতে পারোনি। তা চেনা যখন দিতে চাও না, আমারই বা কী এমন দায় ঠেকেছে চিনবার। ওই হোথা সামন্তমশাই বসে আছেন। চলে যাও সিধে।"

হাত তুলে বক্রেশ্বর সামন্তকে দেখিয়ে দেয়।

গবা গিয়ে সামন্তর পাশের চেয়ারে বেশ জুত করে বসে বলে, "এবার ঠান্ডাটা পড়েছে মশাই।"

সামন্ত লোকটাকে বিরক্তির চোখে দেখে বলে, "কী চাই?"

গবা একটু অপমান বোধ করে বলে, "ভাল লোকেদের একটা দোষ কী জানেন? তারা পাগল-ছাগলকে পাত্তা দিতে চায় না। তারা ভাবে, পাগলগুলো সত্যিই পাগল। তা পাগলগুলো কি আর পাগল নয়? তারা তো পাগলই। কিন্তু ভাল লোকগুলো এমন পাগল না মশাই, কী বলব আপনাকে...হিঃ হিঃ...পাগলগুলো যদি ভাল লোক হত তা হলে দেখতে পেত, আসলে ভাল লোকগুলোই এমন পাগল যে পাগলকেই কেবল পাগল ভাবে।"

সামন্ত গম্ভীর হয়ে বলল, "বুঝলাম, কিন্তু কথাটা কী?"

"কথা কি একটা? কথা অনেক।"

"সংক্ষেপে বলে ফেলো।"

"বলছিলাম কী, এসব কি খেলা নাকি? বিষ্টুপুরের ওরিয়েন্ট সার্কাস কী দেখাচ্ছে জানেন?"

"কী দেখাচ্ছে?"

"ট্রাপিজ-ফাপিজ নেই স্রেফ শূন্যে কিছু লোক উড়ে বেড়াচ্ছে। আপনি তারের খেলা দেখাচ্ছেন, তারা দেখাচ্ছে বেতারের খেলা। এ-খুঁটো থেকে ও-খুঁটো কেবল একটা বাতাসের দড়ি টাঙানো, তারই ওপর দিয়ে লোক সাইকেল চালাচ্ছে, হেঁটমুণ্ড হয়ে কসরত করছে। তা ছাড়া আপনি বিজ্ঞাপন দিয়েছেন, আপনাদের বামনবীর মাত্র আড়াই ফুট লম্বা, আর ওরা কী দিয়েছে জানেন? ওরা বিজ্ঞাপন দিয়েছে, আমাদের বামনবীর মাত্র তিন ফুট বেঁটে।"

"তাই নাকি?"

"আলবত তাই। লম্বাই যদি হবে, তবে আর বেঁটে বলবেন কী করে? বলতে হলে এরকমই বলতে হয়, আমাদের বামনবীর তিন ফুট বেঁটে বা চার ফুট বেঁটে বা পাঁচ ফুট বেঁটে বা ছয় ফুট বেঁটে বা—"

"থাক। থাক। আর বলতে হবে না।"

"বুঝেছেন তো?"

"বুঝেছি।"

"কী বুঝলেন?"

"বুঝলাম তুমি খাঁটি পাগল।"

গবা মাথা নেড়ে বলে, "ভাল মানুষদের তো ওই একটাই দোষ। তারা পাগলকে ভাবে পাগল। পাগলরা যে সত্যিই পাগল তা কি পাগলরা জানে না? আর তারা যে পাগল সেইটে বোঝানোর জন্য কোনও পাগল কি পাগল ছাড়া অন্য কোনও পাগলের কাছে যায়? বলুন!"

সামন্ত জ্বালাতন হয়ে বলে, "তাও বুঝলাম। কিন্তু বাপু হে, আজ আমার মনটা ভাল নেই।"

"মন ভাল করার ওষুধ আমি জানি।"

"বটে! কী ওষুধ?"

"একদম পাগল হয়ে যান। ভাল মানুষরা যদি পাগল না হয়, তা হলে পাগলরা যে পাগল তা বুঝবে কী করে? আর একবার যদি পাগল হয়ে পাগলামির মজা টের পায়, তবে কি আর মন খারাপ থাকে?"

"ওঃ!" বলে সামন্ত নিজের মাথা চেপে ধরে।

গবা বলল, "এই কথাটাই বলতে আসা মশাই। তবে যাওয়ার আগে, দু-চারটে আজে-বাজে কথাও বলে যাই। কথাটা হল, গোবিন্দ মাস্টার খড়ের গাদায় পৌঁছেছে। রাত্রে স্পাই আসবে। রামু নামে একটা ছেলে আসতে পারে খেয়াল রাখবেন।"

বলে গবা উঠে পড়ল।

সামন্ত মুখ তুলে হাঁ করে চেয়ে থাকে।

গবা এরেনাটা পার হওয়ার সময় তাচ্ছিল্যের মুখভঙ্গি করে খেলোয়াড়দের কসরত দেখে বক্রেশ্বরের দিকে চেয়ে বলে, "আড়াই ফুট লম্বা! হুঁ লম্বাই যদি হলে তবে বেঁটে বলে অত বড়াই কেন?"

বক্রেশ্বর চোখ পিটপিট করে বলে, "তুমিও যেমন পাগল আমিও তেমনি লম্বা।"

গবা আর কথা বাড়ায় না। বেরিয়ে সোজা হাঁটতে থাকে। রবিবার বলে আজ একটু বেলায় বাজার করে হরিহরবাবু আর গদাধরবাবু ফিরছিলেন। গবার সঙ্গে রাস্তায় দেখা।

গদাধরবাবু গদগদ হয়ে বললেন, "এই যে বৈজ্ঞানিক গবা, তোমার সারানো ঘড়িটা অদ্ভুত চলছে হে। একেবারে ঘণ্টায় মিনিটে সেকেন্ডে।"

হরিহরবাবু সঙ্গে সঙ্গে বললেন, "তবে উলটোদিকে।

গদাধরবাবু বিরক্ত হয়ে বললেন, "দেখুন হরিহরবাবু—"

হরিহরবাবুও সঙ্গে সঙ্গে বললেন, "কী বলবেন তা জানি গদাধরবাবু। তবে বলে লাভ নেই, গবা বিজ্ঞানের ব-ও জানে না। ও গবা, বলো তো, কাইনেটিক এনারজি কাকে বলে!"

গবা একটা প্রকাণ্ড হাই তুলে বলে, "আপনিই তো বলে দিলেন।"

"তার মানে?"

"কাইনেটিক এনারজিকেই কাইনেটিক এনারজি বলে। খুব সোজা কথা।"

হরিবাবু একগাল হেসে বলেন, "দেখলেন তো গদাধরবাবু, গবা কাইনেটিক এনারজি কাকে বলে জানে না।"

গদাধরবাবু উত্তেজিত হয়ে বললেন, "কে বলল জানে না? এই তো বলল শুনলেন না? কাইনেটিক এনারজিকেই কাইনেটিক এনারজি বলে?"

দুজনের মধ্যে আবার একটা ঝগড়া পাকিয়ে উঠল।

কিন্তু গবার সময় নেই। সে দ্রুত পায়ে চলেছে শহরের আর এক প্রান্তে। একটা খড়ের গাদায়।

দশ

পাখিদের মুশকিল হল তারা পুরনো কথা বেশিদিন মনে রাখতে পারে না। মস্তিষ্কের

ততখানি ক্ষমতা তাদের নেই, স্মৃতিশক্তিও নেই। কিছুদিনের মধ্যেই তারা পুরনো বুলি ভুলে নতুন বুলি শিখতে শুরু করে।

আজ সকালে রামুর ঘুম ভেঙেছে পাখিটার ডাকে। কাকভোরে পাখিটা হঠাৎ বিকট স্বরে ডাকতে শুরু করে, 'রামু ওঠো, রামু ওঠো, রামু ওঠো। মুখ ধুয়ে নাও। পড়তে বোসো।"

রামু তো অবাক। সে ধরে নিয়েছিল, পাখিটা নতুন বুলি কিছুতেই শিখবে না। তাই নিশ্চিন্ত ছিল। একটা পাখি তার ওপর খবরদারি করবে এটা কি সহ্য হয়? কিন্তু আজ সকালে এই অদ্ভুত কাণ্ড দেখে সে হতবাক। পাখিটা যে শুধু ডাকছে তা নয়, বেশ রাগের গলায় ধমকাচ্ছে। যেমনটা তার বাবা উদ্ধববাবু করে থাকেন, হুবহু সেই স্বর। ডাকছেও পাশে বাবার ঘর থেকেই। পাখির দাঁড়টা আজকাল উদ্ধববাবুর ঘরেই ঝোলানো থাকে।

শীতের ভোরে এখনও চারিদিক বেশ অন্ধকার। তার ওপর হাড় কাঁপানো ঠান্ডা। এই শীতে লেপের ওম থেকে বেরোবার সময় মনে হয় কেউ বুঝি গা থেকে চামড়াটা টেনে ছিঁড়ে নিচ্ছে।

রামু হয়তো পাখির ডাককে উপেক্ষা করে আরও কিছুক্ষণ শুয়ে থাকত। কিন্তু পাখিটার বিকট চেঁচামেচিতে উদ্ধববাবুরও ঘুম ভেঙেছে। তিনিও উঠে গম্ভীর গলায় হাঁক দিলেন, "এই রেমো! ওঠ!"

রামু মনে মনে রাগ চেপে রেখে ওঠে এবং শীতে হি-হি করে কাঁপতে কাঁপতে গিয়ে ঘুঁটের ছাই দিয়ে দাঁত মেজে পাথুরে ঠান্ডা জলে মুখ ধুয়ে নেয়। তারপর ঠাকুরঘরে গিয়ে প্রণাম করার নিয়ম।

একটা খদ্দরের চাদর মুড়ি দিয়ে সে যখন পড়ার ঘরে এল তখন উদ্ধববাবু প্রাতঃভ্রমণে বেরিয়ে গেছেন। রামু বাবার ঘরে ঢুকে কটমট করে পাখিটার দিকে তাকিয়ে বলে, "তুই ভেবেছিসটা কী শুনি।"

পাখিটা দাঁড়ের একদিকে সরে গিয়ে জড়সড় হয়ে বসে বলে "বিশু! আমাকে মেরো না বিশু! আমি বুড়ো মানুষ। মরার সময় সব মোহর তোমাকে দিয়ে যাব।"

রামু রাগে দাঁত কিড়মিড় করে বলে, "আমার মোহরের দরকার নেই। তুই চেঁচানি বন্ধ করবি কি না বল।"

পাখিটা হঠাৎ ডানা ঝাপটে, পায়ের শিকলের শব্দ করে ঠিক উদ্ধববাবুর মতো একটু কাশে। তারপর গম্ভীর গলায় বলে "পড়তে বসো। পড়তে বসো। সময় নষ্ট কোরো না।"

পাখিটা পুরনো বুলি সব ভুলে যায়নি এখনও। নতুন বুলিও শিখেছে। তবে আর

কয়েকদিনের মধ্যেই পাখিটা নতুন বুলিই বলতে থাকবে ক্রমাগত। রামুর তখন ভারী বিপদ হবে। সুতরাং পাখিটাকে না ভাগানো পর্যন্ত রামুর শান্তি নেই।

কাকাতুয়া যে নিরীহ প্রাণী নয় তা রামু বুঝল শিকলটা খুলতে গিয়ে। যেই না দাঁড়ে হাত দিয়েছে, অমনি পাখিটা খচ করে ঠুকরে দিল হাতে। ডান হাতের বুড়ো-আঙুলের পিছন দিকটা কেটে গেল একটু।

কাটাকাটিকে অবশ্য রামু ভয় পায় না। প্রতিদিনই তার হাত কাটছে, মাথা ফাটছে, পা মচকাচ্ছে। ওসব গা-সওয়া। সে বাইরে গিয়ে একটু দুব্বোঘাস তুলে হাতে ডলে নিয়ে ক্ষতস্থানে লাগিয়ে দেয়।

যারা লেখাপড়ায় ভাল হয় না তারা হয়তো বা খেলাধুলো, গান-বাজনা, ছবি-আঁকা বা অন্য কোনওদিকে ভাল হয়। রামুর ভাইবোনরা লেখাপড়ায় সবাই ভাল। বোনরা ভাল গায়, বড়দা দারুণ তবলা বাজায়, ছোড়দা দুর্দান্ত স্পোর্টসম্যান। রামু কোনওটাতেই ভাল নয়। ক্লাসে টেনেটুনে পাস করে যায়, বার্ষিক স্পোর্টসে বড়জোর হাইজাম্প বা দৌড়ে একটা বা দুটো থার্ড প্রাইজ পায়। গান জানে না, ছবি আঁকতে পারে না। কিন্তু শরীরের সেই অদ্ভুত কাতুকুতুটার জ্বালায় সে সাংঘাতিক, সাংঘাতিক সব দুষ্টুমি করে বেড়ায়। দুষ্টু ছেলেরা সাধারণত মায়ের আদর একটু বেশিই পায়। কিন্তু রামুর কপালটা সেদিক দিয়েও খারাপ। ছয় ভাইবোনের মধ্যে তার আদরই বাড়িতে সবচেয়ে কম। আসল কথা হচ্ছে তার দিকে কারও তেমন নজর নেই। রামু বলে একটা ছেলে এ বাড়িতে থাকে মাত্র। যেমন নয়নকাজল থাকে, যেমন মাঝে মাঝে গবা পাগলা থাকে। রামুর সন্দেহ হয়, সে নিরুদ্দেশ হলে এ বাড়ির লোকে ঘটনাটা লক্ষ করবে কি না।

বাইরের সিঁড়িতে বসে রামু আজ সকালে এইসব ভাবছিল। তার জীবনে শান্তি নেই।

রোদ উঠল। দাদাদিদিরা পড়ার ঘরে পড়তে বসল। আর যুধিষ্ঠির মাস্টারমশাইও দেখা দিলেন।

যুধিষ্ঠিরবাবুকে রামুর বড় ভাল লাগে। ভারী অমায়িক মানুষ। কথায়-কথায় মারধোর নেই, ধমক-ধামক নেই। মিষ্টি হেসে নরম সুরে বোঝান, না-পারলে রাগ করেন না। আজও রামুকে জিজ্ঞেস করলেন, "মুখখানা ভার দেখছি যে! বকুনি খেয়েছ নাকি?"

"আজ কিছু ভাল লাগছে না মাস্টারমশাই।"

"সকালবেলায় কিছু ভাল না লাগলে সারা দিনটাই খারাপ যায়। সকালটাই তো মানুষের সবচেয়ে সুন্দর সময়।"

যুধিষ্ঠিরবাবুর পরনে ধপধপে ধুতি। গরম কাপড়ের নস্যি রঙের পাঞ্জাবির ওপর শাল। তাঁর চেহারাখানাও বেশ লম্বা চওড়া। বয়স বেশি নয়। চোখের দৃষ্টি সব পরিষ্কার আর তীক্ষ্ণ। অগাধ জ্ঞান। রামু শুনেছে যুধিষ্ঠিরবাবু খুব বড়লোকের ছেলে। বাবার সঙ্গে রাগারাগি থেকে বেরিয়ে এসেছেন। নইলে তাঁর যা অবস্থা তাতে রোজগার না করলেও চলে।

রামু গম্ভীর হয়ে বলে, "আজ যদি না পড়ি তা হলে কি আপনি রাগ করবেন?"

"না না। রোজ কি পড়তে ভাল লাগে?"

"কিন্তু বাবা তো বকবে?"

"না, তাও বকবেন না। চলো, তোমার দাদা আর দিদিদের পড়া দিয়ে তোমার সঙ্গে বসে আমি কাটাকুটি খেলব।"

"সত্যি খেলবেন?"

"কেন খেলব না? চলো।"

বাস্তবিকই যুধিষ্ঠির মাস্টারমশাই আর সকলকে শক্ত-শক্ত টাস্ক করতে দিয়ে একটা রাফ খাতা খুলে রামুর সঙ্গে কাটাকুটি খেলতে লাগলেন। কিন্তু কাটাকুটিও উনি এত ভাল খেলেন যে, রামু বার বার হেরে যেতে লাগল।

যুধিষ্ঠিরবাবু হঠাৎ জিজ্ঞেস করেন, "তোমার হাত কাটল কী করে?"

"আমাদের পাখিটা কামড়ে দিয়েছে।"

"সেই কাকাতুয়াটা?"

"হ্যাঁ।"

"তুমি কী করেছিলে?"

"ছেড়ে দিচ্ছিলাম।"

"পাখিটাকে?"

"হ্যাঁ। আমাকে বড্ড জ্বালাতন করে।"

যুধিষ্ঠিরবাবু একটু চমকে উঠে বলেন, "ছেড়ে দিয়েছ?"

"না, শিকলটা খুলতে পারিনি।"

এরপর আর কোনও কথা হল না বটে কিন্তু যুধিষ্ঠিরবাবু বার বার কাটাকুটি খেলায় হেরে যেতে লাগলেন। মাস্টারমশাইয়ের সঙ্গে কাটাকুটি খেলার ঘটনা এবং পাখিটাকে ছেড়ে দেওয়ার চেষ্টার কথা রামুর দাদা আর দিদিরা বাড়িতে বলে দিল। উদ্ধববাবু কাছারিতে যাওয়ার আগে রামুকে নিজের ঘরে ডাকিয়ে আনলেন।

গম্ভীর হয়ে বললেন, "পাখিটা তোর সঙ্গে কোনও শত্রুতা করেছে?"

রামু ভয়ে কাঠ। গলা দিয়ে স্বর বেরোল না।

উদ্ধববাবু তাঁর বেতের ছড়িটা দিয়ে শপাং করে এক ঘা মেরে বললেন, "দুনিয়ার সবাইকে শত্রু মনে করতে কে তোমাকে শেখাল?"

রামু যন্ত্রণায় ছটফট করে বাঁ হাতের কবজি চেপে ধরল। বেতটা লেগেছিল সেইখানেই।

"বলো!" আবার শপাং। এবার লাগল কোমরে।

রামু বেঁকে গিয়ে বলল "পাখিটা আমাকে ধমকাচ্ছিল।"

"বটে। পাখির ধমকে তোমার এমন অপমান হয়েছে যে, শিকলি কেটে তাকে উড়িয়ে দিতে হবে?"

আবার শপাং। এবার পিঠের চামড়াই বুঝি কেটে গেল রামুর। সে একটা চিৎকার করতে গিয়েও দাঁত চেপে রইল। বাবার সামনে কান্না বারণ। তবে সে চাপা কান্নায় থরথর করে কাঁপছিল। রাগেও।

উদ্ধববাবু গম্ভীর হয়ে বলেন, "পাখিটা আমার প্রতিনিধি হয়ে তোমাকে শাসন করবে। কথাটা মনে রেখো। যদি কখনও ফের এরকম কিছু করো তবে বাড়ি থেকে তাড়িয়ে দেব। আর শুনলাম পড়ার মাস্টারমশাইয়ের সঙ্গে কাটাকুটি খেলছিলে আজ! সত্যি?"

"মাস্টারমশাই নিজেই তো খেললেন।"

"সে ক্ষেত্রে আমার বলার কিছু নেই। কিন্তু মাস্টারমশাইরা কোন ধরনের ছাত্রের সঙ্গে কাটাকুটি খেলেন তা জানো? যাদের কিছু হবে না বলে ওঁরা নিশ্চিন্ত হয়ে যান। তোমারও কিছু হবে না। এখন যাও।"

চোখ মুছতে মুছতে রামু বাবার ঘর থেকে বেরিয়ে এল।

উদ্ধববাবুর কড়া হুকুম আছে কোনও ছেলেকে তিনি যেদিন শাসন করবেন সেদিন সেই ছেলের খাওয়াও বারণ। তাতে নাকি ফল ভাল হয়। সুতরাং রামুকে আজ খালি পেটে ইস্কুল যেতে হল।

ক্লাসে লাস্ট বেঞ্চে বসে গান্টু কাঁচা কুল খাচ্ছিল নুন দিয়ে। স্যার এখনও আসেননি।

রামু গিয়ে পাশে বসতেই গান্টু চাপা গলায় বলে, "খুব ধোলাই খেয়েছিস তো!"

রামু আবার চোখের জল মোছে।

"দূর, আমি তো কত মার খেয়েছি। কাকা এখনও মারে। তবে এখন আর লাগে না।"

রামু অনেকক্ষণ চুপ করে থাকে। তারপর বলে, "শোন গান্টু, আমি ঠিক করেছি সার্কাসের দলে নাম লেখাব।"

"সার্কাস!"

"আমার লেখাপড়া হবে না। কিছু হবে না।"

"সার্কাসে গেলে নেবে কেন? ঝাঁট দেওয়ার কাজ করবি?"

"না। খেলা দেখাব।"

"পারবি?"

"শিখব।"

এগারো

অনেক ভেবেচিন্তে গান্টু বলল, "আমি সার্কাসে যাব না। আমি বাড়ি থেকে পালিয়ে জাহাজে চাকরি নিয়ে দুনিয়া ঘুরে বেড়াব।"

রামু বলে, "জাহাজে চাকরি পাওয়া অত সোজা নয়। তোকে নেবে কেন? তুই সাঁতার জানিস?"

"শিখে নেব। তোকে সার্কাসে নিলে আমাকেও জাহাজে নেবে।"

"তা হলে পালাবি?"

"পালাব। কিন্তু গাড়িভাড়ার কী হবে? রাস্তায় খাব কী?

"সে হয়ে যাবে। আমি তো সার্কাসের দলের সঙ্গে যাচ্ছি, আমাকে ওরাই খেতে-টেতে দেবে।"

"আমি যদি তোর সঙ্গে থাকি তো আমাকেও নেবে?"

"সেটা এখুনি বলতে পারছি না। কথা বলতে হবে।"

ক্লাসের ফাঁকে-ফাঁকে গান্টুর সঙ্গে নানারকম পরামর্শ করে রামু বাসায় ফিরল। সারাদিন খাওয়া নেই। টিফিনে গান্টু একটু চিনেবাদামের ভাগ দিয়েছিল মাত্র। তাতে খিদেটা আরও চাগিয়ে উঠেছে। পেটের আগুনটা রাগের হলকা হয়ে মাথায় উঠে আসছে। বইটই রেখে রামু নিঃসাড়ে গিয়ে বাগানে ঢুকল। বাগানের এক কোণে একটা কুলগাছ আছে। তাতে মস্ত-মস্ত টোপাকুল খেয়ে খিদেটা চাপা দেবে।

কিন্তু গিয়ে দেখে, কুন্দ দারোগার দুই ছেলে আন্দামান আর নিকোবর চুরি করে বাগানের দেয়াল টপকে ঢুকে গাছে উঠে কুল সব সাফ করছে। একজনের হাতে আবার একটা বাঁশের চ্যাঙাড়ি। সেটা টোপাকুলে টুপটাপ ভর্তি।

রামু হাঁক মারল, "অ্যাই! আমাদের গাছে উঠে কুল পাড়ছিস যে বড়!"

কুন্দকুসুমের শাসন বড্ড কড়া। কুল চুরির কথা জানাজানি হলে আস্ত রাখবে না। ভয়ের ব্যাপার আরও আছে। রামুর ঢিল ছোড়ার হাত দারুণ পাকা। এখন নীচ থেকে সে যদি ঢিল ছুড়তে শুরু করে তবে গাছের ওপর দুই ভাইয়েব বড়ই বিপদ। রামুর ঢিল বড় একটা ফসকায় না। তাই দুই ভাই ওপর থেকে কাকুতি-মিনতি করতে লাগল, "বলিস না, ভাই বলিস না। অন্যায় হয়ে গেছে। তোকে অর্ধেক দিচ্ছি। পায়ে পড়ছি, ঢিল মারিস না।"

খিদে-পেটে রামুর গাছে উঠতে ইচ্ছে করছিল না। তা ছাড়া এ বাড়ির ওপর তার এখন এমন রাগ যে, এই বাড়ির কোনও ক্ষতি হলে সে খুশিই হয়। সে গম্ভীর হয়ে বলল, "ঠিক আছে, নেমে আয়।"

আন্দামান আর নিকোবর পকেটে করে কাগজের পুরিয়ায় অনেকটা ঝাল-নুন এনেছে। তাই নিয়ে গাছতলায় তিনজনে কুলের ভোজে বসে গেল।

কিছুক্ষণ চুপচাপ বসে তিনজন কুল খেয়ে গেল। পাকা, আধ-পাকা ডাঁশা কুল আর দুর্দান্ত ঝালের শোঁসানি শোনা যাচ্ছিল কেবল। তারপর নিকোবর বলল, "তুই নাকি সার্কাসের দলে ভিড়ছিস?"

রামু কথাটা আর কাউকে বলেনি, গান্টু ছাড়া। তাই চোখ পাকিয়ে জিজ্ঞেস করল, "কে বলেছে?"

"গান্টু। স্কুল থেকে ফেরার পথে বলল, রামু সার্কাসের দলে চলে যাচ্ছে।"

আন্দামান মুখ থেকে একটা কুলের বিচি ফুড়ুক করে ফেলে বলল, "ওই সার্কাসে একটা সাংঘাতিক খুনি লোক আছে। দিনে-দুপুরে মানুষ খুন করে।"

রামু বলে, "কে বল তো!"

"যে লোকটা আজকাল সাপের খেলা দেখায়। মাস্টার লখিন্দর।"

"লোকটা খুনি কী করে জানলি?"

"বাবা গতকাল ফন্তুবাবুকে বলছিল, আমি আড়াল থেকে শুনেছি।"

"ফন্তুবাবুটা কে?"

"পুলিশের ইনফরমার।"

"কী বলছিল?"

"বলছিল লখিন্দরের নাম নাকি আসলে লখিন্দর নয়। এ হচ্ছে মাস্টার গোবিন্দ। কাশিমের চরে হরিহর পাড়ুই বলে একটা লোককে খুন করে জেলে যায়। তার ফাঁসির হুকুমও হয়েছিল। কিন্তু লোকটা জেল থেকে পালিয়ে এসেছে।"

"তবে তোর বাবা তাকে ধরছে না কেন?"

"ধরা যাচ্ছে না, লোকটা মুখোশ পরে থাকে তো। আসল চেহারাটা কেউ দেখেনি। সার্কাসওয়ালারা অন্য একটা লোককে দেখিয়ে বলছে, এই হচ্ছে মাস্টার লখিন্দর।"

"তা হলে তোর বাবা এখন কী করবে?"

"কিছু করবে না। শুধু ওয়াচ করা হবে। মাস্টার গোবিন্দর সব খোঁজখবর চেয়ে পাঠানো হয়েছে। পুলিশ ফোর্সও আসছে। শহরটা ঘিরে ফেলা হবে। এখন ইনফরমার আর সেপাইরা চারদিকে নজর রাখছে। গতকাল থেকে সার্কাসে সাপের খেলা বন্ধ হয়ে গেছে। বিরাট নোটিস টাঙিয়ে দেওয়া হয়েছে—মাস্টার লখিন্দর পেটের পীড়ায় আক্রান্ত। সাপের খেলা বন্ধ রইল। সব প্ল্যান করা।"

আর কয়েকটা কুল খেয়ে রামু উঠে পড়ল। আন্দামান আর নিকোবর তাকে অর্ধেক কুলের ভাগ দিতে চাইলে রামু ঠোঁট উলটে বলল, "তোরা নিগে যা।"

সন্ধেবেলা গবা পাগলার ঘরে গিয়ে তাকে ধরল রামু "গবাদা! শুনেছ হবিবগঞ্জের সার্কাসের সেই সাপ-খেলোয়াড় লখিন্দর নাকি আসলে খুনি?"

অন্যমনস্ক গবা বলল "হ্যাঁ, খুব গুণী।"

"গুণী নয় গো, সে নাকি খুনি।"

গবা অবাক হয়ে বলে, "তোমাকে কে বলল?"

"আন্দামান আর নিকোবর। কুন্দ দারোগার যমজ ছেলেরা।"

"বটে!" বলে গবা আঙুল দিয়ে তার দাড়ি আঁচড়াতে আঁচড়াতে বলে, "খুন একটা হয়েছিল বটে। সেই কাশিমের চরে। গেলবারের আগের বারে শীতকালে। জায়গাটা এখান থেকে খুব দূরেও নয়। বিশ-পঁচিশ ক্রোশ হবে। খুব জ্যোৎস্না ছিল সেই রাতে।"

"তুমি সেখানে ছিলে?"

"খানিকটা ছিলাম বই কী। কাশিমের চরেই যে সেই রাতে তেনাদের নামবার কথা।"

"কাদের?"

"আলফা সেনটরি হল সৌরলোকের সবচেয়ে কাছাকাছি নক্ষত্র। দূরত্ব হবে চার আলোবছর। সেখানকার একটা উন্নত গ্রহের সঙ্গে আমার অনেকদিনের যোগাযোগ। বহুকাল খবর-বার্তা দিইনি বলে চিন্তা করছিল তারা। আমাকে একদিন একটা ভাবসংকেত পাঠাল। যন্ত্রপাতি দিয়ে নয়, স্রেফ জোরালো মানসিক প্রক্রিয়ায়। জানান দিল, দিন-দুইয়ের মধ্যেই তারা এক পূর্ণিমার রাতে কাশিমের চরে নামবে। আমি যেন সেখানে হাজির থাকি।"

"গুল মারছ গবাদা!"

"গবা তো কেবল গুলই মারে। আর বলব না, যাও।"

"আচ্ছা আচ্ছা, গুল নয়। বলো।"

"শেষ পর্যন্ত অবশ্য সময়মতো তারা আসতে পারেনি। পরে শুনলাম ওদের মহাকাশযানের একটা মাস্তুল নাকি খারাপ হয়ে গিয়েছিল।"

"মাস্তুল তো নৌকায় থাকে।"

"আরে বাবা এ কি আর সাধারণ মাস্তুল! এই মাস্তুল হল আসলে একটা সুপারসেনসিটিভ স্ক্যানার।"

"যাকগে, তারপর কী হল?"

"সে এক কাণ্ড। আমি তো কাশিমের চরে জ্যোৎস্নায় একটা কম্বল মুড়ি দিয়ে বসে অপেক্ষা করতে করতে ঘুমে ঢুলে পড়ছি। কখন তেনারা আসবেন। কাশিমের চর জায়গাটা বড় ভাল নয়! একধারে ঘন জঙ্গল, মাঝখানে নদী। শীতকাল বলে জল প্রায় নেই-ই বলতে গেলে। দু ধার দিয়ে তিরতির করে নালার মতো দুটো স্রোত বয়ে যাচ্ছে। মাঝখানে মস্ত চর। তা সেই চরেও আবার কাশফুলের ঘন ঝোপ সব। মাঝখানে অবশ্য অনেকটা জায়গা ফাঁকা। সন্ধের পরই সোনার থালার মতো চাঁদ উঠল। জ্যোৎস্নায় একেবারে মাখামাখি। আর যা শীত পড়েছিল সেবার তা আর বলার নয়।"

"উঃ প্রকৃতি-বর্ণনা রেখে আসল গল্পটা বলবে তো!"

"তোমার বাপু বড্ড ধৈর্য কম। গল্পের আসল প্রাণই তো ওই প্রকৃতি আর পরিবেশের ওপর। ওটা না হলে গল্পটা বড্ড ন্যাড়া-ন্যাড়া হয়ে যায় যে। সত্যি বলে মনে হয় না।"

"তারপর কী হল?"

"সে এক কাণ্ড। আমি তো সেই শীতে একেবারে জড়সড় হয়ে ঠান্ডা মেরে বসে আছি। চারদিকে বেশ কুয়াশা। কুয়াশার মধ্যে জ্যোৎস্নার একটা আলাদা রূপ আছে। গোটা জায়গাটাকে মনে হচ্ছিল পরির রাজ্য। দেখতে দেখতে রাত বেড়ে উঠল। ঘুমে আমি ঢুলে পড়ছি। এমন সময় মনে হল একটা লোক যেন দূর থেকে দৌড়ে আসছে। বালির ওপর তো পায়ের শব্দ হয় না। কিন্তু আমি সেই মহাকাশের লোকগুলোর ভাবসংকেত পাওয়ার জন্য মনটাকে এমন চনমনে রেখেছিলাম যে, ছুঁচ পড়লেও শব্দ শুনতে পাব।"

"তবে এই যে বললে ঘুমে ঢুলে পড়ছিলে!"

"তা বটে। তবে কিনা সে ঘুমও ভাবের ঘুম। চোখ বোজা থাকে বটে, কিন্তু কান, গায়ের চামড়া, নাক, চারদিকের খবর পায়।"

"লোকটা দৌড়ে কোথায় গেল?"

"গেল না। লোকটা আসছিল। আমি চোখ চেয়ে কুয়াশায় কাউকে দেখতে পেলাম না। তবে কয়েক সেকেন্ড পরেই আরও চার-পাঁচজনের দৌড়ে আসার আওয়াজ পেলাম। তারপর বুঝলাম প্রথম লোকটা পালাচ্ছে, পরের লোকেরা তাকে তাড়া করছে। প্রথম পায়ের শব্দটা ঝোপের আড়ালে-আবডালে বেড়ালের মতো চুপি চুপি ঘুরে বেড়াচ্ছে, গা ঢাকা দেওয়ার চেষ্টা করছে। অন্য লোকগুলো তাকে খুঁজছে।"

"তুমি কী করলে?"

"আমি একটা হাই তুললাম তখন।"

"মাত্র হাই তুললে?"

"না, দুটো তুড়িও দিয়েছিলাম মনে আছে।"

"ধুস, তারপর কী হল?"

"ওঃ, সে এক কাণ্ড!"

বারো

বিরক্ত হয়ে রামু বলে, "আঃ, বলোই না!"

"ভাবলে আজও গায়ের রোঁয়া দাঁড়িয়ে যায়। দ্যাখো না, আমার গা দ্যাখো!" বলে গবা হাতে দাঁড়ানো রোঁয়া দেখাল রামুকে। তারপর বলল, "কুয়াশা আর জ্যোৎস্নার মধ্যে ঝোপেঝাড়ে সেই লুকোচুরি খেলা চলছে, আর আমি বসে আছি। ব্যাপার কী তা বুঝতে পারছি না। একবার হঠাৎ একটা শেয়াল এক ঝোপ থেকে বেরিয়ে আমার ঘাড়ের ওপর দিয়ে লাফ মেরে সাঁ করে ছুটে পালাল।"

"তারপর?"

"তারপর সেই ঝোপের আড়াল থেকে ধুতি পরা একটা লোক র‍্যাপারে মুখ ঢেকে কুঁজো হয়ে বেরিয়ে এসে অবিকল শেয়ালের মতোই দৌড়ে পালাচ্ছিল। তার চেহারাটা বিশাল। ছ' ফুটের ওপরে লম্বা, ইয়া কাঁধ, ইয়া বুকের ছাতি। সেই ঝুঁঝকো আলোয় মুখঢাকা লোকটাকেও কিন্তু আমি চোখের পলকে চিনে ফেললাম।"

"লোকটা কে?"

"সেই লোকটাই পাড়ুই। ওরকম লোক আমি জন্মে দুটো দেখিনি। হরিহর পাড়ুই

না-পারে এমন কোনও কাজ নেই। লোকের ছেলেমেয়ে চুরি করে আড়কাঠিদের কাছে বেচে দিত, নয়তো মা-বাপের কাছ থেকে টাকা আদায় করত। ডাকাতি করত। চুরি করত। আর খুন করা ছিল তার জলভাত। ওই তল্লাটে তার দাপটে সবাই কাঁপত।"

"লোকটা কী করল?"

"লোকটা তখন পালাচ্ছিল। খুব অদ্ভুত দৃশ্য। হরিহর পাড়ুইকে পালাতে দেখাটাও ভাগ্যের ব্যাপার। কারণ সাধারণত তাকে দেখেই অন্যেরা পালায়। তাই তাকে পালাতে দেখে ভারী অবাক লাগল। কাশিমের চরে এমনিতে ঘরবাড়ি নেই, তবে বহুকাল আগেরকার একটা ভাঙা বাড়ি আছে, সাপখোপ শেয়াল তক্ষক বাদুড় আর প্যাঁচার আড্ডা। চোরে-ডাকাতেও বড় একটা কেউ সেই বাড়িতে ঢোকে না। আমি যেখানে বসেছিলাম, সেখান থেকে একটু ডাইনে কোনাকুনি একটা ঝাউবন। তার আড়াল থেকে সেই ভাঙা বাড়িটার একটা গম্বুজ দেখা যাচ্ছিল। হরিহর পাড়ুই কোলকুঁজো হয়ে সেই ঝাউবনের মধ্যে ঢুকে বাড়িটার দিকে যাচ্ছে বলে মনে হল। এমন সময়ে দেখি, গম্বুজে একটা আলো দেখা যাচ্ছে। কে যেন উঁচু থেকে একটা টর্চবাতি জ্বালছে আর নেভাচ্ছে। আমার মনে হল, ব্যাপারটা একটু দেখা দরকার।"

"তোমার ভয় করল না?"

"না, ভয়ের কী? দুনিয়াটাই তো নানা খারাপ জিনিসে ভরা। ভয় পেতে শুরু করলে তার আর শেষ নেই।"

"তুমি কী করলে?"

"উঠে হরিহরের পিছু-পিছু এগোতে লাগলাম। সেটাও দুঃসাহসের কাজ। হরিহর যদি টের পায় তা হলে চোখের পলকে আমার ঘাড় থেকে মাথা নামিয়ে দেবে কসাই-ছুরি দিয়ে। তার কাছে সবসময় অস্ত্রশস্ত্র থাকে। স্বভাবটাও কেমন পাগলা খুনির। তাই খুব ঠাহর করে দেখে-শুনে সাবধানে এগোতে হচ্ছিল। কিন্তু ঝাউবনের মধ্যে আলো আঁধারিতে আর তাকে দেখতে পেলাম না। গম্বুজের বাতিটাও আর জ্বলছে না তখন।"

রামু চোখ বড় বড় করে বলে, "তখন কী করলে?"

"কিছু করার নেই। চারদিক ঠাহর করছি। লোকটা তো আর নেই হয়ে যেতে পারে না। ঝাউবনের প্রথম দিকটায় বেশ পরিষ্কার। ঝোপজঙ্গল তেমন নেই। কিন্তু ভিতর দিকটায় মেলা আগাছা হয়েছে, লুকিয়ে থাকার পক্ষে তোফা জায়গা। আমি একটা কাঁটাঝোপের কাছাকাছি ঘাপটি মেরে বসে চারদিকে দেখছি, এমন সময়—"

“এমন সময়? উঃ, বলো না!”

“বলছি দাঁড়াও। হাঁ করতেই গলায় একটা মশা চলে গেল যে!” খক-খক করে কেশে গলা সাফ করে গবা বলে, “বেশ নিঃঝুম। আলোর চিকড়ি-মিকড়ি। শীত। কোথাও কিছু নেই, হঠাৎ একটা লম্বা হাত কোত্থেকে বেরিয়ে এসে ঘপাত করে আমার ঘাড়টা ধরল।”

“বলো কী?”

“ওরে বাবা, সে-কথা ভাবতে আজও গায়ে কাঁটা দেয়। এই দ্যাখো ফের গায়ের রোঁয়া দাঁড়িয়ে যাচ্ছে।”

“তারপর কী হল?”

“আমি তো কেমন হতবুদ্ধি হয়ে গেছি। আর হাতটাও পেল্লায়। এই মোটা-মোটা আঙুল, কুলোর মতো মস্ত পাঞ্জা। সেই হাতের একটু বেকায়দা বেশি চাপ পড়লে আমাদের মতো সাধারণ ঘাড় মট করে ভেঙে যাবে। কিন্তু আশ্চর্যের কথা, হাতটা আমার ঘাড় ধরল কিন্তু তেমন আঁট করে ধরল না। বরং মনে হচ্ছিল, মস্ত হাতটা আমার কাঁধে বিশ্রাম নিচ্ছে। কিন্তু আমি সেই ভাবেই তখন কুঁই-কুঁই করছি। টের পেলাম হাতটা সামনের কাঁটাঝোপ থেকে বেরিয়ে এসে আমার ঘাড় ধরেছে। হাতটা মানুষের না অন্য কিছুর তা তখনও বুঝতে পারছি না।”

“মানুষ নয়?”

“তখন তা বুঝবার মতো মনের অবস্থা নয়। তবে হঠাৎ ঝোপের ভিতর থেকে একটা খসখসে শ্বাস টানা শব্দ পেলাম। আমি তখন ভয়ে একেবারে পাথর। হঠাৎ সেই পেল্লায় হাত আমার ঘাড়ে একটা ঝাঁকুনি দিয়ে, আস্তে আস্তে ঝোপটার মধ্যে টেনে নিতে লাগল। সাংঘাতিক কাঁটাঝোপে আমার গাল নাক কান ছড়ে যাচ্ছে। চোখেও কাঁটা ঢুকে যেতে পারে। আমি দুহাত দিয়ে চোখটা আড়াল করলাম। তারপর ডালপালা-সমেত মুখ থুবড়ে পড়লাম মাটিতে। দেখি কী, কাঁটাঝোপের মধ্যে একটা লোক শুয়ে আছে। চারদিক রক্তে ভেজা।”

“ওঃ বাবা!”

“বাবা বলে বাবা! আমি তো তখন বাবা ছেড়ে ঠাকুরদাকে ডাকতে লেগেছি।”

“হল কী বলো না!”

“তেমন কিছু নয়। লোকটার তখন প্রায় হয়ে গেছে। বুকে মস্ত ক্ষত। তা থেকে বগবগ করে রক্ত পড়ছে। লোকটার গলায় ঘড়ঘড়ানি উঠে গেছে। লোকটা কোনওক্রমে বলল, ‘পাখি জানে। পাখি সব জানে।’ এইটুকু বলেই লোকটা ঢলে পড়ল।”

"লোকটা কে?"

"আর কে? সেই হরিহর পাড়ুই। তখনও মরেনি, কিন্তু মরছে। কিন্তু আমার অবস্থা তখন সাংঘাতিক। মরার সময় কী করে জানি না, পাড়ুইয়ের হাতটা আমার ঘাড়কে শক্ত করে ধরল। কিছুতেই ছাড়াতে পারি না। ওদিকে কাছাকাছি অনেকগুলো পায়ের শব্দ শুনতে পাচ্ছি। কারা যেন এগিয়ে আসছে। চারদিকে টর্চের বাতি ঝলসাচ্ছে ফটাফট। যারাই হোক, তারা লোক ভাল নয়। আমার পালানো দরকার। কিন্তু হরিহরের হাতখানা আমাকে অষ্টপাশে বেঁধে ফেলেছে। কার সাধ্য ছাড়ায়! তার ওপর আঙুলগুলো ক্রমে বেঁকে গলায় গজালের মতো ঢুকে যাচ্ছে। মরন্ত মানুষের গায়ে যে অত শক্তি হয় কে জানত বলো।"

"তারপর কী হল? তাড়াতাড়ি বলো।"

"ওদিকে সেই বদমাশগুলোও তেড়ে আসছে। চারদিকে টর্চের আলো ঝলসাচ্ছে। একটা লোক চেঁচিয়ে জিজ্ঞেস করল, সাতনা, ঠিকমতো বল্লম চালিয়েছিলি তো! অন্য একজন রাশভারী গলায় বলল, আমার বল্লম এদিক-ওদিক হয় না। ঝাউবনে ঢুকবার মুখেই লোকটাকে গেঁথেছি। তবে দানোটার গায়ে খুব জোর। বল্লমটা ধাঁ করে টেনে খুলেই দৌড়ে পালাল। কিন্তু মনে হয় না বেশি দূর যেতে পারবে। চারদিকে রক্তের ছড়া দেখছ না।"

"তখন তুমি কী করলে?"

"আমি? আমি তখন কিছু করাকরির বাইরে। হরিহরের কবজায় আমার পুঁটিমাছের পরান ধড়ফড় করছে। আস্তে আস্তে চেতন ভাবটা চলে যাচ্ছে। শ্বাস প্রায় বন্ধ। ঠিক এই সময়ে লোকগুলো 'ওই যে' বলে চেঁচিয়ে উঠল। পর মুহূর্তেই সবাই এসে ঘিরে ধরল আমাদের।"

"তুমি বেঁচে গেলে বুঝি!"

"আরে দূর! অত সহজে নাকি? লোকগুলো টর্চ জ্বেলে দৃশ্যটা দেখেই চেঁচিয়ে বলে উঠল, এখনও বেঁচে আছে! সর্বনাশ। শেষ করে দে। শেষ করে দে। বলতে বলতে একটা লোক মস্ত দা বের করে প্রথম কোপটায় হরিহরের গলা নামিয়ে দিল।"

"বলো কী? আর তুমি?"

"আর যারা ছিল তারা বলল, এ লোকটা কে রে? আর একজন বলল, যেই হোক, সাক্ষী রেখে লাভ নেই। লোকটা বেঁচে আছে। গলাটা নামিয়ে দে। সঙ্গে সঙ্গে আর একটা লোক ঘচাত করে আমার গলাটাও নামিয়ে দিল।"

"যাঃ, কী যে বলো!"

"যা বলছি শুনে যাও। একেবারে প্রত্যক্ষ ঘটনা, দুনিয়ার আর কোনও মানুষের

এমন অভিজ্ঞতা নেই। স্পষ্ট নিজের কাটামুন্ডু প্রত্যক্ষ করলাম। বুঝলে! গলা দিয়ে ফোয়ারার মতো রক্ত পড়ছে। ধড়টা একটু ছটফট করছে। কিন্তু মুখখানা দিব্যি হাসি-হাসি।"

"গুল মারছ গবাদা।"

"সত্যি না। তারপর হল কী শোনো । সে এক কাণ্ড।"

"বলো।"

"ওরা তো আমাদের কবন্ধ করে রেখে পালিয়ে গেল। আমি একটা দীর্ঘশ্বাস ছেড়ে একটা গাছে ঠেস দিয়ে বসলাম। বারবার গলায় হাত বোলাচ্ছি। কিন্তু সেটা তো আমার গলা নয়। শরীরটা তখন বাতাসের মতো হালকা পাতলা জিনিস হয়ে গেছে। দেখি ঝোপের ওপাশ থেকে হরিহর পাড়ুইও উঠে পড়ে চারদিকে কটমট করে চাইছে। তার চাউনি দেখে ভয় খেয়ে পালাতে গিয়ে মনে হল, এখন আর ওকে ভয় কী? আমিও একটু ওর দিকে এগিয়ে গেলাম। হরিহর আমাকে পছন্দ করছিল না। কাছে যেতেই একটা হুংকার দিল, খবরদার! আমি খিক করে হেসে বললাম, তোমার আর সেই দিন নেই হে হরিহর। মাথা গরম কোরো না বাবা। তার চেয়ে চলো চাঁদের আলোয় চরে বেড়াতে বেড়াতে দুটো সুখদুঃখের কথা কই। হরিহর প্রথমটায় একটু গোঁ ধরে বসে ছিল। তারপর যখন সত্যিই বুঝল যে, সে মরে গেছে, তখন আমার সঙ্গে মিশতে আপত্তি করল না তেমন।"

"মরে গিয়ে তুমি ফের বেঁচে উঠলে কী করে?"

"সে তো আর-এক গল্প। আলফা সেনটরির গ্রহ থেকে যাদের আসবার কথা ছিল, তারা ভোর-রাত্রে এসে আমার দশা দেখে চটপট মাথাটা জুড়ে দিয়ে প্রাণ প্রতিষ্ঠা করে ফেলল যে।"

"যত সব গুল। কিন্তু পাখি কী জানে তা তো বললে না?"

"হাঁ। সেইটেই তো আসল গল্প। আর একদিন হবে'খন।"

তেরো

রামু সঙ্গে সঙ্গে গবার হাত ধরে বলে, "না, না, বলো। বলতেই হবে।"

গবা মাথা চুলকে বলে, "আসলে কী জানো, বেশ কিছুদিন আগেকার কথা কিনা, ঠিক স্মরণ হচ্ছে না। তার ওপর আমার মাথাটা কাটা গিয়েছিল তো, তাতেও বুদ্ধি একটু ঘুলিয়ে গেছে। জ্যোৎস্নায় কাশিমের চরে হরিহরের প্রেতাত্মার সঙ্গে আমার

যে-সব কথা হয়েছিল তার মধ্যে পাখির কথাটা আসেনি। মনে আছে আমরা সেই গলা-কাটনেওলা লোকগুলোর আক্কেল নিয়ে কথা বলছিলাম। হরিহর একবার ভুল করে একটা মশা মারতে গিয়েছিল তাও মনে আছে। হাওয়া হাত দিয়ে কি আর মশা মারা যায়? দুজনে খুব হেসেছিলাম। কী হয় জানো, মরলে পর আর পুরনো শত্রুতা, রাগ, হিংসা এসব থাকে না। বেঁচে থেকে মানুষ যে কাণ্ড-মাণ্ডু করে সেগুলোকে ভারী ছেলেমানুষি মনে হয় তখন। বাঁচা অবস্থায় তো আমি হরিহরকে কতই না সমঝে চলছিলাম, মরার পর আবার সেই হরিহরের সঙ্গেই চাঁদের আলোয় গলা-ধরাধরি করে বালির ওপর কত ঘুরলাম।"

"পাখির কথাটা তুললে না?"

"ওই যে বললাম, বাঁচা অবস্থার কৌতূহলগুলো পর্যন্ত মরার সঙ্গে-সঙ্গে মরে যায়।"

"পাখিটা তবে কী জানত?"

"সেটা ভেবে দেখতে হবে!"

"আর হরিহরকে সেদিন খুনই বা করল কারা? তাদের তুমি চেনো?"

"কস্মিনকালে না।"

"মাস্টার গোবিন্দকে তা হলে পুলিশ ধরল কেন?"

"এমনি-এমনি ধরেনি। গোবিন্দরও দোষ আছে।"

"কী দোষ?"

একটা দীর্ঘশ্বাস ফেলে গবা বলে, "সে আবার আর-এক গল্প।"

"তা হলে গল্পটা বলে ফেলো।"

"সেটা একদিন গোবিন্দর কাছেই শুনে নিয়ো। আজ মেলা বকবক করে ফেলেছি।"

"গোবিন্দর কাছে কবে আমাকে নিয়ে যাবে?"

"আমি এখন তার কাছেই যাচ্ছি। ইচ্ছে করলে তুমিও যেতে পারো। তবে খবরদার, ঘুণাক্ষরেও কাউকে বোলো না যেন। জানাজানি হলেই পুলিশ গবাকে ধরে নিয়ে গারদে পুরবে।"

শহর ছাড়িয়ে মাইলটাক মেঠোপথে হাঁটলে একটা বেশ সমৃদ্ধ গাঁ। সন্ধের একটু আগে সেই গাঁয়ের এক সম্পন্ন গেরস্তবাড়িতে রামুকে নিয়ে হানা দিল গবা।

গবাকে দেখে বাড়ির সবাই তটস্থ। "আসুন, আসুন, বসতে আজ্ঞা হোক।"

নিকোনো উঠোনে জলচৌকি পেতে দেওয়া হল। ঘটির জলে হাতমুখ ধুয়ে এসে রামু আর গবা পাশাপাশি দুটো জলচৌকিতে বসতে-না-বসতেই দুটো ছোট ধামায়

টাটকা ভাজা মুড়ি, বাতাসা, নারকেল আর দুধ খেতে দেওয়া হল তাদের। সারা দিনে রামুর এই প্রথম সত্যিকারের কিছু খাওয়া। সে যখন হালুম-হুলুম করে খাচ্ছে তখন গবা খুব মুরব্বির চালে গেরস্তকে জিজ্ঞেস করল, "গোরু রাখার জন্য যে বোবা কালা লোকটাকে দিয়েছিলাম সে কেমন কাজ-টাজ করছে?"

"আজ্ঞে কাজ ভালই করে। খায়ও কম। কিন্তু লোকটা ভারী রাগী।"

"খুব চোটপাট করে বুঝি?"

গেরস্ত একটু অবাক হয়ে বলে, "বোবা লোক চোটপাট করবে কেমন করে? তা নয়, তবে চোখ দুখান দিয়ে মাঝে মাঝে এমনভাবে তাকায় যে, পেটের মধ্যে গুড়নগুড়নি উঠে যায়।"

"তা লোকটা কোথায়?"

"একটু আগে গোরু নিয়ে ফিরল। এখন গোয়ালে সাঁজাল দিচ্ছে। ডাকাচ্ছি।"

গেরস্তর ছেলে গিয়ে রাখালটাকে ডেকে আনল। পরনে আধময়লা হেঁটো ধুতি, গায়ে একটা মোটা কাপড়ের পিরান, গালে খোঁচা-খোঁচা দাড়ি। চোখদুটির দৃষ্টি এত তীক্ষ্ণ যে, তাকালে বুকের মধ্যে একটু ধুকুর পুকুর হয় বটে।

গবা জিজ্ঞেস করল, "কেমন আছিস রে?"

লোকটা 'ব ব ওয়াঁ' গোছের কিছু দুর্বোধ শব্দ করল।

গবা মাথা নেড়ে বলে, "বেশ বেশ বেশ। তুই তো আবার কানেও শুনিস না। তা বলি, এরা ভাল লোক। এদের কাছে ভাল হয়ে থাকবি। চল, একটু এগিয়ে দিবি আমাদের। আঁধার হয়ে এসেছে, লণ্ঠনটা নিয়ে সঙ্গে আয়।"

শুনে গেরস্তর ছেলেপুলেরা হই হই করে উঠল। "এখুনি যাবে কি গবা জ্যাঠা। আমরা যে তোমার সেই মেছো-ভূতের গল্পটার শেষটুকু শুনব বলে কতদিন ধরে হা-পিত্যেশ করছি, সেই যে গো আন্নাপুরের বড় ঝিলে সেবার মাছ ধরতে গিয়ে জলে একটা বড় কড়াই ভাসতে দেখেছিলে। তারপর সেই ভাসন্ত কড়াইটা যেই কাছে এসেছে অমনি সেটাকে ধরতে গিয়ে হাতে গরম ছ্যাঁকা খেলে! তারপর দেখলে, কড়াইটা জলে ভাসছে বটে কিন্তু তাতে গরম তেল ফুটছে। তারপর কী হল?"

গবা উঠে পড়ে বলল, "সে আর এক দিন হবে। বাবুর বাড়ির ছেলেকে নিয়ে এসেছি, তাড়াতাড়ি না ফিরলে রক্ষে থাকবে না।"

রাখালটা লণ্ঠন আর লাঠি হাতে তাদের সঙ্গে এগিয়ে দিতে এল। মেঠোপথে পা দিয়েই বোবা রাখাল কথা কয়ে উঠল, "গবাদা, ওদিকে কী হচ্ছে?"

"ধুন্ধুমার। পুলিশ চারদিকে তোমায় খুঁজছে।"

চৌদ্দো

একটা শক্ত মামলায় মক্কেলকে জিতিয়ে দিয়েছেন উদ্ধববাবু। বড়লোক মক্কেল সকালেই বিরাট ভেট নিয়ে হাজির। ফলের ঝুড়ি, মিষ্টির চ্যাঙারি, দইয়ের হাঁড়ি, বারকোশে মস্ত রুইমাছ, ধামাভর্তি শীতের সবজি। এলাহি কাণ্ড।

মামলায় জিতে উদ্ধববাবুর মনটা আজ ভাল। অন্য একটা মামলায় সওয়ালের ফাঁকে গুনগুন করে ভৈরবী ভেঁজে নিচ্ছিলেন। আদালতে গান গাওয়া নিষিদ্ধ। হাকিমসাহেব গুনগুনানি শুনে বারবার এধার-ওধার তাকান, কিন্তু কোত্থেকে গানটা আসছে তা বুঝতে পারেন না। বার দুই-তিন হাতুড়ি ঠুকে "অর্ডার অর্ডার" হাঁক দিলেন। প্রতিবারই উদ্ধববাবু রুমালে মুখ ঢেকে জিব কাটলেন। কিন্তু গান জিনিসটা ভারী অবাধ্য। ভিতরে গানের ফোয়ারা খুলে গেলে তাকে ঠেকায় কার সাধ্য।

অবশেষে বিপক্ষের উকিল উঠে হাকিমকে বললেন, "আমাদের লার্নেড ফ্রেন্ড উদ্ধববাবুর স্বভাব অনেকটা কোকিলের মতো। বসন্ত সমাসন্ন দেখে ওঁর কণ্ঠ 'কুহু কুহু' রবে চঞ্চল হয়ে উঠেছে। কোকিল যেমন কাকের বাসায় ডিম পাড়ে, উনিও তেমনি ওঁর গানের ডিম এই আদালতে পেড়ে রেখে যাচ্ছেন।"

এই অদ্ভুত সওয়ালে হাকিম ভ্রূ কোঁচকালেন, লজ্জিত উদ্ধববাবু ঘাড় চুলকোচ্ছেন। আর এক হাতুড়ি মেরে আদালতকে চুপ করিয়ে উদ্ধববাবুকে বলেন, "আপনার হিয়ারিংয়ের জন্য একটা ডেট নিন। আজ বাড়ি চলে যান।"

হাঁফ ছেড়ে উদ্ধববাবু বেরিয়ে এলেন। বাস্তবিক এতক্ষণ তাঁর হাঁফ ধরে আসছিল, আইঢাই করছিল। পাকা ফোঁড়ার মতো ভিতরে টনটন করছে গান। একটু টুসকি দিলেই বোমার মতো ফেটে পড়বে। সেই টুসকিটা এতক্ষণ দিতে পারছিলেন না।

এজলাসের চৌহদ্দি পার হয়ে রাস্তায় পড়েই গানের ফোঁড়াটায় টুসকি দিলেন উদ্ধববাবু। আর বাস্তবিক সেটা বোমার মতোই ফাটল। হাঁ করে প্রথম তানটা লাগাতেই এত জোর শব্দ হল যে, উদ্ধববাবু নিজেই হকচকিয়ে গেলেন।

শুধু তাই নয়। সেই শব্দে রাস্তার লোকজনও পালাতে লাগল। কাক কা-কা করে উড়ে উড়ে ঘুরতে লাগল। উদ্ধববাবু তাজ্জব হয়ে দেখলেন, তাঁর গানের ফোঁড়াটা বোমার মতো ফেটে চারদিকে ধোঁয়া ছড়াচ্ছে।

ভ্যাবাচ্যাকা ভাবটা কেটে যেতে কয়েক সেকেন্ড সময় লাগল। তারপর উদ্ধববাবু হঠাৎ বুঝতে পারলেন শব্দটা তাঁর গলা থেকে বেরোয়নি। অমন বোমার মতো আওয়াজ খুব বড় ওস্তাদের গলা থেকেও বেরোবার কথা নয়। যুক্তি অনুসরণ করলে

সন্দেহ থাকে না, বোমার মতো আওয়াজটা একটা বোমারই কাজ। আর সেটা ফেটেছে উদ্ধববাবুর মাত্র হাত দশেকের মধ্যে।

রাস্তার আর-পাঁচজনের মতো উদ্ধববাবুও দৌড়তে লাগলেন। অগ্রপশ্চাৎ বিবেচনার সময় নেই। গলায় গানটাও আর ঠেলাঠেলি করছে না।

বাড়িতে এসে নিজের ঘরে শুয়ে চোখ বুজে অনেকক্ষণ হাঁফ ছাড়লেন উদ্ধববাবু। ব্যাপারটা কী হল তা বুঝতে পারছিলেন না। বোমাটা এত কাছাকাছি ফেটেছে যে, সেই শব্দে তাঁর মাথাটা এখনও ভোম্বল হয়ে আছে। এমনকী শুয়ে- শুয়ে কয়েকবার ভৈরবীতে তান লাগানোর চেষ্টাও করলেন উদ্ধববাবু। কিন্তু গলার স্বর ফুটল না।

ভিতরের বারান্দা থেকে কাকাতুয়াটা বলে উঠল, "দাঁড়া, তোকে মজা দেখাচ্ছি। দাঁড়া, তোকে মজা দেখাচ্ছি।"

উদ্ধববাবু কাকাতুয়ার কথা শুনে উঠে বসলেন। মক্কেল যে অঢেল ভেট দিয়ে গেছে, তা ফেলে-ছড়িয়ে খেয়েও শেষ হওয়ার কথা নয়। তাই উঠে ভিতরবাড়ি থেকে একটা রসগোল্লার হাঁড়ি এনে কাকাতুয়াটাকে খাওয়াতে লেগে গেলেন।

কাকাতুয়াটা বেশ চেখে-চুখেই খাচ্ছিল। কয়দিনে পাখিটা উদ্ধববাবুকে খুব চিনেছে! খেতে খেতে ঘাড় ঘুরিয়ে ঘুরিয়ে উদ্ধববাবুকে দেখছিল। হঠাৎ একটু চাপা গলায় বলল, "কাউকে বোলো না। কাশিমের চরে অনেক মোহর আছে।"

উদ্ধববাবু হাঁ করে চেয়ে রইলেন কিছুক্ষণ, তারপর বললেন, "বলিস কী রে?"

"বিশু জানে না। বিশু জানে না।"

"বিশুটা কে বলবি তো।"

পাখি তখন অন্য কথা বলতে লাগল। "রামু, তুমি ভীষণ দুষ্টু। পড়তে যাও। নইলে গোল্লা পাবে।" তারপর আবার স্বর পালটে বলে, "দাঁড়া, তোকে মজা দেখাচ্ছি।"

চারদিকে চেয়ে উদ্ধববাবু পাখির দাঁড়টা বারান্দা থেকে নিজের ঘরে এনে রাখলেন।

উদ্ধববাবু বিস্তর মামলা-মোকদ্দমা করেছেন। তিনি জানেন, যার কাছে কোনও গোপন খবর থাকে, তার জীবন সর্বদাই বিপদসংকুল। এই পাখিটা নিশ্চিত লুকোনো সম্পদের খবর জানে। এ পর্যন্ত পাখিটার ওপর হামলাও কিছু কম হয়নি। কিন্তু এতকাল কাকাতুয়াটা কাশিমের চরের কথা বলেনি! কেউ যদি কথাটা শুনতে পায়, তবে যেমন করেই হোক হন্যে হয়ে পাখিটাকে হাত করার চেষ্টা করবে। তার জন্য খুন পর্যন্ত করতে পিছপা হবে না।

উদ্ধববাবু আরও কিছুক্ষণ বিশ্রাম নিতে বিছানায় গা ঢালতেই পিঠের নীচে কী একটা খচমচ করে উঠল। উঠে দেখলেন একটা খাম। তাতে ওঁর নাম লেখা।

খাম খুলতেই একটা চিঠি।

মহাশয়, কাকাতুয়াটিকে ফেরত পাইবার জন্য যে প্রস্তাব দিয়াছিলাম তাহা আপনি কার্যত অগ্রাহ্য করিয়াছেন। বুঝিতেছি সহজ পথে আপনি পাখিটিকে ফেরত দিবেন না। তাহাতে অবশ্য আমাদের কিছু না, বিপদ আপনারই। আজ আদালতের বাহিরে যাহা ঘটিল, তাহা একটি নমুনা মাত্র। বোমাটিতে কেবল আওয়াজের মশলা ছিল, ক্ষতিকারক কোনওকিছু ছিল না। আপনাকে আমাদের সম্পর্কে সচেতন করিয়া দিতেই এই কাজ করিতে বাধ্য হইলাম। ইহার পর যদি কখনও আমাদের বোমা প্রয়োগ করিতে হয়, তবে এবার তাহার মধ্যে মারাত্মক বস্তু সকলই থাকিবে। মনুষ্যজীবন অতীব মহার্ঘ বিবেচনা করিয়া ভালয়-ভালয় পাখিটিকে আমাদের হাতে তুলিয়া দিবেন। বেশি কিছু করিতে হইবে না। আপনাদের বাহিরের বারান্দায় আজ রাতে পাখির দাঁড়টা (পাখিসমেত) ঝুলাইয়া রাখিবেন। কোনও পাহারা রাখিবেন না। আমরা যথাসময়ে তাহা হস্তগত করিব। ক্ষতিপূরণ বাবদ যথেষ্ট অর্থও আপনি পাইবেন। ইতি।

এর আগের চিঠিতে 'আমি আমি' করে লেখা ছিল। এই চিঠিতে বহুবচনের 'আমরা'।

উদ্ধববাবু চারদিকে চেয়ে দেখলেন শোয়ার ঘরের তিন দিকেই বড়-বড় জানালা। দক্ষিণ দিকে বাগান, পূর্ব দিকেও বাগান, উত্তরদিকে কলতলা। পত্রবাহক কোন দিক দিয়ে এসে টুক করে এই অল্প সময়ের মধ্যে জানালা গলিয়ে বিছানায় চিঠিটা ফেলে গেছে, তা অনুমান করা শক্ত। তবে এরা যে বেশ সংগঠিত দল তাতে সন্দেহ নেই।

উদ্ধববাবু গম্ভীর মুখে বললেন, "হুঁ।"

পাখিটাও তাঁর হুঁ শিখে গেছে। সেও বলল, "হুঁ।"

উদ্ধববাবু কাকাতুয়ার দিকে চেয়ে দেখলেন পাখিটাও তাঁর দিকেই চেয়ে আছে। বড় মায়া পড়ে গেছে উদ্ধববাবুর। উঠে গিয়ে কাকাতুয়ার পালকে হাত বোলাতে বোলাতে বললেন, "কেন যে বাবা গোপন কথাগুলো শিখতে গেলি। এখন তোরও বিপদ, আমারও বিপদ।"

পাখিটা হঠাৎ আর্তস্বরে বলে উঠল, "বিশু, আমাকে মেরো না! মেরো না!"

উদ্ধববাবু চমকে চারদিকে চেয়ে দেখলেন। না, কেউ কোথাও নেই। পাখিটা পুরনো মুখস্থ বুলিটা বলছে।

আলমারি খুলে উদ্ধববাবু তাঁর বাবার আমলের দোনলা বন্দুকটা বের করলেন। বহুকাল কেউ বন্দুকটা চালায়নি। উদ্ধববাবু বন্দুকটা পরিষ্কার করতে বসে গেলেন।

ভয়ের চেয়ে ভালবাসা অনেক বড়। উদ্ধববাবু ভয়ের কাছে হার মানতে রাজি নন।

পনেরো

এমনিতে দেখতে গেলে মাস্টার গোবিন্দ বেশ সুখেই আছে। সারাটা দিন গোরু চরায়, গেরস্ত বাড়ির অজস্র কাজ মুখ বুজে করে, পেট ভরে খায় আর সন্ধের পর খড়ের গাদায় ঢুকে ঘুমোয়। বোবা কালা হয়ে থাকতে একটু কষ্ট হয় বটে, কিন্তু সেটা সইয়ে নিচ্ছে।

মাঝে মাঝে বেমক্কা মুখ ফুটে এক-আধটা শব্দ বেরিয়ে আসে ঠিকই, কিন্তু ততটা ক্ষতি কিছু হয়নি।

সেদিন গেরস্তর ছেলের বউ এক গামলা ফুটন্ত ভাতের ফ্যান উঠোনের কোণে রেখে ক্ষার কাচতে গেছে, এমন সময় গেরস্তর ছোট্ট নাতি হামা টানতে টানতে গিয়ে সেই গামলার কানা ধরে উঠতে গিয়েছে। গোবিন্দ গোরুগুলোকে মাঠ থেকে নিয়ে আসতে যাচ্ছিল দুপুর বেলা। এই দৃশ্য দেখে বেখেয়ালে 'ইস্, গেল, ছেলেটা গেল' বলে চেঁচিয়ে দৌড়ে এসে বাচ্চাটাকে কোলে তুলে নেয়। ভাগ্যিস কেউ শোনেনি।

আর একদিন গেরস্তর মেজো ছেলে সকালে তাকে ঘুম থেকে তুলে দিতে এসেছিল। তখন একেবারে কাকভোর। আগের রাত্রে যাত্রা শুনেছে বলে ঘুমটা ভোরে খুব গাঢ় হয়েছিল গোবিন্দর। ছেলেটার ডাকাডাকিতে উঠে বসে বলে ফেলেছিল, "দুত্তোর, এমন ষাঁড়ের মতো কেন চেঁচায় লোকে!" ছেলেটা অবাক হয়ে তার দিকে চেয়ে বলল, "এ কী! তুমি যে বড় কথা বলতে পারো।" গোবিন্দ ফ্যাসাদে পড়ে অনেকক্ষণ বু-বু করল বটে, কিন্তু ছেলেটার যেন প্রত্যয় হল না। পাছে লোক জানাজানি হয়ে যায়, সেই ভয়ে তখন ছেলেটাকে কিছু-কিছু কথা খুলে বলল গোবিন্দ। রাজি করাল যাতে কাউকে না বলে।

বেশ কাটছিল। কিন্তু একদিন সকালবেলা গোবিন্দ দেখল, একটি রোগা শুঁটকো মতো লোক গেরস্তর সঙ্গে উঠোনে বসে কথা বলছে। লোকটার চাউনি-টাউনিগুলো ভাল নয়। কথা বলতে বলতে চারদিকে নজর রাখছে। বোঝা যায় কিছু বা কাউকে খুঁজছে।

লোকটা চলে যাওয়ার পর গোবিন্দ গেরস্তর মেজো ছেলেকে আড়ালে ডেকে জিজ্ঞেস করল, "যে লোকটা এসেছিল সে কে বলো তো!"

"ও হল ফন্তুবাবু।"

"সে আবার কে?'

"দালালি-ফালালি করে। জমি বেচাকেনার কারবার আছে।"

"আর কিছু?"

"আর কিছু তো জানি না।"

"মানুষটা কেমন?"

"তা কে জানে! তবে বাবার কাছে মাঝে মাঝে আসে।"

"আজ কেন এসেছিল একটু খোঁজ নেবে? যাও, তোমার বাবাকে গিয়ে জিজ্ঞেস করে এসো।"

ছেলেটা একটু বাদে ঘুরে এসে বলল, "কে একটা লোক জেলখানা থেকে পালিয়ে এদিকে এসেছে তার সম্বন্ধে জিজ্ঞাসাবাদ করছিল।"

গোবিন্দ জেল পালানোর কথাটা ছেলেটাকে বলেনি। শুধু বলেছে, বদমাশ লোক তার পিছনে লেগেছে বলে সে লুকিয়ে আছে। গোবিন্দ জিজ্ঞেস করল, "তোমার বাবা আমার কথা কিছু বলেননি তো?"

কিছু লোকের স্বভাব হল, বুদ্ধি থাকলেও তা খাটাবে না। ছেলেটা বলল, "দাঁড়াও, গিয়ে বাবাকে জিজ্ঞেস করে আসি।"

গোবিন্দ তাকে থামিয়ে বলল, "এখন ফের জিজ্ঞেস করলে তোমার বাবার সন্দেহ হবে। থাকগে।"

রামু মাঝে মাঝে ছুটির দিনে গোরু চরানোর মাঠে খেলা শিখতে আসে। গোবিন্দ লক্ষ করেছে, ছেলেটা যেদিকে মন দেয় সেদিকটায় বেশ ধাঁ করে উন্নতি করে ফেলতে পারে। খালি মাঠে যন্ত্রপাতি ছাড়া রামুকে আর কীই বা শেখাতে পারে গোবিন্দ? তবু যে কয়েকটা মামুলি একসারসাইজ শিখিয়েছিল, তা চটপট শিখে নিল রামু। খেলা শেখার ফাঁকে-ফাঁকে দু-একটা খবরও দিত। সামন্ত বলে দিয়েছে, পুলিশ সার্কাসের ওপর নজর রাখছে তো বটেই, কিন্তু ভাবগতিক দেখে মনে হয় পুলিশ ছাড়া অন্য কিছু লোকও সার্কাসের আশেপাশে ঘোরা-ফেরা করছে। আর একদিন এসে রামু জানিয়ে গেল, খুব শিগগিরই সার্কাস এখান থেকে উঠে যাবে। গোবিন্দ যেন সার্কাসের দলের সঙ্গে না যায়। এবার সার্কাস যাবে অযোধ্যার দিকে। পারলে গোবিন্দ যেন সেখানে গিয়ে দলে ভিড়ে যায়।

সার্কাসের জন্য প্রাণটা বড় কাঁদে গোবিন্দর। চারদিক থেকে আলো এসে পড়ে, শূন্যে মাটিতে তার বা দড়ির ওপর হরেক রকম খেলা চলে, সঙ্গে অদ্ভুত ব্যান্ডের আওয়াজ—সে যেন এক স্বপ্নের জগৎ। তা ছাড়া সার্কাস হল এক বৃহৎ পরিবার। সকলের জন্য সকলে। সেই সার্কাসে আর ফিরে যাওয়া হবে কি না কে জানে!

গোরু চরাতে চরাতে এইসব ভাবে গোবিন্দ।

একদিন গোরু নিয়ে বিকেলবেলা ফিরছে, হঠাৎ দেখে গেরস্তর বাড়ির সামনে খুব লম্বা আর জোয়ান একটা লোক দাঁড়িয়ে গাঁয়ের আর-একটা লোকের সঙ্গে কী কথা

বলছে, গোবিন্দ পাশ কাটিয়ে যেতে গিয়ে শুনতে পেল গাঁয়ের লোকটা বলছে, "না, এ গাঁয়ে খুনি গুণ্ডা বদমাশ আসবে কোত্থেকে? সেসব শহরে থাকে।"

লম্বা লোকটা বলল, "হয়তো পালিয়ে আছে।"

"পালানোর জায়গা কোথায়?"

"আচ্ছা গবা বলে কাউকে চেনো?"

"খুব চিনি। গবা পাগলা হলেন স্বয়ং শিব।"

"তিনি কি এ গাঁয়ে আসেন?"

"প্রায়ই আসেন। এই তো সেদিন আমার কেলে গোরুটার কলেরার মতো হল। গবা পাগলাকে ডেকে আনতে তিনি এসে এমন এক ভস্ম খাইয়ে দিলেন যে, পরদিন থেকে গোবর একেবারে ইটের মতো এঁটে গেল।"

এই পর্যন্ত শুনে গোবিন্দ বাড়িতে ঢুকে পড়ল।

কিন্তু মুশকিল হল, এ লোকটা পুলিশের লোক নয়। লম্বা এবং বিশাল চেহারার এই দানবকে গোবিন্দ চেনে। রয়্যাল সার্কাসে লোকটা পাঁচ মন ভার তুলে রোজ লোককে তাক লাগিয়ে দিত। তারপর সে হঠাৎ একদিন সার্কাস ছেড়ে উধাও হয়। গোবিন্দ কানাঘুষো শুনেছে, এই লোকটা অর্থাৎ সাতনা একটা বাজে সঙ্গে পড়ে খুন-খারাপি করে বেড়ায়। কেন সাতনা খারাপ লোকদের দলে ভিড়ল তাও খানিকটা জানে গোবিন্দ। সাতনার সাত বছর বয়সের একটা মা-মরা মেয়ে ছিল। কে বা কারা সেই মেয়েটাকে চুরি করে সার্কাস থেকে নিয়ে যায়, তারপর দশ হাজার টাকা মুক্তিপণ দাবি করে। সাতনার অত টাকা ছিল না। আদরের মেয়েকে প্রাণে বাঁচানোর জন্য সে রয়্যাল সার্কাসের মালিকের হাতে পায়ে ধরে টাকাটা ধার হিসেবে চায়। কিন্তু সার্কাসের মালিক টাকাটা দেয়নি। কিছুদিন পর কে মেয়েটিকে নাকি কাশীতে ভিক্ষে করতে দেখেছিল। তখন তার জিব কাটা, একটা চোখ কানা। সাতনা কাশীতে যায়, কিন্তু মেয়েকে পায়নি। সেই থেকে পাগলের মতো হয়ে যায়। কাশিমের চরের কাছে সুলতানপুরে মেয়েটি চুরি যায়। সাতনা নিজের সঙ্গে মেয়েটাকে নিয়ে সার্কাসের দলে ঘুরে বেড়াত। মেয়েকে খেলা শেখাত। সেই মেয়ে নিখোঁজ হওয়ায় সে আবার সুলতানপুরে ফিরে আসে। তারপর কী হয়েছে তা আর গোবিন্দ স্পষ্ট জানে না।

এখন সাতনা তার খোঁজ করছে জেনে সে খুব অবাক হল। সাতনার সঙ্গে তার কোনও শত্রুতা নেই। অবশ্য বন্ধুত্বও নেই। সাতনার সঙ্গে খুব সামান্য একটু চেনাজানা মাত্র ছিল তার।

রাতে খড়ের গাদায় শুয়ে অনেক ভেবেও সে কিছুতেই ব্যাপারটা বুঝতে পারছিল না। তবে সাতনার সঙ্গে হরিহর পাড়ুইয়ের খুব বন্ধুত্ব ছিল একসময়ে। হরিহর ছিল

সুলতানপুরের সুলতান। তার কথায় গোটা গঞ্জ উঠত বসত। কিন্তু সেটা করত ভয়ে। ওই রকম ভয়ংকর লোক দুটো দেখা যায় না।

গোবিন্দ ঘুমিয়ে পড়েছিল, মাঝরাতে আচমকা ধোঁয়ার গন্ধে উঠে বসল। চোখ কচলে চেয়ে কিছু বুঝবার আগেই হঠাৎ অবাক হয়ে দেখল পুরো খড়ের গাদাটার চারপাশ দিয়ে বেড়াজালের মতো আগুনের শিখা উঠে আসছে। ভাল করে ব্যাপারটা বুঝবার আগেই আগুনের শিখা দাপিয়ে উঠল আকাশে। চারদিকে রক্তাভ লেলিহান ভয়ংকর আগুন। গেরস্তবাড়ি থেকে বিকট চেঁচামেচি আসছিল। লোকজন দৌড়ে আসছে।

গোবিন্দ কী করবে বুঝতে পারছিল না। চারদিক দিয়ে আগুন যেভাবে ঘিরে ধরেছে তাতে পালানোর কোনও স্বাভাবিক পথ নেই। কিন্তু আর কয়েক সেকেন্ড থাকলেও আগুনে বেগুন-পোড়া হতে হবে।

গোবিন্দ উঠল। পায়ের নীচে নরম খড়। তার জন্য শরীরের ভারসাম্য রাখাই দায়। লাফ দেওয়ার জন্য পায়ের নীচে শক্ত মাটি দরকার।

গোবিন্দ কিছু না ভেবেই মাথার ওপর থেকে টেনে এক পাঁজা খড় সরিয়ে ফেলল। মাঝখানের শক্ত খুঁটিটা দেখতে পেয়ে কাঠবেড়ালির মতো সেটা বেয়ে উঠে এল একদম ওপরে। খুঁটিটার মাথায় দাঁড়ানোর জায়গা নেই। কোনওক্রমে পায়ের পাতা রাখা যায় মাত্র। কিন্তু সার্কাসের খেলোয়াড়ের কাছে তা যথেষ্ট।

গোবিন্দ প্রায় ত্রিশ ফুট উঁচু খুঁটির মাথায় দাঁড়িয়ে ইষ্টদেবকে স্মরণ করে জীবনের সবচেয়ে বড় লাফটা মারল।

যোলো

লাফের চোটে গোবিন্দ তিরিশ ফুট খুঁটির ওপরে আরও চারফুট উঁচুতে উঠে গেল। ধনুকের মতো বাঁকা পথে আগুনের বেড়াজাল টপকে গিয়ে পড়ল আরও অন্তত ষোলো সতেরো ফুট দূরে। অন্য কেউ হলে এই বিশাল লাফের পর মাটিতে আছড়ে পড়ে হাড়গোড় ভেঙে দ হয়ে থাকত। কিন্তু গোবিন্দ পড়ল বেড়ালের মতো প্রায় নিঃশব্দে, এবং বিনা দুর্ঘটনায়।

পড়ে সে আগুনের দিকে চেয়ে দেখছিল। এত বড় আগুন সে বহুকাল দেখেনি। গেরস্তর খড়ের গাদাগুলো সবই বিশাল। আগুনটাও তেমনি বিকট হয়ে আকাশ ছুঁয়ে চলেছে। তার চেয়েও বড় কথা, একটু দূরে-দূরে আরও দুটো খড়ের গাদা আছে।

আগুনটা যেরকম ফুলকি ছড়াচ্ছে, আর শিখা যেমন উত্তরে বাতাসে দক্ষিণামুখো বেঁকে যাচ্ছে, তাতে আর দুটো গাদা আর গেরস্তর বাড়িতেও আগুন ধরল বলে।

গেরস্ত তার বাড়ির মেয়েপুরুষ মিলে পরিত্রাহি চেঁচাচ্ছে, "গেল, গেল সব গেল! জল দে, জল দে শিগগির।"

কিন্তু এই শীতে টানের সময় খালবিল শুকিয়ে দড়ি। কুয়োর জল পাতালে। এই বিশাল আগুন নেভানো সহজ কর্ম নয়। মুনিশরা লাঠি দিয়ে খড়ের গাদায় পেটাপেটি করছিল বটে, কিন্তু আগুনের তাতে ঝলসে সবাই হটে এল।

অত আগুনের আলোয় চোখ ঝলসে গেছে বলে গোবিন্দর হনুমান লাফটা কেউ লক্ষ করেনি। গেরস্ত বুক চাপড়ে চিৎকার করে বলছিল, "বোবা-কালা অবোধ লোকটা সেদ্ধ হয়ে গেল রে। আহা বেচারি চেঁচানোরও সময় পায়নি।"

গোবিন্দ পড়েছিল বেগুন-খেতের মধ্যে। সামনে ডালপালার বেশ উঁচু বেড়া। সুতরাং তাকে কেউ দেখতে পাচ্ছে না। এই সময়ে হঠাৎ গোবিন্দর মাথায় একটি বুদ্ধি এল। খড়ের গাদায় আগুন লেগে সে মরেছে, একথাটা প্রচার হয়ে গেলে কেমন হয়? যারা তাকে মারতে চেয়েছিল তারা অন্তত কিছুদিন নিশ্চিন্ত থাকতে পারবে।

গাঁ-সুদ্ধ লোক আগুন দেখতে ধেয়ে আসছে। গোবিন্দর উচিত ছিল এই অবস্থায় গেরস্তকে কিছু সাহায্য করা। কিন্তু সে দেখল, এই আগুনকে কবজায় আনা তার অসাধ্য। গেরস্তর কপাল ভাল থাকলে বাঁচবে।

এই ভেবে গোবিন্দ হামাগুড়ি দিয়ে বেগুন-খেতের পিছনে বাঁশের বেড়া ডিঙিয়ে বাঁশবনে পড়ল। জিনিসপত্র কিছু পড়ে রইল বটে গেরস্তর বাড়িতে, কিন্তু সে তেমন কিছু নয়।

ঘুরপথে হেঁটে সে শহরের রাস্তায় উঠে পড়ল। খুবই অন্ধকার আর ঠান্ডা রাত। চারদিকে হিম কুয়াশা। গোবিন্দ তার গায়ের কাঁথাটা পর্যন্ত আনেনি। শীতে একেবারে জমে যাচ্ছে। এই ঠান্ডা থেকে বাঁচবার একমাত্র উপায় খুব জোরে জোরে হাঁটা। গোবিন্দ হাঁটতে লাগল।

এতকাল ফাঁসির দড়ির ভয় ছিল। পুলিশের ভয় ছিল। এবার তার সঙ্গে এ আর এক অচেনা বিপদ এসে জুটল। সাতনা। কিন্তু আগুন যে সাতনাই দিয়েছে, তার কোনও মানে নেই।

তবে কে? গোবিন্দকে মেরে তার কী লাভ?

ভাবতে ভাবতে কূলকিনারা পায় না গোবিন্দ। সে বুদ্ধিমান বটে, কিন্তু আজকের আচমকা সব ঘটনায় বুদ্ধি গুলিয়ে যাচ্ছে। ঠান্ডা মাথায় সবটা বিশ্লেষণ করতে পারছে না।

গাঁয়ের সীমানা ডিঙিয়ে যখন খোলা মাঠে পা দেবে গোবিন্দ, তখন হঠাৎ পিছনে শুনল কে যেন দৌড়ে আসছে। তবে এক জোড়া পায়ের আওয়াজ।

গোবিন্দ একটা গাছের আড়ালে দাঁড়িয়ে গেল। লোকটা শত্রু হলেও যদি একা হয় তবে গোবিন্দর ভয় নেই। যে-কোনও একজন লোকের সঙ্গে সে অনায়াসে পাল্লা টানতে পারবে।

কে যেন ঘুটঘুট্টি অন্ধকারে ডাকল, "রাখালদা! ও রাখালদা!"

গেরস্তর মেজো ছেলে। গোবিন্দ চাপা স্বরে বলল, "এখানে।"

কাছে এসে হাঁফাতে হাঁফাতে সে জিজ্ঞেস করল, "পালাচ্ছ কেন?"

"না পালিয়ে উপায় নেই। তোমাদের বাড়িতে কি আগুনটা ছড়িয়েছে?"

"না। গাঁয়ের লোকেরা বড় বড় বাঁশ দিয়ে গাদার আগুন প্রায় ঠান্ডা করে এনেছে। খড়ের আগুন বেশিক্ষণ তো থাকে না। আমি তোমাকেই খুঁজছিলাম যে। মনে হচ্ছিল, তুমি অত সহজে মরবার পাত্র নও। ঠিক বেঁচে যাবে। তোমাকে লাফ দিয়ে বেগুন-খেতে পড়তেও দেখেছি।"

"আর কেউ দেখেনি তো?"

"আমাদের বাড়ির কেউই দেখেনি। তবে তুমি পালানোর পর লম্বা আর জোয়ান একটা লোক বেগুন-খেতে গিয়ে টর্চ জ্বেলে কী যেন দেখছিল। সে এই গাঁয়ের লোক নয়।"

গোবিন্দ একটা দীর্ঘশ্বাস ফেলল। সাতনা।

ছেলেটা জিজ্ঞেস করল, "লোকটা কে রাখালদা?"

"একটা দুঃখী লোক। দুঃখ অনেক সময় মানুষের ভাল করে। কখনও-কখনও খারাপও করে। এ লোকটার খারাপ করেছে।"

"তার মানে?"

"গল্পটা বলার তো সময় নেই। লোকটা কী করল বলো।"

"কিছু করল না। খানিক-ক্ষণ চারদিকে দেখে খুব গম্ভীর মুখে একদিকে চলে গেল।"

"সঙ্গে গউকে দেখলে?"

"কাউকে না।"

"তা হলে ওই লোকটাও জানে যে, আমি মরিনি!"

"তা জানতে পারে। কিন্তু আগুনটা দিল কে বলো তো? বাবার ধারণা তুমি বিড়ি খেতে গিয়ে নিজের বিপদ নিজে ডেকে এনেছ। সত্যি নাকি?"

ম্লান হেসে গোবিন্দ বলে, "খেলোয়াড়দের বিড়ি সিগারেট খাওয়া বারণ জানো না?"

ছেলেটা অবাক হয়ে বলে, "তুমি খেলোয়াড় নাকি? কীসের?"

"সার্কাসের। কিন্তু সে গল্পও আর এক দিন শুনো।"

"বাঃ রে, এসব কথা আমাকে বলোনি কেন?"

"তুমি ছেলেমানুষ। তোমাকে বিপদে ফেলতে চাইনি।"

"কীসের বিপদ?"

"এখন বলার সময় নেই।"

গেরস্তর মেজো ছেলে অভিমানভরে বলল, "কিছুই তো আমাকে বলছ না। কিন্তু আমি যে তোমাকে খুব ভালবাসতাম।"

গোবিন্দ একটু ভাবল। তারপর বলল, "বেশ কিছুদিন আগে কাশিমের চরে একটা লোক খুন হয়েছিল। তার নাম হরিহর পাড়ুই। জানো?"

"জানি। সার্কাসের খেলোয়াড় মাস্টার গোবিন্দর তো সেই জন্যই ফাঁসি হবে।"

"হয়নি। কারণ আমিই গোবিন্দ মাস্টার।"

"তুমি?" বলে যেন ভূত দেখে আঁতকে ওঠে ছেলেটা।

গোবিন্দ তার কাঁধে হাত রেখে বলে, "খুনটা যে আমি করিনি সেটা অনেকেই বিশ্বাস করে না। তবে হরিহরের সঙ্গে সেই রাতে কাশিমের চরে আমি গিয়েছিলাম বটে।"

"তবে কে খুনটা করল?"

"তা জানি না। কিন্তু জানতেই হবে। যেমন করেই হোক। খুনিকে ধরতে না পারলে পুলিশ শেষ পর্যন্ত আমাকে ধরবেই।"

" তা হলে তুমি পালাও।"

"তা পালাচ্ছি।"

সতেরো

উদ্ধববাবু ঠিক করলেন আজকের রাতটা জেগে পাহারা দেবেন। বাড়ির লোকেরা খুব একটা রাত জাগাতে আগ্রহী নয়। চাকর-বাকরেরা দায়ে পড়ে জাগবে বটে, কিন্তু তাদের বিশ্বাস নেই! উদ্ধববাবু একাই জাগবেন বলে ঠিক ছিল। কিন্তু শেষ পর্যন্ত তাঁর দুজন সঙ্গী জুটে গেল। একজন তাঁর ছোট ছেলে রামু। বাচ্চাদের রাত জাগা উদ্ধববাবু পছন্দ করেন না বটে, কিন্তু রামুটা বেশ ডাকাবুকো আছে, গুলতির হাতটাও বেশ পাকা। লেখাপড়ায় বুদ্ধি না খুললেও অন্যান্য ব্যাপারে যে রামুর বুদ্ধি খুব চটজলদি

খেলে তা উদ্ধববাবু জানেন। কাজেই রামু যখন বাবার সঙ্গে পাহারা দেওয়ার প্রস্তাব করল তখন তিনি খুব একটা আপত্তি করলেন না। কটমট করে ছেলের দিকে তাকিয়ে হুংকার দিয়ে বললেন, "ফুলহাতা সোয়েটার পরে, মাথায় কানে বেশ করে কমফর্টার জড়িয়ে নেবে। পায়ে জুতো মোজা থাকে যেন।" দ্বিতীয় সঙ্গী জুটল নব্বই বছরের জাফর মিঞা। বয়স নব্বই হলেও জাফর মিঞার শরীরটি মেদহীন, দীর্ঘ এবং খুবই কর্মক্ষম। তিনি সামান্য দুধ আর ফল ছাড়া অন্য কোনও খাবার খান না। দিনে পাঁচবার নমাজ পড়েন। তাঁর মাথাটি ঠান্ডা, মেজাজটি ঠান্ডা, মুখে সর্বদা হাসি। তবে জাফর মিঞা কানে কম শোনেন। উদ্ধববাবুকে সেই ছোট অবস্থা থেকে দেখে আসছেন। সেই উদ্ধববাবুর বাড়িতে ডাকাত পড়বে শুনে তিনি নিজেই যেচে একটা লাঠি হাতে চলে এলেন। গাল কান মাথা ঢাকা বাঁদুরে টুপি, মোটা কম্বল আর নাগরা জুতোয় তাঁকে বেশ জম্পেশ দেখাচ্ছিল।

উদ্ধববাবু নিজেও সঙ্গে একটা অস্ত্র রাখলেন। বহুকাল আগে তাঁর এক রাজপুত মক্কেল মামলায় জিতে একটা তরোয়াল উপহার দিয়েছিল। বংশের স্মৃতিচিহ্ন। তরোয়ালটা বেশ লম্বা আর ভারী। রাজপুত বলেছিল, এই তরোয়াল যদি খাপ থেকে কখনও বের করেন তবে রক্ত না খাইয়ে খাপে ভরবেন না। আজ পর্যন্ত এই তরোয়াল রক্ত না খেয়ে খাপে ঢোকেনি কখনও। এমনি রক্ত না জোটে তো কুকুর-বেড়াল পোকামাকড় যা হোক একটা মেরে নিয়মটা রাখবেন।

উদ্ধববাবু রক্ত খাওয়ানোর কথা শুনে তরোয়ালটা কখনও খাপ থেকে বের করেননি। আজ করলেন। দেখে অবাক হলেন, দশ বছর খাপের মধ্যে একটানা বন্ধ থেকেও তরোয়ালটার গায়ে একটুও মরচে পড়েনি। এখনও ঝকঝক করছে। আর একটা অদ্ভুত ব্যাপার, অস্ত্রটা হাতে নিলেই শরীরের রক্ত কেমন একটু চনমন করে ওঠে। ঘোড়ার পিঠে চেপে এক্ষুনি যুদ্ধযাত্রায় বেরিয়ে পড়তে ইচ্ছে করে।

কিন্তু উদ্ধববাবুর ঘোড়া নেই। ধারেকাছে কোথাও কোনও যুদ্ধও হচ্ছে না। তাই তিনি শূন্যে কয়েকবার তরোয়ালটাকে ঘুরপাক খাইয়ে নিলেন। মনে দুর্জয় সাহস এল।

রাত এগারোটার পর তিনজন বাইরের বারান্দায় শতরঞ্চি পেতে বসলেন। ফ্লাস্কে চা, টিফিন ক্যারিয়ারে লুচি আর আলুর দম। তিনটে নতুন ব্যাটারি ভরা টর্চ।

জাফর মিঞা বললেন, "পুলিশে একটা খবর দিয়ে রাখলে পারতে হে উদ্ধব। বদমাশগুলো যদি দল বেঁধে আসে তা হলে আমরা তিনজন কী করব?"

উদ্ধববাবু বলেন, "সেটা একবার ভেবেছিলাম। তবে একটা পাখির জন্য পুলিশ পাহারা বসালে লোকে আমাকে পাগল ভাববে। তাই অতটা আর করিনি! এমনিতেই

আজ আদালতে আমার সম্পর্কে একটু সন্দেহ প্রকাশ করেছেন হাকিম।”

ভালমানুষ জাফর মিঞা কী বুঝলেন কে জানে। শুধু বললেন, “তা ভাল। তা ভাল।”

রাত বারোটার মধ্যেই জাফর মিঞা ঢুলতে লাগলেন। রামু প্রথম দিকটায় তেজে পাহারা দিচ্ছিল। কিন্তু বাচ্চা ছেলে, হঠাৎ কোন সময়ে শতরঞ্চিতে কোণ ঘেঁষে শুয়ে ঘুমিয়ে পড়ল। উদ্ধববাবু একা।

তবে একা হলেও ভয়ের লেশমাত্র তিনি টের পাচ্ছেন না। হাতের তরোয়ালটা ঝকঝক করছে। শরীরের রক্ত এতই গরম হয়ে উঠেছে যে এই শীতেও তাঁর ঘাম হতে লাগল। তিনি প্রথমে আলোয়ানটা খুললেন, তারপর সোয়েটার ছেড়ে ফেললেন। তাতেও গরম বোধ করায় গায়ের জামাটা খুলে সেটা ঘুরিয়ে হাওয়া খেতে লাগলেন। গায়ের গেঞ্জিটাও ভিজে গেছে ঘামে। সেটাও খুলবেন কি না ভাবছেন, এমন সময় থানার ঘড়িতে একটা বাজবার ঢং শব্দ হল। উদ্ধববাবু তরোয়াল-হাতে পায়চারি করতে করতে দরবারি কানাড়া রাগের একটি মুড তৈরি করতে লাগলেন। ভারী গভীর এবং গম্ভীর রাগ। তাঁর গলায় রাগটা খোলেও ভাল। গাইতে গাইতে বেশ আত্মহারা হয়ে গেলেন তিনি। পাখির কথা মনে রইল না, পাহারার কথা মনে রইল না। সুরের ওঠা-পড়ার সঙ্গে সঙ্গে হাতের তরোয়ালটাও উঠছিল নামছিল। পা পড়ছিল তালেতালে। চোখ বোজা। উদ্ধববাবু স্পষ্টই টের পাচ্ছিলেন, আজ তাঁর গলায় অন্য কেউ ভর করেছে। এ যেন তাঁর সেই পুরনো গলাই নয়। সুরের এক মায়ারাজ্য থেকে রাগরাগিণীর বাতাস ভেসে আসছে। চারদিকে এক সুরের সম্মোহন ছড়িয়ে যাচ্ছে।

অনেকক্ষণ বাদে যখন চোখ মেললেন তখনও তিনি ঠিক বাস্তব জগতে নেই। নিজের সুরের রেশ তাঁকে আচ্ছন্ন করে রেখেছে। বেশ অনেকটা সময় গেল ধাতস্থ হতে। তখন অবাক হয়ে দেখেন, রামু উঠে জড়সড় হয়ে বসে আছে। জাফর মিঞা ঘন-ঘন চোখের জল মুছছেন। বারান্দায়, সামনের বাগানে, ডাইনে বাঁয়ে বিস্তর পাড়া প্রতিবেশী জড়ো হয়েছে। প্রত্যেকেই হাঁ করে দেখছে তাঁকে।

উদ্ধববাবু একটু লজ্জা পেলেন। গান তিনি ভালই গেয়ে থাকেন বটে, কিন্তু এত রাতে লোক জড়ো হওয়ার মতো ততটা কি? যাই হোক, তিনি হাতজোড় করে শ্রোতাদের নমস্কার জানালেন।

ঠিক এই সময়ে বেরসিক গবা পাগলা বলে উঠল, “আপনি তো গানের ঠেলায় পাড়া জাগালেন। ওদিকে যে হয়ে গেছে।”

উদ্ধববাবু মিটিমিটি হেসে মিষ্টি করে জিজ্ঞেস করেন, “কী হল রে আবার?”

“আবার কী? যেনাদের আসবার কথা ছিল তেনারা এসে কাজ হাসিল করে হাওয়া।”

উদ্ধববাবুর মাথাটা আজ বড় ভাল। এই শীতের রাতে গান গেয়ে তিনি সকলের ঘুম ভাঙিয়েছেন। তাঁর সুরের চুম্বকে সকলে ছুটে এসেছে। এই সাফল্যের পর তাঁর এলেবেলে কথা ভাল লাগছে না। তবু গলাটা মিষ্টি রেখেই বললেন, “আরও লোক এসেছিল বুঝি? তা বসতে দিলি না কেন?”

“তারা বসবার জন্য এলে তো বসতে বলব! তারা কাজ গুছোতে এসেছিল, কাজ গুছিয়ে সরে পড়েছে।”

“তাই নাকি?” উদ্ধববাবু তবু গা করেন না।

গবা পাগলা বলল, “আমিও গোয়ালঘরের চালে বসে পাহারা দিচ্ছিলাম। হঠাৎ দেখি আপনি তরোয়াল ঘুরিয়ে গান ধরেছেন। তরোয়ালের ডগাটা একবার রামুর পেটের ধার ঘেঁষে গেল, আবার জাফরচাচার নাকের ডগা ছুঁয়ে এল। মারাত্মক কাণ্ড। ভাবছি নেমে এসে আপনাকে জাপটে ধরি। ঠিক এই সময়ে তেনারা এলেন। পাঁচ-সাতজন তাগড়া জোয়ান। আপনি চোখ বুজে গানে মত্ত। তারা আপনার চোখের সুমুখ দিয়ে, বগলতলা দিয়ে দরজা খুলে ফেলল যন্ত্র দিয়ে, তারপর চোখের পলকে পাখির দাঁড়টা নিয়ে আপনার সুমুখ দিয়েই বেরিয়ে গেল। গান যে কী সব্বোনেশে তা আজ বুঝলাম।”

উদ্ধববাবু এখনও সঙ্গীতের সুরলোক থেকে নেমে আসতে পারেননি। চোখে এখনও ঘোর। মিষ্টি করে বললেন, “পাখি নিয়ে গেছে? যাক। পাখি যাক, সুর তো ধরা দিয়েছে। তুই বরং রাঘব ঘোষকে গিয়ে ডেকে নিয়ে আয়।”

লোকজনের ভিড় ঠেলে হঠাৎ দারোগা কুন্দকুসুম বারান্দায় উঠে এলেন। মুখ গম্ভীর। বললেন, “উদ্ধববাবু, আপনার মতো বিশিষ্ট লোককে হ্যারাস করতে চাই না। কিন্তু আপনার পাড়া প্রতিবেশীদের কয়েকজন গিয়ে আমার কাছে অভিযোগ করেছেন যে আপনি গভীর রাতে বিকট চিৎকার করে তাঁদের বিশ্রামের ব্যাঘাত ঘটিয়েছেন। ইন ফ্যাকট, আমিও থানা থেকে একটা চেঁচানি শুনতে পেয়েছি। প্রতিবেশীরা আপনাকে থামানোর জন্য এসে জড়ো হয়েছিল। কিন্তু আপনি একটি বিপজ্জনক অস্ত্র ঘোরাচ্ছেন দেখে তাঁরা কেউ কাছে আসতে ভরসা পাননি। তাঁদের ধারণা, আপনি পাগল হয়ে গেছেন। আপনার বিরুদ্ধে বিপজ্জনক অস্ত্র রাখা ও ব্যবহার এবং লোকের বিশ্রামের ব্যাঘাত ঘটানোর দু-দফা অভিযোগ। আমি আপনাকে গ্রেফতারও করতে পারি। কিন্তু অতটা না করে আজ কেবল একটা ওয়ার্নিং দিয়ে যাচ্ছি। ভবিষ্যতে আর এরকম করবেন না।”

কুন্দকুসুম চলে যাওয়ার পর উদ্ধববাবু সুরলোক থেকে দড়াম করে বাস্তব জগতে নেমে এলেন। কিছুক্ষণ হাঁ করে চেয়ে থেকে হঠাৎ চেঁচিয়ে উঠলেন, "পাখিটা তবে নিয়ে গেছে?"

গবা বলল, "তবে আর বলছি কী?"

উদ্ধববাবু খিঁচিয়ে উঠলেন, "তোর চোখের সামনে দিয়ে নিয়ে গেল, তুই কিছু করলি না?"

গবাও সমান তেজে বলে, "সে তো আপনারও চোখের সামনেই নিয়ে গেছে। আমাকে দোষ দিচ্ছেন শুধু-শুধু। আমি একা অত জনের সঙ্গে পারব কেন?"

"চেঁচাতে তো পারতিস!"

গবা হেসে বলে, "আজ্ঞে, আপনার গানের চোটে আর সব শব্দ তো লোপাট হয়ে গিয়েছিল। আমার চেঁচানি শুনবে কে? তবু চেঁচিয়েছিলাম। কিন্তু আপনার গলার দাপটে আমার চেঁচানি ঢাকা পড়ে গেল।"

জাফর মিঞা হঠাৎ একগাল হেসে বললেন, "উদ্ধব, আমি বেশ শুনতে পাচ্ছি। বুঝলে! হঠাৎ কানের ভিতরকার ঝিঁঝি ভাবটা কেটে গেছে।"

উদ্ধববাবু কটমট করে তাকিয়ে বললেন, "তাই নাকি?"

"ওঃ তোমার গান যে কী উপকারী তা আর বলার নয়। প্রথমটায় একটু আঁতকে উঠেছিলাম বটে। কিন্তু তার পর থেকেই কান ভেসে যাচ্ছে হাজার রকম শব্দে।"

'হুঁ' বলে উদ্ধববাবু তরোয়াল-হাতে নিজের ঘরে গিয়ে দরজা দিলেন। রক্ত না-খাইয়ে তরোয়াল খাপে ভরা বারণ। উদ্ধববাবু তরোয়ালটার দিকে চেয়ে বললেন, "খাওয়াচ্ছি রক্ত। নে খা।"

বলে তরোয়ালটা দিয়ে নিজের কণ্ঠনালি চেপে ধরলেন।

আঠারো

ভোররাত্রে সামন্তমশাইয়ের তাঁবুতে একটা লোক ঢুকল। চাপা গলায় ডাকল, "সামন্তমশাই!"

সামন্তর ঘুম পাতলা। এক ডাকেই জেগে লম্ফটা উসকে দিয়ে বলে, "কে?"

"আমি গোবিন্দ। শুনলাম সার্কাস এখান থেকে চলে যাচ্ছে।"

সামন্ত একটা শ্বাস ফেলে বলে, "রাত ভোর হলেই গোছগাছ শুরু হবে। বেলাবেলিই রওনা হওয়ার কথা।"

"আমি কি পড়ে থাকব এখানে? আমাকেও সঙ্গে নিন।"

সামন্ত একটা দীর্ঘশ্বাস ছেড়ে বলে, "তোকে না নেওয়া কি আমার ইচ্ছে? কিন্তু পুলিশ কড়া নজর রাখছে। যেখানে যাব সেখানেও রাখবে। লুকিয়ে থাকতে তো পারবি না।"

"তা হলে?"

"তা হলে যে কী তা আমার মাথায় খেলছে না। রোজই তোর কথা ভাবি, কিন্তু কোনও ফন্দিফিকির খুঁজে পাচ্ছি না!"

"সার্কাস ছাড়া যে আমি বাঁচব না।" বলে গোবিন্দ সামন্তর বিছানার পাশে হাঁটু গেড়ে বসে। তার চোখে জল।

সামন্ত তার মাথায় হাত বুলিয়ে দিয়ে বলে, "কী যে গেরোয় পড়েছিস বাবা। ভগবান তোকে কেন এমন বিপদে ফেলল তাও বুঝি না। ভাল লোকেরাই দেখছি এই দুনিয়ায় সবচেয়ে হতভাগ্য।"

গোবিন্দ মুখ গুঁজে ফুঁপিয়ে ফুঁপিয়ে একটু কাঁদল। তারপর মুখ তুলে বলল, "আপনি আমার বাবার মতো, আপনাকে তাই বলতে বাধা নেই। আমি ভাল লোক নই সামন্তমশাই।"

সামন্ত চোখ বড় বড় করে বলে, "তোকে আমি এইটুকু বয়েস থেকে জানি। বলতে কী আমার কাছেই প্রতিপালিত হয়েছিস। কোনওদিন চুরি-টুরি করিসনি, মিথ্যে কথা বলিসনি, লোকে বিপদে পড়লে ঝাঁপিয়ে পড়ে সাহায্য করেছিস, তবু তুই ভাল লোক নোস, এ আবার কেমন কথা?"

গোবিন্দ চোখের জল মুছে বলে, "সেসব আপনিই শিখিয়েছেন। ভাল লোকের কাছে থাকলে লোকে সৎ শিক্ষাই পায়। কিন্তু কয়লা ধুলে কি ময়লা যায়? আমার ভিতরে যে গরল ছিল।"

"সে আবার কী কথা?"

গোবিন্দ ধীর গম্ভীর গলায় বলে, "হরিহরকে আমি খুন করিনি বটে, কিন্তু আমার মনে পাপ ছিল। গুপ্তধনটা খুঁজে পেলে আমার ইচ্ছে ছিল, হরিহরকে খুন করে সবটুকু আমি হাতিয়ে নেব। তারপর সেই টাকায় নিজে একটা সার্কাসের দল খুলব।"

"বটে।" সামন্ত একটু বিষণ্ণমুখে খানিকক্ষণ চুপ করে রইল। তারপর একটা দীর্ঘশ্বাস ছেড়ে বলল, "আমি তো তোকে অনেকবার বলেছি, আমি মরলে এই সার্কাস তোরই হবে। আমি জানি, তোর মাথায় ব্যবসা করে টাকা রোজগারের মতলব নেই। সার্কাস একটা আনন্দের জিনিস। লোকের কাছ থেকে পয়সা আমরা নিই বটে কিন্তু সেটাই কথা নয়। বড় কথা হল, ছোট ছোট ছেলেমেয়েদের মধ্যে সাহস আর আনন্দ

জাগিয়ে তোলা আর নিজেরাও তা থেকে আনন্দ পাওয়া। লোভ থাকলে ভাল খেলোয়াড় হওয়া যায় না, ভাল মানুষও হওয়া যায় না। তোর হঠাৎ লোভ এল কোথা থেকে?"

"লোভটা বাইরে থেকে আসে না, সামন্তমশাই। লোভ মানুষের ভিতরেই থাকে।" গোবিন্দের চোখে আবার জল। চোখ মুছে সে বলল, "হরিহরকে খুন করার কথা ভেবেছিলাম দুটো কারণে। একে তো হরিহরের মতো বদমাশ দুটো নেই। আর একটা কারণ হল, আমি ওকে খুন না করলে ও-ই আমাকে খুন করত।"

সামন্ত চোখ ছোট করে খুব একদৃষ্টে গোবিন্দর দিকে চেয়ে ছিল। বলল "তোর সঙ্গে হরিহরের চেনা-পরিচয় হল কী করে?"

"হরিহরকে সবাই চিনত। আমরা যখন কাশিমের চরের কাছে খেলা দেখাচ্ছিলাম তখন একদিন হরিহর আমার কাছে লুকিয়ে আসে। আমাকে বলল, সে এক জায়গায় গুপ্তধনের সন্ধান পেয়েছে। আমি যদি সেই গুপ্তধন উদ্ধারে তাকে সাহায্য করি তা হলে সে আমাকে অর্ধেক বখরা দেবে। গুপ্তধনের কথা শুনেই প্রথম আমার ভিতরে লোভ জেগে উঠল।"

"সন্ধান পেয়েছিলি?"

"না। গুপ্তধনটা ছিল এক বুড়ির। সে সম্পর্কে হরিহরের পিসি হয়। সেই বুড়ির তিন কুলে কেউ নেই। এমনকী সেই গুপ্তধনও নাকি বুড়ি চোখে দেখেনি। তবে সন্ধানটা সে-ই জানত। বুড়ি একটা কাকাতুয়া পুষত, আর সেটাকে নিজের ছেলের মতো ভালবাসত। গোপনে নাকি বুড়ি কাকাতুয়াটাকে সেই গুপ্তধনের সন্ধান শিখিয়ে রেখেছিল। কিন্তু আর কাউকে বলত না। হরিহর বুড়ির গুপ্তধনের সন্ধান জানার জন্য বিশু নামে এক শাকরেদকে পিসির বাড়ি চাকরের কাজ দিয়ে রেখেছিল। কিন্তু বিশুও কোনও সন্ধান বের করতে পারেনি। তবে একদিন বিশু কাকাতুয়াটাকে চুরি করে পালিয়ে যায়। খবর পেয়ে হরিহর বিশুর পিছু ধাওয়া করে এক মাঠের মধ্যে তাকে খুন করে। কিন্তু বিশু খুন হওয়ার আগে পাখিটার পায়ের শিক্‌লি খুলে উড়িয়ে দেয়। ওদিকে হরিহরের পিসি কাকাতুয়ার শোকে মারা যায়। তবে মরার আগে সে যখন ভুল বকছিল তখন হরিহর সেইসব কথা থেকে গুপ্তধনের জায়গাটা আঁচ করেছিল। কিন্তু তা উদ্ধার করা বড় সহজ কাজ ছিল না। তাই আমার কাছে এসেছিল হরিহর।"

"তারপর কী হল?"

"সে অনেক ঘটনা। কাশিমের চরে একটা মস্ত পুরনো বাড়ি আছে। সেই বাড়ির অনেকগুলো গম্বুজ আছে। কোনও গম্বুজেই উঠবার কোনও সিঁড়ি নেই। আর এমন সমান করে তৈরি যে কোনও খাঁজ-টাজও নেই যা বেয়ে ওঠা যায়। হরিহর বলেছিল

তার মধ্যে একটা গম্বুজের মাথায় নাকি একটা ঢাকনার নীচে গভীর এক কুয়োর মুখ। গম্বুজের মাথা থেকে সেই কুয়ো নেমে একেবারে মাটির তলায় চলে গেছে। আর মাটির তলায় কোনও কুঠুরিতে আছে সেই গুপ্তধন। সেই কুঠুরিতে পৌঁছানো খুব শক্ত কাজ। সার্কাসের খেলোয়াড় ছাড়া সেকাজ করার সাধ্য খুব কম লোকের আছে।"

"তুই হরিহরের কথায় রাজি হলি?"

"প্রথমে হইনি। পরে লোভ হল। ভীষণ লোভ। মনে হল, রাতারাতি বড়লোক হওয়ার এমন সুযোগ আর পাব না।"

"তা বলে খুনের কথা ভাববি?"

"লোভ একটা নেশার মতো সামন্তমশাই, যখন ঘাড়ে চাপে তখন মানুষ আর মানুষ থাকে না।"

"তারপর কী হল?"

"কথা ছিল, আমি সন্ধেবেলা সেই পোড়ো বাড়িতে হাজির থাকব। হরিহর আসবে। কিন্তু সে সময়মতো এল না। আমি অনেকক্ষণ দাঁড়িয়ে রইলাম। সেই বাড়িতে বহু গম্বুজ। কোনটা যে গুপ্তধনের সুড়ঙ্গ তা তো জানি না। হরিহর এসে চিনিয়ে দেবে। কিন্তু সে আর হল না। কাশিমের চরে অন্য একদল বদমাশের হাতে হরিহর খুন হয়ে গেল সেই রাতে। আমার চোখের সামনেই ঘটনা। দোষের মধ্যে আমি গিয়ে হরিহরের লাশটাকে নাড়াচাড়া করেছিলাম, বেঁচে আছে কি না দেখতে। যদি তার কাছ থেকে কোনও কথা আদায় করা যায়। ঠিক সেই সময়ে কিছু লোক এসে পড়ল সেখানে। ধরা পড়ে গেলাম।"

"তুই বলেছিলি, জেলখানা থেকে তোকে পালানোর সুযোগ দেওয়া হয়েছে। সেটা কেন দেওয়া হল তা জানিস?"

গোবিন্দ একটু হেসে বলল, "একটু-একটু বুঝতে পারি। জেলখানায় পুরনো এক ডাকাতির দাগি আসামি আছে। এখন সে ওয়ার্ডেন। কথায় কথায় তাকে একদিন গুপ্তধনের গল্পটা বলেছিলাম। মনে হয় লোকটা সেই থেকে লোভের খপ্পরে পড়ে গেছে। আমার ফাঁসি হলে তো আর গুপ্তধনের সন্ধান পাওয়া যাবে না। তাকে আমি জায়গাটার নাম বলতেও রাজি হইনি। কাজেই সেপাইদের সঙ্গে বন্দোবস্ত করে সে আমাকে পালানোর পথ করে দিয়েছিল। সে তো জানে পালিয়ে গিয়ে আমি সেই গুপ্তধনের সন্ধান করবই। গুপ্তধন উদ্ধার করবার সঙ্গে সঙ্গে আমাকে পাকড়াও করা হবে। শুনেছি সেই দাগি আসামির দলটা এখনও বেশ দাপটে ডাকাতি করে বেড়ায়, আর সে জেলে থেকেও তাদের সর্দার।"

উনিশ

গলায় তরোয়ালের ধারালো দিকটা চেপে ধরে উদ্ধববাবু চোখ বুজে দুর্গানাম স্মরণ করে বিড়বিড় করে বললেন, "দুর্গে দুর্গতিনাশিনী মাগো! সন্তানকে কোলে তুলে নাও মা। দেখো, যেন বেশি ব্যথা-ট্যথা না পাই, রক্তপাত যেন বেশি না হয়। মরার পর যেন ভূত-টুত হয়ে থাকতে না হয়। সব দেখো মা!" বলতে বলতে তরোয়ালটায় একটু চাপ দিয়েছেন।

আত্মহত্যার বিভিন্ন পন্থা নিয়ে চিন্তা করতে করতেই উদ্ধববাবু শোওয়ার ঘরে ঢুকেছিলেন। তরোয়ালটা হাতেই ছিল। রক্ত না খাইয়ে সেটাকে খাপে ভরা বারণ। সুতরাং তিনি চটপট স্থির করে ফেললেন, এক কাজে দুই কাজ সেরে ফেলাই ভাল।

কে যেন খুব কাছ থেকে বলে উঠল, "বাবামশাই, লুচি খাব।"

উদ্ধববাবু চোখ খুললেন। অবাক হয়ে দেখলেন, উত্তর দিকের জানালার গরাদ দিয়ে কাকাতুয়াটা সেঁধিয়ে ঘরে ঢুকেছে। টালুক-টুলুক করে দেখছে তাঁকে। চোখে চোখ পড়তেই বলল, "সব ভাল যার শেষ ভাল।"

উদ্ধববাবু তরোয়াল রেখে দিয়ে কাকাতুয়াটাকে বুকে তুলে নিয়ে আনন্দে প্রায় কেঁদে ফেললেন। ধরা গলায় বললেন, "তোর জন্যেই এ যাত্রায় প্রাণে বেঁচে গেলাম বাপ, কত লুচি খেতে চাস? তোকে ফাঁসির খাওয়া খাওয়াব।" বলে ভিতর-বাড়ির দিকে মুখ করে হাঁক দিলেন, "ওরে নয়নকাজল, শিগগির লুচির জন্য ময়দা মাখ।"

কিন্তু নয়নকাজল তখন ময়দা মাখার মতো অবস্থায় তো আর নেই। বাড়ি থেকে মাইলখানেক দূরে একটা জঙ্গলের মধ্যে সে মাটির ওপর চিত হয়ে শুয়ে আছে। তার বুকের ওপর দানবের মতো একখানা পা রেখে দাঁড়িয়ে সাতনা। গলায় বল্লমটা চেপে ধরে সাতনা বলছে, "প্রাণে বাঁচতে চাস তো সত্যি কথা বল।"

ভয়ে নয়নকাজল বাক্যিহারা হয়ে গেছে। দোষটা অবশ্য তারই। পরশুদিনই একটা লোক তার মামাতো ভাই সেজে এসে তাকে দুশো টাকা দিয়ে বলে গেছে, "আমরা ঠিক সময়মতো আসব। উদ্ধব বাধা দেবে দিক। তুই পাছ-দুয়ার দিয়ে পাখিটা বের করে দিবি।" নয়নকাজল সে প্রস্তাবে রাজি হয়নি। পাখি গুপ্তধনের সন্ধান জানে। এমন পাখি হাতছাড়া করার জন্য মাত্র দুশো টাকায় রফা করে কোন আহাম্মক। সে পষ্টাপষ্টি বলে দিল, "ওসব হবে না। আমাকে ভাগ দিতে হবে। পাখি নিয়ে আমি তোমাদের সঙ্গেই বেরিয়ে পড়ব।"

সেই কথাই ঠিক ছিল। ডাকাতরা বাড়ি ঢুকতেই নয়নকাজলও পাখিটাকে দাঁড় থেকে খুলে র‍্যাপারে চাপা দিয়ে পাছ-দুয়ার খুলে বেরোয়। তারপর সবাই মিলে হাঁটা

দিয়েছে জঙ্গলের দিকে। কিন্তু কাকাতুয়া খুব ছোটখাটো পাখি তো নয়। বেশ বড়সড়, আর ওজনও অনেকটা। জঙ্গলের কাছ-বরাবর এ বগল থেকে ও বগলে নেওয়ার সময় পাখিটা হঠাৎ ঝাপটা মেরে উড়ে গেল।

নয়নকাজল সাতনার দিকে চেয়ে চিঁ-চিঁ করে বলল, "মাকালীর দিব্যি বলছি হাতটায় ঝিঁ-ঝিঁ ধরেছিল বলে। ইচ্ছে করে ছাড়িনি।"

দলের ষণ্ডামতো আর একটা লোক সাতনাকে ডেকে বলল, "এক্ষুনি মারিস না। ওটাকে দিয়ে কাজ হবে।"

সেই লোকটা এসে সাতনাকে সরিয়ে নয়নকাজলকে টেনে দাঁড় করাল। তারপর দু গালে ফটাস ফটাস করে দুখানা চড় মেরে বলল, "আবার যা। এবার শুধু পাখি নয়, উকিলের ছোট ছেলেটাকেও চুরি করবি। উকিলটা মহা ত্যাঁদড় আছে। থানা-পুলিশ করতে পারে। ছেলেটা আমাদের হাতে থাকলে তা আর করতে সাহস পাবে না।" চড় খেয়ে নয়নকাজলের ব্রহ্মরন্ধ্র পর্যন্ত ঝিনঝিন করছিল। সে কোনওমতে মাথা নেড়ে সম্মতি জানাল। সাতনা তার গলায় বল্লমটা আবার ধরে বলল, "শোন বাপু, গুপ্তধনের ভাগ চাস সে অনেক বড় কথা। কিন্তু এখন প্রাণ বাঁচানোর জন্যই ঠিক ঠিক কাজ করিস। একটু গুবলেট হলে যমদোরে গিয়েও আমাদের হাত থেকে বাঁচার উপায় নেই। মনে থাকবে?"

নয়নকাজল মাথা নাড়ল। একটু দম নিয়ে সে তাড়াতাড়ি বাড়ির দিকে হাঁটা দিল।

বাড়ি পৌঁছুতে ফর্সা হয়ে গেল চারদিক। উদ্ধববাবুর হুংকারে পাড়া কাঁপছে। "কোথায় গেল সেই পাজি ছুঁচোটা? সেই তখন থেকে কাকাতুয়া লুচি-লুচি করে হেদিয়ে মরছে!"

নয়নকাজল হাঁফাতে হাঁফাতে উদ্ধববাবুর সামনে গিয়ে দাঁড়াল। "আজ্ঞে বাবামশাই, ধরতে ধরতেও ধরতে পারলাম না। একটুর জন্য..."

উদ্ধববাবু নয়নকাজলের উড়োখুড়ো চেহারা দেখে আঁতকে উঠে বললেন, "কাকে ধরতে পারলি না?"

"দলে পাঁচ জন ছিল। হাতে ইয়া বড় দা, বন্দুক, কুড়ুল, বল্লম। তা ভাবলাম, যার নুন খাই তার জন্য না হয় প্রাণটা দেব। পাখিটা চুরি করে যেই না তারা পালাচ্ছে, আমিও লাঠি নিয়ে পিছু ধরলাম। মাইলটাক পর্যন্ত দৌড়ে ধরেও ফেলেছিলাম প্রায়। কিন্তু ভয় খেয়ে তারা এমন ছুটতে লাগল যে, একটুর জন্য..."

উদ্ধববাবু গম্ভীর হয়ে বললেন, "হুম! ঠিক আছে, এখন গিয়ে দু সের ময়দা মাখ ভাল করে। ডাকাতদের ব্যবস্থা আমি করছি।"

নয়নকাজল উদ্ধববাবুর কাঁধে-বসা পাখিটার দিকে কটমট করে একবার চেয়ে ময়দা মাখতে গেল।

কুড়ি

গতকাল রাতে কাকাতুয়াকে চুরি করতে ডাকাত এসেছিল কিন্তু চুরি করতে পারেনি। সকালে কাকাতুয়াকে লুচি খাইয়ে উদ্ধববাবু থানায় গেলেন। এতকাল এ ব্যাপারে পুলিশকে জড়াননি তিনি। কিন্তু রাত্তিরে যা হয়ে গেল তাতে তিনি ভাবনায় পড়েছেন। ডাকাতদলকে ঠেকানো তো একার কাজ নয়।

উদ্ধববাবু উকিল হিসেবে খুবই ডাকসাইটে। সবাই তাঁকে খাতিরও করে। কুন্দকুসুমও করতেন। কিন্তু রাত্রির ঘটনার পর আজ যেন উদ্ধববাবুকে তিনি বিশেষ পাত্তা দিতে চাইছিলেন না। ঘটনাটা শুনে বরং হোঃ হোঃ করে খানিক হেসে বললেন, "একটা পাখির জন্য সাতটা ডাকাত কাল আপনার বাড়ি চড়াও হয়েছিল, একথা নিতান্ত আহাম্মক ছাড়া কে বিশ্বাস করবে বলুন!"

উদ্ধববাবুও জানেন, পাখির জন্য ডাকাতি হয় একথা কেউ বিশ্বাস করবে না। কিন্তু তাঁর পাখিটা যে গুপ্তধনের সন্ধান জানে একথাটাও তিনি ফাঁস করতে চান না। গলাখাঁকারি দিয়ে তিনি বললেন, "পাখিটা আসলে খুব দামি। রেয়ার টাইপের জিনিস।"

কুন্দকুসুম ভ্রূ কুঁচকে উদ্ধববাবুকে একটু দেখে নিয়ে ফিচেল হাসি হেসে বললেন, "একটা খুব রেয়ার পাখিরও দাম নিশ্চয়ই এত বেশি হতে পারে না যার জন্য বাড়িতে ডাকাত পড়বে। আপনি কি আমাকে ছেলেমানুষ পেলেন উদ্ধববাবু?"

কথাটা যুক্তিযুক্তই। কিন্তু কুন্দকুসুম তো আর গোপন কথাটা জানেন না। উদ্ধববাবু তাই মাথা চুলকে বললেন, "সে যাই হোক, আমার বড় ভয় করছে। আজ রাত থেকে আমার বাড়িতে দুজন আর্মড গার্ড যদি রাখেন তবে বড় ভাল হয়।"

কুন্দকুসুম মাথা নেড়ে বললেন, "অসম্ভব। আমার হাতে যে ফোর্স আছে তা নিতান্তই সামান্য। তার ওপর এই থানার সব জায়গায় রিসেন্টলি ক্রাইম ভীষণ বেড়ে গেছে। ইন ফ্যাক্ট একজন ফেরারি খুনি আসামির জন্য আমাকে সদর থেকে এক্সট্রা ফোর্স আনতে হচ্ছে! আপনি যত বড় উকিলই হন উদ্ধববাবু, এই অবস্থায় আপনার পোষা পাখিকে পাহারা দেওয়ার জন্য লোক দিতে পারব না। মাপ করবেন!"

উদ্ধববাবু মরিয়া হয়ে বললেন, "ডাকাত যে পড়েছিল তার কিন্তু সাক্ষী আছে। তারা দরকার হলে আদালতে বলবে যে, আপনি আমার বিপদ জেনেও প্রোটেকশন দেননি।"

"বটে!" বলে কুন্দকুসুম সোজা হয়ে বসে কটমট করে উদ্ধববাবুর দিকে চেয়ে বললেন, "আপনি আমার বিরুদ্ধে আদালতেও যাবেন বলে ভাবছেন! কারা সাক্ষী আছে বলুন তো! আমি তাদের স্টেটমেন্ট নেব।"

"গবা আছে, আমার ছোট ছেলে রামু আছে, জাফরচাচা আছেন।"

কুন্দকুসুম বাজখাঁই গলায় আবার হাঃ হাঃ করে হাসলেন। তারপর হঠাৎ গম্ভীর হয়ে বললেন, "রামু বা জাফরচাচা সাক্ষ্য দেবে না। ওরা কিছু দেখেনি। বরং সাক্ষ্য দিলে ওরা উলটো কথাই বলবে। এরা বলবে যে, আপনি বিপজ্জনক এক অস্ত্র নিয়ে বহু লোকের জীবন বিপন্ন করে তুলেছিলেন, বিকট চিৎকার করে লোকের বিশ্রামের ব্যাঘাত ঘটিয়েছেন।"

"ওরা দেখেনি!" চিন্তিত উদ্ধববাবু গম্ভীর মুখে বললেন, "কিন্তু গবা তো দেখেছে।"

"গবাকে সাক্ষী দাঁড় করালে দেশসুদ্ধ লোকের কাছে আপনি হাস্যাস্পদ হবেন। কারণ সবাই জানে গবা বদ্ধ উন্মাদ। পাগলের সাক্ষ্য টেঁকে না, উকিল হয়ে এটা আপনার জানা উচিত ছিল।"

উদ্ধববাবু একটা দীর্ঘশ্বাস ফেলে উঠলেন।

কুন্দকুসুম পিছন থেকে তিক্তমধুর গলায় বললেন, "সকালে আপনি রটিয়েছিলেন যে, আপনার পাখিটা চুরি গেছে বা ডাকাতি হয়েছে। কিন্তু আমি খবর রাখি যে, পাখিটা এখনও আপনার কাছেই আছে।"

উদ্ধববাবু কী একটা বলতে গেলেন, কিন্তু শেষ অবধি বললেন না। বলে লাভও নেই। এই মাথামোটা লোকটা তাঁকে বিশ্বাস করবে না। আর একটা দীর্ঘশ্বাস ছেড়ে তিনি থানা থেকে বেরিয়ে এলেন।

পাখিটার জন্য আজ রাতে ডাকাতরা আর একবার হানা দিতে পারে। সুতরাং সন্ধের আগেই উদ্ধববাবু তৈরি হতে লাগলেন। তবে অসুবিধে দেখা দিল লোকজন জোটানোর বেলায়। জাফরচাচাকে বলতে গিয়েছিলেন উদ্ধববাবু, "চাচা, আজও আমার সঙ্গে রাতটা গল্পগুজব করে কাটাবেন নাকি?"

জাফর মিঞা আঁতকে উঠে বললেন, "কানে শোনার ক্ষমতা ফিরে পেয়েছি ভাই, সেটা আবার হারাতে চাই না। তা ছাড়া আজ বাতের ব্যথাটাও চাগাড় দিয়েছে।"

উদ্ধববাবু রামুকে ডাকাডাকি করলেন, কিন্তু তার সাড়া পাওয়া গেল না। এমনকী নয়নকাজলকে পর্যন্ত ডেকে গলা ভেঙে ফেললেন। "কোথায় যে সব থাকে।" বিরক্ত হয়ে এই কথা বলে সন্ধে-রাত্রিতেই উদ্ধববাবু বন্দুক কাঁধে নিয়ে বাড়ির চারদিকটা টহল দিলেন। টর্চ জ্বেলে বাড়ির সবচেয়ে দুর্বল অংশ কোনটা এবং কোথা দিয়ে ডাকাতরা বাড়িতে ঢুকতে পারে তা ভাল করে খুঁটিয়ে দেখলেন। বাড়িটা তাঁর খুবই মজবুত এবং নিরাপদ। কিন্তু তা বলে কি আর রন্ধ্র থাকতে পারে না। লখিন্দরের বাসরঘরেও তো রন্ধ্র ছিল।

ওদিকে তাঁর স্ত্রী এবং অন্যান্য ছেলেমেয়েরাও বাড়ির চারদিকে সার্চ করতে লেগে গেছে।

উদ্ধববাবু খিড়কির দরজাটা পেরেক দিয়ে একেবারে সেঁটে দিলেন, তারপর কয়েকটা পাথরের চাঁই এনে ঠেকা দিলেন তাতে। বাড়ির চারদিকে উঁচু পাঁচিলের ওপর উঠে কাঁটাতার বিছিয়ে দিলেন। আর সামনের বারান্দায় সরষের তেল ঢাললেন। অনেকগুলো কলার খোসা ছড়িয়ে রাখলেন। ডাকাতরা হুড়মুড় করে এলে যাতে আছাড় খায়। কেলেহাঁড়ি দিয়ে একটা কাকতাড়ুয়াও বানালেন। সেটাকে সামনের দরজার পাশে ঠেস দিয়ে দাঁড় করিয়ে রাখলেন।

সবই হল, কিন্তু নয়নকাজলের পাত্তা নেই। সে নাকি বিকেলের দিকে দোকানের সওদা করতে গেছে। এখনও ফেরেনি। রামু গেছে খেলার মাঠে। তারও কোনও পাত্তা নেই। উদ্ধববাবু বেশ উদ্বিগ্ন এবং উত্তেজিত। কী করবেন ভেবে না পেয়ে তিনি স্টোররুমে তালা দিয়ে রাখা পাখিটাকে দেখতে গেলেন।

তালা খুলে তাঁর চোখ কপালে উঠল। দাঁড় ফাঁকা। পাখির পালকটিরও পাত্তা নেই।

পাখি—রামু—নয়নকাজল! দুয়ে দুয়ে চার করতে উদ্ধববাবুর দেরি হল না। অবশ্য পাখির দাঁড়ে একটা চিরকুটও লটকানো ছিল। তাতে লেখা—"পাখিটা বিধিসম্মত মালিকের হস্তগত হইয়াছে। ব্যাপারটি লইয়া শোরগোল করিলে আপনার কনিষ্ঠ পুত্রের প্রাণ সংশয় হইবে। জনৈক শুভাকাঙ্ক্ষী।"

কিন্তু তবু শোরগোল হল। পাড়া প্রতিবেশীরা খবর পেয়ে ছুটে এল। কিন্তু তাতেও দেখা দিল প্রবল গণ্ডগোল। বারান্দায় আর উঠোনে ধপাধপ লোকজন আছাড় খাচ্ছে আর "বাবা রে, মা রে, গেছি রে" বলে চেঁচাচ্ছে। খুন্তিবুড়ি চোখে কম দেখেন। তিনি সামনের দরজায় কাকতাড়ুয়াটাকে দেখে ভূত ভেবে সেই যে ভিরমি খেলেন আর চোখ খোলার নামটি নেই। সামনের বারান্দায় ভিড় হওয়ায় জনাকয় লোক পাঁচিলে উঠেছিল। কাঁটাতারে জামাকাপড় আটকে তাদের বিতিকিচ্ছিরি অবস্থা। রামুর মা আর ঠাকুমা ডুকরে কাঁদতে লেগেছেন, রামুর ভাইবোনেরা কাঁদছে। এই গোলমালে মাথা ঠান্ডা রাখা দায়। বারবার সবাইকে চুপ করতে বললেন উদ্ধববাবু। কে শোনে কার কথা! অবশেষে এই গোলমালে অসহ্য হয়ে উদ্ধববাবু বন্দুকটা আকাশে তাক করে দুম দুম করে দুটো ফায়ার করলেন। তাতে ফল হল উলটো। যারা কাঁদছিল তারা আরও জোরে কাঁদতে লাগল। পাড়াপড়শির বাচ্চারা ভয় খেয়ে চেঁচাতে লাগল। বন্দুকের শব্দে যারা চমকে উঠে পালাবার তাল করেছিল তারা ফের কলার খোসা আর তেল-হড়হড়ে মেঝেয় আছড়ে পড়ে গড়াগড়ি খেতে লাগল। তবে উপকার হল একজনের। ভিরমি কেটে উঠে পড়লেন খুন্তিবুড়ি।

কিছুক্ষণ বাদে লোকজন বিদেয় হল, কুন্দকুসুম তদন্তে এলেন। চারদিক ঘুরেটুরে দেখে বললেন, "আপনার বন্দুকের লাইসেনস আছে তো?"

"আছে।" উদ্ধববাবু বুক চিতিয়ে বললেন।

কুন্দকুসুম বুক ফুলিয়ে বললেন, "থাকলেই কী! যখন-তখন ফায়ার করার আইন কিন্তু নেই। যাকগে, আপনার মন আজ অস্থির, বন্দুকের ব্যাপারে তাই কিছু বলছি না। আর রামুকে কিডন্যাপ, পাখিটা চুরি এবং নয়নকাজলের উধাও হওয়া—এগুলো আমার নোট করা রইল।"

কুন্দকুসুম চলে যাওয়ার পর বেশ একটু রাতের দিকে গবা পাগলা এসে ঢুকল। তার মুখ থমথমে।

উদ্ধববাবু বাহ্যজ্ঞানশূন্য হয়ে ভাবছেন। হাতে এখনও বন্দুক। ডাকাতরা শোরগোল করতে নিষেধ করেছিল, কিন্তু শোরগোল কিছু বেশিই হয়ে গেছে। এখন রামুর কী হয় সেইটে নিয়েই তাঁর চিন্তা।

গবা ডাকল, "বাবু।"

"কী বলছিস?"

"একজন কাজের লোক রাখবেন? খুব ভাল লোক।"

এই দুঃসময়ে পাগলটা চাকর রাখার প্রস্তাব নিয়ে এসেছে দেখে উদ্ধব অবাক হন। বলেন, "কী বলছিস?"

গবা তখন উদ্ধবের কানে-কানে চুপিচুপি ক'টা কথা বলল।

একুশ

রামু নিরুদ্দেশ, কাকাতুয়া বেহাত, নয়নকাজল হাওয়া। বাড়িতে প্রচণ্ড ডামাডোল। এরই মধ্যে সকলের চোখের আড়ালে একটা নতুন কাজের লোক বহাল হয়ে গেল।

উদ্ধববাবুর প্রেশার বেড়ে গেছে, তিনি শয্যা নিয়েছেন। ডাক্তার এসে দেখে নড়াচড়া বারণ করে গেছেন। কিন্তু উদ্ধববাবু কেবল এপাশ-ওপাশ করেন। তাঁর ছোট ছেলেটা দুষ্টু ছিল বটে, তিনি শাসনও করতেন তাকে, কিন্তু এখন তার জন্য বুক ফেটে যাচ্ছে কষ্টে। ছেলেটাকে কি ওরা জ্যান্ত রাখবে?

রাত বেশ গভীর হয়েছে। ঘরে মৃদু আলো জ্বলছে। উদ্ধববাবু ঘুমোনোর বৃথা চেষ্টা ত্যাগ করে উঠে বসে অন্যমনস্কভাবে চেয়ে রইলেন। ঠিক সেই সময়ে ভিতরবাড়ির দিককার দরজাটা নিঃশব্দে খুলে গেল। উদ্ধববাবু হাঁ করে চেয়ে রইলেন।

ঘরে ঢুকল নতুন কাজের লোকটা।

"কী চাও?" উদ্ধববাবু জিজ্ঞেস করলেন।

"আজ্ঞে আমি একটা কথা বলতে এসেছিলাম।"

"এত রাতে কথা কীসের?"

"আজ্ঞে টের পাচ্ছি রামুর চিন্তায় আপনার ঘুম হচ্ছে না। শরীরও ভাল যাচ্ছে না আপনার। তাই বলতে এসেছিলাম গুপ্তধনের হদিশ যতক্ষণ না পাচ্ছে ততক্ষণ ওরা রামুর ক্ষতি করবে না। তাতে ওদের লাভ নেই।"

"কিন্তু হদিশ পেতে আর বাকি কী? কাকাতুয়া তো ওদের হাতে।"

"তা বটে। কিন্তু মজা হল, কাকাতুয়াকে ঠিক-প্রশ্নটি না করা গেলে সে কিছুতেই হদিশ বলবে না। এই কাকাতুয়াটাকে নিয়ে আমি বহুকাল ধরে চিন্তা করেছি। হরিহর পাড়ুই পারেনি, বিশু পারেনি, আপনারাও পারেননি। অনেক ভেবে দেখেছি, পাখিটাকে ঠিক-প্রশ্নটি যতক্ষণ করা না হচ্ছে, ততক্ষণ তার মুখ থেকে আসল কথাটি বেরোবে না।"

"প্রশ্নটা তুমি জানো?"

"আন্দাজ করতে পারি। কিন্তু যারা পাখিটা চুরি করেছে তাদের মাথা অত সাফ নয়। পাখির কাছ থেকে তারা কথা বের করতে পারবে না। আপনি নিশ্চিন্তে ঘুমোন। যা করার আমি আর গবাদা মিলে করব।"

"গবা বলছিল, তুমি নাকি সার্কাসের খেলোয়াড়?"

"আজ্ঞে হ্যাঁ। কিন্তু কথাটা পাঁচকান করবেন না।"

উদ্ধববাবু চোখ বুজে বলেন, "সব বড় গোলমাল ঠেকছে হে। এক সার্কাসের খেলোয়াড় বাড়ির চাকর হয়ে ঢুকল। বাড়ির পুরনো চাকর ডাকাতের দলে গিয়ে ভিড়ল। ছেলেটা গুম হয়ে গেল। সব বড় গোলমাল ঠেকছে।"

নতুন লোকটা মাথা চুলকে বলল, "আজ্ঞে তা আর বলতে। তবে কিনা আমি লোক খারাপ নই।"

"তা কে জানে বাপু। আমার আর কাউকে বিশ্বাস হয় না। তবু তুমি যখন বলছ তখন একটু নির্ভর করেই দেখি।"

"আমি বলি কী বাবু, আপনি বরং শুয়ে শুয়ে দরবারি কানাড়ার সুরটা গুনগুন করতে থাকুন। ঘুমের সবচেয়ে বড় ওষুধ হল গান।"

উদ্ধববাবু কটমট করে লোকটার দিকে চাইলেন। ভাল করে দেখে তার মনে হল লোকটা ঠাট্টা করছে না। তখন খুশি হয়ে বললেন, "আমার গানের কথা তোমায় কে বলল?"

"কেউ বলেনি। ভাল গাইয়ের গলা কথাবার্তায়ও ফুটে ওঠে। কালে খাঁ সাহেব যখন চাকরকে বকতেন বা রান্নার নিন্দে করতেন, তখনও সমঝদার লোক 'কেয়াবাত, কেয়াবাত' করে উঠত। তা ছাড়া বড় গাইয়ের বাড়ির গোরু-কুকুর কি পোষা পাখির গলায় পর্যন্ত সুর এসে যায়। আপনার নেড়ি কুকুরটার গলায় আজ সন্ধেবেলাতেই আমি একটা সাপটা শুনেছি।"

"বলো কী?" উদ্ধববাবু খুবই অবাক ও উত্তেজিত হলেন।

লোকটা বিনয়ে হেসে হাত কচলে বলল, "সুর এমনই জিনিস যে, চেপে রাখা যায় না। যার গলায় সুর আছে, সে শত চেষ্টা করেও কোনওদিন বেসুর বের করতে পারবে না গলা থেকে। আপনার যেমন, একটু আগে শুয়ে শুয়ে 'আঃ উঃ' করছিলেন, আমি দরজার বাইরে থেকে শুনতে পাচ্ছিলাম। শুনলাম তার মধ্যেও সুর আছে।"

উদ্ধববাবু এত দুঃখেও হাসলেন। মাথা নেড়ে বললেন, "সমঝদারই নেই হে দেশে, সমঝদার থাকলে কি আজ আমাকে ওকালতি করে খেতে হত? তা তুমি আমার বাড়িতেই থেকে যাও। সার্কাসের সমান মাইনে দেব। কাজকর্ম কিছুই করতে হবে না। শুধু আমার একটু সেবা-টেবা করবে আর কী।"

"সে হবে'খন বাবু। এখন আমি বিদেয় হই। অনেক কাজ বাকি।"

উদ্ধববাবু শুয়ে পড়লেন। সিলিং-এর দিকে চেয়ে খুব সাবধানে গলা ঝেড়ে নিয়ে আবার উঠে বসলেন। বাঁ হাতে কান চেপে ধরে নিখুঁত দরবারির সুর ধরলেন! তারপর আর বাইরের শোক-দুঃখ তাঁকে স্পর্শ করল না।

নতুন চাকরটা নিঃশব্দে বাইরে বেরিয়ে এল। তারপর মৃদু একটা শিস দিল সে। অন্ধকারে আর একটা মূর্তি এগিয়ে এল কাছে। তার দুহাতে ধরা দুটো সাইকেল। দুজনে সাইকেলে চেপে এত জোরে ছুটতে লাগল যে, মোটরগাড়িও পাল্লা দিতে পারবে না।

প্রায় ত্রিশ মাইল রাস্তা একনাগাড়ে সাইকেল চালিয়ে দুজনে যখন কাশিমের চরের কাছাকাছি পৌঁছল তখন এই দুর্দান্ত শীতের রাতেও তারা ঘেমে নেয়ে গেছে। কিন্তু বিশ্রামের সময় নেই। সামনেই একটা জঙ্গল। মরা নদীর খাত। তারপর আবার জঙ্গল।

ঘন ঝোপঝাড়ের মধ্যে সাইকেল লুকিয়ে রেখে দুজনে এবার পায়ে হেঁটে চলতে লাগল। দুজনের মধ্যেই চমৎকার বোঝাপড়া। কেউ কারও সঙ্গে কথা বলছে না, কিছু জিজ্ঞেস করছে না। যেন আগে থেকে প্ল্যান করা আছে এই অভিযান।

দ্বিতীয় জঙ্গলটায় খানিকদূর ঢুকে দুজনে থামল। জিরোতে নয়। অন্ধকার কুয়াশামাখা এই রাতে চারদিকে কিছুই দেখা যায় না। দুজনে তাই পাথরের মূর্তির

মতো দাঁড়িয়ে রাতের শব্দগুলিকে চিনবার চেষ্টা করল। কোন শব্দটা প্রাকৃতিক কোনটা নয়। সন্দেহজনক কিছুই অবশ্য শুনতে পেল না তারা। তবে এরপর সাবধানে এগোতে লাগল।

সামনেই একটা দুর্গের মতো মস্ত বাড়ির কালো ভুতুড়ে আকারটা জেগে উঠছিল কুয়াশার মধ্যেও। একটা জায়গায় সামনের জন থামল। তারপর আস্তে ডাকল, "গবাদা।"

"হুঁ।"

"এই হল সেই জায়গা, যেখানে হরিহর খুন হয়। মনে আছে?"

"খুব মনে আছে।"

"আর সামনে ওই সেই বাড়ি।"

"জানি।"

দুজনে চুপ করে চেয়ে রইল খানিকক্ষণ।

এবার গবা ডাকল, "গোবিন্দ।"

"বলো।"

"হরিহরকে খুন হতে আমি দেখেছি। তবে খুনিকে দেখিনি। আর দেখিনি বলেই সাক্ষ্যও দিইনি। কিন্তু এখন মনে হচ্ছে ভুল করেছি। সাক্ষ্য দিলে তুই নির্দোষ মানুষ হয়তো খালাস পেতিস।"

গোবিন্দ মাথা নেড়ে বলল, "না, গবাদা। খালাস হলেও ওরা আমাকে ছাড়ত না। জেলখানাতেও ওদের লোক আছে। বিরাট দল। ফাঁসিতে না ঝুললেও খুন হতাম।"

দুজনে বাতাসের মতো ফিসফিস করে কথা বলছিল। এত আস্তে যে, চার হাত দূর থেকেও শোনা যায় না।

গবা আর গোবিন্দ আর একটু এগিয়ে গেল। তারপর গোবিন্দ বলল, "গবাদা, এইবার।"

গবা গলাটা সাফ করে নিল একটু। তারপর হঠাৎ বেশ চেঁচিয়ে গান ধরল, "আজ মনটা করে উড়ন খুড়ন গা করে আইঢাই। কাশিমের চরে দেখি জনমানব নাই। আছেন শুধু বিজ্ঞপক্ষী আর যতেক ভক্তজন। ইঙ্গিতে কয় কথা পাখি, তা বুঝেছেন ক'জন। আয় রে যত নন্দীভৃঙ্গী, তোদের ডাকে হরিহর। পাখির পেটে কথা করে খচরমচর। আছেন গুরু আছেন জ্ঞান কিন্তু শিষ্য নাই। বিজ্ঞপক্ষী গোমড়া মুখে বসে থাকেন তাই।"

গান শেষ হলে দুজনে উৎকর্ণ হয়ে বসে থাকে। অনেকক্ষণ কেটে যায়।

গোবিন্দ বলে, "ওরা বোধহয় এদিকে আসেনি গবাদা।"

গবা হঠাৎ ঠোঁটে আঙুল তোলে।

কাছেপিঠে জঙ্গলের মধ্যে সড়সড় শব্দ হয় একটু। নিঃশব্দ পদসঞ্চারে কে বা কারা আসছে।

বাইশ

দুজনে নিঃসাড়ে বসে আছে। অপেক্ষা করছে। টের পাচ্ছে, আড়াল থেকে কেউ নজর করছে তাদের দিকে। কিন্তু বেশ কিছুক্ষণ অপেক্ষা করার পরও একদম সামনে কেউই এগিয়ে এল না।

"গবাদা।" গোবিন্দ ফিসফিস করে বলল।

"বলে ফ্যাল।"

"ওরা আমাদের মাপজোখ করছে। কাছে আসছে না।"

"তাই তো দেখছি। কিন্তু এই কুয়াশা আর অন্ধকারে মাপজোখটা করছে কীভাবে?"

"সেও তো কথা। আর আমরাই বা উজবুকের মতো লুকিয়ে আছি কেন? ওরা যে খুঁজে পাবে না আমাদের।" বলে গোবিন্দ উঠতে যাচ্ছিল।

গবা হাতটা টেনে ধরে বলল, "দূর পাগল। অতটা বেপরোয়া হোস নে। বিপদ ঘটতে কতক্ষণ?"

"তুমি গানটা তা হলে আর একবার ধরো! ওরা জবাব দেয় কি না।"

গবা গলা খাঁকারি দিয়ে গান ধরল, "দানাপানি খায় রে পক্ষী, উড়াল দিতে চায়। তার শিকল করে ঠিনিন বেন্ধে রাখা দায়। এইবার উড়িলে পক্ষী আর না পাবে তারে। ধনরত্নের হদিশ রবে চির অন্ধকারে। তাই শুন শুন বুদ্ধিমন্ত যতেক ভক্তজন। পাখিরে কওয়াতে কথা এসেছেন দুজন। অতি শিষ্ট ভদ্র নখদন্ত নাই। দুধুভাতু খাই মোরা ধর্মেরে ডরাই।"

"গবাদা।" এবার বেশ একটু হেঁকেই ডাকল গোবিন্দ।

"বলে ফ্যাল।"

"কই, কারও তো টিকি দেখছি না।"

"এখনও বোধ হয় মাপজোখ করছে।"

"দাঁড়াও। ওদিকে এক বাঁশঝাড়ের কাছে একটা ছায়া মতো দেখছি।" বলে উঠে দাঁড়াল।

সঙ্গে সঙ্গে বাতাসে একটা মৃদু শিসের মতো শব্দ হল। অন্ধকারেও ঝিকিয়ে উঠল একটা বিদ্যুৎগতি বল্লম।

"বাপ রে!" বলে গোবিন্দ বসে পড়ল।

বল্লমটা খচ করে বসে গেল পিছনের একটা গাছে।

"জোর বেঁচে গেছিস।" গবা গোবিন্দকে কাঁটাঝোপ থেকে টেনে তুলতে তুলতে বলে।

"অন্ধকারেও নিশানা দেখেছ! এই টিপ যার-তার হাতের নয়।"

"বকবক করিসনি। এখন চল, উঠে লম্বা দিই।"

গোবিন্দও কথাটায় সায় দিয়ে বলল, "তাই চলো। কিন্তু ওরা আমাদের বিশ্বাস করল না কেন বলো তো!"

"সেটাই বুদ্ধির কাজ।"

দুজনে জঙ্গলের মধ্যে যত তাড়াতাড়ি সম্ভব হামাগুড়ি দিয়ে ফিরে আসতে থাকে।

জঙ্গলের বাইরে এসে গবা একটু হাঁপ ছেড়ে বলে, "আর যাহোক, তাহোক, আমাদের গান ওদের কানে তো পৌঁছেছে। যদি কাজ হয় তো ওতেই হবে।"

"আমরা কারা তা জানবে কী করে?"

"খোঁজ নেবে। জানা কিছু শক্ত না। একটু বুদ্ধি চাই। সেটা ওদের ভালই আছে।"

বাড়ির দিকে ফিরতে ফিরতে গোবিন্দ জিজ্ঞেস করে, "কিন্তু সাতনার দল আমাকে খড়ের গাদায় পুড়িয়ে মারতে চেয়েছিল কেন বলো তো!"

"সে আর বলা শক্ত কী? তোকে মারলে হরিহরের সত্যিকারের খুনি বেঁচে যাবে। তুই যে নির্দোষ তা আর প্রমাণ হবে না।"

"আমাকে হাতে পেলে কি ওরা মেরে ফেলবে গবাদা?"

"চেষ্টা তো করবেই।"

গোবিন্দ আর কিছু বলল না।

গবা বলল, "রামুটার কথা ভাবছি। কীভাবে রেখেছে ওকে কে জানে! উদ্ধববাবুকে শাসিয়ে গেছে, পাখিচুরির কথা পাঁচকান হলে রামুকে জ্যান্ত রাখবে না। তা সেকথা তো দুনিয়া সুদ্ধু লোক জেনে গেছে।"

একথায় গোবিন্দ থমকে দাঁড়িয়ে গবার হাত চেপে ধরে বলল, "গবাদা, ফিরে যাই চলো। আমরা দুজন হলেও দশজনের মহড়া নিতে পারি। চলো গিয়ে ওদের ডেরা হুটোপাটা করে দিয়ে রামুকে নিয়ে আসি।"

গবা মাথা নেড়ে একটু দীর্ঘশ্বাস ছেড়ে বলে, "উদ্ধববাবু রামুকে খুব শাসন করে বটে, কিন্তু আমি জানি, ওই দুষ্টু ছেলেটাই ওঁর সবচেয়ে প্রিয়পুত্র। যদি কোনও খারাপ খবর পান তা হলে আর বাঁচবেন না।"

“তা হলে?”

“তা হলেও মাথা ঠান্ডা রেখে কাজ করা চাই। সব কাজেই যে বুক চিতিয়ে বোকা সাহস দেখাতে হবে তার কোনও মানে নেই। ছুঁচ হয়ে ঢুকবি, বোমা হয়ে বেরোবি।”

“ঢুকতে দিচ্ছে কোথায়! যা একখানা বল্লম ঝেড়েছিল আজ।”

“রোস না দুদিন। পাখির মুখ থেকে তো আর আসল্ল কথাটি বেরোচ্ছে না!”

কাশিমের চর নিঃঝুম। হাড় কাঁপানো শীতে কুয়াশার কম্বল জড়িয়ে গোটা জায়গাটাই ঘুমিয়ে আছে যেন। মাঝে মাঝে শেয়ালের ডাক আর প্যাঁচার ভুতুড়ে শব্দ ওঠে ঝোপেঝাড়ে। রাতপাখি ডেকে ওঠে হঠাৎ হঠাৎ। বাঁশবনে ঝিঁঝির ঝিনঝিন। কিন্তু এইসব শব্দ যেন কাশিমের চরের নির্জনতাকেই আরও গাঢ় করে তোলে।

দোতলার একটা ছোট্ট কুঠুরির মেঝের ওপর চটের বিছানায় রামু শুয়ে আছে। গায়ে একটা কুটকুটে কম্বল, এরকম শুয়ে তার অভ্যাস নেই। মেঝে থেকে চট ভেদ করে পাথুরে ঠান্ডা আসছে। কুটকুটে কম্বল দিয়ে ঢুকছে বাইরের শীত। বারবার তাই ঘুম ভেঙে যাচ্ছে রামুর। দুষ্টুমি করতে গিয়ে বহুবার বহুরকম বিপদে পড়েছে। দুষ্টু ছেলেরা পড়েই। কিন্তু এরকম বিপদে সে কোনও কালে পড়েনি।

ডাকাতদের এই দলটা বেশ বড়সড়। চেহারাগুলো একদম ভদ্রলোকের মতো নয়। হাতে সব সময়ে লাঠি, বল্লম, টাঙ্গি, বন্দুক-টন্দুকও আছে। কারও কোনও মায়া দয়া নেই। খেলার মাঠ থেকে ফেরার সময় সন্ধেবেলা হঠাৎ এসে খবর দিল, “তোমার বাবাকে কারা যেন পূর্বস্থলির মাঠে মারধোর করে ফেলে রেখে গেছে। শিগগির এসো।”

খবরটা পেয়েই রামু লোকটার পিছু-পিছু ছুটল। ক’দিন আগেই উদ্ধববাবুকে আদালত থেকে ফেরার পথে কারা বোমা মেরেছিল। এই সেদিনও বাড়িতে ডাকাত পড়েছে। সুতরাং লোকটার কথায় রামুর অবিশ্বাস হয়নি। উদ্ধববাবুকে ওরা মারতেও পারে।

পূর্বস্থলির মাঠ শহরের বাইরে। ভারী নির্জন জায়গা। সাঁঝের আবছায়া ঘন হয়ে উঠেছে। রামু সেখানে পৌঁছে এদিক-ওদিক তাকানোরও সময় পেল না। শিমুল গাছের পিছন থেকে জনাচারেক লোক বেরিয়ে এসে একটা গামছায় তার মুখ বেঁধে ফেলল। তারপর একটা গোরুর গাড়িতে তুলে ফেলল চটপট। অনেক রাতে তারা এসে পৌঁছায় এই জায়গায়। রামু পরে তাদের কথাবার্তা থেকে জানতে পেরেছে এই জায়গারই নাম কাশিমের চর।

প্রথম রাত্রিটা সারাক্ষণ বাড়ির কথা ভেবে কেঁদেছে রামু। এরা রুটি আর একটু আলুর ঝোল খেতে দিয়েছিল। তা ছোঁয়নি সে। কিন্তু সকাল থেকে রামুর চোখের

জল শুকিয়ে গেল। একটা দৈত্যের মতো লম্বা-চওড়া লোক এসে তাকে প্রথমেই বলল, "শোনো রামু, কেন তোমার এই দশা। উদ্ধব-উকিল বোকাও বটে, জেদিও বটে। কিন্তু সে জানে না, আমার সঙ্গে বিবাদ করলে তাকে নির্বংশ হতে হবে। সে কাজ শুরু হবে তোমাকে দিয়েই। একটু যদি বেচাল দেখি তবে রামদা দিয়ে দুখানা করে কেটে ফেলব। এখন যা জিজ্ঞেস করছি তার ঠিকঠাক জবাব দাও। প্রথমে বলো, গবা পাগলা আসলে কে?"

রামু ভয়ে হতভম্ব হয়ে গিয়েছিল। অতি কষ্টে বলল, "গবাদা তো পাগল।"

"ওর পাগলামিটা চালাকি ছাড়া কিছুই না। সেটা আমরা জানি। কিন্তু ওর আসল পরিচয়টা আমাদের দরকার।"

"গবাদা কারও কোনও ক্ষতি করে না তো।"

"ক্ষতি যাতে করতে না পারে তার জন্য সাবধান হওয়া ভাল।"

"গবাদার আর কোনও পরিচয় আমি জানি না।"

লোকটা অবশ্য রামুকে এ নিয়ে আর খোঁচাখুঁচি করেনি। কিন্তু কয়েক ঘণ্টা বাদে আবার লোকটা এল। কিন্তু তার সঙ্গে নয়নকাজলকে দেখে রামু হাঁ। সে চেঁচিয়ে উঠল, "নয়নদা।" কিন্তু সঙ্গের লোকটা রামুকে একটি ধমক মেরে বলল, "চোপ!" রামু ভয়ে চুপ করে গেল! নয়নকাজলও রামুর দিকে ভাল করে চাইতে পারছিল না। অন্য দিকে চেয়ে রইল। তার হাতে রামুদের কাকাতুয়ার দাঁড়টা।

দৈত্য লোকটা বলল, "এই পাখিটা কিছু গোপন খবর জানে। কিন্তু কিছুতেই বলছে না। তোমাদের পোষা পাখি, তোমরা নিশ্চয়ই এর গোপন কথা জানো!"

রামু মাথা নেড়ে বলল, "জানি না। পাখিটা গুপ্তধনের কথা বলে বটে, কিন্তু কোথায় তা আছে তা কখনও বলেনি।"

লোকটা বলল, "ঠিক আছে। কিন্তু তোমার কাজ হল পাখিটার পেট থেকে কথা বের করা। চব্বিশ ঘণ্টা সময় দিচ্ছি। যদি তার মধ্যে পারো ভাল, যদি না পারো তবে পাঁচ ঘা করে বেত খাবে রোজ। এই নয়নকাজলও থাকবে পাশের ঘরে। সে নজর রাখবে তুমি কী করছ না করছ।"

রামু আর নিজেকে সামলাতে না পেরে জোরে চেঁচিয়ে উঠল, "নয়নদা! তুমিও এদের দলে?"

নয়নকাজল তাড়াতাড়ি ঘর থেকে বেরিয়ে গেল।

তেইশ

ঘুম বারবার ভাঙছে রামুর। বড় শীত। বিছানাটাও বড্ড শক্ত, কম্বল কুটকুট করছে। জেগে উঠলে সে জঙ্গলের গভীর নিস্তব্ধতা টের পায় আর গা ছমছম করে ওঠে তার। যে বাড়িটায় তাকে আটকে রাখা হয়েছে, সেটা বিশাল। তবে প্রায় সবটাই ভেঙে পড়ে গেছে। এখানে সেখানে এক-আধটা ঘর দাঁড়িয়ে আছে কোনওক্রমে। বাদবাকিটা ইট আর চুন সুরকির স্তূপ। ডাকাতরা যথাসম্ভব বাড়িটাকে নিজেদের থাকার মতো করে নিয়েছে। তবে রামু জানে এটা ওদের স্থায়ী আড্ডা নয়। একসঙ্গে বেশি লোক এখানে থাকে না। প্রায় সব সময়েই আনাগোনা করে। ঘরের দরজা বাইরে থেকে বন্ধ। সে দরজাও পেল্লায় ভারী কাঠের। ঘরখানাও খুবই বড়সড়! মেঝেয় আর দেওয়ালে পঙ্খের কাজ করা। তবে সবই অস্পষ্ট হয়ে এসেছে। মেঝেয় ফাটল, দেয়ালে পলেস্তারা খসে পড়েছে। দিনের বেলা ঘরটা খুবই ভাল করে দেখে নিয়েছে রামু। পালানোর কোনও পথ নেই। আর পালিয়ে যাবেই বা কোথায়? চারদিকে জঙ্গল। ডাকাতরা চারদিকে নজর রাখছে। ঘুম ভেঙে অন্ধকারে চুপচাপ তাকিয়ে ছিল রামু। শীতে একটু থরথরানি উঠছে শরীরে। কম্বলটা ভাল করে মুড়ি দিয়েও শীত যাচ্ছে না।

হঠাৎ দরজায় একটু শব্দ হল। খুব মৃদু টোকা দেওয়ার মতো শব্দ। রামু কান খাড়া করল। না, ভুল নয়। আবার গোটা দুটি টোকা পড়ল।

স্বাভাবিক বুদ্ধিতেই রামু বুঝল, এই টোকা ডাকাতদের নয়। অন্য কারও কোনও কাণ্ড। বিছানা ছেড়ে উঠে পড়ল। কম্বল মুড়ি দিয়ে দরজার কাছটায় এসে হাঁটু গেড়ে বসে রইল সে চুপচাপ। খানিকক্ষণ বাদে একটু জোরে টোকা দেওয়ার শব্দ। কে যেন চাপা গলায় ডাকল, "রামু!"

গলাটা চিনল রামু। বিশ্বাসঘাতক নয়নদা। কিন্তু বিশ্বাসঘাতক হলেও এই শত্রুপুরীতে নয়নকাজলই তার একমাত্র চেনা লোক। এমনিতে একসময়ে নয়নদা রামুকে ভালও বাসত খুব। পেয়ারার ডাল দিয়ে গুলতি বানিয়ে দিয়েছে, চাবি-পটকা বানাতে শিখিয়েছে। তার টাইফয়েডের সময় এই নয়নকাজলই লুকিয়ে লুকিয়ে তাকে সন্দেশ এনে খাইয়েছে।

রামু একটা দীর্ঘশ্বাস ছেড়ে দরজার কাছে মুখ নিয়ে বলল, "কে, নয়নদা?"

"হ্যাঁ। পাহারাদারটা একটু তফাতে গেছে। বোধ হয় ঘুমিয়েও পড়েছে। সেই ফাঁকে এলাম।"

"কী চাও?"

"শোনো, এই দরজার বাঁ দিকের পাল্লায় একটা ফোকর আছে। এমনিতে বোঝা

যায় না। হাতড়ে-হাতড়ে খুঁজলে একটা ছোট্ট আলপিনের ডগার মতো জিনিস পাবে। সেটা টানলেই গোলমতো একটা ঢাকনা খোলা যায়।”

“তা দিয়ে বেরোতে পারব?”

“না। বেরোনোর কথা এখন ভেবো না। এরা অত কাঁচা ছেলে নয়।”

“তা হলে ফোকর দিয়ে কী হবে?”

“তোমার জন্য এক গেলাস দুধ এনেছি।”

“তুমি তো জানোই দুধ খেতে আমার ভাল লাগে না।”

“সে জানি। কিন্তু এদের দেওয়া খাবার যে তোমার মুখে রুচছে না, তাও তো দেখছি। এরকম আধপেটা খেয়ে থাকলে দুর্বল হয়ে পড়বে যে। আর ও ট্যালটেলে দুধ নয়। একদম ক্ষীর-করা দুধ, সরে ভর্তি।”

রামু দরজা হাতড়ে ফোকরটা খুলতে পারল। নয়নদার দেওয়া দুধটা হাত বাড়িয়ে নিল। মুখে দিয়ে দেখল সত্যিই চমৎকার ক্ষীরের গন্ধ। পুরু সর।

“কী, ভাল?”

“ভাল কিন্তু তুমি তো এদের দলে। তবে আমার জন্য ভাবছ কেন?”

নয়নকাজল একটু চুপ করে রইল। তারপর একটা দীর্ঘশ্বাস ছেড়ে বলল, “কপালের ফের রে ভাই। লোভে পড়ে এদের দলে ভিড়েছিলাম। কিন্তু এখন দেখছি প্রাণসংশয়।”

“তার মানে?”

“মানে এরা আমাকে এক বিন্দু বিশ্বাস করে না। তোমার মতো আমাকে ঘরে আটকে রাখেনি বটে, কিন্তু এদের চোখে ধুলো দিয়ে পালানোরও উপায় নেই। সব গাঁয়ে-গঞ্জে এদের লোক আছে। যেখানে যাব, সেখানেই গিয়ে খুন করে আসবে।”

রামু বলল, “এরা কি মাফিয়াদের মতো?”

“কে জানে বাপু কাদের মতো। তবে বিরাট দল। শুনেছি জেলখানাতেও নাকি এদের চর আছে। এদের কোনও লোককে পুলিশ ধরলে সে তিনদিনের মধ্যে জেল ভেঙে পালিয়ে আসে।”

“কিন্তু তোমাকে খুন করবে কেন?”

“সেইই তো হয়েছে মুশকিল। একবার এদের দলে ভিড়লে তার আর ছাড়ান-কাটান নেই। তাকে আর এরা কিছুতেই ফিরে যেতে দেয় না। সে ছিল একরকম। কিন্তু ওদিকে আমাকে ডাকাত বলেও স্বীকার করছে না। কোনও বখরা দেবে না, মাইনে দেবে না, চাকরের মতো খাটাচ্ছে।”

“তা তুমি এখন কী করতে চাও?”

নয়নকাজল করুণ স্বরে বলল, "এ আমারই পাপের প্রায়শ্চিত্ত রে ভাই। তাই ভাবছি আমার যা গতি হওয়ার হবে। খামোকা তুমি কষ্ট পাবে কেন? ঠিক করেছি, তোমাকে সুযোগ পেলেই পালানোর পথ করে দেব।"

"পারবে?"

"চেষ্টা তো করব। মুশকিল হয়েছে পাখিটাকে নিয়ে।"

"কী মুশকিল?"

"পাখিটা আসল কথা বলতে চাইছে না। সাতনা তোমাকে বলেছে, পাখিটার পেট থেকে কথা বের করতে না পারলে মেরে ফেলবে। আমি জানি, তুমি তা পারবে না। আর সাতনা সত্যিই তোমাকে খুন করবে।"

"ওই বিশাল চেহারার লোকটার নাম কি সাতনা?"

"হ্যাঁ। ওর দয়ামায়া বলতে কিছু নেই।"

"ও কি দলের সর্দার?"

"আরে না। দলের সর্দার কে, তা আজ পর্যন্ত বুঝতে পারলাম না। মস্ত দল, চারদিকে অনেক ডালপালা ছড়ানো।"

"আমার বাবাকে একটা খবর দিতে পারো না নয়নদা?"

"খবর দেওয়ার দরকার নেই। খবর পেলে তোমার বাবা তোমাকে উদ্ধার করার চেষ্টা করবেন। তাতে তোমার বিপদ বাড়বে।"

"অন্তত গবাদাকে যদি একটা খবর দিতে পারো।"

"গবা পাগল! সে খবর পেয়ে গেছে। একটু আগে জঙ্গলে একটা লোক গান গাইছিল শুনলে না?"

"না তো!"

"আমি শুনেছি। গবারই গলা। তুমি ওসব নিয়ে ভেবো না। শুধু মনে রেখো, আমি আছি। মরলে মরব, কিন্তু ধড়ে যতক্ষণ প্রাণ আছে ততক্ষণ তোমার ক্ষতি হতে দেব না। গেলাসটা দাও, এবার যাই।"

গেলাস নিয়ে নয়নকাজল নিঃশব্দে চলে গেল।

দুধটা খাওয়ার পর শীত একটু কম লাগতে লাগল রামুর। কুটকুটে কম্বল মুড়ি দিয়ে ভরা পেটে সে ঘুমিয়ে পড়ল।

সকালবেলায় দরজা খুলে প্রথম যে ঘরে ঢুকল সে সাতনা।

ক্ষুরধার চোখে রামুর দিকে খানিকক্ষণ চেয়ে থেকে সে বলল, "কাল রাতে গবা পাগলা এখানে হানা দিয়েছিল, কে তাকে এ জায়গার হদিশ দিল জানো?"

"আমি কী করে জানব?" রামু অবাক হয়ে বলে।

"তোমাদের চাকর নয়নকাজলকে কাঁটাওলা বেত দিয়ে মার দেওয়া হচ্ছে এখন। আমাদের মনে হচ্ছে, হদিশটা সে-ই দিয়ে এসেছে।"

রামু একটু কেঁপে উঠল ভয়ে। বলল, "নয়নদা? নয়নদা কী করে খবর দেবে? সেও তো তোমাদের দলে!"

"আমাদের দলে কি না তা এখনও আমরা জানি না। তোমার বাবার উকিলের বুদ্ধি তো কম নয়। হয়তো ওকে চর করে আমাদের দলে ভিড়িয়েছে। যাকগে, সেসব ভেবে লাভ হবে না। এখন একটা কথা বলো তো!"

"কী কথা?"

"গোবিন্দ কোথায়?"

"কে গোবিন্দ?"

"গোবিন্দকে তুমি ভালই চেনো। সার্কাসের গোবিন্দ মাস্টার।"

"সে কোথায়, তা আমি কী করে জানব?"

"আমাদের সন্দেহ, গোবিন্দ তোমাদের বাড়িতে লুকিয়ে আছে। তাকে অন্য কোথাও আমরা খুঁজে পাচ্ছি না।"

রামু কাঁপা স্বরে জিজ্ঞেস করে, "তাকে তোমরা খুঁজছ কেন?"

"তার মুন্ডুটা ধড় থেকে আলাদা করা দরকার। তাই খুঁজছি।"

"তুমি এরকম নিষ্ঠুর লোক কেন?"

সাতনা কটমট করে রামুর দিকে চেয়ে রইল। কিন্তু তারপর হঠাৎ যেন কেমন ছাইমারা হয়ে গেল তার মুখ। যেমন হঠাৎ এসেছিল, তেমনি হঠাৎ ঘর থেকে বেরিয়ে গেল।

দরজাটা আঁট করে বন্ধ করে দিল পাহারাদার।

চব্বিশ

যুধিষ্ঠিরবাবুর কামাই নেই, রোজ যেমন আসেন তেমনই আজও পড়াতে এসেছেন।

কিন্তু যাদের পড়াচ্ছেন তাদের পড়ায় মন নেই। রামুর দুই দাদা আর তিন দিদির মুখ ভার, চোখ ছলছল গোঁজ হয়ে তারা বসে থাকে।

যুধিষ্ঠিরবাবু আজ বইপত্র খুললেন না, টাস্কও দেখলেন না। রামুর সবচেয়ে বড় দাদা সোমনাথকে জিজ্ঞেস করলেন, "রামুর কোনও খবর এখনও পাওয়া যায়নি, না?"

সোমনাথ মাথা নেড়ে বলল, না। আমাদের মা জল পর্যন্ত মুখে তুলছে না, বাবার চেহারা অর্ধেক হয়ে গেছে।"

যুধিষ্ঠিরবাবু গম্ভীরমুখে মাথা নেড়ে বললেন, "হুঁ, তা তোমার বাবার সঙ্গে একটু দেখা করা যাবে?"

"হ্যাঁ। বাবা তো ঘরেই শুয়ে আছেন।"

"আমাকে একটু তাঁর কাছে নিয়ে চলো তো!"

উদ্ধববাবু আর একটা বিনিদ্র রাত কাটিয়ে সকালে উঠেছেন। যন্ত্রের মতো পুজো-আচ্চা সেরে এসে ঘরে শুয়ে পড়েছেন। বুকটা বড় কাঁপে আজকাল। মাথায় কত যে চিন্তা!

যুধিষ্ঠিরবাবুকে নিয়ে সোমনাথ ঘরে ঢোকার পর তিনি আস্তে আস্তে উঠে বসলেন। একটা চেয়ার দেখিয়ে দিয়ে বললেন, "বসুন যুধিষ্ঠিরবাবু।"

যুধিষ্ঠির বসে বললেন, "রামুর খবরটা আমি বাইরের লোকের মুখে শুনেছি।"

উদ্ধববাবু কাতর স্বরে বললেন, "হ্যাঁ, বড্ড পাঁচকান হয়ে গেছে। এখন ভয়, খবরটা জানাজানি হয়ে যাওয়ায় ওরা আমার ছেলেটাকে মেরে-টেরে না ফেলে।"

যুধিষ্ঠির গম্ভীর হয়ে বললেন, "আপনি পুলিশকে কি সব কথা জানিয়েছেন?"

উদ্ধববাবু একটা দীর্ঘশ্বাস ছেড়ে বললেন, "হ্যাঁ, কুন্দকুসুম সবই জানে, বিচক্ষণ লোক। কিন্তু সেও তো কিছু করতে পারল না।"

যুধিষ্ঠির একটু হেসে বললেন, "আশ্চর্যের ব্যাপার কি জানেন উদ্ধববাবু, সবাই সবকিছু জানে। কিন্তু কাজের বেলা কেউই কিছু করতে পারছে না।"

উদ্ধববাবু বুক কাঁপিয়ে আর একটা দীর্ঘশ্বাস ছেড়ে বললেন, "করা হয়তো যেত কিন্তু রামুকে আটকে রেখে ওরা আমাদের একেবারে জব্দ করে দিয়েছে। কাল রাতে এসে কুন্দকুসুম বলে গেল কিছু করা সম্ভব নয়। তা হলেই ছেলেটার বিপদ। এই অবস্থায় আমারও মাথায় কিছু খেলছে না।"

যুধিষ্ঠির ভ্রূকুটিকুটিল মুখে বসে রইলেন চুপচাপ। হঠাৎ কুঁজোয় জল নিয়ে বাড়ির চাকরটা ঘরে ঢুকল। যুধিষ্ঠির আনমনে তার দিকে তাকালেন। তারপর হঠাৎ অন্যমনস্কতা ঝেড়ে ফেলে ভাল করে তীক্ষ্ণ নজরে দেখলেন লোকটাকে, খুব লম্বা নয়, মজবুত গড়ন, গালে কিছু দাড়ি। তবু তাঁর স্মৃতি চমকে উঠল। যুধিষ্ঠির সোজা হয়ে বসলেন। উদ্ধববাবুকে জিজ্ঞেস করলেন, "এ বুঝি আপনাদের নতুন কাজের লোক?"

"হ্যাঁ। এই তো তিন দিন হল কাজে লেগেছে।"

যুধিষ্ঠির আর কিছু বললেন না। তবে চাকরটা চলে যাওয়ার পরও অনেকক্ষণ দরজার দিকে চেয়ে রইলেন, "হুঁ।"

উদ্ধববাবু যুধিষ্ঠিরের মুখের দিকে চেয়ে ছিলেন। লোকটা কেমন তা বুঝতে পারছিলেন না। তবে গোপনে শ্রীধরবাবুর কাছে খোঁজ নিয়েছিলেন। শ্রীধরবাবুর ভাঙা পা এখনও সারেনি। তিনি অবশ্য ভরসা দিয়ে বলেছেন, যুধিষ্ঠির সম্পর্কে চিন্তা করবেন না। অতি উত্তম ছেলে। আমি বহুকাল ধরে চিনি।

উদ্ধববাবু অবশ্য নিশ্চিন্ত হতে পারেন না। আজকাল তাঁর সকলকেই সন্দেহ হয়। তিনি যুধিষ্ঠিরের মুখের ভাবসাব দেখে সন্দিহান হয়ে জিজ্ঞেস করলেন, "ওকে চেনেন নাকি?"

যুধিষ্ঠির মাথা নেড়ে মৃদু হেসে বললেন, "না বোধ হয়। চেনা-চেনা লাগছিল বটে, তবে কত মানুষের সঙ্গে কত মানুষের চেহারার মিল থাকে।"

এই বলে যুধিষ্ঠির উঠলেন। বললেন, " রামুর ব্যাপারে আমার যদি কিছু করার থাকে তবে আমাকে বলবেন। শত হলেও সে আমার ছাত্র। বলতে কী অমন উজ্জ্বল বুদ্ধিমান ছেলে কমই দেখেছি।"

"বলেন কী?" উদ্ধববাবু অবাক হয়ে বলেন, "রামু উজ্জ্বল বুদ্ধিমান?"

"ঠিক তাই। দুষ্টুমির স্টেজটা কেটে গেলেই সেটা বোঝা যাবে।"

উদ্ধববাবু একটা দীর্ঘশ্বাস ছাড়লেন।

যুধিষ্ঠিরবাবু সন্তর্পণে বেরিয়ে এলেন। উঠোনের দিকটায় চাকরটা ভেজা কাপড়জামা মেলছে রোদ্দুরে, যুধিষ্ঠির চাপা স্বরে ডাকলেন, 'ওহে, ও গোবিন্দ মাস্টার।"

গোবিন্দ চমকে চিতাবাঘের মতো ঘুরে দাঁড়াল। চোখ ধকধক করে জ্বলছে।

যুধিষ্ঠির একটু হাসলেন। তারপর কাছে গিয়ে বললেন, "ভয় পেয়ো না। একটু বাইরে নিরিবিলিতে চলো। তোমার সঙ্গে একটু কথা আছে।"

গোবিন্দর চোখের আগুনটা নিভে গেল। বলল, "আজ্ঞে।"

যুধিষ্ঠির গোবিন্দকে নিয়ে বাইরে এলেন। নিরিবিলি বকুলগাছটার তলায় দাঁড়িয়ে মৃদুস্বরে বললেন, "আমাকে চিনতে পারো?"

গোবিন্দ মুখখানা ভাল করে দেখল। তারপর চাপা স্বরে বলল, "চিনি। হরিহর পাড়ুইয়ের ছেলে না তুমি?"

যুধিষ্ঠির মৃদু হেসে মাথা নাড়লেন, "ধরেছ ঠিক। আমার বাবা বড় ভাল লোক ছিল না। পদবিটা আজকাল আর ব্যবহার করি না। এখন আমি যুধিষ্ঠির রায়।"

গোবিন্দ কঠিন স্বরে বলল, "কী চাও? বাপের খুনিকে পুলিশে ধরিয়ে দেবে?"

যুধিষ্ঠির গম্ভীর হয়ে বললেন, "না। আমার বাবা যেসব পাপ করেছিলেন তাতে তাঁর খুন হওয়া কিছু বিচিত্র ছিল না। তাঁর খুনির ব্যবস্থা সরকার করবে। আমার তা

নিয়ে মাথাব্যথা নেই। কিন্তু আমি জানতে চাই তুমি কোন দলে? কেনই বা এ বাড়িতে চাকর সেজে আছো?"

গোবিন্দ খুব তীব্র দৃষ্টিতে যুধিষ্ঠিরকে দেখছিল। হরিহরের ছেলে লেখাপড়া শিখেছে বলে জানে। হরিহরও বলত তার ছেলে নাকি তার মতো নয়। গোবিন্দ একটা শ্বাস ফেলে বলল, "তোমার হয়তো বিশ্বাস হবে না, হরিহরকে আমি খুন করিনি।"

"হতে পারে। এখন আসল কথা বলো। তুমি এখানে কী করছ? চাকর সেজে থাকলেই তো চলবে না। যদি বুঝি তোমার মতলব খারাপ তা হলে উদ্ধববাবুকে তোমার আসল পরিচয়টা আমাকেই দিতে হবে।"

গোবিন্দ একটু হেসে বলল, "উনি জানেন। আমি রামুর দলে। সাতনার দলে নেই।"

যুধিষ্ঠির একটু অবাক হয়ে বললেন, "সাতনা? সে আবার এর মধ্যে আছে নাকি?"

"আছে। দলের সর্দার না হলেও সে বেশ পান্ডা গোছের লোক। আমার ধারণা হরিহরকে সে-ই খুন করেছিল।"

যুধিষ্ঠির একটু আনমনা হয়ে যান। অনেকক্ষণ দূরের দিকে তাকিয়ে থেকে আস্তে আস্তে বলেন, "সাতনা!"

"সাতনাকে আমিও চিনতাম। সে লোক খারাপ ছিল না।"

যুধিষ্ঠির ব্যথিত মুখে মাথা নেড়ে বলেন, "তার মেয়েটা চুরি যাওয়ার পর থেকেই সে মানুষ থেকে জানোয়ার হয়ে গেল। তা শোনো গোবিন্দ মাস্টার, যদি সাতনার দলই রামুকে চুরি করে থাকে তা হলে একটা উপায় হয়তো করা যাবে।"

"তার মানে?"

যুধিষ্ঠির ব্যথিত মুখে বললেন, "সাতনার মেয়েটাকে চুরি করেছিলেন আমার বাবাই। বাবার কী মতলব ছিল জানি না। হয়তো সাতনার কাছ থেকে কিছু আদায় করা। কিন্তু চুরি করলেও মেয়েটাকে বাবা মেরে ফেলেননি। আমার এক নিঃসন্তান মাসির কাছে রেখে এসেছিলেন। যতদূর জানি মেয়েটা এখনও সেখানেই আছে। যত্নে আছে। সাতনাকে বহুবার খবরটা দেওয়ার চেষ্টা করেছি, পারিনি।"

"বলো কী!" গোবিন্দর চোখ কপালে উঠল।

"ঠিকই বলছি। তুমি যদি খবরটা সাতনার কাছে পৌঁছে দিতে পারো তা হলে হয়তো কাজ হবে। বলবে রামুকে ফেরত দিলে সে তার মেয়েকে ফেরত পাবে।"

উত্তেজিত গোবিন্দ কাঁপতে কাঁপতে বলল, "তোমার মাসির ঠিকানাটা?"

যুধিষ্ঠির মৃদু হেসে বললেন, "ওটা এখন গোপন থাক। তবে নিশ্চিন্ত থাকো, মেয়েটা আছে। আগে খবরটা সাতনার কানে পৌঁছে দাও। তারপর যা করার আমিই করব।"

"তোমার কথা কি সাতনাকে বলব?"

"না বলাই ভাল।" যুধিষ্ঠির মাথা নেড়ে বলেন, "কারণ যে গুপ্তধনের জন্য তোমরা সবাই হন্যে হয়ে গেছ তার আসল উত্তরাধিকারী আমিই। কিন্তু আমি ওসব দাবি করব না। আমি চাই গুপ্তধনের উদ্ধার হলে তা সরকারের তহবিলে জমা হোক। সাতনা জানে যে আমিই ওই গুপ্তধনের ওয়ারিশ। কাজেই আমি বেঁচে আছি জানলে সে আমাকে খুন করতে চাইবে।"

গোবিন্দ বলে, "তা হলে কী বলব? সাতনা কি আমাদের কথা বিশ্বাস করবে?"

"করবে। মেয়েটার একটা ছবি আছে আমার কাছে। সেটা ওকে দিয়ো। তা হলে বিশ্বাস করবে।"

পঁচিশ

পরের রাতেও নয়নকাজল এল। রামু ভেবেছিল, বেত খেয়ে নয়নকাজলের বুঝি হয়ে গেছে। কে দরজায় শব্দ করল। রামু উঠে গিয়ে দরজায় মুখ লাগিয়ে জিজ্ঞেস করল, "কে?"

"আমি নয়নদা।"

"উঃ নয়নদা! তুমি ভাল আছ?"

"ভাল কি আর থাকি? সারা গায়ে কালশিটে, কাঁকালে ব্যথা, চলতে গেলে মাথা ঘোরে।"

"তোমাকে খুব মেরেছে নয়নদা?"

"খুব। মেরেই ফেলত। কিন্তু পাখিটার মুখ থেকে এখনও কথা বেরোয়নি বলে প্রাণটা আমার রেয়াত করেছে।"

"তুমি পালিয়ে যাচ্ছ না কেন নয়নদা? গিয়ে পুলিশে খবর দাও।"

নয়ন একটু দুঃখের হাসি হেসে বলল, "পালালে যদি বাঁচতুম রে ভাই, তবে কি আর চেষ্টা করতুম না? আর পুলিশের কথা কী বলব! আমার মতো গরিব-দুঃখী মানুষের কথায় তারা গা করবে না।"

"তা হলে উপায়?"

"উপায় কিছু দেখছি না। যদি নিতান্ত চুনোপুঁটি ভেবে ছেড়ে-টেড়ে দেয়। ভগবান ভরসা। তোমার জন্য আজ আর দুধটুকু আনতে পারিনি।"

"দুধ লাগবে না। শোনো নয়নদা, এদের সর্দার যখন আবার আমার কাছে আসবে,

তখন আমি তাকে বলে দেব যেন আর কখনও তোমার গায়ে হাত না দেয়। দিলে আমি পাখির মুখ দিয়ে কথা বলানোর চেষ্টা করব না।”

নয়ন একটু অবাক হয়ে বলে, “সর্দার! সর্দারকে তুমি কোথায় দেখলে?”

“কেন ওই দানবের মতো লোকটা। সাতনা না কী যেন নাম।”

নয়ন একটা শ্বাস ফেলে বলল, “সাতনা সর্দার-টর্দার নয়। তবে মোড়ল গোছের একজন বটে। আসল সর্দার যে কে, তা এরা নিজেরাও ভাল জানে না। যে-ই হোক তার অনেক ক্ষমতা। তাকে সবাই যমের মতো ডরায়।”

“তুমি সর্দারকে দেখোনি?”

“আমি কেন, এরাও অনেকে দেখেনি। ওসব নিয়ে ভেবো না। সাতনাকে আমার কথা বললে হিতে বিপরীত হবে। এখন ছেড়ে রেখেছে, তুমি কিছু বললে হাতে-পায়ে শিকল পরিয়ে রাখবে।”

“তা হলে বলব না, কিন্তু এই যে তুমি আমার কাছে এসেছ, যদি ধরা পড়ে যাও?”

“সে ভয় খুব একটা নেই। তোমার ওপর এরা তেমন কড়া নজর রাখছে না। তুমি ছোট ছেলে, দরজা ভেঙে পালাতে তো পারবে না, আর পালালেই বা যাবে কোথায়? চারদিকে জঙ্গল।”

“এখানে ওরা ক'জন আছে?”

“বেশি নয়। তবে সব সময়েই লোক আনাগোনা করে। বিরাট কাণ্ড। কোদাল গাঁইতি দিয়ে চারদিকে খুব খোঁড়াখুঁড়িও হচ্ছে গুপ্তধনের জন্য।”

“কিছু পেয়েছে?”

“না, পাওয়া বড় সহজ নয়।”

“পাখিটা কোথায়?”

“সে খুব ভাল জায়গায় আছে। আমাদের নাগালের বাইরে।”

রামু উত্তেজিত গলায় বলল, “শোনো নয়নদা, আমাদের যেমন করে হোক, পালাতেই হবে। এখানে থাকলে তুমি বা আমি কেউই হয়তো বেঁচে থাকব না।”

“পালাবে? ও বাবা!”

“ভয় পাচ্ছ কেন? মরার চেয়ে তো পালানোই ভাল।”

“তা ভাল কিন্তু...”

“কিন্তু-টিন্তু নয়। ভাল করে দ্যাখো, এ ঘর থেকে বেরোনোর কোনও উপায় আছে কি না।”

“দেখেছি। নেই।”

“ছাদে উঠতে পারো?”

"তা পারি।"

"আর একটা দড়ি লাগবে।"

"তাও জোগাড় হবে। কিন্তু অত সাহস ভাল নয়। শুনেও আমার হাত-পা কাঁপছে।"

"শোনো নয়নদা, না পালালেও এরা রেহাই দেবে না। আমাকে যদি না-ও মারে, তোমাকে মারবে। কারণ তুমি বড় মানুষ, ওদের অনেক গোপন খবর জেনে গেছ। কাজেই তোমার না পালিয়ে উপায় নেই। যদি দুজনে পালাতে পারি, তবে আমি বাবাকে গিয়ে সব বলব। বাবা পুলিশের কাছে গেলে পুলিশ কিছু না করে পারবে না। তা ছাড়া গোবিন্দদা আর গবাদা আছে। ওরা ঠিক একটা বুদ্ধি বের করবে।"

নয়ন কিছুক্ষণ চুপ করে থেকে বলল, "কিন্তু পালানোর উপায়টা কী ভেবেছ?"

"খুব সোজা। দক্ষিণ দিকে ছাদের কাছে একটু বড় ঘুলঘুলি আছে। অবশ্য অনেক উঁচুতে। ঘুলঘুলিতে পাতলা তারের জাল দেওয়া। জালটা পুরনো হয়ে মরচে পড়ে পচে গেছে। তুমি ছাদে উঠে কার্নিশে ভর দিয়ে ওই ঘুলঘুলির ভিতর দিয়ে দড়ি নামিয়ে দেবে। আমি দড়ি ধরে উঠে যাব।"

"পারবে? পড়ে যাবে না তো?"

"না, না। আমি গোবিন্দ-মাস্টারের কাছে অনেক তালিম নিয়েছি। কিন্তু তুমি খুব সাবধান।"

"আজ রাতেই পালাবে নাকি?"

"আজ, এক্ষুনি। কাল আবার কী হয় কে জানে?"

"আমার বড় ভয় করছে রামু। পুরনো কার্নিশ ভেঙে যদি পড়ে যাই?"

"কার্নিশ যদি পুরনো হয় তা হলে ছাদের রেলিং বা শক্ত কিছুতে দড়িটা বেঁধে নিজে কোমরে জড়িয়ে নিয়ো। পড়বে না। কিন্তু সাবধান। শব্দ-টব্দ কোরো না।"

"আচ্ছা। কিন্তু পারবে তো রামু?"

"আমি পারব। তোমাকেও পারতে হবে।"

"দেখি তা হলে।" মিনমিন করে একথা বলে চলে গেল নয়ন।

রামু শীত তাড়ানোর জন্য কয়েকটা ডন-বৈঠক করল। স্কিপিং-এর ভঙ্গিতে নেচে মাংসপেশির আড় ভেঙে নিল। গা গরম করে না নিলে হঠাৎ কঠিন পরিশ্রম করতে গিয়ে পেশিতে টান ধরে যায়। গোবিন্দদা তাকে অনেক ক'টা কসরত শিখিয়েছে। সবই ফ্লোর একসাইজ। তার কয়েকটা করে নিল রামু।

তারপর কম্বল মুড়ি দিয়ে অপেক্ষা করতে লাগল। অন্ধকার ঘরে ঘুলঘুলিটা খুব আবছা দেখা যায়। অনেকটা উঁচুতে। খুব বড় ঘুলঘুলি নয় বটে, তবে রামু গলে যেতে

পারবে। কিন্তু কথা হল, নয়নকাজল পারবে কি না কার্নিশে নামতে। একে ভিতু মানুষ, তার ওপর নয়ন তো আর খেলাধুলো করে না।

ওদিকে নয়ন পড়েছে মুশকিলে। একতলার একটা ঘরে মেলা দড়িদড়া শাবল খন্তা মজুত থাকে। দরজায় তালা-ও নেই। সে নিঃশব্দে গিয়ে একটা দড়ি বের করে এনেছে বটে, কিন্তু বাকি কাজ করতে ডরে ভয়ে হাত-পা অসাড় হয়ে যাচ্ছে।

দালানের মধ্যে তেমন পাহারা নেই। পাহারা আছে বাড়ির চারধারে। কোনও দরজা বা ফটক দিয়ে বেরোনোর উপায় নেই। আর নীচের তলায় দোর দিয়ে অনেক লোক ঘুমোচ্ছে। দোতলাতে গোটা দুই-তিন ঘরে লোক আছে। সাড়াশব্দ হলে তারা জেগে যেতে পারে।

নয়ন পা টিপে টিপে ছাদে উঠল। আজও কুয়াশা আছে, শীতও সাংঘাতিক। তবে মাঝরাতে একটু চাঁদের উদয় হয়ে থাকবে। অন্ধকারটা তেমন জমাট নয়। একটু ফিকে ভাব। মস্ত ছাদখানা অনেকটা দেখা যাচ্ছে। বিস্তর আজেবাজে জিনিস, পড়ে আছে ছাদে। পুরনো পিঁপে, পাথরের মূর্তি, ইট, ভাঙা দরজা-জানালার কাঠ।

নয়ন ঠাহর করে রামুর ঘরটা কোথায় তা আন্দাজ করল। রেলিং দিয়ে ঝুঁকতে নীচের দিকে মাথাটা বোঁ করে ঘুরে গেল তার। এই এত উঁচু থেকে যদি পড়ে যায় তো মাথাটা আস্ত থাকবে না। অনেকক্ষণ চোখ বুজে একটু ধাতস্থ হওয়ার চেষ্টা করল সে।

তারপর চোখ খুলতেই বুকের মধ্যে একটা চড়াই পাখি উড়াল দিল যেন।

সামনে লোক দাঁড়িয়ে।

দাঁতে-দাঁতে কত্তাল বাজছিল নয়নের। সে 'বাবা-গো' বলে ফের চোখ বুজে ফেলল।

লোকটা জিজ্ঞেস করল, "কে তুই?"

"আজ্ঞে আমি দলের লোক।"

"এখানে কী করছিস?"

"আজ্ঞে পাহারা দিচ্ছিলাম।"

লোকটা অবাক হয়ে বলল, "ছাদে তো আমার ডিউটি, তুই এলি কোত্থেকে? হাতে দড়িই বা কেন?"

নয়ন একটু সাহস করে বলল, "যদি কাউকে ধরে ফেলি তো বাঁধতে হবে না?"

"ওঃ, তাই বল!" বলে হঠাৎ লোকটা হাসতে- হাসতেই ঠাস করে একটা চড় কষাল নয়নের গালে। সেই চড়ে চোখে ফুলঝুরি দেখতে লাগল নয়ন। বাপ রে, কী চড়!

ছাব্বিশ

যখন একটু ধাতস্থ হল নয়নকাজল, তখন আবার আত্মারামের খাঁচা ছাড়ার উপক্রম। লোকটা তার কণ্ঠার কাছে বল্লমের চোখা ডগাটা ধরে আছে। যা ধার, তাতে একটু চাপ দিলেই গলা এফোঁড় ওফোঁড় হয়ে যাবে। নয়নের বুক ঢিবঢিব করছে, মাকালীর নামটাও স্মরণ আসছে না।

লোকটা জিজ্ঞেস করল, "তোর নাম কী?"

নয়নকাজল জিব দিয়ে ঠোঁট চেটে বলল, "ইয়ে মানে—"

সর্বনাশ! নয়নকাজল দেখে নিজের নামটাও তার মনে নেই মোটেই। মাথাটা এত ঘেবড়ে গেছে যে, কোনও কথা স্পষ্ট মনে পড়ছে না। বাবার নামও নয়, নিজের নামও নয়, কারও নামই নয়। তবে উপায়?

"কী রে?" বলে লোকটা বল্লমটা একটু নাড়ে।

নয়নকাজল চেঁচিয়ে বলে, "আমার নাম লোক।"

"লোক?" বলে লোকটা অবাক হয়ে পড়ে থাকা নয়নকাজলের দিকে চেয়ে বলে, "লোক আবার কারও নাম হয় নাকি?"

"কে জানে বাপু। নিজের নামটা আমার মনে পড়ছে না তেমন। মেলা খোঁচাখুঁচি কোরো না, লেগে যাবে।"

"এখানে কী করিস?"

"ডাকাতি। আর কী করার আছে?"

"তুই কেমনধারা ডাকাত? আমার মতো রোগাপটকা লোকের একটা চড় সহ্য করতে পারিস না। কোন আহাম্মক তোকে দলে ভিড়িয়েছে?"

এ কথায় নয়নের খুব অপমান বোধ হল। লোকটা তেমন রোগাপটকা মোটেই নয়। দিব্যি ঘাড়ে-গর্দানে চেহারা। হাতের চড়টাও বেশ খোলতাই হয়। নয়ন বলল, "চড়-টড় খাওয়া আমার অভ্যেস নেই।"

লোকটা হাসল! বলল, "তা দড়ি নিয়ে কোথায় যাচ্ছিলি. গলায় দড়ি দিতে?"

দড়ির কথায় নয়নের গোটা ব্যাপারটা মনে পড়ে গেল। তাই তো। রামু যে হাঁ করে বসে আছে তার জন্য। আর তো দেরি করা যায় না।

নিজের অবস্থাটা আড়চোখে একটু দেখে নিল নয়ন। খুবই খারাপ অবস্থা। ছাদের ধুলোবালির মধ্যে চিত হয়ে পড়ে আছে সে। তার বুকের দুদিকে দুখানা পা রেখে দাঁড়িয়ে আছে লোকটা! হাতের বল্লম তার গলায় ঠেকানো। নড়ার সাধ্য নেই।

নয়ন বলল, "তা গলায় দড়ি দিলেই বা কী? তোমার বল্লমের চেয়ে সেটা কতটা খারাপ হবে?"

"মতলবটা কী ফেঁদেছিলি সেটা খোলসা করে বল তো বাপ। নইলে গেলি।"

নয়ন লক্ষ করছিল, লোকটা তাকে মানুষ বলেই তেমন গ্রাহ্য করছে না। ভাবছে নয়নের পিঁপড়ের প্রাণ, তাই ততটা সাবধানও হচ্ছে না। নয়ন নিজের ডান পাটা একটু তুলল। না, লোকটা লক্ষ করছে না। পা তোলার ঘটনাটা ঘটছে লোকটার পিছন দিকে। সুতরাং নয়ন লোকটাকে পিছন থেকে একটা রাম লাথি কষাতে পারে। ভয় হল, সেই ধাক্কায় লোকটার বল্লম না আবার তার গলায় বিঁধে যায়। তাই লাথি মারার সঙ্গে সঙ্গে হাতের ঝটকায় বল্লমটা সরিয়ে নিতে হবে। তারপর মাকালী ভরসা। নয়ন লোকটাকে অন্যমনস্ক করার জন্য হঠাৎ একটু কঁকিয়ে উঠে বলল, "আমার পেটে বড় ব্যথা। বল্লমটা সরাও।"

লোকটা আবার তার নাটুকে হাসি হেসে কী যেন বলতে যাচ্ছিল। কিন্তু বলা আর হল না। নয়নের আচমকা লাথিটা লোকটাকে দুহাত ছিটকে দিল। হুড়মুড় করে লোকটা যেই পড়েছে অমনি নয়ন বল্লমটা বাগিয়ে উঠে দাঁড়িয়েছে। খুন-টুন সে জীবনে করেনি। তাই বল্লমটা লাঠির মতো বাগিয়ে ইচ্ছেমতো ঘা কতক দিল লোকটাকে। লোকটা নেতিয়ে পড়ে রইল চুপচাপ।

নয়নকাজল দড়ি নিয়ে ছাদের একটা মজবুত রেলিং-এ বেঁধে খানিকটা নিজের কোমরে জড়াল। এখন আর তার আলসে দিয়ে নামতে ভয় করছে না। তার চেয়ে বড় ভয় ওই লোকটার যদি চট করে জ্ঞান ফিরে আসে।

দড়ি ধরে একটু ঝুঁকতেই রামুর ঘরের ঘুলঘুলিটা হাতের নাগালে পেয়ে গেল সে। দড়িটা নামিয়ে দিয়ে ডাকল "রামু!"

"এই যে!"

"উঠে পড়ো তাড়াতাড়ি। বাইরে বিপদ।"

রামু গোবিন্দর কাছে কায়দা-কসরত কিছু কম শেখেনি ক'দিনে। দড়ি ধরে টুপ করে ঝুল খেয়ে উঠে এল ঘুলঘুলিতে। তারপর দড়িটা টেনে নিয়ে বাইরের দিকে ঝুলিয়ে নেমে আসতে খুব বেশি সময় লাগল না।

সে যে পালাতে পারে, এটা নিশ্চয়ই কারও মাথায় আসেনি। এলে আরও ভাল পাহারা রাখত। কিন্তু পাহারা নেই। তা বলে পালানোও সহজ নয়। চারদিকে ঘন গাছপালা। নিবিড় জঙ্গল। তারা রাস্তা চেনে না।

"নয়নদা, কোনদিকে যাবে?"

"তাই তো ভাবছি। চলো এগোই যেদিকে হোক। এখানে বেশিক্ষণ থাকা নিরাপদ নয়।"

"চলো।" বলে রামু এগোতে থাকে।

কিন্তু এগোনো খুবই শক্ত। শীতকাল বলে সাপের ভয় নেই তেমন। কিন্তু লতাপাতায় পা আটকে যায়। হঠাৎ হঠাৎ পাখি ডেকে ওঠে।

দুর্গের মতো বিশাল বাড়িটার চৌহদ্দি বড় কমও নয়। খানিকদূর এগোনোর পর সামনে আর-একটা ভাঙা দালান। সেই দালানের একটা ঘর থেকে টেমির আলো আসছে বন্ধ জানালার ফাঁক দিয়ে।

নয়ন রামুর হাত চেপে ধরে বলল, "সর্বনাশ! শিগগির অন্য পথে চলো।"

রামু হাত ছাড়িয়ে নিয়ে বলল, "যাব, একটু উঁকি দিয়ে যাই।"

"পাগল হয়েছ?"

হঠাৎ কাছে-পিঠে একটা ঘোড়া পা দাপিয়ে চিহিঁহিঁ করে ডেকে উঠল। দুজনেই সেই শব্দে চমকে ওঠে।

"রামু, লক্ষণ ভাল নয়।"

"তুমি চুপ করো তো নয়নদা। অত ঘাবড়ে যাও কেন?"

রামু নিঃসাড়ে গিয়ে জানালার ধার ঘেঁষে দাঁড়ায়। উঁকি মেরে ভিতরে তাকিয়ে তার রক্ত জল হয়ে যাওয়ার উপক্রম। একটা চৌকির ওপর কম্বলের আসনে বিশাল চেহারার এক কাপালিক বসা। তার মস্ত জটাজুট, বিশাল কালো দাড়ি-গোঁফ, কপালে সিঁদুরের ধ্যাবড়া টিপ। গায়ে লাল পোশাক। তার সামনে বিনীত ভাবে দাঁড়িয়ে সাতনা।

নয়ন ডাকল, "রামু! পালাও!"

রামু আর দাঁড়াল না, নয়ন আর সে প্রাণপণে দৌড়তে লাগল।

কতবার যে পড়ল দুজনে, কতবার ফের উঠল, তার হিসেব নেই। গাছের সঙ্গে বার-সাতেক ধাক্কা খেল। পা-হাত ছড়ে গেল, কপাল ফুলে উঠল। তবু তারা দৌড়তে থাকে।

খানিকটা দূর দৌড়োবার পরই তারা বুঝতে পারে, পিছনে কারও হাঁকডাক নেই বটে, কিন্তু কেউ তাদের পিছু নিয়েছে ঠিকই। তারা যেদিকে যাচ্ছে, পায়ের একটা শব্দও সেদিকেই তাদের পিছু নিচ্ছে।

"নয়নদা, পিছনে কেউ আসছে।"

"আমারও তাই মনে হচ্ছে।"

সাতাশ

রামু বলল, “বড্ড হাঁপিয়ে গেছি।”

নয়ন বলল, “আমিও। এসো, বসে একটু জিরিয়ে নিই।”

ফিসফিস করে নয়ন বলে, “আসছে আমাদের পায়ের শব্দ শুনে শুনে। নইলে এই জঙ্গলে আমাদের পিছু নেওয়া চাট্টিখানি কথা নয়। যদি বসে থাকি, তবে আমাদের পায়ের শব্দও হবে না, আর লোকটাও খুঁজে পাবে না আমাদের।”

বলতে বলতে নয়ন বসে দম নিতে থাকে। রামুও। পিছনে পায়ের শব্দটাও আর হচ্ছে না।

রামু জিজ্ঞেস করে, “আমরা কতদূর এসেছি নয়নদা?”

“তা কী করে বলব? এ জায়গা আমার চেনা নয়। জঙ্গলটাও ভারী জটিল। শুনেছি পুবধারে একটা দুর্ভেদ্য বাঁশবন আছে। সেই বন এত ঘন যে, শেয়ালও গলতে পারে না।”

“আমরা কি সেদিকেই যাচ্ছি?”

“তাও জানি না। আমরা খুব বেশি দূর আসতে পারিনি। ছুটবার সময় ডাকাতদের রাতপাহারার একটা হাঁক-ডাক শুনতে পেলাম যেন।”

রামু উঠে দাঁড়িয়ে বলল, “তা হলে চলো, আর-একটু দূরে যাই।”

নয়ন তার হাতখানা ধরে বসিয়ে দিয়ে কাহিল গলায় বলল, “খামোখা হয়রান হয়ে লাভ কী? গোলকধাঁধায় পড়ে আবার হয়তো গিয়ে ডাকাতদের আড্ডায় হাজির হতে হবে। তার চেয়ে বসে থাকো। ভোর হলে আলোয়-আলোয় চলে যাব।”

রামু জিজ্ঞেস করে, “কাপালিকটাকে দেখলে?”

“ভাল করে দেখিনি। যা ভয় পেয়েছিলাম!”

রামু একটা শ্বাস ফেলে বলল, “বিশাল চেহারা। ভাবসাব দেখে মনে হল সাতনাও ওকে খাতির করে।”

“তা হলে ও হল সাতনার ওপরের সর্দার। এ দলে যে কে কোন পোস্টে আছে, তা বলা মুশকিল।

“তান্ত্রিক কাপালিকরা কি ডাকাত হয়?”

“হতে পারে। তা ছাড়া আসল কাপালিক কি না তাই দ্যাখো, ভেকও হতে পারে।”

যেখানে তারা বসে আছে, সে জায়গাটায় গাছপালা তেমন ঘন নয়। শীতে গাছপালার পাতা ঝরে এমনিতেও একটু হালকা হয়েছে জঙ্গল। অন্ধকারে গাছপালা চেনা যায় না, তবে এখানকার গাছগুলো সবই বড় বড়। ঝোপঝাড় তেমন নেই। লম্বা

ঘাসের জঙ্গল আছে অবশ্য। তারা তেমনি বুক-সমান ঘাসের মধ্যেই বসে আছে। হাত বাড়ালে একটা শিশুগাছের গুঁড়ি ছোঁয়া যায়।

হঠাৎ রামু বলল, "একটা শব্দ পেলে নয়নদা?"

নয়ন একটু শক্ত হয়ে গেল। তারপর ফিসফিস করে বলল, "হ্যাঁ, একটু-একটু পাচ্ছি। শুকনো পাতার ওপর দিয়ে কেউ আসছে।"

রামু বলল, "আসছে নয়, এসে গেছে। ওঠো নয়নদা, ছোটো।"

প্রাণের দায়ে নয়ন উঠল। কিন্তু ছুটতে গিয়েই ঘটল বিপদটা। কোত্থেকে একটা খেঁটে লাঠি ছিটকে এসে তার দুই পায়ের মধ্যে একটা ডিগবাজি খেল। তাইতে নয়ন পড়ল উপুড় হয়ে। আর একটা খেঁটে লাঠির পাল্লায় পড়ে রামুও চিতপটাং।

শিশুগাছের পিছন থেকে লোকটা ধীরে-সুস্থে বেরিয়ে এল। হাতে বল্লম। অন্য হাতে নড়া ধরে প্রথমে রামুকে দাঁড় করাল। ছোট্ট একটা চড় তার গালে কষিয়ে গমগমে গলায় বলল, "পালাতে চাইবে আর? ওই খেঁটে লাঠির ক্ষমতা জানো? এককালে ঠ্যাঙাড়ে ঠগিরা ওই দিয়ে দূর থেকে লোককে ঘায়েল করত। ফের যদি পালাও তো পাবড়া দিয়ে ঠ্যাং ভেঙে দেব।"

রামুর অবশ্য পালানোর মতো অবস্থা নয়। চড়টা খেয়ে তার মাথা ঘুরছে। সে উবু হয়ে বসে পড়ল।

নয়নকাজল আর ট্যাঁ-ফো করল না। শোয়া অবস্থাতেই লোকটার পায়ের দিকে হাত বাড়িয়ে বলল, "আজ্ঞে আর পালাব না।"

লোকটা দুজনকে পাশাপাশি বসিয়ে নিজেও মুখোমুখি বসল। অন্ধকারে আবছা যা দেখা যায় তাতে বোঝা যাচ্ছে লোকটার বয়স বেশি নয়। লম্বা চওড়া চেহারা, গায়ে বেশ জোর রাখে। পরনে মালকোঁচামারা ধুতি, গায়ে একটা বালাপোশের খাটো কোট, পায়ে নাগরা।

লোকটা জিজ্ঞেস করল, "কোথায় পালাচ্ছিলে তোমরা?"

নয়ন মাথা চুলকে বলল, "ঠিক পালাচ্ছিলাম না।"

"তা হলে কি এত রাতে জঙ্গলে বেড়াতে বেরিয়েছিলে?"

নয়ন একগাল হেসে বলল, "আজ্ঞে অনেকটা তাই, দিনকাল ভাল নয়। চারদিকে চোর-ছ্যাঁচড়ের উৎপাত। তাই চারদিকটায় একটু নজর রাখছিলাম আর কী।"

"এই জঙ্গলে চোর-ছ্যাঁচড় কী করতে আসবে?" ও লোকটা একটু অবাক গলায় জিজ্ঞেস করে।

নয়ন বিগলিত হয়ে বলে, "বলা তো যায় না আজ্ঞে। আমাদের আড্ডায় তো মেলাই দামি জিনিস আছে।"

লোকটা এবার একটু আগ্রহের সঙ্গে জিজ্ঞেস করে, "তোমাদের একটা আড্ডা আছে নাকি এখানে? তা সে আড্ডাটা কোথায়?"

নয়ন ব্যাপারটা বুঝতে না পেরে ঘন ঘন মাথা চুলকোতে থাকে। রামু বলে, "কেন, আপনি কি সাতনা ডাকাতের আড্ডা চেনেন না?"

লোকটা এবার উৎসাহে একহাত এগিয়ে আসে। চাপা গলায় বলে, "আরে, আমিও যে সেই আড্ডাটাই খুঁজতে বেরিয়েছি। জায়গাটা কোথায় বলো তো?"

রামু মাথা নেড়ে বলে, "তা আমরাও জানি না। আমরা সেখান থেকে পালিয়ে এসেছি। জঙ্গলের রাস্তা চিনি না। ফিরে যাওয়ার পথ বলতে পারব না।"

লোকটা বলে, "তোমরা পালিয়ে এসেছ কেন? তোমাদের কি ওরা ধরে রেখেছিল?"

"হ্যাঁ।"

"তোমার নাম কি রামু, উদ্ধববাবুর ছেলে তুমি?"

"হ্যাঁ।" রামু ভয়ে ভয়ে বলে।

লোকটা একটু হাসে, "আচ্ছা কাণ্ড যা হোক। আমি তো ভেবেছিলাম তোমরা ওদের দলেরই লোক।"

"আপনি কে?"

"আমাকে চিনবে না। আমি ডাকাতদের দলে নাম লেখাতে যাচ্ছি।"

নয়ন ফস করে বলে ওঠে, "সে তো আমিও গিয়েছিলুম। কিন্তু ওরা নতুন লোককে সহজে দলে নেয় না।"

লোকটা খুব আত্মবিশ্বাসের সঙ্গে বলে, "নেবে। এলেমদার লোক দেখলে ঠিকই নেবে। তোমরা যদি কেবল পথটা বাতলে দিতে পারতে তা হলে আমার অনেক হয়রানি কমে যেত।"

নয়ন একটু গুম হয়ে থেকে বলল, "আপনি কেমন লোক কে জানে। খুব ভাল লোক যে নন তা বোঝাই যাচ্ছে। লোক আমিও ভাল নই। তাই আপনাকে বলতে বাধা নেই। আমার মনে হচ্ছে এই পশ্চিম দিকে নাক বরাবর এগোলে সেই আড্ডায় পৌঁছে যেতে পারবেন। তবে সাবধান, আচমকা বল্লম এসে বুকে বিঁধতে পারে। মাথায় লাঠি পড়তে পারে কিংবা ঘাড়ে রামদা-এর কোপ। ওরা বাইরের লোক পছন্দ করে না।"

লোকটা হেসে বলল, "কিন্তু তুমি তো ওদের দলের লোক।"

"না, আমি দল ছেড়ে পালাচ্ছি।"

"তাই কি হয়?" বলে লোকটা সাদা দাঁতে হাসতে হাসতে উঠে দাঁড়াল। তারপর

বলল, "তোমরা পালালে আমার এত পরিশ্রমই বৃথা যাবে। আমি তোমাদের ধরে আবার সাতনার আস্তানায় নিয়ে যাব চলো।"

নয়ন ভয়ে আঁতকে উঠে বলল, "বলেন কী? এই তো গত পরশু সাতনার এক কসাই আমাকে বিষ-বিছুটি দিয়ে ছেড়েছে। আবার সেখানে যাব?"

রামুও ভ্যাবাচ্যাকা খেয়ে বলে, "আপনি ডাকাত হতে যাচ্ছেন তো যান না, আমাদের টানছেন কেন?"

লোকটা মাথা নেড়ে বলে, "তোমাদের ধরে নিয়ে গেলে সাতনা চট করে আমার ওপর খুশি হয়ে যাবে। তা ছাড়া দলের ঘাঁতঘোঁতও কিছু তোমাদের কাছে জানার আছে আমার। আর দেরি করে লাভ নেই। ওঠো, উঠে পড়ো।"

নয়ন লোকটার পায়ে ধরার চেষ্টা করল। রামুও কাঁদো-কাঁদো হয়ে অনেক কথা বলল। কিন্তু লোকটার নরম হওয়ার নাম নেই। খেঁটে লাঠিদুটো বগলে নিয়ে বল্লম বাগিয়ে সে একটা পেল্লায় ধমক দিয়ে বলল, "নাকিকান্না বন্ধ করো। তোমাদের এত সহজে ছাড়ছি না।"

অগত্যা বল্লমের মৃদু খোঁচা খেতে খেতে দুজনে ম্লানমুখে লোকটার আগে-আগে পশ্চিমদিকে হাঁটতে লাগল।

বেশি দূর হাঁটতে হল না। আধ-মাইলটাক হাঁটতেই অন্ধকারে বিশাল বাড়িটা দেখা গেল। আর দেখা গেল মশাল হাতে বিশ-ত্রিশজন লোক ছোটাছুটি হাঁকাহাঁকি করছে।

লোকটা বলল, "ওই বোধ হয় সেই আড্ডা?"

"আজ্ঞে হ্যাঁ। যমদুয়ার।" নয়ন দীর্ঘশ্বাস ফেলে বলে।

আচমকা পিছন থেকে লোকটা একটা অমানুষিক "রে-রে-রে-রে" হাঁক ছাড়ল। সে এমন শব্দ যে মাটি কেঁপে ওঠে, গাছপালা নড়তে থাকে, দুর্বল লোকের হৃৎপিণ্ড থেমে যায়। কোনও কথা নয়, শুধু "রে-রে-রে-রে" শব্দ বজ্রনির্ঘোষের মতো বেজে ওঠে।

সেই শব্দে মশালগুলো স্থির হয়ে দাঁড়াল। তার পর ধীরে ধীরে এগিয়ে আসতে লাগল।

আঠাশ

মশালের আলোয় সবার আগে সাত ফুট লম্বা সাতনাকে দেখা গেল এগিয়ে আসতে। হাতে টাঙ্গি।

ভয় খেয়ে নয়নকাজল রামুর হাত চেপে ধরে বলল, "আর রক্ষে নেই। দেশে আমার বিধবা মাকে একটা খবর পাঠিয়ে দিয়ো ছোটদাদাবাবু।"

রামু অত ঘাবড়ায়নি। সে তো জানে কাকাতুয়াটাকে দিয়ে এখনও আসল কথা বলাতে পারেনি এরা।

দলটা কাছে এগিয়ে আসতেই দুটো মুশকো চেহারার লোক এসে খপাখপ রামু আর নয়নকাজলকে ধরে পিছমোড়া করে দড়ি দিয়ে বেঁধে ফেলল।

সাতনা গমগমে গলায় লোকটাকে জিজ্ঞেস করল, "তুই কে রে?"

লোকটা বেশ বুক চিতিয়েই জবাব দিল, "আমার নাম কিংকর। তুমি কেডা?"

"আমি সাতনা সর্দার।"

"ওঃ, তুমিই!" বলে লোকটা একটু হাসল। তারপর বলল, "তোমার দলেই নাম লেখাতে এসেছি। আমি বর্ধমানের শংকর মাঝির শাকরেদ। নাম শুনেছ?"

"শংকর মাঝি।" সাতনার গলায় রীতিমতো ভক্তিশ্রদ্ধা ফুটে উঠল। ধরা গলায় বলল, "এ দলে আসবে নাকি?"

"ইচ্ছে তো তাই।" বলে লোকটা জামার বুকপকেট থেকে বের করে সাতনার হাতে দিয়ে বলল, "এই হল শংকর মাঝির পাঞ্জা। বাঁকরো, মুর্শিদাবাদ, পুরুলিয়া যেখানে খুশি যে কোনও দলে এই পাঞ্জা দেখালেই লুফে নেবে আমাকে। তবু তোমার দলেই এলাম কেন জানো? শুনেছি তোমরা একটা বড় দাঁও মারার ফন্দি এঁটেছ। সত্যি নাকি?"

সাতনার মুখটা একটু ব্যাজার হল। বলল, "সত্যি। তবে হিস্যা নিয়ে বেশি ঝাঁকাঝাঁকি কোরো না। আমাদের হিস্যাদার অনেক।"

সাতনা সর্দার তাদের দিকে ঘুরে দাঁড়িয়ে শাকরেদদের বলল, "এ দুটোকে নিয়ে যা।" তারপর লোকটার দিকে ফিরে বলল, "এদের তুমি পেলে কোথায়? ধরেই বা আনলে কেন?"

লোকটা বলল, "ওদের মুখেই শুনলুম যে, ওরা তোমার আস্তানা থেকে পালিয়েছে। তাই ভাবলুম যার দলে নাম লেখাতে যাচ্ছি তার একটু উপকার করি গে।"

সাতনা মৃদু হেসে বলে, "দল আমার নয়। আজ বড় সর্দার এখানেই আছে। চলো তোমাকে তার কাছে নিয়ে যাই।"

"চলো।"

শাকরেদরাও ওদিকে রামু আর নয়নকাজলকে হিড়হিড় করে টেনে নিয়ে চলল। এ বাড়ির মাটির নীচে গোটাকয় চোরকুঠুরি আছে। তারই দুটোয় দুজনকে ভরে বাইরে থেকে ঝপাঝপ তালা মেরে দিল।

ভিতরে জমাট অন্ধকার। সোঁদা-সোঁদা গন্ধ। হাতে আর মুখে মাকড়সার জাল জড়িয়ে যাচ্ছে বার বার। রামু বারকয়েক হাঁচি দিল নাক-সুড়সুড়ির চোটে। ঘরে কিছু নেই। না বিছানা চৌকি, না অন্য কোনও আসবাব। পায়ের নীচে শুধু ঠান্ডা মেঝে। তারই ওপর উবু হয়ে বসল সে। হাঁটুদুটো দুহাতে জড়িয়ে ধরে গুটিসুটি মেরে শীত তাড়ানোর চেষ্টা করতে করতে ঢুলতে লাগল।

চোরকুঠুরি থেকে কখন ভোর হল তা টেরও পায়নি রামু। একটা লোক এসে দরজা খুলে যখন নড়া ধরে তাকে ছেঁচড়ে বের করে আনল, তখন সে দেখল বাইরে বেশ বেলা হয়ে গেছে।

উঠোনের রোদে একটা দড়ির চারপাইতে বসে কাঁসার মস্ত গেলাসে খেজুর-রস খাচ্ছিল সাতনা। তার সামনে নিয়ে রামুকে খাড়া করা হল।

সাতনা একবার ভ্রূ কুঁচকে তার দিকে চেয়ে গেলাসটা গলায় উপুড় করে বাড়িয়ে দিল বাঁ ধারে। গামছায় মুখ বাঁধা একটা হাঁড়ি নিয়ে মাটিতে বসে আছে একটা লোক। সে গেলাসটা তাড়াতাড়ি আবার ভরে এগিয়ে দেয়।

সাতনা রামুর দিকে লালচে চোখে চেয়ে বলে, "খুব খারাপ কাজ করেছিলে কাল রাতে। তোমার কি জানের পরোয়া নেই? কিংকরের হাতে পড়েছিলে বলে বেঁচে গেছ। নইলে জঙ্গল থেকে বেরোতেও পারতে না, বেঘোরে আমার দলবলের হাতে শিকার হয়ে যেতে।"

রামু কিছু বলল না। দাঁড়িয়ে রইল চুপ করে।

আরও কয়েক ঢোক খেজুর-রস খেয়ে সাতনা একটা মস্ত ঢেকুর তুলে বলল, "তোমাকে এবারের মতো মাপ করে দিলাম। বাচ্চা ছেলেদের ওপর আমার কোনও রাগ নেই। কিন্তু খবর পেয়েছি, তোমার বাবা পুলিশে খবর দিয়েছে। তোমার খোঁজে লোকজনও লাগিয়েছে। কাজটা তোমার বাবা খুব ভাল করেনি। এখন যদি তোমাকে জ্যান্ত রাখি, তবে আমাদের মেলা ঝামেলা। তাই ঠিক হয়েছে তোমার মাথাটা কেটে নিয়ে তোমার বাবার কাছে পাঠানো হবে।"

বলে সাতনা আর-এক চুমুক খেজুর-রস খেল। আর রামুর শীত করতে লাগল।

সাতনা ধুতির খুঁটে মুখ মুছে বলল, "বুঝেছ?"

রামু একটু কাঁপা গলায় জিজ্ঞেস করে, "আর নয়নদার কী হবে?"

"নয়ন?" বলে সাতনা অবাক হয়ে রামুর দিকে চেয়ে বলে, "নয়নের খবরে তোমার কী দরকার হে ছোকরা?"

"নয়নদার কিছু হলে তার বিধবা মা খুব কাঁদবে।"

"সে তো তোমার মা-ও কাঁদবে।"

"আমাকে কেউ ভালবাসে না। বাবা না, মা না।" বলতে বলতে আজ রামুর চোখে জল এসে গেল। গলাটা এল ধরে।

সাতনা গেলাসে চুমুক দিতে গিয়েও কেমন থমকে গেল একটু। বারকয় গলা খাঁকারি দিল। হঠাৎ তার মনটা বোধহয় নরম হয়ে পড়েছিল। সেটা ঝেড়ে ফেলতে একটা বিকট হাঁকাড় দিল, "নিয়ে যা। নিয়ে যা একে।"

লোকগুলো তাকে জঙ্গলের দিকে টেনে নিয়ে যেতে লাগল। পশ্চিম ধারে একটা ঢিবি, তার ওপাশে পচা ডোবায় মস্ত হোগলা-বন। ভারী নির্জন জায়গা। ঢিবি পেরিয়ে ডোবার ধারটায় রামুকে নিয়ে এল তারা। জায়গাটা ভীষণ নির্জন। একদিকে ঢিবি, অন্যধারে হোগলার বন থাকায় জায়গাটা লোকচক্ষুর আড়ালও বটে। যে দুজন লোক রামুকে ধরে এনেছে তারা দুজনেই ভীষণ তাগড়া জোয়ান। কালো চেহারা। মুখে রসকষ নেই। একজনের হাতে ঝকঝকে একটা ভোজালি। একজন রামুকে ধরে হাত দুটো মুচড়ে পিঠের দিকে ঘুরিয়ে চুল ধরে মাথাটা ঝুঁকিয়ে দিল সামনের দিকে।

বিড়বিড় করে বলল, "এই বয়সে মরণ না ডাকলে কেউ বাঘের ঘরে ঢোকে!"

রামু কোনও ব্যথা টের পাচ্ছিল না। পেট জ্বলে যাচ্ছে খিদেয়। গলা তেষ্টায় কাঠ। বুকটা দুঃখে বড় ভার হয়ে আছে। মরতে সে ভয় পাচ্ছিল না। শুধু দুঃখ হচ্ছিল তাকে কেউ ভালবাসে না বলে।

যে লোকটার হাতে ভোজালি সে একটা মসৃণ পাথরের মতো জিনিসে ভোজালিটা বারকয় ঘষে নিয়ে আঙুলে ধার দেখে নিল। তারপর বলল, "না, হয়েছে। ভাল করে ধরিস। শেষ সময়টায় বড় ঝটকা দেয় কেউ কেউ।"

ঊনত্রিশ

জলার ধারে যখন এই ঘটনা ঘটছে, তখন একটু দূরে ঈশান কোণে একটা ভাঙা মন্দিরের উঁচু চাতালে দাঁড়িয়ে দুজন লোক দৃশ্যটা দেখছিল। আসলে দৃশ্যটা খুব মন দিয়ে দেখছিল একজন। সে কিংকর। আর দ্বিতীয় লোকটি অর্থাৎ সাতনা লক্ষ করছিল কিংকরকে।

রামুর ঘাড়ের ওপর উদ্যত ভোজালিতে রোদ ঝিকিয়ে উঠতেই কিংকর আর সহ্য করতে পারল না। হাতের বল্লমটা চোখের পলকে তুলে শাঁ করে ছুড়ে দিল। এত দূর থেকে বল্লম যত জোরেই ছোড়া হোক, তা পৌঁছনোর কথা নয়। তা ছাড়া নিশানা ঠিক রাখার তো প্রশ্নই ওঠে না। কিন্তু কিংকরের জাদু-হাত যেন বল্লমটাকে মন্ত্রঃপুত করে ছুড়ল। সেটা রোদে ঝিলিক হেনে হাউইয়ের মতো তেড়ে গিয়ে খুনেটার বাঁ কাঁধে বিঁধে গেল। ভোজালি ফেলে 'বাপ রে' বলে চেঁচিয়ে লোকটা মাটিতে পড়ে ছটফট করতে থাকে।

সাতনা এতটুকু চঞ্চল হল না। শুধু প্রকাণ্ড একখানা হাত বাড়িয়ে কিংকরের পিঠটা চাপড়ে দিয়ে বলল, "সাবাশ। বহোত খুব।"

কিংকর এই বাহবায় গলল না। চিতাবাঘের মতো ঘুরে দাঁড়িয়ে ধমক দিয়ে বলল, "তোমরা ডাকাত না ছুঁচো? কাপুরুষের দল! বাচ্চাদের যারা খুন করে, তারা কখনও মরদ নয়।"

সাতনা একটু হাসল। তারপর মোলায়েম গলায় বলল, "রামুকে খুন করা হত না হে। তোমাকে একটু পরীক্ষা করার জন্য ওটুকু অভিনয় করতে হল।"

কিংকর ফুঁসে উঠে বলল, "কীসের পরীক্ষা? তোমাদের মতো চুনোপুঁটির কাছে পরীক্ষা দিতে হবে আমাকে তেমন ঠাউরেছ নাকি?"

সাতনা ঠাণ্ডা গলায় বলে, "আহা চটো কেন ভায়া! তুমি ভিন দলের লোক না শত্রুপক্ষের চর তা একটু বাজিয়ে দেখতে হবে না?"

কিংকর চোখ রাঙা করে তেজের গলায় বলল, "দেখো সাতনা, যতদূর জানি তুমি এ দলের সামান্য মোড়ল মাত্র। সর্দার তান্ত্রিকবাবা কাল তোমাকে তেমন পাত্তা দিচ্ছিল না। বেশি ফোঁপরদালালি করবে তো সোজা সর্দারকে জানিয়ে দেব। আর একটা কথা, তোমার চেহারাটা বড়সড় বটে, ভেবো না বেড়ালের মতো তোমার নটা প্রাণ আছে। এ দুখানা শুধু-হাতে তোমার ওই মোষে গর্দান ভেজা-গামছার মতো নিংড়ে মুচড়ে দিতে পারি। কাজেই বুঝে-সমঝে চলো। আমি তোমার পালের মেড়াদের মতো নই।"

সাতনার সঙ্গে এই ভাষায় এবং তেজের ভঙ্গিতে কেউ কথা কওয়ার সাহস পায় না। কিন্তু এই অগ্রাহ্যের ভাব সাতনা মুখ বুজে সয়ে গেল। শুধু একটা দীর্ঘশ্বাস ফেলে বলল, "আমি একটা ছেলেকে চিনতাম। তখন তার অল্প বয়স। ইসকুলে পড়ে। প্রতি বছর ইসকুলের স্পোর্টসে ছেলেটা জ্যাভেলিন থ্রোয়ে সেরা প্রাইজ পেত। বর্শা ছুড়ত এমন জোরে যে দেখে তাক লেগে যেত। বেঁচে থাকলে এখন সে তোমার বয়সিই হয়েছে।"

একথা শুনে কিংকর একটু অস্বস্তি বোধ করতে লাগল। তবু তেজের সঙ্গে বলল, "ওসব এলেবেলে কথা শুনতে চাই না। এবার থেকে কিংকরকে একটু সমঝে চলো।"

দুজন লোক বল্লম-খাওয়া লোকটাকে ধরাধরি করে চাতালে এনে ফেলল। মুখে জল দেওয়া হচ্ছে। রক্তে ভাসাভাসি কাণ্ড। চোট গুরুতর। তবে কাঁধে লেগেছে বলে প্রাণের ভয় নেই। সাতনার স্যাঙাতরা কটমট করে কিংকরের দিকে তাকাচ্ছে, একটি ইঙ্গিত পেলেই ঝাঁপিয়ে পড়ে গলা নামিয়ে দেবে।

কিন্তু সাতনা তাদের দিকে তাকাল না। কিংকরকে বলল, "চলো, ভিতর-বাড়িতে যাই। ভয় নেই, রামুকে কেউ এখনই খুন করবে না।"

কিংকর বলল, "না-করাই বুদ্ধিমানের কাজ। ওই বাচ্চা-ছেলেটার গায়ে কেউ হাত তুলেছে বলে যদি টের পাই তবে সেই হাত আমি কেটে ফেলে দেব মনে রেখো।"

"বাপ রে!" বলে সাতনা হাসল, "তুমি যে আমাকে ভয় খাইয়ে দিচ্ছ।"

একথায় কিংকরও হেসে ফেলল। তারপর ভিতর-বাড়িতে গিয়ে উঠোনের রোদে দুজনে দুটো দড়ির চারপাইতে বসে খেজুর-রস খেতে লাগল। কিংকর জিজ্ঞেস করল, "হঠাৎ আমাকে পরীক্ষা করার জন্য ওই ছেলেটাকে সাতসকালে খুনেদের হাতে ছেড়ে দিয়েছিলে কেন?"

সাতনা প্রথমটায় কথা বলল না। একমনে খেজুর-রস খেয়ে যেতে লাগল। অনেকক্ষণ বাদে বলল, "দেখছিলাম ওই ছেলেটার প্রতি তোমার দরদ আছে কি না।"

কিংকর অবাক হয়ে বলল, "থাকবে না কেন? ডাকাতি করি বলে তো আর অমানুষ নই।"

সাতনা একটা দীর্ঘশ্বাস ছেড়ে বলল, "তোমাকে যে সেই ছেলেটার কথা বলছিলাম, যে ইসকুলে জ্যাভেলিন থ্রোতে প্রতিবার ফার্স্ট হত, তার কথা আর একটু শুনবে নাকি?"

কিংকর একটু থতমত খেয়ে বলে, "তার মানে? তোমার কি মাথার গণ্ডগোল আছে নাকি বাপু? হঠাৎ পুরনো গপ্পো ফেঁদে বসতে চাইছ কেন?"

"সাধে কি আর চাইছি? গপ্পোটা তোমার জানা দরকার। এমনও তো হতে পারে যে, সেই ছেলেটাই তুমি।"

কিংকর হাতের রসসুদ্ধু ভাঁড়টা হঠাৎ ছুড়ে ফেলে উঠে দাঁড়াল। তার চোখ ধকধক করছে, লম্বা শরীরের পেশিগুলো জামার তলায় ঠেলাঠেলি করছে। থমথমে গলায় সে বলে, "সাতনা, বুঝতে পারছি খামোখা আমাকে ঝামেলায় জড়িয়ে সকলের মনে সন্দেহ জাগিয়ে তুমি আমাকে দল থেকে হঠাতে চাইছ। কারণ আমি থাকলে এই দলে তোমার জায়গা আমার নীচেই হবে। তাই বলছি, ওসব হীন চক্রান্ত না করে এসো

দুজনে মরদের মতো ফয়সালা করে নিই কে কত বড় ওস্তাদ। হাতিয়ার ধরতে হয় তো ধরো, নইলে খালিহাতে চাও তো তাই হোক। চলে এসো।"

এই চ্যালেঞ্জের জবাবে কিন্তু সাতনা নড়ল না। কেমন একরকম ক্যাবলা চোখে কিছুক্ষণ কিংকরের দিকে চেয়ে থেকে মাথা নেড়ে বলল, "বোসো কিংকর। না, তোমার সঙ্গে আমি কাজিয়া করতে চাই না। বোসো কথা আছে।"

রাগে ফুলতে ফুলতে কিংকর আবার চারপাইতে বসল।

সাতনা বলল, "তুমি খুব সাংঘাতিক লোক, মেনে নিচ্ছি। কিন্তু মনে রেখো, তোমারও একটা বই দুটো প্রাণ নেই।"

"তা জানি। ওসব ভয় আমাকে দেখিয়ো না। কিংকরের একটাই জান বটে, কিন্তু সেটা মরদের জান। তোমার জান নয়। আমাকে প্রাণের ভয় দেখিয়ো না।"

এতেও উত্তেজিত হল না সাতনা। শান্ত গলায় বলল, "তোমাকে ভয় দেখিয়ে লাভ নেই, জানি। সে-চেষ্টা করছি না। শুধু জানতে চাইছি তুমি এ দলে ঢুকলে কেন?"

"তা জেনে তোমার লাভ কী? তুমি তোমার মতো থাকো।"

সাতনা মাথা নেড়ে বলে, "তা থাকতে পারছি কই? তুমি কথায় কথায় আমাকে শাসাচ্ছ, লড়তে চাইছ। তার মানে ছুতোনাতায় আমার সঙ্গে তোমার লাগবেই। তাই মনে হয় তুমি আমাকে ভাল চোখে দেখতে পারছ না।"

কিংকর গম্ভীর গলায় বলে, "ভদ্রলোকের মতো ব্যবহার করলে ভাল চোখে দেখতে বাধা কী?"

সাতনা বলে, "বাধা আছে। তোমার বাধা আছে। আমার সব কিছু মনে থাকে। মানুষের মুখ আমি সহজে ভুলি না।"

কিংকরের মুখটা আবার হিংস্র হয়ে ওঠে।

সাতনা হাত তুলে তাকে থামিয়ে দিয়ে বলে, "কিছু বলতে হবে না। আমি মরদ কি না সে পরিচয় যথাসময়ে পাবে। এখন খ্যামা দাও। শুধু মনে রেখো সাতনার দশজোড়া চোখ সব জায়গায় তোমাকে নজরে রাখবে। দশজোড়া হাত তৈরি থাকবে। এক চুল বেয়াদবি দেখলে চোখের একটা ইশারা করব, সঙ্গে সঙ্গে তোমার মুন্ডু খসে পড়বে।"

কিংকর ঝাঁকুনি মেরে উঠতে যাচ্ছিল। কিন্তু বাস্তবিকই পিছন থেকে আচমকা দশখানা বল্লমের তীক্ষ্ণ ডগা পিঠ আর কোমর স্পর্শ করল। কিংকর উঠল না। কিন্তু একটু তাচ্ছিল্যের হাসি হেসে বলল, "খুব মরদ!"

সাতনা খুব বড় একটা শ্বাস টেনে বলল, "তোমার সাহস আছে বটে।"

ত্রিশ

কোনও কথা না বলে দুখানা তীক্ষ্ণ চোখে অনেকক্ষণ কিংকরকে দেখল সাতনা। তারপর বলল, "তোমার বড্ড ঝাঁজ হে। ঝাঁজালো লোক আমি পছন্দ করি বটে, তবে বেশি ঝাঁজ ভাল নয়।"

কিংকর কথা বলল না। কটমট করে তাকিয়ে রইল। সাতনা একটা হাঁক দিলে এক স্যাঙাত দৌড়ে আসে। সাতনা তাকে বলে, "যা, রামুকে ধরে নিয়ে আয়।"

কিংকরের পিছনে দশখানা বল্লম উঁচিয়ে আছে। সে অবশ্য গ্রাহ্য করল না। একমনে খেজুর-রস খায় আর মাঝে মাঝে সাতনার দিকে আগুনপারা চোখ করে চায়।

একটু বাদেই নড়া ধরে রামুকে নিয়ে এল সাতনার স্যাঙাত। অল্প সময়ের মধ্যেই রামুর মুখ শুকিয়ে গেছে। চোখে আতঙ্ক। তাকে দেখে কিংকর সাতনার ওপর রাগে দাঁতে দাঁত পিষল।

সাতনা কিংকরকেই লক্ষ করছিল। একটু হেসে বলল, "রাগ কোরো না হে। মায়াদয়া করলে আমাদের চলে না। ওহে রামু, এই লোকটাকে চেনো?"

রামু দিশাহারার মতো চারদিকে চেয়ে দেখল। তারপর কিংকরের দিকে তাকিয়ে বলল, "চিনি। এই লোকটাই কাল রাতে আমাদের ধরে এনেছে।"

সাতনা মাথা নেড়ে বলে, "সে তো জানি। সেকথা নয়। লোকটাকে আগে থেকে চেনো কি না ভাল করে দেখে বলো তো।"

রামু ভাল করেই দেখল। আবছা-আবছা একটা চেনা মানুষের আদল আসে বটে, কিন্তু সঠিক চিনতে পারল না। মাথা নেড়ে সে বলল, "চিনি না।"

"খুব ভাল করে দেখলে চিনতে পারতে কিন্তু। অবিশ্যি তোমার দোষ নেই। এই লোকটা হরবোলা। একসময়ে সার্কাসে হরেক রকম পাখি আর জানোয়ারের ডাক নকল করত। যে-কোনও মানুষের গলা একবার শুনে হুবহু সেই গলায় কইতে পারে। সুতরাং গলা শুনে একে চিনবে না। আর চেহারা? যে-চেহারাটা এখন দেখছ সেইটেও এর আসল চেহারা নয়, তবে অনেকটা কাছাকাছি। দরকার শুধু থিয়েটারের সঙ সাজার কয়েকটা জিনিস। তা হলেই হাঃ হাঃ হাঃ হাঃ..."

সাতনা হাসতে হাসতে বেদম হয়ে পড়ল।

কিংকর স্থির চোখেই সাতনার দিকে চেয়ে ছিল। কথা বলল না।

সাতনা হাসি থামিয়ে কিংকরের দিকে চেয়ে বলল, "তোমার অনেক গুণ। এত গুণ খামোখা নষ্ট করলে হে।"

কিংকর একটু হেসে বলে, "তোমারও অনেক গুণ। সেইসব গুণ তুমিও অকাজে নষ্ট করলে সাতনা। তবে বলি তোমার ক্ষতি করতে আমার আসা নয়। আমি তোমাকে দুটি কথা বলব। বেশ মন দিয়ে শোনো।"

সাতনা হাসি থামিয়ে গম্ভীর মুখ করে কিংকরের দিকে চাইল। তারপর বলল "শুধু গুল মেরে এই জাল কেটে বেরোতে পারবে না। কাজেই বলার আগে ভেবেচিন্তে নাও, যা বলবে তা সত্যি কি না।"

"আমি যা বলব তা সত্যি। তবে এত লোকের সামনে বলা যাবে না। কথাটা বড়ই গোপন।"

সাতনা পাহাড়প্রমাণ শরীরটা টান করে উঠে দাঁড়াল। বলল, "ঠিক আছে। চোরকুঠুরিতে চলো। তবে তোমার হাতদুটো পিছমোড়া করে বাঁধা থাকবে।"

"ঠিক আছে। তাই-ই সই।"

"সার্কাসে তুমি হাতকড়া খোলার খেলা দেখাতে। আমার সব মনে আছে। কিন্তু এখন চালাকি করে হাতের দড়ি খুলতে যেয়ো না, আমার কাছে রিভলভার আছে। মনে রেখো।"

দুটো লোক এসে কিংকরের হাত পিছমোড়া দিয়ে শক্ত করে বাঁধল। তারপর সাতনা আর কিংকর গিয়ে ঢুকল চোরকুঠুরিতে।

কিংকরকে দেয়ালের সঙ্গে পিঠ ঠেকিয়ে মুখোমুখি বসল সাতনা। হাতে সত্যিই ছ'ঘরা রিভলভার। বসে বলল, "যা বলার চটপট বলে ফ্যালো।"

"আমি কাকাতুয়াটাকে দিয়ে কথা বলাতে পারি।"

"পারো? বটে?" সাতনা একটু তাচ্ছিল্যের হাসি হাসে।

কিংকর একটা দীর্ঘশ্বাস ছেড়ে বলে, "পারি। অনেক ভেবেচিন্তে কায়দাটা বের করেছি। কিন্তু পাখিটা কথা বললে তোমরা সেই গুপ্তধন বের করবে। অথচ ওই গুপ্তধন তোমাদের পাওনা নয়। আইন বলে, যত গুপ্তধন পাওয়া যাবে তার সবই গবর্মেন্টের। কিন্তু তোমরা গবর্মেন্টকে এক পয়সাও দেবে না।"

সাতনা জলদগম্ভীর স্বরে বলে, "শুধু এই কথা?"

"না। আরও আছে। গোবিন্দ ওস্তাদকে চেনো। বেচারা মিথ্যে খুনের মামলায় ফেঁসে গেছে। অথচ তা উচিত নয়। আসল খুনির উচিত নিজের দোষ স্বীকার করে নির্দোষ লোকটাকে খালাস করে দেওয়া।"

সাতনার মুখ ফেটে পড়ছিল দুর্দান্ত রাগে। খুব কষ্টে নিজেকে সংযত রেখে বলল, "আর কিছু?"

"হ্যাঁ। আর একটা কথা। তোমার যে-মেয়েটা হারিয়ে গিয়েছিল, আমি তার সন্ধান

জানি। সে যে তোমারই মেয়ে তার প্রমাণও দিতে পারি।"

আস্তে-আস্তে, খুব আস্তে-আস্তে সাতনার মুখে একটা পরিবর্তন ঘটতে লাগল। কর্কশ, নিষ্ঠুর ভয়ংকর মুখখানা যেন কোমল হতে লাগল। চোখদুটো ভরে উঠল জলে। একটা দমকা শ্বাসের সঙ্গে অস্ফুট গলায় সে বলল, "মিথ্যে কথা!" একটু থেমে আবার বলল, "মিথ্যে কথা! তুই আমাকে ভোলাতে এসেছিস!"

বলতে বলতে সাতনা উঠে দাঁড়াল।

"না সাতনা, তোমাকে ভোলানোর ক্ষমতা আমার নেই। এই দ্যাখো—" বলে পিছন থেকে ডান হাত বের করে কিংকর তার বালাপোশের কোটের ভিতরদিকে হাত ভরে একখানা ফোটো বের করে আনল।

সাতনা হাঁ করে চেয়ে দৃশ্যটা দেখে বলল, "হাত খুলে ফেলেছ! তোমাকে বলেছিলাম না চালাকি করার চেষ্টা করলে—"

কিংকর অমায়িক একটু হেসে বলে, "আমার হাত কিছুতেই বাঁধা থাকতে পারে না, বুঝলে! আপনা থেকে খুলে বেরিয়ে আসে। যাকগে, আবার না হয় বাঁধতে বলে দাও।"

সাতনা জানে, সে-চেষ্টা বৃথা। হাত বাড়িয়ে সে ফোটোটা নেয়। অবিশ্বাসের সঙ্গে চেয়ে থাকে ফোটোটার দিকে। চোরকুঠুরিতে শুধু একটা ছোট্ট ঘুলঘুলি দিয়ে আসা আলোতেও ফোটোর মেয়েটির মুখ দেখে স্তম্ভিত হয়ে যায় সাতনা। তার মেয়ে চুরি যায় পাঁচ-ছ বছর বয়সে। এই মেয়েটির বয়স তেরো-চোদ্দো বছর। কিন্তু কী হুবহু মিল। তার মেয়েটা বেঁচে থাকলেও এই বয়সিও হওয়ার কথা। সে জিজ্ঞেস করল, "এটা কতদিন আগেকার ফোটো?"

"গত বছরের। তোমার মেয়ের বয়স এখন চোদ্দো বা পনেরো।"

"আর কোনো প্রমাণ আছে?"

"আছে। তবে তা দিয়ে আর তোমার দরকার কী? আমার কথা বিশ্বাস করতে পারো। এ তোমারই মেয়ে এবং সে বহাল তবিয়তে বেঁচেও আছে।"

সাতনা ভাল করে কথা বলতে পারছিল না বার বার ঢোঁক গিলছে। চোখে জল আসছে। অত বড় সা-জোয়ান লোকটার হাতদুটো কাঁপছে থরথর করে। সে জিজ্ঞেস করল, "আমার মেয়ে কোথায়?"

"সেইটে এখন বলতে পারছি না।"

"বলো?" বলে সাতনা প্রকাণ্ড দুটো হাত বাড়িয়ে চেপে ধরল কিংকরকে। একটা রামঝাঁকুনি দিয়ে বলল, "শিগগির বলো। নইলে মেরে ফেলব।"

কিংকর নিজের শরীরটাকে একটু মোচড় দিয়ে সরে গেল। তারপর বিদ্যুৎগতিতে

হাতটা তুলে সাতনার ঘাড়ে হাতের চেটোর ধার দিয়ে একটা কোপ মারল।

"আঁক" করে একটা শব্দ হল শুধু। তারপর হাতির মতো বিশাল শরীর নিয়ে সাতনা ঢলে পড়ল মেঝের ওপর।

কিংকর ঘরের কোণে একটা জলের কুঁজো অনেকক্ষণ আগেই লক্ষ করেছে। এখন সেইটে তুলে এনে সাতনার চোখেমুখে জলের ছিটে দিতে লাগল।

একটু বাদেই চোখ মেলে উঠে বসল সাতনা।

কিন্তু এ এক অন্য সাতনা।

একত্রিশ

ধীর গম্ভীর স্বরে সাতনা বলল, "যে-হাত আমার গায়ে তুলেছ, সে-হাত তোমার শরীর থেকে কেটে ফেলা হবে।"

কিন্তু সাতনা মুখে যা-ই বলুক, তার আর সেই ভয়ংকরতাও নেই। মুখটা কেমন ভোঁতা দেখাচ্ছে। চোখে একটা দিশেহারা ভাব। কিংকর একটু হেসে বলল, "ভয় দেখাচ্ছ নাকি? তোমার আমার জীবন যেরকম, তাতে কাউকে কারও ভয় দেখিয়ে লাভ নেই। খামোখা চোখ রাঙিয়ে নিজের কাছে নিজেই হাস্যাস্পদ হচ্ছ। ভয় খাওয়ার হলে এতক্ষণে খেতাম।"

সাতনাও সেটা ভালরকমে টের পাচ্ছে। কিংকর কিছুতেই ভয় পাচ্ছে না। তাই সাতনা খানিকটা চুপসে গিয়ে বলল, "আমার মেয়ের ছবি যদি খাঁটি হয়ে থাকে, যদি জাল-জোচ্চুরি না করে থাকো তবে এ যাত্রায় তুমি প্রাণে বেঁচে যাবে। এখন বলো, আমার মেয়ে কোথায়?"

কিংকরের মুখ থেকে এখনও হাসি মুছে যায়নি। সে মাথা নেড়ে বলল, "ধীরে বন্ধু, ধীরে। অত তাড়া কীসের? তোমার শরীরে যে একটু নামমাত্র মায়াদয়া এখনও অবশিষ্ট আছে, তা ওই মেয়েটির জন্য, তা জানি। কিন্তু আমারও শর্ত আছে।"

সাতনা থমথমে মুখে বলল, "সেটা না-বোঝার মতো বোকা আমি নই। শর্তটা কী তা বলে ফ্যালো।"

"এক, দলের যে মাথা, তার নাম আমাকে বলতে হবে।"

"তার নাম জেনে কী হবে? ধরিয়ে দেবে?"

"সেটা পরে ঠিক করব। আগে নামটা তো জানি।"

"আর কোনও শর্ত আছে?'

"আছে। তোমাকে দল ছাড়তে হবে।"

সাতনা একটু ম্লান হেসে মাথা নাড়ল। "তোমার শর্তগুলো শুনতে ভাল কিন্তু কাজের নয়। প্রথম কথা, দলের বড়-সর্দারের নাম আমারও জানা নেই। দু নম্বর কথা হল, দল ছাড়া অসম্ভব। এ দলে ঢোকা যায়, বেরোনো যায় না।"

কিংকর হাসিমুখে বলল, "আমার তিন নম্বর শর্ত হল, কোনও নির্দোষকে সাজা দেওয়া উচিত নয়। তাই বেচারা গোবিন্দ মাস্টারকে খালাস দেওয়ার ব্যবস্থা করতে হবে।"

সাতনা মুখ নিচু করে কিছুক্ষণ চুপ করে থেকে বলল, "যদি এর কোনও শর্তই না মানি?"

কিংকর এবার হাসল না। মৃদু স্বরে বলল, "তোমার যে-মেয়ে চুরি যাওয়ার পর তুমি মানুষ থেকে পশু হয়েছ, সেই মেয়ের খোঁজ জীবনেও পাবে না।"

সাতনা স্থির দৃষ্টিতে কিছুক্ষণ কিংকরের দিকে চেয়ে থেকে হঠাৎ একটা দীর্ঘশ্বাস ফেলল। তারপর কেমন ভ্যাবলার মতো বসে আকাশ-পাতাল ভাবতে লাগল। অনেকক্ষণ বাদে বলল, "রাত দুটোর সময় আবার এই চোরকুঠুরিতে এসো। কথা হবে।"

"কিন্তু বাইরে যেসব যমদূত মোতায়েন আছে তারা আবার পিছু নেবে না তো?"

"বারণ করে দিচ্ছি। এখন তুমি স্বাধীন।"

দুজনে বেরিয়ে এল।

সাতনার মুখ নিচু। ভাবছে। মাঝে মাঝে হারানো মেয়েটার কথা ভেবে চোখে জল আসছে তার। হাতের পিঠ দিয়ে চোখের জল মুছছে মাঝে মাঝে, সাতনার চোখে জল! ব্যাপারটা তার নিজেরই বিশ্বাস হচ্ছে না।

এই কিংকর নামে লোকটা কে, তা ভেবে সারাদিন রামুর মাথা গরম। গতকাল রাতে জঙ্গলের অন্ধকারে প্রথম দেখা। লোকটা তাদের ধরিয়ে দিল। কিন্তু আজ সকালে আবার নিশ্চিত মৃত্যুর হাত থেকে তাকে বাঁচাল। সাতনা যখন তাকে ডাকিয়ে নিয়ে লোকটাকে চিনতে পারে কি না জিজ্ঞেস করল, তখন তার স্পষ্টই মনে হল, যে কিংকরকে চেনে। কিন্তু কিছুতেই বুঝতে পারল না, কোথায় দেখেছে বা কবে।

আজ সকালেই ডাকাতরা তার গলা কাটতে গিয়েছিল বটে, কিন্তু আজই আবার কী মন্ত্রে যেন তারা ভারী সদয় হয়েছে তার ওপর। সকাল থেকে কিছু খেতে দেয়নি। কিন্তু বেলা দশটা নাগাদ একজন নরম-সরম চেহারার ডাকাত এসে জামবাটি-ভরা সর-ঘন দুধ কলা আর নতুন গুড় দিয়ে মাখা চিড়ের ফলার খাওয়াল। তারপর ঘরের

দরজা খুলে দিয়ে বলল, "যাও খোকা, ঘুরে-টুরে বেড়াও গিয়ে। তোমাকে আর ঘরে আটকে রাখার হুকুম নেই।"

রামু বেরিয়ে এল। চারদিকে আলো আর গাছপালা। মুক্ত বাতাস। বুক ভরে শ্বাস টানল সে। ডাকাতরা কেন সদয় হয়েছে তা বুঝতে পারল না।

ছেড়ে দিলেও রামুর পিছু-পিছু ছায়ার মতো একজন পাহারাদার রেখেছে এরা। ভাঙা প্রকাণ্ড বাড়িটার সব জায়গায় যাওয়া বারণ। লোকটা মাঝে মাঝে পিছন থেকে সাবধান করে দিচ্ছে, "ওদিকে যেয়ো না খোকা। না না, ওই কুঠুরিতে উঁকি মেরো না।"

ঘুরতে ঘুরতে নয়নদার সঙ্গেও দেখা হয়ে গেল রামুর। নয়নকাজল দিব্যি হাসিমুখে পিছন দিককার একটা বাগানে রোদে বসে গায়ে সরষের তেল মালিশ করতে করতে একজন রোগা-পটকা পশ্চিমা ডাকাতের সঙ্গে ভাঙা হিন্দিতে কথা বলছিল। "ছাপরা জিলা হাম খুব চিনতা। ওদিকে খুব ভাল দুধ মিলতা।"

রামু চেঁচিয়ে ডাকল, "নয়নদা।"

নয়ন একগাল হেসে বলল, "তোমাকেও ছেড়ে দিয়েছে? যাক বাবা! আমি তোমার কথাই ভাবছিলাম।"

রামু কাছে গিয়ে বসে একটু নিচু স্বরে জিজ্ঞেস করে, "আচ্ছা, কিংকর লোকটা কে বলো তো?"

নয়ন নিশ্চিত গলায় বলে, "সাংঘাতিক ডাকাত। এ সাতনার চেয়েও ভয়ংকর।"

"তা তো বটে, কিন্তু তোমার চেনা-চেনা লাগছে না?"

নয়নকাজল একটু ভেবে বলল, "তুমি কথাটা বললে বলেই বলছি, আমারও মনে ওরকম একটা ভাব হয়েছিল। লোকটাকে যেন কোথায় দেখেছি। তারপর ভাবলাম, দেখলেও সেকথা মনে না রাখাই ভাল। লোকটা এক নম্বরের বিশ্বাসঘাতক। আমাদের কাল রাতে ধরিয়ে দিল। আর-একটু হলেই পালাতে পারতাম।"

রামু বিষণ্ণ মুখে বলে, "পালিয়ে লাভটা কী হত? বাড়ি গিয়েও তো রক্ষা পেতাম না। তুমিও না, আমিও না।"

নয়ন চিন্তিত মুখে বলে, "তা বটে।"

"লোকটা হয়তো আমাদের ভালর জন্যই ধরিয়ে দিয়েছে। হয়তো এর পিছনে কোনও কারণ আছে। লোকটা জানত, পালিয়েও আমরা বেশি দূর যেতে পারব না। গেলেও বাঁচব না এদের হাত থেকে।"

নয়ন খুব মিনমিন করে বলল, "আমি অত ভেবে দেখিনি। কিন্তু এখন তুমি বলার পর দ্যাখো ভয়ে আমার গায়ে কাঁটা দিচ্ছে।"

"কিন্তু আমার মনে হচ্ছে নয়নদা, কিংকর লোকটা আমাদের শত্রু নয়।"

"না হলেই ভাল। ওরকম লোক যার শত্রু হবে, তার অনেক বিপদ।"

দুপুরে স্নান করে রামু আর নয়ন একটা ছোটখাটো ভোজ খেল আজ। নতুন একটা ঘরে খড়ের ওপর পাতা নরম বিছানায় দুজনে শুয়ে নাক ডাকিয়ে ঘুমিয়ে নিল অনেকক্ষণ। কাল রাতে অনিদ্রা গেছে। যখন উঠল, তখন বেলা ফুরিয়ে এসেছে। রামু দেখল তার বালিশের পাশে একটা ছোট্ট চিরকুট এক টুকরো পাথর চাপা দেওয়া। তাতে লেখা, "আজ রাতে সজাগ থেকো।"

আশা আর ভরসায় রামুর বুক ভরে উঠল। সে নয়নকাজলকে ঠেলে তুলে দিল। তারপর চিরকুটটা দেখিয়ে বলল, "আমার মনে হয় এটাও সেই কিংকরের কাজ।"

ঠিক রাত দুটোয় সাতনা চোরকুঠুরিতে হাজির হল। সারাদিন কেঁদে কেঁদে তার চোখ লাল। মুখের চামড়া ঝুলে পড়েছে কিছুটা। বেশ নড়বড়ে আর বুড়ো দেখাচ্ছে দানবের মতো লোকটাকে।

চোরকুঠুরিতে কোনও আলো নেই। জমাট অন্ধকার। কিন্তু সাতনা মৃদু একটু শ্বাসের শব্দ শুনে বুঝল, কিংকরও হাজির।

গলা খাঁকারি দিয়ে সাতনা ডাকে, "কিংকর"।

"বলো।"

"এখানে নয়। বড় সর্দারের হাজারটা চোখ, হাজারটা কান। চলো,জঙ্গলের দিকে যাই।"

"তথাস্তু। তোমার লোকজন আজ কেমন পাহারা দিচ্ছে?"

"পাহারা নেই। বেশির ভাগই গেছে কাছের একটা গঞ্জে ডাকাতি করতে। বাদবাকিদের আমি ছুটি দিয়েছি।"

"তা হলে চলো।"

দুজনে নিঃশব্দে বেরিয়ে পড়ে। তারপর আগে সাতনা এবং তার পিছনে কিংকর ছায়ার মতো জঙ্গলে গিয়ে ঢোকে।

নিস্তব্ধ জঙ্গলাকীর্ণ একটা জায়গায় এসে দুজনে দাঁড়ায়।

সাতনা বসে। মুখোমুখি কিংকর।

সাতনা বলে, "আমি রাজি।"

"ভাল করে ভেবে বলো।"

"ভেবেই বলছি। দুনিয়ায় ওই মেয়েটা ছাড়া আমার কেউ নেই। মেয়েটা চুরি যাওয়ার পর প্রতিশোধ নেওয়ার জন্য আমার মাথায় খুন চেপেছিল। সার্কাস ছেড়ে ডাকাতের দলে নাম লিখিয়েছিলাম। আজ সারাদিন ভেবে দেখলাম, মরতে একদিন

হবেই। তার আগে যদি সুযোগ পাই, মেয়েটার একটা হিল্লে করে দিয়ে যাই। একবার তাকে চোখের দেখাও তো দেখতে পাব।”

“তা পাবে।”

“যখন ছোট্টটি ছিল, তখন সারাদিন আমার বুকের সঙ্গে লেগে থাকত মেয়েটা। মা-মরা মেয়ে। তাকে বুকে করে সার্কাসের সঙ্গে দেশ-বিদেশে ঘুরতাম। মেয়েটাই ছিল আমার জীবন, আমার শ্বাসের বাতাস, আমার নয়নের মণি।”

“জানি সাতনা।”

“সকলেই জানত। জানত, সাতনার মেয়েই সাতনার সর্বস্ব।”

“এবার বড় সর্দারের নামটা বলো সাতনা।” সাতনা একটু চমকে উঠল।

বত্রিশ

সাতনার মতো ডাকাবুকো লোককে আঁতকে উঠতে দেখে একটু হাসল কিংকর। মোলায়েম গলায় জিজ্ঞেস করল, “ভয় পাচ্ছ?” সাতনা চারদিকে ভাল করে চেয়ে দেখল। তারপর ফ্যাসফ্যাসে গলায় বলল, “পাচ্ছি। আমার আয়ু আর বেশিদিন নয়। আজ অবধি সর্দারের চোখকে কেউ ফাঁকি দিতে পারেনি। আমিও পারব না। তবু জেনেশুনে যে হাঁড়িকাঠে গলা দিচ্ছি, তার কারণ আমার কাছে আর নিজের প্রাণের দাম নেই। শুধু একটাই সাধ। মরার আগে যেন মেয়েটার মুখ একবার দেখে যেতে পারি।”

কিংকর একথার জবাব দিল না চট করে। কিছুক্ষণ ভেবে নিয়ে বলল, “তোমার কি ধারণা, সর্দার তোমার ওপর নজর রাখছে?”

সাতনা মাথা নেড়ে বলল, “জানি না। কিন্তু মনে-মনে যেই ঠিক করেছি যে, সর্দারের সঙ্গে বিশ্বাসঘাতকতা করব, তখনই মনে ভয়টা এল। কোন মানুষের মনে কী আছে তা সর্দার মুখ দেখলেই টের পায়।”

কিংকর মৃদুস্বরে বলল, “মানুষের মুখে যে তার মনের কথা লেখা থাকে। সর্দার তো আর অন্তর্যামী ভগবান নয়, সে শুধু তোমাদের চেয়ে আর এক ডিগ্রি বেশি চালাক। এ লাইনে আমার গুরু হল শংকর মাঝি। সে তোমাদের মতো নোংরা ডাকাত নয়। টাকাপয়সা সোনাদানায় লোভ নেই। সারাদিন জপ-তপ নাম-ধ্যান নিয়ে থাকে। লোকের ওপর কখনও খামোখা হামলা করে না। শুধু অন্যায় দেখলে রুখে দাঁড়ায়। লোভ-লালসা নেই বলে তার মনটাও পরিষ্কার। চোখটাও পরিষ্কার। তোমাদের

সর্দারের চেয়ে লোকের মন বোঝবার ক্ষমতাও তার বেশি। শংকর মাঝি একবার আমাকে বলেছিল, পাপী-তাপী খুনে গুণ্ডা বা বদমাশদের ফাঁসিকাঠে ঝোলালে বা জেলে ভরে রাখলেই কি আর তাদের ঠিক-ঠিক সাজা হয় রে? লোকটার মনে অনুতাপ জাগাতে পারলে বরং সেইটেই ঠিক শাস্তি। একটা ডাকাতকে যদি ভাল করে তুলতে পারিস তবে দেখবি তার মতো মানুষই হয় না।"

সাতনা কিছুক্ষণ চুপ করে থেকে বলল, "তুমি শংকর মাঝির দলে কতদিন ছিলে?"

"বছর-দুই। তার কাছে অনেক কিছু শিখেছি।"

সাতনা একটা গভীর শ্বাস ফেলে বলে, "অনেক কিছু শিখেছ বটে, কিন্তু আগুন নিয়ে এই খেলাটা না খেললেও পারতে। আমার মেয়ের খবর এনে আমাকে দুর্বল করে ফেলেছ, কিন্তু তা বলে তো আর বড় সর্দারের মন গলবে না। তার হাত থেকে নিজেকে বাঁচানোর মন্ত্রটা কে তোমাকে এখন শেখাবে?"

কিংকর নির্ভীক গলায় বলে, "বড় সর্দার ভগবান নয়, আগেই বলেছি। যত ক্ষমতাই থাক, তারও কিছু দুর্বলতা আছে, ভয় আছে। একবার তার মুখোশটা খুলতে দাও, তখন দেখবে।"

মাথা নেড়ে সাতনা বলে, "মুখোশ বা মুখ কোনটা তা আমিও জানি না। শুধু জানি, সর্দার মস্ত তান্ত্রিক। মারণ উচাটন বশীকরণ সব জানে। মানুষের মনের কথা টের পায়। আর জানি, পুলিশ বা গভর্মেন্টের সাধ্য নেই যে তাকে ধরে। তুমি তার ডেরায় ঢুকে মস্ত ভুল করেছ। তুমি পুলিশের লোক না গভর্মেন্টের চর তা জানি না। শুধু জানি, যাই হয়ে থাকো, সর্দারের হাত থেকে রেহাই পাবে না।"

কিংকর হাত নেড়ে প্রসঙ্গটা উড়িয়ে দিয়ে বলল, "আমার একটা শর্ত ছিল, নির্দোষ গোবিন্দ মাস্টারকে খুনের দায় থেকে রেহাই দিতে হবে। সেটা ভেবে দেখেছ?"

সাতনা বিষাক্ত গলায় বলল, "আমাকে তার জন্য কী করতে হবে।"

"দায়টা তোমাকে নিজের ঘাড়ে নিতে হবে।"

"নিতে আপত্তি নেই। কিন্তু যে মামলা বহুকাল আগে চুকে-বুকে গেছে, আসামির ফাঁসির হুকুম পর্যন্ত হয়ে গেছে তা আবার কেঁচেগণ্ডুষ করতে আদালত চাইবে কি? তা ছাড়া আমি স্বীকার করলেই তো হবে না, আদালত চাইবে প্রমাণ। তার ওপর আসামি জেল-হাজত থেকে পালিয়েছে, সেটাও তো মস্ত অপরাধ। পুলিশ তাকে এত সহজে ছাড়বে না।"

"সে আমরা বুঝব। তুমি তোমার কাজটুকু করলেই হবে।"

"করব। এখন আমাকে আমার মেয়ের কাছে নিয়ে চলো।"

ট্যাঁক থেকে একটা মস্ত পকেট-ঘড়ি বের করল কিংকর। ঝুঁঝকো অন্ধকারে

অনেকক্ষণ তীক্ষ্ণ নজরে চেয়ে থেকে সময়টা ঠাহর করল। তারপর বলল, "আর আধঘণ্টা। তারপর কিছু কাজ সেরে বেরিয়ে পড়ব দু'জনে।"

সাতনা সন্ত্রস্ত হয়ে বলে, "সময় দেখলে কেন? কীসের আধঘণ্টা?"

কিংকর মৃদুস্বরে বলল, "তোমার যেমন দলবল আছে আমারও তেমনি একটা ছোট্ট দল আছে। তাদের আজ রাত্তিরে এখানে পৌঁছানোর কথা।"

সাতনা অস্ফুট একটা শব্দ করে দুহাতে মুখ ঢাকল। মিনিটখানেক বাদে মুখ তুলে বলল, "তার মানে কী? তুমি কি লড়াই করতে চাও?"

কিংকর মাথা নেড়ে বলল, "না। লড়াই হবে না। তোমার যে কয়জন স্যাঙাত আছে, তাদের ঠেকিয়ে রাখবে তুমি। আমরা বিনা লড়াইয়ে যুদ্ধ জিতে তোমাদের বেঁধে নিয়ে যাব। আর তা হলে বড় সর্দারের মনে তোমার সম্বন্ধে কোনও সন্দেহ আসবে না।"

"বড় সর্দারকে কি ছেড়ে দেবে তা হলে?"

কিংকর অন্ধকারেও একটু হাসল। "না। বড় সর্দারের জন্য আমি তো রয়েছি।"

"বড় সর্দার এখানে নেই।"

"কে বলল নেই?" কিংকর আবার একটু হাসে। মৃদুস্বরে বলে, "আমি যে বড় সর্দারের গায়ের গন্ধ পাচ্ছি।"

আর ঠিক এই সময়ে একটা মস্ত কণ্টিকারির ঝোপের ওপাশ থেকে একটা ভারী পায়ের শব্দ আস্তে আস্তে দূরে সরে যেতে লাগল।

সাতনা পাথর হয়ে বসে থাকে। কিছুক্ষণ শ্বাস ফেলতে পর্যন্ত ভুলে যায়।

কিংকর মৃদু হেসে বলে, "কী হে, বিশ্বাস হল?"

সাতনার মুখে বিস্ময়ে কথা এল না। শুধু মাথা নাড়ল।

কিংকর স্বাভাবিক গলাতেই বলে, "তোমার মতো সর্দারও আমাকে বিশ্বাস করেনি। সারাক্ষণই আবডাল থেকে নজর রেখেছিল।"

"তবু ভয় পাচ্ছ না?"

"না। কিন্তু আমার আর সময় নেই। তুমি ওঠো, স্যাঙাতদের গিয়ে বলো, গাড্ডায় একটা ছোটখাটো হামলা হবে। তারা যেন বাধা না দেয়। বাধা দিলে রক্তের গাঙ বয়ে যাবে।"

সাতনা উঠল। অসহায়ভাবে বলল, "আর বড় সর্দার?"

"তার কথা আমার খেয়াল আছে। তুমি ভেবো না। যাও।"

সাতনা দ্বিধাগ্রস্ত পায়ে ভাঙা কেল্লার দিকে এগোতে লাগল।

তার ছায়ামূর্তির দিকে ক্ষণকাল চেয়ে রইল কিংকর। তারপর ট্যাঁকঘড়িটা আর

একবার দেখে নিয়ে খুব টানা নিচু পরদায় একটা শিস দিল। এমনই সে শব্দ যে, জঙ্গলের অন্যান্য শব্দের মধ্যে ঠিক ঠাহর হয় না।

শিসটা শেষ হওয়ার সঙ্গে সঙ্গে একটা ঘুঘুর ডাক ভেসে এল কাছ থেকে। নিশ্চিন্তির শ্বাস ফেলল কিংকর। তার দল এসে গেছে।

কিংকর উঠে চকিত-পায়ে কেল্লার দক্ষিণ কোণের দিকে চলে এল। ভাঙা ইঁদারার পাশে দুটি ছায়ামূর্তি দাঁড়িয়ে।

কিংকর সাবধানি গলায় ডাকল, "রামু।"

"আজ্ঞে।"

"এসো।" বলে কিংকর হাত বাড়িয়ে রামুর একটা হাত ধরে। রামুর পিছনে নয়নকাজল দাঁড়িয়ে ছিল। তার হাতে কাকাতুয়ার দাঁড়। কাঁপা-কাঁপা গলায় সে জিজ্ঞেস করল, "আবার আমাদের কোথায় নিয়ে যাচ্ছেন? সেদিনকার মতো নতুন কোনও বিপদে পড়ব না তো?"

কিংকর একটু হেসে বলে, "না। বিপদের মধ্যেই তো আছো। বিপদকে ভয় করলে কি চলে?"

ধীরে ধীরে তিনজন গভীর জঙ্গলের দিকে এগোতে থাকে। অন্যদিক দিয়ে দশ-বারোটা ছায়ামূর্তি দ্রুত পায়ে নিঃশব্দে কেল্লায় গিয়ে ঢোকে।

একটা বাঁশঝাড় গোল হয়ে একটা চত্বরকে ঘিরে রেখেছে। বাইরে থেকে ভিতরকার ফাঁকা জায়গাটা বোঝা যায় না। কিংকর সেইখানে এনে রামু আর নয়নকাজলকে দাঁড় করাল। বলল, "আমার একটা কাজ বাকি আছে। সেটুকু সেরেই আসছি।"

নয়নকাজল উদ্বেগের গলায় বলে, "যদি কোনও বিপদ হয় এর মধ্যে?"

"তা হলে, ভগবান দুখানা পা তো দিয়েছেন, দৌড় মেরো।"

কিংকর আর দাঁড়ায় না। অতি দ্রুত পায়ে সে দৌড়তে থাকে কেল্লার দিকে। যেতে যেতেই দেখে, দশ-বারোজন লোক পাঁচ-সাতজন লোককে পিছমোড়া করে বেঁধে নিয়ে যাচ্ছে। কিন্তু সেদিকে আর ভ্রূক্ষেপ করে না কিংকর।

কেল্লায় ঢুকে সে জোর কদমে ছুটে একদম বায়ুকোণে চলে আসে। পুরনো ভাঙা খিলান গম্বুজের ভিতর একটা মিনার। তাতে ঢোকার কোনও রাস্তা নেই। কিন্তু কিংকর দিনের বেলায় লক্ষ করেছে এই মিনারের গায়ের কারুকাজ একটু অন্যরকম। খাঁজগুলো কিছু বেশি গভীর।

চারদিকটা একবার দেখে নিয়ে কিংকর বানরের মতো সেই খাঁজগুলোয় হাত আর পা রেখে উঠে যেতে থাকে ওপরে।

কিন্তু বেশিদূর উঠতে হয় না তাকে। উপর থেকে একটা ঝাঁঝালো টর্চের আলো এসে পড়ে তার ওপর। আর সেইসঙ্গে একটা গুলির শব্দ।

তেত্রিশ

গুলিটা একেবারে চুল ঘেঁষে বেরিয়ে গেছে। প্রাণের ভয়ে অনেকটা উঁচু থেকেই কিংকর লাফ দিয়ে নীচে পড়ল। একটা ভেঙে পড়া থামের আড়ালে গা ঢাকা দিতে যাবে, তার আগেই পর পর আরও দুটো গুলি। তবে মিনারের মাথা থেকে এত দূরের পাল্লায় রিভলভারের গুলি ততটা বিপজ্জনক নয়। রাইফেল হলে এতক্ষণে কিংকর ছ্যাঁদা হয়ে যেত।

থামের আড়াল থেকে মিনারের মাথাটা লক্ষ করল কিংকর। অন্ধকারে ভাল দেখা যায় না। শুধু বোঝা যায়, একটা মস্ত মানুষের ছায়ামূর্তি একটু ঝুঁকে নীচের দিকে নজর রাখছে। টর্চটা মাঝে মাঝে ঝিকিয়ে চারদিকে আলো এসে পড়ছে কিংকরের।

হঠাৎ কিংকরের কাঁধে একটা ভারী হাত আলতো করে রাখল কেউ। একটু চমকে উঠেছিল কিংকর। পিছন থেকে একটা ভারী গলা তার কানে-কানে বলল, "সর্দারকে অত সহজে বাগে আনতে পারবে না।"

"সাতনা! তুমি এখনও যাওনি?"

"আমি গেলে সর্দারকে লড়াই দেবে কে? একা তোমার কর্ম নয়।"

"মিনারের ওপর লোকটাই কি সর্দার?"

"হ্যাঁ। সর্দারের আজ এখানে থাকার কথা নয়। কিন্তু কিছু একটা আঁচ পেয়ে সর্দার আবার ফিরে এসেছে। এখানে দাঁড়িয়ে থেকে লাভ নেই। আমার সঙ্গে এসো।"

"কোথায়?"

"কাকাতুয়ার কাছে। একমাত্র কাকাতুয়াটাই জানে ওই মিনারে ঢোকার গুপ্ত পথ। আমরা অনেকদিন ধরে তাকে দিয়ে বলানোর চেষ্টা করছি কিন্তু পাখিটা বলেনি। এখন শেষ চেষ্টা করে দ্যাখো, যদি তাকে দিয়ে কথা বলাতে পারো।"

"কিন্তু সর্দার যদি পালায়?"

"গুপ্তধন না নিয়ে সর্দার পালাবে না। ও এখন মরিয়া হয়ে উঠেছে। কিন্তু গুপ্তধনের সন্ধান পাওয়া খুবই কঠিন। মই লাগিয়ে আমরা প্রত্যেকটা মিনারের মাথায় চড়েছি। আশ্চর্য এই যে, তিনটে মিনারের মাথায় গুপ্ত সুড়ঙ্গের মুখও মিলেছে। সেই পথ ধরে আমরা পাতালেও নেমেছি। কিন্তু বৃথা। গোলকধাঁধার মতো কিছু গলিঘুঁজি

ছাড়া আর কিছু পাইনি। এই মিনারের সুড়ঙ্গটাও তাই। তবু সর্দার শেষ চেষ্টা করতে ওখানে উঠেছে। সহজে পালাবে না।"

কিংকর একটা দীর্ঘশ্বাস ফেলল। লোভই মানুষের সবচেয়ে বড় শত্রু। সে বলল, "কাকাতুয়াটা রামু আর নয়নকাজলের কাছে আছে। চলো।"

বাঁশবনে ঘেরা নিরাপদ জায়গাটায় পৌঁছে তারা দেখল, দুজন জড়সড় হয়ে বসে আছে। দাঁড়ে বসে ঝিমোচ্ছে কাকাতুয়া। টর্চের আলো চোখে পড়তেই ডানা ঝাপটে বলে উঠল, "মেরো না, মেরো না আমাকে বিশু।"

সবাই পাখিটার কাছে গুপ্তধনের সন্ধান জানতে চেয়েছে। পাখিটা বলেনি। কিংকর এবার পাখিটার সামনে বসে খুব আদরের গলায় বলল, "না না, বিশু তোমাকে মারবে না।"

পাখিটা ডানা ঝাপটে বলে, "আলমারিতে টাকা নেই। টাকা আছে...।"

কিংকর চাপা গলায় বলে, "বোলো না, বোলো না, টাকার কথা বোলো না।"

পাখিটা আবার ডানা ঝাপটায়। তারপর তীক্ষ্ণস্বরে বলে, "তিন নম্বর মিনার। পাথর সরাও, পাথর সরাও।"

"পাথর নেই।"

"তলার দিকে। পাথরে চিহ্ন আছে।"

কিছুক্ষণ কেউ কথা বলতে পারল না। তারপর কিংকর উঠে দাঁড়াল।

সাতনা বলল, "তিন নম্বর মিনারের মাথাতেই এখন সর্দার থানা গেড়েছে।"

কিংকর মৃদু হেসে বলে, "মিনারে চড়তে হবে না। পাখি কী বলল শুনলে তো। মিনারের গোড়ায় আর একটা পথ আছে। চলো। যদি পারো একটা শাবল নিয়ে এসো চট করে।"

দুজনে যখন আবার মিনারটার কাছে এল, তখন ওপরটা অন্ধকার। কোনও ছায়ামূর্তি দেখা যাচ্ছে না।

মিনারের গোড়ার দিকে চৌকো-চৌকো পাথর গাঁথা। তার ওপর নকশা। টর্চ জ্বেলে কিংকর পরীক্ষা করে দেখল, সব নকশাই একরকম। কোনটা নির্দিষ্ট পাথর এবং তাতে কী চিহ্ন আছে তা বোঝা মুশকিল। কিংকর হাঁটু গেড়ে বসে তন্ন-তন্ন করে খুঁজতে থাকে। বহু পুরনো আমলের নকশাগুলো সব ক্ষয় হয়ে এসেছে। তবু কিংকর বুঝবার চেষ্টা করে।

আচমকা ওপর থেকে আবার এক ঝলক টর্চের আলো এসে পড়ে। সঙ্গে সঙ্গে গুলির আওয়াজ। দুজনের খুব কাছাকাছিই গুলি দুটো মাটিতে গেঁথে যায়। সাতনা অন্ধকারে কী একটা জিনিস মাথার ওপর তুলে ধরে। কিংকর তাকিয়ে দেখে, মস্ত

একটা লোহার ঢাল। ছাতার মতো বড়। পুরনো আমলের ভারী জিনিস দেখে একটু হাসে সে, সাতনার বুদ্ধি আছে।

ওপর থেকে পর-পর আরও দশ-বারোটা গুলি ছুটে আসে। দু-চারটে টকাটক ঢালের ওপরও এসে পড়ে।

সাতনা চাপা গলায় বলে, "সর্দার নেমে আসছে মনে হয়। তাড়াতাড়ি করো।"

কিংকর নিশ্চিন্ত গলায় বলে, "আমরা দুজন, ও একা। ভয় কী?"

সাতনা মৃদু একটু হেসে বলে, "সর্দারকে চেনো না তাই বলছ। দু-দশ জনের মহড়া নেওয়া সর্দারের কাছে জলভাত। আমার এই লোহার মতো পাঞ্জা একবার সর্দার একটু চেপে ধরেছিল। তখনই বুঝেছিলুম, এর সঙ্গে ইয়ার্কি নয়।"

কিংকর এসব কথায় কান দেয় না। মন দিয়ে খুঁজতে থাকে। অনেক নিরিখ-পরখ করে তার মনে হয়, একটা পাথরের একটা কোনায় যেন খুব অস্পষ্ট একটা তীরের চিহ্ন আছে। খুবই অস্পষ্ট আন্দাজ। তবু এখন অন্ধকারে ঢিল ছোড়া ছাড়া উপায়ও তো নেই। শাবলটা পাথরের খাঁজে ঢুকিয়ে গায়ের সবটুকু জোর দিয়ে চাড় দিতে লাগল সে।

ঠিক এই সময়ে হাত দশেক ওপর থেকে সর্দারের রিভলভার দু ঝলক আগুন ওগরায়। এখন এত কাছ থেকে তার নিশানা ভুল হয় না। ঢাল ঘেঁষে দুটো গুলিই কিংকরের পায়ের কাছে গেঁথে যায় মাটিতে।

কিংকর মুখ তুলে সাতনাকে বলে, "হাঁদার মতো দাঁড়িয়ে আছ কেন? পালটা গুলি চালাও।"

সাতনা মাথা নেড়ে বলে, "তা হয় না। ভাল হোক মন্দ হোক, সর্দার আমার গুরু। তাকে মারতে পারব না।"

কিংকর হাত বাড়িয়ে বলে, "তবে আমাকে অস্তরটা দাও।"

"তাও হয় না। আমার অস্ত্র দিয়ে ওকে মারা চলবে না।"

"তা বলে ওই পাষণ্ডটার হাতে মরবে নাকি?"

"আমার চেয়ে সর্দার তো বেশি পাষণ্ড নয়। দুজনেই সমান পাপী, তা হলে কে কার বিচার করবে বলো!"

ঢালের আড়াল থেকে খুব সাবধানে মুখ বের করে কিংকর ওপরের দিকে চেয়ে দেখল একটু। প্রকাণ্ড একটা ছায়ামূর্তি প্রায় বাদুড়ের মতো ঝুলে ঝুলে নেমে আসছে। মিনারের অগভীর খাঁজে স্রেফ আঙুলের সাহায্যে শরীরের ভার নিয়ে নেমে আসা অত্যন্ত কঠিন কাজ। এ কাজ পারে সার্কাসের বাজিকররা। সর্দার নামছেও বেশ তাড়াতাড়ি। একবার থেমে একটা হাত ঘুরিয়ে নীচের দিকে তাক করল যেন। সাঁত

করে ঢালের আড়ালে মাথা টেনে নেয় কিংকর। আর সঙ্গে সঙ্গে একটা গুলি এসে মাটি ছিটকে দেয় খানিকটা। একটা রিভলভারে এত গুলি থাকার কথা নয়। কিংকর অনুমান করল, সর্দারের কোমরে অন্তত গোটা চারেক রিভলভার আছে। একটার গুলি ফুরোলে আর একটা চালাচ্ছে।

শাবলে আর একটা চাড় দিতেই পাথরটা নড়ে উঠল। শাবল টেনে নিয়ে পাথরের অন্য ধারে ঢুকিয়ে আবার চাড় দেয় কিংকর। পাথরটা আলগা হয়ে ঢকঢক করে নড়ে। শাবল ফেলে দু হাতে মস্ত পাথরের চাঁইকে ধরে টান দেয় কিংকর।

ধড়াম করে পাথরটা খসে পড়ে মাটিতে। আর সেই মুহূর্তে প্রকাণ্ড বাঘের মতো সর্দারও লাফ দিয়ে নামে নীচে। নেমেই রিভলভার তুলে বিকট গলায় হাঁক দেয়, "খবরদার! প্রাণে বাঁচতে চাস তো পালা। মাত্র দশ সেকেন্ড সময় দেব। পালা!"

ঢালের নিরাপদ আড়ালে থেকেও সেই স্বরে একটু কেঁপে ওঠে সাতনা। কিন্তু কিংকর কাঁপে না। পাথরটা হঠাৎ খসে আসার ফলে টাল সামলাতে না পেরে সেও পড়ে গিয়েছিল মাটিতে। কিন্তু খাড়া হওয়ার কোনও চেষ্টা না করে সে নিঃশব্দে হামাগুড়ি দিয়ে মিনারের আড়ালে সরে গেল। সর্দার বোকা নয়। দশ দিকে তার চোখ ঘোরে। তবু কিংকর শেষ একটা চেষ্টা করতে চায়। লোভে আর উত্তেজনায় এখন হয়তো সর্দারের মাথার ঠিক নেই।

সর্দার গম্ভীর গলায় বলে, "সাতনা পিস্তল ফেলে দে।"

সাতনা কাঁপা-কাঁপা গলায় বলে, "সর্দার, তোমাকে গুরু বলে মানি। কিন্তু জান নিয়ে টানাটানি হলে আমাকেও অস্ত্র ধরতে হবে।"

সর্দার একটা পেল্লায় মাটি কাঁপানো ধমক দিয়ে বলে, "চোপ শয়তান। সর্দারের পিছন থেকে ছোবল মারতে চেয়েছিলি, তার সাজা কী জানিস?"

"জানি।"

"সেই ছুঁচো কিংকরটা কোথায়?"

"আমার সঙ্গেই আছে।"

"যদি নিজের ভাল চাস তো সরে যা। আগে ওটাকে খুন করব। তোর বিচার তার পরে।"

সাতনা নরম গলায় বলল, "শোনো সর্দার। তোমাকে আমি—তোমাকে আমি এমনিতে মারতে পারি না। সেটা অধর্ম হবে। তবে যদি একই জমিতে দাঁড়িয়ে ভগবানের আকাশের নীচে আমাদের মারার চেষ্টা করো, তা হলে কিন্তু গুলি তোমার দিকেও ছুটবে। রিভলবার আমার হাতেও তৈরি।"

সর্দার একটু চুপ করে থেকে এক পর্দা গলা নামিয়ে বলে, "মেয়ের কথা ভেবে তুই

দুর্বল হয়ে পড়েছিলি। তোর মাথা গুলিয়ে গেছে। সেইজন্য তোকে আমি এবারের মতো মাপ করে দিচ্ছি। একটা কথা মনে রাখিস, কাছেপিঠের একশো গাঁয়ে আমার চর আছে। তোর মেয়ে যদি বেঁচে থাকে, তবে তাকে আমি খুঁজে দেব। ভাবিস না।"

হামাগুড়ি দিয়ে মিনারের ওপিঠে চলে এসেছে কিংকর। সর্দারের পিছন দিকে মাত্র হাত পাঁচেকের মধ্যে এসে থেমেছে সে। অপেক্ষা করছে।

সর্দার সাতনার দিকে এক পা এগিয়ে গেল। বলল, "সাতনা, এখনও বলছি, ফিরে আয় আমার দিকে। গুপ্তধনের পথ মিলেছে। দুজনে মিলে ভাগ করে নেব। আর উঞ্ছবৃত্তি করতে হবে না।"

সাতনা এক-পা পিছু হটে বলে, "দল ভেঙে দেবে?"

"দিতেই হবে। ডাকাতরা চিরকাল ডাকাত থাকে না। দুনিয়ার নিয়মে ভোল পালটাতে হয়।"

সাতনা ব্যঙ্গের হাসি হেসে বলে, "তুমি ভোল পালটাতে পারো সর্দার, কারণ তোমার আসল পরিচয় আজও কেউ জানে না। কিন্তু আমরা দাগি লোক, আমরা ভোল পালটাতে চাইলেও পারব না।"

অসাবধানে সাতনা ভারী ঢালটা এক হাত থেকে অন্য হাতে নিয়ে গিয়েছিল। পলকের সেই অসতর্কতাই কাল হল তার। সর্দারের রিভলভার গর্জে উঠল। একটা নয়, দু হাতে দুটো।

"আঃ!" বলে চেঁচিয়ে সাতনা উবু হয়ে বসে পড়ল মাটিতে। ঢালটা ছিটকে গেছে একধারে। আর আড়াল নেই।

সর্দার রিভলভার তুলে ভাল করে নিশানা করছে। আর তখনই তার ঘাড়ে চিতাবাঘের মতো লাফিয়ে পড়ল কিংকর।

চৌত্রিশ

কিংকর ঝাঁপিয়ে পড়ল বটে কিন্তু সর্দারকে নাগালে পেল না। সর্দার তো সোজা লোক নয়, সাতনার মতো দানবও তাকে খামোখা সমঝে চলে না। পিছন দিকে যেন-বা সত্যিই তার আর দুটো চোখ আছে। কিংকরও ঝাঁপ দিয়েছে, তক্ষণাৎ সর্দারও তড়িৎগতিতে সরে গেছে। কিংকর পড়ল মাটিতে, মুখ থুবড়ে।

সর্দার তার রিভলভার সোজা কিংকরের মাথায় তাক করে সাতনাকে বলল, "তোর অস্ত্র ফেলে দে। নইলে তোর এই প্রাণের ইয়ারকে শেষ করে দেব।"

সাতনা কিংকরের অবস্থাটা দেখল। বোকার মতো ঝাঁপিয়ে পড়ে পস্তাচ্ছে। কিংকর সর্দারের হাতে মারা পড়লে সাতনার শোক করার কিছু নেই। কিন্তু ভয় একটাই। কিংকর মরলে জীবনেও আর মেয়েটার খোঁজ পাওয়া যাবে না। সাতনার এখন ধ্যানজ্ঞান তার মেয়ে। একবার তাকে চোখের দেখা দেখতেই হবে। তারপর মরে গেলেও দুঃখ নেই। কিন্তু এখন যে সংকটে তারা রয়েছে তা থেকে উদ্ধার পাওয়ার আশা দেখছে না সাতনা। সর্দারের হাতে দুজনকেই না মরতে হয়।

সাতনা জানে, সর্দারকে গুলি করার উপায় নেই। এখন আর গুরু বলে সর্দারকে খাতির না করলেও চলে। কারণ সর্দার বিনা কারণে তার দিকে গুলি চালিয়েছে। এখন উলটে গুলি চালালে সাতনার অপরাধ হয় না। কিন্তু তাও সম্ভব নয়। একটু নড়লেই কিংকরের মাথাটা সর্দারের গুলিতে ঝাঁঝরা হয়ে যাবে। আর অস্ত্র ফেলে দিলেও যে রেহাই পাওয়া যাবে তা নয়। সর্দার দুজনকেই মারবে। সুতরাং এই শীতেও সাতনা ঘামতে লাগল।

সর্দার দুম করে একটা গুলি চালিয়ে দিল। কিংকরের মাথার পাশে মাটি ছিটকে গেল খানিকটা। একটু হেসে সর্দার বলে, "এখনও ভেবে দেখ সাতনা, খুব বেশি সময় পাবি না। পরের গুলিটা ওর খুলি ফাটিয়ে দেবে।"

সর্দারের মস্ত টর্চের আলো অনেকটা ছড়িয়ে পড়েছে কিংকরের চারধারে। সেই আলোয় সাতনাকে স্পষ্ট দেখা যাচ্ছে। সাতনার আর সর্দারের মাঝখানে কেবল একটা বেঁটে কামিনীঝোপ। সাতনা ক্ষীণ স্বরে বলল, "দিচ্ছি।"

কিংকরের নড়াচড়ার নাম নেই। এমন ভঙ্গিতে শুয়ে আছে নিশ্চিন্তে, যেন-বা একটু বাদেই ওর নাকের ডাক শোনা যাবে। অসহায় সাতনা তার আগ্নেয়াস্ত্রটা সর্দারের পায়ের কাছে ছুড়ে ফেলে দিল।

বেচারা! প্রায় সঙ্গে-সঙ্গেই রিভলভার থেকে আগুন ঝাকিয়ে ওঠে। সাতনা তার পাঁজর চেপে ধরে লুটিয়ে পড়ে মাটিতে। সর্দারের রিভলভারের নল চকিতে কিংকরের দিকে ফেরে।

চোখে পলক ফেলার মতো একটুখানি দেরি হলে হয়তো কিংকর বেঁচে থাকত না। কিন্তু ঠিক সেই মুহূর্তে নির্ভুল নিশানায় একটা ইট সাঁ করে সর্দারের কপালে লাগে। সর্দার থমকে যায়। বাঁ হাতখানা কপাল চেপে ধরে। কিন্তু পড়েও যায় না, মূর্ছাও হয় না।

ততক্ষণে কিংকর উঠে দাঁড়িয়েছে। খুব-একটা তাড়াহুড়ো করল না সে। শাবলটা কুড়িয়ে নিল শান্তভাবে। তারপর সর্দারের ডান হাতের কবজিতে আলতোভাবে মারল। রিভলভারটা পড়ে গেল। দু-পা এগিয়ে কিংকর সর্দারের মুখে একখানা ঘুষি চালাল।

সর্দার পড়ল না। এমনকী নড়লও না এতটুকু। হাত বাড়িয়ে সে কিংকরকে প্রায় মাথার ওপর তুলে ছুড়ে দেওয়ার চেষ্টা করল দূরে। কিন্তু কিংকর তো ঘাসজল খায় না। সর্দার যখন তাকে দুহাতে টেনে ওপরে তুলছে তখনই সে তার দুখানা পায়ে ফুটবল-খেলোয়াড়ের মতো দুটো শট কষাল সর্দারের মুখে আর পেটে।

সেই দুটো লাথিতে যে-কোনও শক্তসমর্থ লোকেরও জমি নেওয়া উচিত। কিন্তু সর্দারের কাছে তা বোধহয় পিঁপড়ে কামড়ের শামিল। সে শুধু 'উম' করে একটা বিরক্তির শব্দ করল। তারপরেই উলটে এক ঘুষি মারল কিংকরকে। ভাগ্যিস ঠিক সময়ে মুখটা সরিয়ে নিয়েছিল কিংকর।

তারপরই শুরু হল দুজনের ধুন্ধুমার লড়াই।

কে জিতত, কে হারত তা বলা মুশকিল। কিন্তু হঠাৎ ঘটনাস্থলে আর-একজন লোকের আবির্ভাব হল। মজবুত গড়ন। মাঝারি লম্বা। সে এসেই একটানে কিংকরকে সরিয়ে আনল সর্দারের থাবা থেকে। তারপর নিজে লাফিয়ে পড়ল সর্দারের ওপরে।

এই দু' নম্বর লোকটা লড়তে জানে। মিনিট দুয়েক পরই দেখা গেল, সর্দার হাঁফাচ্ছে। লড়াইয়ের তাল পাচ্ছে না। যতবার ঘুষি লাথি চালায় ততবার তা বাতাস কেটে বেরিয়ে যায়। কুস্তির প্যাঁচে যতবার লোকটাকে কাবু করার চেষ্টা করে ততবার লোকটার প্যাঁচে পড়ে যায়।

কিংকরের দম শেষ। সে হাঁফাতে হাঁফাতে কিছুক্ষণ দম নিয়ে টর্চ আর রিভলভার তুলে নেয় মাটি থেকে। দুটোই সর্দারের। রিভলভারটা তুলে ধরে সে আদেশ দেয়, "সর্দার, লড়াই ছাড়ো। ধরা দাও।"

সর্দার একবার তার দিকে তাকায়। তারপর আচমকা প্রতিপক্ষকে একটা ধাক্কা দিয়ে সরিয়ে নিচু হয়ে ভোজবাজির মতো জঙ্গলের আবছা অন্ধকারে মিলিয়ে যায় চোখের পলকে।

কয়েক মুহূর্ত বোকার মতো দাঁড়িয়ে থেকে কিংকর সর্দারের অনুসরণ করার জন্য পা বাড়ায়। সেই সময়ে কামিনীঝোপের ওপাশ থেকে চলতে চলতে উঠে দাঁড়ায় সাতনা। টর্চের আলোয় দেখা যায়, রক্তে তার বুকের বাঁদিক ভেসে যাচ্ছে। বুকে হাত চেপে ধরে সাতনা হাঁফাতে হাঁফাতে বলে, "সর্দারের রনপা আছে। পশ্চিমধারে একটা শুঁড়িপথ ধরতে হবে। সেদিকে যাও, সাবধান।"...বলে, সাতনা আবার ঢলে পড়ে।

কিংকর আর দুনম্বর লোকটা তৎক্ষণাৎ পশ্চিমদিকে ছুটে যায়।

শুঁড়িপথটার ধারেই জড়সড় হয়ে দাঁড়িয়ে ছিল দুজন। রামু আর নয়নকাজল। রামুর হাতে কয়েকটা আধলা ইট।

নয়ন বলল, "তোমার ঢিলটা সর্দারের কপালে লেগেছে। নইলে এতক্ষণে কিংকরের হয়ে যেত। কী টিপ তোমার! আর কী সাহস!"

রামু রাগের গলায় বলে, "কিন্তু তুমি অত কাঁপছ কেন? এত ভয়টা কীসের?"

"ও বাবা! এরা সব সাংঘাতিক লোক। ঢিলটা মেরে তুমি ভাল কাজ করোনি। সর্দার জানতে পারলে তোমাকে আস্ত রাখবে না।"

"অত শস্তা নয়। তুমি চুপ করে থাকো তো।"

"দেখলে তো নিজের চোখে তিন-তিনটে জোয়ান সর্দারকে কাবু করতে পারল না। তুমি বাচ্চা ছেলে কী করতে পারবে?"

"আর কিছু না করতে পারি ঢিল মারতে পারব। তুমি অত ভয় পেয়ো না।"

নয়ন মাথা চুলকে বলে, "বুঝলে দাদাবাবু, আমি খুব একটা ভিতু ছিলুম না। এই ডাকাত হওয়ার পর থেকেই ভয়টা বেড়েছে। ওরে বাপরে! ওটা কী!" রাম রাম বলতে বলতে নয়ন মাটিতে বসে দু'হাতে মুখ ঢাকে।

রামু প্রথমটায় ভ্যাবাচ্যাকা খেয়ে গিয়েছিল। ভাল করে তাকিয়ে দেখল, শুঁড়িপথটার মুখে ভীষণ ঢ্যাঙা এক মূর্তি হনহন করে তাদের দিকে ধেয়ে আসছে। কম করেও বারো ফুট লম্বা। আবছায়ায় ভাল দেখা যায় না। কিন্তু ভুল নেই।

রামুর রনপায়ে চড়া অভ্যেস আছে। সুতরাং প্রথমটায় ঘাবড়ে গেলেও কয়েক সেকেন্ডের মধ্যেই ব্যাপারটা তার কাছে পরিষ্কার হয়ে গেল। সর্দার রনপায়ে চড়ে পালাচ্ছে।

রামু শুঁড়িপথটার মাঝখানে এগিয়ে গিয়ে মূর্তিটার মুখোমুখি দাঁড়াল। তারপর বোঁ-বোঁ করে তার দুটো ঢিল ছুটে গেল নির্ভুল নিশানায়।

রনপায়ে লোকটা একটু থমকে গেল। রামু ভেবেছিল বুঝি লাগেনি। কিন্তু কয়েক মুহূর্ত দাঁড়িয়ে থেকে মূর্তিটা হঠাৎ টলতে টলতে ধড়াস করে পড়ে গেল।

সেই সঙ্গেই ছুটে এল কিংকর আর সেই লোকটা। কিংকরের হাতে টর্চ। কিংকর চেঁচিয়ে বলল, "শাবাশ রামু!"

একটু বাদে সকলেই ঘিরে দাঁড়াল সংজ্ঞাহীন সর্দারকে। কিংকর শক্ত দড়ি এনে সর্দারের হাত-পা বেঁধে ফেলে। বলে, "বড় সাংঘাতিক লোক, বাঁধা না থাকলে জ্ঞান ফিরে আসার পরই গণ্ডগোল পাকাবে।"

রক্তাম্বর এবং দাড়িগোঁফে সর্দারকে বাঁধা অবস্থাতেও ভয়ংকর দেখাচ্ছে।

দ্বিতীয় লোকটা আসলে গোবিন্দ। সে এসে রামুকে জড়িয়ে ধরে বলল, "তোমার এলেম আছে। আমার যা বিদ্যে সব তোমাকে শিখিয়ে দেব।"

রামু মুখ তুলে বলে, "তুমি একা কেন গোবিন্দদা? গবাদা আসেনি।"

মৃদু একটু হেসে গোবিন্দ বলে, "গবাদাও এসেছে। একটু তফাতে আছে। পাগল মানুষ তো। এসে পড়বে কিছুক্ষণ বাদে।"

কিংকর সর্দারকে বাঁধার পর মুখের ওপর ঝুঁকে হাত বাড়িয়ে আস্তে আস্তে তার নকল দাড়িগোঁফ টেনে খুলছিল। খুলতে খুলতে বলল, "এ লোকটাও চেনা লোক। কিন্তু কিছু করার নেই। ধরিয়ে দিলেও কেউ বিশ্বাস করবে না যে, এ সর্দার ছিল।"

"কেন?"

"নিজেই দ্যাখো।"

রামু টর্চের আলোয় দাড়িগোঁফহীন সর্দারের মুখের দিকে চেয়ে হাঁ হয়ে যায়। এ যে আন্দামান আর নিকোবরের বাবা, দারোগা কুন্দকুসুম।

রামু কাঁপতে কাঁপতে বলে, "ইনিই সর্দার?"

কিংকর মাথা নাড়ে, "ইনিই।"

পঁয়ত্রিশ

কুন্দকুসুম যখন চোখ মেলে তাকাল, তখনও সকলের অবাক ভাবটা যায়নি, যাকে বলা যায় কিংকর্তব্যবিমূঢ় অবস্থা।

হাত-পা-বাঁধা কুন্দকুসুম কিন্তু একটুও ঘাবড়াল না। চারিদিকে চেয়ে নিজের অবস্থাটা একটু বুঝে নিল কয়েক সেকেন্ডে। কিংকরের হাতে একটা মশাল জ্বলছে। তার মস্ত আলোয় সবকিছুই স্পষ্ট দেখা যাচ্ছে।

কুন্দকুসুম রামুর দিকে চেয়ে মৃদু একটু হাসল। তারপর বলল, "তুমি উদ্ধববাবুর ছেলে রামু? আন্দামান আর নিকোবরের বন্ধু?"

রামু এত ঘাবড়ে গেছে যে, গলায় শব্দ এল না। শুধু মাথা নাড়ল।

কুন্দকুসুম একটা দীর্ঘশ্বাস ছেড়ে বলল, "তোমার টিপ খুব ভাল। আজ তোমার জন্যই সর্দার প্রায় ধরা পড়ে গিয়েছিল আর কী! শেষ অবধি অবশ্য পালাতে পেরেছে। কিন্তু বেশিদিন পালিয়ে থাকতে পারবে না।"

এ কথা শুনে রামুর মাথা একদম গুলিয়ে গেল। বলে কী লোকটা? তা হলে কি কুন্দকুসুম সর্দার নয়?

কুন্দকুসুম চারদিকে আর-একবার চোখ বুলিয়ে রামুকে জিজ্ঞেস করে, "এরা সব কারা বলো তো! আর আমাকে এমনভাবে বেঁধেছেই বা কে? কার এত সাহস?"

গোবিন্দ একটু হেসে বলল, "সেলাম দারোগাসাহেব। কিছু মনে করবেন না, নিজেদের জান বাঁচাতে আপনাকে একটু বাঁধতে হয়েছে।"

কুন্দকুসুম একটা হুংকার দিয়ে বলে, "খুলে দে। তারপর দেখাই তোর ঘাড়ে ক'টা মাথা!"

"মাথা একটাই, তবে সেটা এত শস্তা নয়। আপনার তো অনেকগুলো মাথা আর মুখ। কখনও দারোগা, কখনও সর্দার। আপনার একটা মাথা গেলেও আর একটা থাকবে।"

কুন্দকুসুম একটু অবাক হওয়ার ভান করে বলে, "দারোগাদের মাঝে মাঝে ছদ্মবেশ ধরতেই হয়, তাতে আশ্চর্যের কী? আমি সর্দার একথা তোকে কে বলল রে মর্কট?"

"অত চিল্লাবেন না দারোগাবাবু। এখন আপনি একটু অসুবিধের মধ্যেই আছেন। আমরা ছাপোষা লোক সব, দারোগাবাবুকেও ভয় খাই, ডাকাতের সর্দারকেও ভয় খাই। কিন্তু আপনার স্যাঙাত সাতনা আপনার গুলি খেয়ে ভারী রেগে গেছে। জানেন তো বাঘ জখম হলে বড় বিপজ্জনক। সে এখন আপনাকে গুরু বলেও মানছে না, দারোগা বলেও মানছে না। আপনার সঙ্গে মোকাবিলা করতে সে এল বলে।"

কুন্দকুসুমকে একটু অস্বস্তি বোধ করতে দেখা যায়। গলা এক পর্দা নামিয়ে বলে, "তোমরা বিশ্বাস করো, এই ডাকাতের দলটাকে অ্যারেস্ট করার জন্য গত তিন মাস ধরে চেষ্টা করছিলাম। আজই প্রথম এদের ডেরার পাকা সন্ধান পাই। আমার ফোর্স এই জঙ্গলটা ঘিরে আছে এখনও। আমি কাপালিকের ছদ্মবেশে—"

এতক্ষণ কিংকর একটাও কথা বলেনি। এবার সে হঠাৎ হোঃ হোঃ করে হেসে ওঠে। কুন্দকুসুম কটমট করে তার দিকে চায়।

কিংকর হাসি থামিয়ে বলে, "আমারও সেটা সন্দেহ হয়েছিল দারোগাবাবু, আপনি বোধ হয় সর্দার নন। আসল সর্দার বোধ হয় সত্যিই পালিয়েছে। আপনাকে আমরা ছেড়েও দিতে চাই। তবে তার আগে আমাদের কয়েকটা কথা আছে।"

কুন্দকুসুম গম্ভীর হয়ে বলে, "বলে ফেলো।"

কিংকর মাথা নড়ে বলে, "আমার তেমন সাজিয়ে-গুছিয়ে কথা বলার অভ্যাস নেই। কথা বলবে গবাদা। আমি তাকে ডেকে আনছি।" এই বলে কিংকর জঙ্গলের মধ্যে মিলিয়ে গেল চকিত পায়ে।

কয়েক মিনিট বাদে একটু দূরে গবার গলা পাওয়া গেল। সে গান গাইছে: "বলো রে মন কালী কালী। আমার বুকটা করে ধুকুর পুকুর, পেটটা লাগে খালি-খালি। অধিক কী আর কবো রে ভাই, মনেতে মোর আনন্দ নাই। কত নাচন-কোঁদন দেখাইলাম রে, তবু দেয় না যে কেউ হাতে তালি।"

সামনে এসেই গবা এক হাত জিব কেটে নিজের কান ধরে বলল, "ছিঃ ছিঃ, কী পাষণ্ড রে তোরা! বড়বাবুকে হাত-পা বেঁধে ফেলে রেখেছিস! নরকে যাবি যে রে! খুলে দে! ওরে খুলে দে!"

গবা নিজেই নিচু হয়ে তাড়াতাড়ি কুন্দকুসুমের বাঁধন খুলতে লেগে যায়।

রামু গবাকে দেখেও নড়ে না। তার মনের মধ্যে টিকটিক করে কী যেন একটা হতে থাকে। সে একদৃষ্টে চেয়ে থাকে শুধু।

গবা কুন্দকুসুমকে হাতের বাঁধন খুলে ধরে ধরে তাকে তুলে বসায়। তারপর সামনে টিপ করে মাথা ঠুকে বলে, "বড়বাবু, অপরাধ নেবেন না। ছেলেমানুষ সব, না-বুঝে করে ফেলেছে।"

কুন্দকুসুম গম্ভীর গলায় বলল, "হুঁ।"

গবা নিরীহ গলায় বলে, "মানুষ মাত্রেরই ভুল হয় আজ্ঞে।"

কুন্দকুসুম বলে, "তা বটে।"

গবা হাতজোড় করে বলে, "তা সেই ভুলের কথাই বলছিলুম আর কী। ভুল কি দারোগা-পুলিশেরও হয় না? এই আমাদের গোবিন্দ মাস্টারের কথাই ধরুন না। খুন-টুন করার ছেলেই নয়। তবে ফেঁসে গেছে!"

"তাই নাকি?"

"একেবারে নির্যস সত্যি কথা।" বলতে বলতে গবা কুন্দকুসুমের পায়ের বাঁধনটা খুলবার চেষ্টা করতে করতে বলে, "এঃ, এই গিঁটটা বড্ড এঁটে বসেছে দেখছি। ওদিকে আবার সাতনাকে দেখে এলুম একটা খাঁড়ায় ধার দিচ্চে। নাঃ বড্ড বিপদ দেখছি। পায়ের বাঁধনটা তাড়াতাড়ি না খুললেই নয়..."

কুন্দকুসুম একটা ধমক দিয়ে বলে, "ইয়ার্কি রাখো। এটা ইয়ার্কির সময় নয়। কী চাও সেটা স্পষ্ট করে বলো।"

গবা মাথা চুলকে বলে, "আপনি দণ্ডমুণ্ডের কর্তা, গরিবের মা-বাপও বটে। আপনার কাছে আবদার করে চাইব তাতে আর লজ্জা কী! বলছিলাম, গোবিন্দকে খালাসের একটা ব্যবস্থা করে দিতেই হবে আপনাকে।"

কুন্দকুসুম একটা দীর্ঘশ্বাস ছেড়ে বলে, "দেখা যাবে।"

"ভরসা দিচ্ছেন তো?"

কুন্দকুসুম একটু বিষাক্ত হেসে বলে, "হাতি কাদায় পড়েছে বাপু, ভরসা না দিয়ে যে আমার উপায় নেই সে তুমি ভালই জানো।"

ভারী লজ্জার ভান করে গবা বলে, "কী যে বলেন বড়বাবু। তা দিলেনই যদি, তবে আরও একটু দিন।"

"আবার কী?"

"আজ্ঞে ওই গুপ্তধনের ব্যাপারটা। ওটা সরকারের হক পাওনা।"

কুন্দকুসুমের চোখদুটো হঠাৎ জ্বলে ওঠে।

চাপা গলায় গবা বলে, "প্রাণের দাম যে ওর চেয়ে একটু বেশি বড়বাবু! কিংকর বা সাতনা যেমন লোক, থানা-পুলিশ-কোর্ট-কাছারির তোয়াক্কা করবে না। জানে তো তাতে লাভ নেই। কোনও ঝানু উকিল মামলা ঘুরিয়ে আপনাকে খালাস দিয়ে দেবে। তাই ওরা চায় বল্লমে এফোঁড়-ওফোঁড় করে চলে যেতে। আমি অনেক কষ্টে ঠেকিয়ে রেখেছি।"

কুন্দকুসুম নিভে যায়। অনেকক্ষণ চুপ করে থেকে বলে, "ঠিক আছে, তাই হবে।"

গবা আবার মাথা চুলকে বলে, "আর একটা কথা।"

"আবার কী?"

"এতই যদি দিলেন তবে আর-একটু বা বাকি থাকে কেন? বলছিলাম, এ জায়গায় আপনার অনেক দিন চাকরি হয়ে গেল। আমরা পাঁচজনে দেখছি, এখানকার জল-হাওয়া আপনার তেমন সহ্য হচ্ছে না। শুকিয়ে একেবারে অর্ধেক হয়ে গেছেন। তাই বলছিলুম আজ্ঞে, একটা বেশ ভাল স্বাস্থ্যকর জায়গায় বদলি নিয়ে চলে যান না বড়বাবু।"

কুন্দকুসুম থমথমে মুখ করে বলে, "বুঝেছি।"

"আজ্ঞে আপনি বুঝবেন না তো কে বুঝবে! এমন পাকা মাথা দেশে ক'টা আছে?"

কুন্দকুসুম বিরক্তির গলায় বলে, "এবার পায়ের গিঁটটা খুলতে পারো কি না।"

গবা জিব কেটে বলে, "ওই দ্যাখো, কথায়-কথায় ভুলেই যাচ্ছিলাম, ইয়ে বড়বাবু, আর একটা কথা।"

"আরও কথা?"

"মানে সাতনার কাছে কয়েকটা চিঠি আছে। সর্দারের নিজের হাতের লেখা। কোথায় কোন বাড়িতে ডাকাতি করতে হবে, কাকে খুন করতে হবে, এই সব বৃত্তান্ত, সর্দারের হাতের লেখা সেই সব চিঠি সাতনা আবার পুলিশের কাছে পাঠাতে চায়। আমি বলি, তার কি কোনও দরকার আছে বড়বাবু?"

কুন্দকুসুম বিবর্ণ মুখে বলে, "না। তার দরকার নেই।"

গবা সঙ্গে সঙ্গে বলে, "হ্যাঁ, আমিও তাই বলি। দরকার কী? কেঁচো খুঁড়তে আবার সাপ বেরিয়ে পড়বে। তার চেয়ে চিঠি ক'টা বরং থাক। পরে কাজে লাগবে।"

কুন্দকুসুম ইঙ্গিত বোঝে। একটু চাপা স্বরে বলে, "তোমরা খুব ঘোড়েল।"

"ছিঃ ছিঃ, কী যে বলেন! আপনি থাকতে আমরা? হেঃ হেঃ..."

গবা পায়ের বাঁধনটা খুলে দিলে কুন্দকুসুম উঠে দাঁড়ায়। কিন্তু অত বড় মানুষটা যেন নুয়ে পড়েছে, বয়সটাও যেন কয়েক ঘণ্টার মধ্যে বেড়ে গেছে।

কুন্দকুসুম ধীরে ধীরে গিয়ে রণপা দুটো কুড়িয়ে নিল। কারও দিকে একবারও না তাকিয়ে রণপায়ে চড়ে লম্বা-লম্বা পা ফেলে জঙ্গলের অন্ধকার আর রহস্যময়তায় মিলিয়ে গেল।

ছত্রিশ

ঘটনার মাসখানেক পর এক গাঁয়ের রাস্তায় তিনজন হাঁটছিল। গবা পাগলা, সাতনা আর রামু।

একটা পুকুরধার পেরিয়ে কয়েকটা তালগাছের জড়াজড়ি। তারপর একটা বাঁক দেখা যাচ্ছিল। গবা বলল, "ওই বাঁকটা ঘুরলেই যুধিষ্ঠিরের সেই পিসি না মাসির বাড়ি। এসে গেছি হে।"

সাতনার বুকে এখনও ব্যান্ডেজ। আঘাত মারাত্মক না হলেও সর্দারের দুটো গুলিই তার পাঁজরে ক্ষত করে দিয়ে গেছে। হাঁটতে কষ্ট হচ্ছিল। তার ওপর মেয়েকে দেখতে পাবে সেই আনন্দে তার হাঁফ ধরে যাচ্ছিল। হঠাৎ থমকে দাঁড়িয়ে বলল, "কথাটা মনে রেখো গবা, মেয়ের কাছে বাপ বলে আমার পরিচয় দিয়ো না।"

"জানি। বলব দূর-সম্পর্কের আত্মীয়।"

সাতনা একটু ভাবল। তারপর বলল, "তারও দরকার নেই। মেয়ে খুব সম্ভব আমাকে চিনতে পারবে। আবছা হলেও আমার কথা তার মনে আছে। এ চেহারা তো ভোলার নয়। তার চেয়ে এক কাজ করি এসো। ওই বাঁকের মুখে ঝুপসি আমগাছটার ছায়ায় বসে থাকি। একবার না একবার সে পুকুরে কিংবা বাগানে বেরোবেই। তখন একটু চোখের দেখা দেখে নেব।"

এ কথার ওপর গবা কোনও কথা বলতে পারল না। রামুর চোখদুটো ছলছল করতে লাগল। সে ফিরে আসার পর তার বাবা যে আনন্দে কাঁপতে কাঁপতে অজ্ঞান হয়ে গিয়েছিল সে কথাটা এখন মনে পড়ল তার। বাবাকে আগে তার খুব রাগী আর নির্দয় বলে মনে হত। এখন জানে, বাবা তাকে কত ভালবাসে। সাতনার জন্য তাই তার বড় কষ্ট হচ্ছিল।

গাছতলায় বসে সাতনা অপলক চোখে কিছুক্ষণ সামনের বাগানঘেরা একতলা পাকা বাড়িটার দিকে চেয়ে রইল। কাউকেই দেখা যাচ্ছিল না। সাতনা গবার দিকে চেয়ে বলল, "তুমি যে আমাকে পুলিশে ধরিয়ে দিলে না, আমি যে কোনও শাস্তি পেলুম না, এটা কি ঠিক হল?"

গবা মৃদু হেসে বলল, “শাস্তি কাকে বলো তুমি? কত চোর-ছ্যাঁচড় খুনে-জালিয়াতকে তো পুলিশ গারদে ভরে। জেল খেটে কি আর তাদের শুদ্ধি হয়। বাপু হে, আমি বুঝি, অনুতাপের আগুন না জ্বললে মানুষের পাপ পোড়ে না। অনুতাপ কাকে বলে জানো? কোনও কাজ করে বিচার দ্বারা তার ভালমন্দ অনুভব করে যে তাপের দরুন মন্দে বিরতি আসে তাই হল অনুতাপ। সেই অনুশোচনায় নিজের মেয়েটার সামনে গিয়ে পর্যন্ত তুমি দাঁড়াতে পারছ না। এর চেয়ে বেশি সাজা তোমাকে আর কে দেবে?”

সাতনা ধুতির খুঁটে চোখের জল মুছল।

ঠিক এ সময়ে একটা দীঘল চেহারার মেয়ে বেরিয়ে এল। সদ্য স্নান করে এসেছে বুঝি। একরাশ চুল এলো হয়ে আছে পিঠের দিকে। ভারী সুন্দর মুখখানি। একটা ভেজা কাপড় শুকোতে দিচ্ছিল বাইরের তারে।

গবা একটু ঠেলা দিয়ে সাতনাকে বলল, “দ্যাখো হে, দ্যাখো। দানবের মেয়ে কেমন পদ্মফুলটির মতো দেখতে হয়েছে!”

সাতনা জবাব দিল না। সম্মোহিতের মতো চেয়ে রইল মেয়ের দিকে। চোখের পলক পড়ে না, শ্বাসও বুঝি বন্ধ হয়ে গেছে।

ধীরে ধীরে রোদে একটু পায়চারি করল মেয়েটি। তারপর ভিতর থেকে কেউ বুঝি ডাকল। মেয়েটি সাড়া দিল, “যাই।”

তারপর চলে গেল।

গবা উঠে পড়ল। বলল, “মেয়ের সামনে যদি না-ই যেতে পারো তবে আর মায়া বাড়িয়ো না। দশটা গাঁয়ের লোক তোমাকে চেনে। ধরা পড়লে বিপদ আছে। ওঠো, ওঠো।”

সাতনার চোখ দিয়ে জল পড়ছিল অঝোরে। উঠে আস্তে আস্তে ফেরার পথ ধরে সে বলল, “যত খারাপ কাজ করেছি তার দশগুণ ভাল কাজ যদি বাকি জীবনটায় করি, তা হলে মেয়ের সামনে একদিন দাঁড়ানোর সাহস হবে না গবা?”

“হবে। খুব হবে। ইচ্ছেটাই আসল, অনুতাপটাই আসল।”

সাতনা হঠাৎ দাঁড়িয়ে গিয়ে বলে, “তা হলে এখান থেকেই আমায় বিদায় দাও ভাই। পৃথিবী জায়গাটা বিশাল, কাজেরও অন্ত নেই। দেরি করে কী হবে। এক্ষুনি শুরু করে দিই গিয়ে।”

গবা মাথা নাড়ল, “এসো তবে।”

সাতনা একটু ভেবে বলল, “আর একটা কথা। মেয়েটার বিয়ের বয়স হয়েছে। আমার খুব ইচ্ছে যুধিষ্ঠিরের সঙ্গে ওর বিয়ে হোক। তুমি ব্যবস্থা করবে?”

গবা একটু হেসে বলল, "করব। ভেবো না।"

"তা হলে যাই।"

চোখের পলকে লম্বা-লম্বা পা ফেলে সাতনা বাঁ পাশের মাঠটা দিয়ে অদৃশ্য হয়ে গেল।

রামু গবার সঙ্গে বাড়ি ফিরে এল ভারী মনে।

পুলিশ নতুন করে রিপোর্ট দেওয়ায় গোবিন্দ মাস্টারের মামলা আবার আদালতে উঠেছে। গোবিন্দর পক্ষে সওয়ালে নেমেছেন মস্ত মস্ত ডাকসাইটে সব উকিল। সামন্তমশাই তাদের মোটা টাকা দিচ্ছেন। গোবিন্দ নিজে গিয়ে শহরে ধরা দেওয়ার পর ফের জামিনে খালাস পেয়ে সার্কাসে তার খেলা দেখাচ্ছে। মামলার যা গতিক তাতে সে খালাস পাবেই।

কুন্দকুসুম বদ্‌লি হয়নি। হঠাৎ চাকরি ছেড়ে সপরিবারে দেশের বাড়িতে চলে গেছে। সেখানে নাকি চাষবাস নিয়ে থাকবে। নতুন যে দারোগা এসেছে, তার নাম চন্দ্রাতপ খাঁড়া। ভারী ভাল লোক। প্রায়ই উদ্ধববাবুর বাড়িতে এসে রামুকে আদর করেন আর কাকাতুয়াকে ছোলা খাওয়ান।

উদ্ধববাবুর হঠাৎ জ্ঞানচক্ষু খুলেছে। তিনি বুঝতে পেরেছেন, রাঘব ঘোষ তাঁর চেয়ে ভাল গাইয়ে। তাই আজকাল সন্ধের পর রাঘবের বৈঠকখানায় গিয়ে বসেন প্রায়ই। চোখ বুজে গান শোনেন আর তারিফ করেন, "ওয়াঃ, ওয়াঃ, কেয়াবাত।"

রাঘব ব্যথিত স্বরে বলে, "কেয়াবাতটাও ঠিক জায়গামতো বলতে পারছেন না উদ্ধববাবু! বেজায়গায় তারিফ করলে সুর কেটে যায়।"

উদ্ধববাবু ভারী লজ্জা পান।

নয়নকাজলের সঙ্গে এখন আর কাকাতুয়ার আড়াআড়ি নেই। সরকারি লোকেরা গুপ্তধনের প্রায় দু-কলসি মোহর উদ্ধার করে নিয়ে গেছে। কাকাতুয়াকে তাই এখন হরিনাম শেখানো হচ্ছে। তবে পাখিটার স্মৃতিশক্তি বড়ই প্রবল। ভোর হতে না-হতেই সে ডাকতে থাকে, "রামু ওঠো। রামু ওঠো। মুখ ধোও। পড়তে বসো।"

রামুর মনে বহুদিন ধরেই একটা খটকা লেগে আছে। সে একদিন গবাকে ধরে পড়ল, "সেই কিংকর লোকটা সেই রাত্রে যে হাওয়া হয়ে গেল তারপর আর তার দেখা পেলাম না কেন বলো তো! কোথায় গেল সে?"

গবা একগাল হেসে বলে, "সেই কথাটা কিন্তু খুব গুহ্য কথা। কেউ না জানতে পারে!"

"কেউ জানবে না।"

"তবে বলি। সেই যে তোমাকে আলফা সেনটরের কথা বলেছিলুম, মনে আছে?"

"আছে। আলফা সেনটর হল সৌরলোকের সবচেয়ে কাছের নক্ষত্র। পৃথিবী থেকে চার আলোকবর্ষ দূরে।"

"বাঃ, ঠিক বলেছ। সেখান থেকে একদল লোক আমার সঙ্গে মাঝে মাঝে দেখা করে যায়, জানো তো!"

"জানি। কিন্তু সে তো গুল।"

"তা হলে বলব না।"

"আচ্ছা, গুল নয়। বলো।"

"আলফা সেনটরের একটা গ্রহের নাম হচ্ছে নয়নতারা। কিংকর হল আসলে সেই গ্রহের লোক। ডাকাতদের সঙ্গে যখন আমরা কিছুতেই এঁটে উঠতে পারছিলুম না, তখন আমি টেলিপ্যাথিতে নয়নতারায় খবর পাঠাই। খবর পেয়ে কিংকর একদিন একটা মহাকাশযানে চেপে চলে এল। তারপর সব ঠিকঠাক করে দিয়ে সামলে-সুমলে নিয়ে ঘটনার সেই রাত্রে আবার নয়নতারায় ফিরে গেছে।"

"আর তুমি কে গবাদা?"

"আমি? ও বাবা, এ আবার কেমনধারা কথা! আমি হচ্ছি আমি, গবগবাগব পাগলা খুড়ো, উলিঝুলি ফোকলাটেকো নাংলাবুড়ো। ঝুলদাড়ি আর ঝোলা গোঁফে গুমসো ছিরি, নালে-ঝোলে চোখের জলে জড়ামড়ি!"

"তুমি কিন্তু মোটেই বুড়ো নও। বুড়োদের চামড়া এত টান থাকে না।"

"থাকে থাকে। এ কি তোমাদের এই নোংরা জায়গায় আধমরা বুড়ো নাকি। এসব মেড ইন অ্যানাদার ওয়ার্লড!"

"তার মানে?"

"কথাটা কিন্তু খুব গুহ্য। গোপন রেখো।"

" রাখব। কিন্তু ফের গুল দিলে!"

"আহা, আগে শোনোই না। কাউকে বোলো না। আমিও আসলে ওই নয়নতারার লোক। সেখানে জল-হাওয়ার এমন গুণ যে, দেড়শো-দুশো বছর বয়সে মানুষের যৌবন আসে।"

"ফের গুল?"

" গুল নয় গো। শুনলে প্রত্যয় যাবে না, সেখানে পঁচিশ-ছাব্বিশ বছরের লোকেরা হামা দেয়। ত্রিশ-চল্লিশে গিয়ে হাঁটতে শেখে। আধো-আধো বোল ফোটে তখন। সত্তর বছর বয়সে আমাদের হাতেখড়ি। পঁচাত্তর বছর বয়সে ইস্কুলের পাঠ শুরু। সেখানে গেলে দেখবে আশি-নব্বুই বছরের লোকরা ঢিল মেরে আম পাড়ছে, ঘুড়ি ওড়াচ্ছে, ক্রিকেট খেলছে।"

"সেখানে কি কিংকরদার গাঁয়েই তোমার বাড়ি?"

"হ্যাঁ, তা বলতে পারো একরকম। পাশাপাশি গাঁ। ওর গাঁয়ের নাম বাঘমারি, আমার গাঁ হল কুমিরগড়। দু গাঁয়ের মধ্যে দূরত্ব মাত্র শ-পাঁচেক মাইল, একই থানা আমাদের।"

"বলো কী! পাঁচশো মাইল দূরের গাঁ কি পাশের গাঁ হল নাকি?"

গবা খুব হাসে। বলে, "তোমাদের এখানকার মতো তো নয়। আমাদের গ্রহটাও যে বিশাল। আমাদের একটা জেলা তোমাদের গোটা ভারতবর্ষের সমান। চলো একবার তোমাদের নিয়ে যাব। জামবাটি ভর্তি সরদুধ আর সবরিকলা আর নতুন গুড় দিয়ে মেখে চিঁড়ের এমন ফলার খাওয়াব না! আর সেই জামবাটির সাইজ কী! ঠিক তোমার ওই পড়ার ঘরখানার মতো..."

"গুল! গুল!"

"আহা, শোনোই না..."

পরদিনই গবা আবার নিরুদ্দেশ হয়ে গেল। নয়নতারাতেই ফিরে গেল কি না কে জানে!

গ্রন্থ-পরিচয়

মনোজদের অদ্ভুত বাড়ি

আনন্দ পাবলিশার্স প্রাইভেট লিমিটেড, কলকাতা ৯।

নবম মুদ্রণ: নভেম্বর ২০০৬, পৃ. ১৫৮, মূল্য ৮০.০০।

প্রচ্ছদ ও অলংকরণ: দেবাশিস দেব।

উৎসর্গ: 'রা-স্বা'/অজন্তা, অবন্তী, মধুমিতা, অমিত ও স্বপ্ননীলকে/বড়মামা

প্রথম সংস্করণ: জুলাই ১৯৭৮।

উপন্যাসের শুরুতে লেখকের একটি বক্তব্য মুদ্রিত—

"এই উপন্যাসের শেষ দিকে একটা দৃশ্য আছে, যেখানে ভজবাবু ডাকাতের দল নিয়ে রাজবাড়ি লুট করতে যাচ্ছেন, সেই দৃশ্যে ভজবাবুর মুখে কিছু গান রয়েছে। এই গানগুলি লিখে দিয়েছেন বিখ্যাত কবি শ্রীনীরেন্দ্রনাথ চক্রবর্তী।"

গোঁসাইবাগানের ভূত

আনন্দ পাবলিশার্স প্রাইভেট লিমিটেড, কলকাতা ৯।

পঞ্চদশ মুদ্রণ: আগস্ট ২০০৭, পৃ. ১১৪, মূল্য ৬০.০০।

প্রচ্ছদ ও অলংকরণ: সুব্রত গঙ্গোপাধ্যায়।

উৎসর্গ: 'রা-স্বা'/সুমিকে/— বাবা

প্রথম সংস্করণ: আগস্ট ১৯৭৯।

উপন্যাস শুরুর আগে 'কিছু ভুতুড়ে কথা' শীর্ষক একটি রচনা লেখকের বক্তব্য হিসেবে মুদ্রিত—

কিছু ভুতুড়ে কথা

এই উপন্যাসটি শারদীয় 'আনন্দমেলা'য় প্রথম বেরোনোর পরই অনেকে প্রশ্ন তুলেছিল, রামনামকে ভূতের যদি এতই ভয়— তবে ভূতের নিজের নাম কেন নিধিরাম? ভারী শক্ত প্রশ্ন। মাথাটাকে চুলকে আমি তখন বোঝালাম, নামের 'রাম'

আর 'রামনাম' তো এক নয়! নিধিরামের যে রাম, তার সঙ্গে দশরথের বড় ছেলের সম্পর্ক নেই কোনও। তা ছাড়া সাপের বিষ কি সাপকে লাগে? তারপর ফের প্রশ্ন উঠল, তাই যদি হবে তবে রাম কবিরাজের নাম শুনে ভূত পালায় কেন? সেও তো নাম। আমি কাঁচুমাচু হয়ে বললাম, তা বটে। তবে কিনা কবিরাজ মশাইয়ের নামটা একেবারে সোজাসুজি রাম, তার আগে বা পরে কিছু যুক্ত নেই। কিন্তু সবচেয়ে বড় কথা হল, ভূতের মনস্তত্ত্বও বোঝা ভার। কখনও তারা রামনাম শুনে আঁতকে ওঠে, কখনও কোনও কোনও রামকে তারা কেয়ারই করে না। আবার ধরো না কেন, কোনও ভূত যদি ভুল করে বে-খেয়ালে রাম কবিরাজের নাম করেই বসে, তা হলে আমাদের কী করার আছে? ভূতেরও তো ভুল হয়! পুরো ব্যাপারটাই ভারী গণ্ডগোলের। আমি তাই লেখাটা শোধরালাম না। রামনাম আর রামের নাম নিয়ে গণ্ডগোল সহ-ই বইটা ছাপা হল। তোমরা বরং কোনও ভাল ভূত পেলে তার কাছ থেকে সত্যি কথাটা জেনে নিয়ো।

হেতমগড়ের গুপ্তধন

আনন্দ পাবলিশার্স প্রাইভেট লিমিটেড, কলকাতা ৯।
দ্বাদশ মুদ্রণ: ডিসেম্বর ২০০৫, পৃ. ৪ + ৯৬, মূল্য ৫০.০০।
প্রচ্ছদ ও অলংকরণ: মদন সরকার।
উৎসর্গ: 'রা-স্বা'/রাজাকে/— বাবা
প্রথম সংস্করণ: জুলাই ১৯৮১।

নৃসিংহ রহস্য

আনন্দ পাবলিশার্স প্রাইভেট লিমিটেড, কলকাতা ৯।
সপ্তম মুদ্রণ: নভেম্বর ২০০৭, পৃ. ৯৬, মূল্য ৬০.০০।
প্রচ্ছদ ও অলংকরণ: সুব্রত চৌধুরী।
উৎসর্গ: 'রা-স্বা'/শ্রীমান স্বপ্ননীল চট্টোপাধ্যায়/কল্যাণীয়েষু
প্রথম সংস্করণ: ফেব্রুয়ারি ১৯৮৪

বক্সার রতন

আনন্দ পাবলিশার্স প্রাইভেট লিমিটেড, কলকাতা ৯।
ষষ্ঠ মুদ্রণ: মার্চ ২০০৭, পৃ. ৯৮, মূল্য ৬০.০০।
প্রচ্ছদ ও অলংকরণ: অশোক বৈরাগী।

উৎসর্গ: 'রা-স্বা'/স্বপ্ননীল চট্টোপাধ্যায়/কল্যাণীয়েষু—
প্রথম সংস্করণ: এপ্রিল ১৯৮৪।

ভুতুড়ে ঘড়ি

আনন্দ পাবলিশার্স প্রাইভেট লিমিটেড, কলকাতা ৯।
সপ্তম মুদ্রণ: জুলাই ২০০৭, পৃ. ১০৮, মূল্য ৬০.০০।
প্রচ্ছদ ও অলংকরণ: দেবাশিস দেব।
উৎসর্গ: 'রা-স্বা'/ভাগিনেয়/শ্রীমান অমিত চক্রবর্তী (ভোম্বল)/কল্যাণীয়েষু
প্রথম সংস্করণ: আগস্ট ১৯৮৪।

গৌরের কবচ

আনন্দ পাবলিশার্স প্রাইভেট লিমিটেড, কলকাতা ৯।
দ্বিতীয় সংস্করণ: মে ২০০৬, পৃ. ১০৮, মূল্য ৭৫.০০।
প্রচ্ছদ ও অলংকরণ: ওঙ্কারনাথ ভট্টাচার্য।
উৎসর্গ: 'রা-স্বা'/বন্দে শ্রীশ্রীঠাকুর অনুকূলচন্দ্রম। মন্টি, রন্টি ও মাধবকে।
প্রথম সংস্করণ: জানুয়ারি ১৯৮৬।

হিরের আংটি

আনন্দ পাবলিশার্স প্রাইভেট লিমিটেড, কলকাতা ৯।
ষষ্ঠ মুদ্রণ: এপ্রিল ২০০৬, পৃ. ৭২, মূল্য ৫০.০০।
প্রচ্ছদ ও অলংকরণ: দেবাশিস দেব।
উৎসর্গ: "রা-স্বা"/ শ্রীমতী তমালী বসু/শ্রীমতী জয়া বসু-কে
প্রথম সংস্করণ: জুন ১৯৮৬।

পাগলা-সাহেবের কবর

আনন্দ পাবলিশার্স প্রাইভেট লিমিটেড, কলকাতা ৯।
অষ্টম মুদ্রণ: মার্চ ২০০৭, পৃ. ৮৮, মূল্য ৬০.০০।
প্রচ্ছদ: দেবাশিস দেব।
উৎসর্গ: "রা-স্বা"/শ্রীমান বার্তিক চক্রবর্তী (বাবুনি)/কল্যাণীয়েষু
প্রথম সংস্করণ: জানুয়ারি ১৯৮৭।

হারানো কাকাতুয়া

শৈব্যা প্রকাশন বিভাগ, কলকাতা ৯।

দ্বিতীয় মুদ্রণ: ফেব্রুয়ারি ১৯৯৫, পৃ. ১২৮, মূল্য ২৫.০০।

উৎসর্গ: রা-স্বা/শ্রীমতী দামিনী মণ্ডল/শ্রীতী মানিনী মণ্ডল/—কল্যাণীয়াসু

প্রথম সংস্করণ: জানুয়ারি ১৯৮৭।
